경상대학교 한문학과 허권수 교수 정년퇴임 기념 논총 **1**

韓國漢文學의
展開와 向方

허권수

보고사

경상대학교 남명학연구소 학술대회 발표(2013.4.26)

孔子의 77대 宗孫
孔德成 先生의 휘호

淵民 李家源 先生의 휘호

淵民 李家源 先生의 휘호

연혁

1. 出生과 家系

· 출생지 : 경남 함안군 법수면 윤외리 781번지
· 가족사항 : 鄭起華(妻), 許正(子), 許譽媛(女)

2. 學歷 및 經歷

1) 學歷

· 1981년 2월 : 國立慶尙大學校 國語教育科 졸업 (文學士)
· 1983년 2월 : 韓國精神文化研究院 韓國學大學院 韓國學科 漢文學專攻 졸업 (文學碩士)
· 1991년 2월 : 成均館大學校 大學院 漢文學科 博士課程 졸업 (文學博士)

2) 교내 경력

· 1983년 3월-1988년 8월 : 國立慶尙大學校 中語中文學科 助教授 및 副教授 역임
· 1988년 8월-2017년 2월 : 國立慶尙大學校 人文大學 漢文學科 教授 역임
· 1997년 3월-2007년 8월 : 國立慶尙大學校 南冥學研究所 所長 역임
· 2002년 3월-2006년 2월 : 國立慶尙大學校 慶南文化研究院 院長 역임
· 2014년 1월-2016년 6월 : 國立慶尙大學校 圖書館長 역임 (全國大學圖書館聯合會 監事 및 理事 겸임)

3) 대외 경력

· 1988년 10월 이후 : 開天藝術祭 全國漢詩白日場 審査委員
· 1989년 3월-2007년 : 退溪全書編刊委員會 飜譯委員
· 1997년 8월 : 陶山書院 齋任
· 1999년 3월-현재 : 國際退溪學會 慶南支會 支會長
· 2001년 4월-현재 : 培山書堂 堂任
· 2001년 7월-2007년 7월 : 韓國漢文教育學會 副會長
· 2002년 9월-2006년 8월 : 우리漢文學會 會長
· 2003년 9월-2005년 9월 : 成均館 典學
· 2004년 12월-현재 : 國立國語研究院 諮問委員
· 2007년 4월-2016년 12월 : 慶尙南道 文化財委員
· 2009년-현재 : 淵民學會 會長
· 2012년 9월-현재 : 韓國古典飜譯學會 副會長
· 2012년 4월-현재 : 陶雲會 副會長
· 2012년 11월-현재 : 慶尙南道 道史 人物選定委員會 副委員長
· 2014년 3월-현재 : 慶南儒教大學 學務委員 겸 講師
· 2014년 4월-현재 : (사)博約會 副會長
· 그 외 韓國漢文學會, 洌上古典研究會, 朝鮮時代史學會, 韓國古典飜
  譯學會, 韓國釋奠學會 부회장 및 회장 역임

4) 국제 활동

· 1994년 2월-1995년 8월 : 中國 北京師範大學 國學研究所 高級訪問
  學者
· 1999년 5월-현재 : 中國 華中師範大學 歷史文獻研究所 兼職教授
· 2007년 9월-2008년 8월 : 中國 北京大學 韓國學研究中心 訪問學者
· 2011년 9월-20012년 8월 : 中國 北京師範大學 漢語推廣中心 訪問學者

· 2014년 8월-현재 : 中國 南開大學 中韓漢詩交流三千年硏究團 韓國
  代表
· 2015년 9월 이후 : 臺灣 韓中漢詩資料 整理組 顧問

3. 주요 활동

  1) 학문 영역

  ① 韓國漢文學 연구
  ② 南冥學 연구
  ③ 한국과 중국의 학문적 교류 연구
  ④ 中國 學問 소개

  2) 한국학 연구 기반 조성

  ① 국립경상대학교 한문학과 창설 주도
  ② 국립경상대학교 대학원 한문학 석사과정·박사과정 창설 주도
  ③ 국립경상대학교 교육대학원 한문교육전공 창설 주도
  ④ 국립경상대학교 남명학연구소 창설 주도
  ⑤ 국립경상대학교 경남문화연구원 창설 주도
  ⑥ 국립경상대학교 고문헌도서관 건립 참여

  3) 한국학 관련 고문헌 조사 및 수집

  ① 남명학연구소 경남지방 문집 수집 및 정리
  ② 국립경상대학교 도서관 文泉閣 자료 수집 및 정리
  ③ 중국에 소재한 한국학 자료 수집

  4) 전통학문의 교육 및 보급

  ① 남명학연구소 南冥學堂 창설, 운영, 강의

② 山淸선비대학 창설, 운영, 강의

③ 기업체(남동발전 등) 선비정신 연수 교육

④ 지역 유림을 위한 고전 교육(晉州鄕校, 金海鄕校)

⑤ 일반인을 위한 고전 교육(부산, 창원, 함안, 합천의 각 문화원 등)

5) 한국학의 해외 교류 및 보급

① 北京師範大學 經史研究所 설립 참여

② 中國 南開大學 古典研究所 共同研究員

③ 中國 華中師範大學 兼職教授

④ 中國 歷史文化研究會 外國會員 代表 역임

⑤ 北京師範大學 高級訪問學者

⑥ 北京大學 訪問學者

6) 학회 활동

① 우리한문학회 회장, 명예회장

② 淵民學會 회장 및 이사

③ 한국한문학회 평의원, 이사, 감사

④ 한국한문교육학회 부회장

⑤ 한국고전번역학회 부회장

⑥ 중국역사문헌연구회 외국회원 대표

7) 사회봉사 활동

① 경상남도 문화재 위원

② 경상남도 道史 편찬위원, 집필위원, 감수위원

③ 경상남도 人物史선정위원회 부위원장

8) 현대 학계와 유림과의 연계 활동

① 陶山書院 有司

② 德川書院(南冥 曺植先生 서원) 院任

③ 道川書院(三憂堂 文益漸先生 서원) 院任

④ 培山書院(孔子·退溪·南冥 등 서원) 堂任

⑤ 成均館 典學

⑥ 慶南儒敎大學 설립 참여, 교무위원 및 강사 활동

⑦ 陜川 龍巖書院, 金海 新山書院의 復原 기획 및 참여

⑧ 전국 각처 漢詩白日場 심사위원

⑨ 전국 각처 經書聲讀大會 심사위원

4. 수상 경력

기간	포상내용	포상처	비고
2004년 5월	四未軒學術賞	사미헌기념사업회	
2010년 1월	退溪學術賞	부산퇴계학연구원	
2013년 5월	국무총리상 (우수교육자상)	대한민국 정부	
2015년 10월	國立慶尙大學校 翰林院委員 被選	국립경상대학교	

연구성과 목록

▸ 저서

1. 『權韠 漢詩 研究』, 한국정신문화연구원 석사학위논문, 1982.
2. 『韓中歷代漢詩文選』(공저), 형설출판사, 1984.
3. 『漢文菁華』(공저), 형설출판사, 1985.
4. 『草書字典』(공편), 도서출판 까치, 1990.
5. 『17세기 文廟從祀와 禮訟에 관한 研究』, 성균관대학교 박사학위논문, 1992.
6. 『朝鮮後期 南人과 西人의 학문적 대립』, 법인문화사, 1993.
7. 『한국인물유학사 3』(공저), 한길사, 1996.
8. 『漢文學入門』(공저), 경상대학교 한문학과, 1999.
9. 『孝山書院誌』, 孝山書院, 1999.
10. 『절망의 시대, 선비는 무엇을 하는가』, 한길사, 2001.
11. 『근대사회 변동과 양반』(공저), 아세아문화사, 2001.
12. 『큰 스승 남명 조식』, 지식산업사, 2001.
13. 『宜寧忠孝烈錄』, 의령문화원, 2001.
14. 『教養漢文』(공저), 와우출판사, 2003.
15. 『崔致遠의 <桂苑筆耕>에 관한 종합적 연구』(공저), 2003.
16. 『凌虛 朴敏 및 그 후예들의 학문과 사상』(공저), 술이, 2005.
17. 『漢詩鑑賞』, 와우출판사, 2005.
18. 『凝窩 李源祚의 삶과 학문』(공저), 역락, 2006.
19. 『后山 許愈의 學問과 思想』(공저), 술이, 2007.
20. 『竹牖 吳澐의 생애와 학문』(공저), 고령군청, 2007.
21. 『晚醒 朴致馥의 學問과 思想』(공저), 경상대학교 남명학연구소, 2008.
22. 『남명, 그 위대한 일생』, 경인문화사, 2010.
23. 『동북아문화의 과거와 현재』(공저), 박이정, 2010.
24. 『俛宇 郭鍾錫의 人物과 學問』(공저), 경상대학교 남명학연구소, 2010.
25. 『咸安의 歷史와 人物(Ⅰ)』(공저), 함안문화원, 2010.
26. 『咸安의 歷史와 人物(Ⅱ)』(공저), 함안문화원, 2011.
27. 『남명의 학덕을 기리며』, 경인문화사, 2011.

28. 『宜寧의 인물과 학문(Ⅰ)』(공저), 의령문화원, 2012.

29. 『儒林代表 俛宇 郭鍾錫』, 한국국학진흥원, 2012.

30. 『宜寧의 인물과 학문(Ⅱ)』(공저), 의령문화원, 2013.

31. 『大笑軒 趙宗道의 행적과 사상』(공저), 술이, 2013.

32. 『咸安郡誌』 전3책(공저), 함안군청, 2013.

33. 『曾國藩 家書-아들에게 주는 수신·학문·처세의 길』, 술이, 2014.

34. 『碧珍李氏 來進家門의 人物과 學問』(공저), 술이, 2014.

35. 『남명학파 계승양상과 강우지역의 학술』(공저), 문예원, 2014.

36. 『圃隱 鄭夢周 先生, 우리나라 性理學의 始祖』, 술이, 2015.

37. 『兵使 韓範錫 家門의 역사와 인물』(공저), 민속원, 2015.

38. 『淵民 李家源 評傳』, 술이, 2016.

▸ 번역서

1. 洪萬宗 著, 『詩話叢林』 전3책(공역), 도서출판 까치, 1993.

2. 李滉 著, 『退溪全書』 전28책(공역), 퇴계학연구원, 1989-1997.

3. 曺植 著, 『南冥集』(공역), 이론과실천, 1995.

4. 朴東奕 著, 『病窩集』, 병와집번역간행위원회, 1997.

5. 李滉 編, 『朱子書節要』(공역), 퇴계학연구원, 1998.

6. 李秉延 著, 『朝鮮寶輿勝覽(宜寧篇)』, 의령문화원, 1999.

7. 鄭樟 著, 『一樹軒集』, 일수헌집번역간행위원회, 1999.

8. 『遲川集』(공역), 遲川先生紀念事業會, 2001.

9. 曺植 著, 『學記類編』(공역), 한길사, 2002.

10. 鄭栻 著, 『明庵集』, 와우출판사, 2003.

11. 權文海 著, 『大東韻府羣玉』(공역) 제1~10책(공역), 민속원, 2003.

12. 『咸安叢瑣錄』 전2책(공역), 함안문화원, 2003.

13. 『韓國歲時風俗資料集成』(공역), 국립민속박물관, 2005.

14. 『南冥의 漢詩選』, 경인문화사, 2006.

15. 『南冥의 散文選』, 경인문화사, 2006.

16. 權文海 著, 『大東韻府群玉』 제11-20책(공역), 민속원, 2008.

17. 劉熙載 著, 『藝槪』(공역), 소명출판, 2008.

18. 鄭構 著, 『露頂軒遺稿』, 海州鄭氏門中, 2009.

19. 鄭相點 著, 『不憂軒集』, 海州鄭氏門中, 2009.

20. 편자 미상,『稗林』전15책(공역), 전15책, 민속원, 2009.
21. 許模 著,『觀川集』, 술이, 2012.
22. 河慶圭 著,『玉泉遺稿』, 술이, 2012.
23. 鄭秀民 著,『天嶺誌』(공역), 함양문화원, 2012.
24. 李曼勝 著,『槐堂集』, 술이, 2012.
25. 鄭然昱 著,『桐泉遺稿』, 술이, 2013.
26. 河禎植 著,『謹齋遺稿』, 술이, 2013.
27. 權參鉉 著,『覺齋集附錄』, 明石亭, 2013.
28. 金斗壁 著,『咫聞日記』, 술이, 2014.
29.『知足堂內外忠烈記』, 知足堂門中, 2014.
30. 文益漸 著,『三憂堂集』, 술이, 2015.
31.『孝山書院誌』(공역), 孝山書院.
32. 鄭溫 著,『隅谷實紀』, 晉陽鄭氏 隅谷公派門中.
33.『萬進堂遺稿』(공역), 玄風郭氏門中.
34.『可軒實紀』, 咸安趙氏 遷德宗中.
36. 李獻淳 著,『頓村致祭日記』, 陶山書院, 2016.

▸ 연구논문

1.「朱熹의 論語集注와 丁若鏞의 論語古今注의 비교 연구」,『경상대학교 논문집』제22집
    2호, 경상대학교, 1983.
2.「權韠의 諷刺詩에 대한 小考」,『경상대학교 논문집』제23집 1호, 경상대학교, 1984.
3.「『文選』의 韓國 傳來와 그 流行에 관한 小考」,『중국어문학』8집, 영남중국어문학회,
    1984.
4.「韓愈 詩文의 韓國 傳來와 그 影響」,『중국어문학』10집, 영남중국어문학회, 1985.
5.「崔致遠의 在唐生涯에 대한 小考」,『중국어문학』10집, 영남중국어문학회, 1985.
6.「端溪 金麟燮 硏究」(2인 공동),『사회과학연구』3집, 경상대학교 사회과학연구원,
    1985.
7.「知足堂 朴明榑 硏究」(2인 공동),『사회과학연구』4집, 경상대학교 사회과학연구원,
    1986.
8.「南冥 詩에 나타난 救世精神」,『남명학연구논총』창간호, 남명학연구원, 1988.
9.「蘇東坡 詩文의 韓國的 受容」,『중국어문학』18집, 영남중국어문학회,1988.
10.「慶南地域 中等學校 漢文敎育의 문제점」,『한문교육연구』4집, 한국한문교육학회,

1990.

11. 「韓愈詩文在朝鮮」(中國語), 延邊大學 雙語雙文化論叢, 1991.

12. 「仁祖朝 南人의 政界進出과 西人과의 갈등」, 『한문학과 유교문화』, 안동한문학회 논총간행위원회, 1991.

13. 「晉陽郡 琴山面의 古文獻」, 『경남문화연구』 13집, 경상대학교 경남문화연구소, 1991.

14. 「大笑軒 趙宗道 硏究」, 『남명학연구』 창간호, 경상대학교 남명학연구소, 1991.

15. 「竹牖 吳澐에 대한 小考」, 『남명학연구』 2집, 경상대학교 남명학연구소, 1992.

16. 「南冥 曺植先生의 生涯와 思想」, 『산청문화』 창간호, 산청문화원, 1993.

17. 「晉陽郡 水谷面의 古文獻」, 『경남문화연구』 14집, 경상대학교 경남문화연구소, 1993.

18. 「退溪의 初娶妻家 許氏 집안에 대한 硏究」, 『열화』 14집, 1993.

19. 「退溪先生的南行錄研究」(中國語), 中國人民大學出版社, 1993.

20. 「陶庵 李縡」, 『한국인물유학사 3』, 한길사, 1996.

21. 「中國의 禮書가 朝鮮後期 實學에 미친 영향에 대한 연구」, 『한문학연구』 11집, 아세아문화사, 1996.

22. 「龍洲 趙絅과 嶺南南人과의 交流에 관한 연구」, 『韓國의 經學과 漢文學』, 竹夫 李簾衡教授 定年退任 紀念論文集, 1996.

23. 「梧里 李元翼과 嶺南 南人과의 관계에 관한 연구」, 『국어국문학논총』, 猶川 申尙澈 博士 華甲紀念論叢 刊行委員會, 1996.

24. 「慶南地域에 소재한 退溪의 遺跡에 대한 고찰」, 『경남문화연구』 18집, 경상대학교 경남문화연구소, 1996.

25. 「霽山 金聖鐸의 學問과 嶺南儒林에서의 역할」, 『동방한문학』 12집, 동방한문학회, 1996.

26. 「淵民先生 所撰 碑誌類文字에 대한 연구」, 『淵民李家源先生 八秩紀念 論文集』 1997.

27. 「兩班文化의 形成과 變化의 樣相-法勿里 商山金氏家門의 경우」, 『경남문화연구』 19집, 경상대학교 경남문화연구소, 1997.

28. 「南冥 曺植의 詩에 內含된 선비정신」, 『東洋哲學의 체계와 인식』(尙虛 安炳周 教授 停年 紀念論文集), 아세아문화사, 1998.

29. 「한자·한문은 꼭 배워야 하고 배우기 어렵지 않다」, 『한문교육연구』 13호, 한국한문교육학회. 1999.

30. 「后山 許愈의 生涯와 學問」, 『한문학보』 2집, 우리한문학회, 1999.

31. 「退溪의 中國文學 受容樣相」, 『퇴계학보』 107집, 퇴계학연구원, 2000.

32. 「退溪詩的把中國文學受容的樣子」, 中國 吉林大學, 2000.

33. 「安分堂 家門의 形成과 展開」, 『南冥學研究』 9집, 경상대학교 남명학연구소, 1999.
34. 「澗松 趙任道 研究」, 『南冥學研究』 11집, 경상대학교 남명학연구소, 2001.
35. 「訥庵 朴旨瑞 研究」, 『南冥學研究』 13집, 경상대학교 남명학연구소, 2002.
36. 「退溪先生 弟子의 지역적 분포(I)」, 『퇴계학논총』 9집, 퇴계학 부산연구원, 2003.
37. 「慶南地域 漢文學에 대한 歷史的 考察」, 『동방한문학』 26집, 동방한문학회, 2004.
38. 「關於韓國之國學與孔廟之歷史」, 臺灣 佛光大學, 2003.
39. 「仁祖反正으로 인한 南冥學派의 沈沒과 沙溪學派의 浮上」, 『남명학연구』 16집, 경상대학교 남명학연구소, 2003.
40. 「明庵 鄭栻의 生涯와 詩文學에 대한 考究」, 『남명학연구』 17집, 경상대학교 남명학연구소, 2004.
41. 「后山家門의 形成과 后山의 學問的 경향」, 『남명학연구』 19집, 경상대학교 남명학연구소, 2005.
42. 「退溪學派의 지역적 연구(II)」, 『퇴계학논총』 11집, 퇴계학 부산연구원, 2005.
43. 「佔畢齋 金宗直의 학문적 특성과 제자 양성」, 밀양문화원, 2005.
44. 「佔畢齋 金宗直의 先導와 江右學派」, 『남명학연구』 20집, 경상대학교 남명학연구소, 2005.
45. 「圭菴 宋麟壽의 선비정신과 시세계」, 『儒學研究』 13호, 충남대학교 유학연구소, 2005.
46. 「高麗後期 性理學과 漢文學의 交涉樣相」, 『한문학보』 13집, 우리한문학회, 2005.
47. 「周世鵬의 문학 세계」, 함안문화원, 2005.
48. 「梧里 李元翼과 嶺南 南人과의 관계에 관한 연구」, 『한국인물사연구』 제4호, 한국인물사연구소, 2005.
49. 「傳統學問의 繼承問題와 靜谷 曺信天의 『筆語』의 가치」, 『現實認識과 對應姿勢』 3집, 퇴계학부산연구원, 2005.
50. 「北關大捷碑의 撰者와 내용에 대한 小考」, 문화재청, 2006.
51. 「凝窩 李源祚의 학문과 寒洲에 대한 영향」, 『퇴계학과 유교문화』 39호, 경북대 퇴계연구소, 2006.
52. 「淵泉 洪奭周의 문학」, 『한문학보』 15집, 우리한문학회, 2006.
53. 「竹牖 吳澐, 江右와 江左 문화의 융합자」, 『퇴계학과 유교문화』 40호, 경북대학교 퇴계연구소, 2007.
54. 「近畿南人 학자들의 南冥에 관한 관심」, 『남명학연구』 22집, 경상대학교 남명학연구소, 2006.
55. 「淵民 李家源 선생이 지은 箴銘類 연구」, 『동방학지』 제137호, 연세대학교 국학연구원,

2007.

56. 「호남지방의 退溪及門弟子」, 陶雲會, 2007.

57. 「重齋 金榥의 生涯와 學問」, 『한국인물사연구』 7집, 인물사연구회, 2007.

58. 「咸安의 學問的 傳統과 晩醒 朴致馥의 역할」, 『남명학연구』 23집, 경상대학교 남명학연구소, 2007.

59. 「俛宇 郭鍾錫의 生涯와 學問」, 『한국인물사연구』 10집, 한국인물사연구회, 2008.

60. 「東溪 權濤에 대한 小考」, 『慶南人物誌』, 2008.

61. 「圃隱 鄭夢周의 大明意識」, 경상대학교 인문학연구, 2009.

62. 「金石文과 拓本에 관한 淺說」, 韓國金石文學會, 2009.

63. 「俛宇의 學問淵源과 性理學的 特性」, 『한국인물사연구』, 한국인물사연구회, 2010.

64. 「俛宇의 學問과 李寒洲와의 관계」, 경북대학교 퇴계연구소, 2010.

65. 「『文選』의 韓國 傳來와 그 流行에 觀한 小考」(수정논문), 成均館大學 大東文化研究院, 2010.

66. 「淵民 李家源先生의 漢文學 成就過程에 대한 고찰」, 『열상고전연구』 28집, 열상고전연구회, 2008.

67. 「燕巖의 北京에 대한 認識」, 『한문학보』 19집, 우리한문학회, 2010.

68. 「退溪의 先輩學者에 대한 視角」, 『退溪學論集』 7집, 영남퇴계학연구원, 2010.

69. 「咸安의 人物과 學問的 傳統」, 『함안의 인물과 학문(Ⅰ)』, 함안문화원, 2010.

70. 「月皐 趙性家의 詩文學 研究」, 『남명학연구』 30집, 경상대학교 남명학연구소, 2010.

71. 「康熙字典的韓國傳來小考」, 『中國訓詁學研究』 3집, 中國訓詁學研究會, 2009.

72. 「淵民李家源先生的生涯與文學」, 南開大學 古典文學院, 2011.

73. 「端磎 金麟燮의 生涯와 學問」, 『남명학연구』 31집, 경상대학교 남명학연구소, 2011.

74. 「文武兼全의 大笑軒 趙宗道」, 『함안의 인물과 학문(Ⅱ)』, 함안문화원, 2011.

75. 「感樹齋 朴汝樑의 『感樹齋日記』에 대한 小考」, 『경남학』 32집, 경상대학교 경남문화연구센터, 2011.

76. 「竹牖 吳澐의 生涯와 學問」, 『함안의 인물과 학문(Ⅱ)』, 함안문화원, 2011.

77. 「韓國漢文學에서의 白居易 文學의 受容樣相」, 『한문학보』 26집, 우리한문학회, 2012.

78. 「四未軒의 學問과 嶺南에서의 位相」, 경북대학교 퇴계연구소, 2012.

79. 「陶厓 洪錫謨의 皇城雜詠 一百首 研究」, 『경남학』 33집, 경상대학교 경남문화연구센터, 2012.

80. 「宜寧의 學問的 傳統」, 『남명학연구』 37집, 경상대학교 남명학연구소, 2013.

81. 「覺齋 權參鉉의 生涯와 學問」, 『남명학연구』 37집, 경상대학교 남명학연구소, 2013.

82. 「咸安趙氏의 咸安 定着과 大笑軒 家門」, 『남명학연구』 38집, 경상대학교 남명학연구

소, 2013.

83. 「南冥神道碑와 後世儒林들의 論難」, 『남명학연구』 40집, 경상대학교 남명학연구소, 2013.

84. 「匡西 朴震英의 生涯와 爲國忠節」, 匡西紀念事業會, 2014.

85. 「國家指導者에게 미치는 讀書의 힘」, 『국립대학도서관보』, 한국대학도서관협회, 2014.

86. 「碧珍李氏 來進家門의 形成과 展開」, 『남명학연구』 42집, 경상대학교 남명학연구소, 2014.

87. 「慕堂 洪履祥의 學問에 대한 小考」, 『열상고전연구』 42집, 열상고전연구회, 2014.

88. 「寒岡 鄭逑와 咸安」, 함안문화원, 2014.

89. 「兵使 韓範錫 家門의 形成과 展開」, 『남명학연구』 43집, 경상대학교 남명학연구소, 2014.

90. 「俛宇 所撰 南冥 神道碑 小考」, 『남명학연구』 44집, 경상대학교 남명학연구소, 2014.

91. 「眞庵 李炳憲의 生涯와 學問」, 『남명학연구』 46집, 경상대학교 남명학연구소, 2015.

92. 「淵民李家源之韓國詩歌整理的功勳」, 中國 南開大學, 2015.

93. 「東溪 趙亨道의 生涯와 時代」, 『嶺南學』 28집, 경북대학교 영남문화연구원, 2015.

94. 「龍潭 朴而章의 生涯와 學問」, 『남명학연구』 46집, 경상대학교 남명학연구소, 2015.

95. 「漁溪 趙旅와 咸安精神」, 함안문화원, 2015.

96. 「楚亭 朴齊家의 中國認識에 대한 硏究」, 경남문화연구원, 2016.

97. 「四書와 四書集註에 대한 이해」

98. 「心山 金昌淑의 선비정신」

99. 「晉州의 姓氏에 대한 小考」, 진주문화원.

100. 「파리장서와 유림대표들의 광복운동」

101. 「郊隱 鄭以吾의 시세계」

102. 「『小學』의 이해와 朝鮮에 끼친 영향」

103. 「경남지역 유교문화의 형성과 전개」

▶ 解題

1. 『東野類輯』, 栖碧外史海外蒐佚本, 아세아문화사, 1985

2. 『紀聞拾遺』, 栖碧外史海外蒐佚本, 아세아문화사, 1985.

3. 『竹林冷話』, 栖碧外史海外蒐佚本, 아세아문화사, 1985.

4. 崔左海 著, 『五書古今註疏講義合纂』-『論語』, 韓國經學資料集成, 성균관대학교 대동

문화연구원, 1990.

5. 朴世采 著, 『範學全編』, 韓國經學資料集成, 성균관대학교 대동문화연구원, 1991.
6. 郭世楗 著, 『无爲子集』, 『경남문화연구』 14집, 경상대학교 경남문화연구소, 1992.
7. 鄭暄 著, 『學圃集』, 『경남문화연구』 15집, 경상대학교 경남문화연구소, 1993.
8. 河禹善 著, 『澹軒集』, 1994.
9. 曺偉 著, 『梅溪集』, 『남명학연구』 5집, 경상대학교 남명학연구소, 1995.
10. 周世鵬 著, 『武陵雜稿』, 『남명학연구』 6집, 경상대학교 남명학연구소, 1996.
11. 許愈 著, 『后山集』, 국역 『后山集』 수록, 后山書堂, 1999.
12. 金楨 著, 『葛坡集』, 『葛坡集』 수록, 葛坡文集刊行委員會. 2001.
13. 鄭蘊 著, 『桐溪集』, 국역 『桐溪集』 수록, 민족문화추진회, 2001.
14. 河演 著, 『敬齋集』, 국역 『敬齋集』 수록, 2001
15. 鄭琢 著, 『藥圃集』, 『남명학연구』 13집, 경상대학교 남명학연구소, 2002
16. 鄭栻 著, 『明庵集』, 국역 『明庵集』 수록, 와우출판사, 2003
17. 鄭奎元 著, 『芝窩集』, 국역 『芝窩集』 수록, 와우출판사, 2004.
18. 趙穆 著, 『月川集』, 『남명학연구』 19집, 경상대학교 남명학연구소, 2005
19. 權泰根 著, 『學愚集』, 『學愚集』 수록, 한림인쇄사, 2006.
20. 全鳳遂 著, 『吾山文集』, 『謙牧契小史』 수록, 2010.
21. 鄭直敎 著, 『晦汀集』, 『晦汀集』 수록, 2010.
22. 河大觀 著, 『愧窩遺稿』, 『愧窩遺稿』 수록.
23. 吳健 著, 『德溪集』, 국역 『德溪集』 수록, 경상대학교 남명학연구소, 2013.
24. 許烒 著, 『崇善殿誌』, 『崇善殿誌』 수록, 2014.
25. 金斗璧 著, 『咫聞日記』, 2014.
26. 河貞根 著, 『默齋集』, 국역 『默齋集』 수록, 술이, 2014.
27. 趙琜 著, 『知足堂內外忠烈記』, 知足堂門中, 2014.
28. 權復根 著, 『勿齋實紀』, 『勿齋實紀』 수록, 2015.
29. 文益漸 著, 『三憂堂集』, 국역 『三憂堂集』 수록, 2015.
30. 朴而章 著, 『龍潭集』, 국역 『龍潭集』 수록, 경상대학교 남명학연구소, 2015.
31. 趙任道 著, 『澗松集』, 국역 『澗松集』 수록, 한국고전번역원, 2015.
32. 李志淳 著, 『頓村致祭日記』, 2016.

▸ 脫草

1. 朴宗采, 『過庭錄』, 『韓國漢文學硏究』 7집, 한국한문학회, 1984.

2. 李家煥, 『東稗洛誦』, 栖碧外史海外蒐逸本.

3. 河大觀, 『愧窩遺稿』, 家藏筆寫本.

4. 金斗壁, 『咫聞日記』, 서울대학교 奎章閣所藏本.

▸ 書評

1. 「『朝鮮文學史』에 대한 小評」, 『淵民學志』 6집, 연민학회, 1998.

▸ 編纂

1. 金永濡, 『退齋集』, 孝山書院, 1996.

2. 崔載浩, 『我川文集』, 경상대학교 경남문화연구소, 1993.

3. 崔載浩, 『我川飜譯文集』, 경상대학교 경남문화연구소, 1997.

4. 鄭奎元, 『芝窩集』, 와우출판사, 2004.

5. 權泰根, 『學愚遺稿』, 愚川宗宅, 2004.

6. 鄭直敎, 『晦汀遺稿』, 晦汀儒契, 2010.

7. 河慶圭, 『玉泉遺稿』, 술이, 2012.

8. 鄭然昱, 『桐泉遺稿』, 술이, 2013.

9. 河禎植, 『謹齋遺稿』, 술이, 2013.

10. 河大觀, 『愧窩遺稿』, 술이, 2013.

간행사

우리 학과는 2018년 3월이면 창립 30주년을 맞는다. 30주년을 1년 앞둔 2017년 2월 학과 창립을 위해 애를 많이 썼던 허권수 교수님이 정년퇴임을 한다. 1988년 학과가 설립되면서 본과에 부임한 허교수님은 학과의 산 증인이다. 우리 학과의 첫 번째 모집학번인 88학번이 입학하였을 때에는 학과의 유일한 교수였으니, 88년부터 지금까지 29년간 학과 교수 가운데에서도 가장 오랫동안 학과를 지켜온 셈이다.

허교수님은 반평생 청춘을 바쳐 학생들을 가르치며 수많은 제자들을 배출하였고, 연구에도 충실하여 수십 권의 저역서와 100여 편의 논문을 발표하였다. 이제 정년을 맞이하여 그 제자들이 주축이 되어 허교수님이 평생 심혈을 기울여 썼던 논문을 모두 정리하여 몇 권의 책으로 발간하려고 한다.

그간 발표한 논문이 적지 않은 분량이라서, 처음에는 이 가운데 대표적인 것만 간추려 1,2책으로 간행하려고 했던 것으로 알고 있다. 하지만 간행을 준비하다 보니 모든 논문을 책으로 발간하게 되었고, 이렇게 하자니 700페이지 5책이나 되었다고 한다.

이 책에 수록된 논문들은 허권수 교수님이 평생 심력을 기울여 공부한 자취이며, 영혼이 깃든 것이라 할 수 있다. 이 논문을 쓰기 위해 숱하게 밤을 지새우기도 하였으며, 참고하기 위해 수많은 책들을 사들이기도 하였다. 지금 퇴임을 하는 나이임에도 아직도 전혀 식지 않은 학문에 대한 열정, 넓은 연구실과 집을 빼곡하게 채운 책은 바로 허교수가 평생 열심히 공부한 결과라 하겠는데, 논문 모음집인 이 책들은 바로 그 결과의 결정판이요 집대성이라 할 수 있을 것이다.

이렇게 보면 이 논문집은 허권수 교수님의 학문적 삶과 생각이 고스란히 담겨 있는 것으로, 그의 인생에 있어 무엇보다 소중한 것이라 하겠다. 하지만 사제 간의 정이 점점 얇아져가는 요즈음의 세태에 비추어 볼 때, 제자들이 자발적으로 참여하여 십시일반으로 서로 도와 이를 간행한다는 것은 쉽지 않은 일이다. 사회적 분위기가 이러함에도 불구하고 한문학과 졸업생과 경상한문학회가 주축이 되어 스승의 논문집을 간행하는 일은 참으로 아름다운 일이라 하겠다.

　이 책들이 간행되어 세상에 모습을 드러내게 되면 허권수 교수님의 학문적 업적을 내보이고 정리한 것에서 그치지 않고, 이를 통해 평생 쏟아내었던 학문에 대한 생각과 학과에서 고민하던 문제 등을 볼 수 있으며, 더 나아가 은사를 잊지 못하는 졸업생들의 마음을 길이 되새길 수 있을 것이다.

　이 책의 간행을 위해 애쓴 경상한문학회 회장과 부회장, 특히 집행부 이사 여러분의 노고에 감사드린다. 무엇보다도 졸업한 학과의 은사님 정년 퇴임을 맞아 이를 기념하고자 한마음 한 뜻으로 방대한 저술을 책으로 만들어낸 '허권수 교수 정년퇴임 기념추진위원회' 위원들을 위시한 졸업생 여러분들의 노고에 간행사를 통해서나마 그 고마운 마음을 전한다.

2017년 3월 1일

경상대학교 인문대학 한문학과장

윤호진 근지

축간사

　왕성한 연구와 교육 활동을 하던 實齋 許捲洙 교수가 이제 정년퇴임을 하게 된다. 好學하는 그의 정신을 바탕으로 34년 동안 초인적인 정력을 기울여, 연구에서는 1백여 편의 논문과 1백여 권의 저서를 남겼고, 교육에서는 1천여 명의 제자, 1백여 명의 석사, 10여 명의 박사를 배출해 내었다. 밖으로는 儒林들과 공고한 유대를 맺어 書院文化를 복원시켰고, 국제적으로는 中國學界와 공동연구 등으로 學問交流를 활발히 해 왔다.

　우리의 전통학문을 계승·발전시키고 선양하는 데 큰 업적을 쌓은 사실은 학문과 문화에 관심이 있는 사람들이라면 누구나 다 알고 있는 일이다.

　그의 많은 저술이 책으로 간행되어 많은 독자들이 읽고 정신적 혜택을 받거나 감명을 받고 있다.

　그러나 그의 학술 논문은 그 동안 전문 학술지에만 실려 쉽게 접하기 어려웠다. 이제 1백여 편에 달하는 학술 논문과 30여 편의 문헌 해제를 한 곳에 모아 수천 페이지의 방대한 책을 5책으로 나누어 출간한다. 이 일은 경상대학교 한문학과 졸업생을 주축으로 하여 구성된 '허권수교수 정년퇴임 기념추진위원회'에서 주관하여 이루어 낸 巨役이다. 許捲洙教授 研學後援會를 대표해서 노고를 드린 젊은 학자 여러분들에게 심심한 감사의 인사를 드린다.

　桑楡收功이란 말이 있다. 許教授가 법률적인 停年에는 다다랐지만, 아직도 연구하고 교육할 역량이 充沛하여 얼마든지 공헌을 더 할 수 있다. 지금 東方漢學研究所도 개설하고 實齋書堂도 열었으니, 앞으로도 지금과 다름없이 왕성한 활동을 할 것으로 기대한다.

　방대한 5책의 논문집이 다 되어갈 무렵 추진위원회에서 나에게 축하의

글을 요청할 새, 사양하기 어려워 몇 마디 蕪辭로써 진지한 축하를 하는
바이다.

丁酉年(2017) 歲首, 許捲洙敎授研學後援會長 柳澤夏

축간사

2017년 2월이 定年인 卷宇 許捲洙 교수와 나는 한 살 차의 오랜 벗이다. 우리는 그야말로 吾儕間이므로 나는 어디서나 그냥 '許捲洙'라 부른다. 그러나 우리는 君師父만 이름을 부를 수 있다는 쩔은 생각을 가지고 있으므로 서로 얼굴을 마주하면 "어이 卷宇!", "와 그노, 哲甫?"다.

삼십여 년 전 권우와 처음 통성명을 할 때 "거 이름 한번 야릇하네!"라는 마음이 들었다. 捲은 '돌돌 감아 말다'는 뜻을 가졌고 洙는 산동 곡부, 그중에서도 공자가 살았던 孔府와 공자가 누워 계시는 孔林을 안고 흐르는 河川 이름으로, 역시 곡부를 끼고 흐르는 泗水와 함께 洙泗라 병칭되어 孔子學 즉 儒學을 의미하기 때문이다. 그러니까 '許捲洙'는 '허! 공자학을 말아 먹겠네'라는 의미가 아닌가! 그의 별호 卷宇 또한 妙하다 하지 않을 수 없다. 卷자는 捲자와 通假字로 '席卷'이란 의미로 널리 쓰이니, 아닌 게 아니라 '宇宙를 말아 먹겠다'라는 뜻이다. 크도다 이름이여! 이는 "내 나이 스물에 우주 간의 모든 일을 다 궁구하고 다 해결하리라고 작심했다."[余年二十時, 欲盡取宇宙間事, 一齊打發, 一齊整頓.]라고 했던 茶山 丁若鏞 선생의 雄志와 同格이 아닌가! 그러나 부끄럽게도 이것이 내 지식의 천박함을 드러낸 것에 지나지 않음을 알게 된 지가 그리 오래되지 않는다. 捲자에는 '분발하다, 마음과 힘을 다하여 떨쳐 일어나다'는 뜻이 있어 '捲洙'에는 한마디로 '쇠퇴한 儒學의 再振作에 盡力한다'는 의미가 담겨 있었던 것이다.

그렇다! 卷宇는 이 유학 沒落의 시대에 태어나 漢文學을 지렛대로 삼아 유학의 참 가치를 찾아내어 갈고 닦아 精金美玉으로 만들어 세상에 널리 알리는, 起衰濟溺에 뜻을 두고 오랫동안 盡力해 온 것이다. 이는 적어도 이천 년 간 역대의 수많은 천재 학자들이 일생을 두고 궁구한 결과 四書五經으로 대표되는 儒家 經典에 더 이상 새로운 '참 뜻'이 없으리라는 세간의 통념을 깨고 수백 개의 原義를 찾아 유학의 새 길을 제시한 不世出의 天才 다산 선생의 뒤를 잇는 일이 아니겠는가!

겨우 열 살에 字典 한 권을 다 외어 漢字神童으로 소문나면서부터 漢學의 길로 들어선 권우의 학문적 歷程을 나는 '孤單', 이 한 단어로 槪括하려한다. 今世에 적어도 권우의 관심 영역에서 권우와 麗澤相資할 同道가 보이지 않았기 때문이다. 이는 '南 南冥 北 退溪'처럼 平起平坐할 만한 짝이 있을 경우, 그 성취가 훨씬 더 클 수 있기에 하는 말이다. 지금 당장에라도 운동화를 신고 문을 나서면 42.195km를 가볍게 내달릴 힘이 있는 권우에게 있어 정년의 나이 65세는 중간 어느 곳을 알리는 숫자에 지나지 않는다. 권우가 마라톤을 酷好하여 완주를 백 번도 더 했다는 것을 아는 사람은 다 안다. 그러니까 나는 권우가 중국의 虛雲禪師보다 십년을 더 살아 世壽 130세에 學臘 120세가 되도록 無邊한 學海에서 마음껏 游泳할 것을 예견하는 것이다.

이제 권우의 글 모음을 살펴보니 뚜껑을 닫아도 광채가 새어나오는 瑰玉 寶函과 다름이 없을 뿐만 아니라 贍富한 그 分量 또한 半等身은 된다. 이제 새로운 단계로 향하는 권우가 天生의 健脚으로 뚜벅뚜벅 걸으면 著作等身이 될 날이 멀지 않을 것이다. 그리하여 생전에 권우를 器重하여 貴愛하셨던 淵民 李家源 선생의 뒤를 이어 國際漢學大師의 영광스런 班列에 오를 날 또한 멀지 않을 것이다. 望塵莫及의 讓劣한 損弟 哲甫가 賀意와 冀望을 蕪辭에 담는다.

2017년 2월

고려대학교 한문학과 교수 金彦鍾

서문

불초는 어려서부터 漢文을 좋아하였는데, 그 가운데서도 특히 선현들의 행적과 남긴 책들에 관심이 많았다. 계속 한문학을 공부하여 박사학위를 받고 한문학을 연구하고 가르치는 교수가 되었는데, 연구 분야도 결국 선현의 학문과 사상 및 그 분들이 남긴 저술들이 되었다.

1983년 慶尙大學校에 부임한 이래로 이제 정년퇴직을 눈앞에 둔 지금까지 1백여 편의 논문과 1백여 권의 저역서, 30여 편의 解題 등이 크게 보면 모두 선현들의 학문과 사상 및 저술에 관한 것들이다.

만34년 동안 아주 좋은 학문 환경 속에서 주동적으로 쓴 글도 적지 않지만, 학회나 연구소 및 학술단체 등의 부탁을 받아 쓴 것이 더 많다. 그러나 큰 주제는 선현들의 학문과 사상 및 저술에서 벗어나지 않는다.

다시 보기 싫은 부끄러운 것도 있지만, 어떤 것은 "그때 시간에 쫓겨서 급하게 썼는데도 그런대로 괜찮게 썼고 해야 할 말은 다 했네"라는 생각이 드는 것도 없지 않다. '鷄肋'이란 말처럼 이 글들을 완전히 버리기는 아깝고, 그렇다고 묶어 논문집으로 내려는 생각을 가끔 했으나, 이도 간행물 홍수시대에 쉽게 착수가 되지 않았다. 어떤 교수는 "자기 논문을 읽던 안 읽던 묶어 독자에게 제공하는 것이 저자의 의무입니다"라고 권유하기도 했다.

미적미적하고 있는 가운데 정년퇴임이 다가왔다. 고맙게도 졸업한 同學 제자들이 나도 못 찾는 자료를 다 찾아내어 편집·정리하여 다섯 권의 방대한 책으로 간행해 주었다. 나 혼자서 정리하여 출간하려면 몇 년의 시간이 걸릴지 모를 일인데, 여러 學人들이 힘을 합하여 큰일을 마쳐 주었다.

불초의 글의 내용에 가치가 있으면 오래 살아남을 것이고, 가치가 없으면 곧 사라져 폐지가 될 것이니, 그 생명력은 나의 글에 달려 있을 따름이다.

그 동안 상당히 장기간에 걸쳐 원고의 수집·편집·정리·교정에 賢勞가 많았던 우리 젊은 同學諸彦에게 衷心에서 우러난 감사를 드린다.

2017년 2월 28일 許捲洙 序

차례

제1부 麗末鮮初 漢文學의 展開

제2부 朝鮮 中·後期 漢文學의 向方

제3부 退溪 및 退溪學派에 대한 고찰

── • 범례 • ──

이 책은 實齋 許捲洙 교수가 지난 35년 동안 집필한 연구 논문과 문헌 해제를 모아 출간한 것이다. 집필 기간이 길었던 만큼 각 원고의 서술 형식이 일정하지 않다. 따라서 본문 속 한자 표기, 각주를 단 서식, 각종 기호 등은 저자의 동의를 얻어 게재 원고의 원본을 그대로 실었음을 밝혀둔다.

제1부

麗末鮮初
漢文學의 展開

高麗後期 性理學과 漢文學의 交涉樣相

Ⅰ.

孔孟에 의해서 창시된 儒學은 후대로 내려오면서 각 시대의 특수한 상황에 맞추어 약간씩 변모해왔다. 漢代의 儒學이 그렇고, 또 宋代의 性理學이 그러하다. 송나라 때 佛教와 道教가 극도로 성행하자, 이에 대응하여 시대를 구제하고 인심을 바로잡기 위하여 程子 朱子 등이 노력하여 성리학을 확립하였다. 철학적인 깊이를 더하고, 思辨化하고, 인간생활과 더욱더 밀접하게 만들었다. 이런 성리학이 주자 사후 약 100년 전후하여 성리학은 고려에 전래되어 정착하게 되었고, 점점 더 세력을 확장하여 마침내 儒教國家인 朝鮮을 건국하기에 이르렀다. 이런 역할을 한 고려후기의 성리학이, 고려시대 漢文學과 어떤 상호관계가 있었던가 하는 것이 여기서 밝히고자 하는 바이다.

Ⅱ.

王建을 도와 後三國時代의 혼란을 종결시키고 高麗의 통일을 완성한 군벌들은 국가 경영의 능력을 갖추지 못했으므로 대부분 오래 가지 못하고 다 도태되었다. 이후 고려의 관료층은 科學를 통해서 새로 정계에 등장한 文人들이 차지하게 되었다. 이들 가운데는 敬順王을 따라 開城으로 이주해 온 新羅 귀족의 후예들이 많았다.

과거제도는 모든 사람들이 평등하게 자기 실력에 의하여 과거에 응시하여 관료로 진출할 수 있는 길을 열어 주었기 때문에, 모든 지식인들로 하여금 漢文學에 관심을 갖고 열심히 공부하는 분위기를 열어 주었으므로, 한문학의 저변확대에 많은 긍정적인 작용을 하였다. 우리 조상들에게 면면히 이어져 온 好學하는 정신은 이 과거제도에서 기인한 것이라고 볼 수 있다. 그러나 과거제도에서는, 千篇一律的이고 體制에 순응하는 문학만을 인정하기 때문에, 자연히 문학이 형식적이고 阿諛的인 방향으로 흐르게 만드는 나쁜 작용도 하였다. 고려전기의 문학이 吟風弄月的 경향을 강하게 띄고서 현실을 직시하지 못하고 太平盛世를 謳歌하게 된 원인이 과거제도에 있다고 할 수 있다.

그러니 高麗前期의 문학은 깊이 있는 학문적 기초 위에서 출발하지 못한 채 浮華한 詞章 이 위주가 되었다.

1170년에 일어난 武臣亂으로 인하여 前期 官僚文人들의 문학은 그 맥이 완전히 끊어졌다. 수많은 관료문인들이 살육을 당하고, 간혹 살아남은 문인들은 심산유곡으로 도피하여 겨우 생명을 부지하는 처지가 되었다.

무신들의 정권쟁탈전으로 한 동안 중앙문단의 공백기가 계속 되다가 이 공백을 메운 인물들이 바로 地方鄕吏層의 자제인 新興士大夫들이다.

이들은 실력을 갖추었고, 또 향리에서 현실정치의 모순을 직접 목도한 인물들이었는데, 이들은 관료문인들이 다 숙청된 뒤의 공백기에 중앙정계에 진출하여 새로운 문학주도층을 형성한 인물들이다.

고려는 건국초기부터 佛敎를 國敎로 삼았으므로 사상적으로 대단히 큰 영향력을 행사하고 있었고, 백성들의 사고방식과 생활태도를 좌우하고 있었다. 그리고 일반백성들로 하여금 내세의 극락왕생을 추구하게 하여 현실정치에 대한 관심을 끊게 만들었다. 따라서 문학에 종사하는 문인들에게 있어, 일반백성들의 삶은 관심의 대상이 되지를 못한 실정이었다.

그러나 高麗는 佛敎가 완전히 지배하고 儒敎가 말살된 국가는 아니었다. 太祖 王建은 불교를 중시했지만, 「訓要十條」에서 '博觀經史'라 하여 儒學工夫를 열심히 할 것을 강조하고 있다. 高麗에서는 佛敎와 儒敎가 대립적인 관계가 아닌 相補的인 관계에 있었다고 볼 수 있다. 더구나 과거 제도가 활발하게 운영되고 있었으므로 지식인들은 불교와 유교 두 가지 학문에 다 조예가 있었던 것이다.

이후 불교는 왕실의 절대적인 지지를 받아 날로 번성하였지만, 유교는 정치체제와 과거제도 등에 국한하여 그 機能을 발휘했으므로 날로 위축되어갔다. 왕실을 등에 업고 날로 발달한 불교는 애초에 비현실적인 데다가 날로 권력화하여 승려들이 정치에 개입하였고, 또 토지를 겸병하여 백성들을 수탈하였으므로 백성들의 원망의 대상이 되어 갔다. 사원의 비대는, 국가의 경제력과 국방력 약화에 결정적 악영향을 미쳤다.

고려의 관료문인들은 무신란 직전에 이르러서는 왕실을 둘러싼 아부문학하는 집단으로 전락하여 국가민족의 운명, 백성들의 생활에는 관심이 없이, 자기 일신의 직위 유지와 향락에만 정신이 쏠려 있었다.

이런 상황에서 무신들은 무신란을 일으켜 문신들을 숙청하고 정권을 장악하게 되었다. 그러나 무신들은 통치의 경험이 없기 때문에 몇 차례 권력쟁탈전을 벌이다가, 결국은 구체적인 통치는 신흥사대부들의 정치 역량을 수요로 하게 되었다.

신흥사대부들은 백성들이 이미 극도로 염증을 느낀 불교보다는, 현실에 바탕을 두고서 백성들의 존재가치를 인정하는 性理學을 깊이 공부하여 정신적인 이념으로 삼았다.

무신란 직후의 문인인 林椿・李仁老・李奎報 등은 아직 性理學이 정착되어 우리나라에 전래되기 이전의 인물이었으므로 성리학에 대하여 관심을 가질 수 없었고, 따라서 저술도 남긴 것이 없다.

Ⅲ.

성리학을 본격적으로 연구하고 적극적으로 보급한 맨 첫번째 인물은

晦軒 安珦(1243-1306)이라고 할 수 있다. 그는 1289년 忠宣王을 따라 元나라를 방문하여 그 곳의 朱子學者들을 접하여 朱子學을 이해하고 돌아올 때 주자의 저서를 베끼고 孔子와 朱子의 초상을 모사하여 돌아왔다. 1303년에는 國子學正 金文鼎(?)을 南京에 보내어 孔子와 70제자의 화상과 중국 文廟에서 사용하는 祭器 樂器 및 六經 諸子書 朱子書 등을 구하여 오게 하였다. 元나라는 이민족인 蒙古族이 세운 나라인데, 대다수의 漢族들로부터 그 정통성을 인정받기가 어려웠다. 그래서 朱子學을 더 철저히 숭상하게 되었다. 또 관리들의 녹봉에서 醵出하여 인재양성을 위한 養賢庫를 설치하였고, 또 贍學錢을 설치하였는데, 이는 國子監 운영경비를 지원하기 위한 재단이라고 할 수 있다.

당시 고려의 시대적 상황은 오랜 무신들의 정권쟁탈전으로 정치적으로는 불안했고, 불교는 타락하여 백성들을 정신적으로 위안을 주기는커녕 착취하는 권력집단으로 전락했고, 풍속은 퇴폐하였고, 이민족 蒙古의 침략에 이은 간섭으로 인하여 민족의 자존심은 상실되었고, 오랫동안 교육을 방치한 결과 인재가 거의 고갈되어 있었다. 이러한 국가의 정신적 공황에서 인재의 양성은 가장 시급한 현안이라고 安珦은 판단하여 실천에 옮겼다.

安珦이 성리학의 보급을 통해서 華夷論에 의거한 春秋大義의 명분을 세워서 백성들로 하여금 우리 민족의 자존심을 회복하려고 하였는데, 이는 흡사 性理學을 일으켰던 南宋이 북쪽 金나라의 압박에 시달리는 시대상황과 흡사하였다. 元나라에서 크게 부흥시킨 性理學을 통해서 元나라에 정신적인 승리를 추구하고자 했던 것이다.

漢族들은 본래 蒙古族이 세운 元나라의 문화를 폄하하는 경향이 농후하였고, 우리 나라 지식인들도 은연중 이런 경향의 영향을 받았지만, 性理學의 정착과 발전에 있어서는 元나라가 지대한 공헌을 하였다. 南宋에 국한되어 있던 성리학은, 남송 후기에는 僞學이라 하여 탄압을 받아 국가적인 영향력을 발휘하지 못했다. 원나라 개국과 함께 전국으로 보급되어 새로운 학문으로 부상했다. 특히 원나라 초기의 許衡은 朱子의 저서 가운데서도

『四書集注』와『小學』을 극히 중시하여 학생들을 가르칠 때 교재로 삼았고, 또 실천적 학문을 중시하여 綱常과 名教, 풍속의 敦化를 제창하였다. 그는 元世祖에게 올린 「時務五事」에서, '중국 고대의 禮樂典章과 文物制度를 채택하여 통치할 것'을 건의하였다. 이러한 그의 건의는, 정복자로서 습관적으로 도륙과 약탈을 일삼던 蒙古族들을, 문화와 학문을 통하여 漢族의 문화에 순화되도록 하는 아주 긍정적인 작용을 했다. 이 성리학은 元王朝의 典章制度 건립에 많은 도움을 주었고, 元 仁宗 때는 과거제도를 회복하여 주자의 『四書集注』가 과거시험의 중심과목으로 채택됨에 따라 朱子學은 官學으로서 확고한 지위를 차지하게 되었고, 이후 원왕조의 정치 경제 문화 교육 등에 깊은 영향을 끼쳤고, 지식인들의 학문과 사상 형성에 지대한 작용을 했다.

원나라에서 본격적으로 성리학이 받아들여진 것은 元나라 군대가 德安을 함락하여 남송의 성리학자 趙復을 북쪽으로 데리고 온 이후였고, 본격적으로 정치체제에 반영된 것은 趙復의 제자 許衡의 건의가 받아들여진 이후이니 南宋 멸망 이후인 1270년 이후의 일이었다.

고려는 싫던 좋던 원나라와 밀접한 외교적 관계를 갖게 되어 학자들의 왕래가 빈번하였고, 謹齋 安軸(1287-1348) 拙翁 崔瀣(1287-1340) 등은 元나라 制科에 합격하여 원나라에서 출사하였으므로, 고려의 학자들은 자연스럽게 성리학에 접하게 되었다. 또 힘만 앞세운 무신들이 장기집권하면서 정치체제가 문란하게 된 것을 재건하는 데도, 성리학의 통치이념이 필요했으므로 고려의 당시 상황은 性理學을 받아들이기에 아주 적절한 시기였다.

安珦과 그 제자인 彝齋 白頤正(1247-1323)은 뜻을 같이하여 성리학의 수입과 보급에 정성을 다하여 노력하였다. 백이정은 안향의 학문을 이어 본인이 성리학을 깊이 연구하였다. 당시 두 사람 사이의 學問 授受關係 및 백이정의 성리학 도입을 위해서 활동한 면모를 보면 다음과 같다.

彝齋는 일찍이 文正公 權溥, 文僖公 禹偉 등과 함께 晦軒 安先生의 문하에서 공부하였다. 학문을 講磨하고 학생들을 가르침으로써 스스로 性理學을 책임졌다.

그때 국가는 반란자를 치고 죄를 심문한 지가 20년이 되었는데, 선비들은 모두 갑옷을 입고 활과 화살을 잡고 정벌에 종사했으므로 글을 읽는 사람은 열에 한 둘도 되지 않았다. 六經의 전승이 끊어지지 않은 것이 겨우 실오라기 같았다. 晦軒公이 孔子를 모신 文廟를 수리하고 공자를 으뜸으로 높였다. 이에 문하의 여러 현자들이 경서에 통하고 옛날 것을 널리 아는 것을 일로 삼아 葱嶺의 누추함을 씻었다.[1]

白頤正은 菊齋 權溥(1262-1346), 易東 禹偉(1263-1342)과 더불어 안향의 문하에서 배워 끊어져 가던 유학의 맥을 이은 인물이었다. 백이정은 그 뒤 元나라 大都에서 10년 동안 머물면서 程朱의 全書를 갖고서 돌아와 날마다 동문 4, 5명과 더불어 강론하였는데, 經典으로 淵海로 삼고, 注疏로 사다리나 배로 삼았다. 이로 인하여 우리나라의 학자들이 성리학이 있는 줄 비로소 알게 되었다.

權溥는 독서를 좋아하였고 늙어서도 그치지 않았다. 朱子의 『四書纂疏』를 간행할 것을 것의하였으니, 우리나라 성리학을 창시한 공이 있다[2].

禹偉은 經史에 통달했으며, 특히 易學에 조예가 깊었다. 程子의 『易傳』이 우리나라에 처음으로 전래되자, 아무도 이해하는 사람이 없었는데, 우탁이 문을 닫아걸고 한 달 동안 연구하여 그 뜻을 알아내어 학생들을 가르치자, 義理之學이 비로소 시행되게 되었다.[3]

白頤正과 權溥·禹偉 등의 행적을 적은 기록에 모두 다 그들로 인해

---

1) 白文寶『淡庵逸集』권2 10-11장,『文憲公彝齋先生行狀』. 早與權文正溥, 禹文僖偉, 遊晦軒安先生之門, 講磨訓誨, 自任以性理之學. 時國家伐叛問罪, 二十年矣. 六籍之傳, 不絶如縷. 晦軒公, 葺聖廟, 宗孔氏. 於是, 門行諸賢, 獨以通經博古爲事, 以洗葱嶺之陋.

2) 權近『陽村集』권35 5장,「東賢事略」權政丞諱溥. 嗜讀書, 老不輟. 將朱子四書纂疏立白刊行. 東方性理之學, 由公始倡.

3) 權近『陽村集』권35 11장,『東賢事略』禹祭酒諱偉.

"성리학이 비로소 시행되었다"라고 했는데, 어쨌든 그때 비로소 성리학이 정착되는 데 있어 이들의 공로가 있었다고 볼 수 있다.

白頤正은 益齋 李齊賢(1287-1267)·稼亭 李穀(1298-1351)·淡庵 白文寶(?-1374)등의 우수한 제자를 길러 그 學脈이 후세에 전해지게 되었다. 백이정의 성리학 보급과 제자 양성의 상황을 적은 기록은 이러하다.

> 처음에 性理學이 우리나라에 이르지 않았을 때는 오랑캐 풍속이 없어지지 않았고, 선비들의 지향하는 바가 바르지 못했다. 白彝齋가 중국에 들어가서 程朱의 全書를 얻어서 돌아왔다. 이에 恥庵 朴忠佐(1287-1349), 益齋 李齊賢, 稼亭 李穀 樵隱 李仁復(1308-1374), 淡庵 白文寶 등이 먼저 가르침을 받아 여러 선비들을 위하여 제창하여 道學을 밝혀, 배우는 사람들로 하여금 우리의 道가 높일 만하고 異端을 배척해야 한다는 것을 알게 하였으니, 앞 시대를 이어서 다음 세대를 열어 주는 공적은 실로 컸다 하겠다.4)

白頤正이 제자 가운데는 고려 후기 性理學 진흥에 큰 업적을 남긴 李齊賢과 李穀 등이 있어 백이정이 수입한 성리학이 고려를 거쳐 朝鮮까지 면면히 이어지도록 했다. 제자 가운데 白文寶는 상소하여 불교를 배척하고 天人·道德에 관한 說을 강론하여 聖學을 밝힐 것을 건의하였다.

李齊賢은 白頤正의 제자이면서 權溥의 사위로서 성리학의 學脈을 이었고, 忠宣王을 따라 大都에서 6년 동안 생활하면서 元나라 최고의 학자인 閻復 虞集 등 유학자들과의 교류를 통하여 성리학에 대한 조예가 더욱 깊어졌다. 그가 忠宣王과 나눈 대화를 통해서 당시 高麗의 유학에 대한 그의 인식을 알아볼 수 있다.

> 충선왕이 "우리나라는 옛날부터 中華와 대등하다고 일컬었는데, 지금은

---

4) 白文寶『淡庵逸集』附錄「史傳搜輯」. 時性理之學, 未及東方, 夷俗未祛, 士趨不正, 白彝齋 入中朝, 得程朱全書以歸. 於是, 朴恥庵忠佐, 李益齋齊賢, 李稼亭穀, 李樵隱仁復, 白淡庵文寶 首先師受, 爲羣儒倡, 以明道學, 使學者知吾道之可尊, 異端之可斥, 繼開之功, 實有大焉.

학자들이 모두 승려들에게 章句나 배워 익히고 있소. 그래서 문장의 자구나 다듬는 小技에만 골몰하고 있는 무리들이 많아지고 경전을 밝히고 행실을 닦는 선비들이 지극히 적은데, 그 까닭은 무엇이오?"라고 물었다. 이제현은, "본래는 중국에 버금 갔지만, 무인정권이 출현하면서부터 살아남은 학자들은 山林에 들어가 중이 되어 강학하였습니다. 이때부터 선비들이 승려들한테 가서 장구를 익히는 풍습이 생겼습니다. 그러나 이제 왕께서 학교를 널리 열고 六藝와 五敎를 존중하는데, 누가 정직한 선비를 배반하고 승려를 따르겠으며, 實學을 버리고 장구를 익히는 일에 종사하겠습니까?"[5]

무신란으로 인하여 황폐화되었던 고려의 학문이 정직한 유학자에 의해서 살아나, 章句나 다듬는 詞章工夫가 아닌 실천을 위주로 하는 실학이 살아나고 있다고 당시의 학문상황을 이제현은 밝혔다. 이제현 자신도 문학 활동에서 古文을 추구했지만, 六經에 바탕을 둔 고문의 창작에 심혈을 기울였던 것이다. 그리고 그는 수식만 일삼는 彫蟲篆刻하는 무리보다는 經明行修한 선비를 우대해야 한다는 사고를 갖고 있었다. 그 당시 유교는 인간의 본성을 밝히고 질서를 추구하는 기본이념인 성리학의 형태로 바뀌어 고려에 도입되어 널리 보급되고 있었다. 그래서 이제현 당시에는 "집집마다 程朱의 書가 있고 사람마다 性理의 學을 안다"[6]라는 말이 있을 정도가 되었다. 이런 성리학 보급이 이제현의 스승과 장인을 통해서 이루어졌으므로 이제현은 실로 성리학 보급의 중심에 서 있었다. 그러나 이제현 자신은 성리학의 정착과 보급을 위해서 많은 역할을 했지만, 정작 자신이 성리학을 연구하여 저술을 남긴 것은 없다. 당시까지만 해도 아직 학문적으로 깊이 연구하는 그런 분위기가 마련되지 못했던 것이다.

이제현이 기른 제자로 稼亭 李穀, 樵隱 李仁復(1308-1374) 및 李穀의 아들인 牧隱 李穡(1328-1396)이 있었는데, 그 가운데 이색은 이제현의

---

5) 李齊賢 『櫟翁稗說』 前集.
6) 李齊賢 『益齋亂藁』 권9 하 20장 「策問」.

걸출한 제자로서 그 학맥을 계승하였다. 安珦・白頤正 등의 性理學 보급 이후로 학자들의 관심은 고조되었으나, 얼마간의 시간이 지나자 國學인 成均館은 전과 마찬가지로 피폐일로를 걷고 있었다. 당시 성균관에는 배우러 오는 학생도 별로 없고 校舍도 무너졌고, 교수들도 유명무실하였다. 이런 퇴폐적인 상황을 일신한 인물이 바로 이색이었다. 이색이 成均館 大司成으로 부임하여 성균관의 학칙을 새로 제정하고 국가의 교육비를 대폭 증가하고, 학생정원도 대폭 늘리고 성리학에 조예가 깊은 학자들을 學官으로 초빙하였다. 그 당시의 상황을 보면 다음과 같았다.

신축년(1361)에 난리를 겪은 뒤로 학교가 폐지되어버렸다. 왕이 부흥시키고자 하여 崇文館의 옛 터에다 成均館을 다시 세웠다. 강의하여 가르치는 인원이 적었기 때문에 그 당시 經術의 선비인 永嘉 金九容, 烏川 鄭夢周, 潘陽 朴尙衷, 密陽 朴宜中, 京山 李崇仁 등을 선발하여 다른 관직에 있으면서 學官을 겸하도록 했다. 牧隱公이 성균관의 우두머리가 되어 大司成을 겸하였는데, 대사성을 겸한 것은 공이 처음이었다. 그 다음해 무신년(1368) 봄에 사방에서 배우려는 사람들이 많이 모여들었다. 여러 공들이 경전을 나누어서 수업을 하고, 매일 강의를 마치고 나면 의문 나는 내용을 서로 토론하여 그 극치에 이르렀다. 공은 느긋하게 중용의 자세를 취하여 분석하고 절충하였는데, 반드시 程朱의 취지에 합당하게 하려고 힘썼다. 저녁이 다 가도록 피곤한 줄도 몰랐다. 이에 동방의 性理學이 크게 일어났다. 배우는 사람들은 외우기나 하고 시문이나 짓던 습관을 버리고서 身心・性命의 이치를 궁구하여 우리 儒道를 으뜸으로 삼아 異端에 미혹되지 않고, 그 의리를 바로 하고 功利를 도모하지 않을 줄 알게 되니, 儒風과 學術이 찬란히 한번 새롭게 되었다. 이 모두가 선생이 가르친 힘 때문이었다.[7]

---

7) 李穡『牧隱藁』「行狀」3장, 權近 所撰「牧隱行狀」. 初自辛丑經兵之後, 學校廢弛. 王欲復興, 改創成均于崇文館之舊址. 以講授員少, 擇一時經術之士, 若永嘉金九容, 烏川鄭夢周, 潘陽朴尙衷, 密陽朴宜中, 京山李崇仁等, 皆以他官兼學官. 以公爲之長, 兼大司成, 自公始也. 明年戊申春, 四方學者坌集, 諸公分經授業, 每日講畢, 相與論難疑義, 各臻其極. 公怡然中處, 辨析折衷, 必務合於程朱之旨, 竟夕忘倦. 於是, 東方性理之學, 大興. 學者祛其記誦詞章之習, 而窮身心性命之理, 知宗斯道, 而不惑於異端, 欲正其義, 而不謀於功利, 儒風學術, 煥然一新,

당시 性理學에 조예가 깊은 학자들을 망라하여 成均館 교육을 활성화시키는 데 주도적인 역할을 한 인물이 바로 이색이었다. 이때 學官 가운데서 性理學에 가장 조예가 깊고 활발하게 활동한 인물이 鄭夢周였다.

　　그때 經書로서 우리나라에 전래된 것은 오직『朱子集注』뿐이었다. 鄭夢周가 講說하는 것이 힘이 있어 사람들이 생각하는 것보다 훨씬 넘어서니, 듣는 사람들이 자못 의심을 하였다. 그 뒤 胡炳文의『四書通』을 얻어서 보니, 정몽주의 강설과 딱 들어맞지 않는 것이 없었다. 여러 학자들이 더욱 탄복하게 되었다. 李穡은 자주 그를 칭찬해서 말하기를 "夢周가 이치를 논하는 것은 횡적으로 설명하나 종적으로 설명하나 이치에 합당하지 않는 것이 없도다"라고 하며 동방의 理學의 元祖로 추앙하였다.[8]

鄭夢周는 性理學에 조예가 깊고 강의를 잘하여 많은 인재를 길러냈을 뿐만 아니라 朱子 주석의 깊은 뜻을 잘 이해하였던 것이다. 불교의식을 따르고 있던 그 당시의 喪禮와 祭禮를『朱子家禮』에 의거하여 시행하도록 하였고 또 家廟를 세워서 조상의 제사를 받들게 했다. 그리고 서울에 五部學堂과 지방의 鄕校를 세워 유학을 진흥하도록 건의하였다.[9]

李穡의 제자 가운데 三峯 鄭道傳(1342-1398)과 陽村 權近(1352-1409)이 뛰어났는데, 정도전은 佛敎의 교리 자체를 공격·배척할 수 있는 이론을 마련하여『佛氏雜辨』을 저술하였고, 성리학을 朝鮮王朝의 통치에 활용할 수 있는 典章制度的인 체제를 마련하였다. 權近은 박학하한 데다 性理學에 정통하였고,『入學圖說』·『五經淺見錄』등 유학에 관한 저서를 최초로 지었고, 鄭道傳의『佛氏雜辨』에 주석을 달았다. 그는 성리학과 문학에

皆先生教誨之力也.

8)『高麗史』권117「列傳」30「鄭夢周傳」. 時, 經書至東方者, 唯朱子集註耳. 夢周講說發越, 超出人意, 聞者頗疑. 及得胡炳文四書通, 無不脗合, 諸儒尤加嘆服. 李穡亟稱之曰, "夢周論理, 橫說竪說, 無非當理" 推爲東方理學之祖.

9)『高麗史』권 117「列傳」30「鄭夢周傳」.

아울러 뛰어난 인물로 고려말기 상당히 심화된 성리학이 朝鮮王朝에서 계승·발전하는 데 결정적인 역할을 한 인물이다.

春亭 卞季良(1369-1430)은 李穡의 제자이면서 동시에 權近의 제자였다. 이들은 朝鮮 건국후 과거제도 등 문물제도를 정비하는 데 깊이 관여하였는데, 고려후기 전래되어 보급된 性理學을 조선에 정착시키는 데 결정적인 공헌하였다. 왕자의 난으로 인하여 鄭道傳이 숙청된 이후로는 조선왕조의 文物制度의 정비는 權近과 卞季良에 의해서 주도되었다.

한편 鄭夢周의 學脈을 이은 제자로 性理學에 조예가 깊었던 吉再 (1353-1419)는 고려말기 벼슬을 버리고 고향 善山에 은거하면서 제자를 가르침에 따라서 성리학이 嶺南으로 전파하는 데 결정적인 역할을 하였고, 이후 嶺南士林派의 開山祖의 위치에 있는 인물이다.

조선의 문물제도와 성리학이 융성하게 된 근원은 고려시대에 수입하여 정착시킨 安珦·白頤正 등에게서 나왔다고 하겠다.

Ⅳ.

性理學 수입 이전에도 과거시험 준비를 위해서 유교경전을 읽지 않은 것은 아니었지만, 깊이 있게 연구를 하거나 마음으로 체득하여 실천에 옮겨 인격수양을 꾀하려는 노력을 한 사람은 없었다. 성리학 공부 이후 문학에도 좋은 반응이 나타나 글이 훨씬 현실생활과 밀접해지고 사변적인 깊이를 더하고 논리적으로 변해갔다. 성리학 도입시기를 전후하여 그 당시 문학에 나타난 변화에 대해서 徐居正(1420-1488)은 다음과 같이 자기의 견해를 피력하였다.

　高麗 光宗과 顯宗 이후로 문사가 많이 배출되어 辭賦와 四六騈儷文이 穠纖하면서도 富麗하여 후세 사람들이 미칠 바가 아니었다. 그러나 文辭의

논의 가운데는 문제삼을 만한 것이 많이 있다. 이때는 程朱의 集注가 동방에서 유행되지 않아, 그 의리와 性命의 심오함을 논의하는 데 있어서 잘못되거나 모순된 것이 있어도 이상하게 여길 것도 못되었다. 대개 性理學은 宋나라에서 성행했는데, 송나라 이전에나 子思・孟子 이후로 글 짓는 사람이 한둘이 아니지만, 오직 李翺와 韓愈만이 바른 것에 가까웠다. 그런데 하물며 동방이겠는가? 忠烈王 이후로 『集注』가 비로소 유행하게 되자, 배우는 사람들이 점점 성리학의 경지로 들어가게 되었다. 益齋 이하 稼亭, 牧隱, 圃隱, 三峯, 陽村 등 여러 선생들이 서로 이어서 일어나 道學을 제창하여 밝히자 문장의 氣習이 거의 옛날에 가까워졌고, 詩와 賦와 사륙변려문도 그 나름대로 우열이 있게 되었다.[10]

朱子의 『四書集注』가 수입되어 우리나라에서 많은 학자들이 성리학을 공부하여 성리학의 체계에 젖어든 이후부터 시문과 辭賦 사륙문 등에서 차별이 생기기 시작했다고 보고 있다. 益齋 李齊賢을 위시해서 稼亭 李穀, 圃隱 鄭夢周, 三峯 鄭道傳, 陽村 權近 등의 문학작품에서부터 이전의 문인들과는 달리 학문적 깊이가 있게 되었다고 말하고 있다. 性情의 올바름을 추구하고, 자연과 인간의 관계를 설정하고, 통치의 대상이 되는 백성들의 현실 문제가 문학 속으로 파고들어 오는 등의 변화가 있었던 것이다.

性理學에 관심을 가진 문인들의 숫자가 많아지고 이들의 조예가 더욱더 깊어지자, 성리학은 점점 더 큰 세력으로 성장할 수 있었다. 浮華한 시문이 학문에 바탕을 둔 내실 있는 시문으로 바뀌었고, 불교의 교리에 젖어 비현실적이던 시문이 자기를 돌아보고 孝悌忠信 등 현실문제에 관심을 둔 문학으로 바뀌었다.

성리학에 바탕을 둔 이런 일군의 문인 학자들이 불교에 염증을 느끼는

---

10) 徐居正 『東人詩話』 권하. 高麗光顯以後, 文士輩出, 詞賦四六, 穠纖富麗, 非後人所及. 但文辭議論, 多有可議者. 當是時, 程朱集注 不行於東方, 其論性命義理之奧, 紕繆牴牾, 無足怪者. 蓋性理之學, 盛於宋, 自宋而上, 思孟而下, 作者非一, 唯李翺韓愈爲近正, 況東方乎? 忠烈以後, 集注始行, 學者駸駸入性理之域, 益齋而下, 稼亭牧隱圃隱三峯陽村諸先生, 相繼而作, 倡明道學, 文章氣習, 庶幾近正, 而詩賦四六, 亦自有優劣矣.

시대상황을 틈타 군사력을 가진 李成桂(1335-1408) 무력집단과 힘을 합쳐서 1392년 마침내 儒敎國家인 朝鮮을 건국하였다. 성리학에 조예가 깊은 문인 학자들이 이성계에게 협조한 면도 있지만, 이성계 일파의 군사력을 문인 학자들이 잘 활용하여 자신들의 이상적으로 생각하던 국가를 건설했다고도 볼 수 있다.

봄의 기운이 해가 가장 짧은 동지에 시작되듯이 退溪 李滉(1501-1570), 栗谷 李珥(1536-1584) 등 성리학의 대가가 배출되어 성리학 전성기를 누릴 수 있는 바탕은 고려 후기 문인 학자들의 성리학 정착과 보급을 위한 노력에서 출발했다고 할 수 있겠다.

圃隱 鄭夢周의 생애와 對明外交

Ⅰ. 서론

일반적으로 포은(圃隱) 정몽주(鄭夢周 : 1337-1392)라 하면 충절(忠節)만 생각하는데, 그는 우리 나라에서 최초로 성리학을 본격적으로 연구한 학자이자 출중한 문학가·행정가·교육자·외교가이다.

그가 관계에서 활동하던 시기는 원(元)나라와 명(明)나라가 교체하던 시기로서, 고려(高麗) 왕조로서는 외교적으로 대단히 어려운 입장에 처하게 되었다. 특히 친원파(親元派)에 의해 야기된 명나라와의 불편한 외교관계는 고려의 존망에 영향을 미칠 정도의 큰 외교적 난제였다.

이럴 즈음에 외교적 감각이 뛰어난 포은이 국제적 역학관계를 정확하게 파악한 바탕 위에서 그 능력을 발휘하여 명나라와의 관계를 개선하여 우리 나라에 국익에 손해되는 것 없게 만들었다. 학자 출신의 문신으로서 그의 외교적 시각과 업적을 조명해 보는 것이 이 글의 목적이다.

Ⅱ. 일생열력(一生閱歷)의 개괄

포은(圃隱) 정몽주(鄭夢周)는 고려왕조가 패망의 분위기가 짙어가던 1337년에 영일정씨(迎日鄭氏) 시조 정습명(鄭襲明)의 10대손이자 일성부원군(日城府院君) 정운관(鄭云瓘)의 아들로 경북 영천(永川)에서 태어났다.

흔히 정몽주 하면 일반적으로 이방원(李芳遠)의 회유에도 넘어가지 않

고 지조를 지켜 "이몸이 죽고 죽어 ……"로 시작되는 「단심가(丹心歌)」를
지은 사람으로만 알거나, 아니면 고려왕조를 위해 목숨을 바쳐 충절(忠節)
을 다한 인물로만 알고 있는 경우가 많다. 그가 충신이라는 사실에 묻혀
더 중요한 우리 나라 성리학(性理學)을 본격적으로 연구한 학자로서, 조선
유학(儒學)의 뿌리가 그에게서 나왔다는 사실은 덜 알려져 있다. 그밖에도
능력 있는 정치가, 탁월한 외교가, 수준 높은 문학가, 지극한 효자, 실천하
는 지식인이라는 사실을 아는 사람도 드물다.

포은은 어려서부터 아주 총명하였다. 아홉 살 때 외가에 갔는데, 애인과
헤어진 계집종이 포은에게 편지를 대신 써달라고 졸랐다. 그래서 포은은
단번에 "구름은 모였다 흩어지고, 달은 찼다가 기울지만, 저의 마음은 변함
이 없답니다[雲聚散, 月盈虧, 妾心不移]"라고 써주었다. 그러나 그 여종이
너무 짧다고 마음에 안 들어 하길래, 다시 개봉하여 "봉했다가 다시 열어
한 마디 말 더 보태노니, 세상에 많은 병은 상사병이랍니다[緘了却開添一
語, 世間多病是相思]"라고 더 적어 주었다. 이 기발한 글귀가 당시 이미
사람들에게 회자(膾炙)되었다고 한다.[1]

1357년 진사(進士)에 급제하였고, 1360년(공민왕 9) 24세 때 문과에
장원급제하여 벼슬에 나왔다. 포은은 어려서부터 큰 뜻을 가지고 배우기
를 좋아하여 여러 가지 서적을 널리 보고 날마다 『중용(中庸)』과 『대학
(大學)』을 외웠고, 궁리(窮理)하여 치지(致知)하고, 반궁(反躬)하여 실천
하며 염락(濂洛)의 전하지 않은 오묘한 학문을 홀로 터득하였다. 그 당
시 고려에서는 오로지 사장(詞章)만을 숭상하고 있었는데, 포은은 "사장
은 말단적인 기예(技藝)이다. 심신을 수양하는 학문이 있나니, 그 학설은
『중용』과 『대학』 속에 다 들어 있다."라고 말할 정도로 성리학(性理學)
에 대해 관심이 깊었고 이미 조예도 상당하였다.[2]

---

1) 포은집(圃隱集) 속1권 1장, 「상사곡(相思曲)」.
2) 『포은집(圃隱集)』 부록 속 3권 3장, 『별본연보(別本年譜)』.

1362년에 예문관(藝文館) 검열(檢閱)로부터 벼슬을 시작하여[3] 수찬(修撰)을 거쳐 1363년에는 선덕랑(宣德郞) 위위시승(衛尉寺丞)에 임명되어 동북면지휘사(東北面指揮使) 한방신(韓方信)을 따라 여진정벌에 참여하였다. 이후 포은은 이성계(李成桂)를 따라 왜구 정벌에도 여러 차례 나섰다. 이를 보면 그가 문무겸전(文武兼全)한 인물이었음을 미루어 알 수 있다.

1365년 모친상을 당하여 여묘(廬墓)를 하면서 삼년상을 치루었다. 당시 사대부들은 삼년상을 치르지 않았으므로 포은에게 벼슬을 제수하였으나 선생은 나가지 않았다. 포은이 전후 부모상에 여묘로서 삼년상을 마치자 국가에서 정려(旌閭)를 내렸다.

1367년 삼년상을 마치고 다시 관계로 복귀하여 예조정랑(禮曹正郎) 겸 성균관(成均館) 박사(博士)에 임명되었다. 그 당시 공민왕(恭愍王)은 성균관을 새로 복원하여 학문을 일으키는 데 관심을 갖고 있었다. 목은(牧隱) 이색(李穡)을 대사성(大司成)으로 삼아 덕행과 경술(經術)을 갖춘 선비를 선발하였는데, 김구용(金九容), 이숭인(李崇仁), 박상충(朴尚衷) 등과 함께 선생은 맨 처음으로 선발되었다. 포은은 강학의 규정을 이들과 논의하여 확정하였다. 매일 명륜당(明倫堂)에 모여서 경서를 나누어 강의를 하고 서로 더불어 토론하였다. 이로 인하여 정주(程朱)의 성리학(性理學)이 비로소 일어났다.[4]

학자로서의 포은은 우리나라 학술사상 성리학을 본격적으로 연구한 학자이다. 고려시대에는 유학적 척도에서 보면 학자라고 일컬을 만한 인물이 드물다. 그냥 글을 읽어서 시나 문장을 짓는 정도의 수준이었다. 포은은 시문에만 힘쓰는 것은 말단적인 공부라 생각하여 과거시험을 치기 전에 경서를 싸들고 삼각산에 들어가 사서오경(四書五經)을 철저히 공부하였다. 그때 원나라로부터 주자(朱子)의 『사서집주(四書集注)』가 우리나라에

---

3) 예문관 검열에 임명된 것이 과거 합격후 2년 뒤이나, 그 이전의 벼슬은 자료가 없어 상고할 수가 없다.

4) 『고려사(高麗史)』.

처음으로 전래되었는데, 전날의 주석서보다 훨씬 더 철학적이고 사변적 (思辨的)인 체계를 갖춘 주석이었으므로 내용이 심오하였다. 정몽주가 혼자 연구하여 그 뜻을 정확하게 파악하여 성균관(成均館)에서 자신감 넘치게 강의하였다. 그 내용이 아주 독창적이라 다른 동료들이 "그 원래 뜻이 정말 그럴까?"라며 의심하는 눈치가 역력했다. 그러나 그 당시에는 맞는지 틀리는지 아무도 판별을 할 능력이 없었다. 그 뒤 중국에서 원(元)나라 학자 호병문(胡炳文)이 지은 『사서통(四書通)』이라는 책이 들어왔는데, 이 책은 주자의 주석을 더욱 더 깊이 분석한 책이었다. 그런데 포은이 해석한 내용이 이 책의 내용과 딱 들어맞는 것을 보고 당시의 여러 유학자들은 탄복해 마지 않았다. 그때 목은(牧隱)은 그의 학문을 평하여 "그가 이치를 논하면 횡으로 말하거나 종으로 말하거나 할 것 없이 이치에 들어맞지 않는 것이 없다."라고 극구 칭찬하여 그를 '동방이학지조(東方理學之祖 : 우리나라 성리학의 시조)라고 극도로 추앙하였다.[5] 상관이고 아홉 살이나 많은 이색이 이 정도로 칭찬한 것을 볼 때 이색이 포은의 학문에 얼마나 감탄했는지를 짐작할 수 있다.

포은은 지식으로서만 유학을 공부한 것이 아니고 유학을 몸소 실천하였다. 일상생활에 있어서도 철저히 유학의 가르침대로 생활하였다. 고려시대에는 불교가 생활화되어 있었기 때문에 사대부(士大夫)라 하여도 부모의 상(喪)을 당해서 화장(火葬)을 하고 절에 가서 제를 올리고 백 일 이내에 다 상복을 벗어버리고 태연하게 벼슬에 다시 나왔다. 사대부들마저도 조상들에게 제사도 드리지 않는 실정이었다. 포은은 모든 예절을 『주자가례(朱子家禮)』에 준하여 철저히 실천하였다. 부모의 상을 당하여 각각 여묘(廬墓)를 하며 삼년상을 마쳤다. 학문을 통해서 국가의 기강을 바로잡고 세상을 교화하겠다는 정신으로 공부를 했던 것이다. 그의 예법 보급운동은, 말기적인 병폐가 사방에서 출현하는 고려사회를 다시 살리려는 의도에서

---

5) 『연보별본』 7장.

나온 것이었다.

그는 또 문학적으로도 대단히 뛰어났다. 조선 순조(純祖) 때의 대시인인 자하(紫霞) 시인은 포은의 문학을 평가하는 시를 지었는데, 이러하다.

참되게 이학을 전하여 동쪽 나라에 으뜸이고,　　　　眞傳理學冠東邦
절의는 당당하여 백세를 전해 내려오네.　　　　　　節義堂堂百世降
사장(詞章)도 아울러 우뚝할 줄은 생각지 못했는데,　不謂詞章兼卓犖
빗소리 나는 판자 집에 매화 일찍 핀 창이라.　　　　雨聲板屋早梅窓6)

포은이 당시 성리학의 일인자로서 우리 나라에 성리학이 정착되게 한 공로와 뛰어난 절의에 대해서는 자하가 일찍부터 알고 있었지만, 시문이 대단한 줄은 그 작품을 검토해 보고서 새롭게 알았던 것이다. 그 대표적인 작품으로는 「봉사일본작(奉使日本作)」을 들었다. 맨 마지막 구절의 "빗소리 나는 판자 집에 매화 일찍 핀 창이라[雨聲板屋早梅窓]"라는 구절은 포은 시의 "매화 핀 창에는 봄빛이 이르고, 판자집에는 빗소리가 많도다[梅窓春色早, 板屋雨聲多]"라는 구절을 압축한 것이다.

그는 또 시문에 능했기 때문에 글 잘하는 사람이 맡는 지제교(知製敎) 직책을 32세 이후로 늘 겸하고 있었으니, 그 당시 사장(詞章)으로도 나라에서 으뜸이었음을 알 수 있다.

포은은 본래 저술(著述)을 많이 하지 않았고, 또 그가 처형되었기에 시문이 거의 다 흩어져 버려 『포은집(圃隱集)』에는 문장이 얼마 남아 있지 않고, 시는 3백여 편 정도 남아 있다. 본래 시 짓기를 좋아하여 많이 지었지만, 마음에 들지 않으면 바로 버렸다고 한다. 지금 남아 있는 것은 그의 제자 함부림(咸傅霖)이 모시고 다니면서 적어 모아 두었던 것이 대부분이다.

그의 문장은 웅심(雄深)하면서도 아건(雅健)하고 혼후(渾厚)하면서도

---

6) 신위(申緯) 『경수당전고(警修堂全藁)』, 「東人論詩絶句」.

화평(和平)하여 임금을 사랑하고 나라를 위해서 몸 바치겠다는 뜻이 넘쳐나고, 인륜을 지켜 세상을 바로잡겠다는 내용이 많다. 그 이전의 시인들보다 소재(素材)를 채취한 폭이 넓고, 시를 짓는 기법(技法)이 참신하였다.

정몽주의 제자 가운데서 양촌(陽村) 권근(權近)이나, 호정(浩亭) 하륜(河崙), 춘정(春亭) 변계량(卞季良) 등 이성계(李成桂)에게 협력하여 조선건국의 기초를 닦는 데 기여한 사람도 적지 않았지만, 불사이군(不事二君)의 절의를 지킨 야은(冶隱) 길재(吉再) 같은 제자는 벼슬을 버리고 고향 선산(善山)의 금오산(金烏山)으로 내려가 숨어살면서 학문연구와 제자양성으로 일생을 마쳤다. 길재의 학문이 그 제자 강호(江湖) 김숙자(金叔滋)에게 전해졌고, 김숙자의 학문은 그 아들 점필재(佔畢齋) 김종직(金宗直)에게 전해졌다. 김종직은 많은 제자를 길렀고, 그 자신 과거에 급제하여 벼슬길에 나가 예조판서에까지 이르렀다. 그 제자들을 조정에 많이 진출시켜 절의(節義)를 지키며 초야에서 학문연구만 하던 영남 사림파가 조정에 대거 진출하는 계기를 마련하였다. 그리고 각 지역으로 퍼져나간 그의 제자들에 의하여 학문이 널리 보급되었다. 성리학 방면에서는 한훤당(寒暄堂) 김굉필(金宏弼)과 일두(一蠹) 정여창(鄭汝昌) 등이 대표적인 점필재(佔畢齋)의 제자였고, 문학 방면에서는 매계(梅溪) 조위(曹偉), 추강(秋江) 남효온(南孝溫), 망헌(忘軒) 이주(李胄) 등이 점필재의 대표적인 제자다. 그리고 한훤당의 제자가 이상적인 정치를 지향하던 정암(靜庵) 조광조(趙光祖)였다. 이들을 통해서 포은의 학문적 문학적 연원(淵源)이 면면히 계승되었다.

포은은 전공판서(典工判書), 예의판서(禮儀判書), 예문관(藝文館) 제학(提學) 여러 관직을 거쳐 문신의 최고직책인 문하시중(門下侍中 : 오늘날의 총리)에까지 이르기까지 정치 경제 외교는 물론 문화적인 면에서 많은 공헌을 하였다. 특히 유학을 보급하고 유교제도를 정착시킨 업적이 매우 컸다.

포은은 명나라가 새로 일어나자 명나라와의 관계 개선에 누구보다 앞장

섰다. 친명(親明) 노선을 걸은 점에서는 이성계(李成桂)와 의견이 맞았다. 그러나 고려왕조를 끝까지 지키려던 포은은 고려를 멸망시키려는 이성계 일파에세 피살되어 숨을 거두고 말았으니, 그때 나이 불과 56세였다. 포은이 타살된 지 석 달 뒤인 1392년 7월 고려는 475년만에 망하고 이성계가 조선(朝鮮)을 세우고 국왕으로 등극하였다.

그러나 조선왕조의 3대 임금 태종(太宗)이 된 이방원은 아이러니하게도 자기들의 왕조건설에 끝까지 저항하며 방해했던 포은을 충신으로 인정하여 대광보국숭록대부(大匡輔國崇祿大夫) 영의정부사(領議政府事), 수문전(修文殿) 대제학(大提學), 감예문춘추관사(監藝文春秋館事)에 추증하고, 익양부원군(益陽府院君)에 봉하고, 문충공(文忠公)이란 시호(諡號)를 내려 주었다. 왜냐하면 비록 조선왕조의 건립을 반대했어도, 조선왕조가 존속되기 위해서는 포은 같은 충신이 필요했기 때문이다.

중종(中宗) 때 포은을 성균관 문묘(文廟)에 종사(從祀)하였고, 역대의 왕들은 사제문(賜祭文)을 지어 내리는 등 계속해서 그의 충절을 칭송하여 세상 사람들에게 충절을 권면(勸勉)하였다.

포은은 생사를 초월하여 절개를 지켰고, 개인의 명리(名利)을 돌보지 않고 국가민족을 위해 최선을 다하는 그의 적극적인 자세는 오늘날 많은 사람들에게 삶의 지표가 될 것이다. 후세의 한국인들에게 가장 큰 영향을 미친 역사적 인물을 들라면 당연히 포은을 들 수 있을 것이다. 특히 원명교체기에 국제정세를 정확히 판단하여 고려의 국익을 가져다 주는 외교를 펼친 것은 고금의 역사에 통달한 대표적인 통유(通儒)라 할 수 있다.

Ⅲ. 포은의 국제감각과 대명외교(對明外交)

1368년에 이르러 주원장(朱元璋)이 남경(南京)에서 명(明)나라 황제로 즉위하였다. 그 해에 원(元)나라의 서울인 대도(大都 : 지금의 北京)를 함락시키자, 원나라 순제(順帝)는 북쪽 몽고(蒙古) 쪽으로 쫓겨 갔다. 중국 대륙은 새로 일어난 명나라에 의해서 장악되었다. 원나라의 폐정(弊政)이 개혁되어 부강한 나라로 일어섰다. 고려는 국제적 역학관계상 명나라와 외교관계를 열지 않을 수 없었다. 그렇다고 오랫 동안 관계를 맺어온 원나라와의 외교도 완전히 끊을 수는 없었다. 조정의 관원들은 친원파(親元派)와 친명파(親明派)로 갈려 정책에 혼선을 가져왔다.

이런 국면에서 포은은 국가의 장래를 위해서 명나라와 긴밀한 관계를 맺어야 하고 원나라와는 관계를 끊어야 한다는 주장을 맨 먼저 했다. 국가의 명운(命運)을 생각한 면도 있었지만, 오랑캐인 몽고족이 다스리던 원나라보다는 정통 한문문화를 가진 한족(漢族)이 세운 나라와 친선관계를 유지해야 한다는 생각을 크게 갖고 있었다.

1369년 주원장이 사신을 보내어 새서(璽書)를 내려 천하를 평정했음을 알려왔다. 공민왕은 여러 신하들에게 명나라와 사신을 교환할 것인가에 대한 가부를 의논하도록 했다. 이때 포은은 명나라와 친하게 지내야 한다는 것을 힘써 주장하였다. 그 결과 고려에서는 예부상서 홍상재(洪尙載)를 중국 서울인 남경(南京)으로 파견했다.[7]

1370년 명나라에서도 도사(道士) 서사호(徐師昊)를 보내 우리나라의 명산대천에 제사지내게 했다. 이때 포은은 그에게 시를 지어주며 전송하였다.

포은은 1372년 하평촉사(賀平蜀使) 사절단의 서장관(書狀官)이 되어 남경(南京)으로 갔다. 명나라와의 친선관계를 맺기 위한 목적이었다. 이때 정몽주 일행은 명나라 태조(太祖)에게 우리나라의 유학생을 중국 태학(太學)에 받아줄 것과 아악(雅樂)과 종경(鐘磬)을 요청하여 허락을 받았다. 그리고 3년에 한 번씩 사신을 보낼 것과 조공품은 우리나라에서 생산되는 베만으로 한정해 줄 것을 요청하여 윤허를 받았다. 고려에 이로운 조건을

---

7) 『고려사(高麗史)』.

대부분 얻어내는 등 외교적 성과를 크게 거두고 귀로에 올랐다.[8]

그러나 돌아오는 길에 풍랑을 만나 파선하는 바람에 정사였던 홍사범 (洪師範) 등은 물에 빠져 죽었고, 정몽주만은 구사일생으로 살아나 말안장 을 찢어 먹는 등 13일 동안 버틴 끝에 명나라 태조가 보낸 구조선에 의해 생명을 건지게 되었다.

정몽주 등에 의한 적극적인 친명정책으로 고려는 명나라와 원만한 관계 를 유지하여 외교적으로 별 문제가 없는 국면이 형성되었다. 그러나 1374 년 친명정책을 추진해 나가던 공민왕이 갑자기 시해되고 우왕(禑王)이 즉위하자 친원파들이 다시 준동하기 시작했다.

이때 공교롭게도 이때 고려에 와 있던 명나라 사신 채빈(蔡斌)의 살해사 건이 발생하여 양국관계를 긴장상태로 몰아넣었다. 채빈을 전송하는 책임 을 맡았던 김의(金義)가 중도에서 채빈을 죽이고 명나라에 바치려던 말 2백 필을 가지고 원나라로 달아나 버렸던 것이다. 고려 조정에서는 두려워 서 감히 명나라에 사신을 보내어 이 사실을 공식적 경로를 통해 알리지도 못하고 있었다.

이때 포은은 대의(大義)에 입각하여 명나라에 사신을 보낼 것을 건의하 는 상소를 하였는데, 그 상소는 이러하다.

> 요즈음의 변고를 마땅히 일찍이 상세히 아뢰어 상국(上國)으로 하여금 마음이 풀려 의혹이 없게 하십시오 우리 쪽에서 먼저 의심하고 이랬다 저랬 다 하여 백성들에게 화(禍)를 만들겠습니까?[9]

그 바로 뒤 우왕은 명나라에 공민왕(恭愍王)의 부고를 전할 사신으로 종부시사(宗簿寺事) 최원(崔源)을 보내어 공민왕의 시호(諡號)를 요청하 고 김의(金義)의 일을 해명하려 했다. 그런데 명나라로 가던 최원은 안주

8)『고려사(高麗史)』.
9)『고려사』「정몽주전(鄭夢周傳)」.

(安州)까지 갔다가 돌아오고 말았다. 명나라 사신이 살해된 것을 비로소 알고는 명나라의 보복이 두려워 갈 자신이 없었기 때문이었다. 명나라에 사실을 알리고 관계개선을 모색해야 했지만, 누구도 생명의 위험을 무릅쓰고 사신으로 가려고 하지 않았다.

1375 4월 원나라에서 사신을 보내왔다. 권신 이인임(李仁任)과 지윤(池奫) 등이 다시 원나라를 섬기려고 했다. 포은은 동료들과 상소하여 원나라 사신을 영접할 것이 아니라 잡아서 명나라로 보내면 우리나라에 대한 명나라의 오해가 풀릴 것이라고 단호하게 주장하였다.

저 원나라 왕족들은 나라를 잃고 멀리 와서 먹을 것을 구하여 한번 배를 불려 잠시의 목숨을 연장하고자 합니다. 우리 나라에서 얻은 것을 임금에게 바친다고 하지만 실제로는 자기들을 이롭게 하려는 것입니다. 원나라 사신을 끊으면 우리가 강하다는 것을 보여주게 되지만, 그들을 섬기면 도리어 그들의 뜻을 교만하게 만듭니다. 그들의 군사적 침략을 늦춘다는 계책이 사실은 그들을 속히 불러오는 일이 될 것입니다. 가만히 들으니 그들의 조서(詔書)에는 우리에게 대역(大逆)의 죄를 덮어 씌웠다가 용서한다고 했다고 합니다. 우리 나라는 원나라에게 본래 죄가 없는데 또 무엇을 용서한다는 것입니까? 국가에서 만약 예로써 그 사신을 대접했다가 전송한다면, 이는 온 나라 신민(臣民)들이 그 사실도 없으면서 대역의 죄를 덮어쓰게 되는 것입니다. 이런 사실은 사방에 들리게 해서는 안 됩니다. 신하나 자식 된 사람이 참을 수 있겠습니까?

하물며 명나라 조정에서는 김의(金義)의 일을 처음으로 듣고서 진실로 이미 우리를 의심했습니다. 또 들으니 명나라에서는 우리가 원나라와 서로 통했다고 여긴다는데, 김의의 죄를 묻지 않는다면 반드시 우리가 명나라 사신을 죽였다고 생각하여 적처럼 여길 것은 의심할 것이 없습니다. 만약 명나라에서 죄를 묻는 군사를 일으켜 수륙으로 한꺼번에 진격해 온다면 우리나라에서는 장차 무슨 말로 대응하겠습니까? 원나라의 조그마한 적의 군대를 늦추려고 하다가 실로 천하의 큰 군사를 움직이게 만들 것입니다.

<중략>

인심이 **흉흉**하여 다른 변란이 있을 것 같습니다. 엎드려 생각건대 전하께
서는 전하의 마음으로 결단하시어 원나라 사신을 잡아 원나라 조서를 거두
고, 오계남(吳季南)·장자온(張子溫)·김의가 데리고 다니는 사람들을 묶어
서 명나라 서울로 보낸다면 애매한 죄는 해명하지 않아도 저절로 밝혀질
것입니다.

정요위(定遼衛)와 더불어 군대를 길러서 변란을 대응하기로 약속하고 북
쪽으로 향해서 진격한다고 소리치면, 원나라의 남은 사람들은 자취를 감추
고 멀리 달아날 것입니다. 그러면 국가의 복은 끝이 없을 것입니다.10)

고려가 도로 친원(親元) 노선을 걷고 또 황제 나라의 사신까지 살해하고
서도 진상을 자세히 보고하지 않자, 명나라로서는 아주 불쾌했으므로 고려
에 아주 위협적인 자세를 취하였다. 사신을 죽인 데 대해서는 책임 있는
대신이 직접 와서 해명할 것을 요구하였고, 매년 바치는 조공의 액수도
고려에서 감당하지 못하도록 증가시켰다. 그리고 이를 성실히 이행하지
않으면 군함과 군사 수십만을 보내어 정벌하겠다고 협박까지 하였다. 심히
난처한 입장에 **빠진** 고려 조정에서는 원나라의 힘을 빌려 이 난국을 타개
해 볼까 하여 더욱더 친원의 노선으로 기울어졌던 것이다. 그렇다고 명나
라의 위협을 그대로 방치할 수는 없었다. 그러나 친원파들의 정책은 국제
정세를 잘못 파악한 것으로 고려의 처지를 더욱 어렵게 만들었다. 이때
천하의 판도는 이미 모두 명나라의 수중에 들어가 있었고, 원나라는 자기
조정을 유지하기도 어려운 상황이었으니, 고려를 도와줄 수 있는 아무런
힘이 없었다.

포은이 제시한 위기 타결책은 이러했다. 고려 조정에서 아무런 힘이
없는 원나라의 눈치를 보고 원나라 사신을 대접할 것이 아니라, 원나라
사신과 김의(金義) 일당을 잡아서 명나라로 압송해서 우리의 오해가 저절
로 벗겨지도록 해야 한다는 단호한 입장이었다. 원나라는 자기 나라 자체

---

10) 『포은집』 권3 5, 6장 「請勿迎元使疏」.

도 지탱하지 못하는 경제적 상황이면서 괜히 고려에 와서만 허풍을 떨고 있는데, 거기에 속아서 원나라 사신을 대접하고 원나라를 섬기면 명나라와의 관계는 더욱 악화되고, 나아가 명나라의 침공을 받을 우려가 실제로 있고 잘못하다가는 고려의 존망이 위협을 받는다는 점을 경고하였다.

이 상소로 인하여 포은은 이인임 등 권간(權奸)들에게 죄를 얻어 언양 (彦陽)으로 유배를 갔다. 2년 뒤인 1377년에 일본 가는 사신으로 임명되었다. 당시 왜구가 남부지방에 출몰하여 문제가 심각하였다. 그래서 왜구를 금지시켜 달라고 그 이전에 나흥유(羅興儒) 등을 보냈는데, 대마도 도주 (島主)가 나흥유 등을 구금하여 굶어 죽게 되었다가 겨우 탈출하여 왔다.11) 이인임 등이 포은을 일본 가는 사신으로 추천한 것은 친명을 주도하는 포은을 죽음의 구렁텅이로 빠뜨리려는 음모에서 나온 것이었다.

고려 조정에서는 친원정책을 쓰면서도 명나라에 사신을 보내어 일을 해결하려고 했지만, 명나라에서는 고려에서 온 사신을 잡아 유배 보내거나 구금해 버렸다.

이렇게 되자 누구도 명나라 사신으로 가려고 하지 않았고, 10여 년 동안 명나라와의 관계는 악화일로만 걷게 되었다.

1381년 포은이 주족금은진공사(輳足金銀進貢使)의 자격으로 명나라에 갔으나, 요동(遼東)에서 공물(貢物)의 정성이 부족하다는 이유로 도사(都司)의 제지를 받아 돌아왔다.

이해 11월에 포은은 다시 청시사(請諡使)로 명나라로 갔지만, 그 다음해 1월에 요동에 이르러 입국이 허락되지 않아 예물만 바치고 돌아왔다. 명나라의 고려에 대한 감정이 계속 풀리지 않았던 것이다. 명나라에서는 고려에 계속 견책을 보냈다. 명 태조는 명나라 사신이 살해된 것 등등 누적된 분노로 군사를 동원하여 고려의 죄를 물으려고 하니 온 나라의 인심이 흉흉하였다.12)

---

11) 『별본연보(別本年譜)』 11장.

1384년에 이르러 관계를 개선해 볼 목적으로 명 태조(太祖)의 생일을 축하할 하성절사(賀聖節使)를 파견하려고 하여 사신으로 갈 사람을 선발하니 모두가 꺼려서 피하였다. 마지막으로 밀직부사(密直副使) 진평중(陳平仲)을 파견하기로 결정하였으나, 그는 두려워한 나머지 권신 임견미(林堅味)에게 뇌물을 주고서 병을 핑계로 사퇴해 버렸다. 임견미는 우왕(禑王)에게 포은을 추천하였다. 우왕이 포은을 불러 유시(諭示)하기를 "근래 우리나라가 명나라로부터 견책을 당하는 것은 모두가 대신들이 잘못해서 그런 것이오. 경(卿)은 고금에 널리 통했고 또 나의 뜻을 알 고 있소. 이제 진평중이 병으로 갈 수 없으니 경으로 대신 하고자 하오. 경의 뜻은 어떠한지요?"라고 했다. 포은은 "임금님의 명령이라면 물이나 불도 피하지 않을 것인데, 하물며 천자(天子)나라에 조공 가는 것이겠습니까? 그러나 우리나라에서 남경까지는 모두 8천리 거리가 되는데, 발해(渤海)에서 바람을 기다리는 시간을 제외하면 90일 동안 가야할 길입니다. 이제 황제의 생신까지는 겨우 60일 남았습니다. 만약 만 10일 동안 바람을 기다려야 한다면 남은 날짜는 겨우 50일 뿐입니다. 이 점이 한스럽습니다"라고 대답했다. 우왕이 "언제 출발하려고 하오?"라고 묻자, 포은은 "어찌 감히 머물러 자겠습니까?"라고 하고는 바로 떠났다.

우왕도 친원파의 세력에 둘러싸여 어쩌지 못했지만, 친명외교가 필요하다는 것을 절실히 느끼고서 명나라에 사신을 파견하려고 했던 것이다. 그러나 명나라와의 관계가 악화되어 있었으므로 아무도 명나라에 사신으로 가려고 하지 않았던 것이다.

포은 일행은 밤낮으로 두 배로 빨리 가서 생신날에 표문(表文)을 올릴 수 있었다. 이때 명(明) 태조(太祖)가 표문을 보고서 날짜를 계산해 보고 말하기를 "너의 나라 임금의 신하들이 반드시 서로 핑계를 대고 오려고 하지 않았기 때문에 날자가 촉박하게 되자 너를 보낸 것이다. 너는 옛날

---

12) 박신(朴信) 「포은집서(圃隱集序)」.

하평촉사(賀平蜀使)로 함께 파견되어 왔던 사람이 아니냐?"라고 했다. 포은은 그 당시 파선이 되어 머물렀던 상황을 다 아뢰었다. 황제가 "그렇다면 응당 중국말을 알겠군."하고는 예부(禮部)에 당부하여 예우를 흡족하게 하여 보내라고 했다.13) 태조는 포은의 성실한 자세에 감동하여 아주 우대하였다.

1385년에는 명 태조가 사신 학록(學錄) 장보(張溥)와 전부(典簿) 주탁(周倬)을 보내어 공민왕(恭愍王)의 시호(諡號)를 주었다. 포은은 이들과 시를 주고받으며 평양(平壤)까지 가서 영명루(永明樓)에서 놀았다.

1386년 2월에는 청면세공사(請免歲貢使)로서 명나라 서울에 갔다. 이 이전에 명 태조가 고려의 태도가 정성에서 나왔는지 가식에서 나온 것인지를 시험해 보고자 하여, 세공(稅貢)을 증가하여 정했으니 말 1천 필, 금 1백 근, 가는 베 1만 필이었다. 5년 동안의 세공이 약속과 같지 않다 하여, 고려에서 조공 바치러 간 신하 홍상재(洪尙載) 등을 장형(杖刑)을 가한 뒤 귀양보냈다.

그러자 우왕이 또 포은을 보내 세공을 면제해 줄 것을 요청했다. 1384년 포은이 중국에 사신 가서 태조에게 외교적 능력을 인정받았었기에 태조의 마음을 돌릴 수 있었다.14) 4월 23일 포은은 남경(南京) 봉천문(奉天門)에서 명 태조를 만나 고려의 사정을 상세히 아뢰고 세공(歲貢)을 감면해 줄 것을 요청하였다. 태조는 감오(感悟)하여 직접 선유(宣諭)를 내려 5년 동안 미납한 세공(歲貢)과 전날 화가 나서 증가시킨 세공을 모두 탕감해 주고, 해마다 종마(種馬) 50필만 바치라고 명했다. 이때 명 태조는 이렇게 말했다. "세공을 설치한 것이 어찌 중국이 이 것에 의지하여 부유해 지려는 목적이겠는가? 삼한(三韓)이 정성스러운지 거짓인지를 알아보려는 것에 불과할 따름이다.

---

13) 『별본연보(別本年譜)』16, 17장.

14) 『별본연보』16장.

이때 고려 군신들이 입을 조복(朝服)과 편복(便服)을 요청하여 받아 돌아왔다.15) 그 이전까지는 고려의 관리들은 몽고의 복장을 입었으나, 그 다음해인 1387년부터 명나라의 복장을 착용하였다. 1품부터 9품까지 모두 사모(紗帽)와 단령(團領)을 착용하였고, 품대(品帶)는 품계에 따라 차등을 두었다.16) 이 복장은 조선시대 내내 관리들의 복식이 되었다.

포은이 국가적인 난제를 다 해결하고 돌아오자, 우왕은 기분이 좋아서 포은에게 옷띠와 안장 채운 말을 하사하고 문하평리(門下評理)에 제수하였다.

포은의 활약으로 인하여 파국으로 치닫던 명나라와의 관계는 말끔히 정상화되었다. 이렇게 된 데는 포은의 공로가 절대적이었다. 만약 포은의 활약이 없었다면, 고려는 명나라의 침공을 당하거나 아니면 두고두고 명나라에게 시달리게 되었을 것이고, 그로 말미암아 백성들은 고통에서 벗어나지 못했을 것이다. '말로서 천리 밖에서 적의 공격을 꺾는다'는 말은 바로 포은의 경우에 해당된다고 할 수 있겠다.

1387년 12월에는 청통조빙사(請通朝聘使)로 명나라에 갔지만, 그 다음 해 1월에 요동도사(遼東都司)의 거절을 당하여 돌아왔다. 이때 황제의 뜻을 써서 보여주었는데, 그 가운데는 "그 나라의 국정을 담당하는 신하들은 경박하고 간사하여 믿을 수 없다."는 구절이 나온다. 아마 고려 조정에서 다시 친원파(親元派) 등의 책동으로 명나라와의 관계가 악화되었을 가능성이 있다. 이때 포은이 띤 사신의 명호가 청통조빙사(請通朝聘使)이니, 조빙(朝聘)이 통하고 있지 않았다는 것을 알 수 있다.

이때 포은은 명나라에 일곱 차례나 다녀오는 등 외교적인 어려운 문제를 거의 혼자서 다 해결하였다. 포은의 친명노선이 성공을 거두고 고려 조정도 친명노선으로 돌아선 데는 이성계 일파의 세력 확장도 큰 영향을

---

15) 『포은집』부록 권3 「포은행장」.
16) 『고려사』.

미쳤다. 이성계 일파의 세력이 고려 조정에서 점점 강성해져 친원파를 억눌렀기 때문이었다. 포은과 이성계는 원나라를 멀리하고 명나라에 친해 야 한다는 노선에 뜻이 맞아 이성계와 한 동안 일을 같이 했다. 그러나 고려를 끝까지 지키려는 포은과, 고려를 없애려는 의도를 가진 이성계와는 결국 적대적 관계가 되지 않을 수가 없었다.

Ⅳ. 결론

1368년 명나라 건립 이후로 고려 조정에는 천원이냐 친명이냐를 놓고 외교적 입장을 달리하는 두 파가 생겼다. 이때 포은(圃隱) 정몽주(鄭夢周) 는 정확한 외교적 감각으로 친명노선을 주장하였다.

그는 아주 강경한 자세로 1375년 원나라에서 보내온 사신을 체포해서 명나라에 보내어 명나라가 고려에 품고 있는 의혹을 해소해야 한다는 주 장을 할 정도로 친명노선을 명확히 하였다.

그리고 전후 7차에 걸쳐 명나라에 사신으로 파견되어 명 태조를 만나 고려와 명나라의 경색된 관계를 개선하고, 세공(歲貢)을 탕감 받는 등 고 려에 국익이 되는 일을 많이 성취시켰다. 그리고 명나라의 의관(衣冠) 제 도와 음악 등을 받아들였다. 이는 몽고의 영향을 벗어나 중화의 문화에 접근하려는 의도에서였다.

만약 고려 말기에 친원파가 득세하여 친원정책을 계속 폈다면 우리 나 라가 다시 명나라에 의해서 점거 당하여 완전한 속국의 신세가 되었을 수도 있다.

포은에 의해서 확립된 명나라와의 원만한 외교관계는 친명노선을 견지 한 이성계가 세운 조선왕조에 그대로 계승되어 명나라와의 관계를 유지하 였다. 그러나 이성계 이후의 조선에서는 중국 문화에 너무 경도되어 명나 라에 대해서 지나치게 사대외교를 전개한 것이 아쉽다.

郊隱 鄭以吾의 詩世界

I. 서론

高麗 末 朝鮮 初에 벼슬하였던 郊隱 鄭以吾(1347-1434)는 당시 제일가는 문학가였다. 그는 오래도록 나라의 文風을 좌우하는 大提學을 맡아 科擧를 통해서 많은 인재를 선발하였고, 신흥왕조인 朝鮮의 文物制度 정비에 공이 많았다.

그는 88세라는 수를 누렸고, 오랫동안 大提學을 맡았기 때문에 틀림없이 많은 詩文을 남겼을 것으로 생각된다.

그러나 그의 사후 10년이 지나, 그의 아들 愛日堂 鄭苯이 端宗을 보필한 정승이라 하여 慘禍를 당한 이후로 그의 가문은 거의 滅絶의 위기를 겪었다. 이로 말미암아 그의 시문도 散佚됨을 면하지 못했다.

英祖朝에 이르러서야 愛日堂이 신원됨으로 해서 그의 가문이 蘇復되어 후손들이 祖先을 위한 사업에 관심을 가질 수 있게 되었다. 흩어진 郊隱의 시문을 수집하여 『郊隱集』이라는 이름으로 처음 간행한 것은 1908년의 일이었다. 그 뒤 『朝鮮王朝實錄』 등의 문헌에서 자료를 더 보충 수집하여 1939년에 다시 간행하였다. 오늘날 대부분의 도서관 등에 소장되어 있는 판본은 바로 이 책이다.

2009년 晋州鄭氏 菁川君派 大宗會에서 기획하여 柳好宣박사에게 번역을 의뢰하여 번역본을 출간하였다. 이 번역본에는 기존의 『郊隱集』에 실리지 않은 시문 10여 편을 새로 발굴하여 추가하였다.

郊隱의 생애에 대해서는 유호선박사의 『國譯郊隱先生文集』 解題에서 상세히 밝혔고, 그 뒤 교은의 文學에 대해서도 유박사가 「郊隱 鄭以吾의 文學硏究」라는 제목의 논문을 발표하여 그의 문학 전반을 총괄적으로 다루었으므로1) 더 이상 贅論을 필요로 하지 않는다.

그래서 본고에서는 교은의 시 분석을 위주로 하여 그의 시에 나타난 의미와 특징을 밝히고자 한다.

II. 朝鮮初期 文壇에서 郊隱의 역할

고려후기부터 조선전기에 이르기까지 晋州 지방에서는 많은 인재들이 배출되었다. 晋州河氏, 晋州姜氏, 晋州鄭氏, 晋州柳氏 가문에서 9명의 정승이 연달아 나오는 등 濟濟多士하였다.

晋陽鄭氏는 시조가 다른 여러 系派가 있는데, 그 가운데서도 高麗初에 平章事를 지낸 鄭藝를 시조로 하는 집안이 대단히 혁혁하다 할 수 있다. 鄭藝의 후손으로 고려후기 藝文館 大提學을 지낸 文良公 鄭乙輔는 郊隱 鄭以吾(1347-1434)의 증조이다.

郊隱은 高麗 恭愍王 23년(1374) 文科에 급제하여 高麗朝에서 18년 동안 여러 관직을 거치다가 朝鮮王朝가 건립되자, 新王朝 건립에 적극적으로 동참하여 大提學을 거쳐 議政府 贊成에까지 이른 정치가이자 문인이었다.

李成桂는 주로 무인들의 도움을 받아 조선왕조를 건립했지만, 건국 이후 나라의 禮樂文物, 典章制度를 완비하는 데는 經綸이 풍부한 前朝의 元老文臣들이 간절하게 필요했다. 그래서 郊隱은 陽村 權近, 春亭 卞季良, 雙梅堂 李詹, 厖村 黃喜, 敬菴 許稠 등과 함께 그런 역할을 충실히 수행하였다.

교은은 牧隱 李穡과 圃隱 鄭夢周의 문하를 출입한 제자지만, 정치적

---

1) 『語文論集』 제59집, 2009년.

노선은 스승과 달리하여 조선왕조의 체제 정비에 협조하였다. 그는 고려조에 과거에 합격하여 관직에 나간 지 얼마 안 된 시점에서 당시의 정치상황이 날로 비정상적으로 되어가는 것을 보고 晋州 출신인 元正公 河楫과 함께 고향인 晋州 남쪽 松谷에 은거하면서 講道 · 詠詩하면서 지낸 것을 보면,[2] 고려왕조에 대해서는 이미 염증을 갖고서 새 왕조의 출현을 간절하게 기대하고 있었던 것으로 보인다. 그가 고려왕조에서 맡은 관직도 그리 비중 있는 것은 아니었다.

郊隱은 조선왕조에 들어와 1398년부터 文衡을 맡아 과거시험을 주관하여 인재를 선발하였다. 문형은 과거를 주관하는 고시위원장인데, 大提學이 맡는다. 과거의 출제, 채점, 선발까지를 총지휘하므로 온 나라의 文風을 좌우하는 중요한 자리다. 조선시대 관직 가운데서도 가장 중요하면서도 영예로운 자리로, 어떤 家門을 평가할 때 領議政을 배출한 것보다 大提學을 배출한 것을 더 높게 친다. 교은은 당시 학문과 문장이 나라 안에서 제일로 인정받았다는 것을 알 수 있다.

특히 그는 菊齋 權溥의 사위로 高麗末 최고의 문인이었던 益齋 李齊賢과는 동서지간이었으니, 익재의 문학적 훈도를 크게 입었을 것으로 생각된다. 익재는 忠宣王을 따라 元나라 수도 大都의 萬卷堂에서 활약하면서 중국의 典籍을 博覽하고, 당대의 최고 학자 趙孟頫, 張良浩, 虞集 등과 교류하며 학문의 깊이를 더하고, 또 중국대륙을 두루 여행하여 견문을 넓힌 당대 최고의 학자이자 문인이었고, 고려후기 문학에 가장 큰 영향을 끼친 인물이다. 郊隱이 대제학을 오래 맡아 조선왕조의 문학적 노선을 확정하는 데 크게 영향력을 끼쳤을 것인데, 여기에는 오랫동안 고려후기 문단을 주도했던 益齋로부터 받은 영향이 적지 않았을 것이다.

世宗은 郊隱의 靈前에 내린 賜祭文에서 그를 일컬어 이렇게 칭송하였다.

---

2) 『郊隱集』 권1, 45장, 鄭萬朝 작 「郊隱墓碣銘」.

卿은 자품이 소박하고 정직하고,
늘 처신하는 것이 근면하고 검소하였소.
학문은 경서와 역사서에 정통하였고,
詩文에 재주가 풍부하였다오.
일찍 과거에 올라 세상의 名儒 되었고,
앞 시대 임금님의 知遇를 입어,
淸要의 직책 두루 역임하였소.
文翰을 맡은 관아에 발탁되어,
王命을 오래도록 맡았소.
成均館의 스승으로 강론 게을리 하지 않았고,
史館에서 역사 편찬할 때 수정에 알맞음 얻었소.
실로 儒林의 宗匠이며,
국가의 곧은 선비였소.3)

郊隱을 두고 世宗이 '儒林의 宗匠이며, 국가의 곧은 선비'라고 극찬을
했으니, 조선초기 王朝 건설에서의 교은의 역할이 어떠했는지 알 수 있다.
그는 朝鮮王朝에서 맡은 직책이 주로 文學, 敎育, 王命出納, 史書編纂 등
학문과 문학에 관계있는 것이었으니, 朝鮮王朝의 문화 형성에 기여한 바
가 크다는 것을 알 수 있다.

그가 大提學을 오래 맡았다는 것은, 그의 학문과 문학이 당대에 최고였
음을 증명해 준다. 그는 산문보다는 詩로 이름이 났다. 그래서 朝鮮 前期에
大提學을 오래 맡았던 四佳 徐居正은 그의 시를 평하여 唐詩의 품격이
있다고 말하였다. 교은의 「春日西郊」라는 시를 소개하고, 唐詩와 섞어놓
아도 부끄러울 것이 없다고 했다.

鄭郊隱이 善山의 고을원으로 있을 때 지은 「春日西郊」라는 시는 이러하다.

---

3)『世宗實錄』16년 10월 9일조. 王若曰, 稟資質直, 操行勤儉. 學通經史, 才富詞華. 早登科第,
爲世名儒. 遇知昭考, 歊歷清班. 擢居翰墨之司, 久掌絲綸之命. 師長成均, 講論不怠. 編摩史
館, 筆削得宜. 實斯文之宗匠, 而國家之貞彦也.

관아 사무 끝내고 한가함 틈 타 서쪽 교외로 나갔더니,
스님은 파리하고 절은 오래 됐고 길 오르락내리락하네.
별에게 제사지내는 제단 옆으로 봄바람이 이른데,
붉은 살구꽃은 반쯤 피었고 산새가 우는구나.
이 시는 고아하고 곱고 맑고 수월하여 비록 唐詩 속에 두어도 부끄러울
것이 없도다.4)

徐居正은, 郊隱의 시를 高雅하고 곱고 맑고 수월하다고 평하고는, 唐詩
에 조금도 손색이 없다고 하였다.

동시대 郊隱과 齊名하였던 雙梅堂 李詹이 자기의 시를 자랑하자, 교은
이 그의 시를 두 글자 고쳐 그를 압도하였다는 詩話를 서거정은 남기고
있다.

장원급제한 雙梅堂 李詹이 文定公 郊隱 鄭以吾와 더불어 시를 논한 적이
있었는데, 스스로 자기 시를 자랑하여 일찍이,
  "연기가 가로 스쳐 있으니, 杜牧의 시에 나오는 秦淮의 밤이고,
  달이 밝으니, 신선 같은 蘇東坡가 赤壁에서 놀이하는 가을이라"
라는 싯구를 얻었다고 했다. 교은이 두어 번 읊으며 맛보더니, "'籠'자와
'小'자로 하지요"라고만 했다. 李公이 처음에는 인정하지 않았다. 정교은이,
  "연기 끼어 있는 것은 杜牧의 시에 나오는 秦淮의 밤이고,
  달이 작으니 신선 같은 蘇東坡가 赤壁에서 놀이하던 가을이라"
라고 천천히 읊조렸다. '籠'자와 '小'자로 고치고 나자, 전에보다 精彩가 백배
나 더했다.5)

李詹 역시 시문에 뛰어났고 大提學을 지냈으니, 당대 최고 수준의 문학

---

4) 徐居正『東人詩話』, 鄭郊隱守一善郡. 春日西郊詩. 衙罷乘閑出郊西. 僧殘寺古路高低. 祭
   星壇畔春風早. 紅杏半開山鳥啼. 雅麗淸便. 雖置之唐詩. 亦無愧.
5) 徐居正『東人詩話』, 雙梅李狀元詹. 與郊隱鄭文定公以吾論詩, 自詫嘗得句云. 烟橫杜子秦
   淮夜. 月白坡仙赤壁秋. 郊隱吟琓再三. 但曰籠小. 李初不認. 鄭徐吟曰烟籠杜子秦淮夜. 月小
   坡仙赤壁秋. 籠小二字. 比前精彩百倍.

가였지만, 교은에게는 한 수 아래였다는 것을 증명해 준다. 교은의 손을 한 번 거치자 이첨의 시가 畫龍點睛한 것처럼 아주 格調가 달라졌다고 교은의 시를 보는 안목에 대해서 徐居正은 극찬을 하였다. 역시 26년 동안 대제학을 맡았던 徐居正이 郊隱의 시를 보는 눈에 대해서는 欽羨을 아끼지 않았다.

조선 중기 詩文에 대한 藻鑑으로 일세를 풍미했던 蛟山 許筠도 郊隱의 시를 크게 인정하였다.

> 조선초기의 문학하는 일은 鄭郊隱과 李雙梅堂이 가장 낫다. 鄭郊隱의,
>
> > 이월이 바야흐로 저물고 삼월이 오니,
> > 한 해 봄빛은 꿈속에서 돌아오누나.
> > 천금의 돈으로도 아름다운 계절 살 수 없는데,
> > 꽃이 활짝 피어난 때 술은 뉘 집에서 익었는가?
>
> 라는 작품은 당나라 시인의 정취보다 못하지 않다.[6]

許筠은 朝鮮 초기의 시인 가운데서 郊隱과 李詹을 제일 낫다고 평가하였고, 또 唐詩의 정취에 못하지 않다고 했다.

郊隱 자신도 관리이기 이전에 스스로 문학가임을 표방하였다. 그의 「題咸陽沙斤驛」이라는 시에 "길 가는 사람들은 모두 임금님이 파견한 관리로 간주하는데, 재주 없는 술 취한 翰林이라는 것을 어찌 알리오?[路人都作王人看, 豈識非才醉翰林.][7]"라는 시를 보면, 겉으로는 국가에서 파견한 관리로 보여도 翰林供奉을 지낸 李白과 비슷한 시인이라고 마음 속에 자부심을 갖고 있음을 알 수 있다.

---

6) 許筠『惺所瓿覆藁』제25권,『惺叟詩話』, 國初之業, 鄭郊隱, 李雙梅堂, 最善. 鄭之二月將闌三月來. 一年春色夢中回. 千金尙未買佳節, 酒闌誰家花正開之作, 不減唐人情處.

7) 鄭以吾 作, 柳好宣 譯,『國譯郊隱先生文集』79쪽.

조선전기 문단의 대표인 徐居正과 조선 중기 평론의 대가 許筠이 郊隱을 '최고의 시인'이라 했으니, 조선 초기 문단을 대표하는 제일인자는 郊隱이라고 말할 수 있다.

그러나 그 아들 愛日堂의 慘禍 이후 郊隱의 시문은 散逸되어 문집을 구해 볼 수 없으니, 자연 문인들의 관심에서 멀어져갔던 것 같다. 조선 후기의 각종 詩話類의 문헌에 郊隱에 관한 기록은 완전히 사라지고 말았던 것이다.

郊隱의 문집은 그의 사후 바로 간행되어 통행되었던 것 같다. 成宗朝 인물인 慵齋 成俔의『慵齋叢話』에 "『郊隱集』은 7권이다"[8]라고 분명히 기록되어 있으니, 愛日堂이 화를 당한 이후에도『郊隱集』은 남아 있었던 것을 알 수 있다. 애일당이 화를 당하기 전에 그 부친인 郊隱의 문집을 편집하여 간행했을 가능성이 있다. 애일당이 화를 당한 이후에는 역적의 부친이라 하여 문인들이 멀리하다 보니, 점점 사라져 흔적도 없어진 것 같다.

Ⅲ. 郊隱의 시세계

지금 남아 전하는 郊隱의 시 74수는 詩興이 자발적으로 일어나 지은 시는 드물고, 각종 應酬의 수요에 의해서 지은 시가 대부분이라서 자신의 정서를 충분히 발로한 것은 거의 없다. 남아 있는 작품이 거의 次韻詩, 題詩, 贈詩 등 의례적인 것이라 연구에 한계가 없지 않다. 郊隱詩의 전모를 밝히기는 어려움이 따르지만, 본래 워낙 뛰어난 高手의 詩인지라 詩人의 詩想이나 作詩의 技法을 어느 정도 알아볼 수는 있다.

---

8) 成俔『慵齋集』제8권.

1. 自我의 확립

「題漢陽藏義寺」라는 시 제이수에서 郊隱은 이렇게 읊었다.

눈이 깊은데 소나무는 변치 않고,	雪深松不改
얼음이 얼어 물은 소리가 없네.	冰合水無聲
제호미(醍醐味)를 충분히 얻으니,	贏得醍醐味
산뜻하게 입안이 맑아지누나.	蕭然齒頰淸[9]

이 시는 얼른 보면 겨울 경치만 읊은 시 같지만, 자세하게 음미해 보면, 교은 자신의 의지를 重義的으로 나타낸 시라고 할 수 있다. 깊이 쌓인 눈 속에서 푸르름을 그대로 유지한 채 서 있는 소나무는 郊隱 자신이다. 고려말기 몇 차례 親元派와 親明派 사이에 암투와 조선 건국 이후 두 차례의 王子의 難 등을 겪으면서도 자신의 자세가 흔들리지 않았던 자신을 겨울 소나무에 비유하고 있다. 孔子가 말한 "계절이 추워진 그런 뒤에라야 소나무와 측백나무가 늦게까지 푸르르다[歲寒然後, 知松柏之後雕也]"는 말이 식물만을 두고 한 말이 아니고, 사람의 志節을 평가하는 말이듯이, 郊隱의 이 시도 단순히 겨울 풍경만을 읊은 것은 아니다.

또 여름철에 콸콸 흐르던 시내물이 겨울이 되어 얼음이 얼자, 얼음 아래로 조용히 흐른다. 이 것은 복잡한 시대상황을 만나 隱忍自重하는 교은의 모습이다. 교은은 자신의 줏대를 지키면서도 난국에는 은인자중할 줄 아는 적응력을 가진 인물이었다. 高麗와 朝鮮의 王朝變革期에 자신의 일관된 정치노선을 지키면서 자신의 경륜을 펼치기는 쉬운 일이 아니다. 그래서 때로는 나서야하지만 때로는 은인자중도 해야만 됐던 것이다.

「題巨濟漆川島」란 시는 거센 풍랑 속에서 생명의 위험을 느끼면서 지은

---

9) 鄭以吾 作, 柳好宣 譯,『國譯郊隱先生文集』65쪽. 유박사의 번역을 참고하였으나, 본고에
   서 인용한 시의 번역문은 필자가 본고의 특색에 맞게 고쳤다.

시이다. 그런 다급한 상황에서도 인생의 의미를 찾아내는 데서 郊隱의
詩는 깊이를 더하는 것이다.

삼일 동안 동북풍이 불어 와,	三日東北風
사나운 물살에 바다가 뒤집히네.	湏洞翻溟渤
사방으로 눈 산이 무너지는 듯,	四面雪山崩
큰 자라와 악어 소굴 거꾸로 쏟아져.	倒瀉黿鼉窟
구름 짙으니 햇빛이 얇은데,	雲陰日色薄
뚜덕뚜덕 빗방울 떨어지누나.	雨點還蕭瑟
큰 전함이 내려갔다 다시 올라오니,	巨艦低且仰
정신이 아찔하여 섬이 어딘지 모르겠네.	島嶼怳相失
생명은 기러기 털보다 가벼운데,	性命鴻毛輕
의지하는 것은 오직 충직한 바탕.	所賴唯忠質
여기 온 일은 임금 때문이 아닌데,	于役微君故
어찌 스스로 자유롭지 않겠는가?	胡爲不自逸
하늘만이 내 속 마음 이해할 것이니,	天惟諒惟衷
마침내 개인 날을 내려주시기를.	訖可賜晴日
멀리 晉나라 謝安에게 부끄럽나니,	遠愧晉謝安
집으로 돌아가는 노 빠르기도 해라.	還家歸棹疾[10]

거친 풍랑 속을 항해해 가면서 자신의 생명이 경각에 딸린 상황에서도
洶湧한 풍랑을 촬영하듯이 郊隱은 생동감 있게 묘사하였다. 이런 다급한
속에서도 자신의 修養에 신경을 쓰는 여유를 가진 인물이 郊隱이다. 어려
운 상황에서 믿을 수 있는 것은 자신의 忠直한 바탕 뿐이라는 말이 名言이
다. 결국 상황을 타개해 나갈 수 있는 능력은 자신에게 달렸을 뿐이라는
것이다. 자신의 定力을 측정해 보고 謝安만 못한 것을 아쉬워하며 사안의
정력을 배우고자 뜻을 세우고 있다. 謝安은 東晋의 정승인데, 북쪽 前秦의

---

10) 鄭以吾 작, 柳好宣 역, 『國譯郊隱先生文集』 67-68쪽.

황제 苻堅이 383년 東晉을 멸망시키려고 10만의 대군을 이끌고 진나라를
공격해 왔다. 이때 사안은 그의 조카 謝玄을 대장으로 삼고 아우 謝石,
아들 謝琰 등을 전쟁터로 보내 安徽省 淝水 지역에서 방어하도록 해서
대승을 거두었다. 謝安은 아들, 아우, 조카를 전쟁터에 보내놓고는 태연하
게 별장을 걸고 바둑을 두고 있었다. 전승 보고가 들어왔지만, 사안은 그대
로 바둑을 두고 있으면서 "애들이 크게 이겼구먼."하고 남의 이야기하듯
했다. 郊隱은 풍랑 속에서 생명의 위협을 느끼면서도 사안의 냉정한 자세
를 배우고자 했던 것이다. 그러나 살기 위해서 노를 빨리 젓게 하는 행동에
서 자신의 초라함을 발견하고 공부가 부족하다는 것을 느낀다.

뜻을 세운 선비는 지조를 생명처럼 중히 여긴다. 지조가 없으면 선비라
고 일컬을 수 없다. 지조는 선비의 필수조건이다.

高麗末 벼슬을 버리고 善山에 은거하였다가 새 王朝의 부름에 응하지
않았던 冶隱 吉再가 「忠臣圖」를 갖고 있었는데, 그 충신도에 郊隱이 시를
썼다. 교은은 선산의 고을 원으로 나가 冶隱에게 여러 가지 도움을 주었다.
본래 牧隱 圃隱 師門의 同學이지만, 서로가 정치적 노선은 달리 했다.
그러나 서로가 자기의 노선에 충실했으므로 교은과 야은은 서로에게 존경
심을 표하고 있었다.

郊隱은 「題吉冶隱忠臣圖」라는 시에서 지조를 지켜 不事二君하지 않는
冶隱을 인정하고 있다.

높은 벼슬로 어찌 내 생애 즐길 수 있겠는가?	軒裳豈足樂吾生
기풍과 志節이 만세에 영광스러운 것이라네.	風節斯爲萬世榮
다섯 나라 조정에서 벼슬한 長樂老를 보소서.	看取五朝長樂老
歐陽脩 司馬光의 붓 아래 성난 우레 울렸다오.	脩光筆底怒雷聲[11]

벼슬이 중요한 것이 아니고, 氣風과 志節이 있어야만 사람으로서 가치

---

11) 鄭以吾 作, 柳好宣 譯, 『國譯郊隱先生文集』 78쪽.

가 있는 것이다. 기회주의적으로 처신하여 이 조정 저 조정에서 벼슬하는
사람은 貞操 잃은 여인과 다를 바 없다. 어떤 인물의 최종적인 평가는
벼슬의 높낮이에 있는 것이 아니다. 벼슬만 추구하다 자신의 명예를 오염
시킨 대표적인 사람이 五代에 정승을 지낸 馮道였다. 역사적으로 기회주
의자의 대명사가 되어 있는데, 40년 동안 벼슬하면서 5개 왕조, 8개 姓,
13 황제를 섬기며 계속 정승 자리에 있었다. 그래서 歐陽脩는『新五代史』
에서 "염치를 모르니 무엇인가?[不知廉恥爲何物?]"이라고 매도하였고, 司
馬光은『資治通鑑』에서 "간신 가운데서도 더욱 심한 자이다[奸臣之尤]."
라고 멸시하였다.

　高麗王朝에도 벼슬하고 朝鮮王朝에도 벼슬한 郊隱을 두고 "자기가 이
런 시를 지을 수 있겠나?"라고 부정적인 시각에서 보면 이런 말을 할 수도
있다. 그러나 교은은 高麗王朝는 더 이상 지탱할 수 없는 희망이 없는
나라로 보고, 朝鮮王朝에 자신의 기대를 걸고 조선왕조를 위해서 적극적
으로 벼슬했다. 국가가 자신의 재주나 능력을 필요로 할 때 國家民族을
팽개치고 자기 한 몸만 깨끗하게 간직하는 것만이 선비의 길은 아니다.
孔子나 孟子가 본래 공부한 목적이 세상을 구제하는 데 있었으므로 평생
적극적으로 벼슬하려고 천하를 두루 다니며 자신의 뜻을 알아주는 임금을
찾았다.

　治隱도 이런 점을 인정하였기에 서로 사귈 수 있었던 것이다. 이 조정
저 조정 기웃거린 馮道와는 郊隱의 出仕는 태도가 아예 달랐다.

　郊隱 스스로 관리가 되어 출세하기 위해서 힘 있는 사람에게 영합하는
것이 아닌가 하고 가끔 스스로를 점검하였다. 그의「題晉州富多驛」이라는
시에서 이렇게 읊었다.

바람 맑고 달빛 고와 가을 기운 높은데,	風月淸妍秋氣高
역의 정자 붉은 단풍잎 말머리에 흩날리네.	驛亭紅葉馬頭飄
보내고 맞이하는 것 오직 푸른 잎 달린 소나무,	送迎惟有蒼髥姿

길 끼고 우뚝 서서 허리 굽히는 것 부끄러워하네.　　　挾路亭亭恥折腰[12]

　가을이 되어 붉은 빛을 띠고 바람 앞에 나부끼는 나뭇잎은 시속에 따라
자기 지조를 바꾸는 사람의 상징이고, 푸르름을 그대로 간직한 채 길 양쪽
에 우뚝이 서서 허리 굽히기를 부끄러워하는 소나무는 志士나 군자다.
郊隱이 지향하는 바는 당연히 소나무의 자세다. 혹시 역에서 내왕하는
사람을 영송하는 자신의 모습을 소나무가 보고서 비웃지 않을는지? 교은
자신은 지조 없는 하늘거리는 사람이 되지 않으려고 반성을 하고 있다.
소나무의 지조 지키는 자세를 배워 지조 있는 사람이 되기를 지향하는
교은의 마음가짐은 언제나 배워 발전을 꾀하겠다는 진취적인 면이 있음을
짐작하게 하는 시이다.

　郊隱은 隱居를 그렇게 탐탁지 않게 여겼다. 선비로서 뜻을 펴기 위해서
는 出仕해야 한다는 적극적인 자세를 견지하였다. 그의 「次贈柳判書韻」라
는 시에 이런 생각이 잘 드러나 있다. 시의 앞 부분에서는 어떤 은거하는
사람의 별장을 찬미하는 듯하지만, 마지막 구절에서 강력하게 벼슬에 나가
국왕 앞에서 經綸을 펼칠 것을 권유하였다.

道를 안고서 빛내지 않는다면 어찌 되겠는가?　　　抱道不輝安可得
성스러운 임금님 앞에서 학문 논하고 사고해야지.　　　聖君前席要論思[13]

　隱居하는 사람 가운데도 여러 부류가 있는데, 정말 능력을 갖추어 국가
에서 필요한 인재지만, 그 당시의 임금이나 관료들과 뜻이 맞지 않아 은거
하는 사람이 올바른 의미의 은거자가 있다. 자기의 아름다운 이름을 유지
하기 위해서 국가민족을 잊고 자신의 한 몸만 깨끗이 유지하려는 부류의
사람도 있다. 이런 사람들은 은거에 치우친 사람들이다. 은거할 마음이

---

12) 鄭以吾 작, 柳好宣 역, 『國譯郊隱先生文集』 80쪽.
13) 鄭以吾 작, 柳好宣 역, 『國譯郊隱先生文集』 92쪽.

없으면서 벼슬을 노리고 은거를 하여 자기의 聲價를 높이려는 사람이 있다. 그리고 高麗王朝에 벼슬했던 사람이 지조 없이 新王朝에 벼슬한다는 비난이 두려워 벼슬 못하고 은거하는 사람도 있었다.

그러나 郊隱은 朝鮮王朝의 건립을 정당하게 보고 적극적으로 참여하여 문화, 문학, 학술, 교육 등의 측면에서 자신의 능력을 발휘하여 국가에 기여하려고 뜻을 세웠던 것이다.

2. 救世의 염원

郊隱은 고려 말기 과거에 올라 벼슬에 나간 이후 당시 상황을 보고 잠시 고향 晋州 남쪽 松谷에 은거한 적이 있었지만, 본래 관계에 진출하여 자신의 경륜을 펼쳐 나라를 위해 일하려는 강한 의지를 갖고 있었다. 그의 「沿溪濯纓」이라는 시는 이러하다.

陶靖節은 괜히 물가에 다다라 있었지만,	靖節徒臨水
終軍은 갓끈을 요청하였다네.	終軍早請纓
흐르는 물 맑은데 어찌 발 씻을 것 있으랴?	流淸何足濯
먼지 떨치고 나니 깨끗해져 속세의 정 있으리?	塵拂澹忘情[14]

벼슬에서 물러나 농촌에서 유유자적하게 살아가던 東晋의 田園詩人 陶淵明은 「歸去來辭」에서 "맑게 흐르는 물가에 다다라 시를 읊조리고[臨淸流而賦詩]"라고 읊었다. 中國文學史上 '가장 위대한 전원시인', '牧歌的인 시인' 등으로 후세 사람들의 추앙을 받고 있지만, 그러나 도연명의 생활방식은 사실 교은의 마음에는 들지 않았다. 도연명의 삶의 방식은 한 마디로 소극적이고 小我的이기 때문이다. 戰國時代 楚나라 충신 屈原은 「漁父辭」에서, "滄浪의 물이 맑으면 내 갓끈을 씻고, 창랑의 물이 흐리면 내 발을

---

14) 鄭以吾 작, 柳好宣 역, 『國譯郊隱先生文集』 54쪽.

씻으리[滄浪之水淸兮, 可以濯吾纓, 滄浪之水濁兮, 可以濯吾足].”라고 노래했다. 역시 소극적으로 그냥 상황에 맞추어 나가려는 마음 자세지만, 어려움을 타개해 나가겠다는 적극적인 활력나 진취적인 기상이라고는 없다. 맑은 물을 만나 꼭 갓끈을 씻을 필요가 있는가? 맑은 물이 흐르는 지역은 이미 맑은데, 거기서 씻는다는 것은 별 의미가 없다.

陶淵明은 벼슬이 더럽다고 버리고 고향에 돌아와 농촌생활을 했지만, 아무런 經綸도 펼치지 못했다. 漢나라 武帝 때의 서생 終軍은 18세 나이로 무제에게 자신에게 갓끈을 내리면 그 것으로 南越王의 목을 묶어 사로잡아오겠다는 기개를 보였다. 국가를 위해서 이 정도의 忠情이 있어야 男兒라 할 수 있지 않겠는가 하는 의미가 내재해 있다고 하겠다. 교은은 終軍처럼 국가를 위해서 헌신하겠다는 결심이 이 시에 나타나 있다.

「夏日北亭吟」이라는 시는 이러하다.

대궐 그리는 마음 아직도 붉기에,　　　　　　　　　戀闕尙心赤
제단 쌓을 때 북쪽으로 향해 옮겨 놓았네.　　　　　築壇向北移[15]

임금은 南面이라 하여 항상 남쪽으로 향해 앉거나 선다. 반면 신하 된 사람은 北面이라 하여 항상 북쪽으로 향하여 절하고 엎드린다. 정자 이름이 北亭인데, 정자를 지은 주인이 본래 어떤 의미에서 붙인 이름인지는 알 수 없지만, 郊隱은 그 의미를 북쪽에 있는 대궐을 향하여 충성을 다하기 위해서 붙인 이름으로 보았다. 여기서 교은이 국가를 위해서 충성을 다바칠 다짐을 하고 있다는 것을 알 수 있다.

「題淸道淸德樓」라는 제목의 시를 보면 지방 장관들에게 백성을 위한 敎化를 펼칠 것을 권장하고 있다.

---

15) 鄭以吾 작, 柳好宣 역, 『國譯郊隱先生文集』 55쪽.

나무 잎 떨어지니 들이 도리어 멀고,	木落野還逈
연기가 생겨나니 산이 떠오르려는 듯.	烟生山欲浮
누가 음악과 시로써 다스려서,	誰將絃誦治
武城 고을원을 이을 것인가?	能繼武城侯16)

孔子의 제자 子游가 魯나라 武城 고을의 원이 되어가 공자에게 배운 대로 詩와 音樂으로 敎化를 펼치고 있었다. 공자가 자기 제자가 다스리는 고을에 가 봤더니 東軒에서 현악기 소리와 노래가 흘러나왔다. 강제적인 행정명령이나 형법을 통한 다스림이 아니고, 禮樂을 통한 德治를 펼치려고 노력하고 있었던 것이다. 백성들의 心性에 호소하는 덕치가 공자가 바란 이상적인 정치형태였다.

郊隱은 淸道 고을을 맡아 다스리는 고을원도 백성에게 강제적인 행정명령이나 형법으로 다스리려고 하지 말고 德治를 할 것을 바라고 있다. 백성을 사랑하는 郊隱의 깊은 애정과 儒敎理念을 실천에 옮겨 백성들이 잘 살 수 있는 세상을 만들려는 염원이 이 시에 강하게 베어 있다.

유학을 공부한 선비의 목표는 修身, 齊家의 단계를 거쳐 治國, 平天下에 있다. 그 목표를 달성하려면 항상 순탄한 길만 앞에 놓이는 것이 아니다. 그러나 평화롭고 순조로울 때는 나서서 일하려는 사람이 많지만, 어려운 일이 닥치면 志節이나 澹泊 등을 내세우며 다 물러나 숨어버린다. 진정하게 애국애족하는 사람은 어려울 때 몸을 사리지 않고 나서서 어려운 일을 솔선해서 맡는다. 그런 사람이라야만이 참된 선비라 할 수 있다.

「題猫島」에서 이렇게 읊었다.

고향 땅은 어디에 있는지?	鄕國知何在
파도 아득하여 기약할 수 없네.	風濤杳莫期
하늘 우르러고 땅 굽어보며,	二儀看俯仰

---

16) 鄭以吾 작, 柳好宣 역, 『國譯郊隱先生文集』 59쪽.

한 평생 기쁨과 슬픔에 맡겨둔다네.	百歲任歡悲
나루에 봄 물결 세차고,	津濟春潮活
선창엔 지는 달 더디도다.	船牕暮月遲
남아가 나라를 도우려한다면,	男兒如輔國
어찌 꼭 잘 다스려질 시대만 겪겠는가?	何必過淸時[17]

郊隱은 慶尙道 熊川에서 배를 타고 출발하여 濟州道로 가다가 全羅道 順天 앞 바다를 지나면서 험한 파도를 만났다. 웅천에서 순천쪽으로 가면 泗川 앞 바다를 지나게 되어, 자신의 고향인 晋州를 바라볼 희망이 있었다. 그러나 그 날 따라 파도가 심하여 자기 고향을 볼 수가 없었다. 배가 요동이 심하여 하늘과 땅을 번갈아 볼 정도로 위험한 지경에 처하였다. 이런 절박한 상황에서도 郊隱은 인생의 이치를 깊이 생각하고서, 인생도 뱃길처럼 순탄하여 기쁠 때도 있지만, 험난하여 슬플 때도 있다는 것을 절감하였다. 그러면서 더 높은 차원의 생각을 한다. 늘 순탄하고 편안하려고만 한다면, 옳은 선비가 될 수 없는 것이다. 나라를 위해서 일하려면, 순탄할 때도 있지만, 어려울 때도 자주 있다는 것을 알고, 어려운 상황에서도 나라를 위해 일하겠다는 郊隱의 忠直한 정신자세가 보인다.

孟子가 남긴 "하늘이 장차 어떤 사람에게 큰 임무를 내리려고 할 때는, 반드시 먼저 그 마음과 뜻을 괴롭게 만들고 그 힘살과 뼈를 수고롭게 하고 그 몸을 굶주리게 하고, 그 몸을 궁핍하게 하고, 그가 하는 것이 그가 마음먹은 대로 되지 않게 하여 마음을 분발하고 성질을 참아 그가 할 수 없었던 것을 할 수 있게 만든다[故, 天將降大任於是人也, 必先苦其心志, 勞其筋骨, 餓其體膚, 空乏其身, 行拂亂其所爲, 所以動心忍性, 曾益其所不能]."라는 말의 이치를 郊隱은 체험적으로 터득하고서 그런 정신으로 살면서 어려움을 극복하여 大提學이라는 요직에까지 오를 수 있었다고 볼 수 있다.

고향 晋州 관아의 北軒에 左侍中 裵克廉이 심은 잣나무가 있었다. 그

---

17) 鄭以吾 作, 柳好宣 譯, 『國譯郊隱先生文集』 65쪽.

잣나무를 두고 시를 지은 것이 있었는데, 郊隱은 그 시에 次韻하여 「次晉
州公衙北軒侍中柏韻」이라는 시를 지었다.

오십년 동안 더위와 추위 실컷 겪었는데,   飽閱炎凉半百年
추울 때 지조 지키는 재목 시대 구하는 현자와 합치되.

            歲寒材合濟時賢

동헌 가에 손수 심은 뜻 알고자 하나니,   欲知手植鈴齋畔
맑은 氣風 남겨 후세에 전하고자 하는 것. 留得淸風後世傳[18]

앞에서도 언급하였지만, 孔子의 말씀에 "한 해의 날씨가 추워진 그런
뒤에라야 소나무와 잣나무가 늦게까지 푸르름을 안다."고 했다. 이 말은
고도의 상징어인데, 식물을 이야기했지만, 실제로는 사람을 두고 한 말이
다. 炎凉世態 따라 名利를 따라 움직이는 인간군상들을 이 한마디 말로서
풍자한 것이다. 이런 잣나무를 동헌 곁에 심어 둔 뜻은, 앞으로 진주 고을
원으로 부임하는 사람들은 잣나무처럼 맑게 살아야 한다라는 말을 전하기
위해서 심었던 것이다.

그러나 세상 사람들은 보통 그 깊은 뜻을 알지 못하고 지냈는데, 郊隱이
그 의미를 비로소 이해하여 시로 남긴 것이다. 고을원이 청렴하게 정치하
여 부정과 착취를 일삼지 않으면, 백성들은 폭정에 시달림 없이 생활을
즐기며 살아갈 수 있다. 이 시를 지은 목적은 정치를 잘해서 백성들을
구제하라는 의미가 담겨 있다.

3. 憂國憐民

옛날의 선비들은 기본적으로 국가·민족을 생각하였다. 관리라면 더욱
더 국가·민족을 생각해야 한다. 郊隱은 적극적으로 出仕한 인물로서 국

---

18) 鄭以吾 작, 柳好宣 역, 『國譯郊隱先生文集』 75쪽.

가민족에 특히 관심이 많았다.

高麗가 망한 원인 가운데 하나로, 國防의 소홀로 인한 북쪽 紅巾賊의 침입과 남쪽 倭寇의 노략질을 들 수 있다. 高麗 말기에는 토지와 인력을 豪族이나 寺院이 兼併해 버려 국가재정은 극도로 빈약하고 국방력이 극도로 약화되어 있었다. 郊隱은 국방에 대해서 특히 관심이 많았다. 「渡巨濟見乃梁」이라는 시의 제3수 가운데서 이렇게 읊었다.

어떻게 하면 섬 오랑캐 소굴을 쳐서,　　　　　何圖島夷窟
지금 임금님 敎化 속으로 돌아오게 할까?　　　此日歸王化[19]

섬 오랑캐는 倭寇들을 가리킨다. 남해안은 물론이고 남부지방에 쳐들어와서 분탕질을 일삼는 왜구들의 소굴을 정벌하여 왜구를 근절시키고, 다시는 남의 나라를 침략하지 못하도록 敎化를 시키는 그런 대책을 郊隱은 강구하고자 하는 열망이 가득하다.

郊隱은 南海 觀音浦를 지나면서 거기서 옛날 水軍을 거느리고 倭賊을 섬멸한 鄭地장군의 大捷을 회상하면서 옛날처럼 위대한 장군이 나오기를 열명하고 있다. 「題南海觀音浦」라는 시는 이러하다.

영웅의 그 당시 일 묻지 마소서!　　　　　　莫問英雄當日事
지금도 사람들이 큰 공 이야기하기 좋아한다오.　至今人喜說元功[20]

鄭地장군은 倭寇를 능히 격퇴했는데 장군들 가운데는 왜구에게 패전하거나 쩔쩔매는 사람도 많았다. 다 장군들이 자기의 최선을 다해서 부대를 운영하거나 부하들을 다스리지 못해서 그렇다고 보고, 鄭地장군을 아주 높게 평가하고 있다.

---

19) 鄭以吾 작, 柳好宣 역, 『國譯郊隱先生文集』 58쪽.
20) 鄭以吾 작, 柳好宣 역, 『國譯郊隱先生文集』 81쪽.

바닷속 섬에 성을 쌓아놓고도 지키는 사람 없이 텅 비워둔 것을 아주 안타깝게 생각하였다. 「熊川加德島」란 시는 이러하다.

한식 무렵의 옛 나루터에,	寒食光陰古渡頭
어지러운 물결 위 부평초 사람 근심스럽게 하네.	亂波萍草使人愁
백년 된 성에 사람은 어디 있는가?	百年城是人何在
지난 일을 갈매기에게 물을 길 없네.	往事無由問白鷗[21]

加德島에 오래 전부터 성을 쌓아두었지만, 백성들은 살지 않으니, 성을 쌓을 필요가 없었다. 성을 쌓아 놓고서 사람이 지키지 않으면 성은 無用之物이 되고 만다. 이런 식으로 해서는 국방을 튼튼하게 하여 倭寇를 막을 수 없는 것이다. 방위상의 문제를 지적하고 있다.

고려말기에 이르면 豪族이나 寺院에서 토지를 다 겸병해 버려 일반 백성들은 한 치의 땅도 소유하지 못했다. 「茂朱形勝」이라는 시에서 그런 현상을 사실적으로 신랄하게 풍자하였다.

송곳 하나 세울 땅도 모두 公侯의 집안으로 들어가서,	立錐地盡入侯家
시내와 산만 있어 관아에 속한 것이 많더라.	只有溪山屬縣多
아이들은 軍國에 관한 일을 알지 못하고서,	童穉不知軍國事
구름 바깥까지 들리도록 땔나무꾼 노래 서로 주고받누나.	穿雲互答采樵歌[22]

高麗가 망한 이유 가운데 하나가 호족이나 사원의 토지 겸병이다. 모든 농민들은 자기 토지를 뺏기고 農奴의 상태로 전락하였다. 심지어 호족세력이 강성하여 고을에 속한 公田도 남지 않을 정도였다. 그래도 천진한

---

21) 鄭以吾 작, 柳好宣 역, 『國譯郊隱先生文集』 89쪽.
22) 鄭以吾 작, 柳好宣 역, 『國譯郊隱先生文集』 87쪽. 이 시 제3구의 '軍國'이 『郊隱集』에는 '郡國'으로 되어 있으나, 平仄法에 따라 '軍國'으로 되어야 한다.

어린애들은 호족들의 횡포로 인하여 나라가 망하는지 흥하는지도 모르고, 산에 올라가 땔나무를 해 와서 생계를 유지하고 있다.

徐居正은 이 시를 평하여 "자못 諷弄하고 풍자하는 뜻을 머금고 있으니, 백성을 착취하는 탐욕스런 사람들이 상당히 반성할 수 있을 것이다.[23]"라고 하였다.

실제 관리들보다 아전들이 백성을 괴롭히는 경우가 더 많다. 「龍江形勝」이란 시에서 郊隱은,

백성들은 생활 즐기지 못하고 사는 것도 군색한데,	民不聊生居且拙
아전들은 한가한 날 없으니 폐단 놀랄 만하도다.	吏無閒日弊堪驚[24]

백성들은 살아가기도 어려운 형편인데, 아전들은 하루도 쉬지 않고 백성들 착취할 궁리만 하고 있으니, 그 폐단이 어떠하겠는가? 아전의 폐단은 어느 王朝에서나 마찬가지지만, 朝鮮時代 아전들은 기본급료가 없기 때문에 백성들을 착취하는 행위를 할 수밖에 없었다. 백성들이 당하는 잔혹상은 이루 말로 표현할 수가 없었다. 나중에 南冥 曹植이 「戊辰封事」에서 '胥吏亡國論'을 펼친 데는 다 그 이유가 있는 것이었다.

백성들의 생활은 근본적으로 임금에게 달려 있고, 임금의 분신은 지방수령들이다. 그래서 지방수령으로 나가는 사람이 있으면 정치를 잘하여 백성을 구제하라고 당부하는 것을 郊隱은 잊지 않고 있다.

「送人出守忠州」라는 시는 이러하다.

백성들 생업 잃어 먹을 것 남지 않아,	黎氓失業食無餘
고을은 썰렁한데 백성들 고달프네.	井邑蕭條頳尾魚
섣달에 눈 내리지 않았고 봄에도 가물었으니,	臘雪不飛春又旱

---

23) 徐居正 『東人詩話』, 頗含譏諷, 掊克貪黷者, 可以少省矣.

24) 鄭以吾 작, 柳好宣 역, 『國譯郊隱先生文集』 90쪽.

공은 가서 모름지기 백성 살릴 수 있는 글 보게나.   公歸須看活民書[25]

백성들에게는 먹는 것이 하늘처럼 중요하다. 정치의 잘잘못은 백성을 먹여 살리느냐 못하느냐에 달려 있다. 지금 이 시를 받는 사람이 부임하려는 忠州는 피폐하여 백성들이 도탄에 빠져 있다. 금년의 상황도 이미 좋지 않다. 옛날 농사의 흉풍을 예측하는 村老들의 점에 음력 설이 되기 전에 눈이 세 번 내려야 농사가 풍년이 든다는 말이 있다. 섣달에 눈도 내리지 않았으니, 새해 농사의 전망이 좋지 못한데, 또 봄이 된 이후로 비가 내리지 않아 농사일을 시작하지 못하는 상황이다. 그러니 그대는 부임하면 백성을 살릴 수 있는 실용성 있는 책을 보아야지, 吟風弄月이나 비현실적인 허황한 정치적 구호만 일삼지 말라고 충고하고 있다. 郊隱의 실용주의적 사고를 알 수 있는 작품이다.

郊隱 자신도 善山 등 여러 고을의 고을원을 맡아 다스린 적이 있는데, 스스로 만족할 치적을 남기지 못하여 아쉬워하고 있다. 자기 치적에 스스로 만족한다면 그것은 이미 올바른 고을원의 자세가 아니다.

내 자신 부끄럽도다! 근년에 고을원이 되어,   自愧年來石二千
관청에서 운영하는 나루의 사람 건네주는 배만도 못하니.
不如官渡濟人船[26]

임금의 분신으로 한 고을을 맡아 다스리는 수령이 되었으면 백성을 가난과 고통에서 구제해 주어야 하는데, 자신은 사람을 건네주는 나룻배만도 못하다고 郊隱은 스스로 탄식하고 있다. 사람을 건네주는 나룻배도 사람을 건네준다는 면에서 完善한 것은 아니다. 다리를 놓아 건네주는 수준까지 가야 이상적이다. 春秋時代 鄭나라의 정승 鄭子産이 여름에 홍수로

---

25) 鄭以吾 작, 柳好宣 역, 『國譯郊隱先生文集』 84쪽.
26) 鄭以吾 작, 柳好宣 역, 『國譯郊隱先生文集』 85쪽.

다리가 떠내려간 냇가에서 겨울철에 물을 건너는 사람들의 고통을 생각해
서 자기의 수레로 사람들을 건네 준 적이 있었다. 孟子는 이를 비판하여
"은혜로우나 정치는 할 줄 모른다.[27]"라고 비판하였다. 위정자는 근본적인
대책을 세워야지, 개개인에게 동정을 베풀려고 해서는 그럴 시간적 여유가
없다는 점을 들어 鄭子産의 정치형태를 인정하지 않았다. 교은은 자신의
행정능력이 다리는커녕 배로 건네주는 수준에도 미치지 못함을 탄식한
것이다. 배로 건네주는 것은 물론 수레로 건네주는 것보다야 낫지만, 근본
적인 대책이 되지 못함을 스스로 아쉬워한 것이다. 교은의 행정 목표가
근시안적이 아니고 대단히 원시안적임을 알 수 있다.

4. 景物 描寫의 能手

郊隱의 詩 가운데서 지금 남아 있는 것으로는, 각 고을의 樓閣 등에
題詠한 것이 상당량에 달하는지라 전체적으로 볼 때 景物詩가 많은 분량
을 차지한다. 그 가운데 敍景에 뛰어난 솜씨를 보인 시가 몇 수 있다.
「嶺上長松」이라는 시는 이러하다.

집 둘러싼 층층의 멧부리 우뚝 솟았는데,	繞屋層巒聳
공중을 받치는 푸른 일산 이루어졌네.	撑空翠蓋成
비가 개이자 구름이 흰 빛을 깔았고,	雨晴雲襯白
밤이 고요하니 달은 맑은 빛을 쏟아내리네.	夜靜月篩淸
천년 된 땅에 절벽은 우뚝하고,	壁立千年地
바람은 십리 밖에 소리 전해주네.	風傳十里聲
머리 돌려 보는 사람은 없고,	無人回首見
떠들썩하게 이름만 다투는구나.	擾擾兢馳名[28]

---

27) 『孟子』「離婁下篇」, 惠而不知爲政.
28) 鄭以吾 작, 柳好宣 역, 『國譯郊隱先生文集』 52쪽.

「南山八詠」가운데 네 번째 시로 고개 위에 선 소나무를 읊었다. 그 당시 郊隱의 집은 漢陽 南山 속에 있었던 것 같다. 집을 둘러싼 능선 위로 樹形이 푸른 日傘처럼 생긴 소나무가 서 있다. 오던 비가 개이자 하얀 구름이 옅게 소나무 뒤에 깔려 소나무를 더욱 돋보이게 했다. 밤에는 달이 맑은 빛을 쏟아내리자, 달빛을 받아 잎이 반사된 소나무의 맑은 특색이 드러났다. 천년 된 절벽 위에 소나무가 우뚝 서 있는데, 때때로 큰 落落長松에서 이는 바람소리가 10리 밖까지도 들릴 정도로 장엄하다. 그러나 이러한 孤高한 소나무의 모습에 관심을 갖고서 고개를 돌려 보는 사람은 아무도 없다. 세상 사람들은 다투어 名譽를 구하려고 달려간다. 마지막 두 구절에서는 세상 사람들이 참된 가치를 모르고 이름만 추구하는 것을 넌지시 풍자하고 있다. 여기서 소나무는 志節 있는 큰 인물을 상징한 것으로 큰 인물을 알아보지 못하는 그 당시 사람들의 근시안적 태도를 지적하고 있다.

「題漢陽藏義寺」라는 시는 이러하다.

시냇물 끊어지고 층층이 얼음 쌓였는데,	澗絶層冰積
바람이 부니 많은 구멍에서 소리 나네.	風吼萬竅鳴
산의 모습은 겨울이라 더욱 야위었고,	山容冬更瘦
눈 빛은 밤이 되자 오히려 밝구나.	雪色夜猶明
외로운 탑은 달빛 속에 그림자 드리우고,	孤塔月中影
성긴 종소리는 구름 밖에서 나는구나.	疎鍾雲外聲
향을 피운 절간의 방이 따뜻하기에,	焚香禪室煖
단정하게 앉아 있으니 맑음 감당치 못하겠네.	端坐不勝淸[29]

漢陽城 彰義門 바깥에 있는 藏義寺의 겨울 풍경을 그림처럼 묘사하였다. 겨울철 산 속 절간 경치의 특색을 잘 나타내고 있다. 시내에 얼음이

---

29) 鄭以吾 작, 柳好宣 역, 『國譯郊隱先生文集』 65쪽.

충충으로 얼어 시냇물은 자취를 감추었고, 나뭇잎 지고 메마른 가지만
남은 나무가 있는 산은 야위게 보인다. 달밤에 눈이 반사되어 낮보다 더
희게 보이고, 가늘게 울리는 절간의 종소리는 그 여운이 구름 밖에까지
사무쳐나간다.

이런 분위기 속에서 향불 피운 절간 방에 앉아 있노라니, 사방엔 온통
맑은 기운 뿐이다. 얼음, 눈, 홀로 선 탑, 달빛, 성긴 종소리, 구름, 향, 절간
방 모두가 속세의 더러움과 관계 없는 맑음을 상징하는 것들이다.

첫째 구와 둘째 구는 싸늘한 겨울의 추위를 연상케 하는 표현이다. 그러
나 맨 마지막 두 구절에서는 온화한 인간미가 넘쳐 나고 있다. 또 강한
바람 소리와 성긴 종소리가 서로 강약의 대조를 이루고 있다.

善山府使로 있으면서 춘분에 南極星에 제사를 지내고 교외로 나가 봄이
온 것을 맞이하는 郊隱의 감흥이 살아 있는 시가 바로 「題善山竹杖寺祭星
壇」이다.

관아의 일 끝내고 한가함을 타서 성곽 서쪽으로 나갔더니,

衙罷乘閒出郭西

스님은 파리하고 절은 오래되고 길은 오르락내리락하네.

僧殘寺古路高低

별에 제사지내는 제단 가로 봄바람이 이른데, 　祭星壇畔春風早
붉은 살구꽃 반쯤 피었고 산새는 우는구나. 　紅杏半開山鳥啼[30]

善山府使로 있으면서 춘분을 맞이해서 老人星에 제사지냈다. 노인성은
南極星이라고 한다. 노인성은 사람의 수명을 주관하는 별이다. 옛날에는
질병이 주는 공포가 대단하기 때문에 모든 사람들이 오래 살기를 기원하
면서 고을원이 노인성에 제사를 올려야 한다. 제사를 끝내고 한가한 틈을
타서 교외 서쪽으로 나가니 찌그러져가는 절이 있고 파리한 승려들만 있

---

30) 鄭以吾 작, 柳好宣 역, 『國譯郊隱先生文集』 77쪽.

을 뿐이다. 전혀 生氣라고는 없는 퇴락해가는 모습인데, 그 옆으로 봄바람
이 불고 봄바람 덕분에 붉은 살구꽃이 반쯤 피고 거기에 조화를 이루어
산새가 운다. 사람의 수명을 연장하는 것은 곧 생기다. 그런 생기를 살구꽃
과 산새 울음소리에서 찾아서 봄을 느끼고 있다. 제2구의 衰殘한 분위기가
제4구에서 완전한 生氣로 바뀌고 있다. 南極星에 제사를 지냄으로 인해서
쇠잔한 분위기가 生動하는 분위기로 바뀌기를 갈망하는 郊隱의 염원이
담겨 있다고 하겠다.

5. 낭만적 정서의 출현

「次贈隣倅鄭百亨」이라는 시는 봄을 의미 있게 즐기고 보내려는 낭만적
흥취가 듬뿍 베여 있는 시이다.

이월은 바야흐로 무르녹고 삼월이 오니,	二月將闌三月來
한 해의 봄빛이 꿈속에서 돌아오네.	一年春色夢中回
천금으로도 오히려 아름다운 계절을 살 수 없는데,	千金尙未買佳節
누구 집에 술이 익었는가? 꽃은 한창 피었는데.	酒熟誰家畫正開[31]

봄이 가장 무르녹는 2월은 저물고 봄의 마지막 달인 3월이 곧 온다.
3월은 아쉬움과 안타까움으로 지내다 보면, 금방 가버리는 달이다. 천금으
로도 살 수 없는 이 좋은 계절을 그냥 의미 없이 보낼 수는 없다. 꽃이
한창 피었는데, 술을 마시면서 꽃을 감상해야 봄을 즐기는 것이 될 수
있다. 같이 마시면서 가는 봄을 아쉬워할 동지를 찾아 이웃 고을원 鄭百亨
에게 이 시를 지어 주었다. 술을 구하여 같이 마시자는 요청과 같다. 郊隱
은 꽃과 술을 사랑하여, 술 없이 그냥 꽃을 관상할 수가 없고, 또 꽃이
피지 않았을 때는 술을 마셔도 이런 흥취를 느낄 수 없기 때문에, 이렇게

---

31) 鄭以吾 작, 柳好宣 역, 『國譯郊隱先生文集』 88쪽.

꽃이 만발했을 때를 놓치지 않고 친구와 같이 한 잔 하려고 하는 낭만적인
감정을 함께 느낄 수 있다.

옛날에는 음력 9월 9일이 되면 重陽節 혹은 重九節이라 하여 높은 곳에
올라가 국화 꽃잎을 띄운 술을 마시고, 액을 쫓기 위해서 머리에 茱萸를
꽂고, 바람에 모자를 날리는 풍속이 있었다. 郊隱도 어느 해 중양절을 맞이
하여 산에 올라 「九日登高」라는 시를 지었다.

술병 차고 높은 곳에 오른 날은,	佩酒登高日
하늘 맑은 9월 초순이라.	天晴九月頭
단풍 숲은 먼 골짜기에 한창이고,	楓林酣遠壑
소나무 빛은 긴 언덕 에워쌌도다.	松色護長邱
藍洞은 시를 쓰던 곳이요,	藍洞題詩處
龍山은 모자 떨어뜨린 가을이라.	龍山落帽秋
예나 지금이나 취하는 것은 한 가지,	古今同一醉
마음에 맞아 어떤 구하는 것도 없다네.	適意百無求[32]

郊隱이 가을이 한창인 重九節 행사를 치르기 위해 9월 9일 술병을 차고
높은 곳에 올라 내려다보니, 단풍이 멀리 골짜기에 무르녹고 소나무는
여전히 푸르름을 유지하면서 언덕을 감싸고 있었다. 붉고 노란 단풍과
푸르른 소나무가 서로 색채적인 대조를 이루어 더욱 경치를 아름답게 만
들고 있었다. 중국 長安 藍橋에 시를 쓴 裴航처럼 교은도 시를 썼고, 龍山
에서 모자를 날린 孟嘉처럼 바람에 모자를 날리며 중구절의 정취를 만끽
하고 있다. 중구절을 이렇게 보내니 마음에 맞지 않는 것이 없었다. 이
밖에 달리 구하는 것이 아무 것도 없게 되었다. 정신적인 자유를 마음껏
누린다. 중양절 歲時風俗에 몰입하여 세상의 번뇌와 고민을 말끔히 씻어
버리는 郊隱의 모습에서 그의 순진난만한 마음가짐을 볼 수 있다.

---

32) 鄭以吾 作, 柳好宣 역, 『國譯郊隱先生文集』 53쪽.

Ⅳ. 결론

郊隱 鄭以吾는 조선초기에 가장 뛰어난 문학가였다. 그는 적극적으로 관료생활을 하면서도 낭만적인 詩를 썼다.

그는 高麗王朝에 벼슬하였으면서도 고려의 운명은 이미 다했다고 진단하여 신왕조인 조선이 건국되었을 때 朝鮮初期에 정치권의 중심부에 참여하였다. 成均館 大司成, 藝文館 大提學 등 요직을 맡아, 조선의 문물제도의 정비에 유학적 통치체제를 이루는 데 이론적 기초를 제공하는 등 많은 공헌을 하였다. 또 몇 차례 과거시험을 주관하여 조선초기 국가가 필요로 하는 인재를 많이 발굴하였다. 그리고 조선초기 文學思潮의 형성에도 적잖은 영향을 미쳤다.

교은은 성공한 관료이면서 위대한 文學家였다. 그는 문장보다는 시에 더 관심이 있고 작품도 뛰어났다. 그의 시는 내용적으로 情感을 중시하여 古雅한 표현을 韻律美에 담아 표현하였다. 德治와 世教를 중시하는 사상은 儒教國家 형성의 바탕이 되었다. 문장은 平易하면서도 通暢하여 핵심을 잘 서술하였고, 난삽하거나 기교를 부린 것은 없었다.

高麗 中期 이후 우리 나라에 형성된 宋詩 숭상의 문학사적 조류에 얽매이지 않고, 그는 唐詩를 숭상하였고, 그의 詩風은 唐詩에 접근하였다. 조선전기 문단의 대표격인 徐居正과 朝鮮中期 시문평론의 대가 許筠은, 郊隱을 조선초기를 대표하는 문학가로 추앙하였다.

그의 시는 현재 74수가 남아 있으나, 대부분 應酬의 필요에 의해서 지어진 것으로 그의 자발적인 詩興이 담긴 것이 아니라 그의 시의 眞面目을 파악하기 어려운 점이 있다. 그러나 그의 시 속에는 자기의 확고한 의지의 표현, 우국연민의 사상이 담겨 있다. 본고에서 다루지 않은 시 속에 불교를 관대하게 보는 포용력이 담겨 있다.

그리고 景物 묘사에 있어 높은 솜씨를 보여주었고, 문화정치의 능력이 있는 뛰어난 관료이면서도 낭만성이 풍부한 시를 남겼다.

漁溪 趙旅와 咸安精神

Ⅰ. 序言

漁溪 趙旅는 咸安이 낳은 대표적인 節義를 지킨 선비이자, 文學家이다. 그는 世祖가 端宗의 왕위를 찬탈하는 불의를 보고 벼슬을 단념하고 고향 함안에 묻혀 일생을 보냈다. 그는 당시 이미 進士에 합격하여 成均館에서 공부하고 있었으므로, 머지않아 文科에 합격하여 관직에 나갈 수 있었다. 그는 단종에게 꼭 節義를 지켜야 할 개인적인 책무는 없었다. 그의 관직이 어디까지 승진했을지는 모르지만, 관료로서 부귀영화를 누릴 수 있는 가능성은 충분히 있었다.

그러나 그는 모든 것을 다 떨치고 고향으로 와서 漁溪라는 호를 짓고, 伯夷山 자락에 묻혀 시골 사람과 같이 생활하다 일생을 마쳤다.

그의 행적은 남아 있는 것이 많지 않고, 그의 문집 『漁溪集』에 실린 詩文도 많지 않다. 없어진 것도 많이 있겠지만, 남을 위해 지어준 應酬文字가 없는 것으로 봐서 원래 많은 글을 짓지 않았다는 것은 알 수 있다.

그런데도 生六臣으로서 千古에 志節의 표상으로 명성이 전하고, 吏曹判書에 追贈되고, 貞節이라는 諡號를 받고, 書院이 세워져 賜額까지 받는 최고의 禮典을 입어, 후세의 尊仰을 한 몸에 받는가? 바로 그의 節義精神과 창작활동이다. 선비정신 가운데서도 절의정신이 가장 우위에 있다. 그리고 그가 글을 남기지 않았다면, 그의 정신을 알 수 없다. 변함없는 절의정신을 갖고 한평생 흠 없는 일생을 살았고, 의미 있는 좋은 시를 남겼기 때문에 후세에 영원히 추앙을 받고 있는 것이다.

추앙만 받는 것이 아니라, 후세 사람들의 정신에 큰 영향을 미치고 있는
것이다. 朝鮮朝 5백년 동안에 최고 관직인 領議政을 지낸 사람이 약 5백
명 정도 된다. 그러나 그 가운데 오늘날 사람들이 이름을 기억하는 사람은
고작 10여 명 내외다. 그런 사람이 있었는지 모르는 사람이 대부분이고,
각종 부정이나 몰염치한 일에 연루되어 지탄을 받는 사람도 상당히 많다.

특히 이 咸安 고을은, 漁溪의 조상들이 뿌리를 내린 곳이고, 어계가 태어
나 살다가 일생을 마친 곳이다. 후세 咸安 사람들의 정신과 생활방식에
어계의 영향은 절대적이라 할 수 있다. 선비의 고향 함안에 어계 같은
선비의 典型인 인물이 존재했기 때문에, 節義가 높고 學問이 융성한 선비
의 고향으로서의 격을 높였다고 하겠다.

II. 선비의 고장 咸安

咸安의 씨족형성과 인물배출 및 학문적 분위기에 대하여 梅竹軒 李明悳
는 「重修鄕案序」에서 이렇게 말했다.

> 우리 군은 옛날 五伽倻의 하나이다. 方丈山[智異山]의 한 갈래와 낙동강의
> 큰 흐름이 꿈틀꿈틀하고 넘실넘실하여 깃이 되고 띠가 되었는데, 맑고 깨끗
> 한 기운이 靈氣를 빚어내고 정신을 응축시켜 옛날부터 장수나 정승 등 인재
> 가 많이 나왔다.
> 군의 큰 성이나 명망 있는 집안은 이러하다. 그 가운데 첫째가 趙氏인데
> 咸安의 토박이 성이고, 李氏는 載寧李氏, 星州李氏[廣平李氏], 驪州李氏, 仁
> 川李氏가 있고, 그 가운데 토박이 성의 하나인 咸安李氏가 있다. 安氏는
> 順興安氏와 廣州安氏가 있고, 魚氏는 咸從魚氏가 있고, 金氏는 善山金氏와
> 蔚山金氏가 있다. 吳氏는 高敞吳氏이고, 河氏는 晉陽河氏이고, 朴氏는 密陽
> 朴氏와 慶州朴氏가 있다. 그 밖에 성씨는 이루 다 열거할 겨를이 없지만,
> 다 번성하여 名卿鉅公이 이어져서 배출되었다.
> 그래서 땅은 비록 바닷가에 붙어 있지만, 집집마다 글을 외우고 거문고를

연주한다. 함안의 풍속은 예의를 숭상하고 순박한 기풍을 전해오고 있다.
朝野에서 모두 '士大夫의 고을'이라 일컫고 있다.(中略)

　아아! 우리 남쪽 지방은 국가의 鄒魯之邦이고, 우리 고을은 추로지향 가운
데서도 추로지향이다. 이 鄕案을 받들어 펼쳐보면 "아무개는 이 고을에 살고,
아무개는 아무개의 先代고, 아무개는 아무개의 할아버지다"라는 등 예의의
융성함과 문물의 성대함이 지금까지도 사람들의 귀와 눈에 바로 어제의 일
처럼 뚜렷하다. 그러한즉 임진왜란 때 십 년 동안 왜적의 소굴이 되었으면서
도, 의리를 배반하고 왜적에게 붙은 사람이 한 사람도 없었던 것은 우리
조상들이 남긴 기풍과 분위기가 미친 영향 때문이리라.1)

　이 글은 壬辰倭亂 직후에 쓴 것인데 당시 咸安에 거주하던 주요 성씨들
이 열거되어 있고, 또 '鄒魯之鄕 가운데서도 鄒魯之鄕'이라는 말을 하는
것으로 볼 때 함안 사람들의 학문적 문화적 자부심이 대단했고, 군민들은
선비들의 敎化에 힘입어 예의를 숭상하고 의리를 지키는 민도가 대단히
높은 고을이었음을 알 수 있다.

　咸安은 산수가 아름답고 인물이 많이 나고 산물이 풍성하다. 그 속에서
거주하는 함안 군민들은 조상의 제사를 정성을 다하여 풍성하게 차리고,
손님이나 벗들의 접대를 잘하고, 또 이름 있는 집안에서는 조상을 위한
정자나 재실을 많이 건립하여 유교문화가 꽃을 피웠음을 알 수 있다. 함안
은 조선시대 내내 문화가 우수하고 학문활동이 왕성한 곳이었음을 알 수
있다.

---

1) 李明怘『梅竹軒集』606-607쪽,「重修鄕案序」. 星山廣平李氏簞谷宗門會, 2005년. 吾郡,
　五伽倻之一也. 方丈一支, 東洛洪流, 蜿蜒焉, 渾浩焉, 爲襟, 爲帶, 而淸淑之氣, 釀靈凝精,
　自古, 將相人, 多出焉. 郡之大姓望族, 曰趙, 土姓也. 曰李, 載寧也, 星州也, 驪州也, 仁川也,
　其一, 亦土姓也. 曰安, 順興也, 廣州也. 曰魚, 咸從也. 曰金, 善山也, 蔚山也. 曰吳, 高敞也.
　曰河, 晋州也. 曰朴, 密陽也, 慶州也. 其他姓氏不暇盡擧, 而大蕃衍, 名卿鉅公, 相繼輩出.
　故地雖濱海, 而家絃戶誦, 俗尙禮義, 風傳淳朴. 朝野咸以士大夫鄕稱之. ……. 嗚呼! 吾南,
　乃國家鄒魯之鄕, 而吾邑, 卽鄒魯中之鄒魯也. 奉展此案, 某人居是邦, 某也, 某之先, 某也,
　某之祖. 其禮義之隆, 文物之盛, 至今, 在人耳目, 赫赫若前日事, 則十年賊窟, 無一人背義而
　附賊者, 亦吾儕祖先遺風餘韻之所及也.

III. 咸安의 節義精神

咸安은 漁溪 이전에 이미 節義로 이름 높은 인물들이 많아 절의의 바탕이 깔려 있었다. 高麗末期 함안으로 낙향한 咸安趙氏 가문의 工曹典書 琴隱 趙悅과 載寧李氏 가문의 進士 茅隱 李午는, 仕宦의 길을 버리고 不事二君의 志節을 갖고서 정착하였으니, 이미 함안에 節義의 씨를 뿌렸다. 咸安李氏 가문의 구국의 명장 李芳實은 忠節의 상징이다. 함안조씨 가문의 趙純은, 李成桂를 따라 요동정벌에 참여했다가 돌아와서는, 낙향하여 밖으로 나가지 않았다. 李太祖가 여러 차례 불렀으나 벼슬에 나가지 않았다.

朝鮮 前期에 함안에 입향한 廣平李氏 가문의 東山 李好誠은 40여년 국가 방위를 위해 盡忠한 인물이었다. 蔚山金氏 가문의 復陽 金粹老는 中部令으로 있다가 世祖의 왕위 찬탈 소식을 듣고 관복을 불사르고 함안으로 낙향하였다. 어계와 시를 주고 받는 등 교유가 있었다. 문을 닫고 손님을 사절했는데, 端宗이 승하했다는 소식을 듣고는 통곡하면서 음식을 끊었다. 아들 金贊碩에게 명하여 글 지어 놓은 원고를 불사르라고 하고, 돌 위에 시를 써 놓고 물에 빠져 자결하였다.

秋湖 朴盎도 漁溪와 동시대에 뜻을 같이했다. 본관은 慶州로, 文宗 때 문과에 급제하여 弘文館 著作 등을 지냈다. 端宗 2(1455)년에 梅月堂 金時習, 西山 柳自湄과 함께 벼슬로 부르는 것에 응하지 않고 돌아와, 伯夷山 아래서 숨었다. 시를 읊으며 자기 뜻을 유지하며 살았다.

어계 이후로 절의를 지키거나 忠節을 이룬 인물이 함안에서 많이 나왔다. 특히 壬辰倭亂 때의 倡義將, 丙子胡亂 때 勤王, 英祖 戊申亂의 진압 때 忠義의 정신을 발휘하였다. 함안이 낳은 절의나 충절의 인물을 시대순으로 아래에 소개한다.

大笑軒 趙宗道는, 어계의 5대손이다. 임진왜란이 일어나자 招諭使 金誠一을 도와 의병을 모집하는 일에 진력하였다. 1596년 咸陽郡守가 되었는

데, 다음해 정유재란 때는 安義의 黃石山城을 수축하여 지키다가 전사하였다. 晋州城 三壯士의 한 분이다. 吏曹判書에 추증되었다. 함안의 德巖書院, 安義의 黃巖書院에 제향되었다. 시호는 忠毅다. 『大笑軒集』이 있다.

葛村 李潚은 茅村 李瀞의 아우이다. 임진왜란이 일어나자 경상도 관찰사 金睟의 참모로 종사하였다. 이때 忘憂堂 郭再祐가 의병을 일으켜 격문을 돌려 김수가 성을 버리고 달아난 죄를 성토하려고 하려고 하였는데, 김수가 곽재우를 해치려는 것을 보고 구제하여 해결되도록 했다. 공을 많이 세웠으나 스스로 자랑하지 않았다. 金誠一이 그의 忠義를 칭송하며 靈山을 지키도록 하였다. 정유재란 때는 鄭起龍과 힘을 합쳐 힘써 싸웠다. 陜川郡守에 임명되고, 宣武功臣에 策錄되었다. 光海君 때 정치가 어지러워지자 다시는 벼슬에 나가지 않았다.

新村 安璜은 임진왜란 때 의병을 일으켜 공훈을 세워 奉事에 임명되었고, 宣武原從功臣에 봉해졌다.

趙鵬은 漁溪의 현손인데, 丁酉再亂 때 訓鍊副正으로 蔚山에서 싸우다가 화살이 떨어지고 힘이 다하였는데 왜적을 계속 꾸짖다가 전사했다. 兵曹參判에 추증되고, 공신으로 책록되고, 三忠祠에 향사되었다.

李侃은 고을원을 지낸 李順祖의 손자다. 형제간의 우애가 돈독하였다. 임진왜란 때 의병을 일으켜 宣武原從功臣에 책록되었다.

忠順堂 李伶은 靖武公 李好誠의 현손이고, 篁谷 李俒의 아우다. 지극한 효자였는데, 임진왜란 때 의병을 일으켜 金海城에 나아가 싸웠다. 성이 함락되어 왜적에게 찔려 피가 적삼을 물들였는데, 그 적삼을 아들에게 주어 고향에 돌아가 장례하도록 했다. 힘써 싸우다가 순국하였다. 조정에서 정려를 내리고 吏曹參議에 추증하였다.

茅軒 安慜은 校尉 安昌恭의 증손인데 監察로 있다가 임진왜란 때 金海로 가서 싸우다가 立石江 위에서 순국하였다.

新菴 朴連弘은 判決事로 있었는데, 임진왜란 때 의병을 일으켜 崔均崔坰 형제와 함께 鼎巖 나루의 忘憂堂 郭再祐장군 진영으로 가서 힘써

사우다가 馬浦에서 순국했다. 兵曹判書에 추증되었다.

安信甲은 茅軒 安憼의 아들이다. 무과에 올라 草溪郡守를 지냈다. 임진 왜란 때 여러 번 전공을 세워 부친의 원수를 갚았다. 정유재란 때는 갑자기 포위를 당하여 山淸의 換鵝亭 아래서 싸우다 순국했다. 判決事에 추증되 었고, 정려를 받았다.

韜巖 趙坦은 漁溪의 현손이다. 임진왜란 때 의병을 일으켜 공을 세웠다. 體察使 李元翼이 아뢰어 訓鍊院 判官에 임명되었다가 助防將으로 승진하 였다. 宣武原從功臣에 策錄되고 兵曹參議에 추증되었다.

斗巖 趙埏은 趙坦의 아우다. 學行이 있었고 효성이 지극하였다. 임진왜 란 때 郭再祐 진중에 나아가 공을 많이 세워 공신에 策錄되었다. 李适의 난 때도 공이 있어 原從功臣에 책록되었다.

趙俊男은 어계의 5대손으로 趙參의 증손이다. 효행이 있어 참봉에 추천 되었다. 정유재란 때 왜적들이 조상의 묘를 파자 "우리 나라를 뒤엎고, 우리 조상의 묘소를 파니 함께 하늘을 이고 같이 살 수 없는 원수다."라고 꾸짖고는 스스로 목을 찔러 죽었다. 左承旨에 추증되었다. 肅宗 때 정려를 받았다.

趙凝道는 어계의 5대손으로 趙鵰의 아들이다. 宣祖 때 무과에 급제하여 현령을 지냈다. 정유재란 때는 固城을 지켰는데, 군사가 적어 성이 고립되 어 형세가 약하게 되었다. 사람들이 모두 피난갈 것을 권유했지만 응하지 않고 앞장서 힘써 싸우다가 마침내 전사하였다. 兵曹參判에 추증되었다.

壽齋 鄭九龍은 무과에 급제하여 僉正을 지냈다. 임진왜란 때 晉陽城을 지켰는데, 공을 많이 세워 직속상관인 장군의 후대를 받았다. 마침내 전사 하였는데, 사실이 알려져 공신에 책록되고 후손들이 세금과 부역을 면제받 았다.

道谷 趙益道는 어계의 5대손이다. 光海君 때 무과에 급제하여 宣傳官을 지냈다. 李适의 난에 손가락을 깨물며 죽기를 맹세하며 먼저 진에 올라 역적을 쳐서 공훈을 세웠다. 仁祖가 "손가락을 깨물며 맹세한 것은 宋나라

장군 岳飛가 등에 '盡忠報國'이라는 글자를 새겨 넣었던 것과 다름이 없
다."라고 칭찬하며 특별히 『岳武穆精忠錄』을 내려 주었다. 原從功臣에 策
錄되었다. 나중에 英祖가 친히 『精忠錄』의 서문을 지었다. 兵曹參判에
추증되었다.

李明慜은 篁谷 李偁의 아들이다. 宣祖 때 무과에 급제하였다. 정유재란
때 熊川을 지켜 공을 세워 공신에 策錄되었다. 1624년 李适의 난에 原從功
臣에 참여했다.

趙信道는 어계의 5대손으로 縣監 趙應卿의 손자다. 임진왜란 때 溫陽의
고을원으로서 임금의 수레를 따라갔다. 그 뒤 漢江에서 전사했다. 兵曹判
書에 추증되고 宣武原從功臣에 책록되었다.

正齋 李明怨는 獨村 李佶의 아들이다. 선조 때 무과에 급제하여 主簿를
지냈다. 임진왜란 때 忘憂堂 郭再祐를 따라 의병을 일으켜 공을 세웠다.

趙敏道는 어계의 5대손으로 趙信道의 아우다. 임진왜란 때 尙州에 있던
李鎰의 진중에 나아가 힘써 싸우다가 순절하였다. 監察에 추증되고 정려
를 받았다.

永慕齋 李明念은 忠順堂 李伶의 아들이다. 부친이 왜적 때문에 죽은
것을 슬퍼하며 원수를 갚을 것을 맹세하여 火旺山城의 진중에서 忘憂堂
郭再祐를 따라 도운 공이 있었다.

李寅은 직장 李啓耘의 후손이다. 임진왜란 때 전사하였다. 仁祖 때 아들
이 귀하게 됨에 따라 刑曹判書에 추증되고, 仁山君에 봉해지고, 공신으로
策錄되었다.

匡西 朴震英은 桐川 朴旰의 아들이다. 임진왜란 때 忘憂堂 郭再祐와
의병을 일으켜 공신에 책록되었다. 1624년 한 장의 편지로 만 명의 군사를
빼앗은 공훈이 있어 兵曹參議에 임명되었으나 나가지 않았다. 丙子胡亂
때 경상도관찰사 沈演과 함께 의병을 일으켜 鳥嶺에 이르렀다가, 淸나라
와 講和했다는 소식을 듣고서 匡廬山에 들어가 숨어 지내다 세상을 마쳤
다. 仁祖가 傳敎하기를 "영남에서 죽을 때까지 의리를 지킨 사람은 鄭蘊과

朴震英일 따름이다."라고 했다. 判敦寧府事에 추증되고, 武肅이라는 시호
를 받았다. 大報壇에 배향되었다.

東溪 趙亨道는 韜巖 趙坦의 조카다. 무과에 급제하였다. 임진왜란 때의
전공으로 原從功臣에 책록되었다. 1618년 李景楨의 반란을 평정하는 데
공이 있어 嘉善大夫에 올랐다. 병자호란 때 나라를 위해서 죽기를 맹세했
으나 성이 함락되는 것을 보고는 울분을 못 이겨 등창이 나서 죽었다.

養拙亭 李休復은 李啓耘의 후손이다. 임진왜란 때 아버지가 전사하였
는데, 원수를 갚을 것을 맹세하고서 忘憂堂 郭再祐의 진영에 나가 싸웠
다. 仁祖때 임시로 順川郡守를 맡아 鞍峴 전투에서 승리하였으므로, 품
계를 높이고 仁原君에 봉해 주었다. 공신녹권을 내려주고 戶曹判書에 추
증하였다.

李明悆는 篁谷 李偁의 아들이다. 임진왜란 때 忘憂堂 郭再祐를 따라
의병을 일으켜 공을 세웠다. 그에 관한 기록이 『火旺山同苦錄』에 들어
있다.

李楫은 執義 李鸞의 손자다. 宣祖 때 訓鍊副正을 지냈다. 임진왜란 때
의병을 일으켰다가 정유재란 때 전사했다. 宣武原從功臣에 책록되었다.

黃景憲은 宣祖 때 무과에 급제하여 僉正을 지냈다. 임진왜란 때 戰功이
있어 原從功臣에 책록되었다.

淵菴 李晩成은 李啓耘의 후손이다. 임진왜란 때 의병을 일으켜 金海,
大邱 등지에서 공을 세웠다. 判官을 지냈고 僉知中樞府事에 추증되었다.

仙巖 趙山은 어계의 후손이다. 임진왜란 때 순절했는데 原從功臣에 책
록되었다.

方興은 용기와 힘으로 세상에 이름이 났다. 임진왜란 때 軍功이 많았다.

安夢良은 聚友亭 安灌의 증손이고 安瑜의 아들이다. 丁酉再亂 때 火旺
山城 의병의 진중에서 순국하였다.

竹亭 安光胤은 安夢良의 아우다. 임진왜란 때 어머니가 鼎巖 나루에서
순절했는데 원수를 갚기 위하여 의병을 일으켰다. 忘憂堂 郭再祐의 진영

으로 가서 공을 세워 工曹佐郎에 임명되었다.

楓灘亭 安光業은 安光胤의 아우이다. 임진왜란 때 형과 함께 의병을 일으켜 공이 있어 副尉에 임명되었다. 병자호란 대 의병을 일으켰다가 강화가 성립되었다는 소식을 듣고는 돌아와서 숨어 지냈다.

龜軒 金彦秀는 濯纓 金馹孫의 후손이다. 宣祖 때 무과에 급제하여 宣傳官을 지냈다. 임진왜란 때 의병을 일으켜 茅谷에 진을 치고 지켰다. 忘憂堂 郭再祐의 진중에 나아가 싸우며 공을 많이 세웠다. 星州로 가서 싸우다가 諸沫과 함께 순국하였다. 그 하인 白種이 시신을 싸서 돌아와 안장하였다. 原從功臣에 책록되고 兵曹參判에 추증되었다. 그 사적이『火旺城日記錄』에 기록되어 있다. 三峯祠에 향사되어 있다.

安德男은 佐郎 安峴의 후예다. 용맹이 있었는데 임진왜란 때 의병을 일으켰다가 鼎巖 나루에서 순국했다.

李貴亨은 李鸞의 증손이다. 무과에 급제하여 光陽縣監을 지냈다. 임진왜란 때 의병을 일으켜 공을 세워 原從功臣에 책록되었다.

趙英沂는 어계의 후손으로 監察 趙敏道의 아들이다. 7세 때 임진왜란을 만나 아버지와 숙부가 모두 순국했는데, 시신을 찾지 못한 것을 지극히 애통한 일로 여겼다. 丙子胡亂 때 의병장이 되어 節義를 격려했다. 벼슬은 主簿를 지냈다.

柳皐 黃汝址는 宣祖 때 무과에 급제하여 僉正을 지냈다. 壬辰倭亂 때 宣祖 임금을 호종해 가다가 전투에서 죽었는데, 宣武功臣에 책록되었다.

遯菴 尹榮祥은 宣祖 때 訓鍊院 僉正을 지냈다. 임진왜란 때 아우 尹興良과 함께 적진으로 나가 싸우다 순국하였다.

金君傑은 桑村 金自粹의 후손이다. 임진왜란 때 의병을 일으켰는데, 일족과 집안의 하인들을 이끌고 忘憂堂 郭再祐의 진영으로 가서 작전을 도운 것이 많았다. 原從功臣에 策錄되고 軍資監正에 추증되었다.

趙徽唐은 大笑軒 趙宗道의 현손이다. 무과에 급제하여 현감을 지냈다. 병자호란 때 임금의 수레를 모시고 南漢山城으로 갔으므로 공신에 책록되고 품계가 올라갔다.

趙英汶은 縣監 趙應卿의 증손이다. 호는 場巖이다. 志節이 있어 宣祖가 승하하자 素服으로 3년상을 지냈다. 병자호란 때 상소하여 主和를 배척하였다.

趙繼先은 承旨 趙俊男의 아들이다. 宣祖 때 무과에 급제하였다가 光海君 때는 숨어 벼슬하지 않았다. 仁祖 때 宣傳官에 임명되어 李莞의 막료가 되어 義州로 부임하였다가 전사하였다. 兵曹判書에 추증되었고, 조정에서 정려를 내려주었다.

朴庚龍은 武肅公 朴震英의 아들이고, 浣石堂 朴亨龍의 아우이다. 1624년 李适의 난에 아버지를 따라 종군하여 공을 세워 振武一等功臣이 되었다. 通政大夫의 품계에까지 이르렀다.

新菴 朴廷俊은 密城君 朴彦忱의 후손이다. 병자호란 때 아들 朴世碩과 더불어 고을의 군사를 이끌고 廣州에 이르렀다가 後金이 盟約을 어겼다는 소식을 듣고는, 통곡하고 돌아와 울분을 이기지 못하여 죽었다. 戶曹參判에 추증하였다.

聾啞軒 趙益城은 大笑軒 趙宗道의 후손이다. 英祖 戊申亂에 의병을 일으켜 반란을 막는 데 참가하였고 죽음을 맹세하는 시를 지었다.

無心齋 趙景煥은 趙參의 후손이다. 英祖 戊申亂 때 의병을 일으켜 시를 읊고서 진중으로 갔다.

退休堂 沈太俊은 可谷堂 沈漣의 후손이다. 英祖 때 무과에 급제했다. 戊申亂 때 節度使의 병영으로 나아가 助防將이 되었다. 原從功臣에 책록되고, 護軍으로 승진하였다. 戶曹參判에 추증되었다.

朴馨著는 浣石堂 朴亨龍의 현손이다. 평소에 지략이 있었는데, 英祖 戊申亂 때 의병을 규합하여 국가를 위해서 힘써 노력하였다.

輔仁堂 李德柱는 月輝堂 李希曾의 후손이다. 正祖 때 무과에 급제하여 宣傳官을 지냈다. 1812년 평안북도 嘉山에서 洪景來의 반란이 일어났을 때, 巡撫中軍 柳孝源을 따라가 역적들을 쳤다. 성 밖에서 기이한 전술을

써서 적도의 괴수를 목 베었다. 春川府使로 임명되었으나 병으로 부임하지 않았다.

大甲은 충신 趙繼先의 하인이었다. 조계선이 義州府尹으로 있다가 전사하자, 대갑이 조계선의 의관을 거두어 말에 싣고 돌아와 의관으로 안장하였다. 자신은 물에 빠져 죽었다. 雙節閣 앞에 대갑의 비석이 서 있다.

菊潭 周宰成은 영조 戊申亂 때 의병을 일으켜 역적을 토벌하고 관군에 군량을 공급하였다. 여러 차례 지방관이 狀啓를 아뢰어 세 번 관직에 임명을 받았다. 左承旨에 추증되었고, 정려를 받았다.

感恩齋 周道復은 菊潭 周宰成의 아들이다. 무신란 때 아버지를 따라 의병을 일으켰다. 1776년 英祖가 승하했을 때 3년 동안 상복을 입었다. 觀察使가 狀啓를 올려 행적을 아뢰었으므로 국왕의 등용하라는 명령이 있었다. 持平에 추증되었고, 정려를 받았다.

Ⅳ. 함안의 學問精神

漁溪는 고향에서 절의를 지키며 은거하면서 문학활동을 하였다. 그 당시는 아직 性理學이 본격적으로 연구되기 전이라 어계의 학문은 주로 文學的인 것이었다. 그의 志節을 나타내거나 山水 찬미, 自然親和, 心性修養에 관한 좋은 시를 많이 지었다. 많지는 않지만 그의 문학세계를 살펴볼 수 있다.

그러나 그가 지은 시는 남이 알아주기를 구하지 않고 선비의 절조를 표현한 것이나 유교의 정신에 입각한 理想世界의 추구가 많았다. 이런 사상이 선비의 大義가 되었고, 후대 咸安의 선비들에게 끼쳐준 바가 많았다.

그리고 그의 창작활동은 후세 함안 선비들이 학문이나 문학에 정진하는 풍토를 조성해 주었다.

그의 문집인『漁溪集』은 咸安에서 나온 최초의 개인 詩文集이다. 다같이 生六臣이라도 문집을 남기지 않은 분도 있는데, 어계가 문집을 남김으로 해서 이후 함안의 선비들이 詩文創作에 힘써 문집을 많이 남기게 하는 典範이 되어, 이후로 함안이 학문이나 문학이 번성한 고장이 될 수 있게 하였다.

그 이후 일제 때가지 함안의 선비로서 문집을 남긴 인물과 문집명, 그들의 學問師承關係를 명시하면 다음과 같다.

迂拙齋 朴漢柱는, 佔畢齋 金宗直의 문인이다. 成宗 16년(1485) 문과에 급제하여 醴泉郡守를 지냈다. 燕山君에게 直諫을 자주했다가, 甲子士禍 때 처형 당했다. 밀양의 禮林書院, 함안의 德巖書院에 享祀되었다.『迂拙齋集』이 있다.

玉峯 趙舜은 漁溪의 손자로, 參判 趙銅虎의 아들이다. 成宗 때 생원, 진사와 문과에 급제하여 翰林과 大司憲을 지내고 吏曹參判에서 그쳤다. 만년에 함안에 와서 정자를 짓고 시를 읊조리면서 지냈다.『玉峯遺稿』가 있다.

聚友亭 安灌은 靖肅公 安純의 현손이다. 靜庵 趙光祖의 문하에서 공부하였다. 효성과 학행으로 추천을 받아 司直을 지냈다.『中庸解』,『近思錄問答』,『家訓十條』등을 지었다. 함안의 新巖書院에 향사되고 있다.

可谷堂 沈漣은 典書 沈元符의 후손이다. 靜庵 趙光祖의 문하에서 공부하여 학문이 정밀하고 깊었다. 司馬試에 합격하였다. 직언으로 권세를 잡고 있는 간신들의 뜻을 거슬렀다가 물러나 함안 藪谷에 숨어 살았다.『心書論』,『治平要』등을 지었다.

愼齋 周世鵬은 參議 周文俌의 아들이다. 中宗 때 진사와 문과에 급제하여 吏曹參判을 지냈다. 청백리로 선발되었다. 덕행과 문장으로 세상에서 으뜸으로 추앙하였다. 禮曹判書에 추증되었고, 시호는 文敏이다. 豐基郡守로 부임하여 우리 나라 최초로 白雲洞書院을 창건하였는데, 그 뒤 退溪 李滉의 주선으로 紹修書院으로 사액 받았다.『東國名臣言行錄』,『

彝訓錄』, 『心圖』 등의 저서가 있고, 『武陵雜稿』가 있다. 『心圖』는 퇴계의 『聖學十圖』보다 앞서 지은 것이다. 順興의 紹修書院, 漆原의 德淵書院에 享祀되고 있다.

茅菴 朴希參은 著作 朴盎의 현손이다. 南冥 曹植과 孤山 黃耆老의 문하에서 공부했다. 仁宗 때 健元陵 참봉을 지냈다. 문집이 있다. 함안의 坪川書院에 享祀되었다.

尹龜는 文顯公 尹瑤의 후손이다. 中宗 때 진사에 급제하였다. 遺稿가 남아 있다.

篁谷 李偁은 수령을 지낸 李順祖의 손자다. 明宗 때 司馬試에 급제하였다. 退溪 李滉과 南冥 曹植의 문하에서 공부하여 실천이 독실하였다. 외숙 葛川 林薰, 瞻慕堂 林芸의 훈도를 입었다. 寒岡 鄭逑가 '너그러운 큰 인물'이라고 일컬었다. 宣祖 때 遺逸로 천거되어 다섯 번 불렀으나 나아가지 않았다. 만년에 현감을 역임하고 持平을 지냈다. 『篁谷集』이 있다. 道林書院에 享祀되었다.

松嵒 朴齊賢은 茅菴 朴希參의 아들이다. 문학과 덕행이 일찍부터 알려졌다. 南冥 曹植의 문하에서 공부했는데, '巴陵의 높은 산으로 難兄難弟'라는 칭찬을 받았다. 假監役에 제수되었다. 『松嵒集』이 있다. 坪川書院에 享祀되었다.

龜峰 周博은 愼齋 周世鵬의 아들이다. 明宗 때 진사에 장원급제하고 문과에 급제했다. 侍講을 지내며 經筵에서 임금의 학문을 도와 인도했다. 『龜峰集』이 있다.

重湖 尹卓然은 參判 尹伊의 아들이다. 退溪 李滉의 문하에서 공부했는데 칭찬을 들었다. 明宗 때 진사와 문과에 급제하여 戶曹判書를 지냈다. 光國功臣에 策錄되고 漆溪郡에 봉해졌다. 시호는 憲敏이다. 『重湖集』이 있다.

篁嵓 朴齊仁은 朴齊賢의 아우이다. 南冥 曺植의 문하에서 공부했는데, 부지런히 배우고 행실을 닦았다. 寒岡 鄭逑가 '숨어 지내는 덕을 갖춘 군자'

라고 칭찬하며 추천을 받아 叅奉에 제수되었다. 뒤에 王子師傅에 이르렀는데, 어필로 '天寶山'이라는 큰 글씨 석 자를 하사하고, 또 지팡이와 신발을 내려주는 등 융숭한 禮遇를 받았다. 『篁嵓集』이 있다. 道林書院에 향사되었다.

大笑軒 趙宗道는 南冥 曹植의 제자다. 1558년 생원시에 합격한 뒤 천거를 받아 安奇道 察訪이 되어 부임하였다. 이때 退溪 李滉의 문인인 西厓 柳成龍, 鶴峯 金誠一 등과 교류하였다. 기개가 높고 經史에 밝았다. 임진왜란이 일어나자 招諭使 金誠一을 도와 의병을 모집하는 일에 진력하였고, 이 해 가을 丹城縣監을 지냈다. 1596년 咸陽郡守가 되었는데, 다음 해 정유재란 때는 安義의 황석산성을 수축하여 지키다가 殉節하였다. 晋州城 三壯士의 한 분이다. 吏曹判書에 追贈되었다. 함안의 德巖書院, 安義의 黃巖書院에 제향되었다. 시호는 忠毅다. 문집 『大笑軒集』이 있다.

竹牖 吳澐은 현감 吳彦毅의 손자다. 明宗 때 문과에 급제하여 慶州府尹을 지냈다. 退溪 李滉과 南冥 曹植의 문하에서 공부하였다. 임진왜란 때 忘憂堂 郭再祐와 함께 의병을 일으켰다. 『竹牖集』이 있고 역사서인 『東史纂要』를 지었다.

茅村 李瀞은 栗澗 李仲賢의 증손으로 군수 李景成의 아들이다. 南冥 曹植의 문하에서 공부하였는데, 경전을 연구하고 이치를 궁구하여 조예가 정밀하고 깊었다. 寒岡 鄭逑가 '재주와 행실이 모두 다 높아 내가 두려워하고 欽服하는 분이다'라고 칭찬했다. 임진왜란 때 의병을 일으켜 공을 세워 原從功臣에 책록되었다. 추천을 받아 牧使를 지냈다. 『茅村集』이 있고, 道林書院과 晋州의 大覺書院에 享祀되고 있다.

梅竹軒 李明怘는 篁谷 李偁의 아들이다. 宣祖 때 진사에 급제하였다. 자질이 아름답고 행실이 높았다. 寒岡 鄭逑를 사사했는데 한강이 서신을 보내 면려하였다. 성리학을 깊이 연구하였다. 『梅竹軒集』이 있다. 함안의 廬陽書院에 향사되었다.

菊庵 羅翼南은 府使 羅孟禮의 현손이다. 月澗 李墤의 문하에서 공부하

였는데, 학행으로 이름이 났다. 寒岡 鄭逑, 旅軒 張顯光을 따라 龍華山 아래 낙동강에서 같이 어울려 놀았다. 부모상을 당하여 侍墓살이를 했는데, 임진왜란 때 왜적들이 그가 애통해 하는 것을 보고는 '효자에게 접근하지 말아라[勿近孝子].'라는 네 글자를 나무에 써 놓고 갔다. 仁祖 때 추천으로 敎授에 임명되었다. 상소하여 사양하였으나 허락하지 않았다. 왕이 특별히 쌀과 고기를 내렸다. 『菊庵集』이 남아 있다. 道山書院에 享祀되어 있다.

新村 安璜은 聚友亭 安灌의 손자이다. 一齋 李恒의 문하에서 공부하였다. 宣祖 때 무과에 급제하여 宣傳官을 지냈다. 壬辰倭亂 때 의병을 일으켜 공훈을 세워 奉事에 임명되었고, 宣武原從功臣에 참여하였다. 『新村遺稿』가 있다.

韜巖 趙坦은 漁溪의 현손으로 耐軒 趙淵의 손자다. 임진왜란 때 의병을 일으켜 공을 세웠다. 體察使 李元翼이 아뢰어 訓鍊院 判官에 임명되었다가 助防將으로 승진하였다. 宣武原從功臣에 策錄되고 兵曹參議에 추증되었다. 문집이 있다고 했으나 지금은 보이지 않는다.

斗巖 趙埱은 韜巖 趙坦의 아우다. 어버이를 섬김에 있어 살아 있을 때나 돌아가셨을 때나 늘 예를 다했다. 학문과 덕행으로 일컬어졌다. 임진왜란 때는 忘憂堂 郭再祐의 진중에 나아가 공을 많이 세워 공신에 策錄되었다. 李适의 난 때도 공이 있어 原從功臣에 책록되었다. 만년에 斗巖에 정자를 짓고 그 것으로써 호를 삼았다. 시를 지으며 스스로 즐겼다. 『斗巖集』이 있다.

東溪 趙亨道는 韜巖 趙坦의 조카다. 임진왜란 때의 전공으로 原從功臣에 책록되었다. 1618년 光海君 10년 李景棋의 반란을 평정하는 데 공이 있어 嘉善大夫에 올랐다. 병자호란 때 나라를 위해서 죽기를 맹세했으나 성이 함락되는 것을 보고는 울분을 못 이겨 등창이 나서 죽었다. 『東溪集』이 있다.

匡西 朴震英은 桐川 朴旿의 아들이다. 寒岡 鄭逑의 문인이다. 문장을

잘했고 학문이 있었다. 말 타기와 활쏘기를 잘했다. 宣祖 때 무과에 급제하였다. 임진왜란 때 忘憂堂 郭再祐와 의병을 일으켜 공신에 책록되었다. 判敦寧府事에 추증되고, 武肅이라는 시호를 받았다. 『匡西遺稿』가 있다.

竹溪 安憙는 宣祖 진사와 문과에 급제하여 네 개 고을의 수령을 거쳐 大邱府使를 지냈다. 임진왜란 때 의병을 일으켜 공을 세웠다. 鶴峯 金誠一, 樂齋 徐思遠, 柏巖 金玏 등과 교유하였다. 杜陵書院에 享祀되어 있다. 『竹溪集』이 있다.

敬菴 吳汝撥은 竹牖 吳澐의 아들이다. 寒岡 鄭逑의 문인이다. 宣祖 36년(1603) 문과에 급제하여 府使를 지냈다. 학문이 純正하였고, 『敬菴集』이 있다.

洛厓 吳汝橃는 竹牖 吳澐의 아들이다. 선조 39년(1606) 문과에 급제하여 三司에서 벼슬하였고, 世子侍講院 輔德에 이르렀다. 기개가 있었고, 문장에 능했다. 『洛厓集』이 있다.

鵲溪 成景琛은 寒岡 鄭逑와 교유하였다. 일찍부터 문장과 학문에 뜻을 두었는데, 사람됨이 깔끔하고 낙천적이고 소탈하였다. 『鵲溪遺稿』가 있다.

獨村 李佶은 李僑의 아우이다. 학문이 순수하고 독실하였다. 외숙인 葛川 林薰, 南冥 曹植의 문인이다. 寒岡 鄭逑, 趙任道 張顯光을 따라서 공부하여 도움을 받았다. 『獨村遺稿』가 있다.

雲壑 趙平은 漁溪의 후손으로 光海君 때 진사에 급제하였다. 沙溪 金長生의 문하에서 공부했다. 학행으로 추천되어 叅奉, 洗馬 등에 임명되었으나 모두 나아가지 않았다. 丙子胡亂 때 南漢山城에서 淸나라에 항복하는 강화조약을 맺은 것을 통탄하여 자취를 감추고 지내다 일생을 마쳤다. 벼슬은 直長에 이르렀다. 『雲壑集』이 있다.

澗松堂 趙任道는 漁溪의 5대손으로 趙埴의 아들이다. 부모상에 侍墓살이를 하며 죽만 먹고 지냈다. 旅軒 張顯光의 문인이다. 추천으로 王子師傅, 工曹佐郎 등에 제수되었으나 모두 나아가지 않았다. 세상을 떠나자 임금님의 명으로 제사를 지내주었고 司憲府 持平에 追贈하였다. 문집

『澗松集』과 함안의 인물과 시문 자료집인 『金羅傳信錄』이 있다. 松汀書
院에 향사되었다.

彊齋 成好正은 鵲溪 成景琛의 아들인데 篁巖 朴齊仁, 寒岡 鄭逑의 제자
다. 澗松 趙任道, 謙齋 河弘度 등과 교유하였다. 호걸다운 풍모가 있었다.
『彊齋遺稿』가 있다.

農隱 朴道元은 篁巖 朴齊仁의 손자다. 旅軒 張顯光의 문하에서 공부하
여 추중을 입었다. 澗松 趙任道, 釣隱 韓夢參과 교유하였다. 『農隱集』이
있다.

牧牛軒 李昌奎는 李潚의 증손이다. 葛庵 李玄逸의 문하에서 공부하여
성리학의 요결을 들었다. 蒼雪 權斗經이 "行誼를 밝게 닦아 이름이 난
지 오래되었고, 한나절 서로 이야기를 주고받으면 배가 부르다[淸修行義
聞名久, 半日相酬腹果然.]"라는 구절을 증정하였다. 함안군수 柳升鉉과
힘을 합쳐 道林書院을 건립하였다. 『牧牛軒遺集』이 있다.

芹村 趙景植은 충신 趙繼先의 후손이다. 孝友하고 문학이 있었다. 정성
을 다하여 대궐문을 두드려 西山書院의 賜額을 받았고, 양대의 정려를
받았다. 『芹村集』이 있다.

茅溪 李命培는 茅谷 李午의 후손이다. 葛庵 李玄逸의 문인이다. 『性理
論』, 『儀禮問答』을 지었다. 학행으로 持平에 추증되었다. 山陰祠에 향사되
었다. 『茅溪集』이 있다.

屹峯 李贇望은 茅隱의 후손이다. 密庵 李栽의 문하에서 공부하였다.
霽山 金聖鐸, 大山 李象靖 등과 교유하였다. 덕망이 아주 높아 문하에
이름난 선비가 많은 것으로 알려졌다. 「性情辨」, 『就正錄』 등을 지었다.
『屹峯集』이 있다. 山陰祠에 향사되었다.

夷峯 黃後幹은 持平 黃精一의 증손이다. 密庵 李栽, 霽山 金聖鐸의 문하
에서 공부하였다. 道와 理를 연구하여 士友들로부터 추앙을 받았다. 많은
제자를 길렀고, 『夷峯集』이 있다.

雙梅堂 安慶稷은 聚友亭 安灌의 후손이다. 霽山 金聖鐸의 문하에서 공

부하였다. 강직하고 용기 있고 독실한 것으로 면려를 받았다. 『雙梅堂集』이 있다.

聾窩 安慶一은 聚友亭의 7대손이다. 재주가 총명하고 도량이 뛰어났다. 夷溪 黃道翼과 霽山 金聖鐸의 문하에서 공부하였다. 「時務救弊疏」를 임금님께 아뢰었다. 문장과 학문으로 여러 번 암행어사와 道의 추천에 올랐다. 『聾窩集』이 있다.

四契堂 李世衡은 梅竹軒 李明悫의 현손이다. 문장을 잘하고 학문이 있어 여러 차례 고을의 추천을 받았으나 초야에서 후진들을 양성하였다. 『四契堂遺稿』가 있다.

辟誣亭 李道新은 본관이 驪州로 李運泰의 아들이다. 사람됨이 간결하면서도 중후하였고, 독실하게 공부를 하였다. 「經緯說」, 「戒孫說」을 지어 후진들을 장려하였다. 學行으로 左承旨에 추증되었다.

餘窩 李廷億은 梅竹軒 李明悫의 후손이다. 일찍이 과거시험에 쓰이는 문체를 익혔는데, 부모가 세상을 떠난 이후 성리학에 오로지 힘을 쏟았다. 여러 가지 사항을 참작하여 德巖書院, 道林書院, 盧陽書院의 院規를 제정하였다. 『覺蒙要言』, 『東國諸賢贊』 등을 지었다. 『餘窩遺稿』가 있다.

莫知翁 趙敬植은 趙宅鎭의 손자다. 덕행이 일찍이 이루어졌고, 여러 차례 고을의 추천에 올랐다. 『莫知翁集』이 있다.

拙軒 安泊은 安義老의 후손이다. 性潭 宋煥箕의 문하에서 공부하였다. 사람됨이 충실하고 신의 있고 돈독하고 경건한 것으로 면려를 입었다. 洛東書塾을 지어 많은 후학들을 교육하고 면려하고 길렀다. 『拙軒集』이 있다.

愧窩 朴馨璉은 朴昌億의 손자다. 문장과 덕행이 뛰어나 고을에서 으뜸이었다. 『愧窩集』이 있다.

紫西 朴馨喆은 朴祖赫의 아들이다. 禮學에 조예가 깊었다. 『紫西遺集』이 있다.

忍窩 安禮淳은 竹溪 安憲의 후손이다. 재주와 행실이 우뚝이 뛰어났으

며, 학문이 크고 넓었다. 江皐 柳尋春, 德陽 朴信昊 등과 교유하였다. 鄕試
에 여러 차례 합격하였다. 『忍窩集』이 있다.

朴挺秋는 朴尙節의 손자다. 大山 李象靖의 문하에서 성현의 학문을 익
혔다. 遺稿가 있다.

樂窩 李起龍은 葛村 李瀋의 후손이다. 문장을 잘하고 학문이 있었다.
大山 李象靖의 문하에서 공부하여 많은 칭찬을 입었다. 道溪書院과 忠賢
祠를 창건하였다. 『敦事錄』과 『樂窩遺集』이 있다.

若菴 趙達植은 타고난 자질이 뛰어났다. 梅山 洪直弼의 문하에서 공부
하여 일찍이 공부하는 요결을 얻었다. 『若菴集』이 있다.

老川 安鼎宅은 新村 安璜의 후손이다. 肯菴 李敦禹의 문하에서 공부하
여, 학문이 크고 깊이가 있었다. 『太極說』, 『四七辨』, 『易林』 등의 책을
편찬하였다.

晚翠堂 李文甲은 梅竹軒 李明惷의 후손이다. 문장과 학문이 일찍이 이
루어졌다. 巴水에 鳳山亭을 짓고, 別川에 慕寒齋를 지어 날마다 고을의
선비들과 더불어 학문을 講磨했다. 『晚翠堂遺稿』가 있다.

道齋 文郁純은 玉洞 文益成의 후손으로 文景純의 아우이다. 일찍부터
性齋 許傳을 따라 배웠다. 문장을 잘하고 덕행이 있어 여러 동문들이 뛰어
난 제자라고 추앙하였다. 동문들과 함께 스승 허전이 지은 『士儀』를 간행
하였다. 스승이 세상을 떠나자 매우 슬퍼하고 아까워하여 제문을 지어
제사를 올렸다. 『道齋集』이 있다.

心齋 趙性濂은 趙孟植의 아들이다. 일찍이 溪堂 柳疇睦, 性齋 許傳을
따라 배웠다. 경서를 열심히 공부하였고, 禮學에 밝았다. 흉년이 들었을
때 곡식을 베풀어 많은 사람들을 구제하였다. 추천으로 5품의 관직을 받았
다. 스승 허전이 지은 『士儀』의 간행을 주도하였다. 『咸州三綱錄』을 편찬
하였고, 『心齋集』이 있다.

雙峰 李相斗는 李休復의 후손이다. 定齋 柳致明의 문하에서 공부하였
고, 후진들을 면려하였다. 辭賦를 잘했다. 『雙峰集』이 있다.

廣川 趙性胤은 趙參의 후예이다. 풍모가 중후하고 성품이 순박하고 산수를 사랑했다. 여러 번 거처를 옮겼는데, 머무르는 곳마다 후진들을 면려하였다. 「自警銘」을 지었다. 『廣川集』이 있다.

紫巖 趙性源은 趙性濂의 아우다. 性齋 許傳의 문하에서 공부하여 勉勵를 입었다. 紫陽山 속에 寒泉亭을 짓고 후진들을 가르쳤다. 『紫巖集』이 있다.

修齋 李有善은 茅隱 李午의 후예다. 재주와 생각이 보통 사람들보다 뛰어났다. 「周易上下經圖說」라는 글을 지었는데, 각각 十八卦의 圖說을 만들었다. 「身心重輕辨」·「自新箴」 등의 글을 지었다. 『修齋集』이 있다.

西川 趙貞奎는 大笑軒 趙宗道의 후손이다. 문학과 학문으로 고을에서 추앙을 받았고, 光復運動에도 참여하였다. 『西川集』이 있다.

一軒 趙昺澤은 斗巖 趙垺의 후손이다. 문학과 行誼가 있었고 베풀기를 좋아했다. 『一軒集』이 있다.

錦溪 趙錫濟는 無盡亭 趙參의 후손이다. 性齋 許傳을 私淑하였다. 제자들이 錦坪에다 서재를 지어주어 거기서 藏修하면서 후진들을 양성했다. 『錦溪集』이 있다.

新菴 李準九는 晚松 李鍾和의 아들이다. 淵齋 宋秉璿과 勉菴 崔益鉉을 따라 배웠다. 엄격하고 온화하고 관후하였다. 문장은 간결하면서도 힘이 있었다. 『新菴集』이 있다.

陶川 安有商은 聚友亭 安灌의 후예이다. 寒洲 李震相의 문하에서 공부하였는데, 경서에 밝고 덕행을 닦았다. 心性을 논하여 나무의 뿌리나 물의 근원에 비유하여 일컬었다. 『陶川集』이 있다.

西皐 趙宏奎는 趙景栻의 후손이다. 천성이 준엄하고 곧았고, 文詞가 풍부하였다. 마을에서 다투거나 소송하는 사람은 관아로 가지 않고 그에게 와서 분변하였다. 深齋 曺兢燮이 挽詞에서 "남쪽 고을의 인물 가운데 공 같은 사람 드무네[南州人物少如公]"라고 했다. 『西皐集』이 있다.

知止軒 洪碩果는 奉事를 지낸 洪鈇의 아들이다. 旅軒 張顯光의 문하에

서 공부하여 학문에 도움을 많이 받았다. 眉叟 許穆의 문인이다. 미수가 '知止軒' 세 글자를 써 주었다. 8세 때 『大學』을 읽다가 "敬에 멈추고, 효성에 멈춘다."라는 구절에 이르러 무릎을 치면서 "덕으로 들어가는 문이나 行誼에 있어서 이것을 버려두고 무엇을 구하겠는가?"라고 했다. 丙子胡亂 때 오랑캐와 맹약한 것을 통분하게 여겨 자취를 감추고 세상에 나타나지 않았다. 『知止軒集』이 있다.

東山 李扶雲은 梅竹軒 李明惠의 아들이다. 있었다. 經學을 힘써 공부하였다. 精舍를 지어 후진을 양성하였다. 『東山遺稿』가 있다.

道峯 趙徵天은 大笑軒 趙宗道의 손자다. 澗松 趙任道의 문인이다. 박학하고 독실한 행실이 있었다. 『道峯集』이 있다.

樂天亭 李聳雲은 菊庵 李明憼의 아들이다. 蘆坡 李屹의 문인이다. 문학과 덕행으로 세상의 추중을 받았다. 벼슬에 나갈 뜻이 없이 낙천적으로 살며 제자들을 많이 가르쳤다. 末山에 정자를 지어 시어 "부귀도 모르고 가난도 모르는데, 오직 인간 세상의 흰 머리만 새롭네[不知富貴不知貧, 惟得人間白髮新]"라고 읊었다. 澗松 趙任道와 학문적인 도움을 주고받았다. 『樂天亭遺稿』가 있다.

思齋 李昶은 李休復의 아들이다. 문학과 덕행이 일찍 이루어졌다. 『思齋集』이 있다.

收心齋 朴來貞은 松嵒 朴齊賢의 후손이다. 일찍부터 학문에 뜻을 두었는데, 銘을 지어 스스로 경계하였다. 『收心齋集』이 있다.

明谷 朴東垕는 篁巖 朴齊仁의 후손이다. 학문을 좋아하고 의리를 숭상하였다. 南漢山城에서 後金과의 盟約을 받아들인 것을 슬퍼하여, 桐溪 鄭蘊의 花葉詩에 次韻하였다. 『考亭淵源』, 『家禮儀圖』를 지었다.

德翁 李炯은 薇村 李涮의 증손자다. 자신을 위한 학문에 전념하였고, 명예와 이익을 좋아하지 않았다. 위의가 우뚝하였다. 『德翁集』이 있다.

志眞齋 李夢鍾은 德翁 李炯의 아들이다. 뜻을 독실이 하여 진지하고 순수하니 사우들이 모범으로 삼았다. 경전과 역사서를 깊이 연구하여 후학

들을 가르쳤다.『志眞齋集』이 있다.

釜山樵夫 朴居實는 학행으로 이름이 있는 浣川堂 朴德孫의 아들이다. 月川 趙穆을 따라 배웠다. 성리학을 연구하여「朱陸辨」을 지었다. 忠順衛 를 지냈다.

明窩 陳健은 靜齋 陳稊의 후손이다. 효성으로 부모님을 섬겼는데, 세 가지 뜻과 절개가 있었다. 병자호란 때 의병을 일으켰는데, 後金의 맹약을 받아들인 것을 매우 슬프게 생각하였다. 望華臺에 올라가 시를 읊어 뜻을 붙였다.『三行考錄』을 지었다.『明窩集』이 있다.

杜庵 安應瑞은 遯窩 安望興의 아들이다. 屹峯 李贇望을 따라 배웠다. 문학으로 명망이 높아 사림에서 景慕하였다.『杜庵遺稿』가 있다.

淵齋 洪震亨은 府使 洪履亨의 아우이다. 집안에 전해 오는 학문을 이어 받아 효성과 우애가 뛰어났고, 행실이 돈독하였다. 문학이 순수하고 발랐 는데, 그 당시 뛰어난 인물들과 잘 지내며 학문을 講磨하였다.『淵齋集』이 있다.

朴昌檍은 浣石堂 朴亨龍의 아들이다. 문학과 덕행으로 그 당시 이름이 높았다. 英祖 때 壽職으로 嘉善大夫 副護軍을 받았다. 遺稿가 있다.

儉溪 李時大는 東山 李抾雲의 아들이다. 종형 李時昌의 문하에서 공부 하였다. 어버이를 섬김에 있어 살아 있을 때나 세상을 떠났을 때나 예를 다하였다. 집을 지어 후학들을 면려하였다. 군수 李彙晋이 시를 지어 찬미 하였다.『儉溪遺稿』가 있다.

敬齋 洪宇亨은 知止軒 洪碩果의 아들이다. 행실을 독실이 하고 경서 를 힘써 공부하였다. 산수 속에서 뜻을 고상하게 간직하였다.『敬齋集』 이 있다.

蓬窩 李垕錫은 儉溪 李時大의 아들이다. 특별한 재주와 독실한 효성과 우애가 있었다. 군수 李彙晋이 여가가 있으면 찾아와 시를 읊었으니, 곧 칭송하며 허락한 것이었다.『蓬窩遺稿』가 있다.

李炫은 葛村 李瀟의 손자다. 澗松 趙任道의 문인으로 문학과 덕행이 뛰어나 세상 사람들의 추중을 받았다. 遺集이 있다.

朴新亭은 密陵君 朴孝恒의 손자다. 淸州로부터 함안으로 옮겨와 살았다. 문학과 덕행으로 촉망을 받았다. 『詩集要覽』을 지었다.

槐窩 趙增彦은 無盡亭 趙參의 후손이다. 문학과 행실이 있었다. 『槐窩遺稿』가 있다.

溪堂 李世賢은 蓬窩 李㙆錫의 아들이다. 학문이 정밀하고 넓어 士友들에게 推重을 받았다. 『溪堂集』이 있다.

病窩 李宗臣은 葛村 李瀗의 후손이다. 타고난 자질이 순수하고 아름다웠고, 문장과 덕행이 일찍부터 이루어졌다. 『病窩集』이 있다.

洛湖 趙桐은 澗松 趙任道의 증손자이다. 英祖 戊申亂에 의병을 일으켜 역적을 쳤는데 공이 많았다. 조상의 정자 곁에 띠집을 짓고 살았다. 『洛湖遺稿』가 있다.

反觀子 趙希閔은 道谷 趙益道의 현손이다. 周易의 이치에 정통하였고 천문학에도 통했는데, 그것을 풀이하여 『管通入海』라는 책을 지었다.

遯溪 尹㮨는 監正 尹殷忠의 증손이다. 경서와 역사를 힘써 공부하였다. 『遯溪集』이 있다.

槐軒 趙增規는 無盡亭 趙參의 후손이다. 夷峯 黃後幹의 문하에서 공부하였다. 경서를 부지런히 공부하고 효행이 독실하였다. 글씨를 아주 잘 썼다. 『槐軒集』이 있다.

聾溪 趙昌鉉은 輈巖 趙坦의 후손이다. 立齋 鄭宗魯의 문하에서 공부하였는데 덕망이 있었다. 『聾溪遺稿』가 있다.

安安齋 朴仁赫은 朴尙復의 아들이다. 학행으로 여러 번 고을과 道의 추천을 받았다. 遺稿가 있다.

李正宅은 菊庵 李明憼의 후손이다. 자질이 純正했다. 夷峯 黃後幹의 문하에서 공부하여 密庵 李栽와 霽山 金聖鐸의 가르침의 뜻을 얻어 들었다. 학술이 크고 넓어 그 당대에 推重을 받았다. 遺稿가 있다.

晚隱 鄭萬僑는 軍資監正 鄭問禮의 현손이다. 夷溪 黃道翼의 문하에서

공부하였다. 학문을 독실이 하고 덕행을 닦았다. 『晚隱集』이 있다.

紫皐堂 朴尙節은 浣石堂 朴亨龍의 손자다. 星湖 李瀷에게서 배웠다. 孝友와 학행으로 암행어사의 추천을 받았다. 英祖 戊申亂에 의병을 일으켰다. 『沂洛編芳』, 『理全酌海』 『萬姓譜』 등의 책을 지었다. 『紫皐堂集』이 있다.

朴尙復은 紫皐堂 朴尙節의 아우이다. 英祖 때 才行으로 천거되었다. 문학이 일찍 이루어졌으나 30세 때 세상을 떠났다. 遺集이 남아 있다.

朴正赫은 獨窩 朴尙益의 아들이다. 立齋 鄭宗魯의 문하에서 공부하였는데, 학문이 정밀하고 순수하였다. 『心經質義』를 지었다. 문집이 있다.

晚松 尹三進은 僉奉 尹天鶴의 후손이다. 雙梅堂 安慶稷과 함께 霽山 金聖鐸의 문하에서 공부하였다. 『晚松詩稿』가 있다.

無名亭 安慶邦은 原從功臣 安璜의 후손이다. 夷峯 黃後幹의 문하에서 공부하였다. 밖으로는 중후하고 안은 충실한 것으로 추중을 받았다. 『無名亭集』이 있다.

聾瞽庵 朴祖赫은 효자 朴師古의 손자다. 효성과 우애가 매우 돈독하였고, 학행이 갖추어져 士友들이 모두 인정하고 칭찬하였다. 『禮說』을 지었다.

飽德庵 李潤德은 四葛 李倚望의 손자다. 학문을 독실히 하고 힘써 실행하여 선비들의 추중을 받았다. 『飽德庵集』이 남아 있다.

李相龍은 文行으로 이름난 病窩 李宗臣의 아들이다. 전통학문을 집안에 전승하게 했으며, 학행으로 세상에 이름이 났다. 遺集이 있다.

乃翁 安致權은 雙梅堂 安慶稷의 아들이다. 夷峯 黃後幹의 문하에서 공부하여 학문하는 핵심을 들었다. 『乃翁集』이 있다.

朴春赫은 朴尙復의 아들이다. 문학과 덕행으로 그 당시 이름이 높았다. 遺集을 남겼다.

華西 李有恒은 四葛 李倚望의 증손자이다. 문학에 조예가 있었으며 후학들을 많이 가르쳤다. 『華西集』이 있다.

默窩 李吉龍은 경서에 널리 통달했고, 성리학을 깊이 연구하였고, 性情
을 기르는 데 힘썼다. 남쪽지방의 선비들로써 추중하지 않은 이가 없었다.
『默窩遺稿』가 남아 있다.

南棲 黃鼎采는 持平 黃精一의 후손이다. 문장과 학문을 좋아했다. 「左右
保身箴」과 「理氣吟」 등의 글을 지었다.

李文夏는 菊庵 李明憼의 후손이다. 雙梅堂 安慶稷의 문하에서 공부하
여 문예가 일찍이 이루어졌으나, 32세로 요절하였다. 遺稿가 있다.

晩庵 李運采는 본관이 驪州로 愚亭 李誼의 증손이다. 천성이 지극히
효성스러웠는데, 12세 때 상을 당하자 피눈물을 흘리며 울었다. 초하루와
보름에 제물을 갖추어 올리고 성묘하기를 어른과 같이 하였다. 문학에
전심하였다. 『晩庵遺稿』가 있다.

流齋 朴馨術은 朴正赫의 아들이다. 立齋 鄭宗魯의 문인이다. 문장이
침착하고 화려하여 문채가 있어 문장가의 모범이 되었다. 『流齋遺稿』가
있다.

循齋 趙澤는 道谷 趙益道의 후손이다. 剛齋 宋穉圭의 문하에서 공부하
여 성리학을 전수받았다. 立齋 宋近洙, 直菴 南履穆과 더불어 같이 공부하
며 서로 도움을 주고받았다. 평생 朱子의 글과 尤庵 宋時烈의 『宋子大全』
을 우러러 흠모하였다. 『師門日記』와 『循齋遺稿』가 있다.

李文商은 菊庵 李明憼의 후손이다. 천성이 온화하고 효행이 있었다.
문장과 학문을 겸비하여 명망이 높았다. '세상 사람들보다 먼저 걱정하고
나중에 즐거워한다'는 마음을 갖고 있었다. 遺集이 있다.

朴馨郁은 晩樂齋 朴奎赫의 아들이다. 문장으로 추중을 받았고 글씨에
조예가 깊었다. 遺集이 있다.

梅軒 朴馨洛은 聾瞽庵 朴祖赫의 아들이다. 18세 때 正祖의 병풍용으로
「心箴」을 썼다. 중국 사람들이 그 글씨를 보고 칭찬해 마지 않았다. 불행히
일찍 세상을 떠났다. 『梅軒集』이 있다.

居仁齋 朴泰蕃은 朴馨久의 아들이다. 立齋 鄭宗魯의 문하에서 공부하

였는데, 문장과 학문이 순수하여 입재가 칭찬하여, "선비답고 고아하다는 이름 들은 지 오래인데, 온화하고 공손하여 덕의 바탕을 보겠네.[文雅聞名久, 溫恭見德基]"라는 시를 지어 칭찬하였다. 『居仁齋集』이 남아 있다.

吾廬 朴俊蕃은 朴馨天의 아들이다. 학식과 문장으로 그 당시 추중을 받아 고을과 道의 추천을 받았다. 『吾廬遺稿』가 있다.

李有柱는 李斗望의 증손자다. 덕행과 문필이 다 뛰어났다. 遺集이 있다.

晚松 李鍾和는 辟諱亭 李道新의 손자다. 剛齋 宋穉圭를 따라 배워 학문의 방법을 들었고, 陽川 趙湲의 문하에서도 공부했다. 독실하게 행하고 실천하였고, 경서와 역사를 널리 보았다. 후진들을 가르쳐 인도하였다. 문집이 있다.

月汀 趙源은 大笑軒 趙宗道의 후손이다. 樊巖 蔡濟恭의 문하에서 공부하였다. 배운 것을 실천하려고 힘썼고, 후진들을 힘써 양성하였다. 『月汀遺稿』가 있다.

擊壤亭 趙瀧는 韜巖 趙坦의 후손이다. 사람됨이 뜻이 커서 얽매이지 않았다. 만년에 경서와 역사를 힘써 공부하여 식견과 행실이 모두 갖추어졌다. 『擊壤亭集』이 있다.

梅窩 朴泗는 松嵒 朴齊賢의 후손이다. 학문이 뛰어나고 식견이 있고 기억을 잘했다. 늙어서도 책을 손에서 놓지 않았다. 『梅窩遺稿』가 있다.

竹皐 李鳳奎는 凝菴 李東柱의 후손이다. 性齋 許傳의 문하에서 공부하였는데, 성리학에 오로지 뜻을 두었다. 만년에 儉巖에다 竹皐堂을 짓고 거기서 학문을 연구하며 노년을 보냈다. 군수 李樂韶가 방문하여 예를 물었다. 『竹皐遺稿』가 있다.

笑庵 李文達은 晚翠堂 李文甲의 아우다. 性齋 許傳의 문인으로 문장과 학문으로 이름이 높았다. 『笑庵遺稿』가 있다.

休齋 趙治祥은 監察 趙敏道의 후손이다. 효성과 우애가 돈독하였고, 부지런히 공부하였다. 『休齋遺稿』가 있다.

篁林 朴思亨은 松嵒 朴齊賢의 후손이다. 효성과 우애가 독실하였고,

문장을 잘했다. 『篁林集』이 있다.

剛齋 鄭再玄은 監正 鄭問禮의 후손이다. 경서를 연구하여 『庸學辨義』 등의 글을 지었다. 『剛齋集』이 있다.

嵋陰 李著仁은 病窩 李宗臣의 손자다. 경전에 침잠하여 뜻을 구하기를 게을리하지 않았다. 『嵋陰集』이 있다.

槐窩 李有馨은 효자 李載裕의 후손이다. 행실이 돈독하고 학문에 조예가 깊어 향리의 모범이 되었다. 『槐窩集』이 있다.

薇窩 李有榦은 茅溪 李命培의 현손이다. 과거장에 나아가 문장으로 이름을 날렸다. 과거에 실패한 뒤 돌아와 경서를 연구하여 성취가 깊었다. 『薇窩集』이 있다.

聾窩 李壽元은 茅溪 李命培의 후손이다. 집안의 교훈을 이어받아 경전과 역사를 연구하였다. 所庵 李秉遠, 定齋 柳致明 등과 교유하며 학문을 講磨하였다. 『聾窩集』이 있다.

道菴 成澤森은 貞節公 成思齊의 후손이다. 문장과 학문이 정밀하면서도 넓었다. 효성과 우애가 독실하고 지극하여 고을에서 추앙하였다. 『道菴遺稿』가 있다.

土窩 安哲淳은 竹溪 安憙의 후손이다. 默庵 許偰의 제자다. 고을원이 부임하면 반드시 治道를 물었다. 『土窩遺稿』가 있다.

梅山 李得喆은 日新堂 李天慶의 후손이다. 총명하고 식견 있는 것이 보통 사람보다 뛰어났다. 7세 때 능히 글을 지었다. 『陳北溪性理增解』를 지었다.

奉訓齋 朴涵은 篁嵒 朴齊仁의 후손이다. 문장과 학문으로 고을에서 추앙을 받았다. 『奉訓齋集』이 있다.

敬菴 李運昌은 李景茂의 후손이다. 문장이 법도에 맞고 고상하였고, 학문이 깊었고, 禮書에 정밀하였다. 손수 儀禮에 관한 글을 뽑아 모아 책을 만들어 후학들이 모범으로 삼도록 했다. 『敬菴遺稿』가 있다.

南皐 李璇은 保社功臣 李岐의 후예다. 덕행이 독실하고 글을 열심히

읽었다. 『南皐集』이 있다.

遯齋 趙慶東은 大笑軒 趙宗道의 후손이다. 鶴棲 柳台佐의 문하에서 공부하였다. 가난한 속에서도 편안한 마음으로 열심히 공부하니, 사람들이 그 독실한 덕행에 감복하였다. 『遯齋遺稿』가 있다.

默窩 趙蘭植은 淸義堂 趙永輝의 증손이다. 性齋 許傳의 문하에서 공부하였다. 사람됨이 순박하고 근신하고 고상하고 조심성이 있었다. 성리학에 뜻을 오로지 두었다. 『默窩遺稿』가 있다.

道菴 安宅柱는 雙梅堂 安慶稷의 증손이다. 操行으로 이름이 났다. 나라에 喪이 있을 때는 소복을 입고 지냈다. 『道菴遺稿』가 있다.

訥軒 李壽憲은 屹峯 李贊望의 현손이다. 性齋 許傳의 문인으로 아우인 李壽箕와 함께 문학과 덕행으로 이름이 높았다. 특히 禮學에 조예가 깊었다. 『訥軒集』이 있다.

雙巖 李馥欽은 四葛 李倚望의 후손이다. 문학이 정밀하고 필법이 굳세었다. 그의 문하에서 학문을 이룬 사람이 많이 나왔다. 『雙巖集』이 있다.

松好齋 安孝克은 道谷 安侹의 후손이다. 타고난 자질이 탁월하였고, 문학이 깊고도 정밀하여 고을에서 推重하였다. 『松好齋集』이 있다.

李性欽은 聾窩 李壽元의 아들이다. 경전과 역사서를 깊이 연구하여 후학들을 가르쳐 그 문하에서 학문의 성취한 사람이 많았다. 문집이 있다.

菊菴 金璜奭은 白巖 金銘의 후손이다. 蘆沙 奇正鎭의 문하에서 공부했다. 경서를 부지런히 공부하고 행실을 독실이 하여 勉勵를 많이 입었다. 시문을 더욱 잘했다. 『菊菴遺稿』가 있다.

蠹巖 文景純은 玉洞 文益成의 후손이다. 性齋 許傳의 문하에서 공부하여 天文과 曆法에 통달했고, 시문을 잘했다. 『蠹巖遺稿』가 있다.

餘陰 李中祿은 李廷憶의 손자다. 性齋 許傳의 문인이다. 성품이 너그럽고 행실이 고상하여 長者의 풍도가 있었다. 학문이 높았고 필법이 굳세고 힘이 있었는데, 해서를 특별히 잘 썼다. 『餘陰遺稿』가 있다.

正齋 趙性簡은 淸義堂 趙永輝의 후손이다. 性齋 許傳의 문하에서 공부

하였다. 행실이 깨끗하고 힘써 배웠다. 스승 성재가 誣告를 입은 것을 伸辨하였다. 고을의 풍속을 바로잡기 위해서 동지들과 함께 輔仁契를 창설하였다. 『正齋集』이 있다.

愼菴 安鼎梅는 楓灘亭 安光業의 후손이다. 어버이를 섬기기를 지극히 효성스럽게 하였다. 부지런히 배우고 애써 실행하였다. 그 당시 사람들이 삼국시대 管寧에 견주었다. 『愼菴集』이 있다.

竹塢 李璋祿은 晩翠堂 李文甲의 아들이다. 性齋 許傳의 문하에서 공부하였다. 경서와 역사를 힘써 공부하였고, 몸을 닦고 행실을 조심하여 여러 차례 칭찬을 받았다. 『竹塢遺稿』가 있다. 通政大夫의 품계를 받았다.

忍菴 趙性益은 韜巖 趙坦의 후손이다. 재주와 학문이 일찍이 이루어졌다. 忍자를 써서 문 위에 걸어 돌아보고 생각하는 바탕으로 삼았다. 一山 趙昺奎가 기문을 지어 '忍'자 백 개를 쓴 唐나라 張公藝에 견주었다. 『忍菴集』이 있다.

遯齋 許金鳳은 忠穆公 許有全의 후손이다. 문장을 잘하고 행실이 있었다. 어버이가 돌아가시자 과거를 포기하고 경서를 열심히 공부하였다. 「皇極圖」와 「理氣說」을 지었다.

聾窩 李致秉은 李文億의 후손이다. 평생 자기 수양을 위한 공부를 하였다. 문장에 능하고 필법이 정교하였다. 『聾窩集』이 있다.

柏軒 尹鍾卓은 尹天鶴의 후손이다. 巴岑 趙文孝의 문하에서 공부하여 칭찬을 받았다. 효성과 우애가 아울러 지극하였다. 힘써 후진들을 장려하였다. 『柏軒遺稿』가 있다.

綠溪 趙司植은 監察 趙敏道의 후손이다. 글을 잘 했다. 鄕試에 한 번 합격했으나 더 이상 과거에 뜻을 두지 않고 시냇가 정자에서 여생을 보냈다. 『綠溪遺稿』가 있다.

廣棲 李有星은 屹峯 李贇望의 증손이다. 재주가 보통 사람들보다 아주 뛰어났고, 글을 잘 지었다. 輔仁會를 결성하여 강학하였다. 『廣棲集』이 있다.

琴溪 趙祐植은 無盡亭 趙參의 후손이다. 문장을 잘했고 후진들을 장려하였다. 輔仁契를 결성하였다. 『琴溪集』이 있다.

月湖亭 趙汝愚는 大笑軒 趙宗道의 후손이다. 형 趙禎愚, 趙翰愚와 우애가 돈독하였는데, 강학하여 높은 수준에까지 나갔다. 『月湖亭集』이 있다.

雲塢 趙性璿은 若菴 趙達植의 아들이다. 사람됨이 기이하고 뜻이 컸고, 강개했고 재주와 행실이 일찍부터 이루어졌다. 8세 때 부친상을 당했는데 곡하고 祭奠 드리는 것이 어른과 같았다. 시대를 탄식하여 느긋하게 숨어 지내며 날마다 친구들과 더불어 시와 술로써 즐겼다. 흉년이 들자 창고를 기울여 가난한 사람들을 구제했는데, 그의 덕택으로 살아난 사람이 매우 많았다. 함안군수가 "嶺南에 사람이 있도다."라고 칭찬했다. 『雲塢集』이 있다.

道淵 洪在蕢은 효자 洪沂燮의 아들이다. 性齋 許傳의 문하에서 공부했다. 배우기를 좋아하였고, 글씨를 잘 썼고, 일찍부터 문단에 이름이 있었다. 만년에 道淵 가에 書社를 지어 후진들을 면려하였다. 『道淵集』이 있다.

忍菴 李壽澈은 屹峯 李瓚望의 현손이다. 性齋 許傳의 문인으로 경학과 禮學을 배워 즐거움으로 살았다. 『忍菴集』이 있다.

梅屋 朴致晦는 晚醒 朴致馥의 아우다. 性齋 許傳의 문인이다. 『梅屋集』이 있다.

鶴臯 李鉉八은 廣棲 李有星의 從孫이다. 性齋 許傳의 문인으로 뜻과 행실이 맑고 높았다. 늘 스승의 가르침을 따르며 어진 선비들과 교유하였다. 『鶴臯集』이 있다.

華巖 洪在奎는 參議 洪啓範의 후손이다. 서당에 들어가 공부를 시작하자마자 '자신의 수양을 위한 공부'에 대해서 물으니 선생이 "너의 말이 참으로 훌륭하다."라고 하고는 곧장 『小學』을 가르쳤다. 마침내 유학을 크게 이루니 사우들이 추중하였다. 『華巖集』이 있다.

林臯 李鉉基는 都正 李潤龍의 증손이다. 性齋 許傳의 문인으로 자신의 수양을 위한 학문을 하였다. 만년에 초야에 묻혀 살면서 남들에게 알려지

기를 꺼렸다. 『林皐集』이 있다.

幽巖 趙性憲은 大笑軒 趙宗道의 후손이다. 性齋 許傳을 따라 배웠다. 은거하며 학문을 계속하였다. 『幽巖遺稿』가 있다.

晚節堂 趙性仁은 大笑軒 趙宗道의 후손이다. 性齋 許傳의 문하에서 공부하였다. 『晚節堂遺稿』가 있다.

石翠 趙性恂은 道谷 趙益道의 후손이다. 승지 申斗善에게서 배웠다. 효성과 우애가 독실하여 아침부터 저녁까지 부모 곁을 떠나지 않았다. 독실이 공부하고 실천하였다. 『庸學辨疑』와 『石翠集』이 있다.

白痴堂 趙性弼은 大笑軒 趙宗道의 후손이다. 형제간에 우애가 있어 강학하여 서로 발전을 도모했다. 『白痴堂集』이 있다.

匪齋 金美洪은 節孝 金克一의 후손이다. 가정의 가르침을 이어받아 재주가 있었다. 힘써 공부하고 애써 실행하였다. 은거하면서 제자들을 가르쳤는데, 고을 사람들이 그가 사는 곳을 이름하여 大賢이라고 했다. 『匪齋遺稿』가 있다.

愼菴 羅益瑞는 菊庵 羅翼南의 후손이다. 性齋 許傳의 문하에서 공부하였다. 덕행을 닦고 학문을 장려하였다. 『愼菴遺稿』가 있다.

梧溪 趙漢極은 水使 趙壽千의 후손이다. 性齋 許傳의 문하에서 공부하였는데, 학문에 정력을 오로지 쏟았다. 『梧溪遺稿』가 있다.

林坡 趙映奎는 雲塢 趙性璕의 아들이다. 효성과 우애가 돈독하였다. 부친의 뜻을 따라 朱子를 받들어 선대의 서재에서 菜禮를 하였다. 學規를 만들어 講學을 하여 고을의 풍속을 떨쳐 일으켰다. 『林坡集』이 있다.

巴西 趙鏞振은 大笑軒 趙宗道의 후손이다. 性齋 許傳의 문하에서 공부하여 문장과 행실로 이름이 났다. 『巴西遺稿』가 있다.

夷南 朴圭煥은 松巖 朴齊賢의 후손이다. 재주와 도량이 뛰어났고, 문장과 행실이 일찍부터 이루어졌다. 『夷南集』이 있다.

天山 趙濂奎는 大笑軒 趙宗道의 후손이다. 性齋 許傳의 문하에서 공부하였다. 『天山遺稿』가 있다.

晚圃 李夔錄은 글씨를 잘 쓴 李鼎錫의 현손이다. 性齋 許傳의 문인이다. 과거공부를 포기하고 성리학을 깊이 연구하여 그 宗旨를 터득하였다. 『晚圃遺稿』가 있다.

趙麟植은 監察 趙敏道의 후손이다. 일찍이 문장과 학문으로 이름이 났다. 『林坡亭遺稿』가 있다.

後覺堂 安相琦는 聚友亭 安灌의 후손이다. 晚醒 朴致馥의 문하에서 공부하였다. 그릇이 크고 의논이 웅장하였고, 효도와 우애가 있고, 지조와 행실이 있었다. 『居喪要覽』과 『後覺堂遺稿』가 있다.

信山 趙性孚는 無盡亭 趙參의 후예다. 재주와 학문이 일찍부터 이루어졌다. 어버이를 섬기는 것이 지극히 효성스러웠고, 남을 구제하기를 좋아하였다. 『信山集』이 있다.

謙窩 趙性護는 遯齋 趙慶東의 아들이다. 晚醒 朴致馥의 문하에서 공부하였다. 효성과 우애가 돈독하였고, 남에게 베풀기를 좋아했다. 『謙窩遺稿』가 있다.

西溪 文在桓은 三憂堂 文益漸의 후손이다. 사람됨이 강직하면서도 분명하였고, 기개가 있었다. 문예가 일찍이 이루어졌다. 일본에게 나라가 망하여 세상이 바뀌자, 여러 날 동안 통곡하며 음식을 물리치며 이런 시를 지었다. "옛날 남한산성에서 화의가 이루어지던 날 생각하니, 선조들은 통곡하면서 산 속으로 들어갔네. 오늘 저녁 북풍이 서계로 불어오니, 백발이 된 후손은 피눈물이 붉다오[憶昔南漢媾成日, 先人痛哭入山中. 北風今夕西溪上, 白首遺孫血淚紅]"라는 시를 지었다. 『西溪集』이 있다.

新新軒 吳致勳은 直長을 지낸 吳汝雄의 후손이다. 효성이 지극하였고, 자신이 세운 뜻을 잘 지켜 나갔다. 『新新軒集』이 있다.

竹坡 陳英植은 明窩 陳健의 후예다. 재주와 행실이 있었다. 性齋 許傳의 문하에서 공부하였다. 『竹坡遺稿』가 있다.

巴南 李載杞는 李元佐의 후손이다. 문장과 행실이 일찍부터 이루어졌다. 『巴南集』이 있다.

海樵 李會勳은 凝菴 李東柱의 후손이다. 사람됨이 준엄하고 강직하였다. 晦堂 張錫英을 따라 배웠다. 서울에서 놀 때 서울의 권세 있는 귀족들이 존경하는 마음을 일으켰다. 西川 趙貞奎가 지은 挽詞에 "높은 귀족들도 두려워하지 않고 바른 기개를 행했네[不畏公侯行直氣]."라는 구절이 있다. 『海樵遺稿』가 있다.

山我堂 尹永寬은 尹天鶴의 후손이다. 雙峰 李尙斗의 문하에서 공부하였다. 『山我堂遺稿』가 있다.

方山 李益龍은 晩翠堂 李文甲의 손자이다. 문장을 잘 하고 행실이 있었다. 『方山遺稿』가 있다.

碧棲 趙麟奎는 大笑軒 趙宗道의 후손이다. 경서와 역사에 대해서 널리 알았다. 『碧棲遺稿』가 있다.

省窩 朴鳳來는 文度公 朴薰의 후손이다. 효성과 우애로 행실을 조심하였다. 문학에 깊은 조예가 있었고, 易學에 밝았다. 일찍이 '戒愼恐懼, 固守貞正'라는 여덟 글자를 벽에 써 붙였다. 『省窩遺稿』가 있다.

杞菴 李馥榮은 心軒 李有杞의 후손이다. 廣川 趙性胤을 따라서 공부하였다. 사람됨이 순수하고 후하였고, 공부를 독실이 하였다. 『杞菴遺稿』가 있다.

農隱 洪禎煥은 判中樞府事 朴彦修의 후손이다. 晩醒 朴致馥의 문인으로, 행실이 법도에 맞고, 문장과 학문이 날로 발전하여 士友들의 추중을 받았다. 『農隱集』이 있다.

杞岡 李珩基는 忠順堂 李伶의 후손이다. 성품이 온화하고 고상하였고, 操行이 있었다. 俛宇 郭鍾錫의 문하에서 공부하여 터득한 것이 많았다. 『杞岡集』이 있다.

奇山 曺賢洙는 府使 曺致夏의 후손이다. 四未軒 張福樞의 문하에서 공부하였는데, 스승으로부터 「勉警箴」을 받았다. 경서에 힘쓰고 학문을 장려하였다. 『奇山遺稿』가 있다.

訥窩 安鍾珪는 高麗 大將軍 安邦傑의 후손이다. 경서와 역사를 부지런

히 공부하였다. 晦堂 張錫英을 따라서 배웠는데, 많은 칭찬을 들었다.『訥窩遺稿』가 있다.

芋山 李熏浩는 栗澗 李仲賢의 후손이다. 拓菴 金道和의 문인이다. 학문과 덕행으로 이름이 높았다. 특히 經學에 정밀하고 독실하였으며, 문장이 깊이가 있고 폭이 넓었다.『芋山集』이 있다.

海亞 李壽瓚은 司儀 李季賢의 후손이다. 性齋 許傳의 문인이다. 시에 능하다는 명성이 있었다. 수천 편의 작품이 있는데, 강남의 선비들이 모두 전하여 외웠다.『海亞詩集』이 있다.

惕菴 趙瀚奎는 松齋 趙勉道의 후손이다. 艮齋 田愚의 문인이다. 성리학과 역사에 조예가 깊었다. 저서로『大東聯史』와『惕菴集』이 있다.

淵菴 朴正善은 梅屋 朴致晦의 아들이고, 晚醒 朴致馥의 조카다. 家學을 계승하여 일가를 이루었다. 1910년 나라가 망한 뒤 만주로 가서 守坡 安孝濟, 大訥 盧相益 등과 함께 독립운동에 종사하였다. 시문 원고가 많았으나 일본 경찰에 압수 당하여 소재를 알 수 없다.

棲山 李正浩는 屹峯 李贊望의 후손이다. 晚醒 朴致馥의 문인이다. 문학에 뛰어났다.『棲山集』이 있다.

晦山 安鼎呂는 聚友亭 安灌의 후손이다. 后山 許愈, 俛宇 郭鍾錫의 문인이다. 문학에 뛰어났다.『晦山集』이 있다.

薇坡 李秉株는 薇村 李泗의 후손이다. 芋山 李熏浩, 禮岡 安彦浩의 제자다. 많은 제자를 길렀다. 문집『薇坡集』이 있다.

薇岡 李秉㦿는 栗澗 李仲賢의 후손이다. 芋山 李熏浩의 제자다.『薇岡集』이 있다.

中巖 趙學來는 大笑軒 趙宗道의 후손이다. 芋山 李熏浩의 문인이다. 문학에 뛰어났다.『中巖集』이 있다.

餘溪 李秉澤은 屹峯 李贊望의 후손이고, 棲山 李正浩의 아들이다. 家學을 계승하였다.『餘溪集』이 있다.

晦川 李秉薰은 薇村 李泗의 후손이다. 俛宇 郭鍾錫의 문인이다. 문장과

행실이 뛰어났다. 『晦川集』이 있다.

硯溪 趙說濟는 無盡亭 趙參의 후손으로 一山 趙昺奎의 손자다. 家學을 이어받았고 많은 제자를 길렀다. 『硯溪集』이 있다.

敬庵 趙鏞極은 大笑軒 趙宗道의 후손이다. 西川 趙貞奎의 문인이다. 문학에 뛰어났다. 『敬庵集』이 있다.

道谷 安侹은 拙菴 安汝居의 현손이다. 타고난 자질이 빼어나고 효성과 우애가 우뚝하고 특이하였다. 寒岡 鄭逑의 문하에서 공부하여 『心學圖』를 받았다. 仁祖 때 江華島가 함락되자, 울분에 차 탄식하며 시를 지었다. 教官에 추증되었다. 『道谷集』이 있다.

獨梧 黃怏은 黃元祿의 아들이다. 윤리를 붙들어 세웠고 道學을 강론하여 밝혔다. 『獨梧集』과 「家訓九箴」이 있다.

四吾堂 裵良玉은 柳谷 裵應哲의 아들이다. 德을 숨기고 山林에서 살았다. 水石洞에 정자를 짓고서 성리학을 깊이 연구하였다. 眉叟 許穆이 방문하여 기문을 지어 주었다. 『四吾堂集』이 있다.

守口子 周孟獻은 愼齋 周世鵬의 현손이다. 학문이 조예가 깊었고 효행이 뛰어났다. 『守口子集』이 있다.

竹塢 裵震矩는 四吾堂 裵良玉의 손자다. 산수 속에 숨어서 자신을 수양하였다. 문학과 行誼로 士友들에게 推重을 받았다. 『竹塢集』이 남아 있다.

道圃 黃正基는 聾瞽堂 黃㙉의 현손이다. 학행으로 여러 차례 고을의 추천에 올랐다. 道에서 쌀과 고기를 보내주었다. 『道圃集』및『三綱詩讚』이 있다.

定山 裵文昶은 裵秀奎의 후손이다. 晚求 李種杞의 문하에서 공부하였다. 힘써 배우고 실천하여 장려와 인정을 받았다. 시대가 일제 치하라 北滿洲에 가서 유람하였다. 士友가 推重하였고, 『定山集』이 있다.

希齋 安鍾彰은 聾啞軒 安命耇의 후손이다. 晚求 李種杞의 문하에서 공부하였는데, 학행으로 장려를 입었다. 『希齋集』이 있다.

龜隱 郭就德은 典籍 郭硏의 후손이다. 경서와 역사서를 널리 보았다.

덕행과 명망이 있었다. 『龜隱遺稿』가 있다.

山水齋 安命祺는 僉議 安時遇의 손자다. 서당을 지어 후진들을 양성하였다. 僉知中樞府事에 제수되었다. 『山水齋遺稿』가 있다.

海隱 黃尙鎭은 靜齋 黃履昌의 손자다. 先賢을 높여 사당을 짓고 서숙을 열어 학문을 장려하였다. 『海隱集』이 있다.

自窩 姜柱垕는 慵齋 姜德溥의 아들이다. 屛溪 尹鳳九의 문하에서 공부하였다. 문장을 잘하고 행실이 있었다. 英祖 戊申亂에 黃塾, 姜圭煥과 함께 의병을 일으켰다. 『自窩遺稿』가 있다.

郭守禮는 進士 郭有道의 후손이다. 효성과 우애가 있고, 문학이 있었다. 遺稿가 있다.

典菴 姜鼎煥은 慵齋 姜德溥의 손자다. 渼湖 金元行의 문하에서 공부하였다. 문장과 행실로 추앙을 받았다. 『典菴遺稿』가 있다.

訥窩 安英重은 僉知 安時豪의 후손이다. 江皐 柳尋春을 따라 배웠다. 『就正錄』이 있다.

愚浦 裵永淳은 현감 裵世績의 후손이다. 경서를 열심히 공부하고 행실을 닦았다. 또 남에게 베풀기를 좋아하였다. 『愚浦遺稿』가 있다.

无用窩 安孝謙은 山水齋 安命祺의 현손이다. 定齋 柳致明의 문하에서 공부하였다. 책을 짓고 학생들을 가르쳐 고을의 학문을 닦아 밝혔다. 『无用窩遺稿』가 있다.

龜陰 安冀遠은 蘇窩 安秉遠의 아우이다. 性齋 許傳의 문하에서 공부하였다. 문장을 잘하고 행실이 있었다. 『龜陰集』이 있다.

拙窩 黃龍五는 靜齋 黃履昌의 후손이다. 문장을 잘하고 행실이 있었다. 『拙窩集』이 있다.

南洲 裵漢章은 裵益華의 후손이다. 서적과 역사를 널리 보고 후진들을 권면하였다. 『南洲遺稿』가 있다.

鶴川 裵文演은 裵震明의 후손이다. 효행이 독실하였다. 문장에 능하여 遺稿가 있다.

武窩 裵文顯은 裵秀奎의 후손이다. 문장을 잘하고 행실이 있었다. 집안 재실을 지어 후진들을 인도하였다. 『武窩遺稿』가 있다.

晶隱 裵翊憲은 愚浦 裵永淳의 손자다. 經學을 열심히 공부하였다. 蘆沙 奇正鎭을 따라서 공부하였다. 『晶隱遺稿』가 있다.

默圃 安鍾曄은 山水齋 安命祺의 후손이다. 晚求 李種杞의 문하에서 공부하였다. 경서를 열심히 공부하였다. 『手輯謏說』이 있다.

石南 金振斗는 南窓 金玄成의 후손이다. 경서와 역사를 열심히 공부하였다. 『石南遺稿』가 있다.

瞻慕庵 尹夏烈은 巽菴 尹榮祥의 후손이다. 性潭 宋煥箕의 문하에서 공부하였다. 효도와 우애로 일컬어졌다. 문학이 있었다. 『瞻慕庵集』이 있다.

花溪 甘熙斗는 본관은 檜山이다. 효행이 있었다. 시문을 잘했고 특히 易學에 조예가 깊었다. 昌原으로부터 칠원에 옮겨와 살았다. 『花溪詩稿』가 있다.

三便齋 李潤龍은 茅隱 李午의 후손이다. 憲宗 때 문과에 급제하여 兩司를 거쳐서 都正에 이르렀다. 임금의 뜻에 응하여 「春塘臺銘」을 지어 바쳐 임금의 덕을 면려하였다. 『三便齋集』이 있다.

久俟堂 郭硏은 진사 郭有道의 아들이다. 仁祖 때 문과에 급제하여 典籍을 지냈다. 문장이 보통 사람들보다 뛰어나 한 고을을 인도하였다. 『久俟堂集』이 있다.

繼先齋 沈碩道는 可谷堂 沈湅의 증손이다. 旅軒 張顯光의 문하에서 공부하였다. 光海君 때 司馬試에 급제하였는데, 급제자 방에 붙은 사람이 모두 상소하여 廢母를 요청하므로 肅拜도 하지 않고 돌아와 숨어 살며 후진들을 가르쳤다. 『繼先齋集』이 있다.

惺齋 安夢伯은 竹溪 安憙의 후손이다. 立齋 鄭宗魯의 문인이다. 純祖 때 진사에 급제하였다. 문장과 行誼로 士友들 사이에서 추앙을 받았다. 正祖의 국상 때 소복을 입고 3년상을 지냈다. 『禮家彙編』, 『史記輯覽』, 『道統全篇』을 지었다. 『惺齋集』이 있다.

安羽鯉는 竹溪 安憙의 후손이다. 純祖 때 司馬試에 급제하였다. 龜窩 金㙉, 立齋 鄭宗魯의 문인이다. 저서로 『仁說會類』가 있다.

晚醒 朴致馥은 武肅公 朴震英의 후손이다. 性齋 許傳, 定齋 柳致明의 제자다. 高宗 때 진사에 급제하였다. 학행으로 천거되어 義禁府都事에 제수되었다. 많은 제자를 길러 함안의 학문이 창성하게 하였다. 『晚醒集』이 남아 있다.

聾瘂堂 李㙉新은 茅隱 李午의 후손이다. 純祖 때 생원에 급제하였다. 문장을 잘했고, 명망이 있었다. 『聾瘂堂集』이 있다.(『朝鮮寰輿勝覽』에는 이름이 李㙉臣으로 되어 있다)

曉山 李壽瀅은 茅溪 李命培의 후손이다. 高宗 때 진사에 급제하였다. 사람됨이 뛰어나고 行誼가 있었다. 상소해서 나라의 기강을 논하다가 세 번 유배 당했다. 만년에는 고향에서 산수 속에 묻혀 經學을 연구하였다. 『愁州漫錄』과 『曉山集』이 있다.

一山 趙昺奎는 無盡亭 趙參의 후손이다. 高宗 때 진사에 급제하였다. 性齋 許傳의 문하에서 공부하였는데, 학문의 방법을 얻어들었다. 禮學에 더욱 조예가 깊었다. 一山亭을 지어 은거하면서 학문을 했는데, 지역에서 글을 요청하는 사람이나 예법을 묻는 사람이 늘 대문에 가득했다. 『四禮要義』를 지었고, 문집이 있다. 여러 문인들과 힘을 합쳐 스승 性齋가 지은 『士儀』와 『士儀節要』를 간행했다. 『一山集』이 있다.

尹天學은 侍中 尹瓘의 후손이다. 참봉을 지냈다. 문장과 덕행이 모두 고상하였다. 뜻을 독실이 가지고 힘써 실행하였다. 문집이 있다.

壹孝堂 沈尙壹은 繼先齋 沈碩道의 후손이다. 大山 李象靖의 문하에서 공부하였다. 문학과 덕행이 있었다. 經學에 밝아서 『論孟問答』을 지었다. 참봉을 지냈고 戶曹參議에 追贈되었다. 『壹孝堂遺稿』가 남아 있다.

鄭東取는 壽齋 鄭九龍의 후손이다. 참봉을 지냈다. 일찍이 서울에 갔다가 권세를 잡은 간신들을 더럽게 여겨 과거를 포기하고 자신의 내면을 위한 학문에 전념하였다. 저서로 『四子註解』가 있다.

淸菴 趙性昊는 大笑軒 趙宗道의 후손이다. 性齋 許傳의 문하에서 공부하였다. 假監役을 지냈고, 『淸菴遺稿』가 있다.

山陰 李龍淳은 凝菴 李東柱의 후손이다. 재주와 지혜가 출중하였고, 글을 읽을 때 한번 보면 다 외웠다. 察訪을 지냈고, 『山陰遺稿』가 남아 있다.

白巖 洪禹圭는 府使 洪履亨의 증손이다. 학문과 덕행이 있었다. 추천으로 叅奉을 지냈고 護軍까지 승진했다. 『白巖遺稿』가 있다.

洛浦 安閏中은 聚友亭 安灌의 후손이다. 叅奉을 지냈다. 형과 우애가 독실하여 함께 경서와 역사를 열심히 공부하였다. 무릇 작품을 짓는 것이 있으면 형제가 반드시 같이 지었는데, 그 시문집을 『壎篪錄』이라 이름 붙였다.

安光弼은 原從功臣 安璜의 아들이다. 타고난 자질이 맑고 정밀했고, 문장이 넉넉하여 士友들의 推重을 받았다. 벼슬은 迪順副尉를 지냈다. 遺稿가 있다.

金斗覽은 文簡公 金世弼의 후손이다. 巨濟府使를 지냈는데 치적이 있었다. 문집이 있다.

聾啞軒 趙盆城은 大笑軒 趙宗道의 후손이다. 英祖 戊申亂에 의병을 일으켜 반란을 막는 데 참가하였다. 죽음을 맹세하는 시를 지었다. 『聾啞軒集』이 있다.

輔仁堂 李德柱는 月輝堂 李希曾의 후손이다. 正祖 때 무과에 급제하여 宣傳官을 지냈는데, 천성이 호탕하였고 재주와 기예가 있었다. 1812년 평안북도 嘉山에서 洪景來의 반란이 일어났을 때 巡撫中軍 柳孝源을 따라가 역적들을 쳤다. 성 밖에서 기이한 전술을 써서 적도의 괴수를 목 베었다. 春川府使로 임명되었으나 병으로 부임하지 않았다. 『輔仁堂集』 있다.

菊潭 周宰成은 英祖 戊申亂에 의병을 일으켜 역적을 토벌하고 관군에 군량을 공급하였다. 여러 차례 고을원이 狀啓로 아뢰어 세 번 관직에 임명을 받았다. 左承旨에 추증되고 정려를 받았다. 『菊潭集』이 있다.

V. 결론

先覺者는 後覺者를 깨우쳐 주어야 하는데, 말로서 깨우치는 경우도 있고, 行實로 깨우치는 경우도 있다. 漁溪는 행실로 咸安의 後人들을 깨우쳤다고 할 수 있다. 어계가 節義를 지켜 生六臣으로 위상을 정립하였기에, 이후 함안에서는 節義를 지킨 인물과 學問에 종사하는 學者 文人들이 대를 이어 계속 나올 수 있었던 것이다. 만약 어계가 科宦하여 현실적인 榮達만 추구했을 경우, 후세에 미치는 결과는 완전히 달라졌을 것이다.

咸安의 역사에서 漁溪 같은 인물이 朝鮮 초기에 탄생하여 節義를 지키며 文學活動을 함으로 해서, 이후 함안 지식인들의 방향을 잡아 주었으니, 도덕적 문화적으로 크나큰 다행이었다고 말할 수 있다.

함안에서는 고려말기 不事二君의 절의를 지킨 인물, 壬辰倭亂 때 倡義한 인물, 丙子胡亂 때 勤王한 인물, 英祖 戊申亂에 반란군 진압에 참여한 인물, 洪景來 난에 진압에 참여한 인물 등, 忠義의 행적이 있는 인물이 70여 명에 이른다. 漁溪의 後孫 가운데서 열세 명의 忠義之士가 나와 세상에서 '十三忠'이리고 일컫고 있다.

또 함안의 학자 문인이 남긴 문집이 250여 종, 經學 性理學 禮學 등에 관한 著書가 50여 종에 이른다.

이런 사실을 가지고 볼 적에 咸安은 忠節의 고장, 學問의 고장이라고 충분히 일컬을 수 있다. 이는 함안의 精神的 資産으로 전국 어느 고을과 비교해도 손색이 없을 것이다. 함안에 뿌리를 둔 모든 사람들은 이 하나만으로도 충분히 自矜心을 가져도 좋을 것이다.

이 모두가 漁溪의 영향이라고 단언하기는 어렵다 해도, 어계의 방향설정이 이런 결과를 가져오는 데 결정적인 공헌을 하였다고 할 수 있다.

어계는 在世 당시 그 행적이 그리 현저하게 알려진 인물은 아니지만, 死後 名望이 갈수록 높아지고 넓어졌다. 이는 周나라의 녹을 거절하고 首陽山에 들어가 고사리를 캐 먹다 굶어 죽은 伯夷 叔齊의 경우와 거의 같다.

元나라 사람 盧摯가 「採薇圖」2)에서 이렇게 읊었다.

약을 먹고서 오래 살기를 구하는 이로,	服藥求長年
누가 孤竹君의 아들 만할까?	孰如孤竹子
한번 서산의 고사리를 먹은 뒤로,	一食西山薇
만고에 오히려 죽지 않네.	萬古猶不死

현세의 영달을 추구하면 육신의 수명이 끝나는 순간 그 이름도 사라지지만, 節義를 따르면 만고에 영원히 훌륭한 이름이 남을 수 있다. 伯夷叔齊와 漁溪가 바로 그런 경우이다.

---

2) 이 시가 曹植의 작품으로 간주되어 『南冥集』에 「無題」라는 제목으로 실려 있다. 『南冥集』에는 '孰'자가 '不'자로 되어 있다.

浩亭 河崙의 文學世界

Ⅰ. 서론

浩亭 河崙(1347-1416)은 高麗 말기에 태어나 朝鮮 초기까지 활약한 저명한 고위관료이다. 朝鮮王朝에서 領議政府事이라는 최고관직에 이르렀다. 흔히 그를 일컬을 때 정치가로서만 간주했지, 學者 文人으로 인정한 경우는 거의 없었다. 그러나 조선왕조의 관료는 기본적으로 거의 모두 학자 문인이었다. 文科를 통해서 詩文 능력을 검정 받아 出仕했기 때문이다.

『東文選』에 浩亭의 詩가 1편, 散文이 19편 수록되어 있고, 그 당시 국가적으로 가장 비중 있는 글인 景福宮 慶會樓의 記文을 쓰고, 그의 스승 牧隱 李穡의 神道碑銘을 지었고, 圃隱 鄭夢周 등 당시 유명 문인들의 詩集의 서문을 쓸 정도로 여러 사람의 추앙과 인정을 받은 뛰어난 문학가였다. 그런데 지금까지 그의 문학에 관심을 갖고 연구를 한 적이 없었다. 浩亭이 최고위 관직에 오르는 등 그의 정치적인 역할이 워낙 큰 비중을 차지하였고, 또 그의 문학 작품이 대부분 인멸되었고, 그의 문집이 조선 후기에 와서야 나왔기 때문에 이런 현상이 있었던 것 같다.

고려 말기에서 조선 초기 사이의 韓國漢文學史의 올바른 서술을 위해서 그의 문학연구는 선행되어야 할 필요가 있다.

本考에서는 河崙의 문학을 전반적으로 연구하여 그의 문학세계를 밝히고자 한다.

II. 文學 중심의 傳記

1. 생애

浩亭 河崙은 1347년(忠穆王 3) 慶尙道 晋州에서 태어났다. 본관은 진주인데, 河氏는 진주를 기반으로 하는 대성이다. 『世宗實錄』「地理志」 慶尙道 晋州牧 조항에 晋州의 土姓으로 이미 鄭・河・姜・蘇 등 4성을 수록하였다.

高麗朝 顯宗 때 左司郎中을 지낸 河拱辰이 그 시조이다. 그 후손인 河卓回는 高宗 때 四門博士를 지낸 뒤 벼슬을 그만두고 晋州로 돌아와 살았다. 하탁회 이후 4대 연달아 文科에 급제했으니, 당시 文翰이 이미 대단한 가문임을 알 수 있다.

증조 河湜은 贈純忠補祚功臣에 策錄되고 관직이 輔國崇祿大夫 判司平府事에 이르고 晋康君에 봉해졌으니, 이미 전국적으로도 최고의 가문으로 승격하였다. 조부 河恃源은 贈純忠積德秉義補祚功臣에 책록되고 관직이 大匡輔國崇祿大夫 議政府 右政丞 判兵曹事이르고 晋康府院君에 봉해졌다. 부친 河允潾은 奉翊大夫 順興府使를 지냈는데, 아들 浩亭 때문에 領議政府事 晋陽府院君에 추증되었다[1].

호정의 인격과 학문 형성에는 그 가정뿐만 아니라 그의 고향 晋州의 학문적 분위기도 크게 도움을 주었다.

진주 출신으로 조선 世宗朝에 영의정을 지낸 敬齋 河演은 진주 鄕校 四敎堂의 記文에서 이렇게 언급했다.

> 진주란 고을은 智異山의 英秀함과 南海의 정기가 녹아 합하여 만들어진 곳으로 토지가 비옥하고 풍요롭고 인물이 번화하니, 다른 고을과 비교할 바가 아니다. 내가 일찍이 들으니, 殷烈公 姜民瞻이 향교에서 공부하였다고

---

1) 卞季良 『春亭集』「領議政府事晋陽府院君神道碑銘」.

들었는데 그 공적이 혁혁하다. 그 이후로 인재가 더욱 번성한데, 近古의 文敬
公 姜君寶, 우리 선조 元正公 河楫, 御史大夫 河允源, 菁州君 河乙沚, 參贊
鄭乙輔와 조선 초 이후 文忠公 河崙, 文定公 鄭以吾, 襄靖公 河敬復 등이
향교에 나가서 공부한 뛰어난 사람들이다. 문학이나 무예로 모두 그 당시에
이름을 날렸다.2)

고려 말기에서 조선 초기에까지도 진주는 인물이 많이 나오고 물산이
풍부한 곳으로 널리 알려져 있었다. 雙梅堂 李詹의 「晉陽評」이란 글에
다음과 같은 기록이 있다.

　　晉陽은 우리 나라에서 물산이 풍부한 곳이다. 이 고을에서 난 인물로 도덕
　이 풍부하고 문장이 대단하여 나라에 도움이 되는 사람이 더욱 많다. 簽書密
　直司事 河大臨 이후 요직을 맡고 있는 사대부들을 이루 다 기록할 수 없다.3)

진주 향교에서 유교 경전을 교육하여 국가적인 인재들을 길러낸 경과를
밝혔는데, 향교를 세워 유교경전을 교육함으로 말미암아 많은 인재들이
양성되어 국가민족에 기여했음을 알 수 있다. 그런 인물 가운데 한 사람이
浩亭인데, 大臨은 호정의 字다.

진주의 이런 학문적 분위기 속에서 생장한 浩亭은 어려서부터 걸출하였
다. 10세 때부터 공부를 시작하였는데, 배운 것을 다 기억하였다.

14세 때인 경자년(1360)에 國子監試에 합격하였는데, 시관은 杏村 李嵒
이었다. 15세 때부터 晉州 향교에 들어가 공부하였다.

19세 때인 을사년(1365)에 문과에 합격했다. 이때 시관이 牧隱 李穡과

---

2) 河演『敬齋集』권2 7장,「晋州鄕校四敎堂記」. 晋之爲邑, 智異之英, 南海之精, 醞釀沖融,
　土地之沃饒, 人物之繁華, 非他邑之比. 吾嘗聞, 殷烈公姜民瞻, 學於校中, 功業烜赫. 厥後,
　人材尤盛, 近古, 文敬公姜君寶, 吾先祖元正公諱楫, 御史大夫諱允源, 及菁州君河乙沚,
　參贊鄭乙輔, 與夫國初以來, 文忠公河崙, 文定公鄭以吾, 襄靖公河敬復, 皆就鄕校, 而拔萃,
　若文若武, 俱鳴於當時.
3) 李詹『雙梅堂篋藏集』권22 雜著,「晋州評」.

樵隱 李仁復이었다. 樵隱은 호정을 한 번 보자 바로 인물로 여겼다. 그
당시 목은과 초은은 儒學界의 宗主였는데, 대부분의 學士 大夫들이 그
문하에서 나왔다. 이로 인하여 浩亭은 훌륭한 師友들 사이에서 활동하며
학문을 강론하며 切磋하니 학문이 날로 진보하였다. 특히 이인복은 그
아우 禮儀判書 李仁美의 딸을 호정에게 출가시켰다. 牧隱과 樵隱을 스승
으로 모시게 된 일은 뒷날 호정이 중앙에서 정치적으로 성장하고 학문적
으로 발전하는 데 획기적인 전환점이 되었다고 볼 수 있다.

　浩亭의 조부 河恃源은 진주의 晋州鄭氏와 혼인하였고, 조부인 河允潾
도 晉州姜氏와 혼인하는 등 모두 晋州 지역 내에서 토착세력과 혼인하였
는데, 호정 때 와서 비로소 중앙의 顯達한 집안과 혼인을 맺어 명실상부한
國中名閥로 승격한 것이다.

　호정의 가문은 5대에 걸쳐 모두 문과에 합격은 하였지만, 호정처럼 중앙
정부의 고위직으로 현달하는 데는 이르지 못하였다.

　1367년 春秋館 檢閱로 출사를 시작하여 供奉을 거쳐 監察糾正에 임명
되었다.

　1369년 檢收司의 토지 측량을 감독하다가 辛旽에게 거슬려 파직되었다.

　1371년 신돈이 처형되고 나서 다시 발탁되어 榮州 고을원이 되었다.
按察使 金湊가 浩亭의 치적과 행실이 제일이라고 했다.

　1376년 典校副令 知製誥에 승진하였다. 1377년에 寶文閣 直提學으로
옮겼는데, 知製誥職은 그대로 겸직하였다. 이때부터는 모든 관직에 임명
될 때 館職을 겸했다. 지제고를 맡는다는 것은 그 당대에 詩文이 가장
뛰어났다고 공인을 받은 것이다.

　1379년 典校令과 成均館 大司成에 승진하였다. 1383년에는 典吏判書에
임명되었다.

　1384년 明나라 사신 國子典簿 周倬이 왔을 때 浩亭이 영접하였고, 돌아
갈 때 호정이 謝表를 받들고 명나라까지 함께 갔다. 주탁으로부터 정중한
禮待를 받았으니 호정의 문학적 역량을 짐작할 수 있다.[4]

1387년 圃隱 鄭夢周, 陶隱 李崇仁, 通亭 姜淮伯 등과 함께 元나라 服制를 버리고 明나라 복제를 따를 것을 건의하였다.[5] 당시 명나라가 새로 天子 나라의 지위에 있었고, 元나라는 북쪽 몽고 쪽으로 망명하였기 때문에 원나라 服制를 따를 이유가 없었다.

崔瑩의 遼東征伐을 반대하다가 襄州로 귀양갔다. 최영이 실각하자 풀려 돌아왔다. 이때부터 李成桂 계열과 가까워졌다. 호정은 일생 동안 여러 차례 유배생활을 했는데, 이 유배생활이 도리어 그의 문학 역량의 醞釀에 큰 도움을 줄 수 있었다.

1392년 전라도 관찰사로 있으면서 朱子의 「仁字說」을 써서 병풍으로 만들어 恭讓王에게 바쳤다. 공양왕이 '修省의 자료로 삼겠다'고 敎書를 내려 褒獎하였다.[6] 이는 호정이 朱子學의 보급을 위해 노력했다는 증거이다.

이해 7월에 朝鮮王朝가 개국하였다. 그 다음해 浩亭은 京畿右道 觀察使로 기용되었다. 그때 李太祖가 鷄龍山으로 천도할 계획을 하고 공사를 시작했는데, 호정이 강력하게 간쟁하여 중지시켰다.

1396년 藝文館 兼 春秋館 學士에 임명되었으나 취임하지 않았다. 그때 明 太祖 朱元璋이 朝鮮에서 보낸 表文의 문장이 신중하지 못하다 하여 표문을 짓는 최고 책임자인 大提學 鄭道傳을 명나라로 데려오라고 명령하였다. 그리고 직접 牛牛를 사신으로 내 보내 정도전을 데려오도록 독촉하게 했다. 이때 호정이 館伴이 되어 우우를 상대하였다. 李太祖가 정도전을 보내는 문제로 여러 신하들에게 자문을 구했을 때 다 반대했으나 호정만은 '보내는 것이 편하다'고 의견을 내었다. 이로 인해 鄭道傳이 원한을 머금게 되었다.[7] 이태조가 李至를 보내려고 했으나 중국 사신이 '오직

---

4) 『東文選』卷129, 尹淮 「文忠河公墓誌銘」. 이 「묘지명」이 河崙의 문집인 『浩亭集』에는 「墓碣銘」으로 실려 있다.

5) 『高麗史』권117, 「鄭夢周列傳」.

6) 『高麗史』권34, 「恭讓王世家」.

관반으로 있는 河崙만이 使命을 받들 수 있다'고 하면서 함께 가기를 요청
하였다. 호정은 啓稟使가 되어 명나라 서울 南京으로 가서 그 사실의 전말
을 詳明하게 아뢰어 明 太祖의 노여움을 풀어 일을 잘 해결하고, 억류되어
있던 사람들을 데리고 돌아왔다.8)

　1398년 李芳遠이 왕위에 즉위하였다. 그 이전에 鄭道傳이 南闇 등과
모의를 하여 康氏 소생의 왕자 李芳碩으로 왕위를 계승하게 하려고 이방
원을 죽일 모의를 진행하고 있었다. 이방원의 핵심참모를 격리시키려는
방책으로 호정을 忠淸道 都觀察使로 임명하였다. 부임하기 위하여 餞別宴
을 열었는데 李芳遠이 참석하였다. 浩亭은 이방원이 돌아갈 때 집에까지
따라가 先手를 칠 것을 강력히 권유하고 구체적인 작전을 이야기하였다.
호정의 덕으로 이방원은 정도전의 모의를 사전에 막아 왕위에 오를 수
있었다.9) 浩亭은 관상을 잘 보아 이방원이 장차 왕위에 오를 줄 알고 그
장인 閔霽를 통해 먼저 만나기를 요청했다 한다.10)

　태종은 즉위하자 바로 호정을 중앙관서로 불러 政堂文學에 임명하고
定社功臣 1등으로 策錄하고 晉山君에 봉했다. 그 이후로 호정은 세상을
마칠 때까지 태종의 가장 두터운 신임을 받았다. 호정은 16년 가까이 정승
의 자리에 있으면서 大臣으로서 자신의 직분을 다하며 태종에게 忠諫을
계속하여 국정을 바로 이끌도록 하였다.

　이해 명나라 建文帝의 즉위식에 참석하여 축하하고 돌아왔다.

　1399년 右政丞 兼 判兵曹事에 임명되고 晉山伯으로 陞爵하였다.

　1400년에는 知經筵事로서 經筵 講義에 자주 참여하였고, 문신들의 실
력향상을 위하여 重試를 실시할 것을 건의하여 시행되도록 하였다.11)

──────────

　7)『東文選』卷129, 尹淮「文忠河公墓誌銘」.
　8)『太祖實錄』10권, 太祖 5년 7월 19일.
　9)『太宗實錄』太宗 11년 11월 6일,「河崙卒記」.『浩亭集』권4「摭錄」.
10) 韓國國學振興院 유교넷.
11)『定宗實錄』권4 定宗 2년 6월 2일.

1401년 佐命功臣 1등으로 책록되었다. 과거시험을 총괄하는 知貢擧가
되어 趙末生 등 33인의 인재를 선발하였다. 判戶曹事를 맡아 楮貨를 통행
시켜 국가재정을 넉넉하게 만들었다.

호정은 이 해 領司平府事로 재직하면서 조정 문신들의 학문 향상을
위해서 이런 건의를 하였다.

> 예전의 유생들은 道學을 중히 여겼는데, 지금의 유생들은 겨우 疑義와
> 策問으로 시험에만 합격하여 벼슬에 나갈 길로 삼고서 다시는 힘써 배우지
> 아니합니다. 이름은 유생이라 하지마는 실제로는 아는 것이 없습니다. 또
> 우리 왕조에서는 대대로 中國을 섬겨 문학으로 이름이 났으니, 학술을 중하
> 게 여기지 않을 수 없습니다. 원컨대 급제한 문신을 친히 시험하시어 그
> 高下의 등급을 매겨서 뒷사람을 장려하시옵소서.[12]

文科에 합격한 문신들이 과거시험에만 합격하기 위해 좁게 공부를 하기
때문에 국왕이 직접 다시 시험을 부과하여 등급을 매겨 두었다가 뒷날
발탁할 참고자료로 삼도록 하고, 후세 사람들에게도 학문을 장려하는 효과
가 있도록 하자는 건의였다. 太宗도 호정의 건의를 옳게 여겨 시험하겠다
고 약속했다. 학문을 진흥시키려는 호정의 충정을 알 수 있는 건의였다.

1402년 6월 「觀天庭」·「受明命」이라는 2편의 樂章을 바쳤다. 지난해
연말 명나라 조정에서 조회에 참석하고 황제의 명을 받아 돌아와 두 악장
을 지어 바친 것이다. 太宗은 敎書를 내려 稱奬하고, 담당관리에게 명하여
「宴享樂」이라는 음악으로 작곡하도록 명하였다. 이해 10월에 永樂帝의
즉위식에 참석하여 축하하였다. 이때 副使 雙梅堂 李詹과 함께 명나라
禮部에 글을 올리기를 "새 天子가 천하와 더불어 새롭게 시작하니, 우리
임금님의 爵命을 고쳐 내려 주시옵소서." 하니, 永樂帝가 가상히 여겼다.
그 다음해 4월 명나라 사신 高得 등과 함께 誥命과 印章을 받들고 귀국하

---

12) 『太宗實錄』 권2 太宗 1년 12월 5일.

였다. 태종은 감사해 하면서 "卿은 明나라 조정에 들어가 아뢰어 우리 자손들에게 만세토록 다함이 없는 아름다운 일을 남겼도다."라는 敎書를 내려 칭찬하고 1백결의 전답과 10명의 노비, 안장 얹은 말을 하사하고, 淸和亭에서 잔치를 베풀어 주었다.13) 이 이후로 더욱 호정을 존중하였다.

1405년 다시 左政丞이 되고 世子師를 겸하였다.

조선 건국 이후까지도 각 사찰에서 다량의 토지와 노비를 소유하고서 작폐를 일삼았는데, 1406년 호정은 王命을 받아 각 고을에 한 두 곳의 사찰만 남기고 다 혁파해 버리고, 그 토지와 노비는 몰수하여 국유화하였다. 당시 식자들이 모두 통쾌하게 여겼다.

이해 11월 太宗이 왕위를 세자 讓寧大君 李褆에게 선양하려고 했다. 左政丞 河崙은 閔霽 등과 함께 불가함을 아뢰어 마침내 중지시켰다.14)

1407년 重試 때 讀卷官이 되어 卞季良 등 10인의 文士를 선발하였다.

1408년 2월 領議政에 해당되는 領議政府事에 승진하였다. 태종이 浩亭의 학문과 능력을 크게 인정했기 때문이다. 태종은 호정을 이렇게 칭찬하였다. "卿은 타고난 자질이 명민하고 학술은 정밀하오. 보는 바가 바르고 매우 우뚝이 높고, 지키는 바가 굳어 확고함을 뽑을 수가 없소. 들어와서 정책을 개진함에 있어 반드시 바르게 하고 이익 됨을 다 말하며, 나가서 정사를 시행함에 있어 반드시 정밀하고 자상하게 하였소. 일찍이 힘을 다하여 社稷을 안정시켰고 또 정성을 다하여 天命을 도왔소. 그대의 크나큰 업적을 가상하게 여기어 다시 동맹을 하고, 여러 관료들의 우두머리가 되게 하여 나의 다스림을 돕게 하였소."15)

1411년 다시 知貢擧를 맡아 權克中 등 33인의 인재를 선발하였다.

浩亭은 국왕에게 신하로서 최고의 인정을 받고 禮遇를 입었다. 太宗이 스승으로 섬겨 보필을 받았다. 李淑蕃 등이 浩亭이 지은 「牧隱碑銘」의

---

13) 『太宗實錄』 권5, 太宗 3년 5월 11일.
14) 『太宗實錄』 권12, 태종 6년 8월 18일.
15) 『太宗實錄』 권3, 太宗 2년 6월 9일.

내용을 문제 삼아 처벌을 요구했을 때, 태종은 "河崙은 고금에 통했고 충성을 다하고 있다. 이런 名臣은 역사책에서 찾아봐도 많이 볼 수 없다."[16] 라고 하여, 「牧隱神道碑銘」은 문제 없는 것으로 판정하였고 호정에 대한 신뢰는 조금도 변함이 없었다.

1416년 70세로 致仕를 요청하자 太宗은 허락하지 않았다. 계속 요청하자 朝會에 참석하지 않도록 했다가, 그래도 계속 요청하자 허락하였다. 晉山府院君으로서 나라에 큰 일이 있을 때 자문을 구하도록 했다. 이해 咸鏡道에 있는 王室 先陵의 巡視를 자청했다가 돌아오는 길에 병을 얻어 11월 咸鏡道 定平郡 관아에서 작고하였다.[17]

태종이 매우 슬퍼하여 눈물을 흘리며 곡하였고, 3일 동안 朝會를 중지하였고, 7일 동안 素膳을 하였다. 禮官을 보내어 鄭麟趾가 지은 賜祭文을 내려 致祭하고 쌀과 콩 각 50석, 종이 2백 권을 부의로 내렸다. 담당 관리에게 護喪하여 還都하도록 명했다. 서울에 설치한 빈소에 세자와 함께 친히 와서 조문하고, 文忠이라 謚號를 내리고, 관아에서 장례를 도우라고 명했다.[18]

賜祭文에서 "임금의 팔 다리이고, 나라의 주춧돌이다", "高明正大한 학문을 발휘하여 나라를 빛내는 웅장한 문장[華國之雄文]을 지었고, 忠信厚重한 자질로 세상을 경륜할 큰 정책을 만들어 내었소", "議政府와 中樞院에 올라 네 번 領議政이 되어 기획을 잘하고 결단을 능히 하여, 예측한 것에 빠뜨린 것이 없었소", "지금부터 큰 일에 임하여 큰 의심을 결단하고, 목소리와 얼굴빛을 변치 않고서 나라를 반석처럼 편안한 데다 두는 일에 있어 내[太宗]는 누구에게 기대하겠소?"라는 구절이 나온다. 문장이 뛰어났고 중후한 자질에 經綸을 갖추어 실수 없이 정책을 잘 세워 영의정으로서 역할을 잘 했다는 내용이다. 태종이 전적으로 호정을 믿고 정사를 수행

---

16) 河崙 『浩亭集』 권2, 「被劾自明四疏」.
17) 『東文選』 卷129, 尹淮 「文忠河公墓誌銘」.
18) 『東文選』 卷129, 尹淮 「文忠河公墓誌銘」.

해 나갔음을 알 수 있다. 조선왕조가 전기에 문화가 찬란하고 번영을 누린 데는 浩亭 같은 이런 능력을 갖춘 고위 관료가 자기 역할을 다 했기 때문이었다.

世宗 때 宗廟의 太宗室에 配享할 인물을 선정할 때 모든 朝臣들이 浩亭을 추천하여 배향하게 되었다.[19]

陽村 權近은 浩亭의 勳業과 名望이 泰山처럼 높다고 극찬하였다.

영상의 높은 자리 백관에 뛰어났는데,	領府崇班絶百寮
진산부원군 훈업과 덕망 태산처럼 높네.	晉山勳望泰山高
강직함과 정도를 지켜 굳건하기 쇠 같고,	守持剛正堅如鐵
정밀하게 분석하여 털끝까지 파고드네.	剖析精微細入毫
넓디넓은 문장의 근원 이백과 두보를 따르고,	浩浩詞源追李杜
높다란 정승 업적은 蕭何나 曹參도 낮추어보네.	巍巍相業鄙蕭曹[20]

처신은 剛正하고 학문은 精微하고, 詩文은 李白과 杜甫를 따랐고, 업적은 漢나라 開國功臣 蕭何나 曹參보다 낫다고 했다. 그 당시 어느 방면에서나 가장 걸출한 인물이었음을 알 수 있다.

浩亭은 사신으로 중국에 4번 다녀왔다. 明太祖에게 가서 鄭道傳이 지어 보낸 외교문서상의 문제점을 해결하여 명태조의 激怒를 그치게 했다. 그의 뛰어난 문장 수준이나 현실대응 능력이 아니면 해결할 수 없는 난제였다. 建文帝의 즉위식과 永樂帝의 즉위식에 모두 참석하여 축하를 했다. 周倬 등 명나라 사신을 영접하는 책임자인 館伴을 두 번 맡았다. 조선 건국 초기 對明 외교의 최고 전문가로서 국익을 위해 공헌하였음을 알 수 있다. 이는 그의 학문적 조예와 詩文의 우수성이 밑받침이 되었기 때문에 가능했던 것이다.

---

19) 『世宗實錄』 권15, 世宗 6년 7월 11일.
20) 權近 『陽村集』 권10, 「謝領議政河公枉駕問病」.

2. 氣稟과 經綸

浩亭 河崙은 타고난 자질이 중후하고 식견이 밝고 도량이 넓었다. 조용하면서 수월하고 묵중하여 평생에 빠른 말과 급한 얼굴빛이 없었다.

그러나 조정에서 朝服을 입고서 의심나는 것을 판단하고 정책을 결정할 때에는 그 기상이 의연하여 헐뜯거나 칭찬하는 말에 조금도 마음이 흔들리지 않았다. 정승이 되었을 때는 큰 체재를 유지하기에 힘쓰고 까다롭게 살피는 것을 일삼지 않았다. 훌륭한 기획과 비밀스런 논의로 임금에게 도움되는 바가 컸는데, 물러나서 다른 사람에게 누설한 적이 없었다.

자기 몸가짐이나 사람들을 접할 때 한결같이 정성으로 하여 거짓이 없었다. 일가들에게는 어질었고, 벗에게는 믿음이 있었고, 아래로 노복에 이르기까지 모두 그 은혜를 그리워하게 했다.

인재를 추천함에 있어 늘 미치지 못하는 듯이 했고, 조그마한 착함도 반드시 취하되 그 작은 허물은 덮어 주었다.

집에 거처할 때는 집안 살림에 신경 쓰지 않았고, 사치를 좋아하지 않았으며, 잔치하고 노는 것을 즐겨하지 않았다.

백성들의 고통상을 구제하려고 노력했고, 나라의 중요한 일을 결정하는 데 있어 조정에서 중추적 역할을 하였다.[21]

천성이 글 읽기를 좋아하여 손에는 책을 놓지 않았다. 느긋하게 시를 읊조렸고, 잠자는 것과 먹는 것도 잊을 정도로 經史子集을 연구하지 않는 것이 없었다. 陰陽·醫術·星經·地理 등에 이르기까지도 모두 극도로 정통하였다. 조선 건국 이후 새로운 禮樂과 制度도 대부분 浩亭이 詳定한 것이었다.[22]

後生들을 권면하고 의리를 토론함에 있어 매우 즐거워하여 싫증낼 줄 몰랐다.

---

21) 卞季良 『春亭集』 권11, 「祭晉山府院君浩亭先生文」, 韓國文集叢刊 제8책.
22) 『太宗實錄』 권3, 太宗 2년 1월 7일, 6월 13일.

호정은 정승이 되어 국정을 담당한 이래로 文翰의 책임도 맡았는데, 특히 중국에 보내는 외교문서와 文士들의 저술도 반드시 호정의 潤色과 印可를 거친 뒤에라야 확정되었다.

太宗의 명을 받들어『太祖實錄』15권을 편찬했다. 호정은 당시 文翰의 최고 책임자로 王朝實錄의 편찬과 외교문서 작성을 책임지고 찬술해 냈음을 알 수 있다.

儒學의 정착에도 공적이 많았다. 제자 淸香堂 尹淮는 "재주는 왕의 보좌가 되었고, 학문은 儒宗으로 으뜸이었습니다. 時運에 응하여 태어나 세상에 우뚝이 섰습니다."[23]라고 했다. 변계량은 "백성들은 누구를 의지하며, 우리 儒道는 누가 맡겠습니까? 아아! 우리들은 누구를 의지해야 하겠습니까?"[24]라고 하며, 호정 이후에는 유교를 담당할 사람이 없음을 탄식하였다. 그 당시 조정에 많은 인재가 있었는데도 담당할 사람이 없다고 표현한 것을 보면 호정이 당시 여러 인재들보다 월등하게 뛰어났음을 알 수 있다.

스스로 호를 浩亭이라 했다. 문집 약간 권이 있다. 미리 遺書를 만들어서 상자 속에 간직하여 자손에게 교훈을 내렸는데 자세하여 빠진 것이 없었다. 또 정성으로써 喪禮를 치루었는데, 한결같이『朱子家禮』에 의거하였고 그 당시까지 유행하던 불교 의식은 절대 따르지 못하도록 하였다.[25]

Ⅲ. 學問과 思想

浩亭 河崙은 領議政에 이르도록 관직에 오래 머물렀지만 학문에도 뛰어났다. 그는 충절로 이름난 河拱辰의 후손으로 호정의 선조들은 대대로 진주에 세거하였다. 진주 향교에서 체계적으로 유학을 공부하여 과거를

---

23) 徐居正等『東文選』권110, 尹淮「浩亭先生河文忠公祭文」.

24) 卞季良『春亭集』권11,「祭晉山府院君浩亭先生文」.

25) 徐居正等『東文選』卷129, 尹淮「文忠河公墓誌銘」.

통해서 중앙정계에 출사하였다.

19세 때인 1365년 樵隱 李仁復과 牧隱 李穡이 주관하는 과거에 합격하면서 자연스럽게 그들과 座主 門生 관계를 형성하였다.

이인복은 彛齋 白頤正과 菊齋 權溥의 문생으로 고려 사회에서 학문적으로 뛰어난 존재로 평가받고 있었다. 이색은 고려 말의 대표적인 학자로 중국의 학문을 고려에 전파시킨 文豪로 여러 차례 과거를 주관하여 많은 문생을 배출한 인물이다. 호정은 圃隱 鄭夢周를 스승으로 모셨는데, 陽村 權近을 추모한 다음의 글에서 확인할 수 있다. "1369년 내가 처음으로 그대를 알게 되어 牧隱과 圃隱을 스승으로 섬기면서 이름을 날릴 것을 기약하였다." 浩亭은 20대 초반부터 동방 유학의 祖宗인 圃隱과 당대 학계의 거물인 牧隱·樵隱의 문하에서 학문을 익히며 성리학자로서의 면모를 갖추게 되었고, 성리학의 正統學脈에 접속될 수 있었다.[26]

20대 초반에 圃隱 鄭夢周의 제자가 되었다. 이들 이외에도 陶隱 李崇仁·遁村 李集 등과도 문학적 교류를 하며 가까이 지냈다.[27] 그러나 조선 개국에 큰 역할을 했던 三峰 鄭道傳과는 사이가 좋지 않았고, 나중에는 政敵으로서 노선을 달리했다.

陽村 權近은 浩亭이 "儒學의 큰 道를 들어 正大하게 살아가는 것은 여러 사람들보다 뛰어나다[至道已嘗聞, 正大超諸子.]"라고 했다. 또 "불교를 비판하여 우리 유학을 일으켰다.[詆佛起斯文]"라고 했다.[28]

1400년에는 重試의 실시를 건의하여 성사시켰다. 浩亭이 經筵에서 定宗에게 이렇게 건의였다.

　　대저 선비가 과거에 오르면 책을 버리고 강론하지 않습니다. 文官들을 시험하여 보면 직책에 맞지 않은 사람이 많습니다. 이제부터 해마다 급제한

---

26) 韓國國學振興院 유교넷.

27) 河崙 『浩亭集』 권2 「遁村李先生詩集序」, 「惕若齋金先生詩集序」.

28) 權近 『陽村集』 권10, 「奉次領議政河公崙感興詩」.

사람들로 하여금 모두 重試를 보게 하여 탁용(擢用)에 대비하소서.[29]

이때 浩亭은 經筵을 책임진 知經筵事로 있었다. 定宗은 호정의 건의를 받아들여 시행하였다. 조선 전기에는 한 동안 문신들에게 重試를 부과하여 특별 승진시킨 일이 있었다.

河崙은 진주 출신의 대제학 郊隱 鄭以吾와 함께 1407년(태종 7) 『四書切要』를 편찬하여 太宗에게 올렸으니, 조선 초기 유교의 기반형성과 보급에 기여한 바가 컸다. 河崙의 「撰進四書切要箋」을 보면 이러하다.

군주의 정치는 마음의 공부에 매여 있으니, 마땅히 마음이 정밀하고 전일하여 中庸의 道를 꼭 잡아 쥐고서, 함양하고 확충하여 修身·齊家·治國·平天下의 근본을 삼아야 될 것입니다. 聖賢의 글을 두루 뽑아 보건대, 『論語』·『孟子』·『中庸』·『大學』에서 이를 다 말하였습니다. 삼가 생각하옵건대, 전하께서는 하늘이 주신 聖學으로 계속하여 밝히고 공경하셨는데, 당초에 왕위에 오르실 때부터 四書를 열람하여 孔子·曾子·子思·孟子의 학문을 밝히고자 하였으나, 다만 제왕의 정치를 보살피는 여가에 두루 관람하고 다 궁구하기가 쉽지 않으므로, 신 등에게 명하여 그 절실하고 중요한 말을 편집하여 바치게 하셨습니다. 신 등이 그윽이 생각하옵건대 聖賢의 말씀은 지극한 道와 정밀한 뜻이 있지 아니한 것이 없습니다. 그렇지만 그 의논을 세움이 혹 사건에 따라 나오고, 혹은 묻는 사람의 공부의 높고 낮음과 얕고 깊음과 상세하고 소략한 것에 있어 같지 않음이 있게 되니, 군주의 학문에 있어서 진실로 마땅히 먼저 하고 뒤에 해야 할 바가 있어야 될 것입니다. 삼가 그것 가운데 학술상으로 간절하고 治道에 관계되는 것을 주위 모아, 淨書하고 粧幀하여 바치나이다. 삼가 바라옵건대 燕會하는 사이에 때때로 관람하여 心學을 바르게 하고, 간략한 데서부터 해박한 데로 들어가서 四書의 큰 뜻을 다 알아내어, 옛 것을 익혀서 새 것을 알고 학문이 날마다 나아가고 달마다 진보된다면, 장차 처음부터 끝까지 흡족하고 德業이 높아져서, 성현의 道가 다시 밝아지고 태평의 정치가 이루어지

---

29) 『定宗實錄』 권4 2년 6월 2일.

게 됨을 볼 수 있을 것입니다.[30)]

우리나라에서 성리학에 대한 본격적인 지식을 갖추고 유학에 관한 학설을 내놓은 것은 浩亭이 처음이라고 할 수 있다. 그는 「心說」과 「性說」을 지어 인간의 心性에 관한 문제를 처음으로 논하였다.

마음이란 것은 理와 氣가 합쳐진 것이다. 천지보다 앞서 있은 것으로 시작도 없고, 천지보다 뒤에까지 남을 것으로 끝이 없는 것이 理와 氣이다.

太極이란 것은 理이고, 그 것이 움직이거나 가만히 있게 하는 것이 氣다. 이것은 천지 만물이 마음이 되는 까닭이다. 그래서 無極하면서 태극인 것이다. 만물은 각기 하나의 태극을 갖추고 있으니, 만물의 마음인 것이다.

사람은 만물 가운데서도 그 바르고 통하는 기운을 얻었다. 그래서 理가 이 氣에 붙어서 온전해질 수 있는 것이다.

이것이 사람과 사물이 나누어지는 까닭이다. 그러나 바르고 통하는 것도 淸濁이나 純雜의 가지런하지 않음이 없을 수가 없다. 그래서 지혜로운 사람과 어리석은 사람, 어진 사람과 못난 사람 사이에는 같지 않음이 있는 것이다. 치우치고 막힌 것에도 한 가닥 良知가 없지는 않다. 그래서 부자, 군신 등 근본에 보답하거나 분별하는 것에 가까운 윤리가 있게 되는 것이다. 이런 데서 사람과 사물의 마음은 이와 기가 서로 합쳐진 것이라는 것을 알 수 있다.

오로지 氣만 가지고 이야기한다면 五臟은 하나의 물건이고, 오로지 理만 가지고 말한다면 다섯 가지 本性의 총칭이다. 오직 이와 기가 합쳐져야만 그 것을 '마음[心]'이라고 말할 수 있는 것이다.

理와 氣가 서로 분리되면 理는 理대로 가고 氣는 氣대로 가게 되니, 마음이라고 할 수 없는 것이다.

舜임금이 禹임금에게 가르치기를 "人慾을 추구하는 마음은 오직 위태롭고, 道를 추구하는 마음은 오직 미묘하다"라고 했다. 理와 氣는 마음속에서 합쳐져 있는 것인데 나누어서 말한 것이다. 정밀하게 한결같이 그 中庸을

---

30) 河崙 『浩亭集』 권2, 「進四書切要箋」. 『朝鮮王朝實錄』에는 여러 朝臣들이 함께 올린 것으로 되어 있다.

잘 잡으라는 경계인 것이다. 이것이 만세토록 心學의 淵源이다.

수천 년 뒤 周子[周敦頤]의 「太極圖說」이 있고, 程子와 朱子가 부연해서 설명하여 理氣에 관한 설은 분명하면서도 잘 갖추어져 있다. 오늘날 공부하는 사람들은 얼마나 다행한가? 이런 줄을 안다면 죽음과 삶의 이치도 알 것이고, 살아서는 순리적으로 하고 죽어서는 편안해 할 줄도 알 것이다.[31]

호정은 「性說」에서도 性의 본질에 대해서 간명하게 정리하였다.

性이란 것은 天理가 사람의 마음속에 있는 것이다. 仁義禮智信이란 것은 그 이름이다. 하늘에 있으면 理가 되고 사람에게 있으면 性이 되나니, 그 실체는 하나이다. 고요하여 움직이지 않는 것은 性의 體이고, 느껴서 통하는 것은 性의 用이다.

惻隱·羞惡·辭讓·是非는 用이 밖으로 드러난 것이다. 밖으로 드러난 것을 보면 그 體가 속에 있다는 것을 알 수 있다. 이것이 이른바 本然之性이다.

資稟이 가지런하지 않기 때문에 혼미한 것과 밝은 것, 강한 것과 약한 것의 같지 않음이 있나니, 이것이 이른바 氣質之性이다.

孟子가 "사람의 본성은 착하다"라고 말한 것은 근원을 궁구한 논의로 기질지성에는 미치지 않은 것이다. 荀子가 "사람의 본성은 악하다"라고 말한 것이나, 揚子[揚雄]가 "사람의 본성은 착한 것과 악한 것이 섞여 있다"라고 말한 것이나, [韓子 : 韓愈]가 "사람은 본성에는 세 등급이 있다"라고 말한 것은, 모두 기질지성만 말한 것이지, 본연지성에는 미치지 못 한 것이다.[32]

---

31) 河崙 『浩亭集』 권2 「心說」. 心者, 理與氣合者也. 先天地而無始, 後天地而無終者, 理與氣也. 太極者, 理也, 其動靜, 氣也. 此, 天地萬物之所以爲心也. 所以, 無極而太極者, 天地之心也. 萬物各具一太極者, 萬物之心也. 人, 於萬物之中, 得其氣之正且通者, 故理之寓於是氣者, 無不全. 物, 則得其氣之偏且塞者, 故理之寓於是氣者, 不能全. 此, 人物之所以分也. 然其正且通者, 不能無淸濁純雜之不齊, 故有智愚賢不肖之不同. 偏且塞者, 亦不無一路之良知, 故有近於父子君臣報本有別之倫理者, 斯, 可見人物之心, 無非理與氣之相合者也. 專以氣言, 則五臟之一物, 專以理言, 則五性之總名. 惟其理與氣合者, 斯謂之心矣. 理與氣相離, 則理自理, 氣自氣, 便不可謂之心矣. 舜之命禹曰, 人心惟危, 道心惟微, 以其理之氣之雜於方寸之間者, 分而言之, 以爲精一執中之戒. 此其萬世心學之淵源也. 數千載之下, 乃有周子太極圖說, 程子朱子, 敷而衍之, 理氣之說明且備. 今之學者, 一何幸也. 知此, 則可以知死生之理矣. 可以知生順死安矣.

性의 명칭과 실질은 무엇이며, 體와 用의 관계, 本然之性과 氣質之性의
관계, 孟子의 性善說과 荀子의 性惡說의 관계 등에 대해서 평이하면서도
명백하게 잘 정리해 놓았다.

우리나라 學術史上에 있어 理氣와 本性에 대한 최초의 이론적 정리라고
할 수 있다.

浩亭은 史學에도 조예가 깊어 1402년 太宗의 명을 받들어 權近·李詹
등과 함께 『東國史略』[33]의 편찬에 착수하여 1403년에 완성하였다. 이 史
書는 우리나라 최초의 綱目體 사서로서 삼국시대 사료를 春秋의 의리에
입각하여 편집한 것으로 조선초기 통치이념을 구현하려는 국가의 의도를
반영하였다.[34]

호정은 문학 뿐만 아니라 經學과 史學에도 조예가 깊은 폭넓은 학자
대신이었다.

IV. 文學世界

1. 文學觀과 그 成就

浩亭 河崙은 『圃隱詩集』을 비롯한 네 종의 詩文集에 서문을 썼는데,
먼저 儒家文學 전통의 詩敎를 강조하였다.

> 孔子께서 『詩經』을 刪定할 적에 3백 편에 그쳤지만, 天理가 인륜에 근본

---

32) 『浩亭集』 권2 「性說」. 性者, 天理之在人心者也. 仁義禮智信, 其名也. 在天爲理, 在人爲性,
其實一也. 寂然不動者, 其體也, 感而遂通者, 其用也. 惻隱, 羞惡, 辭讓, 是非, 用之見於外者
也. 觀其見於外者, 則可以知其體之有諸中矣. 此所謂本然之性也. 惟其資稟不齊, 故有昏明
强弱之不同, 此所謂氣質之性也. 孟子言性善, 此, 極本窮源之論, 而不及乎氣質之性. 荀子言
性惡, 楊子言善惡混, 韓子言性有三品, 是皆言氣質之性, 而不及乎本然之性.

33) 일명 『三國史略』이라고도 한다.

34) 韓永愚 『朝鮮前期史學史硏究』, 서울대학교 출판부 1981.

을 두고 政敎와 풍속에 통하여 위로 郊廟와 조정의 樂歌로부터 아래로 일반 백성의 노래에 이르기까지 모두 착한 마음을 감발시키고 안일한 뜻을 징계한 것 등 구비하지 않은 것이 없었다. 詩가 시 노릇하는 것이 어찌 많은 데 있겠는가? 詩經詩가 변하여 離騷가 되었고, 이소가 변하여 辭와 賦가 되었고, 다시 변하여 五言詩나 七言詩가 되고, 더 나아가 律詩에까지 이르렀으니, 시의 변화가 극도에 이르렀다. 그러나 '思無邪'란 한 마디가 『詩經』삼백 편을 대표할 수 있으니, 詩道가 어찌 많다고 하겠는가?[35]

호정은 詩의 演變過程을 詩經詩에서 「離騷」가 되고, 이소가 변하여 辭賦가 되고, 사부가 변하여 五言詩나 七言詩가 되고, 오언시와 칠언시가 발전하여 律詩가 되었다고 보고, '思無邪'라는 한 마디 말로『詩經』의 詩境을 다 포괄할 수 있고, 나아가 역대 시를 다 포괄할 수 있다고 보았다.

후대로 내려와서는 魏晉 이전에는 古代의 詩와 동떨어지지 않았으나, 이후로 詩가 正道를 벗어나는 것이 많음을 개탄하였다. 심지어 唐詩도 正音에 해당하는 것은 많지 않다고 보았다. 우리나라는 중국과 멀리 떨어져 風氣가 같지 않고 언어도 달라 正音에 가깝게 되기가 어렵다는 사실을 밝혔다.

아? 詩道는 어려운 것이다. 魏晉 이전의 작자들은 고대와 동떨어지지 않았다. 그러나『詩經』3백 편의 남긴 뜻에 어긋나지 않은 것이 적으며, 시가 唐나라에 와서 지극했다고 하나 당나라 사람의 시요, 또한 始 · 正 · 變의 차이가 있어서 正音에 들어간 것은 많지 못하였다. 하물며 우리 동방은 지역이 중국과 멀리 떨어져서 風氣가 같지 않고, 언어도 다르니 진실로 타고난 재주가 남보다 훨씬 뛰어난 사람이 아니면 어찌 그 고루한 점을 변하여 정음에 가깝게 될 수 있겠는가?[36]

---

35)『浩亭集』권2「圃隱先生詩集序」.

36) 河崙『浩亭集』권2「惕若齋金先生詩集序」.

제자인 春亭 卞季良은 浩亭의 詩文을 평하여 "선생의 저술은 호탕하고 빼어나고 법도에 맞았습니다. 옛 格調를 계승하였고, 精微한 말을 분석해 냈습니다."[37]라고 하였다.

제자인 淸香堂 尹淮는 "만 길 문장의 光焰이 문득 하늘나라로 갔습니다."라고 하여, 호정의 문장이 대단히 뛰어났음을 칭송했다.

2. 『浩亭集』 簡介

浩亭은 생전에 詩文集 20권을 스스로 편찬하여 보관하고 있었다고 한다. 그러나 浩亭이 편찬한 시문집은 후세에 전해지지 않고 있다. 그러자 집안 사람 河鎭達이 여러 문헌에서 시문을 찾아 편집하고, 후인들의 기록을 모아 부록으로 엮어서 1847년(헌종 13) 진주 梧坊齋에서 초간하였다. 그 후 8년 뒤인 1855년 집안 사람 河文圖가 초간본과 별도로 이루어진 河必奎의 수집본과 합편하여 활자로 重刊하였다.

1940년에 집안 사람 河涑이 이 중간본을 증보하여 石印本 2책으로 간행하였다. 이 석인본은 『朝鮮王朝實錄』 및 그 이후에 발견된 朝野의 여러 資料를 다 모았으므로, 내용이 가장 풍부하다. 1990년 民族文化推進會에서는 이 석인본을 영인하여 韓國文集叢刊 제8집에 편입하였다.

浩亭의 석인본 문집에는 樂章이 7수, 각체의 詩가 13제 22수 실려 있다. 본래 적지 않은 시를 지었겠지만 다 흩어져 버리고 남아 있지 않다.

浩亭은 고려와 조선 두 왕조를 섬긴 유능한 학자 대신인지라 그의 문집에는 그러한 그의 성향이 잘 녹아 있다.

1940년에 간행한 『浩亭集』은 5권 2책으로 되어 있다. 책 머리에는 조선 후기 영남을 대표하는 학자 柳致明의 서문과 牧隱의 후손으로 都承旨를 지낸 李景在의 서문이 실려 있다.

권1에는 2편의 樂章[38]과 15題 22편의 시가 수록되어 있다. 권2에는 疏

---

37) 卞季良 『春亭集』 권11, 「祭晉山府院君浩亭先生文」.

11편, 箚 1편, 啓辭 3편, 說 5편, 序 9편, 記 11편이 수록되어 있다. 권3에는
雜著 3편, 贊 2편, 祭文 1편, 墓誌銘 2편이 수록되어 있다. 권4·권5에는
하륜과 관련된 기록들인 附錄文字들이다. 마지막에는 집안 사람 河晉賢의
발문이 수록되었다.

　浩亭의 疏와 箚, 그리고 雜著 등의 글에는 시국에 대한 호정의 思想이
잘 드러나 있다. 상소 중 가뭄으로 인해 올리는 상소에서는 刑獄에 억울함
이 없게 하고, 遺逸을 천거하고, 經濟六典 등의 법전을 잘 참조하고, 어질
고 후한 정사를 펼 것을 강조하였다. 즉 堯舜 같은 이상적인 정치를 펼
것을 대신으로서 강조한 내용이다. 이 외에도 奴婢良賤을 논변한 상소,
민폐를 제거해 줄 것을 요청한 啓聞, 옥사의 정당한 처리 방법 등에 대한
계문도 수록되어 있다. 이러한 자료들은 당시 국정에서 주요 쟁점으로
부각되는 논의는 물론 대신으로서 호정의 정책 방향을 확인해 볼 수 있다
는 점에서 가치가 주목된다.

　『浩亭集』에서는 대신의 면모가 부각되기는 하지만, 性理學的 世界觀도
잘 드러나 있다. 우리나라에서 최초로 心과 性을 정리한 글을 남겼다. 「心
說」에서 호정은 마음이라는 것은 理와 氣의 합이며, 태극이 理이며, 動靜
이 氣라고 강조했다. 「性說」에서 호정은 性이라는 것은 天理가 마음에
있는 것이므로 仁義禮智信이라고 정의를 내렸다. 이러한 글은 성리학자로
서 心性·理氣에 대한 호정의 관심과 이해를 잘 보여주고 있다.

　호정은 圃隱 鄭夢周, 遁村 李集, 惕若齋 金九容 등의 시집에 서문을
썼다. 牧隱 李穡의 墓誌銘, 당대 동료인 陽村 權近에게는 제문을 남겼는데,
이러한 序文과 墓道文字는 당대 학자 관료들과의 인맥관계를 살펴볼 수
있는 자료로서 가치가 있다.[39]

---

38) 2편의 樂章 : 제목만 남아 있는 것이 5편 있다.

39) 韓國國學振興院 유교넷.

3. 詩世界

浩亭의 시 작품으로는 7편의 樂章이 『浩亭集』 목록에 실려 있는데, 실제로는 2편이고, 5편은 제목만 남아 있다. 15題 22편의 漢詩가 있다.

朝鮮 초기 大提學을 지낸 陽村 權近은 "넓디넓은 문장의 근원 이백과 두보 따랐네.[浩浩詞源追李杜]"라고 극찬을 했다. 호정의 시가 李白이나 杜甫의 영향을 받았음을 밝혔다.

조선 개국 직후 나라의 개국을 축하하는 樂章이나, 국왕의 만수무강을 비는 악장, 서울에 定都하는 것에 대한 頌祝 등의 악장이 많이 지어졌다. 개중에는 문학성은 별로 없으면서 君王들에게 아첨하는 악장도 없지 않다.

「觀天庭」 5章은 明나라 조정에 갔다가 돌아와 太宗에게 바친 樂章 작품이다. 명나라 使行의 보고를 악장으로 지어 올린 것이라고 볼 수 있다.

제1장에서는 같이 간 왕자가 학문을 잘 계승하고 문장이 뛰어났음을 칭송했다. 제2장에서는 황제의 명령을 백성들이 잘 따라 혹시라도 어기는 일이 없음을 칭송했다. 명나라 초기에 질서가 잘 잡힌 상황을 부각시켰다. 제3장에서는 호정이 직접 천자를 만나서 상세하게 사정을 아뢰어 참소가 풀리어 나라가 번창하게 되었음을 읊었다. 제3장은 다음과 같다.

이미 천자를 뵈옵고서,　　　　　　　　　　　旣見天子
상세히 아뢰었습니다.　　　　　　　　　　　　敷納惟詳
무함하던 일이 다 사라지니,　　　　　　　　　貝錦消沮
나라가 창성해질 것입니다.　　　　　　　　　家國之昌[40]

6년 전 鄭道傳의 表文이 문제가 되어 明 太祖가 화가 나 소환했을 때 호정이 대신 가서 태조의 분노를 해소시키고 온 사실을 상기하여 읊었다.

제4장은 동행한 왕자가 외교임무를 잘 마치고 귀국하는 것은 종묘사직

---

40) 河崙 『浩亭集』 권1 樂章, 「觀天庭」 제3장.

의 빛이라고 했다. 제5장은 太宗의 건강과 장수를 빌었고, 그 아들인 왕자
가 돌아와 그 즐거움이 끝이 없다는 것이다.

「受明命」은 천자의 명을 받아 太宗이 정치를 잘하여 종묘사직의 영광이
라는 것이다. 태종의 건강과 장수를 축원하면서 아울러 '법도를 바르게
남겨'[貽謨克正] 왕조가 만세토록 계승할 것을 염원하였다.

태종 자신은 이 두 편의 악장은 '단순한 시가가 아니고, 警戒하는 뜻을
간절하게 아뢰는 것'임을 잘 알고서 이를 받아들여 나라를 잘 다스릴 다짐
을 하였다.

> 이제 올린 「觀天庭」과 「受明命」 두 편의 악장을 보니, 읊조린 노래에 그치
> 는 것이 아니라 警戒하는 뜻을 아뢰는 것이 절실하오 …… 卿이 이에 詩歌를
> 지어 권면하고 경계하는 뜻을 붙였으니, 아마도 영원히 그 어려움을 생각하
> 여 이룬 바를 무궁토록 보전하게 하려는 것이리라. 忠義의 정성이 지극하여
> 가상히 여길 만하며 더욱이 辭義가 우아하고 聲氣가 조화됨은 옛날의 시인
> 에게 대적할 수 있고 또 후세에 전할 만하오.[41]

태종은 담당자에게 명령을 내려 작곡을 하여 宴享에 쓸 음악으로 만들
어 경계하는 말의 뜻을 잊지 않으려고 했다.

조선 국왕 태종과 그 세자를 명 태조에게 잘 소개한 使行의 사실을
읊어, 조선과 명나라와의 외교관계가 순탄해질 것이라고 예상하여 태종을
안심시키면서 자신의 사행이 성공적이었음을 알렸다.

이 두 악장은 명나라 永樂帝도 알고서 嘉尙하게 여겼고, 나중에 世宗이
讓寧을 대신해서 왕위를 계승한 것에 대한 명나라 측의 오해를 푸는 데도
도움이 되었다.

> 임금[世宗]이 백관을 거느리고 太平館으로 거동하여 사신을 청하여 함께

---

41) 『太宗實錄』 권3, 太宗 2년 6월 9일.

上王[太宗]의 궁전으로 나아가니, 상왕은 사신을 맞아 廣延樓에서 잔치를 베풀었다. 술이 두 번째로 돌아갈 때 상왕은 「受明命」 족자를 펴서 걸라고 명하고, 元閔生으로 하여금 사신에게 말하게 하기를 "이 족자는 과인이 今上 황제의 명을 받게 되어 群臣이 시를 지어 성덕을 칭송한 것이요."라고 했다. 연회가 장차 파하려고 할 때 상왕은 사신 앞으로 가서 말하기를 "과인이 「수명명」 곡을 말한 것은 그 뜻을 둔 바가 있다오."라고 했다. 사신이 말하기를 "전하께서 임시로 섭정하는 왕[世宗]으로 하여금 또 明命을 받도록 하려는 뜻을 저는 알고 있습니다. 저가 전에 「受明命」과 「觀天庭」 두 노래를 보고 모두 황제께 아뢰었더니, 황제께서 이를 가상히 여기셨습니다. 이제 전하께서 종묘사직의 大計를 위하여 어두운 이를 폐하고 밝은 이를 세운 것은 황제께서도 그 뜻을 알고 계셔서 아뢴 바를 윤허하신 것입니다. 임시로 섭정하는 왕이 황제의 明命을 받게 될 것은 틀림 없습니다."라고 했다. 상왕이 대답하기를 "대인이 이미 나의 뜻을 알고 있으니 나를 위해서 잘 아뢰어 주시오."라고 하자, 사신이 "저가 장차 갖추어 아뢰겠나이다."라고 했다.[42]

「漢江詩」는 조선왕조 건국 후 1394년 漢城에 천도했을 때 백성들이 감격하여 눈물을 흘리며 기뻐하였다. 浩亭은 이런 현상을 옛날 周나라 太王이 邠을 떠나 岐로 옮겨갈 때 백성들이 시장 가듯이 따라나섰던 것을 다시 보는 듯한 감격을 받았다. 慶賀하여 기뻐하는 마음을 억누를 수 없어 陽村 權近이 지은 시에 和韻해서 지어 李太祖에게 올린 작품이다. 태조의 아름다움이 무궁한 세월에 전하기를 바라면서 성대한 덕이 빛나기를 바랐다. 모두 6장으로 되어 있다. 제1장은 이러하다.

한강의 물이여!	維漢之水
아득한 옛날부터 출렁출렁 흐르네.	振古泱泱
생각하노니 華山은,	維華之山
하늘에 기대어 푸르구나.	倚天蒼蒼
성인이 일어나시어,	維聖勃興

---

42) 『世宗實錄』 권1, 世宗 즉위년 9월 7일.

동방을 가지셨도다.	奄有東方
이에 나라 도읍을 정하니,	乃定國都
오직 한강의 북쪽이라네.	維漢之陽
종묘사직이 안정되고,	宗社乃安
큰 운수가 신비하게 길리라.	景運靈長[43]

朝鮮王朝의 漢陽 천도를 송축하는 시다. 浩亭은 太祖의 鷄龍山 천도를 강력히 막았으므로 감회가 남 달랐다.

먼저 한양의 지형을 이야기하여 남쪽에는 漢江이 흘러가고 북쪽에는 푸른 北岳山이 있어 확실한 背山臨水의 지형이 되는 사실을 이야기했다. 聖人 太祖가 나와 동쪽 나라의 왕이 되어 한양을 나라의 도읍 자리로 정했다. 앞으로 종묘사직이 안정되고 국운이 융성할 것을 빌었다. 제1장 시는 전체 시의 序章格으로, 전형적인 송축시로『詩經』의 頌의 체재를 따랐다.

제2장에서는 景福宮 건립과정에 백성들이 잘 호응하여 오랜 시일이 걸리지 않고 완성했으니, 萬福이 함께 할 것을 빌었다.

생각건대 한강은,	維漢之江
질펀하게 바다로 흘러드네.	浩乎朝宗
생각건대 화산은,	維華之山
울창하게 우거졌도다.	鬱乎蔥蘢
성인께서 이어 나와,	維聖繼作
새 궁궐을 지으시네.	經始新宮
백성 보기를 자식처럼 하니,	視民如子
백성들은 즐거워 일하러 가네.	民樂赴功
며칠 걸리지 않아 이루어지니,	不日有成
만복이 함께 할 것이리라.	萬福攸同

---

43) 河崙『浩亭集』권1「漢江詩」.

景福宮 창건과정에서 백성들이 적극적으로 도와 오래지 않아 완공됐음을 송축한 시다. 백성들을 친자식 대하듯 보살피면 백성들도 나라 일에 부모일 하러 가듯이 즐겁게 참여했다. 나라를 다스리는 데는 백성들의 호응이 좋아야 하는데, 백성들의 좋은 호응을 얻기 위해서는 임금이 먼저 백성을 친자식 보살피듯 보살펴야 한다는 은근한 敎訓과 諷諫이 들어 있다.

제3장에서는 임금의 행차가 위의가 있어 정연함을 칭송하였다.

우리 임금님 오심에,	我后來止
큰 수레 찬란하도다.	路車皇皇
의장이 잘 정제되어 있으니,	衛仗整齊
덕이 빛나는 것이로다.	維德之光
앞뒤로 따르는 사람들은,	駿奔前後
많은 훌륭한 인재라네.	濟濟英良
백성들 마음 기뻐서,	民心載悅
큰 거리에서 노래하누나.	歌詠康莊

임금의 행차가 위엄과 질서가 있어 덕이 있는 것이 겉으로 드러나는 것 같고, 주변에서 모시고 따르는 사람들은 모두 훌륭한 인재들이다. 백성들이 기뻐서 큰 거리에서 노래한다고 하였다. 太祖 李成桂가 훌륭한 인재를 발탁하여 주변에 두었고, 백성들은 그런 상황을 기뻐하여 큰 거리에서 노래하며 칭송한다고 보았다. 임금 주변의 인물들을 훌륭한 인재라고 칭송했는데, 이는 칭송하는 말도 되지만 임금이 훌륭한 인물들을 발탁하여 곁에 두고, 그들을 더욱 훌륭한 인물로 성장시키라고 면려하는 염원도 담고 있다.

제4장에서는 뛰어한 인재들이 훌륭한 말을 날마다 임금에게 아뢰어 言路가 열리도록 해야 한다는 뜻을 담았다.

우리 임금님 이르심에,	我后至止
집과 섬돌이 높다랗도다.	堂陛巍巍
위의가 엄숙하면서도 차분하니,	威儀肅穆
덕이 빛나는 것이라.	維德之輝
예의 차리며 일하는,	揖讓周旋
많은 어진 인재들.	藹藹賢才
아름다운 말을 날마다 바쳐,	嘉言日進
공정한 도리 자연스럽게 열리길.	公道天開

어느 시대나 言路를 임금이 여는 것은 아니고, 훌륭한 신하들이 좋은 말을 자주 올림으로 해서 저절로 열리는 것이다. 신하들이 선비답게 자신을 수양하고 바른 길을 가고 바른 행동을 하면 저절로 정의를 추구할 수 있는 힘이 생긴다. 신하들이 좋은 말을 먼저 매일 올리면 임금이 훌륭한 임금이 될 수 있다고 보았다.

제5장에서는 孝友와 宗親間의 화목을 강조하였다.

힘쓰시는 우리 임금님,	勉勉我后
효성과 우애 순수하고 지극하도다.	孝友純至
일을 이어 할 뿐만 아니라,	不惟述事
부모님의 뜻을 계승해야 한다네.	于以繼志
종친 사이에 잘 화목하면,	宗親克睦
집안에서 도우는 것 정말 아름다우리.	內助允美
집안을 가지런히 하면,	旣齊其家
나라도 따라서 다스려지리라.	國隨而治

한 나라의 임금이라도 먼저 가정을 잘 다스려나가는 것이 중요하다. 가정을 잘 다스려야만 나라도 따라서 잘 다스려질 수 있다. 가정을 다스리는 데는 효도와 우애가 중요한데, 효도는 부모의 뜻을 잘 계승하는 것이다.

임금도 일반 백성과 마찬가지로 효도와 우애를 잘 하여야 집안이 가지런 해지고 종친끼리 화목하게 지낼 수 있고, 종친끼리 화목하게 지내야 임금 에게 힘이 될 수 있다고 보았다. 修身은 齊家의 앞 단계이고, 齊家는 治國 의 앞 단계이므로, 결국 각자가 수신의 기본인 효도와 우애를 강조했다. 또 임금이 효도와 우애를 함으로 해서 모든 백성들에게 모범을 보여 나라 가 자연스럽게 잘 다스려질 수 있다고 보았다.

제6장에서는 나라를 다스리는 데는 綱常이 중요하다는 것을 강조했다.

밝고 밝으신 우리 임금님,	明明我后
삼강오륜 독실하게 행하시네.	克篤綱常
하늘이 그 덕을 살펴서,	天鑑厥德
하여금 창성하게 하시네.	俾熾而昌
조상의 빛을 이어 편안하시고,	緝熙安安
오래 오래 건강하게 사셔야지.	壽考而康
후손들에게 만세토록 복을 내려,	祚胤萬世
길이 길이 끝이 없으리라.	其永無疆

나라를 다스리는 데는 윤리도덕이 중요하다. 윤리도덕으로 옛날에는 三綱五倫보다 더 큰 것이 없었다. 임금부터 먼저 윤리도덕을 잘 닦아 지켜 나가면 하늘이 도덕적으로 건강한 그런 나라를 창성하게 해 준다. 그러면 건강하게 장수할 수 있고, 후손들도 만세토록 이어져 나라가 오랫동안 존속될 수 있다.

이 「漢江詩」는 단순한 漢陽 遷都를 송축하는 시가 아니고, 임금에게 나라 다스리는 데 기본이 되는 큰 綱領을 제시하고 있다. 제1장은 전체시 의 序章, 제2장에서는 백성들을 돌보기를 친아들처럼 해야 한다는 점, 제3 장에서는 훌륭한 인재들을 발탁하여 주위에 두어야 한다는 점, 제4장에서 는 言路가 열려야 한다는 점, 제5장에서는 임금 자신이 孝友로서 齊家해야 나라를 다스릴 수가 있다는 점, 제6장에서는 나라를 번성하게 무궁토록 존속시켜 나가려면 綱常에 힘써야 한다는 점 등을 강조해서 이야기했다. 이 시는 곧 시의 형식을 통한 忠諫이자 治國의 眞詮이다. 단순한 吟風弄月 式的인 시가 아니고, 經世濟民의 指南이 되는 詩라고 할 수 있다.

「感興」시 5수는 五言律詩로 되어 있는 詠史詩인데, 우리나라의 간명한 文化史라고 할 수 있다.

제1수에서는 檀君이 개국한 사실과 箕子가 敎化를 펼친 사실을 서술하고 있다.

아득하도다! 단군은,	邈矣檀君氏
태고시절에 천명을 받았도다.	鴻荒命始膺
기자가 봉해져 교화를 베풀었는데,	箕封施教化
燕나라 오랑캐가 멋대로 짓밟았네.	燕虜肆憑陵
그로부터 분열과 통합 몇 번이던가?	自爾幾離合
부질없이 서로 망했다 흥했다 했네.	徒然相廢興
후세에 거울로 삼고자 하나,	欲爲來世鑑
증거 될 만한 문적이 없도다.	無籍可能徵[44]

檀君이 개국하고 箕子가 敎化를 펼쳐 나라가 이어나가는 중에 燕나라 망명객 衛滿이 나타나 우리 나라를 차지하여 문명을 파괴했다. 그로부터 나라 안에서 서로 빼앗고 빼앗기는 침략전쟁이 계속되어 우리 나라가 혼란에 빠져 문명이 뒤로 후퇴하게 되었다. 다 부질없는 소모적 전쟁으로 분열과 통합을 일삼았다. 이를 후세에 교훈으로 삼고자 하나, 증명할 만한 서적이 남아 있지 못한 것을 아쉬워하고 있다.

제2수는 新羅도 초기에는 전반적으로 미개했는데, 居柒夫와 崔致遠이 나와서 문명을 열었다는 점을 밝히고 있다. 高麗의 학교 설립을 아주 찬미하고 있다.

---

44) 河崙 『浩亭集』 권1 「感興」.

후대로 내려와 신라 초기에도,	降及新羅始
여전히 문명이 없는 시대였다네.	猶爲太素春
끈을 맺어서 세월을 알고,	結繩知歲月
말뚝 세워 임금과 신하 자리 구분했네.	立橜辨君臣
居柒夫가 처음으로 암흑을 열었고,	居漆初開暗
文昌侯가 참된 곳으로 향하려 했네.	文昌欲向眞
다행이로다! 왕씨가 일어나,	幸哉王氏作
학교가 점점 퍼져 나갔으니.	學校漸敷陳

　浩亭은 性理學的 이념이 너무 투철하여 佛敎文化나 우리의 土俗的 文化를 인정하지 않으려는 성향이 있다. 그래서 新羅 초기를 너무 미개한 세상으로 보았다. 그래서 신라 역사를 최초로 정리한 居柒夫가 비로소 文明을 열었고, 孤雲 崔致遠이 儒學工夫를 참되게 하려고 했다고 보았다. 호정은『東國史略』을 편찬한 경험이 있기 때문에 우리나라 역사에 정통했으므로 이런 시를 지을 수 있었다.

　제3수에서는 과거제도의 실시가 우리나라의 학문과 문학 발전에 기여한 역할과 牧隱 李穡의 文壇에서의 공헌을 밝혔다.

옛날 임금들이 중국을 흠모하였기에,	先王慕中夏
雙冀가 처음으로 과거를 실시했다네.	雙冀設初科
연원이 있는 학문 누가 연구하였던가?	孰究淵源學
다투어 음풍농월만 해 왔다네.	爭趨月露華
어지러이 지름길 가려고 하여,	紛紛爲捷徑
반짝반짝 각자 이름난 사람 되었지.	灼灼各名家
진중한 韓山 어른[牧隱]은,	珍重韓山老
은근히 잘못된 것 바로잡으려 했네.	殷勤欲正訛

　과거시험을 실시함으로 해서 학문과 문학의 저변이 확대되어 문학작품을 열심히 읽고, 문학작품을 열심히 짓는 기풍을 만들어 내었다. 그러나

대부분은 합격에만 목적이 있으므로 진정한 학문이나 문학과는 관계가 없었다. 모두가 지름길로 가서 단시일에 이름난 사람이 되려고 하니 진정한 문학이 될 수 없었다.

牧隱 李穡은 중국 元나라에 가서 虞集, 歐陽玄 등 당대 중국에서 제일대가의 문하에서 공부하여 원나라 과거에 급제하여 벼슬하다가 고려로 돌아왔다. 고려로 돌아온 뒤 잘못된 고려 문단의 흐름을 보고 바로잡아야겠다고 결심하고 바로잡으려고 많은 노력을 했다. 그 결과 많은 敎澤을 끼쳤고, 그 영향은 朝鮮 문단에까지 미쳤다.

浩亭은 牧隱의 대표적인 제자로서 고려 문단의 흐름이 잘못됐다는 것을 알고서 목은을 바로 배워 자기의 문학을 올바르게 하려고 했던 것이다.

제4수에서는 異端이 세력을 얻어 儒學이 위축되었던 高麗時代의 사상적 분위기를 서술하였다.

고려시대 글 좋아하는 선비들,	前朝好文士
부산했지만 참되게 아는 이 적어.	擾擾少眞知
우리 유학은 사실 더부살이 하듯했나니,	吾道實如寄
그래서 이단이 세력 뻗치게 되었다네.	異端因盛馳
三峯은 이야기하여 열어 밝히려 했고,	峯談方欲闢
포은의 뜻을 능히 펼치지 못 했네.	圃志未能施
아깝도다! 陶隱이여!	可惜陶齋子
몇 권의 시집만 괜히 남겼네.	空留數卷詩

불교 등이 큰 영향력을 가진 高麗 문단에서 참되게 유학을 아는 사람은 드물었다. 東方理學之祖라는 圃隱 같은 학자도 자신의 뜻을 펼치지 못했다. 三峯 鄭道傳이 이단인 불교의 잘못된 점 등을 밝힌 『佛氏雜辨』 등을 저술해서 불교의 교리 자체를 조목조목 반박하였다. 1392년 먼저 세상을 떠난 陶隱 李崇仁은 시에 뛰어나 시집을 남겼지만, 지금 세상에서는 그 진가를 아는 사람이 드물다고 개탄을 하고 있다.

제5수는 浩亭 자신이 학문에 뜻을 두었으나 재주가 모자라 뜻을 이루지 못했고, 벼슬하여 모시는 임금을 堯舜 같은 聖君으로 만들려고 했으나 뜻대로 되지 않아 참된 道는 듣지 못하고 다른 사람들의 비방만 듣게 되었다고 자신의 성취를 겸손하게 이야기했다.

나는 지금 매우 노쇠했는데,	吾衰今甚矣
道에 대해서는 듣지 못 했네.	於道未曾聞
책 읽어 처음에 성인이 되려고 했고,	簡冊初希聖
벼슬하여 훌륭한 임금 만들려고 했네.	軒裳欲致君
재주가 엉성하니 괜히 비방만 부르고,	材疏徒速謗
뜻은 괴로운데 글은 되지 않네.	志苦不成文
감히 양촌선생에게 청하노니,	敢請陽村子
목표의 칠할 정도는 공을 세워야지.	收功到七分

孟子가 사람은 누구나 聖人이 될 수 있다는 가능성을 자주 이야기했는데, 浩亭 자신은 어릴 때 뜻이 커서 글을 읽을 때 '聖人이 되기'를 기약했다. 그러나 학문이나 문학은 자기 뜻대로 되지 않는 것이다. 학문이나 문학에서 자기가 만족한다는 것은 학문을 모르고 자기를 모른다는 것을 나타내는 것이다. 자기 발전을 꾀하는 사람은 호정 같은 탄식을 하는 것이 당연한 것이다.

浩亭이 密陽의 嶺南樓를 두고 지은 시는 이러하다.

위로 하늘에 닿는 누각 누가 지었나?	誰搆岑樓上接天
벽 사이에 쓴 시는 괜찮은 작품이네.	壁間題詠盡盧前
흘러가는 세월 쉬지 않아 시내가에 다다라 있고,	流年滾滾臨川裏
지나간 일은 아련한데 기둥가에 기대 섰도다.	往事悠悠倚柱邊
십리에 펼쳐진 뽕나무와 삼에 비와 이슬 깊었고,	十里桑麻深雨露

한 지역 산과 물에는 늘 구름 끼어 있네.　　　　　　一區山水老雲煙
늦게 왔지만, 석양이 좋은 것 보고서,　　　　　　　晩來已見斜陽好
긴 강에 달 가득하기에 다시 자리 편다네.　　　　月滿長江更肆筵45)

　敍景詩이면서 작자의 감흥을 다 담은 抒情詩를 겸하고 있다. 첫째 구절
7개 글자로 嶺南樓 전경을 다 묘사하였다. 하늘까지 닿은 높은 누각이
읽는 사람의 머리에서 像이 그려지도록 구성하였다. 누각 아래로 흐르는
南川江 강물과 흘러가는 세월을 合一시켰고, 누각 앞으로 펼쳐지는 끝없
는 광경과 아련한 지난 일을 합일시켰다. 흘러가는 물을 보면 흘러가는
세월을 연상하고, 끝없는 광경을 바라보면 아련한 지난 일을 연상하게
했다. 영남루 석양도 좋지만, 긴 강위에 달이 뜨니 더욱 절묘한 경치를
만들어내는데, 누각 위에서 보면 더욱 좋겠기에 돌아가려다 말고 다시
자리를 깔고서 누각 위에서 달 빛 아래 강물을 본다. 남천강 절벽 위에
있는 영남루는 달이 떠올랐을 때 가장 절경을 이룬다. 맨 마지막 구절에서
는 작자가 영남루 경치에 매료되어 떠날 수 없다는 심정을 간접적으로
표현해 낸 것이다.
　浩亭의 시는 다 없어진 뒤에 수집한 것이라, 남아 있는 것이 얼마 되지
않는다. 얼마 되지 않는 것마저도 대부분 題詠詩, 次韻詩 輓辭 등이라
그의 詩風을 나타내는 작품은 없다.
　원래 巨作, 名作을 많이 남겼겠지만 거의 다 없어지고 말았다. 그러나
남아 있는 그의 시만 가지고서 볼 때, 그의 시는 내용이 충실한 시로서
吟風弄月的인 것은 止揚하고, 교훈이 되고 忠諫이 되는 것과 역사와 문학
을 논한 의미 있는 것이 있어, 문학사의 흐름에 영향을 끼칠 수 있는 것이
다. 격조는 평이하면서도 명쾌하다고 할 수 있다.

---

45) 河崙 『浩亭集』 권1, 「嶺南樓」.

4. 散文世界

浩亭이 당대 국가 正宮인 景福宮에 딸린 慶會樓의 記文을 지은 것과 圃隱 鄭夢周, 惕若齋 金九容 등 당시 대표적인 문인들의 시집에 서문을 썼다는 것은, 그가 조선 초기 국가를 대표할 수 있는 제일의 문장가라는 확실한 증거이다. 그리고 그의 스승 牧隱 李穡의 神道碑銘을 지었다는 것은 목은의 대표적인 제자로서 많은 제자들 가운데 가장 문장이 뛰어났다는 것을 뒷받침할 수 있다. 그가 領議政까지 오른 관료로서 크게 정치적 역할을 크게 한 것 때문에 그의 산문창작 작품은 거의 후대의 관심을 받지 못했고, 정당한 평가도 받지 못 했다.

浩亭의 여러 산문작품 가운데서 文學性이 비교적 짙은 「慶會樓記」와 「蠹石樓記」를 골라 살펴보고자 한다.

「慶會樓記」는 1413년 太宗의 명으로 지은 것이다. 浩亭이 67세 때 지은 글로 그의 문장의 수준이 完熟한 경지에 이르렀다고 볼 수 있다. 호정은 누각을 단순한 물리적 건물로 보지 않고, 하나의 精神的 산물로 보아 정치나 수양과 연관시켜 서술했다. 慶會라는 이름을 풀이하여 君臣間의 화합을 매우 강조하였다.

> 누각을 일으켜 다시 세우는 것은 나라를 다스리는 것과 같음이 있다. 기울어진 것을 바르게 하고, 위태로운 것을 안전하게 하는 것은 선대의 업적을 보전하는 것이다. 터를 튼튼히 다지고 땅을 깊이 파서 습기를 뽑아낸 것은 큰 터를 견고하게 하는 것이다. 대들보와 주춧돌을 장엄하게 하고자 하는 것은 무거운 짐을 지는 사람이 빈약해서는 안 되기 때문이다. 자잘한 재목이 구비되기를 취한 것은 작은 일을 맡은 사람은 커서는 안 되기 때문이다. 처마의 기둥을 탁 트이게 하는 것은 총명함을 넓히려는 것이다. 섬돌을 높이 쌓은 것은 등급을 엄격하게 하려는 것이다. 내려다보면 반드시 아슬아슬한 것은 경외하는 생각을 갖게 하려는 것이다. 사방이 빠짐없이 다 보이게 한 것은 포용함을 숭상한 것이다. 제비가 와서 하례하는 것은 서민이 기뻐하는 것이다. 파리가 머물지 않는 것은 간사한 소인이 제거된 것이다. 단청을 호화

찬란하게 하지 않는 것은 제도 문물의 알맞음을 얻기 위함이다. 때에 맞게 구경하는 것은 文王과 武王의 한번은 늦추고 한번은 조이는 적의한 방법이다. 진실로 오르내릴 때 이 생각을 하고 그것으로써 정사에 베푼다면, 누각이 유익함이 진실로 적지 않을 것이다.[46]

아주 독창적인 기문이다. 단순히 경관의 묘사가 아니고, 건물의 모든 특징과 구조를 사람의 의식구조와 연결시켜 의미를 부여했다. 아마 이런 류의 기문은 유일한 것이 아닐까 생각된다.

「矗石樓記」는 浩亭이 66세 때 고향 晋州 父老들의 요청으로 지었다. 고려 말기 왜구들의 침략으로 촉석루가 소실되었는데, 朝鮮 太宗 때 다시 짓게 되어 마침 호정에게 기문을 지어 줄 것을 부탁해 왔다. 호정은 누각을 버려두느냐 다시 일으켜 세우느냐를 보고 어떤 고을의 인심과 世道를 가늠할 수 있다고 보았다. 당시 누각을 일으켜 세우려면 고을원과 고을 사람들이 협력하여 상당히 오랜 기간 노력하지 않으면 할 수 없기 때문이다. 그 고을원이 민심을 얻었는지의 여부를 볼 수 있는 중요한 척도가 된다.

그 다음 촉석루의 위치와 주변의 경관을 소개하고 촉석루의 내력을 서술했다. 마지막에 가서 촉석루를 통해서 고을원과 백성들 사이에 친절하게 접촉할 수 있는 매개체로서 촉석루의 기능을 부여하였다.

이 누각에 오르는 사람은 개울 가의 풀이 싹트는 것을 보고 하늘과 땅이 만물을 낳는 마음을 알아서 어질지 못한 참혹한 것으로써 털끝만큼이라도 백성을 해롭게 하지 말 것을 생각해야 한다. 밭 곡식이 바야흐로 자라나는 것을 보고 하늘과 땅이 만물을 가꾸는 마음을 생각하여 급하지 않은 일로써 백성의 농사 때를 조금이라도 빼앗지 말 것을 생각해야 한다. 동산의 과일이 열매를 맺는 것을 보고 하늘과 땅이 만물을 성숙하게 하는 마음을 깨달아 불의의 욕심으로써 백성의 이익을 조금도 침해하지 말 것을 생각해야 한다. 마당에 곡식이 쌓인 것을 보고는 하늘과 땅이 만물을 기르는 마음을 알아서

---

46) 河崙 『浩亭集』 권2, 「慶會樓記」.

법이 아닌 부세로써 백성의 재물을 털끝만큼도 약탈하지 말 것을 생각해야
한다. 이런 마음을 미루어 감히 자기만을 즐겁게 하지 말고 반드시 백성과
함께 하면, 사람마다 世道의 화평함과 인심의 즐거움이 실로 임금의 깊고
두터우신 덕에서 근원된 것임을 알고, 모두 華땅 封人으로 있는 사람이 堯임
금에게 한 축복을 본받고자 할 것이다.[47]

矗石樓의 記文을 지으면서 고을 원들이 백성들의 생활을 침탈하거나
가혹하게 대해서는 안 된다는 교훈을 글 속에 담았다. 한 편의 기문 속에
牧民官이 갖추어야 할 德目을 다 담았다.

그의 記文은 단순히 건축의 구조나 산천 形勝의 묘사 등에 注重하지
않고, 교훈을 담아 임금이나 지도자에게 경고하는 뜻을 담았다. 문예적인
면에 치중하는 일반적인 記文과는 격이 다른 글이다.

V. 결론

浩亭 河崙은 고려 말기부터 조선 초기에 걸쳐 仕宦한 고위관료이다.
朝鮮王朝의 개국, 이방원의 등극, 조선의 제도와 典章의 확립 등 중요한
국가 대사를 맡아 주도하였다. 그의 고위관료로서의 자취 때문에 문학적인
면모는 소홀히 여겨 지금까지는 연구한 바가 없었다.

그는 조선 초기 최고의 성리학자이고 문장가였다. 慶會樓의 記文을 지
었고, 圃隱 鄭夢周·惕若齋 金九容 등 당시 최상급 문인들의 시집 서문을
썼다. 그리고 고려 말 대문호로 그의 스승인 牧隱 李穡의 神道碑銘을 지었
다. 스승의 신도비명을 짓는 제자는 일반적으로 수제자가 맡도록 제자들
사이에 합의가 된다.

과거를 통해 출사한 文臣들이 직책에 맞는 능력을 갖추지 못 한 것을

---

47) 河崙 『浩亭集』 권2, 「矗石樓記」. 『東文選』에는 제목이 「晋州矗石樓記」로 되어 있다.

보고, 浩亭은 重試를 실시하여 능력을 보강하는 제도를 건의하여 시행했다.

浩亭은 明나라에 네 번 다녀옴으로써 그 당시 중국과의 문화 교류에 있어 가장 큰 공헌을 했다. 鄭道傳이 경솔히 지은 表文이 明 太祖의 비위를 거슬렀을 때 직접 명 태조를 만나 전후사정을 상세히 분명하게 잘 분변하여 문제를 잘 해결하고 왔다. 그 이후 建文帝와 永樂帝의 즉위식에 참석하였다. 돌아와서 지어 太宗에게 바친 「觀天庭」·「受明命」 두 악장은 나중에 명나라 영락제에게도 알려져 양국간에 관계를 친밀하게 하는 데 많은 도움을 주었다.

그는 많은 시를 지었으나 대부분 없어지고, 문집에 있는 시는 조선 후기에 수집하여 수록한 시이다. 그 가운데 「漢江詩」는 漢陽 천도를 송축하는 시인데, 그 속에 임금님을 諷諫하는 교훈이 들어 있다.

「嶺南樓」 시는 절경 속의 嶺南樓가 名勝임을 부각시키고 영남루에 대한 애정을 담았다. 곧 성리학자들의 天人合一 사상이 베어져 있다.

「慶會樓記」는 경회루의 중복과정을 서술하고 중건과정에서 君民一體가 되는 조선 초기 건전한 국가적 氣運을 느낄 수 있고, 또 경회루의 건물 구조 하나하나에 治道의 의미를 부여한 독특한 문장이다.

「矗石樓記」도 촉석루에 올라 풍경을 보면서 牧民官이 백성을 위해 해야 할 일을 연상하도록 하여 단순한 물리적 건물로서의 촉석루가 아니고, 목민관이 백성을 다스릴 방안을 창출해 내는 정신적 생산 공간으로서 의미를 부여했다.

浩亭의 시나 문장은 단순한 문예적인 시문에 그친 것이 아니고, 經世濟民의 의미를 담은 충실한 글이다.

그의 詩文을 연구하여 그 가치를 정확하게 이해하고 그의 文學史上의 位相을 定立하여 조선 초기 漢文學史를 보완할 필요가 있다.

佔畢齋 金宗直의 학문적 특성과 제자 양성

I. 서론

우리나라 역사상 최초로 본격적이고 체계적인 학문을 완성하였고, 이를 바탕으로 현실정치에서 그 이상을 구현하려고 노력한 인물이 바로 점필재(佔畢齋) 김종직(金宗直)이다. 그리고 많은 제자들을 양성하여 조정에 같이 섰고, 또 후대에 학통(學統)을 전하여 조선(朝鮮)이 학문적으로 크게 번성한 나라가 될 수 있도록 기초를 닦은 인물이라 할 수 있다.

삼국시대(三國時代)부터 우리 나라에 유교경전(儒敎經典)이 수입되어, 고구려(高句麗)의 경당(扃堂), 통일 이후 신라(新羅)의 국학(國學) 등에서 고려시대(高麗時代)에도 국학(國學)과 향교(鄕校) 등에서 유교경전(儒敎經典)이 많이 읽혀졌으나, 다만 시문창작(詩文創作)에 보조지식 정도로 활용될 정도였고, 학문적으로 유학을 연구한 적은 없었다.

유교경전에 대한 본격적인 학문적 접근은 포은(圃隱) 정몽주(鄭夢周)가 처음이라고 할 수 있다. 그래서 후세에 그를 동방이학지조(東方理學之祖)라고 일컫고 있다. 그의 학통(學統)은 후세에 전해졌지만, 정작 포은의 학문적인 저술은 남아 있지 못하다. 그 제자인 야은(冶隱) 길재(吉再) 역시 학문적 저술은 남아 있지 못하고, 그 학통만이 강호(江湖) 김숙자(金叔滋)를 통해 점필재(佔畢齋)에게 전수되었고, 점필재에 의해 유학 연구가 본격적인 학문으로 자리잡아 전국적으로 발양(發揚)되게 되었다. 점필재의 학문이 시작된 발원지(發源地)로서의 역할을 한 포은(圃隱)과 야은(冶隱)도 점필재가 학문적 체계를 이루어 후세에 전수함으로 해서 학통상(學統上)

에 등장하게 되었다.

점필재(佔畢齋)의 학문과 사상은 야은(冶隱) 계통만 아니고 또 익재(益齋) 이제현(李齊賢), 목은(牧隱) 이색(李穡), 양촌(陽村) 권근(權近) 등 우리나라의 문학적 전통도 아울러 계승하여 고려(高麗) 후기 유학(儒學)과 문학(文學)의 흐름을 한 몸에 모아 도문합일(道文合一)의 학문을 이루어 내었다. 이런 점필재의 학문적 공적(功績)이 여러 제자들을 통해서 계승·발전되어 조선시대 학문이 꽃을 피울 수 있었던 것이다.

흔히 알고 있는 바와는 달리 점필재는 임천(林泉)에서의 은거를 고집한 적도 없고, 훈구파(勳舊派)를 타도 대상으로 삼아 적극적으로 투쟁을 전개한 적도 없고, 자기 제자가 대부분인 영남 출신의 사림파(士林派)를 조정에 심으려고 인위적인 노력을 한 적도 없다. 다만 점필재는 지리멸렬하던 고려말기(高麗末期)의 학문을 올바른 학문으로 다시 정립(定立)하였고, 이를 바탕으로 교육을 통하여 인재를 양성하고, 이렇게 양성된 인재들이 조정 정치에 참여하여 이상사회를 만드는 것이 그의 노선(路線)이었고 그의 이상이었다.

본고(本考)에서는 점필재가 앞시대의 학문을 어떻게 계승하여 자신의 학문으로 만들었고, 또 어떻게 현실정치에 적용하려고 했으며, 자기 제자들에게 어떻게 전수하여 당대는 물론 후세에 영향을 끼쳤는가에 대한 문제들을 구명(究明)하는 데 초점을 두고자 한다.

II. 새로운 학문상 정립

점필재(佔畢齋) 김종직(金宗直)은 고려 말기 벼슬을 버리고 고향 선산(善山)으로 낙향하여 학문을 닦았던 야은(冶隱) 길재(吉再)의 학문을 계승하였지만, 거기에 그치지 않고 서울 쪽에서 득세하고 있던 양촌(陽村) 계열의 문학(文學)도 아울러 흡취(吸取)하였다.

고려 말기 이후의 성리학(性理學)과 문학(文學), 영남(嶺南)과 중앙(中央)의 학문을 전부 흡수하여 하나로 회집(滙集)하여 계통이 없던 학문을 하나로 종합한 인물이 바로 점필재였다.

조선 중기 문학적 조감(藻鑑)으로 이름이 높던 허균(許筠)은 점필재의 문학적 위상(位相)에 대해서 이런 주장을 폈다.

> 낙봉(駱峯 : 申光漢)은 용재(容齋 : 李荇)의 추장(推獎)하던 바다. 신낙봉(申駱峯)과 이용재(李容齋) 두 분은 점필재가 남긴 학문을 얻은 사람이오. 점필재의 부친[江湖 金叔滋]은 야은(冶隱)을 스승으로 삼았고, 야은은 양촌(陽村) 형제[陽村 權近, 梅軒 權遇]를 스승으로 삼았다. 그런데 목은(牧隱) 노인은 또 그 스승이니, 또한 다 같이 여기서 나왔다. 무릇 시문(詩文)을 하는 사람으로서 이를 배반하고 따로 문호(門戶)를 세우려 한다면, 망령된 짓이 아니면 참람(僭濫)된 짓이다.1)

점필재(佔畢齋)가 목은(牧隱)·양촌(陽村)의 문학적 전통을 이었고, 점필재의 문학적 전통은 관각문학(館閣文學)의 대가(大家)인 용재(容齋) 이행(李荇), 낙봉(駱峯) 신광한(申光漢)에게로 이어졌음을 밝히고 있다.

점필재의 학문적 원칙은 경학(經學)과 문학(文學) 균형 있게 조화하는 것이었다.

> "경술(經術)을 하는 선비는 문장에 솜씨가 없고, 문장을 하는 선비들은 경술에 어둡다."라고 세상 사람들이 이런 말을 하는데, 내가 보기에는 그렇지 않다.
> 문장이란 것은 경술에서 나온 것이고, 경술이란 것은 문장의 뿌리다. 이것을 풀과 나무에 비유해 본다면, 어찌 뿌리가 없으면서 가지나 잎이 뻗어나

---

1) 許筠『惺所瓿覆藁』권10 文部8,「答李生書」. 駱峯, 容齋之所推獎. 申李二公, 皆得佔筆餘學, 而佔筆之父, 師冶隱, 冶隱師陽村兄弟, 而牧老又其師也. 亦同出於斯. 凡爲詩文者, 畔此而別立門戶者, 非妄則僭也.

가 무성하고, 꽃이나 열매가 무성하고 빼어난 경우가 있겠는가? 시서(詩書)
와 육예(六藝)가 다 경술이고, 시서와 육예를 적은 글이 곧 문장이다.

진실로 능히 그 문장에 바탕해서 그 이치를 궁구하여 정밀하게 살피고,
느긋하게 그 속에서 노닐어 이치와 문장이 내 가슴 속에서 녹여 하나로 만들
고, 그것을 나타내어 언어와 사부(辭賦)로 만든다면 솜씨 있기를 기대하지
않아도 저절로 솜씨 있게 될 것이다. 옛날부터 문장으로 그 당시에 이름나
후세에 전하는 사람들은 이렇게 했을 따름이었다.

지금 세상에서 말하는 경술(經術)이라는 것이 구두(句讀)나 훈고(訓詁)를
익히는 것뿐이고, 지금 세상에서 말하는 문장(文章)이라는 것이 수식이나
일삼고 남의 글이나 따다 짜맞추는 교묘(巧妙)함뿐인 것을 사람들은 단지
보게 된다. 구두나 훈고만 익히는 경술(經術)을 가지고 어떻게 임금님의 정
사(政事)를 도우고 세상을 경륜(經綸)할 수 있는 문장을 논의할 수 있겠는
가? 수식이나 일삼고 남의 글이나 따다 짜맞추는 문장을 가지고 성리(性理)
나 도덕(道德)의 학문에 참여할 수 있겠는가? 이에 경술과 문장을 나누어
두 갈래가 되니, 사람들은 서로 관계가 없는 줄로 생각하게 되었다. 아아!
그 견해가 얕도다.

지금 세상에서 능히 우뚝이 떨쳐 일어나 유속(流俗)에서 벗어나 위로 공자
(孔子)·맹자(孟子)의 깊은 경지를 탐구하여 넉넉히 문인의 경지로 들어간
사람이 있다. 어찌 그런 사람이 없겠는가? 그런 사람이 없다면 그뿐이지만,
그런 사람이 있다면 세상 사람들이 하는 말은 한 시대의 현자(賢者)를 모독
하는 것이 아니겠는가?[2]

이는 점필재(佔畢齋) 부친의 스승인 별동(別洞) 윤상(尹祥)의 학문의

---

[2] 『佔畢齋集』 畢齋文 권1, 「尹先生祥詩集序」. 經術之士, 劣於文章, 文章之士, 闇於經術.
世之人, 有是言也. 以余觀之, 不然. 文章者, 出於經術, 經術者, 文章之根柢也. 譬之草木焉,
安有無根柢, 而柯葉之條鬱, 華實之穠秀者乎? 詩書六藝, 皆經術也. 詩書六藝之文, 卽其文章
也. 苟能因其文而究其理, 精以察之, 優而游之, 理之與文融會於吾之胸中, 則發而爲言語詞
賦, 自不期於工而工矣. 自古, 以文章鳴於時而傳後者, 如斯而已. 人徒見夫今之所謂經術者,
不過句讀訓詁之習耳. 今之所謂文章者, 不過雕篆組織之巧耳. 句讀訓詁, 奚以議夫黼黻經緯
之文? 雕篆組織, 豈能與乎性理道德之學? 於是乎, 遂歧經術文章爲二致, 而疑其不相爲用.
嗚呼! 其見亦淺矣. 居今之世, 有能踔厲振作, 拔乎流俗, 上探孔孟之閫奧, 而優入作者之域
者, 豈無其人耶? 無其人則已, 如有之, 世人所云, 不亦誣一世之賢也哉!

특징을 이야기하려고 쓴 글이지만, 점필재 자신의 학문적 노선(路線)이자 이상(理想)이라고 볼 수 있다. 그리고 점필재 자신이 별동(別洞)의 '사숙인(私淑人)'이라고 자칭하는 것을 볼 때 경학(經學)과 문학(文學)의 철저한 융합(融合)을 통하여 세상에 쓰이고자 했다.

조선 건국초 정도전(鄭道傳)의 건의에 의하여 문과 초장(初場)에서 반드시 강경(講經)을 시험하도록 되어 있던 것을 정도전이 제거된 뒤에 문단을 전천(專擅)한 권근(權近), 변계량(卞季良) 등이 강경의 폐지를 주장하여,3) 국가의 인재 선발이 사장(詞章) 일변도로 기울었다. 점필재의 이런 주장은 그것에 대한 하나의 충고라고 할 수 있다. 사장 일변도로 기울다 보니, 문인들이 짓는 글들은 세상의 교화(敎化)는 전혀 염두에 두지 않고, 옛날의 좋은 글귀나 따와서 화려한 수식만 일삼는 경향이 생겨나 하나의 폐단이 될 지경이었다. 점필재는 이런 점을 시정하고자 자신의 노력했다.

경학(經學)과 문학(文學)을 하나로 융합하는 학문을 통해서 점필재(佔畢齋)는 문과(文科)를 거쳐 관계에 진출하여, 지방 수령으로 나가서는 교화(敎化)를 펼쳐 예속(禮俗)을 진작시키고, 학교를 정비하여 인재를 양성하고, 중앙관서에서는 주로 홍문관(弘文館) 등의 관직을 맡아 임금의 스승으로서 그 학문과 문장으로 나라에 기여하고자 했다. 점필재 일생의 성취(成就)에 대해서 그의 신도비명(神道碑銘)에서 홍귀달(洪貴達)은 이렇게 평가했다.

덕행(德行), 문장(文章), 정사(政事)에 있어서는 공자(孔子) 문하의 뛰어난 제자로서도 겸비한 이가 있지 못했는데, 더구나 그 밖의 사람이야 말할 것이 있겠는가? 재주가 우수한 사람은 덕행에 결점이 있고, 성품이 소박한 사람은 정사에 졸렬한 것이 바로 일반적인 형태이다. 그런데 우리 문간공(文簡公)4) 같은 분은 그렇지 않다. 덕행은 남의 표본(標本)이 되고, 학문은 남의

---

3) 權近 『陽村集』 권31 13-15장 「論文科書」.
　　卞季良 『春亭續集』 권1 5-9장, 「請科第罷講經用製述疏」.

스승이 되었으며, 생존해 계실 때는 임금님께서 후하게 우대하셨고, 세상을
떠난 뒤에는 뭇사람들이 슬퍼하며 흠모하였으니, 어쩌면 공(公) 한 몸이 경
중(輕重)에 그렇게도 관계가 된단 말인가?5)

점필재와 절친한 홍귀달(洪貴達)이 점필재 서거후 2년 뒤인 성종(成宗)
재위 중에 지은 글이다. 덕행(德行)과 학문(學問)과 현실정치의 능력까지
도 다 갖추고서 당대의 군왕(君王)으로부터 지극한 신임을 받았고, 사후에
세상 사람들이 다 우러러 흠모(欽慕)하는 인물이라고 추중(推重)을 하였
다. 동료로 지내던 인물로부터 이런 인정을 받는다는 것은 점필재의 학
문·덕행·문장이 일세를 압도하였음을 짐작할 수 있다.

점필재의 학문·덕행·문장 및 정치적 경륜에 대해서 성종이 얼마나
경도되었는지는 다음 글을 보면 알 수 있다.

큰 집은 약한 나무로 지을 수가 없으니 반드시 재목이 필요한 것이며,
모든 정사는 한 사람이 다스릴 수 있는 것이 아니니, 진실로 세상을 구제할
수 있는 훌륭한 신하의 보필에 의지하여야 하오. 이러하기 때문에 돈유(敦
諭)하여 마지 않나니, 빨리 돌아오기를 바라는 바라오. 경(卿)은 품성이 단정
온순하고 처신하기를 간중(簡重)하게 하며, 학문은 천도와 인사를 꿰뚫었고,
식견은 고금의 이치와 적의(適宜)함에 통달하였고, 도덕으로 몸을 조심하니
찬란함이 구름 사이의 봉황과 같고, 문장으로 세상을 상서롭게 하니, 진실로
하늘 위의 기린과 같도다. 일찍이 태산북두(泰山北斗) 같은 명망을 얻었고,
늦게 풍운지회(風雲之會)를 만나 승정원에 진출하여 왕명의 출납을 성실하
게 하였고, 이조에 발탁되어서는 인사권을 공정하게 사용하였고, 형조에서는
물과 거울 같이 분명하게 처리하였고, 성균관에서는 인재를 양성하는 교육

---

4) 문간공(文簡公) : 佔畢齋의 諡號는, 成宗 때 文忠으로 내렸다가, 臺諫의 論駁으로 인하여
文簡으로 고쳤다. 燕山君에 의해 몰수되었다가 中宗 때 官爵이 복구되면서 원래 시호대로
받지 못하고, 文簡으로 되었다. 나중에 肅宗 때 다시 文忠으로 회복되었다.
5) 『佔畢齋集』附錄「神道碑銘」. 德行, 文章, 政事, 自孔門高弟, 未有駢之者. 況其外者乎?
才優者, 行缺, 性素者, 治拙, 乃恒狀也. 若吾文簡公, 則不然. 行爲人標, 學爲人師. 生而上眷
遇, 歿而衆哀慕. 何公之一身關輕重也乃爾.

의 기풍을 일으켰소. 그리고 나라에서 결단할 중대한 일이 있으면 반드시
경을 찾아 물었고, 문형(文衡)을 주관하여 이를 전담하였고, 오랫동안 경연
에 있으면서 진(晉)나라 강후(康侯)가 하루에 세 번 접견하던 일과 같이
마음을 썼고, 나라에서 필요한 글을 잘 지었으니 정(鄭)나라의 네 사람이
하던 일을 능히 겸하였도다. 자신이 이미 사문(斯文)을 맡았는데, 하늘이
어찌 병으로 폐기할 수 있겠는가? 과인의 기대하는 마음이 답답할 뿐만 아니
라, 또한 창생들의 소망도 관계되는 것이니, 힘써 약을 더 써서 보필을 의뢰
하는 무거운 과인의 뜻에 부응하도록 하오.6)

점필재가 병으로 고향 밀양에 내려와 성종이 보낸 약을 먹고도 차도가
없어 지중추부사(知中樞府事)의 관직을 사퇴하려고 상소를 하자, 이에 윤
허하지 않으면서 성종이 내린 비답이다. 학문은 천인(天人)을 꿰뚫었고,
나라에 결단할 일이 있을 때는 반드시 찾아가 자문을 구할 정도로 그 학문
과 덕행과 정치적 역량을 인정받고 있다. 마치 점필재가 없으면 나라를
다스리지 못할 정도로 성종은 점필재에게 정신적으로 완전히 의지해 있다.
만성(晚醒) 박치복(朴致馥)은 한국유학사상(韓國儒學史上)에 있어서
점필재(佔畢齋)의 위상을 다음과 정의하고, 점필재의 문묘종사(文廟從祀)
를 요청하는 상소를 하였다.

도통(道統)이 전하는 것은 반드시 연원(淵源)이 있어야 하고, 연원이 있는
학문은 반드시 강습(講習)하는 것에 바탕을 두어야 합니다. 우리 왕조에서
문묘(文廟)에 종사(從祀)되는 것은 실로 문경공(文敬公) 김굉필(金宏弼)과
문헌공(文獻公) 정여창(鄭汝昌)에게서 비롯되었습니다. 그러나 그 연원과

---

6) 『成宗實錄』 권262, 成宗 23년 2월조. 大厦非弱木可構, 必須昂霄之材. 庶政非一人所鼇,
寔賴濟世之弼. 肆敦諭而不已, 冀歸來之式遄. 卿稟性端醇, 處己簡重. 學貫天人之際, 識通古
今之宜. 道德飭躬, 燦若雲間之鸑鷟, 文章瑞世, 允矣天上之麒麟. 早負山斗之名, 晩遭風雲之
會. 進居喉舌而出入惟允, 擢登銓曹而注擬以公. 秋官提水鏡之明, 處庠興菁莪之教. 有國斷
而必訪, 主文衡而是專. 久在經帷, 紓晉侯之三接, 善爲詞命, 兼鄭國之四人. 身旣任於斯文,
天何廢於一疾? 非徒鬱於寡人之望, 抑亦係於蒼生之望. 勉加藥餌之功, 以副毗倚之重.

강습을 공정하게 고찰해 보면 문충공(文忠公) 신(臣) 김종직(金宗直) 같은 사람이 그들의 스승이 되었습니다. …… 명분(名分)과 이치의 순수함은 포은 (圃隱)으로부터 창도(唱導)하여 야은(冶隱)에게 전했고, 야은은 다시 선정신 (先正臣) 김숙자(金叔滋)에게 전했습니다. 종직(宗直)은 숙자의 아들입니다. 천분(天分)이 매우 높고, 문로(門路)가 바르고, 아버지로부터 받은 시례(詩 禮) 교육으로 박문약례(博文約禮)의 가르침에 종사하였고, 세상에 모범이 되어 사람을 만드는 방법에 힘을 다 쏟았습니다. 덕행(德行)도 있고, 문장도 있어 영화(英華)가 밖으로 나왔습니다. 자기도 이루고 사물도 이루어 향기가 후세에 미쳐 정주학(程朱學)의 전통을 열었으니, 송(宋)나라에 있어서 주염 계(周濂溪)가 되기에 의심할 것이 없습니다.[7]

　점필재의 학문은 문로(門路)가 바르고 덕행(德行)과 문장이 다 갖추어 져, 이를 가지고 인심을 바로잡고 세상의 도덕을 맑게 한 공이 있으므로 문묘(文廟)에 종사(從祀)되기에 충분하다고 생각했다. 그리고 세상에서 점필재가 문장에 능한 것을 가지고 흠인 것처럼 말하지만, 정명도(程明道) 는 문장으로 과거에 발탁되었고, 주자(朱子)는 시로써 당시의 유명한 시인 육유(陸游)와 병칭되었지만 흠잡는 사람을 보지 못했다고 했다. 학문(學 問)은 마치 송대(宋代) 성리학(性理學)의 기반을 닦은 염계(濂溪) 주돈이 (周敦頤)의 역할과 같았다고 할 수 있다.

　무오(戊午)·갑자(甲子) 두 차례의 참혹한 사화(士禍)를 당하고 난 뒤 에 중종반정 이후에 관작이 복구되고 점필재에 대한 평가작업도 다시 전 개되었는데, 이때부터 그 이전의 평가의 정도를 회복하지 못한 것 같다. 그 이후 퇴계(退溪)가 점필재를 학문하는 사람이 아니라고 평가했지만,

---

7) 朴致馥『晚醒集』권4 6장,「請金佔畢齋金濯纓堂兩先生從祀文廟疏」. 道統之傳, 必有淵源, 淵源之學, 必資講習. 我朝躋廡, 實自金文敬宏弼, 金文獻汝昌始, 而夷考其淵源講習, 則有若 文忠公臣金宗直爲之師焉. …… 名理之粹, 倡自圃隱, 而傳之於冶隱吉再. 又傳之於先正臣金 叔滋. 宗直卽叔滋之子也. 天分甚高, 門路旣正. 過庭詩禮, 從事於博文之訓. 範世模楷, 致力 於鑄人之方. 有德有言, 英華發外, 成己成物, 薰腴被後. 啓關建洛婺之緖, 在宋爲周濂溪, 無 疑也.

이는 점필재의 남아 있는 저술만 보고서 내린 것이라 타당하다고 하기
힘들다.

> 점필재는 학문하는 사람이 아니다. 그가 평생토록 한 일은 단지 사화(詞
> 華)에 있었는데, 그의 문집을 보면 알 수 있다.[8]

『점필재집(佔畢齋集)』에 수록되어 후세에 전하는 점필재의 시문은 점
필재가 지은 전체 시문의 십분의 이삼에도 이르지 못한다.[9] 학문에 관한
내용은 많지 않고, 시가 대부분이다. 이런 문집을 보고서 퇴계가 이런 말을
할 수 있다. 또 퇴계가 말한 학문의 개념은 정주학(程朱學)에 바탕을 둔
심학(心學)의 조예를 말하는 것으로, 이것을 가지고 점필재의 학문을 평가
하였을 때 높은 점수를 주기는 어려웠을 것이다.

퇴계의 이런 평가는 점필재의 시대적 상황을 고려하지 않아 억울한 점
이 있다. 이 점에 대해서 우암(尤庵) 송시열(宋時烈)이 어느 정도 신변(伸
辨)한 바가 있다.

> 내가 여쭙기를 "퇴계께서는 '점필재는 학문하는 사람이 아니다. 그가 평생
> 토록 한 일은 단지 사화(詞華)에 있었다'라고 하셨는데, 그렇다면 점필재는
> 유현(儒賢)이라고 일컬을 수 없는 것입니까?"라고 했다. 우암선생(尤庵先
> 生)께서 대답하시기를 "오로지 사화를 위주로 한 문제점은 진실로 덮을 수
> 없다. 그러나 포은(圃隱)의 한 계통의 학맥(學脈)이 살며시 전해져 와 한훤당
> (寒暄堂)과 정암(靜庵)의 학문을 열어주었으니, 사문(斯文)에 전혀 공이 없
> 다고 할 수 없다."라고 하셨다.[10]

---

8) 『退溪言行錄』 권5 5장. 先生曰, "金佔畢, 非學問底人. 終身事業, 只在詞華上, 觀其文集,
　可知."(金誠一).

9) 南袞作 「佔畢齋文集舊序」. 佔畢齋詩文, 嘗被成廟宣索, 未及獻, 而宮車晏駕. 繼而有戊午之
　禍, 抄本卄餘帙, 蕩爲煙燼. 尙有亂稿, 閣在樑上, 家人以爲不祥之物, 又擧而投之火. 傍有人,
　就熱焰中, 鉤取一二編, 纔免全燼. 今存者, 十未二三.

10) 李箕洪 『直齋集』 권8 18장, 「尤齋先生語錄」. 問, "退溪曰, '佔畢齋, 非學問底人. 終身事業,

퇴계나 우암 둘 다 점필재를 높게 평가하지는 않았지만, 문집만 보고 평가했기 때문에 당대에 직접 점필재를 보고 절친하게 지낸 홍귀달(洪貴達)이나 경연강의(經筵講義) 등을 직접 듣고 점필재를 평가한 성종(成宗)만큼 정확하다고 할 수는 없다.

그러나 퇴계는 예림서원(禮林書院)의 점필재 상향축문(常享祝文)에서는 점필재에 대해 최고의 존앙(尊仰)을 하고 있다.

문성(文星)의 정기를 타고서,	稟精奎壁
이 동방에 태어나셨습니다.	生此東土
선생의 학문은 깊고 깊고,	學問淵深
문장은 고고(高古)했습니다.	文章高古
그 당시에 영수(領袖)였고,	領袖當時
후세에 태산북두(泰山北斗)이십니다.	山斗後世
열어주고 도와준 것이 무궁하여,	啓佑無窮
우리의 도(道)는 쇠퇴해지지 않습니다.	吾道不替.11)

점필재의 학문과 문장과 그 당시의 영향력과 후세의 공헌에 대해서 극찬을 하고 있다. 특히 후세에 유학이 쇠퇴하지 않는 것은, 점필재가 계우(啓佑)해 준 공덕이라고 극찬을 하고 있다. 예림서원이 창건된 것이 1567년의 일이므로, 이 글은 퇴계가 아주 만년에 지은 것이다. 만년에는 점필재에 대한 평가가 바뀐 것으로 볼 수 있다.

그 이후로 유림에서 점필재에 대한 평가는 여전히 높았다. 퇴계의 재전제자에 해당되는 학사(鶴沙) 김응조(金應祖)는 다음과 같이 말하였다.

只在詞華上'. 然則, 畢齋不可以儒賢稱之耶?" 先生曰, "專主詞華之病, 誠不可掩. 然圃隱一脉, 隱約傳來, 以啓寒喧靜庵之學, 則不可謂全無功於斯文".

11) 『佔畢齋文集』 부록 권1 9장, 退溪 李滉作 「禮林書院常享祝文」. 이 祝文이 『退溪集』이나 『陶山全書』 등에는 수록되어 있지 않다.

선각자가 있어 후세 사람을 깨우쳐 주지 않는다면, 누가 능히 후학을 열어 주겠습니까? 오직 포은이 우리 동방에서 이 도를 창도(唱導)했고, 그 한 맥이 선생에게 전해졌습니다. 글을 펴고 가르침을 들어내자 참된 선비들이 많이 나왔습니다. 성인(聖人)의 길이 어두워졌다가 다시 밝아졌고, 여러 내를 막아 물결을 돌렸습니다. 여러 사람들이 취한 것을 걱정하여 정신이 들도록 했습니다. 저의 관점에서 보건대 선생님의 공적은 우(禹) 임금의 아래에 있지 않습니다.12)

점필재는 우리 나라 학문의 선각자로서 그 학문적 공적은 홍수를 막은 우(禹) 임금 못지 않다고 말했다. 그리고 참된 선비를 많이 길러내어 성인의 학문, 곧 유학이 다시 밝아졌고 사람들의 정신을 바로잡았음을 밝히고 있다.

어느 당파를 막론하고 점필재의 학문에 대한 존모(尊慕)는 다 지극했다. 한수재(寒水齋) 권상하(權尙夏)는 조선이 문헌(文獻)의 나라가 된 것은 점필재의 공적이라고 주장했다.

대개 선생의 학문은 포은(圃隱)을 사숙했는데, 선생에서 한 번 전하여 한 훤당(寒暄堂)이 되고, 두 번 전하여 정암(靜庵)이 되었다. 정암 이후에 참된 선비가 많이 나와 도학이 크게 진작되었다. 우리나라 전역이 홍성하게 문헌의 큰 나라가 된 것은 그 공을 공평하게 고찰해 보면 실로 선생에게서 말미암았다는 것은 속일 수 없는 사실이다.13)

바른 학문을 정립하여 도통(道統)을 전하여 조선에 참된 선비가 많이

---

12) 金應祖『鶴沙集』권6 29장,「祭佔畢齋金先生墓文」. 非先覺有以覺後, 孰能開夫後學. 惟烏川倡此道於我東, 一脈傳於先生. 扶文闡敎兮, 眞儒輩出, 聖路晦而復明, 障百川而回瀾. 憫衆醉而喚醒. 以余觀於夫子, 功不在於禹下.

13) 權尙夏『寒水齋集』권26 1장,「佔畢齋金先生墓碣」. 蓋先生之學, 私淑於圃隱, 而一傳而爲寒暄, 再傳而爲靜庵. 靜庵以後, 眞儒輩出, 道學大振, 三韓一域, 蔚然爲文獻大邦. 夷考其功, 實由於先生, 有不可誣也.

나오고 도학(道學)이 진흥될 수 있었던 것은 모두가 점필재의 공로라고
인정하였다.

점필재는 도학(道學)의 학통(學統)을 수수(受授)한 중요한 위치에 서
있는 중요한 학자이다.

> 우리나라의 도학(道學)의 으뜸 되는 맥은 포은(圃隱) 정선생(鄭先生)에게
> 서 발원하였다. 야은(冶隱) 길선생(吉先生)은 포은의 문하에서 수업(受業)하
> 여 그 바른 맥을 얻었다. 강호(江湖) 김선생(金先生)은 또 야은의 문하에서
> 배워 그 통서(統緖)를 이어 가정에 전하여 주었다. 그러한즉 점필재 선생의
> 학문의 연원(淵源)의 순수함은 한결 같이 바른 데서 나왔으니 어떠하겠는가?
> 적이 듣건대 그 당시 점필재선생의 문하에서 나온 명현(名賢)과 뛰어난 선비
> 들은 십수명에 그치지 않는다. 한훤당(寒暄堂)·일두(一蠹)·매계(梅溪) 등
> 은 다 점필재가 장려하여 일어나게 한 바이고, 정암(靜庵)·회재(晦齋)·퇴
> 계(退溪) 제현이 서로 이어서 일어나서, 위로 수사(洙泗)·염락(濂洛)의 도
> 통(道統)을 이었고, 아래로 억만년 가없는 아름다움을 열어 주었다.[14]

직접 학통(學統)이 닿는 정암(靜庵)은 물론이고, 그 이후 사승(師承)을
거치지 않고 학문을 이룬 회재(晦齋)·퇴계(退溪)까지도 점필재의 영향력
속에서 일어난 학자라고 김뉴(金紐)는 정리하고 있다.

점필재의 학문뿐만 아니라 그 시나 문장에 있어서도 후대인들이 극찬을
아끼지 않았다.

> 문단의 대가들은 매양 읍취헌(挹翠軒) 박은(朴誾)을 추중하여 시인의 으뜸
> 으로 삼는데, 거슬러 올라가면 점필재(佔畢齋)를 추중하여 제일로 삼는다.[15]

---

14) 『冶隱續集』 卷下 부록, 金紐 「繼開淵源錄」. 吾東方道學宗脈, 發源於圃隱鄭先生. 冶隱吉先
生, 受業於圃隱之門, 而得其正脈. 江湖金先生, 又學於冶隱之門, 接其統緖, 而傳之家庭, 則
佔畢齋先生學問淵源之粹然, 一出於正, 爲何如哉? 竊聞寒暄一蠹梅溪, 皆其所奬發, 而靜庵
晦齋退溪諸賢, 相繼而起, 上以接洙泗濂洛之統, 下以開億萬年無疆之休.

15) 李德懋 『淸脾錄』 권3 1장. 詞林鉅公, 每推挹翠軒爲詩宗, 遡以上之, 推佔畢齋爲第一.

시에 있어서 조선후기에 이르기까지도 그를 제일의 시인으로 쳤음을 알 수 있다.

점필재(佔畢齋)는 문장에도 아주 출중하여 明나라 문장대가에 비하여도 손색이 없음을 밝혔다.

> 明나라 사람 가운데서 문장으로 이름을 날리는 십대가가 있다. …… 우리 나라의 김계온(金季昷), 남지정(南止亭), 김충암(金冲庵), 노소재(盧蘇齋) 등의 문장은 명나라 십대가 가운데서 심양(潯陽) 동분(董玢), 녹문(鹿門) 모곤(茅坤) 등에 비긴다면 손색이 없다. 중국에서 마음껏 실력 발휘할 수 없는 것이 아깝다.16)

점필재는 남곤(南袞), 충암(冲庵) 김정(金淨), 소재(蘇齋) 노수신(盧守愼)과 더불어 우리나라를 대표할 수 있는 문장가로서 명나라의 문장십대가에 비교해도 손색이 없는데, 다만 우리나라에서만 국한되어 이름이 있고, 중국 천지에서 그 실력을 발휘하지 못함을 허균(許筠)은 못내 아쉬워하고 있다. 허균은 시문에 대한 조감(藻鑑)으로 당대에 이름을 떨친 사람이고 명나라 문학의 흐름을 잘 안 사람이니, 그의 주장은 확실한 근거를 두고 한 말이라 할 수 있다.

점필재는 고려후기 학문과 시문의 대가의 학맥을 계승하여 스스로 바른 학문으로 당대는 물론, 후세의 추앙을 받은 조선 전기를 대표하는 석학이 되었다. 사가(四佳) 서거정(徐居正)이 문형(文衡)을 26년 동안 계속해서 혼자 잡았는데, 이는 문형의 자리가 점필재에게 돌아갈 것을 우려하여 혼자 그 자리를 독점했다는 사실은 당시 점필재의 위상이 어떠했는가를 이야기해주는 좋은 자료이다.

---

16) 許筠『鶴山樵談』26장. 明人, 以文鳴者, 十大家. ……. 我東方金季昷南止亭金冲庵盧穌齋之文, 置之十人中, 比諸董茅, 亦不多讓, 而不得攘臂於中原, 惜哉!

Ⅲ. 참 선비의 배양

점필재 자신은 부공(父公) 강호(江湖)로부터 야은(冶隱)의 학문을 전수받았는데, 『소학(小學)』 공부를 중시하는 실천을 겸비한 학문적 경향이었다.

점필재는 어려서부터 부공으로부터 실천적인 학문을 철저하게 전수받았다. 점필재가 그 강호(江湖)의 교육방법에 대해서 이렇게 기술하였다.

> 우리들을 가르칠 때는 학문을 함에 있어서 단계를 뛰어넘지 못하게 하셨다. 그래서 처음에는 『동몽수지(童蒙須知)』, 『유학자설(幼學字說)』, 『정속편(正俗篇)』을 가르쳐 주시고, 이것들을 모두 외우게 한 뒤 『소학(小學)』에 들어가도록 하셨다. 그 다음으로 『효경(孝經)』, 『대학(大學)』, 『논어(論語)』, 『맹자(孟子)』, 『중용(中庸)』, 『시경(詩經)』, 『서경(書經)』, 『춘추(春秋)』, 『주역(周易)』, 『예기(禮記)』를 읽게 하셨고, 여러 역사서와 제자백가를 마음대로 읽도록 하셨다.
>
> 그리고 활쏘기 배우는 것도 금하지 않으셨다. 일찍이 "활과 화살은 몸을 호위할 수 있는 것이니, 잘 익혀두지 않아서는 안 된다. 하물며 옛날 사람들은 이것을 가지고서 그 사람의 덕(德)을 관찰하였으니, 바둑 등에 비교할 바는 아니다."라고 하셨다.
>
> 글씨 쓰기를 권하여 이르시기를 "글씨는 마음의 그림이니, 해서는 반드시 단정하게 써야 하고, 초서와 전서 또한 숙달되게 익혀야 한다."라고 하셨다. 산가지 잡는 방법을 익힐 것을 권하시면서 "일상생활 속의 사물은 이것이 아니면 그 숫자를 쉽게 파악할 수 없는 것이니, 위치를 기울어지게 해서는 안 된다."라고 하셨다.
>
> 또 "사람의 자식된 사람은 『예기』를 읽지 않아서는 안 된다. 평소에 상례나 제례의 절차를 익혀 두지 않으면 급한 일을 당하여 아득히 아무 것도 모르게 된다. 이때문에 불법(佛法)에 빠지기도 하고, 무당에게 미혹되기도 한다. 세상 사람들이 신종추원(愼終追遠)의 뜻을 잃어버리는 것이 매양 여기에 말미암는다."라고 말씀하셨다.[17]

엄격한 과정(課程)을 세워서 자식을 공부시키면서 책을 통해서 얻을 수 있는 지식 이외에 활쏘기, 글씨 쓰기, 산가지 잡는 법, 상제(喪祭)의 예절까지 다 가르쳤다. 이런 교육방법이 장차 점필재로 하여금 다방면에 능한 학자가 될 수 있는 바탕이 된 것이다.

글을 읽는 방법에 대해서 부공으로부터 이런 교육을 받았다.

> 우리들에게 글 읽는 방법을 가르치시기를 "글을 읽을 때는 마음을 거칠게 가져서 대충대충 쉽게 지나치지 말고, 모름지기 자세하게 간파해야 한다. 그리고 비록 별로 힘들여 짓지 않은 구절을 만났더라도 모름지기 잘 맛을 새겨 거기에 다른 뜻이 있지 않고 의심할 여지가 없어진 다음에야 다음으로 읽기를 넘어가야 한다. 글을 읽을 때는 옛사람의 찌꺼기라고 생각하지 말고, 자신의 직분 안에 있는 일로 힘써 체인(體認)해야 한다. 뜻을 얻지 못하였을 때는 자기에게서 실천하고, 영달하여서는 남을 다스리되 모든 경우 성현을 본받아야 한다."라고 하셨다.18)

글을 한 구절 한 구절 자세하게 읽어나가되 그 내용이 모두가 자신과 관계 있는 절실한 일로 간주해야 하고, 궁극적으로는 성현을 법도로 삼겠다는 정신으로 읽어야 한다고 강조했다. 문장을 짓기 위한 자료나 장만하는 독서가 아니고, 체득하여 실천에 옮길 수 있는 독서가 되어야 함을 강조했다.

---

17) 『彝尊錄』下「先公事業」제4 16-17장. 教余輩爲學不可躐等. 初授童蒙須知·幼學字說·正俗篇, 皆背誦, 然後令入小學. 次孝經, 次大學, 次語孟, 次中庸, 次詩, 次書, 次春秋, 次易, 次禮記, 然後令讀通鑑及諸史百家, 任其所之. 至於學射, 亦不禁. 嘗曰, "弓矢, 衛身之物, 不可不閑習. 況古之人, 以此觀德, 非博奕比也". 勸之書字則曰, "書, 心畫也. 模楷必端正, 草及篆, 亦須要精熟". 勸之握筆, 則曰, "日用事物, 非此, 未易究其數, 位置不可以傾側也". 又曰, "爲人子者, 不可不讀禮記. 平時不講求喪祭節文, 至於倉卒, 茫然無所知. 是以淪於佛法, 惑於巫覡. 世之人, 失愼終追遠之義者, 每坐此也".

18) 『彝尊錄』下「先公事業」제4 17장. 嘗訓余輩以讀書之法曰, "讀書, 勿麤心大膽, 容易放過. 須仔細看破. 雖置文句做得不着力處, 要把玩, 莫是有別意存, 無可疑, 然後讀過, 可也". 又曰, "讀書, 勿謂'古人糟粕'. 務要體認自家分內事. 窮而行己, 達而治人, 一切以聖賢爲法".

점필재는 부공으로부터 실천을 중시하는 이런 교육을 받아 학문과 문장
을 이룬 뒤 이런 방법을 제자들에게 그대로 전수하였다.

가만히 생각해 보건대, 고을의 풍속이 경박해지고 조정의 정치교화(政治
敎化)가 막히는 것은, 그 문제의 근원이 학교의 강학(講學)을 밝게 하지 못하
는 데 있습니다. 강학이 밝아진다면 효제충신(孝悌忠信)의 교훈을 사람마다
익혀 학교로부터 일반 마을에까지 훈도(薰陶)되고 발전되어 나가는 것이
저절로 중단됨이 없을 것입니다. 그렇게 되면 오륜(五倫)이 각각 차례를 얻
고, 사민(四民)이 각각 자기의 일에 편안히 종사하게 되고, 이로 인해서 집집
마다 다 봉(封)해 줄 만한 풍속을 이룰 수 있을 것입니다.[19]

풍속이 나빠지고 조정의 정치와 교화가 먹혀들지 않는 것은 강학을 하
지 않아서 그런 것인데, 강학을 통해서 이런 문제점을 해결하여 윤리를
바로잡고 백성들이 자기 직분에 충실하게 만들 수 있다고 점필재는 보았
다. 학문을 밝히는 것이 곧 사회의 모든 문제를 해결하는 관건이 될 수
있다는 신념을 갖고 있었다.

또 밀양 고을의 향헌(鄕憲)이라는 것을 만들어 풍속을 바로잡았다. 인근
여러 고을에서 이 소식을 듣고 향헌을 그대로 적용하여 시행하였다.

그래서 점필재 자신은 애초에 과거 합격만을 위해서 공부한 적은 없었
지만, 부모들이 권유했으므로 응거(應擧)하여 29세에 급제하였다. 과거
합격 전부터 사문(斯文)을 진작시키고, 젊은 사람들을 가르쳐 인도하는
일을 자신의 임무로 삼으니, 쇄소(灑掃)의 예를 행하고서 육예(六藝)의
학문을 닦는 제자들이 많이 몰려들었다.[20] 학문을 통해서 인재를 기르고
나아가 국가사회를 다스려나가려고 했던 것이다.

---

19) 『佔畢齋集』文集 권1 22장,「與密陽鄕校諸子書」. 竊思之, 鄕閭風俗, 所以澆漓, 朝廷政化,
    所以壅閼, 其病源, 專在於學校講學之不明也. 講學苟明, 則孝悌忠信之敎, 人人服習, 由庠序
    而及閭巷, 薰蒸條暢, 不能自已, 五倫各得其序, 四民各安其業, 比屋可封之俗, 亦因以馴致矣.
20) 『佔畢齋集』年譜 天順 3년 己卯年條.

점필재가 본격적으로 제자를 기른 것은 성종 2년(1471) 함양(咸陽) 군수
로 부임하면서부터 시작되었다. 점필재는 공무의 여가에 관내 거주하는
총명한 사람들을 선발하여 가르쳤는데, 일과(日課)를 정하여 강독(講讀)
하니 배우는 사람들이 그 소문을 듣고 먼 곳에서부터 모여들었다.[21]

점필재는 함양 군수로 6년 동안 재직하였는데, 향음주례(鄕飮酒禮)와
양로례(養老禮)를 행하여 유학을 진흥하고 보급하기 위해서 대단히 노력
했다. 그리고 점필재는 고을원으로 나가면 반드시 그 지역의 선비와 서민
들에게 불교적인 의식을 불식하고, 『주자가례(朱子家禮)』에 의거하여 사
당을 세우고 신주를 만들어 조상의 제사를 받들 것을 권장하여 예속(禮俗)
이 진작되었다.

이때 뇌계(氵雷溪) 유호인(兪好仁), 남계(藍溪) 표연말(表沿沫) 등 많은
인재들과 자주 어울려 강학하여 제자로 길렀고, 이런 점필재의 스승으로서
의 주도적인 역할을 뒷날 강우지역(江右地域)의 학문 흥기(興起)에 많은
영향을 끼쳤다.

점필재의 함양군수 시절에 교육을 받았던 함양 출신인 표연말이 점필재
의 일생 행적에 대하여 이렇게 평가했다.

> 표연말이 공초(供招)하였다. 신(臣)은 함양에 사옵는데, 종직이 본군의
> 군수로 와서 신이 비로소 알게 되었습니다. 그 뒤 신이 향시(鄕試)에 합격하
> 고 나서, 경의(經義)에 의심나는 곳을 질문하였습니다. …… 다만 신이 종직
> 의 행장(行狀)을 짓기를 "공의 도덕과 문장은 진실로 일찍이 현관(顯官)으
> 로 등용되어 사업에 베풀었어야 할 것인데 어버이를 위하여 외직(外職)을
> 요청하여 오랫동안 낮은 관직에 머물러 있었고, 늦게서야 임금님의 알아줌
> 을 입어 빨리 육경(六卿)으로 승진되어 바야흐로 크게 쓰이게 되었는데, 공
> 의 병은 이미 어찌할 수 없는 지경에 이르러 두 번 다시 조정에 오르지 못하
> 였으니, 어찌 우리 도의 불행이 아니랴! 의논하는 사람들이, 공이 조정에

---

21) 『佔畢齋集』 年譜 成化 7년 辛卯年條.

선 지 오래지 않아서 비록 큰 의논을 세우지 못하고 큰 정책을 진술하지
못했지만, 그 당시에 사문(斯文)의 중망(重望)을 짊어지고 능히 사도(師道)
로서 자처하여 인재를 작성함에 있어서는 근세에 한 사람일 따름이다."라고
하였습니다.[22]

주로 외직에 오래 있었기에 큰 정책을 실현하지는 못했지만, 유림(儒林)
의 중망(重望)을 얻어 스승의 임무를 잘 수행하여 많은 인재를 작성한
공로는 다른 사람이 따라갈 수 없을 정도였다는 것이다.

함양에 근무할 때 한훤당(寒暄堂) 김굉필(金宏弼)과 일두(一蠹) 정여창
(鄭汝昌) 등 뛰어난 제자를 얻었다. 한훤당과 일두는 본래 친구 사이로
함께 점필재의 문하에 와서 배우기를 청하였다. 점필재는 옛 사람들이
학문한 순서에 따라 가르쳐서 먼저 『소학』과 『대학』을 읽게 하고 나서,
『논어』와 『맹자』를 읽게 하였다. 두 사람은 점필재의 가르침의 방향을
알고서 도의(道義)를 연구하였다.

특히 한훤당이 학업을 청하자, 점필재는 실천적 학문을 위해 사람 되는
공부의 기초인 『소학』 교육을 중시하였다. 그런데 이런 『소학』 공부를
중시하는 전통은 야은(冶隱)으로부터 강호(江湖)를 거쳐 점필재에 이르렀
다. 점필재는 『소학』의 중요성을 강조하여 "진실로 학문에 뜻을 둔다면,
의당 여기서부터 시작해야 한다. 광풍제월(光風霽月) 같은 마음이 되는
것도 또한 여기서 벗어나지 않는다."라고 말했다.

한훤당은 점필재의 가르침을 듣고 마음 속으로 정성껏 지켜 『소학』 책
을 손에서 놓지 않았다. 그리고 이런 시를 지어 점필재에게 바쳤다.

---

22) 『燕山君日記』 권30 4년 7월조. 沿沫供. 臣居咸陽, 宗直來守本郡, 臣始得相知. 及臣中鄉試,
質經義可疑處. ……. 但臣撰宗直行狀云, "以公之道德文章, 固宜早致顯庸, 措諸事業, 而爲
親乞外, 久淹下吏. 晚遇主知, 驟至大卿, 方欲大用, 公之疾, 已不可爲, 不得再登于朝, 豈非君
道之不幸耶? 議者, 以公立朝不久, 雖未得建大議, 陳大策, 而負一世斯文之重望, 能以師道自
任, 作成人材, 近世一人而已."

학문하여 아직 천기를 알지 못했는데,　　　　　　學問猶未識天機
『소학』책 속에서 어제까지의 잘못 깨달았다네.　小學書中悟昨非
지금부터 명교의 즐거움 절로 있으리니,　　　　從此自有名教樂
구구하게 가벼운 옷 살찐 말을 부러워하랴?　區區何用羨輕肥[23]

　점필재는 이 시를 보고 "이 말은 곧 성인(聖人)이 되는 근기(根基)다. 허노재(許魯齋) 이후에 어찌『소학』을 독실하게 믿을 그런 사람이 없겠는 가?"라고 칭찬했다. 유가의 책 가운데서 행동의 규범으로는『소학』만한 책이 드물다. 원(元)나라의 유학자 노재(魯齋) 허형(許衡)은『소학』을 독실하게 믿어 "나는『소학』을 신명(神明)처럼 독실히 믿고, 부모처럼 공경 한다."라고 한 적이 있었다.
　또 점필재는 한훤당에게 화답하는 시를 지어 주었다.

그대 시어를 보니 옥에 연기 나는 듯하니,　　　看君詩語玉生煙
진번의 의자 이제부터 걸어 둘 것 없겠네.　　　陳榻從今不要懸
까다로운『서경』「반경」뜯어보려 하지 말게나.　莫把殷盤窮詰屈
마음이 조화에 맞게 맑게 할 줄 모름지기 알아야 하리.　須知方寸湛天淵[24]

　한훤당의 시가 자기의 정신을 너무나 잘 알았기 때문에 기쁜 나머지 이 시를 지어 격려한 것이다. 경서를 읽을 때 복잡한 구절의 해석에 집착하지 말고, 성현이 가르친 말의 정신을 잘 체인(體認)하여 자기 수양에 도움을 얻어라는 당부였다.
　점필재는 일률적으로 제자들을 가르치는 것이 아니라 배우러 오는 제자의 자질과 특성에 따라서 가르침을 달리했다. 마치 병을 잘 아는 의원이

---

23)『佔畢齋集』年譜 成化 10년조. 이 시가 金宏弼의 實紀인『景賢錄』에 수록되어 있는데, 자구의 차이가 많다.『景賢錄』에는 이렇게 되어 있다. 業文猶未諳天機. 小學書中悟昨非. 從此盡心供子職, 區區何用羨輕肥.
24)『佔畢齋集』年譜 成化 10년조.

증세에 따라서 처방을 달리하듯이. 탁영(濯纓) 김일손(金馹孫) 형제가 찾아왔을 때는 그들에게 한유(韓愈)의 문장을 가르쳐주어 그 재주에 따라 성취하도록 하였다.

성종 7년(1476) 점필재는 지승문원사(知承文院事)에 임명되어 내직으로 들어갔다가 다시 어머니 봉양의 편의를 위해서 선산부사(善山府使)에 임명되었다. 이 고을에 부임해서도 점필재는 유학의 진흥을 위해 적극 노력하였다. 매달 삭망(朔望) 때마다 맨 먼저 향교로 성현(聖賢)들을 참알(參謁)하였다. 그리고 향음주례(鄕飮酒禮)와 양로례(養老禮)를 거행하였다.

선산 향교에서도 강학을 했는데 한훤당(寒暄堂) 김굉필(金宏弼), 생원 이승언(李承彦), 참봉 원개(元槩), 생원 이철균(李鐵均), 진사 곽승화(郭承華), 수재(秀才) 주윤창(周允昌) 등이 향교에 모여 토론하면서 점필재에게 묻고 논변하였다. 이때 마침 국왕이 성균관에 행차하여 알성시(謁聖試)를 보일 것이라 하므로, 공부하던 사람들이 응시하기 위해 행장을 꾸려서 하직하였다, 이에 점필재는 격려하는 시를 지어 주었다.

들으니 성균관에 문성(文星)이 움직인다 하는데,　　　　聞道賢關動奎壁
그대들 응당 오색 붓으로 무지개 토해 내리라.　　　　應將彩筆吐虹蜺
우리 무리 가운데 특출한 선비 많아 든든하나니,　　　　自多吾黨多奇士
내 눈을 씻고서 시험지 쓴 것 보아야겠네.　　　　洗眼行看淡墨題25)

점필재는 제자들에게 과거를 포기하고 은거할 것을 권유한 적이 없고, 오히려 적극적으로 관계에 진취(進取)하기를 장려하였다. 문장실력을 발휘하여 과거에 합격하여 우리 모임의 존재를 발양(發揚)할 것을 이 시를 통해서 나타내고 있다.

이때 원개(元槩)의 시에 화답(和答)한 시는 이러하다.

---

25) 『佔畢齋集』 年譜 成化 13년 丁酉年條.

향교에서 옛날 책 이미 다 연구했으니,　　　蠹簡已窮文杏館
선녀가 응당 녹운의(綠雲衣) 만들어 놨으리.　仙娥應剪綠雲衣
임금과 백성 요순시대처럼 만드는 게 평생의 뜻,　平生堯舜君民志
가벼운 수레와 살찐 말 부러워하겠는가?　　　肯羨車輕馬亦肥26)

　공부를 충분히 했으니 과거 합격은 당연히 될 수 있을 것이다. 그러나
과거하여 벼슬에 나가려는 목적은 선비로서 지금의 우리 임금을 요순처럼
만들고, 우리 백성들을 요순시대처럼 태평한 시대에 사는 백성으로 만들려
는 데 있다는 것이다. 점필재 자신도 그렇고 제자들에게도 그런 사상을
심어주었는데, 영달하여 호의호식(好衣好食)하는 것이 선비가 공부하는
목적이 아니고, 사람이 살기에 가장 이상적인 요순시대와 같은 국가를
만들겠다는 것이 점필재의 뜻이었다.
　선비가 공부를 하여 관직에 나가 뜻을 펴 나라를 바로잡는 일에 참여하
지만, 그냥 순탄하게 마음먹은 대로 되는 것이 아니고 여러 가지 난관이
앞을 가로막게 된다.

나라 바로잡는 계책 너무 이르다고 그대는 말하지만,　君言醫國太早計
우리의 유도(儒道)는 종래부터 복잡하고 어렵다오.　吾道從來帆骸艱27)

　유학의 이상을 실현하는 것이 목표지만, 어려움을 거친 뒤에 완성될
수 있음을 밝힌 것이다.
　전라도 관찰사로 나가서도 여러 고을을 순시하면서 강독(講讀)을 권면
하고, 향음주례(鄕飮酒禮)와 향사례(鄕射禮)를 거행하였다.
　벼슬에서 물러나 밀양(密陽)의 전장(田莊)에 있을 때도 늘 주자(朱子)
의 학규(學規)에 의거하여 본원(本源)을 함양하는 것을 덕(德)에 나아가는

---

26) 『佔畢齋集』 年譜 成化 13년 丁酉年條.
27) 『佔畢齋集』 年譜 成化 18년 壬寅年條.

기반으로 삼고, 성리(性理)를 탐구하는 것을 학업을 닦는 것을 근본으로 삼아 가르쳐, 배우는 이들의 식견이 높아지도록 하였다. 경전(經傳)을 강독할 적에도 반드시 정자(程子)·주자(朱子)의 본래 취지에 부합되도록 힘쓰고, 말하는 것마다 반드시 충효를 위주로 하였다. 항상 도학(道學)을 밝히는 것을 자신의 사업으로 삼았다.

점필재의 교육을 받은 제자들로는 한훤당(寒暄堂) 김굉필(金宏弼), 일두(一蠹) 정여창(鄭汝昌) 이외에 어릴 때부터 가까이서 모신 생질 강백진(康伯珍)과 강중진(康仲珍), 점필재의 처남인 매계(梅溪) 조위(曺偉)가 유명하다.

점필재가 작고한 그 다음해 봉상시(奉常寺)에서 시호(諡號)를 정할 때, 지은 시의(諡議)에서 점필재가 한 평생 이 세상에 끼친 교화(敎化)를 종합적으로 언급하였다.

> 공(公)은 일찍부터 시례(詩禮)를 배워 몸소 스승의 도리를 담당하였다. 덕(德)과 인(仁)에 의거하여서 충신(忠信)과 독경(篤敬)으로 사람을 가르치는 데 게을리하지 않아서, 사문(斯文)을 진흥시키는 것을 자기의 책임으로 삼았다. 그가 학문을 함에 있어서는 왕도(王道)를 귀하게 여기고, 패도(覇道)를 천하게 여겼다. …… 사람을 가르침에 있어서는 글을 널리 배우게 하고 예로써 요약하였다. …… 문장과 도덕이 세상에 우뚝 뛰어나 참으로 삼대(三代)의 남긴 인재로서 사문(斯文)에 끼친 공은 무겁고 크도다.28)

당대의 으뜸가는 스승으로서 많은 인재를 교육시켜 유학(儒學)을 진작시키는 데 가장 큰 공헌을 한 인물이라는 최종평가를 내렸다.

---

28) 『佔畢齋集』年譜 弘治 6년 癸丑年條. 公早學詩禮, 身任師道. 據德依仁, 忠信篤敬. 誨人不倦, 以興起斯文, 爲己責. 其爲學也, 貴王而賤霸. ……. 其敎人也, 博文而約禮. ……. 文章道德高出於世, 眞三代遺才, 其有功於斯文, 重矣.

Ⅳ. 출사(出仕)와 제자 인진(引進)

점필재(佔畢齋)는 1459년(세조 5) 과거에 급제하여 출사(出仕)하기 시작했다. 그는 평소에 유학을 진흥시키고 후진을 가르쳐 인도하는 것을 자신의 임무로 삼았으므로, 출사와 사직을 자주 하는 후세의 산림학자(山林學者)들과는 관직에 임하는 태도가 달랐다. 아주 적극적으로 사환 생활을 했다. 그리고 관직에 있으면서 내외직을 막론하고 계속 제자들을 가르쳤다. 천부적인 교육자라고 할 수 있다. 그래서 그의 제자 가운데는 서울 경기 등 영남 이외의 제자들도 많이 있다.

특히 그는 뛰어난 학문과 시문실력으로 성종(成宗)에게 깊은 인상을 주어 두터운 신임을 받았다. 중앙관서에서는 홍문관(弘文館)·승정원(承政院)·성균관 등에 주로 근무하면서 늘 경연관(經筵官)을 겸하고 있었다. 경연의 강의에서 호학지군(好學之君) 성종으로부터 그 실력을 확실하게 인정받았다.

점필재의 제자들은 점필재의 훌륭한 교육을 받아 자력으로 과거에 급제하거나 추천을 받아 조정으로 진출한 것이다. 점필재가 제자들을 조정에 끌어들이려고 특별히 국왕에게 부탁을 하거나, 기득권 세력과 세력을 다툰 적이 없다. 오로지 출중한 실력에 근거한 것뿐이다.

그리고 지금까지 몇몇 종의 국사나 국문학사 등에서 점필재와 그 제자들은 조정에 진출하여 기득권 세력인 이른바 훈구파(勳舊派) 세력과 권력 쟁탈전을 벌인 것처럼 서술되어 있지만, 사실은 점필재는 기존 훈구세력과의 조화 속에서 발전해 갔다. 또 훈구파의 자제들 가운데는 점필재의 제자도 적지 않다.

점필재가 쓴 신숙주(申叔舟) 문집의 서문을 보면 이런 사실을 알 수 있다.

　　　나는 궁벽한 시골의 후진인데, 맨 처음 승문원에서 벼슬할 때부터 공으로부터 알아 줌을 입었다. 공이 「병장설(兵將說)」에 주석을 달 때 내가 외람되이 공에게 딸린 관리가 되어 있었다. 하루는 내가 문하에서 공의 명령을 받들고 있었는데, 공은 손님들과 술을 마시면서 한 마디 말로 좌석에서 나의 장점을 칭찬해 주었다. 나를 계발시키고 성취시켜 준 그 은혜를 어찌 감히 잊을 수가 있겠는가? …… 내가 일찍이 공이 그토록 알아 준 데 대해서 조금도 보답을 못한 것을 부끄러워해 왔는데, 이제 서문을 지어달라는 부탁을 받고서, 공이 지은 글 사이에다 이름을 거는 것을 영광으로 여긴다. 다만 공의 깊고 넓은 도량만을 표출하고 말았는데, 나중에 숨겨진 사실을 찾아내어 공의 찬(贊)을 지을 자료가 될 것에 대비하는 바이다.[29)]

아주 마음 속으로부터 그 은혜에 보답해야겠다는 마음으로 신숙주의 문집에 서문을 쓰고 있다. 그리고 신숙주의 조카인 신종호(申從濩)는 점필재의 제자이기도 하다.

진주(晋州) 출신의 강희맹(姜希孟)은 세조(世祖)와는 이종사촌간인데, 점필재에게 후의를 갖고 있었다. 점필재가 함양 군수(咸陽郡守)로 나갈 때 시를 지어 전송했는데, 그 시에 붙인 서문은 이러하다.

경순(景醇 : 강희맹의 자)이 어릴 때 그대 백씨[金宗碩]와 같이 공부했는데, 그때 그대는 아직도 어렸다네. 우리들을 따라서 홍덕사(興德寺) 못의 연꽃을 따 달라고 조르기에, 자네 백씨와 자네 요구에 응하려고 도모하다가 주지한테 욕을 들어먹었지. 그 뒤 헤어진 지 20여 년 되었는데, 그대 형제는 다 재주로 세상에 이름을 날렸지. 불행히도 백씨는 세상을 떠났고, 그대는 글 잘한다는 이름을 크게 날리고 경연(經筵)에서 임금님을 모시고 또 사국(史局)을 주도하다가, 이제 하루 아침에 어버이가 늙은 것 때문에 고을원 자리를 자원하여 훌쩍 남쪽으로 내려가는구려. 아아! 자식은 어버이에게 콩과 맹물을 드려도

---

29)『佔畢齋集』文集 권1 44-45장, 「申文忠公文集序」. 宗直, 窮鄕晩進, 始自槐院, 辱公之知. 公之註兵將說也, 叨濫屬官. 一日, 承稟於門屛, 公方與客飮, 一言延譽于四座, 所以開發成就之恩, 何敢忘諸? …… 宗直嘗愧無ㅁ麽報效於知待. 玆蒙見屬爲序, 竊以托名文字間爲幸. 祗表公之曠度弘量, 以備他日索隱逑贊之資云爾.

남음이 있는 경우가 있고, 가마나 솥을 벌여 놓고 봉양할지라도 부족한 경우가
있다. 그대의 이번 가는 길에 내가 흠잡을 것이 없도다.30)

강희맹(姜希孟)은 점필재의 백씨와 같이 공부할 정도로 친밀했고, 점필
재의 어린 시절까지도 훤히 기억할 정도로 점필재를 잘 알았다. 점필재가
선산부사(善山府使)로 나갈 때도 다섯 수의 시를 지어 전송했는데 '친형제
와 다를 바 없다'는 내용을 담고 있다.31) 점필재가 함양 군수로 재직하던
중 아들을 잃고 사직하려고 하자, 상(喪)을 당하여 고향에서 지내던 강희
맹이 만류하는 서신을 보낸 적이 있었다.

그리고 강희맹은 점필재뿐만 아니라 점필재의 제자인 조위(曺偉), 유호
인(兪好仁) 등에 대해서도 장후(奬詡)를 아끼지 않았다.

영남(嶺南) 출신의 사림(士林)으로 점필재의 제자인 유호인(兪好仁)이
조정에 진출하여 입신하는 과정을 보면 점필재 제자들의 조정 안착의 한
전형을 보는 듯하다.

갑오년(1474) 여름 내가 양부모의 상(喪)을 당하였는데, 이해 겨울에 가족
을 이끌고 남쪽으로 내려갔다. 이때 본관이 일선(一善)인 김공(金公) 종직(宗
直)이 군수로 있었다. 고향의 노인들이 서로 번갈아가면서 칭찬하기를 "사또
님은 문교(文敎)를 숭상하여 문교가 크게 일어났습니다. 인근의 여러 고을의
양반자제들이 양식을 싸가지고 와서 배우는 사람이 무려 수십 명이나 됩니
다. 문예가 이루어져 과거에 응시한 사람도 십여 명이나 되는데, 사마시(司馬
試)에 합격하여 문과(文科)를 기다리는 사람이 대여섯 명이 넘습니다. 문과
에 합격하여 벼슬에 나간 사람으로는 창녕(昌寧)이 본관인 조공(曺公) 위(偉
 : 자는 太虛), 고령(高靈)이 본관인 유공(兪公) 호인(好仁 : 자는 克己) 등이

---

30) 姜希孟『私淑齋集』권1 29장,「送金修撰宗直作宰咸陽二首」. 景醇少與伯氏同學, 君於其時
   尙幼, 從某等追索興德寺池荷. 與伯氏謀所以應求, 而時被主髡所罵. 爾後暌離卄餘載, 君兄
   弟, 俱以才鳴於世, 不幸伯氏下世, 而君大肆文名, 侍經幄, 擅史局. 一朝以親老乞郡, 翻然南
   下. 噫! 子之於親, 奉菽水而有餘, 列釜鼎而不足, 於君此行, 吾無間矣.
31) 姜希孟『私淑齋集』권1 30장,「送金善山宗直之任五首」.

있는데, 모두 사또가 만들어 낸 바로서 그 힘차고 뛰어난 문장은 남쪽 고을에
서 명성이 대단합니다. 내가 혼자서 의아하게 생각했다. 이 고을은 하늘이
본디 거칠게 만들었는데, 어찌 이처럼 쉽게 그 거침을 부수어 버린단 말인가?
　하루는 사또와 이른바 유공(兪公) 극기(克己)씨가 함께 왔기에, 내가 나가
자리로 맞이했다. 그 용모를 보니 침정(沈靜)하면서 간묵(簡默)했고, 그 말을
들어 봤더니 창달(暢達)하면서도 어눌한 듯하였다. 이에 비범한 선비로서
사또가 가르쳐 키운 공이 아주 많다는 것을 알았다. 드디어 서로 사귐을
맺고서 자주 왕래하였는데, 천천히 그 사람됨을 보니 학문은 정밀하면서도
넓고 시문(詩文)은 웅혼(雄渾)하여, 말단적인 인위적인 일에 급급하지 않고,
초연히 영달과 이익을 대수롭잖게 여기고 도덕을 숭상하는 바가 있었다.
　얼마 있지 않아 극기(克己)씨가 서울의 벼슬 자리에 임명되었으므로 와서
하직을 하였다. 인하여 시를 지어주고 아울러 정승인 사가정(四佳亭) 서강중
(徐剛中：徐居正의 자)에게 추천하며 말하기를 "사가(四佳)노인이 바야흐로
선비들을 초빙하고 있소. 그대의 맑은 모습을 한 번 보게 되면, 반드시 이름
을 기록해 놓을 것이요."라고 했다.
　나도 뒤따라서 서울로 왔다. 복(服)을 다 끝내고 다시 경연(經筵)의 직책에
임명되었는데, 극기씨는 이미 명성이 서울에 쫙 퍼져 이미 사문(斯文)의 큰
인물이 되어 있었다. 임금님이 특별히 사가독서(賜暇讀書)를 시키고 있으니,
장차 크게 쓰려는 때문이다. 이윽고 홍문관(弘文館) 박사(博士)에 임명되었
는데, 홍문관의 모든 분들이 그의 큰 그릇에 탄복했다. 일년이 되지 않아
부수찬(副修撰)으로 승진하였다.[32]

---

32) 姜希孟『私淑齋集』권8 36-37장, 「送兪修撰歸養序」. 甲午夏, 景醇遭養親服. 是年冬, 挈家
　南歸. 時一善金侯宗直爲郡守. 鄕父老, 交口稱之曰, "使君尙文敎, 文敎大興, 傍近諸邑, 衣冠
　子弟, 贏糧而就學者, 無慮數十人, 而藝成應擧者, 十餘人. 中司馬試, 待正科者, 不下五六人,
　賓興釋褐者, 若夏山曹公太虛氏, 高靈兪公克己氏, 皆使君所陶鑄, 而雄文鉅筆, 馳譽南州者
　也". 景醇竊疑之, 玆邑, 天固荒之矣. 安能破之, 若其此易耶? 一日, 使君與所謂兪公克己氏,
　偕來. 景醇出迎于座. 目其貌, 沈靜而簡默, 耳其言, 暢達而若訥, 迺知非凡士, 而使君敎養之
　功, 萬萬也. 遂相與訂交, 憧憧往來. 徐觀其爲人, 則學問精博, 辭藻雄渾, 不規規於事爲之末,
　而超然有薄榮利, 而崇道德者矣. 克己氏, 以當補京職來辭. 因贈詩, 兼薦於四佳亭徐相國剛
　中曰, "四佳老子, 方延士, 一見淸標, 定紀名". 景醇繼亦至于京. 服闋, 再忝經幄之任. 克己氏
　已播譽都下, 爲斯文大手. 上特賜暇讀書, 以大用也. 旣而除弘文博士, 館中諸公, 咸服其大器.
　未閱歲, 陞授副修撰.

점필재(佔畢齋)의 제자 가운데서 조정에 진출하여 실력을 인정받은 유호인(兪好仁)의 사례이다. 다른 제자들의 경우도 이와 유사한 과정을 거쳐 중앙관계에서 진출했다. 점필재가 가르쳐 기른 인재가 얼마나 출중했는지를 알 수 있다. 학문과 문장실력을 겸비하고서 실천이 따르는 도덕적인 조행(操行)은 성종(成宗)의 인정을 받기에 충분했다. 이들의 분위기는 훈구세가(勳舊世家) 자제들의 교기(驕氣)와 부화(浮華)한 것과는 달랐다. 여기서 주의할 점은 점필재 제자를 서거정(徐居正)에게 추천했다는 사실이다. 서거정은 점필재와 적대적 관계에 있는 인물로 알려져 있지만, 당시 실상은 그렇지 않았다는 것이다.

점필재의 제자들로 무오사화(戊午士禍) 당시 조정진출해서 벼슬하던 인물은 김일손(金馹孫)의 공초(供招)에 의하면 다음과 같다.

> 윤필상(尹弼商) 등이 물으니, 일손이 이렇게 답했다. 신종호(申從濩)는 종직(宗直)이 서울에 있을 적에 수업하였고, 조위(曹偉)는 종직의 손아래 처남으로서 젊어서부터 수업하였고, 채수(蔡壽)·김전(金詮)·최보(崔溥)·신용개(申用漑)·권경유(權景裕)·이계맹(李繼孟)·이주(李胄)·이원(李黿) 등은 과거에서 제술(製述)로 종직의 평가를 받았고, 정석견(鄭錫堅)·김심(金諶)·김흔(金訢)·표연말(表沿沫)·유호인(兪好仁)·정여창(鄭汝昌) 등도 역시 모두 수업하였는데, 언제 수업했는지는 알지 못합니다. 이창신(李昌臣)은 홍문관 교리가 되었을 적에 종직이 응교(應敎)로 있었는데, 창신이 『사기(史記)』의 의심난 곳을 질문하였습니다. 강백진(康伯珍)은 생질로서 젊었을 적부터 수업하였고, 유순정(柳順汀)은 한유(韓愈)의 글을 배웠고, 권오복(權五福)은 종직이 동지성균관사(同知成均館事) 시절에 성균관에서 머무르며 공부하였고, 박한주(朴漢柱)는 경상도 유생으로서 수업하였고, 김굉필(金宏弼)은 종직이 상(喪)을 만났을 때에 수업했습니다. 그 나머지도 오히려 많다고 한 것은 이승언(李承彦)·곽승화(郭承華)·장자건(莊子健) 등입니다.33)

33) 『燕山君日記』 권30, 4년 칠월조. 弼商等이 問之, 馹孫對曰, "申從濩, 宗直在京時, 受業. 曹偉,

　김일손(金馹孫)이 공초에서 밝힌 점필재의 제자는 모두 25명이다. 이들은 그 당시 관적(官籍)에 올라 있던 인물이 대부분이지만, 빠진 사람도 많다.

　『점필재집(佔畢齋集)』 부록의 문인록(門人錄)에는 모두 59명이 실려 있다. 그러나 강희맹(姜希孟) 등은 점필재보다 7년 연장자로서 점필재가 10세 때 문과급제하여 사환하고 있었고, 늘 점필재를 인진(引進)해 준 위치에 있었는데 제자에 넣는다는 것은 모순이다. 이 59명 가운데 영남에 거주하던 제자는 39명이고, 타도 거주자는 20명이었다.34) 이에서 점필재의 제자는 영남지방에만 국한되지 않는다는 것을 알 수 있으니, 점필재의 학문적 문학적 영향은 전국적으로 확산되었음을 알 수 있다.

　당대 최고의 스승과 그 제자들이 성종(成宗)의 적극적인 신임을 받고서 조정에서 세력을 형성해 나가자, 이를 시기 질투하는 무리도 없지 않았다.

　　한 때의 선비들이 종직(宗直)의 문하에서 학업을 받았는데, 서로 마음을 같이하고 뜻을 모아 끼리끼리 어울렸다. 이승건(李承健)이 그때 한림(翰林)이었는데, 사초(史草)에 쓰기를 "영남 사람들은 서로 도와서 스승은 제자를 칭찬하고, 제자는 스승을 기리어 자기들끼리 한 당파를 만들었다."라고 했다. 그 뒤 이극돈(李克墩)이 이승건의 사초를 보고 매양 "직필(直筆)이다"라고 칭찬했다.35)

以宗直妻弟, 自少受業. 蔡壽, 金詮, 崔溥, 申用漑, 權景裕, 李繼孟, 李冑, 李䉣, 製述科次. 鄭錫堅, 金諶, 金訢, 表沿沫, 兪好仁, 鄭汝昌, 亦皆受業, 其歲月則不知. 李昌臣, 爲弘文校理, 宗直時爲應敎, 昌臣, 以史記質疑. 康伯珍, 以三寸姪自少受業. 柳順汀受韓文. 權五福, 則宗直同知成均時, 居館. 朴漢柱, 以慶尙道儒生受業. 金宏弼, 宗直遭喪時, 受業. 所謂其餘而多者, 李承彦, 郭承華, 莊子健也.

34) 李樹健『嶺南學派의 形成과 發展』320쪽. 일조각 1995. 그런데 이 책에서는 佔畢齋 門人錄에 실린 제자를 58명으로 해 놓았다.

35) 權鼈『海東雜錄』(大東野乘 권20 所收). 一時之士, 皆受業於宗直之門, 同心協志, 以類相從. 李承健, 時爲翰林, 書之史草曰, "南人互相吹噓, 師譽弟子, 弟子譽師, 自作一黨". 其後, 李克墩見承健史草, 稱曰, "直筆".

또 김종직과 그 제자들을 일러 '경상도선배당(慶尙道先輩黨)'이라 지목
하기도 하였다.[36] 그러나 점필재의 제자들은 이 점에 대해서 주의를 기울
이지 않아, 결국 간신배들에게 당하는 결과를 초래하고 말았다.

서울 출신의 훈구파들 전체가 김종직과 그 제자들과 적대관계에 있은
것이 아니고, 유자광(柳子光) 등 간악한 무리가 「조의제문(弔義帝文)」을
빌미로 삼아 점필제와 그 제자들을 일망타진한 것이다.

무오사화(戊午士禍)는 실로 유자광(柳子光)에 의한 점필재와 그 제자
들에 대한 계획적인 살륙극으로서, 유자광의 연산군(燕山君)을 업고 밀고
하는 행위에 대해서 그 당시 조정의 신하들 사이에도 많은 불만이 있었다.

유자광(柳子光)이 실록청(實錄廳)에서 초한 사초(史草)에 누락이 있는가
의심하여 다시 조사할 것을 청하자고 하니, 성준(成俊)은 말하기를 "이는
우리들은 모르는 바이다. 무릇 사람들이 입계(入啓)하는 일에 있어서 이처럼
혼자 독차지하는 것은 마땅하지 않소."하였다. 강구손(姜龜孫)도 또한 불가
하다 말하니, 자광이 드디어 중지하였다. 구손이 남곤(南袞)으로 하여금 여
러 사람들이 모인 자리에서 말하게 하기를 "지금 국옥(鞫獄)에는 위관(委官)
이 있고 의금부(義禁府)도 있지만, 일찍이 그 일을 힘써 주장한 적이 없는데,
힘써 주장한 이는 오직 무령군(武靈君 : 柳子光의 封號)일 따름입니다. 비밀
에 속하는 일은 진실로 단독으로 아뢰는 것이 당연하지만, 만약 공적인 일이
라면 마땅히 공개적인 논의를 거쳐서 아뢰어야 되는데, 사초(史草)를 다시
초한 일은 좌중이 모두 모르는데, 무령군이 단독으로 아뢰었소. 가만히 생각
해보니, 마음이 편하지·않습니다."라고 했다.[37]

36) 『成宗實錄』 권169, 成宗 25년 8월조.
37) 『燕山君日記』 권30 4년 7월조. 柳子光疑實錄廳抄史草有遺漏, 請更搜檢. 成俊曰, "此吾輩
所不知也. 凡人入啓事, 不宜如此自專". 姜龜孫亦言其不可. 子光遂止. 龜孫令南袞語座中曰,
"今鞫獄, 有委官, 有義禁府, 而未嘗力主其事. 力主者, 惟武靈而已. 秘事固宜獨啓, 若是公事,
宜公議以啓. 更抄史草事, 座中皆不知, 而武靈獨啓之, 竊以爲未便也." 子光怒, 請避嫌, 龜孫
亦啓其意.

그리고 처음에 유자광의 발의로 「조의제문」을 연산군(燕山君)에게 아뢰어 사건을 만드는 일에 찬동하였던 노사신(盧思愼) 같은 경우에도 유자광의 살륙극이 너무나 잔인하고 범위가 날로 확산되어 나가기 때문에 계속 제동을 걸었으나, 유자광은 결국 연산군을 사주하여 무오사화와 갑자사화(甲子士禍)라는 참극을 빚어내었다.

「조의제문」은 점필재가 지었다 해도 젊은 시절 한 때의 의작(擬作)일 가능성이 많다. 이를 가지고 점필재가 "세조(世祖)에 대해서 두 마음을 가졌다."는 등등의 비난을 퍼붓는 것은 타당하지 못하다고 하겠다. 왜냐하면 「조의제문」 첫머리에 "정축년(1457) 10월 내가 밀성(密城)으로부터 경산(京山 : 지금의 星州)으로 가는 도중에 답계역(踏溪驛)에서 묵었다."라고 되어 있는데, 당시 점필재는 부친상을 당해 시묘(侍墓)하고 있었으므로 출타할 수 없는 처지에 있었다.

V. 결론

점필재(佔畢齋) 김종직(金宗直)은 조선 전기 밀양(密陽)에서 강호(江湖) 김숙자(金叔滋)의 아들로 태어나 강호(江湖)의 철저한 교육을 받고 학문을 이루어 포은(圃隱) 야은(冶隱) 강호의 학통(學統)을 이었다. 아울러 목은(牧隱) 양촌(陽村) 계통의 문학적 전통도 이어 경학(經學)과 문학을 하나로 융합하여 새로운 참된 학문을 형성하였다. 우리나라 도학(道學)의 학통을 이었을 뿐만 아니라 후대의 학문의 바탕을 마련한 인물이다.

그는 당시 학문적으로는 물론이고 시나 문장에 있어서 조선 전기 최고의 경지에 오른 대학자이자 대문학가였다. 그리고 위대한 교육자였다. 우리나라 역사상 지속적인 강학(講學)을 통하여 대량의 제자를 길러낸 것은 점필재가 처음이라고 할 수 있다.

실천이 뒤따른 현실을 구제하는 데 적용할 수 있는 학문을 지향했으므로, 점필재는 적극적으로 출사하여 자신의 경륜을 펼치려고 했다. 당시 호학지군(好學之君)인 성종(成宗)이 점필재를 절대적으로 신임함으로 해서 점필재는 자신의 경륜을 펼칠 수 있는 기회를 얻었고, 이에 힘입어 학문을 통해서 국가사회를 구제하려는 노력을 경주하였다.

특히 지방관으로 나가서는 교육을 통해서 예속(禮俗)을 진작시키고 교육을 통해서 많은 인재를 길렀다. 이렇게 기른 인재들이 자기 실력으로 점필재의 뒤를 이어 조정에 등장하게 되었다. 이들도 대부분 성종의 신임을 받았다. 깊은 학문과 뛰어난 시문실력과 도덕규범에 맞는 조행(操行)이 있었기 때문이었다. 점필재가 제자들을 조정에 등장시키려고 특별한 운동을 하거나 인위적으로 당파를 만든 적은 없다.

점필재와는 기득권 세력인 훈구파와 조화를 이루며 관직생활을 하였지, 적대감을 갖고 의도적인 대립을 한 적이 없었다. 그리고 그의 제자는 영남 출신에만 한정된 것도 아니었다. 다만 그 제자들에 이르러 일부 지나친 도덕적 우월감과 훈구파에 대해서 경직된 공격을 하는 경우가 있었는데, 이것이 유자광(柳子光) 등 간악한 몇몇이 점필재와 그 제자들에 대해서 시기하는 마음을 갖고서 모해(謀害)할 기회를 갖고 있었다. 이들이 「조의제문」을 빌미로 삼아 사화를 일방적으로 점필재와 그 제자들을 처형하여 모처럼 길러진 인재들을 무참하게 짓밟았다.

결과적으로 「조의제문」 때문에 유자광 등 간악한 무리들에게 당하였기에 「조의제문」을 지은 것을 두고 점필재에 대해서 원망을 하는 분위기가 없지 않았지만, 「조의제문」은 점필재가 지었다 해도 젊은 시절 한 때의 의작(擬作)일 가능성이 크므로 점필재의 사상과 결부시켜 해석하는 것은 온당치 못하다.

佔畢齋 金宗直의 先導와 江右學派

Ⅰ. 서론

洛東江을 경계선으로 하여 慶尙道를 左道와 右道로 나누었는데, 좌도를 江左, 우도를 江右라고 불러 왔다. 그러나 현실적으로는 강좌와 강우가 엄밀하게 洛東江을 경계로 하여 구분되지는 못하는 실정이었다. 역사적인 상황의 변천에 따라 左右道의 구분이 달라져 왔다. 좌도의 중심지는 安東 이었고, 右道의 중심지는 晉州였다. 그러나 榮州·尙州·醴泉·善山 등지 는 낙동강 오른 쪽에 있지만, 安東文化圈에 속하기 때문에 일찍부터 江左 地域으로 인정되어 왔다. 金泉·星州·高靈 등지는 朝鮮中期까지도 江右 地域으로 인정되어 왔다. 그러다가 仁祖反正 이후 南冥學派가 쇠퇴하고 退溪學派가 세력을 확장하자, 江左에 속하기를 갈망하고 江右에 속하게 되는 것을 기피하는 경향이 생겨나, 낙동강의 오른쪽에 있는 고을이면서도 左道에 속하는 것으로 그 지역 사람들이 자인하였다. 이로 인하여 조선후 기로 내려올수록 좌도로 인정되는 지역은 점점 확대되고, 우도로 인정되는 지역은 마침내 축소되어 晉州를 중심으로 한 서부경남 일대만 남게 되었다.

그러나 佔畢齋 金宗直이 활동하던 시기인 朝鮮前期에는 江右地域의 그 범위가 金泉·星州·高靈 지역까지 다 포함되었을 것이다.

江右地域은 국가적인 문화의 중심지가 된 적은 역사상 한 번도 없었다. 더욱이 伽倻國이 新羅에 통합된 이후로는 신라의 서울 慶州로부터 거리가 멀기 때문에 국가의 문화적 혜택을 받기가 어려웠다. 그러다가 新羅末期 에 와서 孤雲 崔致遠이 咸陽의 고을원으로 부임하고, 또 벼슬에서 물러난

뒤 河東·陜川 등지에서 문학활동을 했기에 강우지역에 학문이 비로소
일으나게 하였다.

高麗時代에 들어와 晋陽姜氏·晋陽河氏·晋陽鄭氏 등 세 家門이 崛起
하여 많은 인물들을 배출하였지만, 文集을 남긴 인물이 없어 그 학문이나
문학 세계를 탐구해 볼 수가 없다. 朝鮮初期 姜蓍의 후손들 가운데는 현달
한 인물이 많았으나, 현달한 이후 거의 다 서울로 이주하였다. 晋陽鄭氏
家門의 대표적인 인물이라 할 수 있는 勉齋 鄭乙輔가 있었는데, 高麗 末에
大提學을 역임하였다. 鄭乙輔로부터 그 아래로 連五代에 걸쳐 文科에 급
제할 정도로 文學이 걸출한 가문이었다. 鄭乙輔의 曾孫子 郊隱 鄭以吾는
朝鮮 太宗朝에 대제학을 지냈다. 鄭以吾의 아들로 左議政을 지낸 愛日堂
鄭苯이 金宗瑞 일파로 몰려 世祖에게 피살된 뒤로 晋陽鄭氏 家門에서
朝鮮前期에는 학문하는 인물이 나오지 않았다.

高麗前期의 節臣인 河拱辰의 後孫인 浩亭 河崙은 벼슬이 領議政에 이
르렀고 文學에도 뛰어났다. 학문적으로도 『四書節要』를 편찬할 정도로
性理學에 식견이 있었다. 그러나 그는 주로 중앙정계에서 진출하였기 때
문에 江右地域에 학문적 후계자를 남기지는 못했다.

계통이 다른 晋陽河氏로 司直 河珍의 후손인 敬齋 河演은 世宗朝에
領議政에 이르렀고, 大提學을 맡아 一國의 文運을 주도하였다. 그 아우
河潔도 大司諫을 지내는 등 현달했지만, 이들 형제들은 중앙정계에 진출
한 이후 서울로 이주했기 때문에 강우지역에 후계자를 남기지는 못했다.

朝鮮前期 咸安에 기반을 두었던 咸從魚氏 가문의 魚淵과 그 아들 綿谷
魚變甲, 魚變甲의 아들 龜川 魚孝瞻, 魚孝瞻의 아들 西川 魚世謙, 魚孝恭
등은 仕宦과 文學으로 조선전기에 저명하였지만, 현달한 이후로 중앙정계
에서 활약했기 때문에 강우지역에는 거의 영향이 없었다.

조선전기 강우지역에 학문을 일으키는 데 가장 큰 영향을 끼친 인물은
成宗朝의 佔畢齋 金宗直이었다. 본고에서는 점필재가 강우지역과 어떤
관계가 있고, 또 어떻게 어떤 인물을 키웠으며, 그 영향이 어떤지 고찰해

보고자 한다.

Ⅱ. 佔畢齋와 江右地域

高麗末期로부터 朝鮮初期에까지 江右地域을 주도하였던 晋陽姜氏・鄭氏・河氏 家門의 學問的 傳統은 이어지지 못했다. 이로 인하여 조선전기 강우지역에서 특기할 만한 학자가 거의 없었다.

이때 江右地域에 학문적인 활기를 불어넣어 다시 振興시킨 학자가 바로 佔畢齋 金宗直이었다. 그는 高麗末期 節義를 지킨 冶隱 吉再로부터 전래된 士林派의 傳統을 이어 사림파문학과 학문을 唱導하였고, 자신은 과거를 통해서 중앙관계에 진출하여 집권당인 勳舊派의 견제 속에서도 刑曹判書에까지 이르렀고, 大提學의 물망에까지 여러 번 올랐던 적이 있었다. 도덕적으로 하자가 있고 학문적으로는 깊이가 없는 勳舊派들이 독점하고 있던 官職에 嶺南士林派가 진출할 수 있도록 기반을 닦는 데 많은 노력을 했다. 그 결과 자신의 제자들을 관계에 많이 진출시켰다. 이들 가운데는 江右地域 인물들이 많았다.

점필재는 특별히 江右地域과 관계가 많다. 그의 祖先은 善山에 世居했지만, 그 부친 江湖 金叔滋가 密陽으로 장가들므로 해서 점필재는 密陽에서 생장하여 밀양에서 공부하고 밀양에서 생을 마쳐 묘소도 밀양에 있다. 밀양은 비록 江左에 속하기는 하지만 江右와 인접한 가까운 지역으로 강우와 왕래가 빈번한 곳으로 문화교류가 활발하였다.

그리고 江湖는 江右地域에 속하는 高靈縣監・開寧縣監・星州敎授 등 직을 지냈고 또 慶尙右道處置使로 3년, 慶尙右道兵馬節制使 1년 등 강우지역에서 상당기간 仕宦을 했으므로, 점필재는 13세 幼少年期부터 江右地域을 두루 다니며 開寧 鄕校에서 글을 읽는 등 각지역의 학문적 분위기・人情・風俗 등을 충분히 접할 수 있었다.

점필재 자신은 출사한 이후로 靈山訓導·嶺南兵馬評事 등직을 거쳐 41세 때 咸陽郡守로 부임하여 45세 때까지 4년 동안 재직하였다. 이때 鄕飮酒禮와 養老禮를 실시하였고, 이 지역의 많은 제자들을 길렀다. 咸陽 의 백성들이 그를 흠모하여 生祠堂을 만들었고, 사후에는 栢淵書院에 享 祀할 정도였다.[1]

이때 제자들과 함께 智異山을 유람하여 「遊頭流錄」 등의 문장과 많은 詩를 지었다. 「觀海樓記」·「安義縣新創鄕校記」·「中秋天王峯不見月」· 「釋戒澄遊智異山序」 등의 글을 남겼다.

46세 때부터는 善山府使로 부임하여 49세 때 母夫人 상을 당하여 물러 났다.

그의 妻鄕은 金山[지금의 金泉]으로 거기에는 그의 농장이 있었는데, 景濂堂이라는 서재를 짓고서 가끔 벼슬에서 물러나 독서하며 머무른 적이 있었다.[2] 점필재의 모부인은 한 때 山陰에서 산 적이 있어 점필재가 함양 군수로 있는 동안에 문안을 하였다. 또 조카 金緻가 居昌에서 살았다.[3]

Ⅲ. 강우지역 인재양성

佔畢齋는 어려서부터 강우지역과 밀접한 관계가 있어 강우지역의 사정 을 잘 이해하고 있었는데, 41세 되던 1471년 함양군수로 부임하여 본격적 으로 인재를 많이 길렀고, 이로 인해서 강우지역의 학문에 크게 영향을 끼쳤다.

점필재는 咸陽에 부임하여 정무를 보는 여가에 본격적으로 교육하는 일을 日課로 삼아 학문을 강론하니, 멀리서도 배우려는 사람들이 모여들

---

1) 『咸陽郡誌』 권1 「官蹟」.

2) 『佔畢齋年譜』 16장, 壬寅年條.

3) 『佔畢齋年譜』 15장, 己亥年條.

었다.

　　함양의 임지에 도착하였다. 선생은 일을 처리하는 겨를에 경내의 총명한
어른과 소년들을 선발하여 가르쳤는데, 날마다 課程을 정하여 강독하였다.
배우려는 사람들이 이 소식을 듣고서 멀리서부터 모여들었다.4)

　郡守로서 가장 좋은 정치는 풍속을 바로잡는 것인데, 풍속을 바로잡으
려면 훌륭한 인재가 많이 배출되면 저절로 가능하다. 점필재는 말단적인
행정이나 처벌보다는 더 근본적인 교육을 통해서 풍속을 바로잡으려 했던
것이다.

　江右地域은 조선 건국 이후 뚜렷한 학자나 문인이 별로 없다가 점필재
의 인재 배양 이후 많은 인물들이 나왔다. 함양군수로 재직하는 동안 그의
교육의 방법과 그 효과에 관한 기록이, 晋州 출신으로 그의 선배이면서
절친하게 지냈던 私淑齋 姜希孟이 글에 상세히 남아 있다.

　　咸陽이란 군은 智異山과 여러 산의 사이에 끼어 있어 궁벽하고 고루하기
가 제일 심했다. 내가 갑자년(1444) 겨울에 蹄界里의 농장에 임시로 거처했
다. 나는 그때 바야흐로 학업을 익히고 있었으므로, 선비 한 사람을 얻어서
그와 더불어 강론을 했으면 하고 생각했다. 당시 함양 향교는 버려지고 해이
하게 되어 儒籍에 올라있는 사람은 불과 수십 명이었는데, 그 사람됨은 모두
다 어리석고 몽매하고 고루한 무리들이었다.
　　그 31년5) 뒤인 갑오년(1474) 여름 내가 養父母의 상을 당하였는데, 이
해 겨울에 가족을 이끌고 남쪽으로 내려갔다. 이때 본관이 一善인 金公 宗直
이 군수로 있었다. 고향의 노인들이 서로 번갈아가면서 칭찬하기를 "우리
사또님은 文教를 숭상하여 문교가 크게 일어났습니다. 인근의 여러 고을의
양반자제들이 양식을 싸 가지고 와서 배우는 사람이 무려 수십 명이나 됩니

---

4)『佔畢齋年譜』9장, 辛卯年條. 赴咸陽任所. 莅事之暇, 選境內聰明冠者童蒙教誘, 日課講讀.
　學者聞之, 自遠方來會.
5) 원문의 '21년'은 '31년'의 잘못이다.

다. 文藝가 이루어져 과거에 응시한 사람도 십여 명이나 되는데, 司馬試에 합격하여 文科를 기다리는 사람이 대여섯 명이 넘습니다. 문과에 합격하여 벼슬에 나간 사람으로는 昌寧이 본관인 曹公 偉[자는 太虛], 高靈이 본관인 兪公 好仁[자는 克己] 등이 있는데, 모두 사또가 만들어 낸 인재로서 그 힘차고 뛰어난 문장은 남쪽 고을에서 명성이 대단합니다."

내가 혼자서 의아하게 생각했다. 이 고을은 하늘이 본디 거칠게 만들었는데, 어찌 이처럼 쉽게 그 거친 것을 부수어 버릴 수 있단 말인가?

하루는 사또와 함께 이른바 兪公 克己씨가 왔기에, 내가 나가서 자리로 맞이했다. 兪公은 그 용모를 보니 沈靜하면서 簡默했고, 그 말을 들어 봤더니, 暢達하면서도 어눌한 듯하였다. 이에 비범한 선비로서 사또가 가르쳐 키운 공이 아주 많다는 것을 알았다. 드디어 서로 사귐을 맺고서 자주 왕래하였는데 천천히 그 사람됨을 보니, 학문은 정밀하면서도 넓고 詩文은 雄渾하여 자질구레한 인위적인 일에 급급하지 않고, 영달과 이익에 초연하여 대수롭잖게 여기고 도덕을 숭상하는 바가 있었다

-중략-

대저 남의 좋은 점을 말할 때 반드시 그 근원으로 미루어 올라가는 것은 그 유래한 근원을 밝히려는 것이다. 兪公의 出處의 본말을 상고해 보건대 대개 一善 金公이 교육을 능히 잘 성공시킨 것에 그 아름다움을 돌려야 할 것이다. 또 함양의 자제들로 하여금 유공에게 느껴서 그 뜻을 더욱 면려하게 하여야 할 것인져6)!

---

6) 姜希孟『私淑齋集』권8 36-37장,「送兪修撰歸養序」. 咸陽爲郡, 介在智異衆山之間, 僻陋最甚. 景醇, 於甲子冬, 寓於蹄界里莊舍. 余方隷業, 思得一儒士, 與之講論. 時鄕校廢弛, 赴籍者, 不過數十人, 而其爲人, 率皆愚蒙孤陋之徒. 後二十一年, 甲午夏, 景醇遭養親服. 是年冬, 挈家南歸. 時一善金侯宗直爲郡守. 鄕父老, 交口稱之曰, "使君尙文敎, 文敎大興, 傍近諸邑, 衣冠子弟, 贏糧而就學者, 無慮數十人, 而藝成應擧者, 十餘人. 中司馬試, 待正科者, 不下五六人, 賓興釋褐者, 若夏山曹公太虛氏, 高靈兪公克己氏, 皆使君所陶鑄, 而雄文鉅筆, 馳譽南州者也". 景醇竊疑之, 玆邑, 天固荒之矣. 安能破之, 若此其易耶? 一日, 使君與所謂兪公克己氏, 偕來. 景醇出迎于座. 目其貌, 沈靜而簡默, 耳其言, 暢達而若訥, 迺知非凡士, 而使君敎養之功, 萬萬也. 遂相與訂交, 憧憧往來. 徐觀其爲人, 則學問精博, 辭藻雄渾, 不規規於事爲之末, 而超然有薄榮利, 而崇道德者矣. …… 夫道人之善, 必推其淵源者, 明其本之所自也. 詳公出處之本末者, 蓋亦歸美於一善金侯之能成其敎也. 抑亦使天嶺子弟, 感公而盆勵其志也!.

강희맹은 이때 상을 당하여 점필재가 다스리는 咸陽에 거주하고 있었으므로 그 고을 父老들의 여론을 정확하게 들을 수 있었는데, 고을 사람들이 이구동성으로 점필재가 교화를 잘 펴고 인재를 많이 양성했음을 칭송하였다. 그리고 점필재가 양성한 인재 가운데 한 사람인 兪好仁을 직접 만나보니, 정말 비범한 선비로서 학문은 정밀하고 시문은 雄渾하였고, 行身도 沈靜·簡默하다는 것을 확인할 수 있었다.

이런 까닭으로 강희맹은 중앙정계에서 인재발탁을 책임지고 있던 자신의 친구 四佳 徐居正에게 유호인을 적극 추천하였다. 과연 유호인은 조정에서도 실력을 인정받아 賜暇讀書를 하고 弘文館 副修撰으로 승진하였다.

그러나 兪好仁 같은 이런 인재가 길러진 것은 그 근원을 궁구해 보면 결국 佔畢齋의 고육의 공이라는 것이다. 더욱이 함양은 지리적으로 궁벽하고 문화가 孤陋한 그런 고을이었는데, 단시간 안에 인재의 淵藪로 전환될 수 있었던 것은 오로지 점필재의 탁월한 교육능력에 기인하고 있다는 것을 강조하고 있다. 또 함양뿐만 아니라 함양 인근 고을에까지도 점필재의 교육적 효과가 파급되었던 것이다.

이처럼 학문적으로 낙후되어 있던 咸陽등 江右地域을 인재가 많이 배출되고 학문이 興昌한 지역으로 바꾸는 큰 일을 점필재가 하였던 것이다. 中國의 福建省이 朱子가 나오기 전에는 학문적으로 낙후한 지역이었는데, 주자가 나와서 講學하여 많은 인재를 배양함으로 해서 이후 元明代에 학문이 번성한 지역으로 바뀐 것과 같은 예라 하겠다. 어떤 지역의 학문이 흥기하느냐 쇠락하느냐가 한 사람의 학자의 역할에 달려 있는 것이다.

점필재로 인해서 조정에 慶尙道 출신의 인재들이 점점 많이 진출하자, 이미 집권층을 형성하고 있던 京師의 閥閱들은 점필재와 그 제자들을 지목하여 주시하기 시작했다.

史臣이 이렇게 말했다. "宗直은 경상도 사람이다. 글을 널리 알고 문장을 잘했다. 교육하기를 즐겨서 이전부터 그 뒤에까지 학업을 전수받은 사람들

가운데 과거에 급제한 사람이 많다. 그래서 경상도의 유생 가운데서 조정에
서 벼슬하는 사람들은 그를 높여서 宗匠이라 여겼다. 스승은 그 제자들을
칭찬하고 제자들은 그 스승을 칭찬하는데, 그 실제보다 지나치게 했다. 조정
의 新進들은 그 잘못도 모르고서 덩달아서 거기에 붙은 사람이 많았다. 조정
에서 그들을 기롱하여 '慶尙道 先輩黨'이라고 일컬었다.[7]

경상도 출신으로 조정에 대거 진출한 佔畢齋의 제자들은 스승을 추앙하
여 宗匠으로 여기고, 점필재는 그 제자들을 칭찬하자 많은 신진들이 점필
재 쪽으로 몰려 점필재의 세력이 점점 강성해져 갔다. 이런 분위기를 보고
훈구파의 인물들이 위기의식을 느꼈음은 당연한 일이다. 또 점필재와 그
제자들은 훈구파를 節義를 지키지 않았고, 깊은 학문이 없는 집단으로
간주하여 가차없이 비판을 가하고, 그들의 영구집권을 막으려고 강한 발언
을 했으므로 훈구파로부터 견제와 질시의 대상이 되지 않을 수 없었을
것이다. 이것이 나중에 戊午士禍로 연결되는 張本이 되었다.

佔畢齋의 교육의 효과로 많은 인재들이 배출되었고, 이들 중에 많은
사람들이 과거를 통해서 조정에 출사하여 하나의 새로운 세력을 형성했으
나, 너무 배타적인 처신으로 인하여 도리어 상대당의 감시와 견제를 받게
되었고, 무오사화 때 일망타진되는 참화를 겪게 되었다. 잠시 형성되었던
朝鮮前期의 嶺南士林派는 오래 가지 못하고 滅絶되고 말았던 것이다.

佔畢齋가 咸陽郡守로 재직하면서 적극적으로 교육하였는데, 이때 寒暄
堂 金宏弼과 一蠹 鄭汝昌 등의 인물을 만나 양성한 것은 韓國儒學史上에
있어 하나의 특기할 일이었다. 한훤당의 학문은 靜庵 趙光祖를 통하여
그 學統이 후세에 전해지게 되었다.[8]

---

7) 『成宗實錄』권169, 15년 8월 庚申條. 史臣曰, "宗直慶尙道人也. 博文工詞章, 樂於訓誨.
   前後受業者, 多登第. 以故, 慶尙之儒仕於朝者, 推尊爲宗匠, 師譽其弟, 弟譽其師, 過其實.
   朝中新進之裵, 亦莫覺其非, 多有從而附者, 時人譏之曰, 慶尙道先輩黨".
8) 李勣이 지은 「寒暄堂行狀」에는, "한훤당의 학문은 전해오지 않는 학문을 얻었다"라고
   했으나, 이 말의 부당함을 『佔畢齋年譜』에서 지적하고 있다.

佔畢齋는 文學과 經學을 둘로 보지 않고 하나로 보았다. 그의 經文合一의 관점을 보여주는 다음의 글은 그의 學問的 路線의 표방이고, 詞章 쪽으로 치우친 京師 勳舊派들의 文學觀을 시정하는 것이고, 동시에 그의 제자 교육의 지침이 되었다. 점필재의 학문적 원칙은 經學과 文學을 균형 있게 조화하는 것이었다.

"經術을 하는 선비는 문장에 솜씨가 없고, 문장을 하는 선비들은 경술에 어둡다."라고 세상 사람들이 이런 말을 하는데, 내가 보기에는 그렇지 않다.
  문장이란 경술에서 나온 것이고, 경술이란 문장의 뿌리다. 이 것을 풀과 나무에 비유해 본다면 어찌 뿌리가 없으면서 가지나 잎이 뻗어나가 무성하고, 꽃이나 열매가 무성하고 빼어난 경우가 있겠는가? 詩書와 六藝가 다 경술이고, 시서와 육예를 적은 글이 곧 문장이다.
  진실로 능히 그 문장에 바탕해서 그 이치를 궁구하여 정밀하게 살피고, 느긋하게 그 속에서 노닐어, 이치와 문장이 내 가슴 속에 녹여 하나로 만들고, 그 것을 나타내어 언어와 辭賦로 만든다면, 솜씨 있기를 기대하지 않아도 저절로 솜씨 있게 될 것이다. 옛날부터 문장으로 그 당시에 이름나 후세에 전하는 사람들은 이렇게 했을 따름이었다.
  지금 세상에서 말하는 經術이라는 것이 句讀나 訓詁를 익히는 것뿐이고, 지금 세상에서 말하는 文章이라는 것이 수식이나 일삼고 남의 글이나 따다 짜맞추는 교묘함뿐인 것을 사람들은 단지 보게 된다. 구두나 훈고만 익히는 경술을 가지고 어떻게 임금님의 정사를 도우고 세상을 경륜할 수 있는 문장을 논의할 수 있겠는가? 수식이나 일삼고 남의 글이나 따다 짜맞추는 문장을 가지고 性理나 도덕의 학문에 참여할 수 있겠는가? 이에 경술과 문장을 나누어 두 갈래로 만드니, 사람들은 서로 관계가 없는 줄로 생각하게 되었다. 아아! 그 견해가 얕도다.[9]

李佑成『高陽漫錄』115쪽「佔畢齋 金宗直에 대한 연구와 그 과제」. "우리는 한훤당이 점필재에게서 받은 바가 깊고 크다는 것을 알 만하다. …… 만약 점필재와 한훤당의 사제관계를 부인한다면 두 어른의 인관관계가 끝나는 것만이 아니고 우리나라 학통에 중단이 생기고 유학사의 정통성이 허물어지는 것이다."

9)『佔畢齋集』畢齋文 권1,「尹先生祥詩集序」. 經術之士, 劣於文章, 文章之士, 闇於經術.

조선 건국 초 鄭道傳의 건의에 의하여 文科 初場에서 반드시 講經을
시험하도록 되어 있던 것을 정도전이 제거된 뒤에 문단을 독점한 權近,
卞季良 등이 강경의 폐지를 주장하여,10) 국가의 인재선발의 방법이 詞章
일변도로 기울었다. 勳舊派의 문학에 바로 이런 문제점이 있었다. 佔畢齋
의 이런 주장은 그 문제점에 대한 하나의 충고라고 할 수 있다. 사장 일변
도로 기울다 보니 문인들이 짓는 글들은 세상의 敎化는 전혀 염두에 두지
않고, 옛날의 좋은 글귀나 따와서 화려한 수식만 일삼는 경향이 생겨나
하나의 큰 폐단이 되고 세상의 인재들을 오도하게 될 위험이 있었다. 점필
재는 이런 점을 시정하고자 자신의 노력했다.

經學과 文學을 하나로 융합해야 한다는 이론을 실행하여 점필재는 문학
뿐만 아니라 학문에도 두각을 드러내었다. 經典 등 학문에 바탕을 둔 점필
재의 詩文은 당시는 물론 후대의 평자들로부터도 "우리나라에서 제일 뛰
어났다."라는 평을 자주 들었다.11) 학문과 문장을 겸비한 그는 詩文集 이
에에도 『靑丘風雅』·『東文粹』 등 우리 나라 시문 選集을 편찬하였고, 『一
善志』·『新編東國輿地勝覽』 등의 地誌와 『堂後日記』 등의 史書에서 당
시의 학자 가운데서는 가장 풍부하고 다양한 저술을 남기고 있다.

그리고 점필재는 국왕 成宗의 신임을 두터히 얻어 兩館에서 오랫 동안
벼슬했지만, 당시 국가의 文運을 주도할 수 있는 大提學의 물망에 여러
차례 오르기도 했으나 끝내 提學에 그치고 만 것은 勳舊派의 견제를 심하

世之人, 有是言也. 以余觀之, 不然. 文章者, 出於經術, 經術者, 文章之根柢也. 譬之草木焉,
安有無根柢, 而柯葉之條鬯, 華實之穠秀者乎? 詩書六藝, 皆經術也. 詩書六藝之文, 卽其文章
也. 苟能因其文而究其理, 精以察之, 優而游之, 理之與文融會於吾之胸中, 則發而爲言語詞
賦, 自不期於工而工矣. 自古, 以文章鳴於時而傳後者, 如斯而已. 人徒見夫今之所謂經術者,
不過句讀訓詁之習耳. 今之所謂文章者, 不過雕篆組織之巧耳. 句讀訓詁, 奚以議夫黼黻經緯
之文? 雕篆組織, 豈能與乎性理道德之學? 於是乎, 遂歧經術文章爲二致, 而疑其不相爲用.
嗚呼! 其見亦淺矣.

10) 權近 『陽村集』 권31 13-15장 「論文科書」.
  卞季良 『春亭續集』 권1 5-9장, 「請科第罷講經用製述疏」.
11) 許捲洙 「佔畢齋 金宗直의 학문적 특성과 제자 양성」 밀양문화원 2005년.

게 받았다는 증거라고 할 수 있다. 그런 까닭에 자기가 직접 키운 제자들을 통해서 중앙관계에서 활약하게만 할 수 있었을 뿐, 자신의 의견을 직접 정치에 반영하는 기회는 얻지 못하였다.

佔畢齋는 文科를 거쳐 적극적으로 관계에 진출하여 지방 수령으로 나가서는 敎化를 펼쳐 禮俗을 진작시키고, 학교를 정비하여 인재를 양성하였고, 중앙관서에서는 주로 弘文館 등의 관직을 맡아 임금의 스승으로서 그 학문과 문장으로 나라에 기여하고자 했다.

대체로 점필재 문하의 제자들은 경학을 하면서도 문학적 능력이 있고, 문학을 하면서도 경학적 기초가 있었던 것이다. 이 점이 당시 다른 인물들과는 달랐던 것이다. 이제 점필재의 제자들 가운데서 江右지역 출신의 인물이거나 강우지역과 밀접한 관계가 있는 인물을 소개하고자 한다.

Ⅳ. 江右地域의 佔畢齋 門人

1. 寒暄堂 金宏弼

佔畢齋의 제자 가운데서 經學으로 뛰어난 제자로 맨 먼저 東方五賢으로 추앙되며 文廟에 從祀된 寒暄堂 金宏弼을 들 수 있다.

한훤당은 본래 江左地域인 玄風 출신이었으나, 그의 妻鄕인 陜川郡 冶爐 藍橋洞에 寒暄堂이라는 조그마한 서재를 짓고 거주하면서 독서하였으므로, 강우지역과 밀절한 관계가 있다. 점필재가 咸陽郡守로 부임한 그 다음해인 1472년 한훤당이 그 문하에 처음으로 나갔는데, 이때 한훤당의 나이 21세로 합천에 거주하고 있었다. 점필재는 한훤당을 얻은 것을 기뻐하여 이런 시를 지어 주었다.

궁벽한 곳에서 이런 사람 만나다니 얼마나 다행인가?　窮荒何幸遇斯人
구슬을 갖고 와 찬란하게 펼쳐 놓은 듯하네.　珠貝携來爛熳陳

잘 가서 韓吏部[韓愈] 같은 사람 찾아보게나.　　　好去更尋韓吏部
나는 쇠약하여 곳집 기울이지 못하여 부끄럽도다.　愧余衰朽未傾囷

그대 詩語 보면 옥에 연기가 솟아오르는 듯,　　　看君詩語玉生烟
이제부턴 陳蕃의 의자 매달아 둘 필요 없겠네.　　陳榻從今不要懸
『書經』「盤庚篇」 까다로운 구절 궁구하지 말고,　莫把殷盤窮詰屈
하늘이나 못처럼 마음 맑게 할 줄 알아야 하리.12)　須知方寸談天淵

　점필재는 한훤당 같은 젊은이를 만난 것을 매우 다행으로 생각하고 있
고, 그 실력을 이미 높이 평가하고 있다. 그러나 자신은 지식의 창고가
唐나라에서 吏部侍郞을 지낸 韓愈처럼 크지 못한 것을 부끄러워하며 스승
의 자격을 갖추지 못했다고 겸손해 하고 있다. 한훤당의 시를 이미 인정하
고 앞으로 늘 자기와 함께 지내자는 뜻을 말하고 있다. 그리고 너무 字句
만을 천착하지 말고, 마음 공부를 할 것을 권유하고 있다. 이것은 句讀에
얽매이지 말고 天人의 구조 전체를 보는 道學을 공부할 것을 권유한 것이
라고 볼 수 있다.
　寒暄堂은 자칭 '小學童子'라고 일컬으며 평생 『小學』을 대단히 중시하
였고 자신의 行身의 지표로 삼았다. 그러나 이런 『소학』 중시 경향은 바로
점필재로부터 전수받은 것이라고 할 수 있다.
　『小學』은 고려 말기 우리나라에 전래된 이래로 환영을 받았고, 世宗
때는 이미 經筵과 書筵의 교재로 채택되었다. 別洞 尹祥이 成均博士로서
세자가 성균관에 입학했을 때 「小學題辭」를 강의한 적이 있었다.13) 점필
재의 부친 江湖 金叔滋는 別洞의 제자인데, 모든 일을 다 『소학』의 가르침
에 따라서 처리하였고, 자식 교육에도 『소학』을 과정에 넣어 중시하였
다.14) 이런 까닭으로 점필재는 8세 때 이미 『소학』을 읽었다.

---

12) 『佔畢齋集』 권9 10장, 「答金郭二秀才」.
13) 『世宗實錄』 권121 30년 9월조.
14) 『佔畢齋集』 「彝尊錄」 하권 5장. 16장.

점필재는 한훤당에게 먼저 『소학』을 읽을 것을 권유하면서 이렇게 말했다.

진실로 학문에 뜻을 둔다면 마땅히 여기서부터 시작하는 것이 옳다. 光風霽月의 기상도 여기서 벗어나지 않는다.[15]

이 말을 듣고 한훤당은 이 가르침을 가슴에 새겨 『소학』을 손에서 놓지 않았다. 그리고 시를 지어 점필재에게 드렸다. 그 시는 이러하다.

학문한다고 했으나 오히려 天機를 몰랐었는데,　　學問猶未識天機
『소학』 책 속에서 지난 날의 잘못 깨달았도다.　　小學書中悟昨非
이로부터 절로 名教의 즐거움이 있게 되었나니,　　從此自有名教樂
구구하게 가벼운 갖옷 살찐 말 어찌 부러워하리오?[16]　區區何用羨輕肥

佔畢齋가 이 시를 보고서 "이 말은 바로 聖人이 될 根基다. 許魯齋 이후로 어찌 그 사람이 없겠는가?"라고 칭찬하였다. 元나라 학자 魯齋 許衡은 『小學』을 대단히 중시하여 『소학』의 가르침대로 行身을 한 사람인데, 이 시를 보니 한훤당도 그런 인물이 충분히 될 수 있겠다고 면려한 것이다.[17]

한훤당은 『소학』을 자신을 수양하고 다른 사람을 가르치는 근본으로 삼았고, 30세가 넘어서야 다른 책을 읽었다. 한훤당의 이런 『소학』 위주의 학문이 靜庵 趙光祖를 얻음으로서 우리나라 儒學史上 하나의 學統을 형성하였다. 한훤당과 정암의 학문 授受關係를 栗谷 李珥는 이렇게 밝혔다.

---

15) 『佔畢齋年譜』 11장, 甲午年條.
16) 『佔畢齋年譜』 11장 甲午年條.
　　『景賢錄』에 실린 시와 자구에 많은 차이가 난다. 『경현록』에 실린 시는 다음과 같다. 業文猶未諳天機. 小學書中悟昨非. 從此盡心供子職, 區區何用羨輕肥.
17) 『佔畢齋年譜』 11장 甲午年條.

우르러 생각하니, 金文敬公[金宏弼]은 『소학』으로써 자신을 단속하고, 옛날 예법으로 가정을 다스렸다. 날이 개이면 가고 장마가 지면 멈추듯이 出處의 법도를 바르게 하였고, 수염을 머금고서 칼날을 받아 子路가 죽임을 당하면서도 갓끈을 고쳐 매는 그런 전통을 계승하여, 우뚝이 우리 동쪽 나라의 큰 선비가 되었다. 弘治 무오년(1498)에 본군[熙川]으로 귀양을 왔다.

이에 趙文正公[趙光祖]이 있어 금 같이 정밀하고 옥처럼 윤택한 자질을 갖고서 부친이 魚川의 察訪이 되었기에 따라 이 길을 왕래하다가 드디어 문경공을 쫓아서 학업을 받게 되었다. 바른 학문의 가르침을 받게 되자 그 당시 사람들이 무리 지어 욕했지만, 귀로 듣지 못한 듯이 했다. 문경공의 학문은 외로운 뿌리에 물을 잘 주고 가느다랗게 흐르는 시내를 깊어 쳐내어 근본이 두터워지고 꽃이 성하게 되었다. 근원이 깊어지니 물결이 멀리까지 흘러갈 수 있었다. 위로는 조정을 감동시키고 아래로는 사림들을 일으켰는데, 그 德을 본 사람들은 다 교화가 되었고, 그 분위기를 들은 사람들은 감동하여 일어나 한 시대에 일을 행함이 있었다. 비록 잘 끝 마무리짓지는 못했지만 후세에 업적을 남겼으니, 그 공은 누구도 견줄 수가 없을 정도로서 순수히 우리 동방의 儒宗이 되었다.

지금까지 우리 동쪽 나라 사람들이 성리학을 숭상할 줄 알고, 濂洛關閩의 학설을 높일 줄 아는 것은 다 문정공의 혜택이고, 문정공이 있게 된 출발은 실로 文敬公으로부터 말미암았다.[18]

우리나라 사람들이 性理學을 숭상하고, 宋代 유학자들의 학설을 존중할 줄 아는 것은 다 靜庵의 덕택인데, 정암의 학문은 寒暄堂에게서 發源하였다고 밝혔다. 熙川의 유배지에서 한훤당이 정암을 얻은 것은 韓國儒學史에 있어서 하나의 획을 긋는 대단히 의미있는 일이었다.

---

18) 李珥 栗谷全書 권13 34장,「熙川兩賢祠記」. 仰惟, 金文敬公, 以小學律身, 以古禮治家. 霽行潦止, 正出處之規, 含鬚受刃, 承結纓之緒, 挺然爲我東鉅儒. 而弘治戊午謫于本郡. 爰有趙文正公, 以金精玉潤之質, 因家尊作驛官魚川, 往來玆路, 遂從文敬受業, 講論正學. 時人羣誚, 耳若不聞. 文正之學, 克漑孤根, 克浚涓流, 本厚而華盛, 源深而瀾遠. 上動朝廷, 下興士林, 觀德者, 薰化, 聞風者, 感發. 有爲於一時. 雖不克終, 垂烈於後世. 功莫與京, 粹然爲我東儒宗. 至今, 東人, 知崇性理之學, 知尊濂洛關閩之說者, 皆文正之澤, 而文正發端實自文敬.

이때 정암은 나이 17세였는데, 과거공부에는 관심을 끊고 爲己之學에 치중하였다. 한훤당은 그가 비록 어린 소년이었지만 매우 사랑하고 敬重하였다. 그 이후로 정암은 독서할 때 『소학』을 가장 중요한 과목으로 삼았다.19) 정암의 학문의 근본은 『소학을 독실하게 믿는 데 있었고, 그 뒤 정암은 조정에 진출한 이후 中宗의 신임을 얻어 三代의 정치를 회복하고자 했을 때 『소학』으로써 인재를 기르는 근본으로 삼아 학문의 방향을 제시하였고, 국왕과 세자에게 『소학』을 강의하였다.20) 그리고 정암은 『소학』을 정치 현실에서 실현하고자 노력하였다. 점필재로부터 전래된 『소학』 중시의 경향이 정암에 의하여 선비들 사이에 널리 보급되었다고 할 수 있다.

점필재는 관계에 진출하여 국왕의 신임을 두터이 입었는데, 한훤당은 점필재가 별 건의가 없다고 생각하여 다음과 시를 지어서 점필재에게 보냈다.

도란 겨울엔 갖옷 입고 여름엔 얼음 마시는 것,	道在冬裘夏飮氷
개이면 가고 장마 지면 멈추기에 어찌 능하리오?	霽行潦止豈全能
난초가 속세를 따르면 끝내는 변하고 마나니,	蘭如從俗終當變
소는 밭 갈고 말은 타는 것을 누가 믿겠나이까?21)	誰信牛耕馬可乘

君子의 道는 時中하는 데 있는데 벼슬에 나가서 도를 행하지도 못하고, 도를 행할 처지가 못되면 물러나야 하는데 물러나지도 않는다고 한훤당은 점필재를 비판하고 있다. 난초는 난초다움을 유지해야 하는데 잡된 풀들과 뒤섞여 있으면 난초의 본래 모습을 잃는 법이니, 기대를 많이 걸었던 점필

---

19) 趙光祖 『靜庵集』 부록 권5 『年譜』 권5 2-3장.
20) 『靜庵集』 부록 권5 『年譜』, 33장. 권6 3장, 6장, 退溪撰 「靜庵行狀」.
　　金淨 『沖庵集』 年譜 卷上 31장.
21) 南孝溫 『秋江集』 권7 22장, 「師友名行錄」.

재가 별 건의하는 일 없이 물러나지 않자 도를 행하던지 물러나던지 君子의 出處의 大節을 지킬 것을 한훤당은 강력히 요구하고 있다.

이 시에 대해서 점필재는 다음 시로서 답하였다.

분수 밖의 벼슬 大夫의 지위에까지 올랐으나,	分外官聯到伐氷
임금 바로잡고 풍속 구제하는 일 내 어찌 능하랴?	匡君救俗我何能
가르침을 따르던 후배가 서투름을 조롱하나,	從教後輩嘲迂拙
구구한 권세와 이익은 따를 것이 못 되나니.[22]	勢利區區不足乘

점필재는 자신이 벼슬에 나와 높은 지위에까지 올라갔지만, 국왕을 바른 길로 인도하고 풍속을 구제하는 일을 하지 못했음을 솔직히 시인하고 있다. 그래서 자기에게 가르침을 받은 후배인 寒暄堂이 자신을 나무라는 일에 대해서도 불쾌해하지 않고 순순히 받아들이고 있다. 그러나 자신은 권세나 이익을 탐내어 관직에서 물러나지 않는 것은 아니고, 자기의 뜻을 펼 기회를 얻으면 건의를 하겠다는 의지를 보이고 있다. 秋江 南孝溫은, 佔畢齋의 答詩가 "寒暄堂을 미워한 것으로써 이때로부터 한훤당은 점필재와 노선을 달리했다."라고 이야기했지만, 退溪는 "師弟의 정분이 비록 중요하지만, 실로 뜻이 같고 기질이 합치될 수는 없는 것이었다. 끝내 서로 노선을 달리하지는 않았을 것이다. 어찌 꼭 사건으로 나타나서 드러내놓고 서로 배척한 뒤에라야 노선을 달리했다고 할 수 있겠는가?"라고 해석하여, 비록 秋江이 "노선을 달리했다[異於畢齋]"라고 기록했지만, 큰 틈이 생기지는 않았을 것"이라고 보았다.[23]

退溪가 佔畢齋를 道學者로 보지 않았지만, 그 당시 朝鮮의 학문적 수준을 고려할 때 점필재의 학문에 한계가 없을 수가 없다. 퇴계 당시의 안목으

---

22) 南孝溫 『秋江集』 권7 22장, 「師友名行錄」.

23) 『退溪集』 권22 21장, 「答李剛而別紙」. 雖以師弟之分之重, 固不能志同氣合, 而終不相貳也. 又豈待形於事蹟, 顯相排擯, 然後謂之相貳耶?

로 보면 부족한 점을 충분히 느낄 수 있었을 것이다. 그는 자기의 역할을
충분히 다하여 嶺南의 인재들을 배양하여 중앙정계에 많이 진출시켰고,
한훤당 같은 제자에게『소학』을 독실하게 공부하게 하여 마침내 道學者의
반열에 올라 東方五賢으로 추앙되어 文廟에 從祀되게 되었다. 이런 관점
에서 점필재는 우리 나라 學術史上에 있어서 道學과 文學을 하나로 융합
하였고, 또 道學의 기반을 마련했다고 평가할 수 있겠다.

2. 一蠹 鄭汝昌

일두 정여창은 咸陽 출신이므로 점필재가 함양군수로 부임했을 때 교육
을 받았을 것이나, 정확하게 맨 처음 執贄한 연도가 밝혀져 있지는 않다.
점필재는 일두를 옛 사람들의 공부하는 순서에 따라 가르쳤다.

> 佔畢齋선생의 문하에 나아가서 가르침을 청하였다. 점필재는 옛 사람의
> 공부하는 차례로써 가르쳤다. 먼저『소학』과『대학』을 읽고, 그 다음에『論
> 語』와『孟子』에 나아갔다. 날마다 가르침을 받들어 綱領과 旨趣를 찾아 알고
> 道義를 궁구하였다. 여러 해 동안 갈고 닦았는데『中庸』과『大學』에 더욱
> 정밀하였다. 그러나 얻은 것이 있다고 여기지 않았다. 頭流山에 들어가 발분
> 하고 뜻을 면려하였는데, 朱子의 學規에 의거하여 本源을 함양하는 것으로
> 써 德에 나가는 기반으로 삼고, 性理를 탐구하는 것을 학업을 닦는 근본으로
> 삼았다.[24]

점필재에게서 가르침을 받은 뒤에 다시 頭流山에 들어가 다시 학문을
講磨하여 그 식견이 더욱 高明해졌는데, 그 학문적 출발은 점필재로부터
말미암은 것이었다.

---

24)『一蠹遺集』권3 14장,「一蠹行狀」. 詣佔畢齋門下, 請學. 先生, 以古人爲學次第敎之. 先讀
　　小學・大學, 遂及語孟. 日承指敎, 尋知綱領旨趣, 硏窮道義, 屢年磨礱, 尤精於庸學, 然不以
　　爲有得. 入頭流山, 發憤勵志, 依朱子學規, 以涵養本源爲進德之基, 以窮探性理偉修業之本.

그 뒤 1476년 서울에서 仕宦하면서 經筵官으로 있던 점필재의 가르침을
받았다. 1480년에 점필재 문하에서 濯纓 金馹孫 一蠹를 만났고, 1489년
密陽에서 점필재를 찾아뵙고 보름 동안 머물면서 가르침을 받았다.[25]
일두는 寒暄堂과 함께 성리학을 주로 공부하였다. 일두는 道學을 공부하
고서 자신의 견해를 나타낸 「理氣說」, 「善惡天理論」, 「立志論」 등을 지었
다. 그 당시 학자들 가운데서 理氣에 관한 견해를 저술로 남긴 사람은
드물었다. 이 밖에도 『庸學注疏』라는 경서 주석도 하였으나, 오늘날 傳存
하지 않는다.

효행으로 천거를 받아 參奉에 제수되었으나 사양하고 나가지 않았다.
그 뒤에 과거에 급제하여 翰林을 거쳐 安陰縣監으로 나아갔다. 정사가
맑고 백성들의 고통을 들어주기 위하여 노력하자 백성들의 칭송이 자자하
였다. 1498년 戊午士禍로 인하여 鍾城에 유배되었다가 병사했다가 1504년
부관참시되었다. 右議政에 추증되고, 東方五賢으로 추앙되어 文廟에 從祀
되었다.

그의 시문은 거의 대부분이 흩어지고 없어졌다. 오늘날 간행되어 있는
『一蠹集』은 뒤에 다시 수습하여 편집한 것인데, 점필재와 주고받은 시문
은 하나도 남아 있지 않다.

3. 梅溪 曺偉

梅溪 曺偉는 佔畢齋의 婦弟로서 10세 때부터 가르침을 받았다. 그는
본래 金山[金泉] 출신이지만, 점필재가 함양군수로 재직할 때 자주 함양에
머물러 공부하였고, 나중에 함양군수로 부임하여 정사를 펼쳤으므로 江右
地域과 관계가 密切하였다. 寒暄堂과 우정이 가장 친밀하였다. 점필재가
함양 군수로 부임한 뒤 만들어낸 대표적인 인재로서 문과에 급제하였다.
1472년 8월 점필재를 모시고 兪好仁과 함께 頭流山을 유람하였다. 점필재

---

25) 『一蠹遺集』 권2 4장 「事實」.

가 이임한 지 9년 뒤인 1484년 그는 함양 군수로 부임하였다.

점필재가 父公 江湖 金叔滋의 事行을 기록한『彝尊錄』을 편집하였는데, 梅溪는 점필재 작고 6년 뒤에 점필재의 생질 康仲珍의 부탁으로 그 서문을 썼다. 점필재의 도덕과 문장은 天資에 유래한 것도 있지만, 그 父公의 敎導에 의하여 형성되었다고 말하고 있다.26)

그의 문집에는 점필재의 시에 화답하는 시가 3수 실려 있으나, 내용상으로는 점필재와 관계가 없다. 그가 慶州의 풍물을 읊은「鷄林八觀」은 점필재의「東都樂府」의 영향을 받은 듯하고,「凝川竹枝曲」4수는 점필재의「凝川竹枝曲九章」을 본받아 지은 것으로 볼 수 있다. 또 平壤의 풍물을 읊은「平壤八絶」이 있는데, 각 지역의 역사와 풍물을 읊은 樂府를 즐겨 짓던 점필재에 의해서 수립된 전통을 계승한 것이라고 볼 수 있다.

무오사화가 일어나자『佔畢齋集』을 편찬한 일27) 때문에 처벌을 받아 義州로 유배되었다가 다시 順天으로 移配되었는데, 그곳에서 熙川으로 이배되어 온 寒暄堂과 친밀하게 같이 지내다가 1503년 11월 먼저 병사하였다. 한훤당이 그의 죽음을 애석해하는 祭文을 지었다.

그는 문학으로 成宗의 총애를 입었고, 당시 국가에서 번역 간행한『杜詩諺解』의 서문을 쓸 정도로 문장으로 이름이 있었다.

4. 㵢溪 兪好仁

뇌계 유호인은 咸陽 출신으로 점필재가 함양군수로 재임할 때 그 敎導를 많이 받아 문과에 급제하여 賜暇讀書하고 여러 관직을 거쳐 弘文館의 副修撰을 지냈는데, 成宗의 지극한 총애를 입었다. 어머니 봉양을 위하여 외직을 자청하여 陜川郡守로 나왔다가 나이 50세로 작고했다.

---

26) 曺偉『梅溪集』권4 24장,「彝尊錄序」.

27) 梅溪가 편집한『佔畢齋集』은 무오사화 때 불살라지고 지금 전하는 문집은 점필재가 신원된 뒤 생질 康仲珍이 1520년 다시 흩어진 시문을 수집하여 간행한 것이다. 그 위후 여러 차례 수정 보완되었다.

1472년 점필재가 頭流山을 유람할 때 뇌계는 매계와 함께 동행하였고, 뇌계는 지리산과 관계된 여러 수의 시를 남겼다.

사람 됨이 충성심과 효성이 있고, 청렴하고 검소하였으며, 沈重하고 簡嚴하였다. 詩文은 高古하고 筆力은 遒勁하였으므로 사람들이 그를 三絶이라고 일컬었다. 점필재의 문학이 당시에 으뜸이었으나, 뇌계의 문학도 거기에 손색이 없었다.28)

『뇌계집』에는 점필재와 관계되는 시 4수가 실려 있는데, 그 가운데는 점필재를 모시고 지리산을 유람하면서 지은 시가 있고, 점필재의 挽詞가 있는데 만사는 그 당시 점필재의 位相을 잘 형용하였다.

> 어제 밤 문성이 바다 모퉁이로 떨어졌으니,　　　　昨夜文星隕海陲
> 이승에서 다시 선생 시에 화답하는 일 없겠군요.　　此生無復和君詩
> 난초가 꺾이고 혜초가 마르니 향기마저 없어지고,　蘭摧蕙槁香猶歇
> 호랑이 가고 용이 사라지니 일을 가히 알 만하네.　虎逝龍亡事可知
> 노인 한 분을 하늘은 어이하여 남겨두지 않는가?　一老奈何天不憖
> 한평생 마음에 둔 일 道를 슬퍼해야 하리라.　　　百年心事道堪悲
> 머리가 허연 문하생이 羊曇처럼 통곡하나니,　　　白頭門下羊曇哭
> 모두가 西湖에서 취한 뒤의 일이라네.29)　　　　　盡在西湖醉後時

점필재를 이 세상의 龍虎 같은 인물로 비유하였고, 점필재 사후의 나라 일이 어떻게 될 것인지를 걱정이 된다고 했다. 한평생 관심을 가졌던 일은 道인데, 지금 점필재가 가고 나면 道가 어떻게 되는지 걱정이 되어 슬퍼한다는 뜻이다. 자기도 晋나라 정승 謝安에게 인정을 받았던 그 사위 羊曇이 사안이 죽은 뒤 통곡하던 것처럼 자신도 스승의 죽음을 통곡한다고 했다. 점필재의 작고는 바로 우리나라의 道를 걱정해야 할 만큼 중요한 일이라

---

28)『佔畢齋集』「門人錄」5장.
29)『뇌계집』권6 28장, 「佔畢齋挽詞」.

고 비중을 두어 평가했다.

뇌계의 「咸陽灔汭雷竹枝曲十絶」은 竹枝詞의 형식을 빌어 자신의 고향 咸陽의 역사와 풍물과 민속을 읊은 시다. 역시 樂府의 한 형식으로서 慶州의 역사와 풍속을 읊은 佔畢齋의 「東都樂府」의 영향을 입은 듯하다. 그리고 開城을 유람하고서 「遊松都錄」이란 글을 남겼는데, 이 역시 점필재의 「遊頭流錄」의 영향이 받았다고 할 수 있다.

5. 藍溪 表沿沫

남계 표연말은 咸陽 출신이다. 문과에 올라 賜暇讀書하고 重試에 장원하여, 成均館 大司成, 提學 등 淸要職을 두루 지냈다.

점필재를 따라 배웠는데, 점필재가 함양군수로 재직하면서 그 孝行을 조정에 아뢰어 조정에서 한 資級을 올려주었다. 그러자 그는 점필재가 啓聞한 것을 반박하여 자신은 그런 효행이 없다고 사양하였다. 지금『佔畢齋集』에 그에게 주는『答表少游書』라는 편지가 남아 있는데, 점필재가 그의 인품이 대단한 것에 대해서 敬服하는 내용이다.

戊午士禍가 일어나자 점필재 제자라 하여 咸鏡道 慶源에 유배되었다가 거기서 작고하였다.

西厓 柳成龍은 藍溪의 행장을 지었는데, 남계와 학문과 점필재와의 授受關係를 이렇게 서술하였다.

> 선생은 총명이 보통 사람들보다 뛰어났고, 문장으로 세상에 이름을 울렸다. 어려서 佔畢齋 金先生을 따라 배웠는데, 점필재는 斯文의 道統을 전해주었다. 점필재 문하의 여러 사람들이 선생이라고 일컬었지 감히 字로 부르지 못했다. 그 淵源의 바름과 조예의 깊음과 수립한 것의 우뚝함은 百世의 師表이다. 나라를 위한 충성과 어버이를 섬기는 효성과 상복을 입는 예법은 千載의 모범이 된다. 임금과 신하와의 관계로 보면 成宗朝의 名卿인데, 昏暗한 燕山君 때 사화에 걸렸으나, 中宗朝에 정권이 바뀌자 억울한 일을 풀어주

고 致祭하였다. 그 師友의 융성함을 보면 寒暄, 一蠹, 睡軒[權五福], 濯纓
및 曹梅溪, 兪濡溪, 金止止堂[金孟性], 金顔樂堂[金訢] 등 여럿이었는데, 혹
은 道義로 서로 끌어주고, 혹은 문장으로 서로 장려하였다. 대개 선생의 德業
과 行誼는 세상의 교화에 크게 도움됨이 있었다.[30]

점필재의 제자 가운데서도 藍溪는 일찍 조정에 진출하여 大司成 提學
등 주요 관직을 역임하였고, 그 문장과 道學이 출중하였으나, 사화로 그
시문이 다 흩어져 버려 정당한 평가를 받지 못한 점이 있었다.

6. 濯纓 金馹孫

탁영 김일손은 본래 淸道 출신이지만, 咸陽에 靑溪精舍를 짓고 독서
강학하였으므로 江右地域과 밀절한 관계가 있다. 함양에 있으면서 一蠹와
절친하게 지냈다.

탁영은 17세 때부터 점필재를 따라 배웠는데 점필재의 만년 제자이다.
점필재를 대단히 추앙하였고, 점필재도 그를 매우 사랑하여 원대한 인물이
될 것으로 기대하였다. 현재 『濯纓集』에는 「祭佔畢齋先生文」이 2편 있는
데, 점필재에 대한 崇仰의 마음과 자신과의 관계를 밝힌 중요한 기록이다.

> 대들보가 부러지니, 많은 선비들이 슬퍼합니다.
> 원로께서 돌아가시니, 朝野에서 모두 마음 아파합니다.
> 선비는 큰 법을 잃었고, 나라에는 典型이 없게 되었습니다.
> 저 같은 보잘것없는 사람으로서도 뜻을 숭상하게 되어,

---

30) 表沿沫 『藍溪集』 권3 5장, 「諸賢讚述」. 先生聰明絶人, 文章鳴世. 少從佔畢齋金先生學.
金先生傳之以斯文之統. 門下諸賢, 稱先生, 而不敢字焉. 其淵源之正, 造詣之深, 樹立之卓,
百世之師表也. 其爲國之忠, 事親之孝, 服喪之禮, 千載之模楷也. 君臣之際, 則以成廟名卿,
昏朝罹禍, 而中廟更化, 伸枉致祭. 其師友之盛, 則寒暄 · 一蠹 · 睡軒 · 濯纓 及曹梅溪兪氵雷
溪金止止 · 金顔樂諸賢, 或以道義相引重, 或以文章相獎詡. 蓋先生之德業行誼, 大有補於世
敎云.

만년에 문하에 들어가 가장 知遇를 많이 입었습니다.

글방의 마루로 올라가서 비로소 학문의 방향을 알게 되었습니다.

千古의 일로써 저를 깨우쳐주시니, 방에 문이 있는 것 같았습니다.

실천의 나머지에 문장으로써 저를 넓혀주셨습니다.

은혜는 부모와 같으니, 의리상 마땅히 장례를 주선해야 할 것입니다.[31]

-하략-

점필재는 많은 선비들에게는 큰 법도가 되고 나라의 전형이 되는 존재
인데, 세상을 떠나자 朝野를 막론하고 다 슬퍼하지 않는 사람이 없다고
했다. 특히 濯纓은 점필재의 가장 큰 知遇를 입었으므로 더욱 슬펐던 것이
다. 스승이지만 그 은혜가 부모와 다를 바 없기에 장례에 당연히 참석해야
겠지만, 관직에 얽매인 몸이라 자유롭게 참석할 수가 없었다. 그래도 장례
에 참석하려고 노력을 하고 있던 참에 자기 친형제의 상을 당하여 존경하
는 스승의 장례에 참석하지 못하게 되어, 자신의 스승에 대한 정성이 부족
함을 책망하였다. 그 뒤 한훤당은 國事로 密陽을 지나다가 스승의 산소에
제문을 지어 제를 지내었다. 여기서는 소개하지 않았지만 그때 지은 것이
두 번째 제문이다. 스승의 기대를 저버리지 않을 결심을 단단히 하였다.

그러나 濯纓은 스승을 너무 존경한 나머지 점필재가 젊은 시절 지은
「弔義帝文」을 史草에 올렸다가 柳子光·李克墩 등에게 공격의 빌미를
제공하여, 戊午士禍에서 조선 건국 이후 점필재의 노력으로 조정에 기반
을 확보한 嶺南士林派는 일망타진되는 비운을 겪게 된다.

7. 木溪 姜渾

목계 강혼은 晋州 출신으로서 月牙山 아래 木溪里에서 살았다. 密陽으

---

31) 金駟孫『濯纓集』권4 11-12장,「祭佔畢齋先生文」. 樑木之摧, 多士之哀. 元老之亡, 朝野之
傷. 士失大經, 國無典刑. 如余無狀, 以智爲尙, 晩於門下, 遇知最雅. 升其塾堂, 學始知方.
諭我千古, 如室得戶. 踐實之餘, 文以博余. 恩同爺孃, 義當方喪.

로 佔畢齋를 찾아가 執贄하여 爲己之學에 관하여 들었다. 점필재 만년의 제자이다. 寒暄堂·一蠹 등 同門諸賢들과 道義를 講磨하여 儒林에 명망이 있었다. 문과에 급제하여 濯纓과 함께 賜暇讀書하고 吏曹正郞 吏曹判書 大提學 등 요직을 거쳤다. 시를 잘하는 것으로 燕山君의 총애를 받았다. 戊午士禍 때는 杖流의 형벌을 받았으나, 1506년 中宗反正 이후 다시 기용되었다.[32] 그의 시문은 가족들이 상서롭지 못한 것이라 하여 다 불살라 버렸다. 지금 전하는 『木溪逸稿』는 후손들이 수집하여 간행한 것이다. 그의 『木溪逸稿』이나 『佔畢齋集』에는 서로 관계되는 시문이 없다. 이는 점 필재와의 연령 차이가 너무 크기 때문이리라 생각된다. 그러나 그는 大提學을 지냈으므로 점필재의 학문과 문장의 정신을 현실에 반영하였을 것으로 볼 수 있다.

이 밖에도 慶尙右道 출신의 점필재 제자로는 迁拙子 朴漢柱, 姜訢, 姜謙, 姜景敍, 盧王筆, 柳順汀 등이 있어 점필재의 학문과 문장을 계승하였다.

Ⅴ. 결론

江右地域은 아득한 三韓시대부터 전국의 학문적 문화적 중심지가 되어 본 적은 없었다. 高麗中期 이후 晋州를 본관으로 한 姜氏·河氏·鄭氏의 문중에서 걸출한 인물들이 많이 배출되었으나, 이들은 현달한 이후로 주로 중앙으로 이주하였기 때문에 후대의 영향이 크게 없었다.

江右地域의 학문이 본격적으로 흥기한 것은 佔畢齋가 咸陽郡守로 부임하여 비교적 장기적으로 재직하면서 적극적으로 인재를 양성함으로 인해 서이다. 점필재는 經學과 文章을 융합하는 학문으로 교육하여 그의 제자

---

32) 姜渾『木溪逸稿』권2 20장,「家狀」.

들은 문학과 경학에 모두 우수하여 내용 있는 시문을 창작하여 당시 사람들로부터 주목을 받았다.

또 그들은 과거를 통해서 중앙관계에서도 嶺南士林派를 형성하여, 朝鮮 건국 이후 확고한 세력을 형성하고 있던 勳舊派를 견제하는 위치에까지 이르렀다. 왕조교체기에 節義를 지키지 않았고, 경학적 뿌리가 없는 詞章 일변도의 시문을 짓는 훈구파에 대해서 이들은 우월의식을 갖고서 배타적으로 처신하는 경향이 없지 않았다. 그러나 이런 점은 훈구파에게 빌미를 제공하여 戊午士禍에 일망타진되는 비극을 당하게 되었다.

점필재에 의해서 형성된 朝鮮 前期의 嶺南士林派가 戊午士禍와 甲子士禍로 인하여 그 學脈이 후세에 직접적으로 계승되지는 못했지만, 그 한 세대 뒤에 南冥 같은 대학자가 崛起하는 데 토양을 제공했을 것이다. 그리고 전기 嶺南士林派에 의해서 형성된 선비정신은 남명이나 그 제자들에 의해서 더욱 정제될 수 있었을 것이다.

제2부

朝鮮 中·後期
漢文學의 向方

周世鵬의 文學世界

Ⅰ. 서론

신재(愼齋) 주세붕(周世鵬 : 1495-1554)은 조선중기에 활동한 걸출한 학자이자 문학가였다. 그는 과거(科擧)를 통하여 관직에 진출한 이후로 내외의 여러 현요직(顯要職)을 거치며 업적을 남겼는데, 특히 서원 창설을 통한 교육과 세상을 정신적으로 구제하는 일에 성력(誠力)을 기울였다.

그는 회재(晦齋) 이언적(李彦迪), 퇴계(退溪) 이황(李滉), 남명(南冥) 조식(曺植) 규암(圭菴) 송인수(宋麟壽) 등 당대의 최고의 학자들과 교우관계를 맺어 학문적 강토(講討)를 통하여 수준 높은 학문을 이루었다.

그리고 사환(仕宦)하는 분주한 생활 속에서도 1071제(題) 1328수의 한시(漢詩), 123편의 한문 문장, 시조(時調)와 경기체가(景幾體歌) 작품을 남기는 등 문학자로서도 풍성한 작품을 남겼다.

특히 신재에 의해서 주도된 서원의 창설은 우리 나라의 문화사, 특히 유학사상(儒學思想) 학술사(學術史) 교육제도 등에 있어서 획기적인 공헌을 하였고, 특히 우리나라 한문학(漢文學) 발전과 보급에 크게 기여하였다.

서원은 조선 말기에 이르러 그 폐단이 없지 않았지만, 우리나라 역사상 서원(書院)을 맨 먼저 창설하여 우리나라 교육제도에 한 획을 긋게 한 신재(愼齋) 주세붕(周世鵬)은 유학사(儒學史)에 있어서는 물론이고, 교육사(教育史)적으로도 비중 있게 조명을 받아야 할 인물이다. 그러나 지금까지 그 신재의 업적과 비중에 비하여 크게 주목을 받지 못하였고, 몇 종 나와 있는 인물사(人物史) 관계의 서적에 등재된 적도 없었다.

그러나 지금까지는 신재에 대해서 주로 서원창설운동의 측면에서 고찰
한 글은 나왔으나, 그를 학자로서 문학가로서 총체적으로 다룬 글은 나오
지 않았다.

이번 함안문화원 주최로 이번 학술대회를 통해 신재를 집중적으로 조명
하게 되었다. 본인에게 부과된 제목이 문학세계인데 그의 시문을 통하여
수신시(修身詩), 산수문학(山水文學), 구세시(救世詩), 연민시(憐民詩),
영사시(詠史詩) 등으로 나누어 논의를 전개하여 신재의 문학세계를 구명
해 나가고자 한다.

II. 세계(世系)와 생평(生平)

신재(愼齋) 주세붕(周世鵬)은 1495년(연산군 1) 합천군(陜川郡) 천곡리
(泉谷里)에서 태어났다. 자(字)는 경유(景游)이고 본관은 상주(尙州)이다.
그 뒤 일곱 살 때 아버지를 따라 칠원현(漆原縣 : 지금의 咸安郡 漆西面)
무릉리(武陵里)로 이사했다.

상주주씨(尙州周氏)의 1세조는 도은(陶隱) 주유(周瑜)로 고려(高麗) 말
기 진사(進士)였는데, 고려가 망하자 야은(冶隱) 길재(吉再), 상촌(桑村)
김자수(金自粹)와 함께 신왕조인 조선에 벼슬하지 않고 스스로 지절(志
節)을 지켰는데, 세상에서 삼절사(三節士)라고 칭송하였다. 이 분은 바로
신재의 고조부인데, 처음으로 합천(陜川)으로 옮겨와 살았다. 증조는 주상
빈(周尙彬)인데 신재가 관직이 높아짐에 따라 사복시정(司僕寺正)에 추증
(追贈)되었다. 조부는 주장손(周長孫)인데, 사직(司直)을 지냈고, 신재가
관직이 높아짐에 따라 병조참의(兵曹參議)에 추증되었다. 부친은 동호(東
湖) 주문보(周文俌)인데, 신재가 벼슬이 높아짐에 따라서 이조참판(吏曹
參判)에 추증되었다. 모친은 창원황씨(昌原黃氏)로 부호군(副護軍)을 지
낸 황근중(黃謹中)의 따님으로서 정부인(貞夫人)에 추증되었다.

그를 임신할 때 그 어머니 황씨(黃氏) 부인의 꿈에 어떤 노인이 나타나 금 대롱으로 된 붓 한 자루를 주면서 "잘 간직했다가 네 아들에게 주라"고 당부했다고 한다. 이런 태몽이 있고 난 뒤 태어난 신재를 그 어머니는 정성을 다하여 키웠다.

태어나면서부터 총명하였고, 큰 뜻이 있어 애들과 장난질하며 놀지 않았다. 효성과 우애가 지극하여 부모님 말씀을 한 마디도 거스르는 경우가 없었다. 네 살 때 그 형이 종기가 나서 침을 맞았는데, 신재는 곁에서 보고 있다가 울음을 터뜨렸다. 어른들이 "왜 우느냐?"고 묻자, "형이 아픈데 동생이 아프지 않을 수 있겠습니까?"라고 대답했다. 다섯 살 때 아버지가 '천지(天地)', '부모(父母)' 등의 한자를 가르쳐 주며 "천지는 만물의 부모요, 부모는 내 몸의 천지다"라고 하자, "저 몸이 천지라면 저의 눈은 해와 달에 해당되겠군요"라고 자기의 생각을 말하여, 어른들을 놀라게 하였다.

천성적으로 공부를 좋아하여 열 살 이전에 이미 『소학(小學)』과 사서(四書)를 다 읽었다. 책을 읽다가 졸음이 오면 상투를 대들보에 매달고서 공부를 했다고 한다. 과거공부도 하면서 성현(聖賢)의 학문에 침잠하였다. 그때 그가 글을 읽었던 남고정사(南皐精舍)가 지금 함안군 칠원면 용정동에 남아 있다.

그때 신재의 아버지는 이재(理財)의 능력이 있어서 재산이 넉넉하였는데, 재산 관리와 남에게 빚 준 것 등을 기록한 장부가 많이 있었다. 신재는 그 재물에 관계되는 장부를 불살라 없애버릴 것을 아버지에게 건의하였더니, 아버지는 그 건의에 따라 불살라 버렸고, 그 이후로는 재산을 늘리려고 애를 쓰지 않았다.

그는 전심전력하여 공부한 보람으로 열여덟 살 때 향시(鄕試)에 장원급제했다. 그러나 문과(文科)에 급제한 것은 그 십 년 뒤인 스물여덟 살 때였다. 그에게 있어서 이십 년 동안의 각고한 노력은 학문에 있어서 깊이를 더하고 인생의 방향을 정하게 되었다.

1521년(중종 16) 문과에 급제하여 승문원(承文院) 권지부정자(權知副

正字)로 관계에 첫발을 내디뎠다.

조선 초기 유교를 국교화(國敎化)하여 꾸준히 장려해 온 결과, 이때에
이르러 성리학(性理學) 연구의 수준이 높아져 갔다. 중국 송(宋)나라와
원(元)나라 성리학자들의 저술을 모은 『성리대전(性理大全)』이 명(明)나
라 영락제(永樂帝) 때 편찬되어 조선 초기에 우리나라에 전래되었는데, 조선
중기에 와서 많은 학자들이 이 책을 읽고 연구하게 되었다. 그러나 그
분량이 너무 많아 통독하기가 어려웠으므로, 사재(思齋) 김정국(金正國)
이 그 축약본인 『성리절요(性理節要)』를 편찬하였다. 이때 경상감사로 나
왔던 상진(尙震)이 경상도에서 목판으로 찍어 보급했는데, 이 책의 서문을
신재가 섰다. 신재는 이때 30세의 하급 관리였는데도, 상진이 서문을 부탁
한 것으로 볼 때 그의 성리학적 조예가 어느 정도 깊었는가를 미루어 짐작
할 수 있다.

이 해에 사가독서(賜暇讀書)하는 영광을 얻었고, 그 다음해에 예문관
(藝文館) 검열(檢閱)에 임명되었다. 이 검열이란 자리는 이른바 '한림(翰
林)'이라는 자리로 문장을 잘 하고 학문이 있는 사람만이 선발될 수 있었으
므로, 모든 관원들이 부러워하는 청요직(淸要職)이었다.

신재는 천성이 책을 무척 좋아하였다. 그래서 책 이름을 들으면 반드시
구했고, 구해서는 읽지 않는 적이 없었다.1)

32세 때 홍문관(弘文館) 정자(正字)로 옮겨 임금에게 경사(經史)를 강
의하는 경연관(經筵官)을 겸하였다. 이때 신재는 조종(祖宗)이 창업한 나
라를 지키기가 어렵다는 교훈을 밝힌 「수성잠(守成箴)」이란 글을 지어
중종 임금에게 올렸다. 신재는 이때 뿐만 아니고 늘 관직에 있으면서 강직
한 말로 임금에게 간언(諫言)을 올렸다.

이후 내직으로는 지제교(知製敎), 홍문관 수찬(修撰), 사간원(司諫院)
헌납(獻納), 성균관(成均館) 전적(典籍), 홍문관 교리(校理), 외직으로는

---

1) 『武陵集』 권5 19장 「與安挺然」.

강원도 도사(都事), 곤양군수(昆陽郡守) 등직을 역임하고, 1541년 47세의
나이로 풍기 군수(豐基郡守)로 부임하였다.

풍기에 부임하자마자 향교로 가서 문묘(文廟)에 배알(拜謁)하였는데,
사당의 기둥이 부러지고 동서의 재사(齋舍)는 비가 새고 바람을 막을 수
없었다. 유생들은 나태하여 다 흩어져서 학문을 강론하지 않은 지 오래
되었다. 국가의 인재양성의 제도가 현장에서는 비정상적으로 행해지고
있음을 신재가 직접 목도하고 크게 놀라, 자신의 녹봉을 들여 향교를 옮겨
세우도록 하고 석채례(釋菜禮)를 하도록 하였다. 때로 직접 유생들을 가르
치기도 하였다.

풍기는 고려 때 유학을 중흥시킨 문성공(文成公) 안향(安珦)의 고향이
었으므로, 신재는 안향이 어려서 독서하던 곳을 찾아 백운동서원(白雲洞
書院)을 세워 안향을 봉안(奉安)하여 제사지냈다. 경사자집(經史子集)에
관한 책 천여 권을 비치하고, 서원의 경비에 충당할 수 있도록 서원에
딸린 토지를 마련하여, 선비들이 아무런 걱정 없이 수신(修身)과 학업에만
전념할 수 있는 곳으로 만들었다. 그의 이런 조처는 우리나라 학문 발전에
지대한 업적을 남긴 일이다. 풍기 군수로 4년 동안 재직하면서 백운동서원
의 기반을 확실하게 만들고 또『죽계지(竹溪志)』를 편찬하여, 안향의 시문
과 그에 관한 전기자료 및 서원을 세우게 된 경위, 중국서원의 사례 등을
모아 편집하여 간행했다. 당시 사람들 가운데는 향교가 있는데 왜 또 서원
을 세우느냐고 의혹을 제기하는 사람이 많았기에, 이 책은 그 점에 대해서
해명하는 역할도 했다. 그는 서원을 창설했을 뿐만 아니라 선정을 베풀어
그가 떠난 뒤 고을 사람들이 유애비(遺愛碑)를 세워 그의 은덕을 잊지
못했다.

신재(愼齋) 주세붕(周世鵬)은 풍기 군수(豐基郡守)로 4년 동안 재직하
다가, 1545년 중국 사신을 영접하는 접반사(接伴使) 대열의 제술관(製述
官)으로 발탁되어 서울로 돌아왔다. 이때 풍기 고을 백성들이 더 머물게
해 달라고 조정에 요청했으나 뜻대로 되지 않았다. 제술관은 주로 중국

사신들과 시문(詩文)을 주고받는 일을 담당하는데, 그 당시 나라 안에서 글 잘하는 사람 가운데서 선발하였다. 그러나 제술관으로 파견되지는 않고, 곧바로 성균관 사성(司成)으로 임명되었다.

그 이듬해 3월에 춘추관(春秋館) 편수관(編修官)이 되어 『중종실록(中宗實錄)』과 『인종실록(仁宗實錄)』의 편찬에 참여하였다. 6월에는 경연(經筵) 시강관(侍講官)이 되어, 명종 임금에게 성학(聖學)에 도달할 수 있도록 진강(進講)하였다. 늘 재계를 하여 생각을 가라앉히고 정성을 쌓아 강의 준비를 하였다. 덕성(德性)을 함양하는 것을 우선으로 하도록 하고, 천리(天理)와 인욕(人慾), 군자와 소인의 관계에 대해서 상세하게 아뢰어 어린 명종이 잘 이해하도록 하였다. 같이 시강관으로 있던 조사수(趙士秀)란 분은 "임금을 바른 길로 인도하려는 주세붕의 충성은 다른 사람이 따라갈 수 없다."라고 평했다.

이때 「심도설(心圖說)」을 그려서 명종에게 올렸다. 마음을 알기 쉽게 도해한 것이다. 그때 윤원형(尹元衡)과 이기(李芑) 등이 큰 옥사를 자꾸 일으켜 많은 사람들을 죽였으므로, 명종으로 하여금 하늘과 땅이 삼라만상을 낳고 키워주는 어진 마음을 본받아 요순(堯舜)처럼 백성을 사랑하는 정치를 하도록 하기 위해서 이 그림을 그려 바쳤다. 이 「심설도」는 조선시대 성리학자들 가운데서 마음의 작용을 그림으로 나타낸 것 가운데 비교적 선구적인 것으로, 퇴계(退溪)의 「성학십도(聖學十圖)」보다 22년 앞선 것이었다. 그러나 지금은 안타깝게도 전하지 않는다.

이 해 11월에 홍문관(弘文館) 부제학(副提學)에 발탁되었다. 부제학은 정3품의 벼슬인데, 홍문관의 실질적인 책임자로서 나라에서 필요한 글을 책임지고 짓고, 국왕에게 경서를 강의하고 국왕의 자문에 응하는 아주 중요하고 영예로운 자리였다. 『대학(大學)』의 내용을 분석한 「대학석리소(大學釋理疏)」를 올려 『대학』의 가르침을 정치에 반영하도록 했다.

도승지(都承旨), 호조참판(戶曹參判) 등 내직을 거쳐 1549년 7월 황해도 관찰사로 부임하였다. 이때 사간원(司諫院)에서 아뢰기를 "주세붕은

학문이 정밀하고 넓으니 전하의 고문에 응할 수 있도록 경연(經筵)에 두어
야 합니다."라고 그를 내직에 머물러 두기를 건의하였다. 명종은 "황해도
백성들이 바야흐로 곤궁하고, 곧 중국 사신도 나오니, 이 사람이 아니면
안 된다."라고 하여 그대로 임명하였다.

그 당시 황해도 사람들은 무(武)만을 숭상하는 분위기가 유행하여 글을
통한 교화(敎化)가 끊어졌고 학교가 다 유명무실하였다. 신재는 부임하자
마자 잘못된 옛 제도를 개혁하여 유생들을 격려하여 학문에 열중하도록
하였다. 정사에 있어서는 규칙을 엄히 정하여 여러 고을에 방을 부쳐 권유
하였다. 그 내용인즉 형벌은 줄이고 세금은 가볍게 하겠다, 농사와 누에치
기에 힘쓰고 효도와 공경을 반복해서 가르치도록 하라, 여자는 음란하지
말고 남자는 도둑질하지 말라, 예의로써 자식을 가르치고 충신(忠信)으로
서 윗사람을 받들라는 것 등등이었다. 그리고 오륜(五倫)의 내용을 풀어서
「오륜가(五倫歌)」라는 노래로 만들어 보급하였다.

고려 전기의 학자인 문헌공(文憲公) 최충(崔冲)을 향사(享祀)할 수양서
원(首陽書院)을 해주(海州)에 창설하였다. 우리나라 역사상 유학을 본격
적으로 공부한 최초의 학자가 최충이고, 그는 교육을 통해 유학을 보급하
고 인재를 양성한 공이 있다고 신재는 생각했던 것이다. 서원을 다 짓고
나서 다시 도서를 비치하고 토지를 마련하여 서원의 경비에 충당할 수
있도록 했다. 신재의 이런 적극적인 서원창설운동의 정신을 그 뒤 퇴계가
이어받아 많은 서원을 건립하는 노력을 했고, 그 뒤 우리나라 전역에 근
700개의 서원이 건립되게 되었다. 우리나라 사람들이 학문을 좋아하고
자기를 수양하여 착한 사람이 되려고 하는 것은 서원에서 많은 선비를
양성했고, 이 선비들이 자기가 사는 향촌에서 백성들을 교화시킨 효과라고
할 수 있다.

1550년 56세 때, 다시 내직인 성균관 대사성(大司成)에 임명되어 우리나
라 최고 교육기관의 수장(首長)이 되었다. 부화(浮華)한 선비들의 기습(氣
習)을 제거하여 실질적인 학문(學問)에 힘쓰도록 유시했다.

이때 명종(明宗)의 어머니인 문정왕후(文定王后)가 승려를 우대하고 불법(佛法)을 장려하므로, 신재는 불교의 교리를 파헤쳐 그 허점을 공격한 「벽불소(闢佛疏)」를 지어 올렸다.

마지막 59세 되던 해에 이르러 병이 위독하였는데도 동지경연사(同知經筵事)의 직책을 다하고자 하여 한 마디 말이라도 아뢰어 임금을 바른 길로 인도하려고 노력하였다.

그 이듬해 1554년 7월 초2일 서울의 집에서 숨을 거두었는데, 마지막 순간까지도 집안 일에 대해서는 한 마디 언급도 없었고, 말하는 것은 오로지 나라 일이었다. 부고를 듣고 임금이 슬퍼하며 예관(禮官)을 보내어 치제(致祭)하고 부의를 내렸다. 11월 칠원(漆原) 서쪽 저연(猪淵)의 선영 아래에 안장하였다.

신재는 시문에 능하여 많은 글을 남겼는데, 그 아들인 주박(周博)이 퇴계(退溪)의 교정을 거쳐 1564년 원집(原集) 8권을 간행하고, 그 뒤 1581년 원집(原集) 8권 별집(別集) 8권을 합쳐 16권으로 간행하였다. 1591년에는 사림(士林)에서 그 고향인 칠원에 동림서원(桐林書院)을 지어 신재를 향사(享祀)하여 존모(尊慕)의 뜻을 붙였다. 그 뒤 1633년에는 유림의 뜻에 의하여 신재 자신의 손으로 창설한 백운동서원에 배향(配享)하였다. 그 밖에 전국 각지의 많은 서원에 향사되고 있다. 1676년(숙종 3)에 이르러 덕연서원(德淵書院)이 사액(賜額)을 받았다. 1819년(순조 19)에 나라에서 문민(文敏)이라는 시호를 내렸는데, '문(文)'은 부지런히 배우고 묻기를 좋아한다는 뜻이고, '민(敏)'은 일에 응하여 공이 있다는 뜻이다.

그는 내직에 있을 때는 주로 학문이나 교육과 관계 있는 부서에서 근무하였고, 지방관으로 나가서는 백성교화와 인재양성에 전력을 쏟았다. 몇 차례 사화(士禍)로 기운이 꺾였던 사림이 그의 서원창설 운동으로 말미암아 다시 회복될 수 있었고, 이후 영남사림파의 성장에 크게 도움이 되었다.

그는 평생 청렴하게 살아 청백리(淸白吏)로 뽑혔다. 백성들 교화를 위해 지은 도동곡(道東曲) 등 8수의 우리 말 작품을 남겼다. 문집 이외에도 『죽계지(竹溪志)』,『해동명신언행록(海東名臣言行錄)』등 많은 저술을 남겼다.

Ⅲ. 師友關係

신재는 당대 성리학의 대가들과 두루 교유를 맺고 있었다. 4세 위인 회재(晦齋) 이언적(李彦迪)과는 오랫 동안 같은 조정에서 벼슬하며 절친하게 지냈다. 백운동서원을 세울 때는 그 타당성과 배향할 인물에 대해서 자문을 구하였고,『심경(心經)』을 얻어 읽다가 이해하기 어려운 곳을 만나자 조목조목 적어서 회재에게 질문을 하였다.

퇴계(退溪) 이황(李滉)은 신재의 후임으로 풍기 군수(豐基郡守)로 부임하여, 명종 임금의 사액을 얻어 백운동서원을 소수서원(紹修書院)으로 격상시켰다. 또 퇴계가 성균관의 책임자인 대사성(大司成)으로 있을 때 신재는 그 위 직책인 동지성균관사(同知成均館事)로 있었다. 이때 신재의 요청으로 퇴계는 신재가 청량산(淸凉山)을 유람하고 쓴「유청량산록(遊淸凉山錄)」에 발문(跋文)을 썼다. 신재가 불교식 봉우리 이름을 유교식으로 바꾼 것에 대해서 퇴계는 칭찬해 마지 않았다.

1564년 신재의 유고(遺稿)를 퇴계가 교정·정리하였다. 신재의 아들 주박(周博)은 퇴계의 문인이다.

신재가 풍기 군수로 있을 때 김해 산해정(山海亭)에서 강학(講學)하고 있던 남명(南冥) 조식(曺植)을 직접 방문하였다. 이때 신재는 남명에게 다음과 같은 시를 증정하였다.

푸른 산 아래 그윽한 집이요,	幽屋靑山下
바다로 흘러드는 세 갈래 강.	三江入海門
끝없이 움직이는 곳을 보며,	無窮看動處
고요한 것이 존귀한 줄 홀로 아네.	獨識靜爲尊[2]

초야에 묻혀서 학문에 정진하고 있는 남명의 태도를 흠모한 시이다.
남명이 답한 시도『남명집(南冥集)』에 실려 있다.

규암(圭菴) 송인수(宋麟壽)와는 1523년 독서당(讀書堂)에서 같이 글 읽
으며 시를 창수하였다. 사천(泗川)의 유배지로 신재가 규암을 찾아가 위로
하였다. 1537년에는 신재가 규암에게 서신을 보내 경연(經筵)의 과목에
『효경(孝經)』을 추가하도록 권유하고 있다. 당시 규암은 사천(泗川)의 유
배지에서 돌아온 지 얼마 되지 않았는데, 바로 경연의 시강(侍講)에 참여
한 모양이고 그의 발언이 그 당시 조정에서 상당히 영향력이 있었음을
알 수 있다. 신재의 서신은 이러하다.

> 요즈음『효경』을 읽어보니, 저도 모르게 손이 너울너울해지고 발이 굴러
> 집니다. 우리 공자께서 줄일 것은 줄여 손을 보아 확정하여 만든 책은『효경』
> 한 가지 뿐입니다. 지금 사람들이 아이들을 가르칠 때는 먼저『효경』을 가르
> 치지만, 지극한 덕과 중요한 도가 어른들에게는 받아들여지지 않는 것은
> 어째서인지요? 경연에서조차 진강(進講)을 하고 있지 않으니, 적은 손실이
> 아닙니다. 오직 바라건대 고명하신 그대께서는 임금님께 우러러 아뢰어 널
> 리 보급하여 전하도록 하여 풍속을 교화하는 방법으로 삼도록 하십시오.[3]

신재는 자신도 성리학을 깊이 연구했지만, 자신은 전문적인 저서는 남
기지 않았다. 다만 서원을 창설하고 학자들을 우대함으로써 성리학을 연구
하고 보급할 수 있는 토양을 마련하는 데 아주 큰 공헌을 하였다고 할
수 있다.

---

2) 周世鵬『武陵別集』권2 15장「山海亭贈曹楗仲」.
3) 周世鵬『武陵雜稿』부록 권2,『年譜』.

IV. 문학세계

1. 수양시(修養詩)

공자(孔子)는 공부하는 사람을 크게 두 부류로 나누었다. 자기 자신의 수양을 위해서 공부하는 사람들과 남에게 보이기 위해서 즉 공부를 이용해서 관직이나 이익을 추구하는 사람들이다. 공자가 지향하는 바는 당연히 자신의 수양을 위한 공부를 하는 것이다. 그렇게 자신의 인격이 훌륭해지고 학문이 있게 되면 관직이나 명예가 저절로 따라오는 것이다.

유학(儒學)을 공부하는 목적은 수기(修己)와 치인(治人)에 있다. 치인의 영역에 해당되는 것은 제가(齊家)·치국(治國)·평천하(平天下)인데, 치인을 하기에 앞서 수기가 되어야 한다. 곧 자신이 사람이 된 뒤에라야 남을 다스릴 수가 있는 것이다.

신재는 과거를 통해서 관직에 나갔지만 어려서부터 자신을 위한 공부에 남달리 치중하였다. 그가 아들 주박(周博)과 같이 『논어(論語)』를 읽으면서 그 첫 장에 나오는 말을 가지고 그 뜻을 부연하여 시를 지어 아들에게 보여주고 또 자신을 면려하였다. 공부를 하다보면 남이 알아주기를 바라는 마음이 생길 수가 있고, 더 나아가 내가 이 정도 수준까지 이르렀는데 사람들이 알아주지 않는다고 화를 내는 사람도 있고, 자신을 자랑하려고 노력하는 사람도 있다. 그러나 신재(愼齋)는 이런 사람들은 대장부라고 할 수 없다는 것이다. 자신이 배 부른 것은 자신이 알고 자신이 배부르면 됐지, 꼭 남이 알아주어야 하는 것은 아니다. 진정한 공부에 관심이 없고 남의 관심만 끌려는 속학(俗學)들에게 훈계가 되는 그런 시이다.

나를 대접하는 것이 보통이라면 내 무얼 성내랴?　　　　待我平平我何慍
다른 사람에게 경멸 당하면 달가워하기 어렵다네.　　　被人輕了便難甘
마음 속 조금도 요동하지 말게나.　　　　　　　　　莫教裏面些回動
조금이라도 요동하면 대단한 남자 아니라는 것 알겠네.

　　　　　　　　　　　　　　　　　　　　　　　　些動知渠未偉男

속된 선비 어지러운데 누가 자신 위해 공부하는가? 　俗學紛紛誰爲己
사람들이 자기를 몰라주면 혹 성을 낸다네. 　　　人如不識或生嗔
자기가 밥 먹어보면 배부른 줄 아는 법, 　　　自家喫飯當知飽
자기 배가 부른 걸 어찌 꼭 남에게 물어야 하나? 　旣飽何須問外人[4]

관직에 얽매여 있다 보니 자연히 공부할 시간이 넉넉하지 못하게 마련
이다. 신재(愼齋)는 관원이지만 근본적으로 학자 출신이기 때문에 늘 공부
에 관심을 갖고 있다. 그래서 자신의 수준이 날로 저하되어 가는 안타까운
심정을 금하지 못하데 되었다. 자기를 늘 보고 있는 등불마저도 자신을
비웃으며 '하등의 어리석은 인간이여'라고 비웃고 있는 듯한 느낌을 받았
다. 관직이 올라가도 거기에서 만족감을 느끼지 못하고, 자신의 내면적
학문에 발전이 없는 것을 스스로 반성하고 있다.

몇 년간 글읽기 게을리하여 학문 더욱 빈약해졌나니, 　年來懶讀學逾貧
손꼽아 보니 그럭저럭 이십 년이 지났구나. 　　　屈指間經二十春
만약 외로운 등불이 말을 할 수 있었더라면, 　　　若使孤燈能解語
나를 하등의 어리석은 사람이라고 부를 줄 알았을 것을.

　　　　　　　　　　　　　　　　　　懸知呼我下愚人[5]

유학자로서 자기 내면의 성찰을 통한 수양을 하는 방법을 「동찰음(動察
吟)」과 「정양음(靜養吟)」이라는 시에서 제시하였다. 고요히 있을 때는 물
론 수양을 해야 하지만, 움직일 때도 방치해서는 안 되고 자신을 성찰해
나가야만이 완전한 수양이 될 수 있다. 성리학 이론을 실천하려는 유자(儒
者)로서 수도(修道)의 방향을 설정한 것이다.

「동찰음(動察吟)」은 이러하다.

---

4) 『武陵集』 권3 2장 「癸卯正月十五日與阿博讀語至人不知而不慍, 不亦君子乎而晦庵輯釋又
曲盡世情演其義題得二絶以示博且用自勵」.
5) 『武陵集』 권2 5장 「燈下有感」.

살피고 다시 살펴야 하리니,	察之復察之
움직일 때 모름지기 살펴야지.	動處須察之
어두컴컴한 방 구석에서 한 일도,	屋漏事所爲
뭇 사람들 속에서 발한 감정과 같아야지.	衆中情所發
조금만 어긋나도 너 자신 혼자 아나니,	纔差汝獨知
사물을 삼가면 다시 싹이 튼다네.	愼物更萌作
애오라지 노래지어 스스로 경계하노니,	作歌聊自警
가슴에 새겨 망가뜨리는 일 없도록.	服膺要無斁

「정양음(靜養吟)」은 이러하다.

수양하고 다시 수양해야 하리니,	養之復養之
고요할 때 모름지기 수양해야지.	靜時須養哉
민둥산 된 제(齊)나라 산 슬프고,	齊山濯可哀
송(宋)나라 사람 벼싹 뽑아 올린 것 우습구나.	宋苗揠堪哈
늘 깨어있는 마음 굳게 유지해야 하나니,	惺惺保固有
잠시라도 떠나면 도적이 몰려온다네.	暫離便寇來
고요한 가운데 중화(中和)에 이른 줄 느끼나니,	寂感致中和
성인의 후손으로 앞 시대를 이어 다음 세대를 열어야지.	聖孫爲繼開6)

움직일 때는 움직일 때의 수양이 있고, 고요히 있을 때는 고요히 있을 때의 수양이 있는 것이다. 올바른 수양이라면 동정(動靜)을 다 꿰뚫어 간단(間斷)없이 수양을 해야 하는 것이다. 남이 보건 안 보건 자신의 수양을 계속해 나가야 한다. 성급하게 추진해서도 안 되고 게으름을 피우며 중단해서도 안 된다. 그래야만 타고날 때의 착한 본성이 계발되어 군자가 될 수 있고, 나아가 성인(聖人)까지도 될 수 있는 것이다. 신재(愼齋)의 자기

6) 『武陵集』권1 23장 「靜養吟」.

내면의 수양방법을 알아볼 수 있다. 사람 되는 공부이고 모든 학문과 행동의 출발점이 되는 것이 바로 여기에 있는 것이다.

2. 산수문학

신재는 바쁜 사환(仕宦) 생활 중에도 산수를 무척 좋아하여 산수를 자주 찾았다. 안동(安東)의 청량산(淸凉山), 남해(南海)의 금산(錦山), 합천(陜川)의 가야산(伽倻山), 해주(海州)의 수양산(首陽山), 영주(榮州) 소백산(小白山) 등을 유람하고, 많은 시와 산문을 남겼다. 그 가운데서 청량산에서는 「유청량산록(遊淸凉山錄)」을, 수양산에서는 「수양산부(首陽山賦)」를 지어 남겼다. 그리고 여러 곳의 고을원과 감사로 나갔기 때문에 그의 여행범위는 여타 문인들보다 훨씬 넓어 전국의 명승과 사찰을 읊은 시가 많이 있다.

신재는 산수유람을 단순히 유흥으로 여기지 않고 학문의 한 단계로 보았다. 그의 이런 생각을 단적으로 보여주는 시가 바로 「遊山」이라는 시다.

옛날에 들으니 글 읽는 것이 산에 유람하는 것과 같다던데,

舊聞讀書如遊山

산에 유람하는 것은 글 읽기와 같다는 것 비로소 믿게 되었네.

始信遊山如讀書

산에 유람하면서도 기록하지 않으면 또한 유익함이 없고,

遊山不記亦無益

글을 읽어도 사색하지 않는다면 결국 무슨 가치 있으랴?

讀書不思終何居

시서(詩書)에 나타난 성정(性情)은 활발하고, 詩書性情有活潑
바위 골짜기 노을과 구름 늘 나왔다 들어갔다 하네. 巖壑烟霞常吸噓
산은 모름지기 꼭대기에 올라야 호걸이라 할 수 있나니,

山須登頂方稱豪

학문하여 성인 되기 구하지 않는다면 어찌 엉성하지 않겠는가?

學不求聖寧非疏

거머잡고 오르느라 백번 천번 고생한다 싫증내지 말게나.	躋扳莫厭百千勞
성공은 한 가지라는 말이 어찌 나를 속이겠는가?	成功一也豈欺余[7]

산에 오르는 일은 독서와 같다는 말을 듣고 직접 자기 발로 체험하였다. 그러나 신재가 새롭게 깨달은 것은 독서할 때 사색공부를 하지 않으면 지식이 자기 것으로 되지 않는 것처럼 산에 유람하고서도 유산기(遊山記)를 남기지 않는다면, 산을 오르며 얻은 정신적 육체적 체험이 다 날아가 버리고 남아 있지 않다는 것이다. 유산기의 중요성을 인식한 말이다. 산골짜기에서 나왔다 들어갔다 하는 노을과 구름을 사람의 생동적인 성정(性情)에 견준 것도 특이한 발상이다. 산에 오를 때는 반드시 정상을 밟아야만 이 호걸이라 할 수 있듯이, 공부를 시작했다면 반드시 성인(聖人)의 경지에 이를 것을 기약해야 된다는 것이다. 신재의 큰 규모의 목표를 알 수 있는 구절이다. 산에 오르는 것이나 공부를 하는 것이나 다 쉬운 일이 아니다. 백번 천번 노력하는 어려움 속에서 성공을 이루는 점은 한 가지다. 신재는, 유산을 통해서 공부의 경지를 잘 묘사하였다.

「유청량산록(遊清涼山錄)」에서도 이런 진리를 서술하고 있다.

> 갑신(甲申). 잠자리에서 일찍 아침 밥을 먹고 나서 백운암(白雲庵)에 올랐다. 조금 쉬었다가 드디어 조금씩 조금씩 붙들고 올라가니 이르는 곳이 점점 높아졌고 보이는 곳이 더욱 멀어졌다. 학가산(鶴駕山)·공산(公山)·속리산(俗離山)의 여러 봉우리들이 이미 눈 아래로 떨어졌다. 조금 쉬었다가 자소봉(紫霄峯)의 정상에 이르렀다.[8]

높은 산에 오르기는 힘들지만, 한 걸음 한 걸음 올라가다 보면 정상에도 이를 수 있다. 정상에 오르고 보면 보이는 시야가 넓고 왠만한 산은 눈

---

7) 『武陵集』 권1 37장 「遊山」.
8) 『武陵集』 권7 8장 「遊清涼山錄」, 甲申, 蓐食. 上白雲庵, 少憩. 遂躋攀分寸, 所到漸高, 所見益遠, 鶴駕公山俗離諸峯, 已落眼前, 累憩, 得到紫霄頂.

아래로 보이게 된다. 공부도 이와 마찬가지다. 높은 경지에 오르려면 무던
히 애를 써야 한다. 그러나 경지가 높아지면 시야가 넓어지고 정확해진다.
그래서 옛날 공자(孔子)·주자(朱子) 등 유자(儒者)들은 산에 오르기를
좋아하였다. 조선 전기부터 점필재(佔畢齋) 김종직(金宗直)을 비롯하여
탁영(濯纓) 김일손(金馹孫) 등 영남(嶺南)의 사림(士林)들은 특히 산에
오르기를 좋아했다. 심성 수양의 한 가지 방법으로 여겼던 것이다. 신재도
이런 영남 사림의 전통을 계승하였다고 볼 수 있다. 그리고 신재의 친구인
퇴계(退溪)도 「유소백산록(遊小白山錄)」을 남겼고, 남명(南冥)도 「유두류
록(遊頭流錄)」을 남겼는데, 다 이런 맥락에서 지어진 것이다.

신재의 「유청량산록(遊淸凉山錄)」은 특히 산의 풍경의 묘사가 절묘하다.

> 해가 기울어서야 연대사(蓮臺寺)에 도착하였다. 천 개 봉우리의 붉고 푸른
> 노을이 계속 변하면서 걷혔다 펼쳐졌다 하였다. 어두울 때는 밤과 같고, 걷히
> 면 낮과 같았다. 이윽고 도로 어두워지고 어두워졌다가는 도로 걷히었다.
> 눈에 들어오는 산의 빛이 어떤 때는 완전히 드러나기도 하고 어떤 때는 반쯤
> 드러나기도 하였다. 구름 기운이 위로부터 덮은 것도 있고, 아래로부터 피어
> 오르는 것도 있고, 어떤 것은 바위 틈에서 외롭게 솟아올랐다가 바람에 불려
> 흩어지는 것도 있고, 어떤 것은 흰 눈이 쌓인 것 같은 것도 있고, 어떤 것은
> 푸른 개처럼 달리는 것도 있었다. 엷은 데도 있고, 무성한 것도 있었다. 뿜어
> 내는 것도 있고 빨아들이는 듯한 것도 있었다. 모양이 문득 변화하여 잠시
> 사이에 만 가지 모양이 되었다.[9]

청량산 중턱에 있는 연대사에서 바라볼 수 있는 수많은 봉우리가 저녁
햇살을 받아서 어떤 곳은 붉게 비춰고 어떤 곳은 푸르게 비치는데 그 사이

---

9) 『武陵集』권7 4장 「遊淸凉山錄」, 日斜, 達蓮臺寺, 千峯紫翠, 卷舒無情, 其晦如夜, 卽開爲
晝. 俄而旋晦, 晦復褰開. 岳色之在望中者, 或全露, 或半露. 有雲氣自上罩之者, 亦有自下蒸
之者, 或孤生巖罅而爲風披拂者, 堆若白雪, 走若蒼狗. 其淡淡, 其蓊蓊, 若有噓者吸者, 變態
倏忽, 頃刻萬狀.

에 구름이 끼었다 걷혔다 하는 모습을 보니 천태만상이었다. 그 비유가
아주 다양하여 신재의 표현능력의 우수함을 증명하고 있다.

신재는 산천(山川)의 형세의 묘사에도 능숙한 솜씨를 갖추고 있었다.
함안(咸安) 출신으로 목사(牧使)를 지내고 고향에 물러나 한가한 세월을
보내던 조삼(趙參)이 함안 읍성(邑城) 북쪽에 무진정(無盡亭)을 짓고서
그 정자의 기문(記文)을 요청하자, 신재는 그 글의 첫머리에서 무진정이
위치한 산천의 형세를 이렇게 정취 있게 묘사하였다.

> 두류산(頭流山)이 동쪽으로 삼백 리를 달리다가 공중에서 가로로 뚝 끊어
> 져서 말갈기가 떨쳐 일어나듯 물결이 솟듯 하여 함안에서 진산(鎭山)이 된
> 것이 여항산(餘航山)이다. 그 한 갈래가 너울너울 날아와 십리도 안 되어
> 엎드렸다가 다시 일어난 것으로 검붉은 봉황새가 새끼를 거느리고 있는 것
> 처럼 그 위에 성이 걸터앉아 있는 것은 군성(郡城)이다. 성이 있는 산의 왼쪽
> 갈래가 꾸불꾸불 서북쪽으로 빙 둘러 달려 기세를 지어 군성을 둘러싸고서
> 목 마른 교룡(蛟龍)이 물을 마시듯 동쪽 청천(淸川)으로 내닫다가 고개를
> 쳐들었는데, 그 위에 집을 지은 것이 무진정이다.10)

함안의 진산 여항산을 묘사하여 말갈기가 떨쳐 일어나듯 하고 물결이
솟는 듯하다는 표현을 쓴 것은, 지금까지 어떤 다른 사람이 표현해 본
적이 없는 독창적인 것이라 할 수 있다. 새끼를 거느린 봉황새가 앉아
있는 듯한 지세가 군성(郡城)이라 하였다. 목마른 교룡이 물을 마시러 달
려가면서 고개를 치켜든 곳이 무진정이 서 있는 지형의 묘사다. 이전의
문장가의 좋은 글귀를 모방하거나 환골탈태(換骨奪胎)하여 화려한 수식
을 가한다 해도 자기 머리에서 창조해낸 표현만큼 생명력을 가질 수는
없다. 신재는 이런 창조정신을 갖고서 글을 지었기에 성공한 작품을 남길

---

10) 『武陵集』 권7 29장 「無盡亭記」, 頭流山, 東走三百里, 其橫截半空, 鬣振浪湧, 作鎭於咸安者,
　　曰餘航. 其一肢翩翩飛來, 未十里, 伏而又起, 如紫鳳護雛, 而有城跨其上者, 郡也. 城山左臂,
　　蜿蜿蟺蟺, 逶迤西北, 奮驤作氣勢, 緣擁郡城, 逐東赴淸川, 如渴蛟飮水, 而昂頭者, 無盡亭也.

수 있었던 것이다. 「무진정기(無盡亭記)」는 후세의 학자 문인들 사이에서
명문으로 일컬어져 왔다.

立巖이라는 바위를 묘사한 시는 이러하다.

우뚝이 위태로운 뼈 솟아	卓爾聳危骨
뾰족이 푸른 하늘 받치고 있네.	巉巉撑碧空
쉬는 날 없이 구름 뿜어내고,	噴雲無日歇
비 토하는 신비한 공이 있도다.	吐雨有神功
하늘 망가진 것 기울까 생각하는 건,	準擬補天缺
땅에서 웅장하게 높이 솟았기에.	爲能拔地雄
누가 장차 너를 옮겨다가,	誰將移爾去
저 쏟아져 내리는 물결 속에 세울까?	柱拔頹波中[11]

공중에 솟아 있는 바위 하나를 보고서, 신재는 그 뾰족하게 솟은 모양이
푸른 하늘을 받치고 있다고 생각하였다. 그리고 온갖 상상력을 발휘하여
구름을 뿜어내고 비를 토해낸다고 보았다. 하늘이 구멍이 나면 그 것을
기울 것에 대비하여 웅장하게 솟아 있는 것으로 생각하였다. 그러나 그냥
서 있는 것보다는 황하(黃河) 속에 우뚝 서서 어떤 센 물살에도 끄떡하지
않는 지주(砥柱)가 되어야 진정한 가치가 있을 것인데, 누가 그렇게 되도
록 옮길 수 있을 것인가? 여기서는 혼탁한 세상의 지절(志節) 있는 청신적
지도자가 되었으면 하는 자신의 희망을 담고 있다. 나아가 자신이 그런
역할을 해 보겠다는 다짐이라고 볼 수도 있다.

3. 구세시(救世詩)

신재(愼齋)의 일생의 업적을 한 마디로 요약한다면 구세도속(救世導俗)
이라고 할 수 있다. 풍기(豊基)와 해주(海州)에 서원을 세운 일과 고을원이

---

11) 『武陵別集』 권4 8장 「立巖」.

나 감사(監司)로 부임하여 향교(鄕校)를 정비하여 교육을 바로잡은 일이 모두 그 근본적인 목적은 이 세상을 구제하고 풍속을 인도하려는 것이다. 곧 유교(儒敎)의 가르침에 바탕한 이상사회를 건설하기 위한 인간 심성의 교화(敎化)를 위해서였다.

신재는 이런 정신으로 일생을 살았기 때문에 그는 세상을 구제하려는 정신을 담은 시를 많이 지었다. 가장 잘 하는 이상적인 정치는, 법률이나 명령에 의한 정치가 아니고 시(詩)를 통한 정치이다. 좋은 시를 많이 읽으면 백성들의 심성(心性)이 교화(敎化)가 되어 위정자들이 강압적으로 백성들을 통치할 필요가 없기 때문이다.

그의 「의전(義田)」이란 시는 이러하다.

한 사람의 몸에서,	一人之身
나뉘어져 형제 되었네.	分爲弟兄
비유하자면 한 몸에서,	譬如一身
열 손가락 돋아난 것 같아.	十指是生
뭇 손가락이 서로 다투면,	衆指相軋
마음은 하나같이 아프다네.	痛在一心
자식들이 서로 소송을 하면,	伊子胥訟
부모 마음 어찌 편하겠는가?	親豈安襟
산 채로 오장(五臟) 도려내는 듯,	生割五內
저승에 가서도 울고 계시리라.	歿泣三泉
따스한 사단(四端)이란,	藹藹四端
어리석은 이 어진 이 구별 없다네.	無間愚賢
안타깝도다! 저들이여,	嗟嗟是輩
어찌 돌아보고 생각지 않는지?	胡不顧思
태산(泰山)을 가볍게 여기다가도,	謂泰山輕
하찮은 것 가지고 다툰다네.	所爭者錙
아름답도다! 진씨(秦氏)여,	猗歟秦氏
그 이름 대단하도다.	曰晟其名

애초에 학문하지 않았건만,	初無學問
하늘이 지극한 정성 내렸네.	天錫至誠
그러기에 능히 예로 사양하여,	能以禮讓
진정이 말에 나타난다네.	情見于辭
고을원은 눈물 떨어뜨리고,	太守淚落
여러 아우들 슬픔 머금었다네.	群季含悲
그 의리 다함을 불쌍히 여겨,	憫其義窮
관청에서 전답을 지급했다네.	官給以田
하늘이 도우고 귀신이 도와,	天助神驚
경사가 끊임없이 이어지도다.	有慶綿綿
이에 덕(德)을 심었기에,	種之以德
그 수확은 풍성하리라.	其收必豐
한 조각 돌을 세워서,	竪一片石
그 기풍(氣風) 만고에 새기리.	銘萬古風12)

‘의전(義田)’이란 북송(北宋) 때의 명정승 문정공(文正公) 범중엄(范仲淹)이 빈궁한 자신의 친인척들을 구제하기 위하여 자기 녹봉(祿俸)을 내어 문중에서 공동으로 경작하는 논밭을 마련한 것이다. 이를 본떠 후세에 문중의 가난한 일가들을 구제하기 위한 의전이 백성들 사이에 많이 생겼다. 신재(愼齋)가 원으로 나간 고을에 진씨(秦氏)라는 성을 가진 백성의 의전을 칭송하여 조그마한 비석을 세우고 이 시를 새겼다.

형제는 부모의 한 몸으로부터 나누어져 나온 존재다. 그래서 동기(同氣)라고 하는 것이다. 형제간에 잘 지내지 못하면 부모의 오장을 칼로 도려내는 행위와 같다. 자식들이 싸우는 모습을 보고서 저 세상에 간 부모들은 저 세상에 가서도 마음이 편할 리가 없다. 형제간에 다투는 경우는 대부분 재물 때문인데, 그 것은 형제간의 정의(情誼)에 비교한다면 너무나 하찮은 것이다. 그런데도 세상에는 다투는 형제가 없지 않다.

---

12) 『武陵別集』권1 7장 「義田」.

　진씨(秦氏) 형제들은 배우지도 않았는데, 능히 예법으로 서로 사양하여 의전(義田)을 설치하여 화목하게 잘 지낸 것 같다. 그러다가 의전(義田)이 넉넉하지 못하여 구제에 힘이 못 미치자 고을원인 신재가 그들을 가상히 여겨 보조를 해 주었다. 그리고는 비석을 세워 그들의 선행을 새겨 만고에 전하여 세상 사람들의 본보기가 되도록 했다.

　이런 진씨의 선행을 세상의 많은 사람들을 교화하는 데 활용하기 위해서 신재는 이런 사언(四言)의 고시(古詩)를 지었다. 여러 가지 시 형식 가운데는 사언시가 가장 오래된 시이기 때문에 고박(古朴)한 느낌을 줄 수 있고, 순후(淳厚)한 이들의 선행과도 가장 잘 어울릴 것이다.

　그의 「문악(聞惡)」이란 시는 이러하다.

나쁜 말을 들었으면 응당 안으로 반성해야 하고,　　聞惡當內省
어진이 보면 모름지기 그와 가지런해 질 것 생각해야지.　見賢須思齊
무슨 일을 하는 사람은 역시 이러하나니,　　有爲亦若是
자기한테 달려 있지 남에게 달린 게 아니라네.　　在己匪他徯13)

　공자(孔子)의 제자 자로(子路)는 자기의 잘못을 말해주면 기뻐했다고 한다. 공자는 "어진 사람을 보면 거기에 가지런해질 것을 생각하고, 어질지 못한 사람을 보면 안으로 스스로 반성해야 한다"라고 가르쳤다. 일반적으로 자기의 결점을 말해 주면 사람들은 화를 내는 경우가 많은데 안으로 반성하면 더 나은 사람이 될 수 있다. 어진 사람을 보고서 그 사람의 수준처럼 되어야겠다고 다짐한다면 자기 발전의 원동력이 될 수 있다. 날로 발전하는 사람과 퇴보하는 사람의 차이는 바로 이런 조그마한 것에서 출발한다. 사람이 발전하느냐 퇴보하느냐는 자기 자신에게 달려 있지 다른 사람과는 관계없다는 것을 강조하여 세상 사람들이 자기 수양에 힘쓸 것을 권면하고 있다.

---

13) 『武陵別集』 권2 15장 「聞惡」.

4. 연민시(憐民詩)

신재는 향촌(鄕村) 출신이고, 여러 차례 고을원으로 또는 감사로 나가 정사를 맡았기 때문에 백성들의 고통받는 생활상을 체험적으로 잘 알고 있었다. 그가 지은 백성을 동정하는 시는 피상적으로 백성들을 동정하는 것이 아니고, 내면에서 우러나온 연민의 발로이다. 그가 지은 「박탁가(剝啄歌)」라는 시는 이러하다.

똑똑 다시 똑똑 똑똑,	剝啄復剝啄
우리 집 문 두드리는 이 누구인가?	剝啄我門誰
높다랗게 노래 부르는 소리 애달프기에,	高歌酸以哀
묻기도 전에 눈물 콧물 먼저 흐르네.	未聞先涕洟
다급히 동자에게 일러 말하기를,	急謂童子曰
"저 노래하는 사람 무엇 하는 건가?"	彼歌者何爲
동자 말하길, "머리 허연 노인인데,	童言白頭翁
다니면서 동냥하다 배고파 운답니다.	行乞且啼飢
울어봐도 아무도 살피지 않기에,	啼之人不省
그래서 슬피 길게 노래한답니다.	故爲長歌悲
저런 사람이야 성 안에 가득한데,	此輩滿城中
어르신은 어찌 이상하게 생각하시지요?"	丈人何怪之
내가 그 말 듣고 더욱 마음이 슬퍼져,	余聞益怛中
일어나서 그 노인 맞이해 들였다네.	自起迎翁入
짧은 베옷은 무릎도 가리지 못하고,	短褐不掩脛
다 떨어진 누더기 바람과 이슬에 젖었네.	懸鶉風露濕
그 모습 어찌 그리도 거머죽죽한지?	其容何黔黑
남은 거라곤 뼈와 가죽뿐이네.	所存骨與皮
지팡이 머리엔 바가지 하나 걸렸고,	杖頭一瓠掛
허리 아래엔 주머니 하나 찼도다.	腰下一槖垂
길이 꿇어앉아 울며 말하길,	長跪泣且言
"제 나이 금년에 여든이랍니다.	俺年今八旬

젊은 시절엔 힘살과 뼈 건장하여,	年少筋骨健
열 식구가 이 몸 의지해 살았지요.	十口仰此身
요즈음 들어서는 늙고 쇠약해져,	邇來老耗甚
이 한 몸도 먹고살지 못한답니다.	一軀不自賮
올해는 더욱이 흉년이 들었기에,	今年更凶歉
온 집안 식구 떠돌아다닌답니다.	擧家相流離
젊은 것들은 각자 입벌이하러 갔지만,	壯者各爲口
어찌 이 늙은 걸 생각할 겨를 있으리오?	奚暇念翁衰
늙은이 죽으려 해도 죽지도 못해,	老翁死不得
낮이나 밤이나 길이 흐느낀답니다.	日夜長噓嘻
동냥질 부끄럽지 않은 거 아니지만,	行乞非不恥
한번 죽기가 정말 어렵더군요.	一死誠難而
집집마다 다니며 문을 두드리지만,	家家叩其門
천번 불러 한 집도 대답하지 않더이다.	千呼不一答
입을 오므리고서 억지로 노래하여,	蹙口强爲歌
일부러 주인으로 하여금 나오게 했지요.	故令主人出
열 집 가운데 한 집쯤 나와 보지만,	十門一出見
'늙은 사람이 인자하게 생겼'고만 말하지요.	但稱老可仁
한갓 말만 한다면 아무 유익함이 없나니,	徒言亦無益
자기들도 배고픈데 어떻게 남 구제하리오.	自飢寧救人
어제도 이러했고,	昨日乃如此
오늘도 이러하다오.	此日復如斯
날마다 고달프게 노래하다 보니,	日日苦爲歌
노래 다하여 목이 쉬어 운답니다.	聲盡還酸嘶
울어 봐도 되지를 않으니,	嘶之亦不得
장차 길바닥에서 죽겠지요.	且將斃於道
사람의 목숨은 실낱같나니,	軀命正如絲
한번 끊어지는 건 하늘 운명 기다려야지요".	一絶當待昊
내가 한숨을 쉬면서 노인에게 말하길,	喟然謂老翁
"내 애를 끊게 하지 마시오.	毋使我斷魂
내 노인장을 위해 말할 테니,	我且爲爾說

노인장은 우선 내 말 들어 보오.   爾姑聽我言

우리 임금님 문왕(文王)과 같아,   吾君如文王

하소연할 데 없는 사람부터 은혜 베푼다오.   施惠先無告

늦은 밤까지 감히 쉬지 못하시며,   宵旰未敢遑

덕(德)을 하늘과 함께 만드신다오.   德與天同造

어찌 아시겠는가! 바로 대궐 아래에,   豈知輦轂下

당신 같이 곤궁한 사람 있다는 것을.   有民如汝窮

내 당신 사정을 들어 장계(狀啓) 지어,   吾將擧爾狀

명광궁(明光宮)에다 바로 아뢰겠소.   直啓明光宮

임금님께서는 더욱 불쌍히 여길 것이고,   至尊應益恤

여러 고관들은 응당 더욱 충성하겠지요.   羣公應益忠

당신을 구제할 길이 반드시 있을 것이고,   救爾必有道

당신 살리는 데 반드시 방법 있겠지요.   活爾必有術

어찌 당신 같은 사람들로 하여금,   詎可使爾輩

잘못 구렁텅이에 빠져 죽게 하겠소?   枉塡於溝壑

우선 당신은 눈물 거두고,   且收汝之淚

너무 상심말고 잘 가시오."   好去莫深傷

한 잔 술로 그 목마름을 달래고,   盂酒慰其渴

한 되 쌀 그 주머니에 담아 주었네.   升米給其囊

늙은 할아버지 하늘을 향해 빌고는,   老翁向天祝

흐느끼며 문을 나서는구나.   嗚咽出門閾

말없이 노인을 이별하고 나서,   默然別老翁

홀로 앉아 오래 동안 탄식을 했네.   獨坐久歎息

눈앞에 보이는 것이 이러할진데,   眼前尙如此

넓은 전국 곳곳에는 어떠하겠는가?   萬里安忍說

거룩하고 현명한 임금님이 다스리는 시대에,   聊於聖明朝

가의(賈誼)의 통곡을 해야 하다니.   爲此賈生哭[14]

해 질 녘에 구슬피 노래하며 동네를 떠도는 여든 살 늙은 걸인을 愼齋가

---

14) 『武陵集』 권1 12-13장 「剝啄歌」.

직접 맞이하여 그 사연을 들어보았다. 열 식구를 먹여 살리던 건장한 몸이었건만, 늙은 데다 흉년이 들어 온 가족이 다 흩어져 떠돌아다니게 되고 자신도 배고픔을 견디지 못하여 걸식을 다닌다고 했다. 목숨을 끊으려해도 끊지 못하고 부끄러움을 무릅쓰고 동냥을 다닌다는 처지였다. 그러나 흉년이 들면 누구나 배고픔의 고통을 당하기에 선뜻 내다보고 동냥을 주는 사람이 없었다. 그래서 노래를 불러 사람들의 관심을 끌어보려고 해도 결과는 마찬가지였다.

흉년이라고 국가에서 백성들 구제하기 위한 특별한 대책을 내놓지 않으니, 걸식하고 다니다가 길바닥에나 길옆의 도랑에 쓰러져 죽는 것이 당시 백성들의 운명이었다. 배고픔을 견디지 못하여 걸식을 하고 다니는 사람이나 또 떼를 지어 도적으로 변한 사람이나 본래는 다 선량한 농민들이었다. 지배층들은 세금을 과중하게 거두어 자기들만 호의호식하고 있으니, 결국 농민들이 견딜 수 없어 유리걸식하다가 도적으로 변신하는 것이다. 역사상 대부분의 나라가 농민들의 집단저항에 의하여 멸망하였다. 나라를 유지하려면 빈민 구제대책을 세워야 하는데, 통치자들은 하소연할 데 없는 하층민들의 고통에는 관심을 갖지 않는다. 신재는 동정을 하며 그 구제책을 강구하려고 노력하고 있다.

그러나 죽음을 눈앞에 둔 절박한 노인을 앞에 앉혀 놓고 신재는 어째서 "우리 임금님은 문왕(文王) 같아서 하소연할 데 없는 사람들에게 먼저 은혜를 베푼다오"라는 너무나 현실과 동떨어진 말을 했을까? 너무도 굶주리는 백성들은 생각지도 않고 줄곧 임금 편만 들고 있는 것일까? 아니다. 우리 임금님은 정치를 잘 하는 분이니, 이런 백성이 있다는 것을 알았다면 어찌 그냥 보고 있을 리가 있겠는가? 몰라서 그랬을 것이다. 이런 식으로 시를 구성한 이유는 임금님 스스로 자기의 잘못된 정치를 반성하고 백성을 위한 정치를 하도록 권유하는 구도로 시를 쓴 것이다. 겉으로는 임금을 칭송한 것 같지만, 사실은 굶주린 백성들이 나라 안에 가득하도록 정치를 한 임금과 고관들을 풍자한 시이다.

옛날에는 생산수단이 농사 밖에 없었고, 농사는 기후의 절대적인 영향을 받았다. 그래서 자연재해나 병충해 앞에 인간은 속수무책이었다. 자연재해나 병충해는 다양하기도 했다. 자연재해 뒤에는 반드시 흉년이 오고, 흉년이 오면 반드시 돌림병이 돈다. 그러니 흉년이 한 번 닥치면 가난한 백성들은 수없이 굶어 죽었다. 극심한 자연재해에 시달리는 농민들의 고통상을 사실적으로 묘사한 신재의 「민재(憫災)」라는 시는 이러하다.

삼월 사월엔 하늘에서 가뭄을 내려,	三月四月天降旱
곡식 종자 땅에 넣지 못하여 천리가 밝갛네.	種不入土千里赤
유월 칠월엔 하늘에서 메뚜기를 내려,	六月七月天降蝗
곳곳의 메뚜기 떼 입술이 바로 창이였네.	處處黶陣吻爲戟
팔월에 여러 고을에 서리가 내려,	八月諸郡天降霜
하루 저녁에 온갖 곡식 버렸다고 들었네.	猶聞一夜摧百穀
싹 났다가 이삭 패지 못했고 패였다 결실하지 못해,	苗而不秀秀不實
농민들은 팔을 휘젓고 농촌 아낙네는 통곡하네.	農夫扼腕田婦哭
십월 팔일에 우르릉 쾅 우레가 쳤고,	十月八日雷隆隆
십일일 날에 우레가 또 쳤다네.	十有一日雷又作
해마다 흉년에다 전염병까지 돌았으니,	連年飢饉仍疫癘
금년 재해가 가장 혹심하다오.	今年災戾最凶虐
음양이 차례 잃은 것 걱정할 겨를 없이,	陰陽失序未暇恤
병든 백성 구렁으로 굴러 죽으니 불쌍하도다.	哀此癃寡塡溝壑
우둔한 땅 위의 머리 까만 신하가	蠢蠢下土黑頭臣
가슴 열고 하늘에 하소연해도 하늘은 답이 없어.	刳心訴天天不諾
한밤중에 일어나 앉아 눈물 줄줄 흘리며,	中宵起坐涕汍瀾
기름에 불 붙여 천고의 역사 고찰해 봤네.	然膏且稽千古史
옛부터 하늘의 마음은 어진 임금 사랑하긴 해도,	由來天心愛仁君
탕(湯)임금 가뭄 면치 못했고 요(堯) 임금도 홍수 만났네.	
	湯未免旱堯遭水
초(楚)나라 임금이 하늘에 빌 줄 아는 까닭은,	楚君所以解祀天
재해 없는데도 하늘이 자기를 잊을까 두려워해서였네.	無災猶恐天忘己

옛날의 성인인들 어찌 재해를 만나지 않았던가?	前聖何嘗不遇灾
재해를 멈추게 하는 방법이 귀한 것이라네.	弭灾之道斯爲貴
우리 임금님 즉위하신 지 이십 년인데,	吾王卽阼二十年
한결 같은 마음으로 늘 벌벌 떨며 두려워한다네.	一心事天恒兢畏
엄한 어버이 하늘에 계시며 노여움 풀지 않으니,	嚴親在上怒未已
성스러운 자식 원망하며 사모하나 어떻게 위로할꼬?	聖子怨慕何由慰
교서(敎書) 내려 자기를 죄주기를 궁핍한 사람처럼 하고,	
	下敎罪己如窮人
대궐을 피해 거처하고 풍악을 철거하고 음식도 줄였네.	避殿撤樂減珍味
조심하고 재계하고 두려워하며 공손하게 섬기고 뵈오니,	
	虁虁齊栗祇載見
하늘이 믿고 따를 만하건만 아직 깜깜 소식없네.	天庶允若還昧昧
은(殷)나라 임금은 덕을 닦아 상상(祥桑)이 말라 죽었고,	
	殷宗修德祥桑枯
송(宋)나라 경공(景公) 세 마디 말에 형혹성(熒惑星) 물러났네	
	宋景三言熒惑退
하늘과 사람의 응답은 그림자나 메아리처럼 빠른데,	天人應答若影響
유독 오늘만은 어찌 뉘우치지 않는지?	獨於今日胡不悔
하늘은 지각이 없다 말하려니 사계절이 운행되고,	謂天無知四時行
하늘은 지각 있다 말하려니 어찌 아득하기만 하네.	謂天有知何茫茫
가만히 칠실(漆室)에 사는 홀어미의 걱정 품고서,	竊懷漆室嫠婦憂
멀리 『시경(詩經)』의 「운한시(雲漢詩)」를 이엇다오.	
	作詩遠繼雲漢章15)

　젊은 시절 고을원으로 있으면서 온갖 재해에다 질병까지 겹쳐 시달리는 백성들을 목도하고서 동정하여 지은 시다. 하늘에 하소연해도 하늘이 들어 주지 않아 한밤중에 일어나 눈물 줄줄 흘린다는 구절에서 신재(愼齋)의 애민정신(愛民精神)을 볼 수 있다. 그러나 문제는 재해를 그치게 하는 방

---

15) 『武陵集』 권1 31-32장 「憫灾」.

안을 찾아내는 것이 중요하지 한갓 동정만 하고 있어서는 소용이 없다는 사실을 인식한 신재는 현실대처에 뛰어난 현실정치가라는 사실을 알 수 있다.

그러나 당시는 재해를 방지할 별 뾰족한 과학적인 방안은 없고 다만 국왕이 정성을 다해서 하늘에 비는 수 밖에 없었다. 국왕이 덕을 닦으면 하늘의 재해를 물리칠 수 있었던 역사적 사례를 끌어와 지금 임금도 덕을 닦으면 재해를 물리칠 수 있다는 뜻을 말하였다. 덕을 닦으면 하늘이 감응하여 재해를 줄인다는 생각을 신재는 갖고 있었다. 과학적인 근거야 없지만, 이렇게 함으로써 임금이 자신을 반성하여 사치와 향락을 줄이고 백성들을 위하는 정치를 하도록 인도하려는 의도였다.

가난한 백성들은 여름은 그래도 얼어죽을 염려는 없지만 추운 겨울이 문제다. 혹한을 만나 추위에 떠는 백성들의 생활상을 간절하게 묘사한 「고한행(苦寒行)」이란 시는 이러하다.

지금까지 유례 없이 서울이 매우 추위,	長安酷寒古無比
문을 닫고서 문앞의 눈도 쓸지 않는다네.	閉門不掃門前雪
매서운 바람 북쪽에서 불어와 남산 흔들기에,	冽風北來撼南山
북두성 자루 부러질까 한밤중에 도리어 걱정하네.	半夜飜憂斗柄折
닭과 개 얼어죽는 것은 아까워할 것 없는데,	鷄犬凍死惜不得
아이들은 피부 얼어 터진다고 다투어 울부짖네.	兒童競號肌膚裂
슬프다. 애들아 원망하지 말게나!	嗟爾兒童莫怨咨
사계절 번갈아 가며 돌아온다네.	四序相代各有節
큰 갖옷을 갖고 천하를 덮었으면 하나,	欲將大裘覆天下
아아! 이 계획 한 나 역시 못난 사람이라.	嗚呼此計余亦拙
그대 보지 못했나? 동쪽 집은 온도가 적당한데,	君不見東家暖寒會
핏빛 치마 입고 미인이 취하여 춤추는구나.	美人醉舞裙似血[16]

---

16) 『武陵集』 권1 32장 「苦寒行」.

사람이 왕래할 수 없을 정도로 강추위가 닥쳐와 바람이 세차게 불어 남산이 흔들리는 듯한 밤에 가난한 집 아이들은 피부가 얼어 터져 그 고통을 하소연한다. 그런 속에서도 고관대작들의 집에서는 잔치를 벌여 술을 마시고 미인들이 춤을 춘다. 난방이 잘 되어 춥고 더운 것이 적당하다. 이들이 호화로운 환락생활을 누리는 것은 백성들의 고혈을 뽑듯 과중한 세금을 거두었기 때문이다. 차가운 겨울 추위를 묘사하면서도 호사스런 생활을 즐기는 귀족들에게 날카로운 풍자를 퍼붓고 있다.

큰 갖옷으로 천하 사람들을 다 덮어주고 싶은 마음이 곧 고통받는 백성들을 가난과 추위로부터 해방시키고자 하는 신재(愼齋)의 뜻이다. 유자(儒者)는 본디 세상을 걱정하는 우환의식(憂患意識)을 갖고 있다. 자기 혼자 현달한 관리가 되어 편안하게 지내려는 생각을 갖지 않고 세상 사람들을 다 구제한 뒤에 자신도 편안히 지내고자 하는 정신을 가졌다. 신재 자신이 그런 마음을 가졌지만, 그런 능력이 없으니, 현실로 돌아오면 자신은 결국 못난 사람이 되고 만다. 자기 능력의 한계를 느끼고서 눈앞의 현실문제를 타개할 수 없어 탄식한 것이다.

5. 영사시(詠史詩)

역사는 단순히 과거의 기록이 아니고, 인류의 정신적 자취이다. 과거를 보면 알면 앞날을 예측할 수 있다. 그래서 구시대에는 왕조가 바뀌면 반드시 앞 왕조의 역사를 정리했다. 지난 날을 거울 삼아 앞날을 알아보기 위해서다. 그래서 역사는 지난 날의 화석이 아니고 현재에 살아 있는 문화의 연속이다.

문인들은 과거의 역사를 통해서 현세에 교훈을 줄 수 있는 역사를 주제로 한 시를 많이 지었다. 곧 영사시(詠史詩)이다. 자기가 살고 있는 나라의 이야기를 하면 여러 가지 기휘(忌諱)에 저촉되기 때문에 역사적 사실을 빌려와 자기의 시대를 이야기하는 경우가 많다. 즉 탁고풍금(託古諷今)이란 기법이다. 당(唐)나라 백거이(白居易)의 「장한가(長恨歌)」가 바로 그런 기법으로 지어진 작품이다. 신재(愼齋)는 역사를 읊어 현재에 교훈을 주는 영사시를 많이 지었다.

한 왕조는 그 임금이 어진이를 가까이하는 시간이 많으면 나라가 흥하고 간신이나 내시 후궁들을 가까이하는 시간이 많으면 망하는 것이 철칙이다. 고려(高麗)의 역사를 읽으면서 고려가 망한 이유를 임금의 잘못에서 찾고 있다. 「독고려사유감(讀高麗史有感)」이란 시는 이러하다.

밤에 앞 왕조의 역사를 읽다가,	夜讀前朝史
등불 앞에서 눈물 콧물 흘렸다네.	燈前一涕洟
바람 따스한 봄날에 싱싱한 복사꽃 아양떨고,	天桃風暖媚
굳센 잣나무는 계절이 추워져야 알 수 있다네.	貞柏歲寒知
옛날부터 어진이 친히 하면 나라 일어나고,	自古親賢起
아첨꾼들 가까이하면 나라 무너진다네.	由來近佞隳
잔약한 후손들 끝내 깨닫지 못하나니,	孱孫終不悟
개성(開城)에는 기장만 무성하구나.	鵠邑黍離離[17]

지조 없는 간신 내시 후궁들을 가까이하다 망하여 궁궐은 간 데 없고 옛날 궁궐 터가 농부들의 밭이 되어 기장만 자라 무성한데도 고려 왕실의 후예들은 전혀 그 이치를 모르고 있다.

이 시는 표면적으로는 고려의 임금과 그 후손들을 나무라는 시이지만, 이면의 함축된 의미는 나라가 멸망 당하려 하지 않는다면 지금 임금과 왕족들이 아첨하는 간신들을 잘 알아차리고서 멀리하고 어진이를 가까이 해야하는 사실을 밝히고 있다.

이 밖에 역사적 사실을 시로 요약한 다른 종류의 영사시도 있고, 인물을 평가한 영사시도 있다.

---

17) 『武陵集』 권4 3장 「讀高麗史有感」

맹자(孟子) 이후 1400년 동안 단절되었던 유학의 학맥(學脈)을 다시 회복한 북송(北宋) 때의 염계(濂溪) 주돈이(周敦頤)의 유학사상(儒學史上)의 공적을 평가한 시는 이러하다.

일천사백 년 동안,	一千四百載
천하에 참된 선비 없었네.	天下無眞儒
큰 길 오랫 동안 잡목에 뒤덮였기에,	大路久榛荒
모두가 뭇 갈림길로 잘못 달려갔네.	衆歧皆異趣
진중한 염계자(濂溪子)는,	珍重濂溪子
홀로 바른 길로 찾아나갔네.	獨詣尋正塗
한 마디 말로 뭇 몽매한 사람들 깨우치고,	一言開羣矇
우리들에게 「태극도(太極圖)」를 남기셨네.	遺我太極圖[18]

유학의 학맥이 단절된 후 사람들은 바른 심성을 기르지 않고 권모술수 (權謀術數) 등 이단(異端)의 학문에 빠져 사람으로서 바르게 살아가지 못 했다. 마치 바른 큰 길을 남겨두고 가시덤불 속으로 빠져드는 것과 같았다. 이런 몽매한 사람들을 일깨워주는 공을 이룬 참된 선비가 있었으니, 바로 염계(濂溪)였다고 평가하고 있다. 성리학(性理學)의 선구자로서 그 공을 신재가 핵심을 잡아 표현했다.

고려(高麗) 말기의 충신 포은(圃隱) 정몽주(鄭夢周)의 충절(忠節)을 두 고 지은 시는 이러하다.

옛 도읍지 문물 모두 먼지가 되었는데,	古都文物摠成塵
오백년 동안 인정할 만한 사람 드물었네.	五百年間少可人
오직 한 분 해와 달과 빛을 다툴 만한 포은,	日月爭光惟圃隱
은나라에 태어났더라면 세 어진이를 넷으로 만들었을 텐데.	
	若生殷際四三仁[19]

---

18) 『武陵集』 권1 17장 「詠史詩」 其十八.

　　고려(高麗) 근오백년의 역사 동안 수많은 인물들이 명멸했지만, 신재는 오직 포은 한 사람만이 인정할 수 있는 인물이라고 간주했다. 그의 충절은 은나라에서 세 사람의 어진 이라고 공자(孔子)에게 인정받은 미자(微子)·기자(箕子)·비간(比干) 등과 같은 반열에 오를 만하다고 보았다. 그래서 포은 정도의 충절로 은나라에서 태어났더라면 공자가 '사인(四仁)'으로 인정했을 것이라고 생각할 정도로 포은의 충절을 대단히 높게 쳤다.

　　당(唐)나라 현종(玄宗) 때의 간신 이림보(李林甫)가 간신으로서 정승이 되어 임금을 그르치고 백성들을 고생하게 만들었다. 그 역사적 사실을 담아 「독이림보전(讀李林甫傳)」이란 시를 지었는데 이러하다.

천자 비위 맞추느라 입에서 꿀이 흘렀으니,	逢迎天子口流蜜
그 당시 임금들은 충성 다한다 여겼지.	當日君王謂盡誠
간관(諫官)을 꾀여 임금의 말을 함께 탔으니,	便誘諫官同仗馬
많은 난리 만들어내어 백성들 괴롭혔네.	養成多亂誤蒼生[20]

　　천자가 한 사람의 간신에게 유혹 당하여 국사를 그르치게 되면 천하의 백성들이 다 고생을 하게 된다. 그러니 임금의 역할은 아주 중요하다. 그 영향력이 크기 때문이다. 이림보는 당시 임금들을 속여 충성을 다하는 것으로 알도록 만들었고, 임금을 간하고 관리들을 규찰하는 임무를 띤 간관(諫官)마저도 이림보의 유혹에서 벗어날 수 없었다. 이임보 때문에 안록산(安祿山)의 난을 불러왔고, 그 결과 당 현종은 사천(四川)으로 피난 갔다가 황제 자리마저도 아들에게 빼앗기고 말았다. 신재가 이런 시를 지은 것은 당시 임금이 간신들의 유혹에 넘어가서는 안 된다는 경고를 주고자 한 것이다.

---

19) 『武陵集』 권2 14장 「鄭圃隱」.
20) 『武陵集』 권2 10장 「讀李林甫傳」.

V. 결론

칠원(漆原) 출신의 대학자이자 교육자인 신재(愼齋) 주세붕(周世鵬)은 유학(儒學) 공부를 철저히 한 바탕 위에서 과거시험을 통하여 관계에 진출한 전형적인 학자형 관리이다. 그래서 그는 관직에 있으면서도 늘 학문과 문학에서 떠나 본 적이 없었다. 다른 관리들보다 특별히 교육에 관심이 많아 우리 나라 최초로 서원을 창설하였다. 이 서원창설은 우리 나라의 학문 사상 교육 문학 등에 지대한 영향을 끼쳤다. 우리 선현들이 학문을 좋아하고 책을 많이 저술한 것은 신재의 서원창설에서 기인한 것이 많다고 볼 수 있다.

그리고 그는 당시 홍문관(弘文館)의 실질적인 책임자인 부제학(副提學)에 임명될 정도로 시문(詩文)에 특출하였다. 특히 1328수라는 방대한 분량의 시와 123편의 산문 작품을 남겼고, 이 시들의 내용도 다양하다.

유학자로서 자신의 내면 성찰에 방법과 방향을 제시한 수양시, 산수자연의 아름다움을 추구한 산수시(山水詩), 유자(儒者)로서 책임감을 느끼고 세상을 구제하려는 구세시(救世詩), 당시 지배층의 착취에 시달리는 농민들의 질고(疾苦)를 동정하고 위정자들의 무관심을 풍자한 연민시(憐民詩), 역사적 사실에서 교훈을 찾아 당세에 경종을 울리는 영사시(詠史詩) 등이 돋보인다.

신재는 그 시대로서는 아주 다량의 한시를 지었지만, 단순한 교양으로서의 음풍농월적(吟風弄月的)인 시는 드물고, 사람되는 길을 추구하고, 우리나라 산천의 아름다움을 묘사하고, 세상을 구제하고 풍속을 바로잡고, 고통받는 백성들을 동정하고 관리들을 각성시키는 현실에 필요한 시를 주로 지었다.

그의 시가 번역되어 널리 읽혀진다면, 우리나라 사람들의 심성수양, 풍속의 교화, 의식수준 향상 등에 기여하는 바가 많을 것이다.

圭菴 宋麟壽의 선비정신과 詩世界

I. 서론

高麗 後期 性理學이 우리 나라에 들어와서 新興士大夫들의 관심을 얻어 급속도로 보급되었다. 朝鮮이 건국되자 崇儒政策을 펴 儒教가 날로 세력을 확장해 나갔다. 그러나 백성들의 생활 속에 정착하거나 정치체재에 적용되기까지에는 많은 시간을 필요로 하므로, 中宗 때 이르러 靜庵 趙光祖에 의해서 儒教를 통한 理想政治를 펼치려하였지만, 얼마 있지 않아 南袞 등 간신들에게 일망타진 당하고 말았다.

그 이후 性理學 관계 서적을 기피하는 경향이 짙은 가운데서도 다시 性理學을 연구하여 가르치고 그 중요성을 주입시킨 인물이 바로 圭菴 宋麟壽인데, 조선 중기를 대표할 수 있는 선비 관료이다.

圭菴 宋麟壽는 일생 동안 선비정신에 입각하여 처신하다가 그로 인해서 희생된 인물이다. 정직한 선비가 용납되지 않았던 것이다. 그가 살았던 시대는 불행히도 士禍의 시대로서 올바른 선비들이 많이 희생되었는데, 바른 길만을 지향하던 그는, 일생이 左遷, 流配로 점철되었고, 필경은 사화로 목숨을 잃고 말았다. 그래서 그는 經綸을 크게 펴보지도 못하였고, 많은 제자들을 남기지도 못했고, 학문적 저술을 후세에 남기지도 못했다.

이제 그의 생애에 나타난 선비정신과 문학은 후세의 사표가 되기에 충분하기에 여기서 소개하고자 한다.

II. 傳記的 考察

宋麟壽는 1499년(연산군 5) 서울 盤松坊 鎔店洞에서 宋世良의 아들로 태어났다. 字는 眉叟, 호는 圭菴, 본관은 恩津이다. 1510년(12세)부터 成均館 大司成 平窩 尹倬에게 나가서 배웠는데, 윤탁은 靜庵 趙光祖의 친구였다. 또 진사 嚴用恭에게서 수학하였고, 慕齋 金安國에게 質正하였다.

1522년 文科에 올라,[1] 1523년 翰林, 弘文館 正字 등직을 거쳐 賜暇讀書하는 등 文官으로서 장래가 촉망되는 宦歷을 거쳤다. 그 이후에도 주로 弘文館과 兩司에서 근무하면서 文名을 날렸다.

이때 湖堂에서 愼齋 周世鵬과 같이 唱酬하였고, 慕齋 金安國으로부터 특별한 인정을 받았다. 당시 조정의 동료로서 절친한 관계를 유지한 인물로는 忍齋 洪暹, 林塘 鄭惟吉, 企齋 申光漢 등이 있었고, 친형 西皐 宋龜壽와 妹夫 東洲 成悌元은 家庭의 師友였다. 그리고 당시의 대학자 晦齋 李彦迪, 退溪 李滉, 南冥 曺植, 一齋 李恒, 河西 金麟厚, 夢菴 柳希齡 등과 절친하게 지내며 학문을 講磨하였다. 특히 고향 三嘉에 내려가 있는 南冥 曺植에게 『大學』을 선물하여 성리학을 깊이 공부하도록 인도했다. 유학을 보급하려는 그의 노력은 철저하였고, 또 "다른 사람과 더불어 착하게 된다."는 유교의 가르침을 철저히 실행하였다.

1526년 母親喪을 당하여 淸州 馬巖에서 廬墓하였는데, 喪禮는 한결같이 『朱子家禮』를 따랐다. 너무 슬퍼한 나머지 밑에 깐 짚자리가 눈물에 젖어 다 썩었을 정도였다 한다.

1533년 弘文館 應敎로 있으면서 당시의 권신 金安老를 姦慝하고 권력을 멋대로 휘두른다고 탄핵하여 제거하였다. 김안로의 추종세력들은 규암이 정직한 것을 꺼려하였는데, 겉으로는 通政大夫의 품계로 승진시키는 것처럼 해서 濟州牧使로 좌천해 버렸다. 圭菴은 부임한 지 3개월만에 질병

---

1) 『國朝榜目』 및 『名臣錄』에는 辛巳年(1521)에 급제한 것으로 되어 있다. 『年譜』에서는 "1521년 겨울에 급제하여 1522년 봄에 榜이 붙을 수가 있다."라고 해석해 놓았다.

으로 인하여 돌아오게 되었는데, 김안로는 "몸을 사려 바다 바깥 위험한 곳을 피하여 몇 달 되지 않았는데도 멋대로 직위를 버리고 와서 변방의 방어를 허술하게 만들었다."고 죄를 얽었다. 이로 인하여 泗川으로 귀양가서 3년 동안 유배생활을 하였다. 사천은 바닷가 고을로서 풍속이 우매했는데, 규암은 그 곳에서도 자제들을 모아 가르쳤다. 이때의 대표적인 제자가 副提學을 지낸 龜巖 李楨 같은 이다.

1537년 김안로가 伏誅되자 다시 불려와 禮曹參議가 되었다. 여러 관직을 거쳐 成均館 大司成에 이르렀는데, 性理學을 唱導하여 최선의 교육의 방법을 펼치니, 선비들이 悅服하면서 師表로 삼아 크게 변화하는 효과가 있었다.[2]

1542년 仁宗이 東宮으로 있었는데 病弱한데다 後嗣가 없었고, 明宗은 大君으로 있었다. 尹元衡은 명종을 장차 임금으로 만들기 위해서 李芑와 결탁하여 자기들에게 반대세력이 될 만한 사람들을 암암리에 축출하기 시작했다. 윤원형은 圭菴이 강직한 태도를 견지하고 있는 것을 늘 싫어하고 있었으므로 全羅監司로 내보냈다. 전라도에 부임하자 敎化를 밝히고 學校를 세우고 인재를 양성하는 것을 자신의 임무로 삼았다. 전라도 백성들이 그 교화를 따르며 크게 기뻐하였다. 어떤 사람이 규암의 방법을 우려하여 "너무 날카롭게 일을 처리하는 것이 아닌가?"라고 하였으나, 규암은 "義理에 알맞으면 결연히 실행해야지, 머뭇거리거나 의심할 일이 무엇 있겠느냐?"라고 답하였다. 여기서 풍속을 바로잡고 인재를 양성하려는 규암의 열정을 볼 수 있다. 또 知止堂 宋欽, 一齋 李恒 등 도내의 이름 있는 유학자를 방문하였다. 군현을 순시할 때마다 儒者를 禮로 대접하니, 온 도내의 모든 사람들이 敎化를 잘 따랐다.

1545년 明나라에 사신 갔다가 돌아오는 도중에 大司憲에 임명되었다. 새로 즉위한 仁宗이 "宋麟壽가 아니면 부산한 분위기를 누르고 세상을

---

2) 『圭菴集』 권3 29장, 부록 宋時烈 撰 「謚狀」.

조용하게 할 사람이 없다."라는 여론을 반영하였던 것이다. 그때 尹元衡은 文定王后의 오빠라는 이유로 자기 분수에 넘치게 二品 벼슬에 제수되었고, 李芑는 議政에 올랐는데, 그들이 明宗을 임금으로 만들려고 모사를 꾸미는 사람들이기 때문에 인종에게 장애물이 될 것임을 알고서 圭菴은 두 사람을 탄핵하여 제거했다. 당시 조정의 사람들 대부분이 규암의 공평하고 강직한 마음가짐을 인정하였다.

圭菴은 인종에게 侍講하면서 사람을 잘 알아보고 인재를 잘 쓸 것을 당부하였다. 그리고 '크게 간사한 사람은 충신 같고, 크게 속이는 사람은 믿을 만한 사람 같아' 보이므로 이런 점에서 신중히 할 것을 건의하였다. 또 상소하여 講學할 것, 諫言을 받아들일 것, 학교를 세울 것, 인재를 쓸 것 등 네 가지 일을 건의하였다. 또 추천을 받아 선비를 등용하는 薦科를 회복하고, 靜庵 趙光祖의 官爵을 復舊할 것을 건의하였다.

이해 7월 仁宗이 승하하고 明宗이 즉위하자, 文定王后가 垂簾聽政을 시작하였는데 그 위세가 대단하여 관료들이 다 벌벌 떨었다. 그때 규암은 "먼저 尹元衡 형제를 목 벤 뒤 世弟를 策立해야 합니다."라고 하니, 듣는 사람들이 혀를 내둘렀다. 이런 탄핵을 한 달이 넘도록 계속하였다. 東皐 李浚慶 같은 명망 있는 이들마저도 "당시 실정에 맞지 않다."라고 생각하여 동조하지 않았고, 매제 成悌元이 만류했지만 듣지 않았다. 윤원형 등이 刑戮을 자행하고 있는 판국인데, 평소 규암을 눈엣가시 같은 윤원형 일당이 그냥 둘 리 없었다. 그러나 처벌할 罪目이 없자 "浮薄한 무리의 領袖로서 선비들이 그를 따라 詭激해져 國是가 날로 그릇되어 가니, 손실이 적지 않다."라는 구실을 만들어 削奪官爵하여 축출하였다. 규암은 淸州 선영 아래로 돌아가 두문불출하면서 손님들을 사절하고, 그 동안 못했던 공부를 했다. 이때 退溪가 시를 보내어 그 孤寂한 규암을 위로하였다.

그 얼마 뒤 윤원형에게 몰려 죽임을 당한 친구 郭珣의 영구가 고향으로 돌아가면서 淸州 경내를 지나게 되었다. 규암은 아들을 보내어 致奠하고, 또 장례에 필요한 물품을 만들어 보내 주었다. 이 일로 인하여 圭菴은 윤원형 일당의 미움을 더욱 많이 사게 되었다.

1547년 良才驛壁書事件이 일어났는데, 윤원형 李芑 등은 圭菴의 무리가 한 짓으로 여겨 사형을 확정하였다. 을사사화를 일으킨 元凶인 鄭順朋마저도 "애석하도다! 이 사람은 착한 선비인데……"라고 하자, 이기가 "主上[明宗]을 두고 '어진 사람을 골라 왕위를 계승하게 하자'라는 논의를 주장한 사람을 죽이지 않고 어쩌겠소?"라고 말하고는, 이윽고 "송규수가 어찌 착한 선비가 아니겠소만, 큰 일을 하는 사람은 조그마한 仁에 얽매여서는 안 되오. 집터를 닦을 때 좋은 꽃나무가 있다고 해서 베어 없애지 않을 수 있겠소?"라고 잘라 말했다. 죽이기로 작정을 했으므로 사정을 감안하지 않겠다는 의지를 분명히 했다.

賜死의 명이 오자 목욕하고 의관을 갖추어 입고 조용히 그 명에 따랐다. 아들을 돌아보고 "나를 경계로 삼아 착한 일 하기에 게을리 하지 말아라. 부지런히 책을 읽고 주색을 조심하여 저 세상에 있는 혼을 위로하도록 해라. 부끄러움을 갖고서 사는 것은 부끄러움 없이 죽는 것보다 못하다."라고 당부했는데, 안색이 조금도 흐트러지지 않았다.

1567년 宣祖가 즉위한 직후 高峯 奇大升 등의 건의로 규암을 伸寃하여 그 官爵을 復舊하자 백성들의 마음이 위로가 되어 기뻐하였고, 士林들이 감동하였다. 그 뒤 사림에 의해서 淸州 莘巷書院, 文義의 魯峰書院, 懷德의 崇賢書院, 全州의 華山書院, 濟州의 橘林書院 등에 享祀되었으니, 각지의 많은 유림으로부터 尊崇을 받고 있음을 알 수 있다. 이는 규암의 학문이나 행실이 풍속을 교화하고 勉勵하여 후세의 유림들에게 많은 영향을 주었다는 것을 증명하는 것이다.

1600년 尤庵 宋時烈, 同春堂 宋浚吉의 건의에 의하여 吏曹判書 大提學에 추증되고, 文忠이라는 시호를 내렸다.

Ⅲ. 氣質과 學問世界

圭菴은 자질이 粹美하고 端重하였고 어려서부터 爲己之學에 뜻을 두고
서 부지런히 독서하여 經史를 널리 읽었다. 엄숙하고 단정한 행실을 견지
하여 조금도 게을리하지 않았다. 孝友가 지극하였고 喪禮에는 슬픔을 다
하였고, 祭禮에는 엄숙함을 다하였다. 이렇게 세상 사람들에게 실천으로
모범을 보임으로써 윤리를 바로잡고 恩義를 돈독히 해 나갔다.

타고난 자질이 道에 가까웠고, 성심으로 배우기를 좋아하였고, 말하고
행동하는 것이 옛날 가르침과 딱 들어맞았다.

圭菴의 젊은 시절의 제자인 龜巖 李楨은 규암의 기질과 학문을 이렇게
요약하였다.

> 圭菴先生은 기질이 淸明하고 德器가 純熟하고 학문하고 思辨하여 독실하
> 게 실행하여 의리가 정밀하고 仁이 익은 경지에 가까웠다. 中宗 때 간신
> 金安老에게 걸려 泗川縣에서 유배생활을 하였는데, 아전의 집 하나를 빌려
> 살면서 4년 동안 문밖에 나가지 않았다. 김안로가 伏誅되자 풀려 나와 조정
> 을 도왔는데, 크게 뜻을 펴지 못하였다. 明宗 初에 李芑 등의 모함을 받아
> 마침내 참혹한 사화를 당했으니, 애통하도다! 애통하도다.[3]

龜巖은 圭菴을 젊은 시절 늘 가까이서 모시고 배웠으므로 그 기질과
학문의 깊이를 제일 잘 알 수 있는 사람이었으므로 그의 기록은 가치가
높다고 할 수 있다.

尤庵 宋時烈은 從曾祖父인 圭菴에 대해서 잘 알고 있었으므로 규암이
시호를 받는데 큰 역할을 했다. 우암이 諡狀에서 圭菴의 도를 이렇게 기술
하였다.

---

3) 『圭菴集』 권3 21, 李楨 撰 「圭菴贊」.

圭菴先生은 어려서부터 이미 成人의 풍모가 있어 맑고 순수하여 세속에서 뛰어났고, 사물에 마음이 얽매이지 않았다. 자상하고 和樂하였으며, 어진이를 좋아하고 착한 것을 좋아하였다. 만년에는 道를 구하여 개연히 '아침에 도를 들으면 저녁에 죽어도 좋다[朝聞道, 夕死可矣.]'라는 뜻을 갖고 있었다. 浮華한 것을 물리치고 오로지 독실한 것에 힘을 쏟았다. 성현의 글을 일찍이 손에서 놓은 적이 없었고, 간사하고 편벽된 기운을 몸에 베푼 적이 없었으며, 마음 속에서 커져서 밖으로 펼쳐졌으므로 그를 바라보면 道가 있는 군자임을 알 수 있었다. 道를 집에서 실행함에 있어서 孝悌를 극진히 하여 나라 일에까지 밀고 나가, 忠恕를 다하였다. 사람을 대하고 사물을 접함에 있어서 아무런 간격이 없었다. 평생 한 일이 正大하고 명백하여 터럭만큼도 말썽될 것이 없었다. 비록 타고난 자질이 아름다웠지만, 학문의 功力이 미친 바이니 어찌 작은 일이겠는가?[4]

아름다운 자질을 타고난 바탕 위에 최선을 다하여 聖人의 공부를 했기 때문에 그 결과 평생한 일이 정대하고 명백한 有道君子로 대성했다고 평하고 있다.

退溪는 圭菴을 높이 평가하여 "높은 기풍 빼어난 자취는 따라잡을 수 없기에, 서쪽으로 만리 산하만 바라본다네.[高風逸軌不可攀, 西望萬里關河長]"[5]이라고 하였다.

圭菴은 出仕하여 임금을 섬김에 있어서도 자신의 배운 바를 실현하려는 희망을 갖고서 세상을 떠나는 날까지도 정성을 다하였다. 그래서 慕齋 金安國은 세상을 떠나면서 나라 일을 규암에게 부탁하였고, 晦齋 李彦迪은 上疏文의 내용을 규암에게 검토를 받았다.[6] 당시 조정에서의 그의 위상이 어떠했는지 알 수 있다.

忍齋 洪暹은 「送眉叟牧濟州」라는 시에서 道學의 脈을 이은 인물로 칭

---

4) 『圭菴集』 권3 26장, 「諡狀」.
5) 『圭菴集』 권3 11장, 退溪 「圭菴宋眉叟以冬至副使赴京奉和其素」.
6) 『圭菴集』 권3 31장, 「諡狀」.

송하였다.

조정에는 지금 인물이 많지만,　　　　　朝廷今日稱多士
道脈은 오직 그대가 洙泗를 얻었네.　　　道脈惟君得洙泗
도량은 사람들에게 기쁨과 성냄 잊었고,　度量於人忘喜慍
총명은 사물에 닿으면 미세한 것도 분변하네.　聰明觸物辨錙銖

河西 金麟厚는 圭菴의 기질과 학문 및 그가 국가에 끼친 공적을 이렇게 읊었다. 특히 학문을 일으키고 인재를 양성한 공적을 높이 찬양하고 있다.

하늘과 땅 사이의 많은 기운이,　　　　　　乾坤多小氣
빼어나게 발하여 精英한 인물에 모였네.　　秀發擅精英
옥으로 만든 나무처럼 풍채 고상하고,　　　玉樹臨風逈
기질은 얼음 병에 달의 정기 담은 듯.　　　氷壺貯月精
효도와 공경은 神明과 통했고,　　　　　　神明通孝悌
정성은 金石을 꿰뚫었도다.　　　　　　　金石貫精誠
너른 바다처럼 넓디넓고,　　　　　　　　浩浩滄溟濶
상서로운 햇살처럼 따스하고 따스해.　　　溫溫瑞日晶
우뚝 솟은 소나무 대나무 가지인데　　　　松篁高聳榦
난새 봉황새 소리 멀리서 들리는 듯.　　　鸞鶴遠聞聲
젊은 시절부터 학문 넉넉했나니,　　　　　弱歲曾優學
남은 힘으로 일찍이 과거에 올랐네.　　　　餘力早策名
험하거나 쉽거나 일 가리지 않아 덕이 존재하고,　德存齊險易
세상에 영합하는 뜻 끊으니 마음 안정되었네.　情定絶將迎
요즈음 음흉하고 사악한 무리들 설쳐대지만,　頃値陰邪橫
오히려 바른 道가 형통하리라 믿고 있었네.　猶憑直道亨
만리 풍파 바깥 제주목사로 나가면서,　　　風波萬里外
나라만 생각할 뿐 내 한 몸은 가벼워.　　　家國一身輕
큰 바다로 물고기를 놓아보낸 듯,　　　　　大壑魚還縱
아침 햇살에 봉황새가 우는 듯.　　　　　　朝陽鳳轉鳴

학교는 인재가 성하게 일어나고,	膠庠興濟濟
小雅詩 음악이 성대하게 울리네.	宵雅樂菁菁
禮를 도와서 의식이 질서 잡히고,	贊禮儀章秩
어진이 추천하는 것 거울처럼 밝네.	推賢水鑑明
유림에선 북두성처럼 다투어 우르르고,	儒林爭望斗
큰 인물로서 나라 다스리기에 알맞도다.	空器合調羹
남쪽 나라 다스릴 임무를 맡아서,	按撫膺南國
북쪽 서울에서 임금님 뜻 받드네.	承宣自北京
여러 고을에선 공에게 의지했고,	諸州歸攬轡
온 道에서 행차를 기다린다네.	一路仰干淨
탐학한 자에게 위엄 먼저 가했고,	威克先饕餮
외로운 사람부터 仁 베풀었다네.	仁施始獨煢
봄기운에 뿌리가 있는 것 알겠고,	方知春有脚
實情에 맞지 않는 소송은 보지 못하네.	不見訟無情
泮水에서 즐거이 미나리와 마름을 캐고,	樂水歌芹藻
꽃다운 모래톱에서 구리때 쪽두리풀 뜯는다.	芳洲攬茝蘅
퇴폐한 풍속 다시 떨쳐 일어나는 것 보겠고,	頹風看再振
끊어진 학문이 새로 맹세할 때로다.	絶學屬新盟
내 고루하고 엉성하면서 큰 소리만 치며,	孤陋嗟狂簡
괜히 曾點의 거문고 연주하는 것 탄식한다네.	空操點瑟鏗[7]

簡易 崔岦은 圭菴의 학문과 행실은 朝鮮에서 손꼽힌다고 평가하였다.

　　圭菴宋先生은 학문이 醇厚하고 행실이 닦여졌고 名節로써 일생을 마쳤다. 우리 동방에서 이런 분을 구해본다면, 몇 사람 되지 않을 것이다.[8]

愼齋 周世鵬은 1537년에 圭菴에게 서신을 보내 經筵의 과목에 『孝經』

---

7) 金麟厚 『河西集』 권10 47장, 「全羅道歌謠」.
8) 崔岦 『簡易集』 권2 58장, 「宋都事墓碣銘」.

을 추가하도록 권유하고 있다. 당시 규암은 泗川의 유배지에서 돌아온
지 얼마 되지 않았는데, 바로 經筵 侍講에 참여한 모양이고 그의 발언이
그 당시 조정에서 상당히 영향력이 있었음을 알 수 있다. 愼齋의 서신은
이러하다.

> 요즈음 『효경』을 읽어보니, 저도 모르게 손이 너울너울해지고 발이 굴러
> 집니다. 우리 孔子께서 줄일 것은 줄여 손을 보아 확정하여 만든 책은 『효경』
> 한 가지 뿐입니다. 지금 사람들이 아이들을 가르칠 때는 먼저 『효경』을 가르
> 치지만, 지극한 덕과 중요한 도가 어른들에게는 받아들여지지 않는 것은
> 어째서인지요? 경연에서조차 進講을 하고 있지 않으니, 적은 손실이 아닙니
> 다. 오직 바라건대 고명하신 그대께서는 임금님께 우르러 아뢰어 널리 보급
> 하여 전하도록 하여 풍속을 교화하는 방법으로 삼도록 하십시오.9)

尤庵 宋時烈은 그의 학문적 특징을 종합하여 이렇게 평가하였다.

> 어려서부터 놀이를 좋아하지 않고 독서를 좋아하였다. 종일토록 단정히
> 앉아 있었는데, 한밤중이 되어서도 조금도 해이해지지 않았다. 집안을 다스
> 림에 있어서 한결같이 『朱子家禮』를 따랐다. 젊은 시절에 諸子百家 史書
> 시인들의 작품을 섭렵하지 않은 것이 없었고, 만년에는 性理學을 즐겨 程子
> 朱子의 저서를 손에서 놓지 않았다. …… 대개 우리 왕조의 儒賢으로서 道를
> 自任한 이로는 앞에는 靜庵이 있고, 뒤에는 圭菴先生이 있었는데, 모두 다
> 도를 행하기도 전에 이상한 사화가 닥쳤으니, 하늘이 지극한 다스림을 일으
> 키려 하지 않아서인가?10)

圭菴은 젊은 시절에는 유학에만 국한하지 학문을 폭 넓게 하였으나 만
년에는 性理學으로 귀의하였고, 세상의 道를 회복하는 일을 자신의 임무

---

9) 周世鵬 『武陵雜稿』 부록 권2, 『年譜』.
10) 『圭菴集』 권3 28장, 「神道碑陰記」.

로 삼았다. 그래서 成均館의 책임을 맡은 大司成으로 있을 때는 학생들에게 성리학을 매우 강조하여 교육하였다. 己卯士禍로 인하여 滅絶된 性理學의 맥을 다시 부흥시키려고 노력하였고, 그 효과를 그 친구인 退溪나 南冥이 이어서 性理學을 높은 경지로 끌어올렸다고 할 수 있다. 퇴계는 학문적으로 대성하였고, 남명은 실천유학자로서 성공하였다.

晦齋와 心性에 관하여 토론하였고, 또 喪服에 관한 圭菴의 견해를 退溪가 인용한 것 등등의 기록으로 볼 때 性理學이나 禮學에 깊은 조예가 있었을 것으로 짐작이 되나, 구체적으로 자신의 주장을 담은 저술이 남아 있지 않아 고찰할 수가 없다.

Ⅳ. 선비정신의 發揚

1519년 道學政治를 펼치려던 趙光祖 일파가 己卯士禍로 斬伐된 뒤로부터 선비 국가인 朝鮮의 士氣는 완전히 꺾였다. 선비들은『小學』이나『心經』등 수양과 관계된 유교서적을 기피물로 생각하여 감히 읽지 못하는 분위기가 지속되었다. 법도에 맞게 行身을 하는 선비들을 화를 불러올 조짐이 있다고 지목하여 용납하지 않고 비난할 정도였다. 유학의 앞날이 캄캄한 밤처럼 암담하였다.

이런 분위기에서 圭菴은 혼자서 '아침에 도를 듣는다면 저녁에 바로 죽어도 좋다'라는 자세를 갖고서 개연히 聖賢의 서적을 계속 읽었다. 義理에 침잠하여 독실하게 믿고 힘써 실천하였다.

그리고 經筵 강의에서 中宗 임금에게 "佛敎나 道敎 등 異端의 道를 막아야만 儒敎가 널리 행해질 수 있고 敎化가 펼쳐질 수 있습니다. 昭格署 같은 것이 그 가운데 하나인데, 국가에서 이단을 숭상하면 백성들은 쉽게 미혹이 되어 풍속이 그 쪽으로 쏠립니다."라고 아뢰었다.[11] 유교의 진흥을 위해서 국왕이 직접 나서서 유교를 장려하고 이단을 막아줄 것을 건의하였다.

成均館 大司成으로 부임하여서는 먼저 『小學』과 性理學 관계의 책을 읽어 기본을 세우도록 학생 지도에 최선을 다하니, 유학이 다시 일어나는 효과가 있었다. 워낙 義理의 학문을 강조하여 교육하다 보니, 성균관에서 공부하던 생원 宋拘 李純孝 등이 사사로이 "의리의 가르침이 지금 어찌 행해지겠는가? 科擧는 언제 한단 말인가?"라고 불평을 하였고, 성균관의 교수와 논의하면서 "지금 우리 東方에 朱子가 다시 태어난 것을 보게되었습니다."라고 말하고는 크게 웃었다.[12] 趙光祖 등이 이상적인 道學政治를 실현하려다가 된서리를 맞은 뒤 얼마 지나지 않은 때에 다시 진정한 儒敎를 일으키려고 비상하게 노력하는 규암의 모습을 볼 수 있고, 당시 立身을 위해서 공부하는 俗儒들과의 갈등이 적지 않았음을 알 수 있다.

그리고 임금에게 불시에 성균관에 행차하여 학생들이 興起하도록 하라고 건의하였다. 또 "풍속이 바르게 되는 것은 어진 인재를 얻는 데 있는데, 어진 인재를 얻지 못하면 풍속이 바르게 될 수 없습니다."라고 하여, 바른 인재를 얻는 것이 풍속을 바로잡는 길임을 국왕에게 이야기하였다.

그리고 全羅監司로 재직하는 동안 산하 郡縣에 명하여 四書五經을 開刊하도록 하여 儒學 보급과 진흥에 심혈을 기울였다.[13]

金安老 등의 전횡으로 인하여 조정에 貪風이 만연하였고, 김안로가 제거된 이후에도 이런 풍조가 사라지지 않았고, 상당히 명망이 있는 인물마저도 貪汚를 면치 못하였다. 그러나 龜巖은 당시 思齋 金正國, 晦齋 李彦迪 등과 함께 淸白한 관리로 일컬어졌다.

高峯 奇大升은 圭菴을 "學識과 行實이 있는 사람이다.", "宋麟壽는 일생 동안 己卯名賢들을 흠모하였고, 全羅監司가 되어서는 『小學』을 勸勉하여 後生들을 지도했는데, 그 당시 『소학』을 읽은 것은 모두 송인수의 공이다."

---

11) 『圭菴集』 권4 6장, 「年譜」 丙戌年 2월조.
12) 『圭菴集』 권3 12장, 「諸家記述」, 『承政院日記』에서 인용.
13) 『圭菴集』 권 4 27장, 「年譜」 癸卯年 12월조.

라고 했다. 東皐 李浚慶은 "힘써 공부한 사람"이라고 했고, 月汀 尹根壽는 "학문에 종사하였고, 효행이 卓絶하고, 바른 자세로 조정에서 벼슬하다가 元凶에게 걸려 죄를 입어 죽었는데, 이 사람의 어짐은 權橃 李彦迪과 아울러 논할 만하다."라고 했다. 承政院의 「賢士擢用單子」에는 "송인수는 학문과 행실이 다 갖추어졌고, 德性이 純篤하고 忠義의 기개가 있다."라고 했다.14) 李永成은 "宋公은 독서를 좋아하고 의리를 궁구하여 사욕을 깨끗이 다 씻어내어 마음에 한 점의 찌꺼기도 없습니다. 聖賢의 글이 아니면 눈에 대지를 않고, 음란한 말은 입으로 한 적이 없습니다. 程子의 문하에서 공부했다면 游定夫의 아래 있지는 않을 것입니다."라고 했다. 魚叔權은 "평생 好學하여 게을리하지 않았고, 자상하고 和樂하였으며, 착한 것을 좋아하기를 마치 배고픈 듯 목마른 듯이 하였다. 젊은 나이에 과거에 급제하여 淸華한 자리를 두루 거쳐 名望이 매우 무거웠다. 그러나 성질이 정직하여 한두 명의 소인에게 거슬렸다."라고 했다. 栗谷 李珥는 "宋麟壽는 사람됨이 충성과 효도가 다 지극한 사람이다. …… 조정에서 벼슬하게 되자 명망이 그 당시에 무거웠다. 仁宗 즉위초에 士林들이 인수를 중요하게 여겨 의지하였다. 인수는 그때의 상황을 헤아리지 못하고 三代의 사업을 지으려고 했는데, 뭇 간신들이 눈을 흘기게 되어 마침내 무거운 죄를 얻고 말았다."라고 했다. 重峯 趙憲은 "宋麟壽의 어짐은 東國의 보배다. 그가 죽던 날에 아는 사람이나 모르는 사람 할 것 없이 모두가 슬퍼하고 탄식하지 않는 사람이 없었다."라고 했다. 尤庵 宋時烈은 "圭菴 선조의 도덕은 비록 靜庵 노인과 더불어 논할 바가 있지만, 한 시대 사림의 宗匠이 된 것은 다를 바가 없다."라고 했다.

圭菴은 節義를 매우 중시하였다. 企齋 申光漢의 집에 陽村 權近의 초상화가 있었는데, 慕齋 金安國은 보고서 "이 분은 우리 儒道에 큰 공이 있다."라고 하고는 절을 하였다. 그러나 규암은 절을 하지 않으면서 "이 분은

---

14)『圭菴集』권3 15장, 「諸家記述」.『眉巖日記』에서 재인용.

節義를 잃은 사람이다."라고 하였다.

尤庵은 그의 굳센 節義를, "지키는 것은 확실하고 행하는 것은 과감하여 천길 절벽 같고, 만길의 폭포 같다."라고 칭송하였다.15)

忠孝에 바탕을 둔 節義精神을 가슴 속에 간직하고서 올바른 선비의 길을 걸었다. 당시 정국에서 가장 대항 하기 어려운 權奸 金安老와 尹元衡 李芑 등을 탄핵하여 파면시켰으니, 어떤 권력에도 굽히지 않는 강직한 선비정신을 갖고 있었던 것이다. 孟子가 이른바 "부귀로도 그를 더럽힐 수 없고, 빈천으로도 그 마음을 변하게 할 수 없고, 威武로도 굽히게 할 수 없다.[富貴不能淫, 貧賤不能移, 威武不能屈]"란 말은 바로 규암을 두고 이른 말이라 할 수 있다. 정말 참된 대장부라 할 수 있다.

南冥 曹植 같은 경우는 文定王后가 죽고 尹元衡 일당이 축출되어 조정이 바로잡힌 뒤에까지 생존해 있었기 때문에 바른 선비로서 많은 사람들에게 충분히 인정을 받았지만, 규암은 士禍 속에서 權奸들과 투쟁하다 희생되어 그 선비정신이 올바르게 널리 알려질 기회가 없었으므로 오늘날까지도 그 진면목이 알려질 기회가 많지 않았던 것이다.

Ⅴ. 文學世界

1. 文學槪觀

圭菴은 당대에 이미 詩文의 대가로 推重을 받았으나, 사화에 賜死되는 바람에 원고가 다 散逸되고 말았다. 지금 간행되어 있는 『圭菴集』은 후손들이 각처에서 詩文을 다시 수집하여 편찬한 것이다. 그래서 자신의 학문이나 사상을 나타내는 시문은 대부분 없어지고, 次韻詩나 應酬詩 등만 남아 있다. 지금 남아 있는 작품으로는 시 71題 90수이고, 산문 25편이

---

15) 『圭菴集』 卷首, 宋秉璿 「圭菴先生文集序」.

남아 있을 뿐이다.

그러나 그의 절친한 친구로 湖堂에서 같이 공부한 愼齋 周世鵬은 「贈圭菴」이라는 시에서 규암의 문학을 극도로 찬양하였다.

오백 년 만에 우리나라에 왕도정치 하는 임금 나와,	三韓五百王者作
文教가 원근에 퍼지고 仁의 물결 흡족하네.	文教遠邇仁波洽
송군의 재주 여기에 응하여 태어났나니,	宋君才調亦應生
눈 아래로 천지가 오히려 좁게 여겨지리라.	眼底乾坤猶是狹
筆力은 아홉 개 솥을 들 수 있을 뿐만 아니라,	筆力不獨扛九鼎
문장의 근원은 일찍이 三峽 기울일 수 있다네.	詞源早能傾三峽
하늘이 한 평생 살 몸 내 준 것이 어찌 우연이랴?	百年許身豈偶然
한결같은 마음으로 나라 걱정에 늘 우는 듯하네.	一心憂國長恰恰
발분하여 학문 쌓기를 마치 굶주린 듯이 하고,	發憤積學惄如飢
세월을 어찌 돌이키랴? 짧은 시간도 아낀다네.	光陰幾回惜羊胛
하루아침에 명성이 대궐까지 뚫고 들어갔나니,	一朝聲響徹九重
약관의 나이에 계수나무 가지 머리에 꽂았네.	弱冠桂枝頭上揷
이로부터 문장이 날로 거리낌없이 되어,	自此文章日以肆
마음대로 괴이함을 부리나 다 법도가 있네.	騁怪馳奇皆有法
난새나 봉황새 아침 햇살에 훨훨 나는 듯하니,	翩如鸞鳳上朝陽
쩨쩨한 나머지 사람들이야 거위나 오리 같도다.	瑣瑣餘子同鵝鴨
번쩍번쩍 좋은 칼 빛 북두성 견우성에 비치는 듯,	凜如干將射斗牛
막 칼집에서 나온 서릿발 같은 칼날 햇빛에 비친 듯.	霜刃暎日新開匣
따스하기는 윤택한 아름다운 옥 한 조각 같고,	溫如美玉一片潤
날래기는 갑옷 입은 말 삼만 마리 같도다.	勇如鐵騎三萬甲
또 너른 바다의 붕새 구만리로 치솟아 오르면서,	又如溟鵬搏九萬
스스로 회오리바람 일으켜 힘 조금도 빌리지 않는 듯.	扶搖勿借風一箑
또 푸르런 바다 속의 큰 고래가,	又如長鯨在碧海
만리 파도를 한 입에 삼키는 듯.	萬里波濤一口歃
또 蛟龍이 연못에서 떨쳐 오르는 듯,	又如蛟龍如奮澤
또 호랑이나 표범이 막 우리에서 나온 듯,	又如虎豹初出柙

삼년 동안 지은 글이 임금님 책상 앞에 있나니,　三年遺墨香案前
아침에 백장의 상소 저녁에 천장의 箚子를 짓네.　朝爲百疏暮千箚
東坡나 山谷도 족히 놀랄 존재 못되고,　東坡山谷不足驚
子厚나 退之도 오히려 누를 수 있다네.　子厚退之猶可壓
전에부터 나라를 빛내는 사람이 곧 文柄이니,　從來華國斯文柄
결국 하늘이 재주 부여한 사람이 누를 수 있네.　畢竟天與其人撅
황금으로 꾸민 집에서 賜暇讀書하는데,　黃金屋裏賜讀書
대낮에 책을 펴고서 문은 늘 닫혀 있네.　白晝開卷門長牖
가슴속에 문자는 수없이 풍부하니,　胸中文字富千萬
때로 그 나머지로 내 결핍 떨쳐 주네.　往往緖餘振余乏
(이하 생략)　(以下略)

　규암의 문장 실력은 唐나라의 대표적인 문장가인 韓愈·柳宗元이나 宋나라의 문장가인 蘇軾·黃庭堅 등도 압도할 수 있을 정도로, 앞으로 우리나라의 시문의 대표주자라 할 수 있는 大提學을 충분히 맡을 수 있다고 했다. 이때 圭菴의 나이 25세에 불과했는데도 愼齋는 이렇게 극찬을 했다. 愼齋는 圭菴과 湖堂에서 같이 기거하면서 생활하였으므로 그 사람됨이나 실력을 직접 보고서 너무나 驚服한 나머지 이 시를 지었기 때문에 규암의 실력이 어느 정도였는가를 충분히 파악하고 있었다. 후세의 사람들이 전해 듣고 쓴 것과는 그 가치가 다르다. 그리고 그 인물됨을 봉황새, 난새, 큰 고래, 蛟龍, 호랑이, 표범 등에 비유하여 아주 걸출한 인물임을 강조하여 말하고 있다. 문장 실력 뿐만 아니라 그 인물됨에 완전히 佩服하고 있다는 것을 알 수 있다.

　尤庵 宋時烈은 그의 시를 평하여 "沖澹하고 自適하여 이 세상에 뜻이 없는 것 같으면서도 愛君 憂國의 간절한 정성을 잠시도 잊은 적이 없다."[16]라고 하여, 그의 시는 의미를 겉으로 드러내지 않고 내면에 그 깊은 뜻이 있다고 그 특징을 잡아 평가했다.

16) 『圭菴集』 권3장, 30장, 「諡狀」.

2. 詩世界

남아 있는 圭菴의 시는 얼마 되지 않는데 자신의 心懷를 토로한 시, 山川自然을 읊은 시, 歷史人物을 평가한 시로 나눌 수 있는데 특징을 나타내는 시를 각각 한 수씩 소개한다.

泗川에서 유배생활 할 때의 고생스런 생활을 읊은 「泗川奉謝景游」라는 시를 보면 그의 심경을 坦率하게 토로하고 있다.

홀로 강과 바다 위에 누워 있다가,	獨臥江海上
친구의 편지 받고서 반가왔다네.	喜得故人書
친구의 얼굴을 본 듯하여,	如見故人面
울적한 심정을 조금 펼 수 있겠네.	鬱陶情少舒
푸르고 노란 모시 부쳐 보냈는데,	寄以靑黃苧
내 옷 떨어진 것 멀리서 걱정하는 거라.	遙念弊衣裾
친형제처럼 나를 불쌍히 여기는데,	憐我如弟兄
그대 사랑하기로 나만한 사람 없을 걸.	愛君莫若余
아교와 옻칠처럼 긴밀한 사이라 누구 말했나?	誰言膠漆地
멀리 떨어져 얼굴 마주 보는 일 드물도다.	落落會面疎
피눈물 흘리니 머리 다 희어졌는데,	泣血頭盡皓
삼년 동안 외로운 오두막 지키고 있다네.	三霜守孤廬
지극한 정성은 쇠나 돌도 녹이고,	至誠感金石
특이한 행동은 마을을 놀라게 했네.	異行驚里閭
이전에 수레를 타고 오느라,	向者輒命駕
야윈 나귀 흙탕 길에 빠져 채찍질했지.	泥塗鞭羸驢
한 번 웃으니 구름과 안개 걷힌 듯,	一笑披雲霧
뜰에 남새 뜯어와 밥상 차렸지.	盤飱摘園蔬
그대는 전날처럼 우뚝하건만,	傑卓如夙昔
나는 여전히 鄙陋하다네.	骯髒復如初
늙은 사나이 원래 흙이나 나무 같아,	老夫元土木
여러 해 동안 병이 없어지지 않누나.	經年病不除

얼굴 노쇠하여 붉은 빛 띠려 하지 않고,	顔衰不肯紅
머리카락은 짧아져 빗을 이기지 못하네.	髮短不勝梳
거치른 남쪽 변방이라 瘴氣가 많기에,	南荒多瘴癘
찌는 듯한 무더위 정말 견디기 어려워.	炎蒸固難如
더운 것을 잡은 듯 기운이 축 빠지고,	執熱氣沈沈
불 구름이 공중으로 치솟는 듯하다네.	火雲升空虛
장마비가 몰아치면 바닷물 불어나,	霖雨霪漲海
산만 빼고 나면 모두 다 잠긴다네.	懷襄山獨餘
열렸다 닫혔다 하던 천지가 꽉 막히고,	捭闔乾坤閉
평지는 물이 고여 웅덩이가 되었네.	平地匯爲瀦
나그네의 자리는 마른 데가 없고,	旅榻無乾處
앉거나 누움에 모두가 흙탕이더라.	坐臥渾泥淤
큰 아들은 갑자기 설사병을 얻었고,	大兒得暴下
어린 아들은 등창을 앓는구나.	小兒患瘡疽
내 생애가 위태롭게 되었나니,	生涯臨甈甀
하늘을 우러러 괜히 탄식한다네.	仰天空欷歔
만사는 운명에 맡겨 두고서,	萬事聽鴻爐
분수에 만족하며 조용히 지내야지.	安分且潛居
나그네 신세로 베개에 엎드려 있는데,	伏枕淹爲客
답답한 생각을 누구에게 터 놓을까?	幽懷憑誰攄
어느 때나 다시 그대를 대하여,	何時更對君
외로운 시름 반쯤 줄일 수 있을까?	孤愁一牛鋤[17]

泗川에서 유배생활하는 동안의 어려움과 답답한 심경을 토로하여 절친한 벗인 愼齋 周世鵬에게 답한 장편시다. 아는 사람 아무도 없고 산천은 다 낯설고 기후와 풍토가 다르고 사람들의 말씨와 생활습관이 다른 곳에서 귀양살이하기는 쉽지 않은 일이다. 더구나 조선시대에는 유배생활하는 동안 거처하는 데 필요한 경비를 본인이 다 조달해야 하고, 출입에 제한이

---

17) 『圭菴集』 권1 2장, 「泗川奉謝景游」.

따르고, 관할 고을에서 늘 감시를 하고 있으니, 지식인으로서 감내해야 할 정신적 육체적 고통은 이루 다 필설로 형언할 수 없을 정도였을 것이다. 풍토가 다르다 보니, 데리고 왔던 아들들도 다 병이 들어 근심을 더했던 것이다.

그때 마침 옛날 湖堂에서 같이 기거하면서 독서하던 愼齋가 유배지 오두막으로 직접 찾아주었다. 신재는 고향이 가까운 漆原縣[지금의 咸安郡 漆原面 일대]이었는데, 圭菴이 유배오던 1535년에는 부친상을 당하여 고향에서 居喪中에 있었고, 규암이 解配되어 돌아오던 해인 1537년 4월 昆陽郡守로 부임하였다. 신재 역시 金安老의 勢焰을 견디지 못하여 지방관을 자청하여 나왔던 것이다.[18] 곤양은 사천에 인접한 고을로 지금은 사천에 합병되었다. 가까운 지역의 고을원으로 와 있었으므로, 친구를 찾기가 쉬웠을 것이다.

그래서 규암은 한 번 왔던 신재가 다시 와주었으면 하고 은근히 바라는 심정으로 시를 끝맺고 있다. 외로운 시름을 달래줄 수 있는 유일한 사람은 신재 밖에 없기 때문이었다.

시의 전반부에서는 어려움을 호소하고 울분을 토로했지만, 뒷부분에 가서 결국은 인생만사 모두를 하늘의 처분에 맡기지 않을 수 없고 자신은 자기의 분수를 편안히 여기며 조용히 지내겠다고 다짐하고 있다.

이 시는 특이한 수사를 동원하지 않고 平易한 詩語를 사용했으면서도 자연스럽게 肺腑로부터 우러나온 情感을 표출하고 있다. 押韻은 '魚'자 하나의 운으로 일관하여 시가 전체적으로 하나의 기운이 흐르고 있다.

圭菴이 尹元衡 李芑 등의 음모로 인하여 全羅監司로 나왔을 때 晦齋 李彦迪은 慶尙監司로 나갔다. 평소에 학문을 토론하는 절친한 사이였는데, 다 같이 감사로 나와 근무하고 있었으므로, 약속을 하고서 두 도의 경계에 있는 白場寺에서 만나 학문을 강론하고 시를 주고 받았다. 이때

---

18) 周世鵬 『武陵雜稿』 부록 권2 『年譜』 12, 13장.

圭菴이 晦齋에게 준 시는 이러하다.

서로 만난 곳은 절간인데,	蕭寺相逢處
봄 바람이 저무려는 때라.	春風欲暮時
등불 앞엔 옛날의 푸른 눈이요,	燈前靑眼舊
객지에서 허연 머리 슬퍼하네.	客裏白頭悲
성의 다하여 잔에 술을 따르고,	盡意添盃酌
문득 이별이라니 마음이 놀래네.	驚心忽別離
두 남도에서 같이 달을 볼 텐데,	二南同見月
한 조각 마음 천리 밖에서 알겠지.	千里片心知[19]

서울에서부터 절친하게 지내던 두 사람은 1543년 全羅道와 慶尙道의 觀察使로 부임하게 되었다. 이때 약속을 하고서 경계지점에 있는 白場寺라는 절에서 늦은 봄에 만났다. 등불을 밝히고 밤새워 이야기하니 서로 반가운 눈빛이 되는데, 머리를 보니 옛날과 달리 둘 다 허옇게 새어 있어 구슬픈 마음을 금할 수가 없었다. 진정을 담아 술을 따라 권하지만 이런 즐겁고 의미 있는 시간이 오래 지속될 수는 없고 곧 헤어져야 하니, 빨리 가는 시간에 깜짝 놀란다. 헤어진 뒤로 다시 만나기 쉽지 않으니, 비록 몸은 떨어져 있을지라도 밤중에 밝은 달을 함께 보며 서로 그리움을 달래자고 다짐하고 있다.

두 사람 다 조정을 장악하려는 간악한 무리들에게 밀려나와 있으니, 처지가 같고 나라 일을 걱정하는 뜻이 같은 관계인지라 더욱 더 반갑다. 그러나 현실은 다시 이별해야만 한다. 연련한 그리움을 절제하는 선비의 마음가짐을 볼 수 있는 그런 시다. 이 시 역시 아무런 수사나 기이한 표현 없이 자연스런 가운데 담담하게 자신의 감정을 토로하고 있다.

圭菴이 읊은 景物詩는 마치 한 폭의 그림처럼 구도가 안온하고 묘사가

---

19) 『圭菴集』 권1 8장, 「奉呈晦齋李復古嶺伯行軒求和」.

精緻하다. 누각 위에서 연꽃을 구경하며 지은 시는 이러하다.

백 척 사다리 타고 높다란 누각에 올라,	危樓一上百尺梯
거울 속 붉게 단장한 것 바라보니 어릿하네.	紅粧明鏡望欲迷
속 비고 곧은 것 군자의 본성인 것 잘 알겠고,	通直端知君子性
옥처럼 곧게 서 흙탕에 더럽혀지지 않았도다.	玉立終不染淤泥
맑은 향기 세 번 맛보고 맑은 분위기 붙들고,	三嗅淸香把淸風
부화한 붉은 꽃에 비교할 바 아니라네.	不比浮華浪蘂紅
난간 앞에서 「愛蓮說」 자세히 읽어보니,	臨軒細讀愛蓮說
염계노인을 그리워하게 만드는구나.	令人却憶濂溪翁[20]

　연못에 핀 연꽃을 두고 읊은 시이다. 연꽃의 줄기가 비어 있고 꽃대가
곧게 뻗었다. 속을 비워 물욕에 얽매이지 않고 정직하게 사는 군자의 성품
에 비유하였다. 흙탕 속에서 나서 자랐으면서도 연은 조금도 거기에 물들
지 않고 깨끗한 꽃을 피우는 것은 아무리 환경이 나빠도 이를 다 극복하고
자신을 수양해 나가는 군자에 비유하였다. 연꽃의 맑은 향기 맑은 氣風은,
봄 햇살 속에서 겉 모습만 화려하게 꾸미는 꽃들에 비교할 바가 아니라는
것이다. 자신을 위한 爲己之學을 하는 군자와 남에게 보이기 위해서나
출세하기 위해서 공부하는 爲人之學과는 근본적으로 다른 것이다. 그러나
圭菴이 연꽃의 이런 특성을 발견하여 시를 쓰려고 하니, 이런 내용은 周濂
溪가 이미 「愛蓮說」이라는 글을 지어 발표하였다. 그래서 이 분의 깨달음
이 대단하구나 하고 다시 한번 그리워진다. 규암은 연꽃을 보고 군자다운
行身을 배우려는 의지를 다짐하였다고 볼 수 있다.
　역사상의 인물인 漢나라의 개국공신 蕭何를 두고 읊은 시는 이러하다.

---

20) 『圭菴集』 권1 16장, 「次求禮鳳城八詠」.

그 당시 비록 말 달린 공은 없다해도,　　當日縱無汗馬功
關中 땅을 지킨 공의 성의 어떠한가?　　守關誠意一何公
백성 기르고자 하여 어진이 초청하여,　　養民欲使致賢者
한나라의 淳厚한 풍속 이루게 했네.　　能令漢家樹厚風[21]

소하는 劉邦을 도와 漢나라를 세우는데 결정적인 공훈을 세웠다. 유방이 군대를 이끌고 項羽보다 먼저 關中으로 들어갔을 때 소하는 맨 먼저 秦나라 丞相府의 律令과 圖書를 회수하여 보관하였다. 이로 인하여 한나라는 천하 關塞의 險要와 各郡縣의 호구를 파악할 수 있게 되었다. 劉邦이 楚나라와 싸우고 있는 동안에도 소하는 관중 땅을 계속 지키며 군대에 군량을 수송하여 군량이 떨어지는 일이 없도록 조치하여 한나라의 전투력을 유지할 수 있도록 만들었다. 이런 까닭에 한나라가 천하를 통일한 뒤 황제가 된 유방은 소하의 공훈을 제일로 여겨 鄁侯로 봉하였다. 한나라 건국 이후에 한나라의 제도와 율령은 소하에 의하여 마련되었다. 漢高祖 劉邦은 본래 불량배 비슷한 사람으로서 선비를 매우 싫어하였다. 나라를 세웠지만, 구체적인 다스릴 방안이 없었던 사람이었다. 개국공신들은 자신들의 힘을 과시하면서 법질서를 준수하려고 하지 않았다. 이런 상황에서 소하는 叔孫通 같은 유학자들을 초빙하여 법령과 제도를 만들어 통치의 기반을 닦은 일을 완성하였다. 나라가 秦나라처럼 폭정을 자행하는 나라가 되지 않게 한 것은 소하의 공적이라는 것이다. 어떤 나라를 다스리는 데도 차분하게 뒷일을 처리하고 나라의 기초를 닦는 인물이 필요한 것이다. 당시 조선의 조정에도 소하 같이 출중한 능력을 갖추고서도 자기를 내세우지 않는 그런 인물을 圭菴은 기다렸던 것이다.

---

21) 『圭菴集』 권1 6장, 「蕭何」.

VI. 결론

圭菴 宋麟壽는 性理學에만 국한되지 않고 제자백가와 역사서를 두루 섭렵하는 등 학문을 폭넓게 하였다. 일찍 文科에 올라 출사하여 弘文館 등 文翰을 필요로 하는 淸要職을 두루 閱歷하였다.

그러나 그는 文弱한 선비 출신의 관료가 아니고, 강직한 정신력을 가진 관료였다. 그 당시 국왕과 혼인관계를 맺어 무소불위의 권력을 가진 金安老를 탄핵하여 削職하게 만들었고, 尹元衡과 李芑 일당을 탄핵하여 축출할 정도로 흔들리지 않고 正道를 걸었다. 이로 인하여 유배를 당하고 削奪官爵을 당하다가 결국 奸黨들에 의해서 희생되고 말았다.

圭菴은 난관 속에서도 선비정신을 견지하여 바른 길만을 지향하였다. 비록 앞날에 난관이 닥친다 해도 그는 회피하거나 타협하지 않았다. 그 당시로서는 고통의 길이었지만, 규암의 이런 정신과 行身은 당대는 물론 후세 선비들의 모범이 되기에 충분했다.

유교를 통해서 이상국가를 건설해 보려는 의도는 靜庵 趙光祖가 맨 먼저 실현해 보려고 노력했으나 결국 간신배들에게 희생되고 말았으니, 현실정치에서 선비정신을 구현하기는 어렵다는 것을 말해 주는 것이다. 己卯士禍 직후 士氣는 땅에 떨어졌고 유교 서적을 보는 것마저도 서로 기피할 정도였는데, 이런 분위기 속에서도, 규암은 성리학의 중요성을 인식하고 다시 성리학을 일으켜 이를 통해서 이상정치를 실현하려고 노력하였다. 그 자신 학문도 대단했고, 문장 실력도 출중하였다. 결과적으로 실패하고 희생 당하였지만, 그 정신은 후세 사람들이 알고 있다.

그의 시도 평이한 표현 속에 선비정신이 함축적으로 스며들어 있어 읽으면 읽을수록 깊은 맛을 느낄 수 있다.

학문적인 바탕과 시문의 솜씨와 행정적 능력 등을 두루 갖추었고, 거기다 강직한 선비정신을 견지하여 바른 길을 추구하던 거의 완성된 인물에 가까운 圭菴 같은 인재를 얻기가 쉽지 않았으나, 그의 경륜을 펴 국가와 백성들을 위해 일할 기회를 얻지 못하고 간신들에게 몰려서 희생되고 말 못했으니 아쉬운 일이다. 그러나 그의 선비정신은 후세에 많은 영향을 미쳐 국가를 도덕적으로 승화시키는 데 보이지 않는 가운데 큰 도움을 주었을 것이다.

梧里 李元翼과 嶺南南人과의 관계에 관한 연구

Ⅰ. 序論

本考는 宣祖·光海君·仁祖 삼대에 걸쳐 나라가 어려운 일을 만날 때마다 여섯 번이나 領議政을 맡아 經綸을 발휘한 현실정치의 名手인 梧里 李元翼(1547-1634)과 嶺南南人과의 관계를 밝히기 위한 글이다.

그는 본래 黨派를 초월하여 처신하였고, 당쟁의 弊害에 대해서 누구보다 많은 우려를 하던 인물이다. 또 栗谷 李珥의 榜下에서 과거에 올랐고, 黃海道 都事로 있을 당시 觀察使로 있던 李珥로부터 그 능력을 인정받아 淸要職에의 길이 열렸다.

당파와 별로 관계가 없던 인물인 이원익이 어떤 과정을 거쳐 南人이 되었으며, 嶺南南人과는 어떤 관계에 있었으며, 영남남인 가운데서 어떤 인물들과 친했고, 영남남인들을 음양으로 지원하기 위해서 어떤 태도를 가졌던가를 이 글에서 차례로 究明하고자 한다.

Ⅱ. 家系와 生平

梧里 李元翼은 朝鮮 제3대 임금인 太宗의 5세손으로 咸川君 億載의 아들로 1547년(明宗 2) 서울에서 태어났다. 자는 公勵로, 1569년(宣祖 2) 別試文科에 丙科로 급제하여 出仕한 이래로 여러 관직을 거쳐, 정승으로 재임한 햇수만도 40년이나 된다. 宣祖朝에 두번, 光海朝에 두 번 領議政을 지냈고, 仁祖反正 이후 맨 먼저 영의정으로 召命을 받았고, 그 뒤 다시

영의정에 다시 除授될 정도로 정치적인 비중이 있던 인물이었다.

그리고 壬辰倭亂 때는 都巡察使, 都體察使 등직을 맡아 國難의 극복에
헌신하였다. 이때의 공로로 인하여 扈聖功臣 2등에 策錄되고 完平府院君
에 봉해졌다.[1] 光海朝에 廢母論이 일어날 기미가 있을 때는 자신의 소신
을 끝까지 지키다가 洪川에 付處되었다. 仁祖反正 후에는 영의정으로 다
시 기용되어 혼란한 정국을 안정시키고 민심을 수습하였다. 宣惠廳을 설
치하여 大同法을 최초로 실시하여 防納의 폐단을 막아 백성들의 부담을
덜어주는 정책을 펴기도 했다.

그는 대단한 경륜을 지닌 현실정치가로써 평생을 청렴하고 강직하게
지냈으므로, 당시 당파와 상관없이 거의 모든 사람들로부터 존경을 한
몸에 받았다. 그가 柳成龍을 救護하면서 李爾瞻을 심하게 공격했지만, 감
히 누구도 편당을 짓는다고 이원익을 비난한 사람이 없었는데, 이는 그가
일생을 介潔하게 처신하여 특정한 사람에게 사사로운 마음을 갖고 대한
적이 없었기 때문이었다.[2] 이원익은 또 후세에도 많은 설화의 주인공이
되어 우리에게 친근한 인물이 되어 있다.

그는 인조반정 이후인 생애 후반기에 들어서는 서인들과 연합정권을
이룬 남인의 지도자적 인물로 활약하였고, 특히 영남남인들을 위하여 많은
지원을 하였다.

Ⅲ. 嶺南南人과의 關係

李元翼은 출신지역이나 가계로 보아 본디 嶺南南人과는 지연이나 혈연
관계가 전혀 없었고, 또 뚜렷한 學統이나 師承關係가 없었으므로 南人이
되어야 할 필연적인 이유는 없었다.

---

1) 『梧里年譜』卷1 6-19張.
2) 李植 『澤堂別集』卷8 46張, 「領議政完平府院君李公諡狀」.

1575년(宣祖 8) 東西의 分黨이 시작될 때는 그는 아예 黨色을 갖고 있지 않았고, 黨爭을 대단히 옳지 못한 일로 보았다. 그가 宣祖를 만나 당쟁에 대한 자신의 견해를 피력한 것을 보면 이러하다.

> 신이 보건대 수십 년 이래로 조정이 당파로 분열되어 서로 공격하니 하나의 전쟁터가 되어 나라 일은 관심 밖에 두고 있습니다. 신은 가슴을 치며 뼈에 사무치게 비통해 합니다. 만약 신 또한 편당을 짓는 마음이 있어 차자를 올려 임금을 속였다면, 그 죄는 죽임을 당해 마땅합니다.[3]

이원익은 당쟁에 대해서 대단히 가슴 아파하면, 자신은 편당을 짓는 마음을 갖지 않으려고 노력했다.

그런 자세를 가졌던 그도 정치적 상황이 변해감에 따라서 南人으로 변모되어 가는데, 그 과정을 추적해 보면 이러하다. 1583년 東西의 당쟁이 더욱 격화되어 가는 중에 慶安令 李瑤가 宣祖에게 面對하여

> 東西가 分黨이 되어 조정이 불안합니다. 柳成龍, 李潑, 金應南, 金孝元 등이 동인의 괴수가 되어 멋대로 하는 형적이 있사오니, 이를 누르시기 바랍니다.

라고 건의하였다.

그런데 동인들은 경안령의 건의가 栗谷 李珥 일파의 사주에 의한 것이라고 의심을 가졌다.

이런 와중에서 북쪽에서 尼湯介의 침략이 있었는데, 兵曹判書로 있던 율곡이 宣祖의 재가를 받지 않은 채 병역 의무자 가운데서 戰馬를 바친 사람은 出征하지 않아도 된다는 규정을 만들어 가지고 시행하였고, 율곡

---

3) 李元翼 『梧里集』 卷2 17張, 「引見時啓辭」.
   이하 『梧里集』을 인용할 경우 卷, 張만 표시하기로 한다.

이 선조의 부름을 받고 대궐에 들어 갔다가 갑자기 현기증이 일어나 內兵
曹에 누워 있다가 임금을 뵙지 않고 도로 나가 버린 일이 있었다.

三司에서 宋應漑, 李潑, 許筬 등이 들고 일어나 이이를 탄핵하였다. 朴
淳, 成渾이 이이를 救護하다가 도리어 이들의 탄핵을 받았다. 都承旨 朴謹
元은 여러 차례 선조에게 臺諫의 논의를 따르라고 啓請하는 한편, 이이를
옹호하는 儒疏를 모두 차단하여 선조에게 들어가지 못하도록 하였다.

그러자 王子師傅 河洛이 상소하여 승정원에서 言路를 막는다고 공격하
였는데, 이 일로 인해서 선조가 진노하게 되었다. 승정원에서 자신들의
입장을 밝히는 合啓를 하자, 선조가 붓을 들어 啓辭를 起草한 사람이 누구
인지를 밝히라고 詰問하였다.

승정원에서 사실대로 말하려고 하자, 右副承旨로 있던 李元翼은 '承政
院에서 함께 한 일이니 죄를 받더라도 한 사람만 받아서는 안 된다'고
하여 끝까지 밝히지 말 것을 주장하였다. 결국 선조가 承旨를 모두 黜斥하
여 버렸고, 이 일로 말미암아 朴謹元은 平安道 강계로 귀양가게 되었다.[4]

이때 李珥를 배척한 사람들은 모두 東人으로 지목되어 西人들의 공격을
받았다. 그리고 李瑤의 탄핵을 받은 유성룡은 관직에서 물러나 고향으로
돌아갔다. 이때 유성룡은 이원익의 臨官 자세를 보고 감명을 받았고, 그
이후로 두 사람은 交分이 두터워졌다.[5]

그 뒤 1591년(선조 24) 이원익이 大司憲이 되었는데, 나라 사람들이
己丑年(1589) 獄事에 억울하게 連累되어 죽은 사람이 많다고 생각하여,
그 당시 獄事를 주관해서 처리했던 鄭澈을 처벌해야 한다고 생각했다.
이원익은 大司諫으로 있던 李德馨과 함께 鄭澈을 論罪하였는데, 그 결과
정철은 江界에 圍籬安置되었다.[6] 정철은 서인의 대표적인 인물이었으므

---

4) 『梧里年譜』 卷1 4–5張.

　　許穆 『眉叟記言』 卷38 20張, 「梧里李相國遺事」.

5) 『梧里年譜』 卷1, 2張.

6) 앞의 책 卷1 6張.

로, 서인들은 이원익의 처사를 못마땅하게 생각하였다. 이 일로 인하여 이원익은 완전히 東人이 되었다.

1594년 李山海의 아들 李慶全이 吏曹正郎에 추천된 일이 있었는데, 이 조정랑으로 있던 鄭經世가 반대했다. 이산해 일파는 유성룡이 자기의 제 자인 정경세를 사주했다고 판단하여, 자기 당파인 南以恭을 시켜 유성룡 을 탄핵하게 했다. 이 일이 일어났을 때 유성룡을 지지한 사람들을 東人 가운데서도 南人이라고 했고, 이산해를 지지한 사람들을 北人이라고 했는 데, 李元翼은 이때 유성룡을 지지하여 남인이 되었다.

壬辰倭亂 중인 1595년부터 이원익은 諸道都體察使에 제수되어 星州에 서 開府하고 嶺南의 各郡縣을 巡視하였다. 이원익은 慶尙道를 左·右道 로 분리하여 監司를 따로 둘 것을 조정에 건의하여 군사상의 虛點이 없게 만들었고, 또 우리나라 사람들이 城을 잘 지키는 특점을 살려 대대적으로 山城을 수축하고 수리하여 守禦할 대책을 마련하였다.7)

영남에 주재하는 동안 義兵將 郭再祐, 鄭經世, 儒生 鄭蘊 등을 깊이 알게 되었다. 영남의 정황을 파악하여 선조에게 狀啓를 이렇게 올렸다.

> 곽재우는 名將이니 서울로 불러 올리지 마시고 남쪽 변방에 두어 왜적의 뜻하지 않은 침략에 대비하게 하시옵소서. 御史 정경세는 경상도의 地利와 人情을 잘 알고 있으니 경상도에 계속 머무르면서 성 수축하는 일을 관장하 게 하시옵소서.8)

이원익은 사람을 알아 보는 능력이 뛰어나 이때 벌써 곽재우와 정경세 의 사람됨과 능력을 잘 파악하고 있었다.

鄭蘊은 이때 아직 登科하지 않은 儒生의 신분이었는데, 李元翼의 名望 을 듣고 직접 體察府로 찾아와 體察使로서의 이원익의 업적을 稱揚하고,

---

7) 앞의 책 卷1 8張.
8) 앞의 책 卷1 8張.

이어 훌륭한 정승과 장수감으로 鄭仁弘과 郭再祐를 추천하였다.[9] 이원익이 정온의 건의를 다 받아들인 것은 아니지만, 그의 憂國衷情에 깊이 감복했다고 한다.

1596년 3월 都體察使로서 영남지방의 築城을 독려하고 있을 때 鄭經世가 御史의 직함을 띠고서 영남과 兩湖 지방을 巡審하기 위하여 영남으로 왔다. 이원익은 정경세의 능력을 인정하고, 그가 慶尙道의 사정에 밝은 점으로 볼 때 자신과 같이 일하는 것이 좋겠다고 생각했다. 그래서 이원익은 정경세를 경상도에 그대로 머물러 있게 해 달라고 장계하였고, 선조의 윤허를 얻어 정경세로 하여금 성 쌓는 일을 관장하도록 하였다.

1597년 봄 倭將 加藤淸正이 계략으로 인하여 李舜臣이 죄를 얻어 統制使의 자리를 떠나게 되고, 元均이 그 자리를 대신하게 되었다. 이순신은 柳成龍이 추천하여 三道水軍統制使가 되어 여러 차례 큰 戰功을 세우게 되었다. 이순신의 공을 시기하는 사람과 유성룡을 싫어하는 사람들이 짜고서 이순신을 심히 모함하고, 유성룡을 비난하였다. 이원익은 이때 임금에게 글을 올려 이순신을 교체해서는 안되고 원균에게 통제사를 맡길 수 없다고 강력히 주장하였지만, 宣祖가 듣지 않았다. 그러다가 결국 이원익의 말대로 원균이 대패하여 이순신을 다시 기용하지 않을 수 없는 결과가 되고 말았다.[10]

1597년 丁酉再亂 때 黃石山城을 지키던 安陰縣監 郭逡은 城이 함락되자 순절하였고, 그의 두 아들도 아버지를 따라 죽었다. 이때 都體察使로서 星州에 머무르고 있던 이원익은 從事官 金光燁을 보내어 제사지내고 祭文을 지어 그의 忠節을 칭송하였다.[11]

1598년 9월 柳成龍이 丁應泰의 誣告를 伸辨하기 위하여 明나라로 가는 使行을 자청하지 않았다고 하여, 李爾瞻의 탄핵을 받아 파직되었다. 12월

---

9) 尹鑕『代嘯雜記(1)』 706쪽, 驪江出版社, 1989년.

10) 『梧里年譜』 卷1 9張.

11) 卷1 11-12張, 「祭郭安陰文」.

에 다시 倭와의 和議를 주장했다 하여 鄭仁弘의 문인 文弘道의 탄핵을
받아 削奪官爵되었다. 이런 일이 있는 동안 燕京에 使行갔던 李元翼이
돌아와 다음 해 正月 초10일에 箚子를 올려 유성룡을 변호하였다. 이때
이원익이 올린 차자의 요지는 이러하다.

> 유성룡을 두고 대신으로서의 업적이 없다고 탄핵할 수는 있지만, 그를
> 두고 "사사로운 당파를 널리 심었다", "임금의 권한인 위엄을 부리고 복을
> 내리는 일을 살금살금 차지했다", "뇌물이 대문에 가득하다", "간사하고 탐
> 욕스럽고 흐릿하고 어지럽다"라고 공격하는 것은 옳지 못한 논의입니다.
> 和議를 주장한 것을 두고 탄핵한 것에도 실제 사정과 맞지 않는 것이 많습
> 니다.
> 그런데 유성룡은 일찍부터 士林의 推重을 입었고, 정승이 되어서는 일을
> 추진해 보려고 노력한 사람이고, 항상 淸廉·介潔한 것으로 自許한 사람이
> 고, 나라 일을 근심하는 정성은 측은할 정도의 사람입니다. 유성룡 같은 사람
> 이 탄핵을 받아 떠나야 한다면, 조정에 있는 모든 사람들이 탄핵을 받아
> 떠나야 할 것입니다.[12]

이원익은 李爾瞻·文弘道 등이 탄핵하면서 열거한 유성룡의 죄상은 전
혀 근거가 없다는 사실을 論辯하여 유성룡의 억울함을 밝히고자 했다.
이원익은 이때 유성룡을 救護하려다가 鄭仁弘·李爾瞻의 하수인들의 탄
핵을 받아 이들과의 사이가 더욱 멀어지게 되어 확실한 남인이 되었다.

이해 11월 25일 다시 宣祖를 引見할 적에 다시 柳成龍을 救護하면서
점점 심해져 가는 大北의 전횡에 대해서 경각심을 환기시켰다.

> 柳成龍의 한 일이 어찌 다 옳을 수 있겠으며, 그 당시의 士類들이 어찌
> 다 착할 수 있겠습니까? 그들 사이에도 浮薄하고 輕躁한 버릇과 편파적이고
> 사사로운 일이 많이 있었습니다. 신은 그 당시 매양 그들의 잘못을 비난해

---

12) 卷2 5-6張, 「柳相被斥陳箚」.

왔습니다. 작년 유성룡 등이 쫓겨난 뒤로 대신해서 일어나 나라 일을 도우고 있는 사람들이 모두 어질고 바른 사람이라 공정한 道를 크게 펼치고 나라 일을 정리한다면, 신 또한 뛰어서 일어나 협력하는 마음으로 직무를 수행할 것이고, 유성룡과 함께 일하던 사람들을 정말로 오래 전에 마음에서 잊어버렸을 것입니다.

그러나 새로 일어난 사람들을 보니 크게 사람들의 마음에 차지 않고, 조심하지도 않고 일을 그르치기만 합니다. 그래서 신은 매양 전날의 사람들이 이 무리보다 낫다고 여겨 그들을 생각하게 됩니다.

천하의 일이나 국가의 일은 다만 公이나 私냐 하는 두 글자에 달려 있을 뿐입니다. 순전히 公道만 쓰면 태평한 세상이 되고, 公道와 私情이 뒤섞이면 나라의 형세는 비록 부지되더라도 末世가 됩니다. 순전히 私情만 쓰면 나라는 망합니다. 南人들이 要路를 차지했을 때는 私情이 실로 많았지만 公道가 십에 삼, 사는 되었습니다. 北人들이 일어난 이후로는 공도가 싹 없어지고 私情이 크게 행해졌습니다. 북인이 大北·小北으로 갈라진 이후로, 소북 가운데서는 士類로 자처하는 사람이 그래도 많이 있었습니다만, 大北에 이르러서는 거의 모두가 다 私黨으로 순전히 私情만 씁니다. 이들이 일어나 힘을 쓴다면 나라 일은 끝장입니다.13)

柳成龍이 한 일이 다 옳은 것도, 유성룡을 지지하던 남인들이 허물이 없는 것도 아니지만, 大北派가 유성룡을 삭탈관작시켜 鄕里로 추방하고, 유성룡이 추천한 인물들은 모두 유성룡의 私黨으로 몰아 붙이고는 자기들이 정권을 잡아 자기들의 私黨으로서 국사를 그르치고 있음을 지적하였다. 그리고 宣祖에게 다음과 같이 고하였다.

柳成龍은 세상을 구제한 재상이라 할 수 있고, 지금의 인재로서는 그보다 나은 사람이 없습니다.14)

---

13) 卷2 19-20張, 「引見時啓辭」.
14) 趙綱 『龍洲遺稿』 卷22 8張, 「領議政完平府院君諡狀」.

유성룡이 삭탈관작되어 향리로 돌아간 뒤 宣祖가 영의정으로 있던 이원
익에게 "卿의 생각에는 누구를 썼으면 좋겠소?"라고 물었을 때, 유성룡
만한 인물이 없다고 유성룡을 강력히 추천하였다. 유성룡은 이원익이 막
출사하여 承文院 正字로 있을 때부터 이원익을 敬重하였다.[15]

이때 漢城府 左尹으로 있던 星州 출신의 東岡 金宇顒 역시 유성룡을
구호하는 疏를 올려 이원익과 보조를 같이하였다.[16]

이원익은 1600년(宣祖 33) 9월 都體察使가 되어 星州에 開府하여 영남
各郡縣을 순시하면서 군사를 훈련시키고 백성들을 불러모아 昌原·蔚
山·東萊 등지에 屯田을 설치하였다.[17] 이원익이 여러 차례 성주에 개부
하고 있는 동안 고을 사람들이 그의 恩澤을 입었으므로 이원익을 위해서
頌德碑를 세우는 일까지 있게 되었다.[18]

光海君 즉위년(1608)에 臨海君을 告變한 사건이 발생했다. 영의정으로
있던 李元翼은 이때 全恩의 논의를 주장했는데, 鄭仁弘은 제자 鄭承勳을
시켜 全恩의 논의를 극력 공격하여 '역적을 옹호하고 있다'고 몰아붙이기
까지 했다. 이때까지 초야에 있던 鄭蘊은 정인홍에게 편지를 보내 全恩의
논의를 강력하게 주장하였다. 그러나 정인홍 일파의 주동으로 결국 임해군
을 죽이고 말았다.[19] 이때 大臣 李恒福과 沈喜壽와 大司憲 鄭逑 등은 이원
익과 함께 全恩의 논의를 주장했다. 이 일로 인해서 정인홍은 이원익을
더욱 더 미워하게 되었다.[20]

이원익은 젊은 시절에 정인홍과 같이 掌令의 자리에 있었다. 그때 정인
홍은 사람들의 推重을 받아 이름을 날렸지만, 이원익은 "이 사람은 吉人이

---

15) 『梧里續集附錄』 卷2 1張, 「行狀」.

16) 金宇顒 『東岡集』 卷5 21-23張, 「領議政柳成龍伸救疏」.

17) 許穆 『眉叟記言』 卷38 26張, 「梧里李相國遺事」.

18) 『梧里年譜』 卷1 12張.

19) 『眉叟記言』 卷39 13張, 「桐溪行狀」.

20) 趙絅 『龍洲遺稿』 卷22 10張, 「領議政完平府院君李公諡狀」.

아니다.”라고 생각하며 걱정하였다. 뒷날 사람들이 이원익이 先見之明이 있다고 하자, 이원익은 “그 사람이 하는 일을 보니 人情에 맞지 않은 것이 많았기에 내가 그러려니 생각했을 뿐이지 선견지명이 있은 것은 아니다.”라고 대답했다.[21]

선조 말년에 정인홍이 선조의 뜻을 거슬려 귀양을 가게 되었는데, 配所로 출발하지 않고 교외에서 기다리던 중 마침 선조가 승하했다. 三司에서는 정인홍을 귀양보내지 말고 석방할 것을 청하는 한편 “임금님이 윤허하지 않는 것은 大臣이 건의하지 않아서 그렇다.”라고 하여, 이원익에게 정인홍의 석방을 건의하라고 대북파의 사람들이 강요했지만, 이원익은 끝내 건의하지 않았다.

그러나 光海君의 즉위로 인하여 정인홍이 大司憲에 임명되어 조정으로 돌아오게 되었는데, 돌아와서는 이원익을 극도로 미워하였다.[22]

1611년(광해군 3) 貞陵洞 時御所에 거처해 오던 광해군이 새로 완성된 昌德宮으로 移御했다. 그러나 새 궁궐이 임금에게 이롭지 못하다는 妖言이 있자, 광해군은 10일만에 敎書를 내리고는 도로 옛 궁궐로 돌아가 버렸다. 이때 正言으로 있던 鄭蘊이 극력 諫諍하다가 광해군의 뜻을 거슬려 鏡城判官으로 黜斥될 형편이었다. 이때 이원익이 箚子를 올려

> 言路를 여는 것이 급선무이고, 정온이 임금의 잘못을 들추어내는 것은 임금을 사랑하고 나라를 충성하는 마음에서 나온 것이니, 정온을 변방의 판관으로 보내려는 命을 거두시옵소서.[23]

라고 정온을 구호하였다. 그러나 결과는 받아들여지지 않았다.

이해 4월에 左贊成 鄭仁弘이 고향 陜川에서 箚子를 올려 晦齋와 退溪의

---

21) 『梧里集附錄』 卷2 37-38張, 「遺事」.

22) 『梧里續集附錄』 卷2 19張, 「行狀」.

23) 卷4 15張, 「請寢言官補外箚」.

文廟從祀를 반대하면서 詆斥하였다. 이때 우의정으로 있던 李元翼은 회재
와 퇴계를 救護하고 鄭仁弘을 論斥하는 疏를 올리면서 우의정을 면직해주
기를 청하였다. 慶尙右道의 유생들이 정인홍을 논척한 것을 죄목으로 삼
아 이원익을 兇慘하다고 비난하는 疏를 올렸고, 司憲府에서 둘러 논의하
는 자리에서 자신을 駁覈한 일이 있었기 때문이다. 그러나 광해군은 이원
익의 사직을 허락하지 않았다.[24)]

　1613년 大北政權은 永昌大君의 獄事를 일으켰는데, 영창대군을 江華에
幽閉시켰다가 江華府使 鄭沆을 시켜 죽게 만들었다. 이 일이 있자 前弼善
鄭蘊이 상소하여

　　　정항을 목 베고 영창대군의 작위를 회복하여 禮葬을 하고, 大妃에게 자식의
　　　도리를 다하고 母后를 폐위하자는 논의를 한 사람들을 모두 죄주시옵소서.

라고 격렬하게 諫하였다. 광해군이 대로하여 정온을 大逆罪로 몰아 죽이
고자 했다.

　李元翼은 箚子를 올려 정온을 죽여서는 안 된다고 주장하였다. 정인홍
은 차자를 올려 "정온의 말이 無道하니 반드시 처형하여 이 일에 대해서
異議를 제기하는 신하들을 길들여야 한다."고 주장하였다. 그 의도는 정온
을 죽이는 것은 물론이고, 정온을 救解하려 한 이원익도 脅制하려는 것이
었다.[25)] 결국 정온은 이 일로 인해서 濟州島 旌義縣에 귀양가 10년의 세월
을 갇혀 지내야 했다.

　1615년(광해군 7)에 이원익이 차자를 올려

　　　떠도는 말에 "大妃가 장차 位號를 보전하지 못할 것이다."라고 합니다.
　　　모친이 비록 자애롭지 못하더라도 자식은 불효해서는 안됩니다. 母子의 名

24) 『李相國日記』(『稗林』所收) 卷4 33-34張.
25) 『眉叟記言』 卷39 16張, 「桐溪行狀」.

位는 지극히 중하고 倫紀가 지극히 큰 것입니다.

라고 諫했다. 光海君이 역적을 두둔한다고 대로하고, 三司에서는 죄 줄 것을 청하여 결국 洪川에 付處되었다. 그 다음해 右議政으로 있던 정인홍이 箚子를 올려 "이원익을 내치는 데 그쳐서는 안되니 마땅히 鞫問해야 합니다."라고 했다.26)

鄭仁弘은 전에 柳成龍을 壬亂 때의 和議의 죄로 몰아 削奪官爵 되게 만들었다. 이원익은 유성룡과 交分이 두터웠고 또 유성룡을 救護한 이원익에게 철저하게 보복을 가하려고 했다. 이는 이원익이 강직한 점도 있었지만, 유성룡이 탄핵을 받아 고향에 내려간 이후로 北人과 대립되는 南人의 지도적 인물이 바로 이원익이었기 때문이었다.

이원익은 또 유성룡의 제자로 尙州 출신인 蒼石 李埈과는 사돈관계로 친교가 두터웠다.27) 또 이원익은 자신이 운명할 때 자신을 아는 사람이라 하여 자신의 墓誌銘을 이준에게 부탁하여 짓게 하라고 유언을 남길 정도였고, 한 평생 이준의 문학과 행실을 존경했다.28) 이원익 사후 이준은 挽詞와 祭文을 지어 이원익을 추념하면서 "녹록한 자신을 마음으로 알아주고 血誠으로 자기를 사랑해 주어 그 관계가 骨肉과 다를 바 없었다."고 말했다.29)

이원익은 유성룡을 伸救한 관계로 남인이 되었다가, 유성룡이 조정을 떠난 뒤로 이원익도 대북파에 몰려 영의정에서 물러났다. 이때 곽재우가 疏를 올려 그 부당함을 지적하였다. 결국 이원익은 유성룡 이후로 남인의 실질적인 지도자가 되었다. 光海君이 즉위하자 다시 영의정으로 기용되어 戰後의 혼란을 수습하였다. 그러다가 "광해군에게 慈殿에게 不孝해서는

---

26) 『梧里續集附錄年譜』 卷1 17張.

27) 卷1 8-9張, 「錦障花草帖」.

28) 『梧里續集附錄』 卷1 25-26張.

29) 『梧里續集附錄』 卷1 33-34張, 「祭文」. 43張, 「挽詞」.

안됩니다."라고 아뢰었는데, 이로 인하여 鄭仁弘을 중심으로 한 大北派의 핍박을 받아 5, 6년 동안 廢錮되어 있었다. 李元翼은 鄭仁弘의 제자로 北人이었다가 정인홍과 絶緣한 鄭蘊과는 정치노선을 같이하였으므로 정온을 여러 차례 救護하였다. 이로 인하여 정온과는 관계가 아주 密切하여졌다.

정온도 이원익을 스승으로 섬겼을 뿐만 아니라 조정의 원로지도자로 크게 倚重하고 있었다. 이원익이 죽었을 때 정온이 이런 挽詞를 지어 그의 죽음을 애도하였다.

거친 언덕에서 해질녘에 통곡하나니,	痛哭荒原落日時
누굴 의지하리? 마룻대 꺾어지고 기둥 부러졌는데.	樑摧棟折竟誰依
지금 조정에선 아무 대책 없나니,	卽今廊廟无謨策
장차 온 세상이 오랑캐로 변하겠네.	擧世其將左袵之[30]

國事를 책임질 만한 柱石之臣인 이원익이 죽자 조정엔 어떤 정책을 입안할 만한 사람이 없으니 우리나라를 보전하기 어렵겠다고 탄식하면서 자신이 믿고 의지할 데가 없음을 안타까워하고 있다.

유성룡이 조정을 떠난 이후로 유성룡의 제자인 鄭經世·李埈·崔晛 등 嶺南南人들을 적극 후원하여 조정에서의 기반을 유지하도록 하려고 노력하였다.

이원익은 科擧出身의 관료로서 특별한 師承關係도 없고, 무슨 學派에 속하지도 않았다. 그리고 조선시대를 풍미하던 性理學에 관한 자신의 學說을 세운 적도 없었다. 當代의 儒宗으로 추앙 받던 退溪와도 師承關係를 맺은 적이 없었다. 그 연령으로 봐서는 충분히 퇴계의 제자가 될 수 있었다. 대신 퇴계의 많은 제자들과 관계를 맺고서 퇴계의 간접적인 영향을 받고 있고, 영남남인과의 관계를 돈독히 하였다.

---

30)『桐溪集』卷1 51張,「梧里挽詞」.

柳成龍 정승은 내가 존경하여 섬기는 분이시다. 盧景任은 明敏하고 篤敬하다. 郭再祐는 때로 엉뚱한 짓이 많지만 豪俠하고 의리를 좋아하는데, 나의 질책을 받고서는 재빨리 깨달아 나를 섬겼다. 金宇顯은 儒雅하고 곧고 미더웠는데, 멀리 鄭仁弘을 피하여 경기지방을 떠돌아 다녔다. 이런 여러 군자들을 볼 수가 없으니, 때로 생각하고서는 슬픔을 견디지 못하겠다.[31]

자신과 절친했던 柳成龍, 盧景任, 郭再祐, 金宇顯 등 영남 출신의 여러 인물들과의 관계와 그들의 성격 등을 회상하면서 追念하고 있다.

西厓 柳成龍과는 특히 임진왜란 7년 동안 줄곧 왜적을 물리치기 위해서 함께 작전을 논의하는 등 동고동락하며 국사를 걱정하는 관계에 있었다.[32]

盧景任은 旅軒 張顯光의 생질이자 謙菴 柳雲龍의 女婿이고, 유성룡의 문인이다. 임진왜란 중에 體察使로 있던 이원익의 幕下에서 보좌관으로 있었는데, 일을 처리하는 것이 물 흐르는 것 같아 이원익의 敬重을 받은 적이 있다.

忘憂堂 郭再祐와는 임진왜란 때 작전을 논의하면서 왜적을 함께 물리쳤는데, 이원익은 곽재우의 건의를 많이 받아들였다. 그리고 "한 지역을 맡아서 지킬 수 있는 사람은 오직 李舜臣과 郭再祐 두 사람뿐이다."라고 말할 정도로 곽재우를 인정하였다.

1610년(광해군 2) 곽재우가 咸鏡道觀察使를 사임하고 돌아오면서 영의정을 사임하고 두문불출하고 있는 이원익의 집으로 찾아가 작별을 하였다. 이원익이 그 다음날 편지를 보내 임금과 마음이 맞지 않아 뜻을 펴지 못하고 산으로 돌아가는 곽재우를 그리워하는 내용을 붙였다. 이때 곽재우의 시에 次韻하여 이런 시를 지어 주었다.

---

31)『梧里集附錄』卷1 23張,「逸事狀」.
32) 柳成龍『西厓集』卷11 11-12張,「與李公勵書」.
　　柳成龍『西厓別集』卷3 16-17張,「與李公勵書」.

속세 사람과 신선은 본래 도가 다르나니,	塵客仙曹道自殊
나는 영달을 구하고 그대는 고고하다네.	我求榮達子枯孤
의미가 같은 곳을 알고자 하나니,	欲知意味相同處
가을 달 밝을 때 술 한 병 마시세.	秋月明時酒一壺33)

속세를 초탈한 곽재우의 생활을 부러워하면서 자신의 벼슬길에서의 혼
잡함을 벗어나 달 밝을 때 술 한 병 들고 만났으면 하는 심경을 담았다.

1596년 11월 明나라의 冊使 李宗誠이 왜적의 軍營에서 위협을 느껴
도망쳐 돌아오고, 조정에서 보낸 通信使가 倭의 거절을 당하고, 왜적이
다시 쳐들어온다는 소문이 나돌아 인심이 흉흉하였고, 다시 피난 가자는
주장을 하는 사람들이 있었다. 이때 東岡 金宇顒은 都城을 굳게 지키자는
차자를 올리면서

빨리 남쪽으로 李元翼을 보내어 將卒을 통솔하고 백성들을 타일러서 山城
으로 들어가 지키면서 들을 깨끗이 하여 적을 기다리도록 하시옵소서34)

라고 건의하여 군사작전 지휘자로서의 이원익의 능력을 크게 인정하였다.
이원익은 鄭仁弘의 悖惡으로 金宇顒이 피신했을 정도였다는 사실을 밝히
고 있다.

退溪·南冥의 學統을 이은 寒岡 鄭逑보다 이원익은 네 살 연하였을
뿐인데도 그 學德을 존경하여 선배로 대접하였다. 이원익이 鄭逑의 죽음
을 애도하는 挽詞는 이러하다.

敎化 해이되고 經典 이지러져 聖人 학문 끊어지려는데,	敎弛經殘聖學湮
우리 儒林에 이런 분 있게 되어 얼마나 다행인지?	斯文何幸有斯人

---

33) 『梧里集』補遺 1張, 「次郭忘憂韻」.
34) 『東岡集』卷9 17張, 「請堅守都城箚」.

조정에서 일 처리는 충성스럽고 정직했고,　　　　立朝致用忠而正
학교 세워 후세 교육 독실하고 순수했지.　　　　建塾開來篤且純
산속에 몇 년 동안 그리움 다하지 않았는데,　　　峽裏幾年思不歇
嶺南이 천리 길이라 만날 길이 없었도다.　　　　嶺中千里接無因
뒷날 저 세상에서 가르침 받들게 된다면,　　　　他時天下如承誨
경모하던 평생의 뜻 펼 수 있으련만.　　　　　　景慕平生志可伸35)

鄭逑가 살아 있을 때 자주 만나지는 못했지만 儒林에서의 위치와 조정
에서의 공적과 후학들을 교육하여 유학의 맥을 계승하게 한 공적 등을
칭찬하고, 생전에 못다 편 景慕의 정을 저승에서나마 펴고 싶다고 할 정도
로 정구를 존경하였다.

鄭逑의 제자인 石潭 李潤雨가 1690년에 咸鏡道 觀察使로 있으면서『梧
里集』의 간행을 도운 것은 자기 스승과의 관계 때문이었다.

退溪의 제자로 禮安에 살던 後凋堂 金富儀와는 시를 주고 받으면서
김부의가 涵養의 공이 깊음을 칭송하고 있다.

1623년 仁祖反正 직후 仁同에서 학문에 전념하고 있던 旅軒 張顯光을
仁祖가 서울로 불렀다. 이때 이원익이 나아가 만나 보고 나라 일을 물으니,
장현광은 "지금 나라의 큰 걱정꺼리는 의심하는 데 있소"라고 하니, 이원
익이 탄복하여 마지 않았다.36)

金瑬 李貴 등 몇몇이 군사를 동원하여 거사를 성공시키고, 仁祖가 새로
왕위에 올랐다. 공신들이 함부로 권세를 부리면서 마음에 들지 않는 사람
을 정당한 방법에 의거하지 않은 채 멋대로 처벌하고 사사로이 군대를
거느리고 다녀 백성들의 마음이 안정될 수 없는 사회 분위기였다. 장현광
은 이를 빨리 바로잡는 것이 급선무라고 지적한 것이다.

이원익의 영남남인과의 관계는 크게는 유성룡으로 인해서 맺어진 것이

---

35) 卷1 7張,「鄭寒岡挽」.
36)『梧里集附錄』卷2 32張,「遺事」.

많았고, 정인홍과의 관계 악화로 영남남인과 더 친밀하게 되었다.

IV. 政局에서 嶺南南人에 대한 지원

仁祖反正 이후 西人들이 수립한 정권에서 李元翼이 맨 먼저 召命을 받아 영의정에 기용됨으로 해서 光海朝에 핍박을 받아 지리멸렬해진 南人들과 정인홍의 핍박을 받은 小北系列의 인물을을 결집하여 재기하는 구심점이 될 수 있었다.

인조반정 이후에 嶺南출신으로 조정에서 비교적 중요한 자리에 있던 인물로는 鄭經世, 李埈, 崔晛, 全湜, 李潤雨, 鄭蘊, 金應祖 정도로 그 숫자가 급격히 줄어들었다. 이들 가운데서 정온을 제외하고는 대부분 인조초년에 조정에서 활약하다가 작고하거나 낙향하였으므로, 이원익 사후까지 조정에 남아 있지 않았다. 그래서 이들은 이원익을 대신해서 남인의 지도적인 위치로 성장할 기회를 얻지 못했다.

정경세 같은 경우는 嶺南 儒林 출신으로 인조조에 吏曹判書, 大提學 등 淸要職을 역임하였다. 그는 반정세력의 발호를 막고 남인의 입장, 특히 영남남인의 입장을 대변하기도 했다. 그러나 정경세는 비교적 黨論에 초연하였으므로, 栗谷의 제자로 西人의 정신적인 스승의 위치에 있는 沙溪金長生과도 학문적 교류를 활발히 하였고, 또 金長生의 제자로 栗谷學派를 계승한 同春堂 宋浚吉을 女婿로 맞이하였다.

이원익은 정경세가 經筵에서 강의하는 것을 보고 탄복하여

> 鄭經世는 참으로 侍講의 재주를 가졌다. 어찌 지금 세상에서만 제일이겠는가? 옛날에도 얻기 어려운 인물이다.[37]

---

37) 鄭經世 『愚伏別集』 卷9 33張, 「神道碑銘」.

라고 하였다. 그러나 정경세는 이원익보다 1년 먼저 죽었으므로 이원익을
이어 남인의 지도자가 될 기회가 없었다.

정온은 임진왜란 중에 유생의 신분으로서 이원익과 알게 되었으므로
영남출신의 인물 가운데서는 이원익과 가장 교분이 깊었고, 이원익도 그를
자기의 후계자로 생각하였다. 이원익 사후 2년 동안 남인의 지도자적인
위치에 있었으나, 병자호란 때 斥和派로 和議에 반대하다가 화의가 성립
되자 節義를 지키기 위해서 고향 安義로 낙향하여 세상에 나가지 않았으
므로 그 지도자적인 위치에 있은 시기가 아주 짧았다.

嶺南南人의 대부분은 광해조의 大北政權에 대해서 철저히 등을 돌리고
있다가 인조반정 이후 정계에 진출한 남인들과는 그 출신지역에 상관없이
관계가 대단히 밀접하였다. 이런 분위기 때문에 이원익은 嶺南南人들과
더 한층 가까워지게 되었다.

西人 反正勢力들은 조정의 인사권을 좌우할 수 있었다. 반정 직후 이원
익은 경연에서

> 붕당의 폐단이야 옛날부터 있어왔지만, 이미 당파가 만들어지고 나면 단
> 시일에 깨뜨리기는 어려운 듯하오니, 오직 임금님의 한 마음에 달려 있습니
> 다. 쓰고 버리고 나아가고 물러남이 한결같이 공정함에서 나온다면, 어진
> 사람이 나아가게 되고 못난 사람은 물러나게 되어 조정이 저절로 맑아지게
> 될 것입니다.[38]

라고 아뢰었다. 이미 생긴 당파를 인정하지 않을 수 없지만, 임금이 오직
당파에 구애되지 않고 공정하게 인재를 등용하기만 한다면 조정은 저절로
맑아질 수 있다고 주장했다.

西人이 인사권을 쥐고 있는 불리한 상황에서 공정하게 능력 위주로 인
재를 등용할 것을 인조에게 건의하여 국왕의 권위를 높이면서 남인의 정

---

38) 『仁祖實錄』卷1 25張, 元年 3月.

치적 기반을 확고히 하려고 노력하였다. 곧 남인으로서 정계에 진출한 것은 당파의 세력에 의한 특혜를 받은 것이 아니라 능력이 있는 사람들이므로 임금이 공정하게 등용한 것임을 공인 받아, 정계에 진출해 있는 남인들이 훨씬 떳떳해질 수 있도록 만들었다. 거기에다 남인들의 진출은 임금의 공정한 등용에 의한 것이므로 西人勢力들이 함부로 견제할 수 없도록 만들었다.

이원익의 이런 건의로 말미암아 小北의 정계 진출에도 장애가 없어졌고, 심지어 大北系 인물의 등용까지 고려하게 되어 西人 일색으로 구성되려던 조정이 어느 정도 세력 균형을 유지할 수가 있었다.

인조반정 이후부터 인조 3년 8월까지 2년 6개월의 기간에 걸쳐서 6품 이상의 內職이나 觀察使, 府尹 등에 임명된 인물로『仁祖實錄』에 기록되어 있는 숫자는 모두 164명이다. 이 가운데서 黨色을 밝힐 수 있는 인물은 129명인데, 서인이 82명으로 64%, 남인 35명으로 27%, 북인이 12명으로 9%의 비율을 차지하고 있다. 35명이라는 남인의 숫자는 서인의 43%에 해당되는 비율이고, 反正功臣을 제외한 서인 숫자에 대한 비율은 50%가 넘는다.[39] 이런 현상은 서인이 집권하고 있는 정국이었지만, 당파에 구애받지 말고 인재를 공정하게 등용해야 한다는 이원익의 건의가 받아들여져 어느 정도 실행된 것으로 볼 수 있다.

인조반정 이후 南人과 北人이 등용된 것은 인조의 서인 반정세력에 대한 견제심리와 서인 세력 자기들의 필요에 의한 계산된 의도도 있었지만, 반정 이후 南人이 廢錮되지 않고 대량 등용되어 서인과 어느 정도 균형을 이루고, 小北系 인물과 大北系 인물로 큰 흠이 없는 사람을 남인으로 흡수하여 서인을 견제할 남인 세력을 형성한 것은 李元翼의 功績이라 하지 않을 수가 없다.

반정에 성공한 서인세력들은, 즉각 서인의 영수였던 鄭澈을 伸寃·復官

---

39) 吳洙彰「仁祖代 政治勢力의 動向」,『韓國史論』제13집.

시키려고 노력했다. 정철은 1589년(선조 22) 己丑獄事 때 委官을 맡아 사건을 확대시켜 많은 士類들을 죽였다고 東人들의 지탄을 받아왔다. 정 철은 반정세력과 같은 계통이었기 때문에 반정세력들이 자기들의 정통성 을 확보하기 위해서 제일 먼저 이 일에 착수했다. 이원익은 서인들의 이 건의에 제동을 걸어

정철이 억울한 많은 사람들을 얽어 죽였으니, 그때 억울하게 죽은 사람들 의 官爵을 復舊한 뒤에라야 정철의 신원을 논의할 수가 있을 것입니다.

라고 했다. 기축옥사 때 冤死한 東人들을 신원하여 남인의 입지를 튼튼히 하려고 했다. 西人 大臣들이 정철의 復官을 奏請했으므로, 인조는 양쪽 다 풀어 주도록 했다. 이에 동인으로 기축옥사 때 冤死한 鄭介淸, 李潑, 李洁 등의 관작이 복구되었다.[40]

이원익은 남인의 기반을 확고히 하려고 노력하여, 인조 원년에는 寒岡 鄭逑에게 吏曹判書가 추증되었고, 인조 3년에는 文穆이라는 시호가 내려 졌다.[41] 또 인조 5년에는 西厓 柳成龍에게 文忠이라는 시호가 내려졌다.[42] 서인 집권기에 남인계열의 인물들에게 이런 恩典이 내려진 것은 李元翼이 노력하여 닦아 놓은 남인의 기반이 있었기 때문이었다.

이원익은 자기의 뒤를 이어 다음 시대의 남인의 지도적 인물로 鄭蘊을 염두에 두고 있었다. 鄭蘊은 본디 鄭仁弘의 문하를 출입하였고, 慶尙右道 의 寒岡 鄭逑, 경상좌도의 月川 趙穆의 문하에 출입하였다. 나중에 조목이 나 정구와 같이 李元翼을 스승으로 모셨다.

---

40) 『梧里續集附錄』卷2 29-30張,「梧里先生行狀」.
41) 『仁祖實錄』卷3 20張, 元年 閏十月.
   『仁祖實錄』卷9 21張, 3年 6月.
42) 『仁祖實錄』卷16 57張, 5年 7月.

저는 영남의 가난한 선비입니다. 늦게 태어났으면서도 옛 것을 좋아하여
늘 자긍심을 갖고서 "옛 사람이여! 옛 사람이여!"라고 하면서 옛 사람들과
같은 시대에 태어나 직접 가르침을 받지 못한 것을 한탄하여 왔습니다. 그러
다가 또 혼자서 이해하여 "옛 사람을 비록 만나보지 못하지만, 지금 세상에도
옛날의 도리를 행하는 사람이 어찌 없겠는가? 이미 능히 옛 사람의 도리를
행한다면 이 또한 옛 사람이니, 내가 비록 옛 사람을 만나지는 못해도 옛
날의 도리를 행하는 사람을 만난다면, 옛 사람을 만나본 것과 같은 것이니,
어찌 또 한탄하리오?"라고 하였습니다. 이에 江左에서는 月川을 만나뵈었고,
江右에서는 寒岡에게 절하였습니다. 그러나 유독 서울에서 相國을 뵙지는
못했습니다. ……

다행이 상국께서 병으로 물러나 계신 지 여러 해가 되었고, 조정의 논의가
미치지 않은즉, 비록 성 안에 계신다 해도 실은 산림에 계신 것과 다를 바
없습니다. 이런 때 맑은 빛을 가까이 하고서 한 말씀을 들어 스스로 씩씩해지
지 못한다면, 천리 밖에 있는 외로운 저의 자취는 그 기회를 쉽게 탈 수가
없습니다. 헛 걸음하는 수고가 삼일 동안의 머무름에 도움을 주겠습니까?
이에 감히 서신으로써 폐백으로 삼아 문 밖에서 명을 기다리겠습니다.[43]

포의로 있을 때부터 이원익을 자진해서 만나 따랐고, 정계에 진출한
이후로는 정치적 노선을 같이했다. 光海朝 때 大北派로부터 정온이 여러
차례 수난을 당할 때도 이원익이 나서서 적극 救護하였다. 그리고 이원익
은 서울의 쟁쟁한 文人·學者들을 제껴 두고 정온에게 자기 先親 咸川君
의 墓誌銘을 지어달라고 부탁할 정도로 그를 인정하였다.[44]

仁祖도 정온을 영남 유림의 중요인물로 간주하여, 조정에 계속 남아
있기를 바랐다. 1635년(인조 13) 정온이 禮曹參判을 사퇴하고 돌아가려
하자, 인조가

---

43) 鄭蘊『桐溪續集』卷1 39張,「與李相國書」.
44) 鄭蘊『桐溪集』卷4, 69張,「贈純忠積德補祚功臣顯祿大夫咸川君墓誌銘」

鄭經世는 이미 죽었고, 張顯光은 이미 늙었으니, 卿이 돌아가서는 안되오[45]

라고 만류하면서 정온에게 倚重하는 마음이 간절했다. 그러나 1636년(인조 14) 병자호란 때 和議를 반대한 이후 고향 安義에 내려가 은거한 이후로 세상과 인연을 끊고 지내다가 2년 뒤에 죽었으므로, 南人의 지도자적인 인물로 활동한 기간은 2년에 불과했다.

이원익의 門人 가운데서 저명한 인물로는 桐溪 鄭蘊, 龍洲 趙絅, 觀雪 許厚, 眉叟 許穆 등이 있었다. 허후는 허목의 從兄인데 벼슬이 從五品인 翊衛에 그쳤고, 內職에 있은 기간이 아주 짧았으므로 남인의 지도자적인 인물이 될 처지가 못되었다. 그래서 李元翼 사후 정계에서 남인의 지도적 위치에 선 사람은 龍洲 趙絅이 될 수 밖에 없었다. 조경은 이원익이 이룩해 놓은 기반 위에서 吏曹判書, 大提學 등의 요직을 지내면서 嶺南南人들을 위한 많은 지원을 할 수가 있었다.

V. 결론

李元翼은 본디 당파와는 무관한 인물이었다. 그러다가 1583년 栗谷 李珥를 탄핵하는 東人들과 보조를 같이하다가 동인이 되었고, 동인이 南人·北人으로 갈라질 때 柳成龍을 지지하여 南人이 되었다. 宣祖 말년부터 대북파인 鄭仁弘·李爾瞻 등의 공격을 받아 확실한 남인이 되었다. 仁祖反正 이후로는 反正勢力인 西人들의 擅權을 막고 열세에 있던 남인들을 보호하다 보니, 남인의 지도적 인물이 되었고, 벼슬하는 남인의 숫자가 많이 줄어들었으므로 그의 역할이 더욱 중요하게 되었다.

그는 學統으로 보나 地緣·血緣 등으로 볼 적에 嶺南과는 특별한 관계가 있지 않았다. 退溪와 동시대에 살았지만, 퇴계의 문하에도 출입하지

---

45) 許穆『眉叟記言』卷39 26張,「桐溪行狀」.

않았고, 性理學에 관한 저술도 남긴 것이 없다.

영남남인 가운데서 가장 밀접한 관계가 있는 인물은 柳成龍과 鄭蘊이었다. 유성룡으로부터는 出仕한 직후부터 인정을 받았고, 정치적 입장이 같아 점점 관계가 친밀해졌다. 임진왜란 때는 7년 동안 倭賊을 물리칠 방안을 함께 강구하고 國難을 극복하기 위해서 함께 맹활약을 했다. 유성룡을 구호하다 보니 유성룡의 제자들과도 관계가 좋았다. 光海朝부터는 鄭仁弘과 絶緣한 鄭蘊과 정치적 노선을 같이하게 되었고, 정온을 여러 차례 구호하였다. 그리고 壬亂 중에 都體察使로서 星州에서 開府하여 郭再祐 등 嶺南 지방의 사람들과 친밀하게 되었다.

영남 출신으로 광해조에 오랫동안 영의정을 지낸 鄭仁弘과는 젊은 시절부터 사이가 좋지 않았고, 정치적 주장이 상반된 경우가 많아 늘 대립적인 입장에 있었다. 정인홍과의 관계가 좋지 않았던 것이 영남남인들과 더 친밀하게 되는 원인이 되었다.

인조반정 직후 그가 영의정에 기용됨으로 해서 광해조에 핍박을 받아 지리멸렬해진 남인들을 다시 결합시켜 재기할 수가 있었고, 서인들의 요직 독점을 막아 남인들의 정계에서의 기반을 확보할 수가 있었다. 이로 말미암아 영남남인들도 중앙관계에 진출하여 옛날의 위상을 어느 정도 회복할수 있었는데, 이는 이원익의 공적이라 할 수 있다.

서인이 주도권을 잡고 있는 조정에서 영남의 先賢들에게 諡號를 내리고, 관작을 추증하게 한 것도 이원익의 노력에 힘입은 바가 많았다. 영남 인물들의 學德과 공적을 顯揚하여 영남남인들의 自矜心을 잃지 않도록 해준 점이 많았다.

이원익의 詩文은 李适의 난에 다 불타 없어지는 바람에 그의 문집인 『梧里集』은 대부분이 공식문자인 疏箚로 이루어져 있고, 應酬文字도 거의 남아 있지 않다. 嶺南南人과 관계되는 詩文도 이때 많이 없어졌을 것으로 보인다. 게다가 그는 시문으로 자부한 인물이 아니기 때문에 龍洲 趙絅이나 眉叟 許穆과는 달리 영남남인들을 위해서 지어준 應酬文字는 없다.

慕堂 洪履祥의 學問에 대한 小考

I. 서론

慕堂 洪履祥은 朝鮮 중기의 전형적인 儒學者 출신의 文臣이다. 어려서부터 전통적인 방식으로 儒教 經傳을 공부하여 文科를 통해서 관직에 나아갔다. 31세에 出仕한 이후로 말년 2년을 제외하고는 계속해서 宦籍에 있으면서 副提學, 大司成, 大司憲, 大司諫 등 淸要職을 두루 역임하였고, 대부분의 仕宦期間 동안 經筵官을 겸하여 국왕에게 進講, 進諫할 수 있는 영향력 있는 자리에서 역할을 하였다.

한평생 관료생활을 계속한 데다가, 또 문집이 간행되지 못했기 때문에 그의 문집『慕堂集』[1]에는 학문에 관한 글이 거의 없다. 이런 상황에서 그의 학문을 논할 것이 있겠는가? 또 어떻게 논해야 하겠는가?

그러나 그를 애도하는 挽詞나 祭文에서는 그의 士友들이 그의 학문이 뛰어났음을 칭송하고 있다. 전문 학자로서의 생활을 하지 못하고, 학문적 저술을 남기지는 못했지만, 仕宦 위주의 그의 생애는 그가 젊은 시절 온축한 학문의 실천이었다. 특히 그가 국왕의 成學과 成德에 결정적인 영향을 미치는 弘文館의 실질적인 최고책임자인 副提學을 세 번 역임한 것이나 明나라에 가는 사신에 세 번이나 선발된 것에서 볼 때 그의 학문은 남아있는 저술은 없어도 저술을 남긴 것 이상으로 당시나 후세에 중요한 역할

---

1) 연세대학교 소장본과 후손 洪秉憙씨 소장의 두 종류의 필사본이 남아 있다. 연세대학교 소장본은 韓國文集叢刊 속집 6책으로 편집되어 영인출판되었고, 홍병희씨 소장본은 대제각에서 영인출판된 적이 있다.

을 했으리라 생각된다.

그가 학문을 어떻게 이루었고, 그 학문의 淵源과 특징은 어떠하며, 그의 생애에서 학문이 현실에서 어떻게 실현되는가를 밝히는 것이 이 글을 쓰는 목적이다.

그의 생애에 대해서는 尹浩鎭교수의 「慕堂 洪履祥의 삶과 시세계」와 任敏赫박사의 「慕堂 洪履祥의 생애와 經世觀」에 상세히 소개되어 있으므로,2) 이 글에서는 따로 論及하지 않는다.

II. 學問의 成就와 학문 실천을 통해 본 생애3)

慕堂 洪履祥(1549-1615)은 애초에 이름이 麟祥이고 字가 君瑞였다. 뒤에 이름을 履祥, 자를 元禮로 바꾸었다. 호는 可慕堂이었는데, 흔히 慕堂으로 부른다. 부모님을 그리워한다는 뜻이다.

본관은 豐山으로 高麗 忠獻王 때 장원급제하여 國學 直學에 이른 洪之慶이 豐山洪氏의 시조이다. 그 아들이 洪侹 洪侃인데, 都僉議舍人을 지냈다. 시로 이름이 났고, 문집 『洪侹集』을 남겼다. 그의 시문은 『東文選』 등에 채택되어 실려 있다.

洪侹의 증손자 洪龜는 고려 말기에 龍騎巡衛司 右領郎將을 지냈는데, 처음으로 高陽의 高峯山 아래에 자리 잡아 살기 시작했다. 慕堂에게는 5대조가 된다. 부친은 副司直을 지낸 洪脩이고, 모친은 水原白氏로 醫書習讀官을 지낸 白承秀의 따님이다.

모당은 1549년(明宗 4)에 高峯山 이래 歸耳洞에서 태어났다.

---

2) 尹浩鎭교수와 任敏赫박사의 글은 譯註 『慕堂先生詩文集』의 해제로 실려 있다. 민속원, 2012년.

3) 여기서 수록한 자료는 주로 尹浩鎭 역주 『慕堂先生詩文集』에 수록된 「慕堂年譜」에서 채택하였다. 「모당연보」에서 채택한 사실은 따로 註明하지 않는다.

1552년 4세 때부터 글자를 알기 시작했는데, 이때『十八史略』을 배우기 시작했다.

1555년 참판 李栻에게『小學』을 배웠다. 이미 大文을 다 외워 한 글자도 틀리지 않았다.[4]

1557년에 이르기까지『십팔사략』과『소학』,『詩經』과『書經』의 大文에 이미 통했다. 1559년 11세 때까지 四書와 二經의 대문을 이미 다 읽었다.

1560년 서울 집으로 옮겨와 살았다. 멀리 와서 혼자 공부하였는데, 밤낮으로 공부를 부지런히 하여 조금도 게을리 하지 않았다. 마을의 같은 또래 아이들이 와서 불러내려고 해도 책을 읽어야 할 횟수를 채우지 않고는 문밖으로 나가려고 하지 않았다. 이로부터 문장이 날로 진보하였고, 文辭가 크게 자유로워졌다.

1563년 15세 때까지 四書三經을 이미 3, 4백 번 읽어 큰 선비가 되었다.

1564년 16세 때는 여러 시험에서 狀元을 하여 成均館에 들어갔는데, 성균관에서는 의무적인 製述을 번갈아 가면서 짓게 했다. 그러나 慕堂의 뜻은 틀에 박힌 과거시험에 두지 않았고 스승을 찾아 道를 듣는 데 있었다.

1568년(宣祖 1) 20세 때 杏村 閔純이 학문이 뛰어나다는 소식을 접하고는 그의 문하에 나가서 四書와 先儒들의 性理書를 강론하여 그 깊은 뜻을 궁구하고 義理를 탐색하였다. 杏村 문하에 나갈 때는 마침 과거시험 준비를 하고 있는 중으로 과거시험 시기가 다가 임박했는데도, 杏村의 道學이 高明하다는 것을 듣고서 절간에서 내려와 그 문하에 나가서 가르침을 받았다. 행촌은 학문하는 차례를 제시하며 敬으로 근본을 삼을 것을 강조하였다. 모당은 행촌을 섬기기를 神明처럼 하여 다른 선생에게는 나가지 않았다.[5]

특히『大學』은 그 작은 주석까지도 다 배웠는데 한 글자도 대충 지난

---

4)『慕堂集』附錄「慕堂言行錄」, 446쪽.

5)『慕堂集』附錄「慕堂言行錄」에, "20세 때 守愚堂 崔永慶의 문하에서 從遊하고 있었다"라고 되어 있지만, 언제 어디서 종유했는지 구체적인 기록은 나와 있지 않다.

적이 없었다. 또 存心靜養의 방법에 대해서 배웠다. 이 이후로 이전에 익숙하게 읽어 학문을 온축한 효과가 나타나, 책을 읽거나 글을 짓는 것이 전날과 완전히 달라졌다.6)

이때 慕堂은 '敬'이라는 한 글자를 涵養의 바탕으로 삼아 보지 않고 듣지 않는 곳에서 경계하고 두려워하였고, 어떤 생각이 일어나는 곳에서 더욱 삼갔다. 杏村은 모당이 뜻을 독실하게 하여 힘써 공부하는 것을 인정하여 칭찬하여 마지 않았다. 같이 공부하던 다른 여러 선비들도 모두 미치지 못 한다고 생각하였다. 이때부터 명성이 나날이 퍼져 나가 선비들 가운데서 만나보고자 하는 사람들이 더욱 많아졌고, 名公巨卿들도 방문하는 사람이 있었다.

경서 가운데서도 『論語』를 더욱 좋아하여 종일토록 단정하게 앉아서 읽고 외우기를 수년 동안 하였다. 여러 유학자들의 註疏에 이르기까지 관통하지 않은 것이 없었고, 반복하여 體認하여 일생 동안 用功의 바탕으로 삼았다. 이때문에 그는 爲己之學에 힘썼고, 다른 사람이 알아주기를 바라지 않았다. 문장을 지음에 있어서는 典雅, 平實하였고, 浮華한 것을 물리쳤다.7)

과거공부가 참된 공부가 아니라는 것을 알았지만, 집은 가난하고 부친은 병들어 있었으므로 부득이 과거에 뜻을 두어, 1573년 25세의 나이로 進士에 합격하여 成均館에 들어가 공부했다. 같이 성균관에서 생활하는 여러 유생들이 모두 慕堂을 矜式으로 삼았다. 혹 여럿이 모여 장난하고 농담하다가도 모당이 이르면 곧 옷깃을 여미고 용모를 고쳤다. 당시 成均館의 유생들은 司馬試에 합격한 연도순으로 앉는 것이 관례였다. 慕堂이 "윤리를 밝히는 이 곳에서 어찌 長幼의 순서를 지키지 않아서야 되겠소?" 라고 주장하여 여러 다른 논의를 물리치고 마침내 연령순으로 앉게 되었

---

6) 『慕堂集』 附錄 「慕堂言行錄」. 446쪽.
7) 『慕堂集』 附錄 「慕堂行狀」 462쪽.

다. 여러 선비들이 모당을 높이 평가하였다.

　慕堂이 학문의 방향을 잡게 된 것은 杏村의 지도 덕분이었는데, 나중에 花谷書院에 杏村을 봉안할 때의 告由文에서 행촌을 추모하여 "哲人이 시듦이여! 유학이 의지할 데가 없게 되었습니다. 우리 동쪽 땅에 모범이 되었나니, 빛나는 우리 스승이시여![哲人其萎, 斯文靡托. 範我東土, 有光吾師.]8)"라고 하였다. 慕堂이 스승을 추앙하는 정도가 어느 정도인지를 짐작할 수 있다. 모당이 행촌을 일러 '동쪽 나라에 빛이 되었다'라고 칭송하였으니, 행촌이 儒學史上에 뚜렷한 자취를 남겼다고 생각했던 것이다.

　1578년 30세 때 庭試에 장원하여 殿試에 바로 나갈 수 있는 자격을 얻었다. 그 다음해 式年試 殿試에서 장원했다. 宣祖 임금이 侍從하는 신하들에게, "지금 장원한 사람의 글을 보니, 庭對의 體를 아주 잘 터득했도다. 요즈음 과거시험에 쓰이는 글이 아니다. 반드시 經學을 공부하는 선비일 것이다."라고 칭찬했다. 그 말을 들은 特進官 梧陰 尹斗壽는 "신이 그 사람됨을 아는데, 문장과 행실이 서로 들어맞으니 실로 지금 세상에 촉망을 받는 뛰어난 사람입니다."라고 했다. 殿試考官이었던 穌齋 盧守愼도 "이 글은 의리를 꿰뚫었으니, 정말 經學을 공부하는 儒者의 글입니다."라고 하자, 宣祖의 마음이 慕堂에게 기울었고 조정의 期望도 대단하였다. 新恩으로 禮曹佐郞에 임명되었다가 어떤 일로 파면되었다.

　1580년 32세 되던 해 봄 다시 戶曹佐郞에 임명되었다. 여름에 司諫院 正言으로 옮겼는데, 經筵에 나아가 "임금의 德이 성취되는 것은 학문에 있으며, 학문의 道는 敬을 주로 하는 것을 우선으로 해야 합니다. 그러나 군자다운 사람을 가까이 하지 않으면, 이 학문을 講明할 수 없고, 이런 마음을 유지할 수도 없습니다."라고 했다. 학문에 있어서 敬의 중요성을 인식하고 敬을 위주로 해야 하고, 敬을 이루기 위해서는 군자다운 사람을 가까이해야 한다는 사실을 강조하였다.

---

8) 『慕堂集』 卷下, 「習靜先生位版奉安祭文」, 437쪽.

成均館 典籍으로 있다가 이 해 가을에 冬至使의 書狀官으로 선발되어 明나라 北京에 다녀왔다. 법을 받들고 자신을 관리하는 데 있어 한결같이 원칙을 따랐다. 향이나 茶 같은 조그마한 물자라도 법을 어기는 일이 없었으니, 일행들 가운데 상하의 사람들이 두려워하며 감복하여 감히 법에 어긋난 넘친 짓을 하는 사람이 없었다. 그때 上使였던 梁喜가 중국에서 병을 얻어 세상을 떠났다. 慕堂이 직접 執喪을 했는데, 하나같이 禮文을 따랐다. 그 상황을 본 중국 사람들이 '東國 사람들이 禮를 안다'고 칭찬하였다.9)

1581년 33세 되던 해 여름에 弘文館 修撰으로 뽑혀 들어갔는데 知製教, 經筵 檢討官, 春秋館 記事官을 겸하였다. 경연에 入侍하여 맨 먼저 "임금님이 德을 이루는 것이 학문을 하고 정치를 하는 방안이니, 부지런히 힘써서 어진 사대부들을 가까이하고 환관들이나 宮妾들을 멀리하십시오."라는 말을 간곡하게 반복했다.

1584년 36세 때 吏曹佐郎, 知製教, 春秋館 記事官으로 있다가 賜暇讀書의 은전을 입었다. 宣祖가 삼정승에게 堂下文官 가운데서 學行과 才望이 있는 사람을 발탁하라고 했는데, 林塘 鄭惟吉이 맨 먼저 慕堂을 추천하여 弘文館 校理에 임명되었다. 이때 儒臣들을 선발하여 經書를 교정하였는데, 모당이 선발되어 참여하였다. 白沙 李恒福, 漢陰 李德馨, 晩翠 吳德齡 등이 함께 선발되어 참여하였다.

그때 經筵에서, 鄭汝立이 栗谷 李珥를 극도로 비난하였다. 모당이 앞으로 나아가 "여립은 늘 율곡을 스승으로 섬겨왔는데, 드디어 배반하였습니다. 그 말이 패악스럽고 오만하니, 이런 무리는 마땅히 깊이 싫어하여 딱 끊어야 합니다."라고 하니, 선조도 모당의 말을 옳게 여겼다. 그 뒤 선조가 하교하기를 "여립은 邪慝라고 이를 수 있다."라고 했으니, 모당의 知人之鑑이 뛰어났음을 알 수 있다.10)

9) 『慕堂集』 附錄 「慕堂行狀」, 462쪽.

1585년 京試官이 되어 湖南을 왕래하였다. 이때 羅州牧使로 있던 鶴峯 金誠一과 같이 試官이 되어 어울렸다. 모당 자신은 花潭學派에 속하는 인물인데 退溪의 제자인 鶴峯을 만나 退溪學派의 인물과 교유를 했으니, 退溪學派의 학문적 경향과 특성을 이해하기 시작했을 가능성이 있다.

1591년 43세 때 弘文館 直提學으로서 讀書堂의 堂上官을 겸했다. 옛날 부터 독서당의 당상관은 장차 大提學을 맡을 준비를 하는 사람이 맡는 자리로서 세상에 드문 아주 중요한 자리였다. 慕堂이 학문으로 조정의 期望을 받았음을 알 수 있다.

1592년 壬辰倭亂으로 피난가던 중에 東坡驛에 이르러 弘文館 副提學에 임명되었다. 知製敎, 經筵 參贊官, 春秋館 修撰 등직을 겸하였다. 부제학은 홍문관의 실질적인 최고 책임자로서 그 당대에서 학문이나 문장이 가장 뛰어난 사람이 맡는 자리였다. 그때 慕堂의 나이가 44세였는데, 부제학을 맡은 것으로 볼 적에 당시 그의 비중을 알 수 있다.

이해 9월에 陳奏使의 書狀官으로 두 번째로 北京을 다녀왔다.

1593년 聖節使로 북경을 세 번째 다녀왔다.

1598년 50세 때 다시 副提學에 임명되었다. 知製敎, 經筵 參贊官, 春秋館 修撰을 겸하였다. 그때 明나라 布政使 梁祖齡이 기왕의 接伴使를 내쫓고 다른 사람으로 접반사를 보내줄 것을 요청해 왔다. 宣祖 임금이 특별히 慕堂을 선발하여 가도록 했다. 그러자 홍문관에서는 儒臣을 외직으로 내보내서는 안 된다고 하며 그대로 머물러 두기를 요청했으나, 선조는 그 임무를 중요하게 생각하여 따르지 않았다.

1599년 모친 봉양을 위해 외직을 요청하여 春川都護府使로 나갔다. 부임하여 맨 먼저 학교를 일으키고, 효도로써 다스리고, 청렴으로써 자신을 단속하고, 자혜로써 백성들을 사랑하니 온 고을이 평온해졌다.[11]

---

10) 李廷龜 『月沙集』 권43 18장, 「大司憲洪公神道碑銘」.

11) 『慕堂集』 附錄 「慕堂行狀」 464쪽.

1600년 52세 때 成均館 大司成에 임명되었다. 그때 이미 學政이 무너진
지 오래되었다. 慕堂은 스승의 자리에 앉아서 성균관의 여러 儒生들을
불러 모아『心經』,『近思錄』,『大學或問』등의 책을 강독하고 그 내용에
대해서 토론하였다. 모당은 심신을 집중하여 내면으로 파고들어갔는데,
정성을 다하여 게을리하지 않았다. 여러 유생들은 성취한 바가 있었는데,
스승이 될 만한 儒者를 얻었다고 모두 축하하였다.

임진왜란 때 성균관이 불탔다. 이때 이미 大成殿과 明倫堂은 다시 건립
했으나 尊經閣 등 나머지 건물들은 이루어지지 않았는데, '조정의 각 부처
에다 일을 분담시켜 빨리 건립해 달라'고 宣祖에게 건의하였다.

1601년 左副賓客을 겸임하였다가 大司憲으로 옮겼다. 北人에 속하는
嶺南 선비 文景虎가 鄭仁弘의 사주를 받아 상소하여 牛溪 成渾을 배척하
여 士類를 일망타진할 계책을 세웠다. 모당은 힘써 辨解하다가 마침내
遞職되었다.[12]

1604년에 다시 성균관 대사성에 임명되었고, 1606년에 세 번째로 대사
성에 임명되었다.

1608년 다시 弘文館 副提學에 임명되었다.

1609년(光海君 1) 광해군이 오래도록 經筵에 나오지 않았다. 여러 朝臣
들 가운데 아무도 그 잘못을 말하지 못했다. 이에 대해 大司憲으로 있던
慕堂이 이렇게 極諫하였다.

　　학문을 강론하는 것은 오늘날 급선무입니다. 나아가 뵈올 수 있는 경연을
　　오래도록 비워두고 행차하지 않으시니, 군왕의 德을 이루지 못할까 신은
　　두려워합니다. …… 제왕의 학문은 모름지기 실질적인 것에 근본을 두어야
　　합니다. 만약 박학한 것을 일삼아 浮華한 글만 숭상한다면 한갓 玩物喪志가

---

12) 그러나 慕堂의「初七日避嫌」에서, 成渾이 일시의 중망을 입고서 鄭澈의 절친한 친구가
　　되어, 崔永慶의 억울한 죽음을 보고서도 委官을 맡은 정철에게 구제하고자 하는 말을 한
　　마디도 하지 않은 잘못에 대해서 지적하였다.

되고 말 것입니다. 부지런히 배워서 다스림의 道에 바탕이 되게 하기를 바랍니다.

경연의 중요성과 군왕의 학문이 治道에 바탕이 되므로 부지런히 배워야 한다는 점을 광해군에게 강조하였다.

명나라 사신이 宣祖의 조문과 제사 지내는 일로 황제의 명을 받들어 나왔다. 예조에서 宣宗[처음에는 宣宗]이라는 묘호를 감추고 가짜 神主를 모셔서 제사를 지내려고 했다. 慕堂은 여러 번 상소하여 가짜 신주의 설치를 중지할 것을 주장하여 관철시켰다.

大司憲으로 옮기고 나서 또 이런 상소를 했다.

아아! 지금 나라 일이 위급합니다. 기강은 해이되었고, 체통은 서지 않습니다. 선비들의 논의는 두 갈래로 갈라져 있고, 편당이 유행입니다. 여러 번 조짐을 보여 경고를 했는데도 알지 못 하고 시기를 놓쳤고, 북쪽 오랑캐의 상황은 예측할 수가 없습니다. 작위와 상은 날로 문란해져 가고 조정의 직위는 참칭되는 것이 많습니다. 임금님의 행차 앞에서 물리침을 당하여 언로가 막혀 있습니다. 궁궐이 엄하지 못 하여 청탁의 길은 열려 있습니다. 징수하여 들이는 것은 한이 없어 나라의 뿌리가 이미 흔들립니다. 사치가 유행을 이루어 풍속이 상하여 무너졌습니다. 심지어는 선현들의 옛날 묘소를 헤쳐 파내는 일이 이어지고 있는 바, 이는 실로 옛날에 없던 일입니다. 이런 때에는 비록 아래 위 사람이 같이 협조하여 이른 아침부터 밤 늦게까지 함께 힘써 일한다 해도, 오히려 극복하지 못 할까 두렵습니다. 위로는 임금님께서는 구중궁궐에 깊이 계시면서 만 가지 처리해야 될 일을 버려두고 계시고, 아래로는 정승들은 아무 일도 하지 않고, 여러 관료들은 체제가 해이되었고, 백성들의 심정은 두려워서 어쩔 줄을 모릅니다. 식견 있는 사람들은 남몰래 눈물을 흘립니다. 하늘은 높고 높지만 날마다 이 곳을 살피다가 벌컥 노여워하여 책벌을 내리는 것이 어찌 이상할 것이 있겠습니까?

신이 송나라 학자 朱熹의 말을 들으니 "천하의 큰 근본은 임금의 마음에 있고, 마음을 다스리는 요점은 誠意, 正心의 학문보다 나은 것이 없다"라고 했습니다. 이는 비록 옛사람들이 대수롭잖게 여기는 말이지만, 의리에서 따져 볼 때, 실로 이 것을 벗어나 다른 것을 구할 수는 없습니다.

아아! 궁궐은 깊고 멀어 바깥 조정에서 헤아려 알 수가 없습니다. 신은 감히 알 수 없습니다. 평소 편안히 한가하게 계시면서 그윽하게 혼자 마음대로 할 수 있을 때 마음을 간직하여 살피는 것이 과연 純一하여 쉬지 않으시는지.

강학하는 경연을 오래도록 버려두니, 신하들이 접견하는 기회가 드뭅니다. 날마다 주위에서 모시고 있는 사람은 환관이나 후궁들일 따름입니다. 열흘에 한 번 정도 햇볕 쬐고 열흘 정도 찬 기운을 불어 주는 격임은 말할 필요도 없습니다. 전하께서 근원을 맑게 하고 뿌리를 단정하게 하는 功力은 혹 거의 끊어졌을까 혼자 두려워하는 바입니다.

봄빛이 화창해지면 만 가지 사물이 모두 새롭게 되듯이, 전하께서는 乾道를 체득하셔서 쉬지 않으시고, 공력을 들여 날마다 새롭게 되시기를 엎드려 바랍니다. 儒學에 조예가 깊은 신하를 만나 옛 가르침을 강론하여 부지런히 때에 맞게 힘쓰시옵소서. 대신들에게 정성을 들여 반드시 조정에 나오게 하시되, 변덕을 부리거나 의심을 하지 마시옵소서. 宮中과 府中이 일체가 되어 근본 되는 곳에 더욱 마음을 쓰시어, 맑고 밝은 기운이 몸에 있게 하여 여러 가지 욕망이 일어나지 못 하게 하시고, 한결같이 상서로운 기운을 생각하시어 여러 가지 陰氣는 녹아 없어지도록 하시고, 여러 가지로 대처함에 있어 잘 헤아려서 어긋남이 없도록 하시면, 여러 사람들의 마음이 기쁠 것이고, 하늘의 뜻은 절로 돌아올 것입니다. 현실적인 폐단이 날로 불어나고 재난이나 이변이 함께 일어날까를 어찌 걱정할 것 있겠습니까?[13]

나라가 아주 혼란한 때에 국왕이 마음을 바로잡아 올바로 정치를 해나가야 하는데, 그러기 위해서는 국왕의 덕이 중요하고, 국왕의 德은 經筵에 나와서 군자다운 사람들을 자주 만나 열심히 공부하는 데 있다. 공부는 『大學』의 誠心正意로 근본을 삼으면 된다고 했다.

1612년 64세 되던 해 여름 成均館 大司成 兼 同知春秋館事에 임명되었

13) 『慕堂集』 卷下 「求言應旨疏」, 430 - 431쪽.

다. 이해 9월에 開城留守로 나갔다. 떠나는 날 光海君이 慕堂을 불렀다. 모당은 붕당의 禍를 힘써 진술하였다. 광해군이 唐나라 文宗皇帝가 말한 "黃河 북쪽의 적은 제거하기 쉽지만, 조정의 붕당은 제거하기 어렵다."라는 말을 인용하였다. 그러자 모당은 "이는 昏主가 나라를 망치는 말이니, 말씀하셔서는 안 됩니다. 임금님은 먼저 근본을 세우고 사악한 것과 바른 것을 구별하면 붕당은 없애지 않아도 절로 없어질 것입니다. 그러니 誠意, 正心에 관한 논의와 어진이를 나오게 하고 사악한 자를 물러나게 하는 말씀만 하시옵소서."라고 아뢰어 광해군에게 훈계하는 諫言을 하였다.

또 「洪範」으로 표준을 세우는 효과에 대해서 極論하고, 正心의 공부에 대해서 거듭거듭 이야기하였다. 漢陰 李德馨이 "재상은 모름지기 유학에 조예가 깊은 선비를 써야 한다. 洪某가 경연에서 아뢴 것은 우리들이 미칠 바가 아니다."라고 극찬을 했다. 좌우에서 다 감복했고, 광해군도 훌륭하게 여겨 받아들였다.

이때 조정에서는 李爾瞻 등 賊臣들이 이미 권력을 잡아 私黨을 심어 두었으므로, 慕堂이 조정을 떠날 결심을 했기 때문에 이런 말을 한 것이었다.

이 해 開城留守로 나갔는데 부임하자마자 孔子의 文廟를 參謁하고, 그 길로 圃隱 鄭夢周를 모신 崧陽書院으로 갔다. 문묘는 임진왜란 때 불타고 나서 그때 중건을 시작했으나, 일을 막 시작한 지라 아직 완비되지 못했고, 숭양서원은 옛날 건물이 남아 있었으나 무너지고 누추하여 모양이 아니었다. 두 곳 다 守直하는 하인도 없었다. 유생들이 모여서 공부하는 규정도 폐기되어 있었고, 뜰에는 새와 짐승의 발자국이 이리저리 나 있었다. 春秋 享祀에 대해서 물어봤더니 그릇을 갖추어지지 못하고 음식도 대충 간략하게 했는데, 때가 되어 저자 사람들한테서 가져다 썼다. 서적에 대해서 물어봤더니, 불탄 나머지를 수습하여 없어지고 散帙된 것으로 온전한 것은 아주 적었다, 四書三經 같은 것도 완전한 것이 없었다. 그 당시 개성에서는 공부하는 풍속이 완전히 해이되었고, 과거 합격자도 나오지 않았다.

모당은 부임하자마자 국왕에게 다음과 같이 啓辭를 올렸다.

이 開城府는 옛날 도읍지였던 중요한 곳입니다. 멀리로는 圃隱 鄭夢周
같은 이는 문장과 절의로 東方理學之祖가 되었고, 가까이로는 花潭 徐敬德
같은 이는 道를 지키며 학문을 독실히 하여 근세 유림의 대표가 되었습니다.
그 밖에 유학에 힘써 조정에 올라 벼슬한 사람이 전후로 서로 이어졌습니다.
그러나 지금은 쇠퇴함이 이 지경에 이르렀습니다. 지난 번 監試에서는 한
사람도 이름을 올린 사람이 없으니, 이는 우리 개성부에서 이전에 있지 않았
던 일입니다.
　학교는 風化의 근본이고, 선비는 백성들 풍속의 인도자인데, 이런 지경에
이르렀습니다. 근래 풍속이 날로 각박해지고, 변고가 서로 이어지는 것을
어찌 이상하게 여길 것이 있겠습니까? 국가가 옛날 도읍지였던 중요한 곳이
라 하여 文廟의 殿과 廡, 여러 位牌에 享祀하는 규정을 成均館과 꼭 같이
했으니, 그 의미가 매우 성대했습니다. 어찌된 일인지 전쟁 뒤로는 일이 많아
손을 쓸 여유가 없게 된 것이 그럭저럭 10년이 되었는데, 폐기하여 두고서
한 번도 마음이나 힘을 쓴 적이 없었습니다. 어찌 매우 미안한 일이 아니겠습
니까? 文廟가 완비되지 못 하고 서원이 무너진 것에 대해서는 신이 開城府의
관원들을 모아 여러 유생들과 모여 도모하여 형편 되는 대로 힘을 모아 점차
적으로 손질하고 보완하기로 했습니다. …… 서적은 가장 절실하게 필요한
것입니다만, 마련할 길이 더욱 없습니다. 경서는 한 벌씩 藝文館에 비치한
것이나 성균관에서 소장한 것을 먼저 나누어 보내주시고, 지금 이후로 서적
을 頒帙할 때는 성균관의 관례에 의거해서 개성부에 의례적으로 한 벌씩
나누어 주어, 옛 도읍지의 선비들로 하여금 온전한 책을 보게 해 주신다면,
어찌 큰 행운이 아니겠습니까?
　지금 서울의 사대부들과 개성부의 유생들이 서로 논의하고 힘을 합쳐 花
潭 위에다 새로 祠宇를 짓고 있는데, 머잖아 공사를 끝내고 神主를 奉安할
것입니다.14)

학교는 風化의 근원이고 선비는 백성들을 인도하는 사람이기 때문에

---

14) 『慕堂年譜』 72-73쪽.

교육이 아주 중요한 것을 알고서 개성의 成均館의 복구에 국왕이 관심을
가지고 도와주고, 없어진 서적을 보내주어 선비들이 공부할 수 있게 해야
된다는 점을 강조하여 이야기하였다.

모당은 4세 때부터 공부를 시작하여 31세 때 出仕할 때까지는 학문을
형성하였고, 그 뒤로 출사한 뒤에는 현실정치에서 학문을 적용하여 국가나
백성들에게 도움을 주는 측면에서 노력을 계속했다.

Ⅲ. 學問淵源과 그 特徵

1. 學問淵源

慕堂 洪履祥은 1568년(宣祖 1) 20세 때부터 杏村 閔純의 문하에 나가서
四書와 先儒들의 性理書를 강론하여 그 깊은 뜻을 궁구하고 義理를 탐색
하였다.

杏村은 花潭 徐敬德의 제자다. 花潭은 평생 벼슬하지 않고, 開城의 花潭
에서 性理學에 침잠하여 일생을 보냈다. 主氣論者로 분류되는데, 道學을
중시하였지, 저술을 많이 남기지는 않았다.

杏村은 화담의 대표적인 제자라 할 수 있다. 遺逸로 천거되어 여러 고을
원을 거쳐 벼슬이 持平에 이르렀다. 그러나 관직에 있은 기간은 얼마 안
되고, 대부분의 시간을 고향 高陽에서 제자양성에 쏟았다. 花潭에게 主靜
의 說을 듣고 심취하여 자신의 서재를 習靜齋라 명명하였다. 개성의 花谷
書院에 스승 花潭과 함께 配享되어 있다.

慕堂은 開城에 가서 자기 학문의 연원인 스승의 스승 花潭의 祠堂에
參謁하고서 이런 시를 남겼다.

> 평생 꿈에서만 생각하다 비로소 와서 참배하나니,   平生夢想始來參
> 산은 둘러친 병풍 같고 물은 쪽빛이구나.   山似圍屛水似藍

그 당시 참되게 즐기던 곳 알고자 하는데,　　　　　欲識當年眞樂地

하늘 가득한 차가운 달이 빈 못을 비추네.　　　　　一天寒月照空潭[15]

　자신의 學脈이 닿은 花潭을 직접 만나지는 못했지만, 화담이 평생 학문을 연구하고 제자를 양성하며 살던 곳인 화담을 찾고자 했던 꿈을 이루었다. 당시 스승의 스승인 花潭이 참된 학문을 하며 정신적으로 즐겁게 살던 곳에는 祠宇가 세워져 있고, 거기에 차가운 달빛이 투명한 못물을 비추고 있었다. 차가운 달빛이 투명한 못물을 비추는 것이 바로 花潭의 人間像이고 그 학문의 특징이다. 곧 靜의 개념인데, 慕堂은 이를 더욱 발전시켜 敬으로 승화시켰다.

　慕堂은 杏村을 우리나라에서 孔子의 學統을 이은 학자로 인정하고 추앙하였다.

동쪽 魯나라의 아득한 실마리가,　　　　　東魯茫茫緒

靑邱에 얼마나 전해졌는지요?　　　　　靑邱有幾傳

유학이 추락하지 않은 것 다행이니,　　　　　斯文不墜幸

선생은 그 사이 태어난 어진이십니다.　　　　　夫子間生賢[16]

　자신의 스승 杏村은 우리나라에서 몇 안 되는 孔子의 學統을 이은 학자로서 이런 학자가 나옴으로 해서 우리 나라의 유학의 수준이 향상되었음을 밝히고, 자신이 그 제자임에 은근히 긍지를 느끼고 있다.

　慕堂 자신은 花潭學派에 속하는 학자다. 당시 가장 큰 학파를 형성하고 있던 退溪學派와 접촉할 수 있는 계기가 1585년에 있었으니, 京試官으로 湖南에 가서 羅州牧使로 재직 중이던 鶴峯 金誠一, 同福縣監 金富倫과 같이 考官이 된 것이다. 그 뒤 1601년에 安東府使로 나가 退溪의 제자인

---

15)『慕堂集』「花潭謁廟有感」. 422쪽.

16)『慕堂集』卷上,「挽習靜閔先生」. 416쪽.

月川 趙穆과 절친하게 지내면서 退溪學派의 인물들과 접하게 되었다. 이런 일들로 말미암아 퇴계학파에 대해서도 상당한 이해가 있었을 것으로 짐작이 된다. 이후 그의 정치적 노선은 南人 계열의 인물들과 가까웠다.

2. 學問的 特徵

慕堂은 31세 때 과거에 장원하여 仕宦을 시작했기 때문에, 학자의 길을 걸어 學說을 세우고 많은 저술을 남기지는 못 했다. 그 대신 그는 학문을 관직을 통해 현실에 구현하려고 노력했다. 孔子나 孟子가 본래 주창한 학문도 현실을 등진 학문이 아니라, 학문과 사환을 동시에 하는 것이었다. 공자의 말인 '仕而優則學, 學而優則仕'이 바로 그것이다. 學과 仕가 원래 서로 별개의 것이 아니고, 相補的인 관계로서 서로 밀접한 연관을 갖고 있다.

그러나 그가 스스로 仕宦 때문에 학문에 전념하지 못 한 것을 아쉬워하였다. 늘 탄식해서 말하기를 "어려서 학문을 좋아하여 깊이 나아갈 수도 있었는데, 중년에 仕宦을 하면서 功力을 깊이 들이기를 오로지 하지 못하여 늙어서는 이룬 것이 없다. 이는 배우는 사람들이 마땅히 경계해야 할 일이다."라고 했다.

慕堂은 다른 유학자들과 마찬가지로 朱子를 학문의 표본으로 삼아 자신의 학문을 성취시켜 나갔다. 紹修書院에 새겨진 朱子의 '學求聖賢, 鳶飛魚躍'라는 글씨를 보고 「朱子八大字」라는 시를 지었다.

주자는 뜻이 어찌 그리 부지런했던지?　　　　　　紫陽夫子意何勤
분명한 말 여덟 글자로 썼구나.　　　　　　　　寫出明言八字文
여러 학생들은 진중하게 여겨 가슴에 새겨야 하리니,　珍重諸生宜佩服
현인이 되기를 바라거나 성인이 되기를 바람에 그 문을 얻으리.
　　　　　　　　　　　　　　　　　　　　　希賢希聖得其門[17]

유학자들은 유학을 공부하는 젊은 사람들에게 '聖人이 되기를 기약하라'라는 말을 자주 한다. 慕堂도 紹修書院 유생들에게 '성인이 되기를 바라면서 공부하라'고 시를 지어 권면하였다.

慕堂은 杏村의 靜을 性理學에 더 가까운 '敬'이라는 개념으로 바꾸어 涵養의 바탕으로 삼아, 보지 않고 듣지 않는 곳에서 경계하고 두려워하여, 어떤 생각이 일어나는 곳에서 더욱 삼갔다. 灑掃應對에서 시작하여 궁리하여 本性을 다하는 것을 마지막 목표로 삼아 수양해 나갔다. 充養하는 데 바탕이 있었고, 體用이 아울러 갖추어져 爲己之學에 오로지 힘써 독실하게 실천해 나갔다. 남에게 자랑하기 위한 행동을 하지 않았고, 남이 알아주기를 구하지도 않았다.

敬에 바탕을 둔 爲己之學으로 깊이 涵養하여, 가정의 일상생활에 적용하여 處事接物하는 데 있어 動靜과 語默 어느 때나 이치에 합당하지 않은 적이 없었다. 평생 어떤 일을 행함에 있어 반드시 법도를 따르고 허위와 과장은 힘써 제거하고 오직 독실함에 힘썼다.18)

慕堂은 젊은 시절 才藝가 있어 沉厚한 용모가 부족했다. 杏村을 스승으로 섬기면서부터 動止가 安詳하고, 언어가 신중해졌다. 毁譽나 利害에 이르러서도 조금도 마음이 흔들리지 않았고, 노년이 되어서는 더욱 군세어 스스로 일가를 이루었다. 이런 것이 모두 學力에서 얻은 바였다.19) 黨爭에 휩쓸리지 않았고, 己丑獄事나 癸丑獄事에 연루되지 않은 것은 모두 이러한 자신의 언행을 신중히 하는 처신 때문이었다.

거처하는 곳의 벽 위에 옛 성현들의 箴銘이나 先儒들의 格言을 써 붙여 놓고 보며 자기 성찰의 자료로 삼았다.

『小學』,『心經』,『近思錄』등의 책을 반드시 책상에 비치해 두고서 "이런 책들은 경박함을 바로잡고 게으름을 경계할 수 있다."라고 그 가치를

---

17) 『慕堂集』 卷上 「朱文公八大字」, 422쪽.

18) 『慕堂集』 附錄 洪霽 「慕堂行狀」.

19) 『慕堂集』 附錄 「慕堂言行錄」.

인정했다. 『論語』를 특별히 중시하여 "『논어』는 공부하는 사람의 근본이
다"라고 하고는 구절 구절마다 玩味하였다. 『논어』의 여러 주석은 반복해
서 참고하고 연구하였는데 종신토록 受用한 것[20]이 모두 『논어』와 그 주
석에 근본을 두었다.

詞華에는 마음을 두지 않았지만 疏箚 등 문장은 剴切惻怛하여 수식을
일삼는 시속의 문장과는 달랐다.[21]

자제들을 가르칠 때는 지극한 정성으로 하면서 반드시 學行을 우선으로
하고 文藝는 뒤로 돌렸다. 자제들에게 科擧工夫를 권유하지 않았고, 늘
韓愈의 「董生行」을 외우며 면려하였다. 董生은 唐나라 때 董召南인데,
狷介한 성격으로 과거에 합격하지 못하고 시골로 돌아가 孝友를 실천하며
의롭게 살았다. 한유가 그의 처신을 찬미한 시가 「董生行」인데, 慕堂이
자제들에게 뜻을 굽히지 말고 살 것을 바란 때문이었다.

여러 아들들을 가르칠 때는 孝悌忠信을 근본으로 삼았다. 항상 "지금
사람들은 집에서 거처하면서 부모를 섬기고 어른을 공경하는 예절을 모르
고, 오직 교유를 널리 하고 是非를 이야기하여 녹봉을 구할 바탕으로 삼는
다. 너희들이 설령 빈천하게 살다가 죽을지언정 이런 행실을 하기를 원하
지 않는다."라고 훈계하였다.[22]

喪禮는 『朱子家禮』에 의거하여 집행했는데 반드시 厚한 쪽을 따랐다.

일반적인 평범한 일에 있어서는 그렇게 可否를 심하게 따지지 않았으
나, 義理에 관계되는 일에 있어서는 마치 黃河를 터놓은 듯 화살이 맹렬하
게 날아가듯 굳세어 범하지 못할 바가 있었다.[23]

慕堂의 후배로 30여 년을 사귄 月沙 李廷龜는 "詩文의 훌륭한 솜씨에
經學의 순후한 선비라네. …… 홀로 옛날 명성을 유지하고 있어, 세상의

---

20) 李埈 『蒼石集』 권16 19장, 「大司憲洪公墓誌銘」.
21) 李埈 『蒼石集』 권16 23장, 「大司憲洪公墓誌銘」.
22) 李埈 『蒼石集』 권16 23장, 「大司憲洪公墓誌銘」.
23) 李埈 『蒼石集』 권16 23장, 「大司憲洪公墓誌銘」.

표본이라네.[詞華哲匠, 經術醇儒. …… 獨持舊聲, 爲世楷模]"24)라고 詩文과 經學에 다 아울러 뛰어나 당시 세상에서 모범이 되고 있음을 칭송하였다.

慕堂의 6대손 耳溪 洪良浩는 慕堂의 학술을 평가하여 "經傳에 근본을 두고서 자신의 학문으로 임금의 德을 도왔다.[本源經傳, 啓沃君德.]"25)라고 했다.

모당의 학문과 문학은 經學의 바탕에서 나왔고, 이를 현실에 적용해서 국가와 백성들에게 도움을 주려는 것이 그의 학문의 특징이라 할 수 있다.

Ⅳ. 學問의 現實適用

1. 經筵 活動

慕堂은 주로 중앙관서의 淸要職에서 仕宦했는데, 仕宦期間의 대부분을 弘文館, 成均館, 春秋館, 成均館 등 학문과 관계가 깊은 곳에서 근무하여 그의 학문과 文翰의 역량을 발휘할 수 있었다. 특히 弘文館에서는 修撰, 校理, 直提學, 副提學 등을 역임하였는데, 부제학은 3번 역임했다. 홍문관 부제학은 홍문관의 실질적인 최고책임자로서, 그 당대에 학문이나 문장이 제일 뛰어난 문신이 맡는다. 직제상으로 부제학 위에 提學과 大提學, 領弘文館事가 있지만, 모두 다른 부서의 관원이 겸직하는 것이고, 상근하면서 실질적인 책임을 맡는 직책 가운데서 최고직은 부제학이다. 홍문관의 관원들은 의례적으로 經筵官을 겸직한다. 그리고 임금의 敎書를 대작하는 詩文에 아주 뛰어난 사람이 맡는 知製敎도 겸임한다.

그래서 모당은 사환하면서 오랫동안 경연관을 맡아 경연에서 국왕에게 經史를 進講하고, 진강이 끝난 뒤에는 경사의 내용과 연관시켜서 현실문

---

24) 李廷龜 『月沙集』 권55 11장, 「祭慕堂洪君瑞文」.

25) 洪良浩 『耳溪集』 「慕堂遺稿跋」, 407쪽.

제를 논의했다. 풍부하고 깊이 있는 학문을, 국왕을 통해서 현실정치에
실현할 수 있는 위치에 있었으므로 그는 학문을 단순히 학문적으로서의
범위에만 그치지 않고, 현실에 반영할 수는 가능성을 개척해 나갔다.

慕堂은 경연을 매우 중요하게 생각하였고, 경연에서 국왕이 배우는 내
용은 국왕이 德을 기를 수 있는 經學이 위주가 되어야 하고, 講官의 임무가
매우 중요하다고 인식하고 있었다. 모당은 경연에서 국왕에게 "임금의
德이 성취되는 것은 학문에 있으며, 학문의 道는 敬을 주로 하는 것을
우선으로 해야 합니다. 그러나 군자다운 사람을 가까이하지 않으면, 이
학문을 강론하고 이 마음을 유지할 수 없습니다."라고 하였다. 학문을 통해
서만 덕을 성취해야 할 수 있고, 학문을 이루기 위해서는 군자를 가까이해
야 한다는 점을 강조하여, 국왕에게 부지런히 경연에 나와 학문을 닦고,
군자다운 사람을 가까이하도록 했다.

31세 때 장원급제하여 仕宦을 시작한 이후로 經筵에서 侍講하면서 공부
한 바를 다 이야기하여 국왕을 堯舜처럼 만들려고 노력했다. 당시 정승으
로 있던 鄭芝衍이 사람들에게 "당신은 洪履祥의 사람됨을 아시오? 내가
젊어서부터 늙을 때가지 대궐을 출입했는데, 착한 일을 아뢰고 교훈이
될 만한 것을 임금님께 바친 사람이 한 둘이 아니었지만, 임금님 앞에
가면 매번 말하고자 하는 바를 다하지 못했다. 홍이상 같은 사람은 처음
경연에 들어와서도 마치 집안에서 부자간에 이야기하는 것처럼 하니, 마음
으로 터득한 것이 없고서 능히 이렇게 할 수가 있겠는가?"라고 말했다.[26]

慕堂은 『大學』의 誠意正心의 學으로 임금의 마음을 다스리려 했고, 천
하의 큰 근본은 임금의 마음에 있다고 생각했다. 그래서 임금이 평소 한가
하게 있으면서 마음대로 할 수 있는 곳에서 操存省察의 공부에 치중하여
야 할 것을 강조하였다. 환관이나 궁첩은 자주 접하지 말고 학문이 있는
儒臣을 자주 만나 근원을 맑게 하고 근본을 단정히 할 것을 건의했다.

---

26) 『慕堂集』 附錄 「慕堂言行錄」. 446쪽.

그렇게 해서 淸明한 기운이 몸에 있게 되면 여러 가지 욕망이 일어나지 않는다고 했다.[27]

光海君이 經學보다 史學을 좋아하는 것에 대해서 '작은 걱정거리가 아니다'라고 우려를 표명했다.[28] 古今의 治亂의 결과를 알기 위해서 국왕이 史學도 공부해야 하지만, 그보다는 德을 기를 經學에 치중해야 한다는 것을 더욱 절실하게 생각했기 때문이다.

그는 오랫 동안 經筵官을 맡아 宣祖, 光海君 양대에 걸쳐 君德의 輔養에 誠力을 쏟았고, 宣祖로부터 '講官 가운데서 제일이다'라는 칭송을 듣기에 이르렀다.

2. 盡誠興學

成均館 大司成이 되어서는, 무너진 學政을 세우고 선비들을 이끌어서 바른 곳으로 가도록 했다. 이에 유생들 가운데 자신을 연마하여 인재로 성장한 사람이 많았다.[29]

慕堂은 지방관으로 安東府使, 春川府使, 淸州牧使, 開城留守, 慶尙道觀察使, 京畿道 觀察使 등을 지냈다. 외직에 나가서는 맨 먼저 學校를 일으키고 인재를 기르고 敎化를 널리 폈다.

특히 1612년 開城留守로 나가서는 임진왜란 때 불탄 開城의 成均館을 복구하고 서적을 비치하여 인재를 양성하는 데 誠力을 다하였다. 圃隱 鄭夢周를 모신 崧陽書院을 복구하고, 스승의 스승인 花潭 徐敬德을 모신 花谷書院을 짓는 일을 도왔다. 개성의 학문이 일어나는 데 결정적인 공헌을 하였다.

당시 각 州郡의 敎授나 訓導들이 타성에 젖어 자리만 차지하고서 자기

---

27) 『慕堂集』 卷下 「應旨求言疏」. 430쪽.
28) 李埈 『蒼石集』 권16 24장, 「大司憲洪公墓誌銘」.
29) 李埈 『蒼石集』 권16 21장, 「大司憲洪公墓誌銘」.

의 임무를 다하지 않아 인재가 길러지지 않았다. 모당은 학교가 무너져
내리는 것을 걱정하여, 학교를 진흥시켜 혜택을 줄 실질적인 방안을 강구
할 것을 국왕에게 건의하였다.[30] 그가 올린 疏章은 이러하다.

　　학교는 風化의 근본이고 어진 선비가 지나가야 할 문입니다. 三代 이전에
는 아주 널리 설치하여 그 시대에 필요한 뛰어난 인재를 양성하여 집집마다
다 封해 줄 만한 풍속이 되었으니, 학문을 숭상하고 문화를 높인 효과가
아니겠습니까? 집안의 글방이나 고을의 학교 제도가 폐지되면서부터 小學
과 大學의 교육이 밝혀지지 못 했고, 經典이 파괴되고 敎化가 해이된 문제점
이 오늘날에 이르러서는 더욱 심해졌습니다. 아아! 訓蒙하는 관원이 있지만,
단지 출세하는 지름길로만 삼고 있고, 고을의 학교에 스승을 세워두었으나
도리어 입에 풀칠하는 도구가 되었습니다. 國學은 모범이 되어야 할 곳인데,
스승의 자리에 있는 유학자들이 閑地로 생각하고 여러 학생들은 다투어 詞
華만 일삼아 드디어 학교를 세웠다는 명칭만 한갓 남아 있고, 인재를 양성하
는 실체는 싹 없어져버렸습니다. 그러한즉, 백성들의 문제점은 어떻게 붙어
나지 않을 수 있으며, 각박한 풍속이 어찌 거짓스러워지지 않겠습니까? 어진
선비들이 더럽혀진 듯한 것은 본래 마땅합니다. 아아! 三代의 제도는 갑자기
회복할 수는 없습니다만, 그 남긴 뜻에 근거해서 새로운 규정을 제정하기를
程頤의 看詳의 제도처럼 하신다면, 인재가 많이 배출되어 세상에 쓰일 수
있을 것입니다.[31]

　　당시의 지방 鄕校는 국립의 지방학교였는데, 교육을 담당하기 위해서
파견된 敎授나 訓導가 교육에 전념하지 않고, 미관말직이라는 불만을 갖
고서 다른 좋은 곳으로 옮겨갈 생각만 하고 있으니, 교육이 올바로 될
수가 없고 인재가 길러질 수 없었던 것이다. 慕堂은 그러한 문제점을 정확
하게 지적하여 새로운 규정을 제정할 것을 건의하였다.

---

30) 『慕堂集』 卷下 「殿試對策」, 444쪽.
31) 『慕堂集』 卷下 「殿試對策」, 444쪽.

3. 律己嚴正

慕堂이 仕宦한 시기는 朋黨의 시대로 被劾, 削奪官爵, 黜斥, 流配 등이 빈번하였으나, 모당은 자신의 바른 판단으로 사람을 알아보고 엄격하게 자신을 관리하여 그런 와중에서도 최후의 完人으로 考終命할 수 있었다. 이는 그가 온축한 學力의 바탕이 있었기 때문이었다.

모당은 1589년 鄭汝立의 獄事에서 무사할 수 있었다. 1584년 정여립이 조정에서 벼슬할 때 정여립과 함께 經筵에서 侍講했는데, 정여립이 자신이 스승으로 모시던 栗谷을 詆毁하는 것을 보고, 패악스럽고 오만한 인간이란 것을 맨 먼저 간파하였다. 宣祖 임금에게 정여립을 끊을 것을 건의하자, 선조 임금도 정여립을 程子의 제자였다가 정자를 배반한 邢恕와 같은 인간이라고 간주하게 되었다. 모당의 藻鑑을 알 수 있다.

1608년 光海君 즉위 이후 鄭仁弘, 李爾瞻 등 大北派가 조정의 실권을 잡았다. 1612년 慕堂은 開城留守로 나갔다. 開城에 逆變이 있어 光海君이 특별히 慕堂을 留守로 삼았다고 했으나, 사실은 모당이 당시 발호하는 大北派와의 갈등을 피해서 지방으로 부임했다고 볼 수 있다.

1612년에 이르러 실권자 李爾瞻이 金直哉의 옥사를 일으키고 1613년 永昌大君의 옥사를 일으켜 金悌男을 처형하고 永昌大君을 제거했다. 모당은 開城留守의 임기를 마치고 조정으로 복귀하지 않고, 고향으로 돌아갔다. 高峯의 선영이 보이는 白巖浦에 조그만 집을 마련해 두었는데, 樂洋이란 편액을 걸고 시골사람들이나 일가들과 농사이야기를 하며 즐겁게 지냈다. 혹 누가 조정의 시비나 縣官의 득실에 대해서 이야기하면, 모당은 손을 내저으며 "내 집에서 그런 이야기는 하고 싶지 않다."라고 했다.[32] 만년에 陶淵明의 「歸去來辭」, 諸葛亮의 「出師表」, 屈原의 「漁父辭」 등을 즐겨 외웠는데, 세 편 모두 국가민족을 위해서 큰 뜻을 가진 인물이었으나 시대적 한계로 뜻을 펴지 못한 인물들의 울분에 찬 작품들이다.

---

32) 『慕堂先生詩文集』 358쪽.

그러나 겉으로만 그런 듯했을 뿐 사실 慕堂은 국가와 백성들을 잊은 적이 없었다. 조정이 잘못되어 가는 것을 들으면, 천정을 쳐다보며 길이 탄식하거나 밤새 잠을 이루지 못하고, 심지어 눈물을 흘리기까지 했고, 간혹 술을 마시고 취하여 가슴 속의 불평덩어리를 씻기도 했다.[33]

1615년 세상을 떠났는데 慕堂이 開城留守 임기를 마치고 돌아온 1613 년에 조정에 복귀했더라면 반드시 유배를 면치 못했을 것인데, 先見之明 이 있어 조정에 나가지 않아 화를 면하고 자신을 온전히 지켜 나갈 수 있었다.

V. 결론

慕堂 洪履祥은 儒學의 기초를 확고히 갖춘 전형적 文臣으로서 그의 학문을 현실에 적용하여 국가를 발전시키고 백성들을 구제하려는 목표를 갖고 있었다.

그는 花潭學派의 杏村 閔純에게서 학문을 전수받아 『大學』의 誠意正心 에 바탕한 敬思想을 자기 학문의 精髓로 삼았다. 그는 31세에 文科에 狀元 하여 출사한 이래로 평생의 대부분을 관료로서 지냈기 때문에 학문적 저 술을 남기지는 못했다. 그러나 관직에 있으면서 학문을 현실정치에 적용하 려고 최대한 노력했다.

그는 국가를 다스리는 데는 國王의 德이 중요한데, 國王이 德을 기르기 위해서는 經筵에 자주 나와 군자다운 儒臣들의 강의를 경청해야 한다고 국왕에게 여러 차례 이야기하였다. 그는 오랫동안 經筵官을 맡아 수준 높은 강의를 성실하게 하였다. 그 결과 宣祖 임금으로부터 '제일 가는 講官 이다'라는 칭찬을 듣기에 이르렀다. 成均館의 책임자인 大司成을 맡아 學政

---

33) 『慕堂先生詩文集』 358쪽.

을 바로잡기에 힘썼고, 지방장관으로 나가서는 반드시 먼저 학교를 일으키고 敎化를 펼쳤다. 치국의 방도로 君德을 輔養하고 학교를 일으켜 백성들을 교화시켜 나가는 데 목표를 두었다. 이는 학문을 통해서 정상적인 儒敎國家를 건설하려는 것으로 孔子 孟子 朱子의 학문 목표와 일치한다.

그는 학문을 자신의 관리에 잘 적용하여 出處의 大節에 어긋나지 않았고, 당쟁에 휩쓸리지 않았고, 몇 차례의 獄事에도 온전히 지낼 수 있었고, 평생 한 점 흠 없는 完人으로 考終命할 수 있었다.

慕堂은 北京에 사신으로 세 차례 다녀왔다. 당시 專對의 책임을 맡아 明나라에 가는 사신으로 선발된다는 것은 그가 학문은 물론 經綸, 문장, 言辯, 상황파악 능력, 대담함 등 모든 면에서 출중했음을 증명한다. 더구나 壬辰倭亂 중에 두 차례 사신으로 다녀온 것은 국가가 그의 능력을 절실히 필요로 했기 때문이었다.

그가 명나라에 세 번 사신으로 갔다 온 것이 家門의 특징 있는 전통이 되어, 朝鮮 英正祖代에 이르러 그의 후손들 가운데는 중국에 사신으로 갔다 온 사람이 아주 많았다. 1776년 慕堂의 후손 洪明浩가 書狀官으로 연행을 한 것을 시작으로 洪良浩(2차), 洪義俊, 洪錫謨, 洪敬謨, 洪受輔, 洪樂性, 洪樂游, 洪義浩(3차), 洪奭周(2차), 洪受浩, 洪義瑾(2차), 洪義臣, 洪命周(2차), 洪彦謨, 洪遠謨 등이 연행사신으로 다녀왔다. 사신 세 명 가운데 2명이 慕堂의 후손인 경우가 두 번이나 있었다.[34] 모당의 후손 가운데서 燕行使臣으로 다녀온 인물이 15명이나 되었고, 이들이 다녀온 횟수는 모두 20회에 이르렀다.

慕堂의 선조 가운데는 그렇게 저명한 인물이 없었는데, 모당 후손들 가운데는 학자, 문인, 대신 등이 많이 나왔다. 이는 慕堂이 깊이 있는 학문을 바탕으로 자기 관리를 잘하여 바르게 산 표본을 만들어 후손들에게 드리웠기 때문으로 생각된다.

---

34) 徐東日,『朝鮮使臣眼中的中國形象』中華書局 北京, 2010.

權韠의 諷刺詩에 대한 小考

Ⅰ. 序論

權韠(1569~1612)은 朝鮮 宣祖·光海君 년간에 활약하던 시인이다. 그는 시인의식을 가지고 시인으로 자부한 사람으로 여타의 사람들이 정치에 종사하면서 생활교양물로서 시를 짓거나, 성리학 연구의 여가에 시를 지은 것과는 출발부터가 달랐다.

조선 초기 시인들의 시에서의 자아는 小宇宙로서 보편적 자아였는데, 반해 권필이 살던 시대에는 벌써 자신의 내면세계와 현실사회 사이에는 복잡한 갈등이 일어나게 되었다. 그래서 시 속에 자아가 명확히 부각되고 현실사회와 대립적인 시가 많이 나오게 되었다. 시인으로서 풍간정신과 강직한 기질을 가진 권필이 이러한 시대적 배경을 만났으므로 자연 풍자시를 많이 짓게 되었다.

동서양을 막론하고 풍자시의 역사는 오래 되었다. 동양에서는 풍자시의 연원을 시경에서 찾을 수 있겠다. 시경 이후로 초사, 한대의 악부시 등에서도 많은 풍자시가 들어 있다. 唐에 들어서 많은 시인이 있지마는, 풍자시를 많이 지은 사람으로는 陳子昻·杜甫·白居易 등을 손꼽을 수 있겠다. 그러나 陳子昻·杜甫도 전체 시작품 가운데, 풍자시가 차지하는 비율은 십분의 일도 되지 않고, 白居易에 가서야 본격적으로 많은 풍자시를 짓게 되었다. 그는 시경 및 악부의 취지를 계승하여 많은 풍자시를 지었다.

白居易는 자신의 풍자시 150수를 따로 모아 「諷諭詩」라 하였고, 또 풍자시의 기능을 대단한 것으로 쳤다. 권필이 풍자시를 많이 지은 데는 白居易

의 영향이 가장 큰 듯하다. 그의 詩集에 「記異效白樂天」·「有木不知名效
白樂天」 등의 詩題가 있고, 또 권필의 「忠州石」은 白居易의 「靑石」의,
「驅車兒」는 白居易의 「賣炭翁」의 모의작임을 감안한다면 白居易의 영향
을 크게 받았음을 알 수 있다.

우리나라에서도 권필 이전에 林椿·金時習·南孝溫 등이 풍자시를 많
이 지었지만, 본격적인 풍자시를 지은 시인으로는 역시 권필을 대표적인
시인으로 꼽아야 하겠다.

본고에서는 권필의 풍자시를 연구함에 있어 먼저 풍자시를 창작하게
된 원동력을 살펴 보고, 다음으로 내용을 당쟁풍자·위정자의 비리와 무능
공격·간교한 세태인심의 폭로 등으로 나누어 분석하여 권필의 풍자시가
가지는 시적 가치를 고찰하여 보고자 한다.

Ⅱ. 창작의 바탕

1. 諷諫의 정신

권필 자신이 남긴 글 속에서는 그 자신의 詩觀을 언급한 것은 남아
있지 않다. 다른 사람의 기록이나 그의 몇몇 시귀를 통하여 그 편모를
엿볼 수 있겠다.

그가 「宮柳詩」로 인하여 光海君의 친국을 받으면서 답하여 말하기를
"大抵古之詩人有托興規諷之事 故臣欲倣此爲之……朝廷無有直言者 故
作此詩 規諷諸公 冀有勉勵矣[1](대저 옛날의 시인들은 흥에 부쳐서 풍간하
는 일이 있었읍니다. 그래서 신도 이를 본받아 이 시를 지은 것입니다.……
조정에 직언하는 사람이 없으므로 이 시를 지어 諸公을 풍자한 것이며
면려하기를 바란 것입니다.)"라고 했다. 그는 옛 시인들의 풍간의 정신을

---

1) 光海君日記 卷52, 4年 壬子 四月條.

본받아 자신도 풍간의 정신을 간직하고 있었다. 조정의 言責을 맡은 벼슬
아치들은 자신의 지위를 잃을까 두려워 아첨하기만 일삼을 뿐 직언을 하
지 않으므로, 권필 자신이 시를 지어 여러 벼슬아치들을 풍간하여 정사에
힘쓰게 하려고 했다고 했다. 이 말에서 권필의 시 창작 태도가 음풍농월식
의 오락이 아닌 시인의 창작의식이 담긴 시를 지었음을 알 수 있다.

「仁祖實錄」에 보면 "早棄擧子業 除官不就 放浪江湖間 唯以詩酒自娛
凡有壹鬱不平 必以詩發之 每聞朝家得失 亦作詩嘲之2)…(일찍 과거를 포
기하였고 벼슬에 임명해도 나아가지 않았다. 강호간을 방랑하면서 오직
시주로써 스스로 즐겼다. 무릇 우울하고 불평스러운 것이 있으면, 반드시
시로서 그것을 나타내었고, 조정의 득실을 들으면 또한 시를 지어 비웃었
다.…)"라는 기록이 있다. 과거를 포기하고 벼슬에 임명해도 나아가지 않
았지만, 조정 정사의 잘 잘못을 들으면 반드시 시로써 풍자하였던 것이다.
이는 그 자신이 늘 시인의 본분은 풍간에 있다고 여겨 풍자하는 시를 지음
으로써 넌즈시 위정자의 잘못을 깨우쳐 바로잡으려고 했기 때문이다.

張維의 石洲集序에 "光海政亂 屢以危言忤權貴"(光海君의 정사가 어지
럽자, 여러 차례 위태로운 말로써 權貴들을 거슬렀다.)라는 기록이 있다.
여기서 권필의 시의 내용에 권귀의 뜻에 거슬리는 말이 많았다는 것을
알 수 있다. 여기서도 권필의 풍간정신을 엿볼 수 있겠다.

그는 벼슬을 마다하고 야인으로 지냈지만 늘 국가민족을 잊지 않았다.
그의 「懷六友堂詩」의 "往往話社稷, 淚迸若泉湧3) (때로 사직을 이야기 하
다가 눈물이 샘솟는 듯했네)"라는 귀절을 보면, 국사를 이야기하다가 눈물
마저 흘리는 그의 모습에서 나라를 걱정하는 마음이 얼마나 간절했던가를
알 수 있다.

그가 정치를 바로잡고 풍속을 교정하려는 의도에서 풍자시를 많이 지었

---

2) 卷1, 元年 四月 庚午節.
3) 石洲集 卷1, 5張.

으나, 당시 위정자들이 냉담한 반응을 보고 "欲陳濟時策, 天門何崔嵬[4] (때를 구제할 대책을 펴고자 하나, 대절의 문은 어찌 그리 높은고?)"라 하여 조정에 건의하는 말이 받아들여지지 않는 것을 꼬집고 있다.

이상에서 고찰해 본 바 권필은 야인으로서 일생을 마쳤지만 늘 국가민족의 일에 관심을 갖고 위정자의 득실을 풍자시로 나타내었다. 이런 시를 쓴 이유는 조정과 사회를 풍간하는 것이 시인의 본분이라고 생각했기 때문이다. 또 자신이 벼슬을 하지 않았으므로 위정자의 득실을 백성의 입장에 서서 객관적으로 볼 수가 있었고 그의 시에 진실성을 더하여 독자들의 공감을 얻을 수가 있었다.

2. 강직한 기질

권필이 풍자시를 많이 짓게 된 데에는 그의 강직한 기질에 기인한 것이 많다. 시로 명성을 떨치던 權擘의 총명한 아들로 태어난 그는 세상을 경륜할 큰 뜻이 있었으나, 나이가 들어감에 따라 위정자들의 비리와 무능, 당쟁의 격렬, 간교한 세태·인심 등을 보고는 세상과 맞지 않아 울분과 갈등속에서 야인으로 짧은 생애를 마쳤다.

그는 19세(1587) 때 進士 初試와 覆試에 장원했으나 試紙에 위정자의 뜻을 거슬리는 귀절이 있어 黜榜을 당했다.[5] 이 이후로는 다시는 과거에 응하지 않았다. 자신의 실력을 구차하게 인정받고 싶지 않았던 것이다.

24세(1592) 때는 포의로 임진왜란 발발의 책임이 李山海·柳成龍 두 정승에게 있다고 하여 목벨 것을 상소하였다.[6] 일개 선비의 신분으로 대궐에 나아가 정승을 목베자고 한 그 대담성에서 그의 기질을 엿볼 수 있겠다.

31세(1599) 때 江華에서 梁澤의 弒父事件이 일어났는데, 양택이 뇌물을

4) 石洲集 卷1, 5張.
5) 尹拯. 明齋遺稿, 卷43,「石洲行狀」.
6) 李肯翊,「練藜室記述」, 卷19, 光海君記事本末.

뿌리니 지방관은 눈을 감아 주고, 조정에서 파견된 조사관은 사실을 왜곡하고, 臺諫은 탄핵하지 않고, 재상은 감독도 하지 않았다. 도리어 그 사실을 그대로 진정한 江華府民들을 처벌하려 하였다. 이런 정치적 비리를 목도한 권필은 참을 수가 없어 상소하여 이러한 부패상을 폭로하였다. 하소연할 곳 없는 백성들의 억울함을 권필이 풀어 주었다.[7]

35세(1603) 때 童蒙教官의 벼슬이 주어졌을 때 누가 "束帶하고 禮曹에 參謁하라"고 하자, 그는 "한두말의 祿을 위해 허리를 굽히는 것은 나의 뜻이 아니다."하고 그 벼슬을 버리고 떠났다.

그가 44세(1612) 때 任叔英의 試紙에 時政을 풍자하는 글이 있자 光海君이 削科할 것을 命했다. 권필이 이 사실을 알고는 외척 柳氏를 풍자하는 「宮柳詩」를 지었다. 柳希奮이 이 시를 가지고 사건을 일으키려 했다. 당시 趙國弼이란 사람도 외척의 한 사람이였는데 권필에게 권하기를 "임금께 「宮柳詩」를 듣고 크게 노해 있다. 그대는 조만간에 큰 죄안에 걸려들 것이다. 그대가 상소문을 지어 스스로의 입장을 밝힌다면, 내가 궁중에서 주선하여 잘 해결하겠다."라고 하자, 권필은 웃으며 거절하였다.[8] 그는 「宮柳詩」를 지은 것을 후회하여 변명할 궁리를 하지 않았으며, 또 「宮柳詩」를 인하여 親鞫을 당할 때도 거짓으로 승복하는 말 한 마디가 하기 싫어 결국 죽음에까지 이르게 되었다.

권필이 한번은 친구집에서 취하여 자는데, 주인이 발로 차서 깨우면서 "文昌大監께서 오셨다."고 했다. 문창대감이란 광해군의 처남으로 당시 권세를 누리던 柳希奮이다. 권필은 그대로 누워서 눈을 부릅뜨고 노려보면서 "너가 유희분이냐? 너는 부귀를 누리면서 나라 꼴을 이 모양으로 만들었느냐? 나라가 망하면 네 집도 망할 것인데 너의 목에는 도끼가 안들어가는 줄 아느냐?"라고 꾸짖었다. 유희분이 아무 말도 못하고 가버렸다.[9]

---

7) 石洲外集 卷 1, 1,2張.

8) 光海君日記, 卷 52, 4年 壬子 四月條.

9) 李肯翊, 앞의 책.

일개 선비의 신분으로 권세 당당한 유희분을 꾸짖을 수 있는 그 기개는
권필이 아니고서는 가질 수 없으리라 생각된다.

당시 大北派의 權貴 李爾瞻이 여러 차례 교유할 것을 청해 왔으나, 권필
은 번번히 거절하여 버렸다. 그러다가 어떤 친구 집에서 맞닥뜨리게 되자
권필은 담을 넘어 피했다고 한다.[10] 의롭지 못한 사람과 상종하지 않으려
는 그의 介潔한 면모를 엿볼 수 있겠다.

그의 글에 보이는 그의 기질을 살펴보면, 그가 宋錫祚에게 보낸 편지에
"僕受性疏誕 與俗寡諧 每遇朱門甲第 則必唾而過之 而見陋巷蓬室 則必徘
徊眷顧 而想見曲肱飮水而不改其樂者 每遇紆靑拖紫擧世以爲賢者 則鄙
之如奴虜 而見任俠屠狗爲鄕里所賤者 則必欣然願從之遊曰庶幾得見悲歌
慷慨者乎 此僕之所以見怪於流俗 而僕亦不能自知其何心也 以此不欲與
世俯仰[11] (저는 타고난 성품이 소탄하여 시속과 알맞는 것이 적습니다.
매양 으리으리한 저택을 지날 때마다 반드시 침을 뱉으며 지나갔고, 누항
의 가난한 집을 보고는 반드시 머뭇거리며 돌아보곤 하며, 팔을 베고 누워
자며 보잘것없는 음식을 먹을지라도 그 즐거움을 바꾸지 않는 사람을 본
듯이 생각했읍니다. 매양 화려한 옷을 입고 높은 자리에 앉아 있는 사람으
로 세상 사람들이 현자라고 여기는 사람을 만나면 천한 종놈같이 더럽게
여겼읍니다만, 입협한 개백정으로 향리에서 천대를 받는 사람을 보면 따라
서 놀기를 원하면서 슬피 노래하는 강개한 사람을 거의 얻어 보았구나라
고 여겼읍니다. 이점이 제가 세속에서 괴이한 사람으로 여겨지는 까닭인
데, 제 스스로도 무슨 마음인지를 모르겠읍니다. 이러하기 때문에 세상과
더불어 부앙하고 싶지 않읍니다.)"라고 했다. 온갖 부정한 수단으로 자신
의 사리사욕만 채우고 인생을 도탄에 빠지게 만든 고관들의 집을 지날
때는 침을 뱉어야 직성이 풀렸고, 또 세상사람들이 추앙하는 위선적인

---

10) 李肯翊, 위의 책
11) 石洲別集, 卷2, 1張 「與宋弘甫書」

고관을 천한 종놈같이 여기는 한편, 가난하고 세력없는 사람들의 집을 지날 때는 세상에서 천하게 여기는 뜻이 큰 사람이 있으리라 생각하고 사귀고 싶어했으니, 권필이 얼마만큼의 반골기질을 갖고 있었는지를 알 수 있겠고, 또 큰 뜻을 품고도 세상에 쓰이지 못하고 초야에서 늙어 가는 사람들을 얼마만큼 동정했는가를 알 수 있겠다. 이는 은연중 조정에서 벼슬하는 사람들보다 초야에 묻힌 사람이 훨씬 낫다는 뜻을 내포하고 있다. 이런 기질 때문에 그는 현실세계와 맞지 않았고 또 무한한 인간적 고뇌를 느꼈던 것이다.

이상에서 고찰해 본 바, 권필은 총명한 재질을 갖고 시인의 아들로 태어나 세상을 경륜할 큰 뜻을 갖고 있었지만, 현실세계와 맞지 않아 과거를 포기하고 초야에 묻혀 시와 술로 세월을 보내며 생애를 마쳤다. 이러한 기질에 바탕한 울분과 갈등이 그의 풍간정신과 시대상황과 어우러져 많은 풍자시를 짓게 되었다.

3. 시대적 배경

한 시인의 시 작품은 그가 살던 시대의 영향을 받지 않을 수 없다. 특히 풍자시와 같은 당시 사회를 공격 대상으로 삼은 시에서는 더욱 강하다. 권필의 풍자시에 영향을 미친 당시 사회의 정치적·사상적 및 문화적 배경을 간략히 살펴 보고자 한다.

권필이 살던 당시의 朝鮮王朝는 정치적으로 부패할대로 부패하여 네 차례의 사화를 막 겪고 나서 東西分黨이 일어나 당쟁이 심했던 시대였다. 그러다가 光海君 때는 大北이 세력을 장악하여 광해군을 둘러싸고 온갖 비리를 자행하였다. 그 사이에 鄭汝立의 옥사(1589년), 建儲問題(1591년), 임진왜란(1592년), 李夢鶴의 난(1569년), 臨海君의 賜死(1609년), 金直哉의 誣獄(1612년) 등의 사건이 발생하였다. 임진왜란의 칠년간의 전쟁으로 전국토가 황폐되어, 인적 물적 피해가 극심하여 경제는 완전히 파탄되었

다. 이런 파탄을 수습하기 위하여 납속책·庶孽許通·鄕吏의 東班進出·
奴婢放良 등으로 신분질서가 허물어져 사회기강이 점점 문란해져 갔다.
이리하여 국민의 생활은 처참하였고, 민심이 이반하였다. 이런 속에서도
光海君을 둘러싼 외척 柳氏의 발호는 날로 심하여 갔다. 이러한 어지러운
시대적 배경은 권필에게 더욱 풍간의 정신을 환기시켰다. 이러한 시대배경
은 그를 불우한 야인으로 일생을 보내게 했지만, 그가 풍자시를 짓는데
있어서는 더 많은 제재를 제공하였다고 할 수 있겠다.

Ⅲ. 내용분석

1. 당쟁의 풍자

어느 시대 어느 나라 할 것 없이 당파가 있게 마련이지만, 조선시대만큼
당파가 심한 경우는 그리 흔치 않을 것이다. 특히 권필이 살던 시기는
초기 당쟁이 극심하던 시기이다.

그 주요한 사건을 들어 보면, 1575년에 동서분당이 되었다가, 1589년
鄭汝立의 모반사건이 있어 東人에 대한 박해가 심해졌다. 1591년에는 建
儲問題로 鄭激이 江界로 귀양가게 되고, 정철의 처벌 문제를 둘러싸고
東人은 남북으로 분열하였다. 권필은 정철을 스승으로 모셨으므로 이때
당쟁에 대한 환멸을 더욱 심하게 느꼈다. 1608년에는 宣祖가 죽고 光海君
이 즉위하자 大北派가 집권하였다. 이리하여 대북의 책동으로 선조의 遺
敎를 받았던 柳永慶을 죽이고, 다음해에는 臨海君을 賜死하였다. 1612년
에는 金直哉의 誣獄이 일어났는데, 이는 大北派가 小北派를 제거하기 위
하여 일으킨 옥사였다.

이러한 당쟁 속에서 남달리 강직한 그가 국가민족을 망각한 위정자들의
행위를 그냥 보아 넘길 수가 없었다. 그는 정치에 몸담고 있지 않으므로
당쟁이 자신에게 직접적인 영향은 없었다. 그리고 당쟁이 누구에게도 이로

울 것이 없다는 것을 뚜렷이 알았다.

그의 「鬪狗行」이라는 시는 당쟁을 개싸움에 비유하여 읊고 있다.

누가 개에게 뼉다귀를 주었나?	誰投與狗骨
여러 개들이 막 사납게 다툰다.	群狗鬪方狠
작은 놈은 반드시 죽고 큰 놈은 다쳤는데,	小者必死大者傷
도적이 엿보아 그 틈을 타려 하네.	有盜窺窬欲乘釁
주인은 무릎을 끌어않고 한밤중에 울고 있네.	主人抱膝中夜泣
하늘엔 비가 내려 담장이 무너져 온갖 근심이 모여든다.	天雨墻壞百憂集

6행의 장단구의 짧은 고시에 불과하다. 권필은 동서분당의 발단기에 태어나 광해군을 업은 大北의 횡포가 극심할 때까지 살다간 사람이므로 당쟁의 폐단을 누구보다도 잘 알았다. 뼉다귀 하나를 놓고 생명을 걸고 싸우는 개싸움을 보조관념으로 하여, 정권을 놓고 각축전을 벌이는 위정자들의 당쟁이 치열함을 읊고 있다. 이들은 자신의 생명뿐만 아니라, 국가민족까지 망각한 채 자기 당파의 사리사욕만 위해서 당쟁을 계속하고 있을 뿐이다. 특히 작자가 개를 보조관념으로 도입한 것은 개라는 가장 천한 짐승을 끌어옴으로써 당쟁을 일삼는 위정자들의 야비성과 추태를 심도 있게 그려 내고 있다. 시의 첫머리를 '누가'라는 말로 시작하여 당쟁을 지켜보는 작자는 당쟁의 원인이 무엇이며 왜 하는지에 대하여 무한히 안타까워하고 있는 마음을 나타내고 있다. 제2구에서 뭇 개들이 뼉다귀를 놓고 다투는 모습이 활화처럼 묘사되어 있는데, 그것은 바로 위정자들이 당쟁에 막 열을 올리고 있는 모습이다. 제3구에서 작은 놈은 반드시 죽고 큰 놈은 상한다고 한 것은 당쟁을 일삼고 있는 위정자들에게 작자가 경고를 하고 있다. 당쟁의 세계에서는 패배한 당파의 말로는 죽음 바로 그것이니 비참함은 말할 것도 없고, 비록 승리한다 할지라도 아무런 이익도 없고 치명적인 타격을 받는다는 것이다. 집을 지켜 달라고 평소에 길렀던 개가

집은 지키지 않고 싸우기만 하니, 도적이 엿보는 것은 필연적인 귀결이다.
마찬가지로 국가 민족을 보전해야 할 위정자들이 당쟁만 일삼으니 외적이
엿보기 마련이다. 개가 싸울지라도 담장이 튼튼했더라면 주인의 걱정은
덜 되겠지만, 비가 와서 담장마저 무너졌으니 주인은 밤이 깊도록 잠 못
이루고 통곡할 수 밖에 없다. 국방대책을 소홀히 하여 외적이 침략의 기회
를 엿보아도 위정자들은 당쟁을 멈출 줄 모르니, 국왕은 통곡하지 않을
수 없다. 개에게 뼉다귀를 준 사람은 누구이며, 평소 개들을 왜 사이좋게
길들이지 못했는가라는 의문에서 작자는 은근히 국왕의 무능을 꼬집고
있다.

시 전체에서 당쟁이 날로 치열해져 가는 암울한 분위기를 싸움·죽음·
도적·틈·엿봄·울음·비·무너짐·근심 등의 시어를 구사하여 효과 있
게 그려 내고 있다.

이와 같은 당쟁 속의 서울 관계의 분위기를 다음의 「天何蒼蒼醉中走筆」
이라는 시에서 역력히 읽을 수 있다.

장안 큰길엔 험난함이 많아,

　　　　　　　　　　　　　　　　長安大道多險巇

앞에 태행산, 뒤엔 무협수.　　　　前有太行山, 後有巫峽水
도깨비는 수풀 속에서 휘파람 불고 뱀은 굴에서 기어 나오고,

　　　　　　　　　　　　　　　　魍魎嘯林蛇出竇

곰은 서쪽에서 울부짖고 호랑이는 동쪽에서 웅크리고 앉아 있네.

　　　　　　　　　　　　　　　　熊羆西咆虎東踞

물여우는 사람의 그림자를 기다리고,　水鏡俟人影
천루는 사람의 말을 다 기억해.　　　天螻錄人語
거물은 양 어깨에 얽히고,　　　　　罞罝罣兩肩
주살은 두 다리에 걸려 있네.　　　　矰繳胃雙脚
좁디 좁은 땅에 붙어 서서,　　　　　寄立尺寸地
나아가지도 물러서지도 못하네.　　　進退俱不得

사람들이여, 이 사이로 다니지 말지어다.   人生莫向此間行
부귀란 옛부터 싸움 일으키는 걸.   富貴向來生五兵[12]

    당시 관계의 험악한 분위기를 과감하게 묘사하였다. 제1구에서 長安
큰길에 험난함이 많다고 전제하고서 그 예를 하나하나 들고 있다. 太行
山·巫峽水·도깨비·곰·호랑이·물여우·天螻·거물·주살 등을 동
원하여 사람을 해하고 속박하는 것들이 장안에 우글거린다 했는데, 이는
모두 권모술수로 상대를 암암리에 모함하는 악인들을 비유한 것이다. 장안
의 큰길이란 바로 벼슬길로 해석된다. 그 길은 太行山·巫峽水 보다 더
험난한 정도라 했다. 당시 관계에 진출한 사람은 걸핏하면, 斬刑·賜死·
귀양·좌천·파면 등으로 인하여 실로 불안하기 그지 없었다. 같은 동료끼
리도 겉으로는 위선적인 예절을 차리지만, 마음은 마치 도깨비가 수풀로는
위에 숨어 있다가 사람을 홀리는 듯하기도 한 악인이 있는가 하면, 뱀처럼
음흉한 사람도 있고, 곰처럼 미련하게 사리사욕만 채우는 사람도 있고,
호랑이가 버티고 앉아 있는 것처럼 약자에게 사납게 덤비는 사람도 있고,
물여우가 숨어서 사람의 그림자를 쏘면 그 사람은 종기가 나서 죽는다는
것처럼 가만히 숨어서 남을 파멸의 구렁텅이로 몰아넣는 모사군도 있고,
天螻라는 벌레가 사람의 말을 기억하듯 남의 말을 엿듣고 여기저기 이간
질을 하는 사람도 있고, 그밖에 그물·주살처럼 사람을 속박하는 온갖
신분제한·지벌·문벌이 있다. 이 모든 것이 우글거리는 곳이 서울의 관계
인데, 이런 곳에 발을 들여 놓으면, 자신의 뜻대로 할수 없게 된다고 말하
고, 부귀를 탐하여 이런 곳에 발을 들여 놓지 말라고 당부하고 있다.
    거리낌 없이 써 내려간 시 내용에 호응하여 글자수도 운자도 불규칙한
고시이다. 이러한 불규칙성이 시 분위기의 급박함을 잘 나타내고 있다.
    이런 당쟁의 소용돌이 속에서는 신진인물을 등용할 때에도 자기 당파의

---

12) 石洲集, 卷2, 3張

인물만 등용할 뿐, 다른 당파에 속한 사람은 모해하기만 한다. 다음의 「感懷三首其二」에서 그런 상황을 볼 수 있다.

난초 심어 아홉 뙈기에 가득한데,	種蘭盈九畹
비와 이슬 맞아 날로 향기롭네.	雨露日芳菲
가지와 잎이 무성하여	坐冀枝葉茂
장막에 채워질 것을 앉아서 바랐는데,	庶用充佩幃
된서리가 어제 밤에 내려	嚴霜昨夜下
온갖 풀들이 별안간 병들어 버렸네.	百草倏已腓
잣나무·대나무도 오히려 면하지 못했거늘,	杉篁尙不免
하물며 난초·구릿때같은 미약한 것이랴?	況乃蕙茞微
우러러 밝은 햇빛을 보니,	仰視白日光
눈물이 내 옷을 적신다.	有淚沾我衣
어찌 시절에만 느낀 바가 있으랴?	豈徒感時節
군자는 생각하는 바라 있으리.	君子有所思[13]

이 시에 쓰이는 蘭은 젊은 인재를 비유한 것이다. 장차 국가를 위해 크게 쓰일 것으로 기대되며 잘 자라지만, 한번 당쟁의 모진 서리를 만나면 시들어 죽고만다는 것이다. 제7구에서 잣나무·대나무는 추위와 눈서리를 견뎌내는 상록수이지만, 이런 나무도 견디지 못할 된서리라면 난초·구릿때는 말할 것도 없다는 것은 조정의 중신들도 당쟁의 회오리 바람을 견디지 못하는데 이제 막 관계에 진출한 신진이야 말할 필요가 있겠느냐는 뜻이다. 이런 된서리가 내릴 때라도 하늘에 해는 있다. 된서리 내릴 때의 햇빛은 따스한 기운이 거의 없다. 이런 해를 보고 눈물흘린다는 뜻은 당쟁으로 희생되어 가는 젊은 인재들을 구출하지 못하는 국왕의 무능을 풍자하고 있다. 제11구·12구에서 이 시는 단순한 음풍농월시와는 다르고, 풍자하려는 작자의 의도가 깔려 있음을 알 수 있다.

---

13) 石洲集, 卷1, 7張

정계에 진출한 일 없이 야인으로 일생을 보낸 작자이지만, 당쟁이 날로
치열해져 국가민족의 장래가 점점 암담해 가는 것을 보고 강직한 기질의
작자는 독서한 지식인의 사명감에서 이런 시를 지어 당시 당쟁을 일삼는
무리들을 경고하였다.

2. 위정자의 비리와 무능 공격

권필은 당시 위정자들의 비리와 무능 즉 광해군을 둘러싼 외척, 柳氏의
전횡, 민생을 돌보지 않고 사치와 향락을 일삼는 탐학한 고관들의 부정부
패, 난리를 막지 못한 고관들의 무능 등을 모두 풍자시로 나타내어 신랄하
게 공격하였다. 그는 국가민족을 잊은 은둔자가 아니고 정치현실에 대한
관심은 남달리 컸다.

당시 부패한 정계에서 뇌물과 청탁이 횡행하는 모습을 다음의 「古長安
行」에서 볼 수 있다.

장안의 훌륭한 저택들 푸른 구름 사이에 가로 놓였는데,

長安甲第橫靑雲

높다란 누각의 풍악소리 멀리까지 서로 들리네.　　　　高樓絲管遙相聞
한나라 승상 칠보 실은 수레가　　　　　　　　　　　漢代丞相七寶車
삐거덕 거리며 세도가의 집으로 들어가네.　　　　　轔轔夜入金張家
아로새긴 쟁반에 담긴 맛난 음식 대궐 주방에서 나오고,

琱盤綺食天廚來

궁중의 아름다운 여인들 얼굴이 꽃과 같구나.　　　　宮中美女顏如花
촛불 그림자 휘황하고 밤은 더디 새는데,　　　　　燭影熒煌淸漏遲
술잔 앞에 소곤소곤하는 말 남들은 알지 못해.　　　尊前密語無人知
문앞 골목은 비스듬이 궁성 둘러싼 길에 이어졌는데,　門巷斜連夾城路
새벽에 고관들의 수레가 안개처럼 붐비네.　　　　　平明冠蓋多如霧
간교한 음모에 문득 마음이 일치되어 사람으로 하여금
미혹하게 하고,

機關欻翕令人迷

한낮의 콧김이 무지개를 불어 낸다.　　　　　　　白日鼻息吹虹霓
하루 아침에 인간사가 문득 뒤집혀,　　　　　　一朝人事忽顚倒
어리어리한 저택엔 봄풀만 돋아났네.　　　　　玉臺金館生春草
세상의 줏대없이 아첨하기 좋아하는 사람들에게 전하노니,

　　　　　　　　　　　　　　　　　　　寄語世上夸奪子
옛부터 뜬 영화는 믿을게 못되,　　　　　　　古來浮榮不足恃
지금도 사람들이 賈誼는 가련하게 여기지만,　　只今人憐賈太傅
흔한 높은 공신 周勃과 灌嬰을 누가 쳐 주나?　紛紛絳灌誰比數[14]

　　당시 柳氏 일가를 위시한 여러 고관들은 갖은 수법을 써서 부정을 저질러 정치 질서를 문란케 하였다. 호화로운 고루거각을 짓고는 산해진미를 장만하여 밤이 새도록 풍악을 울린다. 풍간의 중요성을 인식하고 있던 작자는 이러한 행위를 목격하고는 그들의 비행을 온 세상에 공개하였다. 고관들은 밤마다 수레 가득히 하급 관리들의 뇌물을 받아 들이고 다시 그것을 이용하여 임금의 총애를 얻는다. 그리하여 임금에게서 음식과 계집을 하사받는다. 한 나라의 정사가 이런 무리들에게서 좌우되니 뇌물을 써서 아첨하지 않는 진정한 인재들은 용납될 곳이 없다. 그러나 작자는 이들을 경계하는 것을 잊지 않는다. 그런 뜬 영화는 믿을 것이 못되고 생명도 짧다. 뒷 세상 사람들의 평가가 올바로 내려질 것이니, 눈앞만 보고 살지 말아라고 했다. 長安·漢代 등의 시어를 써서 시간과 공간을 중국에 의탁하였으므로 아무 구애됨이 없이 날카롭게 풍자를 할 수 있었다.
　　자기 일신의 영달만 구하고 민생의 고통은 아랑곳하지 않는 위정자의 모습을 그려낸 다음 시 「詠史」를 보기로 하자.

외척들 가운데 새로 귀하게 된 사람 많아　　　戚里多新貴
붉은 칠한 대문이 궁궐을 둘러쌌네.　　　　　朱門擁紫薇
노래부르고 춤추며 놀기만 일삼고,　　　　　歌鍾事遊讌

14) 石洲集, 卷2, 8張

갖옷은 가벼운 것, 말은 살찐 것을 다투네.	裘馬鬪輕肥
단지 영예와 욕됨만 논할 줄 알았지.	秖可論榮辱
애써 옳고 그런 것을 문제삼지 않는다.	無勞問是非
어찌 알겠는가? 쑥대로 인 지붕 아래,	豈知蓬屋底
추운밤에 덕석 덮고 울고 있는 백성을.	寒夜泣牛衣[15]

정치를 담당할 자질도 없으면서 한갖 외척이라는 조건 때문에 별안간에 부귀영화를 누리게 된 사람이 많았던 것이다. 그들은 궁궐 주위에다 고루 거각을 짓고 사치와 방종만 일삼는다. 국가민족은 염두에도 없고 자신이 탄 말이 살찐가, 옷이 따스하며 가벼운 가에 관심을 쓰고 영예와 욕됨·이해만 따질 뿐, 자신들의 행위가 옳은가 그른가를 따지려고 애쓰지도 않는다. 제 5·6구는 바로 이들의 의식구조를 단적으로 나타내고 있다. 반면 일반 백성들은 부역, 세금등에 시달려 이불을 덮을 형편이 못되, 소가 덮던 쇠덕석을 덮고서 추워서 울고 있는 형편이다. '어찌 알겠는가?'라는 의문문에서 이들이 알 까닭이 없다는 것을 명백히 나타내고 있다. 외척들의 부귀와 민생의 가난함이 대립구조를 이루어 잘 드러나고 있다. 비록 40자밖에 안되는 짧은 시지만, 당시 위정자들의 정신상태를 생생하게 묘사하고 있다.

당시의 인재등용에 있어서는 실력을 갖추었다해도 위정자의 비위를 거슬리면 과거에 오르기도 어려웠다. 任叔英의 과거 답안지에 위정자의 비위를 거슬리는 말이 있자, 光海君이 削科시키라고 했다. 권필은 이 광경을 목도하고는 「聞任叔英削科」라는 시를 지어 이 사실을 비꼬았다.

대궐의 버들 푸르르고, 꽃은 어지러이 나는데,	宮柳青青花亂飛
성에 가득한 버슬아치들 봄볕에 알랑이네.	滿城冠蓋媚春暉
조정에서 함께 태평의 즐거움 축하하는데,	朝家共賀昇平樂
누가 포의의 선비로 하여금 위태한 말 하게 했나?	誰遣布衣出危言[16]

---

15) 石洲集, 卷3, 26張

일명 「宮柳詩」라고도 하는 잘 알려진 시이다. 任叔英이 부당한 처우를 받는데도 조정 대신들이 수술방관하고 있자 권필이 격분하여 이 시를 지었다가 결국 광해군에게 이 시가 발각되어 친국을 당하여 杖毒이 올라 죽게 된 권필이 죽기 직전에 지은 시다. 제1구는 얼핏보면 봄경치를 읊은 시 같지만 자세히 보면 통렬한 풍자가 들어 있다. "宮柳"는 궁궐을 둘러싼 외척 柳氏들이다. "푸르고 푸르다"는 것은 그들의 세력이 한창 성하다는 것을 말한 것이다. '꽃'은 붉고 노랗고 한 것이니, 이것은 비단·황금 등의 뇌물이다. 이런 뇌물들을 공공연히 주고 받고 있다는 것이다. 당시 외척 柳氏들에게 많은 뇌물이 들어가고 있음을 이야기한 것이다. '봄볕'은 권세의 근원이다. 온 성안의 벼슬아치들은 세도가에게 아첨을 하고 있다는 말이다. 이런 정치 상황인데도 조정에서는 태평의 즐거움을 함께 축하하고 있는 지경이다. 그런데 진정 태평한 때라면, 포의의 선비가 위태로운 말을 할 이유가 없다. 도대체 위태로운 말을 하게 만든 사람은 누구인가 하여 柳氏一族들이 정치를 망쳐 놓았는데도 조정의 위정자들은 아첨하여 자신의 벼슬자리를 유지하려 하느라 아무런 바른말을 하지도 못하는 것을 포의의 任叔英이 했으니, 얼마나 잘한 것이냐는 뜻이다. 조정 위정자 모두를 포의의 선비 任叔英 한 사람만도 못하다 하여, 속으로 그들을 시위소찬하는 무리에 지나지 않는다고 본 것이다.

위선적인 무능한 조정 대신들을 풍자한 것으로는 「可歎」이란 시가 있다.

원숭이가 관복입고 주공에 견줄지라도,　　　　　　　猿狙法服擬周公
보통사람의 눈으로 같은지 다른지 어찌 구별할 수 있으랴?

　　　　　　　　　　　　　　　　　　　　　　　俗眼何曾辨異同
앵무새가 고문의 직책 맡기에는 적당치 않은데도,　　鸚鵡未應承顧問
먹다 남은 붉은 쌀알이 황금 새장에 가득하네.　　　　啄餘紅粒滿金籠[17]

---

16) 石洲集, 卷7, 32張
17) 石洲集, 卷7, 32張

당시 조정의 대신들을 한 마리 원숭이가 관복을 입은 것이라 비유하고 있다. 원숭이 바탕에 겉에다 관복을 걸친 위선자 무리들이다. 그러나 그들이 그들 자신의 분수를 안다면 그래도 국가민족에 끼치는 해가 줄어들겠지만, 자신의 분수도 모르고 태연히 周公에 비기고 있다. 周武王의 아우로 주나라 왕실의 기틀을 다진 고금의 으뜸가는 명재상 주공에 자신을 견주고 있으니, 그들의 위선적인 모습이 눈앞에 나타나 있는 듯하다. 그러나 일반 백성들은 구별을 하지 못하고 속혀 그들에게 부림을 당하거나 착취를 당하면서도 그들을 우러러 보고 있다. 윗사람에게는 아첨하느라 자기의 하고 싶은 말을 하지 못하니 앵무새와 같다. 이러한 사람이 고문을 담당한다면, 임금에게 아무런 보필이 되지 못하고 백성들에게도 아무런 혜택이 돌아가지 않을 것이다. 그러한데도 그들의 녹은 먹고도 남아 붉게 썩어가고 있다. 시의 제목부터가 '탄식스럽다'고 했으니, 작자가 당시의 위정자들에게 얼마나 실망을 했던가를 알 수 있겠다.

관가의 사역에 한평생을 시달리다가 죽어간 수레 모는 사람의 가련한 모습을 담은 「驅車兒」라는 시를 보기로 하자.

수레 모는 사람,	驅車兒
삼십 사십 되어도 아직 총각신세.	三十四十猶總角
움막이 있어도 살 여가 없고 밭도 갈 여가 없이,	有廬不居田不耕
해마다 산골짝에서 나무만 베네.	年年伐木在山谷
묻노니, 나무 베어 어디 쓸건가?	借問伐木何所用
장안 가운데 누각을 세운다오.	長安城中起樓閣
누각은 구름에 닿았고 산에 나무 다했는데도,	樓閣連雲山木盡
관가의 재촉에 거저 넘기는 날이 없네.	官家催促無虛日
성 남쪽엔 어제 밤에 비가 뿌려 미끄럽고,	城南昨夜飛雨滑
길거리 봄 진흙창에 무릎이 빠지네	陌上春泥深沒膝
진종일 열 걸음 다섯 걸음 가는 사이에,	竟日十步五步間
소는 배고파도 먹을 풀 없고 수레 모는 사람도 먹지 못해.	

수레 모는 사람이 먹지 못하는 건 그래도 괜찮지만,	牛飢無草兒不食
소가 굶주리면 발을 헛디딜까 두렵네.	兒不食尙可
수레 모는 사람 하소연할 말이 있어,	牛飢恐失足
곁에 사람이 캐물어 보고는 불쌍히 여기네.	驅車兒兒有辭
수레 모는 사람은 소를 몰고 소는 수레를 끌고,	傍人問之亦悽惻
소 발굽은 터벅터벅 수레는 삐거덕 삐거덕.	兒驅牛牛駕車
삐거덕 삐거덕 터벅터벅하기 십여년에,	牛蹄趵趵車轆轆
수레 모는 사람은 자식 없고 소도 송아지 없어.	轆轆趵趵十餘歲
하루 아침에 소 죽고 수레 모는 사람도 죽었으니,	兒身無子牛無犢
관가에선 어느 곳에 매질을 하랴?	一朝牛斃兒亦死
원컨데 이 뜻을 임금님께 아뢰어,	官家何處施鞭扑
때 맞게 영을 내려 고역을 면제해 주고 싶어라.	願將此意叫天閽
수레 모는 사람 다만 소와 서로 마주하여 누워 자는데,	及時下令除苦役
해가 높이 뜬 촌 골목엔 뽕과 삼만 푸르네.	兒但與牛相對眠
	日長村巷桑麻綠[18]

　탐학한 고관들이 호화로운 집을 짓는 데 쓰일 목재를 운반하느라 평생을 괴로운 사역 속에서 일생을 희생한 수레 모는 사람을 등장시켜 관가의 가렴주구에 시달리는 백성의 고통을 사실적으로 묘사하였다. 작자는 수레 모는 핍박 받는 백성에게 무한한 동정을 보내고 아울러 고관들의 무자비한 행위를 폭로하고 있다. '兒不食尙可 牛飢恐失足'의 시구에서 당시 관리들이 백성의 생명을 소 한 마리 목숨만큼의 값어치도 두지 않았음을 알 수 있겠다. 제22구에서는 관가의 횡포가 죽는 날까지 계속되었음을 알 수 있겠다. 국왕은 자신들의 농간에 가려져 이러한 백성들의 질고를 알 턱이 없다. 그래서 작자는 이런 사정을 직접 임금에게 아뢰어 백성의 고통을 벗겨 주어야겠다는 의무감을 느끼게 되고 관리들에 대해서는 분노를 느끼기까지 한다. 제25구에서는 고된 사역에 시달리다가 처절하게 죽어간

---

18) 石洲集, 卷2, 1張

수레 모는 사람의 시체조차도 아무도 거두어 주지 않는 광경을 보고, 작자는 필요한 때는 이용하다가 죽게 되어 이용가치가 없으니까 그 사람의 죽음에 대하여 아무런 감정도 갖지 않는 세태 속에서도 작자는 강한 인간 존중의 의식을 갖고 있음을 알 수 있겠다.

이상의 여러 시에서 그는 당시의 위정자들의 비리를 낱낱이 들어 공격하고 그들은 정사를 맡을 인물이 못됨을 누누히 강조하고 아울러 이런 위정자들에게 시달리는 가련한 백성들의 고통을 대변하고 있다.

3. 간교한 세태·인심의 폭로

여기서는 주로 권필이 인간들의 탐욕·간교·위선·술수 등을 적나라하게 나타낸 작품을 다룬다. 전체시에 골계미도 깔려 있어 독자의 가려운 곳을 시원하게 긁어 줌으로서 독자의 공명을 얻기에 충분하다.

먼저 인간들의 간악한 내면을 여지없이 폭로한 「夜坐醉甚走筆成章三首 其三」을 보기로 한다.

그윽한 거처하는 곳에,	幽居所居屋
집을 둘러싸고 고목나무 많이 있네.	繞屋多古木
한 밤중에 우는 새가 있어,	有鳥半夜鳴
소리가 어린애 울음 같네.	聲如小兒哭
그 이름 올빼미인데,	其名曰訓狐
울면 주인이 액을 당한다하네.	鳴則主人厄
주인이 올빼미에게 말하기를,	主人語訓狐
너의 소리 비록 심히 나쁘긴하나,	爾聲雖甚毒
온 세상사람이 다 너의 무리인 걸,	擧世皆爾曹
상서롭지 못한 것이 어찌 너 혼자 뿐이랴?	不祥豈爾獨
아첨하고 헐뜯느라 교묘한 혓바닥 놀리고,	呢訾弄巧舌
이리저리 두리번거리며 간사한 눈을 치켜뜨네.	睒睗張奸目
얼굴을 맞대고서 속으로 덫과 함정을 설치하여,	對面設機阱

사람을 예측 못할 곳에 빠뜨리누나.	陷人動不測
너를 세상 사람들에 견주어 본다면	以此比世人
복이 되지 않는다고 어찌 알겠나?	焉知不爲福[19]

　의인법을 써서 사람과 올빼미 사이의 대화를 통하여 세상사람들의 간악함을 갈파하였다. 올빼미가 상서롭지 못한 새여서 울면 그 집 주인에게 재앙이 닥친다는 사실을 주인도 알면서도 도리어 올빼미를 세상 사람들보다는 착하다고 여기고 있다. 겉으로는 착한 체하지만 속으로는 자신을 은폐한 체 더 큰 간악한 행위를 저지르고 있는 사람들이 세상에 더 많다는 것을 암시하고 있다. 아첨·시기·질투·허세·모함 등을 총동원하여 자신의 이익만 취하고 남을 함정에 몰아넣는 것이 세상의 실정임을 이야기하고 있다. 인간의 간악한 면을 일일이 예시하는 것보다는 세상 사람들을 재앙을 몰고 오는 나쁜 새인 올빼미에 견주어 볼 때, 올빼미가 더 착하다는 말 한마디로써 인간의 간악상의 극치점까지 몰고 간 것이다.
　부정부패가 심한 이런 풍토에서 순박한 시골 사람마저도 벼슬의 청탁을 꿈꾼다. 다음 시 「古意八首其三」은 그런 모습을 핍진하게 묘사한 시이다.

어떤 사람이 산동땅을 떠나,	有客別東魯
이름을 얻고자 장안으로 들어왔네.	求名入長安
장안의 많은 훌륭한 저택들,	長安多甲第
푸른 구름 끝에서 노래하고 춤추네.	歌舞靑雲端
의관을 차린 관리들이 넓은 거리에 흩어지는데,	衣冠散廣陌
칼과 패옥의 소리 치렁치렁하네.	劍佩聲珊珊
문득 수레와 말이 오는 것을 보니,	忽見車騎來
햇빛 받은 금안장이 찬란하구나.	白日輝金鞍
평소 친했던 사람임을 알고서,	認是平生親
나아가 만나보려 하다가 그대로 머뭇거린다.	欲進仍盤桓

---

19) 石洲集, 卷1, 7·8張

한번 이름을 말하고 싶지만,	願一道姓名
그 기상을 범할 수가 없네.	氣象不可干
해저물어 주막으로 돌아와,	日暮歸邸舍
베개를 어루만지며 눈물 줄줄 흘린다.	撫枕淚汎瀾
뒷 사람들에게 말하노니,	傳語後來人
이 길은 유독 험난하네.	此路誠獨難20)

벼슬을 선망한 시골 사람이 벼슬을 구해 보겠다고 서울에서 고관을 지내는 옛 친구를 찾아 갔지만, 막상 그 친구를 보고서는 그 기상에 질려 한마디 말은 건네지 못하고 주막으로 돌아와 자신의 신세타령만 한다는 내용을 담은 시이다. 제3구에서 제8구까지는 서울 벼슬 아치들의 호화로운 생활상을 묘사하였고, 제9구에서 제12구까지에서는 시골 사람들의 초라한 행색을 대비시켜 이야기함으로써 관리들의 호화스러움과 서민들의 처량함을 극명하게 표출하였다. 벼슬에 나아갈 어떤 방도도 없고 그저 주막방에서 베개를 끌어 안고 우는 모습에서 당시 사람들이 벼슬을 얼마나 동경했는지를 짐작할 수 있겠다. 마지막으로 작자는 벼슬길이 영화로움만 있는 것 같지만 사실은 이 길처럼 험난한 곳이 없다는 것을 깨우쳐 주고 있다. 벼슬을 얻기도 어렵지만, 얻은 벼슬을 유지하기가 당쟁이 심하던 당시에 얼마나 어렵다는 것을 잘 알고 벼슬의 유혹을 뿌리칠 수 있는 작자이기에 이렇게 세상 사람들을 깨우치는 말을 할 수 있었던 것이다. 그리고 험난한 벼슬길보다는 자신의 야인생활이 떳떳하다는 것을 은연중에 드러내 보이고 있다.

다음 「忠州石」은 당시 만연하던 위선적인 고관들의 모습을 폭로시킨 시다.

---

20) 石洲集, 卷1, 12張

충주의 아름다운 돌 유리와 같아,	忠州美石如琉璃
천 사람이 캐어 내어 만 마리의 소로 실어 나르네.	千人劚出萬牛移
묻노니 돌을 어디로 옮겨 가는가?	爲問移石向何處
옮겨가 세도가의 신도비 만든다 하네.	去作勢家神道碑
신도비에는 누구를 새겼는가?	神道之碑誰所銘
필력도 굳세고 문장의 법식도 특이하네.	筆力倔强文法奇
모두 말하기를, 이 분이 세상에 계실 때,	皆言此公在世日
천품과 학업 절륜했다 하네.	天姿學業超等夷
임금 섬기는 데는 충성과 강직이요,	事君忠且直
집에 있어서는 효도하고 자애로왔네.	居家孝且慈
문전엔 뇌물 끊고,	門前絶賄賂
창고엔 재화도 없었네.	庫裏無財資
말은 능히 세상의 법도가 되었고,	言能爲世法
품행은 족히 남의 본보기가 되었네.	行足爲人師
평생 처신하는 것이	平生進退間
하나도 알맞지 않은 것이 없었네.	無一不合宜
그런 까닭에 뚜렷이 새겨서,	所以垂顯刻
영원히 변치 않기를 바라네.	永求無磷緇
이 말을 믿든 안믿든,	此語信不信
남들이 알든 모르든,	他人知不知
드디어 충주 산 위의 돌로 하여금.	遂令忠州山上石
날로 달로 줄게 하여 이젠 남은 것이 없네.	日銷月鑠今無遺
하늘이 무딘 물건 낼 때 입이 없게 해서 다행이었지,	天生頑物幸無口
가사 돌에 입이 있었다면 응당 할 말 있었을걸.	使石有口應有辭21)

조정에는 국사를 경륜할 인물이 없어 국력은 날로 쇠미해 가고 민생은 도탄에 빠졌는데도 탐학한 세도가들의 무덤길에는 충주에서 캐어 나른 유리같은 아름다운 돌로 신도비를 계속해서 세운다. 또 당대의 문장대가로 명성을 날리는 사람들은 아무런 가치판단도 없이 미사려구를 동원하여

---

21) 石洲集, 卷2, 19張

주인공을 추켜올리는 아부의 글을 지어 준다. 제6구에서는 이러한 문장가들의 절조 없는 처신에 야유를 보내고 있다. 비명의 내용에는 학문・덕행・충성・효도・강직・자애・청렴・사표 등 극도의 찬양을 하여 주인공의 위대성을 말했고, 또 이러한 신도비는 영원히 보존되어야 한다고 자손들은 생각하고 있다는 것을 이야기하고 있다. 당시 위선으로 가득찬 사회상을 예리한 필치로 고발하고 있다. 위정자들의 위선은 말할 것도 없고 문장가들마저 모두 위선자라는 의미를 내포하고 있다. 제7구에서 18구까지는 비명의 내용을 그대로 옮겨와, 비명의 주인공의 행적을 직접 본 독자들로 하여금 이 비명의 내용이 그런 사람에게 합당한 지를 묻고 있다. 제19・20구에서는 작자 자신은 물론 세상 사람들도 믿을지 안믿는지 알는지 모르는지 하여 겉으로는 의문을 제기하였지만, 그 의미하는 뜻은 믿지 않을 것이 분명하다는 것이다. 그래서 지금까지 칭송되어온 비명의 주인공을 천길 낭떠러지로 떨어져 내리게 하여 그들의 위선을 일시에 격파시켜 독자들로 하여금 무한한 통쾌감을 느끼게 하고 있다. 제23・24구에서 그 신도비가 허위라는 것은 돌까지 다 안다고 했으니, 이 세상의 아무리 둔한 사람이라도 능히 알 수 있다는 뜻이 담겨 있다. 국가・민족을 위하겠다는 생각은 추호도 없고 서로 경쟁이라도 벌이는듯 자기 과시욕에 미쳐 날뛰는 당시의 위정자들에게 작자는 무한한 증오를 느꼈던 것이다. 7言으로 시작하였던 시를 제9구에서 제20구까지는 5言으로 변화시켜 시의 템포를 빠르게 하여, 비명의 칭찬 내용을 급격히 고조시켰다가 그 다음 단계에서 그 허상을 더욱 세게 깨뜨렸는데, 이는 권필의 작시상의 한 기법이라고 하겠다.

작자는 기질상 불의를 용납하지 못하고 자신의 성격이 개결하여 명예나 부귀를 추구하지 않은 인물인지라 세태인심의 간악상을 누구보다 증오하고 분격하였으므로 그것을 정확하게 관찰하여 곡진하게 묘사하였다. 그는 시의 의의와 기능을 잘 알고 있었으므로 이런 풍자 시를 지어 세상 사람들에게 경각심을 불러 일으켜 인심을 바로 잡고 풍속을 쇄신하려고 노력하였던 것이다.

Ⅳ. 結論

한국 한문학의 역사상 수많은 사람들이 한시를 남기고 있다. 그러나 권필 이전시대 시인들의 작품속에 나타난 자아는 우주의 질서에 순종하는 우주의 한 구성원으로서의 소극적인 시작태도로, 대부분 생활 교양의 연장에 지나지 않았을 뿐이었다. 그러나 권필의 시에서는 자아가 우주와의 대립관계로 나타나 괴리·울분·갈등 등이 노정되어 있다. 그는 시인으로 자부한 전문적 시인으로 뚜렷한 창작의식을 갖고 현실세계를 비판적으로 보아 거기서 느끼는 울분·갈등을 작품으로 형상화하였다. 그는 독서한 지식인으로서의 사명감을 인식하여 늘 문학으로서 시대를 바로 잡고 세인들을 각성시키려고 하였다. 그를 전통적 시문관을 벗어난 사람으로 보기는 어렵지만 형식에 있어서 자유로운 고시를 많이 썼고 우화법을 동원하였다. 그의 시속에는 그 이전의 시인들과는 달리 자아가 뚜렷이 부각되어 있고, 민중들의 생활에 대한 관심도 이전의 시인들보다 훨씬 더 깊었다.

한국 한문학사상 권필은 최초의 대표적 풍자 시인이라 하겠다. 권필 이전에도 林椿·金時習·南孝溫 등이 몇 수의 풍자시를 남겼지만 그 내용이나 작품수·시작태도·역사적 의의 등에서 볼 때 권필 시에 필적할만한 시는 없다. 권필 이후에는 정약용의 풍자시가 돋보이는데, 풍자가 날카롭고 공격이 과감하고 함축미가 풍부한 점에 있어서는 권필이 낫다고 하겠지만, 관찰이 정확하고 묘사가 사실적이고 민중의 심경을 깊이 이해한 점에 있어서는 丁若鏞이 앞섰다고 하겠다.

권필은 창작의식을 가진 전문적 시인으로 풍간의 정신을 시로 나타내었고, 정치의 득실을 풍자하는 것이 시인의 본분이라 생각하였으므로 그는 여느 시인들보다 의도적으로 풍자시를 많이 지었다. 또 자신이 직접 정치

에 참여하지 않았기 때문에 정치상의 불의를 대담하게 묘사할 수가 있었
다. 그의 풍자시는 의경이 참신하고 또 당시의 정치사회를 가장 잘 반영하
고 있다. 그는 풍자시를 지어 정치·사회의 잘못을 폭로하고 공격함으로써
국가기강을 바로잡고 풍속을 교정하려 하였으며 아울러 자신의 현실사회
에 대한 울분과 갈등을 시로 표출하여 정신적 위안을 얻으려고 했다. 그의
풍자시는 폭로가 과감하고 공격이 통렬하지만, 국가사회의 발전에 대한
새로운 대책을 제시하지는 못했다.

仁祖朝 南人의 政界進出과 西人과의 對立

Ⅰ. 서론

인조반정으로 서인이 집권하게 되었는데, 그들은 주로 율곡 이이, 우계 성혼의 문인들과 이항복이 추천한 사람들이었다. 집권당 대북은 완전히 사라졌고, 남인은 북인의 일부를 흡수하여 재편성하여 정계에 진출하였다. 반정 후 최초의 영의정에 남인 이원익(李元翼)이 임명된 것을 봐서 남인들도 상당한 지분을 갖고 있었음을 알겠다.

흔히 인조조에는 서인 일색으로 정권을 잡고 있었다고 생각하고 있는데 남인도 인조반정 이후 계속 정치에 참여하여 활약하고 있었다.

본고에서는 인조반정 이후 새로 편성된 남인은 어떤 성격을 갖고 있으며, 어떤 경로를 통해서 서인이 집권한 정계에 진출했으며, 정계진출 이후 서인과 어떤 문제를 두고 어떻게 대립했는지를 알아 보고, 남인과 서인이 융합하지 못하고 대립하게 된 원인은 어디에 있었는지를 규명해 보고자 한다.

Ⅱ. 남인의 유래

1575년(선조 8) 김효원(金孝元)과 심의겸(沈義謙)의 알력으로 동서 분당이 발단되었다.

물론 이보다 앞 시대에도 네 차례의 사화가 있었고, 그 밖에 크고 작은 권력 대립이 있었지만, 동서 분당 이전의 대립은 모두 가해자측은 바르지

못한 사람들이고 피해자측은 바른 사람이었으므로 얼마간의 시간이 지나
면 그 선악· 시비·사정(邪正)이 판명되었다.

그러나 동서 분당 이후의 당쟁은 선악·시비·사정이 판명되지 않는
선비출신 관료들의 대립이었으므로 완전히 이긴 쪽도, 완전히 진 쪽도
없이 엎치락 뒤치락하며 거의 조선이 망할 때까지 지속되었다.

동서 분당 초기에는 대체로 동인이 득세하여 서인을 누르고 있었으나
동서인이 다 조정에서 벼슬하고 있었고, 또 당파에 관여하지 않은 사람도
많았다.

1589년(선조 22) 정여립(鄭汝立) 사건이 일어나자 그 관련자들을 체포·
처형했으니 이를 기축옥사(己丑獄死)라고 한다. 이때 정철(鄭澈)이 위관
(委官)이 되어 그 옥사의 범위를 지나치게 확대하고 또 엄하게 다스렸다.

정여립은 고변(告變)이 있자 진안(鎭安) 죽도(竹島)로 피신하였다가 자
결하였다. 정여립은 본래 이이(李珥)의 문하에 출입하여 명망이 높았는데
이이가 죽자 동인이 싫어하던 이이를 극구 비난하며 동인에 가담하였다.
그리하여 동인과 친교가 많았다.

기축옥사로 동인 이발(李潑)·이길(李洁) 형제, 최영경(崔永慶)·백유
양(白惟讓)·유몽정(柳夢井) 등이 처형되었고, 정언신(鄭彦信)·정언지
(鄭彦智)·정개청(鄭介淸)·김우옹(金宇顒)·정인홍(鄭仁弘) 등이 귀양
가게 되어 동인이 위축되고 서인이 득세하였다.

이 기축옥사는 계속 당쟁의 불씨가 되었는데, 동인측의 주장은, 이발·
이길·최영경·정개청 등을 죽인 장본인은 위관을 맡은 정철이고, 정철을
종용한 인물은 당시 이조참판으로 발탁되어 있던 성혼이라는 것이었다.
또 성혼의 절친한 친구이고, 동서 분당 초기에 조정에 힘썼던 이이까지도
동인은 미워하게 되었다.

1591년 건저문제(建儲問題)로 선조의 노여움을 사서 우의정으로 있던
정철은 진주(晋州)로 유배되었다가 곧 강계(江界)로 위리안치되었다. 이
로 인해서 동인은 다시 득세하게 되었다. 1592년 임진왜란이 발발하여

왕의 부름으로 의주로 호종하여 체찰사(體察使)에 임명되었다. 1594년 최
영경의 신원과 함께 정철의 관작은 추탈되었다.

동인 가운데 우성전(禹性傳)은 중망이 있었는데, 정인홍이 그가 기생첩
을 두었다고 탄핵했다. 이는 이발(李潑)이 정인홍에게 정보를 제공해서
이루어진 것이었다. 류성룡(柳成龍)·김성일(金誠一)·이경중(李敬中)·
이덕형(李德馨) 등은 우성전을 지지하였다.

정여립이 이발에게 붙어 이조정랑이 될 음모를 꾸미자 이경중이 저지시
켜 뜻을 이루지 못하였으므로 정인홍은 이경중을 비난하였다.

기축옥사 때 이발이 국문을 받아 죽게 되었을 때, 류성룡이 구체하지
않았다고, 정인홍은 류성룡에게 원한을 품게 되어 정인홍 일파는 류성룡을
원수로 여기게 되었다.[1]

건저문제로 정철을 처벌할 때 동인들이 모여서 논의하였는데, 이산해
(李山海)의 지시를 받아 합계(合啓)할 안건을 논의하였다. 우성전은 본래
이산해를 미워했으므로, 많은 사람들에게 파급되는 것을 꺼려 만류했고,
김수(金晬)는 논의에 참여하지 않았다. 대사헌 홍여순(洪汝諄)이 우성
전·김수를 탄핵하여 삭탈관작 당하게 하였다. 이때 무릇 서인으로서 조정
에서 벼슬하던 사람들은 거의 다 축출하였다. 서인의 처벌은 강경하게
주장하는 사람은 북인, 온건한 사람을 남인이라 하여, 남북이 분열하니,
동인(東人)이란 명칭은 사라지게 되었다.[2]

남북분열의 더 격렬하게 된 사건은 1594년 홍여순·남이웅(南以雄) 등
이 이산해의 아들 이경전(李慶全)을 장차 이조정랑에 추천하려 하자, 당시
이조정랑으로 있던 정경세(鄭經世)가 불가하다고 고집하였다. 이산해와
그 일파는 크게 화가 났다. 이산해의 사위인 이덕형이 의정부에 재직하면
서 정경세의 동향 친구인 이준(李埈)을 통해서 "이경전을 막으면 평지풍

---

1) 李建昌, 『黨議通略』, 한국당쟁사료집 2, 922쪽. 서울 여강출판사, 1983.
2) 앞의 책, 922쪽.

파가 일어날 것이다. 나는 조정을 진정시키기 위해서 이런 말을 전하지 사사로운 관계 때문이 아니다."라고 그 뜻을 전했는데도 정경세는 허락하지 않았다.

정경세는 류성룡의 문인이었으므로, 이산해는 정경세가 류성룡의 사주를 받았다고 판단, 그 당파인 남이공(南以恭)을 시켜서 류성룡을 탄핵하게 했다. 그러나 이는 정경세 자신의 의견이었지 류성룡의 사주를 받은 것은 아니었다. 이로 인해서 류성룡을 지지하는 이원익·이덕형·이수광(李睟光)·윤승훈(尹承勳)·이광정(李光庭)·한준겸(韓浚謙) 등은 남인이 되고, 이산해를 지지하는 유영경(柳永慶)·기자헌(奇自獻)·박승종(朴承宗)·유몽인(柳夢寅)·박홍구(朴弘耉)·홍여순·임국로(任國老)·이이첨(李爾瞻) 등을 북인이라고 했다. 대체로 퇴계의 문인들은 남인이 많고 남명의 문인들은 북인이 많았다.[3]

남북으로 분열된 후 북인이 우세했는데 1598년 북인들은 류성룡을 화친을 주장한 오국소인(誤國小人)이라 하여 탄핵하여 삭탈관작 당하게 만들자 남북간의 대립은 더욱 심각해졌다.

1608년 광해군이 즉위하자 정인홍 등 북인들이 득세하고 남인과 서인은 실세하였다. 이원익·이덕형 등이 광해조에 영의정을 지냈지만 필경은 대북에게 몰려 유배·삭직되어 결국 광해조 기간에는 대북이 정권을 독점한 셈이다.

1613년 영창대군(永昌大君)의 옥사가 일어나 북인은 대북(大北)·소북(小北)으로 분열되어 대북이 정권을 독점하였다.

광해군을 업고 정권을 쥔 대북파의 정인홍·이이첨·허균(許筠)·백대형(白大珩)·정조(鄭造)·윤인(尹訒)·한찬남(韓纘男) 등이, 1618년 폐모론(廢母論)을 주장하여 인목대비(仁穆大妃)를 서궁(西宮)에 유폐하기에 이르렀다.

---

3) 柳疇睦, 『朝壁略全』, 「溪堂集」 수록 572쪽. 서울 아세아문화사, 1984.

당시 폐모론을 찬성한 사람은 대부분 대북파였는데, 대북파의 기자헌과 소북파의 유희분(柳希奮)·박승종(朴承宗)·남이공(南以恭) 등은 반대하였다.

당시 정도(正道)에 따라 지조를 지켰던 사람으로는 남인에 이원익·이덕형·정구(鄭逑)가 있었고, 서인으로 정홍익(鄭弘翼)·김덕함(金德諴)·오윤겸(吳允謙) 등이 있었다.[4]

광해군은 여러 가지 내외의 치적에도 불구하고 즉위년에 동복형 임해군(臨海君)을 죽였고, 1613년에 이복동생 영창대군(永昌大君)을 죽였고, 또 1618년에 인목대비를 유폐했으므로 당시 사람들에게 도덕적으로 용납받지 못했다.

광해군 아래서 집권하고 있던 정인홍·이이첨 등은 유림의 추앙을 받던 회재(晦齋) 이언적(李彦迪)·퇴계(退溪) 이황(李滉)을 비난하였고, 서인들이 정신적 지주로 추앙하는 율곡 이이, 우계 성혼을 배척하였으므로, 대북파에 대해서 조야의 인사들은 강한 불만과 분노를 갖고 있었다. 남인 가운데서도 한유상(韓惟翔)·오환(吳煥)·목장흠(睦長欽)등은 이이첨에게 붙어 앞잡이가 되기도 했다.[5] 그래서 대북파를 등에 업은 광해군의 몰락은 필연적인 추세였다.

이이·성혼의 제자 및 폐모론을 반대하다 북청으로 귀양가서 죽은 이항복의 제자들이 주축이 된 김류(金瑬)·이귀(李貴)·신경진(申景禛)·구굉(具宏)·장유(張維)·홍서봉(洪瑞鳳)·최명길(崔鳴吉)·심명세(沈命世)등이 거사하여, 1623년 3월 13일 광해군을 폐위시켰다.

---

4) 『黨議通略』, 925쪽.

5) 『仁祖實錄』 卷 3, 29張, 元年 閏 11月 辛亥.

III. 남인의 정계진출

서인은 군사로써 반정을 일으켜 광해군을 몰아내고 인조를 추대하였다. 광해군과 세자를 유배보내고 정인홍·이이첨 등 대북파 17인을 정형(正刑)하고, 유희분·유희발(柳希發)·이병(李覮) 등 65인을 복주(伏誅)하고, 순령군(順寧君) 경검(景儉) 등 65인을 안치하였다. 이로써 폐모론에 가담하지 않은 사람을 제외하고는 대북세력은 모두 소멸되었다.[6]

정권을 쥔 서인들은 광해군의 죄상을 36조 열거하면서 자신들의 정당성 확보하려고 했지만 민심을 만족시킬 수가 없었다.

장현광(張顯光)이 1623년 부름을 받고 왔을 때 영의정 이원익이 가서 나라 일을 물으니 장현광이 "오늘날 나라의 큰 근심은 의심하는데 있다."라고 하니, 이원익이 탄복했다 한다. 당시 백성들이 공신들에게 의구심을 얼마나 갖고 있었는지를 추측할 수 있겠다.

공신들은 처음에 김상헌(金尙憲) 등의 주장에 따라 남인을 참여시키지 않으려 했으나,[7] 자신들의 정치적 역량이 부족하고 조야의 지지기반을 확보하고 있지 못했으므로 남인들을 정치에 참여시키지 않을 수 없었다. 폐모론에 가담하지 않은 대북·소북의 인사들도 대부분 참여시켰다.

목숨을 걸고 집권한 서인들이 구원(舊怨)이 없지 않은 남인들을 정치에 참여시킨 데는 다음과 같은 이유에서였다. 첫째, 다같이 광해조에 대북의 혹심한 탄압을 받고 정치에서 소외되어 있었으므로 구원을 어느 정도 잊었다. 둘째, 광해군의 외교정책에 반대되는 존명배청(尊明排淸)의 사상을 함께 갖고 있었다. 셋째, 민심을 수습하기 위해서는 백성들에게 명망이 있는 인사들을 참여시켜야 했다. 네째, 인조(仁祖)가 공신들이 중심이 된 서인들이 지나치게 천권(擅權)할까 염려하여 남인들을 음호(陰護)하고 있

---

6) 李長演, 『朝野輯要』 卷 16. 光海朝下, 22·23쪽. 서울 여강출판사, 1990, 『朝野輯要』 中卷 17, 52쪽.

7) 『黨議通略』, 926쪽.

었다.8) 다섯째, 서인들 자체내의 훈서(勳西)·청서(淸西)의 알력으로 남
인들을 때때로 이용하였다.

남인으로 폐고(廢錮)되어 있던 사람 가운데서 원로대신 이원익을 불러
영의정에 임명하였다. 그는 당시 77세로 선조조와 광해조에 이미 영의정
을 역임하였고, 폐모론에 반대하다 홍천에 5년 동안 유배되었다가 풀려나
와 여주에 머무르고 있었다. 이원익은 조야의 명망을 한몸에 받고 있었으
므로 그가 승지의 부름을 받고 도성으로 들어올 때 도성의 백성들은 이마
에 손을 얹고 맞이하면서 "이상공(李相公)께서 오셨다."하며 서로 경하하
며 혹 눈물을 흘리기까지 했다.9)

반정초에 남인으로서 정계에 참여한 대표적 인물과 그 직책은 이수광
(李睟光)이 도승지, 정경세가 부제학, 이성구(李聖求)가 사간, 김세렴(金世
濂)이 부수찬, 이민구(李敏求)가 교리, 최현(崔晛)이 응교, 전식(全湜)이
부수찬, 이윤우(李潤雨)가 정언, 김시양(金時讓)이 예조정랑, 이준(李埈)
이 승지였다.

장현광(張顯光)은 김장생(金長生)·박지계(朴知誡)와 함께 이들을 우
대하기 위해서 성균관에 특별히 새로 설치한 사업(司業)에 임명되었으나
취임하지는 않았다.10)

이광정(李光庭)은 반정초에 이조판서에 임명되었으나, 광해조때 폐모
론에 반대하지 않았다 하여 김자점(金自點)의 탄핵을 받고 물러났다가
이해 10월에 공조판서에 제수되었다.

류성룡의 아들 류진(柳袗)과 조경(趙絅)은 학행이 있는 유생으로 천거
되어 6품직에 제수되었다.

본래 정인홍의 제자였던 정온(鄭蘊)은 북인이었으나, 1613년 영창대군
옥사때 반대상소를 하다 제주도에 위리안치되어 있다가 반정후 헌납에

8)『朝野略全』, 573쪽.
9) 李元翼,『梧里續集附錄』卷 1, 19張,「韓國文集叢刊」55, 所收.
10)『仁祖實錄』卷 2, 13張. 원년 5월 정사조.

임명되었고, 이후 남인의 노선에 합류하였다.

반정을 한 서인 공신들은 광해군을 폐하고 인조를 옹립했지만, 민심 수습에 원로남인들을 등용하지 않을 수 없는 상황이었음을 정사(靖社) 1등 공신의 한 사람인 이서(李曙)가 당시의 민심과 남인원로들이 조정에 진출하고 난 뒤의 안정국면을 이렇게 설명하고 있다.

> "계해년 반정초에 나라 사람들이 갑자기 광해군을 폐하고 새 임금을 세웠 다는 소식을 듣고 주상(인조)이 성덕이 있는 줄을 알지 못했으므로, 상하가 놀라 어쩔줄을 몰랐고 향배가 정해지지 않았는데, 위세로서 진압할 수도 없고 해서 말하기 지극히 어려운 사정이 있었다. 완평부원군 이원익 정승이 앞 왕조의 원로로서 수상에 제수되어 부름을 받고 여주로부터서 입조하자, 사람들의 마음이 비로소 안정되었다. 사계 김장생·우복 정경세·여헌 장현 광·동계 정은 등이 차례로 입조하자, 백성들의 마음은 더욱 안정되어 왕실 로 향하여 충성을 다하려고 마음 먹지 않은 사람이 없었다. 어진이가 국가 안위에 관계됨이 이러하도다.…11)

인조반정 이후의 남인들은 광해조에 북인과 다투던 퇴계학파 가운데서 유성룡계열을 계승하였지만, 당파의 성격이 약간 달라졌다. 가계가 선조· 광해조부터 남인인 경우가 대부분이지만, 남인과의 학연·통혼·지연등 으로 남인이 된 경우가 있으니, 허목(許穆)이 바로 그 예다. 학연·지연· 통혼상 남인과 관계가 없었지만, 사환상 서인의 핍박을 받은 경우가 있으 니 조경(趙絅)같은 인물이 바로 그런 류다. 그는 서인 김상헌(金尙憲)과 같이 윤두수(尹斗壽)의 문인이었지만, 반정공신 홍서봉(洪瑞鳳)의 탐학상 을 탄핵하여 김상헌 등 서인의 핍박을 받게 되었다.

---

11) 金長生, 『沙溪全書』卷 43, 28張, 年譜. "癸亥反正之初, 國人猝聞廢易, 不知主上之有聖德, 上下驚擾, 向背未定, 不可以威勢鎭服, 事有至難言者. 完平李相國元翼, 以先朝元老拜首相, 承召自驪州入朝, 人心始定. 金沙溪某, 鄭愚伏經世, 張旅軒顯光鄭桐溪薀, 次第入朝, 人情益 安, 莫不心向王室, 思盡誠忠. 賢人之係國家安危如此云."

북인들은 대부분 남인에 합류했지만, 서인으로 변신한 사람도 있고, 또 소북의 본색을 그대로 유지한 사람도 있었다.

대북파의 집권으로 오랫동안 정계진출이 좌절되었던 남인들은 서인들의 반정으로 정계에 진출할 기회를 얻었고, 서인으로서도 민심수습·임금의 의혹제거·정치적 역량의 차용등의 의도에서 남인의 정계진출을 막을 이유가 없었다.

특히 영의정에 취임한 이원익은 당색은 비록 남인이었지만, 원만한 성격과 합리적인 정사수행 등으로 정적이 없었으므로, 서인들이 그의 영의정 취임을 반대하지 않았고, 심지어는 반정 모의 때 그를 참여시키자는 의견도 있었다.12)

서인의 목적에 의한 남인의 정계진출이었지만, 이원익은 정계에 진출하여 명실상부한 영의정으로서의 소임을 다하려고 노력했고, 인조도 그에 대한 신임이 두터웠다. 그는 반정 9일 후인 3월 22일 인조를 알현하고서 정치의 방향을 제시하였다.

첫째, 훌륭한 인재를 얻는 일이 급선무이니, 임금은 인재를 얻는 것을 정치의 근본으로 삼아야한다.

둘째, 국고가 고갈되어 있으니 비용을 절약해야 한다. 그래야 백성들의 질고를 풀어 줄 수 있고 민심도 얻을 수 있다. 민심을 얻어야 청나라의 침략에 대비해서 싸울 수가 있다.

셋째, 경연을 자주 열어야 한다. 그래야만 좋은 말을 들을 수 있고, 인재를 분별할 수가 있다.

네째, 당파는 갑자기 깨뜨리기가 어렵겠지만, 임금이 인재를 등용하기를 공평하게 하면, 어진 사람은 등용되고 못난 사람은 저절로 물러나, 조정이 절로 맑아질 것이다. 임금의 마음이 공평해지면 아래 사람들도 절로 공평해질 것이다.13)

---

12) 『梧里續集附錄』 卷 1, 18張

이원익의 건의는 이상의 네가지로 요약할 수 있는데, 종전의 다른 재상들과 크게 다를 바 없지만 특히 공평한 인재등용을 강력하게 건의하고 있다. 당시 서인에 의해 추대된 인조가 서인들에게 인사권을 빼앗기지 않도록 하려는 뜻이었다. 서인 특히 반정공신에 의해서 인사권이 좌지우지될 때 국가의 기강은 서지 않고 민심은 흩어져 반정이전의 대북정권 보다 나을 것이 없을 것이기 때문이다.

인조는 즉위초부터 당파에 대하여 우려하여 인재를 고루 등용하려고 노력하였지만, 이미 서인이 장악한 정권이라 뜻대로 되지는 않았다.

이원익같은 경륜이 있고 온전한 인물이 영의정을 맡았기 때문에 반정 뒤에 초래되는 무자비한 보복·살륙을 막았고, 또 반정공신들이나 인목대비의 강력한 주장에도 불구하고 광해군과 폐세자의 처형은 막을 수 있었다.[14]

Ⅳ. 남인과 서인 간의 알력

서인이 집권한 조정에 진출한 남인들은 처음부터 그 한계를 실감해야했다. 그 가장 큰 요인은 반정공신들의 발호였다. 비록 영의정 자리는 남인에게 내주었지만, 그 이외의 요직은 모두 서인들이 차지하고 있었다. 김류(金瑬)는 반정 직후 병조판서가 되어 병권을 쥐었고, 이귀는 이조참판에 임명됐다가 6개월만에 우찬성에 임명되었고, 장단 부사였던 이서는 호조판서를 맡았고, 최명길은 7개월 만에 이조 좌랑에서 참판까지 승진하였다.[15]

김류는 인조가 마음 속으로 남인을 옹호하는 것을 알고서 자기 당파에 지시하기를 "이조참판 이하에는 임명할 수 있지만 이조판서 이상및 의정

---

13) 『仁祖實錄』 권 1, 24,25장, 원년 3월 임자조.
14) 『朝野輯要』 中 47쪽.
15) 『仁祖實錄』 卷 1, 卷 2.

부에는 남인을 쓰지 못하게 하라.”고 했다.16) 왕실과 남인과의 관계를 맺
지 못하도록 국혼(國婚)을 남인에게 뺏기지 말도록 당부하였다. 그래서
바로 인조 즉위초에 소현세자의 가례(家禮)때 재신(宰臣) 윤의립(尹毅立)
의 딸을 간택하여 책봉하기 바로 직전에 중지시켰다. 그 이유는 윤의립이
남인이기 때문이었다. 이귀·김자점(金自點) 등이 힘써 막았고, 심의겸의
손자로 반정공신이 됐던 심명세(沈命世)가 경연에서 인조에게 건의하여
그런 결과가 나왔다. 심명세는 선조의 능인 목릉(穆陵)을 옮기자고 건의하
여 조정의 탄핵을 받기는 했지만, 서인들은 그가 남인의 국혼을 막았기
때문에 그 공로를 매우 칭송하였다. 공신의 대열에 함께 들었던 장유(張
維)는 그의 비명(碑銘)에서 “바른 말로써 나라 사람들이 말하지 못하던
일을 말했네, 몸을 잊고 나라를 위하니 그 말이 쓰였네”라고 했고, 효종
때 영의정을 지냈던 심지원(沈之源)은 어떤 사람에게 보내는 편지에서,
“만약 그때 윤씨가 입궁했더라면 우리들은 모두 오랑캐가 되었을 것이다.”
라고 할 정도였으니, 서인이 당파의 세력 유지에 국혼을 철저히 이용했음
을 알겠다.17)

인조반정 거사 때 동원했던 군사를 공신들은 그대로 거느리고 다니면서
관리들을 기찰(譏察)하고 때로는 모욕을 주기도 했다. 당시 각 공신들이
거느리고 있던 군사의 수는 실록의 기사로 추산할 수가 있다.

“승지 김자점이 말하기를 4대장[김류·이귀·신경진(申景禛)·이서]
과 신의 군관의 정원을 원래 400명으로 정했습니다. 그러나 신과 심기원
(沈器遠)의 군관은 다만 10인으로 한정하니, 신이 데리고 있는 50명은 모
두 쓸만한 무사고 또 오래 수고하여 마치 수족과 같습니다. 이제 다 흩어져
가게 되니 매우 애석합니다.”18)

---

16) 『朝埜略全』, 573쪽.

17) 尹煐, 『代嘯雜記』, 韓國黨爭關係資料集 18권 수록, 650쪽.

18) 『仁祖實錄』 卷 3, 18張. 元年癸亥壬辰條閏十月. “承旨 金自點曰, 四大將及臣軍官元額,
定以四百, 而臣及沈器遠等軍官, 則只以十人爲限. 臣所帶五十餘人, 皆是可用武士, 服勞已

그때 정사공신(靖社功臣)에 책봉된 사람이 53명이었으니, 그들이 거느린 사병은 얼마나 많았는지 충분히 짐작할 수 있다.

김류·이귀를 정승에 임명하려는 것을 이원익이 반대하여 막았다.

적신들의 집·노비·전토·재산 등을 공신들이 모두 차지하여 당시 사람들의 비웃음을 사 "별궁에서 재산을 나누느라, 모두 머리 깨졌구나.(別宮分財盡破頭)"라는 싯구가 나오기까지 했다.19) 또 광해군의 궁인들까지도 공신들에게 나누어 주었다가 대간의 합계(合啓)로 철회하였다.20)

거사에 참여한 벼슬없는 사람들에게 특전을 주기 위해서 거사 한 달 뒤 과거를 실시하려고 하여, 경연특진관(經筵特進官) 이필영(李必榮)이 "과거는 나라의 공공된 일인데, 사사로이 실시할 수 없습니다. 공이 있다면, 상을 주면 됩니다."라고 반대하자, 인조는 "그들이 외척이 아닌데, 과거로써 선발하는 것이 어떠냐?"라고 듣지 않았다. 9일 뒤에 승지 민성휘(閔聖徽)가 인조에게 다시 아뢰기를 "거사에 참여한 사람들을 위해서 과거를 실시한다하니, 바깥의 여론이 시끄럽습니다. 공이 있는 사람에게는 높은 벼슬과 두터운 녹봉으로 상주는 것이 가하지 과거를 실시하는 것은 타당하지 못합니다."라고 반대했고, 이원익도 "새로 왕화(王化)를 펼치는 이때, 조야에서는 모두 국가의 처사가 대공지정(大公至正)하기를 바라고 있는데 한가지 일이라도 조처가 타당하지 않으면 손실이 큽니다. 거사에 참여한 유생가운데서 글에 능한 사람은 마땅히 과거에 응시하면 될 것이고, 글에 능하지 못한 사람이면 비록 과거에 급제하지 못할지라도 등용될 길이 있으니, 어찌 꼭 명분없는 과거를 실시해서 사람들의 말이 많게 할것이 있겠습니까?"라고 반대했다. 정경세는 "여러 신하들이 말한 것이 옳습니다. 덕이 많은 사람에게는 힘써 벼슬을 주고 공이 많은 사람에게는 힘써 상을 주라(德懋懋官, 功懋懋賞)는 말과 같이 거사에 참여한 유생들은 세상

久, 有同手足, 而皆將散去, 甚爲可惜."

19) 『朝野輯要』 中, 40쪽. 『仁祖實錄』 卷 1.

20) 『仁祖實錄』 卷 1, 36張, 元年4 … 庚申條.

에 보기 드문 공훈을 이미 세웠으니, 상줄 만한 길이 있습니다. 과거는 지극히 공정한 일입니다. 거사에 참여한 사람들을 위해서 과거를 실시한다면 이는 사사로움을 보이는 것입니다."라고 반대했고, 장령 이명준(李命俊)은 "거사에 참여한 사람들을 위해서 과거를 실시하는 것에 대해서 바깥 여론이 시끄러울 뿐만 아니라, 대신과 대간이 모두 안된다고 아뢰었는데도 반드시 실시하려고 하는 것은 사사로움이 아닙니까?"라고 반대했다. 이에 인조는 "여러 사람들의 논의가 그러하다면 마땅히 그만두어야겠다."하고 그만두었다.21) 거사에 참여한 유생들을 위한 과거인 의시(義試)실시에는 이원익을 위시한 남인 뿐만아니라 서인들까지도 반대했으니, 당시 공신들을 견제하려는 분위기가 널리 퍼졌음을 알겠다.

　공신들은 임금인 인조의 권위를 실제로 인정하지 않는 경우가 있었다. 이서는 호조판서로 있을 때 인조가 불렀는데도 오래도록 나타나지 않아, 인조가 추고(推考)하도록 명했다.22) 이귀는 인조가 언급하지 말도록 누차 하명했는데도 계속해서 인성군(仁城君) 공(珙)의 처벌을 주장하였다.23)

　이귀는 1624년 이괄(李适)의 난 때 어영사(御營使)로서 임진강에서 방어하고 있다가 이괄의 군사가 밀려오자, 바로 도주하여 군사가 곧 무너져 이괄이 쉽게 서울을 점령할 수가 있었다. 난이 평정된 뒤에 대간들은 이귀의 위세와 임금의 그에 대한 신임때문에 감히 죄를 청하지 못하고, 부장(副將) 한교(韓嶠)이하의 사람들만 죄를 주기를 청할 정도였다. 응교 윤황(尹煌)만이 이귀도 한교 박삼립(朴三立)과 함께 처벌할 것을 청하였지만 인조는 듣지 않았다.24)

　이귀는 또 자기의 권세를 믿고 하급자이면서 대신들을 능멸하기까지 하였다. 폐세자 祬가 땅굴을 파서 탈출하여 했을 때 그 처벌을 두고 이원익

---

21)『仁祖實錄』卷 1, 46張, 元年4月庚午條 同. 53·54張, 元年4月辛巳條.

22)『仁祖實錄』卷 1, 27張, 元年3月癸丑條.

23) 同 卷 3, 15·16張, 18張.

24)『代嘯雜記』, 710쪽.

의 태도가 대의에 입각해서 처벌하자는 것에서 전은(全恩)으로 바뀌었다
하여 이귀가 이원익을 힐난하였다. 이원익은 대사헌 이귀가 대신의 잘못을
이야기하는데 태연하게 그 자리에 있을 수 없다 하여 체직시켜 줄 것을
강력히 청하였다.[25]

이괄의 난이 평정된 뒤에 반역자들을 신문할 때 인성군(仁城君)이 반역
자들의 공초(供招)에 자주 나왔다. 우의정 신흠이 "가까운 종친을 용서하
는 것이 성덕(聖德)이라고 아뢰니, 이귀가 신흠을 욕하였다. 신흠은 하급
관리가 대신을 모독했다고 하여 물러나기를 청한 적이 있었다.[26]

이귀는 또 이조판서에 자천(自薦)하다가 지평 오전(吳竱)의 탄핵을 받
기도 했고, 물러나기를 청하면서 인조에게 "신의 미미한 공이나마 잊지
않으셨다면 여생을 보내게 가동(歌童)과 미녀(美女)를 내려보내 주시옵소
서."라고 하여 인조가 그 언사의 방자함을 나무라기도 했다.[27]

반정후 세상이 어수선하여 고변(告變)하는 일이 자주 있었는데, 전현령
유응형(柳應泂) 등의 고변으로 양주 서산(西山)에 망명했던 전 이조참판
유몽인(柳夢寅)은 아무런 혐의도 없이 역률로 처형되었다. 정승들이 살리
려고 했지만, 여러 훈신들이 "몽인을 죽이지 않으면 그 나쁜 본을 보아
조정에 나오려 하지 않는 사람이 반드시 많을 것이니 단속을 엄하게 하지
않을 수 없다."[28]고 주장하였다. 유몽인이 아무리 망명했다 하지만, 그
영향을 받아 벼슬을 내놓을 사람이 몇 사람이나 있을거라고 억지 주장을
하여, 죄없는 사람을 죽였는가? 이는 공포 분위기를 조성하여 반정세력에
감히 대항하지 못하게 하려는 의도에서였다.

1624년 2月 이괄(李适)의 반란 소식이 전해지자 조정이 공주로 옮겨가
기 직전에 수감되어 있던 전 영의정 기자헌(奇自獻) 등 49인을 복주하였다

25) 『仁祖實錄』卷 2, 23·24·26張, 元年7月.
26) 『朝野輯要』中, 43쪽.
27) 앞의 책.
28) 李肯翊 국역본, 『煉藜室記述』卷 23, 539·540쪽. 서울, 민족문화추진회, 1977.

김류가 인조에게 건의하기를 "역적과 통하여 내응할 소지를 없애자고 하니, 인조가 따랐다. 이때 같은 공신인 이귀는 "체포된 사람 중에는 높은 재신(宰臣)이 많으니, 꼭 괄과 같이 반란할 이유는 없을 것이요 나라 일이 비록 위급하다 할지라도 어찌 옥사(獄事)의 체통을 돌아다 보지 않으리오? 또 한 사람이라도 죄없이 죽이는 것은 왕도 정치에서 삼가는 것인데 이제 신문하지도 않고 죽인다면 뒷날 후회가 될까합니다. 자헌의 경우에는 폐모론이 일어났을 때 절의를 세우다가 귀양간 사람이니, 어찌 분별하여 밝히지 않고 하나같이 모두 죽이겠소?"라고 극력 저지하려 했으나, 김류가 다시 입대(入對)하여 모두 죽일 것을 청하여 죽이게 되었다.

그 이튿날 아침에야 이원익이 비로소 이 사실을 알고서 "밤 사이에 이렇게 많은 사람을 처형했는데도 내가 영의정이면서 참여해 듣지 못했으니 나는 늙었구나."라고 탄식해 마지않았다.29)

영의정 이원익에게 전직 영의정 기자헌 등 49인이 주륙되는 사실을 알리지도 않고 김류·김자점·심명세(沈命世)·구굉(具宏) 등 몇몇 공신들끼리 차단하고 말았으니, 공신들의 전횡이 얼마나 심하고 조정의 위계질서가 어떠했는가를 환히 알 수 있겠다.

전 병조판서 권진(權縉)은 공신들에 의해서 양산에 귀양가 있다가 김자점의 지시로 경상감사 민성휘(閔聖徽)가 조정의 명령도 없이 이괄에게 내응할까 염려하여 죽여버렸다. 난이 평정된 후 사헌부에서 아뢰어 민성휘는 삭직되었으니,30) 서인들 자신들도 지나친 짓임을 안 것이다.

인조반정 이후로 역옥이 계속 일어나 애매한 사람들이 억울하게 많이죽었다. 반정하던 해 7월에 유응형 등의 고변으로 유몽인이 처형되고 기자헌은 중도부처되었다가 나중에 처형되었다.

---

29) 柳健休. 『國朝故事』 卷 15, 26張. 서울, 安東水柳文獻刊行會, 1984.
30) 국역 『煉藜室記述』 VI, 36,37쪽.
　　『仁祖實錄』 卷 4, 37張, 2年2月 庚戌條.
　　南夏正, 『桐巢漫錄』, 조선당쟁관계자료집 15권, 132쪽.

이해 10월에 이유림(李有林)의 모반사건이 발각되었는데 문초하니 "장차 인성군(仁城君) 공(珙)을 추대하려 하였다."고 진술하였다. 그 다음해 2월 이괄의 난이 평정된 직후 고변한 자와 이괄의 무리 가운데서 공(珙)의 이름이 역도(逆徒)들의 입에서 여러 차례 나왔다. 이귀는 "인성군을 꼭 죽여야 한다."고 했고, 대사헌 정엽(鄭曄)과 대사간 장유(張維)도 동료들을 이끌고 "인성군을 꼭 죽여야 한다."고 간하였다. 부제학 정경세가 "양사(兩司)에서는 의리를 주장하나, 홍문관에서는 은혜를 주장한다."고 하니, 이귀가 경연에서 심한 말로 배척하였다. 정경세가 임금에게 사직을 청하고 나오지 않자, 이준(李埈)이 이귀를 가리켜 "위협으로 여러 사람들의 입을 막으려고 한다."하니, 이귀는 정경세를 간악한 사람이라고 지목하였다. 정경세는 이귀를 가리켜 "자기와 다른 사람이면 배척한다."하여 이귀를 이이첨(李爾瞻)・한찬남(韓纘男)에게 견주기까지 하였다.[31]

1624년 2월 이괄의 난이 평정된 뒤에 박홍구(朴弘耉)의 옥사가 일어났는데, 박홍구의 여러 아들들의 공술에서 또 "인성군 공을 추대하려 하였다."하니, 삼사에서 번갈아 인성군에게 죄줄 것을 청하였고, 임금은 쫓지 않았다.

이때 공신들과 서인들은 인성군을 마땅히 죽여야 한다고 했고, 정경세・정온 등 남인들과 초야의 공론은 인성군을 죽여서는 안 된다는 것이었다. 1625년 검열(檢閱) 목성선(睦性善)・정자(正字) 유석(柳碩)이 임금이 구언(求言)하는 전교에 응하여 소를 올려 "조정에서 인성군을 죽이기를 청하는 것은 임금을 덕으로 사랑하는 것이 아니고, 공신들이 윤씨와의 혼인을 파하기를 청한 것은 공정한 마음에서가 아닙니다."라고 하였더니, 인조가 칭찬하였다. 이에 이식(李植)・이명한(李明漢)・이경석(李景奭)・박황(朴潢) 등은 소를 올려 이들을 헐뜯었고, 남인이었던 이성구(李聖求)는 목성선의 소를 불사르기를 청하여 서인의 환심을 샀다. 부제학

---

31) 국역 『燃藜室記述』 VI, 47・48쪽.

김상헌(金尙憲)은 말하기를 "성선 등은 역적 족속의 딸로 국모를 삼고자 하고, 또 여러 역적들이 추대하려는 왕자에게 붙어서 시대가 평화로우면 외척의 도움을 받으려고 하고, 세상이 어지러우면 인성군을 죽여서는 안된다는 말을 한 보답으로 공을 받으려 한다."라는 심한 말을 하였다. 김상헌의 말은, 남인들이 윤의립의 딸을 국모로 책봉되게 힘써 외척의 도움을 받으려 하고 정권이 바뀌어 인성군이 정권을 잡는 날에는 인성군을 살리는 데 공을 세운 남인들이 그 은덕을 입으려 한다는 뜻이었다. 지평 조경(趙絅)이 반박하여 소를 올리기를 "지난날 광해군때 사람을 모함할 때 반드시 역적을 비호한다는 말로 했으므로 그때 김상헌이 천장을 쳐다 보고 탄식했는데, 이제 제 스스로 그짓을 따라 할줄 몰랐습니다."라고 하니, 옥당에서 두 사람 다 체직시키라고 했다. 임금이 김상헌의 말이 너무 심하다 하여 김상헌만 체직시켜 버렸다. 이일로 김상헌은 조경을 매우 싫어하게 되었다.

　서인이 중심이 된 삼사에서 목성선·유석 등을 논죄했지만 인조가 따르지 않았다.[32] 인조는 인성군을 처벌하고 싶지 않았으나 공신들과 서인들이 그 처벌을 강력하게 주장하므로 마지 못해 간성(杆城)에 유배보냈다가 목성선 등의 상소에 힘입어 곧바로 소환하였다.

　인성군은 1627년 이인거(李仁居)의 옥사의 공초에도 나왔고, 1628년 유효립(柳孝立)의 옥사 때 유효립의 공초에 인성군이 비밀히 대비(大妃)의 전지(傳旨)를 받들어 흉한무리를 꾀어서 모았다."는 등의 말이 나왔다. 이번에도 이귀가 차자를 올려 "흉한 죄상을 국문해야 한다."고 하였고, 삼사에서 합계하기를 "공(珙)의 이름이 지난날 여러 역적들의 공초에서 여러번 나왔으나, 전하께서 그를 보호하여 안전케 하려하시었고, 여러 신하들이 그대로 따른 것은, 실로 역적의 무리들이 공을 핑계한 것이고 역모가 오늘날처럼 밝게 드러나지 않았기 때문입니다. 이제는 흉악한 역적

---

32) 同上,

수 십명이 똑같은 말로 죄를 고백하고 모두가 공과 서로 내통했다는 것이 공초에 나타났으며, 공이 위리안치된 곳에 서신을 통하였고, 공의 집 하인을 동원했다는 등의 말이 심히 낭자하니, 흉악한 종적은 불을 보듯이 분명히 발각되었습니다. 더우기 대비의 전지를 거짓으로 꾸며서 많은 흉악한 자들을 꾀이고 내시와 결탁하여 불칙한 꾀를 이루고자 하였으니, 옛날부터 지금까지 흉악하고 혹독한 역적으로 공과 같은 자가 있었겠습니까?"[33]라고 했다. 지금까지의 옥사는 구체적인 거사는 없었지만, 유효립의 옥사는 대궐을 침범할 구체적인 작전계획까지 수립되었으므로 인성군의 의도가 어떠했던 간에 서인 공신들에게는 위협적인 존재가 아닐 수 없으므로 그 불씨를 없애버려야 했다.

대사간 정온은 소를 올려 "앞에 달리던 수레가 엎어지면 뒤에따르던 수레가 경계하는 것처럼 전날과 오늘의 일을 비교하여 본다면, 동생과 아저씨 가운데 누가 더 하고 누가 덜 하겠습니까? 영창(永昌)은 어려서 철이 없는데도 역적의 공초에 나왔으니 어찌 누구는 원통하고 누구는 원통하지 않겠습니까? 따라서 지난날 영창을 죽이고자 청한 것과 오늘날 인성에게 죄주기를 청하는 것은 과연 어느 것은 옳고 어느 것은 그르다 하겠습니까? 만약 의리상 마땅한가 마땅하지 않은가, 사실이 있는가, 없는가를 따지지 않고 역적의 공초에만 한결같이 의지한다면 역옥이 일어나지 않는 해가 거의 없을 것이며, 비록 인성을 제거한다 해도 또 다른 인성이 어찌 없겠습니까? 이러다가는 선왕(先王)의 아들들은 모두 없어질 것입니다. 만약 그렇다면 윤기의 문란함은 지난 날에 비해 어느 때가 더하겠으며, 임금의 허물은 지난날에 비해 어느 때가 더하다 하겠습니까? 윤기가 밝고 임금의 덕에 결함이 없으면 종사(宗社)가 편안할 것이나, 윤기가 바르지 못하고 덕을 잃으면 종사가 위태롭고 망하는 일은 곧 닥쳐올 수 있습니다. 신은 실로 삼사에서 말한 종사의 큰 계책이란 것이 무엇을 말하는 것인지

---

33) 同上, VI, 62쪽.

알지 못하겠습니다. 은감(殷鑑)이 멀지 않으니 광해군 때에 비록 어둡고 어지러운 정치가 있었다 해도 만일 동기간을 죽이지 않고, 어머니인 대비를 폐하지 않았더라면 전하의 지극하신 어짐과 거룩하신 덕으로도 하루 아침에 위에 오르지는 못하였을 것입니다. 이런 관점에서 보건데 삼사에서 청하는 것은 간사한 사람들의 핑계거리는 될 망정 종사의 장구한 계책은 아닙니다."³⁴⁾라고 했다.

역적의 공초에 나왔다고 하여 인성군을 죽인다면, 앞으로 선왕의 모든 왕자를 다 죽인 뒤에라야 그만두게 될 것이고, 그렇게 되면 형과 아우를 죽이고 모후(母后)를 유폐한 폐륜으로 왕위에서 쫓겨난 광해군과 다를 바가 없게 된다는 논리였다. 결국 광해군을 쫓아낸 죄상을 인조가 스스로 범하는 것을 막고 골육을 죽이는 일을 없애자는 것이었다.

그러나 인조는 자신의 뜻과는 달리 대비의 엄준한 두차례의 교지가 있었고 백관·삼사·종실 및 서울과 지방의 백성들의 여러 차례의 주청하였으므로 인조도 측은히 여기는 교서를 내리면서 처단하였고, 아울러 그 처자도 제주도에 귀양보냈다.

정온은 또 상소하여 "공의 늙은 아내와 어린 자식들을 빨리 육지로 돌아오게 하여, 그 제사에 끊어지지 않게 하고, 딸은 양반을 선택하여 출가시키고, 장성한 아들 가운데서 완전히 풀어 놓을 수 없는 사람은 가까운 섬으로 옮겨 주어 추위와 굶주림을 면학 하소서."³⁵⁾라고 했다.

이에 양사에서 정온의 체직을 청했으나 인조가 듣지 않으니, 이귀가 거듭 차자를 올려 정온을 참수하여 윤기를 바로잡을 것을 청하였으나 역시 인조가 듣지 않았다.

인성군의 처형 문제를 두고 공신들과 남인들 사이에 인조반정 직후부터 5년간의 논쟁이 있은 뒤에 결국 공신들의 뜻대로 처형되고 말았다. 그것은

---

34) 앞의 책, 62·63쪽.
35) 앞의 책, 70·71쪽.

이괄의 난 때 선조의 또 다른 왕자인 흥안군(興安君)을 실제로 왕에 추대한 적이 있었으니, 인성군을 살려두면 제3의 세력이 인조와 반정공신들을 왕위를 찬탈한 반역으로 몰아 처형하고, 새 왕으로 받들 우려도 없지 않기 때문이었으니, 정권유지를 위한 색채가 짙었다.

정온·정경세 등을 위주로 한 남인들은 광해조에 자행된 골육 간의 살륙을 막으려고 노력하였으나, 공신들의 세력을 꺾기에는 역부족이었다.

인조초에는 고변이 많았으므로 자연히 공신 책록이 남발되었다. 유효립의 역모로 허적(許積) 등 32명이 영사공신(寧社功臣)에 책록되었다. 대사헌 정경세가 아뢰기를 "공신에 책록된 사람이 32명이라는 많은 수에 이르렀는데 공없이 남록(濫錄)된 사람이 4분의 3이나 됩니다. 역적을 문초한 추관까지도 아울러 공신에 책록하게 된 것은 을사사화때 간신들에 의해서 시작되었으니, 법으로 삼을 수 없고 기축년 옥사때 추관까지 책록한 일은 비록 선왕의 특명에서 나왔으나 당시 공론을 주장하던 자들이 극력 간쟁했는데 지금 허적이 어찌 함부로 그렇게 하기를 청한단 말입니까? 청컨데 중앙과 지방에서 맨 먼저 고변한 몇몇 사람 이외에는 모두 삭훈(削勳)하소서. 홍서봉·심명세 등은 머뭇머뭇하다가 저녁 때가 되어서야 비로소 보고한 사람을 시켜 고변하게 했으니, 이는 임금님께서 변을 당했을 경우 자신들은 고변한 책임을 피하려 한 것으로 큰 일을 거르칠뻔 하였으니 청컨데 이들을 파직하소서."36)라고 했다.

삭훈은 물론 파직시킬 것을 청했다. 인조는 홍서봉의 공훈을 삭제할 것을 허락했다가 두 달 뒤에 다시 책록하였다.

이인거의 역옥에도 홍보(洪靌)등 4명을 소무공신(昭武功臣)에 책록하자 승지 이준이 소를 올려 "홍보의 공은 한 계급만 올려주어도 족한것인데 영장(營將)까지 함께 공신에 끼었고, 더구나 공초에 말이 관련되어 사상(死傷)한 사람이 대단히 많아 원주·횡성 사람들이 억울하다고 팔뚝을

---

36) 앞의 책, 66·67쪽.

걷어붙이고 말하지 않는 이가 없다고 합니다."[37]라고 공신의 남록(濫錄)
과 억울한 연루자가 많다고 간하였으나 효과가 없었다.

고변을 하여 공신이 되면 자기 자신은 물론 자손들 까지 벼슬에 오르고
호의호식할 수 있으므로 고변이 성행해 억울한 옥사가 많이 일어났으므로
그런 일을 막자는 것이었으나, 공신이 된 사람들은 임금의 신임이 두텁고
권세가 막강하기 때문에 몇몇 남인의 힘으로 막을 수가 없었다.

그 뒤 기사년(1629) · 신미년(1631)에도 여러 차례 옥사가 일어났다. 대
개 공을 바라는 자의 무고였다. 인조도 그런 분위기를 알았고 심지어 공신
이귀의 아들 이시백(李時白) · 이시담(李時聃) · 손자 이각(李恪)과 심기
원(沈器遠) · 원두표(元斗杓)등도 고변서에 이름이 나왔다. 그러나 임금은
개의치 않고 그 고변서를 돌려주어 무사하였다.[38]

그러나 이귀는 정권유지의 차원에서 한 건의 역모라도 일어나는 것이
두려웠다. 또 고변에 대한 포상과 무고에 대한 처벌이 안이해진 상황에
불만을 느껴 차자를 올리기를 "역모를 고발한 자는 공신에 봉하고 역적을
참수한 자도 공신에 봉하고, 무고한 자는 참하는 것이 국법입니다. 이는
역모를 깨뜨리고 나라의 명맥을 오래 가게하려는 것에서 입니다. 이런
까닭에 고변함을 권장하는 것은 나라를 위해서이고 고변함을 미워하는
것은 역적을 돕는 일이니, 마음 가짐이 공정하냐 사사로우냐는 이에서
판가름됩니다. 지난 해 목성선의 무리가 '4대장의 사찰함이 역적 괄(适)보
다 심하다'하고서 그들을 죄주기를 청하였고, 또 역적 인성군 공을 처형하
기를 주장하는 사람들을 도리어 임금을 악한 데로 빠뜨리는 짓이라 하였
습니다. 조경도 '남이흥(南以興)의 죽음은 공신들의 사찰때문이다 하였으
며 사헌부에서 논의를 일으켜 4대장을 죄를 주고자 했습니다. 당시의 논의
가 이러하므로 원훈(元勳)과 중신이 비록 고변을 듣고도 감히 먼저 고발하

---

37) 앞의 책, 70쪽.
38) 앞의 책, 78 · 79쪽.

지 못하였으니, 이는 당시의 논의를 두려워함이었습니다. 이런 논의가 극
도로 치달아 흉한 역적의 변을 만들어 내어 마침내 효립(孝立)의 변을
초래하게 되었으니, 이는 이름을 좋아하는 폐단이 그렇게 만든 것입니다.
엎드려 바라건데, 밝으신 전하께서는 깊고 먼 계책을 물정에 어둡다 하지
마시고, 이름 내기를 좋아하는 자들의 논의에 흔들리지 마시어 역모를
고발한 진명생(陳命生)은 전례대로 국법에 따라 특명으로 군(君)에 봉하
여 나라의 운명을 오래 가게 하소서.…"라고 했다.

이귀의 주장인즉, 남인들의 명분론 때문에 역모를 발각하고서도 조기에
고변하지 못하는 실정이니, 고변을 한 사람을 지체없이 책훈해야 하며,
남인의 말을 들으면, 역모가 계속 일어나도 막을 길이 없다고 인조를 은근
히 공갈하여, 자당의 입지를 확고히 하려하고 있다.

인조의 생부 정원군(定遠君)은 반정 직후부터 조신들의 많은 논란 끝에
1635년 원종(元宗)으로 추존되어 종묘에 합부(合祔)하였다. 추존의 논의
는 서인들 가운데도 찬반으로 갈렸고 남인들은 추숭을 반대하였다.

그런데 이 추존을 맨 먼저 발론(發論)한 이는 산림의 처사로 인조의
존경을 받던 박지계(朴知誡)였는데, 조경은 박지계를 요충(蓼蟲 : 쓴 여뀌
잎을 먹고 사는 벌레로, 자신에게 유리하면 어떤 괴로운 일도 하는 사람)이
라 배척하다가 하양현감(河陽縣監)으로 좌천되었고, 허목(許穆)은 영의정
이원익의 손서인데 이때 성균관에 있으면서 동학(東學) 재임(齋任)을 맡
고 있었는데, "박지계를 임금에게 아첨하여 예를 어지럽히는 자"라 하여
박지계를 유적에서 삭제해 버렸다. 인조가 노하여 허목을 정거(停擧)시키
니, 성균관과 사학의 유생들이 항의의 표시로 권당을 하고 나가버렸다.

또 유학(幼學) 김진(金振)·유동형(柳棟亨) 등이 소를 올려 "허목과 함
께 재임이 되어 박지계를 유적에서 삭제했으니 같이 처벌받기를 청합니
다."라고 했다. 인조가 성균관의 관원과 예관(禮官)을 보내어 개유(開諭)
했지만 유생들은 도로 들어오지 않았다. 그래서 임금이 알성시(謁聖試)를
실시하여 회유하려고 하였다.39)

애초엔 서인과 남인이 논의가 양분된 것은 아니었지만, 결과적으로 남
인이 좌천되고 처벌되는 결과를 가져왔다. 그래서 후일 남인들은 이 원종
추존 문제를 옳게 여기지 않는 당론(黨論)을 갖게 되었다.

1636년에 사간 조경이 반정공신인 좌의정 홍서봉(洪瑞鳳)이 뇌물을 받
고 벼슬을 파는 일을 탄핵하면서, 제주판관 이대하(李大夏)가 좋은 말을
훔쳐 뇌물로 바친 일을 예로 들었다. 홍서봉이 그 아들 홍명일(洪命一)과
이대하로 하여금 상소하여 스스로 발명하도록 했더니, 인조는 대신들에게
의논하도록 명했다. 조경이 옥에 갇히자 동지의금부사(同知義禁府事) 민
형남(閔馨男)이 상소하기를 "대간을 가두는 일은 국조 2백년 이대로 아직
없었던 일입니다."라고 구원하였고, 경연관 유백증(兪伯曾)도, "유영경(柳
永慶)이 정인홍을 가둘 수 없었고, 이이첨(李爾瞻)도 감히 윤선도(尹善道)
를 죽이지 못했는데, 이런 나라를 망칠 일이 오늘에 있을 줄 어찌 알았으리
오?"라고 상소하여 인조에게 항의했더니, 인조는 "가둔 사람은 대신인데
어떻게 하려는지 그 뜻을 모르겠다."라고 비답을 내렸다. 이에 이조판서
김상헌이 상소하여 유백증을 극력 공격했고, 또 말하기를, "홍서봉이 일찌
기 조경의 부정을 말한 적이 있다. 그가 정승이 되자, 조경이 배척받지
않을까 하여 사실 아닌 말을 주어 모아 한번 공격해 본 것이다."라고 했다.
인조는 김상헌의 태도에 불쾌감을 느끼면서 "내 비록 암매한 임금이지만,
신하가 어찌 감히 사사로운 원한으로 이렇게 마음대로 헐뜯는가?"라는
교서를 내려, 김상헌을 파직시키고 조경을 석방하였다.[40]

임금은 조경이 언론을 맡은 간관이고 또 평소에 충직하여 다른 마음이
없는 것을 알고 있었으므로 석방하였고 김상헌은 감정에 찬 말로 잘못이
없는 사람을 비난하고, 잘못이 있는 자기 당파를 비호했으므로 임금이
체직시킨 것이었다. 또 홍서봉을 공신으로서 인조가 총애했기 때문에 조경

---

39) 앞의 책, V, 367~455쪽.

　　　許穆, 『眉叟全集』 下, 年譜, 2張, 서울 여강출판사, 1986.

40) 『桐巢漫錄』, 133쪽. 『眉叟全集』 上, 263·264쪽. 「趙龍洲謚狀」.

을 가두어 둔 상태에서는 그의 죄상도 조사하지 않을 수 없었으므로 홍서
봉을 안심시키기 위해서도 조경을 풀어주어야 했다.

이 앞 해에 성균관에서 실시한 과거에 불법이 있었으므로 조경이 파방
(罷榜)할 것을 청하자 김상헌이 그 계(啓)를 막았으므로 임금이 듣지않고
조경을 문천군수(文川郡守)로 내보냈다. 이에 정온이 차자(箚子)를 올려,
"조경은 행실이 돈독하고 효성스럽고 우애있으며, 또 문학이 있고 책을
널리 본 사람입니다. 임금님 곁에 고문으로 둘 만한 사람입니다. 말 한
마디가 지나치게 고지식하다 하여 좋아하고 싫어하는 사사로운 뜻을 성급
하게 보이십니까?"[41]라고 변호하여 내직에 남아있던 중이었는데, 다시
좌의정을 탄핵했으니, 서인들은 그를 심하게 질시하게 되었다.

율곡 이이의 수제자인 사계(沙溪) 김장생(金長生)은 우계(牛溪) 성혼
(成渾)도 스승의 친구로서 존경하고 있었다. 반정공신들은 대부분 율곡·
우계의 문인이었으므로, 김장생은 사문(師門)의 선배로서 실질적으로 이
들의 정신적 지주가 되었다. 또 1613년 계축년 영창대군 옥사 이후 고향
연산(連山)에 은거하면서 학문연구와 제자양성에만 전념하고 있었으므로
서인들의 산림(山林)으로서의 위치도 차지하고 있었다.

반정 직후에 반정공신들이 회맹(會盟)하면서 두가지 밀약이 있었는데
그것은 국혼(國婚)을 잃지 말 것과 산림(山林)을 존숭하여 쓸 것이었으
니,[42] 그것은 자기 당파의 세력을 확고히 하고 명분과 실익을 거두자는
목적이었다. 김장생은 반정직후에 반정원훈인 이귀·김류·장유(張維)·
최명길(崔鳴吉) 등에게 1913자에 달하는 장편 서한을 보내어 그들을 격려
하는 한편 그들이 이끌어 가야할 국정 방향을 구체적으로 제시하였다.

김장생 자신이 서한 속에서 당장의 급선무는 임금의 덕을 보도(輔導)하
는 일, 백성을 구제하는 일·광해군을 보전하는 일·옥사를 살펴 신중히

---

41)『眉叟全集』上, 262·263쪽.

42)『黨議通略』, 929쪽.

하는 일·인재를 수용하는 일·기강을 진작시키는 일·공도(公道)를 널리 펼치는 일·탐욕스런 풍조를 크게 변혁시키는 일이라고 규정하여 정사와 큰 강령을 제시한 뒤 아주 자세하게 반정후 처리해야 할 일을 지시하여 실패가 없도록 주도면밀하게 배려하고 있다.

서한의 내용 가운데 중요한 사항을 축약하면 이러하다. 반정을 하여 정권을 잡았으니 끝을 잘 맺어 사우(師友)를 저버리지 말아라. 임금은 연세도 젊고 자질이 훌륭하여 쇠퇴한 기운을 일으킬만하니, 좋은 말로서 잘보필하도록 하라. 도탄에 빠졌던 백성들은 새 임금에게 희망을 걸고 있으니 잡세를 모두 감면하고 공안(貢案)을 간략하게 개정하고, 방납의 폐해를 없애라. 폐세자를 살려 주었으니, 중종반정 때 세자 왕자를 다 죽인 것보다 천만배 잘 한 일이다. 적신들을 죄 등급에 따라 차등있게 처벌하되 공정하게 하고 귀일된 여론을 중시하라. 자기 당파라고 용서하거나 외척이라고 봐주어서는 안되지만, 인명을 경시하지 말아라. 기축옥사 때 별로 잘못한 것도 없는데, 저들(남인 및 북인)은 지금까지도 깊이 원망하면서 사람을 모함할 틀이나 함정으로 삼고 있으니, 이점 고려하지 않을 수가 없다. 광해조 때 사람을 뇌물을 받고 쓰다가 결국 망했는데 지금은 널리 인재를 등용하라. 폐모론에 가담한 사람이나 인척들은 쓰지 말라. 관리와 스승이 서로 규제하여 당파를 짓지 말라. 광해조 때 이조의 인물 등용과 과거가 가장 불공정했으니, 그 전철을 밟지 말라. 검약하여 모범을 보이고 염치를 숭상하라. 나의 선군재[金繼輝]나 사암(思菴)·율곡·송강은 청렴하여 지방관이 보내는 음식물이라도 반드시 가려서 받았다. 그대들은 중종반정 때 세 대장의 하던 전철을 밟지 말라. 중종반정 때 연산군이 병이 있어 선위했다."고만 하고 연산군의 죄상을 중국에 아뢰지 않아서 중국에서 책봉을 즉시 해 주지 않았는데, 바로 말하여 전날의 잘못을 되풀이하지 말라. 나는 그대들과 의리상 한 몸과 같으니 시비·득실에 관계되지 않음이 없어 매우 염려가 된다. 그대들의 덕업(德業)이 성하여 태평한 세상이 된다면 시골에 묻혀 있는 나도 혜택받는 바가 많지만, 그렇지 못하다면

모두 다 나쁜 이름을 쓰게 될텐데, 내가 집에 있어서 모른다고 할수 있겠는
가? 나를 대관(臺官)에 임명해준 임금의 은혜에 감사한다.43)

이 서한에서 율곡 · 우계의 문인이 대부분인 반정공신들에게 "누구의
문인이라고 후대에 평가될 것이니 스승을 저버리지 말아라.", "나는 그대들
과 의리상 한 몸이다.", "내가 시골에 있다고 해서 그대들이 실패했을 때
책임을 면할 수 있겠는가"라는 말 등에서 자기 자신은 반정공신들의 지도
자로 자처하고 있다. 이귀 등은 이 서한을 인조에게 보여 김장생의 우국충
정을 임금에게 알리려고 하자, 인조도 매우 흐뭇해 하였다. 이는 바로 김장
생을 자기들의 정신적인 지주인 산림으로 공인받으려는 것이었다. 김장생
은 이 이후에도 이귀를 비롯한 공신들과 계속 서한을 주고 받았다.

사실 율곡은 1584년 49세로 일찍 죽었고, 우계도 1598년 64세로 죽었으
므로 선조 말기나 광해조 때 양문(兩門) 제자들의 가장 선배로서 스승을
대신해서 그가 후배들을 지도해 왔던 것이다. 이 서한 가운데서 여타 부분
은 후배들에게 방향을 제시하는 내용이지만, 기축옥사를 처리한 정철과
그의 고문격인 성혼에게 잘못이 없고, 남인들의 태도를 주시하라는 것은
정권은 이미 차지했지만, 그 스승이나 선배의 덕행에 흠이 없어야 여러
백성들에게 지지를 받을 수 있고, 또 남인(당시는 동인)들이 잘못이 있어
서 기축옥사에서 죄를 입은 것이라 하여 남인의 정통성을 인정하지 않으
려는 의도였다.

과연 인조반정 직후인 4월에 반정공신 이귀가 맨 먼저 성혼 · 정철의
관작복구와 사제(賜祭)를 주청하기를 "정철이 지금까지 신원이 되지 않은
것은 남인 연소배들이 그 겉모양만 보고 실상을 보지 않아서 그렇습니다."
라고 하니, 인조는 "시비를 막론하고 편당의 이야기는 안하는 것이 가하

---

43) 『沙溪全書』, 卷 2, 163~213張.
　　『仁祖實錄』卷 1, 27~29張, 元年三月 壬子條에도 이 서한이 수록되어 있으나 1237자로
축약되어 있고, 기축옥사에 관한 내용, 장유 · 최명길에게 여러 공신들의 탐욕을 경계할
것. 율곡 등의 청렴, 중국에 책봉받는 문제 등은 빠져있다.

다."라고 비답을 내렸다.[44) 성혼은 그때 바로 신원되어 관작이 복구되고 사제문을 내리고 시호까지 주었다.

그 다음해 5월에 정철을 신원하여 관작을 복구하고, 아울러 기축년에 원사한 우의정 정언신(鄭彦信)·대사간 이발(李潑)·수찬 이길(李洁)·부제학 백유양(白惟讓)·현감 정개청(鄭介淸)·도사(都事) 조대중과 정언신의 동생 정언지(鄭彦智)를 신원하여 관작을 복구하였다.[45)

그리고 기축옥사를 조작해 내어 동인들을 타도하는 음모를 꾸민 원흉으로서 동인들이 원수로 여기고 있는 송익필(宋翼弼)을, 김장생은 병조판서 서성(徐渻)·대사헌 정엽(鄭曄)·청천군(菁川君) 유순익(柳舜翼)·제용감정 심종직(沈宗直)등과 1625년 2월에 연명으로 상소하여, "자기들의 스승 송익필은 노비로 환천(還賤)되어야 할 신분도 아닌데 이발·백유양이 얽어서 그렇게 된 것이다."라고 신원을 청하였고,[46) 또 이귀에게 편지를 보내어 선처를 부탁했다. 그러나 천적(賤籍)에서 삭제되지 못했고, 그 뒤에 언급하는 사람이 없었다.[47) 이 일로 인하여 남인들의 시의(猜疑)를 불러 일으켰다.

김장생은 제자들에게 강학할 때나 서간을 주고 받을 때 퇴계 이황의 학문을 은근히 폄하하고 또 퇴계나 남명 조식과의 관계를 필요 이상으로 벌려놓고 류성룡·김성일·정구·김우옹·최영경 등을 비난하였다.

남인들 뿐만 아니라 거의 모든 당파를 막론하고 학문이나 도덕의 최고 권위로 생각하는 퇴계에 대해서, 그 이기설(理氣說)을 비판하기를 "퇴계의 이기에 관한 이론은 결국 꿰뚫지 못한 곳이 있다. 율곡의 논의를 들을 것 같으면 반드시 내 견해와 꼭 들어 맞는다."[48)라 하여, 퇴계의 이기설은

---

44) 『仁祖實錄』 卷 1, 45,46張.

45) 앞의 책, 6卷 15~19張, 24,25, 李炳憙, 『朝鮮史綱目』 下, 41쪽. 서울, 아세아문화사, 1982.

46) 『沙溪全書』 卷 1, 37,38張, 『仁祖實錄』 卷 8, 29張, 3年2月條.

47) 영조 27년 12월에 병조판서 洪啓喜와 예조판서 李益炡의 주청으로 사헌부지평에 추증되었다. 『英祖實錄』.

연구가 깊지 못하여 율곡보다 못하다고 말했다.

또 "퇴계는 말하기를 '칠정(七情)은 기가 발하여 이가 타는 것이고, 사단 (四端)은 이가 발하여 기가 따르는 것이다'라고 했는데, 퇴계의 병통은 오로지 이발(理發)이라는 두 글자에 있다. 대개 이(理)는 정의(情意)나 조작(造作)이 없는 물건인데 어찌 기에 앞서서 움직이는 이가 있겠는가? 대개 그 처음에 근거해서 말한다면, 이가 있은 뒤에 기가 있지만 이는 기 가운데 들어 있어 원래 서로 떨어지지 않는다. 그래서 그 유행하는 기가 항상 작용을 하고 이는 기를 따라서 유행한다. 그러므로 주자는 중용 의 천명지성(天命之性)을 풀이하기를 '하늘이 음양 오행으로써 만물을 화 생(化生)할 때 기로써 형체를 이루고 이도 또한 부여한다'라고 했고, 또 태극도의 '묘합이응(妙合而凝)'이란 말을 풀이하여 '태극과 음양오행은 본 디 서로 혼융되어 사이가 없다'라고 했으니, 이는 이가 기 가운데 있다는 말이다. 또 '응(凝)이란 기가 모여서 형체를 이룬 것이다'라고 했으니, 이는 바로 중용주에 기로써 형체를 이룬다'는 말과 같다. 그러한즉 이가 기를 타는 것이지, 기가 이를 따르지 않는다는 것은 분명하다. 이기 두 글자는 알기 어렵지만 말로 설명하기는 더욱 어렵다. 이가 기 가운데 있다는 것만 알고서 이는 이대로 있고 기는 기대로 있다는 것을 알지 못한다면 이기를 하나로 여기는 병통이 있게 되고, 이는 이대로 한 가지 것이라는 것만 알고 기와 원래 서로 떨어지지 않는다는 것을 알지 못한다면 허공에 떠 홀로 서는 잘못이 있게 된다. 모름지기 하나이면서 둘이고 둘이면서 하나 라는 것을 안 뒤에라야 폐단이 없을 수 없다."[49]라고 하여, '이가 발하여 기가 따른다'는 퇴계의 설은 이가 기에 앞서 움직이고 발한다고 하여 이와 기를 둘로 보았으니, 이는 주자의 이론에도 어긋나는 잘못된 것이다"라고 하여 퇴계를 주자의 적전(嫡傳)이라고 추앙하던 당시 사람들의 생각을

---

48) 宋時烈, 『宋子大全』 卷 212, 15張, 「沙溪先生語錄」.
49) 『宋子大全』 卷 212, 17,18張.

흔들어 놓았다.

또 "'칠정은 기가 발한 것이고 사단은 이가 발한 것'이라는 주자의 설을 묵수만 하고 깊이 이해하지 못한 결과 '이가 발하여 기가 따른다'는 설을 퇴계가 내놓게 되었다. 율곡은 '사단도 실로 기를 따라 발하는 것이지만 기에 가려지지 않고 곧게 이루어진 것이므로 이가 발한 것이라고 주자가 말했다. 칠정에도 또한 이가 되지만 혹 기에 가려지게 됨을 면치 못했으므로 기가 발한 것이라 하는 것이다'라고 했으니, 율곡은 주자의 설을 융통성 있게 본 것이다."라고 하여 퇴계의 학설을 부정하는 동시에 율곡이 주자의 학설을 정확하게 이해했다고 높이고 있다.

그리고 그의 저서인 『경서변의(經書辨疑)』와 『근사록석의(近思錄釋疑)』에서 퇴계의 학설을 상당히 비판하고 있다.

이밖에 퇴계의 예설(禮說)의 옳지 못한 점, 『퇴계집(退溪集)』에 자락(自樂)에 대해서 언급한 곳이 많으나 그 경지가 공자·안자(顔子)·주렴계(周濂溪)·주자의 경지의 참다운 자락은 아니라는 주장을 하여 퇴계의 학문적 권위와 도덕적 수준을 손상시켰다.50)

퇴계의 학문과 덕행에 대한 평가는 개인에 따라서 그 평가기준이 다를 수 있어 김장생으로서는 어떤 주장도 할 수 있지만, 당시 퇴계에 대한 추앙의 분위기에서는 남인들에게 용납되기 어려웠다.

그보다 남북 분당 초기에 남인을 영도했던 류성룡에 대해서 김장생은 "송강이 위관에서 체직되고 나서 유정승이 대신 맡아, 이발의 팔십 노모와 어린 아들을 잡아다 국문하여 온갖 형을 다 가하여 팔십 노부인이 마침내 형장 아래서 죽게 되었다. 그뒤 이양원(李陽元)·최흥원(崔興源) 등이 추관이 되어 이발의 아들 명철(命鐵)을 국문하였는데, 나이 열 살도 되지 않았다. 임금이 '즉사 하지 않은 것을 보니 반드시 엄하게 형벌을 가하지 않았군'이라고 책망하였다. 이양원 등이 두려워서 나졸로 하여금 그 목을

---

50) 앞의 책, 권 212.

부질러 죽이게 했다."51)라고 했고, 또 "공[송강]이 또 유정승에게 일러 말하기를 '이발의 노모와 어린 자식을 공은 어째서 죽였소?'하니, 유가 말하기를 '공은 그 죽음을 구할 수 있겠소?' 공은 '나라면 능히 구할수 있었지오,"52)라 하여, 기축옥사때 이발의 노모와 어린 자식을 죽인 장본인을 류성룡이라고 단정하고 있다.

또 남인들은 최영경(崔永慶)·이발(李潑)을 죽인 자는 정철이고, 그것을 방조한 사람은 성혼(成渾)이라고 여기고 있는데, 김장생은 최영경·이발이 죽을 때 이산해·류성룡도 정철과 함께 추관(推官)이 되었는데, 모두 다 구제할 수가 없었다. 이제 그 죄를 모두 정철에게 돌리는 것은 너무 억울하다53)고 주장했다.

또 류성룡은 선천(宣川)에서 명나라 장수를 맞이하도록 임명되었는데도 피신하여 숨어있다가 어려운 일이 다 끝난 뒤에 나타났으니 그에게 문충(文忠)이라는 시호를 내리는 것은 부당하다54)고 했다.

남인들의 주장은 기축옥사때 류성룡은 예조판서였는데, 위관은 정승급이 맡는데 판서가 위관이 된 일은 국조 이래 없었던 일이고, 또 류성룡은 당시 피죄인 백유양(白惟讓)의 공초에 나왔으므로 석고대죄 중이었으니, 추관을 맡을 수 없다고 주장했다.

대북에 밀려 오래동안 조정에 서지 못했던 남인들은 인조반정 후 조정에 진출하여 서인과의 옛 감정은 상당히 누그러졌다. 그런데 김장생은 율곡의 문인으로 서인들의 정신적 지주였는데, 그 아들 김집(金集) 및 그 문인들과 강학하면서 퇴계를 헐뜯어 배척하고 율곡은 전대의 성현들이 말하지 못한 바를 말했다 하고, 시사(時事)를 논할 때는 남인을 편벽되고 간사하다고 몰아붙였다. 그리고 남인들이 명재상으로 존경하는 동고(東

---

51) 『沙溪全書』 卷 9, 10張, 「松江行錄」.

52) 앞의 책, 卷 9, 13張, 「松江行錄」.

53) 앞의 책, 卷 9, 25,26張.

54) 앞의 책, 卷 3, 23張.

皐) 이준경(李浚慶)과 김우옹·김성일·류성룡 등을 소인이라 하고 정철을 군자라고 했다. 김장생의 후배 제자인 서인들은 김장생의 말이 귀에 익고 마음에 뿌리내려 정말 그런 것으로 여겼다. 혹 마음으로 그렇게 여기지않는 사람일지라도 스승의 말씀을 거슬러 동지들에게 죄를 얻을까 두려워하였다. 그리하여 김장생의 말을 서로 전수하여 드디어 서인의 논의가 되니, 남인과의 사이가 점점 벌어져갔다.[55]

그래서 남인들은 서인과의 당쟁이 김장생에서 고질화 되었다고 생각했다.[56] 김성일·류성룡·정구 등은 퇴계의 학통을 이어 후대의 남인들에게 전해준 인물들이고, 특히 류성룡은 인조조 남인들의 친구·선배·스승[57]의 위치에 있었는데, 서인들이 가장 비난하고 그 시호에 대해서도 시비를 일으키므로, 남인들은 서인들에 대해서 대단히 좋지 않은 감정을 갖게 되었다.

인조반정 이후 남인과 서인간의 가장 큰 쟁점은 율곡 이이와 우계 성혼의 문묘종사에 관한 일이었다. 인조 원년 4년에 특진관(特進官) 유순익(柳舜翼)이 경연에서 이이의 문묘종사(文廟從祀)를 건의하였고 시독관(侍讀官) 유백증(兪伯曾)은 "이이를 문묘에 종사하는 일은 온 나라의 공론이니 속히 종사하는 것이 마땅하다."고 했다. 이 밖에 민성휘(閔聖徽)·이경여(李敬輿)·이민구(李敏求) 등도 이이를 종사하는 것이 마땅하다고 인조에게 건의하였다. 인조는 "문묘에 종사하는 일은 관계되는 바가 중대하니, 가벼이 할 수 없다." "그 문인제자 및 아는 사람의 말만 듣고 급작스레 종사하는 것은 타당치 못하다"고 답하였다.[58] 이민구는 남인이면서도 이이의 문묘종사에 동조하였다.

인조 3년 2월 해주에 사는 진사 오섬(吳灊) 등 40명이 이이와 성혼의

---

55) 『朝壄略全』, 563쪽.

56) 앞의 책, 562쪽.

57) 정경세·이준·김영조(金榮祖) 등이 그 제자이다.

58) 『仁祖實錄』, 卷 1, 35張, 元年4月 丙辰條.

문묘종사를 청했지만 인조는 시종 신중론을 펴 허가를 하지 않았고 또 그런 상소는 이 뒤로는 들이지 말라고 했다. 이 이이 · 성혼의 문묘종사문제를 두고 성균관에서 항의의 소를 올리려 했으나 논의가 일치하지 않아 그만두었는데, 논의가 일치하지 않는 사람은 영남출신이었다.

인조 13년 5월 성균관에서 서인계 유생 송시영(宋時瑩 : 송시열의 사촌형)등이 이이 · 성혼의 문묘종사를 청하는 상소를 올렸고, 같은 날 남인계 채진후(蔡振後) 등이 반대하는 상소를 올렸다. 당시 성균관은 이로 인해서 서인계 유생과 남인계 유생으로 양분되었는데, 서인계 유생들이 남인계 유생들에게 유벌(儒罰)을 가하자, 영남 유생 권적(權蹟) 등 50여명이 벌을 받은 사람들과 함께 정거(停擧)를 받겠다고 주청하였고, 서인계 유생들은 공관(空館)을 결행하는 등 팽팽한 대결을 하였다. 이 이이 · 성혼의 문묘종사의 일로 남인과 서인은 조정 · 성균관 · 사학(四學)에서 서로 대결하게 되었다.59)

인조의 신중한 태도로 서인들의 건의에도 인조조에는 문묘종사가 실현되지 않고, 나중에 숙종 7년 9월 이이와 성혼의 문묘종사가 실현되었다. 이에 대해서 필자는 따로 논고를 준비중이므로 여기서는 인조조에 관한 사실만 언급한다.

인조조의 서인들은 남인 가운데서도 영남 남인을 꺼려하였고, 특히 그 중심세력인 안동 권의 유림을 더욱 꺼려하였다. 그래서 수령을 보낼 때도 탄압할 수 있는 사람을 차출하여 파견하였다. 그때 안동일대는 무단(武斷)이 성행했는데, 조정에서는 탄압을 가할 수 있는 사람을 잘 뽑아보냈는데 송상인(宋象仁)이 선발되었다.

인조 4년 5월 도산서원 원장인 이유도(李有道 : 퇴계의 從孫)가 경상감사 원탁(元鐸)에게 杖死되었다. 그 아들인 이억(李嶷) · 이암(李巖)이 격쟁소원(擊錚訴冤)하고, 그 친족 이홍중(李弘重)이 도산서원을 중심으로 도

---

59) 李樹建, 「正祖朝의 嶺南萬人疏」, 『嶠南史學』, 創刊號, 1985.

내 여러 고을에 통문을 돌려 감사를 성토하여 감사를 경질시켰다.60)

또 군비 강화책의 일환으로 지방향교의 재학생들에게 일정한 학력을 고강(考講)하여 수준에 미달한 교생(校生)에 대해서는 군역에 충당하는 낙강교생정군법(落講校生定軍法)과 호패법(戶牌法)을 서인정권이 실시하자 영남유림은 크게 반발하였다. 그 이유는 교생(校生)이 사족의 자제가 아닌 기호지방과는 달리, 안동을 비롯한 영남의 향교는 사족의 자제들이 교생이었으므로 그 법의 시행을 강력히 반대했던 것이다.61)

이 밖에도 남인 선천부사(宣川府使) 이규(李烒)를 서인들이 아무런 근거도 없이 모살한 것을 남인들은 당쟁으로 인한 희생이라 생각하는 등62) 남인과 서인들 간에 당쟁과 관련된 사건이 없지 않았지만, 크게 국면을 바꿀 정도는 아니었으므로 더 이상 언급하지 않는다.

V. 결론

인조반정으로 서인이 정권을 쥔 뒤에 본래 원한이 있던 동인의 후예이지만 남인을 정권에 참여시켰다. 다 같이 광해조의 대북정권에게 혹심한 탄압을 받았고, 또 명망이 있고 깨끗한 인사가 많았기 때문이다. 또 반정세력들은 정치적 영향력이나 경륜이 부족하였고, 당시 흉흉한 민심을 수습하기 위해서는 원로대신 이원익 등 남인을 등용해야 할 필요를 느꼈다.

남인으로서도 오랫동안 정치권에서 밀려나 있다가 새로운 기회를 얻었으니 정치에 참여하지 않을 이유가 없었기 때문이었다. 더구나 조정이 서인 일파의 사유물이 아니기 때문이었다.

인조도 반정공신이 중신이 된 서인들의 세력이 너무 비대해져 왕권이

---

60) 『仁祖實錄』, 卷 8, 19張. 3年 2月.

61) 李樹建, 「17,18世紀 安東地方 儒林의 政治·社會的 機能」, 『大丘史學』30輯.

62) 『桐巢漫錄』, 134,135쪽.

약화될까 내심 두려웠으므로 남인들을 은근히 비호하고 있었기에 남인의
진출에 도움을 주었다.

　인조반정 이후 새로 편성된 남인은 선조·광해군 때의 남인과는 약간
그 성격을 달리한다. 선조·광해군 때부터 남인이었던 가계를 가진 사람이
대부분이었지만, 남인과의 학연·지연·통혼 등으로 새로 남인이 된 경우
도 있고, 또 사환하면서 서인과 뜻이 맞지 않거나 핍박을 받아 남인이
된 경우도 있고 북인에서 다시 남인으로 합류한 사람도 있었다.

　서인들은 그들의 목적이 있어 남인을 정계에 진출시켰기 때문에 정계진
출 모두에서부터 남인들은 힘의 한계를 인식해야만 했다. 그 이유는 공신
들의 발호였으니, 곧 요직 독점, 국혼 저지, 사병 유지, 적신들의 재산분점,
임금에 대한 무례·하극상·무고자 남살 등이었다.

　남인과 서인들간의 쟁점은 인성군 처형 문제, 잇달은 고변과 훈공의
남발 등이었다.

　인조조 남인과의 사이를 악화시킨 대표적인 인물은 김장생이었는데,
그는 제자들과의 강론이나 저술에서 퇴계의 이기설·예설·인품 등을 비
난하는 한편 율곡을 극도로 추숭하여 주자의 적전으로 여겼고, 류성룡·김
성일·정구·김우옹을 소인이라 하였고, 정철·송익필을 군자라고 하였
다. 또 벼슬에는 나오지 않으면서도 공신들의 정신적 지주인 산림으로서
영향력을 행사하고 있으니, 남인들이 대단히 싫어하게 되었다. 나중에 그
문하생인 송시열(宋時烈)·송준길(宋浚吉)·이유태(李惟泰) 등이 당론에
철저하였던 것은 그 스승의 영향이 없지 않다 하겠다.

　특히 동인의 후예인 남인들은 학문적으로도 퇴계의 적통이고 학문은
본래 동인들의 사업이고 임진왜란 때 나라를 구제한 공도 동인들이 세웠
으므로 남인들은 서인들에 대해서 우월감을 갖고 있었고, 서인들을 외척에
게 붙은 훈척·세가 집단이라고 은근히 낮추어 보는 경향이 있었다.[63]

---

63) 『桐巢漫錄』, 61쪽.

그래서 이이·성혼의 문묘종사를 남인들은 한사코 인정하려 하지 않았고 서인들은 적극적으로 실천하려 하였다. 이 문제는 조정에 벼슬하는 남인·서인간의 대립이 아니라 영남과 기호 사림의 대결로까지 확대되었으니 학문의 전통에 대한 시비였으며 자기 당의 입지를 확고히 하기 위한 투쟁이었다. 이로 인해서 조정에 있던 남인들은 더욱더 단결이 굳게 되었고, 또 영남 사림과도 긴밀하게 연대하게 되었다. 서인들로서는 영남 사림 특히 안동권의 사림들을 꺼려하여 탄압할 수 있는 강성인사를 수령으로 파견한 일이나, 고강(考講)에 낙제한 교생(校生)을 군역에 충당하려고 한 일은 향교를 중심으로 집결하는 영남사림의 세력을 꺾어 조정에 벼슬하고 있는 남인들과 연대하지 못하게 하려는 의도였다.

인조반정 초에 영남 출신의 남인인 정온·정경세·이준 등이 조정에 있었으나, 이들 이후 영남에서 진출하여 높은 벼슬에 진출한 사람이 없었으므로 영남의 사림들은 기호 남인들과 손을 잡아야만, 정계의 정보를 알아 조정에 진출할 기회를 잡을 수 있었다. 기호남인들도 숫적으로 서인에 상대가 되지 않으므로 서인과의 대립에서 유리한 조건에 서기 위해서 영남 사림의 지지가 필요했으므로 상호간의 긴밀한 연대가 지속되었던 것이다.

인조때는 남인과 서인간에 조정에서 갈등이 계속되는 가운데도 당쟁이 생긴 이래, 반대당에 대한 살륙이나 축출이 전혀없는 비교적 안정된 시기였다. 그 이유는 반정한 서인들도 나라를 구하겠다는 사명감에서 일을 시작한 사람들이라 큰 결점이 없었고 등용되는 사람들의 대부분은 당파에 관계없이 광해조 때 지조를 지킨 사람들이었기 때문이다. 또 남인들은 세력으로 봐서 애초에 서인의 상대가 되지 못했기 때문이다.

반정초에 원로대신으로 조야의 기대를 받으며 남인을 영도하던 이원익은 1634년에 죽었고, 그뒤를 이어 남인의 정신적 지주가 됐던 정온은 1637년 병자호란의 항복으로 안의(安義)로 들어가 다시 세상에 나오지 않았으므로 이후 남인을 영도하는 위치에 선 인물은 인조조에 서인과의 대립에서 청명(淸名)을 날린 조경(趙絅)이었다.

龍洲 趙絅과 嶺南 南人과의 교류에 관한 연구

Ⅰ. 序論

仁祖反正 이후 西人이 집권하면서 光海朝의 大北勢力에 의하여 다 같이 핍박을 받았던 南人들을 정계에 참여시켰다. 그리하여 서인과 남인은 서로 견제하기도 하고 서로 협조하기도 하면서 정국의 小康狀態를 유지해 나갔다.

인조반정 이후 새로 조정에 진출한 남인은 宣祖朝의 남인과는 그 구성요소가 상당히 달랐다. 본래부터 南人 家系를 계승해 온 경우 이외에 學緣, 地緣, 通婚 등으로 인하여 남인이 된 경우의 인사가 있고, 뚜렷한 당색이 있지 않다가 仕宦하는 동안 서인의 핍박을 받아 남인이 된 경우의 인사가 있고, 북인이 몰락하자 남인으로 전향한 경우의 인사도 있었다.

출신성분이 다양한 인조조의 남인들은 그들의 근거지에 따라 近畿南人과 嶺南南人으로 크게 구분되어졌다. 근기남인은 서울에서 世居해 오면서 벼슬하고 있는 남인을, 영남남인은 영남에서 세거해 오면서 상경하여 벼슬하고 있는 남인을 말한다. 그러나 인조말년에 이르면 정계에서 활약하는 남인의 숫자는 점점 감소하고 있고, 그 가운데서도 영남남인의 수는 더욱 현저하게 감소하고 있다.

이런 상황에서 근기남인은 서인세력에 대항하여 자신들의 정치적 학문적 위치를 지키기 위해서 영남남인의 지지가 필요했고, 영남남인들은 중앙정계 진출의 기회를 얻고 영남남인의 과거의 위상을 회복하기 위해서는 근기남인의 보호가 필요하였다.

梧里 李元翼, 桐溪 鄭蘊의 뒤를 이어 남인의 중심인물로서의 역할을 한 龍洲 趙絅이 近畿南人으로서 嶺南南人을 보호하면서 영남을 위해서 많은 文字를 지어 退溪를 위시한 嶺南 名賢들의 學問, 德行, 功績을 闡揚하여 영남의 위상을 높이려고 노력하였다.

용주를 통해서 근기남인과 영남남인 사이에 구체적으로 어떤 교류가 있었는지를 밝혀 영남과 근기지방의 학술적 문화적 교류가 어떤 양상으로 전개되었는지를 究明해 보고자 한다.

II. 龍洲의 家系와 學脈

龍洲 趙絅은 1586(宣祖 19)년 서울에서 태어났다. 본관은 漢陽으로 朝鮮 太宗朝에 우의정을 지낸 趙涓이 그의 7대조이다. 이 이후로 그의 祖先 가운데는 朝野에 영향력을 끼친 유명한 인물은 없었다.

그는 1612년(光海君 4)에 司馬試에 합격하였으나, 광해조의 정사가 어지러운 데다 당시 大北政權의 실력자 李爾瞻이 자기 세력으로 끌어들이려고 접근해 왔으므로, 다시 과거에 응시하지 않고는 慶尙道 居昌으로 내려가 거기서 은거하면서 학문 연구에 전념하였다.

仁祖反正 직후 인조가 재주와 학문이 있는 사람을 불렀을 때, 용주는 遺逸로 徵召되어 高畝縣監, 慶尙都事 등에 임명되었으나 취임하지 않다가, 그 이듬해 刑曹佐郎에 취임하여 비로소 官界로 나왔다.[1] 그 뒤 1626년 (인조 4) 文科에 장원급제하였다.

그가 居昌에서 은거한 이유는 그의 조모 李氏가 거창 출신이기 때문이다. 그래서 용주는 어려서부터 거창에 가서 지낸 적이 많았다. 그의 할아버지 趙玹은 한때 거창에서 寓居한 적이 있었고,[2] 그 아버지 趙翼南은 거창

---

1) 許穆『眉叟記言』卷 40 1-2張,「趙龍洲謚狀」
2) 趙絅『龍洲集』卷15 23張,「祖考墓碣陰記」. 이하『龍洲集』에서 인용할 경우에는 卷, 張만

의 유명한 학자 茅谿 文緯와 절친한 친구 관계였다. 그래서 용주는 문위를
처음에는 부친의 친구로 섬기다가, 얼마 지난 뒤 스승으로 섬겼다.3) 이때
眉叟 許穆의 부친 許喬가 거창 군수로 재직하고 있어 허목이 거창에 와서
산 적이 있었는데, 미수 역시 문위의 문하에 출입하게 되었다.

후일 차례로 近畿南人의 중심인물이 된 두 사람이 청년 시절 거창에서
처음 만난 이후로부터 학문적인 선후배로서 평생 두터운 관계를 유지하였다.

문위는 德溪 吳健과 寒岡 鄭逑의 제자이고, 덕계와 한강은 退溪·南冥
兩門에 모두 출입했으므로, 문위는 退溪와 南冥의 再傳弟子가 되는 셈이다.
문위를 통해서 용주는 퇴계와 남명의 학파에 接脈될 수가 있었던 것이다.

용주가 문위의 문하를 출입하던 당시에는 大北의 영수인 鄭仁弘의 세력
이 慶尙右道 일원은 물론이고 조정까지도 뒤덮고 있었다. 정인홍의 고향
인 陜川과 인접한 거창에 살았던 문위는 정인홍 세력의 영향권 안에 있었
다. 문위는 본래 정인홍의 제자였지만, 광해조의 여러 차례 誣獄을 目睹하
고서는 정인홍과 絶緣하였다. 정인홍의 세력을 등에 업은 그 추종자들이
정인홍에 대립하는 문위를 헐뜯어, 정인홍의 환심을 사려고 날뛰었다. 그
러나 문위는 끝까지 지조를 지켜나갔던 바 정인홍 세력에 의해서 光海朝
에는 仕版에서 削去되어 廢錮를 당했다. 인조반정으로 정인홍을 비롯한
大北 일파가 정계에서 실각하자, 지조를 지킨 儒賢으로 徵召되어 高靈縣
監을 제수 받았다.

1630년(인조 8) 용주가 인사추천권이 있는 吏曹佐郎으로 있으면서, 스
승 문위에게 벼슬을 내리도록 추천하였고, 1632년 문위가 죽은 이후에는,
諡號를 받도록 하여 學恩을 갚으려고 하였으나, 뜻대로 되지 않아 한탄하
였다4).

月川 趙穆과 寒岡 鄭逑의 제자로 역시 退溪 南冥의 再傳弟子가 되는

注明한다.

3) 卷14 18張,「茅谿墓誌銘」.

4) 卷13 22張,「祭文茅谿先生文」.

桐溪 鄭蘊을 용주는 스승으로 섬겼다.5)

梧里 李元翼 사후로 仁祖朝의 조정에서 南人의 중심인물 역할을 했던 정온은 인조에게 용주의 인물 됨을 칭송하여

> 집에 거처함에 있어서는 효도하고 공경하는 행실과 벼슬에 나아가서의 명성은 보고 들은 것이 있습니다. 그의 文學과 博覽함은 임금님의 좌우에 두고서 顧問에 응하게 할 만합니다.6)

라고 했다.

丙子胡亂 때 淸나라와 和議가 성립되자, 鄭蘊은 벼슬을 버리고 安義의 金猿山으로 들어가 세상과 관계를 끊었다. 이때 조정을 떠나면서 자기가 떠난 이후의 조정에서 자신이 했던 역할을 용주가 맡아 줄 것을 당부하여, 이런 시를 지어 주었다.

> 시대의 근심 맑은 명망 가진 이에게 붙이노니, 時憂付與淸名子
> 북악산 노을일랑 혼자서 차지하겠구료. 華岳烟霞獨有之7)

용주는 또 月汀 尹根壽의 제자이기도 하다. 윤근수 역시 退溪의 문인으로서 퇴계에게서 『心經』을 배웠고, 퇴계가 세상을 떠났을 때는 挽詞를 지어 스승을 잃은 슬픔을 표시하였다. 윤근수는 본래 西人인데 그의 문하에는 용주 이외에도 李廷龜, 金尙憲, 趙翼 등 학자나 정치가가 많이 배출되었지만, 용주만 남인이 되고 나머지는 모두 西人이 되었다. 용주는 윤근수에게서 주로 문장공부를 했지만,8) 윤근수를 통해서도 퇴계의 再傳弟子가 되는 것이다.

---

5) 卷11 7張,「送鄭秀才鳴周歸覲耽毛羅序」.
6) 鄭蘊『桐溪集』卷3 43張,「九月十七日箚」.
7) 앞의 책 卷1 22張,「贈趙日章」.
8) 卷3 12張,「月汀先生諡讌詩帖小序」.

용주의 家學淵源은 嶺南의 南人學派와 특별한 관계가 있은 것은 아니지만, 자신이 嶺南學派의 兩大學脈인 退溪나 南冥의 門人이나 再傳弟子되는 여러 사람들의 문하에 출입함으로써 영남의 南人學派와 긴밀한 관계를 맺었다. 용주는 近畿地方에서는 在地的 기반이 약하여 仕宦을 통해서만 門閥을 유지할 수 있었다. 그래서 자신의 정치적·학문적 지지기반 확보를 위해서는 영남의 남인학파와 공고한 유대를 지속할 필요성을 절실히 느꼈던 것이다.

Ⅲ. 嶺南 南人學派에 대한 龍洲의 태도

龍洲는 茅谿 文緯, 桐溪 鄭蘊, 月汀 尹根壽를 스승으로 섬겼다. 茅谿는 退溪, 南冥의 兩門에 출입한 吳健, 鄭逑를 사사하였고, 정온은 趙穆, 鄭逑의 문하에 출입하였고, 윤근수는 퇴계의 문하에 출입하였다. 이들의 제자인 용주는 퇴계의 학맥과 연결이 된다.

용주는 嶺南 南人學派의 학문적 宗匠인 퇴계의 학문을 높이 평가하여, 우리 나라의 유학이 퇴계에 와서 순수해지고 정상적인 궤도에 올랐다고 퇴계의 학문에 대한 자신의 견해를 밝히고 있다.

우리의 道가 동쪽으로 온 지 오래 되었으니, 실로 殷太師 箕子가 朝鮮에 봉해지면서부터 비롯되었다. 그러나 그 뒤 천여년 동안 洪範의 뜻을 밝혀 우리 동방의 人文을 드러낸 사람이 있다는 것을 듣지 못했다.

新羅의 文昌侯 崔致遠과 弘儒侯 薛聰, 高麗의 文憲公 崔沖, 文成公 安珦 등은 혹은 破天荒의 功으로, 혹은 독실한 行身으로 당시 세상에 이름이 났지만, 이들을 醇儒라고 하기에는 곤란하다. 그 사이에 李奎報나 李穡 등은 文人 가운데서 뛰어난 사람일 따름이다. 하물며 그들의 말에는 佛敎와 老莊의 말이 뒤섞여 있고, 우리 儒道에 대해서 말한 것은 아무 것도 없다.

우리 朝廷에 이르러서야 위로 거룩한 임금이 일어나서 참된 선비가 배출되었다. 圃隱에 접맥되어 거슬러올라갈 수 있는 사람은 靜菴과 晦齋이고, 陶山李先生은 더욱 더 위대한 점이 있다. 學說을 세우고 책을 지은 것이 大中至正하여, 쇠퇴한 전통을 朱子에 기준하여 다시 찾아내고, 이미 뒤집힌 데서 미친 물결을 돌렸으니, 기자가 창시한 홍범의 학문이 중흥할 때가 어찌 아니겠는가?[9]

우리 나라에 儒學이 전래된 지는 오래 되었고, 유학 발전이나 실천에 약간의 공적이 있는 인물은 없지 않지만, 醇儒라 할 수 있는 인물은 高麗末期까지는 없었다. 圃隱 鄭夢周에 이르러서야 비로소 醇儒라 할 수 있는데, 이 鄭夢周의 學統을 이은 사람으로는 靜菴 趙光祖와 晦齋 李彦迪을 쳤다. 이들의 뒤를 이어 儒學을 더욱 발전시켜 朱子의 正脈을 이은 인물로 퇴계를 쳤다. 그때까지 비정상적이던 유학을 정상궤도로 올려놓았고, 그 學說과 저서는 大中至正하다고 극찬을 하였다.

용주는 또 퇴계를 程朱의 嫡傳을 계승한 東方理學의 으뜸으로 推崇하였고, 퇴계가 宣祖에게 올렸던 『聖學十圖』를, 人主의 心學을 계발할 수 있는 要諦라고 평가하였다.[10] 주자의 학문을 계승 발전시킨 퇴계의 학문적 성격과 이후의 조선 학계에 끼친 퇴계의 영향에 대해서 용주는 이렇게 정리했다.

孔子·孟子의 바른 道를,	孔孟正軌
宋나라 여러 학자들 잘 계승하였도다.	洛建是鉥
오래도록 적막하여,	寥寥久哉
큰 길 위태로왔다네.	皇路脆甃
陸象山 크게 치고나왔고,	象山大拍
王陽明·陳白沙 계속 일어났지.	王陳繼起
실처럼 끊어지진 않았어도,	不絶如線

---

 9) 卷11 26張, 「蘇齋先生文集序」.
10) 卷12 7張, 「東湖修契圖後跋」

바른 흐름 구부려졌다네.	正派之斁
물고기 눈과 구슬 뒤섞였으니,	魚目混珍
楊朱·墨翟을 누가 막으랴?	孰距楊墨
中國마져 이 지경이니,	中州如此
하물며 우리 東方이랴?	矧惟東國
훌륭하도다 우리 선생!	懿哉先生
혼자 힘으로 미친 물결 막았다네.	隻手障瀾
바른 걸음으로 바르게 달려,	規步榘趍
朱子의 嫡傳이 되었지.	指南新安
中正함을 體認하여,	體認中正
그 天性을 잘 살리도록 했다네.	上下鳶魚
이 세상 어찌 잊으리오?	斯世何忘
때론 임금의 부름에 응했다네.	時應安車
聖學十圖를 바치니,	聖學進圖
나라가 새롭게 질서 잡히고,	原廟鼇序
成均館의 가르침도 밝아져,	行泮教曙
온 나라 倫紀가 자리잡았네.	闤闠倫叙
나라의 문물 더욱 높게 발전하여,	魯機一變
집집마다 禮로 겸양했다네.	家家禮讓
나아가고 물러남에 道가 있나니,	進退有道
멀리 떠나 세상 등지진 않았지.	亦非長往
시골 집에 살며 즐거운 일 무언가?	處家何樂
영재 얻어 기르는 것이였네.	得英才育
방문 밖엔 늘 제자들의 신 가득해,	戶屨囂趾
훌륭한 가르침 실컷 얻어들었네.	如飮滿腹
어떤 이치던 다 궁구하여,	何理不叩
어떤 의문이던 안풀리는 게 없었지.	何疑不釋
우뚝히 유학의 宗匠이 되어,	蔚爲儒宗
우리의 道가 크게 발휘되었다네.	斯文大闡
孔子 모신 文廟에 從祀되어,	從享聖廟
네 분 儒賢과 나란히 받들어졌네.	四賢並傳

팔도 각지방에서 享祀를,   外而俎豆
남북에서 다투어 먼저 하려 하네.   南北競先[11]

孔孟의 儒學이 송나라 성리학자들에 의해서 다시 부흥되었고, 나중에
朱子가 나와 집대성하였다. 그러나 중국에서는 陸象山의 心學을 계승한
王陽明·陳白沙가 나와, 明나라에서 官學으로 지정된 性理學을 위협할
정도로 성행했다. 퇴계 당시에 조선에 陽明學이 전래되기 시작하자, 퇴계
는 이를 異端으로 취급하여 아주 신랄하게 辨斥하였다. 퇴계는 「傳習錄辨
」이란 글을 지어 왕양명의 '心卽理'라는 학설을 佛敎의 說과 다를 바 없다
고 비난하였다. 그리고 "왕양명과 진백사의 학문은 모두 육상산에서 나온
것인 바, 本心으로써 宗旨로 삼으니 곧 禪學이다."라고 하였고, 또 "사람들
을 현혹시켜 그 지키는 바를 잃게 만들고, 仁義를 해쳐 천하를 어지럽게
만드는 사람이 王陽明이다."[12]라고 철저히 공격하였다.

龍洲는 陽明學의 전래 초기에 이단으로 간주하고 배척하여 주자학의
정통성을 확고하게 만든 퇴계의 공적을 크게 인정하였다. 中正한 道를
體認하여 天地間의 만물이 天性을 지켜 살아가는 세상이 되게 했고, 『聖學
十圖』를 宣祖에게 바쳐 나라가 중흥할 수 있는 정치를 할 기틀을 만들고,
교육을 잘 하여 禮讓의 분위기가 일어난 나라로 만든 공도 퇴계에게로
돌리고 있다.

또 퇴계는 出處의 道를 지켜 이 세상을 등진 채 숨지도 않았고, 물러나
향리에 있으면서도 인재를 양성하여 자신이 朱子學을 더 한층 심화 발전
시킨 그의 학문을 후세에 전했다는 것이다. 이런 학문적 사회교화적 功이
있기 때문에 四賢과 함께 文廟에 從祀되었고, 전국 각지에서는 그 학덕을
추모하여 다투어 享祀하고 있다는 것이다.

용주는 퇴계의 교육은 그 내용이 醇正하여 많은 사람들을 훈도하였는

---

11) 卷13 1-2張, 「英山書院退陶鶴峯兩先生奉安祭文」.
12) 李滉 『陶山全書』 卷58 23-32張, 「傳習錄論辨」, 「白沙詩敎傳習錄抄傳因書其後」.

데, 자신이 직접 퇴계의 가르침을 받지 못한 것을 항상 아쉽게 생각하였다.

　　宣祖朝에 이르러 儒學을 더욱 숭상하였다. 禮로써 退溪李先生을 陶山에
　서 초빙하여, 나라 사람들로 하여금 공경하여 본받을 바가 있게 만들었다.
　이에 배우는 사람들은 각자 떨쳐 일어나 그 문하로 많이 몰려들었다. 그
　가운데서 수준이 높은 사람은 堯舜을 이야기하고, 좀 아래에 있는 사람들은
　周나라를 이야기했다. 管子·商鞅의 功利說, 張儀·蘇秦의 捭闔說, 道敎나
　佛敎의 허황한 학설에 대해서는 어느 것 할 것 없이 입에 담은 적이 없었고,
　비록 글씨 같은 것에 이르러서도 바른 데로 귀결하지 않은 것이 없었으니,
　李先生의 師道의 嚴正함과 우리 道를 수호한 공적이 어떠한가?
　　나는 늘 선생의 시대에 태어나지 못한 것을 안타까워하면서, 선생의 저서
　및 문하생들과 문답한 것을 보기를 즐겨하여, 비록 한 마디 말이라도 道에
　가까운 것이면 놓치지를 않았다.[13]

　용주가 퇴계의 학문을 주자의 嫡傳으로서 醇正한 것이라 하여 尊信하였
고, 퇴계의 저서에 심취하여 즐겨 읽는 정도를 알게 해 주는 기록이다.
그리고 순정한 학문으로서 後學들에게 바른 길을 열어 주었다고 대단히
높게 평가하였다.

　그리고 수식을 일삼지 않은 義理의 문장을 지은 사람으로 圃隱 鄭夢周,
晦齋 李彦迪, 退溪 李滉만을 꼽았다.[14]

　조선이 箕子의 가르침을 받은 이래로 많은 학자들이 배출되었지만, 저
서와 立言으로 일컬어질 인물로는 晦齋와 退溪가 잇달아 나왔을 뿐이라고
찬양을 아끼지 않았다.

　퇴계와 동갑으로 慶尙右道에서 실천 위주의 학문으로 많은 제자를 양성
하여 퇴계와 더불어 양대 산맥을 이루었던 南冥 曺植이 있었다. 龍洲의
학맥은 그 스승 文緯, 鄭蘊을 통해서 남명에게 연결될 수 있다. 용주는

---

13) 卷11 22張, 「龜巖集序」.
14) 卷11 37張, 「桐溪先生集序」.

젊은 시절 거창에 살면서, 남명의 출생지이자 남명이 청장년기를 보냈던 三嘉縣 兎洞을 방문한 적도 있다.

그러나 그는 남명의 인품이 高古하고 器局이 峻整하며 그 疏나 封事에 세상을 구제할 뜻이 있는 것은 칭송했지만, 자신은 남명과는 학문적인 淵源關係는 없다고 밝히고 있다. 다만 남명의 秋霜烈日 같은 기상은 잊지 않는다고 인정했을 뿐이다.

南冥의 神道碑銘을 지었으면서도 학문을 하는 순서나 학문에 들어가는 동기 등 남명의 학문과 관계되는 문제에 대해서는 大谷 成運이 지은 「南冥 墓碣銘」에 다 들어 있기 때문에 蛇足을 덧붙이지 않겠다는 태도를 취하여 직접적인 언급을 회피하고 있다. 그리고 남명의 학문적 연원이나 門人들에게의 傳授關係에 대해서 아무런 언급을 하지 않고 있다.[15]

이 이유는 무엇일까? 용주 자신이 인조반정 이후 西人執權 아래에서 鄭蘊의 落鄕이후 南人을 영도하는 위치에 서서 近畿의 남인과 영남 남인의 힘을 규합해야 할 임무를 맡고 있는 입장이었다. 광해조에 정인홍을 위시한 大北政權에게 시달린 많은 남인들 가운데는 남명에 대한 시각도 정인홍 일파로 인해서 굴절되어 있는 경우가 적지 않았다. 그래서 퇴계의 학문연원으로 이미 구심점이 잡혀 있는 남인 내부에, 다시 남명의 학문 성격이나 수준에 대한 높은 평가로 인해서 문제를 야기시키고 싶지 않은 게 용주의 심정이었다.

光海朝 때 남명의 제자 가운데서 가장 영향력이 컸고, 당시 정계를 주도하고 있던 鄭仁弘이 退溪를 비난하는 疏를 올린 일이 있고, 또 정인홍 주도하에 『南冥集』을 간행하면서 퇴계가 龜巖 李楨에게 준 편지를 뒤에 첨부하였다. 그 내용인즉 河淫婦事件으로 인해서 南冥과 李楨의 관계가 악화되었는데, 퇴계가 이정의 하소연을 듣고서 이정을 동정하면서 남명의 처사를 비판한 것이었다. 정인홍이 이 편지를 『南冥集』의 뒤에 붙여 간행하

---

15) 卷18 8-11張, 「南冥先生神道碑銘」.

여 세상에 널리 공개하자, 南冥을 추앙하는 사람들은 퇴계에게 좋지 않은 감정을 갖게 되었다. 이런 처사는 퇴계학파와 남명학파의 사이를 점점 더 멀어지게 만든 한 가지 원인이 되었다.

퇴계학파와 남명학파와의 관계가 나빠져야 할 이유가 없다고 생각한 龍洲는 이런 폐습을 바로잡으려고 노력하였다. 「南冥神道碑銘」에서 이 점에 대해서는 이렇게 언급하였다.

> 남명선생은 사람을 쉽게 인정하지 않았다. 유독 퇴계선생에게게만은 하루도 만난 적이 없는 것을 안타깝게 생각하여 편지를 자주 주고 받았으며, 반드시 선생이라고 일컬었다. 후세에 와서 말하는 사람들가운데서 어떤 사람들이 두 선생이 서로 용납하지 않았다고 생각하고 있으니, 이상한 일이다.16)

정인홍 일파가 득세했던 광해조에 용주는 주로 居昌에서 우거하고 있었다. 남명의 제자 가운데서 가장 영향력이 컸던 鄭仁弘이 南冥을 높이려다 보니 退溪를 비난하지 않을 수 없었고, 정인홍의 추종자들은 더욱 더 퇴계 및 퇴계의 제자들을 강도 높게 비판하였다. 그래서 두 학파의 관계는 점점 나빠졌고, 인조반정 이후 정인홍 일파가 실각한 뒤에도 남명학파의 일부 인사들의 퇴계학파에 대한 감정이 좋지 않았다. 그래서 용주는 남명학파 일부 인사들의 편견을 바로잡으려는 의도에서 「南冥神道碑銘」에 퇴계와 남명의 관계는 각별하였는데, 후세의 몇몇 사람들이 퇴계와 남명의 관계가 서로 용납하지 못할 정도였다고 말하는 것은 전혀 사실이 아니다는 것을 강조하고 있다.

퇴계의 학문을 계승하여 嶺南에서 학파로 발전시킨 대표적인 門人으로 는, 鶴峯 金誠一과 西厓 柳成龍을 들 수가 있다. 용주는 김성일을 직접 만나 배운 일은 없지만, 그에 대한 尊慕는 대단하였다. 通信副使가 되어 日本으로 가는 길에 安東의 김성일 생가에 들러, 김성일의 일본 使行往還

---

16) 卷18 8-11張, 「南冥先生神道碑」.

旅行錄인『海槎錄』을 빌려 가지고 가서 使行 중에 탐독하였다.17) 용주
자신도 『해사록』을 본받아, 『東槎錄』이란 일본 使行 여행록을 남겼다.
　특히 김성일을 퇴계 문하에서 道를 가장 먼저 들은 사람이고, 朱子의
글에 조예가 깊다고 평가하였다. 그리고 김성일을 孔門十哲 가운데서 文
學에 뛰어난 子游와 子夏에 견주어 그의 文學도 인정하였다.18) 용주는,
김성일을 대단히 존모하여 그를 위해서 수레라도 몰겠다고 했다. 김성일의
인물됨을 이렇게 묘사하였다.

　　　그 곧기는 붉은 거문고 줄 같고, 그 굳세기는 단련된 좋은 쇠 같고, 그
　　우뚝하기는 골짜기에 뻗어난 낙낙장송이나 깊은 숲 속의 큰 곰 같나니, 이는
　　선생이 하늘로부터 타고난 것이다. 용감하게 곧장 앞으로 나가는 호연지기
　　를 키우고, 효도를 충성으로 옮기고, 본성을 지켜 옳은 길을 달려, 거울처럼
　　맑고 저울처럼 공평하여 마음 속에 털끝만큼의 사사로움이 개재하지 않게
　　된 것은 선생이 배워서 얻은 것이다.19)

　鶴峯의 하늘로부터 타고난 强直하고 介潔한 본성과 노력으로 얻은 剛勇
하고 公正한 行身을 躍如하게 나타내었다.
　퇴계의 우수한 제자 가운데서 鶴峯을 특히 文學 방면에 뛰어났다고 보
아, 그의 문학적 성취에 대해서 이렇게 밝혔다.

　　　선생은 退陶李先生의 문하에 놀아 가장 먼저 道를 들었다. 본디 문학을
　　별로 탐탁하게 여기지는 않았으나, 그 표현하고 수사하는 것에 있어 문채와
　　본질이 잘 어우러짐을 숨길 수가 없다. 그래서 經筵에 있는 10년 동안에,
　　임금에게 아뢰는 箚子를 짓는 일이 있으면, 곁의 동료들은 팔장을 끼고서
　　보고만 서 있고, 선생이 도맡아 지었는데, 여러 수천 자를 단숨에 지었다.

---

17) 卷11 20張,「鶴峯先生集序」.
18) 卷13 2張,「英山書院退陶鶴峯兩先生奉安祭文」.
19) 卷11 20-21張,「鶴峯先生集序」.

내용은 모두가 임금을 바른 길로 인도하고 임금이 생각하지 못한 것을 보충
해 주는 속 마음에서 우러나온 것이었다.[20]

鶴峯의 문장은 인위적인 수식을 가하지 않았지만 문채와 본질이 잘 조
화된 진심이 절로 우러난 道學之文을 이루어 타의 추종을 불허하는 大家
가 되었다고 그 문장을 칭송하고 있다.
鶴峯의 각종 文體에 나타난 그 문장의 특징을 다음과 같이 밝혔다.

> 선생의 疏箚는 董仲舒나 劉向과 같고, 奏議나 招諭文은 陸贄와 같다. 이
> 밖에 辭賦나 詩도 다 平鋪·洪暢하여 韓愈나 歐陽脩의 경지에 넉넉히 들어
> 갈 수 있다.[21]

鶴峯의 문장은 醇正한 儒家 문장의 典範으로 朱子나 退溪가 稱道했던
韓愈나 歐陽脩의 경지에 들어갔다고, 용주는 그 가치를 높게 쳤다.
西厓 柳成龍에 대한 龍洲의 尊慕 역시 鶴峯에 못지 않게 대단하였다.
龍洲는, 鶴峯의 제자들보다는 유성룡의 제자들과 더 활발히 교류를 하였
다. 愚伏 鄭經世, 蒼石 李埈, 月磵 李埈, 沙西 全湜, 鶴沙 金應祖 등이
그 대표적인 사람이다. 또 柳成龍의 아들 柳袗은 용주와 함께 인조반정
직후 학행이 있는 유생으로 천거되어 같이 6품직을 받았다.
인조반정 이후 용주가 조정에 진출했을 때 愚伏은 副提學, 大司憲, 吏曹
判書, 大提學 등직을 역임하였다. 우복이 이조판서로 있을 때 용주를 특별
히 발탁하여 吏曹佐郎으로 삼을 정도로 그를 신임하였다. 용주도, 愚伏의
學德에 심취하였다고 술회하고 있다. 그리고 용주는 1657년(효종 8) 우복
에게 諡號를 내릴 것을 건의하는 상소를 올렸다.[22]

20) 卷11 21張, 「鶴峯先生集序」.
21) 卷11 21張, 「鶴峯先生集序」.
22) 許穆『眉叟記言』卷40, 「龍洲神道碑」.

우복의 학문은 西厓에게서 나왔고, 서애의 학문은 退溪에서 나왔으니, 우복의 학문은 朱子를 표준으로 삼은 大中至正한 퇴계의 학문에서 나왔음을 밝혔다.23)

蒼石 李埈 역시 유성룡의 문인이었는데, 용주는 선배로 대접하면서, 그를 통해서 유성룡을 거쳐 퇴계의 학맥에 연결된다. 용주는 창석과 자신과의 結緣을 이렇게 술회하였다.

> 보잘 것 없는 내가 崇禎 임신년(1632) 말에 罪案에 연좌되어 知禮 縣監으로 좌천되었다. 지례는 尙州와 인접한 고을이었다. 蒼石李先生 역시 그때 사람들과 맞지 않아 고향에서 지내고 있었다. 나는 틈이 나면 蒼石公을 찾아 뵈었다. ……
>
> 萬曆 경진년(1580)에 西厓柳先生이 상주 고을을 맡아 다스렸는데, 이때 공의 형제가 폐백을 드리고 가르침을 청하여 드디어 退陶의 학문의 淵源을 얻어 들었다. 이로부터 『朱子書節要』에 오로지 힘을 쏟았는데, 그 좋아하는 정도가 고기가 입맛을 돋구는 것에 비길 정도가 아니었다.24)

퇴계의 학통을 전수받은 西厓의 독실한 제자인 蒼石을 자주 찾아가 용주는 퇴계의 학통에 접맥될 수가 있었다.

西厓·鶴峯 兩門의 제자인 鶴沙 金應祖는 용주와 평생의 知己로서 弘文館·世子侍講院 등에서 동료로 재직하면서 학문적 교류를 가져, 서애·학봉을 통해 전수된 퇴계의 學統에 접맥될 수가 있었다. 김응조의 學問淵源과 그의 위상을 이렇게 서술하였다.

> 공은 西厓·鶴峯의 문하에 출입하여 文學에서 높은 성취를 얻었다. 嶺南은 우리 나라의 鄒魯之鄕이다. 愚伏鄭先生이 돌아가시자 스승의 자리가 비어 장차 끊어지려 할 때, 후진들을 이끌어 줄 책임이 오로지 공에게 돌아갔다.

---

23) 卷18 34張, 「愚伏鄭先生神道碑」.
24) 『國朝人物考』中冊 1621쪽, 「李埈墓碣銘」.

그런데 하루 아침에 죽어 배우려고 모여들었던 사람들이 어리둥절하여 어쩔 줄을 몰랐다. 공을 아는 사람 모르는 사람 할 것 없이 공의 죽음에 대하여 탄식하였다.[25]

용주는 영남을 향모하여 儒學의 발상지인 鄒魯에 견주었고, 愚伏이 영남을 대표할 만한 師席에 있었고, 우복 사후에는 김응조가 응당 그 자리를 물려받을 위치에 있었으나, 갑자기 세상을 떠나는 바람에 후진들이 당황하여 어쩔 줄을 모를 정도였다고 그의 학문적 영향력을 높이 평가하였다.

용주의 婦翁 金瓚은 右參贊을 지낸 인물로 西厓·鶴峯과 특별히 절친하였다.[26] 近畿 南人인 용주가 퇴계학파에 영향을 받고 관계를 맺는 데 큰 영향을 끼쳤다. 임란 초기에 북인인 영의정 李山海를 탄핵하여 파직시켰고, 일본과의 和議하는 일에 유성룡과 함께 힘을 쏟았다. 용주가 북인과 관계가 좋지 않은 원인은 여러 가지가 있겠지만, 그의 부옹 김찬이 이산해를 탄핵한 것도 한 가지 원인이다.

퇴계·남명 양문에 출입하여 양문에서 모두 대표적인 제자로 인정받고, 眉叟 許穆을 통해서 퇴계의 학문을 近畿地方에 전파시킨 寒岡 鄭逑에게 직접 배운 적은 없다. 동시대에 살았으므로 제자가 될 수도 있었으나, 그럴 기회를 얻지 못하였지만, 정구를 一代의 宗師로 쳤고, 스승 이상으로 추앙하고 있다.[27] 한강이 세상을 마쳤을 때 挽詞 세 수를 지어 그의 죽음을 애도하면서 그 학덕을 추모했는데, 그 가운데서 두 수를 소개하면 아래와 같다.

홀로 무너진 계통 찾아 퇴계에 접맥하여,　　　　　　獨尋墜緖接陶翁
濂洛의 관문을 다시 동방에서 열었네.　　　　　　　濂洛玄關再闢東

---

25) 卷13 41張, 「誄金大司諫應祖文」.
26) 卷5 30張, 「贈領議政金府君神道碑」.
27) 卷12 35張, 「西川府院君謚狀後」.

禮學에 조예 깊어 어디도 막힘 없었고,　　　　　　　游刃禮家無肯綮
학문의 바다 어지러운 물결 돌이킨 큰 일 했다오.　　廻瀾學海破長風

계축년에 올린 소 꿇어앉아 읽어 보니,　　　　　　跪讀先生癸丑疏
임금 사랑하는 충성심 옛 사람과 어떠한가?　　　　愛君忠悃古何如
알겠구나! 우뚝히 서서 홀로 행하신 일이,　　　　　方知特立獨行事
바로 뭇 성현들의 글을 講明한 것에 말미암았음을.　政自講明群聖書
같은 시대에 살면서도 따라 배우지 못했으니,　　　同時不得隨函丈
하늘이 莊子로 하여금 孟子 못만나게 한 것 같구료.　天遣莊周隔子輿[28]

　寒岡 鄭逑는 退溪의 학맥을 이어 조선의 性理學 발전에 공헌을 하였는
데, 특히 禮學에 정통한 사실을 부각시키고 있다. 또 정구가 광해조의 永昌
大君 獄事 때 全恩說을 주장하여 자신의 절조를 지킨 처신에 대해서 존경
을 표하고 있다. 정구의 이러한 학문과 행신은 성현의 학문을 깊이 연구한
데서 비롯되었음을 밝혀, 올바른 참된 학문의 功効는 큰 힘을 발휘할 수
있다는 것을 밝히고 있다. 아울러 같은 시대에 살았으면서도 스승으로
모시고 배우지 못한 일을 못내 아쉬워하고 있다.
　退溪·南冥 兩門에 출입한 德溪 吳健과 寒岡 鄭逑의 제자인 茅谿 文緯
를, 龍洲는 젊은 시절부터 스승으로 모시면서 그의 가르침을 받았다. 1619
년(광해군 11) 布衣의 몸인 용주는 날로 그릇되어 가는 나라 일을 보고서
항의하는 疏를 올리려고 작정을 하였다. 당시 거창에서 스승으로 모시고
있던 문위에게 이 일에 대해서 자문을 구했더니, 문위는 용주의 강직한
정신은 귀하게 여겼지만, 조정 내부의 사정을 잘 모르면서 함부로 말하다
가 잘못을 저지르는 경우도 고려해야 할 것이라고 하면서, 지금의 급선무
는 性情에 바탕을 둔 참된 공부를 하는 것이라고 충고했다.[29]
　1631년(인조 9) 용주는 元宗 追尊을 반대하다가 知禮 縣監으로 좌천되

---

28) 『寒岡先生年譜附錄』卷4 10張.
29) 文緯 『茅谿集』卷2 12張.

었다. 이때 문위는 용주를 격려하는 편지를 보냈다.

> 가령 그대가 이런 태평한 시절에 쫓겨나지 않고서, 弘文館이나 吏曹佐郎
> 의 자리만을 왔다 갔다 한다면, 그대의 지식이나 끈기가 옛날과 다를 바
> 없을 것이니, 이 늙은 친구가 기대하는 바도 이렇게 간절하지는 않았을 것이
> 오. 아무쪼록 性理書에 힘을 쏟고 학문에 뜻을 오로지한다면, 천지처럼 광대
> 해지고 해와 달처럼 밝아져, 반드시 옛날에 보던 바와 다를 수 있을 것이오.
> 그런 뒤에라야, 그만둘 만하면 그만두고 벼슬할 만하면 벼슬하여, 자신이
> 하고자 하는 바대로 될 것이오.30)

중앙의 淸要職에 있다가 시골 현감으로 좌천된 제자에게, 문위는 더
큰 인물이 되고 더 큰 학문을 이룰 좋은 기회로 활용하라고 권유하고 있다.
특히 性理書에 더욱 힘을 쏟을 것을 당부하고 있다. 편안하게 중앙의 요직
에 앉아서 관직만 높아지기를 바라는 평범한 관원이 되지 말고, 학문을
통한 내적 충실을 도모하여 선비가 중히 여기는 出處大節을 떳떳하게 지
킬 것을 당부하고 있다.

嶺南 南人에 속한 인물 가운데서 학문적으로나 行身에 있어 용주에게
가장 큰 영향을 끼친 인물은, 용주 자신이 스승으로 모셨던 桐溪 鄭蘊이다.
동계는 앞에서 이미 언급한 바와 같이 퇴계·남명 두 학파에 접맥될 뿐만
아니라, 서울에서 태어나 宣祖·光海君·仁祖 세 조정의 영의정을 역임한
梧里 李元翼을 스승으로 섬겨 현실 정치의 감각도 갖고 있었다. 정온은,
인조반정 이후부터 용주와는 같은 조정에서 벼슬하면서 용주를 이끌어
주기도 하고 때로는 옹호해 주기도 했다.

桐溪가 1614년(광해군 6) 영창대군을 追復하여 禮葬하라고 상소하였다
가, 大北 一派에게 몰려, 濟州島 大靜縣에 위리안치 되었다. 동계의 아들
鄭昌時가 제주도로 觀親하러 갈 적에 용주는 「鄭秀才送歸觀耽毛羅序」를

---

30) 앞의 책 卷2 12張.

지어 동계와 교류가 있던 여러 사람들과 함께 정창시를 전송하였다. 이
글에서 동계의 불의에 굽히지 않는 강직한 행신을 강조하여 서술했다.

> 鄭氏 어른은 사람들에게 잘 아울리지 않는 분이라고 말할 수 있겠다. 처음
> 에 御史가 되었다가 내침을 당했고, 世子侍講院에 들어가 封事를 올려 바른
> 말을 하다가 時諱를 건드려 여러 사람들의 뜻을 크게 거슬렸더니, 조정의
> 논의가 앞을 다투어 일어났다. 이빨이 날카로운 사람은 물어뜯고, 손톱이
> 야문 사람은 후려 갈기는 등 힘을 남기지 않고 해치려 하였다. 마침내 옥에
> 갇혀 있다가 한참 지나서야 먼 남쪽 바다 속의 섬으로 유배되게 되었다.31)

大北 일파가 집권한 光海朝의 亂政이 계속되자 바른 말하는 사람이
날로 줄어들었다. 바른 말하는 사람을 가만 두지 않는 험악한 분위기가
날로 그 도를 더해 갔다. 이런 판국인 것을 모르는 바 아니었지만, 동계는
바른 말을 하다가, 광해군의 親鞫을 받고 제주도로 유배되었다. 대부분의
세상 사람들이 비정상으로 되어 가는데 홀로 바른 길을 걸어가려고 하니,
바르지 못한 많은 사람들의 무자비한 공격을 받지 않을 수 없었던 것이다.
용주는 이때 젊은 나이로 아직 거창에서 포의의 몸으로 있던 때였는데,
送序를 짓는 임무를 맡은 것은 동계와의 각별한 관계도 있지만, 그의 문장
실력이 그때 이미 인정을 받았다는 것을 알 수 있다.
정창시와는 이때부터 친구가 되어 절친하게 지내게 되었다. 나중에 동
계 사후에 그 아들인 정창시가 자기 부친을 가장 잘 아는 사람은 바로
용주라 하여, 용주에게 동계의 神道碑銘, 文集序文, 謚狀 등을 부탁하자,
용주는 정성을 다하여 지어 주었다.
동계의 강직함은 단순히 성격적인 것이 아니고, 그의 온축된 학문의
기반 위에서 나왔다는 것을 밝히고 있다.

---

31) 卷11 6張.

公을 개괄하여 '한 사람의 곧은 신하'라고 말하거나, '절개를 지키는 한 사람의 선비'라고 칭찬한다면, 이는 공에 대하여 잘 모르는 것이다. 공의 학문은 가정에서 보고 들은 것이 이미 얕지 않았고, 약관의 나이에 趙月川, 鄭寒岡의 문하에 두루 놀아 退陶李先生의 학문을 전해 듣고서는 기뻐하며 사숙한 것이 많았다.[32]

'곧은 신하', '절개를 지키는 신하'임은 물론이지만, 그것만으로 정온을 평가해서는 옳은 평가가 되지 않는다는 사실을 말하고, 중요한 사실은 그의 학문이 月川 趙穆·寒岡 鄭逑를 통해서 퇴계의 학문에 접맥되었고, 특히 퇴계의 학문을 좋아하여 사숙했다고 밝히고 있다.

퇴계는『心經』을 아주 좋아하여 깊이 있게 연구하였는데, 한강은 퇴계의 이 心經學을 계승 발전시켜『心經發揮』라는 저서를 지었다. 한강의 심경학의 전통을 계승한 사람이 바로 동계라고, 용주는 밝혔다.[33]

동계는 처음에 鄭仁弘을 스승으로 섬겼다. 광해군 즉위 직후, 臨海君을 告變한 사건이 일어났을 때 동계는 임해군이 반역했다는 확증이 없다 하여 全恩을 강력히 주장하여 臨海君을 죽이려는 정인홍 일파의 의견에 반기를 들었다. 1614년 永昌大君 獄事 때 정인홍 일파의 처사를 반대하다가 제주도에 위리안치되어 10년 동안의 세월을 거기서 보냈다.

인조반정 이후 司憲府 獻納으로 徵召되어 조정에 돌아왔다. 동계가 유배될 때 동계의 유배는 억울하다고 동정을 한 사람들은, 정인홍을 추종하는 자들에 의해 대부분 처벌을 받았다. 寒沙 姜大遂는 削職되어 江原道 淮陽에 유배되었고, 思湖 吳長은 영남 유림들을 규합하여 동계의 유배는 부당하다고 항변하는 상소를 주도했다가, 黃海道 兎山에 귀양가서 그 곳에서 죽었다. 雪壑 李大期는 白翎島로 귀양갔고, 知足堂 朴明榑는 仕版에서 削去되었다.[34]

---

32) 卷22 36張,「桐溪鄭公諡狀」.
33) 卷22 36張,「桐溪鄭公諡狀」.

인조반정으로 정인홍이 처형되고, 대북정권이 몰락하게 되자, 동계를 동정했던 사람들은 전날의 당파에 관계 없이 南人으로 재편성되었고, 남인의 입장에서 官界에 진출하였다.

인조반정 직후 용주와 동계는 광해조 때 핍박 받은 사람으로의 자격으로 모두 발탁되었는데, 용주는 6품직에 제수되고, 동계는 獻納에 제수되어 조정에서 만나게 되었다.

1634년(인조 12) 都承旨인 동계가 元宗 追尊을 반대하는 여러 신하들을 처벌하지 말 것을 건의하는 상소를 올렸다가 遞職되었다. 용주는 즉각 동계를 救護하여 아뢰었다.

> 정온은 지금의 곧은 선비로서 평생 외롭게 서서 세속을 돌아보지 않았습니다. 요즈음 올린 항의하는 疏도 여러 신하들에게 죄가 없다는 것입니다. 그러한즉 여러 신하들이 평소에 비록 朋黨의 色目을 면하지 못했지만, 지금 논하는 것은 사사로이 편당을 지은 것은 아니니, 군자가 덕으로 임금을 사랑하는 마음을 볼 수 있습니다.[35]

용주는 동계를 당시의 直臣이라고 칭찬하면서, 동계의 상소는 당파를 떠나서 '諫言하는 신하들을 처벌하지 말라'는 공정한 건의임을 밝혀, 인조로 하여금 동계를 신임하게 하고 있다.

1635년 용주가 執義로 재직하면서 遊宴, 後宮 선발, 營造 등과 관계된 일의 잘못을 간하다가 체직되었다. 얼마 안있어 다시 집의가 되었는데, 監試에 不法이 있으므로 罷榜해야 한다고 奏請했다가 다시 파직되었다. 얼마 뒤 文川 군수로 좌천되었다. 이때 桐溪는 용주를 伸救하기 위하여 箚子를 올렸다.

---

34) 『眉叟記言』 卷39 17張, 「桐溪先生行狀」.
  『德川師友淵源錄』 卷3 26張.
  朴明榑 『知足堂集』 卷6 11張.
35) 『仁祖實錄』 卷30 30張, 12년 10월조.

어제 저녁 병으로 엎드려 있다가 邸報를 보고서, 전하께서 趙絅을 특별히 關北地方의 군수로 내보냈음을 알았습니다. 신은 진실로 놀라고 미혹하여 그 까닭을 알지 못하겠습니다. 요사이 조경이 避嫌하면서 한 말에는 비록 과격한 바가 있었지만, 그 마음은, 그가 생각한 바를 다 말하여 科擧의 잘못을 바로잡고자 한 것일 뿐, 어찌 터럭만큼의 사사로운 뜻이 그 사이에 있었겠습니까? 다만 전하께서 행차하시는 날에 소란스럽게 굴었으므로, 聖上의 조상을 받들고 효도를 생각하는 기대를 어겼던 일을 두려워하여 체직을 요청했던 것입니다.

이제 뜻밖의 견책을 받아 좌천되는 처벌을 당했습니다. 전하께서는 조경을 어떤 사람이라고 생각하십니까? 그는 집에서는 효도하고 공경하는 行身과 관직에 임해서는 청렴하고 힘써 일한다는 명성은 충분히 볼 만하고 들을 만합니다. 그리고 문학이 있고 책을 널리 보았으므로, 전하의 좌우에 두고서 顧問에 응하게 할 만합니다. 그런데 그의 한 마디 말이 지나치게 고지식하다 해서 갑작스레 좋아하고 싫어하는 사사로운 마음을 보여서야 되겠습니까? 엎드려 바라건데 전하께서는 변방의 군수로 내보내는 命을 취소하여 너그럽게 받아들이는 마음을 보여 주시옵소서.36)

용주가 올바른 생각으로 반정에 참여한 서인들을 특별전형하려는 과거를 실시하는 것의 잘못을 지적하여 바로잡도록 건의하다가 변방의 군수로 좌천되자, 동계는 그를 伸救하기 위해서 箚子를 올리고, 아울러 인조에게 용주의 학문과 行身은 족히 왕의 고문에 응할 만한 인물이라 하여 인조의 좌우에 둘 것을 건의하였다. 인조는 동계의 건의를 받아들여, 용주를 文川 군수로 내보내지 않고 다시 軍器寺正에 제수하였다.

1636년(인조 14) 병자호란 직전 동계가 大司諫으로 있을 때 용주는 司諫으로 같은 관아에서 근무하면서 서로 뜻을 맞추어 일한 적이 있었다.37)

1637년 淸나라와의 화의가 성립되자, 동계는 벼슬을 버리고 고향 安義로 내려가 가족들을 버려 둔 채 金猿山에 들어가 살다가 1641년(인조 19)

---

36) 『桐溪集』 卷3 44-45張, 「九月七日箚」.
37) 『仁祖實錄』 卷32 8張, 14년 2월조.

일생을 마쳤다. 용주는 동계가 은거하고 있는 금원산 속으로 찾아가 그를
위로하고 세상사에 대해서 논의하였다.[38]

　학문에서 우러난 강직한 처신으로 서인들이 집권한 조정에서 小北 출신
이면서도 인조반정 이후 李元翼의 뒤를 이어 南人의 중심인물이 된 동계
의 인품과 行身에 대해서 용주는 다음과 같이 稱道하였다.

> 　그 사람됨이 光明하고 俊偉하여 안밖이 한 가지였다. 다른 사람과 어울릴
> 때 정성스럽고 시원스러워 모나지 않았고 야박하거나 과격하지 않아 堯임금
> 이나 舜임금처럼 다른 사람들과 함께 일하고자 하는 뜻이 있었다. 그가 조정
> 에서 시비를 다툴 때는 바르고 곧은 말을 하여 높은 산처럼 우뚝하여, 비록
> 孟賁이나 夏育 같은 장사라도 내 뜻을 빼앗을 수 없다고 생각했다. 그러나
> 평소에 하는 말은 孝悌忠信 뿐이었고, 깊은 이치나 精微한 말은 가벼이 하려
> 고 하지 않았다. 이런 까닭에 세상 사람들은 공을 보고서 독실하고 착한
> 선비인 줄을 아무도 모른다.[39]

　또 동계의 문학적 성취에 대해서는 이렇게 평가하였다.

> 　三代 이후로 文과 道가 두 갈래가 되자 義理를 위주로 한 글이 있게 되고
> 수식을 위주로 한 글이 있게 되었다. 선생의 글은 孟子와 韓愈의 글에 근원했
> 으니, 의리를 위주로 한 글이 아니겠는가? 우리 동쪽 나라에서 高麗 때부터
> 우리 조정에 이르기까지 여러 몇백 년 동안 글을 읽고 지은 많은 사람들이
> 나무에 재앙을 입히면서 文集을 간행해 왔지만, 썩어 없어지지 않을 큰 사업
> 을 반드시 이런 문집을 남긴 사람들이 했다고 한다면, 나는 인정하지 않겠다.
> 圃隱, 晦齋, 退溪先生 같은 분들은 문장을 일삼지는 않았지만, 가슴 속에서
> 흘러나온 것이 모두 의리였다. 그 뒤 100여년이 지나서 세 선생의 風氣를
> 듣고서 기뻐한 사람이 바로 선생 아니겠는가?
> 　근대에 간행된 文人·才子들의 문집을 보니, 어떤 것은 우스개 소리로

---

38) 卷19 12張, 「桐溪鄭先生神道碑銘」.
39) 卷22 37張, 「贈吏曹判書桐溪鄭公諡狀」.

꾸민 것도 있고, 어떤 것은 묵은 옛 책을 표절한 것도 있고, 어떤 것은 그 사람의 이름이나 지위가 높다 하여 낸 것도 있고, 그 사람의 聲勢를 돋구려고 만들어 낸 것도 있다. 이런 것들은 모두 다 얕은 길바닥에 고인 물이나 아침 나절의 버섯처럼 곧 그 그림자가 사라지고 소리가 없어지게 되는 것이니, 어찌 썩지 않을 큰 사업이라 하여 함께 논할 수가 있겠는가? 이제『桐溪文集』을 보니, 비유하자면 揚子江·黃河가 근원이 있어 다함이 없는 것과 같고, 소나무·잣나무가 사시사철 내내 가지나 잎이 변치 않는 것과 같다. 하물며 한 글자 한 구절이 모두 임금을 바로잡고 나라를 걱정하는 말 아님이 없음에랴? 선생은 본래 말단적인 文藝를 좋아하지 않았고, 집안이 대대로 儒學을 업으로 했기에 道를 일찍부터 들었다. 문장을 지음에는 六經에 뿌리를 두고 孟子·韓愈를 표준으로 삼아, 道 있는 분에게 나아가 바로잡았으니 곧 趙月川·鄭寒岡 兩先生이다.[40]

동계의 문장은 六經에 바탕을 두고서 孟子·韓愈의 문장을 典範으로 삼아 지은 義理之文으로, 우리 나라의 圃隱·晦齋·退溪 등 道學者 문장의 전통을 계승하여 不朽의 大業을 이룬 글이라고 용주는 칭찬하였다. 그 내용인즉 임금을 바른 길로 인도하고 나라를 걱정하는 것으로 道와 文이 일치된 醇正한 문장이라는 것이다.

동계가 세상을 떠나자 용주는 제자의 예를 차려 祭文을 지어 그 죽음을 아쉬워했다. 이후 동계의 神道碑銘과 諡狀을 짓고, 문집을 간행할 때 그 서문을 지었다.

1652년(효종 3) 정온에게 吏曹判書를 追贈하고, 1657년에 文簡公이라는 시호를 내렸는데, 이는 모두 용주의 노력에 힘 입은 바가 많았다. 1648년(인조 26) 용주가 參贊으로 대궐에 入侍하여 동계의 忠節을 褒獎해야 할 것을 강력히 역설하였다.

---

40) 卷11 37張,「桐溪先生集序」.

臣이 생각하는 바를 감히 아뢰지 않을 수 없습니다. 鄭蘊은 정축년(1637) 和議가 성립될 때 나라에 이런 날이 있을 줄 알지 못하고서, 다만 '임금이 욕을 당하면 신하는 죽어야 한다'는 의리만 지켜 칼날로 그 배를 찔렀습니다. 비록 결국 죽지는 않아 그가 처음에 가졌던 뜻을 이루지는 못했지만, 節義가 凜然하여 빼앗을 수 없는 바가 있었습니다. 그가 남쪽으로 돌아간 뒤로는 감히 처자의 봉양을 편안히 받지 않고, 가족을 떠나 산속에서 중처럼 괴로움을 견디며 지내다가 세상을 마쳤습니다. 이는 진실로 나라에서 襃獎해야할 일입니다. 원컨데 전하께서는 살펴주시옵소서.[41]

동계는 '임금이 욕을 당하면 신하는 죽어야 한다'는 의리를 지켜야 한다는 생각에서 仁祖가 淸나라에 항복하기 위해 南漢山城을 내려가려고 할 적에 죽음을 택하기 위해 칼로 스스로 배를 찔렀다. 곁에 있던 사람들의 제지로 겨우 목숨을 건진 뒤 고향으로 들것에 들려 내려온 뒤로는 淸나라의 年號를 쓰는 나라의 版圖에 든 땅에서 살지 않겠다 하여 자기가 사는 곳을 朝鮮의 행정구역에 편성되지 않은 某里라고 이름하고, 청나라에서 반포한 책력 보기를 거부하며, 직접 좁쌀을 심어 먹고 살다가 세상을 마쳤다. 동계 같은 이런 절의를 襃獎해야만, 뒷날 국가가 危難에 처했을 때 忠節을 지키는 사람이 많이 나올 수 있다고 용주는 강력히 주장했다.

그러나 이때 仁祖는 "鄭蘊이 임금을 버리고 산속에 숨어 산 이유를 모르겠다"라고 말하여, 동계가 거짓으로 죽으려고 하여 절개를 지키는 척했다고 못마땅하게 생각하였다. 신하 된 사람이 임금을 도와 일하지 않고 산속에 숨어서 사는 태도를 이해하지 못하겠다고 했다. 이런 이유 때문에 동계가 죽은 뒤 그에 대한 贈職, 贈諡를 인조는 검토조차 하지 않고 있었던 실정이었다.

이런 인조의 잘못된 사고와 태도를 바로잡기 위해 용주는 다시 1,000여 자에 달하는 疏를 올려 동계의 忠節을 襃獎할 것을 더욱 더 강력하게

---

41) 『桐溪年譜』 36장.

건의하였다.

신이 어찌 감이 鄭蘊을 위하여 턱을 빳빳이 쳐들고 遊說하겠습니까? 다만 정온의 일이 이 세상에 밝혀지지 않는다면, 聖上께서는 '임금이 욕을 당하면 신하는 죽어야 한다'는 의리를 뒷 세상에 가르칠 수가 없고, 옛날의 제왕들이 節義를 褒獎하는 도리는 전하에 이르러 끊어지게 되어, 신하 된 사람들이 이익 됨만을 생각하여 그 임금을 섬기고, 아들 된 사람은 이익 됨만을 생각하여 그 아버지를 섬기게 될 것입니다. 賈誼가 이른 바 '편안한 것을 보면 빼앗고 이익을 보면 그쪽으로 가버리는' 사람이 많아지게 되어, 막을 수 없을 것입니다.

그때 처음부터 끝까지 한결같이 절개를 지켜 변하지 않은 사람은 오직 鄭蘊과 金尙憲 두 사람 뿐이었습니다. 殿下께서 김상헌에 대해서는 壁立千仞의 기상이 있다고 褒獎하고 총애하여 정승의 지위를 그에게 주었으면서도, 정온에 대해서는 이렇게 대접하시니, 전하의 忠節을 顯揚하는 방법을 신은 정말 이해할 수가 없습니다.

옛날의 忠臣·義士 가운데는 혹은 죽은 사람도 있고 혹은 죽지 않은 사람도 있는데, 그 숫자가 어찌 한량이 있었겠습니까마는, 마지막 귀결점은 의리에 맞게 하는 것 뿐이었습니다. 그런 까닭에 비록 훌륭한 史官의 붓이라도 죽었거나 살았거나에 따라서 褒貶을 달리하지 않았고, 朝廷의 贈職도 죽었느냐 살았느냐를 가지고 차별을 두지 않았습니다. 이제 전하께서는 해나 달처럼 위에서 비추고 계신데, 정온 같은 충성스러운 사람이 褒獎의 禮典을 입지 못한다면, 어찌 밝은 시대의 큰 흠이 되는 일이 아니겠습니까? 또 정온은 昏朝에서 勳爵과 富貴로도 그 마음을 흔들지 못했고, 외딴 섬에서 죽는 것도 달갑게 여겼습니다. 전하를 만나 총애와 俸祿이 보통이 아니었습니다만, 늘 물러나기를 쉽게 하는 절개를 지켰으니, 저승에선들 어찌 조정의 褒獎을 받아 그 마른 뼈를 윤택하게 하기를 바라겠습니까? 신이 우려하는 바는, 전하께서 나쁜 것을 막고 좋은 것을 권하는 도리에 있어서 옛날의 제왕들보다 못한 점이 있어, 후대의 온세상에서 전하의 마음이 좁다고 말할까 하는 것입니다.

전하께서 신의 말을 믿지 못하겠으면, 신의 이 疏를 廟堂에 내려 그 虛實을 조사하게 하여 소 가운데 만약 한 마디 말이라도 꾸며낸 것이 있다면, 정온에

게 偏黨을 드는 신의 죄를 다스려 國是를 확정하시옵소서.[42]

龍洲의 논리는 忠節을 지킨 사람을 포장하여야만 후세에 충절을 지키는
사람이 계속 나오게 되지, 그렇지 않으면 이익을 생각하여 임금을 섬기게
되므로 충절을 지키는 사람이 없어지게 될 것이라는 것이다. 또 다 같이
충절을 지켰는데도 金尙憲에 대해서는 壁立千仞의 기상이 있다고 褒獎하
여 정승의 반열에 올려 놓았으면서 鄭蘊에 대해서는 아무런 褒獎이 없으
니, 임금이 편파적으로 아무런 기준도 없이 충절을 세운 사람을 대하는
태도에 대해서 도무지 이해할 수가 없다는 것이다. 이때 인조가 동계에
대해서 오해를 하고 있었기에 贈職·贈諡가 이루어지지 않고 있었으므로,
용주는 인조의 이런 잘못된 생각을 바로잡기 위해서, 동계가 光海君 때
大北政權의 압력에도 굴하지 않고 죽음으로써 자기의 지조를 지킨 사실을
부각시켜 그 사람됨을 바로 이해하도록 했고, 또 동계 같은 인물은 贈職이
나 贈諡 같은 것에 전혀 개의하지 않았을 인물이라는 것을 밝혀 말하고
있다. 다만 인조의 충절을 褒獎하는 방법이 옛날의 제왕들보다 못하다는
후세의 비판을 받을까를, 인조를 위해서 우려하고 있을 뿐이다. 그러나
인조 재위 기간 동안 동계에 대한 贈職·贈諡는 결국 이루어지지 못했다.

1652년(孝宗 3) 용주는 새 임금 孝宗에게 應旨疏를 올려 桐溪에게 諡號
를 내릴 것을 요청하였다. 이때 효종의 반응은 아주 긍정적이었다[43]. 그
이듬해 8월에 禮曹에서 동계의 諡狀을 孝宗에게 올렸으나, 용주가 지은
諡狀 가운데 忌諱하는 말이 많다 하여 효종은 시호의 논의를 중단시켰다[44].

1657년(孝宗 8)에 가서야 桐溪에게 吏曹判書가 추증되고 文簡이라는
시호가 내려졌다. 이 일은 용주의 끈질긴 상소가 없었더라면 성취될 수

---

42) 卷8 2-4張,「褒忠節疏」.

43)『孝宗實錄』卷9 46張, 3年 11月條.

44) 앞의 책 卷11 18張, 4年 7月條.
   『桐溪年譜』62張.

없는 것이었다. 동계가 조정으로부터서 올바른 평가를 받아 그 위상을 회복함으로 해서 전체 嶺南南人들이 자존심을 지켜나갈 수 있게 되었으니, 용주가 대단히 중요한 역할을 수행해 냈다고 말할 수 있겠다. 더우기 당시는 서인들의 세력이 온 조정을 마음대로 하던 시기였기 때문에, 용주 같은 논리적이고 지속적인 요청이 없었더라면 동계에게 贈職과 贈諡하는 일이 이루어지기는 거의 불가능했을 것이다.

龍洲는 茅谿·桐溪 같은 사람을 스승으로 삼아 退溪의 學統에 접맥되어 嶺南學派와 관계를 맺었다. 그리하여 嶺南南人 선배학자들의 학문을 체계적으로 정리·闡揚하고, 영남남인 선배들의 공적과 충절을 올바로 평가받게 하여 그 위상을 높이는 일을 위해 노력하여, 영남은 학문이 대단히 성한 곳이고, 退溪 등 많은 인재가 배출된 곳이라 하여, 현재는 조정에서 열세를 면하지 못하지만 서인들의 세력기반인 畿湖地方보다 훨씬 우월한 곳이라는 점을 세상에 알리려고 노력했다. 그리고 열세에 있는 남인들에게 정신적인 보상을 해 주었던 것이다.

용주는 이런 영남의 학문과 덕행에 자신도 접맥되어 있다는 것을 밝혀 자신의 정치적 학문적 지지기반을 구축하려는 생각도 없지 않았다.

Ⅳ. 嶺南 南人을 위한 文字의 撰述

朝鮮은 儒學을 官學으로 삼았으므로 儒林 출신의 兩班士大夫들이 역대 정권을 담당해 나갔다. 비록 學派나 黨色의 구별이 없은 것은 아니지만, 모두가 性理學的 素養을 풍부하게 가진 士類라는 공통점을 갖고 있었다. 따라서 당시 사회에서 士로서 인정 받는 데는 門閥과 官職 등도 중요한 요소였지만, 學問과 文章力이 큰 비중을 차지했다.

儒林社會에서 祖先을 위한 각종 文字나 師友間에 往還되는 문자가, 바로 世誼나 交分의 척도로 간주되어, 同族·同鄕·同門 관계 이상으로 긴밀한 관계를 맺을 수 있는 작용을 하였다. 이런 이유 때문에 朝鮮後期에 오면 學派 및 黨派間에 授受된 문자가 유림사회에서 중요한 기능을 하였고, 정치적 결속에도 상당한 영향을 미쳤다. 이런 중요성이 있는 문자였으므로, 유림사회에서는 필요한 문자를 아무한테나 함부로 청하지도 않았고, 문자를 짓는 사람도 함부로 지어 주지 않았다. 한 번 문자를 통해서 인연을 맺게 되면 특별한 사단이 발생하지 않는 한 영원히 세의를 유지해 나갈 수가 있었다.

이런 형편이기 때문에 문자의 授受는 대부분 같은 학파 및 당파 안에서 이루어졌다. 간혹 예외가 있는 경우는 문자를 청한 사람과 문자를 지은 사람 사이에 특별한 관계가 있는 때일 뿐이다. 후기로 오면서 당쟁이 더욱 격화되면서, 문자의 수수도 따라서 더욱더 자기 당파 안에서만 이루어졌다. 이런 경향 때문에 오늘날 어떤 家門이나 인물의 당파적 성향을 알고자 하면 주고 받은 문자를 통해서 파악할 수 있는 것이다.45)

嶺南은 朝鮮初期 이래로 東方五賢을 비롯한 많은 學者와 文章家가 계속 배출되어 왔다. 그러다가 仁祖反正 이후로 크게 타격을 입어 중앙정계에서 활약한 인물들의 수가 현저하게 줄어들었다. 더구나 鄭經世·鄭蘊 등 영남 출신의 學者官僚들이 죽은 이후로는 영남에서 진출한 중앙관계의 현달한 관료는 거의 없었다. 그래서 영남의 유림들은 필요한 많은 문자를 중앙정계에서 일정한 위상을 갖고 있는 近畿南人 출신의 학자관료들에게 요청하여 얻는 경우가 많았다.

이러한 현상이 생기게 된 원인으로는 첫째, 중앙정계 진출이 용이치 않게 된 嶺南南人들이 近畿南人들과 같은 뿌리임을 확인하게 하여 계속 공고한 유대관계를 유지함으로서 근기남인들의 지지를 얻고자 함이었다. 둘째, 영남 출신의 현달한 학자관료가 점점 줄어들자 영남에서는 현달한 고관의 문자를 얻기가 쉽지 않게 되었으므로, 중앙관계의 현달한 학자관료

---

45) 李樹健, 『嶺南學派의 形成과 展開』(一潮閣, 1995), 410-412쪽.

의 문자를 얻는 것 그 자체가 영남에서는 자기 가문의 대단한 자랑꺼리가 될 수 있었기 때문이었다. 셋째, 근기남인들도 정국을 주도하는 西人勢力에 대응하기 위해서는 영남남인세력과의 유대가 절실히 필요하였다. 특히 당시 서인세력들은 영남의 유림사회 속에 서인세력을 부식시킬 계책을 다각도로 강구하고 있었으므로, 근기남인들의 영남남인세력을 확보하지 않으면 안됐다. 넷째, 근기남인들은 자기들의 학문적 뿌리가 퇴계에 있었으므로 영남의 학문과 인물 및 산수에 대해서 흠모하는 마음이 간절하였다.

문자의 수수를 통해서 영남남인과 근기남인 모두 자기들의 욕구를 충족시킬 수 있었기 때문에, 이러한 현상은 조선말기까지도 계속 지속되고 있었다.

龍洲는 仁祖朝에 벌써 大提學을 역임하였고, 인조가 승하한 뒤 「長陵誌文」을 지었고, 孝宗이 승하한 뒤에는 諡冊文을 지었다. 서인이 주도하는 정국에서 科擧의 채점을 주관하는 중요한 자리인 대제학을 맡은 일이나, 兩代 임금의 지극히 중요한 문자의 製撰者로 선발된 일을 두고 볼 적에 그는 당파를 초월하여 대문장가로 인정받고 있었다는 것을 알 수가 있다. 용주는 「漢陰李德馨神道碑銘」,「梧里李元翼諡狀」,「吉昌府院君權悏神道碑銘」,「坡谷李誠中墓碣銘」,「左議政韓興一墓碑銘」 등 근기남인 가문의 많은 중요한 문자를 지었고 「潛谷金堉墓誌銘」, 領議政李時白墓表」,「八松尹煌墓碣銘」 등 관계가 나쁘지 않은 서인 가문의 문자도 적지 않게 지었다. 이런 점에서 볼 때 그의 문장은 公私間에 聲價가 높았음을 알 수가 있다.

그리고 그의 簡古한 古文體는 眉叟 許穆, 息山 李萬敷, 霞谷 權愈 등 남인 학자들의 문장에 많은 영향을 주었다.

용주가 영남남인들을 위해서 지은 글은 그의 문집인 『龍洲集』에 모두 28편[46]이 실려 있는데, 文體別로 구분하면 序跋類 11편, 碑誌類 10편, 哀

---

46) 이 가운데 1편은 『龍洲集』에는 실려 있지 않고, 『濯纓集』 부록에 들어 있다.

祭類 8편, 上樑文 1편이다.

영남과 관계 있는 시는 諸體에 걸쳐 모두 18수인데, 영남의 각지를 다니며 지은 기행시, 敍景詩, 영남 인사에게 준 贈詩, 영남 인사의 죽음을 애도한 挽詩 등이다. 이 시들은 누구의 요청에 의해서 지은 것이 아니고 자발적으로 지은 것이 대부분이기 때문에 꼭 영남남인을 위한 문자라고 말할 수 없는 것이 많다.

영남을 위해서 지은 문자가 양적으로 그렇게 많은 편이 못 되는데, 그 이유는 용주 시대에 그래도 문자를 지을 만한 영남 출신의 관료학자가 적지 않았기 때문에 영남에서 수요되는 문자가 용주에게 다 몰려들지는 않았다. 후대로 올수록 영남에서 근기남인들에게 문자를 요청하는 경우가 더욱 빈번해져 갔다. 용주보다 조금 후배로 9세 아래인 眉叟 시대에 가면 그 수요가 엄청나게 증가하는 추세에서 이런 경향을 알 수 있다.

龍洲가 지은 시 가운데서 영남남인과 관계되는 시를 『龍洲集』에 실린 차례에 따라 소개하고자 한다. 1665년 과거에 불합격하여 고향으로 돌아가는 桐溪 鄭蘊의 손자이자 眉叟 許穆의 사위인 鄭岐胤을 위로하면서 격려하여 보낸 시 「乙巳至月十九日贈鄭生」이다. '충신인 할아버지의 뜻을 잘 계승하여 훌륭한 인간으로 살아가라'는 내용이다.

「宿安陰林葛川書院」은 잠시 벼슬에 나갔을 뿐 평생의 대부분을 산수 좋은 安義의 葛川 골짜기에서 학문연구와 제자 교육에 바친 갈천의 일생을 중국 삼국시대의 龐德公에 견주어 그 遺風을 흠모하고 있다.

「到娥林感吟」은 어릴 때 뛰놀던 거창에 老成한 뒤 다시 와서 변화가 많은 인간 세상의 일에 느껴 슬퍼한 시이다.

「謝鄭鳴周贈盆梅」는 桐溪의 아들 鄭昌詩가 盆梅를 보내준 것을 감사하는 시이다. 매화가 지금 보기에는 파리한 병든 줄기가 가엾지만 봄이 오면 복숭아나 오얏꽃과는 같지 않다고 읊어, 매화의 절개를 칭찬하고 있다.

「贈桐溪」는 스승 동계가 고향에 물러나 있을 때 보낸 시로서 고향산천에서 한가하게 형제들과 우애 있게 지내면서 자식들을 교육할 동계의 모습을 그리워하여 지어 보낸 시다.

「憶茅谿」는 스승 모계를 그리워하여 지은 시인데, 모계의 학문은 연원이 있고 생각은 여유가 있으며, 세상에 알려지고자 노력하는 분이 아니지만, 『周易』과 『朱子大全』에 조예가 깊다고 말하고 그의 인품과 학문을 尊慕하고 있다.

「挽李蒼石」은 蒼石 李埈의 죽음을 애도한 시인데, 그의 변함 없는 고상한 지조를 흠모하고 있다.

「挽柳季華」는 西厓 柳成龍의 아들 修巖 柳袗의 죽음을 슬퍼한 시이다. 수암은 용주와 함께 광해조의 핍박 받은 인사로 인조반정 이후 같은 시기에 六品職에 등용된 인연이 있었다. 그의 經學에 대한 깊은 조예와 온화한 기풍, 언변, 내외관직에서의 치적 등을 높이 평가하고 있다.

「挽李知禮」는 蒼石의 형 月磵 李埈의 죽음을 슬퍼한 시이다. 형제간 우애 있게 지내고 물욕을 초탈하여 온화하게 살다간 월간의 91년간의 생애를 담담하게 특징짓고 있다.

「挽金安山」은 친구인 鶴陰 金念祖의 죽음을 슬퍼한 시다. 같은 조정에서 벼슬한 동료로서 병자호란을 당하여 함께 고생하던 일을 回憶하고 있다.

용주가 지은 序跋類 문자 가운데는 퇴계학파와 관계된 것이 대부분이고, 桐溪 鄭蘊과 관계된 것도 몇 편 있다.

退溪學派와 관계된 문자로 먼저 「聾巖集序」를 들 수 있다. 聾巖 李賢輔는 퇴계의 동향 선배인데, 퇴계가 그의 知遇를 입은 바 있고, 나중에 퇴계가 농암의 行狀을 지었다. 용주는 『退溪集』을 읽고서 농암을 알게 되었다. 퇴계가 지은 「聾巖行狀」에서 농암의 행적을 잘 闡揚해 놓았으므로 자기가 췌언을 할 필요는 없지만, 용주 자신의 관점에서 본다면, 농암은 순수한 儒者로서 세 임금을 섬기면서 忠言과 正論을 남겼으니 칭송할 만하고, 자손들에게 가르친 바는 후세의 법도가 되기에 충분하다고 말했다. 농암은 德行을 본질로 삼고 문장은 餘事로 삼았지만, 그의 저술을 읽어 보면, 크게 淳朴한 기운이 흩어지지 않아 옛칼을 새로 벼리어 만든 듯 말이 진실하여 후세의 수식을 일삼는 사람들이 미칠 바가 아니라고 했다.

농암과 문학적 交遊를 맺었던 인물로는 慕齋 金安國, 訥齋 朴祥, 愼齋 周世鵬, 松亭 權橃, 容齋 李荇, 灌圃 魚得江, 退休堂 蘇世讓, 申瑛, 曺伸 등을 꼽고 있다.

서문을 써게 된 연유는 聾巖의 자매되는 사람의 손자인 金啓光이 용주가 80세의 나이로 모친을 봉양하고 사는 것이 농암과 비슷하다 하여, 請文을 해왔기에 용주가 응한 것이다.[47]

농암은 弘文館 副提學 등을 맡을 정도로 文翰에 조예가 있었지만, 그 문한으로는 세상에 그렇게 알려지지 않았는데, 용주의 稱許로 인하여 문학적 위상이 다시 후세의 관심을 끌게 되었다.

용주는 蘇齋 盧守愼의 문집인 『穌齋集』의 서문을 썼다. 퇴계보다 14세 아래인 蘇齋는 尙州 출신으로, 乙巳士禍 때 尹元衡 등 간신들에게 몰려 珍島로 유배되었다. 40세 때 珍島에서 귀양살이 하는 동안에 性理學者들이 중시하는 宋나라 陳栢이 지은 「夙興夜寐箴」에 주석을 붙여 「夙興夜寐箴解」를 지었다. 자신의 이 저술을 두고서 퇴계와 書信을 往還하면서 그 문제점을 論辨하여 精當한 경지에 이르려고 노력한 일이 있었다. 퇴계는 "우리나라에서 유교가 망하지 않는 한 이 「夙興夜寐箴解」는 반드시 후세에 전해질 것이다."[48]라고 하여 노수신의 학문적 업적을 인정하였다. 젊은 시절 퇴계와 같이 조정에서 벼슬한 적은 있지만, 정식으로 제자의 예를 차린 적은 없었으나, 후세에 영남의 퇴계학파의 學者들이 『陶山及門錄』을 편찬하면서 소재를 門人에 넣었다.[49]

용주는 소재와 퇴계와의 관계를 송나라의 張橫渠와 程子의 관계와 같다고 보아, 소재가 퇴계의 학문 발전에 羽翼이 되었다고 생각하였다.

---

47) 卷11 22-24張.

48) 『退溪文集』卷10 7-8張, 「與盧伊齋書」. "斯道之不亡於吾東, 則此解必傳於後".

49) 星湖 李瀷은, "盧穌齋 같은 분은 한때 앙모했을 뿐인데 『陶山及門錄』에 넣는 것은 합당하지 않다"고 자신의 견해를 피력한 적이 있다. 『星湖文集』卷13, 「答權相一書」.

그리고 소재의 문학에 대해서 이렇게 논평하였다.

　　鯀齋先生은 옛 성현의 글을 읽어 푹 젖어들었기에 그 문장이 짙고 향기로
웠다. 학문을 쌓아 글로 나타냈으므로, 문장이 『周易』처럼 기이하면서도 법
도에 맞고, 『詩經』처럼 바르면서 꽃다왔고, 『春秋』처럼 근엄했다. 이런 점이
바로 선생 문장의 典範이다. 묵은 말을 힘써 버리는 것이야 말할 필요도
없다. 어떤 사람이, "선생의 문장은 너무 높아 송나라 유학자들의 문장과
같지 않다"라고 말하길래, 내가, "博雅한 王鳳洲(명나라 王世貞)의 말을 듣
지 못했는가? 이치를 이야기하는 문장 역시 품격에 구분이 있나니, 周茂叔의
문장은 簡俊하고, 二程의 문장은 明當하고, 柳宗元의 문장은 沈深한데, 선생
의 문장은 張橫渠의 「西銘」에 필적할 수 있나니, 내가 이른 바 '장횡거와
二程의 관계와 같다'고 한 말이 바로 이때문이다. 周濂溪・程子・張橫渠・
朱子의 문장은, 체재가 꼭 같은 것은 아니지만, 道를 보호하는 것은 한 가지
다. 선생의 문장체재가 송나라 유학자들과 다른 것도 또한 이런 이치이다.[50]

　鯀齋의 문장은 經典에 바탕을 둔 것으로, 얼핏보면 송나라 때 성리학자
들의 載道之文과 다른 듯하지만, 道를 보호하여 전하는 기능은 한 가지라
고 하여, 형식상으로는 약간의 차이점이 없는 것은 아니지만 퇴계 등 성리
학자들의 문장과 어긋나지 않는다는 사실을 용주는 밝혀 말하고 있다.
　소재의 詩는 屈原의 憂愁와 幽思와 같은 詩情을 가졌고, 朝鮮 개국 300
년 이래로 第一大家라고 극도로 稱道해 마지 않았다.
　『蘇齋集』의 서문을 짓게 된 연유인즉 용주가 평소 소재를 흠모하고 있
었고, 특히 소재의 문장을 유교의 指南이라고까지 극찬을 하며 좋아하였
다.[51] 그때 奉化縣監으로 있던 소재의 손자 盧景命이 이미 통행되고 있던
두 종류의 『蘇齋集』을 정리・보완하여 重刊할 적에, 용주에게 서문을 부
탁했던 것이다. 이때 『鯀齋集』의 校正을 맡았던 소재의 사위 沈大孚는,

---

50) 卷11 27張, 「鯀齋先生文集叙」.
51) 卷11 26-28張.

寒岡 鄭述의 門人으로서 용주의 道義友였는데,[52] 용주의 학문과 문장을 잘 알고 있었으므로 자기의 妻姪 盧景命에게 용주에게 서문을 받는 것이 가장 타당하다고 권유했던 것이다.

鶴峯 金誠一의『鶴峯集』서문을 용주가 썼는데, 용주의 학봉에 대한 景慕의 情이나 그 문학적 성취에 대해서는 앞에서 이미 논급하였다. 그의 문장은 맛이 있고, 그 충절은 사람을 분발하게 하고, 그 奏議文은 懇懇하여 절로 무릎을 치게 만든다고 했다.

1642년(인조 20) 용주가 通信副使로 日本에 使行갈 적에, 釜山으로 내려가면서 安東의 鶴峯 집에 들러, 학봉이 1591년(선조 24) 일본으로 使行 갔다 오면서 지은『海槎錄』을 빌려가서 읽은 적이 있다. 그 7년 뒤 학봉의 손서인 金應祖가 학봉의 문집을 들고서 찾아와 서문을 청했으므로, 평소 경모해 마지 않았기에 그 서문을 썼다.

龜巖 李楨의 문집인『龜巖集』의 서문을 썼다. 구암은 泗川 출신으로 퇴계보다 11세 아래였다. 榮川(오늘날의 榮州) 군수로 부임하여 陶山으로 퇴계를 찾아가 뵙고 제자가 되었다. 퇴계는 龜巖을 칭찬하여 "厚重하여 仁에 가까운 사람"이라고 칭찬하였다. 그 뒤 1552년(명종 7) 퇴계가 成均 館 大司成으로 있을 때 구암은 성균관 司成으로 같이 근무하면서 학문에 대해서 많이 質疑하였고, 퇴계를 학문적 歸依處로 삼았다. 구암은 퇴계의 뜻을 받들어 慶州에 西岳書院을 세웠고『性理遺編』,『景賢錄』등을 편찬 하여 유학의 계승 발전에 노력을 경주하였다.

泗川이란 곳은 본디 남해안에 있는 고을로 武藝만을 숭상하고 학문을 외면하는 습속이 있었다. 구암은 淸淑한 기운을 타고나 文科에 장원급제 함으로서 온 세상에 명성을 떨쳐 더 이상 부러울 것이 없었다. 그러면서도 한 단계 더 나아가기 위하여 퇴계에게 나아가 제자가 되고,『中庸』의 학문 을 전수받아 事君, 治民, 交友에 응용하여 이치에 어긋남이 없었다. 특히

---

52)『國朝人物考』中冊 436쪽,「沈大孚墓碣銘」.

그의 「辭副提學疏」는 내용이 明白·平正하고 性理學에 바탕을 두지 않은 것이 없어 政治의 藥石이었고, 그 담긴 道가 깊어 퇴계의 道學의 본체를 계승했다고 할 수 있었다. 용주는 구암의 학문이 바로 퇴계의 정통을 얻었다고 인정하였다.

용주가 居昌에 우거하고 있을 때 眉叟는 아버지의 임지를 따라서 高靈, 居昌, 山淸 등지를 옮겨가며 살았다. 미수의 아우 許懿가 구암의 현손녀에게 장가들었고, 병자호란 이후 미수가 泗川으로 내려와 산 것은 이 인연 때문이다. 그래서 미수가 거의 다 散逸된 龜巖의 草稿를 수습하여 『龜巖集』을 편찬하고, 그 서문을 용주에게 요청했던 것이다.[53]

1567년(명종 22) 晉州에서 河淫婦事件이 발생하자, 구암은 절친하게 지내왔던 南冥 曺植으로부터 河淫婦側을 비호한다는 의심을 받아 절교를 당하게 되었고, 남명의 제자 鄭仁弘은 『南冥集』을 편찬하면서 남명의 「與子精子强書」 뒤에 구암을 비난하는 자기가 지은 後記를 삽입하였고, 『南冥集』의 끝에는 남명으로부터 절교를 당한 구암을 위로하는 退溪의 편지를 실어 南冥學派 안에서 구암을 축출하여 철저하게 매장하려고 하였다. 정인홍 등 남명제자들로부터 가혹한 박해를 받은 구암은 남명 사후 2년 뒤에 죽었고, 그의 자손들은 江右地方에서는 완전히 소외를 당하고 있었다.

퇴계의 인정을 받았고, 그 학문의 本體를 전수받은 구암의 존재가 세상 사람들의 관심으로부터 사라진 지 100년 가까운 세월이 지난 뒤에 와서야 眉叟에 의해서 그 문집이 비로소 편찬되었고, 용주의 서문에 의해서 그의 학문과 행적이 정당하게 평가를 받을 수 있었다. 이때는 南冥學派를 주도하던 정인홍 일파의 세력은 이미 몰락한 뒤였으므로, 구암의 闡揚事業에 더 이상 방해요소가 존재하지 않았다.

桐溪 鄭蘊을 위해서는 『桐溪集』의 서문을 지었다. 동계와의 사승관계, 조정에서의 협력관계, 동계 사후의 闡揚事業 등에 대해서는 앞에서 상세

---

53) 권11 29-30張, 「龜巖集序」.

하게 論及한 바 있다.

퇴계의 학문을 계승한 학문을 바탕으로 道義의 문장을 지었다 하여, 그를 두고 "덕이 있는 사람은 반드시 훌륭한 말이 있다.(有德者必有言)"라는 孔子의 말을 인용하여 동계를 칭찬하고 있다. 그의 문장은 魏徵의 『諫林』이나 陸贄의 『奏議』와 함께 천추에 전할 수 있을 것이라고 말했다. 이 글에서 용주는 자신의 스승인 동계를 남명학파와 관계가 있다는 언급을 하지 않고 퇴계학파에만 연결시키고 있다. 이에서 영남의 학문에 대한 용주의 태도를 알아 볼 수 있다. 용주는 본디 남명의 학문태도에 그렇게 만족하지 않은 데다 정인홍의 독단으로 많이 굴절된 남명학파에 자기 스승을 소속시키고 싶지 않았던 것이다.

濟州道에서 10년 동안 귀양살이를 하는 동안 동계의 문장은 바른 道를 통해서 얻은 바가 많았다. 마치 蘇軾이 黃州에서 귀양살이 한 뒤로부터나 杜甫가 夔州에 들어간 이후로부터 문학의 格調가 한층 더 높아진 것과 같다고 하겠다. '諸葛亮의 「出師表」를 읽고서도 울지 않는다면 忠臣이 아니고, 李密의 「陳情表」를 읽고서도 울지 않는다면 효자가 아니라'는 安子順의 말이 있는데, 동계의 「甲寅疏」를 읽고서도 몇 줄기의 눈물을 흘리면서 울지 않는 사람은 충신이 아니라고 하여, 동계의 문장이 그 사람됨에서 우러나왔다는 사실을 용주는 밝히고 있다.

贈序類의 문자로는 桐溪가 제주도에 圍籬安置 되어 있을 때 그 아들 鄭昌詩가 동계를 뵈러 갈 적에 그를 전송하면서 격려·위안하기 위하여 지어 준 「送鄭秀才鳴周昌詩歸覲耽毛羅序」이 있다. 동계가 비록 인간에게 버림을 받았지만, 하늘은 그를 버리지 않았으므로 반드시 하늘의 말 없는 報應이 있을 것이라고 말하여, 용주는 그 아들에게 희망을 잃지 말도록 용기를 북돋워 주었다.

용주가 지은 跋文으로는 「書晦齋先生大學補遺後」가 있다. 晦齋가 지은 補遺는 宋明의 유학자들의 견해와 딱 들어맞는 것으로 性理學의 토대를 이루었고, 그 학문은 정밀하게 들어가 독창적으로 터득한 오묘한 경지가 있다고 推崇하여, 성리학 발전에 있어서 회재의 공헌을 인정하였다. 세상 사람들 가운데는 이 글의 본뜻을 알지 못하고서 朱子가 말하지 않은 것을 말했다는 비난이 있지만, 이는 학자로서 愼思・明辨하지 못한 사람의 말일 뿐이다. 용주는 "經傳은 한 사람이 지은 책이 아니고, 그 說은 한 사람이 능히 궁구할 수 있는 바가 아니다. 그러므로 말이 비록 朱子와 다를지라도 道에 어긋나지 않는다면 주자도 인정할 것이다.(經傳非一家之書, 則其說非一人之所能盡也. 語雖異於朱子, 然異於朱子而不乖於道, 固朱子之所取也)"라는 明나라 초기의 학자 方孝孺의 말을 인용하여, 회재가 『大學』의 補遺를 지은 것은 학문상의 정당한 태도라고 옹호하였다.

우리나라에 학문이 있은 지 오래 됐지만, 著書・立言한 사람으로는 晦齋가 처음이고, 퇴계가 그 뒤를 이어 大成하였다고 용주는 주장하고서, 性理學의 본격적인 연구는 晦齋에서 시작되었다고 보아 우리나라 學術史에 있어서 회재의 위치를 대단히 높이 평가하였다.

회재의 후손 李弘菻가 晦齋가 忘機堂 曺漢輔에게 준 편지를 갖고 찾아 왔기에 장엄하고 읽어 보았고, 자기를 더욱 感發시키는 「大學章句補遺」를 보고서 자신의 견해를 피력하여 跋文을 지어 첨부한다고 했다.[54]

1631년(인조 9) 용주가 左遷되어 知禮縣監으로 나갔을 때 인접 고을인 尙州 출신의 蒼石 李埈도 관직에서 사퇴하고 고향에서 은거하고 있었다. 창석은 퇴계의 제자인 西厓 柳成龍의 제자로 大司諫, 弘文館 副提學 등을 역임하였다. 용주는 틈만 나면 찾아가서 학문을 토론하거나 현실문제에 대하여 의견을 교환하였다. 그리고 蒼石의 형인 月磵 李埈도 만나게 되었는데, 형제간의 和樂한 友愛를 羨慕하였다.

창석 형제는 壬辰倭亂이 발발하자 의병을 일으켜 싸우다가 적에게 포로가 되었는데, 더욱이 창석은 병이 나서 움직일 수가 없었다. 형인 月磵이 활을 쏘아 적이 추격하지 못하도록 한 뒤 동생을 업고 험한 산을 넘어서

피하여 무사할 수가 있었다. 그 뒤 창석이 畵工을 불러 이 일을 그림으로 그리게 하여 「急難圖」라고 했다. 용주가 창석의 집을 방문했을 때 그 그림을 보여 주면서 그림에 글을 써 줄 것을 청했으므로, 용주가 「題急難圖後」라는 이 글을 짓게 되었다.

형이 연약한 유생의 몸으로 이런 일을 해낼 수 있었던 것은 그 정성이 하늘과 귀신을 감복시켰기 때문이라고 보았다. 『中庸』에서 이른 바 "誠은 하늘의 道이고, 誠하게 되려는 것은 사람의 道"라는 말을 인용하여, 형이 정성스럽게 되려고 생각하여 오랫 동안 誠을 두텁게 쌓아 왔기 때문에 이런 일을 해낼 수 있었다고 稱道하면서, 聖賢의 가르침인 '誠'이 현실문제 해결에 無用한 것이 아니고, 사실은 가장 근본적인 해결책임을 강조하였다.

「西川府院君諡狀後」란 글은 용주가 西川府院君 栢谷 鄭崑壽의 諡狀 뒤에 붙인 글이다. 정곤수는 본래 星州 출신으로 寒岡 鄭逑의 친형인데, 당숙 鄭承門에게 出繼하였다. 그 역시 퇴계의 문인으로서, 벼슬은 禮曹判書에 이르렀다. 임진왜란 때 중국과의 외교관계에서 많은 공을 세워 1604년(선조 37) 扈聖一等功臣에 錄勳되었고, 西川府院君에 봉해졌고, 영의정에 追贈되었다.

그 동생 寒岡이 그의 덕행·사업·문학 등을 정리하여 行狀을 지어 奉常寺에 올려 諡號를 청하려고 했다가, 마침 光海君의 亂政期인지라 미루어 오다가 한강이 세상을 떠나게 되었다. 仁祖反正 이후로 諡號를 청할 상황이 됐지만, 자손들이 零替하여 시호를 요청하지 못하고 있었다.

용주는 栢谷이 시호를 받지 못하고 있는 일은, 鄭氏 집안의 불행일 뿐만 아니라 忠節을 顯揚하고 어진이를 피어나게 해야할 盛朝의 道에 흠이 된다고 생각했다. 그래서 자기가 어려서부터 익혀 들어 온 栢谷의 임진왜란 때의 공적을 매몰시키지 않기 위해서 寒岡이 지은 行狀에다 자신이 跋文을 붙여 奉常寺에 올림으로서 栢谷에게 諡號를 내리게 만들었다. 退溪學派에 속한 선배인 栢谷의 학행과 공적을 闡揚하기 위해서 노력한 그의 의지를 이 글을 통해서 발견할 수 있다.

「節孝先生孝門銘后說」은 용주가 淸道에 살았던 節孝先生 金克一을 위해 지은 글이다. 김극일은 바로 濯纓 金馹孫의 조부였다. 김극일의 「孝行旌閭銘」은 본래 佔畢齋 金宗直이 지었는데, 이때에 이르러 청도 유림들이 「孝行旌閭銘」을 세우되 그 뒤에 后說을 달아 고을 사람들이 효행을 흠모하는 정성을 붙이고 자손들을 훈계하여 덕행을 닦고 이름을 이루는 자료로 삼고자 하여, 이 고을의 進士 李光義가 용주에게 찾아와서 사정을 설명하고 請文하였으므로 이 글을 짓게 되었다.

김극일의 아들 가운데 金孟이 文科에 급제하였고, 그 아들 金駿孫・金馹孫이 모두 문과에 급제하였고, 김준손의 아들 三足堂 金大有도 賢良科에 급제하였다. 김대유는 특히 靜菴 趙光祖, 南冥 曹植 등과 道義之交를 맺었던 사람이다. 김일손은 문장이 汪洋・放肆하여 江河를 쏟아붓는 듯하여 세상에서 칭송을 받았고, 그 천성이 簡亢하여 史筆을 잡았을 때는 간사한 무리들을 용납하지 않았다.

이렇게 김극일의 자손들이 모두 재주 있고 어진 것은, 김극일의 사물을 감동시키는 孝誠에 대한 하늘의 보답이라고 용주는 생각했다. 戊午士禍에 김일손이 화를 당하고, 김대유가 경륜을 펴지 못한 것을 보고 하늘의 報應이 없었다고 말하는 사람이 있지만, 그 이름이 영원히 전하고 또 고을의 유림들이 祭享을 드려 백년이 지나도록 끊이지 않으니, 하늘의 報應은 매우 두터운 것이라고 했다.

선비는 그 어떤 경우를 당할지라도 자신이 마땅히 해야할 바를 하는 것이 옳은데, 김일손이나 김대유는 하늘의 이치를 다한 사람으로, 후세 사람들로 하여금 하늘의 이치에 어긋나지 않는 처신을 하는 것이 바로 하늘의 보답을 받는 길이라고 가르치고 있다.

龍洲가 지은 哀祭類의 문자로는 「英山書院退陶鶴峯兩先生奉安祭文」이 있다. 英山書院은 慶北 英陽의 유림들이 1655년(孝宗 6)에 창건하여 退溪와 鶴峯 金誠一을 봉안하였다. 이때 용주는 奉安文과 常享祝文을 지었는데, 宋代 性理學者들이 孔孟의 유학을 闡揚한 이후로 孔孟의 正道가 다시 興隆했다가 후대로 오면서 맥이 끊어졌는데, 中國에서는 陸王學이 세력을 얻어 공맹의 바른 학문이 왜곡되었는데, 우리나라에서는 퇴계가 나와 바른 길로 인도한 공으로 인하여 朱子의 가르침을 따라 中正한 道를 잘 체득하게 되었다. 조정이 바른 질서를 잡고, 成均館의 교육이 정상적인 궤도에 오르고 일반 백성들도 윤리를 지켜 禮讓하게 된 것이 모두 퇴계의 공이라고 하여, 유학을 크게 발전시킨 儒宗으로 추앙하고 있다.

退溪에 대한 常享祝文은 이러하다.

朱子의 嫡傳으로,	嫡傳雲谷
우리 儒道를 동쪽으 로전했다네.	吾道以東
後學들에게 많은 공 남겼으니,	功存後學
享祀 길이 풍성하리.	享祀永豊[55]

우리나라 학자 가운데서 朱子의 嫡傳으로서 우리 나라에 儒道가 크게 일어나게 하여 後學들에게 많은 공을 끼쳤으므로 길이길이 후세의 추앙을 받을 것이라고 평가하였다.

용주가 지은 鶴峯 金誠一에 대한 常享祝文은 이러하다.

기울어지지 않고 바로 서서,	維立不倚
몸 바쳐 의리를 지켰다네.	義以身酬
간을 도려낸 듯 疏를 아뢨으니,	刳肝奏疏
천추에 빛나리라.	照映千秋[56]

龍洲는 鶴峯이 退溪의 親炙를 일찍부터 받아 그 기질을 변화시켜 德性이 갖추어졌고, 임금을 섬기는 데는 忠直했고, 오랑캐들도 그 절개에 감복

---

55) 卷13 2張.
56) 卷13 1-2張.

하였고, 그의 문학적 성취를 높이 평가하여 孔子 문하의 子游·子夏에
견줄 정도로 높이 평가하였다.

「祭濯纓墓文」은 용주가 濯纓 金馹孫의 묘소를 찾아가 자신의 추모의
정을 담아 지은 글이다. 戊午士禍로 인하여 자신의 온축한 바를 펴 보지도
못한 채 젊은 나이로 처참하게 죽임을 당한 사실을 무한히 슬퍼하고 있다.
더우기 그 시신마저도 고향의 先塋에 안장하지 못하게 금하여, 용주가
살던 당시까지도 忠淸道 木川의 잡초 우거진 산속에 아무런 標石도 없이
방치되어 있었다. 그의 죽음을 슬퍼하고, 그의 무덤의 황폐함을 마음 아파
하며 더 세월이 흘러 그의 무덤이 잊혀질 것을 슬퍼하였다. 아울러 그의
무덤을 이렇듯 방치한 것은 先賢을 몰라 보는 목천 고을 사람들이나 고을
원의 부끄러움이라고 탄식하고 있다.

무오사화로 인하여 막 형성되려던 嶺南士林派가 暴君과 奸臣들에 의해
서 된 서리를 맞은 처절한 역사적 사실에 대해서도 마음 아파하고 있다.

그러나 황량한 묘소의 모습에 관계 없이 濯纓의 不朽한 바는 그의 뛰어
난 문장에 있다고 했다. 탁영의 「中興策」을 읽어 보면 그의 經綸을 알
수 있고, 「鄙人對」를 읽어보면 그의 孝心을 알 수 있고, 「秋懷賦」를 읽어
보면 그가 屈原을 계승한 문학가라는 사실을 알 수 있다고 평가하여, 그의
문학적 성취를 대단히 높게 평가하였다.[57]

「祭文茅谿文」은 용주가 스승으로 모셨던 茅谿 文緯의 죽음을 애도한
글이다. 퇴계 이후로 영남은 性理學의 본고장으로서 많은 학자들이 배출
되었다. 용주는 시대적으로 늦게 태어났고 지역적으로 영남에서 멀리 떨어
진 近畿地方에 살았으므로 직접적으로 퇴계의 가르침을 받을 수가 없었다.
용주는 젊은 시절 居昌에 잠시 우거하면서 茅谿를 만나 퇴계의 學統에
接脈될 수 있었다. 모계는 寒岡 鄭逑의 제자이고, 寒岡은 퇴계의 제자이기
때문이다.

---

57) 金馹孫 『濯纓集』 卷6 12-13張.

용주는 모계를 程朱學을 신봉하여 異端을 배척한 독실한 학자라고 평가
하면서, 당시 慶尙右道 일원에 풍미했던 鄭仁弘 세력의 온갖 협박과 毁謗
에도 끝까지 흔들리지 않고 지조를 지키면서 많은 제자를 길러낸 점을
높이 치고 있다.

용주는 光海 昏朝時節 居昌에 우거할 때 가르침을 받았고, 近畿地方으
로 돌아와서는 書信 往復을 통해서 학문적 토론을 계속했다. 용주가 거창
과 인접한 知禮縣監으로 부임했을 때 모계가 용주를 격려하는 서신을 보
냈고, 용주가 공무의 여가에 거창의 집으로 모계를 찾아가서 학문상 의문
나는 것을 물으면 자세하게 답을 해 주었는데, 특히『周易』에 대해서 물으
면 그 깊은 뜻을 자세히 분석해 주었고, 朱子의 글을 막힘없이 풀이하여
주었다. 학문에 관한 문답으로 師弟間의 깊은 情誼를 이 祭文에서 回憶하
고 있다. 모계의 죽음으로 인하여 세상에 남아 있는 老師宿儒가 없어져
儒敎의 형세가 더 한층 쓸쓸하게 되었다고 탄식하고 있다.[58] 이 글에서
본 바와 같이 용주는 모계를 한평생 스승으로 섬겼던 것이다.

「祭桐溪文」에서 용주는 桐溪 鄭蘊을 天地間의 지극히 正大하고 지극히
强剛한 기운을 타고나서 詩書·六藝의 글을 읽어 그 기운을 더욱 키운
사람이라고 평가했다. 永昌大君獄事 때 평소 강직하다는 평을 듣던 사람
들도 奸黨들의 凶焰을 두려워하여 입을 다물지 않은 사람이 없었는데,
동계만이 홀로 바른 말로 상소하여 죽음을 두려워하지 않았다. 濟州島에
10년 동안 圍籬安置되었어도 조금도 괴로워하지 않았고, 丙子胡亂 때는
끝까지 和議에 반대하여 자결하려 했는데, 이 모두가 동계의 '剛大한 氣運
의 발로'라고 단정하였다.

병자호란 이후로 和議가 성립되고 나서 몇 년이 지나지 않아 병자호란
의 치욕을 잊은 채 卿·大夫들은 朝廷에서 편안히 지내고 士·庶人들은
초야에서 편안히 지내고 장사하는 사람들은 저자에서 편안히 지내면서

---

58) 卷13 21張.

모두 좋은 옷 맛 있는 음식으로 즐거움을 누렸다. 그렇지만 桐溪만은 처자
와 형제를 떠나 홀로 외딴 산속에서 떨어진 옷과 궂은 음식으로 세월을
보내면서 성이 함락되었을 때 칼을 뽑아 의리에 맹세하고서 죽으려 하였
는데 죽지 못한 것을 스스로 큰 죄로 생각하며 지냈다. 이렇게 의리를
지킨 사람은 동계 한 사람 뿐이었다고 용주는 칭찬해 마지 않았다.

용주는 「祭桐溪文」에서는 일반적으로 쓰는 죽음을 애도하는 말은 한
마디도 쓰지 않고, 그 '剛大한 氣運'만을 부각시켜 동계의 참된 典型을
특징지었다.59)

이 밖에 「祭金翊衛文」은 安東 출신의 친구 鶴陰 金念祖의 죽음을 애도
한 글이다60). 「誄金大司諫文」은 西厓・鶴峯의 문인이자 鶴峯의 孫婿인
安東 출신인 鶴沙 金應祖의 죽음을 애도한 글이다. 학사는 곧 학음의 친형
이다. 용주는 鶴沙와는 弘文館・世子侍講院 등에서 여러 해 동안 함께
근무한 적이 있었다. 그때 학문적인 토론을 많이 하여 자신에게 유익한
바가 많았다고 했다. 愚伏 鄭經世 이후 嶺南 士林의 丈席의 위치에서 영남
사림의 후진들을 지도해야 할 위치에 있는 인물이라고 평가했다. 특히
그의 出處의 大節을 높이 쳤고, 責善의 도리를 다한 자신의 畏友라고 생각
하여, 그의 죽음을 아쉬워하였다.61)

龍洲가 撰述한 嶺南 南人系 인물의 碑誌類의 문장으로는 神道碑 4편,
墓碣銘 4편, 墓誌銘 1편, 諡狀 1편인데, 「南冥神道碑」, 「桐溪神道碑」 등
비중이 큰 글이 적지 않다.

「南冥神道碑」는 慶尙右道 南人系 儒林들의 요청으로 지은 것이다. 남
명의 墓道文字는 여섯 종류가 있는 바 남명이 逝世한 직후 그 절친한
친우인 大谷 成運이 지은 墓碣銘이 맨 먼저 지어졌던 글인데, 남명과 오랜
기간 동안 직접 교우를 했으므로, 남명의 학덕과 행적을 상세하면서도

---

59) 권13 22張.
60) 卷13 25張.
61) 卷13 41張.

곡진하게 묘사했다. 寒岡 鄭逑는 이 글을 "大賢의 風貌를 잘 서술했다"고
평한 적이 있다. 그 뒤 光海君 때 남명에게 領議政이 추증되어 神道碑를
세울 필요가 있게 되자, 제자 鄭仁弘이 지은 신도비를 세우게 되었다. 그러
나 1623년 仁祖反正으로 인하여 鄭仁弘이 역적으로 몰려 伏誅되자 그
비석도 없애 버렸다.

仁祖反正 이후로 慶尙右道에 근거지를 두었던 대북세력은, 南人이 되
거나 혹은 西人으로 전향했다. 그래서 南冥을 推崇하는 德川書院 유림
사이에도 당파가 갈리게 되었다. 서인계열의 덕천서원 유림들과 일부 후손
들은, 남인계열의 학자에게 신도비를 부탁한다면 퇴계와 같은 반열까지
이를 정도로 남명의 학덕을 칭송하지 않을 것이라고 생각하여, 西人系列
의 학자에게 신도비명을 청하게 되었다. 먼저 淸陰 金尙憲에게 神道碑銘
을 청했으나, 청음이 응하지 않았다. 그래서 다시 그의 제자인 尤庵 宋時烈
에게 청하여 글을 얻었다.

남인계열의 유림과 남명의 손자 曺晉明, 曺俊明 등은, 남명의 神道碑銘
은 남인계열의 학자가 지어야 한다고 생각하여 당시 남인의 원로인 龍洲
에게 글을 청하였다. 그러나 용주가 시일을 너무 遷延하는 바람에 지을
뜻이 없는 것으로 간주하여, 다시 용주의 후배이자 남인의 대표적인 학자
인 眉叟 許穆에게 부탁하자 미수가 곧 지어주었다.

남명의 묘소 神道에는 미수가 지은 신도비명을 刻字하여 세우고, 우암
이 지은 神道碑銘은, 世系 부분을 삭제하여 三嘉縣에 있던 龍巖書院의
廟庭碑로 세웠다. 1920년대 德川書院에 출입하는 南人系列의 유생과 老論
系列의 유생 및 남명후손들과의 사이에 신도비 문제가 야기되어 일본통치
하의 법정소송으로까지 비화된 사건이 있은 이후로 남명 묘소의 신도에는
우암이 지은 신도비명이 서 있고, 미수가 지은 신도비명은 없애버렸다.

미수가 지은 신도비명이 각자되어 세워진 뒤에야 용주가 신도비명을
지어 보냈으므로, 용주가 지은 신도비명은 애초에 각자되어 세워진 적은
없었고, 다만 『南冥別集』에만 실리게 되었다.

용주는 「남명신도비명」에서 남명의 成學過程, 出處大節 및 남명 疏箚의 내용이 국가 통치의 藥石이 된다는 점을 강조하고, 남명은 주장은 단순한 處士의 큰 소리가 아니라는 점을 밝혀, 남명의 經世濟民의 큰 학문을 인정하였다.

다만 용주는 "남명의 고향에 들러 그의 곁에서 그 가르침을 듣는 듯하다."라고 말하여 존모하는 뜻을 나타내긴 했지만, 자신의 學統을 남명에게 대지는 않았다.[62]

愚伏 鄭經世는 仁祖反正 이후에 조정에 진출한 嶺南 南人의 중심인물이었다. 용주는 같이 한 조정에서 근무한 적이 있었는데, 愚伏을 선배로서 대접하였다.

1654년(효종 5) 우복이 죽은 지 21년 되던 해 그의 손자로 世子侍講院 諮議로 있던 鄭道應이 우복의 문인들과 의논하여 蒼石 李埈이 지은 行狀을 가지고 고향 抱川에 물러나 있던 용주를 찾아가서 신도비명을 부탁하였다. 자기의 조부 우복과 같은 시대에 살았고, 자기 조부가 신중히 선발한 관료로서 자기 조부를 잘 아는 사람이라는 것이 글을 부탁하는 이유였다.

용주는 吏曹의 郎官으로서 우복을 여러 해 모셨기 때문에 그 學德에 심취해 있어 신도비를 세우는 일을 도와야 한다고 생각하였지만, 자기의 부족한 문장으로 大君子의 事業과 문장을 정확하게 형용할 수 있을까 걱정하였다.

우복은 비록 科擧를 통해서 조정에 나왔지만, 立朝 50년의 사적이 格物 · 致知의 학문에 바탕을 두지 않은 것이 없다고 추앙했다. 우복의 학문은 西厓 柳成龍에게서 나왔고, 서애의 학문은 퇴계에게서 나왔으며, 퇴계는 한 평생 朱子를 尊信하여 주자의 大中至正한 학문으로 準則을 삼았다고, 우복의 학문적 연원을 밝혔다. 우복은 널리 독서했는데, 그 가운데서도 주자의 글에 가장 정통하였다. 『朱子大全』 가운데서 封事, 序, 記, 碑銘,

---

祭文 등을 뽑아 『朱文酌海』 10권을 만들어 퇴계의 『朱子書節要』와 서로 표리를 이루도록 했다. 儒學을 장려하려는 仁祖의 知遇를 입어 論思의 직책을 10년이나 맡을 정도로 그 신임이 두터웠음을 밝히고 있다.63)

西厓를 통해서 퇴계의 學統에 접맥된 우복을, 학문은 물론 현실 대처능력도 탁월한 인물이라고 용주는 평가하였다. 이는 용주 자신이 상관으로 우복을 모시면서 그 경륜을 직접 보고서 쓴 것이다.

「全沙西神道碑」는 尙州 출신으로 知中樞府事를 지낸 沙西 全湜의 신도비이다. 沙西가 죽은 지 17년 되던 1659년(인조 8)에 그의 아들 前繕工監 監役 全克恬이 沙西의 嗣孫 全垕에게 同知中樞府事 黃호가 지은 행장을 들려 용주에게 보내 신도비를 청하였다. 용주는 사서와 같은 조정에서 오랫 동안 함께 벼슬한 인연이 있었기 때문이다.

용주는 사서가 광해조에 鄭仁弘을 중심으로 한 大北 일파에 대항하여 자신의 지조를 지킨 일과, 遼東地方이 이미 淸나라의 수중에 들어간 이후에 나라일을 의해서 자청해서 목숨을 걸고 험한 뱃길로 明나라에 사행으로 다녀온 두 가지 사실을 높이 평가하였다.

사서는 용주와 나이 차이가 많이 있었지만 이를 개의치 않고 친구처럼 지냈다. 용주가 1643년 日本으로 사행을 갈 때 尙州로 사서를 찾아뵐까 했던 것이, 사서가 갑자기 세상을 떠나는 바람에 도리어 그의 靈座에 弔問하게 된 사실을 애통하게 생각하였다. 용주가 아끼는 후배인 木齋 洪汝河는 사서의 외손서였다.64)

「桐溪神道碑」는 동계의 사후 얼마 지나지 않아서 동계의 장자 前縣監 鄭昌詩가 자신이 지은 家狀을 들고서 洪城의 寓居로 용주를 찾아와 신도비를 지어 줄 것을 요청하였다. 자기 先親을 아는 사람으로는 용주보다 더 나은 사람이 없다고 생각했기 때문이었다.

---

63) 卷18 23張.
64) 卷20 1張.

동계의 일생의 자취 가운데서 가장 뚜렷한 것으로, 永昌大君 獄事 때 奸黨들에 대항해서 상소한 일과 丙子胡亂 때 和議를 반대하여 자결하려 했던 일 두 가지를 꼽았다. 나머지 여러 사실은 모든 사람들이 다 알고 있고, 史家가 역사책에 남길 것이고, 儒林에서 享祀할 것이므로, 자신이 신도비를 지으면서 자질구레하게 열거할 필요가 없다고 용주는 말했다.

동계의 학문은 月川 趙穆, 寒岡 鄭逑를 통하여 퇴계의 學統에 접맥되어 퇴계를 尊慕하여 사숙한 바가 많았고, 실천을 중시한 功은 自得한 바가 많았다고 보았다. 『心經』·『性理大全』와 宋代諸儒들의 저서에 조예가 깊은 독실한 참된 선비라고 평가하였다.

동계는 문학적인 면에 있어서는 孟子·韓愈의 문장을 가장 좋아하였고, 만년에는 歐陽脩의 문장을 좋아하였다. 이치가 뛰어나고 辭意가 暢達한 문장을 지어 옛날 글귀나 따다 쓰는 문장가들이 미칠 정도가 아니라고 용주는 그의 문장을 稱道하였다.

용주는 光海昏朝時節 居昌에 우거할 때부터 동계를 스승으로 모셨고, 仁祖反正 이후 한 조정에서 같이 벼슬했으므로 동계의 학문, 덕행, 사업 등에 대해서 잘 알고 있었다.[65] 동계의 손자 鄭岐胤은 眉叟의 사위였고, 동계의 서자 鄭昌謹은 영의정 許積의 庶同壻로, 동계는 이미 근기남인들과 혼인관계를 맺고 있었다.

4편의 墓碣銘 가운데서 「左副承旨李公墓碣銘」은 星州에 살았던 寒岡의 제자 李彦英의 묘갈명이다. 이언영은 용주와는 3대에 걸쳐 世誼가 있는 사람이었다. 이언영은 용주의 조부 趙玹이 거창에 살 적에 자주 찾아와 문안하였고, 그 뒤 兵曹의 郎官으로 있으면서 趙玹을 서울에서 찾아뵈었고, 용주의 부친 趙翼南의 장례 때는 용주에게 정중한 조문을 하였다. 그래서 용주는 이언영을 자기가 가장 잘 알고 있으므로, 그의 묘갈명은 자기가 지어야 한다고 생각하고 있었다.

---

65) 卷19 1-13張.

영창대군 옥사 때 동계가 抗疏를 올리자 三司에서 역적을 옹호한다고 攻斥하였다. 이때 司諫院 正言으로 있던 이정영은 司諫院 회의에서 항의 하다가 '역적 鄭蘊을 營救한다'고 삼사의 탄핵을 받아 削奪官爵되어 鄕里로 放逐된 적이 있었다. 仁祖反正 이후 광해조 때 처벌 받은 인물이라 하여 直講으로 徵召되어 동계·용주와 한 조정에서 근무하면서 곧은 말로서 義利·是非·邪正 등을 힘써 분변하였다. 특히 春秋의 학문에 뛰어나 得力한 바가 많았다.

그는 寒岡 鄭述, 旅軒 張顯光의 문인으로서 한강에게 禮學에 관해서 많은 질문을 하였다[66]. 그리고 동계와는 同門의 관계에 있었고, 肅宗朝에 吏曹判書를 지낸 歸巖 李元禎의 장인이기도 하다.

「右承旨洪公墓碣銘」은 木齋 洪汝河의 부친으로 大司諫을 지낸 洪鎬의 묘갈명이다. 홍호는 尙州 출신으로 愚伏 鄭經世의 문인이고, 용주와는 동 갑이었다. 인조반정 이후 용주가 吏曹에서 벼슬할 때 처음으로 만났고, 그 뒤 興海 郡守 자리를 서로 교대하는 인연이 있어 더 자세히 알게 되었다. 그로부터 9년 뒤에 홍호가 먼저 죽게 되어, 용주가 매우 슬퍼하였다. 그 뒤 그의 아들 홍여하가 부친의 行狀을 지어 가지고서 용주에게 묘갈명을 부탁하자 용주가 그 청을 들어 준 것이다.

홍호는 매우 강직한 인물이었다. 광해조 때 권신 李爾瞻의 아들 李大燁이 급제하자, 사람들은 모두 承文院에 맨먼저 등용되리라 예상하였다. 그러나 홍호는 아버지의 권세로써 자리를 차지할 수 없다 하여 끝까지 반대하여 이대엽이 승문원의 벼슬에 제수되지 못했다. 인조반정 이후 正言으로 발탁되자, 朴元宗은 비록 광해조의 大臣이지만 廢母論에 반대했고 또 부자가 함께 자결했으므로 다른 亂臣들과 한가지 죄로 처벌하여 家産을 적몰해서는 안된다고 상소했다가 寧邊 判官으로 좌천되었다. 사람들은

---

66) 卷15 9張.
　　『檜淵及門諸賢錄』 卷1 27-28張.

모두 그의 剛直함에 탄복했는데, 용주는 강직은 그의 욕심 없는 마음에서
나온 것이라고 칭찬하였다.

西厓 柳成龍, 漢陰 李德馨 등 대신으로부터 國士로 대접 받았고, 자기
출신지역인 嶺南 사람들에게서보다 서울 사람들에게서 더 큰 名望이 있었
다고, 용주는 기술했다.[67]

「櫟峯李公墓碣銘」은 龍宮 출신으로 縣監을 지낸 李介立의 墓碣銘이다.
그는 용주의 조부 趙玹과는 司馬試에 同榜及第한 인연이 있었으므로, 그
손자인 李崇彦이 鶴沙 金應祖가 지은 行狀을 갖고서 용주에게 묘갈명을
요청했으므로 글을 짓게 되었다.

이개립은 鶴峯 金誠一의 제자로서 일찍부터 학문하는 大方을 얻어 들었
다. 科擧工夫를 하지 않고 성현의 글을 즐겨 읽어 독실하게 실천하였다.
孝行으로 薦擧되어 叅奉에 제수되었고, 壬辰倭亂 때는 鄕兵大將으로 활
약하며 倭賊과 싸웠다.[68]

「權光州墓碣銘」은 光州 牧使를 지낸 霜嵒 權濤의 묘갈명이다. 霜嵒은
丹城縣 출신으로, 용주와는 50년 동안 사귄 知己였다. 그의 아들 權克有가
행장을 지어 가지고 와서 묘갈명을 요청할 때 사양하지 않았다. 霜嵒은
東溪 權濤의 종제로서 東溪와 동방급제하였다. 광해조 때 李爾瞻의 앞잡
이 黃德符, 李偉卿 등이 좋은 벼슬자리로 霜嵒을 유혹했지만, 끝내 흔들리
지 않았다.[69]

霜嵒은 寒岡 鄭逑의 문인인데 관직에 있는 시간이 많아 자주 찾아가서
학문을 토론할 수가 없어 서신왕복을 통하여 많은 가르침을 받았다.[70]

霜嵒의 第三子 權克有는 左尹을 지낸 沙圃 李志賤의 사위인데, 이지천
은 近畿南人의 대표적 가문인 驪州李氏로 贊成을 지낸 少陵 李尙毅의

---

67) 卷16 33-37張.
68) 卷16 37-41張.
69) 卷17 12張.
70) 『檜淵及門諸賢錄』 卷3 35-36張.

조카이고, 영의정을 지낸 李山海의 외손이다. 권극유의 아들 權鈘은 察訪을 지낸 李龜徵의 사위인데, 이구징은 延安 李氏로 肅宗朝에 吏曹判書를 지낸 李觀徵의 사촌이다.[71] 霜嵒의 집안은 조선 초기부터 丹城에 世居했는데, 혼인은 주로 近畿南人系列의 명문가와 맺었다.

용주가 지은 墓誌銘으로는 「文茅谿墓誌銘」이 유일한 것이다. 용주가 茅谿를 사사한 것은 앞에서 論及한 바가 있다. 茅谿의 사후 그 아들 文敬後가 行狀을 갖고서 墓誌銘을 청해 왔기에 글을 짓게 되었던 것이다.

茅谿는 寒岡의 문인으로서 孝悌忠信을 독실히 실천하는 爲己之學에 치중하는 학자였다. 副提學으로 있던 金宇顯이 經筵에서 모계를 추천하였고, 영의정 柳成龍도 어질어 고을원을 맡길 만하다고 추천하였다.

모계는 처음에 鄭仁弘의 제자였는데, 광해조에 큰 세력을 쥐고 있던 정인홍에게 대항하다가, 정인홍의 추종세력들로부터 많은 공격을 받았지만, 끝내 굽히지 않고 綱常을 扶植한 공이 있었다.[72]

「桐溪諡狀」은 桐溪에게 諡號를 내리게 하기 위하여 미수가 지은 行狀과 자신이 지은 「桐溪神道碑」를 바탕으로 하여 동계의 일생의 행적을 編次하여 奉常寺에 제출하기 위해서 지은 글이다. 내용은 「桐溪神道碑」와 대동소이하다.[73]

「嶧陽新院上樑文」은 1635년(인조 13) 鄭惟明·林得蕃을 享祀하기 위하여 安義에 세운 서원인데, 용주가 그 상량문을 지었다. 정유명은 동계의 부친으로 葛川 林薰의 문인이고, 임득번은 葛川 林薰과 瞻慕堂 林芸의 부친인데, 용주가 거창에 오래 살았고 동계와 절친했던 인연이 있었으므로, 安義 儒林들이 이 글을 용주에게 요청하였고, 용주가 응낙을 하여 이 글을 짓게 되었다.

---

71) 『南譜』(驪江出版社, 1987), 72쪽, 121쪽.
72) 卷14 15-19張.
73) 卷22 20-39張.

V. 結論

龍洲 趙絅은 仁祖反正 이후 조정에 진출하여 南人 李元翼, 鄭經世, 鄭蘊 등의 引進에 힘입어 仁祖朝에 이미 吏曹判書, 大提學 등의 요직을 역임하였다.

인조반정 이후 집권세력 서인들은 仁祖에게 남인의 원로인 梧里 李元翼을 領議政에 임명하도록 하여 자신들의 革命의 명분을 확보하고 흉흉한 民心을 수습하려고 하였다. 오리는 정국을 조화롭게 운영하면서 서인과 남인들의 큰 충돌이 없는 소강상태를 유지하는 가운데서 남인들을 보호하였다. 이때는 愚伏 鄭經世, 桐溪 鄭蘊, 蒼石 李埈 등 남인의 중진들이 조정에서 벼슬하고 있었으므로 남인도 조정에서 어느 정도의 지분을 유지하고 있었다.

그러나 병자호란 이후 桐溪가 고향으로 돌아가 은거한 이후로 조정에 남아 있는 남인 가운데서 남인의 중심된 역할을 한 인물이 바로 龍洲 趙絅이다. 이때는 嶺南에서 上京하여 출사하는 남인은 거의 없었고, 근기남인으로 정계에 진출한 인물도 점점 줄어 들었고, 명망 있는 학자도 이전에 비하여 많이 나오지 않았다. 이러한 상황이었으므로, 용주의 책임이 대단히 무거웠다.

용주의 조상은 서울에서 世居해 왔으므로 영남남인과는 혈연, 지연적인 직접적인 관계도 없었고, 家學淵源도 영남남인과는 직접적인 관계가 없었다. 용주 자신에 와서 茅谿 文緯와 桐溪 鄭蘊의 문인이 되었으므로, 退溪의 學統과 접맥될 수 있었다. 그러나 그는 西人인 月汀 尹根壽의 문하에도 출입했으므로 서인이 될 소지도 없지 않았다. 淸陰 金尙憲과 浦渚 趙翼이 바로 그와 月汀 문하에서 동문수학한 관계인데, 청음을 중심으로 한 서인들의 핍박이 용주를 남인이 되게 한 한 가지 원인이기도 하다.

광해조에 핍박 받은 인사라 하여 인조반정 이후 등용된 이후 서인과는 관계가 좋지 않고, 梧里, 愚伏, 桐溪 등 남인의 중심인물들의 인정을 받고 이들을 따랐으므로 자연히 남인이 되었다.

남인으로 자신의 입장을 정한 이상, 자신의 정치적 학문적 기반의 확립이 필요했다. 그래서 퇴계의 학문을 闡揚하여 온 세상사람들로 하여금 그 학문적인 우수성을 인식하도록 했다. 그리고는 퇴계의 학통에 자신의 학문을 접맥시키고, 퇴계 뿐만 아니라 그 제자인 鶴峯·西厓·寒岡 등를 위시한 영남의 대학자들의 학문과 덕행을 세상에 널리 알려 현재의 정계에서는 서인의 세력을 당할 수는 없어도 서인보다 우월한 바탕이 있다는 점을 강조하여 후세에 잘 계승되게 하려고 노력하였과. 그리고 자신과의 관계를 부각시키는 일도 빠뜨리지 않았다.

아울러 영남의 여러 현달한 선현들의 文集序文, 祭文, 碑誌類文字 등을 저술하여 영남의 선현들을 闡揚하는 동시에, 그 후손들과 긴밀한 交誼를 맺어 자신의 조정에서의 지지기반과 학문적 후원 세력으로 끌어들였다.

영남의 명현의 후예들 역시 병자호란 이후 중앙정계의 진출이 용이하지 않았으므로, 중앙정계에서 중요한 위치에 있고 또 남인을 보호하는 용주 같은 인물과 관계를 맺어야 중앙정계의 상황도 파악할 수 있고, 용주의 정치적 학문적 비중에 힘입어 자신의 가문이나 학파의 위상을 높일 수 있었으므로, 용주와 관계를 맺고 그에게 文字를 받는 것을 영광으로 여기는 경향이 농후하였다.

그리하여 近畿南人의 중요 文字의 撰述은 물론이고, 嶺南南人의 중요 문자도 많이 찬술하게 되었으니, 곧 「英山書院退溪鶴峯奉安文」, 「南冥神道碑」, 「愚伏神道碑」, 「桐溪神道碑」, 「桐溪諡狀」, 「穌齋集序」, 「鶴峯集序」, 「桐溪集序」 등이 그 좋은 예이다.

용주의 정치적 학문적 이런 욕구와 영남남인들의 중앙정계에의 진출욕구와 자기의 가문이나 학파의 위상을 유지하려는 욕구가 서로 어울려, 본디 영남남인과 그다지 밀접한 관계가 없었던 용주가 영남남인을 많이 보호하고, 영남남인들을 위해서 많은 문자를 지어 영남 선현들의 학문과 사상을 顯揚하게 되었던 것이다.

　조정에서는 영남의 학문적 전통이나 영남 선비들의 여론을 무시할 수
없었으므로, 용주의 존재를 의식하지 않을 수가 없었던 것이다.
　龍洲의 뒤를 계승하여 근기남인 출신으로 남인의 중심적인 인물이 되어
영남남인과 밀접한 교류를 가졌던 사람은 眉叟 許穆(1595-1682)인데, 이
에 대한 연속적인 연구는 후일을 기약한다.

傳統學問의 繼承問題와 靜谷 曺信天의 『筆語』의 가치

Ⅰ. 韓國의 傳統學問 계승 문제

1. 제1차 단절, 日本의 침탈

우리 나라는 불행하게도 1910년에 日本에게 나라가 망했고, 그 이후로 그들의 갖가지 교묘한 民族抹殺政策으로 인하여 여러 방면에서 傳統이 거의 단절되었다. 특히 學問에 있어서는 傳統의 斷絶이 더욱 심하다. 傳統 學問을 계속해 오던 學者들은, 일본강점기에 새로운 學問方法을 받아들이지 못하게 되어 아무런 역할도 하지 못한 채 일생을 마쳤다. 日本强占期에 신식교육을 받은 사람이나 해외에서 유학한 사람들은 전통학문에 대한 아무런 이해 없이 새로이 외국의 학문을 받아들였으므로, 傳統學問에 接脈되지 못했다. 이는 主權을 상실한 것 못지 않게 우리 민족에게 있어서 큰 손실이라 할 수 있다.

그래서 오늘날 우리 나라의 문학·역사·철학 교육학 등의 연구와 교육에 있어 전통적인 내용은 매우 희박하고, 서구적인 영향이 지나치게 강한 것이 하나의 문제라 하지 않을 수 없다. 國文學을 예로 들면, 古典文學과 現代文學이 나뉘어져 있어, 현대문학을 담당하는 교사는 고전문학을 담당할 수 없을 정도로 심각하다. 그리고 현재 크게 힘을 얻고 있는 현대문학이라는 것은, 사실 우리 전통문학을 계승했다고 하기보다는 서양문학의 번안 정도라고 해야할 정도이다.

최선의 노력을 기울여도 우리의 傳統學問을 회복하기가 어려운데, 현재 우리 나라는 傳統學問의 복원에 별로 힘을 들이지 않는 상황이다. 더욱이 대통령을 비롯한 국가지도자들이나 사회의 지도층 인사들이 전혀 관심이 없는 것이 가장 큰 문제이다.

앞으로 이런 점이 시정되어야만 우리 문화의 올바른 면모를 회복할 수 있고, 올바른 우리 민족의 학문도 그 원래의 모습을 회복할 수가 있을 것이다.

2. 제2차 단절, 漢文의 廢棄

1948년 남한에서 정부가 수립되자 국회에서는 이른바 '한글전용안'을 가결하여 모든 공식문서는 한글로만 적도록 규정하였다. 이후부터 국민들은, "한글만이 우리 글이고, 漢字·漢文은 남의 글이다"라는 인식을 갖게 되었다. 그러자 한문을 학교에서 가르치지 않게 되었고, 학생들은 배우지 않으니 모르게 되어 점점 우리의 精神文化가 담긴 漢文文獻을 멀리하게 되었다.

漢文으로 된 文獻을 손도 대지 않고 그대로 사장시키고 있으니 우리의 傳統文化가 계승될 길이 없다. 한문에 애정을 갖고서 이를 해독할 수 있는 사람은 손꼽을 정도이다. 이 틈을 이번에는 미국 등 서구의 저질문화가 파고들어 우리나라는 서양문화가 범람하게 되었다. 전통문화는 문자의 장벽으로 인하여 접근이 불가능하여 대중과 점점 멀어져가자, 우리의 民族性마저도 변질을 가져오게 되었다.

오늘날 우리가 다시 한문을 배워야 할 사명이 오늘날을 살아가는 지식인들의 어깨에 걸려 있다. 조상들이 남긴 귀중한 문화유산을 발굴 연구 보급하여 조상들의 좋은 점을 오늘날 되살려 우리 민족 고유의 民族文化를 건립해야 하겠다. 그리하여 우리 후손들이 앞으로 나아갈 올바른 방향을 제시해 주어야 하겠다. 한문학을 연구하는 사람들은, 전통을 계승하여 민족의 장래를 열어 주어야 하는 막중한 사명을 지고 있는 것이다.

漢文學이란, 우리 조상들이 漢文으로 지어서 남긴 文學遺産을 연구하는 학문분야를 말한다. 우리 조상들이 남긴 한문학 유산을 정확하게 이해하기 위해서는 밀접한 관계가 있는 중국의 文學 史學 經學 등도 아울러 연구분야로 한다. 그러나 궁극적인 연구분야는 우리 조상들이 남긴 한문학 유산을 연구하는 한국의 한문학이다.

우리 조상들은 한글이 창제되기 이전에는 오로지 한문으로 문학작품을 지었고, 한글이 창제된 이후에도 대부분의 지식인들은 여전히 한문을 사용하여 문학작품을 지었다. 오늘날 우리 나라에 남아 있는 옛날 文獻의 98% 이상이 모두 한문으로 쓰여진 것이다. 우리 조상들의 문학 사상 감정 사고 방식 생활양식 인정 풍속 등이 다 이 속에 담겨 있다. 다시 말해서 우리 민족의 질 높은 정신문화가 모두 한문학 속에 담겨 있다. 한글로 된 古典資料는 文學은 될 수 있지마는, 學問이나 思想이 담겨 있는 것은 전혀 아니다. 우리의 수준 높은 精神文化는 오로지 漢文文獻 속에 들어 있다. 한문을 공부하지 않으면 전통문화를 계승할 수가 없다. 한문은 결코 배우기 어렵지 않다.

오늘날 전통문화라는 말만 나오면 노래하고 춤추는 등 눈에 보이는 문화만을 말하는 것으로 알고 있는 것은 크게 잘못된 것이다. 국가에서도 이런 분야에는 인간문화재 전수자 제도 등으로 막대한 금액을 지원한다.

3. 제3차 단절, 정보화시대의 개막

1994년 이후 인터넷이 급속도로 보급되어 우리 나라가 세계에서 인터넷 보급률이 최고라고 한다. 그래서 우리 국민 누구나 하루에 몇 시간씩 인터넷을 하고 있다. 그러나 인터넷 언어는 대부분 영어로 되어 있다.

그리고 세계화라 하여 급속도로 미국의 문화를 따라가고 있다. 급기야는 영어를 우리의 공용어로 하자는 주장까지도 나왔고, 지금은 국민의 40% 정도가 영어공용화에 찬성하고 있다고 한다.

우리의 전통문화는 급속도로 파괴·변질되고 있다. 여기에다 위성방송까지 가세하여 우리 전통문화를 오염 변질시키고 있다. 유사 이래로 우리 문화를 지키기에 가장 어려운 시대에 살고 있다. 조선 말기 서양열강이 함대를 끌고와 위협하며 문호개방을 요구하던 시대와는 비교가 안될 정도로 인터넷과 위성방송이 우리 문화를 무차별 공격하고 있다. 아무리 심심산골이라 해도 공격에서 피할 수가 없다.

우리가 우리 전통문화를 지키지 못하여, 영어를 우리의 공용으로 하여 미국문화를 흉내내면 미국이 우리에 대해서 친근감을 느끼며 우리를 우호적으로 대접해 줄 줄 알지만, 우리가 우리 전통문화를 잃고 미국의 흉내나 내는 나라가 되면, 미국은 우리를 자존심 없는 민족으로 경멸하여 사람으로 대접하지 않을 것이다. 사람도 개성과 실력을 갖추고 있을 때 그 사람의 존재가치가 있듯이, 나라도 전통문화에 바탕을 둔 正體性이 있을 때, 다른 나라에서 존경할 것이다.

어떤 민족의 문화가 없어지면, 그 민족의 존재가치가 없다. 민족의 존재가치가 없어지면, 그런 국가는 국가로서 아무런 특성이 없게 되므로 대한민국은 있으나 마나 하는 나라로 전락하고 만다.

전통문화를 잘 계승·발전 시켜 21세기 정보화시대에 국제사회에서 우리의 正體性을 부각시켜 나가야 하겠다. 우리 민족의 정체성이 부각될 때 우리의 경제도 따라서 발전할 수 있을 것이다.

4. 전통문화 계승 발전의 방안

오늘날 일반대중들이 거의 한글로 문자생활을 하고 있지만, 전통문화를 계승 발전시키기 위해서는 漢文工夫가 필수적이다. 우리 나라 사람으로서 한문학을 배우지 않으면 안 되는 이유는, 우리 조상들이 남긴 문화의 정수가 바로 한문학이기 때문이다. 한문학에 대한 올바른 이해는 곧 우리 문화에 대한 올바른 이해이다. 우리의 우수한 전통문화의 좋은 점을 잘 계승하여, 우리 민족의 미래를 열어 제시할 사명이 한문학 연구자에게 있다. 오늘

날 한문학을 연구하는 방법은 과거 우리 조상들이 한문학을 하던 방식과
는 크게 다르다. 오늘날의 한문학 연구는 과학적이고 합리적이어야 한다.

오늘날 세계화라는 이름 아래 전세계의 문화가 서로 혼합되어 가고 있
어 어떤 한 나라의 문화가 자칫하면 흔적도 없이 사라질 위기가 감돌고
있다. 이런 때에 우리의 특색 있는 전통문화를 잘 계승하여 보전하지 않으
면, 우리 스스로 우리 문화의 파괴를 조장하게 된다.

자기 나라의 독특한 문화, 곧 학문·사상·예술·풍속 등을 잘 간직하
고 발전시켜 나가는 민족이 위대한 민족이다. 한문학 유산 속에는 문학뿐
만 아니라, 학문 사상 예술 풍속 등에 관한 기록이 많이 남아 있다. 우리
민족도 이미 우리의 고유문화의 면모를 많이 잃어 버렸다. 한문학 고전에
대한 연구가 우리의 고유문화를 지키는 길이다. 자기 고유문화를 잃어버린
민족은 정신을 잃은 몸둥이와 다를 바가 없는 것이다.

우리의 한문학이 영원한 생명력을 갖도록 우리가 계속 연구하여 그 좋
은 내용을 오늘에 되살려 나가야겠다. 지금 계속 창작되고 있는 새로운
한글로 된 문학작품 속에도 한문학의 좋은 내용이 계승되도록 해야 하겠
다. 서양의 물이 좀 덜 든, 우리의 고유한 정신문화에 바탕을 둔 우리 문학
다운 문학이 창작되는 방향으로 나아가도록 한문학 연구자가 인도해야
하겠다. 전통과 단절된 서양의 것을 모방한 작품은 우리 문학의 대열에서
추방되어야 하겠다.

한문학은, 더 이상 어렵다는 선입견에 사로잡혀 경원시(敬遠視)할 대
상이 아니다. 더구나 한문학 전문가가 절대적으로 부족한 오늘날 우리
민족의 한 사람으로서 가장 연구해 볼 만한 가치가 있는 학문분야가 우리
민족의 학문인 한문학일 것이라 생각된다. 우리가 우리의 민족문화를 잘
계승하여 우리 민족의 특색을 잘 지켜나갈 때, 위대한 민족이 될 수 있는
것이다.

Ⅱ. 靜谷 曺信天의『筆語』의 가치

1. 저자는?

靜谷 曺信天은 1573년(선조 6)에 태어났다. 초계군(草溪郡 : 지금의 陜川郡 草溪面)에서 살았다. 字는 守初, 본관은 昌寧이고, 靜谷은 그 號이다.

退溪, 南冥 兩門에 출입한 洛川 裵紳의 문하에서 공부하였는데, 文學과 德行이 뛰어났다. 親喪을 당하여서는 죽을 먹으면서 廬墓를 하였다. 평소에 性理學에 潛心하였고,『筆語』를 지었다.[1]

1604년(宣祖 37) 寒暄堂 金宏弼 등 東方五賢의 文廟從祀를 요청하는 상소를 하기 위하여 상소를 갖고 서울로 올라갔다. 이때 憩菴 姜翼文, 桐溪 鄭蘊, 尙州에 사는 月澗 李㙉, 安東의 李有道 등 60여 명과 함께 대궐로 갔다. 이때 그의 이름 위에는 幼學으로 되어 있다.

林谷 林眞怤는 靜谷을 '隱德君子'라고 稱道하였다.

그는 學德이 높았으나 평생 벼슬하여 經綸을 펼칠 기회는 얻지 못했고,[2] 아들도 없었고 하나밖에 없는 조카를 보살펴 길렀으나 자기 양자로 삼지는 않았다.[3]

2.『筆語』의 저작 동기

『筆語』는 본래 曺信天이 그 조카 曺夏生(字는 景承)을 교육하기 위한 家誡로 지어 조카에게 주고 門中의 젊은이들에게도 나누어 줄 계획이었는데, 주위의 사람들이 이 책의 그 내용이 좋은 것을 보고서 공개할 것을 요청하였으므로 進士 李子韶[4]에게 부탁하여 필사하도록 했다. 1638년 저

---

1)『嶠南誌』권63 草溪 儒行篇.

2) 姜翼文「筆語跋文」.

3)『靜谷集』41-42쪽.「論後事文」.

4) 子韶는 字이고, 호는 弦窩이다.

자 66세 때 완성한 것임을, 저자의 서문에서 알 수 있다.

3. 『筆語』의 구성

『筆語』는 分卷하지 않은 채로 事親, 敎子, 友愛, 睦族, 侍病, 送死, 奉祭, 守身, 存心, 養性, 立志, 勤學, 居仁, 由義, 立禮, 用智, 守信, 順命, 安分, 固窮, 謹言, 隱惡, 守拙, 知足, 知恥, 愼獨, 推恕, 積善, 畜德, 愛[物], 接物, 恤患, 重寶, 忍辱, 懲忿, 窒慾, 戒酒, 戒色, 好客, 交友, 趨勢, 好勝, 矜己, 譏人, 處世, 弈戲, 恳農, 治家, 處鄕, 遊山 등 50條로 나누어 서술하였다. 여러 經傳 등에서 좋은 敎訓이 될 만한 아름다운 말을 뽑아서 만들었다.

漢나라의 馬援과 北宋의 范質의 子姪을 훈계하는 글을 본받아 직접 얼굴을 맞대고 가르치듯이 적어나갔다. 개인의 修身·養性의 도리에서 事親·敎子 방법 등 선비가 일상생활에서 당연히 행해야 할 내용들인데, 쉬운 문장으로 친절하게 서술하였다.

1638년(仁祖 16) 저자가 쓴 序文이 책 뒤에 붙어 있고, 그 해 李子韶가 쓴 序文이 그 뒤에 붙어 있다. 책 뒤에 1640년 朴明胤[5]이 쓴 跋文과 1641년에 쓴 戀菴 姜翼文의 跋文이 있다. 1642년 조카 曺夏生이 간행하려고 「刊筆語辭」를 썼는데, 간행여부는 아직 확인하지 못했다.

이 책은 당시 인사들에게서 『小小學』이라 불려 朱子가 편찬한 『小學』에 비견되었다. 그러나 『소학』보다 더 실생활에 구체적으로 적용할 수 있도록 쓰여져 있다.

윤리·도덕이 무너진 오늘날에 이런 책이 번역되어 읽혀진다면 사회를 구제하는 데 도움이 될 수 있을 것이다.

---

5) 朴明胤 : 1566-1650. 字는 孝叔, 호는 槎翁, 본관은 密陽으로 星州에서 거주하였다. 南冥 문인인 雪峯 朴漊의 조카이다.

4. 『筆語』의 내용

제2조, 자식 가르치는 방법[敎子]

한갓 송아지처럼 핥아 줄 줄만 알았지, 그 자식의 나쁜 점을 알지 못한다. 오늘도 가르치지 않고 내일도 가르치지 않은 채 줄곧 망가져가도 생각을 이런 데 두지 않는다. 그리하여 어려서는 배우지 않고 늙어서는 아무 것도 한 것이 없는 사람이 되고 만다. 아아! 이런 사람은 비록 착한 본성이 있다 해도 집에 들어가서 효도하는 도리를 어떻게 알겠으며, 비록 아름다운 자질이 있다 해도 밖에 나와서 공경하는 도리를 어떻게 익히겠는가?

하물며 아버지가 되어서 바라는 바는 이익이나 祿俸이 아니면 文詞요, 아들이 되어서 익히는 바는 豪俠한 것이 아니면 교만하고 사치한 것이다. 廉恥가 어떤 것이고, 예의가 무엇인지도 모르고서 멋대로 설치며 忌憚하는 바가 없으면서 스스로 뜻대로 되었다고 생각하지만, 결국 바보 아니면 헛깨비가 되는 것을 면하지 못하니, 어찌 크게 애석해 할 일이 아니겠는가!

(徒能舐其犢, 而莫知其子之惡, 今日不訓, 明日不誨, 一向委靡, 念不在玆. 因致其幼而不學, 老而無術. 噫! 雖有良性, 何以知入孝之道? 雖有美質, 何以講出悌之義乎? 而況爲父所望, 非利祿則文詞. 爲子所習, 非豪俠則驕奢. 不知廉恥之爲何事, 禮法之爲何物, 橫恣無忌, 自以爲得, 終未免癡獃魍魎之歸, 豈不大可惜哉!)

제4조, 일가들과 화목하게 지내는 방법[睦族]

사람에게 자손이 있는 것은 마치 나무에 가지와 잎이 있는 것과 같다. 나무는 뿌리가 있은 그런 뒤에 가지와 잎이 있을 수 있고, 사람은 할아버지가 있은 그런 뒤에 자손이 있게 된다. 집안의 많은 일가들이 나에게 있어서 친소의 구분은 있지만, 조상의 입장에서 본다면 모두가 다 조상의 자손이다. 조상의 마음에는 어찌 친소의 구분이 있겠는가?

자손된 사람이 진실로 능히 조상의 마음을 자신의 마음으로 삼아 조상
의 자손들을 봄에 친소의 구분이 없다면, 나와 문중 사람의 사이에는 나와
대상의 구분이 없는 것이고, 저쪽 이쪽의 구분이 없는 것이다. 굶주리고
추위에 떨게 되면 서로 동정하는 것이 옳다. 환난은 서로 구제해주는 것이
옳다. 비록 곡식이 있다 해도 나 혼자만 배불리 먹을 수 있겠는가? 비록
옷이 있다 해도 나 혼자만 따뜻하게 지낼 수 있겠는가? 혹은 죽어 초상이
난 마당에 반목하고, 급한 일에서 움츠린다면, 情義가 매우 각박할 뿐만
아니라, 실로 조상의 마음을 체득하지 못한 것이다. 이제 무슨 낯으로 집안
의 사당에 들어가며, 뒷날 무슨 면목으로 저 세상의 조상의 영혼을 뵐
수 있겠는가?

각자 자기 집안만 챙기고 자기 몸만 챙겨서, 베풀다가 그 보답을 얻지
못하자 그만두게 되고, 두터이 하다가 답을 얻지 못하여 멈추게 된다면,
『詩經』「斯干篇」에서, "서로 탓함이 없네"라고 읊은 시인의 훈계가 아니
겠는가? 옛날 文正公 范希文(이름은 仲淹)은 참지정사(參知政事)가 되었
을 때, 恩例로 받는 녹봉은 늘 일가들에게 고루 나누어주고 아울러 義田과
義宅을 설치하여 두었다.

(人之有子孫, 猶木之有枝葉也. 木有根本, 然後有枝葉. 人有祖先, 然後
有子孫, 則許多門族, 於吾, 雖有親疎, 以祖先視之, 則均是祖先之子孫. 祖
先之意, 豈有親疎於子孫也? 爲子孫者, 苟能以祖先之心, 爲心, 視祖先之子
孫, 無親疎, 則吾與門族, 無物我也, 無彼此也. 飢寒, 相恤, 可也. 患難, 相救,
可也. 雖有粟, 吾得以獨飽? 雖有衣, 吾得以獨煖乎? 如或反目於死喪, 縮首
於緩急, 則是非但於情義甚薄, 實不體祖先之心也. 今何顔入家廟之庭, 後
何目見地下之靈乎? 各私其家, 各有其身, 施不得報而輟, 厚不見酬而止, 此
豈非詩人無相猶之戒乎? 昔, 范文正公希文, 爲參知政事時, 恩例俸賜, 常均
於族人, 並置義田宅云.)

제12조, 부지런히 배움[勤學]

朱子가 말씀하기를 "집이 가난하다고 해서 공부를 그만두어서는 안 되고, 집이 부유하다고 해서 공부를 게을리해서는 안 된다. 가난한데도 부지런히 공부한다면 이름을 영예롭게 할 수 있다."라고 하셨다. 아! 옛날의 현철한 분들이 후학들을 권면하여 나아가게 한 뜻이 어떠했겠는가?『禮記』에 이르기를, "옥은 쪼지 않으면 그릇이 될 수가 없고, 사람은 배우지 않으면 도를 알 수가 없다"라고 했다. 대저 학문이란 것은 발신하는 지극한 보배이고, 세상을 살아갈 수 있는 큰 법도다.

배우고서 때때로 그것을 익히고, 자세히 분석하여 거기에 푹 젖어들어, 그 功力을 천배 백배로 하여, 부지런히 낮 시간을 밤에도 잇고, 애써 한 해의 노력을 다하여, 미적미적하는 습관을 싹 없애어 새로운 의지를 일으킨다면, 경전에서 성현의 깊은 뜻을 탐구할 수가 있고, 歷史書에서 앞 시대의 득실을 비춰볼 수 있을 것이다. 그렇게 되면 본래 어리석던 사람도 반드시 밝아지고, 유약하던 사람도 반드시 강해지게 될 것이다. 어리석은 본성의 쌓인 것도 확 풀려 두루 통하게 될 것이니, 그 시원함은 구름을 헤치고 해를 보거나 높은 곳에 올라서 아래를 내려보는 것 정도에 그치지 않을 것이다.

만약 혹 이와 반대로 베개에 방울을 달아 졸음을 깨우던 이보다 정성이 얕고, 벽을 뚫어 이웃집 불빛에 비춰 공부하던 이보다 뜻이 소홀하며, 약간의 책도 외워 익히려는 뜻이 없다면, 이는 이른바 소나 말에게 옷을 입혀놓은 것이니, 어떻게 '灾'자와 '宂'자를 구별하며 어떻게 '盡'자와 '畫'자를 구분하겠는가? 내가 웃으면서 이야기하는 것을 보고서 흙덩이만도 못하다고 여길 것이다.

그래서『說苑』에서 이르기를, "거동은 같아도 모양을 꾸미는 사람이 좋고, 본성이 같아도 학문하는 사람이 지혜롭다"라고 했다. 우리 孔子께서도 일찍이 "널리 배워 뜻을 독실히 하면 仁이 그 가운데 있다"라고 하셨다.

(子朱子曰, "家貧, 不可因貧而廢學, 家富, 不可以怠學. 貧而勤學, 可以榮名." 噫! 古昔賢哲之所以勸進後學之意, 爲如何哉? 記曰, "玉不琢, 不成器, 人不學, 不知道." 夫學者, 乃發身之至寶, 行世之大法也. 旣學而時習之, 細繹而涵泳, 百其功, 千其力, 孜孜繼晷, 矻矻窮年, 一刮因循, 以起新意, 則於經, 可以探聖賢之奧旨, 於史, 可以鑑前代之得失. 愚者必明, 柔者必强. 雖愚性之蘊, 釋然會通, 其爲快活, 不啻若披雲見日, 登高望下矣. 苟或反是, 而誠淺於警枕, 志惄於穿壁, 一部數帙, 無意誦習, 則是所謂牛襟而馬裾者也, 何以分灾宂, 何以辨盡盡乎? 視我笑談, 曾土塊之不如矣. 是故, 說苑云, "儀狀等而飾貌者好, 質性同而學問者智." 吾夫子亦嘗曰, "博學而篤志, 仁在其中矣.")

제17조, 신의를 지킴[守信]

신의란 사람의 큰 보배다. 어찌 잠시라도 잊을 수 있겠는가? 사물과 나의 관계에 있어서, 사물을 헤아려서 스스로 속임이 없는 것이 옳다. 저쪽과 이쪽의 관계에서, 저쪽을 헤아려서 스스로 어기지 않는 것이 또한 옳다.

사물이 비록 나를 속일지라도 내가 어찌 그것을 속이겠는가? 저쪽이 비록 이 쪽을 어길지라도 이쪽에서 어찌 어기겠는가? 사물이 속인다고 나도 속인다면, 이는 사물과 내가 다 속이는 것이니, 내가 신의를 잃는 것을 면할 수 있겠는가? 저쪽에서 어긴다고 이쪽에서도 어긴다면, 이는 피차간에 같이 어기는 것이니, 이쪽에서 신의를 잃는 것을 또한 면할 수 있겠는가?

다른 사람이 나를 속일지라도 내가 다른 사람을 속이는 일은 없고, 설령 저쪽이 이쪽을 어길지라도 이쪽에서 저쪽을 어기는 일은 없으며, 다른 사람의 마음 보기를 내 마음처럼 하고, 저쪽의 몸 보기를 이 쪽의 몸 보듯이 한다면, 꼭 중복되게 말하지 않아도 서로 믿게 되고, 거듭 허락하지 않아도 서로 감동하게 된다. 어찌 밝힌 뒤에 비추고, 말한 그런 뒤에 깨우치겠는가?

그렇게 하면 스스로 신의 있게 하려고 하지 않아도 다른 사람들이 믿게 되고, 스스로 약속하지 않아도 다른 사람들이 약속을 하여, 신의는 점칠 때 쓰는 蓍草나 거북 같이 귀중해질 것이고, 약속은 아교나 옻칠처럼 단단해질 것이니, 이 어찌 신의를 지키는 도리가 아니겠는가?

저쪽에서 말로 약속을 했다가 이익을 보게 되면 약속을 어기는 일을 꺼리지 않고, 얼굴로 약속을 했다가 이익이 없으면 약속을 어기는 일을 부끄러워하지 않으며, 사기술을 끼고서 거짓을 행하고, 이랬다 저랬다 하면서 恒心이 없는 저 사람은, 몸뚱이는 비록 사람이지만 마음은 실로 사람이라고 말할 바가 아니다. 말이 비루하기 때문이다.

이런 까닭에 『禮記』에서 말하기를, "큰 신의는 약속을 하지 않는다."라고 했고, 孔子께서도 일찍이 말씀하시기를, "사람이 신의가 없으면, 설수가 없다."라고 하셨다.

(信者, 人之大寶也. 豈可須臾忘乎? 物我之際, 度物而無自欺, 可也. 彼此之間, 較彼而無自違, 亦可也. 物雖欺我, 我何欺之? 彼雖違此, 此何爲之? 若物欺而我欺, 則是物我均欺也, 我能免失信乎? 彼違而我違, 是彼此同違也. 此亦免失信乎? 寧人欺我, 而無我欺人, 寧彼違此, 無此違彼. 視人之心, 猶我之心, 視彼之身, 猶此之身, 則不必復言而相孚, 不須重諾而相感. 何待燭之而後照, 言之而後喩乎? 然則不自爲信, 而人信之, 不自爲約, 人約之, 信如蓍龜, 約如膠漆, 玆豈非守信之道乎? 彼以言爲期, 而見利則勿憚於失期, 以面爲約, 而無益則不怍於背約, 挾詐用違, 反復無恒者, 身雖人, 而心實非人所可道也. 言之鄙矣. 是故, 記曰, "大信不約." 父子亦嘗曰, "人無信不立.")

淵泉 洪奭周의 家門的 문학환경과 문학성향

I. 서론

연천(淵泉) 홍석주(洪奭周 ; 1774-1842)는 19세기를 대표하는 고문가(古文家)로서 당대의 문풍(文風)을 주도하였고, 창강(滄江) 김택영(金澤榮)에 의해서 여한구가(麗韓九家)의 한 자리에 들었으므로, 비교적 널리 알려져 있는 인물이다. 그를 고문가로 보는 관점에서 지금까지 충실한 연구업적이 적지 않게 나와 있다.[1]

그러나 연천은 단순히 문학만을 공부한 고문가가 아니고, 주자학(朱子學)을 철저히 존신(尊信)한 깊은 경학(經學)의 바탕에서 우러나온 고문을 창작하였다.

조선 후기 우리 문학사에서 변화의 기미로 간주될 만한 요소들, 즉 미수(眉叟) 허목(許穆) 후계자들로 구성된 남인 일부 학자들의 원시유학(原始儒學)으로 돌아가려는 경향이나, 연암(燕巖) 박지원(朴趾源)과 그 제자 계열의 북학파(北學派)의 자유스러운 문학사상이나, 한문단편 작가의 출현, 중인들을 중심으로 한 여항문학(閭巷文學)의 대두,[2] 민요적 요소를 담은 자주적인 문학경향 등에 전혀 영향을 받지 않고, 철저하게 경전에

---

1) 崔信浩, 「淵泉 洪奭周의 文學觀」, 東洋學 13집, 단국대학교 동양학연구소, 1983.
金喆凡, 「19세기 古文家의 文學理論에 대한 一考察」, 성균관대 석사학위논문, 1986.
金喆凡, 「淵泉 洪奭周의 고문론」, 『한국한문학논문선집(50)』 수록, 불함문화사, 2002.
金喆凡, 「洪奭周 古文의 예술적 특징」, 『한국한문학논문선집(50)』 수록, 불함문화사, 2002.
鄭珉, 「淵泉 洪奭周의 學問精神과 古文論」, 『한국한문학논문선집(50)』 수록, 불함문화사, 2002.
2) 金喆凡, 「淵泉 洪奭周의 古文論」.

바탕을 둔 자신만의 순정한 고문(古文)을 지향했다.

　연천은 당시 문화를 주도하던 정조(正祖)의 문체반정(文體反正) 정책에
충실한 수행자의 역할을 한 사람이라고 볼 수 있다. 그의 이름 '석주(奭周)'
를 정조가 지어서 내려 주었으니, 정조의 신임이 얼마나 두터웠는지 알
수 있다.

　22세 때인 1795년 문과에 급제한 이후 곧 바로 초계문신(抄啓文臣)으로
발탁되어 정조의 문학활동을 도왔다. 그 이후 순조조(純祖朝)에 걸쳐 예문
관 검열, 승정원 주서(注書), 홍문관 교리, 부제학, 규장각 직제학, 양관대
제학(兩館大提學) 등 국가의 문학을 주관하는 관직에서 주로 종사하였다.

　그는 30세와 58세 때 두 차례의 연행(燕行)에 사행을 하였고, 또『사고전
서총목(四庫全書總目)』등을 입수하여 열람할 만큼, 청대(淸代)의 학술과
문단의 동향을 매우 정확하게 파악하고 있었지만, 청나라를 오랑캐라고
생각하는 화이론(華夷論)에 철저하게 매몰되어 있었으므로 청나라의 학
문이나 문학의 영향을 전혀 받지 않았다.

　연천은 경화사족(京華士族) 집안 가운데서도 대제학을 여러 명 배출한
가장 혁혁한 문한가(文翰家)에서 생장하였으므로 좋은 여건을 갖춘 데다,
본인의 천부적인 호학정신과 부모의 문학교육과 형제간의 상마(相磨)를
통해서 대문학가로 성장할 수 있었다.

　본고에서는 그의 문학가적 측면에서 그의 가계를 살펴보고, 그의 문학
가로서의 성취과정과, 문학적 경향 및 당시 학문에 대한 비판자세, 문학사
에 끼친 영향을 살펴보고자 한다.

Ⅱ. 농축된 문한세가(文翰世家)

　연천(淵泉)의 가문은, 본관이 안동부(安東府) 풍산(豐山)인데, 시조 홍
지경(洪之慶)은 고려 고종조(高宗朝)에 과거에 장원급제하여 직학(直學)

을 지냈다.

그 아들 홍애(洪厓) 홍간(洪侃)은 고려 원종(元宗)조에 문과에 올라 도
첨의사인(都僉議舍人)을 지냈는데, 직간(直諫)으로 동래현령(東萊縣令)
으로 좌천되기도 했다. 그의 시는 중국에까지 이름이 있었으나 대부분
산일(散逸)되고, 일부가『동문선』·『대동시림(大東詩林)』·『청구풍아(靑
丘風雅)』·『삼한시귀감(三韓詩龜鑑)』 등에 수록되어 전한다. 후손들이
이를 모아 1608년에 홍방(洪雱)이 편집하여『홍애유고(洪厓遺稿)』로 만들
었다. 명나라 사신 주지번(朱之蕃)이 허균(許筠)이 뽑아준 조선의 시선집
을 밤 새워 읽고 나서, "이인로(李仁老)와 홍간(洪侃)의 시가 제일 좋다"라
는 평가를 내렸다.3)

그 아들 홍유(洪侑)도 충렬왕 때 과거에 급제하여 벼슬이 보문각(寶文
閣)대제학, 춘추관대제학, 진현관(進賢館)대제학을 지냈다. 그 아들 홍연
(洪演)도 과거에 급제하여 벼슬이 보문관대제학에 이르렀다.

그 아들 홍구(洪龜)는 벼슬이 중랑장(中郎將)에 이르렀는데, 고려말에
정국이 어지러워지는 것을 보고서 벼슬을 버리고 경기도 고양(高陽)에
숨어 지냈다. 이로 인해서 자손들이 대대로 고양에 살게 되었다. 자손에게
과거하여 벼슬에 나가기를 구하지 말도록 훈계를 내렸기 때문에 이후 몇
대 동안 현달한 인물이 없었다.4)

연천의 가문은 고려 무신난 이후로 번창하였는데, 연천의 직계만 쳐도
고려 후기 4대에 연이어 문과에 급제하였고, 양대에 연이어 대제학이 나왔
으니, 문한가(文翰家)로서의 기반이 이때 이미 튼튼하게 형성되었고 볼
수 있다.

조선 선조(宣祖) 때 이르러 홍애(洪厓)의 8대손인 모당(慕堂) 홍이상(洪
履祥)이 문과에 장원하였다. 이 가문 출신으로는 조선조에서 최초로 문과

---

3) 洪萬宗,『小華詩評』,『洪萬宗全集』 수록, 태학사, 1986.
4) 洪侃,『洪厓遺稿』 卷首,「豊山洪氏世系」, 韓國文集叢刊 2책.

에 급제한 것이다. 벼슬은 대사헌을 지냈고, 뒤에 영의정에 추증되었다. 1612년 정인홍(鄭仁弘)·이이첨(李爾瞻) 등에게 몰려 개성유후(開城留後)로 좌천되었다가 거기서 죽었다. 시호는 문경(文敬)이다. 문집 1권이 남아 있다. 경술(經術)과 덕행으로 선조조의 명신이 되었다. 이때부터 그 후손들이 대대로 서울에서 살아 경화세족(京華世族)이 되었다.

모당(慕堂)의 넷째 아들 추만(秋巒) 홍영(洪霙)은 문과에 올라 벼슬이 예조참판에 이르렀고, 뒤에 영의정에 추증되었다. 한문사대가로 일컬어지는 월사(月沙) 이정구(李廷龜)의 사위이자, 제자이다.

추만의 장남 무하당(無何堂) 홍주원(洪柱元)은, 선조와 인목대비(仁穆大妃) 사이에서 난 딸인 정명공주(貞明公主)에게 장가들어 부마가 되어 영안위(永安尉)에 봉해졌다. 외조부 월사와 북저(北渚) 김류(金瑬)에게서 수학하였다. 네 번에 걸쳐 청나라에 사신으로 다녀왔다. 문집이 있는데, 우암(尤庵) 송시열(宋時烈)이 서문을 썼다. 시호는 문의공(文懿公)이다.

사도사자(思悼世子)의 장인 홍봉한(洪鳳漢), 대제학 홍낙순(洪樂純), 정조의 절대적 신임을 입었던 홍국영(洪國榮), 대제학을 지낸 운와(芸窩) 홍중성(洪重聖), 대제학을 지낸 이계(耳溪) 홍량호(洪良浩), 『관암전서(冠巖全書)』의 저자 관암(冠巖) 홍경모(洪敬謨), 『동국세시기(東國歲時記)』의 저자 홍석모(洪錫謨), 『지수염필(智水拈筆)』의 저자 홍한주(洪翰周), 『임꺽정』의 저자 홍명희(洪命熹) 등이 다 홍주원의 후손으로, 연천과는 가까운 집안이다.5)

홍주원의 후손은 아니지만, 『산림경제(山林經濟)』를 지은 유암(流巖) 홍만선(洪萬選), 『시화총림(詩話叢林)』의 저자 현묵자(玄默子) 홍만종(洪萬宗) 등도 가까운 집안 사람이다.

무하당(無何堂)의 장자인 금화(金華) 홍만용(洪萬容)은, 문과와 중시(重試)에 모두 장원하여 벼슬이 예조판서에 이르렀다. 시고(詩稿) 1권을

---

5) 『韓國系行譜』 地冊 1768-1775쪽.

남겼다. 시호는 정간(貞簡)이다. 우암이 유배될 때 적극적으로 간쟁하였다.

금화(金華)의 장자인 회계(晦溪) 홍중기(洪重箕)는 진사에 급제하여 우암의 문하에서 수학하였는데, 우암이 화를 당하자 과거를 포기하였다. 음사(蔭仕)로 사복시(司僕寺) 첨정(僉正)을 지냈고, 좌찬성에 추증되었다. 유고 3권을 남겼다. 부인은 영의정을 지낸 백강(白江) 이경여(李敬輿)의 손녀이자, 대제학을 지낸 서하(西河) 이민서(李敏叙)의 따님이다.

회계(晦溪)의 장자인 수은공(睡隱) 홍석보(洪錫輔)는 문과에 급제하여 벼슬이 이조참판에 이르렀고, 좌찬성에 추증되었다. 농암(農巖) 김창협(金昌協)의 문하에서 수학하였다. 그 누이는 이조참판 이선(李選)의 아들 진사 이창휘(李昌輝)에게 출가하였다. 이 분이 바로 연천(淵泉)의 고조이다.

수은(睡隱)의 아들 홍상한(洪象漢)은 진사에 장원하고 문과에 급제하여 벼슬이 예조판서에 이르렀고, 영의정에 추증되었다. 시호는 정혜(靖惠)이다. 유고 6권을 남겼다. 부인은 세자찬선(世子贊善)을 지낸 기원(杞園) 어유봉(魚有鳳)의 따님이다.

장자인 항재(恒齋) 홍낙성(洪樂性)은 문과에 급제하여 벼슬이 영의정에 이르렀다. 시호는 효안(孝安)이다. 외조부 어유봉에게서 수학하였다. 1782년 사은정사(謝恩正使)로 청나라에 다녀왔다.

항재의 둘째 아들인 홍인모(洪仁謨)는 곧 연천의 부친인데, 숙부인 홍낙최(洪樂敢)에게 입양되었다. 진사 급제후 과거에 응시하지 않고 폭넓게 공부를 했다. 음사로 우부승지에 이르렀고, 영의정에 추증되었다. 호는 족수거사(足睡居士)이다. 경서에 정통하였고, 경제(經濟)에 뜻이 많아『반계수록(磻溪隨錄)』 등을 읽고서 균전제(均田制)을 깊이 연구하였다.『황명사략(皇明史略)』·『당명신언행록(唐名臣言行錄)』·『좌씨인명보(左氏人名譜)』·『모시다식편(毛詩多識編)』·『춘추곡공합선(春秋公穀合選)』 등 많은 저서를 남겼다. 시고(詩稿) 10권을 남겼다.

1783년 아버지 홍락성을 따라 연경(燕京)에 들어가 중국의 명승을 두루 관람하고, 방유한(方維翰)·노원(盧煊) 등과 사귀어 날마다 시를 주고받았다.

그는 세상에 잘 나서지 않고 자식들 교육에만 전념했다6). 연천이 호학하고 저술하기를 좋아한 것은 아버지의 영향이 크다고 할 수 있다.

연천의 모친 영수각서씨(令壽閣徐氏)도 개인 문집『영수각고(令壽閣稿)』를 남길 정도로 문학에 조예가 깊었다. 부녀자의 가정생활규범인『규합총서(閨閤叢書)』를 저술하였다.

연천의 백부로 항재의 장남인 홍의모(洪義謨)는 호가 하우당(何愚堂)인데, 진사에 급제하여 음사로 형조판서에 이르렀다.

연천 삼형제의 문한(文翰)은 풍산홍씨 가문에서 뿐만 아니라, 한국한문학사에서 보기 드문 찬란한 한 장면을 형성하였다. 중제 항해(沆瀣) 홍길주(洪吉周)는 경학과 문학으로 당대에 명성이 자자하였고,7)『항해집(沆瀣集)』,『숙수념(孰遂念)』등의 저서가 있다. 계제 해거(海居) 홍현주(洪顯周)는 정조의 부마로 벼슬이 지중추부사에 이르렀고, 문학으로 이름이 있었고,『해거시집(海居詩集)』이 있다. 이 삼형제의 시문을 모아『영가삼이집(永嘉三怡集)』이라는 선집이 편찬되어 세상에 유행될 정도로 문학적 명망이 높았다.

연천의 가문은 고려조에서도 문한으로 번창하였지만, 조선 선조조 이후 대대로 문과 합격자를 내고, 3명의 대제학이 나왔고, 연행사로 다녀온 사람도 많았다. 풍산홍씨 가운데서도 연천의 집안이 문한으로 가장 크게 이름을 남겼다. 그리고 월사(月沙) 이정구(李廷龜), 서하(西河) 이민서(李敏叙), 농암(農巖) 김창협(金昌協), 우암(尤庵) 송시열(宋時烈), 기원(杞園) 어유봉(魚有鳳) 등 조선시대 학문과 문학에 있어 최고급의 학자 문인들과 혼인과 사제관계를 맺어 영향을 받고 있다.

연천이라는 대문학가가 탄생하게 된 것은, 이런 학문적 문학적 온양(醞

---

6)『豊山世稿』부록, 11장, 洪奭周 작「先考行狀」.
7)『淵泉全書』4책, 311-318쪽,「仲弟墓誌銘」.

釀)이 밑바탕이 되었음을 알 수 있다.

Ⅲ. 문학적 성취

연천(淵泉)은 6세 때부터 글을 읽기 시작하였다.[8] 시문의 수업을 가정에서 아버지와 백부로부터 받았고, 어머니 서씨(徐氏) 역시 한문학 고전에 깊은 소양을 갖고 있어 연천의 시문 수업에 도움을 주었다. 13세 때 주자(朱子)의『송조명신록(宋朝名臣錄)』을 본떠서『삼한명신록(三韓名臣錄)』을 지으려고 시도한 것을 볼 때 그는 저술(著述)의 자질을 천부적으로 타고난 것 같다.

그는 경전과 예서(禮書)를 근본으로 삼고 제자서와 역사서를 참고로 하여, 육예(六藝)의 글을 포괄하고, 고전을 두루 섭렵하여, 약관 이전에 이미 학문이 크게 이루어졌다.

사서삼경과 예서(禮書) 주자서(朱子書) 등이 평생 가장 좋아한 책이었다. 특히『서경』의 문장을 좋아하여 관아에서 숙직할 때도 외우기를 그치지 않았다. 승지로 임명되어서는『한서(漢書)』를 10번 이상 읽는 것으로 일과를 삼아 아무리 정무가 바빠도 빠뜨리는 일이 없었다. 평생 사서삼경을 반복하여 외웠는데, 세상을 떠날 때까지 그렇게 했다. 그리고 자질들에게 훈계하여 말하기를, "칠서(七書)를 다 외우지 못하면 스스로 선비라고 일컬을 수가 없다"라고 했다.

주자(朱子)의 글을 특별히 좋아하여 늘 책상 위에 두고 있었고, 그 속의 짧은 구절이라도 거의 다 외울 정도였다. 일찍이 말하기를, "내가 필요로 해서 쓰는 것은 다 이 책에 있다"라고 했다.[9]

퇴계(退溪)의 온화한 학문적 태도를 매우 칭송하였다. 그는 아주 겸손하

---

8)『淵泉全書』3책 113쪽, 「홍씨독서록서(洪氏讀書錄序)」

9)『淵泉全書』5책, 592-593쪽, 洪顯周 저「家狀」.

였고, 남의 의견을 잘 받아들였으며, 미천한 사람에게까지 인간적인 면모
를 보였는데, 이는 퇴계의 영향이 없지 않다고 본다.

온화하신 퇴도선생(退陶先生)은,
태산북두처럼 뭇 사람들이 우러러보네.
한 번 후배의 말을 듣고서는
자기 의견을 헌 짚신 버리듯 했네.
훌륭한 이름 오래 될수록 더욱 높아지니,
큰 용기는 정말 이런 데 있는 것이라네.10)

　율곡(栗谷) 이이(李珥)와 점필재(佔畢齋) 김종직(金宗直)의 고명(高明)
하고 연융(淵融)한 점을 매우 흠모하였다.11)
　연천은 18세 때인 1791년 정조가 낸『의례(儀禮)』의 책문(策問) 수백
조항에 대해서 잘 답하여 정조의 주목을 끌었고,12) 1795년 22세 때 일차유
생(日次儒生)으로 전강(殿講)에서 정조(正祖)의 지우(知遇)를 입어 전시
(殿試)에 직부(直赴)하여 합격하였다.
　그때 연천의 조부 홍락성(洪樂性)이 정조에게 아뢰기를 "신의 손자가
외람되이 과거에 합격하게 되었습니다. 원컨대 10년 동안 휴가를 주시면
글을 읽어 그 뜻을 이루도록 하겠습니다"라고 하자, 정조는 "내가 마땅히
스스로 가르치겠소"라고 했다.13) 정조는 삼대(三代)의 성시(盛時)에는 군
왕이 곧 스승이던 옛 제도를 생각하여 자신이 젊은 문신들을 육성하겠다
는 열정적인 의지를 갖고 있었는데, 연천은 정조의 이런 특별한 관심의
대상이 되었으니, 정조가 의욕적으로 기른 인재라 할 수 있다.
　연천은 정조로부터 "경학에 자득(自得)한 견해가 많으니, 실제적인 공

10)『淵泉全書』1책, 349쪽,「詠史」.
11)『淵泉全書』5책, 667쪽,「家狀」.
12)『淵泉全書』5책, 656쪽, 韓章錫 찬「墓誌銘」.
13) 淵泉全書 5책, 655쪽,「家狀」.

부가 있음을 알겠다"라는 칭찬을 들었다.[14] 또 정조는 그의 경학과 문장을
인정하여 초계문신(抄啓文臣) 가운데서도 으뜸이라고 생각하였다.

> 요즈음 신구(新舊) 초계문신의 글을 평가하고 교정했다. 세상에서 '안목이
> 밝고 마음이 세밀하다'라고 하던 사람들의 글을 검토해 보지 않은 것이 없는
> 데, 진부한 시골 글방선생 글 같은 것이 아니면 거의 모두가 다 경박하고
> 부화(浮華)한 얕은 재주를 가진 사람들의 것이었다. 경술(經術)에 뿌리를
> 두고서 훈고(訓詁)에 통하고 이치를 분석하는 것은 반드시 정자(程子) 주자
> (朱子)와 같고, 문장을 짓는 것이 구양수(歐陽脩) 소식(蘇軾) 같은 사람을
> 아직 보지 못하였다. 재주 있는 사람을 얻기 어렵다더니 정말 그렇지 않겠는
> 가? 젊은 사람 가운데서 희망을 걸 만한 사람은 오직 홍석주(洪奭周) 한
> 사람일 따름이다. 후생(後生)이라고 가벼이 보지 말고 잘 이끌고 토론하여
> 마침내 성취하도록 하라. 나도 자주 그에게 문의를 하여 때로 그가 옛 것을
> 상고하는 도움을 얻고자 한다. 지금 조정의 신하들을 훑어 보건대 나를 계발
> 해 줄 수 있는 사람이 몇 명이나 되겠는가?[15]

연천은 학문을 통해서 정조로부터 제일 신임을 받은 사람임을 알 수
있다.

정조의 명을 받아 『대학』·『주자대전』 및 조선왕조의 고사에 대해서
의견을 개진하거나 질문한 것을 정리하여 올리면 정조가 비답을 내렸는데,
이를 『고식(故寔)』이라는 책으로 정리하였다.

또 사관(史官)으로서의 능력도 출중하여 정조의 칭찬을 한 몸에 받았다.

> 홍석주의 기주(記注)하는 재주는 매우 기이하다. 맥락이 분명하고 조리가
> 통창(通敞)하여 한 군데도 잘못되거나 빠뜨린 곳이 없다. 옛날 재주가 넉넉
> 한 사람이라 할지라도 이 사관(史官)만은 못할 것이다.[16]

---

14) 『淵泉全書』 5책, 623쪽, 「家狀」.
15) 『淵泉全書』 5책, 624쪽, 「家狀」.
16) 『淵泉全書』 5책, 625쪽, 「家狀」.

연천의 학문은 경술(經術)을 바탕으로 한 위에, 『시경』·『서경』·『주
역』 예서(禮書)의 가르침과 성명(性命)·이기(理氣)의 설에 이르러 그 큰
근원을 힘써 탐구하고 오묘한 뜻을 깊이 연구하여 고명(高明)하고 정미
(精微)한 경지에 도달해 있었다.

그는 유명한 문장가로 알려졌지만, 경전의 뜻을 밝힌 저서가 매우 많다.
앞 시대 학자들이 밝히지 못한 점을 밝힌 것도 적지 않다.

그는 고금의 책을 널리 보았고, 천문·지리·의약·복서(卜筮)·산수
등의 학문도 정밀하게 연구하였다. 당시 우리 나라 학자로서는 드물게
『사고전서총목(四庫全書總目)』도 보았다. 특히 명나라 문인들의 문집을
많이 정독하였는데, 그 문장의 특징이나 자기의 느낌을 간략히 적어『홍씨
독서록(洪氏讀書錄)』에 수록하였다. 그가 본 명나라 문인들의 문집으로는
송렴(宋濂)의『송학사전집(宋學士全集)』, 유기(劉基)의『청전집(靑田集)
』, 방효유(方孝孺)의『손지재집(遜志齋集)』, 왕수인(王守仁)의『왕문성전
서(王文成全書)』, 당순지(唐順之)의『형천집(荊川集)』, 귀유광(歸有光)의
진천집(震川集)』, 고염무(顧炎武)의『정림집(亭林集)』등이 있다.[17]

문장을 지을 때는 혼연(渾然)히 자연스럽게 지어냈으나, 저절로 법도에
들어맞았고, 시는 더욱 옛날의 경지에 접근하였는데, 기격(氣格)과 이치가
다 갖추어졌다.[18]

연천은 엄박(淹博)한 학문에 바탕하여 많은 저서를 남겼다. 경서에 관한
저서로는 『상서보전(尙書補傳)』, 『춘추비고(春秋備考)』, 『독역잡기(讀易
雜記), 『노대기지의(老戴記志疑)』 등이 있고, 사학에 관한 저서로는『속사
략익전(續史略翼箋)』, 『원사략정(元史畧訂)』, 『삼한명신록(三漢名臣錄)』,
『동사세가(東史世家)』, 『정로(訂老)』, 『학해내외편(學海內外篇)』, 『재재
록(載載錄)』등이 있다.[19] 그 밖에『홍씨독서록(洪氏讀書錄)』, 『학강산필

---

17) 『淵泉全書』 6책, 85-86쪽, 「洪氏讀書錄」.
18) 『淵泉全書』 5책, 667-668쪽, 「家狀」.
19) 洪翰周, 『智水拈筆』, 473-474쪽, 아세아문화사, 1983.

(鶴岡散筆)』등이 있다. 『홍씨독서록』은 고금의 명저에 대한 자신의 평설
(評說)이 붙어 있어 후학들을 학문으로 인도하는 역할을 하였고, 『학강산
필(鶴岡散筆)』은 학문이나 문학에 대한 자신의 견해를 담은 것이 많아
한문학사의 좋은 자료가 될 수 있다.

『조선왕조실록』에 실려 있는 사관들이 작성한 그에 대한 졸기(卒記)를
소개하면 이러하다.

> 홍석주는 어릴 때부터 문학(文學)을 전공하여 기주관(記注官)으로 정조
> (正祖)에게 입시(入侍)하였는데, 연중(筵中)에서 하교(下敎)하는 것이 무릇
> 수만여 글자에 이르러도 받들어 듣는 대로 척척 붓을 들어 기록하였고 물러
> 갈 때쯤에 미처 한 글자도 고치지 않으니, 정조(正祖)께서 매우 가상하게
> 여겼다.
> 남에게 희귀한 책이 있다고 들으면 반드시 빌려다가 읽고서야 말았으며,
> 문장을 지음에 평이(平夷)하고 담박하여 언제나 다시 뛰어나고 빼어나며
> 이상하고 특출하게 한 데는 없었다. 일생 동안 힘쓴 일은 경적(經籍)으로
> 성명(性命) 이루는 것이었으니, 거의 근세에 드물게 있었던 것이다. 정승이
> 됨에 미쳐서는 굳세게 대체(大體)를 지키는 데 온 힘을 기울였고, 경제(經濟)의
> 사공(事功)에 이르러서는 일찍이 물러서서 그 자리에 자처하지 않았으니,
> 대개 그 재주와 기력(氣力)을 스스로 심히 살펴서 알았기 때문에 그러하였다.[20]

봉서(鳳棲) 유신환(兪莘煥)은 연천의 문학적 성취를 이렇게 평가하였다.

> 글로써 도(道)에 배합하여 말과 이치가 다 극치에 이른 분으로 앞 시대에
> 는 농암(農巖)과 삼연(三淵)이 있고, 뒤에는 연천(淵泉)과 대산(臺山)이 있
> 습니다. 연천과 대산 이후에는 그런 분을 듣지 못했습니다. '정자 주자의
> 학문에 구양수(歐陽脩)와 소식(蘇軾)의 문장'이라는 말이 정조대왕께서 연
> 천선생을 칭송한 말이었습니다.[21]

---

20) 『憲宗實錄』권9, 6년 10월조.
21) 兪莘煥, 『鳳棲集』권2, 「答韓稚綏」. 鄭珉교수의 「淵泉 洪奭周의 學問精神과 古文論」에서

문(文)과 도(道)가 조화를 이루어 문사(文辭)와 내용이 최고의 경지에 이른 성취를 인정하였다.

결론적으로 연천은 참된 유학의 바탕 위에서 문장을 이룬 정통 고문가(古文家)였다. 그의 외손자이자 제자인 미산(眉山) 한장석(韓章錫)은 포괄적으로 연천의 모습을 이렇게 정의하였다.

> 선생 같은 사람이라야 비로소 하늘이 세상에 보낸 참된 유자(儒者)라 할 수 있다. 세상에서 선생을 일컫는 사람들이 혹 그 문장을 높게 치고, 혹 그 정승으로서의 업적을 위대하게 여기지만, 그 마음가짐이나 처신하는 것이 한결같이 성(誠)에 뿌리를 두었으니, 옛날 성현에 견주어도 부끄러울 것이 없다.[22]

연천을 단순한 문장가로 보는 것은 그의 학문이나 사람됨 등 전체를 보지 못한 판단이다.

IV. 문학적 관점

의고문(擬古文)의 모방주의와 소품문(小品文) 등의 규격파괴 분위기 속에서도 연천(淵泉)은 문장의 모범으로서 경서의 문장이 최고라는 생각을 늘 갖고 있었다.

> 대저 책을 펼쳐 빠르게 읽다가 갑자기 우스워서 사람의 입을 벌어지게 하는 것은 패관잡기(稗官雜記)나 소품(小品)이나 우스운 이야기 등의 글이다. 두 번 읽어보면 여운이 싹 없어지고 만다. 사마천(司馬遷)이나 반고(班固)의 역사서, 굴원(屈原)이나 송옥(宋玉)의 「초사(楚辭)」, 도연명(陶淵

재인용.

[22] 『淵泉全書』 5책, 669쪽, 「家狀」.

明)·두보(杜甫)·한유(韓愈)·구양수(歐陽脩)·증공(曾鞏)·소식(蘇軾)
등의 시문은 깊은 맛이 있어 오래 씹으면 씹을수록 더욱 얻는 바가 있다.
『주역』·『서경』·『시경』·『춘추』·『논어』 등은 평생토록 그 것을 읽어도
그 맛을 다할 수가 없다.[23)]

국왕에게 올리는 글에서도 성학(聖學)에 부지런히 힘쓸 것을 여러 차례
강조하였으니, 그가 경학을 비상하게 중요하게 여겼음을 알 수 있다. 당시
대신들은 "홍석주(洪奭周)는 나이는 어리지만 박학하고, 또 그의 경술(經
術)은 국왕에게 강의하는 자리에 두는 것이 마땅합니다."[24)]라고 할 정도였
으니, 젊은 시절부터 문장보다도 경학으로 더 인정을 받았음을 알 수 있다.
연천은 당시 의고주의(擬古主義) 문인들이 내용 없는 글을 난삽하게
지어내어 세상을 속이는 통폐를 이렇게 지적하였다.

지금 글을 짓는 사람들은, 사람들이 익혀 보는 글을 가져다가 덩굴처럼
이리저리 얽어낸다. 종이를 펼쳐서 읽어보면 입에 매끄러운 것 같고, 붓을
들어 지우려고 해도 지울 곳을 얼른 찾을 수가 없으면 말하기를 "세상에
쓰일 만하다"라고 한다. 좀 도도하게 자기만 달리려고 하는 사람은 마음에
얻은 것이 없으면, 그 구두를 어렵고 껄끄럽게 만들고 그 글자는 이상한
것을 써서 마치 난장이 나라나 오랑캐나라의 말처럼 만든다. 내용과 글의
형식이 어울리지 않고, 속은 텅 비었으면서도 바깥은 강한 것처럼 만들어
화려하게 뒤엉켜 놓는다.[25)]

또 내용만 추구하다가 속투(俗套)에 빠진 글이나 기교만 추구하다 근본
을 잃어버린 의고주의(擬古主義) 고문의 문제점을 아울러 지적하였다.

---

23) 『淵泉全書』 3책, 181-182쪽, 「送柳錫老赴燕序」.

24) 『淵泉全書』 5책, 601쪽, 「家狀」.

25) 『淵泉全書』 3책, 126-127쪽, 「芝溪李公遺稿序」.

문장이 고문(古文)에서 떠난 지가 오래 되었다. 뜻을 잘 통달하게 하는 사람들은 세속에 빠져버렸고, 문사(文辭)를 숭상하는 사람들은 근본을 잃어 버렸다. 화(華)와 실(實)이 알맞아서 그 아름다움을 겸한 사람은 드물다. 우리 동방은 또 풍기(風氣)에 사로잡혀서 글을 지을 줄 아는 사람이 종종 나오지만 끝내 옛 사람의 법도에 맞추지를 못한다. 요즈음 재주 있는 뛰어난 사람들이 비로소 점점 진부한 것은 버리고 기이한 것으로 자신을 나타내려고 하는 사람이 있지만, 소박한 바는 흩어져 버리고 교묘한 것만 기세를 부리니, 갈수록 고문과는 거리가 멀어진다.26)

조선시대에는 시 가운데 율시를 가장 많이 지었고, 가장 높게 치는 경향이 있었는데, 너무 형식에 얽매이는 율시를 숭상하는 경향을 연천은 강렬하게 비판하였다.

옛날 사람들이 시를 지을 때는 그 참됨을 온전히 하려고 하였는데, 지금 사람들이 시를 지을 때는 도리어 그 천진함을 죽여 버린다. 이런 까닭으로 나는 율시 자체를 미워하지는 않지만, 율시를 통해서 사람들의 마음에 들게 하려고 하는 사람들을 미워한다. 사람들의 마음에 들게 하려고 하는 사람은 반드시 조탁(雕琢)하려고 하는데, 조탁하게 되면 반드시 그 실질을 잃어버리게 된다. 대저 화려함이 실질을 가려서 한 때 사람들 마음에 들게 하려고 하는 것이 이른바 교언영색(巧言令色)이다. 진실하도다! 공자의 "교언영색이 인(仁)이 적다."라는 말씀이여. 아마도 지금의 글 하는 사람들을 두고 말씀하신 것 같다.
대저 시라는 것은 한 가지 기예일 따름이다. 그것을 잘 해도 괜찮고, 못해도 괜찮다. 나의 정력을 소모하고 정신을 분산하여 내가 가진 바를 해치는 것 보다는 시를 하지 못하는 것이 차라리 낫지 않겠는가? 하물며 나의 학문이 이미 이루어지고 내 마음이 이미 하나로 통일이 되고 내 기운이 충만해진다면, 장차 잘 하려고 바라지 않아도 저절로 잘하게 된다. 어찌 부산하게 교언영색 가운데서 그것을 구할 겨를이 있겠는가?27)

---

26) 『淵泉全書』 4책, 311쪽, 「仲弟墓誌銘」.

　지나치게 형식에 얽매이어 조탁을 일삼아서는 좋은 시가 나올 수 없고, 먼저 학문을 이루고 마음을 통일하고 기운을 충만하게 하면, 저절로 좋은 시가 나올 수 있다고 보았다. 피상적인 형식과 수사가 좋은 시를 낳는 것이 아니고, 깊은 학문적 온축(蘊蓄)과 마음의 수양이 좋은 시의 원천이라고 보았다.

　연천은 문장을 지음에 있어서 지나친 호고주의자(好古主義者)나 유행을 쫓는 무리들의 폐단을 지적하면서, 이상적인 방향을 제시하였다.

　　글은 반드시 선진(先秦)과 전한(前漢)의 것이어야 하는데, 그보다 아래가 한유(韓愈)·구양수(歐陽脩)의 것이다. 시는 반드시 조식(曹植)·유정(劉楨) 도연명(陶淵明)·사조(謝脁)의 것이어야 하는데, 그보다 아래는 성당(盛唐)의 것이다. 이것은 옛 글을 좋아하는 사람들이 늘 하는 말이다. 유행을 쫓는 사람들은 그 말을 비웃어 "삼대(三代)의 글은 진한(秦漢)의 글이 안될 수가 없었고, 진한의 글은 당송(唐宋)의 글이 안될 수 없었던 것은 다 형세가 그러하였습니다. 어찌 꼭 당송의 글은 원명(元明)의 글이 될 수 없으며, 오늘날의 새로운 체가 될 수 없겠습니까?"라고 말한다. 이에 정교함과 기이함을 다투고 알량하게 남의 비위나 맞추고 자질구레한 온갖 괴이한 것 등이 번뜩이어 사람의 눈을 현혹시키고 귀를 쏠리게 하니, 문장이 저급해짐이 극도에 이르렀고, 그 피해가 사람의 심성에까지 옮겨간다.
　　아아! 저 유행을 따르는 사람들은 진실로 지나치다. 그러나 이른바 옛글을 좋아하는 사람들 가운데서도 옛 글에 능한 사람을 일찍이 본 적이 없다. 그 까닭이 무엇인가? 대저 문장이란 것은 말의 정화(精華)이다. 말이란 가슴속의 소리이다. 저 크게 소박한 기운이 사라지고 나서부터는 천하가 재빠르고 가볍고 얇은 데 습관이 된 지 오래되었다. 마음이나 성정(性情)의 미미한 데로부터 숨쉬고 움직이고 하는 데 이르기까지 시대의 유행을 따르지 않는 사람이 없다. 단지 필묵이나 자구의 겉을 가지고 고인을 따라서 본뜨려 하니, 또한 거리가 멀고 지엽적으로 되지 않겠는가?28)

───────────────

27) 『淵泉全書』 3책, 662-662쪽, 「原詩」.
28) 『淵泉全書』 3책, 160-162쪽, 「玄巖遺稿序」.

옛 글을 좋아하는 사람은 명나라의 전·후칠자(前後七子) 등 의고문파
(擬古文派)이고, 시대의 유행을 따르는 사람은 양명학(陽明學)을 지지한
원굉도(袁宏道) 등의 공안파(公安派)라고 보는 학자가 있는데,[29] 그럴 가
능성이 높다.

연천은 청(淸)나라가 천하를 통치하는 시대에 태어나 글을 배우고 벼슬
하였으나, 청나라를 오랑캐로 보는 시각에서 벗어나지 못하여 끝까지 명
(明)나라 문물제도만을 극도로 흠선(欽羨)하였다.

> 지금 황명(皇明)이 망한 지가 160년이 되었다. 우리 동방은 바다 모퉁이의
> 하나의 속국일 따름이다. 그리하여 그 백성들은 황명의 의관을 착용하고,
> 사대부들은 황명의 연호를 쓰고, 조정에서는 황명의 예악과 전장(典章)을
> 따르고, 제단을 만들어 제사 지내고, 노래를 악기로 연주하여 외우고 있다.
> 백여 년 동안 하루 같이 해 왔다. 황명의 은덕의 성대함이 아니라면 어떻게
> 여기에 미칠 수 있겠는가?[30]

우리 나라 학사 대부들이 명나라에 대해서 모르기 때문에, 그들로 하여
금 잘 알게 하려는 목적에서 연천의 부친 홍인모(洪仁模)가 명나라 역사를
『속사략(續史略)』이라는 편년체 역사로 편찬하였고, 연천은 그 책의 주석
서에 해당되는 『속사략익전(續史略翼箋)』을 지었다. 명나라에 대한 그의
숭앙(崇仰)의 정도가 어떠한지를 충분히 알 수 있다.

> 요즘의 글 짓는 이들 가운데는 명(明)나라 문장을 숭상하는 이가 많다.
> 심한 경우에는 때때로 한유(韓愈), 유종원(柳宗元), 구양수(歐陽脩), 소식(蘇
> 軾)도 내버리고 말하지 않는다. 그런데 이를 비난하는 사람들은 대개 말하기
> 를 "명나라에 어찌 문장이 있느냐?"라고 한다. 이 두 부류 사람들은 명나라
> 문장을 모른다. 어찌 명나라 문장을 모를 뿐이겠는가? 명나라 문장이 무엇인

---

29) 鄭珉, 「淵泉 洪奭周의 學問精神과 古文論」.
30) 『淵泉全書』 3책, 108-109쪽, 「續史略序」.

지도 아직 모른다.31)

당시 조선의 문인 가운데서 명나라 문장을 익히는 사람이 많이 있었지만, 그들이 골라 익히는 문장은 대부분 좋지 않은 것이었고 좋은 문장은 적었다. 그들은 명나라 문학작품을 전반적으로 폭넓게 본 적이 없었기 때문이다. 연천은 당시 문인들의 잘못된 문학공부 노선을 바로잡기 위해서 자신이 직접 『황명문선(皇明文選)』을 편찬하였다. 자신은 명나라의 문장에 관심이 많고, 또 가장 널리 명나라 글을 읽었기 때문이다.

송렴(宋濂), 당순지(唐順之), 귀유광(歸有光), 유기(劉基), 방효유(方孝孺), 왕수인(王守仁), 해진(解縉), 양사기(楊士奇), 이동양(李東陽), 왕신중(王愼中) 등의 글을 최고로 쳐서 이 10명을 갑집(甲集)에 수록하였다.

이 십가 가운데서도 당송고문(唐宋古文)의 정통을 계승한 귀유광(歸有光)을 최고로 쳤다.

> 우뚝이 자립하여 속세의 변화를 받지 않은 사람으로 귀유광 등 여러 사람이라는 것은 속일 수 없는 사실입니다.32)

그러나 진한(秦漢) 고문을 배운다고 표방하여 명나라 문단에서 가장 영향력이 컸던 왕세정(王世貞)과 이반룡(李攀龍)의 문장은 고문이 아니라고 하여 극도로 폄하하였다.33)

그리고 명나라 말기부터 청나라에 걸쳐 유행하던 원굉도(袁宏道), 전겸익(全謙益) 류의 소품문(小品文)을 아주 저급한 것으로 간주하였다. 그들의 소품은, 내면에 학문이 온축되어 법도에 맞고 고상하면서 세상의 모범이 되는 글과는 비교할 수 없다는 생각을 갖고 있었다.

---

31) 『淵泉全書』 3책, 693쪽, 「選甲集小識」.
32) 『淵泉全書』 2책, 736쪽, 「重答李審夫書」.
33) 『淵泉全書』 3책, 696쪽, 「選丁集小識」.

원굉도, 전겸익 등은 거장으로 추앙 받아 근세를 휩쓴 사람이 아니었습니까? 그 글을 읽어보면 마치 광대나 기생이 눈을 깜짝거리면서 세련된 얼굴을 지어 종일토록 음란한 말을 지껄여서 가끔 사람들로 하여금 떠들고 박수치게 하는 것과 같습니다."34)

『황명문선』에 명나라가 망한 뒤 명나라 유민으로 자처하는 문인들의 글도 수록하였는데, 이들이 오랑캐 나라인 청(淸)나라 문인으로 취급되어 청나라 선집에 들어가는 것을 자신이 막겠다는 의도에서 그렇게 한 것이었다.

연천 자신은 청나라의 학문이나 시문을 경시하였지만, 그 흐름은 정확하게 파악하고 있었으니 청대 문인들의 저술을 혼자서 널리 읽었음을 알 수 있다.

청나라 사람들 가운데서 학문을 논하는 사람들은 육롱기(陸隴其)를 추앙하고, 문장을 논하는 사람들은 왕완(汪琬)을 추앙하고, 시를 논하는 사람들은 왕사진(王士禎)을 추앙하였다. 왕사진은 너무 심하게 자부를 했으니, 그 명성을 다 채우지는 못하지만 이반룡(李攀龍), 원굉도(袁宏道), 전겸익(全謙益) 이후에 홀로 우뚝이 서서 오염된 바가 없었으니, 무리에서 뛰어났다고 하겠다.

청나라의 문사로는 오위업(吳偉業), 주량공(周亮工), 소장형(邵長蘅), 송락(宋犖), 시윤장(施閏章), 왕숭간(王崇簡) 방포(方苞) 등이 명가이다. 주이준(朱彝尊)은 체재를 갖추었다고 더욱더 일컬어지나 문이 시보다 약하고, 학술은 크게 잘못되었으니, 그 문집은 족히 볼 것이 없다.35)

방포(方苞)를 문학적으로 인정하였으나 동성파(桐城派)의 고문을 수용하지는 않았고, 단지 그가 정주(程朱)의 학문을 인정하고 한·구(韓歐)의

---

34) 『淵泉全書』 2책, 730쪽, 「答李審夫書」.
35) 『淵泉全書』 6책, 86쪽, 「洪氏讀書錄」.

문장을 제창한 것이 자신의 문학노선과 일치했기 때문에 주목을 했을 따름이었다.

　청나라에서 이름난 학자나 문인들의 저술 가운데서 자신이 보지 못한 것을 알려 달라고 중국학자 비란지(費蘭墀)에게 부탁할 정도였으니, 청나라 학술이나 문학에 대한 연천의 지속적인 관심이 얼마나 간절했는지 알 수 있다.

　　육롱기(陸隴其) 고염무(顧炎武) 왕완(汪琬) 왕사정(王士禎) 등 사대가 이외에 용촌(榕村) 이광지(李光地), 청상(靑箱) 왕숭간(王崇簡), 죽탁(竹垞) 주이준(朱彝尊) 부자, 유재(裕齋) 위희(魏禧) 형제의 글, 염약거(閻若璩)의 『석지(釋地)』, 소장형(邵長蘅)의 『변음(辨音)』, 왕빈(汪份)과 이도량(李都梁)의 사서(四書)에 관한 저서, 서상서(徐尙書)와 진학사(秦學士)의 오례(五禮)에 관한 저서 등은 저가 일찍이 그 한 반점무늬를 엿보았습니다. 이 이후로 혹 명성을 떨치고 문채(文彩)를 드날리지만 저가 듣지 못한 사람이 있는지요? 기이한 뜻을 품고 암혈에서 울적하게 늙어 죽어가면서 이름이 묻혀 알려지지 않은 사람들이 저가 귀를 기울이고서 알기를 바라는 사람입니다.36)

　연천은 문장을 지을 때는 기굴(奇崛)하거나 험삽(險澁)함을 일삼지 않고, 사람들이 알기 쉽도록 하였다. 그래서 그의 문장은 장강(長江)이나 대하(大河)가 끝이 없는 듯 힘이 있었다. 그런데도 법도가 근엄하고 문채가 찬란하며 기력이 웅혼하고 격조가 전아(典雅)하였다.

　연천의 시는 청신(淸新) 고고(高古)함을 숭상하고 부화(浮華)를 일삼지 않았다. 비록 흥을 발하거나 경치를 묘사한 작품들도 거기에 다 이치가 붙어 있었다.

　명청(明淸) 이래의 날카롭고 새롭고 기교를 부린 문체를 깊이 싫어하여 통렬하게 배척하였다.

---

36) 『淵泉全書』 2책, 689쪽, 「答費秀才書」.

그리고 패관잡기(稗官雜記) 같은 종류의 책은 "사람의 마음을 해치는 책이니, 보아서는 안 된다"라고 하였다.37)

그는 경서를 최고의 문장으로 쳤는데, 경서의 문장에 접근하기 위해서는 당송고문(唐宋古文)을 통해서만 가능하다고 보았다. 또 당송고문에 접근하기 위해서는 자기와 시대적으로 가까운 귀유광(歸有光) 등 명대의 뛰어난 고문가들의 글을 중시할 필요가 있다고 생각하여, 여타 고문가들과는 달리 당송고문을 추숭하는 명나라 고문의 중요성을 특별히 강조하였다.

V. 당시 학문경향에 대한 비판

연천은 실사구시(實事求是)를 유교경전에 바탕을 두고서 현실문제의 처리능력을 갖추는 것으로 보아 실학자들과는 관점을 상당히 달리하였다. 당시 독서하는 선비들의 허위적이고 공소(空疏)한 태도를 매우 비판적으로 보았다.

  지금 독서한다고 하는 자들은 왕왕 고금의 서적과 옛 사람 수십 명의 공적을 널리 섭렵한다. 그러나 그들 가운데 저급한 자들은 그 말을 꾸미고 들은 것을 따와서 자랑하여 다른 사람들의 관심을 끌려고 한다. 좀 나은 자들은 천인(天人)을 거론하고 성명(性命)에 대해서 잔뜩 떠벌려 곤륜(昆侖)을 포괄하고 자세하게 분석하여 천지만물의 이치를 다했다고 생각한다. 그러나 이들에게 점포 하나만 맡겨도 어리둥절하여 벼와 기장도 구분하지 못한다. 밖에 나가 재산·세금·군사문제·소송문제 등의 일을 만나면 눈만 멀뚱히 뜨고 팔은 오그라든다. 아아! 독서하지 않은 천하의 사람들이 다투어서 학문을 헐뜯고 문제로 삼는다. 이 어찌 학문의 죄이겠는가? 대저 대학의 도리를 강론하면서 재물이나 곡식의 일에 종사하지 않는다면, 나는 잘못 배웠다고 생각한다.38)

<hr>

37) 『淵泉全書』 5책, 594-595쪽, 「家狀」.

실제의 일에 대응하고 사람을 다스릴 수 있는 능력을 갖추는 것을 학문의 목표로 보았다. 현실을 떠난 성명이기론(性命理氣論)만을 논하는 것은 올바른 학문이 아니고, 그렇다고 학문의 정신은 빼버린 채 명물(名物)·도수(度數)에만 치우친 것도 학문이 아니라고 보았다.

당시 고증학(考證學)은 청나라에서 하나의 큰 학문사조를 형성하였고, 그 영향이 조선에까지 미쳐 조선의 지식인 가운데서도 거기에 심취한 사람이 적지 않았다. 청나라 왕실은 한족(漢族)들의 사상을 통제하기 위하여 문자옥(文字獄)을 여러 차례 일으켰다. 그 결과 한족 학자들은 경서의 사상적인 면에 대해서 자신의 설을 내놓기가 두렵게 되자, 거의 대부분이 고증학으로 돌아서서 온 나라의 학자들이 고증학에 매달렸다. 그러다 보니 고증학을 연구하는 사람들은 대부분 이념적인 연구에 치중한 정주(程朱) 등의 송학(宋學)을 배척하고, 훈고(訓詁)·명물(名物) 등을 다룬 한학(漢學)을 극도로 추숭하게 되었다. 왠만한 문인 학자들의 저서 속에는 정주를 비난하는 내용이 거의 다 들어 있었다. 『사고전서』 편찬의 책임을 맡은 기윤(紀昀) 등도 이런 시각에 사로잡혀 있다고 연천은 보았다.

이런 경향은 연천 자신이 지향하는 학문사상과 서로 어긋났으므로, 연천은 고증학을 맹렬하게 비난하였다.

> 『논어』, 대학, 『중용』, 『맹자』, 『효경』 등의 경서는, 인심을 바로잡고 몸을 닦는 등 일상생활에 필요한 절실하고 비근한 가르침이어서 시끄럽게 고문(古文)이니 금문(今文)이니, 착간(錯簡)이니 보전(補傳)이니를 다툴 것이 아닙니다. 지리, 인명, 심의(深衣), 수레 제도, 내조(內朝), 외병(外屏) 등을 상세하게 고증하는 것은 선유(先儒)들이 일찍이 남는 힘으로 손댄 것인데, 저 고증학을 하는 사람들은 전력을 다해 연구합니다. 간혹 선유들이 언급하지 않은 바를 엿보게 되면, 입을 함부로 놀려 옛 사람들을 헐뜯기만을 일삼고 있습니다. 그 모독에 걸려든 사람으로는 송나라 유학자들이 제일 심합니다.

---

38) 『淵泉全書』 3책, 718-719쪽, 「實事求是說」.

송나라 유학자들이 공허한 말을 하였다고 비난을 받는 것은, 공허한 말과 의리(義理)만을 오로지 연구한 것 때문일 따름입니다.

저는 모르겠습니다. 옛날 성현들이 말을 하여 교훈을 남겨 다가오는 세상을 인도하려고 한 근본취지는, 과연 의리를 위해서인지요? 명물(名物)을 위해서인지요? 이에 또한 한마디 말로써 판가름 할 수 있을 것입니다.

경술(經術)을 연구하는 사람들은 이미 그렇고, 역사를 읽는 사람들도 치란(治亂)을 묻지 않고, 열전을 짓는 사람들도 열전에 실릴 사람이 어진 사람이냐 사악한 사람이냐를 묻지 않습니다. 문장을 이야기하는 사람들도 화려하냐 실질적이냐 품격이 높으냐 낮으냐는 묻지 않고, 오직 그 이름과 연대의 선후와 착간(錯簡)이 있느냐 없느냐 하는 것들만 고증할 따름입니다. 인용하는 책이 광범위한지 참고하여 교정함이 정밀한지의 여부만 논의할 따름입니다.

이『사고전서(四庫全書)』한 부를 두고 말하자면, 천자가 제(制)를 지어서 결정하고, 여러 학자들이 정력을 다하여 자기의 능력을 발휘하여, 천고의 문헌을 모으고, 한 시대의 제작한 바를 펼쳤으니, 그 책은 또한 거대합니다. 그 힘쓴 바를 보니 하나는 고증에 도움이 많이 되고, 다른 하나는 변증(辨證)이 정밀하였습니다. 그 억울함을 당한 것은 모두 '고증한 바가 없기' 때문이라는 것입니다. 경서도 이런 식이고 역사서도 이런 식이고 제자서와 문집 등도 또한 이런 식일 따름이었습니다.

이렇게 해 가지고 안으로 사람들의 마음을 깨끗하게 하고, 밖으로 때에 맞게 씀에 이르고, 가까이로는 몸을 닦고, 멀리는 천하를 위할 수 있는지 저는 모르겠습니다.

고영인(顧寧人 ; 顧炎武)의 현명함으로도 만년이 되어서야 비로소 후회했으나 미치지 못했고, 모기령(毛奇齡), 염약거(閻若璩), 호위(胡渭) 등의 무리는 그 쪽으로 치달려가 돌아오지 않은 사람들입니다.

지금 북경(北京)의 학자들 가운데서 재주가 없는 사람은 그만이려니와, 재주가 있는 사람들도 대부분이 다 고증학에 빠져서 떨치고 나올 줄을 모릅니다. 저는 실로 천하의 인재들을 위해서 안타까워합니다.39)

---

39) 『淵泉全書』3책, 7-8쪽, 「答成陰城書」.

청나라 고증학자들이 의도적으로 한유(漢儒)를 높이고 송유(宋儒)를 폄하하는 학문경향에 대해서 맹렬하게 비판하였다. 고증은 송나라 유학자들에게서 시작되었지만, 송나라 유학자들은 내용 이해에 도움을 받기 위해서 고증학을 했는데, 청나라 학자들은 고증을 위한 고증에 빠져 있다는 것이다. 그리고 고증학자들의 경전 주석은 하나도 취할 것이 없다고 폄하하였다. 그들은 경서의 가르침은 다 버린 채 지엽적인 문제에만 정력을 쏟고 있는데, 그렇게 고증해낸 결과가 과연 인간사회를 위해서 기여하는 바가 무엇이겠는가 하는 회의를 금할 수가 없었던 것이다.

> 지금 고증을 하는 사람들은 반드시 송나라 유학자들을 공격하는데, 고증학의 체계가 실로 송나라 유학자에서 시작되었다는 것을 알지 못하는 것이다. … 요즈음 내가 중국 학자들이 경서를 해석한 것 수백 권을 보았으나, 대개 고증을 한 논의로서 채택할 만한 것이 아주 적었다.40)

당시 청나라의 영향을 받아 조선에서도 유행하던 고증학에 대해서 연천은 심각한 우려를 표시하였다.

> 우리 동방은 서적이 적어 중국의 백분의 일에도 해당되지 않습니다. 그리고 독서하는 학자 가운데서 능히 우뚝이 과거공부 이외의 것에 뜻을 둔 사람이 몇 사람 되지 않습니다. 그들 가운데서 높이 명성이 있는 사람도 대개 고증이 무슨 일인지도 알지 못하다가, 중국 사람의 책을 한 번 보고는 망연히 스스로를 잃어버리게 되었고, 그 가운데서 보통 사람들보다 아주 뛰어난 사람들은 비로소 힘을 다하여 본받게 되었습니다. 이런 까닭으로 동방의 학자 가운데서 능히 고증학으로 이름난 사람은 반드시 그 재주와 학문이 다른 사람보다 뛰어난 사람들입니다. 비록 그러하나 저는 끝내 감히 이를 기뻐하지 않고, 저 망연히 스스로를 잃은 사람들을 부끄러워합니다. 왜냐하면, 그들이 오늘날 북경의 습관을 다시 그대로 밟을까 두려워해서입니다.

---

40)『淵泉全書』7책, 45쪽,『鶴岡散筆』.

요즈음 북경에서 온 사람이 어떤 사람의 개인 문집을 갖고 와서 보여 주던데, 그 문집의 저자는 지금 세상의 명공거장(名公巨匠)으로 문장에 능한 사람이었습니다. 그 책을 보니, 처음부터 끝까지 옛날 금석·기물(器物)·서화에 대한 변증이나 제평(題評) 등의 글뿐이었고, 학문이나 경제에 관하여 언급한 것은 하나도 없었습니다. 산수·풍월·견회(遣懷)·사흥(寫興)의 작품을 구해 보아도 전혀 볼 수가 없었습니다. 오늘날 북경의 분위기를 대략 볼 수 있었습니다. 아아! 이 것이 과연 도(道)를 실은 것입니까? 이 것이 세상을 경륜하는 것입니까? 이것을 가지고 장차 인심(人心)을 감발(感發)할 수 있겠습니까? 성정(性情)을 도야(陶冶)할 수 있겠습니까? 저는 실로 이런 것을 괴상하게 생각하고 한탄하고 싫어하고 미워하며, 혹 우리 나라 사람들이 본뜰까 두려워합니다.

저 고령인(顧寧人) 이하 여러 학자들이나 지금 세상에서 이 문집을 지은 사람은 재주나 학문이 보통사람들보다 뛰어난 사람이 아닌 경우는 없습니다. 저들의 재주와 학문을 가지고 아무런 유익함이 없는 고증학에 쓰지 않는다면, 반드시 쓰일 데가 있을 것입니다. 상등 가는 사람은 행실을 독실히 하고 이치를 밝히는 군자가 될 것이고, 그 다음은 천하의 일을 경륜하여 실제적인 일을 조처할 것이고, 그 다음으로 공허한 말에 의탁한다 해도 사마자장(司馬子長), 한퇴지(韓退之), 구양영숙(歐陽永叔), 증자고(曾子固)의 맥락에 접할 수 있을 것입니다. 그렇게 하지도 못할 경우에는 농업·공업·율력(律曆)·복서(卜筮)·의약(醫藥) 등 한 가지 기예에 종사하게 되면, 반드시 지금 세상에 도움을 주고 뭇 사람들에게 혜택을 끼칠 수 있을 것입니다.

지금 번거롭게 한 평생의 정력을 다 쓸지라도 사람들에게 조금도 도움이 되지 못하고, 또 거듭 후세의 재앙의 실마리가 될 것입니다. 아아! 누가 이런 나쁜 선례를 만들었습니까? 어질지 못하다고 하겠습니다. 누가 이를 따라 할는지요? 지혜롭지 못하다고 하겠습니다.[41]

청나라의 고증학에 경도된 우리 나라의 일부 학자들을 비판하고 있다. 추사(秋史) 김정희(金正喜) 및 그 일파가 비판의 대상이었을 것으로 짐작된다. 연천은 추사와 동시대에 활동했으면서도 그의 저서에서 추사에 대해

---

41) 『淵泉全書』 3책, 5-10쪽, 「答成陰城書」.

서 전혀 언급을 하지 않고 있다. 그의 학문태도를 못마땅하게 생각했을 가능성이 크다.

경학의 기초학문, 보조학문으로서 고증학의 연구 가치가 적지 않은데도, 연천은 아무런 도움을 주지 못하고 사람의 정력을 허비하게 한다고 격렬하게 비판하였다. 청나라처럼 거의 대부분의 학자들이 고증학에 매달리는 것도 문제지만, 새로운 학문을 이해하여 받아들이지 않으려는 연천의 보수적인 학문자세를 드러낸 것이라고 하겠다.

VI. 문학경향의 주도

연천(淵泉)은 홍문관 등의 관직을 거쳐 1832년 양관대제학(兩館大提學)을 맡아 온 나라의 문풍(文風)을 주도하는 위치에까지 올랐다. 이 이전에도 여러 차례 과거의 고관(考官)이 되어 인재를 선발했는데, 전형의 기준이 공정하여 빠뜨리는 인재가 없었고, 과거에 낙방하는 사람들도 원망하는 바가 없었다.

국왕에게도 경학을 부지런히 연구하고 행실을 수양한 사람을 발탁하여 등용하여 사림(士林)들을 면려하고, 정성을 쌓아 여러 유현(儒賢)들을 초빙하여 임금의 덕을 도와 인도하게 하라고 요청하였다.42) 특히 경서에 밝고 행검(行檢)이 있는 유림들을 제도에 얽매이지 말고 정성을 다해 초빙할 것을 헌종(憲宗)에게 건의하였다.43)

연천은 시종일관 바른 학문에 바탕을 두고서 경서의 문장이 최고라는 생각을 갖고서 고문을 지었으므로 당시 학문에 뜻을 둔 많은 선비들은 모두 연천을 모범으로 삼아 따랐다.44)

---

42) 『淵泉全書』 5책, 664-665쪽, 「家狀」.

43) 『憲宗實錄』 권2, 1년 11월조.

44) 『淵泉全書』 5책, 668쪽, 「家狀」.

그는 문장을 지음에 있어서 이(理)와 의(義)를 중시하였고, 의와 의를
알기 위해서는 문장의 공부가 필요하다고 생각하였다.

　　사람이 사람 되는 까닭은 이(理)와 의(義)에 있을 따름인데, 어찌 문사(文
　辭)를 취하는가? 서책을 읽지 않으면 이와 의가 있는 곳을 알 수 없고, 서책을
　읽되 말에 통달하지 못하면 그 뜻을 알 수 없다. 글에 익숙하지 않으면 말에
　통달할 수가 없다. 글과 말은 이와 의가 취하는 길이다.
　　그렇다면 오경과 사서는 여러 성인들의 말이니, 모두가 다 글의 지극한
　것이다. 그런데 또 어찌하여 한유, 유종원, 구양수, 소식의 글을 취하는가?
　성인의 글은 뜻이 깊고 말이 간결하여 그것을 음미하면, 마치 조화(造化)와
　같아 자취를 잡아 구할 수가 없다. 그것을 배우려고 하면 마치 하늘을 계단을
　통해 오를 수 없는 것과 같다. 한유, 유종원, 구양수, 소식 등의 글은 가벼운
　마차에 준마를 채워 넓은 거리를 법도에 맞게 달려가는 것 같고, 넓고 높은
　집을 법도에 맞게 지어 뜰이나 행랑채나 문이 질서정연하게 지어진 것과
　같아 그 자취를 쉽게 찾을 수 있고, 그 계단을 쉽게 오를 수 있는 것과 같다.[45]

　연천은 손수 한유, 유종원, 구양수, 소식 등 사가(四家)의 작품 가운데서
명창(明暢)하여 알기 쉽고 괴이하여 도(道)에서 이탈하지 않은 글을 뽑아
『사가문초(四家文鈔)』라는 책을 편찬하여 조카 우철(祐喆)을 가르쳤다.
　시에 있어서도 모범이 될 만한 이태백(李太白), 두보(杜甫), 한유(韓愈),
백거이(白居易), 왕유(王維), 맹호연(孟浩然), 위응물(韋應物), 유종원(柳
宗元) 등 여덟 명의 당(唐)나라 시인들의 시를 뽑아 『팔가시초(八家詩鈔)』
라는 시선집을 만들어 젊은 사람들이 공부할 교본으로 제공하였다.

　　문장 가운데서 사람을 감동시킬 수 있는 것으로는, 오직 시만이 더욱 큰
　작용을 한다. 삼백오편(三百五篇)은 이미 악기에 올리거나 노래로 되어 있
　다. 후세의 시 가운데서 당나라의 시가 번성하다. 당나라의 시로 풍아(風雅)

---

45) 『淵泉全書』 3책, 456-457쪽, 「題四家文鈔」.

에 가까운 것은 대개 여덟 사람의 것이 있다. 그 가운데 이태백은 방일(放逸)하나 음탕하지 않고, 두보의 시는 원망하고 꾸짖으나 어지럽지 않고, 한유의 시는 곧으면서도 거만하지 않고, 백거이(白居易)의 시는 비근(卑近)하면서도 속되지 않고, 왕유(王維), 맹호연(孟浩然), 위응물(韋應物), 유종원(柳宗元)의 시는 한정(閒靜)하면서도 깨끗하여 풍인(風人)의 기상이 있다. 이에 이 여덟 작가의 시를 뽑아 조카 우철(祐喆)에게 준다.[46]

연천(淵泉)은 문장을 단순히 문예로 생각하지 않고 문치(文治)를 통하여 세상을 교화할 수 있는 기본장치라고 생각하여 문학의 사회적 효용을 대단히 크게 생각하였다.

이른바 문(文)이라는 것은 붓을 잡고 자질구레한 글이나 지어내는 보잘 것 없는 기예가 아닙니다. 시서(詩書)와 육예(六藝)는 문의 도구입니다. 예악(禮樂)과 전장(典章)은 문의 활용입니다. 몸을 닦을 때는 부지런히 배우고 널리 듣는 것으로써 문으로 삼습니다. 세상에 적용할 때는 옛 것을 상고하고 인재를 만드는 것으로써 문으로 삼습니다. 문치(文治)가 국가에 있어서 중요한 것은 그 유래가 오래 되었습니다.[47]

문장은 세도(世道)와도 관계가 밀접하다고 생각했는데, 당시 우리 나라에까지 영향을 미치던 왕세정(王世貞), 이반룡(李攀龍)의 문장에 대해서 대단한 우려를 나타내었다.

아아! 문장은 천하의 기미(幾微)의 앞소리가 되는데, 신중히 하지 않을 수 있겠습니까? 하물며 왕세정, 이반룡의 피해가 지금 중국에서 그치지 않고 있고, 점점 그 물이 배어와 우리 나라에까지 미쳤습니다. 지금 세상의 이름난 사람이나 재주 있는 선비로 다른 사람들의 추앙을 받고 있는 사람들이 한 손으로 막지는 못한다 할지라도, 어찌 그들을 위해서 물결을 일으켜 격하게

---

46) 『淵泉全書』 3책, 459쪽, 「題八家詩鈔」.
47) 『淵泉全書』 2책, 38쪽, 「再辭大提學疏」.

해서야 되겠습니까? 이것이 전에 이른바 십수 년 이래로 가슴이 답답하고 막혀 온 것입니다. 매양 사람들의 글을 읽다가 그 문체가 그런 글에 가까우면 곧 눈을 감고 보려고 하지 않습니다. 심한 경우에는 화가 치솟아 마음에 병이 되려고 합니다. 스스로 너무 심하다는 것은 알지만 또한 그만둘 수 없는 바가 있습니다.[48)]

왕세정, 이반룡의 의고문(擬古文)이 유행하게 되면, 성왕(聖王)의 예악·문물이 파괴되고 풍속이 비루하게 되어 나라의 질서가 무너지고 사람의 심성이 어지러워진다고 여겨, 그 폐단을 꼭 막아야 한다고 주장하였다. 그래서 조선의 문인들 가운데서 왕세정, 이반룡을 따라 배워 대제학을 지낸 강한(江漢) 황경원(黃景源) 등을 격렬하게 비판하였다.

당시 문단에서 크게 반향을 일으킨 연암(燕巖) 박지원(朴趾源)과는 연비(聯臂)관계에 있어 어떤 영향이 있을 것 같으나, 그의 문집에서는 거의 언급이 없는 것으로 봐서 연천은 못마땅하게 생각했던 것 같다. 연천과 문학적 교류가 빈번했던 풍석(楓石) 서유구(徐有榘)는 연암의 문장을 극도로 칭찬했는데, 반대로 대산(臺山) 김매순(金邁淳)은 극도로 폄하했다.[49)]

정통 주자학에 바탕을 둔 고문론을 편 그의 주장은, 그의 제자 봉서(鳳棲) 유신환(兪莘煥), 미산(眉山) 한 장석(韓章錫)과 봉서의 제자 경당(絅堂) 서응순(徐應淳), 소산(素山) 이응신(李應辰) 등에게 발전적으로 계승되어 이론적 심화를 가져와, 조선후기 고문론의 전개에 큰 의미를 지닌다고 할 수 있다.[50)]

---

48) 『淵泉全書』 2책, 733쪽, 「答李審夫書」.
49) 鄭珉 등 역, 『19세기 조선지식인의 생각 창고』(洪吉周 『睡餘瀾筆續』 번역본), 431-432.
50) 鄭珉, 「淵泉 洪爽周의 學問精神과 古文論」.

VII. 결론

연천(淵泉) 홍석주(洪奭周)는, 조선 후기 대표적인 문한세가(文翰世家) 출신으로서 정조(正祖)의 절대적 관심 속에서 성장하였다. 그는 단순한 고문가(古文家)가 아니고, 정통유학을 철저하게 공부한 바탕 위에서 고문을 지은 사람이다. 그는 꾸밈이 없이 생각을 나타낸 경서의 문장이 가장 좋은 문장이고, 경서의 문장을 배우는 계제(階梯)로서 먼저 당송고문(唐宋古文)을 배워야 한다는 생각을 늘 갖고 있었다. 그의 고문은 의고문(擬古文)이 아닌 자신의 생각을 명쾌하게 나타낸 것으로, 당송고문에 바탕을 둔 자기 자신의 문장을 이룩했다고 볼 수 있다. 당송고문에 접근하기 위해서는 자신의 시대와 가까운 귀유광(歸有光) 등 명나라 고문을 대단히 중시하였고, 이를 보급하기 위해서 시문선도 편집하였다.

그는 정조의 문체반정(文體反正) 정책의 충실한 수행자로서, 위기에 처한 주자학을 맹목적으로 옹호하거나 비판을 통해서 새로운 탈출구를 찾으려 하지 않고, 그 자체를 철저하게 공부하여 그 장점을 찾아 잘 활용하려는 자세였고, 문학의 원동력도 여기서 찾으려고 노력했다.

주자학을 철저하게 존신(尊信)했으면서도 성명이기(性命理氣)에 관한 글은 하나도 없는 것으로 볼 때 여타의 성리학 일변도의 유학자들과는 달랐고, 유학을 통한 현실문제 해결에 관심을 두었던 것을 알 수 있다.

당시 유행하던 왕세정(王世貞) 이반룡(李攀龍) 류의 의고문(擬古文)과 전통을 파괴하는 원굉도(袁宏道) 류의 소품문(小品文)도 철저히 반대하였다. 청나라의 문학적 조류에 관심을 갖고 있으면서도 인정은 하지 않았다.

그는 전체적인 사상은 버려두고 지엽적인 문제에 매달리는 청대 고증학을 격렬하게 비판하였고, 우리 나라에 고증학의 경향이 퍼지는 것을 우려하였다.

그도 경세치용(經世致用)적이고 실사구시(實事求是)적인 사상을 가지고 있었지만, 경서를 읽어 이를 실제적인 일에 적용한다는 정신에 그쳤으므로, 여타의 실학자들의 사상과는 성질이 달랐다.

그는 조선 후기 우리 문학계에 나타났던 여러 가지 변화적 현상에 전혀 영향을 받지 않고 주자학을 존신한 바탕 위에서 문학을 하였다. 그러나 두 차례의 연행(燕行)과 많은 양의 청대 서적을 접했으면서도, 동아시아 전체에 흐르는 새로운 변화를 받아들이지 못하고 전통의 학문만 고수하려는 자세는 문제가 없지 않다고 하겠다.

陶厓 洪錫謨의「皇城雜詠百首」에 대한 연구

Ⅰ. 서론

陶厓 洪錫謨((1781~1857)는 朝鮮 후기의 중요한 문학가로 우리 나라 漢文學史上 두 번째로 많은 漢詩를 남긴 문학가이다. 그러나 그의 문집은 정리되어 출판된 적이 없고 필사본으로 남아 있는 상태라, 旣刊의 각종 漢文學史에서 아직까지 전혀 소개되지 못하고 있다.

다만『東國歲時記』의 저자로만 이미 오래 전부터 잘 알려져 있을 뿐, 그의 작품에 대한 연구도 거의 없었다.

그러다가 근년에 와서 그의 詩文에 대한 연구가 자못 활발하게 진행되었다. 2003년 李官聖의「陶厓 洪錫謨의 漢詩 研究」[1]가 나오면서, 그의 생애전반과 시세계가 처음으로 瞭然하게 밝혀져, 그의 시문에 대한 연구가 본격적으로 시작되었다. 그 이후 李君善의「陶厓 洪錫謨의『游燕藁』」[2]가 나와 그의 燕行詩에 초점을 맞추어 연구하였다. 2004년에 金明順의「『游燕藁』와 외국풍속연구」[3]라는 논문이 나왔는데, 외국의 풍속에 초점을 맞추어 연구하였다. 2005년 李官聖의「陶厓 洪錫謨의 생애와 시세계」라는 논문이 나왔고, 李官聖의「洪錫謨의「皇城雜詠」小考」[4]가 나왔다.

도애의 燕行詩集인『游燕藁』는 2010년 李官聖이 역주하여『달빛 아래 연경에서 노닐며』라는 제목으로 출판하였다.

---

1) 고려대학교 대학원 석사학위논문, 2003년.
2) 우리한문학회,『漢文學報』제11집, 2004년.
3) 동방한문학회,『東方漢文學』제27집, 2004년.
4)『어문논집』제58집.

앞으로 그의 시문집이 정리되어 定本이 만들어져 출판되면, 洪錫謨의
조선후기 문학가로서의 전모가 밝혀질 것이고, 그의 文學史上의 位相이
확보될 수 있을 것이고, 韓國漢文學史도 더욱더 풍부해질 것이다.

1826년 도애는 北京에 使行했던 부친 洪義俊을 陪行하여 왕복하면서
473수의 紀行詩, 風物詩를 남겼는데, 이는 조선 지식인들이 중국의 역사와
문화를 인식하는 관심과 視角을 보여주는 중요한 자료이다.

『游燕藁』 473편 전반에 대한 연구를 하면, 燕行文學의 새로운 면모를
밝힐 수 있지만, 많은 양의 한시를 한편의 논문에서 다 다룰 수 없으므로,
본고에서는 우선 기행시 가운데서 가장 핵심이라 할 수 있는 「皇城雜詠一
百首」를 먼저 연구대상으로 삼아서 연구를 시작하여, 앞으로 그의 燕行詩
전체로 연구를 확대해 나갈 계획이다.

특히 거의 동시대에 중국을 다녀온 朴趾源, 朴齊家 등과의 비교연구를
통해서 그의 중국 인식이 朴趾源, 朴齊家 등과 어떤 차이가 있는지를 아울
러 究明할 필요가 있다.

본고는, 필자가 北京에 체재하고 있는 유리한 조건을 활용하여, 먼저
中國 北京의 역사적·지리적 배경, 淸나라 정치체제, 제도, 풍속, 민족,
인물 등에 관한 자료를 광범하게 수집하고, 그의 시를 심층적으로 분석하
여, 그가 관찰하고 인식한 것이 얼마나 정확하며, 읊은 시가 얼마나 잘
형상화되었으며 문학성이 있는지, 어떤 特長이 있고, 어떤 문제점과 오류
가 있는지를 밝히고자 한다.

Ⅱ. 생애와 시세계5)

陶厓 洪錫謨는 朝鮮 후기의 대표적인 시인이다. 자는 敬敷, 호는 陶厓인

---

5) 본고는 「皇城雜詠一百首」 연구에 초점을 두고 작성되었으므로, 이 章의 내용은, 주로
李官聖의 「陶厓 洪錫謨의 생애와 시세계」(『大東漢文學』 제22집)에서 인용하고, 필자가 약
간의 새로운 자료를 보완하였다.

데, 이 외에도 10개의 호를 더 사용하였다.

본관은 豊山으로, 조선 仁祖 때의 文臣인 慕堂 洪履祥의 후손이다. 이 집안은 조선 후기를 대표하는 名門 文翰世家인데, 漢文學史에서 중요한 위상을 점하고 있는 于海 洪萬宗, 淵泉 洪奭周, 沆瀣 洪吉周 등이 배출된 집안이다.

도애의 조부는 조선후기의 저명한 학자로 이조판서 등의 관직을 지낸 耳溪 洪良浩이며, 부친은 이조판서를 지낸 薰谷 洪義俊이다. 도애의 종형 冠巖 洪敬謨도 이조판서를 지냈다. 모친은 龍仁李氏로 善山府使를 지낸 李章祜의 따님이다.

도애는 어려서부터 19세 때까지 조부로부터 經史와 서예를 직접 배웠다. 이때 冠巖도 함께 배웠다. 특히 도애는 서예에도 뛰어나, 조부 耳溪가 지은 平壤「永明寺重修記」를 12세 때 써서 걸었다6).

도애는, 楓石 徐有榘를 從遊하여 상당한 영향을 받았다. 도애가 교유한 인물로는 宋持養, 鄭元容, 洪顯, 李明五, 趙雲鉉, 南進和, 曹鳳振, 朴永元 등이 있다.

도애는, 1804년(純祖 4) 24세 때 鐘山에서 과거공부를 할 때 賞心契라는 詩社를 주도하였다. 이때의 작품을 수록한 것이 『賞心錄』이다. 그는 이 해 生員試에 2등으로 합격하였다. 1815년 35세 때 太學의 掌議가 되었다. 1818년 38세에 蔭仕로 刑曹에서 근무하였고, 1819년 39세 때 果川縣監으로 부임하였으며, 1820년에 黃澗縣監으로 부임하였다.

1826년(순조 26) 음력 10월 17일 冬至使 正使인 부친 洪義俊을 배행하여 5개월에 걸쳐 燕行을 하고, 다음 해 3월 20일 서울로 돌아왔다.

1832년(순조 32) 52세에 世子翊贊이 되었다. 1833년(순조 33) 南原府使로 임명되었다. 1839년(憲宗 5) 掌樂院 僉正에 임명되었다.

말년에는 菊社라는 시사를 주도하였다.

---

6) 『游燕藁』上冊,「浮碧樓」.

1857년(철종 9) 10월 19일 77세의 나이로 세상을 떠났다.

도애의 학문적인 특징을 살펴보면, 조부 耳溪의 영향에 받아 道敎와 佛敎에 대하여 개방적인 자세를 견지하였다. 그의 집안에는 대대로 수많은 장서를 보유하고 있었는데, 도교와 불교에 대한 서적도 대단히 많았다. 그는 이처럼 집안에 전해져 내려오는 도교와 불교의 서적을 통하여 그의 지식은 儒敎에만 국한되지 않았고, 그러한 폭넓은 지식이 그의 작품에 투영되어 있다.

도애는 『陶厓詩集』, 『陶厓詩文選』, 『賞心錄』, 『遊燕藁』 등의 저작을 남겼는데, 그 속에는 약간의 산문과 6,000수가 넘는 대량의 시가 들어 있다.

그의 시세계를 내용에 따라 크게 분류한다면, 景物詩, 紀行詩, 風俗詩 등으로 나눌 수 있는데, 여타 시인들과는 달리 특히 풍속에 지대한 관심이 있어 많은 풍속시를 남겼다. 시의 형식을 보면, 雜體詩가 여타 시인들보다 많고, 여러 詩友들과 酬唱한 시도 특별히 많다.

도애는 젊어서부터 朝鮮 각지를 두루 여행하였다. 그가 여행한 곳을 대략 들어보면, 平壤에 2차, 江華島에 4차, 開城에 2차, 南漢江, 金剛山, 黃澗, 金泉, 錦江, 伽倻山, 南原, 黃海道, 咸鏡道, 關東, 關西 등이다. 노년에도 쉬지 않고 가까운 지역을 여행하였다. 그는 그때마다 자신이 직접 답사한 우리 국토의 자연을 시로 형상화하였는데, 명승고적뿐 아니라 우리 주변에서 쉽게 접할 수 있는 자연에 대해서 특별히 관심을 가지고 시로 남겼다.

한편 그는 11세부터 우리의 전통적 風俗과 演戲에 대하여 관심을 가졌다. 이를 전 생애에 걸쳐 꾸준하게 시로 형상화하였다. 그의 이러한 관심은 따로 우리 나라 歲時風俗을 정리한 『東國歲時記』란 專著를 남겼고, 또 『都下歲時紀俗詩』 126수의 시로 작품화하였다.

그가 燕京 使行 때 지은 시 473수만을 따로 모아 상세한 幷序와 自注를 붙여 『遊燕藁』라는 이름의 책으로 묶어 남겼다.

Ⅲ. 대표적인 燕行家門

陶厓 洪錫謨의 가문은, 조선후기 燕行使臣을 많이 배출한 대표적인 가문이다. 1776년 도애의 종조부 洪明浩가 冬至兼謝恩使의 書狀官으로 연행을 한 것이 연행의 시작이었다.

그 이후 1782년 도애의 조부 耳溪 洪良浩가 三節年貢兼謝恩使의 副使로 北京에 갔다. 이때 耳溪는『燕雲紀行』이라는 燕行詩集을 남겼다. 1794년 이계는 三節年貢兼謝恩使의 正使로 다시 燕行을 했다. 이때도『燕行續詠』이라는 연행시집을 남겼다. 1826년에는 도애의 부친 洪羲俊이 冬至兼謝恩使의 正使로 연행을 했다. 이때 도애가 陪從하였다.

도애가 북경을 다녀온 뒤에도 도애 가문에서 연행사신이 계속 배출되는데, 1830년 종형 洪敬謨가 謝恩兼冬至使의 副使로, 1834년에는 進賀兼謝恩使의 正使로 다녀왔다.

이 밖에도 도애의 집안 사람으로 촌수가 별로 멀지 않은 인물들이 燕行使臣의 역할을 많이 맡았다. 1781년 洪受輔가 三節年貢兼謝恩使의 副使로 연행을 한 것을 비롯해서, 1835년까지의 기간에, 洪樂性, 洪樂游, 洪義浩(3차), 洪奭周(2차), 洪受浩, 洪羲瑾(2차), 洪羲臣, 洪命周(2차), 洪彦謨, 洪遠謨 등이 연행사신으로 다녀왔다. 한 차례의 사절단 사신 세 명 가운데 2명이 豐山洪氏 洪履祥의 후손인 경우가 두 번이나 있었다.[7]

이 모두가 陶厓의 생애 중에 있었던 일로서, 주변에 조부, 부친, 종형을 비롯해서 연경사신으로 다녀온 가문의 인물이 15명이나 되었고, 이들이 다녀온 횟수는 모두 20회에 이르렀다. 조선시대 여타 가문에서는 이렇게 많은 燕行使臣을 배출한 집안이 없을 것이다. 이 밖에도 사신은 아니지만, 軍官子弟, 陪從下人 등등으로 燕京을 다녀온 사람이 상당수 있었을 것으로 보인다.

---

7) 徐東日,『朝鮮使臣眼中的中國形象』, 中華書局, 北京, 2010.

그래서 다른 가문의 사람들과는 달리, 도애는 46세 때 燕行에 참여하기 이전에 북경에 대해서 많이 듣고 많은 기행문을 읽어, 북경에 대해서 정확하면서도 광범위한 지식을 갖고 있었다고 볼 수 있다. 북경에 대한 이러한 기본지식과 조부 耳溪를 비롯한 집안 어른들이 닦아 놓은 교유의 바탕이 있었기 때문에 북경에 머무는 기간 동안에 북경에 관한 정보를 비교적 손쉽게 많이 확보하여 이를 바탕으로 『游燕藁』로 지어낼 수 있었을 것이다. 특히 四庫全書 편찬의 총책임자인 紀昀 집안과는 三代의 世交가 있을 정도로 특별한 인연이 있었다.[8]

IV. 宮城, 皇城, 北京城에 대한 개관

陶厓의 「皇城雜詠一百首」는 정확히 皇城만을 吟詠의 대상으로 한 것이 아니고, 宮城, 皇城, 北京城에 대해서 두루 묘사했으므로, 먼저 궁성, 황성, 북경성의 상호관계와 배치구조, 위치들을 아는 것이 「皇城雜詠一百首」를 이해하는 데 도움이 될 것이다. 그래서 먼저 북경의 四種 성곽의 구조와 관계에 대해서 간략하게 소개하고자 한다.

도애는 皇城의 의미를 '皇帝가 사는 성'의 뜻으로 파악하여 淸나라 서울 '北京城'과 같은 의미로 썼으나, 정확한 의미에서 皇城과 北京城은 완전히 다른 성이다. 정확한 의미의 皇城은 紫禁城의 外城으로 北京城 안에 있었다. 여기서 宮城, 皇城, 北京城, 北京外城의 관계를 밝히고자 한다.

1. 宮城

흔히 紫禁城이라고 부르고, 또 禁城이라고도 부르는데, 궁궐을 보위하기 위해 둘러싼 성을 이른다. 자금성은 北京城의 東西 중심에 있고, 남북으

---

8) 李君善, 「陶厓 洪錫謨의 『游燕藁』」, 우리한문학회, 『漢文學報』제11집, 2004년.

로는 북경성의 중심에서 조금 남쪽으로 붙어 있다. 宮城의 중심은 곧 北京城의 中軸線이고, 오늘날도 북경시의 중심이다. 皇城, 北京城, 北京外城의 圍護 속에 들어 있다.

자금성의 城牆 높이는 10미터, 둘레는 3.4킬로미터이다. 성 밖은 폭 52미터의 護城河를 파서 둘렀고, 동서남북으로 네 개의 다리를 놓아 宮城에 출입할 수 있게 만들어 두었다. 유사시에 다리를 철거하면 외침을 방지할 수 있다. 宮城에는 네 개의 문이 있는데, 남쪽은 午門, 북문은 神武門으로 규모가 크다. 동쪽은 東華門, 서쪽은 西華門인데, 둘 다 午門 등과 비교하면, 규모가 아주 작고 남쪽으로 치우쳐 있다. 궁성의 동서남북의 사방 모서리에는 角樓라 일컫는 높이 솟은 望樓가 있어, 궁성의 경계를 하였다.

午門은 宮城의 정문으로, 남북중축선상에 있는데, 다른 문과는 달리 동서의 翼樓가 남쪽으로 향해서 뻗어나와 있어 전체적으로 南向의 '凹'자 모양을 하여 삼면으로 둘러싸고 있다. 午門 城樓와 東西 翼樓의 양쪽 끝 등 다섯 곳이 솟았고 또 남쪽이 朱雀이기 때문에, 午門의 城樓를 五鳳樓라고 부른다.

淸나라 때는 午門 위에서 황제가 皇曆을 반포하고, 皇旨를 선포하였고, 전쟁에서 개선하는 군대를 맞이하여 황제가 獻俘禮를 받았다.

宮城은 부지가 72만 평방미터이고, 건축면적은 17만 평방미터, 980개의 건물에 8707간의 殿堂과 樓閣이 남아 있다.9) 지금은 화재, 철거 등으로 陶厓가 燕行했을 당시보다 건물 칸수가 상당히 감소한 상태다. 흔히 자금성의 房間의 숫자가 9999칸 반이라는 이야기가 있는데, 사실일 가능성이 크다.

太和殿 등 주된 궁전은 宮城과 北京城의 中軸線上에 위치해 있는데, 궁성내 황제의 寶座와 御道가 중축선이 통과하는 선 위에 있다. 이는 황제가 천하의 중심에 있다는 의미를 상징한다. 궁성의 건물은 대체적으로

---

9) 故宮博物院 편, 『故宮博物院』, 108-142쪽, 紫禁城出版社, 2010년.

좌우대칭으로 이루어져 있다.

宮城은, 外朝와 內廷으로 구성되어 있다. 外朝는 皇帝가 朝會, 禮典 등을 거행하는 공간이고, 內廷은 황제가 일상업무를 처리하거나 거주하는 공간이다. 皇后, 皇太后, 妃嬪, 어린 子女들도 모두 內廷에서 거주했다.

外朝의 중심은 중축선상에 있는 太和殿, 中和殿, 保和殿인데, 통칭하여 三大殿이라 한다. 三大殿은 그 자체가 따로 城牆으로 둘러싸여 있다. 三大殿의 東西 兩翼에 해당하는 건물이 있는데, 동쪽은 文華殿, 서쪽은 武英殿이다. 乾隆皇帝 때『四庫全書』의 보관을 위해 특별히 건축했던 文淵閣은 文華殿 담장 안의 맨 북쪽 끝에 위치하고 있다.

內廷의 중심은, 중축선상에 있는 乾淸宮, 交泰殿, 坤寧宮인데, 이를 後三宮이라 한다. 그 자체도 성장으로 둘러싸여 있다. 그 북쪽은 御花園이고, 後三宮의 좌우는 東西六宮 등 많은 건물군이 있다.

宮城의 북쪽에는 궁성 주위의 垓字를 팔 때 생긴 흙으로 만든 景山이 있는데, 황제의 苑囿로서 궁성의 屛障의 역할을 하고 있다

2. 皇城

皇城은 宮城과 北京城의 사이에 있는 성을 말한다. 外宮城이라고도 한다. 1912년부터 헐기 시작하여 지금은 거의 다 헐어버렸다. 天安門 좌우의 붉은 담장이 옛날 황성의 남아 있는 자취이다.

황성이 北京城의 중심에서 약간 서쪽으로 치우쳐 있기 때문에, 북경성의 중심에 있는 宮城은 황성 안에서 약간 동남쪽으로 붙어 있다.

황성 안에는 太廟, 社稷, 園囿, 太液池, 景山 및 內府衙署들이 들어 있다. 그 밖에도 王公이나 公主들의 府第, 佛寺, 道觀, 史庫, 動物園, 八旗軍의 거주지 등도 황성 안에 들어 있다. 황성 안에는 일반백성들의 거주는 허용되지 않았다.

황성은 높이 8미터, 두께 2미터인 城牆으로, 주위가 11킬로이다. 성문을

7개 설치했는데, 남쪽만 세 군데이고, 나머지 방위에는 각각 1개씩 설치했다. 남쪽으로는 남쪽 성장의 중심에 天安門이 있고, 천안문 앞쪽 동서 양옆으로 長安左門, 長安右門이 마주 보고 있었다. 북쪽으로는 地安門, 동쪽으로는 東安門, 서쪽으로는 西安門이 있어 모두 일곱 개의 문이 있었다. 성문은 모두 城牆 위에 木造의 殿宇式 城臺를 지어 웅장하게 위용을 갖추었다.

천안문 일직선상에 大淸門10)이 남쪽으로 돌출되어 나와 있었다. 천안문과 장안우문, 장안좌문, 대청문 사이의 성장은 마치 '凸'자 모양으로 앞으로 나와 있었다. 장안우문과 장안좌문은, 오늘날 천안문 앞을 가로지르는 長安街 자리에 가로로 설치되어 있었다.

天安門의 뒤쪽에는 端門이 있는데, 천안문과 모양이 거의 흡사하다. 天安門의 複門으로 天子 九門을 갖추기 위해서 지어졌으나, 실제적으로는 군대나 무기를 감추어두는 군사적인 목적이 더 컸다.

大淸門에서 北京城의 정문인 正陽門까지 가는 좌우에 500미터에 이르는 긴 回廊이 있고 회랑 밖에 그 동서로 五府六部 등 각종 衙門이 들어서 있었는데, 문무백관들이 여기서 공무를 집행했다. 그곳은 오늘날 天安門廣場과 毛主席紀念堂으로 변해 있다.

午門과 端門 사이 동서에 連接된 47간의 朝房이 있는데, 都察院과 六部九卿 관원들의 朝房이 있다. 양쪽 朝房의 북쪽 끝에는 闕左門과 闕右門이 있어 端門과 일체가 되어 있는데, 宮城의 호위를 위한 곳이다.

天安門과 午門의 사이에 있는 端門의 東西에 太廟와 社稷이 있다. 나라를 세우고 궁궐을 건립하면 左廟右社를 갖추는 중국 고대의 전통을 그대로 따른 것이다.11)

---

10) 大淸門 : 원래 明나라 永樂帝 때 皇城을 쌓을 때 지은 大明門이었는데, 1644년 청나라가 북경에 도읍하면서, 건물 이름만 大淸門으로 바꾸었다. 1911년 청나라가 망한 뒤 中華門으로 바뀌었다가 헐렸다. 그 위치는 지금의 天安門廣場중심에서 조금 북쪽으로 붙은 곳에 해당된다.

3. 北京城

北京城은 明나라의 都城인데, 淸나라도 1644년 북경에 진입하여 북경성을 그대로 도성으로 삼았다. 북경성을 京城, 大城, 內城이라고도 일컬었다. 明나라 3대 황제 永樂帝가 1406년 北京으로 천도할 계획을 하고, 1416년(永樂14)부터 북경성을 쌓기 시작하여 1420년 완성하여 1421년 북경으로 천도하였다.[12]

陶厓가 使行을 갔던 청나라 때의 북경성 모습도 명나라 때 쌓은 그대로였다. 元나라의 大都城보다는 그 규모가 조금 작고, 그 위치는, 북쪽은 남쪽으로 2.8킬로 이동했고, 남쪽은 0.8킬로 남쪽으로 이동했다. 북경성의 중축선을 동쪽으로 150미터 이동하여 원나라 궁궐의 중축선을 자금성의 白虎位에 두어 西方의 殺位가 되게 하여 원나라의 王氣를 壓殺하려고 하였다.[13]

북경성은 동서가 약간 길고 남북이 약간 짧은 장방형의 구조이지만, 거의 정방형에 가깝다. 다만 서북쪽 부근만 저습지이라 모서리가 약간 깎이어 사선을 이루고 있다. 전체 둘레는 23.3킬로미터이다. 1950년대 후반 중국 공산당 정부에서 북경성을 헐어내고 그 자리에 북경을 순환하는 二環路를 닦았다. 천안문광장 남쪽 끝 正陽門 남쪽으로 지나는 남쪽변의 도로는 內二環路에 해당된다.

北京城에는 모두 아홉 개의 城門이 있는데, 남쪽만 3개이고 나머지는 2개씩이다. 정남쪽은 正陽門인데, 북경성의 正門이다. 지금 유일하게 그 城樓와 箭樓 및 甕城이 그대로 남아 있다. 正陽門은 皇帝와 皇后만 출입할 수 있고, 그 나머지 사람은 어느 누구도 출입할 수 없었다. 정양문의 동쪽은 崇文門, 서쪽은 宣武門이 있었다. 정동쪽은 朝陽門인데, 京杭運河의

---

11) 故宮博物院 편,『故宮博物院』, 108-112쪽, 紫禁城出版社, 2010년.

12) 商傳,『永樂大帝』, 廣西師範大學出版社, 2010년.

13) 高巍저,『漫話北京城』, 學苑出版社, 2007년.

종착지인 通州의 물자가 朝陽城을 통해서 북경성내로 들어오게 되어 있던 곳이다. 朝鮮의 使行들도 반드시 朝陽門을 통해서 北京城內로 출입하도록 규정되어 있었다. 조양문의 북쪽에는 東直門이 있다. 정서쪽은 阜成門이고, 부성문의 북쪽에는 西直門이 있다.

내성의 사방 모서리에는 箭樓 모양의 角樓를 두어 방어에 유리하도록 했다.

4. 北京外城

北京城의 外城은 실제로 北京城 외곽의 羅城이 아니고, 남쪽만 쌓은 重城이다. 明나라 후기 嘉靖帝 때 蒙古族의 빈번한 침략을 막기 위해 쌓았는데, 본래는 북경성 사방 5리 바깥에 羅城을 쌓을 계획을 했으나 재정부족으로 남쪽 한 면만 重城을 쌓았다.

북경성의 남쪽 성곽에 붙여 동, 서, 남 3면을 쌓았는데, 동서의 길이는 북경성보다 조금 더 길다. 전체 둘레는 14.41킬로미터이다. 전체 넓이는 북경성의 3분의 2쯤 된다.

外城의 正門인 永定門의 북쪽에 東西로 天壇과 先農壇이 있다.

모두 7개의 문이 있는데, 남쪽 중앙의 정문은 永定門이고, 그 동서에는 左安門, 右安門이 있다. 외성의 동쪽에는 廣渠門, 서쪽에는 廣安門이 있다. 외성은 동서의 폭이 북경성보다 조금 넓어, 북경성의 남쪽 성장 동서 끝부분에 이어 쌓은 짧은 성장이 있는데, 동쪽 성장에 있는 문은 東便門, 서쪽 성장에 있는 것은 西便門이다. 모든 城門에는 城樓와 箭樓가 있었는데, 1911년 청나라가 망한 이후로 점점 헐려 완전히 다 없어졌다가 최근 永定門만 복원하였다. 성 바깥은 해자를 팠다.

宮城, 皇城, 北京城, 外城은 전부 동서 대칭구조로 되어 있다. 외성의 정문인 永定門, 北京城의 정문인 正陽門, 황성의 정문인 大淸門, 天安門, 端門, 宮城의 정문인 午門, 三大殿의 정문인 太和門, 太和殿, 中和殿, 保和

殿, 後三宮의 정문인 乾淸門, 乾淸宮, 交泰殿, 坤寧宮, 後三宮의 後門인 坤寧門, 欽安閣의 정문인 天一門, 欽安閣 후문인 順貞門, 궁성의 후문인 神武門, 궁성 밖의 北上門, 景山門, 景山 정상의 萬春亭, 景山 북쪽의 壽皇殿, 황성의 북문인 地安門, 北京城의 鼓樓, 鐘樓 등이 모두 하나의 중축선 상에 있는데, 그 길이는 8킬로미터에 이른다.14)

V. 「皇城雜詠一百首」簡介

1826년 陶厓가 46세였을 때, 부친 洪羲俊(1761~1841)이 冬至使 正使로 燕行을 떠나게 되자, 도애는 子弟軍官의 자격으로 陪行을 하게 되었다. 음력 10월 27일 弘濟院을 떠날 때부터 1827년 3월 20일 臨津江을 건널 때까지의 140여일의 여행 과정과 견문을 시로 읊은 『游燕藁』를 남겼는데, 모두 473수의 시가 들어 있다.

각각의 시에는 幷序 형식의 시에 대한 解題에 해당하는 상세한 여행기록과 상세한 自注가 붙어 있어, 비록 시이지만 여타의 여러 燕行錄보다 훨씬 상세한 기록을 갖춘 燕行文學이다.

『燕行藁』 가운데는 「皇城雜詠一百首」라는 제목의 七言絶句의 연작시가 들어 있는데, 紫禁城을 중심으로 한 북경의 갖가지 모습과 풍속을 읊고 있다. 「皇城雜詠一百首」 이외에도 『游燕藁』속에는 北京에 대하여 읊은 시가 많이 있다.

이 100수를 내용에 따라 분류하면, 크게 열세 가지로 나눌 수 있다.15) 내용에 여러 가지가 들어 있어 분류하기 힘든 시도 적지 않으나, 주된 내용에 따라 분류하였다.

---

14) 閻崇年,『大故宮』, 長江文化出版社, 2012년.
15) 필자가 입수한 국립중앙도서관 소장본 『游燕藁』에는 제36수부터 40수가지 다섯 수가 결락 되어 있다. 다른 종류의 필사본을 통해서 보완을 하려고 한다.

1. 宮城, 皇城, 北京城의 배치와 구조

제1수 : 紫禁城의 위용, 垓字, 城門, 城樓에 대해서 읊고 있다. 그 주석에서 紫禁城·皇城의 城門 배치와 관계를 설명하였는데, 정확하게 그 배치와 상호관계를 이해하고 있었다. 다만 午門을 五虹門이라고 한 것은 잘못이다. 실제로 午門은 3개의 方門과 2개의 掖門으로 되어 있다.

제2수 : 宮城의 三大殿인 太和殿, 中和殿, 保和殿의 위용을 읊었다. 특히 烏銅으로 된 향로 18개를 푸른 기린 위에 얹어 둔 것을 읊었다. 주석에서 太和殿을 중심으로 한 三大殿의 기능을 설명하였다.

제3수 : 宮城의 정문인 午門의 위용을 읊었고, 좌우 翼樓上의 鐘鼓와 그 용도를 읊었다.

제9수 : 天安門에서부터 안쪽 紫禁城으로 통하는 길 좌우에 太廟와 社稷이 있다는 사실을 읊었다.

제10수 : 西華門 밖 中海, 南海에 호수와 정자, 교량 등이 어울린 광경을 묘사하였다. 明, 淸 때 황제의 苑囿였던 곳으로 일반인들의 출입이 허용되지 않았으므로 중국측 자료에도 이에 대한 기록은 거의 없다. 오늘날 중국 國務院과 중국정치요인들의 거주지로 쓰이는 곳으로 일반에게 공개되지 않아 중국 사람들도 그 구조와 경치를 잘 모른다.

제11수 : 宮城 서북쪽 北海에 있던 萬佛樓와 千手佛殿의 불상이 많음과 乾隆皇帝가 拜佛하는 사실을 읊었다.

제23수 : 皇城 東安門, 西安門과 宮城의 東華門, 西華門 사이의 통로가의 酒樓와 茶肆 등의 광경을 읊었다.

제28수 : 北京城, 皇城, 宮城, 外城의 布置를 밝혔는데, 皇城의 북문인 地安門에서 宮城의 북문인 神武門, 南門인 午門, 皇城의 남문인 大淸門, 북경성의 정문인 正陽門, 외성의 정문인 永定門이 일직선상에 있다는 사실을 밝혔다.

그러나 地安門에서 永定門까지의 거리가 10리라 한 것은 잘못이고, 실

제로는 약 20리이다. 주석에서 북경성의 둘레를 40리라 한 것도 60리의
잘못이고, 外城의 둘레를 28리라 한 것도 35리의 잘못이다.

제29수 : 북경성의 아홉 군데 큰 거리, 세 군데 큰 시장, 牌樓 등을 소개하
고 말과 수레 등이 주야로 왕래하는 상황을 묘사하였다.

제31수 : 北京城과 外城의 16개 성문의 威容을 읊었다.

제35수 : 北京城 동문인 朝陽門에서 通州 白河까지 100리, 外城의 서문
인 廣安門에서 蘆溝橋까지 돌을 깔아 길을 낸 것을 소개하였다.

2. 宮廷의 모습과 제도

제4수 : 午門을 나오는 皇帝의 御駕 행렬의 제도를 읊었다.

제6수 : 새벽에 端門이 열리고 朝賀에 참여한 관원들의 僕御들이 분주해
하는 광경을 묘사하였다.

제7수 : 午門 밖 左右 朝房에서 새벽에 대기하는 관원들의 모습을 읊었
는데, 특히 모자의 장식을 통해서 품계를 구분한다는 사실을 밝혔고, 6품관
이면서도 翰林만은 貂皮를 착용할 수 있음을 밝혔다.

제8수 : 太和殿 위에서 朝會하는 儀典과 押班의 역할과 백관들의 叩頭
하는 모습을 읊었다.

제16수 : 乾淸宮 주변의 軍機處, 樞密院, 南書房, 武英殿, 文淵閣의 위치
를 언급하고, 文淵閣에 대단한 규모의 『四庫全書』를 收藏하는 사실에 관
심을 갖고 있다. 주석에서 文淵閣 이외에 사고전서를 수장하는 곳을 언급
하였다. 시에서 武英殿과 文淵閣이 대칭을 이룬다고 한 것은 잘못이다.
무영전과 대칭을 이루는 건물은 文華殿이고, 文淵閣은 문화전에 속하는
부속건물의 하나일 뿐이다.

제17수 : 淸나라 관원들의 조복의 모양과 특징을 묘사하였다.

제18수 : 侍衛하는 武官들이 활과 화살을 찬 모습을 묘사하였다.

제19수 : 淸나라 朝臣들이 辮髮을 하고, 朝衣에 念珠를 건 모습과 당시

조신들이 모두 시계를 차고 있는 생활상을 묘사하였다.

제21수 : 朝臣들이 朝會를 마치고 나오는 모습을 묘사하였다.

제22수 : 宦官들이 궁궐을 지키는 모습을 묘사하였다.

제32수 : 궁궐의 기와의 등급과 벽돌에 대해서 읊었다.

제33수 : 붉은 말이 궁궐을 호위하고, 관아에는 棨戟을 세웠고, 卿士의 저택에는 대문에 붉은 칠을 하였고, 石獅子를 문 앞에 앉힌 광경을 묘사하였다.

제34수 : 朝報에 해당되는 塘報를 매일 인쇄·반포하고 皇旨를 따로 게시하는 제도를 소개하였다.

제94수 : 과거급제자인 進士만이 翰林院에 入仕할 수 있으나, 擧人, 貢生, 蔭生 등도 科擧나 門閥에 구애되지 않고 高官이 될 수 있는 점에서 중국의 관대함을 볼 수 있다고 했다.

제95수 : 八股文으로 과거시험을 보는 제도에 대해서 언급하였다.

시의 주석에서 太和殿 丹墀에서 殿試를 본다고 한 것은 잘못이다. 일반적으로 殿試는 保和殿에서 거행했다. 태화전에서는 康熙 18년(1679)에 博學鴻儒科, 乾隆 때 博學鴻詞科를 각각 한 번씩 거행했을 뿐이다.16) 또 陶匡는, 淸나라 과거의 과정을 鄕試, 會試, 殿試 3단계로만 생각했다. 그러나 실제로는 鄕試의 전단계로 각 縣, 州, 府의 학생을 선발하는 童試가 있는데, 이 시험을 통과하면 秀才가 된다. 그리고 주석에서, 會試 三場 가운데서 一場만 합격하면 秀才, 兩場에 합격하면 擧人이라고 설명하고 있으나, 이는 잘못이다. 童試 합격자가 秀才, 鄕試 합격자가 擧人이다. 그리고 진사 합격자들에게 백금 50량과 官服·官帽 등을 지급했다는 이야기는 근거 없는 傳聞으로 보인다.

---

16) 閻崇年,『大故宮』長江文藝出版社, 2012년.

3. 皇帝 행차

제5수 : 황제의 御駕가 午門을 나오면 百司의 燈火가 꺼지고 숙연해지는 장면을 묘사하였다.

제12수 : 황제가 天壇에서 祈穀祭를 거행하기 위하여 행차하는 모습을 읊었다.

제13수 : 황제가 연초에 북경 西山에 행차하는 광경과 妃嬪들이 元宵節 燈戲를 위해 수레를 타고 행차하는 광경을 읊었다.

제14수 : 황제가 직접 말고삐를 잡고 말을 타는 모습을 묘사했는데, 특히 그 복장의 묘사를 상세히 하였다.

제79수 : 高麗堡라는 북경 근방의 논에 황제가 직접 농사 상황을 보러 가는 광경을 묘사하였다. 西苑湖 가에도 논을 만들었음을 밝혔다.

4. 각 民族 문제

제20수 : 蒙古族이 皇室과 혼인하여 駙馬가 되거나 황후가 되어 권력이 있고, 또 皇城 안의 사찰을 모두 몽고족이 차지하고 있는 사실을 밝혔다. 그러나 황성의 사찰을 차지하고 있는 승려는 모두 蒙古族이라고 한 것은 잘못이고, 주석에서 喇嘛僧은 僧職 가운데서 一品으로 閣臣과 대등하다고 한 것은 잘못이다. 모든 喇嘛僧이 그러한 것은 전혀 아니다.

제49수 : 사방 이민족이 北京에 모여들어 사는 광경을 묘사하였다. 특히 러시아는 중국의 曆書는 사용하지 않지만, 북경에 와서 한자를 배우고 있는 사실을 밝혔다.

제91수 : 北京城의 사찰에 蒙古族 승려들이 많이 거주하였고, 또 개를 많이 키우고 있음을 밝혔다.

제96수 : 淸나라 조정의 閣老, 尙書 등등의 官職은 모두 滿族, 漢族을 아울러 임명하는데, 만족은 기세가 당당하고, 한족은 자리만 채울 뿐이라는 것과 관리들의 俸祿이 넉넉하여 九品 말단관리도 농사짓는 것보다 낫다는 사실을 밝혔다.

5. 외국 사신 접대

제24수 : 紫光閣에서 연초에 외국 사신들에게 잔치를 베풀고 놀이를 하는 광경을 읊었다.

제25수 : 매년 연초에 重華宮에서 황제가 詞臣들에게 연회를 베풀고, 또 외국 사신들에게 황제가 잔치를 베푸는데, 조선 사신들을 특별히 우대하는 사실을 밝혔다.

이 시에서는 圓明園이 西山에 있다는 설명은 잘못된 것이다.

제26수 : 연말에는 保和殿에서, 연초에는 重華宮에서 외국 사신들에게 잔치를 베푸는데, 음식으로 낙타유, 대형 철갑상어가 나오는 점을 특기하였다.

제98수 : 조선 사신이, 외국 사신의 숙소인 會同館에서 머물고 있고, 主客司에서 음식을 제공하고 5일에 한번씩 提督이 와서 차와 과일을 공급함을 밝혔다. 당시 會同館의 건물은 거의 대부분 그대로 남아 있는데, 北京市 宣武區 南橫街 131호에 있다. 陶厓 가문와 인연이 많은 紀昀의 집에서 별로 멀지 않은 곳이다.

제99수 : 會同館에 머문 지 40일 만에 朝鮮의 表文에 대하여 皇帝의 批准을 내렸는데, 조선 使行들에게 말을 하사했다. 이는 다른 나라에 비해서 특별한 은혜로, 禮部에서 수령해 오고 또 잔치를 베푸는데, 이 자리에서 귀국을 위해서 출발하는 날짜를 알려야 하는 제도가 있었다.

6. 군사제도

제30수 : 청나라 주력군대인 八旗營의 배치와 北京城의 방어체제에 대해서 묘사하였다.

제86수 : 봄날 교외에서 젊은이들이 말달리기와 활쏘기를 연습하는 광경을 묘사하였다.

7. 주거제도

제41수 : 집집마다 扁額을 걸었는데, 科擧한 내용을 중시하였고, 대문 안의 遮牆에는 주인의 官銜을 인쇄한 붉은 종이를 붙이는 풍속을 소개하였다.

제42수 : 北京城의 衚衕의 입구에 문이 있고, 그 위에 衚衕의 이름을 쓰는 풍속을 소개하였다.

제48수 : 北京의 會館제도를 소개하였는데, 各 省이나 各 州縣에서 공동 출자하여 회관이라는 집을 북경에 마련하여 각 지방에서 북경에 와서 벼슬하는 사람이나 북경에 머무는 선비들이 寓居할 수 있도록 한 건물이다.

8. 市場

제43수 : 北京城 안에 늘어선 곳곳의 시장에서 나무 牌에 각 지역의 물산을 새겨 시장 입구에 걸어 두는 풍속을 소개하였다.

제44수 : 寶貨 시장 가운데서 琉璃廠이 가장 번성함을 읊었다.

제45수 : 金銀, 비단, 보석 시장에서 값을 속이지 않고, 길가에 商品을 쌓아 두어도 지나가는 애들이 손상시키거나 훔쳐가는 사실이 없음을 소개하였다.

제46수 : 北京이 교역의 중심지인데, 각 점포에는 商號와 주인의 이름과 주소가 인쇄된 봉지를 사용하는 등, 거래의 질서가 있음을 묘사하였다.

제47수 : 서점에 책이 산처럼 쌓여 있는데, 문인이나 朝官들이 늘 와서 즐기고 때로는 빌려가 보기도 하는 풍속을 소개하였다.

제68수 : 茶와 藥의 매매상황을 소개하고 있는데, 약을 이미 包로 나누어 파는 현상을 소개하였다.

제69수 : 인삼과 담배를 소개하였다. 淸나라 사람들이 朝鮮의 淸心丸을 보물로 여겨 다투어 사려고 한 상황을 소개하였다.

제70수 : 이미 成衣局이 있어 사람들이 몸의 치수를 재어와 옷을 사입는 제도가 도입되어 있음을 소개하였다.

제71수 : 음식을 만들어서 매매하는 제도가 이미 정착돼 있고, 음식이나 기타 물품을 사고 팔 때 저울을 사용하는 풍속을 소개하였다.

제72수 : 메고 다니면서 차와 떡을 파는 광경을 묘사하였다. 특히 元宵餠을 소개하였다.

제74수 : 술과 음식을 파는 식당의 이름을 館이나 園으로 붙이고, 가구점 그릇점 등에 물건이 즐비한 광경을 묘사하였다.

제75수 : 꽃 파는 가게와 새 파는 가게를 소개하였다.

제100수 : 朝鮮館 주변에는 조선에서 생산된 人蔘을 파는 상점 등이 상표를 내걸고 인삼을 팔고 있었고, 인삼뿐만 아니라, 은, 종이, 베 등을 팔고 있었는데, 고정고객이 있었다. 책과 향 등은 禮部의 아전들이 주관하여 팔고 있었다.

9. 歲時風俗

제15수 : 西苑에서 元宵節 燈戲를 하면서 樂官들이 사방 異民族의 음악을 연주하는 모습을 묘사하였다.

제27수 : 圓明園의 燈戲를 읊었는데, 당시 淸나라 국세가 乾隆 때만 못 하다는 사실을 밝혀 청나라의 쇠퇴하려는 기미가 있다는 것을 밝혔다.

제50수 : 道觀, 佛寺, 關帝廟, 火君廟 등 각종 祠廟가 北京에 모여 사람과 神이 섞여 사는 모습을 묘사하였다.

제51수 : 北京의 풍속이 書畵를 중시하여 곳곳의 상점에 聯句를 쓴 족자를 걸기도 하고, 벽에 '福'자 '囍'자 등을 붙인 모습을 소개하였다.

제52수 : 촛불을 새벽까지 밝혀 놓고, 鑼鼓를 울리고 鞭砲을 터뜨리는 등등의 北京의 守歲하는 풍속을 소개했다.

제53수 : 北京의 연초 歲拜하는 풍속을 소개했는데, 사람을 만나지 못하면, 名帖을 남겨놓고, 세배를 못 할 경우, 대신 名帖을 보내는 풍속과 북경의 官人들이 명함을 사용하는 풍속도 아울러 소개했다.

제54수 : 연초에 향을 피우며 복을 빌고, 산대를 뽑아 길흉을 점치고, 색종이에 平安이라고 써서 문 위에 붙이는 北京의 年初風俗을 소개하였다.

제62수 : 文人 朝士들이 陶然亭 등에서 燒筍會를 하는 풍속을 읊었다.

제82수 : 붉은 글을 서 붙이고 운수를 봐 주는 사람과 幻術, 雜戲 등을 하는 젊은이들의 생활상을 묘사하였다.

제85수 : 갖가지 형상의 연에 갖가지 무늬를 넣어 날리는데, 연을 파는 매매가 성행함을 밝히고 있다.

10. 服飾

제55수 : 北京 사람들의 服飾과 頭髮 모양을 소개하였다.

제56수 : 北京 사람들의 모자와 비옷을 소개하였는데, 그들의 野笠은 朝鮮의 平涼子의 제도와 흡사함을 밝혔다.

제57수 : 北京 사람들의 침실에는 담요 장막으로 가렸고, 담비 털가죽 갖옷을 입었고, 집에는 책이 벽에 가득하고 茶 향기가 서려 있음을 읊었다.

제92수 : 중국 본래의 衣冠제도가 다 폐지되고 滿洲族 복장으로 통일했는데, 佛寺나 道觀에서 모난 깃의 긴 적삼 넓은 소매를 볼 수 있음을 밝혔다. 청나라 복장제도를 풍자하였다.

제93수 : 琉球國 正使의 服飾을 상세히 묘사하였다.

11. 生活慣習

제58수 : 손님이 오면 茶부터 먼저 대접하고 남녀노소를 막론하고 모두 담배 쌈지, 담배 불, 담뱃대를 차고 다니면서 담배를 피우는 풍속을 읊었다.

제59수 : 손님을 맞이하는 바깥채가 있고, 손님이 오면 차를 내고 술을 따르는데, 모두 의자 생활을 하는 모습을 읊었다.

제76수 : 혼인의 경사가 있는 집에서는 外門에 綵花를 달아두고, 喪家에
서는 빈소를 만들고 문 밖에 三門 牌樓를 만드는 제도를 읊었다.

제77수 : 결혼 후 신부의 시가에서의 인사와 신랑의 처가에서의 인사
풍속에 대해서 읊었다.

제78수 : 喪禮에서 喪輿 나가는 모습을 묘사했는데, 槓房이라는 상여
및 喪具를 대여하는 업소가 이미 있음을 소개했다.

제80수 : 수레나 배로 곡식을 실어 나르는 곡상들의 활동상과 배의 구조
를 자세히 밝혔다.

제81수 : 화려하게 꾸민 여인이 수레를 타고 가는데, 유리 창문을 통해서
그 모습을 볼 수 있음을 묘사하였다.

제87수 : 北京의 俠客들이 酒肆와 娼家를 출입하는 모습을 묘사하였다.

제88수 : 밤에 이웃의 이민족 여인이 판을 두드리면서 秦箏을 연주하는
소리를 듣고 음이 달라 이해할 수 없음을 안타까워하였다.

제89수 : 北京城 안의 巨刹의 승려들의 생활이 호화롭고 수선화 분재를
재배하는 풍속이 있음을 밝혔다.

제90수 : 승려들이 禮佛하고 誦經하는 모습이 우리와 다름이 없으나
禮貌가 더 있음을 밝혔다.

제97수 : 大國의 규모와 습속이 남아 있어 질서가 있음을 이야기했다.

12. 음식문화

제60수 : 북경 사람들의 음식 습관을 소개했는데, 젓가락을 주로 사용하
는 것, 음식을 하나 하나 차례로 상에 올리는 것, 술잔을 엎어놓으면 다시
술을 권하지 않는 것 등을 소개하였다.

제61수 : 남쪽에서 온 사람들은 檳榔을 먹기 좋아하고, 또 땅콩과 수박씨
를 자리에 준비하고 끊임없이 먹는 습속을 소개했다.

제73수 : 과일의 종류와 보관 방법들을 소개하였다.

13. 문화 및 학문

제63수 : 仕宦家 자제들 가운데 商業에 종사하는 사람이 많고, 豪放한 文士들이 道觀이나 佛寺에 숨어 지내는 사람이 많은 경향을 소개하였다.

제64수 : 北京에 稗官小說, 奇書 등 世道를 오염시키는 문장이 성행하고, 詩話가 하루 밤 사이에 인쇄되어 간행되는 상황을 서술하였다.

제65수 : 당시 北京에서는 글을 빨리 짓고 재기가 뛰어난 사람이 많았으나 학문이 통일되지 못 하고, 朱子學을 중시하지 않는 점을 걱정하였다. 주석에서는 淸나라 학문의 종류를 언급하였다.

제66수 : 갖가지 채색 종이와 毛筆 이외 갖가지 붓 종류를 소개하였다.

제67수 : 李廷珪의 먹과 端溪硯, 歙州硯이 유명한데, 간혹 漢나라 瓦當硯, 銅雀硯 등이 있으나, 사람 눈을 속이는 위조도 많다는 점을 소개하였다.

제83수 : 戲劇이 성행하여 보는 사람이 많음을 묘사하였고, 거리에 장막을 친 임시 극장도 많이 있음을 밝혔다.

제84수 : 배우들이 四大奇書 등 소설의 내용을 劇化하여 공연하고 있음을 말하였고, 남북의 曲調가 다름을 밝혔다.

VI. 「皇城雜詠一百首」의 가치

陶厓 洪錫謨가 北京에 50여 일간 머물면서 북경성을 중심으로 한 한시 일백 수를 皇城雜詠이라 이름했는데, 실로 북경성 전반에 걸쳐서 집중적으로 그 생활상과 풍속을 묘사하였다. 특히 紫禁城 내부의 사실을 자세하게 묘사하였다.

사실 자금성에 대해서는 그 당시 중국의 학자나 문인들도 언급한 것이 거의 없었다. '황제를 모시는 것은 호랑이를 모시는 것과 같다[伴帝如虎]'

라는 말이 있듯이 황제를 가까이 모시다가 황제의 비위를 거스르면 하루 아침에 유배를 간다든지 처형을 당하기 일쑤였다. 대표적인 예로 四庫全書 편찬의 총책임을 맡았던 紀昀이 건륭황제의 가장 신임 받는 신하였지만, 新藏에서 군역에 종사한 일이 있었다. 또 筆禍事件으로 목숨을 잃는 일이 많았기 때문에 황제에 관한 기록은 남기지 않는 것이 당시 중국 문인들의 암묵적인 전통이다. 그래서 황제에 관한 사실은 野史로만 전해 올 뿐, 史書의 정확한 기록이 없어 황제의 일상생활마저도 정확하게 파악되지 않고 있는 실정이다.[17]

이런 상황에서 도애의 「皇城雜詠一百首」는, 북경성을 비롯한 자금성에 관한 기록으로서 대단히 가치 있는 것으로서, 비단 우리나라 燕行文學일 뿐만 아니라, 淸나라 역사의 부족한 부분을 보완해 줄 수 있다.

또 같은 王朝國家지만 우리와 다른 생활풍속에 주의하여 소개하였다. 仕宦家 자제들도 아무런 거리낌 없이 상업에 종사하는 사실을 소개하였다. 청나라 학문이 朱子學을 위주로 하지 않아 잡다하다는 사실을 개탄하였다. 四大奇書 등 稗官小說이 성행하고 이를 劇化하여 공연하고 있는데, 도애는 이는 世道를 오염시킨다고 우려하였다. 또 당시 청나라 문단에서는 詩話가 성행하고 있고, 출판이 아주 쉽게 되는 사실도 눈여겨보았다.

한 세대 앞선 인물로 실학자인 楚亭 朴齊家는 陶厓보다 앞서 1778년부터 4차에 걸쳐 燕行을 하고서 발달된 중국의 학문, 과학기술, 생활상을 알리기 위해 『北學議』를 지었다. 이는 자신이 직접 목도하고 또 의도적으로 배워온 구체적인 중국의 생활상, 과학기술을 우리 나라에 소개하는 저서로써 문학이라고 하기에는 문제점이 있다. 그리고 『북학의』 속에는 北京城이나 紫禁城에 관한 기록은 거의 없다.

楚亭의 스승인 燕巖 朴趾源은 1780년 北京과 熱河를 여행하고 돌아와 『熱河日記』를 지었다. 이는 중국의 발달된 문물을 보고 듣고서 소개하여

---

17) 閻崇年, 『大故宮』제2책, 장강출판사, 2012년.

배울 것을 주장하는 글로서 다양한 내용의 새로운 정보를 조선에 소개하여 각광을 받았다. 그러나 전체적인 체계가 없고, 자신의 주관적인 감정이 농후하게 들어 있다.

楚亭의 『북학의』에서는 중국의 발달한 생활상과 과학기술을 소개하면서 배워야 한다고 적극적으로 주장을 하고 있고, 연암의 『열하일기』에서도 조선 사람들의 낙후한 생활상을 개탄하면서 조선 사람들의 고루한 생각을 깨우쳐 주려고 노력하고 있다.

도애는 북경의 모습과 풍속, 조선과 다른 생활상을 자세히 소개하면서도 전혀 배워야 한다거나 조선에 소개해야 하겠다는 의지가 없었다. 발달한 문물, 우리와 다른 생활상에 대한 감각이 없다. 단순히 자기가 본 새롭고 특이한 것을 자세히 소개하는 것에 그치고 말았다. 몽고, 러시아 등 중국 이외의 풍속을 소개했지만, 단순히 언급만 했을 뿐, 앞으로의 관계에 대한 자신의 견해를 제시한 것은 없다.

시를 지은 일시와 지은 순서, 짓게 된 동기 등 작자 자신의 창작에 관한 정보가 전혀 없이, 그저 風俗詩 짓듯이 북경 모습의 특징만 잡아내어 읊고 있어 시의 생동감이 부족하다. 다만 관찰이 아주 세밀하고 표현기법이 뛰어나, 시장의 내부 구조라든지 풍속 등을 자세히 읊었다.

「황성잡영일백수」는 전부가 칠언절구시로 되어 있는데, 북경의 견문을 특징을 잡아 簡明하게 부각시키는 데는 칠언절구의 형식이 가장 적합했던 것으로 볼 수 있다.

Ⅶ. 결론

陶厓 洪錫謨는 韓國漢文學史上에 있어서 6천 수의 한시를 남긴 대문학가다. 그러나 그는 『東國歲時記』의 저자로만 알려져 있을 뿐, 한문학사에서는 지금까지 다루어지지 않았다.

『游燕藁』473수는 많은 北京 여행기록 가운데서도 아주 우수한 여행문학이다. 그리고 상세한 并序와 自注가 있어 기록문학으로도 손색이 없다.

그 가운데서도 「皇城雜詠一百首」는 北京 특히 紫禁城을 중심으로 한 연작시이다. 자금성은 물론 황제의 일상생활에 관한 기록으로는, 어떤 연행기록보다도 상세하다. 이는 우리나라 뿐만 아니라 중국의 역사나 풍속자료로도 대단히 가치가 있다고 할 수 있다. 그 한 가지 예로 阿片戰爭으로 파괴되기 이전의 圓明園 등에 대한 상세한 묘사는, 중국 역사자료로서도 아주 소중한 가치가 있다.

陶厓의 조부 耳溪 洪良浩는 중국 使行詩인 「燕雲紀行」 128수와 「燕雲續詠」 89수를 남겨 도애에게 영향을 주었겠으나, 北京에 관한 시는 몇 수 안 되어 「皇城雜詠一百首」에 직접적인 영향을 미치지는 않은 것으로 볼 수 있다.

도애는 우리와 다른 문화, 생활풍속 등에 비중을 두어 다루었고, 北京의 활발한 시장의 모습을 소개하였다. 仕宦家 자제가 상업에 종사하는 일이라든지, 學者, 文人들이 道觀이나 佛寺에 깃들어 사는 것도 그에게는 특이한 일이었다. 四大奇書 등이 성행하고 또 이를 연극으로 만들어 사방에서 공연하는 모습 등을 소개했다. 陶厓는 그때까지도 소설이나 연극을 인정하지 않고 世敎를 오염시키는 좋지 못한 것으로 봤다.

그는 淸나라에 대해서 오랑캐라는 부정적인 시각을 갖고 보지는 않았고, 현실을 인정하고 그 문화를 긍정적인 시각으로 보는 자세를 취했다. 그리고 청나라의 학문이 朱子學만을 숭상하지 않고 여러 가지 학문이 혼재한 상황을 우려했지만, 佛敎, 道敎 등이 성행한 것에 대해서도 크게 개탄하지는 않았다.

그러나 발달한 과학기술이나 새로운 생활방식에 대해서 소개만 할 뿐 배워서 조선 백성들의 낙후된 생활을 고쳐야겠다는 의식은 보이지 않는다.

「皇城雜詠一百首」는 자금성을 중심으로 한 북경성의 문물, 풍속, 제도 등을 자세하게 소개한 의미 있는 작품이다. 그러나 각편의 시마다 小題目

이 없어 시의 주제가 불분명하고 吟詠의 대상이 뚜렷하지 못하다. 또 체재
나 순서가 없어 일관된 자신의 관점이나 주장이 들어 있지 않아 객관적인
소개를 하지 못한 점이 부족한 점이라 할 수 있다. 시 가운데는 자신이
직접 목도하지 않고 傳聞을 기록한 것도 있어 작품의 현장성이 부족한
것도 있다.

제3부

退溪 및 退溪學派에
대한 고찰

退溪의 中國文學 受容樣相

Ⅰ. 序論

退溪 李滉(1501-1570)이 위대한 學者라는 사실은 잘 알려져 있고, 그 방면에 대한 연구는 많이 진행되어 왔다. 퇴계는 위대한 학자인 동시에 뛰어난 文學家이다. 그가 일생동안 지은 시 가운데서 지금 남아 전하는 詩만 해도 2500여 수가 되는 것을 볼 때 퇴계가 문학을 얼마마 중시했는지를 알 수 있다.

지금까지 退溪의 學問·思想에 관한 연구는 물론이고 文學에 대한 연구도 많이 나왔지만, 退溪가 文學活動을 하면서 中國文學을 어떻게 受容하여 자신의 文學의 滋養으로 삼았는가에 대해서는 부분적인 언급은 있었지만, 全般的인 研究는 아직 없었다.

本考에서는 退溪가 中國 歷代의 詩文大家들의 文學作品을 어떻게 읽고 어떻게 自己化하였는가를 주로 退溪의 作品을 근거로 하여 考究하고자 한다.

Ⅱ. 中國散文의 受容

退溪는 學問에 있어서는 性理學을 主專攻으로 한 만큼 學問的으로는 朱子를 가장 尊慕하였고, 그 影響을 가장 크게 받았다. 文學에 있어서도 朱子의 영향이 가장 컸다는 것을 알 수 있다.

雲谷이 남긴 글은 百世의 스승이라,
하늘 끝까지 땅에 닿도록 정밀하게 분석했네.1)

朱子가 남긴 글은 百世토록 스승이라고 한 말에서, 朱子의 文章 만한 문장이 이 우주 사이에 영원토록 존재하지 않는다는 점을 천명했다. 그리고 朱子의 文章은 이치를 아주 정밀하게 분석하여 더 나아갈 경지가 없다는 것을 이야기했다. 내용상으로는 물론이고, 그 글의 형식에 있어서도 退溪가 敬服해 마지않는 심정으로 극도로 찬양하여 배우고자 하고 있다.

退溪는 平生 朱子가 남긴 글을 읽었고, 또 그 書簡을 選拔하여 『朱子書節要』를 편집하면서, 여러 차례 咀嚼·玩味하였다. 그래서 朱子의 글을 아주 자기 骨髓 속에 흡수했을 정도였다. 실로 書簡文을 위시한 退溪의 散文作品이 朱子 文章의 氣味가 짙은 것은, 이렇게 朱子의 글을 推仰하여 평생토록 가까이했던 결과라고 할 수 있다.

退溪가 43세 되던 해(1543년)에 『朱子大全』을 처음으로 입수하였다.2) 이때 中宗의 명으로 校書館에서 『朱子大全』을 처음으로 인쇄해 냈던 것이다. 처음에는 朱子의 學問이나 文章에 대해서 退溪도 그렇게 心醉하지는 않았던 것 같다. 그러나 陶山으로 내려와 본격적으로 연구한 뒤에 그 深奧한 뜻이 無窮함을 알게 되었다.

> 『朱子大全』을 싣고 溪上으로 돌아와서 시간을 얻어 문을 닫고 조용히 지내면서 읽어 보고, 이때부터 그 말은 맛이 있고 그 뜻은 무궁하다는 것을 점점 깨닫게 되었고, 그 書札에서는 더욱더 느끼는 바가 있게 되었다. …… 사람들에게 고하는 바가 능히 사람으로 하여금 感發하여 興起하게 하였다. 당시 문하에 나아갔던 사람만 그럴 뿐만 아니고, 비록 먼 百世의 뒤에라도 그 가르침을 들으면 귀를 잡고서 얼굴을 맞대어 놓고 가르침을 받는 것 같다.3)

---

1) 『退溪集』 卷3 47張 「吳子强正字將行贈別三絶」, 雲谷遺書百世師, 際天蟠地入毫絲.

2) 『退溪集』 卷42 3張 「朱子書節要序」.

3) 『退溪集』 卷42 3張 「朱子書節要序」, 載歸溪上, 得日閉門靜居而讀之, 自是, 漸覺其言之有

退溪는 朱子의 文章 가운데서도 특히 書札에 대단한 흥미를 느끼기 시작하여 반복하여 읽고 思索하여 마침내 弟子나 後世의 學者들이 쉽게 朱子의 學問에 접근할 수 있도록 하기 위해서, 『朱子書節要』를 편찬하기에 이르렀던 것이다. 朱子의 글 가운데 어느 한 편도 深奧한 學問과 관계 없는 것이 없겠지만, 특히 朱子의 書札은 知舊나 弟子들과 往復하면서, 그 사람들의 자질에 따라서 그 사람에게 맞는 가르침을 주고 있다. 마치 의사가 환자의 증상에 따라서 약을 처방하는 것과 같다고 할 수 있다. 때로 절제하게 하고, 때로 북돋아주고, 때로 인도해주고, 때로 구원해 주고, 때로 격려하여 추겨세워 주고, 때로 물리쳐 깨닫게 하여, 서찰을 보내는 朱子와 받는 사람 사이에 간격이 없으니, 편지를 받는 사람들이 힘써 따랐던 것이다.

退溪는 朱子의 書札에서 살아 있는 스승을 만난 듯이 하였다. 비록 시대적으로는 350여 년의 거리가 있었지만, 직접 얼굴을 대하고 가르침을 듣는 심정으로 朱子의 글을 읽었던 것이다. 그리고 朱子의 그런 글을 弟子들에게도 읽히고 싶었던 것이다. 그러나 『朱子大全』은 너무 방대하기 때문에, 삼분의 일 정도로 축약하여 『朱子書節要』를 편찬했는데, 이는 제자들이 읽고 興起하여 實行을 하도록 하기 위해서였다. 朱子의 문장에 대하여 尊慕하는 마음이 지극하다 보니, 다른 사람에게도 朱子 文章의 혜택을 널리 베풀고 싶었던 것이다.

평생 朱子의 글을 가장 깊이 공부했는데, 주자가 학문을 논한 간절하고 요긴한 말은, 知舊間에 問答한 書信 가운데 많이 있으나, 배우는 사람들이 너무 범위가 넓은 것을 걱정했다. 이에 선생이 그 가운데 더욱 친절하고 긴요한 것을 골라서 줄여 책을 이루고 약간의 주석을 붙였다. 이로부터 사람들이 朱子書를 受容할 수 있게 되었다.[4]

味, 其義之無窮, 而於書札也, 尤有所感焉. …… 其告人也, 能使人感發而興起焉. 不獨於當時及門之士, 爲然, 雖百世之遠, 苟得聞敎者, 無異於提耳而面命也.

제자 鄭惟一이 退溪의 言行을 기록한 것인데, 퇴계가 평생 가장 깊이 공부한 글이 주자의 글이라는 것을 밝히고 있다. 그리고 당시 학자들이 주자의 글을 受容하게 된 것은 퇴계의 功이 있다는 것을 밝혔다. 퇴계는 자신이 朱子의 글을 좋아했을 뿐만 아니라, 당시에 주자의 글이 널리 보급되게 하는 데 큰 업적이 있었다.

또 退溪는 儒教의 六經에 바탕을 두고 古文을 참고로 하여, 華實이 兼備되고, 文質이 조화된 글을 지었다.

> 문장을 지음에 있어서는 六經에 뿌리를 두고서 古文을 참고로 하니, 華實을 겸하였고, 文質이 알맞았다. 雄渾하면서 典雅하고, 淸健하면서 和平하였는데, 그 귀착점을 찾아보면 순수하게 한결같이 바른 데서 나왔다.[5]

六經에 뿌리두는 것만 가지고는 文章工夫로서는 충분하지 못한데, 퇴계는 六經에 뿌리를 둔 위에 古文을 참고로 했다. 古文이란 지나친 修辭 위주의 騈儷文을 匡正하기 위해서 韓愈가 唱導한 文體인데, 宋나라에 들어와서 歐陽脩가 계승·발전시켜 나갔고, 王安石, 蘇軾, 曾鞏 등이 歐陽脩의 영향을 받아 각기 一家를 이루었다. 朱子는 특히 韓愈의 文章을 좋아하여, 그의 文集을 교정하였고, 또 曾鞏의 문장을 좋아하였다. 退溪도 朱子의 文章 이외에 韓愈, 歐陽脩, 蘇東坡, 曾鞏 등의 문장을 좋아하여, 내용과 修辭가 고루 조화된 문장을 지었던 것이다. 蘇東坡는 程頤와 사이가 좋지 않아 자주 程頤를 자주 비난하였으므로, 朱子는 蘇東坡의 사람됨을 자주 문제삼았다. 그리고 주자가 蘇東坡의 문장만은 일부 인정하여 문장을 짓는 데 模範으로 삼아도 무방하다고 했지만, 그 내용은 矜豪·譎詭하다고

---

4) 『退溪言行錄』 卷6 14張 「言行通述」, 平生於朱子書, 用功最深, 以朱子論學切要之語, 多在於知舊問答書中, 而學者多患其汗漫. 於是取其尤親切緊要者, 節約成書, 略加註解.

5) 『退溪言行錄』 卷6 14張 「言行通述」, 爲文, 本諸六經, 參之古文, 華實相兼, 文質得中, 雄渾而典雅, 淸健而和平, 要其歸, 則粹然一出於正.

했다.6) 조선시대 학자들은 朱子의 영향으로 蘇東坡를 대단히 비난하였고, 退溪의 제자인 柳希春, 奇大升, 金宇顒 등은 宣祖임금에게 蘇東坡의 글을 가까이해서는 안된다고 건의하였다.7) 그러나 退溪는 蘇東坡의 文章에 대해서 관대한 태도를 취하였다.

그리고 退溪는 曾鞏의 文章은 歐陽脩의 것에 버금간다고 보았다.

　　韓·歐·曾·蘇라 했는데, 曾은 曾鞏을 이른 것으로 자는 子固로, 곧 南豐先生이니, 그 문장은 歐公에게 버금가므로 익히게 한 것입니다. 蘇東坡와 莊子, 荀子의 문장은 資稟에서 얻은 것이 아니겠습니까? 갑자기 向上하기를 바라서는 되지 않을 것입니다. 그러나 글을 짓는 일은 初學者가 그 길을 몰라서는 안되기 때문에, 그래서 朱子가 부득이 몸을 굽혀 이렇게 보았던 것입니다. 그 위의 글에 "오늘날 이런 엉터리 곡조가 있을 줄 어찌 알았겠는가?"라는 탄식이 있는 것을 보면, 알 수가 있습니다.8)

朱子가 曾鞏의 文章이 歐陽脩에 버금간다고 인정하여 여러 사람들에게 익히게 했을 것이라고, 退溪는 생각했다. 蘇東坡의 문장이나 莊子, 荀子의 문장 등은 자신들의 타고난 개성을 발휘한 문장들이지만, 朱子는 엉터리 문장으로 보았다. 다만 글공부를 하는 사람의 경우에 그런 글도 있다는 것을 알기 위해서 보아야 했기 때문에 朱子도 보았을 것이라고, 퇴계는 짐작했다.

退溪는 朱子의 문장을 가장 尊慕하여 으뜸으로 보아 배웠고, 나아가 다른 사람도 배우기 쉽도록 하기 위해서 『朱子書節要』까지 편찬하였다. 또 六經에 뿌리를 두고 韓愈 등에게서 비롯된 古文을 참고하여 華實이

---

6) 『朱熹集』 제4책 1912쪽 「答程允夫」

7) 『宣祖實錄』 卷1 즉위년 11월조, 卷7 6년 12월조.
　『東岡集』 卷11 22張 「經筵講義」.

8) 『陶山全書』 2책 195쪽, 「答李剛而」, 韓歐曾蘇, 曾謂曾鞏, 字子固, 卽南豐先生. 其文, 亞於歐公, 所以令習. 蘇與莊荀之文, 豈不以受之資稟, 未可遽以向上事望之, 而屬文一事, 初學亦不可不知蹊徑, 故不得已而俯就之如此, 觀其上文, 有安知今日乃作此曲拍之歎, 則可知矣.

兼備되고 文質이 調和된 글을 지었던 것이다.

Ⅲ. 詩의 수용

道學者들은 學問의 餘技로 詩를 지었지만, 退溪는 여느 學者와는 달리 詩를 적극적으로 지었다. 學問이 그 本領이었지만, 詩에 매우 관심이 많았고 詩의 效用을 매우 중시하였기 때문이다.

> 선생께서는 시 짓기를 좋아하셔서 평생토록 功을 매우 많이 들이셨다. 그 시는 勁健·典實하고 화려한 文彩를 자랑하지 않으셨다. 처음 보면 맛이 없는 것 같지만, 보면 볼수록 좋다. 일찍이 말씀하시기를, "나의 시는 枯淡하여 사람들 가운데 좋아하지 않는 사람이 많다. 그러나 시에 힘을 들인 것이 자못 깊었다. 그래서 처음 보면 비록 冷淡한 듯하지만 오랫동안 보면 의미가 없지 않다"라고 하셨다. 또 말씀하시기를, "시는 공부하는 사람들에게 전혀 緊切한 것은 아니다. 그러나 경치를 만나거나 흥겨운 때를 만나면 시가 없을 수가 없다"라고 하셨다.9)

詩가 공부하는 사람에게 제일 緊切한 것은 아니지만, 景物을 읊조리고 感興을 발할 때는 시가 없을 수 없다고 보았다. 공부하는 학자가 詩를 專業으로 삼아서는 곤란하지만, 공부하는 사람에게 시는 없어서는 안될 必需品이라고 보았다. 단지 시에 빠져서 자신의 本性을 잃어서는 안된다는 뜻이었다.

그래서 退溪는 다음과 같은 시를 읊어 그의 시에 대한 입장을 분명히 하였다.

---

9) 『退溪先生言行通錄』 卷5 43張, 先生喜爲詩, 平生用功甚多. 其詩, 勁健典實, 不衒華彩, 初看似無味, 愈看愈好. 嘗言「吾詩, 枯淡, 人多不喜, 然於詩用力頗深, 故初看, 雖似冷淡, 久看, 則不無意味」. 又曰「詩於學者, 最非緊切, 然遇景値興, 不可無詩矣」.

詩가 사람을 그르치는 것이 아니고 사람이 스스로 그릇치는 것.
흥취가 이르고 감정이 알맞게 되면 이미 금지하기 어렵다네.
바람과 구름 움직이는 곳엔 神의 도움이 있는 듯하고,
더러운 냄새 비린내 사라질 땐 속된 소리도 없어진다네.10)

　詩가 사람을 그르치는 것이 아니고, 시를 가지고서 사람 자신이 자신을
그르친다는 것이다. 한정된 한 평생 동안 살면서 중요한 학문은 팽개치고
서 시 짓는 일만을 일삼는다면, 자신이 자기 일생을 망치는 것이라고 볼
수 있다. 그러나 詩興이 일어날 때는 그것을 막을 수 없다고 하여, 시가
없을 수 없음을 이야기했다. 靈感이 떠오르면 神의 도움이 있는 듯이 시가
잘 되고, 또 시를 통해서 마음의 더러운 기운을 깨끗이 씻을 수 있다고
하여 精神健康의 측면에서 그 有用한 점을 제시하였다.
　詩를 배우려는 제자에게 詩의 근원인『詩經』을 먼저 배울 것을 강조하
였다.

　　지금『朱子書』를 읽으려고 한다고 물으셨는데, 이 책은 진실로 읽지 않아
서는 안됩니다. 그러나 책의 권수가 적지 않으니, 짧은 기간 동안에는 다
마칠 수가 없습니다. 바라건대, 그대는 우선 그것을 중지하고 모름지기 먼저
『詩經』을 읽으신다면 아주 좋을 것입니다. 아주 좋을 것입니다. 孔子께서도
그 아들에게,『詩經』의「周南」과「召南」을 읽지 않으면 담장에 얼굴을 대고
서 있는 것처럼 識見이 꽉 막힌다고 했습니다. 韓退之는『詩經』과『書經』을
읽지 않으면 속이 텅 빈다고 여겼습니다. 설사 그대가 朱子學에 전념하려고
한다 해도, 옛날부터『詩經』・『書經』을 읽지 않은 理學이 어찌 있을 수 있겠
습니까? 원컨대 그대는 이 점에 대해서 생각해 보십시오. 전날 만나서도
『詩經』을 읽을 것을 권유했는데도, 지금 다시 "무슨 책을 읽어야 하느냐?"고
물으니, 공의 생각으로는『詩經』을 읽는 것은 心學 공부에 절실하지 않다고
여겨 읽으려고 하지 않는 것일 텐데, 이는 크게 잘못된 것입니다. 그래서

10) 退溪集 卷3 22張「吟詩」, 詩不誤人人自誤, 興來情適已難禁. 風雲動處有神助, 葷血消時絶
俗音.

냉정하게 말씀드리는 것일 따름입니다.11)

朱子書를 읽는 것도 중요하지만, 그 이전에 먼저 『詩經』을 읽어야 한다
는 것을 거듭 강조하고 있다. 『詩經』을 읽는 것은 學問의 기초를 다지는
것인 동시에 文學의 기초를 다지는 중요한 과정으로 보았다. 退溪가 『朱子
書』를 대단히 중요하게 여겼지만, 그보다 먼저 『詩經』을 먼저 읽어야 한다
고 제자 李德弘에게 再三 勸誘하였다.
退溪는 각시대 여러 詩人들의 시를 많이 읽었지만, 특히 陶淵明, 杜甫
蘇軾, 朱子의 詩를 좋아하였고, 그 影響을 많이 받았다.

> 退溪선생은 詩 짓기를 좋아했는데, 陶淵明과 杜甫의 詩를 즐겨 읽었는데,
> 만년에는 朱子의 詩를 보기를 더욱 좋아하였다. 그 시가 처음에는 매우 淸麗
> 했다가, 얼마 지나서 華麗함을 제거하여 한결같이 典實하였다. 莊重하고 簡
> 淡하여 스스로 一家를 이루었다.12)

初年에는 陶淵明과 杜甫의 시를 좋아하다가 晩年에 가서는 점점 朱子
의 시를 좋아했음을 알 수 있다. 학문이 성숙해질수록 단순한 詩人의 시보
다는 學問的·思想的으로 깊이가 있는 朱子의 시를 좋아하는 것은 당연한
귀결이라 할 수 있다. 退溪가 陶淵明의 詩를 좋아한 이유는, 그 高尚한
韻致, 自然에 대한 사랑, 벼슬을 버리고 田園에서 生活하는 점 등이 퇴계의
마음과 들어맞았기 때문이라 할 수 있다. 이 밖에 杜甫의 愛國愛族 및
다양한 詩世界, 蘇軾의 自然스러움, 朱子의 深奧·精緻한 思想體系 등에

---

11) 『退溪集』 卷36 13, 14張 「答李宏仲」, 今問「欲讀朱書」, 此書, 固不可不讀, 然卷帙不少, 時月
之間, 所不能了. 願公姑且停之, 須先讀詩, 至佳至佳. 孔子以不爲二南爲墻面, 韓公以不學詩
書爲腹空. 假使公專意此學, 自古安有不學詩書底理學耶? …… 願公思之. 前日面勸讀詩, 今
問「讀何書」, 是公意, 以讀詩爲不切於心學, 而不欲讀之, 此大誤也. 故索言之耳.
12) 『退溪言行錄』 卷6 14張 「言行通述」, 先生喜爲詩, 樂觀陶杜詩, 晩年尤喜看朱子詩. 其詩,
初甚淸麗, 旣而剪去華靡, 一歸典實, 莊重簡淡, 自成一家..

退溪가 傾倒되었을 수 있다.

　　詩를 지으면 淸嚴·簡淡했는데, 젊은 시절에는 일찍이 杜詩를 배웠고, 晚
　年에는 晦菴의 시를 좋아했는데, 왕왕 格調가 한 사람의 손에서 나온 것
　같았다.13)

　詩를 배우기는 젊은 시절에는 杜甫의 시를 배웠는데, 이는 杜甫의 詩가
시 가운데 가장 正格이고, 국가와 민족을 생각하는 儒者들에게 가장 알맞
았기 때문으로 생각된다. 杜甫와 齊名한 李白은, 老莊을 좋아하고 비현실
적이고 虛誕한 말이 많고, 절제 없이 술을 마셨기 때문에 退溪가 좋아하지
않았던 것이다. 退溪의 意識構造나 體質에 맞지 않았기 때문이다.
　위에서 論及했지만, 陶淵明의 人間性과 그 生活態度가 退溪와 흡사한
것이 많았기 때문에, 退溪는 그를 지극히 欽慕하였고, 또 그 詩에 心醉했다.

　　우뚝하도다! 柴桑의 노인이여.
　　百世 뒤에 아침 저녁으로 친하다네.
　　출렁출렁 흘러가는 큰 강물 속에서,
　　오직 선생만이 길을 잃지 않았네.
　　같이 잘 지내던 친구 陸修靜은,
　　만년에 廬山의 幅巾을 저버렸다네.
　　어떻게 하면 바다처럼 많은 술을 얻어,
　　저승에 계신 분 불러일으킬 수 있을까?14)

　陶淵明의 사람됨을 흠모한 나머지, 退溪는 "百世 뒤에 아침 저녁으로
만난다"고 했다. '尙友千古'란 말이 있다. "당시 세상의 착한 선비들이 부족

---

13) 『退溪言行錄』 卷5 15張 「雜記」, 爲詩, 淸嚴簡淡. 少嘗學杜詩, 晚喜晦菴詩, 往往調格, 如出
　　一手.
14) 退溪集 卷1 53張 「和陶集飮酒二十首」, 卓哉柴桑翁, 百世朝暮親. 湯湯洪流中. 惟子不迷津.
　　同好陸修靜, 晚負廬山巾. 安得酒如海, 喚起九原人.

하면 옛사람을 벗삼아, 그 詩를 외우고 그 글을 읽는다"라는 孟子의 말이 있다. 退溪에게는 벗삼을 만한 옛사람이 바로 陶淵明이었던 것이었다. 陶淵明은 당시 晋나라와 宋나라의 교체기를 살아가면서 자신의 操行에 문제가 없이 깨끗하게 살았는데, 퇴계는 이 점을 높이 평가하고 있다. 陶淵明의 친구 陸修靜이 나중에 劉宋 明帝의 부름에 응한 것을 들어 그 出處의 문제점을 지적하고 있다. 士禍가 여러 차례 일어나고 權奸들이 임금 측근으로 있던 당시에 退溪는 陶淵明처럼 瑕疵없는 出處를 하려고 苦心하였고, 그 楷範으로 陶淵明을 치고 있었던 것이다.

退溪는 陶淵明의 시를 읊으면서 단순히 詩人으로서 吟風弄月的으로 읊조리는 것이 아니고, 그를 철저히 배우려고 하고 있다. 그래서 王朝의 交替期에 절개를 지킨 陶淵明을 欽慕하여 이런 시를 지었다.

> 천년 세월 동안 절개 지킨 두 노인이여!
> 길이 읊조리며 몇 번이나 興을 붙였던가?[15]

여기서 한 노인은 邵康節을 말한다. 벼슬하지 않으면서 고상하게 자신의 뜻대로 살아간 두 사람을 특별히 흠모하여 그 시를 자주 읊으며 興을 붙였던 것이다.

> 들으니, 옛날 潯陽에 돌아와 누운 손이,
> 사람의 마을에 집 짓고서 매양 문을 닫았다네.
> 평생 고아한 그 氣風을 감탄하며 우러름은,
> 시끄러움 피하려 하지 않고도 시끄러움 끊었기에.[16]

---

15) 『退溪集』卷3 15張「澗柳」, 千載兩節翁, 長吟幾興寓.
16) 『退溪集』卷5 32張「次韻金道盛三絶」, 聞昔潯陽歸臥客, 結廬人境每關門. 平生歎仰高風處, 不要逃喧自絶喧.

陶淵明은 벼슬에서 물러난 뒤에 다른 隱者들처럼 세상과 絶緣된 깊은
산골에 가서 숨은 것이 아니고, 농사를 지으면서 시골사람들과 어울려
살았다. 깊은 산골에 隱居하는 것보다 더 세상에 노출되기 쉽게 다시 부름
에도 응하기 쉬운 생활이었다. 그런데도 변하지 않고 자신의 志節을 지켰
다. 이 점이 더 高尙한 것이다. 시끄러운 속에서도 시끄러움을 끊은 것이
더 가치 있는 것이다. 마음 공부가 되어 있고 사리에 통달한 경지에 도달한
사람이 아니라면, 주위환경의 영향을 전혀 받지 않고, 자신의 마음을 지켜
나가기가 어려운 것이다.

> 흐릿한 곳으로 도피하는 것은 내가 바라지 않지만,
> 다만 陶淵明이 근심을 잊는 것은 본받고 싶네.[17]

退溪로서도 세상을 살아가면서 당면하는 여러 가지 문제 때문에 고민이
생기지 않을 수가 없었을 것이다. 이런 고민을 해결하는 방법을 陶淵明으
로부터 배우기를 바랐다. 陶淵明의 思考方式 및 意識構造를 배우겠다는
것이니, 그 인간 됨에 매료되었음을 알 수 있다.

退溪나 陶淵明은 모두 다 順理的인 사람이고 자연스러움을 존중하는
생활을 해 왔다.

> 유씨(劉氏)가 나라 훔쳐 세력 하늘에 닿았을 제,
> 江城에서 국화 딴 이 어진이 있었도다.
> 首陽山에서 굶어 죽은 건 너무 좁지 않았던가?
> 南山 아름다운 기운 더욱 초연하구나.[18]

---

17) 『退溪集』卷3 25張「飮酒」, 逃入昏冥我不求, 但師陶令爲忘憂.
18) 『退溪集』卷2 38張「黃仲擧求題畫十絶, 栗里歸耕」, 卯金竊鼎勢滔天. 擷菊江城有此賢.
    餓死首陽無乃隘, 南山佳氣更超然.

그래서 首陽山에 들어가 周나라의 곡식은 먹지 않겠다고 고사리를 캐어 먹다 굶어죽은 伯夷·叔齊보다 陶淵明을 退溪는 더 높게 쳤다. 王朝가 교체되는 시기에 산 것은 마찬가지지만, 陶淵明의 處身이 자연스럽고 超然한데 비해서, 伯夷·叔齊의 처신은 너무 偏狹하다고 평가했다. 退溪 같은 원만한 성격의 소유자는 順理的인 陶淵明의 處身方法을 인정했다.

늘 벼슬에 나아가기를 어렵게 여기고 물러나기를 쉽게 여긴 退溪였지만, 임금의 만류 등 현실은 쉽게 훌쩍 벼슬을 버리고 떠날 수 없는 처지인지라, 본의 아니게 벼슬자리에 있는 경우가 많았다. 그래서 「歸去來辭」를 부르고서 官職을 버린 陶淵明이때로는 선망의 대상이 될 수 있었던 것이다.

> 謝安이 근심 면하지 못한 것 비로소 믿겠고,
> 陶淵明이 돌아가기 좋아한 것에 깊이 부끄럽네.19)

또 돌아간다 돌아간다 하면서도 정작 浩然히 돌아가지 못하는 자신은 돌아간다고 입으로는 부르짖지만 마음으로는 기실 名利를 추구하려는 사람이 아닌지 스스로 자신을 省察하고 있다.

> 榮華를 탐내면서 괜히 陶元亮을 흠모하니,
> 치자꽃으로 가짜 금을 꾸미는 것과 어찌 다르랴?20)

노란 치자꽃으로 금빛을 낼 수 있는데, 자기도 금이 아니면서 치자꽃으로 꾸민 가짜와 무엇이 다르겠느냐고 자신을 힐책하고 있다. 陶淵明을 흠모하면서도 陶淵明이 실행했던 자취를 따르지 못하는 자신이 한심했던 것이다. 철저한 自己省察이다. 자신을 이렇게 솔직하게 비판할 인물이 쉽

---

19) 『退溪集』 卷4 14張 「廣興寺次聾巖先生韻」, 始信謝公憂不免, 深慚陶令喜言歸.
20) 『退溪集』 續集 卷2 13張 「次韻答趙景陽」, 貪榮浪慕陶元亮, 何異將梔假作金.

게 있지 않을 것이다. 이런 성찰 속에서 한 단계 더 발전한 인물이 될 수 있는 것이다. 물러나려 하면 임금을 비롯한 주변의 사람들이 말리고, 물러난 뒤에도 곧 召命이 바로 내리니, 退溪 자신이 榮華에 연연한 것은 아니었지만, 자신의 의지가 굳지 못한 것에 결국 원인을 돌리고 있다.

그리고 별다른 능력이 없으면서 名聲이 크게 알려지고 중요한 관직을 차지하고 있는 자기자신이 부끄럽다고 했다. 「歸去來辭」를 읊고 시골로 돌아가 이름을 감춘 陶淵明의 자세를 배우려고 하고 있다. "명성이 실제보다 지나친 것을 君子는 부끄러워한다"라는 孟子의 가르침을 그대로 실현하려는 의지가 잘 나타난 시이다.

> 어부는 「滄浪歌」를 불러서 淸濁의 이치 깨우쳤고,
> 陶公은 歸去來辭 읊어 名聲을 감추고자 했다네.
> 재주 없으면 일하여 먹고사는 것 물을 것 없나니,
> 다만 얌전하게 살아야 하는 건데 聖明에게 부끄러워.[21]

退溪도 辭官·歸鄕한 뒤 깊은 산골짜기에 숨어 세상과 관계를 끊으려는 것이 아니었고, 陶淵明처럼 시골마을에서 시골사람들과 어울려 살아가려는 생각이었다. 책만 읽고 科擧에 올라 農村生活의 일이 서툴겠지만, 얼마간의 祿俸을 받아 육체를 먹여 살리기 위해서 精神이 구속을 받는 官職生活의 괴로움보다는 나을 것이란 기대를 하고 있다. 退溪가 관직에서 느끼는 고달픔은 精神的인 고달픔이고, 추구하는 바는 정신적인 자유였다.

> 또한 일이 서툴러서 엉성한 줄이야 알지만,
> 육체의 부림을 당하는 고달픔보단 그래도 낫다네.[22]

---

21) 『退溪集』 卷1 43張 「和趙上舍士敬」. 漁父滄浪喩淸濁, 陶公歸去願藏聲. 非才食力何須問, 只自端居愧聖明.

22) 『退溪集』 卷1 48張 「和陶集移居韻」, 亦知生事踈, 猶勝勞形役.

시골에서 살아가는 모습도 陶淵明의 田園生活과 흡사하다. 陶淵明이 後漢의 은자 蔣詡를 본받아 자기 집 뒷뜰에다 세 오솔길을 내고 소나무·대나무·국화를 심었는데, 退溪도 三徑을 만들었던 것 같다. 그리고 陶淵明이 「飮酒」라는 시에서, "동쪽 울타리 아래서 국화를 따서 느긋하게 南山을 바라본다네"라는 농촌생활의 한가함을 읊은 시가 있는데, 退溪도 陶淵明처럼 국화를 손에 들고서 1200년 전의 陶淵明의 모습을 追慕하고 있다. 퇴계의 생활양식이나 시세계가 陶淵明에게 많은 영향을 받았음을 알 수 있다.

> 요즈음 와서 三徑이 아주 퇴락해졌지만,
> 손에 노란 국화 들고 앉아 陶淵明 생각하네.23)

退溪가 詩 짓기를 좋아하고 시를 통해서 정신적인 즐거움을 얻는 것도 陶淵明과 같았다. 詩 한 수를 지어도 괴롭게 읊조리는 사람이 있는데, 퇴계의 시는 모두가 밝고 깨끗한 시가 대부분이다. 공부를 통한 수양이 쌓여 和樂한 氣運을 발산한 것이다.

> 陶淵明은 시가 이루어지면 진실로 뜻을 즐겼고,
> 杜甫는 고치기를 끝내고 스스로 길이 읊조렸네.24)

그러나 退溪는 맹목적으로 陶淵明을 欽慕하고 그의 詩를 좋아했던 것만은 아니었다. 陶淵明이 한 일 가운데서도 不合理한 것은 退溪 자신의 기준에서 정확하게 평가하였다. 陶淵明에게는 '줄 없는 거문고', 이른바 '無絃琴'이 있었다. 거문고는 줄이 있어야 그 기능을 할 수 있어 그 존재가치가

---

23) 退溪集 卷4 5張 「山居四時各四吟共十六絶, 秋四吟」 一畫一, 近來三徑殊牢落, 手把黃花坐憶陶.

24) 『退溪集』 卷3 22張 「吟詩」, 栗里賦成眞樂志, 草堂改罷自長吟.

있는 것이다. 그런데 陶淵明은 거문고를 탈 줄 모르기에 無絃琴을 비치해 놓고 흥이 나면 어루만지고 했다. 이것은 운치 있는 일로 전해져 후세의 詩人들이 아무 비판 없이 작품에 자주 등장시켰다. 그러나 퇴계는 이 점은 못마땅하게 생각했다. 곧 虛僞를 조장한다고 생각했다.

> 後凋堂에 謝禮하는 말 붙이니 일 만들기 좋아하지 마소서!
> 거문고 줄 있는 것이 줄 없는 것보다 낫지 않겠소?[25]

退溪는 이 시의 주석에 "일찍이 陶淵明의 無絃琴에 대해서 이야기했는데, 비록 고상한 情致는 있지만, 虛荒한 것을 숭상하고 진실하지 못한 病痛이 있다. 지금 보내온 시에 이것을 인용하였는데 이런 병통이 있는 듯하므로 그 說을 뒤집어서 답한 것이오."[26]라고 했다. 제자인 後凋堂 金富弼이 陶淵明의 無絃琴을 情致 있는 것으로 생각하여 시를 지어 退溪에게 보내왔을 때 퇴계는, 陶淵明의 그 일은 '虛荒한 것을 숭상하고 진실하지 못한 病痛이 있다'는 것을 和答하는 시에서 일깨워 주었다. 언제 어디서나 진실을 추구하는 退溪의 인생자세가 文學에도 잘 나타난 것이다. 자기가 좋아하는 시인이 한 일이라 하여 무조건 따르지 않는 퇴계의 자세가 잘 나타나 있다.

이 밖에도 退溪는 陶淵明의 詩를 좋아하여 熟讀하여, 詩句 곳곳에 陶淵明의 시구와 비슷한 것이 수없이 많이 있다.

退溪는 또 陶淵明의 詩에 심취한 나머지 「和陶集飮酒」 20수와 「和陶集移居韻」 2수를 지었다. 蘇東坡가 陶淵明의 시를 좋아하여 「飮酒」 20수를 和韻하고 이어서 陶淵明의 시 거의 전부를 和韻하였다. 우리 나라에서는 退溪의 和陶詩가 처음이고 이 이후로 많은 文人들이 뒤를 이어 和陶詩를

---

25) 『退溪集』 卷5 20張 「和金彦遇」, 寄謝後凋休好事, 有絃無乃勝無絃.
26) 『退溪集』 卷5 20張, 嘗謂陶公無絃琴事, 雖有高致, 似未免崇虛打乖之病, 今來詩引此, ……
   恐亦有此病, 故反其說以復之.

지어 和陶詩가 하나의 詩樣式이 될 정도이다.

退溪는 평생 朱子의 學問을 계승하여 발전시켰지만, 朱子의 學問 뿐만 아니라 그의 詩를 특히 좋아하였는데 年歲가 들어갈수록 그 정도가 점점 더 강하게 되었다.

> 천년 전 옛사람 생각해 보노라니,
> 建陽 땅인 蘆峯에 계셨다네.
> 專心하여 학문을 닦은 晦庵이시여!
> 책 지어 萬古의 사람들 깨우쳐셨네.
> 지나간 것은 折衷하기를 기다렸고,
> 다가오는 것은 요령 잡아주네.
> 훌륭하도다! 학문 授受의 성대함이여,
> 淵源 멀어 여러 옛 聖賢들 다 포괄했네.
> 되는 대로 지껄이는 미친 물결 막았나니,
> 마음은 아름다운 가르침 거쳐 밝도다.27)

建陽 蘆峯은 바로 雲谷인데, 朱子가 그 곳에서 書齋를 짓고 讀書·講學하던 곳이다. 退溪는 거기서 藏修하여 學問을 集大成한 朱子를 추앙하고 있다. 朱子가 책을 지어 영원토록 人類를 깨우쳤고, 朱子보다 앞 시대의 학문은 朱子의 折衷을 거쳐야만 했고, 朱子 이후의 사람들은 朱子의 인도가 필요하고, 異端과 邪說은 朱子가 다 막았다고 하여, 주자의 學術史上의 비중을 강조하여 밝혔다. 退溪는, 朱子가 한 그런 임무가 이제는 자신을 필요로 한다는 것을 밝혔다.

退溪는, 늘 朱子를 尊慕하면서 朱子가 남긴 훌륭한 가르침을 따라 자신의 허물을 고쳐 聖賢의 길로 나가려고 노력하고 있다.

---

27) 『退溪集』卷1 51,52張 「和陶集飮酒二十首, 其十三」, 我思千載人, 蘆峯建陽境. 藏修一晦庵, 著書萬古醒. 往者待折衷, 來者得挈領. 懿哉盛授受, 源遠雜魯穎. 口耳障狂瀾, 心經嘉訓炳.

잘못을 보완해서 옛날 성현 배우려니 지극한 訓戒 남겼기에,
사람으로 하여금 길이 紫陽老人 그리워하게 하누나.28)

聖人보다 후대에 東方에서 태어났지만, 朱子가 남긴 교훈적인 말 때문에 일생을 의미 있게 지낼 수 있다고 退溪는 생각하였다. 朱子의 책을 얻어 읽고 朱子를 공부하여 실천하는 일에서 일생 최대의 의미를 부여하고 있다.

내 일생은 바다 바깥의 좁쌀 같은 처지,
가련타! 성현과 같은 시대에 태어나지 못했으니.
만약 朱子의 거울 같은 천 마디 말 아니었던들,
여관에서 하루 밤 자고가는 사람과 무엇이 다르랴?29)

朱子 같은 훌륭한 스승과 동시대에 살면서도 朱子를 찾아가 그 教化를 받지 못한 詩人 陸游를 退溪는, 朱子 學問의 가치를 알아보지 못한 측은한 사람으로 생각하고 있다.

천년 전에 목탁소리 考亭에서 울렸나니,
인재를 길러내어 훌륭한 이 몇이런가?
가련하도다! 그 당시의 蓮花老人이여,
시에 미친 것 자랑하여 스스로 가르침 듣길 끊었으니.30)

愛國詩人이지만 陸游는 詩 잘 짓는 것으로 자부하여 朱子를 알아 보지 못했던 것이다. 350년 뒤에 자신은 추앙하는 마음이 너무나도 간절한데,

---

28) 『退溪集』 卷2 6張 「淸明溪上書堂二首」, 補過希前垂至戒, 令人長憶紫陽翁.
29) 『退溪集』 卷1 36張 「易東書院示諸君三首」, 一粟吾生海外身. 可憐賢聖未同辰. 若非雲谷千言鑒, 何異蘧廬一宿人.
30) 『退溪集』 卷3 2葉 「觀朱子大全亟稱陸放翁之爲人放翁終未聞一來問道有感而作」 木鐸千年振考亭. 達材成德幾豪英. 可憐當日蓮花老, 終詑詩狂自絶聽.

같은 시대에 멀지 않은 곳에 살았으면서도 朱子를 찾아볼 안목이 없었던 陸游를 退溪는 이해하기 힘들었다. 退溪가 詩를 좋아했지만, 학문적 바탕이 없는 陸游의 詩 같은 것은 좋아하지 않았다.

退溪가 아무리 朱子를 尊慕했어도 자신과 견해가 맞지 않을 때는 역시 맹목적으로 따르지는 않았다. 詩에 대한 평가에 있어서 朱子의 견해를 쉽사리 받아들이지 않고 신중하게 장기적으로 검토하여 결론을 내리려고 했다. 아무런 근거 없이 臆斷을 내리는 경솔한 판단도 내리지 않았다. 詩를 批評하는 데 있어서도 학문하는 신중한 자세로 하고 있다.

> 朱子는 詩를 논함에 있어서, 西晋 이전의 것만 취하였고, 杜詩는 虁州에 살 때 이전의 것만 취하였소. 지금의 관점에서 보건대, 대체로 東晋의 여러 시인들은 진실로 西晋 이전보다 못하고, 虁州 이후의 시는 또한 너무 橫肆하고 엉성하오. 그러나 建安時代의 여러 사람들의 시는 좋은 것은 아주 좋지만 좋지 못한 것도 역시 많소. 杜子美의 만년의 시는 멋대로인 것은 너무 멋대로이지만, 또한 간혹 整頓되고 平穩한 것도 있소. 그러나 朱子는 이렇게 말하였소. 이런 점에 대해서는 우리들의 견해가 미치지 못한 것이니, 臆斷을 해서 자신의 견해를 지켜 말을 정해서는 안되겠소. 우리들의 의리가 익숙해지고 안목이 높아지기를 기다린 뒤에 천천히 논의할 따름이오.[31]

退溪는, 朱子의 「武夷九曲櫂歌」 10수에 次韻하는 등, 朱子의 시에 차운한 것이 가장 많았다. 그리고 詩句마다 朱子의 시에서 근원한 것이 많은데 이는 일일이 다 열거하기 어려울 정도이다. 여러 詩人들 가운데서도 朱子를 특별히 좋아했고, 그의 詩를 철저히 배워서 詩作에 활용했다는 것을 알 수 있다.

---

31) 『退溪集』卷25 20張 「答鄭子中講目」, 朱子論詩, 取西晋以前, 論杜詩, 取虁州以前. 自今觀之, 江左諸人詩, 固不如西晋以前, 虁州以後詩, 亦太橫肆郞當, 大槪則然矣. 然如建安諸子詩, 好者極好, 而不好者, 亦多. 子美晚年詩, 橫者太橫, 亦間有整帖平穩者, 而朱子云然. 此等處, 吾輩見未到, 不可以臆斷, 且守見定言語. 俟吾義理熟眼目高, 然後徐議之耳.

退溪는 "젊은 시절에는 일찍이 杜詩를 배웠고, 晚年에는 晦菴의 시를 좋아했다"[32]라는 기록이 있다. 그러나 젊은 시절에만 杜詩를 좋아한 것이 아니고 평생토록 杜詩를 좋아하였고, 逝世하기 얼마 전까지도 杜詩에 깊은 맛을 느낀다고 하였다.

　　저는 쇠약하고 고달픔이 날로 심해 가니, 단지 소박한 데로 돌아가 내 분수에 편안함을 느끼고 있는데, 杜子美의 "졸렬함으로써 나의 道를 지키며, 그윽한 데 거처하니 사물의 情緖에 맞도다"라는 구절에 깊은 맛을 느끼고 있을 따름이오.[33]

이 書簡은 退溪가 69세 되던 해 제자 金就礪에게 답한 것이다. 物慾을 초탈하여 悟道者의 경지에 든 老學者의 심경에 杜甫의 이 시구가 마음에 와 닿았던 것이다. 자기가 일생 살아온 생활태도를 남에게 내놓고 자랑할 것은 못되지만, 거저 자신은 그것을 지키면서 분수대로 살아가는 노년의 모습이다. 杜甫의 詩를 젊었을 때 일시적으로 좋아한 것이 아니고, 몸으로 좋아했음을 알 수 있다.

그리고 杜甫의 시 한 구를 지어내기 위해서 최선을 다하여 생각하고 다듬고 고치는 자세를 배워 자신의 시 짓는 자세로 삼았다.

　　옛날의 시에 능한 사람은 천번 백번 鍛鍊하여 충분하게 좋지 않으면 가벼이 남에게 보이지 않았습니다. 그래서 말하기를, "詩語가 사람을 놀라게 하지 않으면 죽을 때까지 그만두지 않겠노라"라고 했는데, 이 속에 무한한 말이 들어 있는 것입니다.[34]

---

32) 『退溪言行錄』 卷5 15張 「雜記」.

33) 『退溪集』 卷30 21張 「答金而精」, 滉衰憊日甚, 只以反素安分, 深有味於杜子美「用拙存吾道, 幽居近物情」之語耳.

34) 『退溪集』 卷35 2張 「與鄭子精」, 古之能詩者, 千鍛百鍊, 非至恰好, 不輕以示人. 故曰「語不驚人死不休」. 此間有無限語言.

退溪는 杜甫의 시를 인용하여 공부하는 사람들의 學問하는 자세를 설명하였다.

> 신유년(1561) 3월 그믐에 선생께서 溪南의 서재에서 걸어서 李福弘·李德弘 등을 데리고 陶山으로 가다가 무덤이 있는 산의 꼭대기에서 쉬셨다. 그때 산의 꽃은 흐드러지게 피고 안개 낀 숲이 훤하고 고왔다. 선생께서 "소용돌이 속에서 해오라기 목욕하는 것은 무슨 뜻인가? 홀로 선 나무에 꽃이 피니 절로 분명하구나"라는 杜甫의 詩句를 읊으셨다. 李德弘이 묻기를 "이 뜻은 어떠합니까?"라고 하니, 선생은 "자기 공부를 하는 군자가 인위적으로 함이 없이 그렇게 된 것이 이 뜻과 살며시 들어맞는다. 배우는 사람은 모름지기 체험하여 그 義理를 바르게 하고 그 이익은 꾀하지 말며, 그 道를 밝히고 그 功은 따지지 않아야 한다. 만약 터럭만큼이라도 인위적으로 하려는 마음이 있다면, 학문이 아니다."라고 말씀하셨다.[35]

아무도 보는 사람 없지만 해오라기가 소용돌이 물을 즐겨서 혼자 목욕을 하고 있고, 어느 누구 보아주는 사람 없어도 꽃은 절로 피는 것이다. 천지의 조화나 대자연의 순환이 다 그런 것이다. 가장 큰 원칙이자 질서인 것이다. 공부하는 사람도 마땅히 이러해야 한다고 退溪는 생각했다. 공부를 수단으로 삼아서 명예를 얻거나 지위를 얻거나 이익을 챙기려는 마음이 있으면 이미 진정한 공부가 아닌 것이다. 그런 생각을 가지고서는 공부를 할 수가 없는 것이다. 퇴계는 杜甫의 詩를 해석하면서 단순히 文藝的인 측면에만 머물지 않고 한 단계 더 수준 높은 학문과 사상에 초점을 두고 해석했던 것이다.

退溪가 杜詩에 次韻한 詩는 12수 있고, 또 杜甫의 詩를 완전히 소화하여

---

35) 『退溪言行錄』卷3 6張「樂山水」, 辛酉三月晦, 先生步出溪南齋, 率李福弘德弘等, 往陶山, 憩冢頂松下. 時山花盛開, 煙林明媚. 先生詠杜詩「盤渦鷺浴底心性. 獨樹花發自分明」之句. 德弘問「此意如何」. 曰「爲己君子, 無所爲而然者, 暗合於此意思. 學者須當體驗, 正其義, 不謀其利. 明其道, 不計其功. 若少有一毫爲之之心, 則非學也」.

그 詩句를 인용하거나 典故로 삼은 것이 군데군데 있다.

　退溪가 蘇東坡의 詩를 晩唐의 詩보다 높게 평가하고, 즐겨 외웠고 또 蘇東坡의 詩語를 많이 사용한 사실은, 그 제자 權應仁의 기록을 통해서 알 수 있다.

　　退溪도 말하기를, "蘇東坡의 詩가 과연 晩唐의 詩보다 못한가?"라고 했다. …… 오직 退溪相公만은 蘇東坡의 詩 읽기를 좋아하였고, "구름 흩어지니 달 밝은데 누가 만들어낸 건가? 하늘 모습 바다 빛은 본래 맑은 것"이라는 詩句를 늘 외웠다. 그가 지은 시 가운데는, 蘇東坡의 詩語를 사용한 것이 많다.[36]

　退溪는 蘇東坡의 詩도 좋아하여 次韻한 詩가 11수 되고, 또 시를 지을 때 곳곳에서 그 詩句를 引用하거나 변형시켜 쓰거나, 典故로 사용하였다. 中宗 때에 朝鮮의 詩壇에 蘇東坡·黃庭堅의 詩風이 유행한 적이 있었는 데, 退溪도 그 영향을 받았던 것 같다. 退溪와 절친한 鄭士龍이 蘇東坡의 시를 좋아하였다. 그러나 退溪의 제자들 세대에 가면 蘇東坡의 시를 좋아 하는 경향이 사라지고 만다.

　退溪는 蘇東坡의 사람됨이 浩氣가 있고, 詩를 잘 하는 것을 欽慕하여 다음과 같은 시를 읊은 적이 있다.

　　신선 같은 蘇東坡 한 번 가고 나서 몇 년이나 지났는가?
　　술잔 속에는 옛날 같이 한 조각 달이 비춰누나.
　　옥 같은 노래 불러 만정(幔亭) 속에 울려퍼지고,
　　신선 같은 風度과 浩然한 氣槪는 허공을 달리는 듯.[37]

---

36) 權應仁 『松溪漫錄』 卷下, 今世詩學, 專尙晩唐, 閣束蘇詩. 湖陰聞之, 笑曰「非卑也, 不能也」. 退溪亦曰「蘇詩果不逮晩唐耶?」 …… 唯退溪相公, 好讀坡詩, 常誦「雲散月明誰點綴, 天色海 容本澄淸」之句. 其所著詩, 使坡語者, 多矣.

37) 『退溪集』 卷2 7張 「十一夜陪聾巖先生月下飮酒杏花下用東坡韻」, 蘇仙一去幾今古, 依舊杯

退溪는 蘇東坡의 赤壁船遊의 風流를 본받아 신유년(1561) 4월 16일에
제자와 자질들과 배를 띄우고, 濯纓潭에서 놀았다.

> 신유년 4월 16일에 선생께서는 조카 㝂, 손자 安道 및 德弘과 달빛 속에
> 배를 띄워 거슬러 올라가 盤陀石에 배를 대고, 櫟灘에 이르러 닻줄을 풀고
> 내렸다. 술이 세 순배 돌자 옷깃을 바로잡고 단정히 앉아 한참 있다가 「赤壁
> 賦」를 외우시고는 말씀하시기를 "蘇公이 비록 病痛이 없지 않지만, 그 마음
> 의 욕심이 적었던 것은 '만약 나의 소유가 아니라면 비록 터럭 하나라도
> 취하지 말 것이라'는 말 이하의 몇 구절에서 볼 수 있다. 또 일찍이 그가
> 귀양가면서 棺을 싣고 갔다 하니, 초탈하여 구애받지 않음이 이러하도다"라
> 고 하셨다.[38]

蘇東坡가 朱子가 지적한 것처럼 여러 가지 病痛이 없는 것은 아니지만
그 物慾이 적고 脫俗한 人品의 소유자라는 점은 退溪가 인정했던 것이다.
退溪가 62세 되던 해는 임술년(1562)으로 蘇東坡가 赤壁에서 놀았던
해의 干支와 같았다. 이런 때는 退溪의 일생에서 두 번 만나기 어려웠으므
로 蘇東坡처럼 船遊를 준비했다. 이런 것을 볼 적에 退溪가 蘇東坡를 얼마
나 좋아했는지를 짐작할 수 있다.

> 내일이 임술년 7월 旣望이라 바야흐로 여러 벗들과 달빛 비친 물에 노를
> 저어 빛을 받아 흘러내리는 물을 거슬러 올라가 바가지 술잔을 들어 서로
> 권하는 일을 도모하고 있소. 이밖에 다시 무엇을 알겠소.[39]

中一片月. 唱徹瓊詞幢亭中, 仙風浩氣如憑空.

38) 『退溪言行錄』 卷3 32張, 辛酉四月旣望, 先生與姪㝂孫子安道及德弘, 泛月濯纓潭. 泝流泊
盤陀石, 至櫟灘, 解纜而下. 酒三行, 正襟端坐, 詠前赤壁賦, 曰「蘇公雖不無病痛, 其心之寡
慾處, 於『苟非吾之所有, 雖一毫而莫取』以下數句, 見之矣. 又嘗謫去, 載棺而行, 其脫然不
拘如此」.

39) 『陶山全書』 3책 551쪽, 謝李公幹 明日乃壬戌之秋七月旣望, 方謀與諸友擊空明而泝流光,
擧匏尊而相屬. 此外更何知耶?

이 밖에도 退溪는 唐나라 韓愈를 좋아하여 그를 닮으려고 노력하였다.

> 어떻게 하면 재주가 韓吏部 같이 되어,
> 짙은 푸르름과 피어오르는 산기운을 읊을 수 있을까?[40]

그러나 退溪는 절제없이 술을 마시고 疏狂했던 竹林七賢, 李白, 元結 등 唐나라의 竹溪六逸, 허탄한 楊貴妃의 사랑 이야기를 날조하여 시로 읊은 白樂天, 天道를 무시하여 두려워할 줄 모르고 임금을 오도하였던 王安石 등은 좋아하지 않았음을 다음의 資料에서 알 수 있다.

> 술로 방탕한 竹林七賢이여,
> 시에 호탕한 竹溪六逸이여.[41]

> 가련하다! 李白, 疏狂이 심함이여,
> 같이 술 마시는 사람들에게 잘못 자랑하여 五侯를 생각하게 했네.[42]

> 또 보지 못했는가? 白樂天의 재주 본래 浮華하던 것을.[43]

> 李白이나 元結은 儒者의 標準이 아니고, 章句나 風月은 學問하는 사람의 急務는 아니오. 이는 정말 잘못되었소.[44]

> 王安石은 '天變은 두려워할 것이 없다'라고 여겼는데, 이는 속이고 아첨하고 간사한 말로 실로 하늘에 크게 죄를 얻은 것입니다.[45]

---

40) 『陶山全書』 3책 449쪽, 「月出杏靄」, 安得才如韓吏部, 解吟濃綠與蒸嵐.
41) 『退溪集』 卷1 44張 「郡齋移竹」 酒放林下七, 詩豪溪上六.
42) 『退溪集』 卷3 25 「飮酒」, 可憐李白疏狂甚, 枉詫同杯憶五侯.
43) 『退溪集』 卷1 44張 「郡齋移竹」, 又不見樂天才調本浮華.
44) 退溪集 卷37 11張, 「答權章仲」, 李白元結固儒者之標準, 章句風月亦非爲學之急務, 此誠誤矣.
45) 退溪集 卷6 56張 「戊辰六條疏」, 安石以爲天變不足畏, 皆誣諛姦罔之言, 固大得罪於天.

아무튼, 退溪는 儒敎敎理에 충실하고, 天理에 順應하고 자연스러운 詩人들을 좋아했고, 절제없이 술을 마시고 방탕한 짓을 하거나, 허탄한 근거 없는 말을 지어내는 시인들의 시는 좋아하지 않았다. 退溪의 中國詩를 受容한 자세는 溫柔敦厚한 儒敎의 詩敎에 근원을 두었다고 할 수 있다.46)

IV. 결론

退溪는 한 평생 中國의 문장과 시를 읽고서 자기 나름대로 수용하여 자기 문장과 시의 꽃을 피웠다. 退溪는 朱子의 문장을 가장 尊慕하여 으뜸으로 보아 배웠고, 나아가 다른 사람도 배우기 쉽도록 하기 위해서 『朱子書節要』까지 편찬하였다. 또 六經에 뿌리를 두고 韓愈 등에게서 비롯된 古文을 참고하여 華實이 兼備되고 文質이 調和된 글을 지었던 것이다.

退溪는 시를 짓기를 매우 좋아하였는데, 詩에 있어서는 『詩經』을 根源으로 하여 중시하였고, 젊은 시절에는 陶淵明과 杜甫의 시를 좋아하였고, 晩年에는 朱子의 詩를 점점 더 좋아하게 되었다. 그는 시를 지음으로 해서 精神的인 喜悅을 얻을 수 있었다. 이는 그의 마음 속의 和氣에서 우러나온 것이었다.

退溪는 일생동안 朱子의 學問을 尊崇하여 발전시켰는데, 시에 있어서도 朱子의 시를 매우 좋아했고, 따라서 배우려고 노력했다.

退溪는 杜甫의 시는 시의 正格이라 하여 매우 좋아했다. 그리고 學問的인 내용과 憂國憐民的인 사상이 儒者의 心理에 부합되었기 때문이다. 기리고 杜甫의 최선을 다해서 최후의 순간까지 시를 推敲하는 詩作態度를 아주 존중하였다.

退溪는 당시 다른 유학자들과는 달리 蘇東坡의 시를 晩唐詩보다 높이

---

46) 中國詩의 受容에 관한 논의에 있어서는, 王蘇敎授著, 李章佑敎授飜譯의 『退溪詩學』을 많이 참고하였음을 밝힌다.

평가하였고, 蘇東坡의 詩를 비교적 좋아하였다.

退溪는 竹林七賢, 李白, 白居易, 王安石等 眞摯하지 못하고, 言行이 虛誕한 시인들은 좋아하지 않았다. 결국 退溪가 가장 尊崇하고 좋아한 시인은 朱子였다.

총괄적으로 말해서, 退溪는 儒敎敎理를 존중하는 順理的이고 自然的인 詩人을 좋아했으니, 儒敎의 溫柔敦厚한 詩敎의 基準을 신중하게 준수했다고 볼 수 있다.

退溪之中國文學的采納樣子

THE STUDY ON TOEGYE'S ACCEPTANCE OF CHINESE LITERATURE

I. 序論

退溪李滉是著名的學者, 而且特出的文學家. 大槪他一輩子寫的詩歌, 達到于二千五百餘首, 所以稱他爲一位偉大的詩人, 也無問題的. 因此我們可以知道他如何重視詩歌文學.

到現在, 對于退溪之文學, 研究的成果, 已經相當豐富, 然對于退溪之中國文學的采納樣子怎麼樣, 而且怎麼樣地利用于自己的詩文創作, 還沒有總的研究. 我在這篇文章裏, 要闡明退溪怎麼樣地讀中國古代詩人文章家之作品, 而怎麼樣地融匯于自己的作品.

II. 采納中國散文的樣子

退溪在學問研究上, 以性理學爲他的最主要專業, 所以他在學問前輩中最尊崇朱子, 對他朱子的影響第一大, 而且在文學上亦然. 退溪寫了下面的詩.

雲谷遺書百世師, 際天蟠地入毫絲.[1]

---

1) 『退溪集』 卷3 47張 「吳子强正字將行贈別三絶」.

退溪說, 朱子寫了的文章就是百世之老師. 因此我們可以知道退溪深信朱子之文章就是古今歷史上最好的文章, 而值得可以永遠地存在. 而且朱子之文章, 析理甚明, 世無其匹. 在內容上, 又形式上, 退溪都深敬服不已, 而且他眞心地願意學習朱子的文章.

退溪一輩子反復熟讀朱子的文章, 究竟選取朱子所寫的書簡, 編爲『朱子書節要』. 所以可以說退溪把朱子之文章吸入到自己的骨髓裏. 以後退溪的文章裏豐富地含有朱子文章的氣味. 這樣的結果, 由于退溪一輩子繼續讀誦朱子的文章而推崇之故.

退溪到四十三歲的時候把朱子大全才入手.[2]　此書是由于朝鮮中宗之命在校書館第一次刊出的. 退溪也最初, 對于朱子之學問與文章, 不太了解, 不太心醉. 然棄官歸陶山, 開始盡力研讀, 然後在知道其深奧的意味無窮. 退溪這樣說,

> 載歸溪上, 得日閉門靜居而讀之, 自是, 漸覺其言之有味, 其義之無窮, 而於書札, 尤有所感焉. …… 其告人也, 能使人感發而興起焉. 不獨於當時及門之士, 爲然, 雖百世之遠, 苟得聞教者, 無異於提耳而面命也.[3]

朱子之文章中, 尤其書札, 退溪最有興趣, 是以反復研讀思惟, 爲了其學生以及後世學者很容易學習, 退溪親自編輯朱子書節要

退溪自己覺得讀朱子書簡的時候, 好像自己直接受教于朱子. 雖然自己的時代離朱子的已經過了三百五十年, 那不成問題了. 且退溪很願意讓他的學生讀朱子的書簡. 因爲朱子大全篇幅太大, 他的學生要看一次也不容易的. 所以退溪摘三分之一的分量而縮編, 讓他的學生讀而振奮, 把其內容實行. 退溪的尊崇朱子之程度非常熱烈, 故很願意把朱子之文章廣範地普及. 退溪這樣說,

---

2)『退溪集』卷42 3張「朱子書節要序」.

3)『退溪集』卷42 3張「朱子書節要序」.

> 平生於朱子書, 用功最深, 以朱子論學切要之語, 多在於知舊問答書中, 而
> 學者多患其汗漫. 於是取其尤親切緊要者, 節約成書, 略加註解.[4]

這是退溪的學生鄭惟一所記之退溪的言行, 這裏說退溪一輩子工夫最深
的就是對于朱子的工夫. 又說那个時候使別的學者知道喜歡朱子的文章是
退溪的功勞. 所以可以說退溪在普及朱子的文章于朝鮮, 業績豐厚.

除了朱子的文章以外, 退溪又以儒教之六經爲根本, 兼參以古文, 寫了華
實兼備文質彬彬的文章.

> 爲文, 本諸六經, 參之古文, 華實相兼, 文質得中, 雄渾而典雅, 淸健而和平,
> 要其歸, 則粹然一出於正.[5]

在文章工夫上, 只以六經爲根本不够, 所以退溪更參以古文. 古文是匡正
騈儷文之浮華而充實內容爲目標. 唐代韓愈唱導, 到了宋代, 歐陽脩繼承而
發揚之. 歐陽脩的門下如王安石蘇軾曾鞏, 都受到其師之影響, 自成一家.
朱子也受其影響. 朱子很喜歡韓愈的文章, 而且喜歡曾鞏的文章, 退溪跟着
朱子學習的, 所以除了朱子的文章以外, 也喜歡韓愈歐陽脩蘇東坡曾鞏等
的文章. 蘇東坡的文章, 朱子不喜歡, 然而退溪則喜歡. 退溪的學生們也不
喜歡蘇東坡的文章. 是值得以後研究的.

退溪以爲曾鞏的文章是僅次于歐陽脩的. 退溪在回答李楨的書簡裏這樣說,

> 韓歐曾蘇, 曾謂曾鞏, 字子固, 卽南豐先生. 其文, 亞於歐公, 所以令習. 蘇與
> 莊荀之文, 豈不以受之資稟, 未可遽以向上事望之, 而屬文一事, 初學亦不可
> 不知蹊徑, 故不得已而俯就之如此, 觀其上文, 有安知今日乃作此曲拍之歎,
> 則可知矣.

---

4) 『退溪言行錄』 卷6 14張 言行通. 「言行通述」.
5) 『退溪言行錄』 卷6 14張 「言行通述」.

退溪以爲朱子以曾鞏的文章亞於歐陽脩而使很多的人學習. 蘇東坡莊子荀子等的文章, 雖受之於資稟, 不正常的文章

Ⅲ. 采納中國詩歌的樣子

大部分的道學者以爲詩是學問的餘技而寫了詩, 然而退溪跟別的學者不一樣很積極地寫詩. 雖然他的本業是研究學問的, 對于詩也關心很大, 且很重視詩的功能.

　先生喜爲詩, 平生用功甚多. 其詩, 勁健典實, 不衒華彩, 初看似無味, 愈看愈好. 嘗言「吾詩, 枯淡, 人多不喜, 然於詩用力頗深, 故初看, 雖似冷淡, 久看, 則不無意味」. 又曰「詩於學者, 最非緊切, 然遇景値興, 不可無詩矣」.[6]

退溪以爲, 詩對于學者不是第一緊切的, 然遇到風景, 發生興致的時候, 不可以不寫詩. 學者完全以作詩爲業, 就不可, 然詩於學者不可缺的. 但必須注意終歸於玩物喪志.

以此退溪明確地標榜自己的詩觀如此,

　詩不誤人人自誤, 興來情適已難禁.
　風雲動處有神助, 葷血消時絶俗音.[7]

退溪的主張是, 詩不是引人入邪路的東西, 其實人自己毀滅自己. 如果一个人扔掉自己的學問, 只以寫詩爲業, 就困難了. 而且有的時候寫詩, 對于學者的精神健康也很好.

---

6)『退溪先生言行通錄』卷5 43葉.

7)『退溪集』卷3 22葉「吟詩」.

對于願意學詩的學生, 退溪敎示說, 先學詩經, 因爲詩經就是詩歌之源泉.

> 今問「欲讀朱書」, 此書, 固不可不讀, 然卷帙不少, 時月之間, 所不能了. 願
> 公姑且停之, 須先讀詩, 至佳至佳. 孔子以不爲二南爲墻面, 韓公以不學詩書
> 爲腹空. 假使公專意此學, 自古安有不學詩書底理學耶? …… 願公思之. 前日
> 面勸讀詩, 今問「讀何書」. 是公意, 以讀詩爲不切於心學, 而不欲讀之, 此大誤
> 也. 故索言之耳.[8]

退溪認爲硏讀朱子的書也很重要的, 然在讀朱子的書以前, 必須先讀詩
經. 退溪讓學生們先讀詩經的理由, 就是讀詩經則可以讓他的文學的基礎
結實, 進而讓他的學問的基礎結實之故. 是以, 退溪對于學生李德弘勉强地
規勸先讀詩經.

退溪廣範地讀過 中國古代諸詩人之詩歌, 然最喜歡之詩人, 就是陶淵明
杜甫蘇軾朱子, 而且受到相當的影響.

> 先生喜爲詩, 樂觀陶杜詩, 晚年尤喜看朱子詩. 其詩, 初甚淸麗, 旣而剪去華
> 靡, 一歸典實, 莊重簡淡, 自成一家.[9]

退溪在年靑的時候, 喜歡陶淵明和杜甫的詩 到了晚年漸漸喜歡朱子的
詩. 他的學問越成熟越喜歡朱子的詩, 朱子的詩裏面含蘊着學問的思想的
深意. 退溪喜歡朱子之詩的最大的理由就是這个. 退溪喜歡陶淵明的詩之
理由, 因爲陶淵明詩有高韻, 又有自然愛 而且他辭官歸鄕之故. 退溪之情感
與陶淵明最接近的. 此外, 杜甫之愛國愛族思想以及詩歌之多樣性, 蘇軾之
自然無拘, 朱子之深奧精緻的思想體系等, 退溪都喜歡.

---

8) 『退溪集』 卷36 13, 14葉 「答李宏仲」.

9) 『退溪言行錄』 卷6 14葉 「言行通述」.

爲詩, 淸嚴簡淡. 少嘗學杜詩, 晚喜晦菴詩, 往往調格, 如出一手.10)

退溪在年靑的時候, 學習杜甫詩, 爲什麼這樣, 大槪杜甫之詩, 在諸詩中最爲正格, 而且一向憂國憂民而適合於儒者之思想意識. 退溪不喜歡李白, 人爲他喝酒太多, 言行虛誕故.

上面已經說過, 退溪跟陶淵明, 其思想構造和生活態度相似, 故退溪非常欽慕他, 而且心醉他的詩歌.

卓哉柴桑翁, 百世朝暮親. 湯湯洪流中. 惟子不迷津. 同好陸修靜, 晚負廬山巾. 安得酒如海, 喚起九原人.11)

看這篇詩裏的「百世朝暮親」, 可以知道退溪的欽仰陶淵明程度. 這就是孟子所謂尙友千古. 陶淵明和退溪, 雖然年代相隔, 實在是很好的朋友.

陶淵明處于晋宋交替的時候, 潔身守節. 退溪對于這個方面, 評價陶淵明很高. 陶淵明的朋友陸修靜之出處有些問題. 退溪也處于權奸用事士禍頻發的時候, 他的處身方法, 要以陶淵明爲模範. 跟着學習的. 退溪欽仰陶淵明, 寫了這樣的詩.

千載兩節翁, 長吟幾興寓.12)

一翁就是陶淵明, 另外一翁就是邵康節. 二人潔身不仕, 退溪欽仰其德而作詩.

聞昔潯陽歸臥客, 結廬人境每關門. 平生歎仰高風處, 不要逃喧自絶喧.13)

---

10)『退溪言行錄』卷5 15葉「雜記」.爲詩, 淸嚴簡淡. 少嘗學杜詩, 晚喜晦菴詩, 往往調格, 如出一手.

11)『退溪集』卷1 53葉「和陶集飮酒二十首」.

12)『退溪集』卷3 15葉「澗柳」.

陶淵明則棄官以後, 不深隱於山谷, 而與農民一起生活在農村. 此眞不容易的. 露出於世, 故很容易搞壞, 然始終不變志節, 自己心裏有工夫, 不太受周圍的影響, 故能如此生活, 是難能可貴的.

　　逃入昏冥我不求, 但師陶令爲忘憂.14)

退溪也是一个人, 處于一世, 不可無煩惱. 他跟着陶淵明學習解決這樣的煩惱的方法. 兩个人都順理地生活的人, 所以他們兩个人很重視自然的生活方式.

　　卯金竊鼎勢滔天. 擷菊江城有此賢. 餓死首陽無乃隘, 南山佳氣更超然.15)

退溪之尊敬陶淵明比餓死於首陽山之伯夷叔齊還高. 兩个人都處于兩个王朝交替的時候, 可是陶淵明之處身很自然的, 而伯夷叔齊之處身太偏狹的. 退溪自己性格圓潤, 故肯定地評價陶淵明的處身態度.

出仕以後, 因爲很多的原因, 退溪也離不開出處問題, 他堅持難進易退的態度, 有的時候因爲國家狀況, 有的時候因爲國王之懇留, 不可浩然歸去. 所以退溪很羨慕陶淵明之出處方式.

　　始信謝公憂不免, 深慙陶令喜言歸.16)

一般的人當中嘴裏上歸去歸去, 而實在不太願意歸去的人, 不少. 退溪自己經常願意歸去, 可是不遂其願, 故退溪深刻之省察自己是好名利的人自

---

13) 『退溪集』 卷5 32葉 「次韻金道盛三絶」.

14) 『退溪集』 卷3 25葉 「飮酒」.

15) 『退溪集』 卷2 38葉 「黃仲擧求題畫十絶, 栗里歸耕」.

16) 『退溪集』 卷4 14葉 「廣興寺次聾巖先生韻」.

己是言行不同的人.

　　貪榮浪慕陶元亮, 何異將梔假作金.[17]

　用梔子之黃色, 可以假裝眞金色, 退溪害怕自己的出處態度, 跟這个很像. 退溪確實不是恬戀榮華的人, 然自己的態度可以引致別人的疑心. 所以他自己不滿意自己的態度.

　　漁父滄浪喻清濁, 陶公歸去願藏聲. 非才食力何須問, 只自端居愧聖明.[18]

　退溪也計劃他辭官歸鄉以後, 跟陶淵明一樣, 在農村與村民一起生活, 如果這樣地生活, 可以獲得了精神的解放, 現在的仕宦食祿比不上的. 精神的解放很重要的.

　　亦知生事踈, 猶勝勞形役.[19]

　退溪的居鄉生活跟陶淵明差不多. 兩个人都在家之後庭, 開了三徑.

　　近來三徑殊牢落, 手把黃花坐憶陶.[20]

　退溪喜歡寫詩, 進而通過寫詩獲得了精神的悅樂, 也跟陶淵明一樣. 退溪的詩不是苦吟的, 大部分是明快的詩. 他的詩都自他的和樂的氣運流出來.

---

17)『退溪集』續集 卷2 13葉「次韻答趙景陽」.

18)『退溪集』卷1 43葉「和趙上舍士敬」.

19)『退溪集』卷1 48葉「和陶集移居韻」.

20)『退溪集』卷4 5葉「山居四時各四吟共十六絶, 秋四吟」-畫-.

　　栗里賦成眞樂志, 草堂改罷自長吟.[21]

　退溪雖然喜歡陶淵明的詩, 而不是盲目的. 陶淵明之事當中如果有不合理的事, 則按照自己的觀點批判. 對于陶淵明之無絃琴, 後世很多詩人以爲很有韻致的事, 然退溪以爲事是虛荒的不眞實的.

　　寄謝後凋休好事, 有絃無乃勝無絃.[22]

　退溪注明說, 嘗謂陶公無絃琴事, 雖有高致, 似未免崇虛打乖之病, 今來詩引此, …… 恐亦有此病, 故反其說以復之.[23] 其學生金富弼以爲陶淵明之無絃琴頗有情致, 故以其事寫詩送給老師退溪. 然退溪和答其詩以訓戒他.
　此外, 退溪喜歡陶淵明的詩, 反復熟讀, 退溪的詩處處很多跟陶淵明的詩相似的. 且和陶淵明的詩者, 有如「和陶集飲酒」二十首和「和陶集移居韻」二首. 退溪之和陶詩是第一次發現於韓國文學史上, 以後效退溪而作和陶詩者, 無代無之.
　退溪一輩子尊崇朱子的學問, 而繼承深化, 不惟其學問, 尤其朱子的詩, 退溪很喜歡. 越到晚年越喜歡朱子的詩.

　　我思千載人, 蘆峯建陽境. 藏修一晦庵, 著書萬古醒. 往者待折衷, 來者得挈領. 懿哉盛授受, 源遠雜魯穎. 口耳障狂瀾, 心經嘉訓炳.[24]

　建陽之蘆峯就是雲谷, 在那个地方, 朱子建立書齋讀書講學. 退溪之尊崇朱子, 想及于朱子藏修之那个地方. 退溪以爲朱子著書集大成儒學而覺後

────────────

21)『退溪集』卷3 22葉「吟詩」.
22)『退溪集』卷5 20葉「和金彦遇」.
23)『退溪集』卷5 20葉.
24)『退溪集』卷1 51,52葉「和陶集飲酒二十首, 其十三」.

世人, 觝排異端邪說 其功很大. 退溪覺得到自己的時代, 自己也擔着跟朱子一樣的任務.

　　退溪一味尊慕朱子, 遵行朱子所遺的教訓, 將努力矯正自己的缺點, 走向聖人之路.

　　　　補過希前垂至戒, 令人長憶紫陽翁.25)

　　退溪認爲, 朱子雖然出生比聖人很晚, 因爲有朱子之遺訓, 研讀那本書, 是自己一生裏, 最有意思的.

　　　　一粟吾生海外身. 可憐賢聖未同辰. 若非雲谷千言鑒, 何異蘆廬一宿人.26)

　　退溪很可憐地瞧跟朱子生在同一的時代, 而不知尊崇朱子而一輩子不曾訪的很有名的南宋詩人陸游.

　　　　木鐸千年振考亭. 達材成德幾豪英. 可憐當日蓮花老, 終詫詩狂自絶聽.27)

　　陸游雖然見稱以愛國詩人, 而且以詩自豪, 然不知朱子是如何人物, 就是很大的過錯. 退溪自己離朱子的時代相距三百五十年, 反倒又很喜歡又很尊崇, 陸游這樣的態度, 退溪根本不可以理解. 所以退溪雖然喜歡詩, 却不喜歡陸游這樣的沒有學問的詩人.

　　退溪雖然非常尊慕朱子, 然而跟他的意見不相符合, 不肯盲從朱子的意見. 通過很愼重地長期間探討, 然後下結論. 退溪的批評詩歌的態度, 很象他的研究學問的態度.

---

25)『退溪集』卷2 6葉「淸明溪上書堂二首」.

26)『退溪集』卷1 36葉「易東書院示諸君三首」.

27)『退溪集』卷3 2葉「觀朱子大全亟稱陸放翁之爲人放翁終未聞一來問道有感而作」.

　　朱子論詩, 取西晋以前, 論杜詩, 取夔州以前. 自今觀之, 江左諸人詩, 固不
如西晋以前, 夔州以後詩, 亦太橫肆郎當, 大槪則然矣. 然如建安諸子詩, 好者
極好, 而不好者, 亦多. 子美晚年詩, 橫者太橫, 亦間有整帖平穩者, 而朱子云
然. 此等處, 吾輩見未到, 不可以臆斷, 且守見定言語. 俟吾義理熟眼目高, 然
後徐議之耳.28)

　　除了退溪次「武夷九曲櫂歌」韻十數以外,　還有很多的次韻朱子詩的詩.
所以退溪之次朱子的詩韻者, 第一多. 退溪詩裏面, 很多詩句根源於朱子的
詩的, 不可能一一擧例. 反正在很多的詩人當中, 退溪最喜歡最尊崇的詩人
乃是朱子.
　　退溪言行錄裏面, 有這樣的資料, 卽退溪在年靑的時候, 學過杜詩, 到了
晚年喜歡晦菴的詩29). 然而不惟年靑的時候喜歡杜詩, 實在一輩子喜歡杜
詩, 到易簀的直前, 自己說, 杜詩很有意思.

　　滉衰憊日甚, 只以反素安分, 深有味於杜子美「用拙存吾道, 幽居近物情」之
語耳.30)

　　這个書簡是退溪六十九歲的時候給他的學生金就礪回信. 杜詩很合適於
超脫物慾而優入悟道之境的. 退溪很願意學習杜甫的盡力地寫詩態度, 作
爲自己寫詩的態度.

　　古之能詩者, 千鍛百鍊, 非至恰好, 不輕以示人. 故曰「語不驚人死不休」. 此
間有無限語言.31)

---

28)『退溪集』卷25 20葉「答鄭子中講目」.

29)『退溪言行錄』卷5 15葉「雜記」

30)『退溪集』卷30 21葉「答金而精」.

31)『退溪集』卷35 2葉「與鄭子精」.

退溪把杜甫之「語不驚人死不休」這个句, 說給另外的學生. 退溪很喜歡
這个句.

且援引杜甫詩句, 擴大解釋以爲學者工夫的姿勢.

> 辛酉三月晦, 先生步出溪南齋, 率李福弘德弘等, 往陶山, 憩家頂松下. 時山
> 花盛開, 煙林明媚. 先生詠杜詩「盤渦鷺浴底心性. 獨樹花發自分明」之句. 德
> 弘問「此意如何」. 曰「爲己君子, 無所爲而然者, 暗合於此意思. 學者須當體驗,
> 正其義, 不謀其利. 明其道, 不計其功. 若少有一毫爲之之心, 則非學也」.[32]

誰也不看, 白鷺自己游泳, 山木自己開化, 退溪以爲學者的爲學態度應該
這樣. 什麼也不計較, 不汲汲於名利, 然後才可以做眞正的學問. 利用學問,
如果心裏先企圖自己的顯達, 這不算是學問. 退溪看做杜甫的詩不是單純
的詩歌, 裏面豐富地含有學問性思想性的價值.

退溪之次杜詩韻的詩達到十二首, 還有把杜甫溶解吸入於自己的詩者也
不少.

退溪對于蘇東坡之詩的評價比晚唐詩還高, 平常喜歡吟唱蘇詩, 寫詩的時
候, 多多援用蘇詩裏的詩語. 下面看退溪的學生權應仁之記錄, 則可以知道.

> 今世詩學, 專尚晚唐, 閣束蘇詩. 湖陰聞之, 笑曰「非卑也, 不能也」. 退溪亦
> 曰「蘇詩果不逮晚唐耶?」 …… 唯退溪相公, 好讀坡詩, 常誦「雲散月明誰點綴,
> 天色海容本澄清」之句. 其所著詩, 使坡語者, 多矣.[33]

退溪次蘇東坡的詩韻的詩達到十一首, 且寫詩的時候, 處處援用蘇詩中
語. 到了朝鮮中期, 朝鮮詩人中一部人, 十分喜歡蘇東坡黃庭堅的詩, 一時
氣勢頗盛, 可能是退溪受了一些影響. 過了退溪的時代, 沒有了這樣的傾向.

---

32) 『退溪言行錄』 卷3 6葉 「樂山水」.

33) 權應仁 『松溪漫錄』 卷下.

所以退溪的學生們, 跟老師不一樣, 不喜歡蘇東坡的詩. 而且退溪欽慕蘇東坡的爲人有浩氣, 而善于作詩, 所以退溪贊揚他如此.

　　蘇仙一去幾今古, 依舊杯中一片月. 唱徹瓊詞幔亭中, 仙風浩氣如憑空.[34]

　退溪要仿效蘇東坡之赤壁船遊的風流事, 在他六十一歲的辛酉(1561)年四月十六日, 率領其學生以及子姪, 泛舟遊於月光下的濯纓潭. 學生李德弘這樣記錄.

　　辛酉四月旣望, 先生與姪寯孫子安道及德弘, 泛月濯纓潭. 泝流泊盤陀石, 至櫟灘, 解纜而下. 酒三行, 正襟端坐, 詠前赤壁賦, 曰「蘇公雖不無病痛, 其心之寡慾處, 於『苟非吾之所有, 雖一毫而莫取』以下數句, 見之矣. 又嘗謫去, 載棺而行, 其脫然不拘如此」.[35]

　蘇東坡雖然不無朱子所指出的病痛, 退溪却認定蘇東坡寡慾而脫俗的人. 第二年是退溪六十二歲的壬戌(1562)年, 就跟蘇東坡泛舟赤壁的那年的干支一樣. 他在世期間之內, 再次逢上這樣的機會根本不可能的. 所以退溪再次準備月下船遊. 據退溪這樣的態度, 可以推知退溪怎麼樣地喜歡蘇東坡.

　　明日乃壬戌之秋七月旣望, 方謀與諸友擊空明而泝流光, 擧匏尊而相屬. 此外更何知耶?[36]

　除了上面提及的詩人以外, 退溪喜歡韓愈而努力學習他. 下面的詩, 可以看出.

---

34) 『退溪集』卷2 7葉 「十一夜陪聾巖先生月下飮酒杏花下用東坡韻」.
35) 『退溪言行錄』卷3 32葉.
36) 『陶山全書』3책 551쪽, 「謝李公幹」.

安得才如韓吏部, 解吟濃綠與蒸嵐.[37]

　退溪不喜歡這些的詩人, 比如喝酒無量言行虛誕的李白, 喝酒而無爲 疏狂亂倫的竹林七賢, 包括李白與元結的竹溪六逸, 捏造關于楊貴妃的無據的戀愛故事的白居易, 不畏天道而引王於邪路的王安石. 請看下面一些資料, 可以看出退溪的觀點.

　酒放林下七, 詩豪溪上六.[38]

　可憐李白疏狂甚, 枉託同杯憶五侯.[39]

　又不見樂天才調本浮華.[40]

　李白元結固儒者之標準, 章句風月亦非爲學之急務, 此誠誤矣.[41]

　安石以爲天變不足畏, 皆誣諛姦罔之言, 固大得罪於天.[42]

　總的來說, 退溪喜歡遵奉儒敎敎理的順理的自然的詩人, 却不喜歡疏狂的虛誕的亂倫的詩人. 他是究竟離不開儒敎之溫柔敦厚的詩敎.

IV. 結論

退溪一輩子繼續讀誦中國很多文學家的詩文. 通過學習, 才發見誰的文

---

37) 『陶山全書』 3冊 449쪽, 「月出杏靄」.

38) 『退溪集』 卷1 44葉 「郡齋移竹」.

39) 『退溪集』 卷3 25葉 「飮酒」.

40) 『退溪集』 卷1 44葉 「郡齋移竹」.

41) 退溪集 卷37 11葉 「答權章仲」.

42) 退溪集 卷6 56葉. 「戊辰六條疏」.

章與詩最合適於他的趣向. 最後他自己覺得朱子的文章最好, 所以他把朱子大全裏的書簡, 縮編爲朱子書節要, 使很多的同時代的學者, 容易讀誦. 除了朱子的文章以外, 退溪又以儒敎之六經爲根本, 兼參以古文, 寫了華實兼備文質彬彬的文章.

退溪學詩, 以詩經爲根本, 他又喜歡寫詩, 進而通過寫詩獲得了精神的悅樂, 也跟陶淵明一樣. 退溪的詩不是苦吟的, 大部分是明快的詩. 他的詩都自他的和樂的氣運流出來.

退溪一輩子尊崇朱子的學問, 而繼承深化, 不惟其學問, 尤其朱子的詩, 退溪很喜歡. 越到晚年越喜歡朱子的詩.

退溪在年靑的時候, 學習杜甫詩, 爲什麼這樣, 大槪杜甫之詩, 在諸詩中最爲正格, 而且一向憂國憂民而合於儒者之思想意識. 杜詩很合適於超脫物慾而優入悟道之境的. 退溪很願意學習杜甫的盡力地寫詩態度, 以作爲自己寫詩的態度. 退溪看做杜甫的詩不是單純的詩歌, 裏面豐富地含有學問性思想性的價値.

退溪對于蘇東坡之詩的評價比晚唐詩還高, 平常喜歡吟唱蘇詩, 寫詩的時候, 多多援用蘇詩裏的詩語.

退溪不喜歡竹林七賢李白白居易王安石等人, 他們大部分, 不太老實, 言行虛誕故. 反正在很多的詩人當中, 退溪最喜歡最尊崇的詩人乃是朱子.

總的來說, 退溪喜歡遵奉儒敎敎理的順理的自然的詩人, 却不喜歡疏狂的虛誕的亂倫的詩人. 他是究竟離不開儒敎之溫柔敦厚的詩敎.

退溪의 先輩學者에 대한 평가

I. 서론

退溪 李滉은 우리 나라를 대표하는 대학자이면서, 우리 나라 學術史上 본격적인 학문다운 학문을 한 최초의 인물이다. 그리고 학술적인 저서를 거의 처음으로 낸 분이다.

퇴계 이전에 많은 학자들이 있었지만, 퇴계의 안목을 만족시킬 만한 사람이 없었다. 왜냐하면, 학자로서는 그 당대 최고의 평가를 받았다 할 수 있는 文廟從祀에 이른 학자들이 여럿 있었지만, 저서가 남아 있지 않았다. 혹은 나름대로 학문을 한다고 했지만 학문의 바른 방향을 몰라 오류를 저질렀거나, 혹은 異端에 點染되었기 때문이었다.

퇴계가 생각하는 학문은 인간의 최고가치인 진리를 추구하는 道學을 말한다. 道學이란 儒學 가운데서 性理學에 속하면서도 실천까지 구비된 학문을 말한다. 그래서 관대한 인품을 지닌 퇴계지만, 학문에 관한 평가에 있어서는 아주 엄격하였고, 先賢들이라 해도 그 잘못이나 미진한 부분에 대해서는 신랄하게 지적하고 넘어갔다.

退溪는, 선배의 학문이라도 이치를 분석하고 道를 논하는 데 있어서는 터럭만큼도 구차해서는 안 된다고 생각했다. 그래서 先賢이나 스승의 글이나 학설이라도 논하지 않을 수 없다는 것이 평소에 갖고 있는 지론이었다.

대저 前輩를 비난하여 논의하는 것은 실로 후학들이 감히 가벼이 할 수 있는 것은 아니오 그러나 이치를 분석하고 道를 논하는 데 있어서는 터럭만큼도 구차해서는 안 되오. 그래서 晦菴이 東萊와 더불어 『知言』의 진실된

부분과 문제 있는 부분을 바로잡을 때, 南軒도 그 일에 참여하였소. 南軒은
五峯[胡宏]의 제자인데, 제자로서 스승의 책을 논의하면서도 혐의스럽게 여
기지 않은 것은, 어찌 의리가 천하의 公辨된 것이기 때문이 아니겠소? 어느
것이 앞이고 어느 것이 뒤고, 누가 스승이고 누가 제자고, 저것이 무엇이고
이것이 무엇이고, 무엇을 취하며 무엇을 버릴 것인가 할 것 없이, 지극히
합당한 데다 한결같이 초점을 맞추어 바꿀 수 없었을 따름이오.[1]

이치는 천하의 공변된 것이기 때문에 선배이거나 스승의 學說이거나
著書거나 할 것 없이, 지극히 합당한 이치를 얻기 위해서는 後學이지만
선배의 학문을 논하지 않을 수 없다는 것이 퇴계의 생각이었다. 대신 신중
히 하지 않으면 안 된다고 생각했다.

本考에서는, 퇴계가 前代 학자들의 학문을 평가한 자료를 찾아 시대순
으로 나누어 고찰하였다. 이 고찰을 통해서 퇴계의 學問에 대한 관점과
우리 나라 학문에 대한 열정 등을 알아보고자 한다.

II. 우리나라 學術의 洞觀

1567년 明나라 사신인 翰林院 檢討 許國과 兵科給事中 魏時亮이 와서
"東方에 孔孟의 心學과 箕子의 九疇의 數를 아는 사람이 있는지 모르겠군
요?"라고 했을 때, 退溪는, 자기 當代까지의 우리 나라 학문을 洞觀하여
明나라 사신에게 이렇게 소개했다.

　　우리 동쪽 나라는 箕子가 와서 봉해져 九疇로 가르침을 베풀어 여덟 가지
　　법령으로 다스린 이래로, 어진 이의 교화가 저절로 神明에 응하여, 선비 가운

---

1)『退溪集』제19권 27쪽,『答黃仲擧論白鹿洞規集解』. 夫非議前輩, 後學之不敢輕也. 然至於
析理論道, 則一毫不可苟也. 故晦菴與東萊訂定知言之醇疵也. 南軒亦與焉. 南軒, 五峯之門
人也. 以弟子而議師門之書, 不以爲嫌者, 豈不以義理, 天下之公也? 何先何後, 何師何弟, 何
彼何此, 何取何舍, 一於至當而不可易耳.

데서 心學을 터득하여 九疇의 理數를 밝혀 세상에 이름난 사람이 반드시 있었을 것입니다.

四郡시대, 平州와 東府시대, 三國時代에는 국토가 나뉘어져 싸우다 보니, 전쟁으로 파괴되어 文籍이 흩어져 없어졌습니다. 道를 전하는 사람이 없을 뿐만 아니라, 이전의 사람들의 성명도 얻어 들을 수가 없습니다.

新羅가 三國을 통일하여 한 나라가 되었고, 高麗 5백년 동안 세상의 도리가 융성하게 되고 文風이 점차 열려, 中國에 유학하는 선비가 많아졌고, 經書가 크게 보급되었습니다. 난세가 바뀌어 治世가 되고, 중국을 흠모하여 오랑캐 풍속을 바꾸었습니다. 儒敎經典의 혜택과 禮義의 기풍과 箕子가 남긴 九疇의 풍속이 그런대로 점점 회복되었으므로, 우리 동쪽 나라가 '文獻의 나라'니, '군자의 나라'니 하고 일컬어졌는데, 그럴 이유가 있었습니다.

그러나 新羅나 高麗의 선비들이 중요하게 생각한 것은 결국 언어나 문장에 있었습니다.

고려말기에 이르러 程朱의 저서가 점점 동쪽나라로 오게 되었습니다. 禹倬이나 鄭夢周 같은 사람들이 性理說을 참고하여 연구할 수 있었습니다.

우리 朝鮮王朝에 이르러 황제 나라로부터 『四書大全』, 『五經大全』, 『性理大全』 등의 서적을 내려주는 은혜를 입었습니다. 조선왕조에서는 과거를 설치해서 선비를 선발했는데, 또 四書三經에 통달한 사람이 선발하는 데 들 수 있었습니다. 이로 말미암아 선비들이 외우고 익히는 것이 孔子, 孟子, 程子, 朱子의 말이 아닌 것이 없었습니다

그러나 어떤 사람은 익혀진 풍속을 그대로 따르다 보니 자기의 뜻을 나타내지도 못하고 살피지도 못하였고, 어떤 사람은 뜻은 큰데 일은 잘하지 못하여 겉으로 그럴 듯하지만 재단할 줄을 몰랐습니다. 그런 가운데서도 우뚝이 뛰어나 혼자 보고 慨然히 발분해서 성현의 학문에 종사한 사람이 간혹 있었지만, 많이 얻을 수는 없었습니다. 이제 몇 사람을 제시합니다만, 다 이미 작고한 사람들입니다.[2]

---

2) 『退溪集』 續集 제8권 8, 9쪽, 「回示詔使書」. 吾東。自箕子來封。九疇設敎。八條爲治。仁賢之化。自應神明。士之得心學明疇數。必有名世者矣。四郡, 二府, 三國分爭。干戈靡爛。文籍散逸。不惟傳道之無人。其前人姓名。亦不得而聞矣。新羅統三爲一。高麗五百餘年間。世道向隆。文風漸開。士多遊學中原。經籍興行。易亂爲治。慕華變夷。詩書之澤。禮義之風。箕疇遺俗。猶可漸復。故吾東見稱爲文獻之邦。君子之國。有由然矣。然

우리 나라의 대표적인 학자라 하여 明나라 사신에게 명단을 제출한 학자는, 崔致遠, 薛聰, 崔冲, 安裕, 李穡, 權近, 吉再, 金宗直, 金安國 등이었는데, 禮曹에서 적어 올린 것이었다. 權近은 처음에 명단에 들었다가 弘文館에서 논의하여 삭제해 버렸다.

이때 退溪가 추가한 학자로는, 禹倬, 鄭夢周, 金宏弼, 鄭汝昌, 趙光祖, 尹祥, 李彦迪, 徐敬德이었다. 여기서 인물들을 보면, 퇴계는 道學에 비중을 두고 선정한 것으로 볼 수 있다.

退溪 이전의 인물로 文廟에 從祀된 인물이 8명이 있지만, 퇴계는 우리 나라에 옳은 학문이 없는 것을 아쉬워하였다.

退溪가 우리 나라 학문의 通弊로 본 것은, 이전의 학자들은 文華에만 치중했다는 것과 자기 동시대의 인물들은 학문이 疎略한 점이었다.

선배들은 문장의 화려함만 넉넉했고,	前輩文華勝
지금 사람들은 학술이 엉성하다네.	今人術業疎
누가 능히 스스로 분발하여,	有誰能自奮
道를 체득하여 經書로 향할는지?	躬道向經書3)

스스로 분발하여 道를 체득하면서 經書 공부에 치중하는 사람이 없다는 점을 퇴계는 아쉬워하였다.

우리 나라는 문헌이 없고, 혹 있다 해도 詩文이나 野史, 筆記類 등이고, 儒學에 관한 著籍은 더욱 귀했다. 혹 있다고 해도 마음으로 인정할 수 있는 것은 없다는 것이다.

二代之儒。其歸重終在於言語文章之間。逮于麗末。程朱之書。稍稍東來。故如禹倬, 鄭夢周之徒。得以參究性理之說。至于國朝。獲蒙 皇朝頒賜四書, 五經, 大全, 性理大全等書。國朝設科取士。又以通四書三經者。得與其選。由是。士之誦習。無非孔孟程朱之言。然而或習俗因循。而不著不察。或狂簡斐然。而不知折裁。其中超然獨見。慨然發憤。而從事於聖賢之學者。往往有之。而亦不多得。今所擧若干人。皆已往者耳。

3) 『退溪集』 제2권 16-17쪽, 「書徐處士花潭集後三首」.

우리 나라는 문헌이 거의 없고, 간혹 문장으로 세상에 이름난 사람이라도 詩文을 읊거나 자질구레한 이야기나 우스개 등이고, 유학에 관한 저술은 전혀 없다. 어쩌다 있어 얻어 읽어보면 마음에 의심스러움이 없을 수 없다.[4]

退溪 이전에는 文學家는 있어도 본격적인 학자는 거의 없었고, 학문에 관한 저술은 더더욱 없는 상태였다.

退溪는 자기 자신을 위해서 학문에 침잠하여 열심히 노력했지만, 중국에 비해서 너무나 뒤떨어진 이런 점을 극복하고자 하는 염원도 작지 않았을 것이다.

Ⅲ. 新羅時代 學者에 대한 평가

우리 나라 漢文學의 開山祖이고 우리 나라 최초로 개인 文集을 남긴 孤雲 崔致遠에 대해서, '文章만 숭상하고 佛敎에 아첨한 인물인데, 文廟에 從祀하는 것은 부당한 일'이라고 退溪는 평가했다.

崔孤雲은 한갓 문장만 숭상했고, 그리고 또 佛敎에 아첨함이 심했다. 매양 그 文集 가운데서 불교에 관한 疏를 보고서 깊이 미워하여 통절하게 끊지 않은 적이 없었다. 文廟從享에 끼게 되었는데, 어찌 先聖들을 모욕하는 것이 심한 것이 아니겠는가?[5]

退溪가 제자인 金就礪에게 주는 서신에서도 비슷한 내용의 말을 했다.

---

4) 『退溪集』 제12권 25쪽. 「與朴澤之」. 吾東方文獻寥寥. 雖間有文章鉅公出而鳴世. 自詩文賦詠小說談謔之外. 斯文著述. 絶無而僅有. 其幸有之者. 及得而讀之. 或不能無疑於心者.
5) 『退溪先生言行錄』 제5권 12쪽. 崔孤雲徒尙文章, 而詔佛又甚. 每見集中佛疏等作, 未嘗不深惡, 而痛絶之也. 與享文廟, 豈非辱先聖之甚乎?

　요즈음 『東文選』을 보았더니, 崔孤雲은 온통 부처에게 아첨하는 사람이더
군요. 분수에 넘치게 文廟에 從祀하는 대열에 끼어 있는데, 그의 귀신이 어찌
받아들여 흠향하겠소? 이러한 것은 애초에 문묘종사에 들지 않은 것이 빛이
있는 것만 못할 것입니다.6)

　退溪는 孤雲 같은 인물은 文廟에 從祀될 인물이 아닌데 잘못 종사되었
다고 보았다. 그런 점은 고운 본인의 영혼도 알고 있을 것으로 문묘에
종사되지 않는 것이 낫다고 했다. 고운은 그 학문으로 볼 적에 儒學에
아무런 공적이 없는 인물이라는 것이다.

　新羅 인물인 金庾信, 弘儒侯 薛聰, 文昌侯 崔致遠을 모시는 慶州의 西岳
精舍를 두고 退溪가 이런 시를 지었다.

東都의 어진 이 모신 사당 비방이 어찌 잦나?	東都賢祠謗何頻
변경시켜 설치하니 새롭게 學舍가 되었네.	變置眞成學舍新
다만 선비만 잘 길러내어,	但使菁莪能長育
임금님 혜택 입어 유림에 속하기를.7)	涵濡聖澤屬儒紳

　退溪의 제자인 龜巖 李楨이 慶州府尹으로 있으면서 西岳精舍를 지어
세 사람을 모셨다. 퇴계는 이 세 인물에 대해서 享祀할 가치를 전혀 느끼지
못했다. 서원에 모셔지는 인물은 무엇보다도 먼저 道學이 있어야 하는데,
이 세 사람은 도학하고는 관계가 멀기 때문이었다. 그래서 퇴계가 지은
시 속에는 세 사람을 尊慕하는 뜻은 전혀 없고, 그저 西岳精舍는 학교로서
선비를 많이 길러내는 기능만 잘 하라고 부탁하고 있다. 이 시는 간접적으
로 西岳精舍에 享祀된 세 사람을 인정하지 않는다는 의견을 갖고 있는
것이다.

---

　6) 『退溪集』 제30권 34쪽, 「答金而精」別紙. 近看東文選。崔孤雲乃全身是佞佛之人。濫厠祀
　　列。彼其神豈敢受享乎。如此則不如初不入之爲有光也。
　7) 『退溪集』 제4권 2쪽, 「西岳精舍」.

신라시대는 國學에서 儒敎經典을 교육했지만, 거저 詩文創作에 활용하기 위한 漢文學의 교양으로 읽은 것이지, 학문 연구나 수양의 경지에까지 이른 학자는 없었으므로 퇴계는 文廟에 從祀되어 있는 薛聰이나 崔致遠에 대해서 조금도 인정하지 않았던 것이다. 설총은 남긴 저술이 거의 없어 평가대상에 들지도 않지만, 崔致遠은 『桂苑筆耕』과 『東文選』 등에 그의 詩文이 많이 실려 있어 그 수준을 평가할 수 있었는데, 退溪가 아주 貶斥하는 평가를 내렸다.

Ⅳ. 高麗時代 學者

高麗時代의 학자로서 그나마 退溪가 인정한 학자로는, 晦軒 安珦, 圃隱 鄭夢周와 易東 禹倬 정도를 들 수 있다.

> 우리 동방의 文獻이 아름다운 것은 유래가 있다. 高麗王朝의 지식인들은 숭상하는 바가 비뚤어진 것도 있고 바른 것도 있다. 安文成公은 학교를 짓고 儒學을 일으켰는데, 魯나라 정도의 수준을 변경시켜 道에 이르지는 못했다. 말기에 이르러 도덕과 절의의 아름다움을 겸한 인물로 鄭圃隱 같은 분이 나왔으니, 그 효력이 아니겠는가?
> 큰 선비로서 士大夫의 영수가 되어 스스로 이 儒道의 책임을 맡았다고 생각하는 사람이 있는데, 그 행실을 공정하게 살펴보면, 도덕의 실천이나 절의를 지킴에 있어서 모두 마음에 들지 않는다. 文詞로써 세상에 이름을 냈을 뿐이었다.[8]

高麗 말기에 도덕과 절의를 겸비한 圃隱 같은 걸출한 인물이 나온 것은,

---

8) 『退溪集』 제41권 43쪽, 「策問」. 吾東方文獻之美。有自來矣。前朝之士。所尙有邪正。安文成公倡學校崇儒術。雖未能變魯而至道。及其末也。兼道德節義之美有如鄭圃隱者出焉。將非其力歟。若其鴻儒碩士。爲薦紳領袖。自謂任斯道之責者。夷考其行。其於道德之實。節義之守。皆未滿人意。則其以文詞鳴於世而已耶.

晦軒이 학교를 세워 朱子學을 교육한 효과라고 보았다.

晦軒이 儒敎를 선양하고 학교를 일으킨 것에 대해서는 그 공적을 인정하였다.

> 이 道를 높이고 믿어,
> 우리 儒敎를 들나게 하였습니다.
> 공적은 학교에 남아 있나니,
> 백세에 으뜸으로 여깁니다.9)

退溪와 동시대 인물인 愼齋 周世鵬이 白雲洞書院을 지어 晦軒 安珦을 享祀하면서 회헌을 '道統을 직접 계승한 학자'로 추앙했지만, 퇴계는 그렇게 推重하는 것은 크게 불가하다고 여겼다.10)

退溪는, 安東 출신인 易東 禹倬에 대해서 性理學 연구와 보급의 공로를 인정하였다. 退溪가 만년에 제자들과 誠力을 경주하여 易東을 享祀하는 易東書院을 창설하였는데, 그때 易東의 영전에 고하는 祭文을 직접 지어 易東에 대한 尊慕의 뜻을 나타내었다.

> 이름나고 진실하신 선생이시여! 하늘이 특이한 자질을 부여하였습니다.
> 우리 동쪽나라에 태어나신 것은 고려의 덕이 쇠할 때였습니다.
> 오랑캐 元나라를 신하로 섬겨 모두가 오랑캐가 되어갔습니다.
> 어리석고 흐릿하여 갈 바를 알지 못했습니다.
> 선비는 학문을 알지 못했으니 학문하는 데 으뜸으로 삼을 스승이 없었습니다.
> 詞章만을 화려하게 꾸미고 이익을 챙기는 욕망으로 다투어 달려갔습니다.
> 오직 우리 선생만이 中正한 도리를 홀로 회복하였습니다.

---

9)『退溪集』제45권 11쪽,「白雲洞書院祭安文成公文」. 尊信斯道, 闡敎吾東. 功存學校, 百世攸宗.

10)『退溪集』제2권 5쪽,「閒居次趙士敬……」自註. 周景遊肇創書院. 甚盛擧. 但其意直推文成公爲眞接道統之傳. 是大不可.

누구를 따라 배워 이에 능히 일어남이 있으셨습니까?
학문은 經書를 근거로 하였고 행실은 반드시 옛날 것을 법도로 삼았습니다.
비로소 유학을 아셨나니 세속에서 따르는 바가 아니었습니다.
쓸쓸한 낡은 책 속에서 흐름을 따라서 근원으로 거슬러올라갔습니다.
聖人이 멀고 시대도 멀지만 남기신 서적과 道는 남아 있습니다.
기쁜 마음으로 흠모하며 사랑하고 즐거워하여 私淑하기를 바랐습니다.
하늘이 우리 나라를 도와 유학에 啓導할 분 있게 되었습니다.
우리 程子의 『易傳』이 처음으로 우리 나라에 이르렀습니다.
사람들이 보아도 헤아릴 수 없으니, 쓰잘 데 없는 물건으로 여겼습니다.
선생이 아니었으면 누가 연구하고 누가 살폈겠습니까?
『周易』의 精微하고 깨끗하고 고요한 이치를 문을 닫고 연구했습니다.
孔子께서 十翼을 풀이하셨는데 程子가 으뜸으로 삼았습니다.
오로지 의리를 숭상하여 하늘의 뜻을 밝혔습니다.
충분히 연구하고 깊이 맛보아 널리 통달하지 않은 것이 없었습니다.
아는 것은 더욱 밝아지고 지키는 것은 더욱 바르게 되었습니다.
이런 것으로써 사람들 가르쳤으니 덕행과 사업은 대적할 이 없었습니다.
문에는 신이 늘 가득하여 인재가 자라나 향기를 피웠습니다.
理學이 비로소 행해지니 사실 역사에서 말한 바 그대로 였습니다.[11]

佛敎와 詞章이 판치는 시대에 性理學을 연구하여 보급한 공이 있었고,
또 그 德行과 事業도 으뜸이라고 칭도하였다. 특히 易學에 대한 易東의
功力을 크게 인정하였다.

退溪는 「易東書院記」를 지어 易東의 학문과 사업을 소상하게 소개하였
다. 高麗朝에서 性理學이 유행하게 만든 역할을 한 인물로서의 업적은,

---

11) 『退溪集』 제45권 13, 14쪽, 「易東書院成祭禹祭酒文」 顯允先生。天賦異資。生我海東。値麗
德衰。臣服胡元。胥而爲夷。貿貿昏昏。莫知所之。士不知學。學無宗師。葩藻競尙。利
欲爭馳。惟我先生。中行獨復。何氏從遊。乃能有作。學要經據。行必古則。始知儒學。
非俗所服。寥落陳編。從流遡源。世遠人遠。書存道存。欣慕愛樂。庶幾私淑。天相吾
東。斯文有迪。我程易傳。肇臻斯域。人罔窺測。視同髦梗。不有先生。誰究誰省。閉戶
硏窮。精微潔靜。孔演十翼。程氏攸宗。專用義理。發揮天衷。熟玩深味。靡不該通。知
益以明。守益以正。以是敎人。德業無競。戶屨恆滿。莪長蘭薰。理學始行。史實云云。

白頤正 같은 인물의 滅裂한 업적과는 비교가 안 된다고 높이 평가했다.[12]
  고려 말기의 인물로 고려조에서 가장 많은 시문을 남긴 牧隱 李穡에
대해서, 退溪는 이렇게 평가했다

  스스로 佛敎를 배우지 않았다고 했지만 불교에 관해서는 상세하게 많이
  이야기했고, 우리 儒學에 대해서는 조잡하게 알고 있어 정확하게 말한 것이
  없다.[13]

  退溪는 우리나라의 理學은 圃隱을 元祖로 삼아야 한다고 보았다.[14]
  圃隱의 학문에 관한 저서가 남아 있지 않아 아쉽다고 했지만, 그 爲人과
학문에 대해서 대단히 尊崇해 마지 않았다. 退溪 在世時 臨皐書院이 완성
되었는데, 그때 圃隱의 영전에 올린 祭文에서 다음과 같이 이야기했다.

  아아! 우리 夫子께서는, 하늘이 낸 걸출한 인물이십니다.
  聖人이 되기를 바라는 학문과 하늘을 떠받치는 힘으로,
  집에 들어가면 오직 효도하고 밖에 나와서는 오직 충성했습니다.
  매우 험난한 시대 만났어도 자기 몸 돌보지 않고 바르게 살았습니다.
  ……
  아아! 우리 夫子께서는 海東의 儒宗이십니다.

─────────────

12) 『退溪集』 제42권 47쪽, 「易東書院記」 竊嘗惟念。祭酒先生。生當麗氏之末。胡元制命。
  六合霧塞。天下之無道極矣。上距程朱之世。且一二百年之久而後。其書始至于東。譬如
  積陰之下。陽德闔發而將亨。其能闡揚昭揭。使其道大行於世。責在吾儒之徒。而其見於
  史者。僅有白頤正等數人。其所爲止於云云。滅裂可知矣。而於先生則史稱之曰。某通經
  史。尤深於易學。程傳初來。無能知者。某閉門參究而得其旨。教授生徒。義理之學始
  行。則先生之學。其有以脫去世習之陋。而有發於龍門之餘韻者矣。旣云通經史義理之學
  行。則因程易而達諸經。業廣而功懋。又可見矣。夫易者。斯文之宗祖。而程氏之傳。發
  先儒之所未發。先生乃能有得於其書之始東。而講授乎此地。其可使泯沒無傳。而不爲之
  紹述也耶。此易東之名所以表院。而吾儕後學之所當勉焉者也
13) 『退溪集』 제2권 5쪽, 「開居次趙士敬……」 自註。牧隱每自謂不學佛。然其稱述釋教。不啻
  多且詳。而於吾學。殊孟浪。無的確說到處。
14) 『退溪先生言行錄』 제5권 3쪽. 吾東方理學, 以鄭圃隱爲祖.

선생께서 논의하여 책 짓지 못한 것이, 다음 세대 사람들의 불행이었습니다.
成均館에 계실 때 횡적으로도 종적으로도 거침없이 강의했는데,
저가 그 실마리를 찾아보려 해도 증거가 있지 않습니다.
오직 그 이룬 바를 보니 우뚝하고 큽니다.
천지와 같은 벼리로 만세토록 의지할 것입니다.
학문을 구하기를 이렇게 했나니, 만세의 표준입니다.[15]

　退溪는 圃隱을 尊崇하여 海東의 儒宗이라고 일컫고 있다. 그러나 圃隱
鄭夢周의 저술이 본래 많았을 것이나, 남아 있지 않아 볼 수 없는 것을
아쉬워하였다.[16]

　제자인 寒岡 鄭逑가 圃隱의 出處에 대해서 의심을 갖고 이런 問目을
보내왔다.

　南冥 曺先生께서 일찍이 鄭圃隱의 出處에 대해서 의심을 가졌습니다. 저
의 생각으로도 정포은이 죽은 것은 자못 우습습니다. 恭愍王朝에서 30년
동안 대신을 지냈는데, '뜻대로 되지 않으면 그만둔다'라는 도리에 있어서도

---

15)『退溪集』제45권 12쪽,「臨皐書院成祭鄭文忠公文」. 嗚呼。我東一隅。箕子所臨。胡世陵
　夷。大道堙沈。不有先覺。孰淑人心。革命改物。天地大變。惟聖合天。旣應帝眷。不有
　大忠。民彝孰見。嗟我夫子。天挺人傑。希聖之學。柱天之力。入則惟孝。出則惟忠。遭
　世孔棘。蹇蹇匪躬。聘隣服頑。朝天感帝。盡瘁經綸。興替補敝。廈顚木支。河決航濟。
　從古英雄。運去無成。泰山義重。鴻毛命輕。我朝　盛德。襃典甚崇。爰命禮官。從祀聖
　孔。上自國學。下及州縣。靡不享右。洋洋丕顯。矧玆古川。夫子遺墟。茫茫沃野。混混
　清渠。有儼綽楔。有讚孫公。高山景仰。感激人衷。盍建祠宇。明示欽崇。恭聞聖宋。書
　院創制。以尊先正。以範來裔。大明吾道。於斯最美。我王式遵。許豐伊始。我不承奮。
　一方之恥。曰逢應生。允良諧議。于胥斯原。出財敦事。鄕閭列邑。莫不助施。作廟翼
　翼。堂序秩秩。百爾求備。功未易訖。逮于方伯。陳圖天陛。頒書賜額。化原光啓。更幾星
　霜。慶此成功。乃卜吉日。將事廟中。同好鼎來。肅肅雝雝。樽俎淨潔。黍稷苾豐。其香始
　升。若覩英風。嗟我夫子。海東儒宗。來者不幸。未及論著。當在泮宮。橫豎說語。我尋其
　緖。罔有徵據。惟視所就。卓立其大。天綱地維。萬世永賴。學求如是。道之準程。於樂菁
　莪。發揮遺經。闡敎是務。弘道爲榮。匪仰夫子。誰作宗盟。神之格思。監我中誠。歆我酒
　醴。惠我光明。自今伊始。世世惟寧。進士盧遂，金應生，幼學鄭允良等來請。
16)『退溪集』제2권 5쪽,「閒居次趙士敬……」自註. 圃隱集一卷。其所著述。宜不止此。惜無
　從而得見之.

이미 부끄러운 일입니다. 그리고 또 辛禑 父子를 섬겼는데, 辛氏를 王氏 자식으로 여긴 것이겠지요? 그러다가 뒷날 또 내쫓았을 때 자기도 거기 참여 했으니 어째서입니까? 10년 동안 복종하여 섬기다가 하루 아침에 내쫓아 죽였는데, 이런 일이 할 수 있는 것입니까? 만약 왕씨 출신이 아니었다면, 呂不韋의 아들인 政[秦始皇]이 즉위했을 때, 秦나라 왕통인 嬴氏는 이미 망 한 것과 같습니다. 그와 마찬가지로 辛禑가 왕이 되었을 때 高麗가 이미 망한 것인데도, 오히려 아무 문제 없는 듯이 그대로 그 녹을 먹었습니다. 이러고서도 나중에 죽은 것은 아주 이해하지 못할 바입니다.17)

寒岡은 아주 논리적으로 圃隱의 出處를 문제 삼아 退溪에게 질문하였다. 이에 대해서 퇴계는 이렇게 대답해 주었다.

程子께서 말씀하시기를, "사람은 마땅히 허물 있는 가운데서 허물 없기를 구해야 하고, 허물 없는 가운데서 허물을 찾아서는 안 된다"라고 했소. 圃隱의 精忠大節은 천지에 영향을 줄 만하고 우주를 받칠 만한 것이었소. 그런데도 이야기하기 좋아하고 공격하여 폭로하기 좋아하는 세상 사람들이 포은에 대해서 쉬지 않고 떠들어대고 있는데, 나는 늘 귀를 막고 듣지 않으려고 하고 있소. 그대마저 이런 병통이 있을 줄은 생각지도 못했소.18)

퇴계는, 寒岡이 세속의 논의에 휩쓸려 마침내 圃隱의 出處를 의심한 것에 대해서 조그마한 문제를 내세워 포은의 精忠大節을 훼손하지 말라고

---

17) 『退溪集』 제39권 12-13쪽, 「答鄭道可問目」. 南冥曹先生嘗以鄭圃隱出處爲疑. 鄙意鄭圃 隱一死頗可笑. 爲恭愍朝大臣三十年. 於不可則止之道. 已爲可愧. 又事辛禑父子. 謂以 辛爲王出歟. 則他日放出. 已亦預焉. 何也. 十年服事. 一朝放殺. 是可乎. 如非王出. 則呂政之立. 嬴氏已亡. 而乃尙無恙. 又從而食其祿. 如是而有後日之死. 深所未曉(南 冥曹先生嘗以鄭圃隱出處爲疑. 鄙意鄭圃隱一死頗可笑. 爲恭愍朝大臣三十年. 於不可則 止之道. 已爲可愧. 又事辛禑父子. 謂以辛爲王出歟. 則他日放出. 已亦預焉. 何也. 十 年服事. 一朝放殺. 是可乎.

18) 『退溪集』 제39권 12-13쪽, 「答鄭道可問目」. 程子曰. 人當於有過中求無過. 不當於無過 中求有過. 以圃隱之精忠大節. 可謂經緯天地. 棟梁宇宙. 而世之好議論. 喜攻發. 不樂 成人之美者. 嘵嘵不已. 況每欲掩耳而不聞. 不意君亦有此病也.

단호하게 충고했다.

　그러나 퇴계는, 寒岡에게 先賢들의 허물을 만들어내려고 하지 말라고 충고만 했지, 포은의 태도에 대한 정당한 논리를 밝히지는 않았다. 艮齋 李德弘에게 포은의 태도에 대해서 이렇게 밝혔다.

　　이어지게 한 사람은 辛氏지만, 王氏의 宗社가 아직 망하지 않았으므로 圃隱께서 섬긴 것이다. 마치 秦나라에 呂氏가 있고, 晉나라에 牛氏가 있는 것과 같은데, 『通鑑綱目』에서 王導의 무리를 배척하여 말하지 않았다.[19]

　圃隱은 高麗王朝가 아직 존속하고 있는데, 辛氏라고 버리고 가는 것은 나라를 버리는 것과 같다고 생각하여 적절한 기회를 보아 王統을 바로잡으려 한 태도를 취했다고 보는 것이 退溪의 생각일 것이라고 艮齋는 추론하였다. 東晉의 元帝는 司馬氏가 아닌 牛氏였는데, 그 당시의 대신인 王導가 그를 보좌했다고 해서 朱子가 비판하지 않았다는 것이다. 王導의 처지가 圃隱과 같았으므로, 주자도 圃隱의 出處에 대해서 배척하지 않을 것이라는 것이 퇴계의 관점이었다고 간재가 생각한 것이다.

　退溪는, 그 당시 젊은 사람들이 圃隱이나 冶隱 吉再를 논하여 비난하는 것을 인정하지 않았다.[20]

V. 朝鮮時代 學者

　朝鮮 初期를 대표하는 학자로 三峰 鄭道傳과 陽村 權近을 들 수 있다. 三峰에 대해서는 퇴계의 언급이 남아 있지 않다. 陽村 權近에 대해서는

19) 『退溪先生言行錄』 제5권 3쪽. 繼之者雖辛, 而王氏宗社未亡, 故圃隱猶事之. 正如秦之呂, 晉之牛, 而綱目不斥言王導之流. 圃隱鄭得此意.
20) 『退溪先生言行錄』 제5권 2쪽.

退溪는 이렇게 평했다.

『入學圖說』은 도리를 이야기한 것이 아주 세밀하지만, '心'자를 가지고
天人合一의 이치를 나타낸 것은, 정교하기는 정교하지만, 엉터리로 지어내
어 끌어다 붙인 문제점을 면하지 못할 것 같다.[21]

『入學圖說』에서 道理를 이야기한 것은 인정했지만, '心'자를 가지고 天
人合一의 이치를 나타낸 것은 견강부회의 병통이 있다는 점을 지적했다.
陽村이『大學』의 '知止而后有定……近道矣' 등 몇 節을「格物致知章」
의 錯簡이 잘못 經文에 들어간 것으로 간주하여『入學圖說』에 중국 先儒
들의 여러 학설을 인용하여 그런 점을 증명하려고 하였다. 이런 관점을
가졌으므로「格物致知章」에 대한 朱子의 補亡章은 당연히 불필요한 것으
로 여겼다. 退溪는 세 가지 이유를 들어 반박하고 朱子의 주석을 그대로
따랐다. 첫째 '知止而后有定……'節을 傳의「格物致知章」으로 옮기고 보
면, 가운데가 빠져나가 '在止於至善'과 '古之欲明明德於天下'가 바로 연결
되는데, 말의 뜻이 너무 촉급하고 理趣가 闕略된다. 둘째 '知止而后有
定……近道矣'라는 節 안에는 格物의 공부에 해당되는 점이 없고, 致知의
의미도 없다. 셋째 '本末'이란 어휘가 三綱領·八條目에 없다고 해서 이
부분이 經文에 들어가서는 안 된다고 생각하는 것은, 이런 주장을 하는
학자들이 너무 생각을 잘못한 것이라는 점이다.[22]

---

21)『退溪集』제2권 5쪽,『閒居次趙士敬……』, 自註. 入學圖說. 說道理儘細密。但以心字。狀
　　天人合一之理。巧則巧矣。恐未免杜撰牽合之病。
22)『退溪集』제11권 8-10쪽,「答李仲久書」別紙. 所論今獻彙言。以大學知止等數節。爲格物
　　致知章之錯簡。欲撥此而補彼。所引先儒諸說。備矣。混囊見陽村入學圖說。有此說。續
　　見宋史王魯齋本傳。亦云曾有此說。近又見李玉山先生論此甚力。心每疑之。適見禹上舍
　　性傳。聞左右得先儒論此諸說。故前書求見以祛惑。玆蒙示及。何幸如之。來諭謂中朝儒
　　士讀書識見之出人萬萬也如此。然今當決從朱子之說。混於此。深服高明取舍之能審而不
　　失其正也。然若不明言其所以取舍之意。則猶恐其說之能惑人也。故略言之。諸儒之說。
　　有不可從者三焉。經文三綱領。有工夫功效而有結。八條目。亦有工夫功效而有結。若如

陽村의 學術이 淵博하였기에 『入學圖說』을 짓는 데 아주 많은 증거를 댔지만, 그러나 先賢들의 학설을 가지고 평가해 본다면, 공부하는 사람으로서 천착하고 견강부회하는 문제점이 없지 않다고 할 수 있다고, 退溪는 지적하였다.23)

佔畢齋 金宗直에 대해서는 退溪가 이렇게 평가했다.

　　佔畢齋는 詩文을 위주로 했는데, 법도에 맞고 고상해서 道에 가깝다. 그 門人들은 흐름을 따라서 근원으로 거슬러 올라갔다. 寒暄堂 같은 여러분들은 분발할 뜻이 크게 있었으나 큰 일을 다 하기도 전에 좋지 못한 재앙이 이미 미쳤으니 우리 유학의 액운인데, 오래되어도 더욱 심하니, 이루 다 탄식할 수 있겠는가?24)

退溪는, 佔畢齋는 詩文을 위주로 한다는 사실을 부각시켜 학문에 전념하지 못했다는 것을 이야기하고, 그를 따라 배운 寒暄堂 같은 제자들이 큰 학문을 다 이루기도 전에 士禍를 당하게 된 것을 안타까워하고 있다. 佔畢齋가 문학에 치중한 것에 대해서 퇴계는 아쉬워하고 있다.

諸說。則三綱獨無功效與結。止於至善之下。卽係以古之欲明明德云爾。語意急促。理趣闕略。一也。傳之諸例。有言工夫而及功效者。或只言病處。以見用功之地者。未有徒言功效而不及他者。今知止一節。但爲知止之效。物有本末一節。通結上文。而未見有釋格物致知之義。至如聽訟章。亦言修己治人之有本末耳。尤不關於格致。今强引以爲格物致知之傳。初無格物之功。又無致知之義。二也。綱領條目之中。雖無本末之云。然此二字。一見於綱領之結。猶未足。再見於條目之結者。誠以學者於此。不知其有本有末。則其於修己治人之道。皆失其先後之序。輕重之倫。倒行而逆施之。故丁寧致意如此。傳者至此。亦特擧二字而釋之。則所謂先後終始厚薄。皆在其中矣。今以綱目中無二字。而謂不當傳以釋之。可謂不思之甚。三也。諸儒徒見此數節中有知止知先後知本等語。意謂可移之以爲格致之傳。更不思數節之文。頓無格致之義。未見補傳之益。適得破經之罪。其可乎哉.

23)『退溪集』제28권 1쪽,「答金惇叙」. 陽村學術淵博。爲此圖說。極有證據。後學安敢妄議其得失。但以先賢之說揆之。恐不免啓學者穿鑿傅會之病耳.

24)『退溪集』제2권 5쪽,「閒居次趙士敬……」自註. 佔畢主於詩文。而典雅近道。其門人沿流遡源。如寒暄諸公。大有奮志。大業未究。而淫禍已及。爲斯文之阨。久而愈甚。可勝嘆哉.

金佔畢齋는 학문하는 사람이 아니다. 한 평생 했던 사업이 단지 詞華에 있었는데, 그의 문집을 보면 알 수 있다.[25]

梅月堂의 태도를 두고 荷谷 許筠의 伯夷처럼'몸이 깨끗한 도리에 맞고 버려져서는 權道에 맞는 것'으로 볼 수 있는지에 대한 질문에 退溪는 이렇게 대답했다.

梅月堂은 특별히 기이한 사람으로 索隱行怪하는 무리에 가깝다. 그러나 그가 만난 세상이 마침 그러해서 그 높은 절개를 이루었을 따름이다. 그가 柳襄陽에게 준 서신이나 『金鰲新話』 등의 글을 보면 높고 먼 식견을 가진 사람이라고 볼 수는 없을 것 같다.[26]

伯夷처럼 절개를 지켰다고 볼 수는 없고 索隱行怪한 사람일 따름이고, 高遠한 식견도 없다고 했다. 아예 梅月堂의 학자로서의 수준에 대해서는 거론하지도 않았다.

寒暄堂 金宏弼에 대해서 退溪는 爲己之學을 하여 진실되게 실천하며 학문을 한 사람으로 인정하였다.

대개 우리 동쪽 나라의 先正 가운데서 道學에 있어서 文王을 기다리지 않고서 일어난 사람이 있지만, 그러나 그 귀결된 바는 결국 節義, 章句, 文詞 의 사이에 있었다. 爲己之學을 오로지하여 진실되게 실천하여 학문한 분은 오직 寒暄堂만이 그렇다.[27]

그러나 한훤당 역시 저서를 하지 않아 후세에 확실한 道統을 고찰하여

---

25)『退溪先生言行錄』제5권 5쪽. 金佔畢, 非學問底人, 終身事業, 只在詞華上, 觀其文集, 可知.
26)『退溪集』제33권 36쪽,「答許美叔」. 梅月別是一種異人, 近於索隱行怪之徒, 而所値之世, 適然, 遂成其高節耳. 觀其與柳襄陽書金鰲新話之類, 恐不可太以高見遠識許之也.
27)『退溪集』제48권 32 ,33쪽,「靜庵趙先生行狀」. 蓋我東國先正之於道學。雖有不待文王而 興者。然其歸終在於節義章句文詞之間。求其專事爲己。眞實踐履爲學者。惟寒暄爲然。

알 수 없는 점을 퇴계는 아쉬워하였다.[28]

또 寒暄堂은 道問學 방면의 공부가 미진한 것으로 평가하였다.

　　한훤당의 학문은 비록 실천에 독실하기는 하지만, 道問學 쪽의 공부는
미진함이 있지 않은가 한다.[29]

松堂 朴英은 본래 武人이었는데, 己卯士禍 이후 道學이 滅絶한 시기에
道學을 연구한 것을 退溪가 높게 평가하였다.

　　아아! 지금의 經學을 공부한 유생이나 공부한 선비들 가운데서 詩文으로
과거에 급제하여 이익을 누리는 사람들은, '道學'이라는 두 글자를 보기를
독약인 附子처럼 여길 뿐만 아니라 도학에 대해서는 입도 한 번 연 적이
없고, 붓도 한번 댄 적이 없이 느긋하게 자기가 취한 노선이 스스로 잘한
계책이라고 생각한다.
　　이 사람[朴英]은 흘러가는 세속에서 스스로 몸을 빼어 능히 창을 던져버리
고 학문을 강론하고, 창을 비껴 차고서 道를 생각한다. 비록 중간에 기가
꺾이고 모욕을 당했지만, 스스로 기가 죽어 포기하지 않고, 옛날 현인들이
사람 가르친 법을 가져다가 주석을 붙여 세상을 깨우치려 하고 있으니, 의연
한 대장부라고 이를 수 있겠다. 그가 본 바가 아직도 엉성하고 빠진 것이
있음을 면치 못치 못한 것이 안타깝다. 『集解』는 비록 매우 뜻을 잘 밝혔으나
자세히 고찰해 보면 몇 조목 합당하지 않은 것이 있다. 「後說」은 비록 좋은
뜻이나 끝까지 강론해 보니, 앞에서 이른 것과 같은 것이 있어 사람으로
하여금 유감이 없을 수 없게 한다.[30]

28) 『退溪集』 제12권 11쪽, 「答李子發」.

29) 『退溪先生言行錄』 제5권 5쪽. 寒暄之學, 踐履雖篤, 而於道問學工夫未盡也.

30) 『退溪集』 제19권 27쪽, 「答黃仲擧論白鹿洞規集解」. 嗚呼! 今之經生學士, 以文字發身享利
者, 其視道學二字, 不啻如菫喙, 未嘗開一口, 下一筆, 憪然自以爲得計. 斯人也, 自挺於流俗
之中, 乃能投戈講學, 橫槊思道, 雖中遭折辱, 不自沮廢, 至取前賢敎人之法, 註釋以曉世, 亦
可謂毅然大丈夫矣. 惜其所見, 猶未免疎脫. 集解雖甚發明, 而仔細考之, 有數條不合者. 後說
雖好意思, 而究極論之, 又有如前所云者, 使人不能無遺恨於此也.

松堂이 朱子가 확정한 「白鹿洞學規」에 대한 주석을 붙여 세상 사람들을 깨우치려고 한 점에 대해서, 퇴계는 약간의 문제는 있지만 그래도 좋은 일이라고 생각했다. 그러나 그의 견해는 엉성하고 빠진 곳이 많다고 생각하였다.

그런데도 그의 제자들이 송당의 학문을 지나치게 추앙하는 것에 대해서 옳은 태도가 아니라고 퇴계는 지적하였다.

> 松堂의 학문은 의심스러운 곳이 많은데, 그 제자들이 지나치게 높이는 것에 대해서 退溪는 옳지 않다고 지적하였다.[31]

靜庵 趙光祖는 타고난 자질은 진실로 아름다우나 학문이 성숙하기 전에 섣불리 관직에 나와 일을 담당했기 때문에 실패한 것으로 退溪는 보았다.

> 趙靜庵은 타고난 자질이 진실로 아름다웠으나 學力이 다 채워지지 않았기에 그 베풀어 행하는 바가 적당함을 넘는 곳이 있음을 면치 못하였다. 그래서 마침내 일을 실패하게 만드는 데 이르렀다. 학력이 이미 채워지고 德의 그릇이 이루어진 뒤에 나와서 세상일을 담당했더라면 그 이룬 바는 쉽게 헤아릴 수 없었을 것이다.[32]

時宜를 살피지 못하고 너무 성급하게 개혁을 추진하다 己卯士禍를 당한 靜庵의 出處에 대해서 退溪는 문제가 있다고 본 것이다.

退溪는, 靜庵을 晦齋 李彦迪과 비교하여 이렇게 말했다.

> 晦齋가 靜庵보다 낫다는 말은 하지 마시오. 그의 학문은 실로 정암보다 낫지만, 그 당시 道學을 불러 일으켜 후세에 기풍을 세운 것은 정암이 낫소.

---

31)『退溪集』제14권 15쪽, 松堂之理學, 有可疑處, 其門人推尊, 似恐過實.

32)『退溪先生言行錄』제5권 5쪽. 趙靜庵天資信美, 而學力未充, 其所施爲未免有過當處, 故終至於敗事. 若學力旣充, 德器成就, 然後出而擔當世務, 則其所就, 未易量也.

만약 이선생이 낫다고 하면 사람들이 마음으로 승복하지 않을 것이오.[33]

학문적으로는 晦齋가 靜庵보다 낫다고 하겠지만, 그 당시 道學을 불러 일으켜 후세에 학문적 분위기를 일으켜 세운 것은 정암의 공이라고 退溪 는 생각하였다.

靜庵의 학문과 후세의 영향에 대해서 퇴계는 이렇게 평가했다.

그 학문함에 있어서는『小學』을 독실하게 믿고『近思錄』을 높이고 숭상하 였고, 여러 經傳의 뜻을 밝혔다. …… 선생이 道를 높이고 학문을 倡導한 공은 후세에까지 점차적으로 미친다고 말할 수 있다. 그래서 근년 이래로 옮겨서 다시 펼치고 좋아하고 싫어함을 분명히 보여주는 사람이 한둘에 그 치는 것이 아니다. 세상의 선비 된 사람들이 그래도 王道를 높이고 覇道를 천시하고, 바른 학문을 높이고 異教를 배척할 줄 안다. 다스리는 도는 반드시 修身에 근본을 두어, 灑掃, 應對해서 窮理, 盡性에 이를 수 있고, 점차 일어나 고 분발하여 어떤 일을 함이 있게 된 것이 그 누구의 功이며, 그 누가 그렇게 되도록 했는가?[34]

靜庵이 비록 자신은 己卯士禍로 희생되었지만, 후세 사람들로 하여금 바른 학문을 숭상하고 異端을 배척하고 王道를 높이고 覇道를 천시하게 된 것은 모두 靜庵의 공적이라고 퇴계는 간주하였다.

퇴계는, 沖庵 金淨은 비록 초반에 老莊에 빠졌지만, 그 견해가 보통 사람들보다 한 등급 높다고 인정하였다

---

33)『退溪集』제30권 33쪽,「答金而精」別紙. 晦齋勝靜菴之言。亦毋出也。其學固優於趙。但 論其倡道當時。樹風後世。則靜菴爲優。若以李爲優。人心不服.

34)『退溪集』제48권 32 - 36쪽,「靜庵趙先生行狀」. 其爲學也。篤信小學。尊尙近思。而發揮於諸 經傳。……而先生崇道倡學之功。亦可謂漸及後世矣。故邇年以來。所以轉移更張而明示好 惡者。非止一二。世之爲士者。猶知尊王道賤霸術。尙正學排異敎。治道必本於修身。洒掃 應對。可至於窮理盡性。而稍稍能興起奮發而有爲焉。此伊誰之功。而孰使之然哉.

　자세히 보니, 이 사람[金淨]의 학문은 처음에는 老莊에 빠졌지만, 뒤에는
보는 바가 실로 보통 사람들보다 한 등급 높았소. 그의 「歸養疏」나 「辭職疏」
등은 지극한 정성에서 나왔소. 이런 식견을 가지고서도 그 뜻한 바와 같이
하지 못하고, 끝내 큰 士禍를 겪고 말았으니, 어찌 슬프지 않겠소?[35]

　沖庵 金淨은 그 식견이 보통 사람들보다 높다고 보았다. 그런 식견을
가지고 뜻을 펴지 못한 것을 못내 아쉬워하였다.
　退溪가, 선배 학자 가운데서 저서를 읽어보고 학자로 인정한 이는 晦齋
李彦迪뿐이었다.

　우리 동쪽 나라는 옛날 어진 이의 教化를 입었지만 그 학문은 전하는
것이 없었다. 高麗 말기부터 우리 朝鮮王朝에 이르기까지, 걸출한 선비로서
이 道에 뜻을 둔 분이 없지 않았고, 세상에서도 이런 이름을 그런 사람에게
돌리기도 하였다. 그러나 그 당시를 살펴보면 明과 誠 공부의 實體를 다하지
못했다. 후세에 와서 일컬으려고 하면 증명할 만한 淵源이 없어, 후세의 학자
들이 찾을 도리가 없다. 지금 와서는 사라져 버리고 만 것이다.
　우리 晦齋先生 같은 분은 학문을 주고 받은 곳도 없으면서 스스로 이
道學에서 떨쳐 일어나 가만히 날로 빛나 德이 행실에 부합되게 되었고, 저술
로 나타내어 그 말이 후세에 전하게 되었다. 이런 분을 우리 동방에서 구하려
고 해도 드물다. 간신들이 조정에 있으면서 아름다운 행적을 잠시 동안은
誣陷할 수 있었지만, 간신들이 정권을 영원히 잡는 것이 아니기에, 높은 산처
럼 우러러는 것이 구름 같이 일어나니 선생의 德業과 행적을 어찌 기술하여
후세에 전하지 않겠는가?[36]

───────────
35) 『退溪集』 제13권 8쪽, 「與洪應吉」. 細觀此人學問, 初雖陷於老莊, 所見, 實高人一等. 其歸
　　養辭職等疏, 出於至誠. 有此見識, 而不得如其志, 終蹈大禍, 豈不悲哉!
36) 『退溪集』 제49권 13쪽, 「晦齋李先生行狀」. 我東國古被仁賢之化. 而其學無傳焉. 麗氏之
　　末. 以及本朝. 非無豪傑之士有志此道. 而世亦以此名歸之者. 然考之當時. 則率未盡明
　　誠之實. 稱之後世. 則又罔有淵源之徵. 使後之學者. 無所尋逐. 以至于今泯泯也. 若吾
　　先生. 無授受之處. 而自奮於斯學. 闇然日章而德符於行. 炳然筆出而言垂于後者. 求之
　　東方. 殆鮮有其倫矣. 青蠅止樊. 僅能誣　芳躅於電往. 中原釆菽. 舉將仰高山以雲興. 則
　　先生之德業行跡. 胡可無記迹以傳於世乎. 而滉極知昧陋無聞. 不足以任是責矣. 徒以景

晦齋 이전에 일컬어지는 학자들은 道에 뜻을 두었다고 하기도 하고, 또는 세상에서도 그렇게 인정하지만, 性理學에 대한 조예도 얕고, 또 확실한 연원관계가 없고, 아무런 자료도 없어 후세 사람들이 인정하기 어려웠다. 그러나 晦齋는 師承關係 없이 스스로 道學을 공부하여 저술을 남긴 것으로는 우리 나라에서는 처음이라고 인정하였다.

退溪는 晦齋의 저서 가운데서 『大學章句補遺』, 『續或問』, 『求仁錄』, 『中庸九經衍義』를 「晦齋行狀」에서 소개하면서 '회재의 학문을 엿볼 수 있다' 라고 했다. 특히 忘機堂 曺漢輔와 無極太極에 관한 論辨을 극도로 稱揚하였다.

> 精微하게 나간 식견과 홀로 터득한 오묘함은 忘機堂 曺漢輔와 無極太極을 논변한 서신 4, 5편이다. 그 서신에 들어 있는 말은, 우리 儒道의 본원을 드러내어 밝히고, 異端의 비뚤어진 주장을 열어 막은 것이다. 精微함과 상하를 다 관통한 것이 순수하게 하나같이 바른 데서 나왔다. 깊이 그 뜻을 음미하면 宋나라 여러 유학자들의 전통을 이은 것 아닌 게 없는데, 그 가운데서도 주자에게서 얻은 것이 더욱 많았다.[37]

晦齋의 저술 가운데서도 忘機堂과 無極太極에 대해서 논변한 서간을 退溪는 가장 중시하여, 道學의 본원을 드러내 밝히고 異端의 邪說을 열어 밝혔는데, 송나라 유학자들의 전통을 그대로 이어받았다고 했다. 곧 회재의 학문은 性理學의 正脈과 연결되었다고 보았다.

그래서 明나라에서 사신이 왔을 때 晦齋가 忘機堂과 왕복하면서 토론한 그 서신을 명나라 사신에게 꼭 보여주려고 노력하였다.

仰尊慕之心有不能自已者。敢因全仁之請。而僭爲之援拾序次。以竢它日知德能言之君子
37) 『退溪集』 제49권 12쪽. 「晦齋李先生行狀」. 其精詣之見。獨得之妙。最在於與曺忘機漢輔論無極太極書四五篇也。其書之言。闡吾道之本原。闢異端之邪說。貫精微徹上下。粹然一出於正。深玩其義。莫非有宋諸儒之緒餘。而其得於考亭者。爲尤多也。

지금 온 天使는 "동쪽 나라에도 孔子, 孟子의 心學을 아는 사람이 있소?"
라고 묻길래, 禮曹에서 답할 바를 논의해서 先儒 10여 인을 들어 회답을
했는데, 晦齋 李彦迪先生도 그 안에 들어 있소 그의 문집 가운데서 「與忘機
堂論太極無極書」를 그 이름 아래 기록하였으니, 천사가 보고자 하지 않겠소
그래서 예조에서 그 책을 가져오려고 말과 사람을 달려 보냈소.

집에는 아들이나 손자가 없고 단지 寂만 있는데, 그 애는 눈으로 봐도
글자를 모르니 찾아낼 수가 없소 그대 두 사람 가운데서 속히 달려가 찾아서
부쳐주면 좋겠소.[38]

晦齋와 같은 시대에 살면서 晦齋의 학문을 알아보고 배우지 못한 것을
매우 退溪는 후회하였다.

그 당시 선생은 자신을 깊이 감추었으므로, 사람들은 선생이 道가 있는
줄을 알지 못했다. 못난 내가 선생의 집에 올라가 그 모습을 뵌 적이 있었지
만 몽매하여 알지 못했으므로 이 道로써 깊이 있게 질문하여 발명하지 못했
던 것이다.

십몇 년 사이에 병으로 일을 다 버리고 시골에 거처하면서 묵은 책 속에서
엿본 것이 조금 있으나, 돌아보건대, 의지하여 물어 상고할 데가 없다. 이렇
게 된 뒤에서야 慨然히 선생을 생각하여 그리워하지 않은 적이 없다.[39]

그래서 退溪는 「晦齋行狀」의 맨 끝에 가서 자기 성명 위에 '後學'이라는
두 글자를 올려 놓았다. 제자는 아니지만 그 학문을 계승했다는 표시다.

---

38) 『退溪集』제23권 50쪽, 「與趙士敬琴聞遠」 今來天使間, 東國亦有能知孔孟心學者否. 禮曹
議所答. 擧先儒十餘人以答. 而李晦齋先生彦迪. 亦在其中. 其集中與忘機堂論無極太極
書. 錄其名下. 天使無乃欲見其書. 故禮曹欲取其書來. 發馬馳人去. 但家中無子孫在
者. 只有寂目不辨字. 不能搜出. 君二人中. 須速馳去搜付. 爲可爲可.

39) 『退溪集』제49권 12쪽, 「回題李先生行狀」. 先生在當時. 旣深自韜晦. 故人未有知其爲有
道者. 滉之不肖. 固嘗獲登龍門而望芝宇矣. 亦懵然莫覺. 不能以是深扣而有發焉. 十數
年來. 病廢林居. 若有窺覘於塵蠹間. 顧無所依歸而考問. 然後未嘗不慨然想慕乎先生之
爲人.

퇴계가 靜庵 趙光祖, 자기 고향선배인 冲齋 權橃, 聾巖 李賢輔 등의 行狀
을 지었지만, 後學이라고 붙인 것은 「晦齋行狀」이 유일하다. 이런 점에서
道學을 공부함에 있어서 퇴계는 晦齋의 영향을 적지 않게 받았음을 스스
로 인정한 것이다.

圃隱, 寒暄堂, 靜庵, 晦齋 등 선대의 네 학자를 두고 그 관계를 이렇게
설정하였다.

> 우리 동쪽 나라의 理學은 鄭圃隱으로 元祖를 삼아야 하고, 寒暄堂과 趙靜
> 庵을 으뜸으로 쳐야 한다. 그러나 세 분 선생은 증명할 만한 저술이 없어
> 지금 그 학문이 얕은지 깊은지를 상고할 수가 없다. 요즈음 『晦齋集』을 보았
> 는데, 그 학문하는 것의 바름과 얻은 바의 깊음에 있어서는 거의 요즘 세상에
> 서 제일인 것 같았다.[40]

理學에 있어 圃隱을 元祖로 삼고 그 다음으로 寒暄堂과 靜庵을 인정하
였다. 그러나 남은 글이 없어 그 조예를 증명할 수는 없다 하였다. 학문의
정통성, 터득한 조예의 깊이에 있어서, 退溪 자신이 최고라고 증명한 학자
는 晦齋였다.

晦齋 이전의 易東, 圃隱, 寒暄, 一蠹에 대해서는 증명할 문헌이 없어
전해 들은 것이었다. 직접 그 조예를 증명할 수 있는 학자는 晦齋인데,
회재의 학문은 아주 바르고, 그가 지은 글도 모두 가슴속에서 흘러나온
것이라 하여 극도로 추앙하였다.

> 우리 東方에 道學하는 선비가 없는 것은 아니었지만, 증명할 만한 문헌이
> 없으니, 그 조예가 얕은지 깊은지는 고찰할 수가 없다. 禹祭酒, 鄭圃隱은
> 멀다. 寒暄堂이나 一蠹 같은 여러 유학자에 이르러서는 가까워 전해 들을
> 만한 시대지만 또한 증거를 찾을 수 없으니, 탄식스럽다.

---

40) 『退溪先生言行錄』 제5권 3쪽. 吾東方理學, 以鄭圃隱爲祖, 而以金寒暄趙靜庵爲首. 但三先
生著述無徵, 今不可考其小學之淺深. 近見晦齋集, 其所學之正, 所得之深, 殆近世爲最也.

증명할 만한 것을 가지고 말하자면, 근세 晦齋의 학문은 매우 바르다. 그가 지은 글을 보면, 모두가 가슴속에서 흘러나와 이치가 밝고 의리가 발라 渾然 天成하니, 조예가 깊지 않으면 능히 이러할 수 있겠는가?[41]

그러나 退溪는, 晦齋가 朱子의『大學』「補亡章」에 대해서 동의하지 않은 것에 대해서는 찬성하지 않았다.[42]

그리고 退溪 당시에 成均館 유생들이 寒暄堂, 一蠹, 靜庵, 晦齋의 文廟 從祀를 요청하는 상소를 했는데, 退溪는 가볍게 논의할 일이 아니라고 여겼다.

우리 王朝의 四賢은 비록 功德이 있지만 聖人의 사당에 從享하는 것에 대해서는 가볍게 논의할 수 없소.[43]

그러나 晦齋와 동시대 인물로 평생 벼슬하지 않고 학문에만 전념한 花 潭 徐敬德에 대해서는 退溪는 인정하지 않았고, 화담의 학문상의 오류를 바로잡으려고 노력했다. 花潭의 학문의 문제점은 심각하고, 그에게 배운 제자들에도 매우 바람직하지 못한 영향을 미친다고 보았다.

화담이 본 바는 아주 정밀하지 못하오. 그가 지은 여러 가지 설을 보면, 문제점이 없는 것이 한 편도 없소. 보내온 서신에서 제시한 바가 그럴 뿐만 아니라, 그의 여러 문인들이 추앙하고 존경하는 것도 실정에 가깝지 않소. …… 말세에는 학문에 마음을 두는 사람이 드무오. 그 중간에 겨우 한두 사람 있는데, 견식과 논의가 엉성하여 남을 속이는 것이 이러하니, 세상에서

---

41)『退溪先生言行錄』제5권 7쪽. 吾東方不無道學之士, 而文獻無徵, 其所造深淺無從考見. 禹 祭酒鄭圃隱, 則遠矣. 至如寒暄一蠹諸儒近在傳聞之世, 而亦不可尋, 甚可歎也. 以可徵者而 言之, 則近代晦齋之學甚正. 觀其所著文字, 皆自胸中流出, 理明義正, 渾然天成, 非所造之深, 能如是乎.

42)『退溪集』제11권 8-10쪽,「答李仲久書」, 別紙.

43)『退溪先生言行錄』제5권 12쪽. 我朝四賢雖有功德, 至於從享聖廟, 則未可輕議也.

이상하게 생각하면서 비웃고 욕하지 않을 수 있겠소?44)

또 花潭의 제자들이, 花潭이 明나라의 학자 白沙 陳獻章보다 낫다고 尊崇한 것에 대해서 退溪는 단호하게 辨駁하였다.

　花潭이 어찌 감히 白沙를 바랄 수 있겠소? 백사는 비록 虛蕩하여 禪學의 소굴로 들어갔지만, 그 인품이 超邁하고 시원하고 툭 트였고, 詩도 高雅하고 絶妙하오. 花潭은 그 바탕이 소박한 것 같지만 사실은 허탄하고, 그 학문은 높은 것 같지만 사실은 雜駁하오.

　화담이 理氣를 논한 것에 있어서는 출입하고 뒤얽혀 전혀 분간하여 뚜렷이 이해를 못하오. 근원적인 것이 이러하니, 구체적으로 공부하는 것은 미루어 알 수 있는 것이오.

　화담의 詩文은, 좋은 데는 좋지만, 좋지 않은 곳도 많이 있소. 白沙에게 견준다면, 아마도 같은 수준이 아닐 것이오.

　무릇 요즘 세상에 많은 사람들은 그 스승에 대해서 극도로 추앙하고 존경하려고 힘쓰는데, 합당하냐 합당하지 않느냐를 논하지도 않고, 세상에 자랑하려고만 하는데, 그 마음가짐이 공정하지 못한 것이 이러하오. 보통 사람들을 속일 수도 없는데, 하물며 후세 사람이겠소? 후세에 안목을 갖춘 사람이 진실과 거짓을 구분하여 보지 못할 사람이 어찌 없겠소? 매우 두려운 것이오.45)

인품에 있어서나 시문에 있어서 花潭이 白沙 陳獻章을 따라가지 못할 뿐만 아니라, 화담은 性理學에 있어서 기본 되는 것마저도 이해하지 못한

---

44) 『退溪集』제25권 20, 21쪽, 「答鄭子中講目」. 花潭所見. 殊未精密. 觀其所著諸說. 無一篇無病痛. 不但如來喩所擧者爲然也. 而其諸門人推尊. 太不近情. …… 末世. 向學者鮮矣. 其間僅得一二. 而見識議論. 疎而且誣如此. 安得不爲世俗駭怪笑罵耶.

45) 『退溪集』제14권 14쪽. 「答南時甫」. 花潭何敢望白沙耶. 白沙雖亦虛蕩入禪窟去. 其人品超邁爽徹. 詩亦高妙. 花潭. 其質似朴而實誕. 其學似高而實駁. 其論理氣處. 出入連累. 全不分曉. 原頭處如此. 下學處. 可以類推. 其詩文. 好處好. 不好處亦多. 若擬於白沙. 恐失其倫也. 大抵近世諸人. 於其師門. 務極推尊. 更不論當與不當. 欲以之誇耀世俗. 其用意不公如此. 衆人且不可欺. 況後世. 豈無具眼人能覷破眞贋者耶. 甚可畏也.

다고 退溪는 강하게 貶斥하였다. 그런 사람의 학문을 두고 제자들이 지나
치게 추앙하는 것을 경계하였다.

더구나 그런 花潭을 따르는 사람들이 그 수준을 모르고 '한 시대의 師宗'
이라고 추앙하는 것은 안 된다고 退溪는 말했다.

> 徐花潭을 비록 한 때 따르는 사람들이 '한 시대의 師宗'이라고 말하는
> 것은 타당하지 못하다.[46]

花潭은 性理學을 연구함에 있어서 理를 氣로 보는 근본적인 폐단을
갖고 있다는 점을 退溪는 지적하였다.

> 그리하여 花潭公이 본 바를 생각해 보니, 氣數 한 쪽으로는 익숙해 있었소
> 그 說은 理를 氣라고 여기는 것을 면하지 못했는데, 간혹 氣를 理라고 여긴
> 것도 있었소 그래서 지금 여러 제자들도 그 학설에 익숙해져서 반드시 氣를
> 고금에 걸쳐서 늘 존재하여 없어지지 않는 것으로 여기고자 하여, 자신이
> 알거나 깨닫지 못하는 사이에 佛教로 빠져드니, 여러분들은 실로 잘못된
> 것이오.[47]

花潭이 氣를 理라고 생각하고 理를 氣라고 생각하여 理氣를 정확하게
이해하지 못하여 잘못된 학설을 퍼뜨려 제자들을 오도하였고, 결국 그의
학문은 佛教의 교리와 같은 곳으로 빠지게 했다고 退溪는 비판하였다.

花潭이 『皇極數解』라는 책을 지었는데, 『皇極釋義』 등의 책을 보지 않
고 스스로 궁리하여 그 정도에 이른 것은 기특한 일이지만 『皇極經世書』

---

46) 『退溪集』 제29권 25쪽, 「論李仲虎碣文示金而精」. 徐花潭。一時雖間有從學之人。謂爲一
   時師宗, 亦未當.
47) 『退溪集』 제14권 8쪽, 「答南時甫」. 因思花潭公所見。於氣數一邊路熟。其爲說未免認理
   爲氣。亦或有指氣爲理者。故今諸子亦或狃於其說。必欲以氣爲亘古今常存不滅之物。不
   知不覺之頃。已陷於釋氏之見。諸公固爲非矣.

를 지은 邵康節의 本數에 과연 합당하는지는 미지수라고 퇴계는 회의를
하였다.48)

그러나 우리 동쪽 나라에서 花潭 이전에 화담 정도 수준의 論著를 남긴
이가 없고, 理氣에 대해서 밝히려고 노력한 것도 花潭이 처음이라고 하여
화담의 수준을 인정할 부분은 퇴계가 인정했다.

우리 동쪽 나라에서는 이보다 앞서서는 論著가 이 정도에 이른 분이 없었
고, 理氣에 대해서 밝힌 것도 비로소 이 사람이 있을 따름이오49).

그러나 花潭은 터득한 바가 깊지 못하면서 自負가 너무 지나친 것을
지적하였다.

화담은 말할 때 자부하는 것이 너무 지나쳤다. 그가 터득한 것은 아마도
깊지 못한 듯하다. 화담이 일찍이 「鬼神死生論」을 지어 朴希正[朴民獻]과
許太輝[許曄] 등 여러 사람들에게 주면서 "이 「귀신사생론」은 비록 말은
졸렬하지만 여러 聖人들이 다 전하지 못한 경지를 보았으니, 後學들에게
전할 만하며 性理書의 뒤에 붙여 중국이나 우리 나라나 먼 곳이나 가까운
곳으로 하여금 동쪽 나라에 학자가 있다는 것을 알게 해야 할 것이다"라고
했다.50)

退溪는 花潭의 이 말에 대해서 매우 불만스러워하며 스스로 자신을 자
랑하고 대단한 체하는 병통이 있다고 생각하였다.

그러나 퇴계는 花潭의 사람됨은 매우 존중하였다. 어떤 사람이 글을

48)『退溪集』제10권 27쪽,「答李仲久」. 且有別幅所書皇極數解者. 乃徐處士花潭君所著也.
　　未知此算得無差否. 似開此人不見此釋義等書. 而自窮到此. 亦一奇事. 第未知果合邵老
　　本數與未也.
49)『退溪先生言行錄』제5권 6,7쪽. 吾東方, 前此未有論著至此者. 發明理氣始有此人耳.
50)『退溪先生言行錄』제5권 ,7쪽. 花潭嘗著鬼神生死論, 貽朴希正許太輝諸人曰, 此論, 雖辭
　　拙, 然見到千聖不盡傳之地頭, 可傳之後學, 附諸性理卷末, 使華夷遠邇知東方有學者出.

읽으러 松都로 갈 때 퇴계는 이런 시를 지어주었다.

徐老人이 지금은 학의 등을 탄 신선이 되었으니,   徐老今爲鶴背身
藏修하던 유적이 모두 묵은 자취 되었으리.   藏修遺蹟摠成陳
어떤 사람이 花潭 위해서 서원을 지을는지?   何人爲築花潭院
마음의 실마리 전하는 사람 몇이나 될까?[51]   心緖相傳有幾人

학문에 대한 견해가 달라 退溪가 花潭의 학설을 인정하지 않았지만, 그 사람됨은 높이 여겨 서원에 享祀될 수 있을 정도의 인물로 추앙하였다. 聽松 成守琛에 대해서 고상하게 숨어서 잘 지낸 인물로 말세에 보기 드문 인물이라고 退溪는 평가했다.

> 聽松은 고상하게 숨어서 처음부터 끝까지 잘 지낸 인물이다. 진실로 말세에 보기 어려운 사람이다.[52]

거의 동시대 인물인 愼齋 周世鵬에 대해서 제자가 물었을 때 退溪가 이렇게 대답했다.

> 이 사람을 처음에는 좋은 사람으로 생각했는데, 요즈음 물의가 많다. 그의 마음을 보면 "내 마음이 이러하지 않다면, 비록 밖으로 소인들에게 호응을 해도 무엇이 해 될 것이 있겠는가?"라고 생각했던 것이다. 그러나 이런 마음 가짐은 이미 바르지 않은 것이다. 또 그 부모에게 官職을 追贈할 때 품계를 뛰어 넘어 높이려고 급급하였다. 이런 것은 비록 어버이를 위하는 데서 나왔지만 그 욕심 내는 것은 크다. 요즈음 들으니 그 당시 소인들이 晦齋를 죽이려고 했을 때, 그도 그래야 한다고 생각했다고 한다. 이 말이 과연 거짓이 아니라면 이 사람은 어떤 사람인가? 아마도 이런 데까지는 이르지 않았을

---

51) 『退溪先生言行錄』 제5권 7쪽.
52) 『退溪集』 제11권 15쪽, 「與李仲久」, 聽松高蹈, 善其終始, 誠末世難見之人.

것이다.53)

愼齋는 자기 마음만 바르면 小人들과 접촉해도 상관없다고 생각했는데, 退溪는 이렇게 마음 먹는 것 자체가 벌써 문제라고 생각하였다. 소인들이 晦齋를 죽이려고 했을 때 愼齋가 찬동한 것으로 소문이 돌았는데, 퇴계는 신재가 그런 일을 하는 데까지 이르지는 않았을 것이라고 믿었다.

퇴계가 동시대 학자나 후배 학자들의 학문에 대한 평가가 많이 있지만, 학문과 직접적인 관계가 적기 때문에 이 글에서는 더 이상 論及하지 않는다.

VI. 結論

退溪의 학문에 대한 자세는 아주 엄격하였다. 퇴계에게 있어서 학문은 지극히 합당한 길을 찾는 여정이었다. 그래서 털끝만큼의 구차함이나 바르지 않은 것도 용납하지 않았다. 비록 선배 학자라도 잘못되었거나 부족한 점이 있으면 반드시 밝혀 말했다.

그 당시 우리 나라에 아직 본격적인 학문이 정립이 되어 있지 않았기 때문에, 퇴계는 우리 나라의 학문을 정립한다는 생각에서 더욱 더 엄격한 잣대를 갖다 대어 후세에 표준이 될 학문을 정립하려고 노력했다.

그래서 학문 가운데서도 道學을 최고의 기준에 두고 선대 학자들을 평가했다. 佛教나 老莊 등 異端에 물든 학자는 가차 없이 貶斥하였다. 孤雲 崔致遠, 牧隱 李穡 등은 다 佛教에 아첨한 사람이라고 비판하였다. 晦軒 安珦 등은 학교를 세워 인재를 배양한 공로는 인정하지만, 道統을 계승했다는 愼齋 周世鵬의 주장에는 동의하지 않았다.

---

53) 『退陶先生言行通錄』 제5권 36, 37쪽. 此人始以爲好底, 近多物議. 看渠意思以爲我心不如此, 雖外與小人唯諾, 何傷? 只此心術已不正矣. 又欲追贈父母, 汲汲於超資. 此雖出於爲親, 而其爲欲, 則大矣. 近聞彼時小人欲殺晦齋, 渠以爲然. 此言果不誣, 這是何樣人, 恐不至如此.

圃隱 鄭夢周, 寒暄堂 金宏弼 등은 학문적으로 인정하였지만 저술이 남아 있지 않아서 평가를 할 수 없다고 안타까워하였다.

陽村 權近은 견강부회하는 문제점이 있다는 것을 지적하였다.

佔畢齋 金宗直의 경우 道學보다는 文學에 치중하였음을 아쉬워하였다.

靜庵 趙光祖의 경우는 道學을 일으켜 후세에 학문이 일어나게 한 공로는 인정하나 學力이 충실하지는 못한 상태에서, 너무 事功만을 앞세우다 사화를 당했다고 평가했다.

花潭 徐敬德은 학문이 깊지 못하면서 스스로 자랑하는 병통이 있음을 지적하였고, 理를 氣로 잘못 보는 문제가 있다고 했다.

退溪가 학문이 바르면서 깊이가 있고 저술을 남겨 후세에 전한 학자는 晦齋 李彦迪이라고 추앙하고 있다. 그리고 자신이 회재에 대해서 後學이라고 하여 스스로 회재의 영향을 받았음을 밝히고 있다.

퇴계의 평가는 기준을 높게 설정하여 선대 학자들에게 아주 엄격하게 적용하였는데, 그의 안목을 충족시킬 만한 전대 학자가 없었다. 본격적이면서 전통적인 저술을 남긴 학자로는 오직 晦齋만을 인정했다.

退溪學派의 지역적 분포에 관한 연구(Ⅰ)

慶南地域을 중심으로

Ⅰ. 序論

退溪 李滉(1501-1570)선생은 慶尙道 禮安縣 溫惠里(오늘날의 安東市 陶山面)에서 생장하여, 文科에 올라 주로 中央官界에서 仕宦하고, 外職으로는 忠淸道 丹陽郡과 慶尙道 豐基郡 두 곳의 郡守만을 歷任했지만, 故鄕 禮安(오늘날 慶北 安東市 陶山面)에서 學問研究와 弟子養成으로 일생의 대부분을 보냈다. 退溪는 일생 동안 309명[1]의 弟子를 길렀다.

309명의 弟子들의 居住地域에 따른 분포를 보면, 대부분 禮安과 安東을 중심으로 한 慶北地域과 서울 거주자들이 대부분을 차지하고 있다. 309명의 제자들을 居住地域별로 보면, 退溪의 고향인 禮安 거주자가 56명으로 제일 많고, 그 다음은 退溪가 仕宦으로 인하여 고향 다음으로 오래 머물렀던 서울 거주자가 49명, 禮安에 인접한 安東 거주자가 46명, 禮安에 인접해 있고, 退溪의 妻家가 있던 榮州 지역 거주자가 12명, 醴泉이 10명, 星州 지역 거주자가 6명, 善山과 永川이 각 5명, 豐基가 4명, 寧海·義城·玄風·密陽·海南 등이 각 3명, 大丘·龍宮·忠州·坡州·湖南이 각2명이고, 靑松·高靈 등 37개 고을에서 각각 1명이다. 나머지 거주지역이 기록되지 않은 弟子가 54명이다.[2]

---

1) 退溪의 門人錄인『陶山及門諸賢錄』에 수록되어 있는 弟子 數이다. 그 당시 실제로는 이보다 훨씬 더 많았을 것으로 짐작된다.

2) 金鍾錫,「陶山及門諸賢錄과 退溪 學統弟子의 범위」,『韓國의 哲學』제26집, 慶北大學校 退溪研究所, 1998.

退溪의 弟子 가운데서 오늘날의 慶南에 속하는 고을의 거주자는 모두 16명이다. 일반적으로 대부분의 사람들이, 退溪는 慶南地域과는 별관계가 없고, 慶南 居住의 弟子들도 별로 없을 것으로 생각하고 있다. 그러나 退溪는 慶南地域과 상당히 많은 관계가 있고, 慶南地域에 거주하는 제자들도 상당수에 달한다.

退溪와 慶南과의 관계를 살펴보면, 退溪의 初娶妻家가 宜寧 嘉禮에 있었고, 再娶妻家의 丈人 權礩이 그의 처가촌인 安義縣 迎勝村(오늘날의 居昌郡 馬利面에 속함)에서 17년 동안 寓居하였다. 또 從姉兄[3] 竹塢 吳彦毅의 집이 咸安郡 後谷(지금의 山仁面 茅谷里)에 있었고, 또 다른 從姉兄 葦齋 曺孝淵의 집이 昌原府(지금의 昌原市 北面)에 있었다. 그리고 退溪의 叔父 松齋 李堣가 1507년부터 晋州牧使를 지낸 적이 있고, 그때 退溪의 두 형 李瀣와 李瀊가 晋州 靑谷寺에서 공부한 적이 있었다. 또 退溪의 次子 李寀가 宜寧 外家에 와서 살다가 夭折하는 바람에 그의 墓所가 宜寧縣 高望谷(지금의 宜寧邑 茂田里)에 있다.

또 退溪의 제자인 鶴峯 金誠一은 壬辰倭亂 때 招諭使의 임무를 띠고 晋州를 중심으로 한 慶尙右道 일원에서 전투를 진두지휘하였고, 忘憂堂 郭再祐, 大笑軒 趙宗道, 松巖 李魯 등 南冥 曺植의 제자들 출신인 義兵將들과 협조하여 많은 전공을 세웠다. 또 月川 趙穆은 陜川郡守로 부임하여 壬辰倭亂 직후의 복구에 힘을 쏟으며 敎化를 펼쳤고, 嘯皐 朴承任은 晋州牧使와 昌原府使로 재임하면서 교육을 크게 진흥시켰고, 寒岡 鄭逑는 昌寧 咸安 등지의 고을원으로서 교육을 진흥하여 退溪에게 받은 가르침을 실현하였다. 이 밖에도 퇴계의 제자로 경남지역의 고을원을 지낸 인물로는, 靑巖 權東輔는 草溪郡守, 퇴계의 형 李河의 아들인 李宏은 三嘉縣監, 荷谷 許筠은 昌原府使, 石亭 權東美는 宜寧縣監, 鄒川 孫英濟는 蔚山府使, 藥峯 金克一은 密陽府使, 南嶽 金復一은 蔚山府使, 重湖 尹卓然은 東萊府

---

3) 退溪의 숙부 松齋 李堣의 사위이다.

使, 酒隱 金命元은 東萊府使 등이 있다.

퇴계의 제자로서 慶尙監司로 부임한 인물로는, 鷺渚 李陽元, 月汀 尹根壽, 草堂 許曄, 拙翁 洪聖民, 重湖 尹卓然, 西厓 柳成龍, 夢村 金睟, 鶴峯 金誠一, 柏巖 金玏 등이 있었다.

妻家가 있었기 때문에 退溪는 23세 때부터 42세 때까지 20년 동안 9차에 걸쳐 慶南地域을 다녀갔다. 9차에 걸쳐 慶南地域을 다녀가면서 많은 人士들을 만났고, 많은 詩文을 짓는 등 慶南과 적지 않은 인연을 맺었다.[4]

이로 인해서 慶南地域에 거주하는 弟子들도 적지 않다. 本考에서는 慶南地域에 거주하던 退溪 弟子로 어떤 사람이 있고, 그들이 退溪와 어떻게 結緣하게 되었으면, 學問的으로 어떤 交往이 있었으며 後世에 어떤 영향을 미쳤는가를 고찰하고자 한다.

Ⅱ. 慶南地域 거주의 退溪弟子

1914년 陶山書院에서 간행한 『陶山及門諸賢錄』에는 退溪의 弟子 309명이 수록되어 있다. 그 가운데서 慶南地域에 거주한 제자가 15명인데, 이들을 지역별로 살펴보면 다음과 같다.

泗川 거주의 龜巖 李楨(1512-1571), 咸陽의 德溪 吳健(1521-1574), 密陽의 鄒川 孫英濟(1521-1589), 操菴 南彦文(?-?), 無盡齋 朴愼(1529-1592), 咸安의 竹牖 吳澐(1540-1617), 篁谷 李偁(1535-1600), 昌原의 聚遠堂 曺光益(1537-1478), 芝山 曺好益(1645-1604), 漆原의 龜峰 周博(1524-1588), 重湖 尹卓然(1538-1594), 丹城의 竹閣 李光友(1529-1619), 宜寧의 蒙齋 許士廉(1508-1558), 竹堂 許允廉(1511-1567), 固城의 天山齋 許千壽(1509-1607), 安義의 瞻慕堂 林芸(1517-1572) 등 16명이다.[5]

---

4) 許捲洙, 「慶南地域에 所在한 退溪의 遺跡에 대한 考察」.

5) 『陶山及門諸賢錄』, 啓明漢文學硏究會 影印本, 1991. 許允廉은 『陶山及門諸賢錄』에는 들

春塘 吳守盈의 경우는 출생은 咸安에서 했지만 5·6세 때 禮安으로 옮겨가 살았기 때문에[6] 慶南地域에 거주하는 弟子에서 제외하였다.

이 가운데서 昌原의 曹好益의 경우에는 『陶山及門諸賢錄』에는 晩年에 永川에 寓居한 것으로만 기재되어 있지만, 『芝山年譜』에 의하면 昌原府 芝介洞 집에서 태어난 것으로 기재되어 있다. 그의 집안은 본래 永川에 世居해 왔지만, 그의 曾祖 淨友堂 曹致虞가 처가가 있던 昌原으로 移住하였다.

咸安의 吳澐의 경우는 咸安에 世居地가 있었지만 妻家를 따라서 宜寧 榮州 등지로 住居地를 옮겼기 때문에 『及門錄』에는 榮州에 거주하는 것으로 기재되어 있다. 그러나 蒼雪 權斗經이 만든 『溪門諸子錄』에는 咸安에 거주하는 것으로 기재되어 있다.[7] 漆原의 尹卓然의 경우는 『及門錄』初刊本에는 居住地 표시가 없다가, 『陶山及門諸賢錄辨訂』 및 『及門錄』改刊本에는 거주지를 서울로 해 놓았다.[8] 尹卓然은 朝先의 고향은 漆原이지만[9] 그 자신은 忠清道에서 태어났다. 또 登科 이후 계속 서울에서 仕宦生活을 했기 때문에 그렇게 기록되었던 것이다.

이들 人物에 대해서 각자 退溪와의 關係를 위주로 해서 그들의 生平, 結緣過程, 學問的 傳受關係, 詩文唱酬, 退溪에게서 받은 影響 등을 考察하고자 한다.

1. 龜巖 李楨

龜巖 李楨은 退溪의 많은 弟子 가운데서 가장 學問的 交往이 많았던 인물이고, 退溪로부터 學問的으로 인정을 받았던 인물이라고 할 수 있다.

어 있지 않고 나중에 追加되었다.

6) 吳守盈, 『春塘集』 권4, 26장, 「家狀」.

7) 『竹牖集』, 附錄 下卷, 17장.

8) 『退溪全書』 제28책, 392쪽. 退溪學研究院 2000년.

9) 『漆原縣誌』(慶尙南道興地集成 所收) 科擧條에 尹卓然이 실려 있다.

그는 退溪 門下에 들어간 이후 30여 년 동안 退溪로부터 150통10)의 書信을 받았다. 退溪의 제자 가운데서 退溪로부터 받은 서신이 100통을 넘는 제자로는, 龜巖 이외에는 月川 趙穆과 文峯 鄭惟一 뿐이다. 龜巖이 얼마나 활발하게 退溪와 學問을 交往했는지를 증명해 주고 있다. 불행히도『龜巖集』에는 退溪에게 보낸 書信이 한 통도 남아 있지 않아 退溪와의 관계를 좀더 구체적으로 연구하는 데 아쉬운 점이 많다.『龜巖續集』에 실려 있는 退溪에게 올린 서신은,『退溪集』에 수록되어 있는 龜巖의 問目을 그대로 옮겨온 것일 따름이니, 구암이 퇴계에게 보낸 서신은 모두 다 逸失되어 버렸다.

李楨의 字는 剛而, 龜巖은 그 號이며, 貫鄕은 泗川이다. 泗川에서 태어나 사천에서 살았다. 어려서부터 讀書할 줄 알고 글을 능히 지었다. 17세 때 成均館에 가서 공부하였는데, 글 잘한다는 名聲이 널리 퍼졌다. 그가 어린 시절 圭菴 宋麟壽(1487-1547)가 泗川에서 流配生活을 하고 있었는데, 龜巖은 그에게 배워 爲己之學을 얻어들었다.

1536년 25세 때 別試文科에 狀元으로 합격하여 成均館 典籍에 除授되었다. 1537년에 聖節使의 書狀官으로 北京에 다녀왔다. 1541년에 榮川(오늘날의 榮州) 郡守로 부임하였는데, 이때 陶山으로 가서 처음으로 退溪를 만나뵈었다. 退溪가 인물로 여겨 대단히 重視하였다. 이 이후로 근30년 동안 龜巖은 退溪를 師事하여 書信을 주고받으며 의심스럽거나 어려운 문제가 있으면 질문했는데, 한달도 그냥 지나는 경우가 없었다.

龜巖에 대해서『陶山及門諸賢錄』에서 다음과 같이 기록하였다.

> 일찍이 退溪老先生을 師事하였는데, 學問을 향한 집중된 생각이 강하게 빛났다. 慶州에서 근무할 때는 수레를 준비시키고 양식을 마련하여 해마다 찾아가 뵈었는데, 다른 사람들의 자리를 비운다는 誹謗도 꺼려하지 않았다.

---

10)『陶山全書』原集에 115통, 續集에 34통, 遺集에 1통 실려 있다.

무릇 벼슬하고 있을 때나 집에서 지낼 때나 간에 전후 수십 년 동안 계속해서 서신을 주고받아 그냥 넘어가는 달이 없었다. 의문이 나거나 어려운 것이 있으면 반드시 질문하였고, 어떤 일을 시행할 적에는 반드시 문의하였다. 退溪先生의 片言隻字도 반드시 수집하였다. 그가 믿고 크게 의지하는 것이 이처럼 독실하였다. 中國에서 나온 性理學 관계의 書籍 가운데서 우리 나라에서 간행되지 못한 것이 간혹 있었는데, 退溪와 書信을 주고받으면서 訂正하여 確定하였고, 상의하여 跋文을 붙였다. 이를테면, 『孔子通紀』, 『二程粹言』, 『程氏遺書』, 『程氏外書』, 『伊洛淵源續錄』, 『濂洛風雅』, 『擊壤集(邵康節文集)』, 『延平答問』, 『朱子詩集』, 范太史의 『唐鑑』, 丘瓊山의 『家禮儀節』, 薛文淸의 『讀書錄』, 胡敬齋의 『居業錄』, 『皇明名臣言行錄』, 『理學錄』, 『醫無閭先生集』 같은 책을, 그가 맡아 다스린 고을에서 반드시 간행했다.11)

龜巖은 退溪를 도와 朝鮮의 性理學 발전에 貢獻이 많았는데, 中國에서 들어온 性理學 관계의 중요한 文獻을 退溪와 討論을 거쳐 訂定하였고, 龜巖이 地方長官으로 있으면서 退溪가 그 價値를 인정한 文獻을 刊行하여 普及함으로서 退溪를 도와 性理學의 底邊擴大에 크게 기여하였던 것이다. 이뿐만 아니라 龜巖은 또 退溪의 著書도 刊行하여 退溪의 學問이 普及되도록 노력하였다.

제자 艮齋 李德弘이 退溪에게, "지금 세상에서 누가 능히 學問을 할 수 있습니까?"라고 묻자, 退溪는 "그런 사람을 아직 보지 못했다"라고 대답했다. "奇高峰과 李龜巖은 어떻습니까?"라고 艮齋가 다시 물었을 때, "이들은 厚重하여 仁에 가까이 다가갔고 道理를 따라갈 것이고, 머리를 돌려 다른 데로 가지는 절대 않을 것이다. 다만 보는 바가 아직 大綱領을

---

11) 『龜巖集』 권2 14,15장 「行狀」, "嘗師事退溪老先生, 向學一念, 炳炳如丹. 其在東都, 命駕宿春, 逐年往省, 不避人謗. 凡宦遊家居, 前後數十年間, 聯篇累牘, 殆無虛月. 疑難必質, 施爲必詢, 至於片言隻字, 亦裒而集之, 其相信倚重, 如此其篤. 中朝性理之書, 或有未盡刊行於吾東者, 亦與退溪往復訂定, 相與跋之, 如孔子通紀, 二程粹言, 程氏遺書 外書, 伊洛淵源續錄, 濂洛風雅, 擊壤集, 延平答問, 朱子詩集, 范太史唐鑑, 丘瓊山家禮儀節, 薛文淸讀書錄, 胡敬齋居業錄, 皇明名臣言行錄, 理學錄, 醫無閭先生集等書, 必入梓於所歷州府."

꿰뚫어 보지 못한 것이 안타까울 따름이다"라고 대답했다.[12] 龜巖이 아직 儒學의 전체적인 構造를 완전히 通達하지는 못해도 仁에 가깝고 儒學의 道理에 따라 살아가는 水準이 되는 것으로 退溪는 인정하였던 것이다.

1552년 龜巖이 成均館 司成으로 赴任했을 때 退溪는 成均館의 책임자인 大司成으로 있었다. 같은 자리에 있으면서 서로 經書의 뜻을 講明하며 여러 학생들을 啓發하였다.[13]

서울에 거주할 때는 수년 동안 같은 마을에서 살았기 때문에 龜巖은 수시로 退溪의 居所를 출입하면서 가르침을 받을 수 있었다.[14]

1554년 淸州牧使로 재직하면서 『朱子詩集』을 간행하였다. 이때는 아직 우리 나라에 『朱子大全』이 널리 보급되기 전이었다. 여러 가지 寫本을 參校하여 간행하였는데, 退溪의 諮問을 많이 받았다.[15] 또 이때 『延平答問』을 退溪의 주선으로 刊布하였다. 이때 龜巖은 退溪에게 이 책의 跋文을 부탁하여 退溪가 그 발문을 썼다.[16]

1560년 慶州府尹으로 赴任한 이후로 龜巖은 자주 陶山으로 退溪를 방문하였는데, 退溪는 『易學啓蒙』에 대해서 質問하는 龜巖에게 자신이 지은 『啓蒙傳疑』의 稿本을 보여주며 답변하였고, 또 陶山書堂을 짓고서 퇴계 스스로 지은 「陶山記」, 「陶山雜詠」등을 보여 주었다.[17] 또 龜巖은 金庾信 등 新羅의 인물들을 宣揚하기 위해서 慶州에 西岳精舍를 세우면서 退溪의 諮問을 많이 받았다. 西岳이라는 명칭도 退溪가 지은 것이고, 그 扁額 모두를 退溪에게 요청하여 退溪가 직접 썼다.

1561년 龜巖은 退溪가 校正한 『伊洛淵源續錄』을 간행했는데, 退溪는

---

12) 李德弘 『艮齋集』 권6 13장 「溪山記善錄」.
13) 李楨 『龜巖集』 권2 3장 「行狀」. 民族文化推進會 간행 韓國文集叢刊 제33집.
14) 『龜巖集』 권1 40장 「祭退溪先生文」.
15) 『龜巖集』 권1 34장 「雲谷徽音詩後識」.
16) 『陶山全書』 권27 5장 「答李剛而」.
17) 『龜巖集』 권1 40장 「祭退溪先生文」.

"우리 나라에서 처음 보는 책이니 刊行하여 後學 선비들에게 혜택을 주어
야 한다"18)는 말로 學問 발전을 위해서 노력하는 龜巖의 使命感을 북돋아
주었다.

1561년 龜巖은, 이미 南冥에게서 자기 先丈 僉判 李湛의 墓碣文을 받은
것이 있는데도, 이때 다시 退溪에게 받으려고 하였다. 그러나 退溪는 사양
하고서 그 글씨만은 써 줄 수 있다고 대답했다. 그리고 南冥이 지은 墓碣文
에 대해서 여러 곳에 자신의 作文基準에 따라 이렇게 고쳤으면 좋겠다고
의견을 제시하여, 龜巖으로 하여금 南冥에게 다시 보여 결정하도록 권유
하였다.19) 오늘날 남아 있는 龜巖 先丈의 墓碣文은 退溪가 제시한 의견을
다 受容하여 修正한 것이 남아 있고, 南冥이 지은 원래의 문장은 남아
있지 않다.20)

1562년 봄에 龜巖이 陶山書堂을 방문하고서 돌아간 뒤, 바로 그 다음날
새벽에 노비를 보내어 문안하고 이 서신을 보내어 이별을 아쉬워하며 龜巖
을 그리워하였다.

　　사흘간 책상을 같이 하여 함께 있은 즐거움 가지고서, 어찌 천리 길을
　달려온 뜻을 다할 수 있었겠습니까? 송별한 뒤로 멍하여 마음이 편하지 못했
　습니다. '그대 떠나고 나면 봄 산에서 누구와 더불어 놀꼬? 새 울고 꽃 지고
　물만 부질없이 흘러가누나. 지금 송별하느라고 시냇가에 이르렀는데, 뒷날
　생각날 때는 이 물가로 와야지.' 처음에는 石澗臺에서 송별의 회포를 읊고자
　했으나, 唐나라 사람의 이 詩가 우연히 생각났는데, 오늘의 일을 다 말하여
　더 보탤 것이 없다고 생각했기 때문에 이 시를 적어 보내 드립니다.21)

---

18) 『陶山全書』 續集 권4 16장 「答李剛而」, "東方創見之書, 不可不刊行以幸後學之士."
19) 『陶山全書』 권28 14-17장 「答李剛而別」.
20) 『南冥續集』에 수록되어 있는 글도 退溪의 의견에 따라 수정된 것이다.
21) 『陶山及門諸賢錄』 권1 6, 李楨條. "三日聯床之款, 豈盡千里命駕之意? 別後惘惘不能爲懷.
　　君去春山誰共遊. 鳥啼花落水空流. 如今送別臨溪水, 他日相思來水頭. 初欲於石澗臺, 吟叙
　　別懷, 偶思唐人此詩, 道盡今日事, 無以復加, 故只寫此詩送呈."

龜巖이 떠난 뒤, 退溪가 곧이어 보낸 奴婢가 禮安縣衙에 도착했을 때, 龜巖의 행차는 이미 출발한 뒤였다. 退溪는 무척 아쉬워했지만, 그 뒤 바로 龜巖의 書信이 날아들었다. 그러자 退溪는 바로 답장을 보냈는데, 그 속에 朱子가 그 弟子 李季章에게 보낸 書信을 적어 보내어 자신의 心境을 吐露하였다. 이 書信往復을 통해서 退溪가 龜巖을 얼마나 마음 속 깊은 사랑을 했는지 알 수 있다. 이때 退溪가 적어 보낸 唐詩는 그 뒤에 石澗臺 서쪽 바위에 새겼다.

그 뒤 龜巖은, 退溪가 적어 보낸 이 詩에 次韻하여 이렇게 지었다. 退溪가 이별할 때 해 준 말을 잊지 않고 기억하고 있다.

탄식스럽구려! 어느 해 다시 이런 놀이 할 수 있을지?　　堪歎何年續此遊
한 해 봄의 마음이 푸른 강처럼 흘러가는데.　　　　　　一春心事碧江流
시냇가에서 송별할 때의 간곡한 말씀을,　　　　　　　澗邊送別丁寧語
추억해보니 사람으로 하여금 머리 다 세게 하네.　　　追憶令人白盡頭[22]

1562년 龜巖과 南冥 사이에 관계가 악화되어 南冥 주변의 인물들로부터 龜巖이 誹謗을 듣고 있을 때, 退溪는, "마땅히 스스로 반성하여 신중하게 처신하고 이치에 따라서 살펴 응해야지, 적을 만들어 원한을 더하지 말도록 하시오"[23]라고 忠告하고 있다.

또 退溪와 高峰 奇大升 사이에 서신을 주고받으며 四端七情을 논한 것을 두고 南冥이 아주 못마땅하게 여기며 欺世盜名한다고 批判했을 때, 退溪는, "이 말은 정말 藥石이다. 이런 이름은 매우 두려운데, 우리 儒者 가운데서 이런 말을 하는 사람이 있는데, 하물며 다른 부류의 사람이겠소? 이런 뜻을 그대도 알지 않아서는 안되오"[24]라고 하여, 性理學 討論에 지나

---

22) 『龜巖續集』 권1 18장 「石澗臺」.
23) 『陶山全書』 권28 35장 「答李剛而」, "皆當自反而愼處之, 順理而審應之. 尤不當立敵而增仇怨."

치게 精力을 쏟는 것에 대해서 警戒하였다.

1562년 말에 龜巖이 慶州府尹의 임기를 끝마치고 돌아가려고 할 때, 退溪에게 『壽瑞詩編』의 跋文을 부탁하였다. 이 책은 龜巖의 高祖 李禾玆 부부가 91세의 長壽를 누린 것을 축하하는 詩集이었다. 退溪도 19년 전에 축하하는 시를 지어 준 적이 있었는데, 이때 다시 退溪는 龜巖 집안의 孝行을 讚美하는 跋文을 지어 주었다.[25]

1563년 龜巖이 順天府使로 赴任하자 退溪는 그 소식을 듣고 시를 지어 보내었고, 龜巖은 여기에 次韻해서 보냈다.

상서로운 봉황은 높이 날아 하늘에 이르렀는데,	瑞鳳高翔薄大堪
가느다란 물고기 물결 따라 湖南에 떨어졌네.	纖鱗隨浪落湖南
근심 머금코 동쪽으로 바라보니 龍門은 먼데,	含愁東望龍門遠
어느 해 신이 도와 모시고 이야기할 수 있을까?	神佑何年獲侍談[26]

龜巖은, 자신을 작은 물고기에 비유하고 退溪는 하늘에 날아오른 상서로운 봉황에 비유하였다. 退溪에 대하여 얼마나 尊慕하고 있는가를 알 수 있다. 그리고 退溪를 만나 가르침을 받고 싶은 마음을 간절히 표출하였다.

順天에 부임해서는 寒暄堂 金宏弼이 謫居時 쌓았던 臨淸臺를 방문하여 感慕의 뜻을 붙이고, 그 위에 景賢堂을 세워 春秋로 寒暄堂을 享祀하여 영원히 지켜나가도록 했다. 그리고 寒暄堂의 實紀에 해당되는 『景賢錄』을 편찬하여 간행하였다. 이 책은 龜巖이 먼저 寒暄堂의 「家範」, 行狀과 議得 등의 글을 얻어 편찬하여, 退溪에게 諮問을 구하자, 퇴계가 寒暄堂의 손자

---

24) 『陶山全書』 권28 38장 「答李剛而」, "此言眞藥石, 此名甚可懼. 此是吾輩人中, 乃有此等語, 況他人耶? 此意, 令公亦不可不知."

25) 『陶山全書』 권60 20,21장 「泗水李氏壽瑞詩編跋」.

26) 『龜巖續集』 권1 19장 「次退溪先生韻」.

金立과 鄭崑壽 등이 기록한 바를 가지고 보충하고 參訂하여 定本을 만들었다. 이것을 龜巖이 가져다가 간행하였다. 『景賢別錄』은, 退溪가 草率하게 기록한 것이라 하여 간행하지 말라고 龜巖에게 당부하였으나, 龜巖은, 이 기록이 없으면 後學들이 參考할 바가 없다고 생각하여 退溪의 당부에도 불구하고 別錄까지 모두 간행하였다.[27] 龜巖이 寒暄堂 관계의 자료를 蒐輯 刊行함으로 인해서, 寒暄堂에 관한 자료를 일목요연하게 考覽할 수 있게 되었고, 또 후세에 留傳하게 되었다.

1564년 退溪의 처남 許允廉이 도망간 奴婢를 推捉하는 일로 順天을 방문했을 때, 退溪는 龜巖에게 협조하여 그 목적이 達成되도록 해 줄 것을 부탁하였다.[28] 그 뒤 推捉하는 일을 성공적으로 끝냈다는 처남의 보고를 듣고서 퇴계는 다시 龜巖에게 사례하는 書信을 보냈다.

그 뒤 1565년 退溪는 『景賢錄』을 개정하였고, 또 景賢堂, 臨淸臺, 玉川精舍 등의 懸額을 썼다.[29]

龜巖은, 만년에 泗川 龜巖의 先塋의 아래에다 龜巖精舍를 짓고서 涵養하여 造詣가 더욱 깊어졌고, 여러 儒生들과 講學하여 寢食을 잊어버릴 지경에 이르렀었다. 退溪가 龜巖精舍와 그 東西齋인 居敬齋와 明義齋을 읊은 詩를 지어 주었다.

退溪가 세상을 떠났을 때, 龜巖은 追慕의 情을 이렇게 읊었다.

우리 儒敎의 한 가닥 脈 안팎이 없는데,	一脈斯文無內外
뚜렷한 밝은 해 동쪽 나라 비쳤네.	分明白日照天東
산 무너지고 대들보 부러지니 누구를 의지하랴?	山頹樑折吾誰仗
탄식스럽구나! 어떤 사람이 큰 공을 이을는지?	歎息何人繼大功[30]

---

27) 『龜巖集』 권1 37장 「景賢錄識」.

28) 『陶山全書』 권29 19, 20장 「答李剛而」.

29) 李野淳 『退溪先生年譜補遺』 권2 74쪽.

30) 『龜巖集』 권 1 16,17장 「次鄭以南哀退溪先生」.

또 退溪 靈前에 드리는 祭文을 지었는데, 退溪의 人格과 學問, 자신과의 關係를 서술하여 哀悼의 뜻을 표하였다.

龜巖이 退溪에게서 學問的으로 어떤 影響을 받았는가에 대해서, 龍洲 趙絅은 "龜巖은 退溪의 참된 道를 얻었다"[31]라고 하였다. 眉叟 許穆은 "마침내 큰 道를 陶山에서 들었다"[32]라고 했다. 南坡 洪宇遠은 "李楨은 뜻을 독실히 하고 힘써 배웠는데, 先正臣 文純公 李滉에게 배워『中庸』의 學統을 깊이 얻었습니다. 발을 실제적인 것인 것에 딛고서 聖賢이 될 것으로 스스로 期約하였습니다"[33]라고 하였다. 龜巖은 退溪에게 배워 참되고 바른 道를 얻어 聖賢의 경지에 이르려고 노력한 인물이었음을 알 수 있다.

2. 德溪 吳健

德溪 吳健은 退溪의 弟子인데, 퇴계에게 집지하기 이전에 이미 南冥 曹植을 따라 배웠다.

1521(中宗 16)년 山淸에서 生長하여 仕宦하는 잠시 동안을 빼고는 일생의 대부분을 향리에서 살았다. 字는 子强이고, 德溪는 그 號이고, 貫鄕은 咸陽이다. 어려서부터 聰明하고 端雅하면서도 鄭重하여 보통 아이들과 달랐다. 11세 때 부모가 다 별세했고, 또 집이 가난하여 스승을 따라 배울 수가 없었다. 다만 집에 口訣이 달린『中庸』한 책이 있어 그것을 계속해서 읽었는데, 처음에는 글의 뜻을 이해할 수 없었으나, 차차 글의 뜻을 꿰뚫어 알게 되었다.『論語』,『孟子』같은 책도 이런 식으로 이치를 캐냈다. 산에 들어가 10여 년 동안 讀書하자 學問이 크게 進前되었다.

1558년 文科에 及第하여 星州의 敎授로 赴任하여 東岡 金宇顒, 寒岡

---

31) 趙絅「龜巖集序」, "公可謂李先生之玄珠哉!".

32) 許穆『眉叟記言』권16 6장「龜山祠碑」.

33)『龜巖集』別集 권2 16장「龜溪書院請額實錄」. "李楨, 篤志力學, 學於先正臣文純公李滉, 深得中庸之傳, 脚踏實地, 以聖賢自期".

鄭逑 등 많은 人材를 敎育하였다. 이때 퇴계의 弟子 錦溪 黃俊良이 星州牧使로 재직하고 있었는데, 그를 따라서『朱子書』를 講磨하였다. 스스로 말하기를, "전날에 힘써 탐구한 바 있지만, 오히려 입과 귀로 익힌 것을 면치 못했다"라고 했다.

이것이 계기가 되어 1563년 그의 나이 43세 되던 해 陶山으로 退溪를 찾아뵙고 그 제자가 되었다. 이때도 朱子書의 가르침을 받았고, 또『近思錄』,『心經』등에 대해서 질문하였다. 이로부터 識見이 더욱 진보하고 學問은 더욱 成長하였다. 德溪가 돌아갈 때, 退溪는 詩를 지어 격려하였다.

> 朱子가 남긴 책은 百世의 스승이니,　　　　　　　　雲谷遺書百世師
> 하늘에 닿고 땅에 서려 털끝에까지 들어갔네.　　　　際天蟠地入毫絲
> 나귀에 책 싣고 와서 질문하는 그대에게 감동했건만,　感君驢笈來相訂
> 늙도록 道의 경지 들여다 보지 못한 내가 부끄럽도다.　愧我宮墻老未窺[34]

그 뒤『延平答問』에 대해서 退溪에게 問目을 보내어 상세히 질문하였다. 이 問目과 退溪의 答書가『退溪集』권33에 실려 전한다.

經筵에서 論思의 職務를 맡아서는, '敬에 입각하여 理致를 궁구하고 뜻을 謙遜하게 가지고 자신을 비우는' 工夫로써 임금을 인도하였다.

1568년 宣祖에게 啓를 올려 常例를 따지지 말고 退溪를 接見할 것을 奏請하니 宣祖가 그 말을 따랐다.[35]

1571년 吏曹正郎에 除授되어 公正한 道理를 실천하려고 힘썼는데, 그 당시 論議가 세차게 일어나 어떤 일을 하기 어렵게 되자 벼슬을 버리고 고향으로 돌아와 講學하여 인재를 육성하였다. 나라에서 여러 차례 벼슬로 불렀지만 나가지 않았다.[36]

---

34)『德溪年譜』권1 4장.
35)『德溪年譜』권1 9장.
36)『陶山及門諸賢錄』권1 22장「吳健條」.

1571년 1월 德溪는 吏曹佐郎으로 있으면서 退溪의 殯所에 내리는 宣祖의 賜祭文을 撰進하였다.[37] 명의상으로는 宣祖로 되어 있지만, 退溪의 學德을 欽慕하는 德溪의 마음이 들어 있고, 또 退溪가 學問的으로 朝鮮에 얼마나 큰 영향을 미쳤는가를 밝히고 있다.

退溪는 德溪를 인정하여 巴山 柳仲淹에게 보낸 書信에서 "子强[吳德溪의 자]은 天性이 淳朴하고 眞實하여 儒學에 힘쓰는 것이 아주 懇切하고 篤實하니, 정말 이른바 '유익한 벗'이다. 그가 멀리서 찾아온 뜻은 쉬운 것이 아닌데, 내 스스로 得力한 바가 없어 그의 뜻에 부응할 수가 없다"라고 했다.[38]

退溪는 德溪와 더불어 『中庸』과 『大學』을 講討하면서 매우 탄복하여 德溪에게 일러 말하기를 "이런 것은 모두 내가 思索하지 못했던 바라네. 그대의 論하는 것을 들으니 아주 옳고 아주 좋네. 다른 책에 있어서는 내가 그대보다 혹시 나은 것이 있을지라도 『中庸』과 『大學』에 이르러서는 내가 아는 바가 아마도 그대에게 미치지 못할 걸세"라고 했다. 그리고 다른 사람들과 더불어 말할 때도 德溪가 논한 바에 대해서 언급하면서 매우 칭찬하여 "吳某의 『中庸』·『大學』에 대한 공부는 아주 精密하고 깊다. 이런 것은 갑자기 얻은 것이 아니니, 고요한 가운데서 體認하고 연구하여 오래도록 功을 쌓은 것이 아니면 아마도 이런 경지에 쉽게 이를 수 없을 것이다"라고 했다.[39]

德溪는 자신의 나이 43세 되던 때에 退溪 문하에 들어가 7년 정도 퇴계를 따라 배웠는데, 선생을 모시고 배운 시간이 너무 짧은 것을 아쉬워하였다. 그가 퇴계의 서거를 애도한 挽詞 가운데 "우러러 생각하니 이제 이미

---

37) 『德溪年譜』 권1 14장.

38) 『陶山及門諸賢錄』 권1 23장 「吳健條」. "子强資性朴實, 用力於此學, 亦甚懇篤, 眞所謂益友也. 其遠來之意不易, 而某自無得力而副其意者".

39) 『德溪集』 권7 15장 「行錄」, 此皆吾未思索者, 聞公所論, 極是極好. 他書則, 吾於公, 容有相長處, 至於庸學, 吾所知, 其不及於公矣." 又與他人言時稱賞德溪曰, "吳某庸學之功, 極爲精深. 此非造次所得, 非靜中體認研窮積久之功, 恐非未易到此."

끝났도다! 길이 슬퍼하며 눈물을 거두기 어렵다네.40)

3. 聚遠堂 曹光益·芝山 曹好益 兄弟

聚遠堂 曹光益과 芝山 曹好益은 退溪의 從姊兄 韋齋 曹孝淵의 손자다. 曹孝淵은 곧 退溪의 숙부 松齋 李堣의 사위로 咸安郡守를 지냈다. 曹孝淵의 맏아들은 忠順衛 曹允愼이고, 曹允愼의 둘째 아들이 聚遠堂이고, 넷째 아들이 芝山인데, 둘 다 昌原에 살면서 文科에 及第했고 退溪의 제자가 되었다.

曹光益의 字는 可晦이고, 聚遠堂은 그 號이고 貫鄕은 昌寧이다. 그는 어려서부터 聰明하였는데, 退溪와는 聯臂가 되기에 13세 때부터 退溪에게 나아가 『心經』을 배우기를 요청했다. 『心經』을 배우기에는 나이가 너무 어리다고 생각한 退溪가, "學問은 단계를 뛰어넘어서는 안 된다"라고 하고는 『小學』을 읽을 것을 권유하였더니, "이미 오랫 동안 읽었습니다"라고 대답했다. 退溪가 시험해 보니, 그 내용을 훤히 꿰뚫고 있어 門下의 諸公들이 놀라고 歎服하였다.41)

文科에 及第했으나 벼슬에 나가는 것을 탐탁하게 여기지 않았고, 文章과 操行으로 세상 사람들에게서 존경을 받았다. 天性이 효성스러워 부모의 喪에 3년 동안 廬墓하였다.

高峰 奇大升에게 宣祖가 經筵에서 "當代의 人材가 누구인가?"라고 묻자, 高峰은 栗谷 李珥, 寒岡 鄭逑와 聚遠堂과 芝山 曹好益을 들어 대답하였다.

寒岡이 退溪의 門下에서 聚遠堂을 만나고 돌아와서 말하기를, "나는 이번 길에 큰 所得이 있었으니, 스승의 가르침을 입은 것과 어진 벗을 얻은 것이다"라고 말했다. 東岡 金宇顒은, "曹某는 操行이 篤實한 선비이다"

---

40) 『陶山及門諸賢錄』 권1 23장. 瞻思今已矣. 長痛淚難收.
41) 『聚遠堂年譜』 1장.

라고 하였다. 栗谷은, "曺可晦가 心性을 논한 글을 보면 性理學의 正統에서 나온 것임을 알 수 있다"라고 할 정도로 그의 人品과 學問을 稱頌하였다.[42]

曺好益은 자가 士友이고 芝山은 그 號이다. 어려서부터 남다른 資質이 있었고, 조금 자라서는 爲己之學이 있음을 알고서 항상 작은 방에서 독서하며 나오지 않았다. 그래서 어릴 때의 별명이 '작은 방 아이[小房兒]'였다.

1561년 17세되던 해 陶山으로 나아가 退溪 문하에서 공부하였는데, 더욱 마음을 가다듬어 노력하였다.

1563년에는 昌原에 있는 자기 집을 방문한 退溪를 맞이하여 『大學』에 대하여 講討하고 質問하였다. 이때 退溪는 曺好益이 사는 昌原의 집 草亭 벽에 글을 써 주었다.

1565년 형 曺光益과 함께 陶山으로 찾아가 『朱子語類』와 『近思錄』에 대해서 질문하였다.

1567년 芝山은 陶山書堂에 머물면서 학업을 講磨하고 있었는데, 마침 退溪가 부름을 받고 조정으로 돌아갈 때, 芝山도 文科에 응시하기 위해서 退溪를 모시고 함께 서울로 들어갔다.

1567년 억울하게 죄목에 걸려 平安道 江東에서 17년 동안 流配生活을 했는데, 義理와 天命에 安住하여 태연하였다. 深衣와 幅巾을 착용하고서 단정히 앉아 강독하기를 그치지 않으니 원근의 학생들이 구름처럼 모여들었다. 鄕飮酒禮를 시행하고 揖讓의 禮節을 가르치고 忠信의 도리를 깨우치니, 士風이 크게 일어났다. 平安道 儒生들이 글을 올려 芝山의 업적을 알리자, 宣祖는 '關西夫子'라는 네 글자를 크게 써서 내리고 장려하였다.

壬辰倭亂이 일어나 宣祖가 서쪽으로 蒙塵할 때, 西厓 柳成龍이 芝山의 억울함을 아뢰자, 宣祖가 流配를 해제하고 義禁府都事에 除授하고 召募官으로 임명하였다. 芝山은 정성을 다하여 병사를 모집하여 500명을 확보하고, 왜적을 토벌하여 공을 세웠다. 나라에서 一等功臣으로 策錄하였다.

---

42) 『陶山及門諸賢錄』 권3 35,36장.

그 뒤 定州牧使에 除授되었다가 병으로 사직하고 돌아와 永川에서 寓居
하였는데, 학생들과 더불어 강학하기를 게을리하지 않았다. 저서로 문집
이외에 『心經考異』, 『家禮改證』, 『周易釋解』, 『易象推說』 등이 있다.

나중에 吏曹判書에 追贈되고, 文簡이라는 諡號를 받았고, 永川·江
東·成川 등지의 儒林들이 그의 祠堂을 세워 享祀하고 있다.43)

芝山은 1596년 平安道 成川의 高芝山 아래 書院을 지어 朱子와 退溪를
享祀하려고 했으나, 뜻을 이루지 못했다.44)

芝山이 退溪의 學行을 기록한 것이 있는데 아래와 같다.

○ 退溪의 資稟은, 순수하고 온화하여 마치 질이 좋은 금이나 아름다운
옥과 같다. 일찍이 모시고 앉았더니 온화한 기운이 사람을 감싸왔다. 程明道
선생이 이러했을까 하는 생각이 들었다.

○ 退溪는 17,8세 때부터 이미 학문의 큰 뜻을 보고서 곧 聖賢이 될 것으로
스스로 기약하였다. 널리 배우고 힘써 실행함으로써 이를 채워나갔다. 만년에
이르러 道가 이루어지고 德이 세워지자, 잘 조화되어 흔적이 보이지 않았다.

○ 退溪는 顔子처럼 노여움을 다른 데로 옮기지 않고 같은 허물을 두
번 되풀이하지 않는 경지에 거의 이르렀다.

○ 退溪가 工夫하는 곳은, 오로지 禮가 아니면 보지 않고 듣지 않고 말하지
않고 행동하지 않는 四勿의 위에 있었다.

○ 退溪는 진실로 능하면서도 능하지 못한 사람에게 물어보고, 많이 알면
서도 적게 아는 사람에게 물어보고, 있으면서도 없는 듯이 하고, 가득 찼으면
서도 빈 듯이 하고, 다른 사람이 버릇없이 굴어도 따지지 않는 분이다. 요즈
음 보니 여러 사람들이 退溪를 일컬어 "朱子를 배웠다"라고 말하는데, 실제
로는 顔子를 먼저 배웠다. 그 資稟이 서로 비슷했기 때문이다.

○ 朱子가 이미 세상을 떠나자, 그 門人들이 각자 들은 바로써 사방에서
전해 주었는데, 그 본래의 뜻을 잃은 바가 많아 그 흐름이 점차 잘못되어
차츰차츰 異端으로 들어가게 되어, 우리 儒道의 正脈이 이미 中國에서 끊어

---

43) 『陶山及門諸賢錄』 권3 36,37장.
44) 『芝山年譜』 권1 10장.

지게 되었다. 退溪는 數百年 뒤에 海外에서 태어나 博文과 約禮 두 길로
나아가고 敬과 義를 함께 유지하여 다른 學問의 유혹을 받지 않아 순수하게
바른 데서 나와 朱子의 道의 嫡傳이 되었다. 우리 東方에서 그 비교할 데가
없을 뿐만 아니라, 비록 中國에서도 그 비슷한 사람을 볼 수 없으니, 실로
朱子 이후로 첫째 가는 분이다.

○ 退溪는 젊을 때는 우리 임금을 堯舜처럼 만들고 우리 백성들을 堯舜의
백성처럼 만들려는 뜻이 있었다. 얼마 지나서 당시 세상에서는 할 수 없다는
것을 알고는 몸을 거두어 숨었다. 뜻이 나약하거나 일을 싫어하는 사람은
아니다.

○ 退溪의 出處와 去就에 있어서 조금도 함부로 하는 사람이 아니었다.
정묘(1567)년 8월에 결연히 관직을 버리고 돌아왔으니, 이것이 退溪의 한평
생 出處의 大節이었다. 奇明彦은 그 지혜가 족히 大賢을 알아볼 만했으면서
도 오히려 당시의 논의가 분분한 것에 대해서 疑惑이 없을 수 없어 서신을
보내어 따지기까지 했으니, 사람을 알아보기가 쉽지 않다는 것이 정말이로
다. 또 退溪는 반드시 나가는 것에 뜻을 둔 적이 없는데도 南冥은 退溪가
벼슬에 나가기를 구하는가 의심했고, 또 退溪는 일찍이 반드시 숨으려고
한 적도 없는데, 李叔獻은 退溪가 세상을 잊고 멀리 숨으려 한다고 싫어하였
다. 탄식하지 않을 수 있겠는가?[45]

芝山은, 退溪는 聖賢이 되기를 기약하고서 공부한 인물로, 朱子의 嫡傳

---

45) 曺好益『芝山集』권5 11,12장「退溪先生行錄」. "○. 退溪, 資稟純粹溫潤, 如精金美玉. 嘗侍
坐, 和氣襲人, 想明道也是如此. ○. 退溪十七八歲時, 已見大意, 便以聖賢自期 博學力行以充
之. 到晚年, 道成德立, 渾然不見痕迹. ○. 退溪幾至不遷怒不貳過地位. ○. 退溪用工夫處,
專在四勿上. ○. 退溪眞是, 以能問於不能, 以多問於寡, 有若無, 實若虛, 犯而不較者也. 近見
諸公稱退溪皆說學朱子, 其實先學顏子, 其資稟蓋相似. ○. 朱子旣沒, 門人各以所聞, 傳授四
方, 多失本旨, 其流漸差, 浸浸入於異端, 斯道正脈, 已絶於中原. 退溪生於海外數百載之下,
博約兩進, 敬義夾持, 不爲他歧之惑, 而粹然一出於正, 以嫡傳朱子之道, 不但吾東方未有其
比, 雖中原, 亦不見其髣髴者, 實朱子後一人也. ○. 退溪初年, 便有堯舜君民之志. 旣而, 見時
世有不可爲者, 乃卷而懷之, 非意儒厭事者也. ○. 退溪於出處去就, 分寸不放過. 丁卯八月,
決然退歸, 此平生出處之大節. 奇明彦智足以知大賢, 而猶不能無惑於時議之紛紜, 至以書相
詰, 信乎知人未易也. 且退溪未嘗有意於必出, 而曺南冥疑其求進, 亦未嘗有意於必藏, 而李
叔獻嫌其長往, 可勝歎哉?

을 이어 斯道의 正脈을 우리 나라에서 되살렸으므로 中國에서도 비교할
사람이 없다고 극도로 尊崇하였다. 임금을 바로 인도하여 세상을 구제할
뜻이 있었으나, 당시의 여론을 보고 희망이 없다는 것을 알고는 세상을
물러나게 되었다고 했고, 그의 出處의 大節에 조금도 어긋남이 없음을
밝혔다. 이 글을 통해서 볼 때, 芝山은 退溪의 人品과 學問을 正確하게
이해하고 있고, 또 매우 欽慕하고 있음을 알 수 있다.

4. 竹牖 吳澐

竹牖 吳澐은 退溪의 從姉兄 吳彦毅의 손자이자, 退溪의 큰 처남 蒙齋
許士廉의 사위니 곧 退溪의 妻姪婿가 된다. 吳澐의 字는 大源이고, 竹牖는
그 號이다. 貫鄕은 高敞인데, 서울에서 世居하다가 그의 曾祖父 吳碩福이
宜寧縣監을 지낸 뒤 咸安 後谷(지금의 山仁面 茅谷里)에 자리잡아 살게
됨으로 해서 咸安 사람이 되었다. 寒岡 鄭逑가 咸安郡守로 있던 1587년
『咸州誌』를 편찬할 때도 竹牖는 咸安에 살면서 편찬에 참여하고 있었으
니,[46] 咸安에도 계속 竹牖의 집이 있었음을 알 수가 있다. 竹牖는, 宜寧
嘉禮의 許士廉의 집안으로 장가듦에 따라서 宜寧에도 집이 있었고, 許士
廉이 外家가 있는 榮州로 옮기자, 竹牖도 妻家를 따라서 다시 榮州로 옮겨
가 살게 되었던 것이다. 그래서 『陶山及門諸賢錄』에서는, 榮州에 寓居한
것으로 기재해 두었던 것이다.

1564년 25세 되던 해 退溪의 門下에 나아가 배웠다. 그 이전 19세 되던
1558년에 山海亭으로 南冥 曺植을 찾아가 제자가 되었다.[47] 退溪는 竹牖
에게 詩를 지어주며 勉勵하였다.

1566년 文科에 及第하여 內外의 官職을 두루 역임하였다. 1584년 竹牖
는 忠州牧使로 있으면서, 자기의 外曾祖父이고 退溪의 숙부인 松齋 李堣

---

46) 吳澐 『竹牖集』 권3 39장 「咸州誌跋」, "吾亦當時家食, 而間或與聞之矣."
47) 『竹牖年譜』 2장.

의 『松齋詩集』을 刊行하였다. 이 詩集은 退溪가 직접 편집하여 손수 淨寫
해 둔 것을 친필 그대로 板刻하여 刊布한 것이다.[48]

1592년 忘憂堂 郭再祐를 도와 義兵을 일으켜 왜적을 토벌하여 공을
세웠고, 退溪의 제자 로 同門關係에 있는 鶴峯 金誠一이 慶尙道招諭使로
부임하여 전투를 지휘할 때 이 지역의 지리와 士族들의 상황을 잘 아는
竹牖가 많은 도움을 주었다.

1600년 『退溪集』이 완성되고 尙德祠에 告由할 때, 竹牖도 『退溪年譜』
校正하는 일에 참여하였으므로, 告由祭에 참석하였고, 고유제를 마친 뒤
天淵臺에 올라 그 당시의 감회를 읊은 시 3수를 지었다.[49]

1611년 竹牖는, 退溪가 朱子의 書簡文을 節選하여 『朱子書節要』를 편
찬한 것을 본받아, 朱子의 글 가운데서 封事 · 奏箚 · 雜著 · 序 · 記 등에서
『朱子文錄』 3책을 편집하였다. 朱子의 愛君憂國의 精神과 經綸大略을 알
려고 하면 반드시 이런 종류의 글을 읽어야 하기 때문이었다. 『朱子大全』
은 너무 卷帙이 방대하여 구해보기도 힘들고, 또 구한다 해도 다 읽기
어렵기 때문이고, 『朱子書節要』는 書簡文만 들어 있으므로 그 範圍가 국
한되어 있기 때문이었다.

1614년에 竹牖는, 退溪의 손자 東巖 李詠道의 요청으로 榮州에 있는
退溪의 配位 貞夫人許氏의 墓碣銘을 지었다.[50] 退溪의 부인은 竹牖의 처
고모가 되기 때문에 그 사정을 가장 잘 아는 사람으로 인정되어, 東巖이
請文하게 되었을 것이다.

竹牖는 우리 나라 歷史에 관심이 많아 古朝鮮부터 高麗末期까지의 歷
史를 要約 整理한 『東史纂要』를 著作하였다.

竹牖는, 退溪의 學德의 영향을 말하여, "아! 선생의 道德과 學問은 온

---

48) 『竹牖集』 권3 25장 「松齋李先生詩集跋」.
49) 『竹牖集』 권2 1장 「退溪先生文集刊訖……呈月川丈求敎」.
   『竹牖年譜』 9장.
50) 竹牖集 권4 7-9장 「退溪李先生配貞敬夫人許氏墓碣銘」.

세상의 선비들이 이미 마음으로 취하고 뼈에 젖어들어 있다"51)라고 하여 퇴계를 극도로 尊崇하였다.

5. 瞻慕堂 林芸

林芸의 字는 彦成이고, 瞻慕堂은 그 號이다. 貫鄕은 恩津으로 安義縣 葛川(오늘날 居昌郡 北上面 葛溪里)에서 살았다. 退溪의 친구 葛川 林薰 의 아우인데, 氣質이 깨끗하고 몸가짐이 端重하였다. 四書와 『近思錄』 『心經』, 『朱子書』 등을 깊이 연구하였고, 天文·地理·曆法·數學 등도 연구하지 않은 것이 없었다. 薦擧로 叅奉에 除授되어 서울로 왔는데, 그때 退溪가 서울에서 仕宦하고 있었으므로, 자주 찾아뵙고 어려운 점을 질문 하였다. 그 뒤 다시 陶山으로 찾아가서 가르침을 받았다.52)

退溪가 烏川에 사는 자기 弟子들에게 보내는 書信에서, "安陰에 사는 林芸이라는 사람이 社稷署 叅奉으로 와서 1년 동안 지내다가 요즈음 관직 을 버리고 떠났소. 그 사람을 보니 순수하고 진실하며 學識이 있었소. 가고 나니 아까운데, 어떻게 할 수가 없구려"53)라고 瞻慕堂의 資稟과 學識을 칭찬하였다.

瞻慕堂은 退溪의 學德을 欽慕하고 退溪의 弟子가 된 것을 기뻐하여 한 평생 높이 우러러 따르겠다는 의지를 담은 이런 시를 지었다.

옷자락 부여잡고 가르침 받으나 고루하고 보잘것없어 부끄러워,

攝衣函丈愧孤寒

학문하는 데 어찌 고요하고 편안한 경지에 이른 적 있었던가?

問學何曾到靜安

---

51) 『竹牖集』 권3 20장 「眞城李氏族譜序」, "噫! 先生之德之學, 一世之士, 已心醉骨浹."
52) 陶山及門諸賢錄 권5 3장.
53) 『陶山全書』 권38 16장 「答烏川諸君」, "安陰林芸, 以社稷署叅奉來就一年, 近已棄去. 觀其 人, 純茂有學識, 其去可惜, 而無如之何也."

덮어쓴 것 걷고 나니 해와 달 바라볼 수 있게 되었네. 發覆倘能瞻日月
내 한평생 시종일관 변함없이 높은 산을 우러러보리라.

一生終始仰高山[54]

6. 鄒川 孫英濟

孫英濟의 字는 德裕이고, 鄒川은 그 號이다. 貫鄕은 密陽이고 密陽에서
살았다. 어려서부터 뜻을 毅然히 세워 學問을 敦篤히 하는 것으로 소문이
났다.[55]

1561년 明經科에 及第하여 持平 等職을 거쳐 禮安縣監으로 부임하였는
데, 즉시 退溪에게 나아가 가르침을 받고자 했으나, 그때 退溪가 마침 서울
에서 벼슬하고 있었으므로 뜻을 이루지 못하다가, 1569년 3월 退溪가 돌아
왔을 때부터 그 이듬해 12월 退溪가 逝世할 때까지 退溪를 모시고 가르침
을 받았고, 政事에 대해서 諮問을 받았다. 그리고 退溪 門下의 여러 弟子들
과 빈번히 交往하였다. 禮安縣監으로 6년 동안 재직했는데, 退溪의 영향을
받아 學問을 일으키는 것을 急先務로 삼았다. 鄕校 건물을 수리하고 祭器
를 새로 장만하고, 學規를 새로 손질하여 게시하였는데, 모두 退溪의 諮問
을 받아서 했다. 退溪 卒後 觀察使에게 건의하여 陶山書院을 창건하게
되었는데, 陶山書院 건축공사 때 자신의 祿俸을 기울여 도왔다.[56]

7. 蒙齋 許士廉

許士廉의 字는 公簡, 蒙齋는 그 號이다. 貫鄕은 金海이고 退溪의 장인
默齋 許瓚의 맏아들이다. 退溪가 21세 때 장가들었는데, 그때부터 退溪의
訓導를 받았으니, 그는 퇴계의 初期弟子에 속한다.

---

54) 林芸『瞻慕堂集』권1 2장「慕陶山」.
55) 『陶山及門諸賢錄』권1 24장.
56) 孫英濟『鄒川集』권2 5-11장「行狀」.

退溪가 蒙齋에게 준 「與許公簡書」[57]는 1533년에 쓰여진 것으로 現傳하는 退溪의 散文 가운데서 최초의 것이다. 퇴계는 3000여 편에 가까운 문장을 남겼지만, 거의 모두가 50세 이후의 것이고, 30대의 것은 이것 밖에 없다.

蒙齋는 거주하는 집이, 宜寧 嘉禮와 榮州 草谷에 있었다. 退溪가 仕宦으로 서울을 왕래하면서 자주 처가에 들렀고, 宜寧에도 7차례 왕래하였으므로, 蒙齋는 자주 退溪의 가르침을 받을 수 있었다.

1533년 退溪는 蒙齋와 함께 禮安을 출발하여, 醴泉 尙州 善山 星州 陜川을 거쳐 宜寧으로 함께 오면서 詩를 唱酬하였는데, 伽倻山과 陜川의 涵碧樓 등지에서 시를 남겼다.[58] 지금 涵碧樓에 退溪의 詩와 함께 蒙齋의 詩도 걸려 있다.

蒙齋는 退溪와 같이 淸凉山 등지에서 공부했는데, 進士·生員에 다 합격했으나 文科에는 及第하지 못하고, 51세의 나이로 세상을 떠났고 또 文獻이 남아 있지 않아, 退溪로부터 어떤 學問的 影響을 받았는지, 詳考하기 어렵다.

8. 竹閣 李光友

李光友의 字는 和甫이고 竹閣은 그 號이다. 貫鄕은 陜川이고 丹城[59]에서 살았다. 退溪의 절친한 벗 淸香堂 李源의 조카다. 竹閣은 南冥의 門下에서도 배웠다.

1563년 竹閣은 백부 淸香堂 李源을 모시고 淸凉山으로 退溪를 찾아뵙고 請學하였다. 이때 淸香堂은 外先祖 江城君 文益漸의 孝子碑閣 記文을 청하기 위하여 退溪를 방문하였는데, 竹閣이 陪行하여 退溪의 弟子가 된

---

57) 『陶山全書』遺集 권2 36장.
58) 『陶山全書』遺集 外編 2-3장.
59) 『及門錄』에서는 거주지를 陜川이라고 잘못 기재하였는데, 『辨訂錄』에서 바로잡았다.

것이다.60)

1566년 竹閣은 退溪를 다시 찾아뵙고 理氣論에 대해서 質問을 하였다. 이때 退溪는 「天命圖說」한 部를 竹閣에게 선사하였다.61) 竹閣은 「天命圖說」을 써서 座右에 걸어두고서 날마다 마음을 맑게 하여 가만히 앉아서 그 뜻을 깊이 음미해 마지않았는데, 거의 寢食을 잊을 지경에까지 이르렀다.62)

9. 篁谷 李偁

李偁의 字는 汝宣이고, 篁谷은 그 號이다. 貫鄕은 星山[廣平]으로 咸安에서 살았다. 어려서부터 배우기를 좋아하였고, 父親喪을 당하여서는 3년 동안 盧墓를 하였다. 喪中에도 性理書를 아침저녁으로 講習하였다. 1558년 生員試에 합격한 이후로는 出仕의 뜻을 끊고 爲己之學에 전념하였다. 그는 南冥의 친구인 葛川 林薰의 甥姪로서, 南冥 曺植의 문하에서도 學問을 익혔고, 나중에 退溪의 문하에 나아가 옛사람들의 學問하는 旨訣을 얻어들었다.63)

1583년 遺逸로 薦擧되어 南部叅奉에 除授되었다가 石城縣監에 이르렀고, 고향에서 많은 弟子를 길렀고,64) 壬辰倭亂때는 倡義하였다.

10. 重湖 尹卓然

尹卓然의 字는 尙中이고, 重湖는 그 號이다. 貫鄕은 漆原이고 漆原에 집이 있었지만, 仕宦으로 인하여 28세 이후로는 주로 서울에서 살았다.

---

60) 『竹閣集』권2 「年譜」7장.

61) 『竹閣集』권2 「年譜」8장.

62) 『竹閣集』권2 21장 「言行錄」. "書陶山老先生天命圖說, 揭諸座右, 日澄心默坐, 玩繹不已, 殆忘寢食."

63) 『陶山及門諸賢錄』권4 24장.

64) 李玄逸 『葛庵集』別集 권6 28-30장 「通訓大夫石城縣監篁谷李公行狀」.

文科에 급제하여 戶曹判書에까지 올랐고, 宗系辨誣의 功勳으로 光國功臣에 봉해졌다.(65)

重湖는, 退溪가 成均館 大司成으로 있을 때, 成均館의 儒生으로서 가르침을 받았다.(66) 退溪에 靈前에 바치는 이런 挽詞를 지어, 退溪의 學德을 追慕하였다.

진실로 하늘이 덕 있는 분 낳았으니,　　　　展也天生德
우뚝이 세상에 이따금 볼 수 있는 자질이라.　巍然間世資
멀리 程子 朱子를 정신적 벗으로 삼고,　　　程朱斯尚友
책을 통해 孔子 孟子를 스승으로 삼았네.　　鄒魯有餘師
明과 誠으로 차례를 밟아 나아갔고,　　　　次第明誠進
敬과 義를 평소에 지켜 나갔다네.　　　　　尋常敬義持
공부는 조금도 새는 틈이 없었고,　　　　　工夫無隙漏
바탕으로부터 축적해 나갔다네.　　　　　　充積自根基
뭇사람들이 泰山과 北斗星처럼 우러러니,　衆望歸星岳
높은 이름은 젖먹이 애 때부터 들어왔다네. -이하 략-

　　　　　　　　　　　　　　高名聞乳兒(67) -以下略-

11. 無盡齋 朴愼

朴愼의 字는 汝欽, 無盡齋는 그 號이다. 貫鄕은 密陽이고 密陽에서 살았다. 天性이 和樂·端雅하였고, 博學으로 名望이 대단하였다. 退溪 門下에 들어가 『中庸』과 『大學』의 旨訣을 받았다. 退溪가 '늦게 깨달았지마는 뜻을 篤實히 한다[晚悟篤志]'라는 네 글자를 써 주었다.

退溪가 大司成으로 있으면서, 經書에 밝고 行實이 닦여진 사람을 선발하여 四學의 敎授로 삼았는데, 朝廷에서 無盡齋를 薦擧하여 西學의 敎授

---

65) 『退溪全書』 28책 394쪽.
66) 『退溪全書』 29책, 「挽祭錄」 27장.
67) 『退溪全書』 29책, 「挽祭錄」 27장.

로 삼았다. 退溪가 「節友社訪梅」라는 詩를 적어 주니, 無盡齋는 次韻한 詩를 退溪에게 올렸고, 『近思錄』에 대해서 論辨한 것을 退溪에게 보내자, 退溪가 고쳐서 書信과 함께 보내었다.[68]

12. 天山齋 許千壽

許千壽의 字는 耆卿이고, 天山齋는 그 號이다. 貫鄕은 金海로 固城에 살았다. 退溪의 再從妻男이다. 어려서부터 뜻이 보통과 달랐고, 부지런히 學業을 닦았다. 退溪가 한 번 보자 바로 儒者로 인정하였다. 退溪에게 朱子書에 대해서 質問한 問目이 있고, 「心性箴」을 지었다. 뒤에 學行으로 衆奉에 천거되었고, 刑曹參議에 追贈되었다.[69] 天山齋는, "나를 위해 陶山에 안부 물어 주시오. 평소에 늘 向慕하고 있다오"[70]라는 詩를 지어 退溪의 學德을 仰慕하였다.

13. 操菴 南弼文

南弼文의 字는 宗周이고 操菴은 그 號이다. 貫鄕은 宜寧이고 密陽에서 살았다. 일찍부터 爲己之學에 종사하였다. 退溪의 門下에 올라 의문이 가는 글의 뜻을 講論하였다. 『周易』의 象數에 대한 오묘한 뜻과 四書의 精微한 의미를 서로 考訂하였다. 退溪가 書信을 보내어 "이틀간 마음에 관해서 토론하면서 미처 알지 못했던 바를 알게 되었소"라고 그를 인정하고 장려하였다.[71] 同鄕의 鄒川 孫英濟와 退溪로부터 받은 學問을 함께 講論하였다.

---

68) 『陶山及門諸賢錄』 권2 25장.
69) 『陶山及門諸賢錄』 권5 1장.
70) 『古溪集』 권7 8장 「天山齋許公行狀」. "爲我問陶山, 尋常慕嚮至."
71) 『陶山及門諸賢錄』 권4 10장.

14. 龜峰 周博

周博의 字는 約之이고 龜峰은 그 號이다. 貫鄕은 尙州이고 漆原에 살았다. 退溪와 절친한 벗 愼齋 周世鵬의 아들이다. 文科에 及第하여 修撰을 지냈다.[72] 愼齋의 遺稿 校正의 일을 退溪에게 부탁하자 退溪가 刊行할 詩文을 選別해 주었다.

15. 竹堂 許允廉

초명은 許士彥이다. 호는 竹堂이다. 퇴계의 둘째 처남으로 고향 宜寧과 榮州를 오가며 살았다. 벼슬은 嘉善大夫 同知中樞府事, 晋州牧使 등을 지냈다. 시문이 남아 있는 것이 없고, 退溪가 준 글도 없어 退溪와의 관계를 알 수 있는 글이 없다. 퇴계가 그 장자 李寯에게 주는 서신에서 자주 언급되고 있다. 본래 『退溪及門諸賢錄』에 들지 못했으나 나중에 『及門錄』보유편에 추가로 들었다.

그의 묘는 본래 영주시 남쪽 그 외조부인 滄溪 文敬仝의 묘소 주위에 있었는데, 1970년대 후손들이 宜寧 高望谷 부친 산소 아래로 이장하였다. 1623년에 세운 墓碣이 있었으나 없어졌고, 지금 남아 있는 묘갈은 退溪의 12대 후손 柳川 李晚煃가 지은 것이다.

Ⅲ. 結論

『陶山及門諸賢錄』에 실린 退溪의 弟子는 모두 309명인데, 이 가운데서 慶南 거주의 제자는 모두 16명이다. 이를 고을별로 살펴보면, 咸安 4명(漆原 2명 포함), 密陽 3명, 昌原 2명, 山淸 2명(丹城 1명 포함), 泗川 1명, 宜寧 2명, 固城 1명, 咸陽(安義) 1명이다. 전체 弟子數에 비추어 볼 때,

---

72) 『陶山及門諸賢錄』 권4 17장.

많은 숫자는 아닌데, 그 原因은 退溪가 살고 있는 禮安과 5,6백리의 거리가 있고, 또 당시 退溪와 더불어 學問的으로 兩大山脈을 이루던 南冥이 慶南 地域에서 講學하고 있었기 때문에 굳이 멀리까지 갈 필요가 없었던 것이었다.

이 16명 가운데서 가장 退溪의 인정을 받고 學問的인 交往이 활발했던 인물은 龜巖 李楨이었다. 龜巖은 30세부터 退溪가 세상을 떠난 60세 때까지 찾아뵙고 學問을 講論하거나 書信을 往復하면서 退溪의 學問을 배우고 그 德行을 따르려고 하였다. 특히 龜巖은, 退溪의 著書나 中國에서 들어온 性理學 관계의 必讀書를 退溪의 諮問을 받아 刊行하였다. 이런 일은 退溪의 學問과 性理學의 普及 發展에 큰 功勳이 있는 것이다. 이런 점에서 볼 때, 그는 전체 退溪 弟子 가운데서 退溪가 學問하는 데 가장 큰 도움을 주었으므로 충분히 秀弟子 대열에 속한다 할 수 있다.

晩年에 자기 故鄕에 龜巖精舍를 지어 學問硏究와 弟子養成을 하며, 退溪의 學問을 전수하여, 이 慶南 西部地域의 學問的 水準을 높였다. 그의 學問을 繼承한 代表的 學者로는 浮查 成汝信, 東山 鄭斗 등을 들 수 있다.

德溪 吳健은, 먼저 南冥을 따라 배우다가 黃錦溪를 통해서 退溪 學問의 偉大함을 알고서 43세 때 陶山으로 찾아가 제자가 되었다. 특히 經書와 『近思錄』朱子書 등에 대해서 집중적으로 質疑 講論하였다. 그는 退溪 南冥 兩門을 출입하여 兩先生의 좋은 점을 相補的으로 吸取하여 自己化 하였다고 할 수 있다. 南冥 門下에 出入한 弟子들은 대체로 著述이 적은 경향이 있으나, 德溪는 著述이 적지 않은데 이는 退溪의 영향이라고 할 수 있겠다.

龜巖과 德溪 이외의 여타의 慶南 居住 弟子들도 退溪의 學德을 尊崇하고 退溪를 따라 배우려고 노력했지만, 대부분 文獻이 佚失되어 구체적인 資料가 없고 斷片的인 資料만 남아 있기 때문에 學問的 傳授關係를 考明하기 어려워 아쉬움이 남는다.

退溪 이후 退溪의 學統을 계승한 葛庵 李玄逸, 密庵 李栽, 大山 李象靖,

立齋 鄭宗魯, 定齋 柳致明, 西山 金興洛, 拓菴 金道和, 寒洲 李震相 등 嶺南 退溪學派 계열 학자의 문하나, 近畿南人으로 退溪의 學統을 계승한 性齋 許傳의 문하에서 공부한 慶南地域의 학자들은 退溪學을 계승하였다.

關於退溪學派之居住地域分布之研究(Ⅰ)

以慶南地域爲中心

Ⅰ. 序論

退溪　李滉(1501-1570)先生生長於慶尙道禮安縣溫惠里(現今之慶尙北道安東市陶山面)而居住, 登文科而仕宦於中央官界, 出外而任忠淸道之丹陽郡與慶尙道之豐基郡兩地郡守. 其餘大部分之時間, 在家鄕禮安縣從事於研究學問與培養弟子. 退溪一生培養三百九人之弟子.

按照三百九人之弟子之居住地域分布而分類之, 則大部分之弟子居住於包括禮安與安東之慶北地域及漢城. 以居住地域再細分之, 則居住於退溪之家鄕禮安者是五十六人, 是諸縣當中弟子最多之地方, 退溪以仕宦之故, 住於漢城之期間次於住於家鄕之久, 是以, 居住於漢城者是四十九人, 居住於與禮安相隣之安東者是四十六人, 居住於與禮安相隣而退溪之妻鄕榮州者十二人, 居住於醴泉者十人, 居住於星州者六人, 居住於善山永川者各五人, 居住於豐基者四人, 居住於寧海義城玄風密陽及海南者各三人, 居住於大丘龍宮忠州坡州及湖南者各二人, 居住於靑松高靈及三十七个各州郡者各一人. 其餘五十四人則不明記其居住地域

退溪弟子之居住於屬於現慶南地域之州郡者一共十五人. 一般認爲退溪是與慶南地域別無關係, 而居住於慶南地域之退溪弟子必不多. 然實際上退溪與慶南相當有關係. 例如, 退溪之初娶妻家在宜寧, 再娶妻家之岳父權碩十七年間寓居安義縣迎勝村(現今之居昌郡馬利面). 從姊兄竹塢吳彥毅之家在咸安郡後谷(現今之咸安郡山仁面茅谷里), 另外從姊兄韋齋曺孝淵

之家在昌原府(現今之昌原市). 且退溪之叔父松齋李堣自1507年任晋州牧使, 那時退溪之兩兄李瀣與李瀇在晋州之靑谷寺讀書. 退溪之次子李寀之墓在宜寧郡之高望谷.

因妻家之在宜寧, 退溪從二十三歲到四十二歲, 九次訪問慶南地域. 在九次之訪問期間, 退溪與慶南地域之儒士相見, 作出與慶南有關之詩文, 而結與慶南有關之多多因緣. 因此, 居住慶南地域之退溪弟子不少. 敝人在此稿裏考明下面幾個問題, 居住慶南地域之退溪弟子有何等人物? 他們與退溪如何結緣? 有什麼學問的交往? 給後世留下什麼作用?

Ⅱ. 居住慶南地域之退溪弟子有何等人物

登載於1914年陶山書院刊行之『陶山及門諸賢錄』之退溪弟子一共有三百九人. 其中居住慶南地域之退溪弟子有十五人, 把此等人按居住地域而分類之則若下.

居住泗川者是龜巖李楨(1512-1571), 居住咸陽者是德溪吳健(1521-1574), 居住密陽者是鄒川孫英濟(1521-1589), 操菴南彭文(?-?), 無盡齋朴愼(1529-1592), 居住咸安者是竹牖吳澐(1540-1617), 篁谷李偁(1535-1600), 居住昌原者是聚遠堂曺光益(1537-1478), 芝山曺好益(1645-1604), 居住漆原者是龜峰周博(1524-1588), 重湖尹卓然(1538-1594), 居住丹城者是竹閣李光友(1529-1619), 居住宜寧者是蒙齋許士廉(1508-1558), 居住固城者是許千壽(1509-1607), 居住安義者是瞻慕堂 林芸(1517-1572). 若春塘吳守盈則雖出生於咸安而自五六歲移居於禮安, 故不可算是居住慶南地域之退溪弟子. 若居住昌原之曺好益則在『陶山及門諸賢錄』曰晚年寓居永川, 而據『芝山年譜』, 他出生於昌原府芝介洞之家. 他之家本世於永川, 其曾祖淨友堂曹致虞始移居於妻鄉昌原. 若吳澐則咸安有世居地, 而隨妻家移居宜寧, 又移居榮州. 是以, 在『及門錄』記載以居榮州. 然蒼雪權斗經所撰之『溪

門諸子錄』, 記以居咸安. 若尹卓然, 則『及門錄』初刊本不明記他居在何地, 『陶山及門諸賢錄辨訂』及『及門錄』改刊本記以居京. 是由於尹卓然之家鄕雖是漆原, 而他從登科以後繼續居京作官故也.

上面之各個人物, 與退溪有什麽關係及他們之生平, 結緣過程, 學問的傳受關係, 唱酬詩文, 各個弟子自退溪受什麽影響. 敍述於下.

1. 龜巖 李楨

龜巖李楨是整個退溪弟子當中, 可算是學問的交往最盛之人, 受到退溪之學問的認定. 龜巖自入於退溪門下以後, 前後三十餘年之間, 受到退溪之一百五十餘通書信. 退溪弟子當中, 受到退溪書信一百通以上者, 除了龜巖以外, 只有月川趙穆與文峯鄭惟而已. 由此觀之, 可以知龜巖與退溪多麽活潑地講討學問. 美中不足之事是『龜巖集』裏面, 沒有一篇與退溪之書, 故不可進行進一步詳細的硏究.

李楨之字是剛而, 龜巖乃是其號, 貫籍是泗川. 出生於泗川而居之. 自幼知讀書能屬文. 到十七歲, 讀書於成均館時, 文名大振. 那時, 圭菴宋麟壽(1487-1547)謫居泗川, 故龜巖師事之而得聞爲己之學.

到公元1536年, 以二十五歲之龜巖占了朝鮮王朝之科擧別試文科之狀元, 而除授成均館之典籍官. 1537年, 以聖節使團之書狀官往還北京. 到1541年, 往赴榮州郡守之任, 是時退溪退自官位住在家鄕陶山而講學, 龜巖卽往陶山始謁退溪. 退溪認爲龜巖不是凡庸之人. 自是三十年始終不變與退溪往復書信質疑問難, 幾乎不息.

『陶山及門諸賢錄』裏面有如此記錄.

　　嘗師事退溪老先生, 向學一念, 炳炳如丹. 其在東都, 命駕宿舂, 逐年往省, 不避人謗. 凡宦遊家居, 前後數十年間, 聯篇累牘, 殆無虛月. 疑難必質, 施爲必詢, 至於片言隻字, 亦裒而集之, 其相信倚重, 如此其篤. 中朝性理之書, 或有未盡刊行於吾東者, 亦與退溪往復訂定, 相與跋之, 如孔子通紀, 二程粹言,

程氏遺書 外書, 伊洛淵源續錄, 濂洛風雅, 擊壤集, 延平答問, 朱子詩集, 范太史唐鑑, 丘瓊山家禮儀節, 薛文淸讀書錄, 胡敬齋居業錄, 皇明名臣言行錄, 理學錄, 醫無閭先生集等書, 必入梓於所歷州府.

退溪弟子艮齋李德弘問於退溪曰, "今世誰能學問?" 退溪曰, "未見其人." 李德弘又問曰, "奇高峰李龜巖者, 何如?" 退溪答曰, "此人厚重近仁, 而循途守轍, 必終不回頭向別處去. 但所見猶未能透得大綱領, 這可惜耳." 退溪以爲, "龜巖雖未通曉儒學之整个構造, 而已達到於近仁又循着儒學之道理而行之者之水平.

1552年, 龜巖赴於成均館司成之任, 那時退溪已當成均館大司成而總管成均館. 居於同一官衙, 故 兩人常常相與講明經書之義, 以啓發諸生. 居漢城時, 兩人共住於一村, 是以, 龜巖頻繁出入退溪之居所而受到退溪之教誨.

1554年, 龜巖出外爲淸州牧使, 而刊行『朱子詩集』. 是時, 『朱子大全』尙未廣布, 故此書大受歡迎. 刊行之時, 參校諸本, 多賴退溪之指教. 竝而刊出『延平答問』而頒之. 此時, 龜巖要退溪撰跋而附尾.

1560年, 龜巖莅慶州府尹之任, 源源謁退溪於陶山. 退溪示『啓蒙傳疑』稿本於問『易學啓蒙』之疑難處之龜巖而答之, 竝示以建立陶山書堂時所作之「陶山記」與「陶山雜詠」. 且龜巖在慶州爲宣揚金庾信等有功於統一之新羅人物, 創建西岳精舍於慶州, 此時亦多賴退溪之諮問. 西岳之起名者亦是退溪, 其扁額都是請於退溪而得之者也.

1561年, 龜巖又刊行退溪所校之『伊洛淵源續錄』, 退溪獎龜巖曰, "東方創見之書, 不可不刊行以幸後學之士." 此時, 龜巖把南冥已所撰之其先丈僉判李湛墓碣文不肯用, 更受墓碣文於退溪, 然退溪辭而不願, 答以自己可擔書寫之役耳. 然退溪按自己之文章基準表示改竄南冥所撰墓碣文之意見, 使龜巖更稟於南冥而改撰之. 現在其墓碣文傳存, 但不是南冥所撰之元樣, 而是龜巖納退溪之意見而改變者也.

1562年春退溪卽於龜巖回自陶山書堂之翌曉, 卽遣己奴問龜巖之候, 傳

致自己之書信, 信中表示繾綣不可忘之懷 三日聯床之款,

> 豈盡千里命駕之意? 別後惘惘不能爲懷. 君去春山誰共遊. 鳥啼花落水空
> 流. 如今送別臨溪水, 他日相思來水頭. 初欲於石澗臺, 吟叙別懷, 偶思唐人此
> 詩, 道盡今日事, 無以復加, 故只寫此詩送呈.

然退溪所遣之奴到達禮安縣衙之時, 龜巖之駕已出發了. 退溪心甚悵缺,
不久之間龜巖之書信飛到. 退溪卽送答書, 信裏寫朱子之與弟子李季章書
以表出退溪自己心境. 據兩人往復書信之狀況, 我們可以料想退溪多麼由
衷愛重龜巖. 後把退溪所送之唐詩刻上於石澗臺西邊之巖壁上. 數日後, 龜
巖次退溪所送之詩韻而作詩, 回送于退溪. 且將退溪臨別贈言銘記於自己
心裏

> 堪歎何年續此遊.　　一春心事碧江流.
> 澗邊送別丁寧語,　　追憶令人白盡頭.

到1562年龜巖與南冥關係甚惡, 從此, 南冥左右之人物爭先誹謗龜巖之
際, 龜巖以書訴自己之苦衷於退溪, 退溪忠言曰, "皆當自反而愼處之, 順理
而審應之. 尤不當立敵而增仇怨."
時退溪與高峰奇大升交換書信而活潑地討論四端七情, 南冥對此甚不愜
意, 譏而加欺世盜名之目. 那時, 退溪自認爲, "此言眞藥石, 此名甚可懼. 此
是吾輩人中, 乃有此等語, 況他人耶? 此意, 令公亦不可不知." 轉告南冥之
批判於龜巖, 而警戒過費精力於討論性理學.
到1562年底, 龜巖將畢慶州府尹之任期而回鄕之際, 要請退溪爲『壽瑞詩
編』之跋. 此書是當時諸公爲祝龜巖之高祖李禾玆夫妻之享九十一歲之長
壽而作之詩集. 退溪亦在十九年前已作祝詩而贈之, 那時更撰跋而讚美龜
巖一門之孝行.

1563年, 龜巖新上順天府使之任, 退溪得聞其消息, 卽送賀詩, 龜巖盡快次其詩韻而回上之.

　　瑞鳳高翔薄大堪.　　纖鱗隨浪落湖南.
　　含愁東望龍門遠,　　神佑何年獲侍談.

龜巖譬喩自己於小魚, 而譬喩退溪於高翔之瑞鳳. 據此可知龜巖之對於退溪尊慕程度之何如, 且懇切地希望速謁退溪而受敎導.

下車于順天之後, 卽時訪問寒暄堂金宏弼在謫居時所築之臨淸臺, 寓感慕之懷. 嗣玆以後, 築景賢堂於臺上, 春秋享祀寒暄堂, 而使後人每年例行. 且編刊寒暄堂之實紀『景賢錄』. 此書是龜巖蒐輯寒暄堂所作之「家範」及寒暄堂之行狀與議得, 而向退溪求咨詢. 退溪應此要請, 自己補充以寒暄堂之孫子金立與鄭崑壽等之所記, 而參訂做定本. 把此本龜巖取而刊之. 『景賢錄』中之別錄, 以草率編次故, 退溪要龜巖勿刊. 龜巖以爲雖些草率, 若不刊此書, 則後學無以參考, 連別錄都刊出. 龜巖努力蒐集寒暄堂關係之文籍, 故寒暄堂之行蹟, 可以昭然保傳後世, 且後世之人可以容易得看寒暄堂之行程.

1564年, 龜巖仍居順天府使之職, 退溪之婦弟許士彦將要推捉盜匿奴婢之事訪順天, 退溪給龜巖書信而要請幫助許允廉, 使事成功. 厥後, 退溪自婦弟聞推捉之事順利結局, 卽再與龜巖書信而表謝意.

到1565年, 退溪應龜巖之囑, 審閱『景賢錄』而改訂之, 且書寫景賢堂臨淸臺與玉川精舍之榜書.

龜巖到晚年棄官歸鄕, 卜先塋下之址, 構龜巖精舍, 涵養精進, 學問益深, 日日與儒生講學, 樂而幾至忘寢食. 退溪爲龜巖作龜巖精舍及其東西之齋居敬齋明義齋之詩而送之.

退溪逝世時, 龜巖作挽詩而寓追慕之情.

一脈斯文無內外,　　分明白日照天東.
山頹樑折吾誰仗,　　歎息何人繼大功.

龜巖又作致退溪靈前之祭文, 敍述退溪之人稟與學問, 與自己之關係.

龜巖自退溪受學問的影響何如? 對此問題, 後世學者龍洲趙絅在龜巖集序如此曰, "公可謂李先生之玄珠哉!". 眉叟許穆在龜山祠碑曰, "卒聞大道於陶山". 南坡洪宇遠曰, "李楨, 篤志力學, 學於先正臣文純公李滉, 深得中庸之傳, 脚踏實地, 以聖賢自期". 把三人之說綜合之, 則可以知龜巖得聞退溪之眞正之大道, 自期以聖賢而不斷地努力.

2. 德溪 吳健

德溪吳健是退溪之弟子, 初從南冥曺植學. 1521(朝鮮中宗16)年, 出生於山淸而居住, 但仕宦之期間居京. 其字是子强, 德溪乃是其號, 貫籍是咸陽. 德溪自幼聰明而端雅而鄭重, 與凡兒迥異. 11歲時, 父母俱沒, 且家勢貧寒, 不可負笈從師. 不得不在家獨學, 那時家裏只有懸口訣之『中庸』一部, 德溪反復熟讀, 初不可了解內容, 繼續讀之不已, 漸漸透得其書之意味. 將『論語』『孟子』亦如此讀之, 熟諳其內容. 後入山十餘年讀書, 而學問大進.

到1558年, 登文科, 授星州教授而赴任. 伊時, 東岡金宇顒與寒岡鄭逑等作爲秀才, 而受德溪教育. 適退溪之弟子錦溪黃俊良時居星州牧使之職, 德溪與之講磨『朱子書』. 然後德溪自言, "前日所硏, 不免口耳之學耳."

因此, 1563年, 他的年齡43歲時, 往陶山拜見退溪而爲其弟子. 那時從退溪受關於朱子書之教, 且問『近思錄』『心經』等書之疑難處. 自是識見益進, 學問益博. 臨德溪回去之際, 退溪贈詩而勉勵之

雲谷遺書百世師,　　際天蟠地入毫絲.
感君驢笈來相訂,　　愧我宮墻老未窺.

厥後, 德溪送上關於『延平答問』之問目而詳問之. 此問目與退溪之答書載在『退溪集』卷33.

德溪任經筵論思之職時, 以居敬窮理遜志許己之工夫, 善導君主. 1568年, 德溪上啓於宣祖王而請曰, "勿計常例, 引接退溪", 宣祖王聽從之.

1571年蒞吏曹正郎時, 努力實行公正道理, 當時以物論洶起之故 不可有爲任何事業, 是以棄官還鄉, 講學育人. 國王繼續召以官職, 而終不就.

1571年1月, 德溪在吏曹佐郎之職, 製進宣祖王致祭於退溪殯所之賜祭文, 雖以宣祖名義賜祭, 其實於此祭文裏可見德溪之欽仰退溪之學德之心濃厚, 且推此而可以知退溪學問的影響於朝鮮多麼大.

退溪認定德溪, 與巴山柳仲淹書稱詡曰, "子強資性朴實, 用力於此學亦甚懇篤, 眞所謂益友也 其遠來之意不易, 而某自無得力而副其意者".

退溪與德溪講討『中庸』『大學』之時, 深歎服於德溪而謂曰, "此皆吾未思索者, 聞公所論, 極是極好. 他書則, 吾於公, 容有相長處, 至於庸學, 吾所知, 其不及於公矣." 又與他人言時, 稱賞德溪曰, "吳某庸學之功, 極爲精深. 此非造次所得, 非靜中體認研窮積久之功, 恐非未易到此."

3. 聚遠堂曺光益與芝山曺好益兄弟

聚遠堂曺光益與芝山曺好益兄弟, 乃是退溪之從姊兄韋齋曺孝淵之孫子. 曺孝淵卽退溪之叔父松齋李堣之婿, 曾歷咸安郡守之職. 曺孝淵之長子卽忠順衛曺允愼, 曺允愼之次子卽聚遠堂, 第四子卽芝山, 此兄弟兩人出生於昌原而居住焉. 兩人都入退溪之門下, 且登文科.

曺光益之字是可晦, 聚遠堂乃是其號, 貫籍是昌寧. 自幼聰明, 與退溪之家有婚姻關係, 是以, 其十三歲時, 要求退溪教『心經』. 退溪以爲其年齡太幼不可學, 故戒曰, "學問不可躐等", 勸以讀『小學』, 答曰, "已讀之甚久". 退溪試之, 則已通透其內容, 以此, 退溪門下諸公皆歎服.

已中文科, 而不屑出仕, 以文章與操行見推於士友. 天性至孝, 丁喪而盧

墓三年. 宣祖在經筵問於高峰奇大升曰 "當今之人材是誰?", 高峰擧以栗谷李珥·寒岡鄭逑·聚遠堂·芝山而答之.

寒岡在退溪之門下逢聚遠堂, 而回曰, "吾今行, 大有所得, 旣蒙師訓, 又得賢士". 東岡金宇顒與友人書曰, "如曺某篤行士也". 栗谷曰, "觀曺可晦論心性書, 可見其濂洛中流出來也". 識聚遠堂者, 都稱頌其人品與學問.

曺好益之字是士友, 芝山乃是其號. 自幼有異質, 稍長已知有爲己之學, 常讀書於小房不出, 故人號曰小房兒.

1561年, 他17歲時, 往陶山登退溪門下, 自益刻勵. 1563年, 迎退溪於昌原之己家, 講討『大學』, 又質問. 是時, 退溪爲曺好益家留筆跡於曺家之草亭壁.

1565年, 與兄曺光益偕往陶山, 質問『朱子語類』與『近思錄』. 1567年, 芝山留在陶山書堂而講磨學業, 時適退溪承王之召命, 發向朝廷, 芝山亦爲應文科試, 須卽進京, 故陪退溪偕向漢城.

1567年, 芝山冤屈地罹罪目, 被編配於平安道江東, 而謫居17年之久. 謫居之故, 其生活甚苦窮, 而安於義命泰如也. 穿深衣戴幅巾, 正襟危坐, 講讀不輟, 遠近學生聞風坌集 擧行鄕飮酒禮, 敎以揖讓之節, 諭以忠信之道, 自是, 士風丕變. 平安道儒生上章請伸理芝山之冤鬱, 而宣祖只書'關西夫子' 四大字而賜而獎勵之.

1592年, 壬辰倭亂勃發, 宣祖王卽向西北方面避難, 時西厓柳成龍侍從宣祖王而行, 一日啓芝山之冤, 因此, 宣祖王卽解芝山之流配, 而除義禁府都事兼召募官. 芝山盡誠募兵, 得了500名, 率此兵討伐倭賊立功. 後朝廷策芝山以一等功臣.

厥後, 除授定州牧使 以病辭職, 回永川而寓居, 每日與學生講學不倦. 著書有芝山文集及『心經考異』『家禮攷證』『周易釋解』『易象推說』.

1596年 芝山欲建立書院於平安道成川之高芝山麓, 而享祀朱子與退溪, 未果.

芝山卒後, 朝廷贈吏曹判書, 賜諡文簡, 永川·江東·成川等地之儒林建

立祠堂, 而奉祀之.

芝山嘗記錄退溪之學行如此.

○. 退溪, 資稟純粹溫潤, 如精金美玉. 嘗侍坐, 和氣襲人, 想明道也是如此.

○. 退溪十七八歲時, 已見大意, 便以聖賢自期 博學力行以充之. 到晚年, 道成德立, 渾然不見痕迹.

○. 退溪幾至不遷怒不貳過地位.

○. 退溪用工夫處, 專在四勿上.

○. 退溪眞是, 以能問於不能, 以多問於寡, 有若無, 實若虛, 犯而不較者也. 近見諸公稱退溪皆說學朱子, 其實先學顏子, 其資稟蓋相似.

○. 朱子既沒, 門人各以所聞, 傳授四方, 多失本旨, 其流漸差, 浸浸入於異端, 斯道正脈, 已絶於中原. 退溪生於海外數百載之下, 博約兩進, 敬義夾持, 不爲他歧之惑, 而粹然一出於正, 以嫡傳朱子之道, 不但吾東方未有其比, 雖中原, 亦不見其髣髴者, 實朱子後一人也.

○. 退溪初年, 便有堯舜君民之志. 旣而, 見時世有不可爲者, 乃卷而懷之, 非意懦厭事者也.

○. 退溪於出處去就, 分寸不放過. 丁卯八月, 決然退歸, 此平生出處之大節. 奇明彦智足以知大賢, 而猶不能無惑於時議之紛紜, 至以書相詰, 信乎知人未易也. 且退溪未嘗有意於必出, 而曹南冥疑其求進, 亦未嘗有意於必藏, 而李叔獻嫌其長往, 可勝歎哉?

芝山以爲, 退溪是以聖賢自期而學習之學者, 繼承朱子之嫡傳, 把斯道之正脈蘇生於我韓, 其學問之水平, 不少遜於中國學者, 是以極度尊崇退溪. 退溪本欲引君於正路而救世, 然目睹時論, 而知無希望. 卷而退居家鄉. 退溪之出處全無問題, 而南冥栗谷等摘退溪之疵, 是實不知退溪之出處也. 據芝山之此文, 可以知芝山正確地理解退溪之人品與學問, 而極度欽仰之.

4. 竹牖 吳澐

竹牖吳澐是退溪之從姊兄吳彦毅之孫子, 並且退溪伯婦弟蒙齋許士廉之

婿, 乃是退溪之妻姪婿. 吳澐之字是大源, 竹牖乃是其號. 貫籍是高敞, 本世居漢城, 到其曾祖父吳碩福, 瓜滿於宜寧縣監之職, 而不歸漢城, 卜咸安之後谷(現今之山仁面茅谷里)而奠居之, 自是爲咸安之人. 寒岡鄭逑居咸安郡守之1587年, 編纂『咸州誌』之時, 竹牖尙居咸安, 而參與于編纂之役, 以此觀之, 其家仍在咸安. 竹牖娶宜寧嘉禮居住之許士廉之女, 是故, 贅居宜寧, 妻父許士廉徙居外家所住之榮州, 竹牖亦從而徙居. 由此, 在『陶山及門諸賢錄』記載吳澐寓居榮州云.

1564年, 竹牖以25歲, 進退溪之門下而學焉. 是時, 退溪給竹牖以詩而勉勵. 先是, 竹牖在19歲時 1558年, 訪山海亭而爲南冥曺植之弟子矣.

1566年 登文科, 歷敭內外官職. 1584年, 竹牖居忠州牧使之職, 刊行自己之外曾祖父兼爲退溪之 叔父松齋李堣之『松齋詩集』. 此詩集則板刻退溪親手編輯而淨寫者也.

1592年, 助忘憂堂郭再祐倡起義兵, 討伐倭賊而樹功. 是時, 退溪之弟子而來莅慶尙道招諭使之鶴峯金誠一, 乃是竹牖之同門友, 是以, 鶴峯指揮戰鬪之際, 竹牖熟悉慶尙右道地形及士族之狀況, 故給鶴峯多大之輔導.

1600年, 『退溪集』編刊之役完畢, 而向尙德祠告由之際, 以竹牖亦參與於『退溪年譜』校正之役, 故竹牖參於告由祭, 畢告由祭之後, 登天淵臺而吟感懷詩三首.

1611年, 竹牖摸效退溪揀朱子之書簡文而編纂『朱子書節要』, 自己節選朱子文集中之封事奏箚雜著序記, 而編纂『朱子文錄』3冊. 竹牖認爲, 欲知朱子之愛君憂國精神與經綸大略, 則必讀此等文.以『朱子大全』則卷帙太尨大故, 求之已難, 且雖求之, 不可盡讀. 尤『朱子書節要』只收書簡文, 故範圍有限. 是以, 不可不編『朱子文錄』.

1614年, 竹牖, 以退溪之孫子東巖李詠道之要請, 而撰退溪配位貞夫人許氏墓碣銘. 退溪之夫人乃是竹牖之妻姑母, 是以, 關於退溪夫人之行蹟, 竹牖最熟悉, 故東巖請文於竹牖.

竹牖對於我國歷史關心甚深, 故要約自古朝鮮至高麗末期之歷史而整理

之, 著『東史纂要』.

竹牖評退溪學德之影響曰, "噫! 先生之德之學, 一世之士, 已心醉骨浹.

5. 瞻慕堂 林芸

林芸之字是彦成, 瞻慕堂乃是其號, 貫籍是恩津, 世居安義(現今居昌郡北上面葛溪里). 退溪之友葛川林薰之弟, 氣質淸明儀形端重. 用功於四書『近思錄』『心經』『朱子書』. 如天文地理曆法數學無所不究. 以薦擧授叅奉入京, 那時退溪適居京仕宦, 是以, 累次造退溪家而問難. 厥後又往陶山蒙教.

退溪在答烏川諸生書稱詡瞻慕堂之資稟與學識曰, "安陰林芸, 以社稷署叅奉, 來就一年, 近已棄去. 觀其人, 純茂有學識, 其去可惜, 而無如之何也."

瞻慕堂深欽仰退溪之學德, 且心裏欣悅自己爲退溪之弟子, 一生欽仰而從之, 讀其所作之此詩, 則可以知其志如何.

> 摳衣函丈愧孤寒.　　問學何曾到靜安.
> 發覆倘能瞻日月,　　一生終始仰高山.

6. 鄒川 孫英濟

孫英濟之字是德裕, 鄒川乃是其號. 貫籍是密陽, 居住密陽. 自少毅然有立篤學著聞.

1561年, 及第於明經科, 歷持平等職, 蒞禮安縣監. 鄒川卽欲謁退溪而求教. 然那時退溪適居京仕宦, 故不遂志. 到1569年3月, 退溪自漢城回家鄉陶山. 鄒川從那時到其翌年12月退溪逝世之時, 侍退溪而受教, 問政事之難辦者於退溪, 而得其指教. 并而與退溪門下之衆弟子, 頻繁交往而麗澤. 鄒川居禮安縣監之職, 至6年之久, 他受退溪之影響, 而以振興學問爲己任. 重修鄉校之大成殿, 新辦祭器, 著定學規而訓迪儒生. 辦此等事之際, 都聽退溪之諮問. 退溪卒後, 鄒川獻議於觀察使創建陶山書院. 陶山書院建立工役時,

鄒川捐贈其祿俸以助工役費.

7. 蒙齋 許士廉

許士廉之字是公簡, 蒙齋乃是其號. 貫籍是金海, 居住宜寧, 兼寓居榮州. 是退溪之岳父默齋許瓚之長子. 退溪以21歲娶許門, 時蒙齋15歲, 從那時受退溪之訓導. 他是退溪之初期弟子之一.

退溪之「與許公簡書」是1533年所作, 而是現傳之退溪散文中最早撰寫者也. 退溪所遺三千餘篇之散文, 大都是50歲以後所作. 30臺所作則只有此書耳.

蒙齋所居之家, 在宜寧嘉禮與榮州草谷兩處. 退溪以仕宦往來漢城之際, 不斷地訪榮州之妻家, 且嘗7次訪問宜寧, 故蒙齋頻繁受退溪訓導.

1533年, 退溪與蒙齋偕發禮安, 經醴泉尙州善山星州陜川而將訪宜寧, 途中繼續唱酬詩句, 留詩於伽倻山及陜川涵碧樓等地. 到現今退溪詩與蒙齋之詩揭于涵碧樓楣上.

蒙齋年靑時陪退溪偕留淸凉山等地讀書, 後俱中進士生員兩試, 而終不登文科, 以51歲卒逝, 又別無文獻可證, 以此, 難以考詳從退溪受學問的影響如何.

8. 竹閣 李光友

李光友之字是和甫, 竹閣乃是其號. 貫籍是陜川, 居住丹城. 退溪之摯友淸香堂李源之姪. 竹閣又在南冥門下學.

1563年, 竹閣陪伯父淸香堂往淸凉山, 謁退溪而請學. 是時淸香堂爲其外先祖江城君文益漸之孝子碑閣, 請記文於退溪, 故訪退溪. 竹閣陪淸香堂而行, 謁退溪而爲退溪弟子.

1566年, 竹閣又謁退溪, 質問理氣論. 是時, 退溪淨寫其所著「天命圖說」一部, 而給竹閣. 竹閣自己更寫書天命圖說, 揭諸座右, 日澄心默坐, 玩繹不

已, 殆忘寢食.

9. 篁谷　李偁

李偁之字是汝宣, 篁谷乃是其號. 貫籍是星山(廣平), 居住咸安. 自幼好學, 丁外艱, 廬墓三年, 取性理書日夕講習. 1558年, 中生員試以後, 絶意於出仕, 專心爲己之學. 先遊南冥曹植之門下, 後又遊退溪, 而益聞古人爲學之要.

到1583年, 以遺逸薦除南部叅奉, 歷石城縣監, 後退休家鄉而努力教育弟子.

10. 重湖　尹卓然

尹卓然之字是尙中, 重湖乃是其號. 貫籍是漆原(現今屬咸安), 雖其世居之地是漆原, 因仕宦之故, 自28歲以後, 大部分居漢城. 登文科, 而官至戶曹判書, 以宗系辨誣之功封光國功臣.

退溪居成均館大司成之際, 重湖以成均館儒生蒙退溪之教. 重湖以挽詩獻退溪靈前, 其詩仰慕退溪之學德.

<blockquote>

展也天生德,　　巍然間世資.
程朱斯尙友,　　鄒魯有餘師.
次第明誠進,　　尋常敬義持.
工夫無隙漏,　　充積自根基.
衆望歸星岳,　　高名聞乳兒. -以下略-

</blockquote>

11. 餘他　弟子

朴愼之字是汝欽, 無盡齋乃是其號. 貫籍是密陽, 居住密陽. 天性愷悌, 早以文學負重名. 遊退溪 門下, 受『中庸』『大學』之旨訣. 退溪書'晚悟篤志'以

贈之.

退溪居大司成之時, 擇經明行修者爲四學之敎授, 朝廷薦無盡齋爲西學之敎授.

退溪嘗把「節友社訪梅」詩寫贈無盡齋, 無盡齋還次其詩韻以呈退溪. 且關於『近思錄』之論辨, 送於退溪而問之, 退溪以訂正之書信還送於他.

許千壽之字是耆卿, 天山齋乃是其號. 貫籍是金海, 世居固城. 是退溪之再從妻男. 自幼立志異常, 勤劬學業. 退溪一見許以儒者. 上朱子書問目於退溪而問之, 且作「心性箴」. 後以學行薦除衆奉, 卒後贈刑曹參議. 天山齋作詩如此, "爲我問陶山, 尋常慕嚮至." 讀此詩, 可以知天山齋多麽欽仰退溪之學德

南弼文之字是宗周, 操菴乃是其號. 貫籍是宜寧, 居住密陽. 自早年從事於爲己之學. 登退溪之門下, 講論疑義. 對于周易象數之奧與四書精微之蘊, 參互玟訂, 皆有纂錄. 退溪與書奬詡曰"兩日論心得所未得". 且與同鄕之退溪弟子鄒川孫英濟講論自退溪所受之學問.

周博之字是約之, 龜峰乃是其號. 貫籍是尙州, 而居漆原. 是退溪之摯友愼齋周世鵬之子. 登文科, 官歷修撰. 曾以愼齋遺稿之校正事, 託於退溪, 而退溪甄拔所宜刊之詩文而還之.

Ⅲ. 結論

載在『陶山及門諸賢錄』之退溪弟子一共是309人, 此中居住慶南之弟子有15人. 再以州郡區別之, 則咸安4人(包括漆原2人), 密陽3人, 昌原2人, 山淸2人(包括丹城1人), 泗川1人, 宜寧1人, 固城1人, 咸陽(安義)1人. 比全體退溪弟子之數, 居住慶南之退溪弟子不可曰甚多, 其原因何在, 第一是慶南各郡縣距退溪所居之禮安已爲5,6百里之遠, 故居住慶南之學者, 登退溪之門, 實不容易. 第二是那時與退溪之學問作兩大山脈之勢之南冥, 居住慶南

而講學, 故慶南地域之學者, 不太需要遠去登退溪之門.

此15人當中, 受退溪認可, 與退溪活潑地做學問的交往者, 乃是龜巖李楨. 龜巖自30歲到退溪逝世之龜巖60歲時, 或謁退溪而討論學問, 或往復書信而問答, 欲從學退溪之學行. 尤其龜巖, 把退溪之著書及從中國進來之性理學之必讀書努力刊行之. 出刊此等書之際, 都經退溪之諮問. 龜巖所辦之此等事, 大有功於退溪學問與性理學之發展. 由是觀之, 退溪之全弟子當中, 龜巖對於退溪之學問研究給最大之幫助, 故可以曰, 龜巖寔退溪優秀的弟子.

到晚年 龜巖就家鄉構龜巖精舍, 以研究學問教育弟子爲己任. 龜巖自己傳受退溪之學問, 而更傳播於慶南地域, 使此地域之學問的水平一層高. 繼承龜巖之學問者當中, 可謂相當著名者, 有浮查成汝信與東山鄭斗.

德溪吳健, 先從南冥學, 出仕後, 由黃錦溪始知退溪之學問甚偉大, 他43歲時, 往陶山登退溪之門. 特對於經書及近思錄朱子書集中地質疑講論. 德溪登退溪與南冥兩先生之門下, 吸收了兩先生之優點, 而相補地自己化. 學於南冥門下者, 一般著作甚少, 而德溪則不然. 此似是從退溪所受之影響.

除龜巖與德溪之外, 居住慶南之餘他弟子, 亦皆尊崇退溪之學德而努力從學之. 然以關係文獻大都佚失, 其詳細之情況, 到今難以考明. 只好待新文籍之陸續發現而已.

退溪學派의 지역적 분포에 관한 연구(Ⅱ)

湖南地域을 중심으로

Ⅰ. 序論

退溪 李滉은 우리나라를 대표하는 대학자로서, 慶北 禮安(오늘날의 安東市 陶山面 禮安面 일원)에서 世居하는 집안에서 생장하여 禮安에서 일생을 마쳤다. 1534년 文科에 급제한 이후로 출사하였지만, 관직에 있은 기간은 오래지 않고 주로 고향에서 학문 연구와 제자 양성으로 일생을 보냈다. 특히 49세 때 豊基郡守를 사임하고 還鄕한 이후로부터는 대부분의 시간을 고향에서 보냈다. 그래서 300여명의 제자 가운데 자연히 禮安·安東을 중심으로 한 慶尙道 출신의 제자가 많았다.

그러나 湖南 출신의 제자도 13명 정도 되는데, 그 당시 열악한 교통환경을 감안하면 적지 않은 숫자라 할 수 있다. 호남 출신의 제자들은 陶山까지 와서 직접 가르침을 받은 제자도 있지만, 退溪가 서울에서 仕宦하고 있는 동안 가르침을 받은 경우가 많았다.

本考에서는 호남 출신 13명 제자가 스승 退溪와 어떤 관계가 있었는지, 어떤 영향을 받았는지를 고찰해 보고자 한다. 湖南 출신의 제자는, 全南지역이 全北에 비해서 많은 편이다.

II. 湖南地域의 退溪弟子

1. 高峯 奇大升

高峯 奇大升은, 32세 때인 1558년 10월에 文科에 2등으로 及第하였고, 그때 서울에서 退溪를 처음으로 만났는데, 곧 바로 四端七情에 관한 논의를 제기하였다. 1560년 8월 처음으로 退溪에게 서신을 올려 四端七情을 논하였다. 이때부터 退溪와의 7년에 걸친 四端七情 및 학문에 관한 장기간의 토론이 시작되었다.

退溪는 高峯을 얻은 것을 진심으로 기뻐하였고, '국가를 위해서도 이런 선비를 얻은 것은 큰 경사다'라고 할 정도로 극찬하였다.

李滉이 보낸 서신에서, "무오(1558)년 서울에 들어간 걸음은 매우 낭패스러웠으나, 오직 스스로 다행으로 여기고 있는 것은 우리 明彦을 만나봤기 때문입니다"라고 하였습니다. 명언은 곧 大升의 字입니다. 또 이황은, "公은 英邁한 기운과 棟梁 같은 재능으로 조정에 나오지 않았을 때는 이름이 원근에 널리 알려졌고, 나온 뒤에는 온 나라가 공에게 쏠렸다"라고 했습니다. 또 어떤 사람에게 보낸 서신에서, "이번 과거에서 많은 인재를 얻었는데, 그 가운데서도 奇明彦은 문장과 인물이 전에 듣던 것보다 뛰어나다. 국가가 이런 선비를 얻어 쓰게 되었으니 실로 斯文의 큰 경사다"라고 하였습니다.[1]

高峯은 退溪와 93통의 서신을 주고받으며 학문을 토론하였지만, 退溪는 스승이라는 권위를 가지고 제자를 압도하려고 한 적이 없었으므로, 高峯이 마음껏 자신의 주장을 펼칠 수 있었다. 때로는 退溪가 高峯의 주장을 듣고 자신의 의견을 고치기까지 하였다.

---

1) 『高峯別集』 부록 권2 32-33장. 「請享疏」. 李滉與書曰, "戊午入都之行, 極是狼狽, 而惟以自幸者, 得見吾明彦故也". 明彦則大升之字也. 又曰, "公以英邁之氣, 棟梁之具, 未出而名播遠邇, 旣出而一國盡傾". 又與人書曰, "今擧多得人, 其中奇明彦文章人物, 過於前所聞. 國家得此儒用. 實斯文之大慶也".

退溪와 더불어 理氣에 관한 분변과 格物致知의 뜻에 대해서 논했는데, 분명히 꿰뚫어보고 있었으며, 分辨하여 말하는 것이 해박하여 깊은 경지에 이르렀으므로, 退溪가 여러 차례 자신의 견해를 굽혀 公을 따르면서, "홀로 밝은 道의 근원을 보았다"라고 칭찬하였다. 退溪가 朱子 이후 여러 학자들이 陸九淵과 王守仁의 사이비한 학설을 痛駁한 것들을 절충하다가, 의심스럽고 막힌 데가 있으면 반드시 公[高峯]에게 물었는데, 다른 門人들은 그 정도가 되기를 바랄 수가 없었다. 공은 穌齋 盧守愼와 더불어 明나라 整庵 羅欽順이 지은 『困知記』의 잘못된 주장을 논하여 說을 지어 분변함으로써, 退溪의 뜻을 성취시켜 주었다.2)

진지하고 열렬하게 학문적 토론을 전개하여 서신이 쉴새없이 왕복하였지만, 高峯 일생 동안 退溪를 직접 만나 뵙고 가르침을 받은 것은 정작 세 번에 불과하였다. 두 번째로는 1568년 서울의 退溪의 寓所에서 退溪를 拜見하였다. 세 번째는 1569년 漢江 東湖에서 귀향하는 退溪를 전송하였다. 이때 退溪를 모시고 강가의 별장에서 자고 奉恩寺까지 따라가 배 위에서 絶句 한 수를 지어 退溪를 전송하였다. 退溪가 즉시 和答하였고, 또 「梅花詩」 八絶을 내어보이며 화답을 요구했으므로 高峯이 楮子島까지 따라갔다.

그 중간에 제자들이, 退溪가 『大學』·『中庸』을 강의한 것을 편집하여 『學庸語錄解疑』라는 책을 黃海道 中和에서 새로 간행했는데, 退溪가 알고는 高峯에게 편지를 보내어 불살라 없애라고 했기에 불사르고서 시를 한 수 지어 그 感懷를 읊은 적이 있었다.3)

高峯은, 定州版 『朱子書節要』에 발문을 붙였고, 退溪의 梅花詩에 次韻하여 8수의 시를 짓기도 했다. 그 밖에도 퇴계와 주고받은 詩가 많이 있다.

---

2) 李植 『高峯集』 附錄 권1 15장. 「高峯諡狀」. 其與退溪所論, 理氣之辨, 格物致知之義, 通透博辨, 操戈入室. 退溪多屈己見而從之. 稱其獨觀昭曠之原. 退溪折衷朱子以後諸儒痛辨陸王似是之非, 有所疑礙, 必問于公. 他門人莫望焉. 公又與盧穌齋論羅整庵困知記所見之錯, 作說辯明以卒退溪之志.

3) 『高峯集』 권1 63장.

때로는 退溪를 그리워한 나머지 退溪를 모시고 지내는 꿈을 꾸기도 했다.

어젯밤에 어렴풋이 선생의 행차를 모셨는데,	前夜依俙杖屨陪
오늘밤에 간곡하게 담소의 자리 열었다네.	今宵款曲笑談開
분명히 한 가지 마음으로 세상 걱정하나니,	分明一念猶憂世
선생 댁에 매화 피지 않았음을 알겠도다.	可識先生不着梅4)

1570년 5월에, 高峯은 고향 顧馬山 남쪽에 樂庵을 건립했다. 고봉은 退溪에게 서신을 보내어, "집 근방 산언덕에 조그마한 집을 지었는데 한가하게 깃들어 살려고 합니다. 樂庵이라고 편액을 붙인 것은 전에 선생께서 보내주신, '가난하면 마땅히 더욱 즐거워할 만하다[貧當益可樂]'라는 말에서 땄습니다.5)"라고 새 집을 지은 사실을 스승에게 알렸다.

이해 12월에 갑자기 退溪의 訃告를 듣고서 擧哀하며 매우 애통해 하였다. 1571년 정월에 賻儀와 祭文을 陶山으로 보냈다. 그 제문 가운데 이런 내용이 있다.

가만히 생각하건대, 저의 무디고 鄙陋한 자질에 타일러 인도해 주시는 지극한 가르침을 입어, 은혜가 이미 깊고 의리가 무겁습니다. 매양 생각이 선생을 향해서 가서 그만 둘 수가 없었습니다. 嶺南 쪽에 고을원 자리를 얻어 혹 門下에 직접 나아갈까 생각해 왔습니다. 세월이 흘러가는 것을 개탄해 하면서 항상 道體가 건강하시기를 빌었습니다. 사람의 일이란 어떻게 기약할 수 없기에 갑작스레 상스럽지 못한 訃音을 듣게 되다니? 슬프고 그리워 가슴이 무너져 내리는 듯 아픔만 가득합니다. 천리 먼 길에 祭文을 封하여 보내어, 한 번 제사를 드리는 뜻을 붙이나, 슬픈 저의 감정을 다할 수가 없습니다.6)

---

4) 『高峯續集』 권1 40장. 「夢見退溪先生」.
5) 『高峯年譜』 7장. 家近山崖, 新築小庵, 意爲棲遲之所. 欲以樂字額之. 盖前書所示貧當益可樂之語, 用寓鄙心之所願慕者.
6) 『高峯集』 권2 77. 「祭退溪先生文」. 竊念頑鄙之資, 實蒙誘掖之至. 恩旣深而義重. 每因嚮往

退溪가 살아 있을 때 嶺南 쪽의 고을원 자리를 얻어서 가까이서 모시고 자주 가르침을 받을까 했는데, 갑자기 訃音을 듣고서 허전한 마음을 억누를 수 없는 심경을 토로하고 자신을 가르쳐 준 은혜에 대해서 깊이 감사하는 심정을 표하고 있다.

고봉은 退溪의 逝去를 애도하여 五言律詩 四首의 挽詞를 지었다. 退溪의 학문과 인품에 대한 절절한 추모의 정을 붙이고 있다.

剛柔의 德을 잘 조화시키셨기에,	克協剛柔德
총애와 욕됨에서 온전히 몸 지키셨네.	仍全寵辱身
정밀한 연구는 미치지 못한 듯이 했고,	研精如不及
天理를 잘 활용하여 변치 않았다네.	利用更無磷
큰 업적 앞 시대 분들보다 뛰어났고,	大業光前輩
남긴 氣風 후인에게 은혜 입히리라.	流風被後人
우리 儒學을 하늘이 어찌 망치랴?	斯文天豈喪
가르침 해와 별처럼 펼쳐져 있는데.	謨訓日星陳

말세의 학자들 길 잃은 사람 많은데,	末學多迷路
선생께선 전혀 어긋나지 않았다네.	先生儘不差
義理와 天命을 편안히 여기는 마음 있었고,	有心安義命
나라를 도울 계책 쓸 데 없었도다.	無計佐邦家
온화하고 근엄하여 그 느낌 세 번 변하고,	溫厲存三變
엄숙하고 공경함이 온갖 사악함 이겼도다.	嚴恭勝百邪
어찌하여 갑자기 돌아가시게 되었는지?	如何遽觀化
저녁 노을 향해 눈물 뿌린다네.	揮淚向殘霞

풍진세상 바깥의 먼 자취요,	遠跡風塵表
산수 속에서 만년 위로 받았도다.	溪山慰暮年

而不敢置思. 欲乞郡嶺外, 儻得躬造於門墻, 慨日月之愈邁, 恒祝道體之鬱康. 何人事之不可期, 遽承音於不祥. 怛摧慕以填傷. 緘辭千里, 以寓一酹, 悲不能悉我之情也.

마음을 수양하여 생각이 적었고,	養心思寡矣
사물 형상 관찰하여 자연에 맡겼네.	觀象任隨然
中和의 뜻에 특별히 통달하였고,	特達中和旨
格物致知篇에 푹 젖어들었도다.	沈潛格致篇
외람되이 간절한 가르침 받들었는데,	叨承誨諭切
멀리 새 무덤 사이에 두고 통곡한다네.	痛哭隔新阡
뛰어난 자취로 오직 道를 걱정하였는데,	駿步惟憂道
어지러운 마음 몇 번이나 높이 우러렀던가?	蓬心幾仰高
歸依하였으나 내 재주 얇고 못나 부끄러우나,	歸依慙薄劣
부지런히 타이르고 이끌어주시는 은혜 입었도다.	誘掖荷勤勞
끊어진 줄을 누가 능히 이을 것인가?	絃絶誰能續
산이 무너진 슬픔 나 혼자 만난 듯하네.	山頹我獨遭
나를 알아주는 분 돌아가신 것 공연히 생각하니,	空懷知己死
짧아진 머리카락은 긁을 수도 없구나.	短髮不勝搔[7]

退溪가 세상을 떠난 지 15개월 뒤 그 다음해 2월 17일에 다시 祭奠과 祭文을 陶山의 退溪 几筵 앞에 올렸다. 이때의 제문은 이러하다.

　　後學의 追慕하는 심정은 세월과 더불어 쌓여갑니다. 더욱 멀어질수록 잊기가 어렵습니다. …… 요즈음 저는 시골 논밭 사이에 엎드려 지내는데 비록 연구에 힘을 다 쏟지는 못하지만, 때로 한두 가지 견해가 있어도, 質訂할 데가 없습니다. 전날 서신을 주고받으며 論辨하던 즐거움을 매양 생각함에 더욱 그 슬픔을 이길 수 없습니다.[8]

---

7) 『高峯續集』 권1 55장, 「退溪先生挽章」. 『挽祭錄』에서 高峯의 挽詞가 실려 있으나, 순서가 다르다. 『高峯續集』의 제4수가 제1수로, 제3수가 제2수로, 제2수가 제1수로, 제1수가 제4수로 되어 있다.

8) 『高峯集』 권2 78, 「祭退溪先生文」. 後學追慕之情, 與日而俱積, 蓋愈遠而難忘也. …… 比年以來, 屛伏田間, 雖不克盡力於硏索, 亦時有一二之見解, 而顧無所於訂質. 每念昔時論辨之樂, 尤不勝其悲也.

高峯은, 새로 얻은 견해가 있어도 맞는지 틀린지 質正을 받을 데 없는 아쉬움을 토로하고, 지난날 退溪와 論辨하던 즐거움을 회상하고 있다.

退溪가 세상을 떠나기 7개월 전인 1570년 5월에 潛齋 金就礪가, 退溪가 짓고 친필로 쓴 「陶山記」와 陶山書堂 및 그 부속건물과 그 주변의 산수를 읊은 書帖을 高峯에게 보이면서 跋文을 써 달라고 요청한 적이 있었고, 또 여러 詩에 대해서 和韻을 해서 시를 지어달라고도 요청했다. 高峯은, 이 서첩을 빌려와서 수시로 보면서 退溪의 생활을 상상하고 退溪의 마음을 짐작하기도 하였다. 특히 거리가 멀고 산천이 가로막혀 陶山書堂에 가서 스승을 모시고 직접 가르침을 받지 못하는 것을 못내 아쉬워하였다. 陶山書堂과 그 부속건물 및 인근의 산천을 읊은 시 18수를 和韻하여 원래의 書帖에 써서 退溪에게 바치려는 생각을 하고서, 시는 다 지었으나 아직 글씨를 쓰지 못하고 있던 중, 退溪가 세상을 떠나 버렸다.

그 뒤 서울로 가서 金就礪를 만나 옛 일을 이야기하고 울어 목이 메이며 이 서첩을 써서 그에게 주었다. 高峯은 비록 陶山에 가보지 못했지만, 退溪의 人品과 學問을 잘 알았으므로, "비록 비루한 말이 淺近하지만, 또한 생각이 있는 것이니, 만약 선생께서 저 세상에서 살아 나오신다면, 반드시 '나를 아는구나!'라고 하실 것이다."[9]라고 했다. 이 跋文을 쓴 때는 壬申(1572)年 5월로 退溪 사후 1년 반이 지났을 때이고, 高峯은 작고 5개월 전이었다. 시 가운데 退溪의 學問을 잘 묘사한 「玩樂齋」라는 시는 이러하다.

涵養은 의당 고요한 데서 功力 들여야하나니,	涵養宜加靜裏功
미루어 행하면 움직일 때도 통한다는 것 깨닫겠네.	推行還覺動時通
모름지기 敬과 義의 순환하는 오묘함 더듬어야만,	須探敬義循環妙

---

9) 『高峯續集』 권1 49장, 「陶山書堂詩跋」 余旣爲此詩, 欲以呈稟先生, 未敢遽寫諸帖, 懶慢因循, 忽遭山頹之痛, 撫玩遺帖, 益增悲悵. 今適入都, 見金君, 相與道舊催咽, 遂出此帖, 書以歸之. 抑鄙言雖淺, 而亦有意思. 如使九原可作先生, 必以爲相悉者矣.

曾子·子思 가르치는 것 한가지임을 믿을 수 있다네.　　方信曾思立教同[10]

退溪는, 高峯의 學問 뿐만 아니라 文章實力도 높게 평가하였는데, 弟子
들 뿐만 아니라 당시 인물들 가운데서 가장 인정하였다.

退溪가 晦齋 李彦迪의 아들 李全仁의 요청으로 晦齋의 詩文을 정리하
고 아울러 行狀을 지어 그의 道學者的 面貌를 稱揚하였다. 그 뒤 李全仁이
神道碑銘까지 退溪에게 지어줄 것을 부탁했을 때 退溪는 "盛德을 稱述하
는 것이 한 사람의 손에서만 나와서는 안 된다"라고 사양하고는, 高峯을
추천하고 高峯에게 그 글을 짓도록 命하여, 高峯이 「晦齋神道碑銘」을 짓
게 된 것이다. 退溪는 이 정도로 高峯의 학문과 문장솜씨를 인정하였던
것이다. 그 사이에 碑銘을 撰述하면서 退溪와 서신을 주고받으며 상세하
게 訂正한 뒤 확정하였다.[11]

退溪는 자신의 先公의 墓碣銘도 高峯에게 부탁하여 받았다. 그리고 退
溪가 臨終 직전 「遺戒」를 써서 子姪들에게 보였는데, 그 가운데 이런 내용
이 있다.

　　碑石을 세우지 말도록 해라. 다만 조그마한 돌을 가지고 그 전면에는 '退陶
晚隱眞城李公之墓'라고 쓰고, 그 後面에 鄕里, 世系, 志行, 出處 등을 대략
쓰도록 해라. 대개『朱子家禮』에서 이른 대로 하면 된다. 이 글을 만약 다른
사람에게 부탁하여 짓게 하면, 나를 아는 奇高峯 같은 사람은 반드시 없는
사실을 장황하게 늘어놓아 세상에 웃음을 살 것이다. 그래서 일찍이 스스로
뜻한 바를 적어서 銘文을 먼저 지었다. 그 나머지 글은 미적미적하다가 끝을
내지 못했다. 그 草잡은 글은 어지러운 원고더미 속에 있으니, 찾는다면 그
銘을 쓰는 것이 옳을 것이다.[12]

---

10)『高峯續集』 권1 46장,「玩樂齋」.

11)『高峯集』 권3 12장,「文元李公神道碑銘」.

12)『退溪先生言行通錄』권5 56-57장. 勿用碑石, 只以小石, 書其前面云, 退陶晚隱眞城李公之
　　墓. 其後惟略書鄕里世系志行出處, 大槪如家禮所云. 此事若託他人製述, 相知如奇高峰, 必

退溪가, 高峯에게 자기 사후의 墓碣銘을 부탁하지는 않았지만, 만약 부탁한다면 高峯 같은 사람이 지을 만한 사람이지만, 고봉이 짓는다면 장황하게 짓는 게 흠이 될 것이다라고 想定해 본 것이었다. 그러나 退溪가 지을 실력이 있는 사람으로 高峯을 상정했다는 것 자체가, 곧 고봉의 문장을 제일로 쳤다는 증거가 된다. 이런 연유로 退溪의「自銘」뒤에 붙인「後敍」는 결국 高峯이 짓게 되었던 것이다. 여러 門人들의 衆論이 高峯에게로 귀결되지 않을 수 없었던 것이다. 月川 등이 高峯의 後敍에 대해서 몇 가지 문제점을 지적했지만, 그대로 채택되었다.

그리고 高峯은, 退溪 사후 退溪의 壙銘도 지었다. 본래 退溪의 墓誌銘은 당시 大提學으로 있던 思庵 朴淳에게 요청하여 지었는데, 思庵이 지은 글은 的確하지 않아 제자들 사이에서 쓰기 어렵다고 판정이 났다. 退溪 사후 27년 뒤 高峯 사후 25년 뒤에 드디어 고봉이 지은 誌銘을 묻었다. 艮齋 李德弘이 지은 退溪墓誌銘도 있으나, 최종적으로 고봉의 것이 채택되었음을 알 수 있다.

退溪는 수많은 제자 가운데서도 高峯만을 工夫를 한 通儒라고 宣祖임금에게 추천했다.

> 退溪가 사직하고 돌아갈 때, 宣祖임금이, "조정의 신하들 가운데서 누가 학문하는 사람이오?"라고 물었다. 그때는 여러 어진이들이 조정에 가득하였다. 退溪는 감히 알지 못한다는 말로 사양하였다. 오직 이르기를, "奇大升은 文字를 널리 보았고, 理學에 있어서는 뛰어난 조예가 있으니, 通儒라고 할 만합니다. 다만 收斂하는 공부는 아직 지극하지 못할 따름입니다.[13]

有張皇無實之事, 以取笑於世. 故嘗欲自述所志, 先製銘文. 其餘因循未畢. 草文藏在亂草中. 搜得則用其銘, 可也.

13)『高峯集』부록 권1 15장,「高峯諡狀」. 退溪之辭歸也, 宣祖問, "朝臣孰爲學問?" 伊時群賢滿朝, 而退溪辭以不敢知. 惟云, "奇大升博覽文字, 其於理學, 亦有超詣, 可謂通儒也. 但收斂工夫未至耳."

高峯의 행실이 아는 것에 미치지 못한다고 어떤 사람이 흠을 잡으려 하자, 退溪는 이렇게 대답하여 高峯을 辯護했다.

　　高峯은 임금을 禮로써 섬기고, 의리로써 나아가고 물러나고 하는데, 어째서 "행하는 것이 아는 것에 미치지 못한다"고 말하는 것입니까?14)

그러나 高峯이 收斂의 공부가 부족하다는 점을 退溪도 알고 있었으므로, 서신에서 종종 훈계의 말을 하였다.

退溪와 高峯은 기질적으로 너무나도 달랐다. 그런데도 高峯은 退溪에게 너무나 感服하였고, 가장 이상적인 스승으로 여겼다. 고봉이 젊은 제자지만 퇴계도 고봉을 畏友라고 일컬었으니, 학문적으로 사상적으로 도움을 받은 바가 없지 않았을 것이다.

　　退溪가 영남에서 도학을 唱導했을 때, 공은 멀리 湖南에 있었으므로, 退溪와 만난 것은 서울에서 세 번 있었다. 그 밖에는 오직 書信으로 왕복했을 뿐이었다. 退溪는 謙冲하고 莊重하고 公은 豪爽하고 俊拔했고, 기상도 같지 않았다. 그러나 공은 退溪에게 감복하여 섬기어, 語默과 動靜에 있어서 오직 退溪를 모범으로 삼았다. 退溪의 문하에 從遊한 사람이 몇백 명이나 되지만, 마음으로 인정하고 추천함에 미쳐서는 오직 공을 먼저 했다. 대체로 그 성질이 한 사람은 느긋하고 한 사람은 급하고 宮音과 徵音이 서로 조화를 이루어 거의 千載一遇의 만남이라고 할 수 있었다. 그래서 후세의 선비들이 이르기를, "公만 退溪에게서 裁決을 받은 것이 아니라, 退溪도 공에게서 많은 도움을 받았다"라고 했다. 또 이르기를, "公의 退溪에 대한 관계는, 마치 張橫渠의 程子에 대한 관계나, 蔡西山의 朱子에 대한 관계와 꼭 같다"라고 하니, 이 말은 옳은 말이다.15)

---

14)『高峯集』부록 권1 15-16장, 「高峯諡狀」. 或問於退溪曰, "奇高峰行處不及知處". 退溪曰, "高峯事君以禮, 進退以義, 何謂'行處不及知處'?

15)『고봉집』부록1 15장, 高峯諡狀. 蓋其韋弦相益, 宮徵相合, 迨曠世一遇矣. 故後來諸儒以爲 "不但公實取裁於退溪, 退溪亦多見益於公云. 又謂公之於退溪, 若橫渠之於程氏, 西山之於

先正臣 李滉은 程朱의 正脈을 이어서 성대하게 宗師가 되어, 經傳에 깊이 젖어들고 性理를 가려 분석하였습니다. 그리고 大升의 기질은 生知에 가깝고 학문은 天人을 꿰뚫었습니다. 그 뛰어난 조예와 識見과 깊이 들어가 자득한 그 공이야말로 李滉의 學統을 이어받은 高足이라고 할 만했습니다. 그리하여 操存省察과 語默動靜에 있어서 오직 이황만을 따르고, 가정에서의 품행과 조정에서의 정사를 도모하는 데 있어서도 오직 이황을 법도로 삼았습니다. 그런데 이황도 또한 극도로 추앙하여 畏友라고 말하였으니, 마치 朱子와 蔡元定의 관계처럼 대하였고, 매양 先賢들이 밝히지 않은 깊은 뜻이나, 後學으로부터 까다로운 질문을 받게 되면, 긴 서신을 계속 보내어 奇大升에게 물어서 그 답을 기다린 뒤에, 해결되지 않은 의문을 해결하려고 하였으니, 그가 스승에게 推重을 받은 정도는 다른 同門의 선비들이 미칠 수 없는 바가 있었습니다.16)

宣祖임금이 새로 즉위하자, 高峯은 退溪 같은 어진이를 존경해야 한다는 사실을 간곡하게 아뢰었다. 退溪의 道德, 學問, 論議는 지금 사람들 가운데서는 얻기 어려운 존재로 程子나 朱子와 동등하니, 그를 登用하여 곁에 두고 정치를 하면 크게 도움이 될 것이라고 退溪를 賢者로 尊敬하여 초빙할 것을 건의하였다.

신이 삼가 判中樞府事 李滉을 보건대, 이와 같은 사람은 지금 시대에 드물 것입니다. 주상께서도 그러한 내용을 아시고 매우 융숭한 대우를 하시자, 대소 臣僚들이 主上께서 현자를 높이는 의사가 있음을 알게 되어 기뻐하지 않는 이가 없습니다. 대체로 그는 나이가 많은데다 병이 깊어 출사하지 못합니다. 전에 오랫동안 草野에 있었고 이제 잠깐 출사하고 있으나, 몸에 또

晦菴, 斯言得之矣.

16)『高峯別集』권2 39장, 鄭禮煥所撰「請享疏」. 先正臣文純公李滉, 以程朱正脈, 蔚爲宗師, 沈潛經傳, 剖析性理, 大升資鄰生知, 學貫天人, 其造詣特達之識, 深造自得之功, 實爲滉嫡傳高足. 操存省察語默動靜, 惟滉是式, 居家行誼, 立朝彌綸, 惟滉是範, 而滉亦極加推許, 稱爲畏友, 如朱子之於蔡元定. 每遇前賢不發之秘, 後學揀難之問, 則累復長牘, 聯翩郵筒, 必以質於大升, 而欲待此以決不決之疑. 其見重於師門, 有非同門之士, 所可幾及矣.

병을 지녔습니다. 주상께서 그에 대한 대우가 이미 극진하셨더라도, 禮貌로만 대할 것이 아니고 주상의 마음에 항상 현자라 생각하고 정성을 다하셔야 합니다. 현자는 자신을 높여주는 것으로써 자신의 마음에 편하게 여기지 않고, 임금이 허심탄회하게 자신의 말을 받아들여야만 그의 마음을 다하는 것입니다. 일찍이 옛사람의 사적을 상고해 보건대, 현자가 조정에 벼슬하면서 어찌 꼭 그의 말을 모두 따르기만 바라겠습니까. 임금이 善을 좋아하고 諫言을 따르기를 꼴 베는 아이나 땔나무꾼의 말까지도 다 들으려고 하는 자세를 취하면, 그것으로 기쁨을 삼아 행하기를 즐거워하고 힘을 다할 것입니다. 그런데 만약 그의 말을 억지로 따른다면 의사가 광범위하지 못한 것으로서 현자의 마음에 서운한 감이 없지 않을 것입니다.

지난번에 李滉이 啓辭를 올리자 그의 말대로 시행하였으므로 바깥의 사람들이 매우 기뻐하였습니다. 그러나 어찌 주상께서 그는 현자이므로 그의 말을 또 따라야겠다는 마음을 가졌겠습니까? 小臣의 생각으로는 그를 조정에 초빙하여 그의 말을 받아들이고 우대도 극진히 하시옵소서. 그의 말을 분명히 살펴 따르고, 그의 말을 받아들이기만 할 뿐만 아니라 항상 그가 현자인 것을 생각하여 어떠한 정사가 있을 때마다 주상께서는, "이 일을 혹시 그가 불가하다고 여기지 않을까?"하시어 마치 배우는 사람이 엄한 스승을 만나서 반성하듯 하는 것이 매우 좋을 듯합니다. 근래 이황이 아뢴 바에 대해서 주상께서, "그의 말을 들어주고 계책을 따르겠다"하시자, 그는 도리어 송구스러워하며 난감하게 여기는 뜻이 있었습니다. 더구나 臺諫·侍從들의 말은 별로 중대한 일이 아닌데도 이처럼 망설이시니, 신이 비록 상세히 알 수는 없지만 옛사람의 마음으로 헤아려 보면 그의 마음인들 어찌 편안하겠습니까?

尊賢은 修身에서부터 비롯되는 것입니다. 주상께서 수신을 급선무로 여기신다면, 그가 조정에 있는 것이 매우 유익할 뿐더러 군신간의 도리에 있어서도 양편이 좋을 듯합니다. 하지만 외모와 은총으로 그를 붙들려고 한다면 늙고 병든 그가 어찌 구차스럽게 조정에 있으려고 하겠습니까. 신 같은 微官이 이처럼 아뢰는 것이 매우 황공하나 이러한 사정을 주상께서도 아셔야 하겠기에 감히 미천한 뜻을 아뢰는 것입니다

소신이 아뢴 말은 그가 신에게 미안하게 여긴다고 말한 것은 아닙니다. 그가 올라온 뒤 상종하기를 오래하였는데, 자주 그의 집에 가서 그의 말을

들었습니다. 신이 자세히 알지는 못하지만 그의 도덕과 문장은 옛사람과 다를 바가 없으니 옛사람의 마음이 그러하였기에 그의 마음도 그럴 것이라고 생각한 것일 뿐입니다. 주상께서 그 뜻을 아시어 본받으신다면 그를 접대하는 도리에 온당할 것입니다.

미혹하고 용열한 小臣이 어떻게 헤아려 알 수 있겠습니까마는, 전일에 의심나는 것이 있으면 서신으로 묻기도 하여, 서로 만나지는 못해도 뜻을 통한 지는 이미 오래였습니다. 그가 올라온 뒤에 늙고 병든 몸이 너무 고적하게 지낼 듯하여, 때때로 찾아가 방문도 하고 평소에 의문 나던 것을 질문도 해보았는데 우매한 신의 견해로서는 도저히 알지 못했던 것이었습니다. 따라서 신의 소견으로는 그가 평범한 인물이 아닌 듯 싶었습니다. 무엇보다도 우선 나이가 이미 70세이고 식견이 고매한데도, 자기의 의견을 주장하지 않고 젊은 사람이 한 말이라도 반드시 헤아려 봅니다. 그리고 옛날 책을 널리 보아 조금도 자기 주장을 고집하여 막히지 않고 정주(程朱)를 독실히 신봉합니다. 그의 공부가 옛사람의 경지에 도달하였는지 알 수 없습니다마는, 동방에서 학문을 한 사람 중 高麗로부터 조선초기까지 문장이 없어졌으나 다행히 수습해 놓은 것을 보건대, 이 사람의 문장과 같은 것이 대체로 적었습니다. 처음 그가 올라왔을 때 올린 상소문은 정주의 글과 조금도 다를 것이 없습니다. 그의 학문도 공부도 논의도 모두 이러하였습니다.

그의 心德은 겸손하고도 공손하여 조금도 자신이 옳다고 여기지 않습니다. 이리하여 자기의 주장을 버리고 다른 사람의 좋은 소견을 따르기도 하니 이 점은 매우 훌륭한 것입니다. 우매한 신이 자주 상대하여 이야기를 나누었고 오랫동안 心服하였던 것이기에 지금 이처럼 아뢰는 것입니다. 그가 비록 신병으로 인하여 경연에 入侍하지 못하고 있지만 훗날 입시했을 때 상께서 널리 도리를 물으신다면 제왕의 학문에 있어서 어찌 도움이 없겠습니까.

그는 옛날 책을 널리 보았고 품성 또한 소탈하고 담담한 데다가 젊었을 때부터 겸손하고 사양하는 것이 습성이 되어 있습니다. 주상께서 여러 번 召命을 내렸기 때문에 마지 못해 올라왔지만 그는 빈한하고 고단한 생활이 뜻에 맞고 부귀를 누리고 싶은 마음은 없으므로 물러가 평소에 닦는 학문을 더럽히지 않고서 일생을 마치려 합니다. 상께서 등용하신다면 어찌 평소에 배운 것을 펴보려고 하지 않겠습니까. 그러나 데면스럽게 대우하여 그럭저럭 지내다가 조정에서 죽게 한다면 평소의 학문을 저버리게 되어 매우 고민

할 것입니다.17)

高峯은 스승 퇴계의 학문과 문장이 程朱의 경지에 이르렀다고 극도로 崇仰하여 宣祖 임금에게 賢者로 대우하여 초빙하여 학문을 배우고 정사에 도움을 받을 것을 간곡하게 권유하였다.

2. 眉巖 柳希春

자는 仁仲, 호는 眉巖, 본관은 善山으로 海南에 살았다. 1513년 생으로 退溪와는 12세의 연령차가 있다. 1547년 良才驛壁書事件으로 제주도·

---

17)『宣祖實錄』권2 원년 12월 6일조. 臣伏見, 判府事李滉, 如此之人, 今世則稀矣. 自上亦知其意, 接待隆重, 知有尊賢意思. 大小群賢, 莫不欣欣. 大概此人年高病深, 不能從仕. 前日, 久於其外, 今暫從仕, 身又抱病. 上之待此人, 雖已至矣, 然不但以禮貌之外, 聖心, 常謂之賢者而致誠, 可也. 賢者, 不以尊其身而安其心, 必以虛己聽納而盡其心. 嘗攷古人之事, 賢者在朝, 豈必所欲言皆從乎? 人君樂善從諫, 至於蒭蕘之言, 亦盡聽焉, 則必以此爲喜, 樂行而戮力處也. 若勉從其人之言, 則意思不廣, 賢者之心, 不能無缺然者也. 頃日, 李滉啓辭, 隨所言而施行, 外人甚以爲悅. 然其人則賢者也. 安有從吾言之心哉? 小臣迷意以爲延登此人, 致之朝廷, 聽言則至矣, 優禮則極矣. 當察此人之言而從之. 不但聽此人之言而已也, 常念此人之賢, 每當政事之際, 聖心以爲此事, 無乃此人以爲不可乎? 如學者得嚴師而省念, 則甚好矣. 近來, 李滉所啓, 或敎之曰, 言聽啓從, 此人還爲瑟縮, 而多有不敢當之意. 況臺諫侍從之言, 雖以不關之事, 至此, 留難. 臣雖不能詳知, 而揆以古人之心, 豈安心? 尊賢必自修身始. 急於修身, 則不但此人在朝爲益, 君臣之間, 兩得其道也. 徒以外貌尊寵羈縻, 則老病之人, 又安得苟容於朝哉! 微官此啓, 甚爲惶恐, 而此意自上當可知之, 故敢以迷劣之意, 啓之. 大升啓曰, 小臣所啓之言, 非此人向臣說道未安也. 上來之後, 相從已久, 每往門墻, 屢聞言語, 臣雖不能細知, 而其道德學問, 與古人無異. 古人之心如此, 此人之心, 恐如此也. 自上知其意而則之, 則接待之道當矣. 前日或有疑處, 折簡問之, 雖不得相見, 而通意則已久. 上來之後, 爲其老病之人, 寂寞而來, 時時歷見, 質問前日疑難之處, 如臣愚見, 不得企而知之. 然以臣之見, 甚不偶然, 無貴於他. 年已七十, 所見亦高, 而不主張己見, 年少所言, 亦必商量, 其觀古書, 少無執滯. 篤信程朱, 工夫能至古人, 則未可知也. 東方學問之人, 自前朝至國初, 其文凐沒, 幸收拾見之, 如此之文者, 蓋寡矣. 初上來時, 其所上疏, 與程朱之書無異, 其學問, 其工夫, 其議論, 一一皆是. 其爲德也, 謙恭遜順, 無一毫自是, 舍己從人, 甚可貴也. 臣以迷劣, 屢與之言, 久服于心, 今敢啓之. 雖因身病, 不得入侍經幄, 而他日入侍之時, 自上暢問道理, 則其於帝王學問, 豈無啓沃之益. 此人, 博觀古書, 而稟性踈淡, 自少恬退, 習與性成. 自上屢召, 故上來, 而寒苦適意, 富貴無心, 心欲求退, 不汚平生學問而死. 上若用之, 豈不欲展布乎? 然泛然尋常, 使之悠悠, 死於朝廷之上, 深以棄平生學問爲悶.

함경도 등지에서 19년 동안 귀양살이를 하다가 1567년에 이르러서야 석방되었다. 宣祖의 명으로『國朝儒先錄』,『續蒙求』등을 편찬하였고,『朱子大全』을 교정하는 등 儒學 진흥에 공이 많았다. 贊成에 증직되었고, 文節이라는 諡號를 받았다.

1538년 眉巖이 급제한 이후부터 이미 出仕해 있던 退溪와 結識을 했을 蓋然性이 있지만, 1545년 仁宗 승하 직후에 퇴계가, "慈殿[文定王后]에게 아뢰라는 傳教는 미안하니 국왕에게 바로 아뢰게 하자는 건의를 弘文館 修撰으로 있던 眉巖과 함께 하였고, 곧이어 尹元衡의 형 尹元老를 처벌할 것을 柳希春과 함께 국왕에게 아뢴 것이 문헌에 나타난 최초의 기록이다.18)

1566년 9월에 귀양에서 풀려나지 않은 眉巖이 보낸 서신에 답장을 보냈다. 미암이 퇴계의 出處와 학문에 대하여 稱道하고 期望하는 것에 대하여 不敢當의 뜻을 표하고, 미암이 엮은『續蒙求』에 대한 校勘과 跋文을 청한 것을 겸손하게 사양하는 내용이었다.19) 이해 겨울에도 退溪가 眉巖에게 서신을 보내어『續蒙求』에 대해여 논하였다.

眉巖이 쓴『眉巖日記』1568년 4월 초2일조에, '承政院에서 퇴계를 초빙하여야 한다는 뜻으로 啓請하니, 국왕이 윤허하'는 내용이 기록되어 있어, 미암이 퇴계의 출처에 관심이 많다는 것을 증명하고 있다. 이해 5월에 退溪가 자신이 지은 「晦齋行狀」을 수정하고 이 일과 관련하여 眉巖에게 답하는 서신을 보냈다. 그러나 이 서신은 현재『退溪集』에 실려 있지 않다. 그러나 퇴계는 미암의 건의를 많이 받아들였다.

　　내가 전에 퇴계에게 서신을 보내어 李晦齋의 행장 가운데 잘못되고 빠진 부분을 改修할 것을 권유했었다. 지금 답장이 왔고, 또 행장을 正書해 보내왔

---

18)『退溪先生年譜補遺』(上溪本) 권1, 乙巳 七月條.
19) 鄭錫胎,『退溪先生年表月日條錄』제3책, 547쪽.
　　『退溪集』권12, 12장-15장, 「答柳仁仲」.

는데, 내 말을 많이 따랐으니, '자기 의견을 버리고 다른 사람의 의견을 따랐다'고 할 수 있다.[20]

그리고 퇴계의 장자 李寯에게 퇴계가 언제 서울로 올라오는지를 자주 묻고, 正門을 통해서 대궐을 들어올 것을 권유했다.

1568년 7월에 퇴계가 서울 都城으로 들어왔을 때, 미암은 그 소식을 듣고 퇴계가 寓居하는 乾川洞으로 달려가 뵈었다. 이때 퇴계는 풍파를 만나 기운이 좋지 않았으므로 미암은 곧 물러나왔다.[21] 그 5일 뒤 미암이 다시 찾아와 喪制에 대해서 문의하였다. 퇴계는 새로 간행한 『續蒙求』를 구해달라고 하여 책을 얻었다.

8월 14일에는 大提學을 사직하는 疏章을 올린 退溪에게 眉巖이 찾아가 "굳이 벼슬을 사양하지 마시라"고 권유하니, 퇴계는 미안한 뜻과 서울에 오래 머무를 수 없는 뜻을 말하였다. 미암이 "朱子는 大聖입니까? 大賢입니까?"라고 묻자, 퇴계는, "어떻게 聖人이 될 수 있겠소? 다만 공부가 지극한 경지에 이르렀고, 배워서 알고 仁을 이롭게 여겨서 행한 大賢이지요"라고 대답했다. 퇴계의 이런 견해에 대해서, 미암은, "세속의 의견을 뛰어넘지 못했으니 유감이 없을 수 없다"라고 아쉬움을 표시했다.[22] 미암이 주자를 숭앙하는 정도가 퇴계보다도 더 강렬하다는 것을 알 수 있다.

그 이틀 뒤 眉巖은 退溪의 건강을 염려하여 蘇合丸, 淸心丸 등의 약을 보내었다.

8월 28일 퇴계가 大提學에서 遞職되어 肅拜를 드리려고 대궐로 갔다가 眉巖을 만났는데, 미암은 『論語』와 『小學』 가운데서 의문나는 것에 대해서 질문하였다.[23]

---

20) 柳希春 『眉巖集』 권6 12장, 「日記」 6월 20일조.
21) 『眉巖集』 권6 19장, 「日記」 戊辰 7월 19일조.
22) 『眉巖集』 권6 22-23장, 「日記」 戊辰 8월 14일조.
23) 『眉巖集』 권15 32장 「經筵日記」 戊申 8월 28일조.

10월 27일에는 眉巖이 退溪를 찾아가 뵈옵고 조용히 대화를 나누었고, 29일에는 퇴계가 미암의 집에 들러 술잔을 나누었다. 퇴계가 미암이 올린 玉堂箚子와 宣祖의 批答을 보고 歎服하였다. 또 퇴계가 "張橫渠의 「西銘」을 국왕에게 進講할 것을 요청해야 하오"라고 말했는데, 미암은 그 말이 절실하고 타당한 말씀이라고 여겼다.

1569년 退溪가 지은 靜庵 趙光祖의 行狀 가운데서 眉巖은 표현상에 문제가 있다고 수정을 요청하는 서신을 퇴계에게 보냈고, 퇴계는 답장을 하면서 자신의 의견을 밝혔다. 미암이 수정을 요청한 첫째 부분 "禍患之來, 雖欲以智計巧免, 烏可得耶?"에 대해서는, 퇴계는 "禍患之來, 烏可以智計求耶?"로 고쳤다. 두 번째 부분인 "由今日欲尋其緖餘, 以爲淑人心開正學之道, 殆未有端的可據之實"에 대해서는, 후세에 교훈적인 말을 남긴다는 측면에서 볼 때, 사실을 사실대로 기록한 것이므로 고칠 수 없다는 의견을 퇴계는 분명히 개진하였다. 다만 '實'자만 '處'자로 고쳤다.24)

『退溪集』에는 眉巖에게 주는 서한이 1편, 답하는 서한이 3편 실려 있다. 그러나 『眉巖集』에는 退溪와 주고받은 서한은 실려 있지 않다. 退溪의 서거를 애도하는 挽詞 한 수가 실려 있다. 미암의 만사는 『退溪先生文集附錄(挽祭錄)』에는 실려 있지 않다.

> 朱子의 글이 해외로 흘러왔는데,
> 추락한 전통 뒤쫓아 찾을 이 누구런가?
> 圃隱은 전하는 글자가 없으니,
> 선생만이 홀로 마음을 얻었도다.
> 靑邱가 鄒魯로 변하였고,
> 밝은 해 음산한 기운 확 걷었네.
> 대들보 부러져 비록 길이 통곡하지만,
> 훌륭한 저서는 고금에 비취리.25)

---

24) 『退溪先生年表月日條錄』 제4책 415쪽, 69세 5월조.

주자의 嫡統을 이어 주자의 마음을 터득한 학자로 眉巖은 退溪를 추앙하고 있다. 퇴계의 노력 덕분에 우리나라가 孔孟의 학문을 하는 鄒나라 魯나라의 경지에 이르렀음을 말하고 있다. 퇴계가 이 세상을 떠난 것은 朝鮮의 학계에 있어서 대들보가 부러진 것과 같은 충격적인 일이지만, 다행히 훌륭한 저서를 많이 남겼으니, 그 저서를 통해서 퇴계의 학문과 사상은 후세에 영원히 빛날 것임을 眉巖은 확신하고 있다.

眉巖은 서울에서 仕宦하면서 退溪를 자주 뵙고 師事한 제자인데, 퇴계와 활발한 학문적 교류를 하였다. 특히 미암은 조선에서 『朱子大全』과 『朱子語類』를 간행할 때 교정한 적이 있어 朱子學에 조예가 깊었다. 이로 인해 퇴계와 주자학과 經書에 관한 토론을 자주 하였다.

3. 竹川 朴光前

竹川 朴光前은 1526년에 전라도 寶城에서 생장하였다. 41세 되던 1566년에 陶山으로 가서 退溪에게 執贄하였다. 退溪가 한번 보자마자 곧 깊이 인정하고 勉勵하였다. 退溪는 그때 막 『朱子書節要』를 편찬을 끝냈다. 退溪는 竹川에게 "학문을 세울 根基는 오로지 朱子의 학문에 있다"고 말하였다. 竹川이 돌아갈 때 『朱子書節要』 한 질을 선물로 주며 "늘그막에 좋은 벗을 만났는데 갑자기 이별하게 되었으니 어찌 한 마디 없겠는가?"라고 하였다. 죽천은 그 책 뒤에 後識를 붙여 "退溪가 자기를 교육한 뜻을 저버리지 않겠다"는 자신의 결심을 밝혔다.[26]

그리고 退溪는 5수의 시를 지어 竹川에게 주며 자기를 위한 공부를 위하여 朱子의 글을 열심히 읽을 것을 면려하였다.

---

25) 『眉巖集』 권2 23-24장, 「哭退溪先生」. 朱文流海外, 墜緒孰追尋. 圖隱無傳字, 先生獨得心. 靑邱變鄒魯, 白日豁氛陰. 樑壞雖長慟, 芳編照古今.

26) 『竹川集』 권5 7장, 「朱書節要序後識」.

병든 몸 앙상하고 머리엔 눈 가득한데,
좀 먹은 책 먼지 속에서 무얼 구하려 신음하는지?
보잘것없는 솜씨에 학문을 늦게사 들어,
남은 빛을 즐기면서 죽은 뒤에야 그만두어야지.

자신을 위한 학문 자신을 이기는 데서 닦아야 하고,
마음을 간직하는 것은 놓친 마음 구하는 데 있다네.
우리들 누가 이런 뜻 모르겠는가마는,
참 되게 아는 사람 천차만별임을 어떻게 하랴?

하늘이 이 세상에 몇 명의 뛰어난 인재 냈는가?
이익과 명예 바다 같은데 잘못 되는 것 놀라겠네.
다리를 세우고 내 할 일을 구할 줄 안다면,
雲谷의 門庭에다 정성을 쌓아야 하리.

아무렇게나 헤맨 아련한 나의 반평생,
대롱 하나로 하늘 보듯 朱子를 얻었네.
늙고 병들어 失墜시켜 매우 부끄러운데,
그대가 끌어주기를 기다려 다시 크게 밝히리.

정월달 차가운 시내에 뜻은 더욱 굳은데,
돌아가서도 이 뜻 미루거나 변치 말게나.
달콤한 복숭아로 하여금 자랑하지 않게 해야하리,
값을 매길 수 없는 야광주는 다만 못에 있도다.[27]

27) 『竹川集』 권6 年譜 6-7장.
病骨巉巉雪滿頭. 呻吟塵蠹欲何求. 願將拙用兼晩聞, 把玩餘光至死休.
爲己須從克己修. 存心惟在放心求. 吾儕孰不知此意, 胡奈眞知太不侔.
一世天生幾俊英. 利名如海吾堪驚. 倘知立脚求吾事, 雲谷門庭要積誠.
茫茫胡走半吾生. 一管窺天得考亭. 老病極慙多失墜, 待君提挈更恢明.
一月寒溪意更堅. 歸歟此志莫留遷. 但能不遣甛桃颺, 無價明珠只在淵.

또 退溪는 竹川에게 이런 서신을 보내어, 朱子의 글을 읽는 것을 일생의 할 일로 삼는다면 인생의 일대 기쁜 일이 될 수 있을 것이라 하여 면려하였다.

道는 넓고 넓으니 어디에 손을 댈 것인가? 오직 성현이 남긴 교훈에 손댈만한데, 그 중에서도 지극히 절실하고 지극히 긴요한 것으로는 朱子의 글만한 것이 없소. 진실로 능히 종신의 사업으로 삼아 이 도리로 하여금 늘 마음과 눈에 있게 하여, 감히 廢棄하여 떨어뜨리지 않는다면 인생에서 일대 기쁜 일을 보게 될 것이오.[28]

竹川은, 종신토록 退溪의 가르침에 留心하여 『朱子書節要』에 沈潛하여 硏索하였고, 退溪에게 質疑한 것을 모아 『朱子書節要疑義』라는 한 권의 책으로 묶었다.

죽천은 1570년 進士에 급제하여 추천으로 군수를 지냈고, 임진왜란 때는 義兵將이 되어 要塞를 지켜 倭賊을 막았다. 사후 資憲大夫 吏曹判書에 추증되고, 文康이라는 시호를 받았다. 문집 『竹川集』 9권 4책이 있다. 龍山書院에 奉享되었다.

4. 楓菴 文緯世

楓菴 文緯世는, 1534년 全羅道 長興에서 태어나 거기서 살았다. 三憂堂 文益漸의 9세손이다.

13세 때부터 선생의 문하에서 가르침을 들었다. 이때 退溪는 46세였다. 이에 앞서 그의 외숙 橘亭 尹衢가 퇴계를 찾아왔을 때, 퇴계가 湖南의 후진에 대해서 불으니, 귤정은 楓菴을 이야기하였고, 풍암으로 하여금 퇴

---

28) 『竹川集』 권6 年譜 7장. 道之浩浩, 何處下手? 惟聖賢遺訓, 才方是下手處, 就其中, 求其至切至要, 莫先於朱書. 苟能以爲終身事業, 使此箇道理, 時常在心目間, 不敢廢墜, 則庶幾得見人生一大歡喜事.

계에게 나아가 배우도록 권유하였다. 그래서 풍암이 禮安으로 찾아와 가르침을 받았다. 그 이듬해까지 陶山에 머물면서『朱子書』에 대한 가르침을 받았다.

1558년 25세 때도 陶山으로 찾아와 가르침을 받았는데, 하루는 楓菴이 石亭 尹剛中, 一竹齋 辛乃沃 등과 함께 退溪를 모시고, 鳴玉臺에서 놀았는데, 退溪가 記文을 짓고서 楓菴에게 글씨를 쓰게 하여 돌에 새겼다. 퇴계가 돌아와 여러 제자들에게, "공부하는 여가에 아름다운 정취를 깊이 얻은 사람은 文緯世뿐이다"라고 말했다.29) 그러나 「鳴玉臺記」는 지금 남아 있지 않고, 퇴계가 1566년에 지은 「鳴玉臺」, 시 2수만『退溪集』에 실려 있는데, 楓菴과의 관계를 언급한 내용은 아니다.30)

하루는 退溪가 艮齋 李德弘에게 명하여 璇璣玉衡을 만들게 했더니, 楓菴이 꿇어앉아서 질문을 하였다. 退溪가, "이는 舜임금이 堯임금을 도울 때, 이것을 가지고 日月과 五星을 다스렸다. 孟子가 말하기를, '舜임금이 요임금을 섬기던 방법으로 임금을 섬기지 않는다면, 이는 그 임금을 해치는 것이다'라고 했다. 君子가 조정에 있으면서 이 도리를 알지 못해서는 안 되나니라. 伊尹이 시골 농토 사이에서 堯舜의 道를 즐겼나니, 군자가 시골에 있다 해도 이 도리를 알지 못해서는 안 되느니라. 가히 소홀히 할 수 있겠는가?"라고 했다.31)

1560년 溪上에 머물면서 퇴계의 가르침을 받았다. 하루는 퇴계가『主客問答』한 질을 내 보이면서, "그대들은 이 說이 어떠한지에 대해서 한번

---

29) 文緯世『楓菴先生遺藁』권4 「楓菴先生實紀」, 606쪽, 楓菴先生遺藁發刊委員會.

30) 樊巖 蔡濟恭이 지은 「楓菴行狀」에는 31세 때 陶山으로 退溪先生을 찾아뵌은 것으로 되어 있다. 필사본『楓菴先生遺稿』退溪學資料叢書 5책, 安東大學校 退溪學硏究所.

31)『陶山及門諸賢錄』권2 35장. 「楓菴先生實記」권1의 「年譜」己未(1559)年條의 기록에 거의 같은 내용의 기록이 있다. 다만 「年譜」에서는, "玩樂齋에 놀면서 퇴계선생이 이덕홍으로 하여금 璇璣玉衡을 만들게 해서 ……"로 시작하는데, 陶山書堂의 1561년 가을에 완공되었으므로, 도산서당의 부속건물인 완락재에서 1559년에 퇴계가 제자들에게 講學할 수가 없다. 年代의 考證이 필요하다.

토론해 보게나"라고 하기에, 文緯世가 나아가, "이 책을 보면 道學의 門路를 충분히 알 수 있겠습니다"라고 하니, 퇴계가 "그렇다네"라고 했다.[32]

溪舍에 있을 때 退溪가 諸葛孔明의 「八陣圖」에 대해서 언급하고는 「팔진도」를 내보이면서 別本을 傳寫하도록 하며 말하기를, "이 또한 格物致知 공부이다. 독서하는 여가에 유의하여 궁구하여 보는 것이 가하다"라고 하자, 楓菴이 "삼가 마땅히 가르침을 받겠습니다"라고 답한 적이 있었다.[33]

1564년 楓菴이 자형 竹川 朴光前을 따라와서 陶山書堂에서 退溪를 뵙고 가르침을 받았다.[34]

1565년 安東府使로 부임하는 외숙 杏堂 尹復을 따라 퇴계를 찾아와서 가르침을 받았다. 이때 외사촌 尹剛中 尹欽中도 같이 왔다.

楓菴은 理學에 潛心하여 寒岡 등 諸賢들과 더불어 禮說에 대해서 토론을 했는데, 서로 推重하였다.

1567년 司馬試에 합격하였고, 楓山에 집을 지어 門徒들과 經學을 討論하였다. 眉巖 柳希春이 巡察使가 되었을 때, 추천하였다.

壬辰倭亂 때는 다섯 아들과 조카 한 사람 및 家僮 수백 명을 이끌고 倡義하였는데, 湖南이 이에 힘입어 편안할 수 있었다. 權慄이 湖南 義兵의 功勳을 狀啓할 때 楓菴을 首位로 쳤다. 그 공훈으로 龍潭縣令에 제수되었다.

丁酉再亂 때 흩어진 군사를 모아 왜적을 막으니, 宣祖 임금이 가상히 여겨 坡州牧使에 除授하였다. 義兵活動으로 인하여 原從功臣에 策勳되었다. 뒤에 參判에 추증되었고, 江城書院에 祭享되었다.[35]

湖南지방 退溪 문인 가운데서 퇴계 문하에서 장기간 공부하였고, 또

---

32) 『退陶先生言行通錄』 권5 50장, 『退溪學文獻全集』 제17책, 啓明大學校.

33) 『退溪先生言行錄』 권1 9장.

34) 『退陶先生言行通錄』 권2 28장.

35) 『陶山及門諸賢錄』 권2 36-37장.

가장 자주 퇴계를 방문한 제자가 楓菴 文緯世라 할 수 있다.

5. 天山齋 李咸亨

天山齋 李咸亨은 退溪의 제자로서 全羅道 順天에 寓居하였다. 1569년 5월 서울로부터 陶山書堂에 와서 거주하면서 退溪에게 배우다가 9월 집으로 돌아갔다. 『陶山及門諸賢錄』에 기재된 그에 관한 기사는 이러하다.

> 字는 平叔, 號는 山天齋[天山齋로 된 데도 있다], 본관은 全州이다. 서울에 살다가 順天에 寓居했다. 退溪의 門下에서 從遊하면서, 艮齋 李德弘과 함께 『心經』,『朱子書節要』에 관해 질문한 것에 대해여 退溪가 답변한 것을 모아 『心經釋疑』,『朱子書講錄』이라 이름하였다. 退溪先生의 대조와 교감을 거치기 전에 선생께서 돌아가셨다. 그 뒤 많은 견해를 집어넣은 채 세상에 유행되었는데, 많은 사람들이 退溪선생의 학설이라고 생각하였다.
> 公은 내외간의 금슬을 잃어 서로 상면하지 않는 데까지 이르렀는데, 선생께서 그가 하직하고 물러날 때, 편지를 써서 봉하고는, "道次密啓看 [길 가다가 가만히 열어보도록 하게]"라는 다섯 자를 써서 부쳤다. 公이 훈계하는 말을 보고는 깊이 뉘우치고 깨달아서 비로소 부부의 도리를 다하기 시작했다.[36]

李咸亨이 하직하고 물러갈 때 그에게 준 서신은, 『退溪集』을 편찬할 때, 門人들이 싣지 않았다. 그러다가 星湖 李瀷의 『星湖僿說』에서 이 사실에 대해서 비로소 언급한 항목이 있다.

> 退溪선생이 李平叔에게 보낸 서신에, "내가 再娶한 것은 매우 불행한 일이

---

36) 『陶山及門諸賢錄』권1 13장. 李咸亨子平叔號山天齋居京寓居順天, 來遊門下. 與艮齋李公, 嘗袞輯先生答心經朱子書節要疑問之說, 名曰『心經釋疑』,『朱子書講錄』. 未經先生照勘, 先生下世, 又多添入以至行世. 世多認其盡爲先生之說. 公琴瑟不調, 至不相面. 先生臨其辭退, 作書封緘, 面書'道次密啓看'五字, 以付. 公見書中戒語, 惕然改悟, 始修夫婦之道.

었다. 그 동안 마음이 답답하여 견딜 수 없는 때가 있었다"라고 하였는데,
나는 이 글을 읽을 때마다 의심이 없지 않았다. 요즈음 李平叔 형제의 외손에
게서 선생의 친필 서신을 얻어 본즉, 그 겉봉에 "道次密啓看[길에서 가만히
열어 보도록 하게]"라는 다섯 자가 있었다. 『退溪集』에는 이 서신이 왜 누락
되었는지 알 수가 없다. 李公이 陶山에서 물러나올 때, 자리가 번잡하여 자세
히 말할 수 없었으므로 글로써 비밀히 부탁하기를, "혼자서만 보고 누설하지
말라"고 한 것 같다. 제자가 스승 섬기기를 부모같이 하니, 스승도 제자를
아들과 같이 여기는 것이므로, 이공이 인륜의 변괴를 당한 것을 보고, 결국
한 마디 말도 하지 않을 수 없었던 것이다. 이공이 죽은 뒤에 그의 부친
參判 李拭이 退溪선생의 서신을 일일이 수습하여 도산으로 보내어 발간하여
후세에 전하게 되었는데, 문집에서 뺀 것은 또한 李公의 뜻이 아닐 것이다.
지금 退溪선생의 語錄 한 구절에, "이공의 부인이 선생의 訃音을 듣고 3년
동안 素食했다"라고 했는데, 이는 반드시 이공이 선생의 비밀 서신을 보고서
깊이 깨달은 바가 있어 그 부인에게 정성스럽게 잘 대한 것 때문일 것이다.
선생이 한 번 말하고 한 번 침묵함이 이처럼 사람의 윤리에 큰 관계가 있었던
것이다.[37]

星湖의 기록과 같이 이 서신은 『退溪集』의 原集과 續集에 실리지 않았
다. 그러다가 1869년 陶山 儒林에 의하여 編定된 『陶山全書』에 비로소
수록되게 되었다. 『陶山全書』는 退溪의 詩文 가운데서 빠진 것은 다 찾아
서 넣고, 동일 詩文이라도 『退溪集』에서 刪削한 부분을 다 復原하였다.
특히 서신의 경우 새로 추가된 편수가 많고, 산삭된 것도 원고에 의하여
다 복원하였다.

---

37) 李瀷 『星湖僿說』 권14 46장. 「退溪再娶」. 退溪先生與李平叔書云, "某曾再娶, 一値不幸之
甚. 其間頗有心煩慮亂, 不堪撓悶處". 每讀至此, 不能無疑也. 今於李公兄弟之外孫許, 得先
生手筆, 其封皮有'道次密啓看'五字. 不知本集何獨漏此不錄. 蓋李公自陶山辭歸, 有煩不可
盡言者, 故以書密囑, 令獨見而無泄焉. 弟子之於師, 事之如父, 則師亦宜視之如子, 而人倫處
變之際, 恐不可終嘿也. 李公旣沒, 其父參判拭一一收拾, 送之陶山, 以至刊傳後世, 則又非李
公之志也. 語錄中載 一條云, "李公之夫人, 聞先生喪, 食素三年". 然則李公必因此感悟, 有委
曲善處者矣.

退溪가 李咸亨에게 '길에서 가만히 보라'고 한 서신은 다음과 같다.

그대에게 금슬이 조화롭지 못한 탄식이 있다고 들은 것 같은데, 무엇 때문에 이런 불행이 있는지 모르겠구려. 가만히 보건대 세상에는 이런 문제가 있는 사람이 적지 않소. 부인이 성질이 악독하여 교화하기 어려운 경우가 있고, 못생기고 슬기롭지 못한 경우가 있고, 그 남편이 미친 듯 방종하여 행실이 없는 경우도 있고, 좋아하고 싫어하는 것이 정상이 아닌 경우도 있나니, 그 변괴는 종류가 많아 다 들 수가 없다오. 그러나 남편 된 의리를 가지고 말하자면, 그 가운데 성질이 악독하여 교화하기 어려워 자신이 소박맞을 죄를 만든 경우를 제외하고는, 다 남편이 하게 달려 있다오. 자기 몸을 반성하여 스스로 두터이 하고 힘써 잘 대하여 부부의 도리를 잃지 않는다면, 부부의 큰 윤리가 어그러지는 데는 이르지 않을 것이고, 자신도 박하게 대하지 않은 것이 없는 죄에 빠지지는 않게 될 것이오. 이른바 성질이 악독하여 교화하기 어려운 여자라도 매우 悖逆하여 名敎에 죄를 얻은 경우가 아니라면, 마땅히 알맞게 대우하여 관계를 끊는 데까지 이르지 않는 것이 옳을 것이오. 대개 옛날에 아내를 내보내는 것은 다른 데 갈 데가 있었기에 七去之惡이라 하여 다른 데로 보낼 수 있었지만, 지금의 부인들은 모두 다 한 남자를 따라 일생을 마친다오. 어떻게 情義가 맞지 않다 하여, 혹 자기와 관계없는 길가는 사람처럼 대하거나 혹 원수처럼 대하여, 부부가 눈을 흘기는 데까지 이르고 한 잠자리에서 자면서 마음은 천리나 떨어진 것처럼 하여, 집안의 도리로 하여금 근원을 만드는 데가 없게 하고, 만 가지 福의 慶事를 기르는 근원을 끊어서야 되겠소? 『대학』의 傳에 이르기를, "자기에게 없는 그런 뒤에 남을 비난하라"고 했소. 이 일은 내가 일찍이 겪은 것을 가지고서 이야기하겠소. 내가 일찍이 두 번 장가들었는데, 한 번은 아주 불행하였다오. 그러나 그 여인을 대하는 데 있어서 마음을 감히 박하게 할 수가 없었소. 애써 잘 대한 것이 거의 수십 년이 되었소. 그 사이 마음이 매우 번거롭고 생각이 어지러워 고민스러움을 견디지 못할 정도였소. 그러나 어찌 내 감정에 따라 큰 윤리를 어그러뜨려 홀어머니의 근심을 끼칠 수가 있겠소? 邢恕이 이른바 "아버지로서 아들에게 얻어지지 못하는 것이 정말 道를 어지럽히는 것이다"라는 것이오. 간교한 아첨하는 말로 이 일을 핑계 대고서 그대에게 충고하지 않을 수가 없구려. 그대는 마땅히 반복하여 깊이 생각하여 경계하

여 고치도록 하시오 이런 점을 끝내 고쳐 도모하지 못한다면, 어떻게 학문을
하며 어떻게 실천을 하겠소?[38]

李咸亨은 스승의 간절한 당부의 서신으로 인하여 부부의 금슬이 회복되
었다고 한다. 李咸亨의 다른 서신은 『退溪集』에 수록되면서 이 서신이
수록되지 않은 것은, 이 서신에, 退溪가 감정을 너무 적나라하게 표현한
구절이 있어, 문인들이 退溪의 德에 누가 될까 우려되어 뺀 것 같다.

이함형의 生卒年代를 알 수 없는데, 그 부친 參判 李拭이 1522년생인
것으로 볼 때 빨라도 1540년 생 정도일 것이다.[39] 그가 退溪 靈前에 올린
祭文에 의하면, 그는 1569년 자기 부친의 명을 받들어 退溪를 찾아와 가르
침을 청한 退溪의 만년 제자임을 알 수 있고, 『陶山全書』에도 1569년,
1570년에 보낸 退溪의 答書가 실려 있으니, 退溪 逝世 직전에 가르침을
받은 제자임을 추정할 수 있다.

그는 陶山書堂에서 5개월 정도 머물다가 집에 喪故가 있어 집으로 돌아
가 있던 중 退溪의 訃音을 당하여 더 이상 가르침을 받지 못하게 된 아쉬움
을 표현하고 있다. 부음을 듣고 그 다음해 1월 15일에 제문을 올렸다. 그의
제문은 이러하다.

---

38) 陶山全書 권53 37-38장, 「與李平叔」. 似聞公有琴瑟不調之歎. 不知因何而有此不幸? 竊觀
世上有此患者, 不少. 有其婦性惡難化者, 有媕醜不慧者. 其夫狂縱無行者, 有好惡乖常者. 其
變多端不可勝擧, 然以大義言之其中除性惡難化者, 實自取見疏之罪外, 其餘皆在夫. 反躬自
厚, 黽勉善處, 以不失夫婦之道, 則大倫不至於斁毁, 而身不陷於無所不薄之地. 其所謂性惡
難化者, 若非大段悖逆, 得罪名教者, 亦當隨宜處之, 不使遽止於離絶, 可也. 蓋古之去婦, 猶
有他適之路, 故七去, 可以易處, 今之婦人, 率皆從一而終, 何可以情義不適之故, 或待若路人,
或視如讐仇, 牉體歸於反目, 衽席隔於千里, 使家道無造端之處, 萬福絶毓慶之原乎? 大學傳
曰無諸己而后非諸人. 此事請以滉所嘗經者告之. 滉曾再娶, 而一値不幸之甚, 然而於此處心,
不敢自薄, 黽勉善處者, 殆數十年, 其間極有心煩慮亂不堪撓悶者. 然豈可循情而慢大倫以貽
偏親之憂乎? 邪憚所謂父不能得之於子者, 眞是亂道. 邪詔之言, 不可諉此而不忠告於公, 公
宜反覆深思, 而有所懲改焉. 於此終無改圖, 何以爲學問, 何以爲踐履耶?

39) 『陶山及門諸賢錄』은 대체로 출생년도 순서로 되어 있는데, 高峯 奇大升의 제자인 그의
연령을 너무 높게 잡아 아주 앞쪽에 배치한 것은 잘못된 것 같다.

泰山이 무너졌습니다. 우리 道는 어디에 의지해야 한단 말입니까? 대들보
가 부러졌습니다. 後學은 누구에게 여쭈어야 하겠습니까? 기사(1569)년 보
잘것없는 저가 아버지의 명을 받들어 스승님께 나아가 가르침을 청하였습니
다. 공부 시작하는 처음에 방향을 정성스레 이끌어주셨습니다. 처음부터 끝
가지 경건히 받들어 잃어버리지 않으려고 했습니다. 하직하고 부모님 뵈러
갔다가 일이 얽혀서 한해 남짓 직접 가르침을 받지 못했습니다. 그리운 저의
생각에 한 달 하루도 그냥 지나간 적이 없었습니다. 저의 정성스런 마음을
아뢰려고 하고 있었는데, 뜻밖에 訃音을 받게 되었습니다. 애통함이 끝이
없고 슬픔은 견딜 수가 없습니다. 돌이켜 생각해 보니, 지난 가을 남보다
백 배 노력하라는 가르침이 있었습니다. 어찌 알았으리오? 이 말이 영원히
이별하는 말인 줄을. 편찮으셔도 湯藥 시중도 못 들었고, 돌아가셨을 때 殮襲
에도 참여하지 못했습니다. 부고 듣고 달려오는 것도 다른 사람보다 늦었으
니, 죽어도 남은 한이 있습니다. 스승님을 따라 공부한 지 오래지 않아 그
모습을 영원히 하직하게 됐습니다. 지금부터는 어디서 학업을 마치겠습니
까? 생각이 여기에 미치니, 오장이 찢어지는 듯합니다.40)

이함형은 일찍 세상을 떠났고 문집도 남기지 못한 것으로 보이는데,
현재 『陶山全書』에는 8편의 答書와 1편의 與書가 수록되어 있는데,41) 학
문하는 방법과 실천을 중시할 것 등을 敎示한 내용과 『大學』『心經』 등의
질문에 답한 내용이 들어 있다.

이함형은, 退溪 세상을 떠난 뒤에는 高峯 奇大升을 스승으로 모시고
학업을 계속하였으나, 高峯도 退溪 사후 2년 뒤에 이어서 세상을 떠났으므
로 자신의 의지할 데 없음을 애통해 하였다.42)

---

40) 『退溪先生文集附錄』 挽祭錄 42-43장, 李咸亨 祭文. 泰山崩矣, 吾道何托. 樑木摧矣, 後學誰
質. 歲舍己巳, 以余無狀. 受命趨庭, 摳衣函丈. 諄諄誘掖, 學始之方. 敬承終始, 幸不失望.
言歸告寧, 事故締結. 一歲之餘, 提命不獲. 悠悠我思, 靡月靡日. 及陳惘愊, 反承訃音. 哀慟罔
極, 悲不自任. 追思去秋, 有誨己百. 豈知斯言, 終天永訣. 病不湯藥, 歿不掩襚. 奔赴後人,
死有餘恨. 從遊未久, 儀刑永隔. 自玆以往, 於焉卒業? 言念至此, 五內摧裂.(思考締結의 '締'
자가 原本에 '適'로 되어 있으나 '締'의 오자인 듯 하다)

41) 『退溪集』 권37 후반부에 退溪의 答書 8편이 실려 있다.

6. 雲江 金啓

자는 晦叔, 호는 雲江, 본관은 扶安으로 이조참판 金錫沃의 아들이다.
全北 泰仁에 살았다. 1528년에 태어나 1552년에 문과에 급제하여 獻納,
掌令, 承旨, 東萊府使를 거쳐 이조참판을 지냈다. 중국어에 능하여 漢學敎
授, 承文院副提調 등을 역임하였다.

1555년 2월 質正官으로 중국에 가는 雲江에게 退溪가「又贈質正官金博
士」라는 시를 지어 전송하였다.

> 임금님의 통역으로 그 재주 나라의 체면 걸렸나니,
> 명현들도 옛날부터 매양 정성을 다했었지.
> 이제 그대 능력 뛰어나 조정의 선발에 들었나니,
> 남은 힘으로 마침내 나라의 인재가 되기를.[43]

退溪는 雲江을 나라의 인재로 여겨 큰 인물로 발전할 것을 期望하였다.
宣祖 초기에 經筵官이 되어 退溪와 함께 經筵에 참여하면서 자주 접하
였다.

1570년 퇴계가 세상을 떠났을 때 挽詞를 지어 바쳤다.

> 봄 바람 속에 앉아 잔질한 것이 십 년 전의 일,
> 가없이 南斗星 바라보면 마음 아련했었지.
> 외람되이 모시고서 종일 맑은 물음 받들었고,
> 토론하고 생각함이 옛 명현에 들어맞아 정말 기뻤네.
> 일과 마음 어긋나니 몸은 드디어 물러났고,
> 사람 따라 道가 없어지니 누가 학문 전할 건가?

---

42)『高峯別集』부록 권2 16장. 李咸亨 祭文. 嗟卒業之疇依, 哀我生之無歸.

43)『退溪先生年表月日條錄』제2책 297쪽. 이 시는『退溪集』에 수록되지 않고, 한국서예사특
   별전도록 제21책「退溪 李滉」38쪽에 친필로 실린 것을 퇴계학연구원의 鄭錫胎박사가 최초
   로 발견한 것이다. 御譯才華關國體, 名賢自古每拳拳. 君今穎脫膺朝選, 餘力終成國器全.

마루에 올라도 塑像 같은 모습 다시 볼 수 없으니,
「聖學十圖」와 疏章 펼쳐봄에 눈물이 샘과 같도다.[44]

　退溪를 모시고 지내던 시절을 몹시 그리워하며 다시 뵈올 수 없는 아쉬움을 절절하게 표현하였다. 朝鮮에서 학문을 전할 사람은 退溪 밖에 없다는 것을 강조하여 퇴계의 탁월한 위상을 밝혀 말하였다. 이때 운강은 스스로 자신의 직책이 折衝將軍 忠武衛大護軍에 있었음을 밝히고 있다.

7. 壺巖 卞成溫

　자는 汝潤이고, 호는 壺巖, 본관은 密陽이고, 春亭 卞季良의 후손이다. 全北 高敞에 살았다. 일찍이 河西 金麟厚의 문하에서 공부하였고, 다시 退溪 문하를 왕래하면서 의문나는 것을 물었다. 저술로 「易學圖」가 있다.[45] 『退溪集』권3에 「湖南卞成溫秀才來訪留數日而去贈別五絶」이라는 시가 실려 있다.

8. 仁川 卞成振

　자는 汝玉, 호는 仁川, 卞成溫의 아우로 全北 高敞에 살았다. 처음에 河西 金麟厚에게서 배웠는데, 하서가 깊이 인정하였다. 일찍이 과거를 포기하고 退溪의 문하를 왕래하면서 經書의 뜻을 익히고 물었다. 退溪가 세상을 떠나자 천리 밖에서 달려와 곡을 하였다. 宣祖 때 叅奉에 임명되었으나 곧 사직하고 安貧樂道하며 만년을 보냈다.[46]

---

44) 『退溪先生文集附錄』(挽祭錄) 29장. 坐挹春風十載前. 望窮南斗意茫然. 叨陪盡日承淸問, 政喜論思配古賢. 事與心違身遂退, 道隨人喪學誰傳. 升堂無復瞻泥塑, 圖疏披來淚似泉.
45) 『陶山及門諸賢錄』권3 15장.
46) 『陶山及門諸賢錄』권3 16장.

9. 石井 尹剛中

자는 伯伸, 호는 石井, 본관은 海南으로, 전라도 海南에 살았다. 부친 杏堂 尹復이 1565년 安東府使로 부임하여 退溪와 結識한 연유로 그 아우 尹欽中, 尹端中 및 고종사촌 형 文緯世와 함께 安東에 와서 머물면서 陶山書堂에 나아가 退溪에게서 가르침을 받았다.

10. 石門 尹欽中

자는 仲一, 호는 石門, 尹剛中의 아우이다. 退溪가 1566년 竹川 朴光前에게 보낸 편지의 공동 수취인으로 되어 있다.

11. 石泉 尹端中

자는 季正, 호는 石泉, 尹欽中의 아우로 海南에서 살았다. 윤단중은 임진왜란 때 義兵將 成天祉의 幕下에 나아가 일을 보았다. 그 뒤 전라도 관찰사가 소금 운반의 일을 맡겨 그 일을 수행하였는데, 全羅道 일대가 그의 덕을 입었는데, 관찰사가 크게 칭찬하였다. 1594년 復讐將 高從厚와 함께 의병을 일으켜 礪山까지 갔다가 병으로 돌아와 죽었다.

10. 鼓巖 梁子澂

자는 明仲, 호는 鼓巖, 본관은 濟州로 처사 梁山甫의 아들로 潭陽에서 살았다. 처음에 河西 金麟厚를 師事하다가, 退溪에게 나가 배워 깊은 장려와 인정을 받았다. 관직은 縣監을 지냈고, 筆巖書院에 祭享되었다.

11. 鼎谷 曺大中

자는 和宇, 호는 鼎谷, 본관은 昌寧으로 全羅道 和順에서 살았다. 처음에 眉巖 柳希春의 문하에서 배우다가 서울에서 退溪를 만나 제자가 되었다. 顏子의 '克己復禮' 및 周濂溪의 「太極圖說」에 대해서 강론했는데, 논의가 절실하고 타당하였다. 退溪가 깊이 칭찬하여 말하기를, "曹某는 진실로 통달한 선비다"라고 하였다. 평소에 옛 글을 매우 좋아하여 머리 숙여 읽고 우러러 생각하였다. 程子 · 朱子의 학문에 관한 책은 깊이 꿰뚫지 않은 것이 없었다. 『庸學口訣』을 지어 평소에 공부하는 방책으로 삼았다. 文科에 급제한 뒤 翰林에 임명되었는데, 문장이 민첩하고 기록하는 것이 상세하였다. 임금을 바른 道로 인도하여 임금과 백성을 堯舜시대처럼 만드는 것을 자신의 임무로 삼았다. 일찍이 "주자를 배우려고 하면 마땅히 退溪를 배워야 한다"라고 말했다. 己丑獄事 때 연루되어 억울하게 獄死하였다. 벼슬은 都事에에 이르렀고, 櫟亭書院에 祭享되어 있다.[47]

Ⅲ. 結論

湖南 출신의 退溪 제자는 모두 13명으로 확인되었다. 全南 출신이 많고, 全北 출신은 적은 편이다.

이들 가운데서 陶山書堂으로 와서 배운 제자는 山天齋 李咸亨, 竹川 朴光前, 楓菴 文緯世, 石井 尹剛中, 石門 尹欽中, 石泉 尹端中 등 6명이고, 서울에서 만난 제자는 高峯 奇大升, 眉巖 柳希春, 雲江 金啓, 壺巖 卞成溫, 仁川 卞成振, 鼓巖 梁子澂, 鼎谷 曺大中 등 7명이다.

이 가운데서 高峯은 退溪가 通儒로 인정하여 宣祖임금에게 학문하는 선비로 추천한 제자로서 退溪와 性理學을 가장 깊이 있게 토론하였다. 학자들 가운데는, "우리나라의 性理學은 退溪 · 高峯에 이르러 완성되었다. 退溪의 수많은 제자 가운데서 高峯이 가장 得意弟子다"라고 했다. 그

---

47) 『陶山及門諸賢錄』 권5 10장. 李家源撰 「鼎谷曺先生遺蹟碑銘」.

리고 退溪는 그의 文章實力도 인정하여 「晦齋神道碑銘」, 退溪 先君의 墓碣銘도 짓게 하였고, 退溪 자신의 墓碣銘도 지을 수 있는 사람으로 想定하였다. 高峯은 退溪의 道德과 學問에 心悅誠服하여 治學方法, 行身, 出處 등에 있어서도 退溪를 자신의 典範으로 삼았다. 그리고 宣祖임금에게 退溪의 道德과 學問의 眞面目을 소상히 설명하며, 退溪 같은 賢者를 곁에 두면 帝王의 學問에 도움이 되고 나라를 다스리는 데도 도움이 될 것이라고 극찬을 하였다.

眉巖 柳希春은 서울에서 仕宦하면서 퇴계를 師事했는데, 퇴계와 朱子學 經學 등에 관한 토론을 많이 하였다. 퇴계가 지은 「晦齋行狀」, 「靜庵行狀」 등에 대해서 자기의 의견을 퇴계에게 개진하면 퇴계는 소용할 만한 것은 수용하는 개방적인 자세를 취하였다. 미암은 특히 퇴계가 宣祖 초년에 조정에 남아서 나라의 스승의 역할을 해 줄 것을 퇴계에게 간곡히 권유하는 등 퇴계가 현실정치에 도움을 주기를 간절히 바랬다.

竹川 朴光前은 陶山書堂으로 퇴계를 찾아와 배웠는데, 특히 『朱子書節要』를 退溪로부터 선물 받고, 거기에 沈潛하여 심오한 경지를 터득하였다. 그의 많은 제자들이 그의 학문을 계승하여 湖南에서 학문을 함으로 해서 호남 학문이 흥성하게 되었다. 竹川은 楓巖 文緯世와 더불어 義兵將으로 활약하여 스승으로 배운 학문을 실천에 옮김으로서, 스승에게 배운 선비정신을 發揚하였다.

楓菴 文緯世는 가장 어린 나이에 退溪에게 배워 가장 오랫 동안 배웠고, 또 湖南의 제자들 가운데서 陶山을 가장 자주 방문하여 퇴계의 親炙를 입었고, 퇴계가 지은 「鳴玉臺記」를 써서 바위에 새기는 등 퇴계의 인정을 깊이 받았다.

山天齋 李咸亨은 陶山書堂에 와서 退溪에게 『朱子書』와 『心經』에 대해서 깊이 있는 질문을 하여 學問的 收穫이 많았음을 알 수 있다. 특히 부부 간에 있었던 심각한 문제를 退溪의 간곡한 충고의 서신으로 인하여 해결하여 원만한 가정이 되었음을 알 수 있다. 그러나 그는 일찍 세상을 떠남으

로서 해서 저술을 남기지 못하였으므로, 그 학문이 후세에 알려진 것이 거의 없다.

雲江 金啓는 退溪가 55세 때 만난 제자로서 퇴계를 사사한 기간이 길다. 퇴계가 매우 사랑하였고, 큰 인물이 될 것으로 기대하였다.

湖南 출신의 제자들은 지역적 특성으로 退溪가 學問的으로 이름을 이룬 60 이후의 晚年弟子들이 많고, 또 장기간 親炙를 받은 제자가 많지 못하다. 그러나 退溪의 得意弟子인 高峯은 五峯 李好閔, 松江 鄭澈, 西坰 柳根, 霽峯 高敬命, 日休堂 崔慶會, 獨石 黃赫 등 서울과 湖南에 많은 제자를 둠으로 해서 退溪의 學問이 전국적으로 펴져 나가는 데 크게 공헌하였고, 호남의 學問振興에도 많은 영향을 끼쳤다.

여타의 제자들은 문헌 기록이 풍부하지 못하여 退溪와의 學問授受 관계를 고찰하는 데 한계가 없지 않다. 앞으로 자료가 수집되는 대로 수정·보완할 것 약속한다.

慶南地域에 所在한 退溪 遺跡에 대한 고찰

Ⅰ. 序論

朝鮮 中期의 대학자인 退溪 李滉(1501-1570)은 너무나 잘 알려진 인물이기 때문에 그의 生平에 대해서 새삼 언급할 필요는 없다. 그는 慶尙左道(그 문화적 중심은 주로 慶北地域에 해당됨)에 속해 있었던 禮安縣 陶山(지금의 慶尙北道 安東市 陶山面)에서 태어나 주로 중앙정계에서 仕宦했고, 忠淸道 丹陽과 慶尙左道의 豊基 군수를 지냈다. 그러므로 일반적으로 退溪는 대체적으로 慶尙右道지역에 속했던 慶尙南道와는 별관계가 없으리라 생각하기 쉽지만, 사실은 상당한 관계가 있다.

본고에서는 退溪와 경남지역과의 인연, 그가 여행한 경로, 경남지역을 두고 지은 詩文과 退溪와 관계되는 유적지를 밝히고자 한다.

Ⅱ. 退溪와 경남과의 인연

1. 初娶妻家

退溪는 21세 때 進士 許瓚의 따님에게 장가들었는데,[1] 허찬의 집이 宜寧郡 嘉禮面에 있었다. 許瓚은 본관이 金海인데 그 아버지 許元輔 때 固城에서 宜寧으로 移居했다. 허찬은 榮州郡 草谷에 살던 成均館 司成을 지낸 文敬仝의 사위가 되었는데, 문경동이 아들이 없었으므로 문경동의 田莊을

---

1) 『退溪先生年譜』 卷1 2張.

물려 받아 문경동의 집에서 贅居하게 되었다. 그래서 退溪가 醮禮를 올린 곳은 영주지만, 宜寧에도 허찬의 집과 田畓이 있었던 것이다. 허찬이 만년에 宜寧으로 還故하였고, 허찬 별세 후에도 그 부인과 妻男, 妻姪 들이 계속 宜寧에서 주로 살았기 때문에 退溪는 허찬 사후에도 몇 차례 宜寧을 방문하게 되었다.[2]

許瓚 사후 그의 墓碣銘을 退溪가 지었는데 그 墓碣이 현재 宜寧面 茂田里 高望谷에 세워져 있다. 현재 허찬의 후손들이 宜寧面 일대에 살고 있다.

2. 再娶妻家

退溪는 初娶夫人 許氏를 27세 때 사별하고, 31세 때 奉事 權礩의 딸에게 장가들었다. 권질은 본관이 安東으로 본래 安東府 豊山縣 枝谷 사람인데, 己卯士禍에 연루되어 巨濟와 禮安에서 유배생활을 17년 동안 했다. 解配되자 세상사에 환멸을 느껴, 고향으로 돌아가지 않고 자기의 처가 고을인 安義縣 迎勝村(지금의 居昌郡 馬利面 迎勝里)에서 寓居하게 되었다. 권질의 처가는 旌善 全氏로 영승촌은 그 세거지로 오늘날까지도 전씨들이 집성촌을 이루고 있다.

3. 從姉兄 吳彦毅의 世居地

吳彦毅의 집은 咸安郡 後谷(지금의 山仁面 茅谷里)에 있었다. 오언의의 집안은 본관이 高敞인데, 본래 서울에 살다가 오언의의 아버지인 吳碩福이 宜寧縣監을 지낸 뒤 함안에 자리잡아 살게 되었다. 오언의는 退溪의 숙부인 松齋 李堣의 사위로서, 退溪보다 7세 연장으로 퇴계와 같이 松齋에게서 글을 배웠다. 吳彦毅 사후 그의 墓碣銘을 退溪가 지었는데, 그 墓碣이

---

2) 許捲洙, 「退溪의 初娶妻家 許氏 집안에 대한 硏究」, 悅話 제14집, 1993. 本考는 주로 『退溪全書』, 『陶山全書』를 참고하여 작성하였으므로 이 두 책에서 인용한 자료에 대해서는 인용한 詩를 제외하고는 특별한 경우가 아니면 따로 注明하지 않는다.

지금 咸安郡 山仁面 匡廬山 甲坐의 언덕에 있다. 退溪의 제자이자 妻姪婿
인 竹牖 吳澐은 바로 오언의의 손자이다.

4. 從姉兄 曺孝淵의 世居地

曺孝淵의 집은 昌原府(지금의 昌原市)에 있었다. 조효연은 본관이 昌寧
으로 慶北 永川에서 살다가 그 아버지인 司饔院正 曺致虞 때 처가 고을인
昌原으로 이거하였다. 조효연 역시 松齋의 사위이다. 그의 사후에 그 墓碣
銘을 退溪가 지었는데 그 墓碣은 昌原府 介洞 靑龍山에 있다. 退溪의 제자
인 芝山 曺好益은 그 손자이다.

5. 次子 李寀의 墓所

退溪의 妻叔인 許瓊은 아들이 없었는데, 退溪의 차자인 李寀가 외종조
부를 奉祀하기 위해서 宜寧에 와서 살면서 그 田莊의 일부를 물려받았다.
그러다가 22세(1548년)에 癘疫으로 急逝함에 따라 그 묘소를 임시로 許瓚
의 墓域에 쓰게 되었다. 여러 차례 이장하려고 했으나 실행에 옮기지 못하
고 지금까지 그대로 있다. 許瓊은 忘憂堂 郭再祐의 아버지 監司 郭越의
再娶丈人이니, 곧 退溪와는 從同壻의 관계가 있다.

6. 숙부 松齋 李堣의 任地

退溪의 숙부 이우가 1507년 晋州牧使로 부임하였는데, 그때 退溪의 셋
째 형 李瀚와 넷째 형 李瀣가 숙부를 따라와 靑谷寺에서 공부하였다. 1533
년에 退溪가 청곡사를 지나면서 옛일을 회상하면서 시를 지었다.
　위의 여섯 가지 인연 이외에도 知舊인 安分堂 權逵, 淸香堂 李源의 세거
지가 丹城 立石과 培養에 있고, 제자인 德溪 吳健의 세거지인 山淸郡 西溪,
龜巖 李楨의 세거지인 泗川 九萬, 瞻慕堂 林芸의 고향인 安義 葛溪 등이

있는데, 李源, 吳健, 李楨 등과는 많은 시문을 주고 받으며 절친한 관계를 맺었다. 그리고 退溪의 서자인 李寂의 후예들이 南海, 河東 등지에 살고 있다.[3]

III. 退溪의 慶南地域 여행

退溪의 文集을 통해서 고찰해 보면, 退溪가 慶南地域을 일곱 차례 여행한 것을 확인할 수가 있고, 그의 宗孫인 李忠鎬의 기록에 의하여 한 차례 모두 8차에 걸쳐 慶南地域을 여행하였다. 每次의 여행의 시기, 經路, 行事 및 交遊 인물, 남긴 詩文들을 문헌이 허락하는 한 상세히 고증하여 연대순으로 밝혀, 『退溪年譜』에서 소략하게 다룬 퇴계의 행적을 상세히 보충하고 당시 慶南地域의 歷史, 地理, 風俗, 氣候, 學問的 雰圍氣, 人物들의 動向 등을 알 수 있는 자료를 제시한다.

1. 제1차 여행

1523년 退溪 23세[4] 때 宜寧의 妻家를 다녀갔다. 이때 昌原의 從姊兄의 집도 다녀갔다.

清香堂 李源의 實紀인 『培山書堂事實記』에 의하면, 1521년과 1526년에도 宜寧을 다녀간 것으로 되어 있으나, 『退溪集』에 있는 자료로서는 확인할 수가 없어, 현재로서는 사실여부를 단정할 수가 없다.

2. 제2차 여행

1532년에 宜寧 처가를 다녀갔다.[5] 자세한 행적은 남아 있는 기록이 없

---

3) 許捲洙, 「退溪先生的南行錄硏究」, 中國人民大學出版社 北京, 1993.
4) 퇴계의 연령은 서력 해수의 끝 두 숫자와 일치하므로, 이후 나이를 별도로 표시하지 않는다.

어 알 수 없다.

3. 제3차 여행

1533년에 宜寧을 중심으로 해서 咸安, 昌原, 晋州, 昆陽 등지에서 한 달 가량 여행하였다. 이때의 여행이, 退溪의 慶南地域 여행 중 가장 시간적으로 긴 여행이었고, 많은 곳을 다녔고, 많은 사람들을 만났다.

이때의 여행은, 당시 昆陽郡守로 있던 灌圃 魚得江이 1532년 겨울 退溪에게 편지를 보내어 雙磎寺로 놀러 오라고 초청하였기 때문에 이루어졌다. 魚得江은 退溪보다 31세 연장이고, 固城에 살았으므로 지역적으로도 退溪와는 별관계가 있을 수 없다. 어득강이 退溪의 처가와 관계가 없지 않았다. 그는 退溪의 처족이 많이 사는 固城에 살았고, 퇴계의 妻伯從祖父인 判官 許元弼의 墓碣銘을 지었다. 退溪가 비록 30대 초반의 젊은이였지만, 魚得江은 그에 대해서 많은 이야기를 들었을 것이므로 한 번 만나고 싶어했을 것이다. 그러나 退溪는 사정이 있어 해가 바뀐 이해 봄에 오게 된 것이다. 이 여행의 주된 목적은 바로 어득강의 초청에 응하는 데 있었다. 이때의 인연으로 해서 魚得江 사후 그의 시집인 『灌圃集』을 간행할 적에 退溪가 校正을 맡았고, 詩集의 발문을 썼다.

1월 29일에 醴泉을 지나면서 「二十九日襄陽途中」이란 시를 지었으니, 禮安의 집에서 출발한 것은 하루나 이틀 전 쯤으로 추정할 수 있겠다. 安東, 醴泉, 尙州, 善山, 星州를 거쳐서, 2월 3일에 星州와 陝川의 경계에 있는 伽川을 건넜다. 이때 「三日渡伽川」이라는 시를 지었다. 伽倻山 곁을 지나면서 海印寺에 들르지는 못하고 해인사를 상상하면서, 옛날 해인사 紅流洞 계곡에 은거하였던 崔致遠의 자취를 상상하면서 「望伽倻山」이라는 시를 지었는데, 그 시는 이러하다.[6]

---

5) 退溪 13代宗孫 李忠鎬의 「高望齋記」에, 이해에 宜寧을 방문했다는 기록이 있으나, 『退溪文集』에서는 확인할 자료를 찾을 수 없다.

옛날 가야의 땅에 가야산이 있나니,　　　　　　　　伽倻山在古伽倻
이어진 겹겹의 산봉우리 높다랗게 솟았네.　　　　　連峰疊嶂高嵯峨
아스라한 기운 검붉은 하늘에 쫙 닿아 있어,　　　　縹氣漫漫接紫霄
성모(聖母)가 파르스럼한 놀을 탄 듯하네.　　　　　疑是聖母凌蒼霞
세속에 남은 것 가운데서 신이한 자취 찾으려니,　　靈神異跡訪遺俗
전해 오는 옛 기록 참과 거짓 뒤섞여 있더라.　　　古記相傳莽眞訛
산 속에 해인사가 있다는 것 내 들었나니,　　　　　山中聞有海印寺
화려하게 단청한 집 신선들 사는 곳이겠지.　　　　金堂玉室眞仙家
최고운 신선 되어 떠나간 지 천년인데,　　　　　　崔仙去後一千載
흰구름은 적적하게 산 모퉁이에 머물러 있네.　　　白雲寂寂留山阿
오래 된 집만이 큰 기운을 간직하고 있고,　　　　古閣唯餘藏灝噩
사찰에서는 다시 신선술 닦는 약 기르지 않는다.　玄壇不復養芝砂
지금은 잔나비와 산새가 푸른 산 속에서 울고,　　至今猿鳥嘯靑熒
돌오솔길은 묻혀 푸른 이끼만 소복히 돋아났네.　石莖埋沒蒼苔多
남쪽으로 지리산 찾아가 지극한 도 묻고자 하노니,　我欲南尋智異問至道,
돌아오는 길에 산도화 피는 것 볼 수 있을 테지.　歸來及見山桃花
홍류동 속에서 푸른 대지팡이를 짚고서,　　　　　紅流洞裏靑竹杖
최고운을 부르면 수많은 선녀 대동하고 오겠지.　喚起崔仙從以萬素娥
가야금 켜고 구름에 가려진 달 즐기면서,　　　　彈倻琴弄雲月
천날 동안 취하여 꺼리낌없이 놀아볼까나?　　　一醉千日遊無何[7]

伽倻山을 지나면서 가야산 경치를 玩賞하고 海印寺의 배치 등을 상상하면서, 해인사 계곡에 은거하다가 신선이 되어갔다는 崔致遠의 故事를 상기하면서 그를 불러내어 풍류롭게 놀았으면 하는 봄날의 낭만적인 정취를 읊었다. 退溪는 이때 33세의 젊은이인지라 老成한 大學者가 된 이후의 詩와는 정취가 다르다.

陜川 郡治를 지나면서 邑 바로 남쪽 黃江 北岸에 있는 南亭에 올라

----

6) 본고에서는 退溪가 慶南地域을 여행하면서 지은 詩들 가운데서 당시의 慶南地域의 歷史, 地理, 風物 등을 아는 데 도움될 만한 것만 골라 소개한다.

7) 別集 卷1 2張.

「陜川南亭韻」, 「南亭次許公簡韻」이라는 시를 지었다. 南亭은 곧 涵碧樓로서 지금 退溪의 시가 누각에 걸려 있다. 「陜川南亭韻」이라는 두 수의 시는 이러하다.

봄바람은 쉬지 않고 불고,	春風吹不盡
지는 해 다리 가에 걸렸네.	落日在橋邊
근심스런 감정을 자아내는 곳은,	攪得愁情處
한 줄기 안개 낀 향그런 모래톱.	芳洲一帶烟

배는 긴 다리 곁에 누워 있고,	舟臥長橋側
깎아지른 골짜기 가엔 높다란 정자.	亭高絕壑邊
물가 모래는 눈보다도 더 희고,	渚沙白於雪
봄 강물은 연기처럼 푸르르네.	春水綠如烟8)

「南亭次許公簡韻」이라는 시는 이러하다.

북쪽에서 달려온 산 우뚝히 솟았고,	北來山陡起
동쪽으로 천천히 흘러가는 강물.	東去水漫流
마름 난 모래톱 가에 기러기 내려 앉고,	雁落蘋洲外
대숲 속 집 위로 연기 솟아오르는구나.	烟生竹屋頭
한가하게 유람하니 뜻이 고원함을 알겠고,	閒尋知意遠
높은 곳에 기대서니 몸이 뜬 줄 느끼겠네.	高倚覺身浮
다행히 이름의 굴레에 얽매이지 않았기에,	幸未名韁絆
떠나거나 머무르기를 마음대로 할 수 있다네.	猶能任居留9)

이때 손 아래 처남인 蒙齋 許士廉이 退溪와 동행을 하였다. 그는 이때 安東 淸涼山에서 退溪와 함께 과거 공부를 하고 있었다. 이때 합천에서

三嘉를 거쳐 宜寧으로 왔다.

宜寧 嘉禮의 白巖村(지금의 嘉禮面 嘉禮洞)의 처가에 도착하였다. 退溪
의 처가는 宜寧, 咸安, 榮州 등지에 많은 田莊을 갖고 있었고, 退溪도 처가
로부터 分給받은 많은 전답이 宜寧과 榮州에 있었다[10]. 처가에 있으면서
「梅花詩」를 지었다.

2월 11일 咸安 茅谷에 살고 있는 從姊兄 吳彦毅의 집을 방문하기 위해
서 宜寧과 咸安의 경계가 되는 南江에 있는 丹巖 나루(지금의 鼎巖)를
건너 함안으로 갔다. 이때 鼎巖 나루 부근의 풍경을 읊은 「十一日渡丹巖
津」이란 시를 지었다.

소라껍질 같은 많은 산을 들이 갈라 놓았고,	野分千螺甾
강 가운데는 나뭇잎 같은 한 척의 배.	江中一葉舟
봄날이 한낮이 되려는데 술 몹시 취했고,	醉深春到午
근심 가득한데 풀은 모래톱에 돋아 났구나.	愁滿草生洲
나루 지키는 아전은 행인들을 대수롭잖게 여기고,	候吏輕人過
물에 노는 고기는 헤오라비 노리는 것 두려워하네.	游魚怕鷺謀
남쪽으로 왔다가 다시 동쪽으로 가는 것은,	南來又東去
친구를 방문하여 함께 놀고자 함에서라네.	爲訪故人遊[11]

이때 吳彦毅의 집에는 80세의 아버지인 竹齋 吳碩福이 三友臺를 짓고
서 노년을 즐기고 있었는데, 연소한 退溪를 특별히 좋아하여 많은 시를
주고 받았다.

咸安에서 다시 며칠 머물다가 昌原에 있는 종자형 曺孝淵의 집으로
갔는데, 이때는 마침 從姊氏의 생신이었다. 退溪가 10년 전에도 다녀갔는
데, 그 사이에 조효연은 이미 별세하여 存沒之感을 느꼈다. 그 아들인 曺允

---

10) 李樹健, 『嶺南學派의 形成과 展開』, 일조각 1995. 245쪽.
11) 『陶山全書』 遺集外編 卷2 3張.

愼과 曺允懼와 어울렸다.

2월 15일에 吳彦毅 부자와 조윤구와 함께 마산 月影臺(지금 馬山市 月影洞 慶南大學校 入口에 그 標石과 碑가 있다)에서 놀았다. 「月影臺」라는 시는 이러하다.

늙은 나무 기이한 바위 푸른 바닷가에 있고,	老樹奇巖碧海堧
최고운 노닐던 자취 모두 연기처럼 되었구나.	孤雲遊跡總成烟
지금은 오직 높은 대에 걸린 달만이 있어,	只今唯有高臺月
그 정신을 간직했다가 나에게 전해 주네.	留得精神向我傳[12]

날이 저물어 月影臺 앞에서 배를 타고 마산 앞바다를 따라 창원으로 다시 돌아왔다. 이날 밤에 말을 타고 다시 咸安으로 돌아오다가 중간에 비를 만났다.

16일 저녁에 吳碩福이 마련한 술자리에 참석하여 시를 주고 받았다. 그 뒤 다시 宜寧 처가로 吳彦毅와 함께 돌아갔다. 이때 宜寧 처가에서는 잔치가 있었는데, 잔치 당일까지도 오석복이 만류하는 바람에 그날 오후에야 출발하여 날이 저물 무렵이 되어서야 처가에 당도할 수가 있었다. 오석복은 길 중간에 풍악하는 사람들을 숨겨두었다가 退溪를 중간에서 옹위하여 처가에 당도하여 잔취 분위기를 고조시켰다고 한다.[13] 이때 오언의는 安義에 갈 일이 있었는데, 처가에서 같이 잤다.

처가에 계속 머물면서 처가의 정자인 白巖東軒에 걸린 濯纓 金馹孫의 詩에 次韻하여 「白巖東軒次濯纓金公韻」이라는 시를 지었다.

---

12) 本集 卷1 1張.
13) 『咸州地』 叢談篇에는, '退溪 장인의 回甲 잔치'라고 되어 있으나, 퇴계의 장인은 회갑을 지내지 못하고 세상을 떠났기 때문에, 다른 잔치였음을 알 수 있다.

만고의 많은 영웅들 다 사라졌나니,	萬古英雄逝
옛날 생각하면 눈물이 옷에 가득해진다.	追思淚滿裳
그 당시 취하여 쓴 글씨 남아 있는데,	當時留醉墨
지금 봄볕 속에서 아름답도다.	此日媚韶陽
나라 위한 간장 철석 같았고,	爲國腸如鐵
간신을 베는 칼날 서리 같았지.	誅奸刃似霜
박천 냇가에 꽃이 환히 피었는데,	花明駁川上
강개하여 한 번 술잔을 든다네.	慷慨一揮觴14)

濯纓 金馹孫은 退溪의 처조부 禮村 許元輔와 道義之交를 맺었으므로, 許元輔의 정자에 그의 시가 걸려 있게 되었다. 戊午士禍에 간신들에게 죽임을 당한 김일손의 爲國忠精과 奸臣들을 誅伐하려 한 그 정신을 높이 칭송하고서, 퇴계는 아직 出仕하지 않은 신분으로 간신들과 직접 맞닥뜨려 보지는 않았지만 그 강개해 하는 정도가 아주 강하다. 여기서 初期嶺南士林派의 인물에 대한 退溪의 정신적인 태도를 엿볼 수 있다.

3월 3일이라 王羲之의 蘭亭의 故事를 본받아 친구들과 봄놀이를 나갔다. 본래 菩提寺로 가려다가 闍窟山 계곡에서 놀았다.

10여 년 전부터 앓고 지내던 廢疾로 가난하게 사는 宜寧의 선비 余琛을 만나 같이 자면서 序文이 딸린 시를 지어 주었다. 돌봐 주는 사람 없는 가난한 선비가 가혹한 세금 독촉에 시달리는 형편을 안타까워하였다.

3월 12일 靈山 靈鷲山의 중 惠忠이 詩軸을 들고 시를 구하러 왔으므로 시 10수를 지어 주었으나, 혜충이 부족하게 생각하였으므로 장편의 序文을 지어 주었다. 이 서문에서 佛敎의 교리는 儒敎의 가르침과는 정반대인데도 옛날부터 名公巨儒들이 승려들과 교유를 해 오게 된 이유를 究明하였다.

3월 18일에 다시 咸安의 吳彦毅의 집으로 가서 시를 짓고 놀았다. 거기서 3월 20일 다시 오언의와 함께 昌原 曺允愼의 집으로 갔다. 이때 禮安

---

14) 續集 卷1 1張.

烏川 사람인 金綏가 薺浦에 와 있다는 말을 듣고서 그 이튿날 만나기로 약속하고 기다렸으나 오지 않았다.

21일에 오언의 曺允愼 曺允懼 등과 함께 걸어서 馬山 舞鶴山 西麓에 있는 鼻巖(속칭 코바위)를 찾아갔다. 여기서 「鼻巖示同遊」라는 시를 지었는데, 그 시는 이러하다.

반석은 손바닥 같이 편편하고,	盤石平如掌
맑은 샘은 뱀처럼 흘러가는구나.	淸泉走似蛇
시 읊으며 풀 돋은 시내 찾아 가고,	吟詩尋澗草
술을 들고서 꽃핀 산을 묻는다.	携酒問山花
봄은 저문데 나그네 읊조림 괴롭고,	春晩羈吟苦
구름 옮겨가니 저녁 경치 훌륭하구나.	雲移暮景多
귓가에선 산새들이 지저귀는데,	耳邊山鳥語
시끄러운 소리 내 시름을 어이하리?	啁哳奈愁何[15]

舞鶴山에서 내려오는 길에 다시 月影臺를 구경했다.

3월 21일 吳彦毅와 작별하고 다시 宜寧 妻家로 갔다. 3월 26일에 晋州 月牙山 法輪寺에서 독서하고 있던 姜晦叔과 姜應奎를 방문하러 갔으나, 모두 부재중이라 退溪 혼자 법륜사에서 유숙하였다. 이에 앞서 강회숙이 退溪에게 편지를 보내어 책망하기를, "宜寧 가까운 곳에 와서 봄 석달을 다 보내면서도 소식이 없느냐?"라고 하였으므로, 이들을 방문하게 되었다. 이들은 모두 退溪와 司馬試에 同榜及第한 인연이 있었다. 법륜사는 晋州市 文山面 月牙山 南麓에 있던 큰 사찰이었는데 병화로 소실되어 그 遺址만 남아 있고, 거기 있던 탑은 인근의 斗芳寺로 옮겼다.

이때 宜寧에서 법륜사로 가다가 길을 잘못 들어 琴山 쪽을 경유하게 되어, 靑谷寺를 지나게 되었다. 앞에서 언급한 대로 청곡사는 자기의 두

---

15) 遺集 卷2 外編 張12.

형이 독서하던 곳이었다. 退溪로서는 연고가 있는 곳이었으므로, 「過靑谷寺」라는 시를 지었다.

금산 가는 길에 해거름에 비를 만났다네.	金山道上晚逢雨
청곡사 앞엔 콸콸 솟아나는 차가운 샘물.	靑谷寺前寒瀉泉
눈 녹은 진펄 위에 찍힌 기러기 발자국 같은 인생,	爲是雪泥鴻跡處
죽고 살고 헤어지고 만나고 하는 일에 눈물 주루룩.	存亡離合一濟然16)

이때는 자기 형들이 독서하던 시절로부터 27년의 세월이 지났는데, 셋째 형은 1년 전에 세상을 떠났고, 넷째 형은 조정에서 벼슬하고 있어 자주 만나기 어려웠는데, 그때 고향으로 다니러 온다는 소식은 들었지만, 자신이 남쪽 지방에 머물고 있어 만날 수 없었기 때문에 제3, 4구에서 이렇게 읊었던 것이다.

27일에 강회숙 · 강응규 및 또 다른 同年인 鄭紀南을 만나 법륜사에서 같이 잤다.

28일에 강응규 · 정기남과 작별하고 강회숙과 함께 昆陽으로 출발하였다. 가는 도중에 진주 矗石樓에 올라서 「矗石樓」라는 시를 지었다.

강호에 떠돈 지가 며칠이나 되었는가?	落魄江湖知幾日
시 읊으며 다니다가 때로 높은 누각에 오르네.	行吟時復上高樓
공중에 뿌리는 비는 잠간 동안에도 변덕부리는데,	橫空飛雨一時變
눈에 들어오는 긴 강은 만고에 흐르누나.	入眼長江萬古流
지나간 일 아련한데 깃든 학은 늙어가고,	往事蒼茫巢鶴老
나그네 회포 어지러운데 들 구름이 떠오르네.	羈懷搖蕩野雲浮
번화한 것은 시인의 생각과 관계 없나니,	繁華不屬詩人料
말 없이 한 번 웃고서 푸른 모래톱 굽어본다네.	一笑無言俯碧洲17)

---

16) 別集 卷2 3張. 晋州市 琴山面 琴湖 못둑에 이 시를 새긴 조그마한 碑를 세워 놓았는데, 『退溪文集』과 다른 글자가 있고, 사실도 잘못 기록되어 있다.

이날 곤양에 도착하여 灌圃 魚得江의 영접을 받았다. 관포는 바로 退溪를 초청한 인물이다. 退溪는 쓴 「灌圃詩集跋」에 보면 "자신이 灌圃의 인정을 받았다"고 기록하고 있다. 灌圃는 지난해 興海郡守에서 昆陽郡守로 옮겨왔다. 홍해에서 東州道院을 짓고 「東州道院十六絶」을 읊어 여러 名公들의 和韻詩를 얻었는데, 이때 退溪에게 화운시를 지어 줄 것을 요청하였으므로, 退溪가 「昆陽次魚灌圃東州道院十六絶」 16수를 지었다. 다음날 군 남쪽 산에 올라가 바다를 바라보았는데, 시야가 넓어, 전날 月影臺에서나 法輪寺에서 보던 것과는 비교가 안 되었다.

그 뒤 郡治 남쪽 10리쯤에 있는 鵲島로 가서 생선회를 대접 받고, 潮汐에 대해서 논하였다. 섬 남쪽으로 양편에 산이 문처럼 우뚝 솟아 있는데, 조수가 밀려 들어오면 섬 주변 8, 9리를 빙둘러 바다가 되고, 조수가 나가면 갯벌이 되었다. 이날 모임에는 退溪 이외에도 舍人 鄭世虎, 生員 李扮, 生員 姜公著 등이 참석했는데, 함께 배를 타고 어부들이 조수가 들어왔을 때 막아 그물을 쳐서 고기를 잡는 모습을 직접 보았다. 어부들이 물에 들어갔다 나왔다 하면서 고기 잡는 작업현장과 고기들이 팔딱팔딱 뛰는 모습을 보았다. 禮安 같은 경북 내륙지방에서는 볼 수 없는 생생한 어부들의 삶의 현장을 보아 마음이 즐거웠다. 조수가 빠져나가자 배를 정박시켜 작도로 올라갔다. 회를 쳐서 술잔을 나누면서 潮汐에 대해서 논하다가 해가 저물어서야 파했다. 이 자리에서 「昆陽陪魚灌圃游鵲島是日論潮汐」이라는 시를 지었다. 그 시는 이러하다.

작도는 작은데 손바닥처럼 평평하고,	鵲島平如掌
오산은 멀리 마주하여 우뚝하구나.	鰲山遠對尊
하루 아침 동안에도 깊이 헤아리지 못하니,	終朝深莫測
옛부터 이치란 궁구하기 어려운 것.	自古理難原
숨 한번 쉴 사이에 땅이 포구가 되고,	呼吸地爲口

---

17) 內集 卷1 1張.

조수 들락날락하는 곳에 산은 문이 되네.　　　　　　　往來山作門
고금의 많고 많은 주장 가운데서,　　　　　　　　　　古今多少說
결국 누구의 말이 정곡을 찌른 걸가?　　　　　　　　破的竟誰言18)

鵲島는 泗川市 西浦面에 있던 작은 섬이었는데, 지금은 주변이 다 농토로 바뀌어 섬이 아닌 조그마한 동산으로 변했다.

退溪는 본래 智異山 雙磎寺를 구경하려고 계획하고 이번 여행을 출발하였다. 이때 마침 고향에서 온 편지를 받아보았는데 어머니가 부른다는 내용이었다. 이런 까닭에 쌍계사를 구경하지 못하고서 작별을 고하게 되었는데, 魚灌圃가 浣紗溪 가에서 餞別宴을 베풀어 주었다. 완사계는 사천시 昆陽面 동쪽 금성 곁을 흐르는 시내다. 이 전별연 자리에서「浣紗溪餞席」이라는 시를 지었다.

완사 시내물은 거울 빛처럼 맑은데,　　　　　　　　浣紗溪水鏡光淸
해질녘 누구 집에서 피리소리 나는가?　　　　　　落日誰家一笛聲
태수가 전송하니 떠나갈 사람은 떠나는데,　　　太守送人人亦去
물가 가득한 향그런 풀 정을 견디지 못하겠네.　滿汀芳草不勝情19)

魚灌圃와 작별하고서, 다시 宜寧 처가로 돌아왔다가, 三嘉, 陜川, 星州를 거쳐 禮安으로 돌아갔다.

이 여행은 1개월이 넘는 장기간의 여행으로서 모두 109수의 시를 지었고 간간히 시에다 自注를 달아 놓았으므로, 거의 日記에 맞먹을 정도로 상세히 여정이 기록되어 당시의 退溪의 여행의 자취를 추적할 수가 있다. 退溪는 이 여행에서 지은 시 109수를 따로 모아『南行錄』이라는 시집을 엮었다.『南行錄』은 현재 남아 있지 않으나, 그 가운데서 모두 85수가『退

---

18) 別集 卷1 1張.
19) 遺集 卷2 14張.

溪集』本集, 外集, 別集, 續集, 遺集 등에 흩어져서 남아 있다. 權五鳳教授
가 『退溪詩大全』(浦項工大出版部刊)에서 연대순으로 재배열하여, 退溪
의 旅程을 일목요연하게 고찰할 수 있도록 하였다.

禮安에 돌아가서 『寄魚灌圃』라는 시를 지어 보내었는데, 이 시에서 즐
거웠던 남쪽 여행을 회상하면서 어관포에게 감사의 뜻을 전하고, 쌍계사에
서 놀지 못한 것을 아쉬워하고 있다.

退溪는 예안으로 갔다가 이해 여름에 成均館에 들어가서 공부하여 그
이듬해 文科에 급제하였으니, 이 여행은 退溪의 생애에서 布衣의 신분으
로서는 마지막이었으므로 자못 의의가 있다고 할 수 있겠다.

4. 제4차 여행

1534년에 咸陽을 방문하였다. 禮安 출신인 同鄕 친구 金潤石이 咸陽郡
守로 와 있었으므로 그를 찾아가 옛날 이야기를 나누었던 것이다. 이때
「咸陽與主人金仲晬話舊次東軒韻贈之」라는 시 2수를 지었다. 그 가운데
두 번째 시는 이러하다.

방장산 높고 높아 푸른 안개 끼어 있고,	方丈山高接翠烟
황량한 성의 키 큰 나무 세월을 모르는구나.	荒城喬木不知年
조그만 고을 다스리는 법 그대 터득했을 테니,	割雞妙術君應得
시 잘하던 노인의 맑은 명성과 더불어 함께 전하길.	詩老淸芬與共傳[20]

朝鮮 成宗 때 佔畢齋 金宗直이 咸陽郡守를 지낸 적이 있었는데, 金潤石
에게 佔畢齋의 청렴한 명성을 잘 계승하라고 당부하였다.

---

20) 續集 卷1 3張.

5. 제5차 여행

1535년 가을에 조정에서 承文院 博士의 자리에 있다가, 倭人의 護送官이 되어 서울에서 東萊까지 다녀갔다. 이때 密陽 嶺南樓에 올라 시를 지었다. 「嶺南樓」라는 시는 이러하다.

영남 바닷가 하늘에 누각 높다랗게 솟았는데,	樓觀危臨嶺海天
좋은 시절 국화 꽃 핀 앞에 나그네 왔도다.	客來佳節菊花前
상수(湘水) 언덕 같은 푸른 단풍나무 숲에 구름 걷히고,	雲收湘岸靑楓外
형산(衡山) 남쪽 기슭인양 흰 기러기 내려 앉는구나.	水落衡陽白雁邊
비단 장막이 광한전의 달을 둘러싼 듯하고,	錦帳圍將廣寒月
옥피리 부니 그 소리 하늘의 구름 사이로 들어가네.	玉簫吹入太淸烟
나에게 평소에 늘 시인의 홍치가 있었기에,	平生儘有騷人興
그래도 술항아리 앞에서 비단자리 밟으며 춤춘다네.	猶向尊前踏綺筵21)

6. 제6차 여행

1536년 7월에 成均館 典籍으로 있다가 말미를 받아 고향으로 내려와 어머니를 뵙고, 8월 초순에 宜寧 처가를 방문하였다. 지난해 12월 29일에 退溪의 장인 許瓚이 별세했으나 그 葬禮에 참석하지 못했다가, 이때 장인의 殯所를 찾았던 것이다.

돌아가는 길에 8월 18일 비로 인하여 신번현(新蕃縣; 지금의 宜寧郡 富林面 新反里)에서 유숙하게 되었다. 이때 시 두 수를 지었는데, 그 가운데서 「八月十八日還自宜寧雨留新蕃縣」이라는 시는 이러하다.

바람이 나뭇잎에 부르짖어 앞산을 흔들고,	風號木葉撼前山
비는 서쪽 창문을 때려 저녁 추위를 몰고 오네.	雨打西窓作暮寒
나그네는 말을 부리고서 나물 단을 구하고,	旅客解驂求菜束

---

21) 內集 卷1 2張.

시골 애들은 송아지를 불러 사립문으로 드네.　　村童呼犢入柴關
뜰에 난 가는 풀은 다시 새로 빽빽해지고,　　庭生細草新還密
벽에 그린 기이한 새는 오래되어 흐릿해졌구나.　　壁畫奇毛舊欲漫
비를 내리게 하는 용은 돌아가 숨어 지낼테니,　　可是龍公歸蟄臥
내일 떠나는 옷깃 돌아가는 안장에서 상쾌하겠지.　　征衫明日快歸鞍[22]

이때 禮安으로 돌아가 잠시 쉬다가 9월에 戶曹佐郎에 임명되어 서울로
올라갔다.

7. 제6차 여행

1537년에 宜寧에 왔다.[23]

8. 제7차 여행

1542년 1월 25일에 陜川, 三嘉를 경유하여 宜寧으로 왔다. 「二十五日陜
川向三嘉途中」이라는 시를 지었다.

아침나절에 해가 가천 시내 곁으로 솟는 것 보았는데,　　朝看旭日傍伽川
한낮에는 검붉은 놀 속에서 남정(南亭)을 지나노라.　　午過南亭入紫烟
티끌 세상의 일 싹 다 벗어 던지고자 하지만,　　欲把塵機渾脫累
움직였다 하면 이리저리 얽히는 걸 어이할 건가?　　奈何世事動遭牽
새봄 햇살 돌아와 눈 녹은 지 겨우 사흘 됐고,　　新陽雪盡纔三日
옛 객관에 아는 사람 없으니 이미 육년이 지났네.　　舊館人非已六年
아득하고 아득한 고향은 이제 더욱 멀어졌는데,　　杳杳家山今更遠
나그네 마음 서울로 쏠렸다고 말하지 마소서.　　羈心休道洛中偏[24]

---

22) 別集 卷1 8張.
23) 別集 卷1 17張 「二十五日陜川向三嘉途中」이라는 시의 退溪 自注에, "정유(1537)년에 내가
宜寧에 이르렀는데, 지금 임인(1542)년까지 꼭 6년 만인데 사람의 일이 많이 변했다"라는
기록이 있다.

이때 南亭(涵碧樓)에 재차 들렀다가, 三嘉로 와서 雙明軒에 이르러 「三嘉雙明軒」이라는 시 두 수를 지었다.

살포시 노란 빛이 버들에 묻은 것 느낄 때에,　　暗覺輕黃着柳時
석양빛 곱디곱고와 누각 내려오는 발걸음 더디네.　夕陽明麗下樓遲
그 당시 눈 온 뒤에 읊으면서 다니던 곳엔,　　當年雪後行吟處
옛날 같이 대 울타리 두른 인가가 있구나.　　依舊人家有竹樓

처마에 눈 녹아 낙수지고 날 저물어 싸늘한데,　滴殘簷雪暮凄凄
낡은 집에 연기 오르니 반쯤은 나지막하구나.　古屋烟生一半低
남쪽 지방에 아름다운 정취 절로 있어,　　自是南中有佳致
대숲 깊은 곳에서 푸른 새가 울고 있네.　　竹林多處翠禽啼[25]

첫째 詩는 晋川君 木溪 姜渾의 시에 次韻하여 읊은 것으로, 木溪의 시에서 "古縣鴉鳴日落時 雪晴江路細透遲 人家處處依林樾 白板雙扉映竹籬(옛 고을에 가마귀 울고 해는 지려는 때, 눈 개인 가느다란 강 길 빙둘러 있네. 여기저기 집들은 나무 그늘에 의지해 있는데, 흰 널빤지 두 짝의 문이 대울타리에 비취네)"라고 읊었으므로 退溪가 이렇게 읊은 것이다. 쌍명헌은 대단히 규모가 큰 三嘉縣의 客館으로 水晶池라는 못가에 있었으나 지금은 헐리고 못도 메꾸어져 집이 들어서 있다.

9. 제8차 여행

退溪는 1542년 歲暮에 安義縣 迎勝村(지금의 居昌郡 馬利面 迎勝里)에 도착하여, 거기서 장인 權磧과 함께 설을 쇠었다. 1543년 1월 4일에 「迎勝村留題四樂亭」이라는 시를 지었다.

---

24) 別集 卷1 17張.
25) 別集 卷1 17張.

영승 마을에서 이른 봄을 맞이하노라니,	迎勝村中迎早春
눈에 보이는 매화와 버들 이미 새봄 다투네.	眼中梅柳已爭新
봄바람 불려 하니 수풀 끝에서 먼저 일고,	東風欲動先林杪
북쪽으로 막 돌아가려는 기러기 물가에 모였네.	北鴈將歸且水濱
달빛 비친 못에서 달을 희롱하는 사람은 누군가?	誰作月潭揮弄客
구름 속 정자에 시를 지어 보낸 사람 바로 나라오.	我曾雲構寄題人
술항아리 앞에서 사헌부의 일 말하지 마소서,	尊前莫說霜臺事
시골 정취 한창 즐거워 내 속마음에 꼭 맞다오.	野趣方欣愜素眞26)

退溪는 이 시의 小序에서, "迎勝村의 옛날 이름은 '迎送'이었는데, 고상하지 못하였으므로 '送'자를 '勝'자로 바꾸었는데, 그 발음이 가까운 점을 취하였다. 마을에는 泉石의 훌륭함이 있고 또 때가 바야흐로 이른 봄이라 景物이 새로워지고 있었으므로 '迎勝'이라고 일컬은 것이다"라고 밝혀, '迎送'이었던 마을 이름을 '迎勝'으로 바꾼 사람이 바로 자신임을 밝히고 있다.

四樂亭은 迎勝村 앞 냇가에 있는 정자다. 본래 退溪 장인 權礩의 妻叔인 全採의 것으로 처음에는 풀로 이었다. 權礩이 17년간의 流配生活을 끝내고서 家率을 데리고 이 마을로 와서 寓居할 때 이 정자를 빌려서 즐겼는데, 새벽에 이 정자로 나가서는 저녁이 되어도 돌아올 줄 모를 정도였다고 한다. 지난해에 장인 權礩이 서울에서 벼슬하고 있는 退溪에게 편지를 보내어 정자 이름과 정자에 걸 시를 지어줄 것을 요청하였으므로, 退溪는 '四樂'이라고 命名하였으니, 이는 곧 농사 짓는 즐거움, 누에치는 즐거움, 물고기잡는 즐거움, 땔나무하는 즐거움 네 가지였다. 그리하여 「寄題四樂亭」이란 두 종류의 시를 지어 보냈는데, 五言律詩 4수로 된 것과 七言絶句 4수로 된 것이 있다. 오언율시로 된 것 4수는 지금 退溪 친필로 된 시가 걸려 있는데, 다음과 같다.

---

26) 別集 卷1 19張.

내 농사짓는 집의 즐거움 아나니,   我識田家樂

봄에 농토를 갈아 흙먼지 일으킨다네. 春耕破土烟

때 맞춰 온 비 뒤에 묘가 자라나서, 苗生時雨後

늦서리 내리기 전에 벼가 익는다네. 禾熟晚霜前

좋은 나락 관가에 세금으로 내고,   玉粒充官稅

질동이에 술 담가 촌사람들 모아 마시지. 陶盆會俗筵

비교해 보소서! 높은 벼슬 자리에 있는 사람이, 何如金印客

근심 속에서 세월을 흘려 보내는 것과? 憂患送流年

 -농사짓는 즐거움-   -右農-

내 누에치는 집의 즐거움 아나니,   我識蠶家樂

새해가 되기 전에 섶 손질해 놔야지. 年前曲薄修

시기 놓치지 말고 누에 씨 목욕시키고, 光陰催種浴

누에 잠 깬 뒤엔 부드러운 가지 뽕 먹여야 하네. 眠起趁桑柔

온 집이 뜨뜻한 것을 누에가 좋아하는 법, 已喜全家煖

누에 수확하면 빚 못갚을까 걱정할 것 없다네. 無憂欠債酬

비교해 보소서! 비단 옷 입은 귀족집 자제들이, 何如紈綺子

예쁘게 치장하고서 쓸데없는 걱정하며 지내는 것과? 嬌艷妬閒愁

 -누에치는 즐거움-   -右桑-

내 고기잡는 집의 즐거움 아나니,   我識漁家樂

시냇 뚝 곁으로 사립문이 나 있구나. 柴門住岸傍

새와 물고기들과 성정이 익숙해 있고, 禽魚慣情性

구름과 달 벗하며 물결 속에서 늙어가네. 雲月老滄浪

술은 시골에서 사온 것이 맛이 있고, 喚酒村酤美

생선을 삶고 시내에서 캔 나물 안주 향그럽구나. 烹魚澗芼香

비교해 보소서! 만금을 가진 큰 부자가, 何如萬錢客

한 번 실패하면 그 재앙 한량 없는 것과? 覆餗禍難量

 -고기잡는 즐거움-   -右漁-

내 땔나무하는 사람의 즐거움 아나니, 我識樵人樂

골짝 마을에서 한평생 즐겁게 산다네.　　　　　生居洞裏村
서로 벗을 불러 먼 구름 속으로 들어가고,　　　相呼入雲遠
높다랗게 한 짐 지고 해질녘에 산을 나오네.　　高擔出山昏
같이 나무하는 벗 사랑하는 마음은 사슴과 같고,　愛伴心同鹿
자신을 잊고 지내는 모습 잔나비와 비슷하네.　　忘形貌似猿
비교해 보소서! 명예와 이익 추구하는 사람이,　何如名利子
평지에서도 풍파를 만나 몰락하는 것과?　　　平地見波翻
-나무하는 즐거움-　　　　　　　　　　　　-右樵-27)

농촌에 묻쳐서 농사짓고 누에치고 고기잡고 땔나무하는 생활이, 높은
관직이나, 부귀, 명예보다 낫다는 내용을 담은 詩로서, 오랜 유배생활에
시달린 장인을 정신적으로 위로하려는 것이다.
　이때 愁送臺라는 安義에서 가장 아름다운 명승지의 이름 역시 고상하
지 못하다하여 '搜勝臺'로 고쳤다. 돌아갈 길이 바빠서 가서 구경하지는
못하는 것을 아쉬워하면서 시만 지어 보냈다. 「寄題搜勝臺」라는 시는 이
러하다.

'搜勝'으로 이름을 새로 바꾸고 나니,　　　　搜勝名新換
봄이 되어 경치가 더욱 아름답구나.　　　　逢春景益佳
먼 데 수풀에선 꽃이 피려고 하는데,　　　　遠林花欲動
그늘진 골짜기엔 아직 눈이 쌓여 있다.　　　陰壑雪猶埋
좋은 경치를 직접 보지는 못하고,　　　　　未寓搜尋眼
다만 상상하는 마음만 더하는구나.　　　　唯增想像懷
다른 날 한 동이 술을 준비하고서,　　　　他年一尊酒
큰 붓을 들고서 구름 긴 벼랑에 글을 쓰리.　擧筆寫雲崖28)

지금 수승대 시내 가운데 거북 모양의 바위 벼랑에 이 시를 새겨 놓았는

---

27) 續集 卷1 14,15張.
28) 別集 卷1 19張.

데, 그 글씨를 쓴 사람은 葛川 林薰이라고 한다.[29]

1월 7일에 영승촌 동쪽 6, 7리쯤 되는 泉石이 아주 奇絶한 곳으로 가서 시를 지었는데, 정확한 위치는 고증을 요한다. 「人日自迎勝村東行六七里泉石甚奇絶可愛」라는 시는 이러하다.

양쪽 산이 한 줄기 물을 끼고서,	兩山束一水
겹겹히 돌고 돌아 문이 없는 것 같네.	回複似無門
끌로 파낸 듯 산은 뼈만 드러나 있고,	鑿鑿堆山骨
깨끗하게 눈 녹은 골짜기 물이 흘러 나오네.	泠泠瀉雪源
흥이 나니 붓을 잡아 글을 쓰고 싶고,	興來思握管
그윽한 곳 잡아 정원을 꾸몄으면 한다.	幽處欲開園
흘러가는 물은 멈추는 이치 없나니,	逝者無停理
물가에서 누구와 더불어 논해 볼거나?	臨流誰與論[30]

이 여행에서 돌아갈 때는 居昌과 知禮縣(지금은 慶北 金泉市에 병합되었음)의 경계에 있는 所旨峴을 넘어서 禮安으로 갔다. 所旨峴은 지금 牛頭嶺이라고 부르는 고개다. 「所旨峴」이란 시는 이러하다.

푹푹 빠지는 진뻘 미끄럽고 길은 꼬불꼬불,	泥深滑滑路盤盤
골짜기엔 구름 낀 나무 뒤엉켜 차갑구나.	洞壑杈枒雲木寒
양지 언덕에 해 솟으니 검붉고 푸르런 기운 무거운데,	陽坡日上紫翠重
그윽한 골짜기엔 봄 찾아왔건만 눈은 아직 남아 있다.	幽谷春生陰雪殘
사나운 짐승들은 몸 사리느라 홀로 깊이 숨어살고,	猛獸存身獨深居
이리저리 훌쩍 건너뛰는 날다람쥐 많이 있네.	儵閃流離多狋鼯
아아! 내 고향으로 어찌 돌아가지 않겠는가?	嗟我曷不歸故鄉
멀리 겹겹의 산을 넘어야 할텐데 사내종이 걱정이네.	遠度關山愁僕夫[31]

---

29) 權五鳳 『退溪詩大全』 245쪽.

30) 別集 卷1 19,20張.

31) 別集 卷1 20張.

退溪 43세 때인 이 여행 이후로, 退溪가 경남지역을 방문했다는 기록을 찾을 수가 없다. 退溪는 23세 때부터 43세 때까지 주로 그의 壯年期에 모두 8차에 걸쳐서 경남지역을 방문하였다. 예안이라는 慶北 북부지방에 살았으면서도 그 당시 교통 사정으로 봐서는 비교적 여러 차례 방문한 셈인데, 그 가장 큰 이유는 妻家가 있었기 때문이라고 할 수 있다.

Ⅳ. 慶南과 관계된 事實 및 詩文

1535년 初娶丈人 進士 許瓚이 당시의 權臣 金安老에게 土豪로 몰려 세상을 떠났다. 김안로는 허찬이 우거하던 榮州 사람이었는데, 退溪가 급제하여 承文院 權知副正字로 있다가 藝文館 檢閱에 추천되자, 만날 것을 요청했으나 退溪가 응하지 않자 諫官을 시켜 劾論하게 하여 退溪가 다시 副正字로 돌아간 일이 있었다. 1559년에 退溪는 許瓚의 墓碣銘을 지었다.

1546년 迎勝村에서 우거하고 있던 後娶丈人 權礩이 그 곳에서 별세하여, 豊山 枝谷으로 返葬하였는데, 退溪는 이때 말미를 받아 고향으로 내려와 葬禮에 참석하였다.

退溪의 둘째 아들 李寀는, 아들이 없던 外從祖父 僉奉 許瓊의 奉祀와 農監을 하기 위해서 宜寧에 와서 살았는데, 1548년에 癘疫으로 인하여 22세에 夭逝하여 그대로 宜寧에 묻혔다.

1558년에 큰 처남 進士 許士廉이 세상을 떠났고, 1567년 둘째 처남 牧使 許允廉이 세상을 떠났다.

1566년에는 從姉兄 吳彦毅가 咸安에서 세상을 떠났다. 그 손자 吳濆은 退溪의 제자이자 退溪의 妻姪婿가 되었다.

退溪는 宜寧, 固城 등지에 처가로부터 물려받은 전답이 있었기 때문에 아들 李寯을 자주 보내어 재산을 관리했고, 자신의 庶同壻 李末을 통해서 재산 관리에 많은 도움을 받았다.

慶南地域과 관계된 詩文으로는, 詩가 116수가 지금까지 남아 있다. 자신이 직접 慶南地域을 다니면서 지은 시가 95수인데, 제3차 여행 때 지은 것이 83수, 제4차 여행 때 2수, 제5차 여행 때 1수, 제6차 여행 때 2수, 제7차 여행 때 3수, 제8차 여행 때 4수 등 모두 95수이다. 그리고 寄詩, 贈詩가 모두 21수인데, 吳碩福에게 준 詩인 「次吳宜寧見寄」 1수, 灌圃 魚得江에게 준 詩인 「寄魚灌圃」 1수, 「寄題四樂亭詩」가 두 종류 모두 8수, 「灆溪書院」 1수, 淸香堂 李源에게 준 詩가 「李君浩寄五絶病未盡和奉酬三絶云」 등 6수, 安分堂 權逵에게 준 「寄題安分堂」 1수, 龜巖 李楨에게 준 「謝淸州李剛而印寄延平答問書」 1수, 德溪 吳健에게 준 「吳子强將行贈別二絶」 2수 등이다.

慶南地域과 관계된 散文은 모두 182편인데, 이 가운데는 書簡文이 대부분이다. 許士廉에게 준 것이 1편이 있는데, 이것은 退溪 33세 때 쓴 것으로 退溪의 남아 있는 산문 가운데서 가장 이른 시기의 것이다. 吳彦毅와 주고받은 것이 7편, 南冥 曺植과 주고 받은 것이 3편, 淸香堂 李源에게 준 것이 11편, 泗川에 살았던 제자 龜巖 李楨과 주고 받은 것이 150편, 德溪 吳健에게 준 것이 1편, 漆原(지금 咸安郡에 병합되었음)에 살았던 周世鵬의 아들인 周博에게 준 것이 1편, 李楨의 손자 李鯤變에게 준 것이 1편, 모두 175편이 남아 있다.

이 밖에 三憂堂 文益漸에 관한 「前朝故左司議大夫文公孝子碑閣記」, 「魚灌圃詩集跋」, 南冥의 「遊頭流錄」을 비평한 「書曺南冥遊頭流錄後」, 李楨의 요청에 의해서 쓴 「泗水李氏壽瑞詩編跋」, 장인 許瓚의 묘갈명인 「進士許公墓碣銘」, 從姊兄 曺孝淵의 묘갈명인 「通善郞咸安郡守曺公墓碣銘」, 吳彦毅의 묘갈명인 「朝散大夫行全義縣監吳君墓碣銘」 등 7편의 글이 남아 있다.

V. 退溪 관계의 遺跡

1. 嘉禮洞天

宜寧郡 嘉禮面 嘉禮里에 있다. 退溪의 처가 집터의 뒤쪽 암벽이었는데, 지금 그 암벽에 '嘉禮洞天'이라는 退溪의 親筆 大楷 네 글자가 새겨져 있다. 처가의 건물은 없어진 지 오래 됐고, 그 자리에 조선말기 守坡 安孝濟가 쓴 退陶李先生遺墟碑가 세워져 嘉禮洞天에 관한 사실이 새겨져 있다.

2. 靑谷寺

晋州市 琴山面 葛田里 月牙山 기슭에 있는 절로서 879년(新羅 憲康王 9)에 道詵國師가 창건하였다. 1507년 退溪의 셋째 형 李瀷와 넷째 형 李澄가 숙부 松齋 李堣를 따라와 靑谷寺에서 공부하던 곳이다. 1533년 退溪가 청곡사를 지나면서 옛일을 회상하면서 시를 지었다.

3. 鵲島精舍

泗川市 西浦面 南海高速道路 남쪽 10리 쯤에 있다. 退溪가 灌圃 魚得江과 놀던 곳에 1914년 이 지역 儒林들이 그 일을 기념하여 精舍를 세웠다. 退溪의 13代 宗孫 李忠鎬의 記文이 걸려 있다.

4. 法輪寺

晋州市 文山面 月牙山 東麓 南海高速道路 진주터널 북서쪽에 있던 신라시대 창건했던 절로 규모가 대단히 컸다고 한다. 壬辰倭亂 때 소실되어 지금은 그 터만 숲 속에 남아 있다. 退溪가 晋州地域에 동방급제한 친구 鄭紀南 등을 만나 유숙했던 사찰이다.

5. 四樂亭

居昌郡 馬利面 迎勝村에 있다. 退溪 장인 權磧이 우거하던 곳으로 四樂亭이라는 정자 이름은 장인의 요청으로 退溪가 命名한 것이다. 「寄題四樂亭詩(并序)」 4수와 「迎勝村中留題四樂亭」 1수를 退溪의 親筆 그대로 새긴 扁額이 걸려 있다.

6. 德谷書院

宜寧郡 宜寧邑 下里에 있다. 宜寧이 退溪의 妻鄕인 것을 기념하여 1654년(孝宗 5)에 縣監 尹舜擧의 主導로 儒林들이 창건하여 退溪만을 獨享했는데, 1660년(顯宗 元年)에 賜額을 받았다.

1871년(고종 8) 大院君의 書院撤廢令으로 철폐되었가, 1917년 德谷書堂으로 재건했다가, 1986년 다시 書院으로 복원하여 春秋로 享祀를 올리고 있다.

7. 山仰齋

宜寧郡 嘉禮面 嘉禮里 退溪의 처가의 부속건물인 白巖東軒의 자리에 있었던 退溪를 기념하기 위한 齋舍였는데, 지금은 없어졌다. 1748년(英祖 24) 宜寧 縣監 魚有成이 慶尙監司 南泰良과 退溪의 8代 宗孫으로 丹城縣監으로 와 있던 李世德의 도움으로 건립하였다. 英祖 때 학자인 廣巖 朴聖源이 山仰齋記를 지었다.

8. 景陶壇碑

咸安郡 山仁面 茅谷里 南海高速道路 바로 북쪽에 있다. 1533년 退溪가 여러 차례 와서 놀았던 吳彦毅의 집이 있던 곳에다 退溪의 學德을 추앙하는 이곳 儒林들이 조선말기에 세웠다. 退溪의 후손인 響山 李晩燾가 碑銘

을 지어 그 사실을 기록했다.

이 밖에 月影臺, 嶺南樓 등 退溪와 관계된 곳이 있지만, 잘 알려져 있기 때문에 본고에서는 생략한다.

VI. 결론

退溪는 慶尙左道 禮安에서 태어나 주로 中年에는 주로 朝廷에서 벼슬하다가 晩年에는 고향에서 學問 研究와 弟子 教育에 전념하여였다. 慶尙右道에 해당되는 慶南地域에 처가 등 여러 가지 관계가 있었던 관계로 23세 때부터 43세 때까지 8차에 걸쳐서 여행하였다.

그가 남긴 많은 詩文을 통하여 『退溪年譜』에서 밝혀져 있지 않은 많은 行績과 事實을 밝혀 낼 수가 있었다.

宜寧, 咸安, 晉州, 安義, 昌原 등지를 오가며 남긴 많은 詩를 통하여 당시 慶南地域의 歷史, 地理, 風俗, 氣候, 學問的 雰圍氣, 人物들의 動向 등을 알 수 있다.

霽山 金聖鐸의 學問觀과 嶺南儒林에서의 役割

I. 序論

霽山 金聖鐸(1708-1766)은 退溪의 高足인 鶴峯 金誠一의 五兄弟 가운데서 맏형인 藥峯 金克一의 五代孫이요, 崇禎處事 瓢隱 金是榲의 증손이다. 그의 종숙부인 適菴 金台重을 따라 배워 家學을 계승하였다. 그리고 葛庵 李玄逸의 제자로서 退溪學派의 정통적인 학맥을 계승한 학자이다.

霽山의 집안인 義城金氏 川前派 家門에는 16세기 이후 쟁쟁한 학자들이 많이 배출되었는데, 霽山보다 前輩로는 藥峯·鶴峯 뿐만 아니라 雲川 金涌·敬窩 金烋·葛川 金邁·芝村 金邦杰·錦翁 金學培 등이 있고, 霽山의 同行 및 後行으로는 七灘 金世欽·月灘 金昌錫·龜洲 金世鎬가 있다. 이런 家學的인 분위기에서 霽山은 10세 때부터 適菴을 따라 글을 배워 학문의 바탕을 닦아 나갔다.

17세 때는 葛庵 李玄逸에게 나아가 四書와 性理書를 배워 爲己之學의 소중함을 알고서 名利를 추구하는 爲人之學에는 마음을 두지 않았다. 霽山은 비록 갈암의 가장 나이 어린 제자지만, 갈암의 期望은 대단히 컸다.

제산은 잠시 벼슬에 나갔었을 뿐 유배생활 11년을 포함한 대부분의 생애를 學問 硏究와 弟子 敎育으로 보내면서 선배학자들을 위한 사업, 곧 저술의 교정·정리·간행과 伸寃 등을 주도했다.

안으로 家學을 계승하고 밖으로 갈암의 문하에 출입하여 퇴계학의 正統을 계승한 제산은 나중에 영남을 대표하는 학자의 위치에 이르러, 英祖에게까지 알려져 여러 차례 벼슬로 부름을 받았다.

본고에서는 嶺南儒林의 宗匠의 위치에 있었던 霽山의 學問淵源과 그의 學問觀 및 당시 嶺南儒林에서의 역할과 후세에 끼친 영향을 고찰해 보고자 한다. 제산의 학문적 성과 그 자체에 대한 연구는 다음 기회로 미룬다.

霽山의 생애에 대해서는 전문적인 논문이 따로 발표되므로 본고에서는 생애에 대해서는 일체 論及하지 않는다.

Ⅱ. 霽山의 學問淵源

1. 家學淵源

安東・禮安은 본래 학문의 고장으로 많은 학자가 배출된 지역이다. 이름난 인물을 조상으로 모신 많은 집안들이 文翰으로 門戶를 이루고 있다. 이 중에서도 靑溪 金璡의 후손들 가운데서 많은 인물이 나왔고, 특히 川前派에서는 16세기 이후 쟁쟁한 학자들이 배출되었다.

霽山 金聖鐸은 靑溪의 맏아들인 藥峯 金克一의 5대손이자 崇禎處士 瓢隱 金是榲의 증손으로서, 瓢隱의 학문을 계승한 適菴 金台重에게서 배워 자신의 학문의 기초를 닦았다. 적암은 표은의 제자일 뿐만 아니라, 표은의 제자이자 족형인 錦翁 金學培의 문하에도 출입하였다. 제산은 자신에게 家學을 傳承시켜주고, 학문적으로 많은 영향을 준 適菴과의 관계를 이렇게 회고하였다.

> 以叔姪至親之恩, 而兼師生莫大之義. ……而其周旋門屛之間, 目擊而心悅者, 有年矣. 公少事曾大父瓢隱公, 濡染於道德風節之懿, 繼遊錦翁葛庵之門, 得聞君子之大方, 而晚歲林泉, 屛絶世事, 惟以墳籍古訓自娛. 自經史及洛建諸書外, 雖稗家雜錄, 未不涉獵, 領略乎興亡治亂之跡, 旁通乎孫吳韜略之法, 苟出而施之, 庶可以爲當世之用, 則公之於學, 可謂沿其流而泝其源矣. 公爲詞章, 必曰, 馬遷東坡. 其論詩也, 必稱開元大曆. 其構於思而出於口也, 必惟是

之準則, 公之於文詞, 可謂傑然者矣. ……小子於乙亥歲, 執論語一部, 拜見而
請敎焉. 公幸不斥而肯許之.……不但以課業句讀爲勉, 而必就行事處提撕. 不
但以決科小成爲望, 而必擧古人事詔諭.(15-27,28.;「祭從叔父適菴先生文」)

　제산은 적암으로부터 가학의 전통 뿐만 아니라, 학문적 방향, 성격, 규모
등까지도 다 영향을 받았다. 근본에 바탕을 둔 학문, 출세보다는 자신의
수양을 위주로 하는 학문, 그러면서도 편협하지 않은 광범위한 관심을
둔 학문, 기회가 오면 현실에 적용할 수 있는 학문의 틀을 형성해 준 것이
다. 그리고 司馬遷·蘇軾의 문장과 盛唐詩를 숭상하는 문학적 典範도 부
지불식간에 영향을 받았다고 할 수 있다.
　제산은 11세부터 28세까지 17년 동안 適菴의 문하를 출입하였다. 적암
은 瓢隱으로부터 家學을 계승할 만한 인물로 인정을 받았으며, 표은의
선배제자이자 족형인 금옹으로부터도 큰 기망을 받았는데, 이러한 가학을
제산에게 전승하여 주었으니, 제산은 家學 淵源의 主流를 계승했다고 할
수 있겠다. 표은과 금옹으로부터 큰 기망을 받은 적암의 학문을 이렇게
회상하였다.

　　聖鐸以從姪子, 亦十七年摳衣公門下. ……公少及事瓢隱公. 瓢隱公見公才
業, 不止於場屋聲律之文, 遂以左傳一部授之. 其所以期望者, 蓋不淺矣. 錦翁
金公, 卽瓢隱之弟子, 於公爲族兄. 公少從之學, 錦翁知公遠大器, 可以趾美成
宗, 悉以瓢隱公所敎於己者, 敎之.(17-28;「從叔父適菴先生行錄」)

　제산은 적암과 같은 마을에 살면서 아침 저녁으로 나아가 집안의 전통
적 규범과 군자가 처신할 도리를 배웠으니, 먼 곳에 살면서 이따금 스승을
만나는 것과는 훈도를 받는 정도가 애초에 달랐다.

　　十九歲, 隨處士公, 移居于汾浦, 時適菴公先卜居于此. 先生朝夕就見, 習聞
家世遺範及君子立身行己之道.(『霽山年譜』; 3장)

適菴과 錦翁 이외에도 당시 집안에는 七灘・龜洲 등 가까운 일가 가운데 家學을 계승하여 세상의 촉망을 받는 학자가 있어 집안의 영광이었고, 자제들에게 많은 혜택을 끼쳤음에 대해서 자부심을 느끼고 있다.

> 七翁龜老, 是公同堂. 一時聯翩, 爲世所望. 先風不隆, 門戶有光. 庶幾無彊, 惠我子弟. ……如我愚鈍, 又何可仰.(15-36; 「祭族兄正言公文」)

가학을 계승하여 학문을 대성한 제산은 유배지에서 세상을 떠날 때에도 아들 樂行에게 가학을 잘 계승・발전시켜 문호를 빛낼 것을 간절히 당부하고 있다.

> 以丁卯四月三十日, 終于縣北龍仙庵. 前一日, 作詩十絶, 與子樂行, 皆勉勵家學之意也.(『霽山先生文集』「附錄」; 10張)
> 異日傳家吾敢瞑 更須努力賁門闌.(3-20; 「病中述懷十絶」, 其九)

2. 退溪學에의 接脈

靑溪의 다섯 아들이 모두 退溪의 제자인지라 霽山의 家學은 퇴계학과 밀접한 관계를 갖고 있지만, 제산은 17세 때 葛庵 李玄逸의 문하에 執贄함으로써 退溪學의 嫡傳에 직접 접맥되었다. 제산의 집안 스승인 適菴 역시 갈암의 제자인데 제산이 갈암의 문하에 나아가게 된 것 역시 갈암의 학문적 수준을 잘 아는 적암의 명에 의한 것이었다. 이때는 갈암은 光陽의 謫所에서 막 돌아와 安東 錦水에서 講學하고 있을 때였다. 갈암은 제산을 한 번 보고 자질이 뛰어나고 식견이 精明하다고 인정하면서 매우 사랑하였다.

> 十七歲, 請學于葛庵李先生之門. 先生以適菴公命往拜焉. 李先生一見, 甚愛之. 因講大學, 令自發問疑難, 輒許奬之曰, 此子資稟絶異, 見識精明, 將來

成就, 未可知也.(「霽山年譜」; 2장)

　제산은 갈암을 퇴계학을 계승한 백년만에 한 사람 나오기 어려운 大賢眞儒라 하여 대단히 推仰하면서 갈암의 제자가 된 것을 매우 다행한 일로 생각하였다.

　　人之生於世, 得遇大賢眞儒而從之遊, 豈非大幸哉? 夫大賢眞儒非世世出者也. ……先生以豪傑之才, 奮興於東海之濱, 倡起斯文, 尋繹遺緖, 以續夫諸先生相傳之道, 而以達於陶山, 其亦可謂大賢眞儒, 曠百歲而一出者, 而小子晩生, ……登乎門牆而進於函席, 仰見其道德文章之盛, 俯承乎禮樂詩書之敎, 蓋有年矣, 則其視生乎吾後者之不可必其得知遇者, 斯亦幸矣.(15-30,31; 「祭葛庵李先生文」)

　제산은 비록 갈암과 40세의 연령 차이가 있는 만년의 제자였지만, 갈암의 촉망은 특별하였다.

　　二十一歲, 正月, 往參錦陽壽席. 是月十一日, 李先生晬辰也. 李先生特呼先生曰, 吾二人, 相見雖晩, 意寄不淺, 今日相與之意, 君其識之. 因告學者入道次第. 十月哭李先生(『霽山年譜』; 3장)

　제산은 갈암의 道學에 대해서도 추앙의 정도가 대단하였다. 갈암을 그 당시 유림의 宗匠으로 생각하였다.

　　葛庵李先生之道學, 又近世儒林之喬嶽也.(7-16; 「與天雲齋」)

　갈암을 통해 전수 받은 퇴계의 학문에 대하여는 극도로 崇仰하여, 성현이라고 할 정도였다.

程朱呂三夫子及我退陶先生, 非聖賢之徒乎?(8-12; 答權一甫)

그리고 퇴계의 언행을 제자들이 기록한 것을 내용별로 분류 편집한 퇴계의 『언행통록(言行通錄)』은 퇴계의 일거일동을 상세히 알 수 있어 後學들에게 끼치는 공이 큰 東方의 『論語』라고 극찬하여 하루 빨리 간행하여 널리 유포해야 한다고 주장했다.

通錄, 實吾東方不可無之書. 先雪齋先生, 所以用十數年之精力, 搜剔遺逸, 編摩成帙, 分門比流, 有本有末, 大賢一動靜一語默, 燕申咳唾, 服飾杖屨之節, 一開卷, 瞭然宛然, 不知隔數百歲之遠者, 其功可謂勤矣, 其惠我後學, 可謂大矣. 巡相所謂東方論語, 誠至論也.(8-36;「答權昌言別紙」)

21세 때 갈암을 잃고 依歸할 곳이 없음을 애통해 하던 제산은, 갈암의 학문을 계승한 그 아들 密庵 李栽를 존경하고 의지하여 서신 왕래를 통해서 학문에 대해서 논변하였다.

先生自師門易簀之後, 痛失依歸, 以密翁得家學之傳, 一意尊嚮, 書疏論辨, 殆無虛時.(『霽山年譜』; 4張)

갈암 사후, 안동지역에서 士林의 대표적인 학자로 제산은 밀암을 제일 으뜸으로 쳤다. 그리고 당시 걸출한 학자로 顧齋 李槾, 後溪 李栐, 迪軒 權德秀, 屛谷 權榘 등을 꼽았다.

此中, 有李密翁先生者, 當世之宗工巨儒, 而其從弟李君直丈兄弟, 及靑城權潤哉丈, 豊山權方叔丈, 蓋皆士林之傑然者也. 左右誠有志於學, 不可不一來從遊, 未知, 左右肯有意於此乎?(7-39;「答河聖則(進士 河瑞龍)」)

適菴을 통해서 家學에 바탕을 둔 학문체계를 완성한 제산은, 退溪學의

嫡傳인 갈암의 문하에 출입하여 정통 퇴계학을 계승하여 그 학문을 더욱
발전시켜 나갔다.

Ⅲ. 霽山의 學問觀

霽山의 學問觀을 立志에 관한 것, 讀書에 관한 것, 治學方法에 관한
것 등 세 가지로 크게 나누어 고찰하고자 한다.

1. 立志

學問을 하는 데는 가장 먼저 뜻을 세우는 것이 중요하다는 사실은 역대
의 많은 학자들이 누누히 강조하여 왔고, 名言도 많이 남겼지만, 霽山은
立志를 특별히 강조하였다.

학문의 성취 정도는 뜻을 세운 것이 높으냐 낮으냐에 달렸는데, 뜻이
서지 않으면 학문이 독실하게 될 수가 없고, 그 업적도 광범위할 수가
없다는 것이다. 평범한 사람이 聖人이 되고 호걸이 되는 것은 뜻을 세우는
것에 달려 있다고 하여, 뜻을 세우는 일이 학문하는 데 있어 가장 중요하다
는 점을 강조하였다.

> 人之學問, 在其立志. 立志高者, 其成也必遠, 立志小者, 其成也必近. 衆人
> 而至於聖賢, 凡士而卒爲豪傑, 成文章而鳴國, 立功業而耀世, 皆在于立志. 志
> 不立, 則學不篤, 學不篤, 則業不廣, 業不廣, 則閭巷之人也. 孝悌, 百行之本,
> 食色, 天下之大欲. 敦孝悌, 戒食色, 士之大節, 立矣. 大節旣立, 循此以往, 斯
> 可以爲君子矣. 窮達在天, 文學在我. 古人盡其在我者, 不必其在天者.(13-41;
> 「童蒙學令」)

학문을 하는 데 있어 가장 중요한 것이 뜻이고, 그 다음이 功力이고,
재주와 기질은 그리 중요하지 않다고 보았다. 功績을 이루고 學德을 완성

하는 관건은 곧 그 사람 자신의 뜻에 달렸지, 功力이나 재주 기질에 달려
있지 않다고 생각했다.

> 夫爲學之道, 太上立志, 其次功力, 才與氣爲下. 功力不篤, 雖有才氣, 不能
> 磨礪而成就之. 立志不高, 雖致其功力, 而所就者, 卑且近, 不能極其才氣之所
> 至. 故古之立事功成德業者, 其大小高下, 未有不由其志者也.(14-15;「贈宋伯
> 綏序」)

뜻을 높게 잡으면 그 성취한 바도 높고, 뜻을 낮게 잡으면 그 성취한
바도 낮다고 보았다. 뜻을 科擧 합격하는 데 두면 그 성취는 과거 합격에
그치고 말고, 문장을 잘 짓는 것에 두면 문장을 잘 짓는 것에 그치고 만다
고 보았다. 뜻을 높게 잡아 聖賢이 될 것을 목표로 삼아도 아무도 막는
사람은 없다고 했다. 결국 사람들이 스스로 목표를 높게 세우지 않는다는
것이다.

> 志之高下, 而所就之大小判焉. 志之剛怯, 而所業之進退係焉. 同爲山也, 而
> 志於百仞, 則百仞, 志於十仞, 則十仞. 同行道也, 而志於萬里, 則萬里, 志於百
> 里, 則百里. 人之爲學, 亦若是而已. 以科業爲志者, 科業而止耳, 而文章爲志
> 者, 文章而止耳. 若夫進而志於叔孫穆子所謂太上者, 則其爲堯爲舜爲顔孟爲
> 程朱, 夫亦孰能禦之? ……(12-27;「答再從姪遠河」)

비록 뜻을 높게 세웠다 해도 어려움을 극복하려는 각고의 노력을 하지
않으면 그 뜻을 이룰 수 없다고 보았다.

> 其人, 雖有志, 而不能喫辛耐苦, 人一己百, 如有疾者之不憚毒藥, 則不能卒
> 成其志也.(12-27;「答再從姪遠河」)

학문은 그렇게 어려운 것도 그렇다고 그렇게 쉬운 것도 아닌데, 역대의

많은 사람들이 바른 방향을 얻지 못하여 시행착오를 해 왔다고 보았다.

> 吾道非難亦非易, 古來岐路幾亡羊.(1-22;「夜看朱子語類至闢異端處感而
> 賦三絶」, 其二)

道는 사람에게서 멀리 떨어져 있는 것이 아니고, 단지 사람이 마음 먹기에 달려 있는 것이다. 精一하게 공을 깊이 들이면, 堯舜 같은 사람도 될 수 있는데, 지금 세상의 사람들이 요순처럼 되기가 어렵다고 말하는 것은, 벌써 정신자세가 옛날 사람과 달라졌기 때문이라고 보았다.

> 道不遠人只在心. 要將精一著功深. 若言堯舜人難及, 人性還須有古今.(1-22;「夜看朱子語類至闢異端處感而賦三絶」, 其三)

학문에 뜻을 두겠다고 과거공부를 포기했으면서도 뜻이 독실하지 못하고 專一하게 공력을 들이지 않는 사이비 학자는 학문을 이룰 수 없을 뿐만 아니라, 도리어 과거에 전념하는 것보다 더 못하다고 생각했다.

> 名爲輟擧爲學, 而立志不篤, 着工不專, 卒無所成就, 則反不如隨俗應擧者之得其常分也.(12-36; 答再從姪混河)

2. 讀書

학문하는 데 있어서 독서는 맨 첫 단계로서 이왕의 학문을 흡수하는 과정이다. 博文約禮 가운데서 곧 博文의 과정이다. 독서의 방법, 차례, 범위 등을 두고 많은 학자들 사이에 많은 논의가 있었고, 제산 자신도 동시대의 학자들과 많은 논의를 하였다. 제산의 저술에 나타난 그의 독서에 대한 견해를 살펴보기로 한다.

제산은 독서할 때 그 목표를 聖賢이 되는 것에 두어야지 과거하여 봉록이나 구하는데 두어서는 안된다는 점을 강조하였다.

> 丈夫生世抱負大. 我昔有志追往哲. 讀書初不爲干祿. 暮年科第誠偶得.(2-7; 「我有歌」)

제산은 독서의 순서는 쉬운 것을 먼저하고 어려운 것은 나중에 하고, 明白한 것에서 시작하여 深奧한 것으로 들어가야 한다고 주장하였다. 門路가 잘못되지 않아야 헛수고를 하지 않을 수 있다고 생각하였다. 平易·明白한 문장을 먼저 읽어 구두와 문장의 의미를 확실하게 하지 않고 文理도 잘 통하지 않은 까다로운 글을 초학자들이 먼저 읽는다면 한평생 독서하는 능력에 문제가 있을 수 있고 학문을 이룰 수도 없다고 보았다. 당시 四書를 먼저 읽고, 朱子의 저서를 비롯한 宋儒들의 性理書를 읽어야 한다는 주장을 한 大山 李象靖과 六經부터 먼저 읽어야 하고 宋儒의 저술은 곧 읽을 것이 없다는 주장을 한 江左 權萬 사이에 논의가 팽팽했는데, 제산은 大山의 주장을 지지하였다.

> 凡讀書爲學, 先其易而後其難, 始於明白而入於深奧, 則門路不差, 工夫簡省. 若不屑程朱平易明切文字, 而直取上古灝噩簡奧之書, 率爾輕讀, 則雖白首兀兀, 脣腐齒落, 吾恐其於句讀文義, 亦有所不通, 況進於此者乎?(8-13; 「答權一甫」)

독서의 차례를 더욱 구체적으로 제시하여 먼저 『大學』을 읽고 그 다음에 『論語』·『孟子』를 읽고 그 다음에 『中庸』을 읽은 뒤에 六經을 읽어야 한다고 課程을 정하여, 四書보다 六經을 먼저 읽어야 하고 학문하는 데 있어 꼭 宋儒의 저서를 읽어야 할 필요가 없다는 江左의 주장에 대해 견해를 달리하고 있다. 根源을 먼저하고 支流는 뒤에 해야 한다는 주장이었다.

淺見以爲, 以道理本體言之, 則固有源而後有流. 以學者求道之序, 則古人
不曰, "沿流而泝源"乎? 不然, 程子何不以易·詩·書·春秋爲初學入德之
門, 而曰, "先大學, 次論孟, 次中庸, 而後讀六經"也? 朱呂二夫子, 何爲裒集周
程張文字, 纂近思錄, 以爲四子之階梯也? 退陶老先生之節要朱書也, 亦曰,
"聖人之敎, 詩書禮樂皆在, 而程朱稱述, 以論語爲最切. 然今人之於論語, 但
務誦說, 而不以求道爲心者, 爲利所誘奪也, 則使學者感發興起, 而從事於眞
知實踐者, 舍朱書, 而何以哉? 由是而旁通, 直上泝伊洛, 而達洙泗, 無往而不
可"云云. ……程朱呂三夫子及我退陶先生, 非聖賢之徒乎? 後學之所當折衷
而尊信者, 非三夫子若退陶先生乎? 其爲學者指示門路次第, 若是其分明, 而
今足下乃曰, "先讀六經, 次讀四子." 又曰, "學問之道, 不必先看洛閩書." 是何
與程朱退陶之訓, 大相戾也?(8-11,12;「答權一甫」)

儒家의 學問에 여러 門路가 있겠지만, 四書에 潛心하여 공부하면, 학문
의 本源을 볼 수가 있다고 하여 四書를 착실히 공부하여 정밀하게 생각하
여 실천하라고 가르치고 있다.

千古儒家自有門. 精思實踐是要言. 若將四子潛心久, 他日應須見本源.(3-9;
贈別南生雲擧)

四書 가운데서 공부의 차례에 대한 것으로는『大學』에 가장 상세히
나와 있고, 道理에 관한 것으로는『中庸』에 極盡히 되어 있는데,『大學』
중에 있는 格物·致知·誠意·正心과『中庸』에 있는 明善·誠身에 관한
공부가 배우는 사람에게 급선무라고 생각했고,『論語』,『孟子』, 六經, 性理
書 등에서 말한 모든 것도 다 한 가지 道理라 하여, 儒家의 체계는,『大學』,
『中庸』에 다 갖추어져 있으므로,『大學』과『中庸』을 대단히 중시해야 할
것을 주장했다.

學問工夫次第, 莫詳於大學, 道理極致, 莫盡於中庸, 而大學之格致誠正, 中
庸之明善誠身, 尤爲當務之急. 雖六經語孟若濂洛關閩之書, 其所言者, 亦一

而已.(14-10; 「贈再從姪江漢序」)

『大學』과 『小學』의 관계와 두 책의 학문적 功能에 대해서는 이렇게
논했다. 학문의 전체적인 체계나 범위는 『小學』이 『大學』을 따라 갈 수
없지만, 『小學』은 聖人이 되는 바탕을 밝힌 책으로, 『小學』에 있는 내용을
하나하나 실천해 나가면 성현의 모습을 이룰 수 있다고 보았다. 실천의
측면에서는 『小學』이 배우는 사람에게 더 절실한 책이라고 보았다.

> 以規模之大, 節目之廣, 言之, 則大學非小學之比. 然小學是作聖基址. 苟能
> 於小學上, 一一體行, 則聖人樣子, 已至十之七八矣. 大學不過就此點化出精
> 彩, 恢拓其規模, 克廣其事業而已. 以此言之, 小學尤爲學者之急務.(『霽山年
> 譜』; 10,11張)

그리고 배우는 사람들이 心得한 바가 없고 실천이 옛 사람에게 미치지
못하는 것은 朱子의 經書 주석을 잘 읽지 못했기 때문이라고 생각했다.
이 역시 경서의 大義만 파악하면 되지 번쇄한 주자의 주석에 얽매인 때문
이라고 주장하는 江左의 주장을 반박하는 말이다. 만약 지금의 배우는
사람들이 주자의 주석을 읽지 않는다면, 온 세상 사람들은 경서의 본 뜻을
알지 못하며 맹인과 같이 되는 현상을 면치 못할 것이라고 생각했다. 주자
의 주석을 통해서만 經書의 의미를 분명하게 해석하여 心得할 수 있고
실천할 수 있는 경지에까지 나갈 수 있다고, 주자의 경서 주석에 대하여
대단히 높이 평가하고 있다.

> 學者之無心得, 而踐履不及於古人者, 此自學者不善讀朱書之致, 豈因朱解
> 之詳盡而然哉? ……若今之學者, 不得見朱子之解, 則將擧世盲瞽矣. 安得見
> 其大義乎?(8-27; 「答權一甫別紙」)

『論語』는 대부분의 내용이 일상생활에 실행되는 도리로서 크게 어려운

곳은 없고, 또 潛心해서 읽으면 그 의미가 무궁하다고 했다. 그리고『論語集注』는 簡切・明白하여, 본문 이해에 도움을 준다고 보았다. 그러나『論語』의 小註는 번잡하여 識見이 精切・高明하여 취사선택을 자신의 주관에 따라서 할 수 있는 정도의 수준이 되는 사람이 아니라면 도리어 읽는 사람을 더욱 迷惑하게 만들 수도 있으니, 주자의 集注만 취하여 本意를 파악하는 것이 독서의 올바른 방법이라고 했다.

> 又知誦得論語數卷, 尤可喜也. 此書雖間有微奧處, 大抵皆日用常行底道理, 而集註簡切明白, 無甚難解處. 苟能潛心熟玩, 其味無窮. 若於工夫爛熟之後, 耳順心得, 如誦己言, 如尹和靖之爲, 則發口論說, 庶幾無差矣. ……小註誠爲煩雜, 苟非在我見識精切高明, 而欲取捨於其中, 則轉使人增其迷惑. 所云脫略諸言, 獨取集註而求得本意, 非但爲讀書之法, 亦爲操心之要者, 誠是矣. 幸望循此勉勉, 勿急勿緩, 惟務精熟, 至於讀盡二十篇, 然後看如何也.(12-29,30;「答再從姪江漢」)

『書經』 가운데서「周誥」와「殷盤」은 너무 까다로와 朱子도 읽기 어려워한 부분이고, 平易한 곳에서 공을 들일 것을 권하였다는 말을 인용하여,「二典」,「禹謨」,「伊訓」,「太甲」,「說命」 등 편을 평이한 편으로 보고, 이 篇들 가운데는 格言이 많아 배우는 사람에게 아주 유익하니, 공을 들여 읽을 것을 권유하고 있다.

> 尙書, 其已卒業否? 周誥殷盤, 朱先生亦苦其不可讀, 每勸學者, 以就平易處用工. 所謂平易處, 卽二典禹謨伊訓太甲說命等篇也. 其中多格言, 於學者, 極有益, 未知, 如是看取耶.(12-31;「答江漢」)

『左傳』을 다 읽었으면, 胡安國의『胡氏春秋傳』을 읽을 것을 권유하고 있다. 호안국의『春秋傳』은 議論이 正大하고, 문장에 변화가 있고 정신이 있다고 칭찬하고 있다.

　　旣讀左傳, 何不讀胡傳春秋也? 不但議論正大, 朱子稱其文章, 有開合, 有精
　　神. 西厓先生文章, 亦得力於孟子及胡傳. 學者不可不讀也.(13-17;「答碩姪」)

『禮記』 가운데서 「檀弓篇」은 비록 聖人의 글이지만, 초학자는 그렇게
급급하게 읽으려고 할 필요가 없다고 했다. 四書를 먼저 읽고, 朱子의 글을
읽으라는 주장과 일관된 것이다.

　　至於檀弓, 則雖曰, 文之聖者, 不必汲汲讀之.(13-17; 答碩姪)

　　程篁墩의 『心經附註』는 儒家의 心法을 전하는 책으로, 退溪도 애독했
으니, 배우는 사람들이 공을 들여야 한다는 점을 강조했다.

　　篁墩附註繼西山. 退老當年獨愛看. 心法祇今猶可識. 晚生其奈下工難.
　　莫言生晚下工難. 一簣終成九仞山. 窮道此行知玉汝. 客窓晴日整襟看.
　　(2-4;「讀心經附註有感二絶」)

　　학문하는 방법은, '主敬'과 '致知'에서 벗어나지 않는데, '主敬'의 要訣은
『心經』에 다 갖추어져 있고, '致知'의 방법은 『大學』 제5장의 『或問』에
상세히 언급되어 있다고 하여, 학문의 방법론이 『心經』과 『大學或問』에
잘 갖추어져 있다고 했다.

　　夫爲學之道, 固不出來書所謂主敬致知四字, 而主敬之要, 心經盡之矣. 致
　　知之方, 大學第五章或問, 詳之矣.(11-2;「答黃爾直」)

　　經書를 課讀하는 여가에 때때로 다른 책이나 歷史書를 읽을 것을 권유
하고 있다. 경서 이외의 다른 책이나 역사서를 읽으면, 새로운 발상을 하는
데 도움을 주고 識量을 확대할 수 있다고 했다. 그리고 朱子의 『通鑑綱目』
을 읽을 것을 권유하고 있다.

書史披玩, 亦是一工夫, 每日課讀之暇, 時取而覽閱, 則未必不助發意思, 開擴識量. 然亦不可泛濫無節, 又當思其緩急而去取之. 吾意欲君之一閱朱子綱目也(12-30; 「答再從姪江漢」)

『史記』 가운데서 霽山은 「伯夷傳」, 「屈原傳」, 「魯仲連傳」을 중시하였는데, 葛庵은 「伯夷傳」, 「魯仲連傳」을 특별히 중시하였다. 이는 문장이 좋을 뿐만 아니라, 백이의 淸風과 굴원의 충성, 노중련의 奇節을 중시했기 때문이다. 이는 名利에 초연한 霽山의 처세방식과도 긴밀한 관계가 있다고 볼 수 있겠고, 스승 갈암의 문장을 보는 관점에 영향 받은 바도 크다고 하겠다. 갈암이 古文選集을 편찬하면서 「史記」의 많은 글 가운데서 「伯夷傳」과 「魯仲連傳」만을 選取하였기 때문이다.

伯夷傳, 苟堅坐劇讀, 不過旬日工夫, 了此後, 更取屈原魯連二傳, 讀五百遍如何? 此三篇, 不但文章絶唱, 伯夷之淸風, 屈子之忠忱, 魯連之奇節, 皆可以激懦廉頑. 葛翁先生, 嘗輯古文, 於史記, 獨取伯夷魯連兩傳, 而晦菴嘗眷眷於忠潔侯之心事. 是皆有深意, 學者不可以不之讀也.(13-1; 「寄子晉行」)

『史記』 「貨殖傳」을 읽어서는 무슨 得力을 하거나, 문장을 잘 짓는 데 도움을 받을 수 있는 것도 아니니, 儒家의 책을 읽는 것보다 못하다고 했다. 20세 전후의 銳氣가 있을 때는 몰라도 더구나 40대가 되어서 읽어서는 아무런 효과를 얻을 수 없다고 생각했다. 儒家書에 功을 들이면 식견이 날로 넓어지고 논의가 날로 높아져서, 문장을 지으면 의도적으로 잘 지으려고 애를 쓰지 않아도 자연히 좋게 될 수 있다고 말했다. 莊子나 司馬遷 등의 문장을 읽지 않을 수는 없지만, 읽으려면 20세 전후에 읽을 것을 강조하고 있다.

知與章天處泗上, 讀得貨殖傳四百遍, 其不浪過可想, 喜甚. 然年紀已晚矣. 未知, 讀貨殖傳, 有何大得力? 欲爲做文章地, 則似非切急之務. 欲做時文, 則

今世之業程文者, 已弁髦此等文字矣. 彼此皆無當吾意. 莫若就儒家書中用力,
使識見日廣, 議論日高, 則發爲文辭者, 亦不期好而自好矣. 莊馬大家文字, 固
不可不讀, 而此乃二十左右時才氣方銳者, 所當讀. 如君方在中晚之間, 恐非
切己得效之道也.(12-4;「答宇漢」)

독서는 조급한 마음을 갖고 해서는 안되며, 느긋한 마음을 갖고 전에
읽은 것을 계속 반복 숙독하여 뒷맛을 음미해야 한다는 점을 강조했다.

斂退有餘味, 躁進易傾覆. 歸來傍梅竹, 舊書讀爛熟(1-22;「次李靑蓮紫極
宮詩」)

독서할 때 의문나는 것이 있으면 箚記를 만들어 講討할 자료로 준비할
필요가 있다고 했다.

讀書有疑, 必有箚記, 以爲講討之資, 古人之所嘗爲者. 幸兄勿以鄙說, 因噎
而廢食也.(8-20;「答權一甫」)

제산은 독서의 목표는 성현이 되는데 두고, 쉽고 명백한 것부터 시작하
여 어렵고 심오한 쪽으로 나가야 한다고 그 방법을 제시하였다. 그래서
四書보다 육경을 먼저 읽어야 한다는 江左의 설을 반대하였다. 그리고
독서는 마음의 여유를 갖고서 차분히 해야 하고, 독서할 때 의문나는 것은
箚記로 만들어 講討의 자료로 준비해 두어야 한다고 말했다.

3. 治學方法

學問에는 大人의 학문과 小人의 학문이 있는데, 義理·經術의 학문은
곧 대인의 학문이고, 章句·詞章의 학문은 소인의 학문인데, 대인의 학문
을 해야 자신에게 도움이 되고 다른 사람에게도 학문의 혜택이 미칠 수

있고, 소인의 학문을 해서는 자신에게도 다른 사람에게도 도움이 될 수가 없다고 주장했다.

> 夫學, 有大人之學, 有小人之學. 大人之學, 義理經術之學, 小人之學, 章句
> 詞章之學也. 從事於義理經術之學, 不徒裕於己, 而亦有以及於人. 從事於章
> 句詞章者, 己且不裕, 而可以及於人乎?(14-2;「贈李士直序」)

그러나 세상에는 대인의 학문에 종사하는 사람은 적고 소인의 학문에 종사하는 사람만 많아, 진부한 옛 글을 모방하여 과거에 합격하면 의기양양하여 평생에 해야 될 일을 다 완성한 것처럼 활개를 치고 다니고, 과거하지 못한 사람들은 기가 꺾여 지내는 실정임을 밝혔다. 그런 풍토에서는 진정한 大人의 學問을 하는 사람이 있어도 다른 사람들로부터 비웃음을 사는 처지가 됨을 면하지 못하는 실정임을 밝혔다. 그러나 당시의 공부하는 사람들 가운데는 실질보다는 이름을 구하기에 급급하고 내면의 수양보다는 외면 꾸미기에 치중하는 사이비 학자가 대부분이니, 그런 비웃음을 당하는 것도 당연한 일이라고 자기 비판적인 태도를 취하고 있다.

> 士之志於大者蓋寡, 而爲詞章章句之學者皆是. 甚者則又掇拾陳腐之餘, 務
> 爲聲律對偶之文, 以規取科第. 幸而中一夫之目, 則志滿氣得, 自以爲平生一
> 大事已了, 橫行閭里, 以誇耀於婦女兒童之目. 其不得者又摧沮戚嗟, 若秋草
> 之遇霜焉, 而不知恥. 於是而有一人稍有志於所謂大人之學者, 則羣聚而笑之.
> 或譏以釣名. 或詆以行怪, 甚或目之以雜術, 使不得比列於人. 噫! 士生斯世,
> 其自立亦難矣. 然此非獨笑者之妄爾, 亦爲學者之過也. 何者? 今之學者, 務外
> 而不務內, 求名而不求實. 其號爲自守者, 必爲厓異迂僻之行, 而不趨於平實.
> 號爲通博者, 或竊先儒已陳之說, 以文其言論. 天人性命之理, 無不信口騰舌,
> 而考其行, 則反不如彼詞章科目之人者, 多矣. 是固無以異於昏夜穿窬之盜,
> 而猶欲以學者自處, 則彼之笑之者, 亦奚足怪哉?(14-2,3;「贈李士直序」)
> 今之世, 學絶有間矣. 博洽於記聞, 修飾其言行者, 夫豈無其人? 然徒務於
> 外, 而未聞實得眞積之功, 則斯之於爲學, 不亦遠乎?(6-29;「答李密庵」)

학문을 하는 데 있어서는 '誠'이 가장 중요하고, '誠'하게 되는 방법은 '敬'에 있고, '敬'의 定義는 程子가 말한 '속이지도 않고 태만하지도 않는 것'과, 朱子가 말한 '畏敬'이라고 했다.

> 君子之學, 必以誠爲貴. 而中庸一書, 論聖人之極功, 其樞要則不出此一字, 爲是故也. 然而誠之之道, 又在於敬. 敬者, 誠之工夫, 誠者, 敬之成效, 非有二也. 而敬字之義, 則程子所謂, 不敢欺, 不敢慢. 朱子所謂, 惟畏, 近之者, 尤爲切實.(4-13;「辭持平疏」)

학문의 방법은 '敬'과 함께 '致知'도 중요하다고 했다. '敬'을 주로 하여 학문의 근본을 세우고, '致知'하여 그 응용을 확산해야 한다고 했다.

> 夫爲學之道, 固不出來書所謂主敬致知四字, 而主敬之要, 心經盡之矣. 致知之方, 大學第五章或問, 詳之矣. 苟能主敬以立其本, 致知以博其用, 則希聖希賢之功, 不待他求而卽在是矣. ……使敬至於專一, 知極於貫通, 則學之能事畢矣.(11-2;「答黃爾直」)

역대 여러 성현의 학문하는 道는,『大學』에 그 체제가 구비되어 있고, 宋儒의 여러 저서에 잘 해석되어 있는데, 세상에서는 訓詁・章句만을 일삼아 가식적이고 浮華한 문장 짓는 일만 일삼고 있을 뿐, 體得하여 實踐하는 데는 힘을 쓰지 않는다고 했다.

> 自堯舜禹三聖, 以精一執中相授受之後, 傳說典學之訓, 孔門博約之敎, 中庸之明善誠身, 孟子之博學詳說, 皆是道也. 以其節目之詳, 莫備於大學, 其推說之明, 莫如濂洛關閩之書. ……其所講者, 徒在於章句訓詁之間, 而不深察於義理精微之際, 徒事乎假飾虛夸之文, 而不致力於深體篤行之實也.(4-50, 51;「擬應旨疏」)

진정한 학문인 經學이 가장 중요하지만, 진정한 학문과 문장공부와 과
거공부는 서로 대립적인 관계만은 아니고, 서로 本末의 관계에 있다고
보았다. 학문이 넉넉해지면 식견이 진보되고, 식견이 진보되면 문장도 성
취되므로, 한편으로 과거공부를 하면서, 충분히 학문을 하면서 과거에 합
격할 수도 있다고 보았다.

　　經學文章, 與夫應擧之業, 相爲本末. 學優則識進, 識進則文亦就, 傍習科工,
沛乎其有餘裕.(7-18;「答李訥翁」)

그러니 학문한다는 이유로 과거를 꼭 포기해야 될 필요는 없다고 보았
다. 더구나 젊은 사람이 父祖의 의견도 듣지 않고 과거를 포기해서는 문호
를 부지할 수 없다고 생각하여, 과거에 대해서 부정적으로만 보지 않았다.

　　今世扶門戶之道, 多在科名, 前世大賢, 亦有從科目中出身者, 亦何可廢也?
況有父兄在, 則尤有所不得自專者. 若使科業可廢, 則前賢已禁戒矣. 然應擧
時, 隨分應之, 退則爲爲己之學, 此學者家常茶飯. 若必以了此一事後, 爲學爲
心, 則事不可易了, 而此心一溺, 難可抉拔. 所謂奪志之戒, 爲此故也.(12-5,6;
「答宇漢正漢」)

본래 道德과 事業과 文章이 한 가지였는데 후세에 와서 세 가지로 나뉘
어져 후세의 사업이 이전보다 못하게 되었다는 것이다. 곧 문장이 학문에
서 분리되지 않았던 것이 후대에 와서 문장만을 위주로 하는 분야가 생겨
나 학문과 완전히 遊離된 것은 정상적인 현상이 아니라고 보았다.

　　三代以上, 道德事業文章, 皆出於一, 而三代以下, 道德事業文章, 判而爲三.
此, 後世之事業, 所以不如三代之純也歟?(14-1;「贈李士直序」)

자신의 친구인 訥隱 李光庭이 嶺南儒林의 대단한 명망을 지고 있으면

서도 詩에 지나치게 공을 들이는 것을 보고 원대한 학문을 하는 데 방해가
될 것이므로 절제하라고 권유하고 있다.

> 竊以, 執事, 於今, 負山斗之望於南中士林, 可謂責重而任大矣. 或恐詩篇間
> 慢之工, 有妨於久大之事業, 故云云, 而請其少節之耳.(7-26;「答李天祥」)

학문은 宋學을 으뜸으로 삼아야 하는데, 문장을 업으로 삼는 것은 본말
이 전도된 것이라고 보았다. 문장만을 잘 짓겠다고 애쓴다고 해서 좋은
문장을 지을 수 있는 것은 아니고 결국 학문도 되지 않는다고 했다.

> 學問固當宗洛建, 西京之文, 豈後世所可易學乎? 且爲洛建之學者, 必不屑
> 爲揚馬之文章. 以文章爲事, 而又欲爲學問. 則亦不免失本末之序.(7-25;「答
> 李天祥」)

經書의 주석에 있어 漢儒들의 주석은 내용상으로는 물론이고, 文理나
字句上으로 誤讀하여 錯解한 것이 적지 않은데, 程朱 등 宋儒들이 나와
六經과 四書의 뜻이 밝혀지게 되었다고 보아, 조선시대 학자들의 일반적
인 관점이 그러하듯 宋學을 지지하고 한학을 貶視하고 있다. 송대 학자들
의 경서 주석이 없었다면 경서를 올바로 읽을 수도 없는데, 송유들의 저서
를 소홀이 대해서는 안된다는 사실을 강조하고 있다.

> 漢魏以來諸儒, 從事專門之學者, 如梁丘王弼之於易, 公羊穀梁之於春秋,
> 毛鄭之於詩, 夏侯之於尙書, 用力亦勤矣. 無論其道理, 卽其文理語句, 往往誤
> 讀而錯解者, 不止一二, 得洛閩諸夫子之出, 然後六經四子之旨, 煥然復明. 今
> 之學者, 若無諸賢注解, 則雖欲讀經, 得乎? 由此言之, 濂洛諸書, 豈可以爲末
> 後之事, 而不汲汲讀之乎? 但不可舍四子而先讀此也.(8-13;「答權一甫」)

문장을 업으로 삼는 사람들이 先秦 이전의 古文을 지으려고 노력하고

있지만, 新羅 崔致遠 이래로 朱子와 같은 문장 수준에 이른 사람이 없다. 그러니 주자의 문장에서 得力하면 義理의 문장을 지을 수가 있다는 것이다. 고문을 짓겠다는 목적만으로 四書와 六經을 보아서는 고문을 이룰 수가 없다고 보았다.

> 世之爲文者, 自童稺之日, 讀易詩書, 至于白首, 而其能爲先秦以上文章者, 亦幾人也? 我東方, 自文昌以後以至於今, 以文名家者, 不勝僂指. 然有一人能追配於朱夫子文章者耶? 以義理言之, 則朱書之於學者, 易於得, 如景文所言. 以文章言之, 雖讀六經四子, 古文非可容易爲也(8-16;「答權一甫」)

三代 이후로 聖賢의 학문이 세상에 밝혀지지 않고 문장도 날로 쇠퇴해 져 왔는데, 歐陽修·曾鞏·蘇軾 父子 등 宋代의 문인들이 나와 쇠퇴한 기운을 회복했지만, 성현의 학문의 관점에서 볼 때는 학문의 本末을 알지 못하고, 浮華함을 면하지 못하는 문장이다. 우리나라의 문장을 업으로 삼는 사람들은 여기에도 아득히 미치지 못하면서, 韓愈·柳宗元·歐陽修·曾鞏·蘇軾 같은 문장을 짓는다고 세상에 표방하고 다니지만, 그들의 문장을 보면, 아무 쓸 데 없는 空言이고 옛 사람들의 찌꺼기에 불과할 뿐이다. 그러니 宋儒의 義理의 문장을 배우는 것이 낫다고 했다.

> 三代以降, 道喪文弊, 不但聖賢之學不明於世, 其文章亦日益汚下. 自三代而先秦, 自先秦而西漢, 至于六朝, 而軌則蕩然矣. 於是乎, 韓柳起而振之. 自是而又益衰, 至五季而纖微極矣. 歐陽曾蘇, 又出而挽回之. 彼五君子者, 卓然爲一代之宗主, 而唐宋文章之盛, 無愧於兩漢者, 皆其力也, 則彼雖不知本末之序, 率未免浮華之譏, 然要之, 其樹立振作之功, 有不可誣者. 故學者至今宗之, 家誦而戶詠之不衰. 然律之以聖賢之道, 則豈不顚倒駁雜, 淺之爲事業哉? 況不及此數子遠甚, 而乃肆然以號於世曰, 吾爲韓柳也, 爲歐曾蘇也, 而究其所成, 則皆無用之空言, 古人之餘沫也, 有之無所補, 無之無所損. 如是而自許以爲大事業者, 不亦可哀而可笑乎? 雖以皇明王李諸大家才力, 猶不得免, 況

我東之褊局, 而時代之衰末者乎? 平生矻矻焉, 弊精疲神, 至白首不知倦, 而觀
其所爲文字, 則又遠出於宋末元季文人之下者, 皆是. 若是者, 果何補於世, 而
何益於身哉? 吾故每以爲己之才氣力量, 足可以軼韓駕蘇, 雖其無頭而不醇,
有愧於聖賢之文, 尙亦可爲也. 不然而以淺末之才, 萎弱之氣, 妄欲追蹤乎古
人之文章, 勤一生之力, 以沈酣於其中, 而終不能窺作者之藩閫, 豈不亦勞苦
可憐之甚乎? 曷若一意潛心於聖賢之遺訓, 隨吾才分之所及, 而推究義理, 擴
充知見, 不至虛過一生, 爲士君子本分上事業哉?(12-10,11; 「答正漢」)

　학문을 하여 의리가 가슴 속에 충만하면, 지식과 견해가 高明해지는데,
이런 경지에 이른 뒤에 문장을 지으면 옛 사람의 문장 가운데서 화려한
것만 따라서 짓는 문장보다 도리어 낫게 된다는 것이다. 세상에서 문장을
업으로 삼는 사람들이 先秦・前漢의 문장을 典範으로 삼는다고 표방하면
서, 程朱 등 宋儒의 문장 등은 冗長・支離하다 하여 그 참된 맛을 음미하려
고 하지 않는데, 이는 착각이다. 좋은 예로 退溪는 평생 程朱의 문장만을
열심히 읽어 생활화하여 義理의 文章을 지었는데, 牧隱이나 簡易 등 문장
만을 일삼은 사람들인 文士들의 문장과는 현격한 차이가 있다고 했다.

況義理充積於中, 而知見日益高明, 則發於文辭者, 反有賢於綴緝浮藻者之
爲乎? 世之爲文者, 以洛閩間文字, 爲冗長而支離也, 不肯留意玩索, 而必曰,
先秦西漢云者, 皆惑也. 退陶先生, 一生以程朱書爲飮食裘褐, 殆不知世間復
有他書. 然今其文集, 流布一國, 至於蠻夷之人, 無不尊尙而諷誦之. 比之, 前
朝之牧隱, 我國之簡易, 不啻懸截, 則義理之文與文士之文, 其輕重大小, 可推
而知也.(12-10,11; 「答正漢」)

　문장가들은 朱子의 문장을 낮추어 보지만, 주자의 문장이야 말로 가장
辭達한 義理의 文章인데, 문장가들이 주자의 문장을 금하는 것은 문장을
모르는 크게 잘못된 생각이라고 말했다. 문장가로 자처하는 江左 權萬
같은 사람이 朱子의 문장에 대해서 가치를 인정하려 하지 않는 것은 이상

할 것이 없다고 말했다. 그리고 주자의 글은 학자들에게 가장 절실한 글이라고 주장했다.

> 至如權公, 則彼以文章自任者. 文章家例多俯視儒家文字, 彼之作此見解, 亦無足怪. 但不知孔聖辭達之訓, 實爲文章之至訣. 朱文卽文辭之至達者. 爲文若此, 亦可謂至矣, 況欲究義理者, 尤莫先於朱書? 假令有害於文章, 苟知輕重本末之分者, 亦不肯舍之而不讀, 況義理文章, 俱備而無憾乎? 罪人竊以爲, 以朱書爲文章之禁者, 不知文章者也. 然此則以文辭言爾. 陶山節要之意, 本欲學者終身講讀, 以爲受用之地, 不必待晚暮而後讀也. 六經豈不是義理本原, 先正之眷眷於朱書者, 蓋爲最切於學者故也. 不學則已, 如有志於學, 則其可不汲汲於此乎?(9-3;「答李景文」)

또 학문하는 사람이 文藝에 한 번 유의하게 되면 자기도 모르는 사이에 그 習氣에 부림을 당하여 본분인 학문을 가치 없는 것으로 생각하게 되고, 문장을 잘 짓고자 하여 화려하고 웅장하게 지으려고 다투게 되니, 결국 학문과는 갈수록 거리가 멀어지게 된다고 했다.

> 一留心於文藝, 則不知不覺之間, 不免爲習氣所使, 伎倆所役, 往往至於弁髦儒家, 而鬪華競雄, 終歸於南越王黃屋自誤之譏者, 多矣.(12-11;「答正漢」)

학문은 義理·經術을 위주로 하는 大人의 학문을 해야만 자신에게 유익하고 그 혜택이 다른 사람에게 돌아갈 수 있다고 보았다. 그러나 세상에는 진정으로 대인의 학문을 하는 사람은 드물고 사이비 학자들이 많아 개탄을 하고 있다. 의리의 학문을 소홀히 하면서 문장을 업으로 삼는 것은 진정한 학문을 하는 데 방해만 될 뿐이라는 것이다.

학문하는 데는 '誠'이 중요하고, '誠'하게 되는 방법은 '敬'인데, '敬'이란 곧 자기를 속이지 않고 태만하지 않으면서 畏敬한 자세를 유지하는 것이라 했다.

그리고 학문을 하면 절로 식견이 진보하고 식견이 진보하면 문장도 잘 지을 수가 있으니, 학문한다는 이유로 꼭 과거공부를 포기할 필요는 없다 는 견해를 가졌다.

학문과 문장이 두 갈래로 갈라진 것은 정상적인 상태가 아닌데, 지나치게 문장에 공을 들이는 것은 학문을 하는데 방해가 된다고 보았다.

학문은 宋學을 으뜸으로 삼아야 하는 바, 경서 내용이 송유들의 주석으로 인하여 밝혀진 것이 많고, 漢儒들의 경서 주석에는 오류가 많다고 보았다.

문장가들의 문장은 朱子·退溪 등 의리의 문장의 경지에 다다를 수 없고, 학문에는 정력을 쏟지 않고 先秦·前漢의 古文을 배우려고 애쓰는 사람들은 한평생의 정력을 허비할 뿐이라고 했다.

IV. 霽山의 嶺南儒林에서의 役割

霽山은 家學을 계승한 바탕 위에 다시 당시 葛庵의 高足으로서 嶺南 儒林을 대표하는 학자의 위치에 있었는데, 學德이 높아감에 따라 嶺南 儒林에서의 비중이 점점 높아 갔다. 그의 연령이 더해감에 따라 그의 명망이 높아져 가는 과정을 考究해 보고자 한다.

25세 때는 스승 適菴을 따라 曾祖父 瓢隱의 文集 校正作業에 참여하였다. 당시 川前·芝禮 등에는 많은 학자들이 있었지만, 젊은 제산이 참여했다는 것은 벌써 스승과 집안 사람으로부터 그 학문을 인정 받았다는 것을 증명하는 것이다.

二十五歲, 陪適菴公校瓢隱集于陶淵.(『霽山年譜』; 3장)

그리고 44세 때는 御史 朴文秀가 霽山의 명성을 일찍이 듣고 있다가,

이때 이르러서 嶺南에 이르러 霽山을 방문하였다. 박문수는 少論系 인물로 서울에서 대대로 산 인물인데, 제산의 명망이 서울에까지 알려졌던 것이다. 이때 제산은 布衣의 신분에 불과했지만, 이미 영남 안에서만 국한된 학자가 아니고, 전국적으로 명성이 알려진 인물이 되었다는 것을 알수 있다. 그리고 英祖까지도 제산의 인물됨을 들어 알고 있었던 것이다.

> 四十四歲, 御史朴公文秀來訪. 朴公素聞先生名, 至是來訪. 仍問嶺南人才.
> 先生雖在布衣中, 聲聞上徹. 後因逆變, 屛谷權公入鞫廳. 上問, 所與交. 對曰,
> 李栽金聖鐸. 上曰, 可謂取友必端矣.(『霽山年譜』; 6장)

1728년 李麟佐·鄭希良 등이 亂을 일으켰는데, 이때 安東의 儒林들이 倡義하였다. 이때 霽山은 참모로서 참여하여 檄文을 여러 고을에 돌리는 일을 맡았으니, 儒林에서의 그의 비중을 짐작할 수 있다.

> 四十五歲, 赴倡義所, 推慵窩柳公爲主將. 先生以參謀從事, 馳檄列邑.(『霽
> 山年譜』; 7張)

1730년 按覈使 吳光運이 嶺南에 와서 霽山을 만나 보고서 조정에 돌아가 제산을 맨 먼저 추천하였다. 당시 영남에 많은 인물이 있었는데 제산을 맨 먼저 추천한 것을 보면, 제산의 학문과 德行을 제일로 쳤다는 것을 알 수 있다.

> 庚戌嶺南按覈使吳公光運來訪, 公禮貌甚恭. 及還朝, 首薦公, 有金玉等語.
> (『霽山先生文集』「附錄」: 2,3張)

48세 때 顧齋 李槾, 訥隱 李光庭과 함께 儒生을 선발하여 鄕校에 모아西銘, 太極圖說 및 先賢들의 箴銘을 講學하였다. 이때 趙顯命이 儒敎를진흥하고자 하여 霽山과 顧齋, 訥隱을 安東府의 訓長으로 삼아 유생들을 가르치도록 했다. 조현명은 이때 제산을 안동지역을 대표하는 선비로 보았다.

> 四十八歲, 同顧齋訥隱諸公講, 選士于鄕校. 時豊原君有興起儒教之意, 以先生及二公爲本府訓長. 選儒生會鄕校, 講西銘太極圖說及先賢箴銘.(『霽山年譜』; 7장)

49세 때 退溪의 『言行通錄』의 교정작업에 참여하였다. 蒼雪 權斗經이 退溪의 門人들이 퇴계의 언행을 기록해 둔 것을 편집한 것이 이 책이다. 이때 慶尙監司로 있던 趙顯命이 이 책을 尊崇하여 '東方의 論語'라고 말하면서 책 간행에 필요한 비용을 대겠다고 하여 安東 鄕校에서 간행하게 했다. 이때 제산은 교정에 참여하였다. 이때 安東 儒林과 禮安 儒林 사이에 의견이 일치되지 않았는데, 霽山은 간행하여 널리 유포를 해야지 한 고을이나 한 가정의 전유물이 되어서는 안된다고 주장했다.

> 四十九歲, 校正退溪先生言行通錄于鄕校. 蒼雪權公, 嘗袞集溪門諸公所記言行文字爲通錄. 豊原君以爲, 此便是一部論語, 給工費, 使刊于安東. 先生與同志諸人校正. 時以通錄校訂事論議不一. 先生以爲, 此書一入剞劂, 不但爲一邑一家之私藏而已, 必將流布一國, 傳之久遠. 若於其間, 或不免有毫髮可議者, 則非未安之甚乎? 遂錄其可疑處數十餘條, 送于刊所.(『霽山年譜』; 8張)

49세 때는 趙顯命의 추천으로 靖陵 參奉에 제수되었는데, 그때 조현명의 추천하는 글 가운데서, "金聖鐸은 溫恭·謙退하여 스스로 힘써 숨기고 있지만 그 文學은 該博하고 그 識見은 精明하여 嶺南의 으뜸이고, 나이는 비록 적어도 그 명망은 이미 대단합니다"라고 하니, 英祖는 霽山의 이름을 대궐 기둥 위에 써 두고서 吏曹로 하여금 빨리 벼슬에 제수하도록 했다.

> 四十九歲, 九月, 除靖陵參奉. 先是豊原君薦先生. 其狀曰, 金聖鐸, 溫恭謙

退, 務自韜晦, 而文學之該博, 識解之精明, 當爲嶺上之翹楚. 其年紀雖少, 而
名譽已盛. ……上命書先生姓名於殿柱, 仍命該曹速授職.(『霽山年譜』; 8張)

51세 때는 監賑御史 李宗白의 추천으로 龍驤衛 副司勇에 제수되었다.
이때 李榤·成爾鴻과 함께 추천되었는데, 제산이 맨 처음으로 추천되었
다. 英祖가, "이 세 사람은 전후 여러 차례 추천이 되었는데, 어떤 사람이
냐?"라고 하자, 이종백은 "모두 慶尙道의 명망 있는 선비인데, 그 學識과
行誼는 온 道에서 공인하는 바입니다"라고 했다.

五十歲, 九月, 除龍驤衛副司勇. 本道監賑御史李宗白, 別薦嶺儒三人, 而
先生居首. 及還朝, 上問曰, 金聖鐸李榤成爾鴻, 前後襃薦者多, 果是何如人
也? 宗白對曰, 三人俱是一道望士, 其學識行誼, 爲一道之所共許.(『霽山年
譜』; 9張)

50세 때는 葛庵의 아들이자 退溪學統을 계승한 密庵의 文集을 교정하
였다. 밀암은 스승의 아들이자 존경하는 同門의 선배로서, 갈암이 세상을
떠난 후에는 依歸한 바 많았는데, 이때 密庵 文集 교정의 일을 맡게 된
것이었다.

五十歲, 校密庵公文集.(『霽山年譜』; 8張)

52세 때 科擧에 급제하였는데, 放榜하는 날 임금이 특별히 入侍하도록
하여, 시를 지어 손수 내려 줄 정도로 제산의 及第에 기대를 걸고 크게
쓰겠다는 뜻을 보였다.

五十二歲, 閏四月, 及第出身. 放榜日, 特命入侍, 御製詩一絶, 手書以賜之.
詩曰, 昨日嶺南貢擧人, 今辰桂花頭上新, 豈徒於爾爲親喜, 爲我金門文學臣.
仍命於前席次韻以進. ……滿朝皆以爲別恩也.(『霽山年譜』; 11張)

55세 때 濟州道에서 全羅道 光陽으로 옮겨 귀양살이하고 있었는데, 제산의 명성을 들어 왔던 晋州·丹城·咸安·宜寧의 여러 선비들이 霽山이 罪籍에 있음에도 불구하고 찾아와서 가르침을 청했다. 제산은 본래 師道로 自處하지 않았으므로 죄인이라하여 사절하여 돌려보냈지만, 정성으로 배우기를 원하는 사람들에 대해서는 그 재질에 따라 四書, 朱子書, 朱子家禮 등을 가르쳤다. 晋州를 중심으로 한 慶尙右道는 南冥學의 淵源地이고 安東과는 500리의 거리가 있는데도 霽山의 名聲이 멀리 이 곳까지 퍼져 있었으므로, 제산이 비록 유배를 왔지만 가까운 곳으로 오자, 이 기회를 이용하여 이 지방의 많은 선비들이 배우러 왔던 것이다.

> 五十五歲, 十月晦日, 到光陽之蟾津. 時丹晋宜咸士子, 請學者日至. 先生以名在罪籍, 謝遣之. 間有誠心願學者, 隨其才品, 授四書及朱子書家禮等書. 數年之間, 頗有進益. 南俗多諼詐, 先生無論貴賤, 以誠信相接. 人以小陶山稱之.(『霽山年譜』; 17張)

이때 謙齋 河弘度의 후손 河大明이 謙齋의 文集 校正하는 작업을 霽山에게 요청했던 것이다. 謙齋 河弘度는 南冥의 學問을 계승한 慶尙右道의 대표적인 학자로, 慶尙右道 일원에서의 그의 학자로서의 위상이 대단히 높았다. 당시 晋州 및 그 인근에도 많은 학자가 있었음에도 불구하고 그 문집의 교정작업을 제산에게 요청한 것은, 그만큼 제산의 학문적 수준을 높이 평가했기 때문이라고 할 수 있다. 그리고 제산은 『謙齋集』의 序文을 지었다.

> 謙齋先生遺集刪定, 則何敢? 惟以一二妄見, 略有標識處, 其中大家合商量者. 在於年譜, 不敢以朦昧之識, 獨自下手, 初頭首章外, 更未得勘詳. 欲待早晚, 與老兄若寬夫兄相面時, 爲貢愚計.(10-22;「答河晋叔」)

또 咸安에 있는 道林書院의 儒生들이 霽山에게 書院의 制度와 享祀에

관계된 禮儀節次를 문의해 왔다. 이 역시 제산의 학문적 권위를 높이 평가
하여 물었다고 할 수 있다.

> 示諭, 道林書院事, 係是斯文上重大之論, 如鄙人蒙陋, 何敢與議於其間, 而
> 昨年春, 仁鄕人李君宗孝氏, 與貴邑前太守柳令來訪, 有所云云. 鄙人以無所
> 知識, 不敢涉士論之意, 辭之再三, 而李君强不置, 故不得已略略酬酌. 蓋李
> 君之意, 欲於牆內作翼室, 如聖廡之制. 且詢其三獻有祝之當否. 鄙人以爲, 牆
> 內翼室, 旣無東西相對如聖廡者, 則不如就牆外別祠之爲便, 且立祠牆內, 則
> 決不可有祝而三獻, 只如聖廡單獻, 似宜矣. 若於牆外, 則旣是別祠, 雖三獻有
> 祝, 其或無礙否.(9-42;「答咸士林」)

多年間 멀리 光陽에 귀양가 있는 霽山이었지만, 安東을 중심한 慶尙左
道의 명망 있는 인물들이 끊이지 않고 제산을 위문하러 광양까지 왔다.
집안의 자제들은 물론이고, 陽坡 柳觀鉉·冷泉 李猷遠·琅軒 權彗 같은
비중 있는 인물들이 와서 학문을 토론하고 시를 주고 받고 하고서 갔다.

> 五十七歲, 秋, 權琅軒彗內弟金時天起浩來訪. 冬, 柳陽坡觀鉉來訪. 蟾江
> 近地, 有方丈岳陽君山之勝, 先生勸柳公遊賞. 公曰, 今行專爲窮道故人而來,
> 無意選勝也. 先生曰, 用賓可往而不往, 余欲往而不得, 遂相與賦詩.(『霽山年
> 譜』; 18張)

1795년 正祖 19년 霽山에게 復官의 命이 내려, 焚黃·改題하게 되었을
때 참석한 사람이 천명에 이르렀다고 하니, 後學들로부터 얼마만큼 추앙
을 받을 수 있었는 지를 알 수 있다.

> 正宗十九年十月特命復官, 十二月焚黃改題, 會者千餘人.

제산은, 자기 시대에 와서 학문의 수준이 이전보다 못하게 되어 後學들

이 典範으로 삼을 만한 학자가 없게 되어 仁義의 說을 거의 들을 수 없게
되었고, 後學 가운데서도 專心하여 학문에 힘쓰는 사람이 없는 것에 대해
서 많은 우려를 표명하고 있다. 嶺南의 학문이 전체적으로 저하된 것에
대해서 사명감을 갖고서 이런 걱정을 갖게 된 것이다.

> 近來儒林不幸, 斯文一二宗伯, 凋落殆盡, 後生小子無所歸嚮, 而道德仁義
> 之說, 或幾乎不可復聞矣. 不佞私竊憂歎以爲, 天之將絶斯學則已矣. 不然者,
> 以吾南人士之盛, 先輩遺風餘澤, 猶有存者, 豈至若是寥寥, 曾無一人專心致
> 志於此事者哉.(9-32;「答黃益哉」)

당시 嶺南의 儒林社會에서 이루어진 큰 일에 대해서 霽山은 論議를
주도할 정도의 위치에 있었다.『退陶言行通錄』의 校正·刊行 문제를 두고
安東 儒林과 退溪의 後孫을 중심으로 한 禮安 儒林 사이에 異見이 있어
論議가 일치되지 않았는데, 제산은 安東 儒林의 論議를 주도하는 위치에
서『言行通錄』의 간행을 강력하게 주장하였다.

> 是編之有功於斯文, 爲何如哉? 幸而繡梓之論, 發於今日, 主張得其人, 官
> 司助其力, 誠不可失之幾會, 而凡爲人士者, 所當奔走而共圖之者.(7-2;「答
> 李顧齋」)

그리고 蒼雪 權斗經이『退陶言行通錄』에 退溪의 言行·出處를 年條別
로 고찰하기 쉽게 하려는 목적에서『退溪年譜』를 合編하였는데, 이에 대
해서 반대한 퇴계의 후손 李守淵의 의견에 대하여 자신의 견해를 피력하
고 있다.

> 雪翁之編年譜於此, 其有所据明甚, 而凡例中所謂言行出處, 類編詳矣. 又
> 据年譜, 考校歲月, 又更詳核云者, 自有深意. 此, 敝鄕之不可拔去者也.(10-3;
> 「擬與李而靜」)

霽山은 退溪의 저서인『理學通錄』의 重刊도 적극적으로 권장하였다.

理學通錄重刊之擧, 雖有先輩鄭重之論, 似無害於事理, 比諸湮沒而不傳, 則
其損益大相遠矣. 而人之偏執好異論如此, 殊甚悶人意也.(8-4;「答柳允卿」)

『古文眞寶』前集 가운데서 해석상 의문나는 것에 대해서 退溪의 제자
인 琴應夾이 질문한 것에 대한 退溪의 講解가 있는데, 이것을 蒼雪이『言
行通錄』을 편집하면서 일부를 발췌하여 수록했는데, 李守淵은 閒漫한 문
자라 하여 刪削하자는 의견을 내놓았다. 霽山은 그 내용 가운데는 後學에
게 유익한 바가 많고 世敎와 義理에 관계되는 바가 적지 않다고 하여 그대
로 載錄해 둘 것을 주장하고 있다.『朱子語類』가운데도 이런 류의 문자가
많다는 것을 들어 前例가 없지 않음을 들고 있다.

前集註解, 謂之閒漫文字, 而不必載錄云者, 亦近矣. 然朱子語類中, 論古人
詩句, 而或爲之解說其義, 或品評其巧拙, 不勝其多, 後之編粹者, 不以爲閒漫,
而悉收無遺, 至於老莊列異端之書, 吾儒所宜禁絶, 而其文義句讀, 前人解未
盡者, 朱子亦多論釋, 而語類莫不載焉, 未聞有以爲不緊而欲去之者, 則雪翁
之錄前集解, 其可謂無所倣乎? 況凡例中所謂精言妙解, 有益後學云者, 蓋亦
見其有所感於心. 而今因此役, 一再繙看, 其中有關世敎涉義理, 勸善而諷惡
者, 亦自不少, 則是豈可不錄乎? 此, 敝鄕之不敢刪沒者也.(10-3,4;「擬與李而
靜」)

V. 결론

霽山은 藥峯, 瓢隱, 適菴을 통해 전승되어 온 家學을 계승한 바탕에
退溪學統의 嫡傳인 葛庵의 學問을 계승하여 爲己之學을 위주로 하여 50
세 이전에 벌써 嶺南 儒林을 대표하는 學者로서의 위치에 올라 그 名望이
임금의 귀에까지 다다랐다.

제산은 학문하는 데는 뜻을 세우는 것이 제일 중요한데, 학문 성취의
정도는 세운 뜻의 高下·遠近에 달렸다고 보았다. 그리고 그 목표를 聖人
이 되는 것에 두어야 하는데, 누구든지 精一하게 공부하면 聖賢의 경지에
이를 수 있다고 보았다.

霽山의 독서의 방법론은, 쉽고 명백한 것부터 시작하여 어렵고 심오한
쪽으로 나가야 한다는 것이었다. 그래서 六經보다 四書를 먼저 읽어야
하고, 朱子의 集注를 읽어 경서의 내용을 명확히 파악해야 한다고 했다.
그리고 독서는 마음의 여유를 갖고서 차분히 해야 하고, 독서할 때 의문나
는 것은 箚記로 만들어 講討의 자료로 준비해 두어야 한다고 생각했다.

학문은 義理·經術을 위주로 하는 大人의 학문을 해야만 자신에게 유익
하고 그 혜택이 다른 사람에게 돌아갈 수 있다고 보았다. 그러나 세상에는
진정으로 대인의 학문을 하는 사람은 드물고 사이비 학자들이 많아 개탄
을 하고 있다. 의리의 학문을 소홀히 하면서 문장을 업으로 삼는 것은
진정한 학문을 하는 데 방해만 될 뿐이라는 것이다.

학문하는 데는 '誠'이 중요하며, '誠'하게 되는 방법은 '敬'인데, '敬'이란
곧 자기를 속이지 않고 태만하지 않으면서 畏敬한 자세를 유지하는 것이
라 했다.

그리고 학문을 하면 절로 식견이 진보하고, 식견이 진보하면 문장도
잘 지을 수가 있으니, 학문한다는 이유로 꼭 과거공부를 포기할 필요는
없다는 견해를 가졌다.

학문과 문장이 두 갈래로 갈라진 것은 정상적인 상태가 아닌데, 지나치
게 문장에 공을 들이는 것은 학문에 방해가 된다고 보았다.

학문은 宋學을 으뜸으로 삼아야 하는 바, 경서 내용이 宋儒들의 주석으
로 인하여 밝혀진 것이 많고, 漢儒들의 경서 주석에는 오류가 많다고 보
았다.

문장가들의 문장은 朱子·退溪 등 의리의 문장의 경지에 다다를 수 없
고, 先秦·前漢의 古文을 배우려고 애쓰는 사람들을 한평생의 정력을 허

비할 뿐 진정한 학문과는 아무런 관계가 없다고 보았다. 經學을 진정한 학문으로 보고 문학보다 아주 큰 비중을 두었다.

霽山은 嶺南 儒林의 큰 사업에는 반드시 참여하여 논의를 주도하였고, 영남을 대표하는 학자로 평가 받아 임금의 기억 속에 남아 있는 인물이 되었다.

그러나 제산은 학문을 원숙한 경지로 끌어 올릴 그런 시기인 생애의 마지막 10년 동안을 유배생활로 보냈기 때문에 많은 서적을 열람할 수 있는 환경이 되지 못해 마지막으로 학문을 완숙시킬 수 없었고, 많은 제자를 길러 그의 학문을 광범위하게 확산시키지 못한 것이 아쉬운 점이다.

凝窩 李源祚의 학문과 寒洲에 대한 영향

Ⅰ. 서론

웅와(凝窩) 이원조(李源祚 ; 1792-1871)는 18세기 영남 출신의 대표적인 학자이자, 숭정대부(崇政大夫) 판의금부사(判義禁府事)에까지 오른 고급관료였다. 그는 학자로서 많은 저서와 시문집을 남겼지만, 과거를 통한 사환(仕宦)으로 현달하였기 때문에, 지금까지 학자로서의 그의 면모를 정밀하게 조명하지 못하고 있는 실정이다.

조선 말기 성주(星州) 대포(大浦)의 성산(星山) 이씨(李氏) 가문에서 대학자인 웅와와 그의 친조카 한주(寒洲) 이진상(李震相 ; 1818-1886)이 나왔다. 한주는 출사하지 않고 한평생 초야에서 학문에 매진하여 풍성한 학문적 업적을 남겼으므로, 학자적 명성이 이미 대단하다. 웅와 역시 많은 저서를 남긴 대학자요 문인이지만, 과거를 통하여 출사했기 때문에, 그의 학자적 면모가 비교적 조명되지 못한 경향이 없지 않았다.

본고에서는 웅와의 학문에 초점을 맞추어 그 성학(成學) 과정, 그 학문적 특성, 한주에 대한 영향 등으로 나누어 고찰하여 학자로서의 웅와의 면모를 밝히고자 한다.

Ⅱ. 성학과정(成學過程)과 저술

웅와는, 1789년 8세 때부터 정식으로 공부를 시작하였다. 본래 성품이 강의(剛毅)하고 재기가 영발(穎發)하여 글자를 배우거나 글을 읽을 때 한

번 보면 다 기억하였으므로 어른들의 질책이나 감독이 필요 없었다.

10세 때 이미 사서삼경을 다 통달하였고, 또 제자서(諸子書)와 역사서도 두루 섭렵하였다.1)

12세 때 과거에 대비한 시문(時文)을 배웠는데, 이때 이미 여러 가지 문체(文體)의 글을 두루 지을 수 있었다. 그리고 글씨도 매우 정묘하고 아름다웠다.

1806년 15세 되던 해에 풍양조씨(豊壤趙氏)에게 장가들었다. 조씨(趙氏)의 부친은 선비 조응수(趙應洙)인데, 검간(黔澗) 조정(趙靖)의 후예이다. 당시 조씨 문중에는 덕을 갖춘 큰 훌륭한 인물이 많았는데, 매은(梅隱) 조승수(趙承洙)가 그 대표적인 인물로, 경학(經學)에 조예가 깊었다. 응와는 그에게서『대학장구(大學章句)』와『중용장구(中庸章句)』를 배워 유학(儒學)에 내외(內外)의 분변이 있다는 것을 알았다. 20세 때는『주자대전(朱子大全)』을 읽다가 그 가운데서 의문 나는 것을 매은(梅隱)에게 질문을 하였다. 천명(天命), 중용(中庸)의 의미, 양심(良心), 존심거경(存心居敬), 치지(致知), 박학역행(博學力行) 등등에 대해서 토론하였다.

응와(凝窩)가 맨 먼저 학문적 스승으로 삼은 분이 바로 매은(梅隱)이었다. 응와의 학문의 기초를 세워준 분이었고, 근 30년 동안 신복(信服)하면서 제자의 예를 다하였다.2) 그 뒤 57세 때『매은집(梅隱集)』을 교정(校正)하고 그 서문을 써서 그 학은(學恩)에 보답하였다.

1809년 18세의 나이로 향시(鄕試)에 두 차례 합격하고, 이어 증광문과(增廣文科) 을과(乙科) 제6인으로 급제하였다.3) 그러나 부친 농서(農棲) 이규진(李奎鎭)은 '소년시절의 과거 합격이 하나의 불행'이라는 정자(程子)의 말을 경계로 삼아, "전정(專精)하여 10년 동안 독서한 뒤에 출사하

---

1)『응와연보(凝窩年譜)』1장.

2) 권 17, 6장,「祭梅隱趙公文」.

3) 국조방목에 의거하여『응와연보』에 이렇게 기록되어 있다. 응와의「자서(自敍)」에는 "병과 (丙科) 제9인"으로 되어 있다.

라"고 명령하였다. 응와는 부친의 훈계를 각별히 지켜 여러 경전의 중요한
말을 초록하여 날마다 외웠고, 또 주자(朱子)의 글을 종류별로 선발하여
두 책으로 만들어 늘 갖고 다녔다. 그리고 제자백가에 푹 젖어들어 힘을
쏟아, 박약(博約) 양면으로 조예를 깊이 하였다.4) 부친의 이 교훈으로 응
와가 학문의 기초를 폭넓게 충실히 닦아 나중에 대성할 수 있는 원동력이
되었다.

1810년 19세 되던 해 도산서원(陶山書院), 병산서원(屛山書院), 여강서
원(廬江書院) 등을 참배하고 돌아왔다.5) 이는 퇴계학파(退溪學派)의 선학
(先學)에 대한 관심과 그 계승의 책임을 지겠다는 사명감의 확립이라고
말할 수 있다.

1813년 22세 되던 해에 상주(尙州) 우산(愚山)으로 입재(立齋) 정종로
(鄭宗魯)를 찾아가 그 제자가 되었다. 부친 이규진(李奎鎭)이 이미 입재의
문하를 출입하여 자주 서신 왕복(往復)이 있었기에, 응와(凝窩)는 어릴
때부터 입재의 서한을 읽고서 존모(尊慕)하였으나, 과거준비 때문에 시간
을 내지 못하다가, 과거에 합격한 뒤에 소원을 이루었던 것이다.6)

입재(立齋)는 응와가 원대(遠大)한 인물이 될 것으로 기망(期望)하면서,
시를 지어 면려(勉勵)하였다.7) 그러나 응와(凝窩)가 28세 되던 해인 1819
년 입재가 별세했다. 응와는 달려가 제문을 지어 곡하고 만사(輓詞) 두
수를 지어 올렸다. 퇴계(退溪)의 정맥(正脈)을 이은 대산(大山) 이상정(李
象靖)이 입재를 이끌어주어 도덕이나 명성이 영남의 중망(衆望)을 입었음
을 밝혔다. 만사의 마지막에,

후배 학도로서 정성은 깊으나 학업을 끝내지 못했으니, 晚學誠深違卒業

---

4) 이진상(李震相) 『한주집(寒洲集)』 권38권 2장, 「중부응와선생행장(仲父凝窩先生行狀)」.
5) 『응와연보』 3장.
6) 『凝窩文集』 권17 4장, 「祭立齋鄭先生文」.
7) 『凝窩年譜』 4장.

글을 읽으면서 속에 가득한 의심 괜히 끌어안는다네.　讀書空包滿腔疑[8]

라 하여 입재 문하에서 학문을 완전히 전수 받지 못한 것을 못내 아쉬워하고 있다. 그러나 입재에게 수학한 기간이 그리 길지는 못하였지만, 퇴계의 적전(嫡傳)인 대산(大山) 이상정(李象靖)의 대표적인 제자인 입재(立齋)를 통해서 퇴계학의 학통(學統)에 접맥(接脈)된 것이 응와의 학문과 사상의 형성에 큰 영향을 주었다고 할 수 있다.

이해에 『절요유선(類選節要)』이라는 책을 편찬하였다. 응와는 주자의 글을 매우 좋아하여, 퇴계(退溪)가 절선(節選)한 『주자서절요(朱子書節要)』를 늘 갖고 다녔다. 그러나 분량이 너무 방대하여 보기가 어렵다고 생각하여 다시 성리부(性理部), 학문부(學問部), 치도부(治道部) 등 내용에 따라 종류별로 선발하였다. 학자들이 주로 『근사록(近思錄)』만 휴대하여 다니는데, 『절요유선』도 휴대하여 열람하기에 편리하도록 하였으니, 자주 읽고 감발(感發)할 수 있도록 하기 위해서였다.[9]

23세 때는 『일송(日誦)』이라는 책을 저술하였다. 『서경』, 『주역』, 『예기』 및 제자백가서(諸子百家書)로부터 진한(秦漢) 송명(宋明) 시대에 이르기까지 수천 년 동안에 지어진 고문(古文)을 뽑아서 책을 만들었다. 응와가 문장에 뜻을 두고서 내용이 넓으면서도 여러 가지 장점을 갖추었고 정밀하면서도 고람(考覽)하기에 편리한 글을 위주로 선발하였다.[10] 응와가 어려서부터 문학에 깊은 관심을 기울였음을 알 수 있다.

1815년 24세 때는 「심사(心史)」 상하편을 지어 동강(東岡) 김우옹(金宇顒)의 「천군전(天君傳)」의 내용을 보충하였다. 심학(心學)에 대해서 젊은 시절부터 관심이 깊었음을 알 수 있다.

25세 때는 안동(安東)으로 가서 호곡(壺谷) 유범휴(柳範休)를 방문하였

---

8) 『응와집』 권3 23장, 「입재정선생만(立齋鄭先生輓)」.

9) 이원조(李源祚) 『응와집(凝窩集)』 권13 2장, 「節要類選序」.

10) 『응와속집(凝窩續集)』 권16 4장, 「일송서(日誦序)」.

고, 그를 통해서 수정재(壽靜齋) 유정문(柳鼎文), 정재(定齋) 유치명(柳致明)을 종유(從遊)하게 되었고, 이들과 대산(大山) 이상정(李象靖)의 학문의 지결(旨訣)을 논하였다.11)

28세 때, 이재수(李在秀)가 전일에 공조에 함께 근무하면서 응와를 알아보고 무슨 일이 있으면 꼭 자문을 구하였다. 이때 경상도 관찰사로 부임하여 서적 수백 권을 인쇄하여 보내면서 "이분은 국가적 인물이니, 마땅히 크게 쓰일 것이니, 이분에게 서적이 유익할 것이다"라고 하였다.

1820년 29세 때는 퇴계의 종손인 고계(古溪) 이휘녕(李彙寧)을 서울에서 만나 함께 『퇴계집』을 읽었다. 퇴계의 종손은 책에서 접할 수 없는 퇴계학에 대한 전문(傳聞)이 있을 것이므로 그와 더불어 『퇴계집』을 강독했는데, 이는 퇴계의 학문을 더욱 깊이 이해하려는 노력의 발로라 할 수 있다.

37세 때는 『독서회의(讀書會疑)』라는 책을 완성했다. 「대학변(大學辨)」, 남당(南塘) 한원진(韓元震)의 『기문록(記聞錄)』, 『중용』 『맹자』에 대해서 그 지의(旨義)를 논한 것과 주자서(朱子書)의 의심스러운 것을 기록한 것을 합쳐서 만든 책이다. 이 책에 대해서 뒤에 조매은(趙梅隱)에게 질정을 받았다.12)

이해에 「하도낙서설(河圖洛書說)」과 「괘획설(卦畫說)」을 지었다. 또 『수의록(隨意錄)』 상하편을 지었는데, 상편에서는 성리를 논하고, 하편에서는 시정(時政)을 논하였다. 또 이원구(李元龜)가 기(氣)를 이(理)로 잘못 인식한 병통을 논변하였다.

1839년 48세 때 천주교가 점점 그 세력을 얻어 확산되어 갔으므로, 경상도의 각 서원과 향교에 통문을 돌려 천주교를 배격하였다. 조선 후기 천주교가 중국으로부터 들어와 자못 성행하자, 국가에서 엄금하였다. 경상도에

---

11) 『응와연보』 4장.
12) 『응와연보』 6장.

는 천주교에 물든 사람이 없었으므로, 정조(正祖)가 특별히 가상하게 여겨 교서로 발표하기까지 했고, 그렇게 된 데는 선현들의 영향력이 크다고 생각하여 옥산서원(玉山書院)과 도산서원(陶山書院)에 치제(致祭)까지 하였다. 그러다가 이때 천주교가 다시 치성(熾盛)하자, 성균관에서 논의하여 웅와를 추천하여 통문을 짓도록 하였다. 정학(正學)을 수호하고 이단을 배척하여 영남(嶺南)의 유풍(儒風)을 바로잡으려는 웅와의 고심을 이해할 수 있다.

1845년 55세 때『성경(性經)』상하편을 지었다. 옛 사람들이 성(性)을 논한 글을 모아 이 책을 지었다. 대개 심(心)과 성은 본래 두 가지는 아니지만, 성이 큰 근본이 되는데, 그 이치는 밝히기 어려운 점이 있다. 그러나 본연지성(本然之性)과 기질지성(氣質之性)을 분변하지 않을 수 없고, 성(性)을 채워 기르는 일과 바로잡는 일은 상호적으로 노력해야 한다는 점을 알아야 하기 때문에 이 글을 지었다.

60세 때는「복성도설(復性圖說)」을 지었고, 62세 때는「사려무출입변(思慮無出入辨)」을 지었고, 66세 때는『근사록강의(近思錄講義)』를 지었다.

1860년 69세 때는『예의사록(禮疑私錄)』을 지었다.

71세 때는『무이도지(武夷圖志)』를 지었다. 웅와는 자신의 장수지지(藏修之地)인 가야산(伽倻山) 포천구곡(布川九曲)을 주자의 무이구곡(武夷九曲)에 비의(比擬)하였으므로, 무이구곡에 관심이 많았다. 주자에 대해서 존모(尊慕)의 정도가 지극했음을 알 수 있다.

75세 때는「민보의(民堡議)」를 지었다. 당시 병인양요(丙寅洋擾)를 막겪고 난 뒤에 훈련대장 신관호(申觀浩)가 민보(民堡)를 건의하여 시행하려고 했으므로, 웅와가 자신의 견해를 피력한 것이다.

76세 때는「당백전의(當百錢議)」와「삼정의(三政議)」를 지었다. 당시 국가에서 경복궁(景福宮) 중건 공사를 크게 일으켰으나 경비가 부족하자 당백전을 주조하여 시행하였다. 백성들은 매매가 불편하고 물가가 앙등하였으므로 원성이 사방에서 일어났다. 응와는 이 글을 지어 자신의 뜻을 밝혔다. 임술년 민란이후 조정에서 삼정청(三政廳)을 설치하여 바로잡아 구제할 방안을 생각하였으나, 조정의 논의가 일치되지 않아 그 요령을 끝내 얻지 못했으므로, 감면하는 조치만 대충 시행하기로 하고 그만두었으므로, 응와는 걱정하고 탄식하여 이런 논의를 하게 되었다.13)

응와는 유학과 문학뿐만 아니라, 정치·경제 등 현실적인 문제에도 정통하여 나라에 시급한 문제가 발생하면, 상소하여 그 문제를 해결할 수 있는 대책을 제시하였다. 현실을 모르고 이론적인 학문에만 매달린 학자들과는 다른 현실적인 능력의 소유자였다.

응와는 80세 되던 1871년 세상을 떠났다. 숭정대부(崇政大夫)에가지 오른 사환 속에서도 마지막 숨이 끊어지는 순간까지도 학문을 놓지 않았다. 학문과 사환을 병행한 대표적인 학자였다.

응와는 15세 때 매은(梅隱) 조승수(趙承洙)의 문하에 들어가 공부하여 학문적 기초를 이루었고, 그 뒤 22세 때 입재(立齋)를 찾아가 제자가 되었지만, 기본적으로 응와는 영발한 자질에 천성적으로 호학하여 거의 자력(自力)으로 많은 학문적 업적을 이루었다고 할 수 있다.

저서로는『응와문집(凝窩文集)』22권,『응와속집(凝窩續集)』20권,『성경(性經)』4권,『응와잡록(凝窩雜錄)』,『국조잡록(國朝雜錄)』,『난보기략(爛報記略)』,『포천지(布川誌)』,『포천도지(布川圖誌)』,『무이도지(武夷圖誌)』,『탐라록(耽羅錄)』,『탐라지초본(耽羅誌草本)』,『탐라관보록(耽羅關報錄)』,『탐라계록(耽羅啓錄)』등 실로 한우충동의 저작을 남겼다.

응와는 정통유학을 철저히 공부하여 뿌리로 삼은 바탕 위에 역사서와 제자백가서를 널리 읽고, 사장학(詞章學)에도 깊은 관심을 보인 폭넓은 학자였다. 그러면서도 현실적인 정치·사회에 관한 학문도 소홀히 하지 않은 문약(文弱)에 흐르지 않은 공맹(孔孟)이 지향하던 가장 유능한 학자

---

13)『응와연보』32장.

였다.

Ⅲ. 학문적 특성과 학계에서의 역할

공자(孔子)의 가르침인 '학문하여 넉넉하면 벼슬하고, 벼슬하다가 여유가 있으면 학문하라[學而優則仕, 仕而優則學]'는 취지를 가장 충실히 이행한 유자(儒者)가 바로 응와였다. 공맹(孔孟)의 가르침의 근본취지는 세상을 등지고 학문하라는 것이 아니고, 현실에 참여하면서 학문하는 것이었다.

조선시대의 유자들은, '참된 학문한다'는 구실로 과거공부를 포기하고 성리학에 침잠하는 경우가 많았다. 현실을 등진 이런 자세는 유학의 본래 취지와는 거리가 멀었다. 공자·맹자도 현실정치를 바로잡기 위하여 이 나라 저 나라로 유세하였다. 정자(程子)나 주자(朱子)도 다 과거를 통해서 관직에 나갔고, 우리나라의 퇴계(退溪)나 율곡(栗谷) 등도 다 과거를 통하여 관직에 나갔다. 이들 모두가 현실을 등지지 않았지만 큰 학자로 대성할 수 있었다.

응와는 처음부터 학문의 범위를 넓게 잡아, 참된 학문과 아울러 과거공부에도 신경을 써 18세라는 이른 나이에 문과에 올랐다. 그리고 유학에만 국한하지 않고, 사장학(詞章學)·사학(史學)과 제자백가(諸子百家)까지 널리 공부하였다. 그렇다고 해서 그 당시 대부분의 학자들이 일생 동안 공부했던 성리학에 조예가 없었던 것이 아니고, 더 깊이 공부하여『성경(性經)』,『심사(心史)』등의 전저(專著)를 낼 정도로 성리학 전문가가 되었다. 위기지학(爲己之學)을 한다고 표방하여 평생 성리학에 매몰되어 현실을 보지 못하는 유자들과는 차원을 달리하였다.

응와는 1811년 20세 때부터 경연(經筵)에 나아가 강의에 참여했는데, 전후 100여 차례 임금을 상대로 강의를 하였다. 그는 임금의 마음이 곧

만 가지 교화(敎化)의 근원이라 하여 임금을 바른 길로 인도하기에 전력을
경주하였다. 나라의 운명이 임금 한 사람의 마음 가짐에 달려 있기 때문에,
임금을 상대로 한 강의는 매우 중요한 것인데, 응와는 사환하는 동안 경연
강의에 많이 참여하였다. 1853년 경연참찬관(經筵參贊官)으로 있으면서
『진기(晉紀)』를 강의하고 나서 아뢴 말은 다음과 같다.

임금이 어떤 일을 할 만한 자리에 있으면서 어떤 일을 하겠다는 뜻을 펼쳐
야 합니다. 요(堯)임금, 순(舜)임금에 뜻을 두면 요임금, 순임금이 될 수 있고,
한(漢)나라, 당(唐)나라 임금에 뜻을 두면 한나라, 당나라 임금처럼 됩니다.
이미 그 뜻을 세웠다면, 학문으로 그 것을 보완해야 합니다.

전하께서 요즈음 강의와 토론을 아울러 행하시는데, 강의는 경서를 가지
고 하고, 토론은 역사서를 가지고 하십니다. 경서는 도(道)를 실은 책이고,
역사서는 사실을 기록한 책입니다. 도라는 것은 그것을 몸과 마음에 체득하
여 일의 근본이 되는 것입니다. 일이라는 것은 어떤 조처에 쓰이어 도(道)의
작용이 되는 것입니다. 도에 뿌리를 두지 않은 일은 제(齊)나라 환공(桓公)이
나 진(晉)나라 문공(文公)처럼 인의(仁義)를 잠시 빌린 것이나 한나라나 당
나라 황제들이 억지로 끌어다가 보완한 것이 되는 데 지나지 않습니다. 실제
일에 시행되지 않는 도는, 황로(黃老)의 무위사상(無爲思想)이나 진(晉)나라
나 위(魏)나라의 청담(淸談)에 지나지 않습니다.

제왕의 학문은 선비의 학문과는 다릅니다. 제왕의 한 몸으로 만기(萬機)의
번거로움에 대응해야 하고, 제왕의 한 마음이 만 가지 교화의 근원이 됩니다.
그래서 반드시 먼저 육경(六經)을 밝게 알아 그 근본을 세워야 하고, 그 다음
에 역사서에 달통하여 그 작용을 잘 알아야 합니다. '인심(人心)은 오직 위태
롭고 도심(道心)은 오직 정미(精微)하니 오직 정밀하게 한결같이 하라'는
취지에 통달하면 요순(堯舜)의 심법(心法)이 바로 여기에 있게 됩니다. 격물
(格物)·치지(致知)·성의(誠意)·정심(正心)의 의리를 체험하면 공자·증
자(曾子)의 문로(門路)가 여기에 있게 됩니다. 이것으로써 인욕(人慾)을 막
고 천리(天理)를 존속시키고 사사로운 뜻을 없애고 공정한 도리를 넓히는
것이 경서를 읽는 효과입니다. 천명(天命)과 인심의 거취와 향배의 기미를
상고하고 어진 이와 사학한 인간의 진퇴와 국가의 안위의 사유를 살펴, 본받

을 만한 것은 본받고 경계할 것은 경계하여, 이것으로써 세상 도리를 안정시키고 관계를 바로잡고, 하늘의 위엄을 두려워하고 백성의 고통상을 동정하는 것이 역사서를 읽는 요령입니다.

　만약 한갓 구두나 뗄 줄 알고 글자 음이나 해석만 할 줄 알뿐, 그 내용을 마음과 몸으로 체득하고 일에 시행하지 못한다면, 이는 경서를 공부하는 서생이나 시골 글방선생들이 하는 일에 지나지 않을 것이고, 임금님이 늘 열심히 공부하고 때로 힘쓰는 공부가 아닌 것입니다.14)

　학문에 뛰어난 학자 출신의 관료들로 구성된 경연관(經筵官)들이 수준 높은 강의를 임금에게 들려주어 정사에 시행하도록 건의하지만, 임금이 뜻이 없으면 아무런 효과가 없는 것이다. 남송(南宋)의 고종(高宗)은 양자강(揚子江) 이남으로 피난간 뒤 마음 속으로 편안하게 여기고서 북쪽의 실지(失地)를 회복하겠다는 의지가 전혀 없었다. 그러니 악비(岳飛) 등 충신들이 아무리 장대한 뜻을 갖고 실지를 회복하려 해도 되지 않는 것이다. 그래서 한 나라의 운명이 임금 한 사람의 마음먹기에 달려 있다는 것을 응와는 잘 알고 있었다.

　임금이 형식적으로 경연에 거동하여 피상적으로 경연관들의 강의를 듣는 척만 해서는 임금의 마음과 몸이 바로잡힐 수가 없다. 설령 경서와 역사서 강의를 열심히 듣는다 해도, 임금의 마음이 근본적으로 그 책에 담긴 정신을 알겠다는 성의가 없다면, 아무리 좋은 강의도 소용이 없는 것이다. 그래서 응와는 임금의 마음 가짐이 중요하다는 것을 밝혀 말하였고, 경서와 역사서를 읽는 방법과 그 효과를 간명하게 요약하여 국왕에게 이야기하고 있다.

　다 같이 공부를 했지만, 과거를 통하여 출사하여 임금에게 이런 강의를 할 수 있는 학자의 역할과 시골에 묻혀서 경서 자구나 따지는 학자의 역할은 천양지차가 있는 것이다. 응와는 학자관료로서 자신의 임무를 충실히

---

14)『응와문집(凝窩文集)』 권6 15-16장, 「경연강의(經筵講義)」.

함으로써 국가민족에 기여했던 것이다.

그는 지방관으로 나가서는 서원을 세우고, 강학(講學) 모임을 주도하고, 그 지역과 연고가 있는 선현들을 현창하여 학문을 일으키는 일을 자신의 중요한 임무로 삼았다.

1820년 29세 때 사간원(司諫院) 정언(正言)으로 부름을 받아 서울로 들어가 퇴계 종손 고계(古溪) 이휘녕(李彙寧)과 『퇴계집(退溪集)』을 강독하였다.

33세 때 집안 자제들을 거느리고 한천서당(寒川書堂)에서 가서 삭강(朔講)을 거행했는데, 이때부터 영원히 정기적으로 매월 초하루 강회(講會)를 거행하였다. 이 한천서당은 응와의 7대조 월봉(月峯) 이정현(李廷賢)의 장구지소(杖屨之所)였는데, 응와 때 와서 비로소 서당을 지었다. 본래 집안에 강회의 규약이 있었으나 중간에 폐지되었다가 응와에 의하여 다시 회복이 된 것이다. 한주(寒洲)도 이때 자제의 대열에 있었으므로 응와의 훈육의 혜택을 자주 입었을 것이다.

이해에 영남(嶺南) 유림을 대표해서 한강(寒岡)의 문묘종사(文廟從祀)를 요청하는 소장(疏章)을 지었고, 38세 때는 유림의 공론에 의하여 덕계(德溪) 오건(吳健)에게 증직(贈職)을 요청하는 글을 지어 올렸다. 영남의 선학(先學)들이 그 학문이나 덕행에 맞는 정당한 평가를 받을 수 있도록 노력하여 후학들의 긍식(矜式)으로 삼으려는 노력이었다.

47세 때는 성균관에 머물면서 신재(新齋) 장석우(張錫愚), 운산(雲山) 이휘재(李彙載) 등과 함께 대산(大山)이 지은 「경재잠집설(敬齋箴集說)」을 강론하였다.

48세 때는 천주교의 확산을 경계하는 일로 통문을 지어 경상도의 향교와 서원에 발송하였는데, 성균관의 추천에 의하여 응와가 통문을 짓게 되었다.

49세 때 강릉부사(江陵府使)로 부임하여 향교와 서원에 첩문(帖文)을 내려 학업을 권장하였다. 이때 다른 학자들과는 달리, "과거시험에 필요한 공령문(功令文)은 선비의 본무(本務)는 아니지만, 국가에서 이것으로 선비들을 선발하니 선비로서 공령문에 힘쓰지 않을 수 없다"15)는 점을 강조하였다. 선비로서 출사하여 자신의 뜻을 펼 수 있는 길을 얻을 수 있는 방법은 과거뿐인데, 과거시험의 필수과목인 공령문을 지나치게 폄시(貶視)하여 자신의 뜻을 펼칠 수 있는 길을 막아서는 안 된다는 현실적인 방안을 제시하였다. 그리고 매월 열흘날 선비들을 모아 시험하고 시험을 마친 뒤에는 해일헌(海日軒)에서 연회를 베풀어 선비들의 기운을 북돋아 주었다.

삼척(三陟)에 성암(省庵) 김효원(金孝元)과 미수(眉叟) 허목(許穆)을 모신 경행사(景行祠)라는 사당이 있었는데, 응와는 그 강당의 기문(記文)을 지었다. 또 강릉 경내에 있는 우복(愚伏) 정경세(鄭經世)를 모신 도동사(道東祠) 강당의 중건기문을 지었다. 응와가 스승으로 모시는 입재(立齋) 정종로(鄭宗魯)는 우복의 7대주손(胄孫)이었으므로 그 학맥(學脈)을 계승했다는 사승의식(師承意識)을 느껴 더욱더 애정을 가지고 일을 했을 것이다.

1841년 50세 때 제주목사(濟州牧使)에 제수되었다. 당시 제주도 근해에 외국 선박이 출몰하여 섬 전체가 소요에 휩싸였으므로 유능한 관리가 필요하다는 중론(衆論)이 있어, 응와가 제수된 것이었다. 그러나 "이원조(李源祚)는 경연(經筵)에 두는 것이 합당한데, 승진시켜 변방의 관리로 임명하니, 시대적 여망(輿望)에 어긋난다"라고 말하는 사람이 있었다. 응와를 추천한 영의정 조인영(趙寅永)은, "홍문관의 관직도 청요직(淸要職)이지만, 변방의 자리인 제주목사는 더욱 중요하니, 국가의 급선무를 위해서이다"라고 대답했다.16) 그 당시 조정에서 응와의 능력을 문한(文翰)과 이치(吏治) 양방면에서 모두 인정하고 있음을 알 수 있다.

---

15) 『응와연보』 9장.
16) 『한주집』 권38 6장, 「중부응와선생행장(仲父凝窩先生行狀)」.

부임한 이후로 산하 세 고을에 공문을 보내어 매월 10일에 유생들을
시험하도록 했다. 귤림서원(橘林書院)의 오현묘(五賢廟)에 참배하였다.
오현묘는 충암(沖庵) 김정(金淨), 규암(圭菴) 송린수(宋麟壽), 동계(桐溪)
정온(鄭蘊), 청음(淸陰) 김상헌(金尙憲), 우암(尤庵) 송시열(宋時烈)을 향
사(享祀)하고 있는 곳이었다.

문묘에서 석전(釋奠)을 지낸 뒤 각 면의 훈몽(訓蒙)을 파견하여 매월
말에 강독한 내용을 보고하게 하여 그 근만(勤慢)을 고평(考評)하여 학문
을 장려하였다. 홍화각(弘化閣), 망경루(望京樓), 연희각(延曦閣), 귤림당
(橘林堂) 등을 중수하였는데, 연희각에서는 유생들의 강을 받았다. 또 삼
천서당(三泉書堂)을 중수하여 학생들이 머물면서 공부할 수 있도록 만들
었다. 상현사(象賢祠)를 살펴보았는데, 이 사당은 평정공(平靖公) 이약동
(李約東), 만오(晩悟) 이회(李禬), 병와(病窩) 이형상(李衡祥), 노봉(蘆峯)
김정(金㱓), 참봉 김진용(金晋鎔)을 향사하는 곳이었다.

부임한 그 다음해에 대정현(大靜縣)에 있는 동계(桐溪)의 적소에 세울
「동계정선생대정적려유허비명(桐溪鄭先生大靜謫廬遺墟碑銘)」을 지어 동
계의 절의를 추모하였다. 그리고 송죽서원(松竹書院)을 세워 동계(桐溪)의
위판(位板)을 봉안(奉安)하였다. 대정현의 유림들이 여러 차례 동계의 사당
을 세울 것을 건의했을 때, 응와는 처음에는 나라에서 금지하는 일이라
하여 어렵게 여겼으나, 학문을 일으키는 길은 이 밖에는 달리 없다고 생각하
여 그 일을 도와 성취도록 했다. 그리고 봉안문(奉安文), 상향축문(常享祝
文), 상량문(上梁文) 등을 직접 지었다. 그리고 이 서원의 유생들의 제출한
사서의의(四書疑義) 등을 강평하였다.

52세 때는 제주의 사학(四學)을 향교의 옛터에 옮겨 유생이 거처하면서
학업을 닦는 곳으로 삼도록 하였다. 처음에 사학이 있기는 했으나 궁벽한
산 중턱에 있어 유명무실하였는데, 이때 응와가 옮겨 지어 사학으로서의
구실을 하도록 했다.

『서경』「대우모편(大禹謨篇)」에 나오는, "사람의 마음은 위태롭고, 도

를 추구하는 마음은 정미한데, 오직 정밀하게 오직 한결같이 하여 그 중정 (中正)함을 잡으라.[人心惟危, 道心惟微. 惟精惟一, 允執厥中.]"는 구절은, 순(舜)임금이 우(禹)임금에게 명한 천고(千古)의 심법(心法)을 전수한 말 이라 하여 매우 중시하여 왔다. 이때 대정에서 유배생활을 하던 추사(秋 史) 김정희(金正喜)가 이 구절은 위작한 『고문상서(古文尙書)』라는 사실 을 밝힌 글을 지어 응와에게 보내왔다. 『서경』의 반 이상이 진(晋)나라 매색(梅賾)의 위작이라는 사실은 그 이전에 이미 청나라 염약거(閻若璩) 나 조선의 다산(茶山) 정약용(丁若鏞)에 의해서 밝혀진 사실이었다. 이 열여섯 글자는 『순자(荀子)』에 나오는 구절을 매색이 변형시킨 것이라는 주장에 대해서 응와는 받아들이지 않고, 「위고문변(僞古文辨)」을 지어서 반박하였다.17) 그러나 이는 응와가 유교경전을 너무 숭앙(崇仰)한 나머지 새롭게 밝혀진 사실을 받아들이지 않으려는 보수적 경향을 보인 것이다.

1844년 좌부승지로 있으면서 갈암(葛庵) 이현일(李玄逸)의 직첩(職牒) 을 돌려줄 것을 건의하는 소장(疏章)을 지었다. 학자로서 퇴계학맥의 적전 (嫡傳)인 갈암이 노론정권에 의하여 죄인의 명부에 올라 있다는 것은 퇴계 학파에 대한 경멸이라 하지 않을 수 없으므로, 응와는 이의 신원을 위해 노력했던 것이다.

1846년 55세 때 자산부사(慈山府使)로 부임하여 권학(勸學), 수방(搜 訪), 존문(存問) 등의 일로 각 면의 훈장들에게 첩문(帖文)을 내려 보냈다. 그 내용인즉, 첫째 공령문(功令文) 이외에 의리지학(義理之學)이 있고, 둘 째 효제(孝悌)·선행(善行)의 사람들을 빠짐없이 찾아 기록하고, 셋째는 연세가 높은 사람을 위문하여 어육(魚肉)을 보내라는 것이었다.

그 다음해 강계(江界)에 이르러서 회재(晦齋)를 봉안한 경현서원(景賢 書院)에 참배하였다. 우리나라 성리학 연구를 처음 시작한 학자이고, 퇴계 같은 학자가 나올 수 있도록 선구적 작업을 한 학자가 회재인데, 을사사화

---

17) 『응와문집』 권16 26~28장, 「위고문변(僞古文辨)」.

이후 강계로 유배 가서 그곳에서 교회를 펴다가 일생을 마쳤다. 영남 사림의 선구자였으므로 응와는 감회가 남달랐을 것이다.

자신의 봉록을 들여 자산 향교의 동서재(東西齋)를 개축하여 영재들을 모아 학업을 익히도록 하였다. 한때 인근 성천(成川)의 부사를 겸임하였는데, 그 경내에 있는 학령서원(鶴翎書院)을 참배하였다. 이 서원은 한강(寒岡) 정구(鄭逑)와 지산(芝山) 조호익(曹好益)을 향사하는 곳이었다.

58세 때 경주부윤(慶州府尹)으로 부임하였는데, 영천(永川)의 입암서원(立巖書院)에 참배하였다. 이 서원은 여헌(旅軒) 장현광(張顯光)을 향사하는 곳이다.

61세 때 회연서원(檜淵書院)에서 강회를 거행하였다. 회연서원은 한강(寒岡)을 모신 주원(主院)인데, 옛날 규약을 채택하여 학계(學契)를 창설하여 규약을 정하고 강회를 거행하였다. 아울러 사상견례(士相見禮)를 거행하고, 「백록동규(白鹿洞規)」를 강독하였는데, 예의(禮儀)가 차분하고 문답이 자상하니, 향리의 후생들이 독창적인 견해를 갖고 있는 사람이 많았는데 모두 열복(悅服)하였다. 응와와 해암(海巖) 최영록(崔永祿)이 번갈아 가며 강장(講長)을 맡아 사서(四書), 『심경(心經)』, 『근사록(近思錄)』 등을 강독하였는데, 매년 정규적인 행사로 삼았다. 또 청천서원(晴川書院)에서 향음주례(鄕飮酒禮)를 거행했는데, 많은 사람들이 참관하였다.

대구(大邱) 동천서당(東川書堂)에서 지헌(止軒) 최효술(崔孝述)과 함께 『대학』을 강론하였다. 동천서당은 백불암(百弗庵) 최흥원(崔興遠)의 강학지소였는데, 응와가 강의를 하자 경서를 들고 배우려는 사람이 매우 많이 모여들었다.

동계(桐溪) 정온(鄭蘊)의 속집의 교정을 하였다. 응와가 제주목사로 있을 때 동계를 현창하는 사업을 많이 했으므로, 그 후손들이 응와가 동계를 잘 안다고 생각하여 교정의 일을 맡긴 것이다.

이해에 도동서원(道東書院)을 참배하고, 남쪽으로 행차하여 충무공(忠武公) 이순신(李舜臣)을 모신 통영(統營)의 충렬사(忠烈祠), 남해의 충렬

사를 참배하였고, 진주 덕산(德山)의 덕천서원(德川書院)과 산천재(山天
齋)를 참배하였다. 문무를 다 숭상하여야만이 나라가 온전하게 유지될 수
가 있다. 성리학이 가장 번성했던 송(宋)나라가 북쪽 여진족에게 밀려 남
쪽으로 피난간 이후로 실지 탈환에 많은 선비들이 아무런 공헌을 하지
못했다. 이런 점에서 나라를 지켜낸 이순신 장군은 추앙받아야 할 인물이
다. 공리공론이 성행할 때 실천유학을 부르짖은 남명(南冥)의 학문은 독자
적인 특성을 갖고서 후세에 공헌하는 바가 크다. 그래서 응와는 이들의
사당이나 유적지를 참배했을 것이다. 특히 응와는 남명의 묘갈(墓碣)을
개수(改樹)할 때 비문의 글씨를 썼는데, 그 갈석이 지금도 남아 있다.

62세 때는 유림들의 공론에 의하여 도동서원(道東書院) 문루(門樓)를
수월루(水月樓)라 이름짓고, 상량문을 지었다.

69세 때 상주(尙州)의 옥동서원(玉洞書院)과 도남서원(道南書院)을 참
배하였다. 옥동서원은 방촌(厖村) 황희(黃喜)를 향사하는 서원이고, 도남
서원은 포은(圃隱), 한훤당(寒暄堂), 일두(一蠹), 회재(晦齋), 퇴계(退溪)
및 소재(穌齋) 노수신(盧守愼), 서애(西厓) 유성룡(柳成龍), 우복(愚伏) 정
경세(鄭經世) 등 여러 선생들을 모신 서원이었다. 도남서원은 영남 출신의
문묘종사자 모두와 상주 출신이거나 상주와 연관이 있는 학자를 모셨는데,
영남의 유론(儒論)을 좌우할 정도로 영향력이 큰 서원이다. 응와는 입재
(立齋)의 제자이고, 입재는 우복의 종손이고, 우복은 서애의 제자였으므로
자신과 학맥이 닿는 서원이었다.

하회(河回)의 겸암정(謙菴亭)에 오르고, 정재(定齋)의 만우정(萬愚亭)
을 방문하였다. 그리고는 대산(大山)의 고산서당(高山書堂)에서 여러 인
사들을 만나 창주정사(滄洲精舍)의 지패(紙牌)의 규정을 강정(講定)하
였다.

70세 때는 대산(大山)과 입재(立齋)의 증직과 증시(贈諡)를 요청하였다.
입재는 응와의 스승이고, 대산은 퇴계학파의 적전(嫡傳)으로 입재의 스승
이므로 응와에게는 조사(祖師)가 된다. 응와는 국왕에게 세교(世敎)를 장

려하고 후학(後學)을 권면하기 위해서 이 두 선생의 도덕과 학문을 표양(表揚)해야 한다고 건의하였다.[18]

성주의 연계소(蓮桂所) 학규(學規)를 처음으로 만들었다. 조선 후기에 이르러 향교와 서원이 교육적 기능을 올바르게 수행하지 못하고 있었는데, 소과나 대과 합격자 후손들의 친목회관처럼 운영되던 연계소를, 응와는 고을원의 도움을 받아 관아 동쪽으로 옮겨 지어 공부하는 장소로 만들어 학문을 일으키게 만들었다.

71세 때는 대산(大山)을 향사한 고산서당(高山書堂) 묘우(廟宇)의 상량문을 지었다.

1863년 72세 때는 동학(東學)을 금지하는 통문을 지어 온 고을에 돌렸다. 그 당시 동학이 경주(慶州)로부터 일어나 점점 퍼져나갈 우려가 있었다. 경상감영에서 여러 고을에 공문을 보내어 유림으로 하여금 곳곳에서 금지하도록 하였으므로 응와가 통문을 지어 고을 안에 배포하였던 것이다.[19]

74세 때는 고을 안의 각 서원에 유시하여 향약과 삭강(朔講)의 규정을 정하도록 했다. 성주(星州)는 본래 한강(寒岡) 정구(鄭逑)가 도학(道學)을 창명(倡明)한 때로부터 강회(講會)의 규약이 있었는데, 중간에 폐지되어 시행되지 않다가 응와에 와서 다시 회복되었다. 선비들로 하여금 과거공부 이외에 의리지학(義理之學)이 있다는 것을 알아 예법에 따라 처신하고 성리학의 근원에 침잠하도록 하여 유학을 숭상하고 도덕을 중시하게 하는 분위기를 일으키는 데 기여한 바가 있었다.[20]

이해 대구의 경상감영에서 향음주례를 시행했는데, 관찰사 이삼현(李參鉉)이 응와를 빈(賓)으로 초빙하였으므로 참여하였다.

---

18) 『응와문집』 권5 26-28장, 「인년고퇴겸청대산입재양선생증작소(引年告退兼請大山立齋兩 先生贈爵疏)」.

19) 『응와연보』 28장.

20) 『한주문집(寒洲文集)』 권30 7-8장, 「대학강록발(大學講錄跋)」.

청도의 선암서원(仙巖書院)의 원장으로 추대되었으므로 행공(行公)하였다. 이 서원은 탁영(濯纓) 김일손(金馹孫)의 조카인 삼족당(三足堂) 김대유(金大有)와 소요당(逍遙堂) 박하담(朴河淡)을 향사한 곳이었다.

75세 때 동천서당(東川書堂)의 당장(堂長)이 되어 강의하니, 모인 선비가 100여 명에 이르렀다. 강의 내용은 조카 한주(寒洲)로 하여금 강평하게했다. 백불암(百弗庵)의 증직을 요청하는 소장(疏章)을 지었다. 단산서당(丹山書堂)의 강회에 참석하였다.

1866년 병인양요가 일어나자 응와는 75세의 노인의 몸으로 의병을 일으켰으나, 적이 물러갔다는 소식을 듣고 그만두었다.

76세 때 회연서원에서 『대학』을 강의하였다. 고령의 연세에도 사석(師席)을 지키면서 질문에 답하였는데 조금도 피로한 기색이 없었다. 이로인해서 선비들 가운데 흥기한 사람들이 많았다.[21]

응와는 18세에 문과에 급제하고부터 80세로 일생을 마칠 때까지 언제나 학문을 일으켜 세상을 교화하는 일을 자신의 임무로 삼았다. 그 학문과 덕행은 한 시대의 사표(師表)가 되기에 충분하여, 많은 후학들이 본받아 배워 흥기하였다.

응와는 당시 사색당쟁에 얽매이지 않고 폭넓게 독서를 하였고, 영남의 병호시비(屛虎是非), 성주(星州)의 청회시비(晴檜是非)에 연루되지 않고 두루 공정하게 학문을 하였고, 양쪽 모두의 존경을 받았다.

가는 곳마다 강학(講學)하는 분위기를 조성하여 학자들이 참된 공부에 침잠하도록 하였고, 또 영남 선학들에게 증직(贈職)·증시(贈諡)를 해 줄 것을 조정에 요청하였는데, 이는 영남의 선학들이 정당한 평가를 받도록 하려는 것이니, 영남의 학문적 위상을 높이는 작용을 할 수 있었다.

---

21) 『응와연보』 31장.

Ⅳ. 한주(寒洲)에 대한 학문적 영향

응와(凝窩)의 형 한고(寒皐) 이원호(李源祜)의 맏아들이 한주(寒洲) 이진상(李震相)인데, 어려서부터 영상(英爽)하였고 큰 재주가 있었다. 한주는 스스로 그 재주가 대단하다고 여겨 경사(經史), 정무(政務), 문장, 제도(制度)로부터 천문, 역법, 산수(算數), 의학(醫學), 복서(卜筮)에 이르기까지 모두 폭 넓게 깊이 공부하여 널리 통하였다.[22]

한주가 17세 때 응와는 자질들을 불러서 과업(課業)을 검사하고 이렇게 가르쳤다.

　　너희들이 글을 읽으면서 문장만 전공하고, 유자(儒者)의 학문에 대해서는 들은 것이 없구나. 선비가 되어서 의리(義理)의 본령을 모른다면 선비의 이름을 저버리는 것이 된다.[23]

그러고 나서 『서경』「대우모편(大禹謨篇)」에 나오는 인심(人心)과 도심(道心)에 대해서 물어보았다. 한주는 "인심이 바로 인욕(人欲)은 아닙니다. 이 마음이 의리에서부터 나오면 도심이 되고, 형기(形氣)로부터 나오면 인심이 됩니다"라고 대답했다. 응와는 "너의 말이 옳다"라고 하고는 정일(精一)의 공부의 절차를 설명해 주고, 또 "너는 궁구하는 데 뛰어나니, 어찌 성리학(性理學)에 종사하지 않겠는가?"라고 말하였다. 한주는 이때부터 더욱 발분하여 성리학 공부를 자신의 임무로 삼고 『성리대전(性理大全)』을 읽기 시작하였다.[24]

한주가 지엽적인 학문은 다 버리고 전정(專精)하여 성리학을 연구하여 대성하게 된 데는, 한주의 자질을 잘 알아보고 바른 길로 인도한 응와의

---

22) 『한주문집(寒洲文集)』 부록 권1 『연보』 2장.
23) 『한주문집』 부록1 『연보』 3장.
24) 『한주문집』 부록1 『연보』 3장.

가르침이 결정적인 역할을 하였다.

한주는 본래 방만하여 안일하고 거칠어 안온한 습관이 없었는데, 응와의 훈도를 입어 바로잡히게 되었다. 이 사실에 대해서 한주의 아들 대계(大溪) 이승희(李承熙)는 이렇게 기록하였다.

돌아가신 아버님께서 일찍이 말씀하시기를, "어려서는 방탕하고 안일하고 거칠고 경솔했는데, 정헌공(定憲公 ; 응와의 시호)께서 꾸짖고 제지시키기에 좀 조심을 했다"라고 하셨다.[25]

응와는 본래 자질들에 대해서 인정해 주는 것이 적었는데, 한주에 대해서만은 일찍이 "우리 집안에서 500년만에 처음으로 이 조카가 있다"라고 인정했다.[26] 또 한주가 어릴 때는 말을 더듬어 글을 읽지 못할 정도였으므로 사람들이 걱정을 했는데, 응와는 "큰 재주는 늦게 만들어진다"라고 말하여 걱정을 풀어준 적이 있었다.[27] 응와의 사람을 알아보는 안목이 정확했음을 알 수 있다.

응와는 한주를 자신의 학문을 계승할 사람으로 인정하여 만년에 「세덕첩(世德帖)」을 손수 적어 자신이 지은 시문에 대해서 언급하여 한주에게 주면서 자신의 학문을 포함한 가학(家學)을 깊이 발휘(發揮)하여 발전시키기를 바랐다.

소자(小子)는 본성이 거칠고 기질이 뻣뻣하고, 뜻은 넓으나 재주는 엉성하였는데, 부군(府君 ; 응와)께서 깊이 경계하고 매섭게 억제하여 주었다. 만년에는 손수 「세덕첩(世德帖)」을 베껴, 자신이 지은 글에 대해서도 언급하면서 소자에게 주었다. 발휘하여 발전시켜 나갈 것을 깊이 희망하였다. 소자는 보잘것없으니 남긴 뜻을 잘 계승하지 못할까 두렵다.[28]

---

25) 『한주문집』 부록2 21장, 「행록(行錄)」.
26) 『한주문집』 부록2 27장, 「행록」.
27) 『한주문집』 부록1 『연보』 2장.

한주는 응와의 뜻을 잘 계승하여 발전시키지 못할까 긴장하면서 신경을
썼음을 알 수 있다.

한주는 23세 강릉 임소로 응와를 찾아뵙고, 교화를 위주로 하는 응와의
다스림을 도왔다. 강릉 선비들을 위해서 공령문(功令文)의 모범문형(模範
文型)을 지어 주기도 하였다.29)

1846년 응와가 자산부사(慈山府使)로 부임할 때, 한주가 모시고 갔다.
응와가 고을을 다스릴 때는 학교를 일으키고 문화를 숭상하는 일을 으뜸
으로 삼았는데, 한주가 곁에서 주선하여 찬획(贊劃)한 바가 많았다.30)

한주는 응와에 대한 존경심과 관심이 극진하였다. 1850년 한주가 33세
때 향시에 장원한 뒤 문과에 응시하러 서울로 갔다. 이때 응와는 경주부윤
(慶州府尹)으로 있었는데, 암행어사로 내려 온 김세호(金世鎬)가 개인적
인 원한으로 무계(誣啓)를 하여 응와는 서울로 불려가 대질심문을 받게
되었다. 한주는 책문(策問)의 시험을 기다리지 않고 바로 돌아와 버렸다.
시험관인 조두순(趙斗淳)이 평소에 한주의 명망을 듣고 있었으므로, 그를
높은 성적으로 합격시키려고 사람을 보내어 만류하기를, "며칠만 늦추어
시험지를 제출하고 가도 될 텐데"라고 하자, 한주는 "부형이 바야흐로 죄
인의 명부에 올라 있는데, 자질 된 사람이 느긋하게 영화를 구하고 있겠
소?"하고는 곧바로 돌아왔다.31)

한주가 36세 때 응와를 모시고 회연서원(檜淵書院)에서 『심경(心經)』
을 강론하였는데, 한주는 여러 서생들의 질문과 강장(講長)인 응와의 답변
을 모아 손질하여 강록(講錄)을 만들었다. 그 뒤 응와를 모시고 만귀정(晚
歸亭)으로 들어가 『심경(心經)』을 읽었다.

한주가 40세 때 경상감사 신석우(申錫愚)가 여러 고을에 공문을 보내어

---

28) 『한주문집』 권38 17장, 「중부응와선생행장(仲父凝窩先生行狀)」.

29) 『한주문집』 부록1 「연보」 4장.

30) 한주문집 부록1 「연보」 6장.

31) 『한주문집』 부록3 5장, 「행장」.

강회를 열도록 했다. 한주는 응와를 모시고 천곡서원(川谷書院)에서 『심경』을 강론하였다. 이때 한주가 강록(講錄)을 만들었는데, 관찰사가 여러 "고을의 강록 가운데서 제일이다"라고 칭찬하였다.[32]

그 다음해는 청천서원(晴川書院)에서 응와를 모시고 향음주례(鄕飮酒禮)를 거행했는데, 그 의례절차는 한주가 찬정(撰定)하였다.

한주가 50세 때 응와를 모시고 회연서원에서 『대학』을 강론하였다. 이때 한주는 강록을 만들고 거기에 발문을 붙였다. 당시 서양의 천주교가 각 지역에 만연했으므로 『대학』을 사교(邪敎)를 물리치는 근본으로 삼고 명덕(明德)을 본성을 회복하는 선(善)으로 삼고자 하여 강회를 가졌던 것이다.[33]

1871년 한주가 54세 되던 해에 응와는 80세를 일기로 세상을 떠났다. 한주는 응와의 행장을 자기 손으로 짓고, 대산(大山)의 종손인 긍암(肯菴) 이돈우(李敦禹)에게 묘지명을 청하여 얻었다.

57세 때는 녹리(甪里) 장복추(張福樞) 등과 함께 응와의 문집을 교정하였다.

한주는 응와가 행차하는 곳이 있으면 늘 수행하였고, 강회(講會)가 있으면 강록(講錄)을 정리하는 책임을 맡았다. 숙부이면서 스승이면서 지음(知音)의 관계라고 한주는 스스로 말하고 있다.

'인심은 오직 위태롭고 도심(道心)은 오직 정미(精微)하다'라는 『서경』 구절에 대해서 숙부께서 질문하심에서 학문을 시작하여, 동정(動靜)과 이기(理氣)의 분변에서 주자(朱子)나 퇴계(退溪)와 부합되었습니다. 서당에서 강회할 때의 강록(講錄)을 작성하는 일이나 향음주례(鄕飮酒禮)를 거행할 때 찬자(贊者)를 맡아 뒤에서 수행하고 앞에서 기록했으니, 아버지 같은 스승의 관계이면서 실로 지음(知音)의 즐거움이 있었습니다. 이제는 다 끝난 일입니

---

32) 『한주문집』 부록1 「연보」, 11장.
33) 『한주문집』 권30 8장, 「대학강록발(大學講錄跋)」.

다. 세덕첩(世德帖)에서 발휘하여 발전시키라는 가르침이 소홀히 하거나 잊
을 수 없는 것 가운데 첫째 가는 것입니다. 그렇지만 학문은 나아가지 않는데
뜻이 먼저 쇠퇴해버렸으니, 받들어 이행하지 못할까 두렵습니다.[34]

『서경』 구절을 질문하고서 성리학으로 인도한 것이 한주의 일생에서
가장 크게 영향을 미친 것이고, 「세덕첩(世德帖)」을 손수 써서 가학(家學)
을 계승·발전시키라는 부탁이 한주로 하여금 사명감을 갖고 학문에 정진
하게 만든 것으로 볼 수 있다.
  한주가 학문을 이루고 자신의 학설을 내놓을 때 응와는 대견하게 여기
면서도 그 문제점을 눈여겨 보아 지적하였고, 한주의 학설에 대해서 자신
의 견해를 피력하였다.

  조카 진상(震相)은 경학에 마음을 두고 견해가 자못 정밀하다. 선유(先儒)
  들의 설에 대해서 이따금 그 잘못을 지적해 내어 변석(辨釋)을 하는데, 인용
  하는 것이 넓고 고증이 상세하다. 그의 생각은 오로지 성리(性理)를 밝혀
  큰 근본을 세우고, 주자와 퇴계를 높여서 이단의 견해를 물리치는 데 있다.
  그가 내놓은 학설은 기이함을 좋아하거나 새로운 것을 만들어내는 병통은
  없다. 다만 본령(本領)에 침잠(沈潛)이 결여되어 있고, 실제적인 공부가 변설
  (辨說)할 때 기세가 대단하지만 함축하는 것이 부족하고, 글로 나타낼 때
  만연하여 간명하고 타당함이 부족하다.[35]

  응와는 한주에 대해서 애정을 갖고 늘 지도하며 살펴보았으므로 그 장
단점을 가장 잘 알 수 있었던 것이다.
  한주는 타고난 자질도 뛰어나고 학자적 풍모를 지녔지만, 54년 동안
응와의 세심한 지도에 의해서 양성된 학자였다. 응와의 가르침에서 더
발전시켜 자신의 학문으로 대성할 수 있었던 것이다.

---

34) 『한주문집』 권35 25장, 「중부응와선생행장(仲父凝窩先生行狀)」.
35) 『응와문집』 권12 「비진질소저제설(批震姪所著諸說)」.

V. 결론

19세기에 주로 활약하였던 응와(凝窩) 이원조(李源祚)는 학자 관료로서, 조정에서는 숭품(崇品)에 오른 유능한 고위관료이면서, 많은 저술을 남긴 대학자였다. 학문과 사환을 병행하여 성공한 학자로 공맹(孔孟)이 본래 지향했던 가장 이상적인 학자의 표본이었다.

그는 튼튼한 학문적 축적을 바탕으로 관계에 나가서 흥학(興學)과 세교(世敎)를 자신의 일생의 임무로 삼았다. 그러면서도 정치·경제 등 현실적인 문제를 해결하는 능력도 탁월하여 성리학에만 매몰된 학자들과는 달랐다. 내직에 있으면서는 늘 경연관(經筵官)을 겸직하여 임금을 바로 인도하여 학문과 문화가 있는 국가를 건설하는 데 매진하였고, 지방관으로 나가서는 교육에 관심을 쏟아 백성들을 교화하여 수준을 높여 나갔다.

특히 영남의 선학(先學)들을 위한 증직(贈職)·증시(贈諡)를 위해서 노력하였고, 강학(講學)의 분위기를 곳곳에서 일으켰다. 사환 속에서도『응와문집(凝窩文集)』등 13종의 다방면에 걸친 저서를 남겼다.

그 조카 한주(寒洲) 이진상(李震相)은 대학자로서 폭넓은 많은 저서를 남겨 조선 말기를 장식하였다. 특히 그는 심즉리설(心卽理說)을 주창하여 학계에 큰 반향을 일으켰고, 많은 제자를 길러 그 학설이 사방에 보급되었다. 현상윤(玄相允)교수는『조선유학사(朝鮮儒學史)』에서, 한주를 '조선 육대(六大) 성리학자'로 꼽고 있을 정도로 그 영향력은 컸다.

한주의 학문은, 응와의 계도(啓導)로 출발하여 성리학에 관심을 갖게 되었고, 응와가 세상을 마칠 때까지 세심한 지도가 있어 한주가 대성할 수 있었다. 강회(講會) 등 유림의 행사가 있을 때는 늘 한주가 시종하여 응와를 도왔고, 응와가 지방장관으로 나갈 때도 한주는 수행하여 가르침을 받았다.

그리고 한주의 좋지 못한 습관도 응와의 훈계로 바로잡을 수 있었다. 그러니 한주 스스로도 말했듯이 응와는 한주에게 있어서 부형이자 스승이자 지음(知音)이었다. 한주가 학문적으로나 인간적으로 가장 영향을 많이 받은 인물이 바로 응와였다.

　다만 한주가 늘 가까이서 수행했으므로 학문을 논하거나 사상이 담긴 서신 왕복의 기회가 없어 남아 있는 서신이 없어 두 분 사이에 수수한 내용을 구체적으로 고찰할 수 없는 점이 아쉽다.

四未軒 張福樞의 학문과 嶺南에서의 位相

Ⅰ. 서론

인동(仁同) 각산(角山)의 장씨(張氏) 가문은, 조선 중기 여헌(旅軒) 장현광(張顯光)이라는 대학자를 배출한 이후로 수준 높은 가학(家學)을 형성하여 많은 학자를 배출하여 왔다. 조선후기에 이르러서 사미헌(四未軒) 장복추(張福樞, 1815~1900)가 나와 순정(醇正)한 학문을 이루었고, 또 많은 제자를 길러 영남(嶺南) 학계에 끼친 영향이 지대하다.

특히 동시대 '심즉리(心卽理)' 학설로 유명한 한주(寒洲) 이진상(李震相)과는 가까운 지역에 살면서 젊은 시절부터 함께 강마(講磨)하는 등 절친한 사이였으나, 각자 독특한 학문경향으로 서로 보완적인 관계를 유지하였다.

본고는, 사미헌은 어떻게 학문을 이루었으며, 그 학문적 특성은 무엇이며, 이를 세상에 어떻게 구현하였고, 또 제자들에게 어떻게 전수하여, 어떤 학문적 영향을 끼쳤는가를 밝히는 데 목적이 있다.

사미헌의 생애에 대해서는 이미 다른 학자들이 글에서 밝힌 것이 있기 때문에 본고에서는 논급(論及)하지 않는다.

Ⅱ. 성학과정(成學過程)

사미헌은 어려서부터 독서를 좋아하였고 학문에 침잠(沈潛)하여 공부하여 게을리 하지 않았다. 사미헌은 특별하게 표일(飄逸)한 천재는 아니었고, 노둔(魯鈍)한 바탕에서 꾸준히 노력하여 마침내 학문을 대성한 학자였다.

> 여가에 경서(經書)를 열심히 공부했는데, 터득하지 못하면 그만두지 않았다. 마침내 노둔함으로써 터득했다. 그래서 그 견해는 정명(精明)하고 문사(文辭)는 전중(典重)했다.[1]

어려서부터 위기지학(爲己之學)에 뜻을 두었고, 외우기를 일삼거나 문장을 위주로 하는 공부에는 관심이 없었다.[2] 과거를 위한 준비도 했지만, 십여 세 때 벌써 과거에 필요한 문장을 탐탁하게 여기지 않았다. 성리학에 특별히 관심이 많아 성리학에 관계된 책을 보면 침식을 잊을 정도였다.[3] 사미헌이 설정한 독서의 순서는 이러했다.

> 『소학(小學)』을 그 근본으로 삼고, 『대학(大學)』으로 그 얼개로 삼고, 『논어(論語)』·『맹자(孟子)』로 그 얼개를 채워 보완하고, 정자(程子)·주자(朱子), 퇴계·소호(蘇湖)께서 남긴 책으로 보조로 삼아, 『중용(中庸)』과 위대한 『주역(周易)』에서 기준을 맞추도록 한다.[4]

자신도 이런 순서로 공부했지만, 나중에 제자들에게도 이런 순서로 가르쳤다. 특히 『주역』과 『중용』을 학문의 최종 귀착처로 삼았다. 우리나라 학자 가운데서는 퇴계와 대산(大山)의 저서를 중시하여 반드시 읽도록 한 것이 특징이다.

사미헌이 25세 때 「자경잠(自警箴)」을 지었는데, 거기에 그의 학문의 방향이 잘 나타나 있다.

---

1) 張福樞 『四未軒集』 부록 권2 34장, 李相㲼所撰 「遺事」.
2) 『四未軒集』 부록 권2 41장, 張錫英所撰 「墓誌銘」.
3) 『四未軒集』 부록 권3 33장, 李相㲼所撰 「遺事」.
4) 『四未軒集』 부록 권2 29장, 張相學所撰 「行狀」.

성현의 가르침에 푹 젖어들고,
예법의 현장에서 차분하게 따라야지.
정밀하게 실천하고 힘써 생각하며,
빨리 하려다 되지 않는 걸 늘 걱정해야지.
참되게 쌓아 몸으로 경험하면,
모르는 가운데 날마다 발전할 수 있으리.
어찌 잠시라도 중단할 수 있으랴?
감히 옛 사람의 경지를 엿본다네.
잘 경건하게 정성스럽게 하여서,
조장하지 말고 그렇다고 잊지도 말아야지.5)

사미헌은 용공(用功)의 방법이 아주 경건하고 성실하여 잠시도 중단하는 일이 없었다.

선생의 용공(用功)은 한 순간이나 한 번의 자리에서도 중간에 끊어짐이나 빠뜨림이 없었다. 거경(居敬)과 존성(存誠)으로써 마음을 세우는 근본으로 삼고, 명선(明善)과 성신(誠身)으로써 덕(德)에 나아가는 큰 방법으로 삼았다.6)

사미헌이 학문을 함에 있어서 뜻을 확고하게 세워 꾸준히 공부해 나갔다.

학문을 함에 있어서 그 뜻을 세우는 것은 전일하면서도 확고하였고, 힘을 쓰는 것은 치밀하면서도 독실하였다. 뜻을 캐는 것과 실천하는 것에 서로 보완적으로 그 공력(功力)을 다 쏟았는데, 어릴 때부터 노년에 이르기까지 시종 한결같이 하였다. 그래서 덕기(德器)가 혼연(渾然)히 이루어지자 얼굴은 윤택하고 등은 의젓하였다. 사방의 선비들이 알거나 모르거나 할 것 없이

---

5) 『四未軒集』권8 9장, 「自警箴」. 沈潛乎聖賢之域, 從容乎禮法之場. 精思力踐, 常患欲速而
不達. 眞積體驗, 庶幾闇然而日章. 寧有一息之間斷, 而敢窺古人之門牆. 克敬克誠, 勿助勿忘.
6) 『四未軒集』부록 권2 30장, 張相學所撰 「行狀」.

덕을 이룬 군자를 일컬을 때는 반드시 사미헌을 일컬었다.[7]

손수 『성리대전(性理大全)』·『주자서(朱子書)』·『역학계몽(易學啓蒙)』 등 수십 권을 베껴 가지고 늘 보면서 자신의 체험하는 자료로 만들었다. 더욱 『논어(論語)』·『맹자(孟子)』·『중용(中庸)』·『대학(大學)』 등에 힘을 쏟았는데, 소주(小註)에 보이지 않는 요지를 모아서 나중에 『사서계몽(四書啓蒙)』 두 권을 지었다. 또 『연평답문(延平答問)』 한 권을 손수 베끼고 책 뒤에 정자(程子)의 유상(遺像)을 그려서 흠모하는 마음을 붙였다.[8] 주자도 존모하여 종주로 삼았지만, 정자를 특별히 흠모한 것이 특이하다.

학문을 이루기 위해서는 독서가 필수적인데, 남에게 보이기 위해서 많이 읽기에만 힘을 쓴다면 실제로 얻는 것이 없다. 정숙(精熟)한 독서라야 참된 독서이고, 그렇게 해야만 학문의 기초가 될 수 있다. 사미헌이 제시한 독서의 방법은 이러했다. 주자(朱子)도 '많은 것을 탐내고 얻기에만 힘쓰는 것'을 경계했지만, 사미헌 역시 많이 읽기에만 힘쓰는 것의 폐해를 매우 강조하여 말하고 있다.

> 글을 읽는 방법은, 정밀하게 푹 익도록 해야한다. 많이 읽으려고만 해서는 안 된다. 정밀하지도 못하고 푹 익지도 못하면서 많이 읽기에만 힘쓴다면, 그 뜻을 터득하지 못할 뿐만 아니라, 자기 자신을 위한 공부에도 도리어 해독이 된다.[9]

겸허하게 다른 사람의 견해를 수용함으로써 자신의 학문의 폭과 깊이를 더했다. 한 개인의 지식과 능력은 한계가 있게 마련이다. 남의 것을 받아들

---

7) 『四未軒集』 부록 권3 54장, 李貞基所撰 「言行大略」.
8) 『四未軒集』 부록 권2 35장, 李相毅所撰 「遺事」.
9) 『四未軒集』 부록 권4 66장, 「言行記聞」.

이기를 좋아하는 사람이 결국 대성할 수 있다. 남과 대결의식을 갖지 않았지만, 의리가 결판나는 경우를 만나면 의연하게 결단을 하였다.

> 본성이 겸허하여 '아무 것도 모른다, 아무 것도 잘 하지 못한다'는 마음을 늘 갖고 있었다. 무릇 글을 지을 때는 다른 사람들에게 널리 물었는데, 비록 후생이나 젊은 사람의 말이라도 반드시 겸허한 마음으로 살펴서 받아들여, 고치고 또 고쳐 고칠 것이 없는 데까지 이르렀다.
> 경서의 뜻을 강론함에 있어서는 자기의 의견을 세우는 데 힘쓰는 것을 가장 꺼리셨다. 일찍이 말씀하시기를, "천하의 의리는 다함이 없다. 어찌 자기 주장만 굳게 할 수 있겠는가? 비록 평소에 굳게 지키던 논의라 해도 다른 사람이 혹 그렇지 않다고 여기면, 반드시 세심한 마음으로 말 없는 가운데서 헤아려 보아, 그 말이 의리에 맞으면 곧 자기의 견해를 버리고 따라야 한다. 만약 믿지 못할 것이 있으면, '천천히 생각해 보겠노라'라고 말해야 한다"라고 하셨다.
> 일찍이 남을 이기기에 힘써야 하겠다는 마음이 없었다. 다만 의리가 승부 나는 곳에 있어서는 화복(禍福) 때문에 머뭇거리지 않았고, 뭇사람들의 논의에 구차하게 따르지도 않았다.10)

사미헌은 어려서부터 학문에 침잠하여 꾸준한 자세로 쉬지 않고 노력한 결과 큰 학문을 이룰 수 있었다. 특히 겸허한 자세로 남의 의견을 잘 듣고 받아들일 만한 것은 받아들인 것이 학문발전에 크게 도움을 주었다.

Ⅲ. 학문의 특징

사미헌은 학문하는 데 있어서 문로(門路)의 중요성을 비상히 강조했다. 문로를 잘못 설정하면, 아무리 많은 공력(功力)을 들여도 헛수고가 되기

---

10) 『四未軒集』 부록 권3 50-51장, 宋浚弼所撰 「言行記述」.

때문이다. 길을 잘못 가다가 잘못을 깨닫고서 다시 방향을 전환한다 해도, 처음부터 옳게 간 사람을 도저히 따라갈 수가 없는 것이다. 그리고 공부하는 사람은 마음이 조급하면 안 되고, 중간에 멈추어서도 안 된다. 자신의 능력을 부정하여 자포자기하는 것도 공부하는 데 크게 해독이 된다. 또 공부하는 데는 단계가 있는 것이니, 단계를 뛰어넘는 것이 제일 금해야 할 사항이다. 사미헌은 가장 정상적으로 단계에 따라 학문에 젖어들어 쉬지 않고 노력하였다.

> "학문을 하지 않으려면 그만이지만, 학문을 하려고 한다면 반드시 대중지정(大中至正)한 문과 길을 찾아야 한다. 문과 길이 한번 잘못되면 일생의 학문을 그르쳐 버린다"라고 말씀하셨다. 또 "학문은 종신토록 해야 할 일이니, 급속히 하려고 해서는 안 되고, 또 자신의 한계를 지워 그쳐서도 안 된다. 오직 마음을 비우고 뜻을 겸손히 하여 가지고 느긋하게 푹 젖어들어서 날마다 힘쓰는 공부의 과정이 있어야만이 목표한 곳에 도달할 수 있다. 이것은 직접 겪으며 체험한 것이다.
> 공부는 단계가 있어 순서를 뛰어넘는 것을 용납하지 않는다. 그 의미가 늘 이어져야지 중간에 끊어짐이 있어서도 안 된다. 두 손 사이에 넣어 가지고 줄곧 향상을 도모하여 그만두지 못할 바가 있다.[11]

사미헌은 주자(朱子)와 퇴계(退溪)의 학문을 자기 학문의 근본으로 삼았고, 남의 이목을 끌기 위한 신기한 이론을 만들어내지 않았다.

> 그 학문을 논함에 있어서는 주자(朱子)나 퇴계(退溪)가 이룬 법을 삼가 지켰지, 새롭고 기이하고 높고 오묘한 이론을 만들어낸 적은 없었다.[12]

그렇다고 주자나 퇴계의 학설을 묵수(墨守)한 것은 아니고, 그 가운데서

---

11) 『四未軒集』 권3 47장, 宋浚弼所撰 「言行記述」.
12) 『四未軒集』 부록 권2 27장, 張相學所撰 「行狀」.

의심나는 것이 있으면 끊임없는 사색을 통하여 자기 것으로 만들었다. 학문에 있어서 자기만의 독자적인 경지를 개척하려고 노력했던 것이다.

비록 주자(朱子) 퇴계(退溪)의 가르침이라도 의심나거나 분명하지 않은 것이 있으면 반드시 제목(題目)을 만들어 생각하고 논의하기를 10년 20년 동안 하여 회통(會通)하는 데 이르러야만 그만두었다.

설령 후배나 제자들의 말이라도 이치에 맞으면 따랐다. 학문하는 데 있어서 진리를 중시하는 개방된 사고의 소유자였음을 알 수 있다.

비록 후생(後生)이나 소자(小子)들의 말이라도 혹 이치에 맞으면 기꺼이 들어주고 따랐다. 혹 타당하지 않아도 드러내놓고 옳지 않다고 말하지 않고 다시 생각해 보라고 말했다.13)

인근 고을인 성주(星州)에서 살고 있는 젊은 시절 함께 강학한 한주(寒洲) 이진상(李震相)에게 자신이 생각하는 참된 학문에 대한 견해를 이렇게 개진하였다. 사미헌은 뜻이 원대하고 재주가 높더라도 자기를 자랑하거나 이름내기만을 좋아하는 사람은 올바른 학문을 할 수가 없다고 보았다. 참되게 알고 실천하는 것을 매우 중요하게 여겨 '세상을 속이고 이름을 도둑질하는 사람이 되지 말자'고 한주와 서로 면려하고 있다.

무릇 학문을 하는 것은 참되게 알고 실천하는 것을 귀하게 여깁니다. 자기를 이룬 뒤에 사물을 이룰 수 있으니, 실행하지도 않는 빈말이 자기 몸과 마음에 무슨 도움이 되겠습니까?
세상에 공부하는 사람들 가운데 뜻이 원대하지 않음이 없고 재주가 높지 않음이 없더라도, 혹 이름을 좋아하는 것이 너무 지나치고, 다른 사람에게 보이고자 하는 것이 너무 심하여, 하나의 새로운 지식을 얻고 하나의 착한

13) 『四未軒集』 부록 권2 28장, 張相學所撰 「行狀」.

행실만 있어도 거만하게 스스로 잘난 체하여, 오히려 다른 사람이 몰라줄까 두려워하며 이름을 드날리려는 조급한 기질을 눌러 가라앉히지 못하고, 귀로 들은 것을 입으로 내놓는 폐단이 날로 점점 심해져 갑니다. 말하는 것은 천인(天人)이나 성명(性命)이지만, 지키고 실천하는 실상은 아무 것도 없고, 외우는 것은 성인(聖人)의 도의(道義)에 관한 문장이지만, 마음을 바로잡고 몸을 닦는 도(道)는 아무 것도 없습니다. 이런 사람은 상채(上蔡 : 謝良佐)가 이른바 '앵무새'라는 비판을 면할 수 없습니다. 『논어(論語)』에서, "말을 내놓지 않는 것은 몸이 미치지 못하는 것을 부끄러워하는 것이다"라고 했고, 또 "말이 어려운 것이 아니라 행하는 것이 어렵다"라고 했습니다.

우리들이 마음을 단단히 먹고 몸으로 살피는 것이 아니라, 한갓 앉아서 인의(仁義)만 이야기하고 있는데, 만약 하루 아침에 말이 행동을 돌아보지 못하고 행동이 말을 돌아보지 못하게 되면, 세상을 속이고 이름을 도둑질하는 것이 될 텐데 어쩌겠습니까?[14]

사미헌의 학문의 가장 큰 특징은 순정(醇正)하면서도 평이한 것이었다.

타고난 자질이 인후(仁厚)하고 학술이 순정(醇正)하였다. 한평생 자신을 행하는 것이 법도와 원칙을 벗어나지 않았다. 마음의 은미(隱微)함에서부터 사물의 반응에 이르기까지 한결같이 지성스럽고 동정하는 마음에서 나왔다. 바라보면 마치 따뜻한 봄 기운이 사물에 기운을 불어주는 같고, 두드려보면 의연(毅然)하여 빼앗을 수 없는 뜻이 있었다. 겸손하고 겸손하면서도 도(道)는 더욱 높아 갔고, 평이하고 명백 솔직하면서도 실천은 더욱 독실하였다. 그 덕을 바라보고 그 기풍을 맛보면 마음으로 기뻐하여 진실로 복종하지 않는 사람이 없어 폐백(幣帛)을 갖고 와 제자가 되려는 사람들이 문에 가득 하였으므로, 그 지역 내에서 교육을 해 나갔다. 대개 실질적인 마음으로 실행을 했으므로 아주 큰 일을 이루어냈는데, 쇠퇴한 시대에 귀로만 듣고 배우는 사람들로서는 그 방불한 것도 엿볼 수 없었다.[15]

---

14) 『四未軒集』권2 8장, 「答李汝雷」.

15) 『四未軒集』부록 권2 43장, 張錫英所撰 「墓誌銘」.

사미헌은, 원칙에 입각하여 살아가면서 실천을 중시하였고 도(道)가 높은 경지에 이르렀다. 그러면서도 자신을 처신하는 것이 겸손하였고, 마음속에 갖고 있는 뜻은 의연하고 굳세었다. 자기의 도를 쉽게 명백하게 표현할 수 있었고, 제자들이 쉽게 이해할 수 있도록 설명하고 친절하게 가르치니, 제자가 되려는 사람들이 모여들 수밖에 없었다. 깊이 이해하는 사람만이 쉽게 표현할 수가 있는 것이다.

학문을 위한 학문을 하는 사람, 이름을 얻기 위해서 공부하는 사람, 남에게 보이기 위해서 공부하는 사람들이 도저히 따라올 수 없는 진실함과 솔직함이 사미헌의 학문에는 내재해 있었다.

사미헌은 한주와 같이 공부하는 등 가까운 사이지만, 한주가 독창적으로 내세운 심즉리설(心卽理說)에 대해서는 끝까지 동의하지 않았다.

"마음이 곧 리다[心卽理]"라고 말하는 사람이 있다면, 주자(朱子)는 "심(心)은, 성(性)에 비하면 조금 자취가 있는 편이고, 기(氣)에 비하면 자연스러우면서도 신령한 것이다"라고 했다. 퇴도(退陶)는 "무릇 심(心)을 이야기하는 것은, 모두 이(理)와 기(氣)를 아울러 말한 것이다"라고 했다. 만약 "마음이 곧 리다"라고 하면, 불교도들이 "마음이 곧 부처다"라고 하는 것과 왕양명(王陽明)의 "양지(良知)에 이르는 것이다"라는 것에 가깝지 않겠는가?

그러나 사미헌은 한주와 성리학적 견해는 같지 않지만, 한주의 학설을 존중하여 자신의 제자들이 함부로 비판하는 것을 금하였다. 한주의 학설에 동의는 하지 않아도, 한주의 학설을 존중해 주는 사미헌의 학자적 태도가 돋보이는 점이다.

한주(寒洲) 이공(李公)이 '심즉리설(心卽理說)'을 창조해 내자, 한 지역의 선비들이 바람에 쏠리듯 따랐다. 선생 문하에 있는 여러 분들 가운데서 그 옳지 못한 점을 심하게 말하는 사람이 있었다. 선생은 정색을 하여, "돌아간 친구가 살아 있을 때 논의를 귀일시키지 못한 것을 나 또한 한탄스럽게 여긴

다. 그러나 이것은 의리(義理)로서 매우 깊고 오묘한 것이다. 그런 까닭을
어떻게 알며, 그렇지 않은 까닭은 어떻게 알겠는가? 다만 나의 견해만 지켜
결과적으로 어떻게 되는가를 보면 된다. 어찌 다투듯이 시끄럽게 멋대로
떠드는 짓을 하는가?[16)

사미헌은 벼슬하지 않고 초야에 묻혀서 학문연구와 제자양성으로 일생
을 보냈지만, 결코 학문에만 침잠해서 국가민족을 완전히 잊은 은둔자와는
달랐다. 비록 현직에만 있지 않을 뿐 국가와 백성을 걱정하는 유자(儒者)
의 본래의 자세를 그대로 견지하고 있었다.

어떤 사람은 선생이 세상을 잊는 데 과감한 것으로 의심한다면, 이 어찌
선생을 아는 사람이겠는가? 나랏일이 잘못되었다는 것을 들을 때마다 얼굴
빛에 근심을 나타내었고, 때론 주무시는 것 잡수시는 것을 편히 하지 못하셨
다. 봄 가을의 세금은 반드시 아랫 사람들보다 먼저 납부하며 말씀하시기를,
"임금을 섬기는 의리를 조금 나타낼 수 있는 일은 이것뿐이니, 삼가지 않을
수 있겠는가?"라고 하셨다.[17)

사미헌은 글 짓기를 좋아하지 않았는데, 혹 다른 사람의 부탁에 의하여
응수문자(應酬文字)를 지을 때는, 그 내용은 심원(深遠)하면서도 그 말은
간결하였다. 그 표현은 곡진(曲盡)하면서도 딱 들어맞았다. 특별히 수식을
일삼지 않았으나, 문장가의 반열에 충분히 들어갈 정도의 수준에 올랐다.
문장을 지을 때는 진부한 말은 절대 쓰지 않고 자신의 뜻을 적어 내었는
데, 말은 요약되어 있으면서도 논리는 명쾌하였다. 지금 남아 있는 친구나
문인들과 주고받은 서신은 모두 다 내용은 물론이고 문장으로서도 읽을
가치가 있는 것이다.
그가 지은 책은 모두 평정(平正)하고 절실(切實)하여, 이전 학자의 뜻을

---

16) 『四未軒集』 부록 권2 29-30장, 張相學所撰 「行狀」.
17) 『四未軒集』 부록 권2 27장, 張相學所撰 「行狀」.

잘 밝혀 후학들의 귀와 눈을 열어주었다.18) 그의 학문은 경학(經學), 예학 (禮學) 등에 주로 초점이 맞추어졌다. 사미헌이 남긴 저서는 다음과 같다.

『가례보의(家禮補疑)』는『주자가례(朱子家禮)』의 불충분한 부분과 의심나는 부분을 보완한 책이다. 주자의『가례(家禮)』는 그 당시의 예법에서 더하고 빼고 해서 만든 것이나 주자 자신이 다시 교감(校勘)을 하지 못했기 때문에 의심나는 곳이 있고, 또 특수한 경우의 예법은 갖추어져 있지 않았다. 그래서 사미헌이 고금의 예설(禮說)을 수집하여 새로 밝힌 바가 많이 있다. 예법상의 시비를 논하려는 사람들이 의거할 수 있는 자료이다. 사미헌은 일생 동안 예학(禮學)의 연구에 비중을 많이 두었다.

『사서차의(四書箚義)』가 있다. 후세의 유학자들이 유교경전을 해석하면서 천착(穿鑿)하고 부회(傅會)한 것이 많다. 그래서 사미헌이 주자의 『집주(集注)』나『장구(章句)』의 내용에 따라 취사선택하고, 자신의 의견을 붙여 내용을 발명한 것이다.

『숙흥야매잠집설(夙興夜寐箴集說)』이 있다. 대산(大山) 이상정(李象靖)의『경재잠집설(敬齋箴集說)』의 체례(體例)에 따라서 표준이 될 만한 말을 모아 분류하여 하루 십이시에 맞추어 공부하는 순서를 만들어 놓았다.19) 이 책을 편저하는 데 10년의 세월이 걸렸다.20)「숙흥야매잠」의 중요성에 대해서 그 제자 배재환(裴在煥)에게 "이 글은 요긴하니 사람되는 것에 관해서는 다른 글에 비해서 더욱 절실하다"라고 했다.21)

『문변지론(問辨至論)』은, 퇴계(退溪)·여헌(旅軒)·대산(大山) 등 여러 선생들의 이기(理氣)·심성(心性)에 관한 설(說)을 취하여, 문로(門路)가 정당하고 지의(旨義)가 참되고 확실하다는 것을 후세 사람들이 분명히 알 수 있도록 해 둔 것이다.22) 당시 심성(心性)의 문제에 대해서 학설이

---

18)『四未軒集』부록 권3 52장, 宋浚弼所撰「言行記述」.
19)『四未軒集』부록 권2 30장, 張相學所撰「行狀」.
20)『四未軒集』부록 권2 35장, 李相愍所撰「遺事」.
21)『四未軒集』부록 권2 45장, 張升澤所撰「執燭錄」.

분분하자, 사미헌은 선현들의 표준이 될 만한 말들을 모아 문인이나 자제들에게 보여주면서, "이것을 가지고 체험하면 가히 옛사람의 심법(心法)을 엿볼 수 있다. 따로 문호(門戶)를 세워서 공연히 언론에만 힘써서는 안 된다"라고 했다.[23]

『척유록(撫幽錄)』은, 우리나라의 충신·효자·열녀 가운데서 세상에 알려지지 않고 묻혀 있는 행적을 밝혀 포창(褒彰)한 것인데, 그 성격은 주자(朱子)가 『소학(小學)』 외편(外編)을 지은 취지와 비슷한 바가 있다.[24]

『보삼강록(補三綱錄)』은 충신, 효자, 열녀 천여 명에 대한 자료를 모아 편찬한 것인데, 민간에서 삼강록을 편찬한 것은 처음 있는 일이다.

『훈몽요회(訓蒙要會)』, 『동몽훈(童蒙訓)』은 아동들의 교육을 위한 교재인데, 사미헌의 아동 교육에 대한 관심을 알아 볼 수 있다.

시문집으로 『사미헌문집(四未軒文集)』 원집(原集) 11권과 속집 2권이 있다.

이 밖에도 『사서계몽(四書啓蒙)』, 『성리잡의(性理雜儀)』 등이 있다.

사미헌의 저서는 아니지만 사미헌의 학문과 사상을 알아 볼 수 있는 중요한 자료인 부록 6권이 있는데, 가장(家狀) 행장(行狀), 언행록, 만사(挽詞), 제문, 문인록 등이 수록되어 있다.

사미헌은 글씨도 잘 써 정치(精緻)하였는데, 흐르듯이 아무렇게나 쓰지 않았다. 글씨의 엄정(嚴正)함은 글씨 전문가들도 미칠 바가 아니었다.[25]

문인 농산(農山) 장승택(張升澤)은 사미헌의 학문의 특징을 개괄하여 이렇게 말했다.

---

22) 『四未軒集』 부록 권2 30장, 張相學所撰 「行狀」.
23) 『四未軒集』 부록 권3 37장, 李相馨所撰 「遺事」.
24) 『四未軒集』 부록 권2 30장, 張相學所撰 「行狀」.
25) 『四未軒集』 부록 권2 20장, 張相學所撰 「行狀」.

학문을 함에 있어서는 뜻을 세움을 확고히 하였고, 힘쓰고 힘써 그치지
않았다. 도(道)를 믿는 것이 독실하여 차분하게 차례가 있었고, 급박하거나
지름길을 좋아하는 폐단이 없었다. 느긋하게 스스로 체득(體得)한 실체가
있었는데 체(體)와 용(用)을 모두 갖추어 실천하는 것을 우선으로 하였다.
처음부터 끝까지 일관하여 성(誠)과 경(敬)을 요점으로 삼았다. 평이하고
명백한 것을 도(道)로 삼았는데 바라보면 아직 도를 보지 못한 듯했다. 겸허
하게 물러나 양보하는 것으로 덕(德)을 삼았는데 부족하여 아무 것도 없는
듯이 했다. 늘 자기를 속이지 않는 것으로써 존심(存心)·성찰(省察)하는
방법으로 삼았다. 가슴은 평평하고 넓어 특이한 행실이나 과격한 언론은
하지 않아, 시비에서 초연하였다. 학술에 폐단이 없었고, 말을 남김에 근거한
것이 있었다. 세상과 잘 어울리면서도 절제 없는 데로 흐르지 않았다. 새롭게
기이하게 하는 것을 싫어하고 형편없이 여겨, 늘 속학(俗學)들이 옆길로 가
는 것을 경계했으니, 선생은 '쇠퇴한 시대에 이름을 완전히 한 분[衰世之完
名]'이라고 할 수 있다.

사미헌은, 뜻을 확고하게 세워 경(敬)과 성(誠)을 바탕으로 하여 학문의
차례를 따라 독실하게 학문을 하였다. 일관성을 갖고서 쉬지 않고 공부하
여 분명하면서도 아무런 문제가 없는 순정한 학문을 완성해 냈던 것이다.
문인 공산(恭山) 송준필(宋浚弼)은 사미헌의 덕행과 학문을 이렇게 평
했다.

선생은 타고난 자질이 순수하고 아름답고, 덕성(德性)이 혼후하고 온전하
였다. 온화하면서도 지킴이 있었고, 확고하면서도 능히 통달하였다. 넓으면
서도 정밀하고 간결하면서도 자세했으니, 한 가지 착한 것으로써 이름할
수가 없다.[26]

---

26) 『四未軒集』 부록 권3 47장, 宋浚弼所撰 「言行記述」.

IV. 참 선비 양성

사미헌(四未軒)은 일생 동안 700명에 가까운 제자들을 길렀는데, 그의 교육방식은 근본에 충실하면서 정성을 다하는 것이었다. 먼저 제자들에게 마음을 바로잡아 명예·관직·이익 등 외모(外慕)를 끊고 목표를 크게 갖도록 훈계했다.

> 원근의 배우려는 사람들이 문하에 이르러 학업을 청했는데, 그들과 더불어 경서를 강론하고 예를 익혀 그 지향하는 바를 보았다. 그들을 훈계하여 말씀하시기를, "먼저 마음을 바로잡아 외모(外慕)를 끊어야 한다. 모름지기 '순(舜)임금은 어떤 사람이며 나는 어떤 사람인가?'라는 뜻을 가져야 어떤 일을 할 수 있다"라고 했다.[27]

사미헌 자신은 공맹(孔孟)·정주(程朱)·퇴계(退溪)로 학문의 정통을 삼았는데, 배우는 사람들에게 퇴계를 학문의 종주로 삼을 것을 권하고 있다.

> 공맹(孔孟)의 도(道)는 정주(程朱)를 얻어서 밝아졌고, 정주의 가르침은 퇴계를 얻어서 밝아져서, 육상산(陸象山)·왕양명(王陽明)의 학문이 사람을 미혹하게 할 수 없게 되었다, 배우는 사람들이 퇴계를 종주로 삼아 그 학문을 배운다면 나아가는 방향은 저절로 바름을 얻을 것이다.[28]

안일하고 인순(因循)하는 습관을 공부하는 사람의 가장 큰 병통으로 여겨 경계하였다. 아들 장석빈(張錫贇)에게 훈계하는 말에 이런 것이 있다.

> 사람의 병통은 안일함과 인순(因循)함에서 말미암는 경우가 많다. 구차한

---

27) 『四未軒集』 부록 권2 37장, 李相馨所撰 「遺事」.
28) 『四未軒集』 부록 권4 63장, 「言行記聞」.

마음이 생겨나서, 강하고 굳세고 오래하고 크게 하려는 마음이 이지러지면 무슨 일을 할 수 있겠는가?[29]

어떤 어려운 상황에 처하여서도 학문을 중단하는 일이 없이 계속해 나갈 것을 제자들에게 당부했다.

군자가 몸을 편안히 하고 천명을 세우는 방법은 학문 바깥에 있지 않다. 비록 떠돌아다니거나 엎어지고 자빠지거나 하는 다급한 경우에도, 하루도 방탕하고 태만하게 지내서는 안 된다. 부딪치는 상황에 따라 더욱 힘써 이 늙은이의 기대를 저버리지 말도록 해라.[30]

제자들에게 스스로 사색을 통해서 이치를 터득하도록 하는 방법으로 가르쳤다. 제자들로 하여금 글을 읽다가 의심이 나면 바로 물어보지 말고 스스로 생각해서 터득하도록 했다. 물어본 뒤에도 이해가 안 되면 동학(同學)들과 서로 토론을 해서 그 이치를 얻도록 했다. 일방적인 주입식 교육이나 맹목적인 암기는 자기 것이 되지 않는다는 점을 강조했다.

글을 읽을 때 의심나는 것이 있으면 스스로 생각해 보라. 터득이 되지 않은 그런 뒤에 물어라. 물어도 이해가 되지 않으면 또 친구들과 자세하게 토론하면 유익함이 있을 것이다. 이와 같이 하지 않으면 책의 내용은 단지 공허한 말일뿐이다.[31]

학문하는 방법은 일상생활의 평이한 데서부터 시작하여 점차 단계를 높여 나가야 발전이 있지 처음부터 추상적인 이기(理氣) 등을 논하게 되면 기초가 없어 공부가 될 수 없다는 점을 이렇게 이야기했다. 남명(南冥)이

---

29) 『四未軒集』 부록 권2 4장, 「痛慕錄」.
30) 『四未軒集』 부록 권4 73장, 「言行記聞」.
31) 『四未軒集』 부록 권4 63장, 「言行記聞」.

퇴계(退溪)에게 서신을 보내어 공소(空疏)한 이론공부에만 치중하는 제자
들을 경계하게 하라고 한 구절을 사미헌은 자기 당대의 학자들에게도 그
대로 약석(藥石)으로 활용하고 있다.

> 먼저 평이하고 명백한 곳에서부터 해 나가 오래되어 순수하고 푹 익게
> 되면 자연히 점점 고원한 데로 접근해 가게 되어 있다. 세상에서 공부하는
> 사람들은 독서에 대해서 조금 알게 되면 곧 단계를 뛰어넘어 성정(性情)을
> 이야기하고 이기(理氣)를 논하는데, 자기 본분 안에 있는 일은 모르는 것이
> 다. 이것이 무슨 학문인가? 남명(南冥)이 이른바 "손으로 쇄소(灑掃) 응대(應
> 待)의 절차도 모르면서 입으로는 천리 (天理)를 이야기하는 것"인데, 남명의
> 말씀은 정말 후생들에게는 절실한 훈계다.[32]

유학에서 본래 학문하는 목적이 사람되는 데 있었으므로, 사미헌은 학
행일치를 매우 강조하였다. 실천이 결여된 공부는 결국 자기 것이 될 수
없다는 점을 명확히 하였다.

> 옛날 사람들은 박학(博學), 심문(審問), 신사(愼思), 명변(明辨), 독행(篤
> 行) 이 다섯 가지로 학문을 삼았다. 지금 사람들은 이와 다르니, 박학, 심문,
> 신사, 명변에는 왕왕 힘을 들이지마는, 독행 한 가지는 빠뜨린다. 이와 같이
> 한다면 비록 미묘한 데까지 이치를 궁구하고 천하의 책을 다 읽는다 해도
> 자기와 무슨 상관이 있겠는가?[33]

독서할 때는 그 내용을 다른 것과 연관시키거나 억지로 부회(附會)해서
해석하지 말고, 글 그 자체에서 깊이 사색하여 뜻을 캐도록 했다.

> 글자를 볼 때 다른 것과 연관시키거나 견강부회(牽强附會)하지 말고 단지

---

32) 『四未軒集』 권4 58장, 「言行記聞」.
33) 『四未軒集』 부록 권3 55장, 李貞基所撰 「言行大略」.

본문 위에서 궁구하여 해석하도록 해야 한다. 요사이 신진(新進)들 가운데서 글의 뜻을 가지고 와서 묻는 사람이 많은데, 대부분 다 다른 것과 미리 연관시키는 문제점이 있고, 또 시험삼아 해 보려는 마음이 있으니, 그 문제점이 작지 않다.34)

한갓 문예(文藝)만 숭상하면서 실질이 없는 부화한 속유(俗儒)들의 방식을 매우 경계하였다. 공부하는 데 있어서 단계를 뛰어넘지 말고 순서에 따라 차근차근 실력을 축적해 나가도록 당부하였다.

선생은 가벼이 사람을 받지 않았는데, 가르침을 청하여 오면 속유(俗儒)들이 문예만 한갓 높이고 경박하여 실질이 없는 것을 깊이 경계하였다. 반드시 실질적인 곳에 힘을 들여 조금씩 조금씩 쌓아 나아가 세월을 들여 축적하였고, 높은 것을 좋아하여 차례를 뛰어넘는 폐단이 조금도 없었다. 그래서 선생의 문하에는 시세를 쫓아서 벼슬하러 나가는 무리는 적었고, 부화(浮華)한 시속을 진정시키고 실행을 독실히 하는 노성(老成)한 큰 덕을 가진 인물들이 계속해서 나왔다.35)

제자들에게 자만하는 점을 깊이 경계하였다. 사람이 자만하게 되면 남의 의견을 무시하게 되어 세상에 아무리 좋은 견해도 받아들여 자기발전을 할 수가 없는 법이다. 대성하는 학자들은 남의 좋은 점이 있을 때 받아들여 자기 것으로 만든 사람이다. 퇴계가 대표적인 경우다.

배우는 사람이 자만(自滿)하는 문제점은 자포자기(自暴自棄)하는 문제점보다 더 심하다. 퇴도선생(退陶先生)께서 말하기를, "자기 의견을 버리고 다른 사람을 따르지 못하는 것이 배우는 사람의 큰 병통이다"라고 하셨는데, 이 말은 마땅히 종신토록 가슴에 새겨야 한다.36)

---

34) 『四未軒集』 부록 권4 59장, 「言行記聞」.
35) 『四未軒集』 부록 권4 71장, 「言行記聞」.
36) 『四未軒集』 부록 권4 66장, 「言行記聞」.

글을 지으면서 글의 내용을 빙빙 돌려 애매하게 짓는 병통이 있는 제자를 보고는 이렇게 경계했다.

> 글을 읽는 것은 성현이 말한 의리를 궁구하여 자기의 근원을 배양하려는 것이다.[37]

글을 읽고 짓는 것은 성현의 의리를 궁구하여 자기 발전을 추구하는 데 목적이 있으므로, 명확한 의미 전달이 중요하다. 지나친 수사나 우회적인 비유 등은 글의 뜻을 애매하게 할 뿐이다.

또 문장의 효용을 완전히 무시하고 오로지 실천궁행만 일삼는 제자들에게는, 그들로 하여금 문장을 배우도록 하면서 사미헌은 이렇게 말했다.

> 학문하는 것은 문장 짓는 것을 배우려는 것은 아니다. 그러나 문장이 없으면, 속에 있는 도리를 말로 형용해 낼 수가 없다.[38]

문장이 아니면 터득한 도리를 표현할 방법이 없으므로 실천도 중요하지만, 문장을 통한 자기 의사 표현의 방법도 익혀 두지 않으면 안 된다는 것이 사미헌의 생각이었다. 성리학이나 예학(禮學) 연구하는 학자들이 흔히 빠지기 쉬운 문제점을 사미헌은 잘 알고서 제자들을 경계했던 것이다. 도학(道學)과 문장 두 가지 가운데서 한 가지도 빠져서는 안 된다는 점을 점필재(佔畢齋) 김종직(金宗直)이 주장한 지는 오래되었지만[39], 이를 진정으로 실행에 옮긴 학자는 드물었는데, 사미헌이야말로 도문일치(道文一致)를 실현한 학자라 할 수 있다.

공부한다는 구실로 사람으로서의 지켜야 할 본분을 유보한 채 오로지

---

37) 『四未軒集』 부록 권3 50장, 宋浚弼所撰 「言行記述」.

38) 四未軒集 부록 권3 50장, 宋浚弼所撰 「言行記述」.

39) 金宗直 『佔畢齋文集』 권1 46장, 「尹先生詳詩集序」. 文集叢刊 제12책 수록.

독서만 힘쓰는 제자들에게는, 그들로 하여금 자신의 직분을 잘 수행하도록 이렇게 훈계했다.

> 부지런히 일하여 부모처자를 봉양하는 것은 사람의 도리 가운데서 대단히 중요한 일이다. 어찌 꼭 문을 걸어 잠그고 글을 읽어야만 공부가 되겠는가?[40]

공부가 중요하지만 공부를 핑계하여 사람의 도리를 다하지 않는다면, 그런 공부는 아무런 소용이 없다. 사미헌이 자신의 당호(堂號)를 '사미헌(四未軒)'이라 내 건 것은, 자신이 아직 '효(孝)', '경(敬)', '충(忠)', '신(信)'이 안 된다는 것을 절실히 느끼고, 자신을 독려하는 목표로 삼은 것에서 볼 때, 사람의 도리를 얼마나 중시했는지 알 수 있다.

실천도 중요하지만 공부하는 사람이 실천만 해서는 안 되고 독서에 힘써야 한다고 하여 독서의 필요성을 이야기했다. 특히 사미헌은 도학자(道學者)이면서도 문장의 중요성을 강조한 점이 돋보인다. 궁구한 도학(道學)외 이론을 남에게 알리거나 제자들에게 전수할 때는 문장으로 표현하는 솜씨가 절실히 필요한 것이다.

사미헌(四未軒) 일생 동안 669명[41]의 제자를 길러냈다. 제자들의 분포를 보면, 인동(仁同), 성주(星州) 칠곡(漆谷)에 거주하는 제자들이 제일 많고, 김천(金泉) 고령(高靈), 선산(善山) 등지에도 걸쳐 있다. 경남지역에서 배우러 온 제자들도 180명에 이르고, 전라도에서 온 제자도 8명에 이른다. 그러나 경북 북부지역인 안동(安東), 예안(禮安), 영주(榮州), 상주(尙

---

40) 『四未軒集』 부록 권3 50장, 宋浚弼所撰 「言行記述」.

41) 四未軒의 문인록인 『甪里及門諸子錄』에 669명의 제자들이 수록되어 있다. 성명, 자, 호, 본관, 顯祖, 생년을 먼저 기록하고, 그리고 그 제자의 인품, 학행, 사미헌과의 관계, 저서를 기록하고 마지막에 자손들의 거주지까지 밝혀 두었다. 문인록 가운데서 정성을 들여 만든 완비된 것이라 할 수 있다. 조선말기 경상도 유림들의 인적상황이나 동향관계를 알아보는 데 좋은 참고자료가 될 수 있다.

州) 등지에서는 제자로 입문한 사람이 거의 없는 것이 하나의 특징이다.

제자 가운데서 조선말기에서 일제 초기에 걸쳐 경상도 유림에서 크게 활약한 인물들이 많이 들어 있다. 사수(四秀), 십군자(十君子)라는 일컬음이 있는데, 사수로는 선은(鮮隱) 김창현(金昌鉉), 승재(繩齋) 김진학(金鎭學), 하강(下岡) 김호림(金護林), 응와(應窩) 오치인(吳致仁) 등을 친다. 십군자로는 농산(農山) 장승택(張升澤)을 비롯하여, 이학(理學)에 교우(膠宇) 윤주하(尹胄夏), 예학(禮學)에 회당(晦堂) 장석영(張錫英), 도학(道學)에 공산(恭山) 송준필(宋浚弼), 문학에 심재(深齋) 조긍섭(曺兢燮), 역학(易學)에 야촌(野村) 장윤상(張允相), 의리에 성와(惺窩) 이기형(李基馨), 위명(偉名)에 위암(韋庵) 장지연(張志淵), 효행에 횡계(橫溪) 장석빈(張錫贇), 창주(蒼州) 장시택(張時澤) 등을 친다.

1919년 전국 유림대표(儒林代表) 137인의 연서(聯署)로 파리평화회의에 독립청원서를 보낼 때, 사미헌의 제자로 유림대표에 든 인물이 26명이나 된다. 한 선생의 문하에서 이렇게 많은 인원이 참여한 것으로는 그 유례가 없다. 사미헌은 벼슬한 적 없고 임하(林下)에서 학문을 연구하고 제자를 교육하며 일생을 보냈지만, 나라에 일이 있을 때는 늘 관심을 갖고 상소를 하는 등 국가민족을 잊은 적이 없었다. 이런 정신이 제자들로 하여금 구국의 대열에 헌신하도록 한 것 같다. 특히 회당(晦堂) 장석영(張錫英)은 파서장서(巴里長書)를 기초한 것으로 유명하다.

V. 嶺南 儒林에서의 역할

사미헌(四未軒)은 이미 젊은 시절부터 경상도 유림에서 비중 있는 인물로 인정받았다. 학문이 대단하면서 관직이 판서에 이른 응와(凝窩) 이원조(李源祚) 같은 원로가, 사미헌을 젊은 시절에 이미 유림의 노성(老成)한 인물로 인정을 할 정도로 사미헌은 일찍부터 두각을 드러냈다.[42]

사미헌은 학자로서, 온 나라에 참된 학문이 무너져 선비들이 나아갈 길을 잃고 헤맬 때, 퇴계(退溪)·대산(大山)의 학통을 책 속에서 찾아, 참된 큰 선비로 자신을 완성하였다. 그리고는 자신이 이룬 학문을 통하여 유도(儒道)의 바른 길을 밝혀 치세(治世)가 될 수 있는 바탕을 마련하였다.

> 아아! 세상의 운기(運氣)가 현명한 사람이때를 얻지 못하는 데로 장차 들어가려고 한다. 학술이 먼저 무너져 선비들의 지향하는 바가 단정하지 못하게 되었다. 저급한 자들은 과거 공부에 빠져 있고, 높은 자들은 사장(詞章)으로 달려간다. 인욕(人慾)은 방자해지고 천리(天理)는 은미(隱微)해져 버렸고, 기강은 흙먼지나 지푸라기처럼 되어버렸고, 종묘사직은 점점 폐허가 되어가고 있다.
> 선생은 이런 때에 태어나시어 사승(師承)을 거치지 않았으니, 도산(陶山)이나 소호(蘇湖 : 大山)로부터 수백 년이나 시간적 차이가 있는데도, 혼자 스스로 오래 된 책 속에서 그 길을 미루어 찾아, 한 분의 큰 참된 선비로 충분히 완성되었다.
> 옛날부터 호걸지사(豪傑之士)는 좋지 못한 때에 태어나서 사설(邪說)을 물리치고 우리 유도(儒道)를 밝혀, 후세의 태평을 열어주고, 한 번의 치세가 될 법도가 되었다. 그 유래는 오래되었으니, 하늘의 뜻이 있는 것일까?[43]

사미헌은 학문을 통해서 세상의 도덕을 회복하고 선비들의 기운을 고무하게 할 수 있는 위치에 있었으니, 그의 하나의 행동, 한 마디 말이 유림사회에 끼치는 효과는 지대하였다.

> 만년에 이르러 기개를 떨쳐 한 마디 말씀을 하시면 세도(世道)를 회복할 수 있었고, 선비들의 기운을 밝힐 수 있었으니, 때를 만나지 못했다고 어찌 한탄하겠는가?[44]

---

42) 『四未軒集』 부록 권2 35장, 李相馨所撰 「遺事」.
43) 『四未軒集』 부록 권2 24장, 張相學所撰 「行狀」.
44) 『四未軒集』 부록 권3 51장, 宋浚弼所撰 「言行記述」.

사미헌은 바른 언론으로써 임금을 섬기겠다는 재야선비의 직간(直諫)하는 정신을 갖고서 나라에 보답하려는 마음을 갖고 있었다.

> 조정에서 의복제도를 고친다는 명령이 있었다. 선생은, "궁벽한 시골의 아무 이름 없는 사람이 여러 차례 특별한 은혜를 입고서도 티끌만큼의 보답도 없었다"라고 생각하고는 옛날 사람들이 말로써 임금님을 섬긴다는 뜻에 가만히 따라 상소하여 불가함을 극도로 이야기하였다. 인하여 임금의 덕을 빠뜨리고 잃은 것과 물자를 절약하고 백성들을 사랑하는 도를 아뢰었다. 말이 매우 간절하고 강직했으니, 조정에 있는 여러 신하들이 감히 말하지 못할 것이 있었다. 자제들이 "유익한 것은 아무 것도 없고 화(禍)만 취하게 됩니다"라고 울면서 간했으나 듣지 않았다.[45]

사미헌은 일찍이 우산서원(愚山書院)을 회복해 줄 것을 요청하는 소장(疏章)을 갖고 대궐로 나아갔는데, 위로부터 '상소하는 선비들을 무장한 말로 밟아 내쫓아라'라는 명령이 있다라고 전해지자, 대궐 앞에 앉았던 선비들이 다 얼굴빛을 잃고 사방으로 흩어져 달아나기에 바빴다. 사미헌 혼자 움직이지 않고 천천히 뒤에 있었으니,[46] 그 굽히지 않는 기백을 알 수 있다. 위급한 상황에서 참된 선비의 진면목이 나타나는 것이고, 그 진면목을 본 사람은 존경을 하지 않을 수 없는 법이다.

당시 나라의 힘이 약해지고 일본군사가 우리 강토에 상륙하자 의분을 느낀 선비들이 곳곳에서 창의(倡義)하여 왜적에 저항했다. 그러나 사미헌은 창의에 대하여는 신중한 태도를 취했다. 1895년 나라에서 단발령(斷髮令)이 내리자, 나라 안의 인심이 흉흉해졌고, 유림들이 여기저기서 의병을 일으켰다. 이때 사미헌은 거창(居昌) 당동(唐洞)에 우거하고 있었는데, 그 지방의 뜻있는 선비들이 다른 지역의 의병에 호응하여 의병을 일으키려

---

45) 『四未軒集』 부록 권3 51장, 宋浚弼所撰 「言行記述」.
46) 『四未軒集』 부록 권3 51장, 宋浚弼所撰 「言行記述」.

했다. 이때 사미헌은 그들을 진정시켜 이렇게 타일렀다.

> 지금 주상(主上)으로부터 교칙(敎勅)도 없는데, 제군들은 제사나 지내던 습관을 가지고 백성들을 거느리고서 군사의 일에 종사하려고 하니, 헛된 이름만 빌리려다가 실제적인 화난(禍難)을 가져올 것이오. 그 결과가 어떨지는 지혜로운 사람 아닐지라도 알 수 있소. 어째서 이 일을 신중히 대처하려고 하지 않으시오?[47]

거창의 유림들이 처음에는 사미헌을 의심했지만, 나중에는 그 이치를 깨달았고, 사미헌의 신중한 태도로 인하여 거창 일원이 안정을 유지하였다. 당시 유림의 지도자로서 창의에 반대하면 비겁한 사람이고 애국심이 없는 사람으로 몰리는 그런 분위기였으므로, 창의를 반대하는 데는 실로 용기가 필요하였다. 선비들은 평소 체계적인 전투작전을 연구해본 것도 아니고 군사훈련을 받은 적도 없었다. 그러면서 일시적인 의분에 의해서 무기를 들고 나서본들, 어떻게 싸우며 어떻게 보급을 할 것인가? 백성들만 괴롭히고 왜놈들에게 소요를 진압한다는 빌미만 제공할 것이므로 실익보다는 화난(禍難)이 훨씬 크다는 것을 사미헌은 분명히 예견하고서 만류했던 것이다.

사미헌의 학문과 덕행은 그 영향이 커서, 영남(嶺南)의 종사(宗師)가되었다. 직접 배운 사람은 물론이고, 귀로만 들은 사람들이나 눈으로 그 글을 보기만 한 사람들도 다 감화를 받았다 하니, 영남 유림에 끼친 사미헌의 교화가 얼마나 컸는지 짐작할 수 있다.

> 여헌(旅軒) 선조의 법도로써 일생의 표준으로 삼았는데, 임하(林下)에서 도(道)를 밝혀나간 교화는 고을에서부터 나라에까지 이르렀다. 눈으로 보고서 교화된 사람도 있었고, 기풍(氣風)을 듣고서 일어난 사람도 있었다. 남쪽

---

47) 『四未軒集』 부록 권2 23장, 張相學所撰「行狀」.

의 배우는 사람들은 한결같이 선생을 종사(宗師)로 삼아 그 도를 높이고 그 말을 외우는 등 오래되어도 잊지 않고 더욱 멀어질수록 더욱 빛이 나니, 하늘이 말세에 우리 선생을 낳은 것은 어찌 마음이 없어서이겠는가?[48]

남명(南冥) 조식(曺植)의 시문집인 『남명집(南冥集)』은, 역적으로 몰려 처형된 남명(南冥)의 제자 정인홍(鄭仁弘)의 손에 의해서 편찬되었다 하여, 역대로 교정(校正)한다는 미명하에 여러 차례 산개(刪改)되어 원형을 많이 잃었다. 1894년부터 진주(晉州)를 중심으로 한 경상우도의 유림들이 다시 모여 『남명집』의 원형을 복원한다는 기치를 내걸고 『남명집』의 문장을 고치고 빼고 하였다. 경상우도의 유림들 사이에서도 찬성과 반대 두 갈래로 갈라졌는데, 사미헌에게 교정의 책임을 당부하려고 하였다. 사미헌은 그 부당성을 지적하고 거절의 뜻을 그 제자 심재(深齋) 조긍섭(曺兢燮)에게 회답하는 서신에서 표시하였다.

> 『남명집(南冥集)』은 간행되어 삼백 년 된 글인데, 지금에 와서 중간(重刊) 하면서 경솔하게 깎고 고치려하다니요? 깎고 고치는 것이 충분히 옳고 타당하다 해도 오히려 감히 할 수 없는 것인데, 하물며 반드시 모두가 다 옳은 것이 아닌 바이겠습니까? 진실로 이와 같이 한다면 도리어 누를 끼치는 구실만 될 것이고, 후세의 비판을 면치 못할 것입니다.
>
> 보내주신 서신에 이르기를, "『남명집』 간소(刊所)의 여러분들이 장차 이 일을 저에게 맡기려 한다"고 하는데, 저의 짧은 소견과 얇은 지식으로는 정말 한 마디 말로도 도울 방법이 없고, 또 한 마디 말로도 도울 마음도 없습니다. 그대가 그쪽 사람들을 만나게 되면 그들을 만류하여 이 늙은 것으로 하여금 이런 사리에 맞지 않은 일을 하는 데 이르지 않도록 하는 것이 어떻겠습니까?[49]

---

48) 『四未軒集』 부록 권4 69장, 「言行記聞」.
49) 『四未軒集』 권5 16-17장, 「答曺仲謹」.

조선 말기에 진주(晋州) 일원의 유림사회에서도 사미헌을 최고의 학자로 추앙하여『남명집(南冥集) 교정의 책임을 맡기려고 하였을 뿐만 아니라, 거창(居昌) 지역에서 강호(江湖) 김숙자(金叔滋)의 신도비(神道碑)를 세울 때나, 산청(山淸)의 유림들이 덕계 오건(吳健)의 신도비(神道碑)를 세울 때에도 사미헌에게 비문을 요청하였으니, 사미헌의 명망이 경남 일원에도 높이 나 추앙을 받음을 알 수 있다.

사미헌은 학행(學行)으로 알려져 여러 번 관직에 제수되었고, 나중에는 가선대부(嘉善大夫) 품계에까지 이르렀지만 한번도 관직에 나가지 않았고, 임하(林下)에서 학문연구와 제자양성으로 일생을 보냈다. 많은 저서를 남겨 후세에 좋은 가르침의 말을 드리웠는데, 그 공은 천추에 광채를 발할 수 있을 것이다. 사미헌 같은 학자가 벼슬에 종사하여 일시적인 치적을 남기는 것보다는 학문적인 업적을 남긴 것이 훨씬 더 후세에 생명력이 길다고 할 수 있다.

> 선생의 학문은 비록 나아가 그 당시에 베풀지는 못했지만, 물러나 책을 지어 밀을 넘기시니 족히 천추에 드리워질 수 있을 것이다.[50]

사미헌의 덕행과 학문에 대해서 당시 학자들의 전반적인 평가는 이러했다.

> 그 당시 세상의 논의를 주도하는 군자들이 다 같은 말로 사미헌을 평하여, "선생의 광명·혼후(渾厚)한 덕(德), 정심(精深)·전일(專一)한 학문, 순후(淳厚)하고 질박(質朴)하여 거짓이 없는 언행은 아마도 세상에 나오기 어려운 참된 선비일 것이다"라고 했다.[51]

---

50) 『四未軒集』 부록 권3 57장, 李貞基所撰 「言行大略」.
51) 『四未軒集』 부록 권4 84장, 「言行記聞」.

친척이면서 오랫 동안 문하에서 배웠던 화강(華岡) 장상학(張相學)은
사미헌의 위상을 이렇게 설정하였다.

　　학식과 견해의 깊고 넓음은 비록 고금을 꿰뚫었지만, 그 학문의 종지(宗
旨)가 여기에 있는 것은 아니었다. 문화(文華)로 해서 얻은 명성은 한 시대에
자자했지만, 그 공부의 주된 근본은 여기에 있는 것이 아니다. 그 종지와
주된 근본은, 내가 마음대로 추측할 수 있는 것도 아니고 말로써 형용할
수 있는 것이 아니다. 나의 좁은 소견으로 억지로 추측하여 형용하려고 하면,
나도 모르는 사이에 왕왕 퇴계(退溪)나 대산(大山)의 문하 여러 제자들이
그 스승을 칭송하여 기술한 것을 답습하게 된다. …….

　　선생께서 한 시대에 살아 계실 때 선비들이 선생을 논하여, "분명한 지식,
바른 견해, 진실한 마음, 참된 덕(德)은 200년 이래로 거의 쉽게 논의할 수가
없다"라고 하지 않는 사람이 없었다. 분명하게 알기 때문에 그 마음이 진실하
고, 바르게 보기 때문에 그 덕이 참되다. 지(知)와 행(行)이 서로 도와주는
효과는 저절로 그렇지 않을 수 없었다.

　　선생이 세상을 떠나자 만구선생(晩求先生)은 제문에서, "인(仁)하다고 인
정한다"라고 했는데, 인은 오직 석 달 동안 인을 어기지 않은 안자(顔子)에
해당될 수 있다. 우리 농산부군(農山府君 : 張升澤)은, "폐단이 없는 학문이
다"라고 하셨는데, 폐단이 없는 학문은 하나의 원칙으로 꿰뚫는 것이니, 증
자(曾子)가 거기에 해당된다. 안자와 증자는 거의 성인(聖人)의 경지에 다
가간 분들이다. 만구(晩求)와 농산(農山) 두 군자는 우리 유림의 어른이고,
또 선생을 따라 배우기를 가장 오래한 분이니, 모두 다 잘 보고서 잘 형용했
을 것이고, 반드시 좋아하는 데 아첨하느라고 비교하는 것이 사리에 맞지
않지는 반드시 않았을 것이다. 성인의 문하에서 보고서 그 종지(宗旨)를 얻
은 사람은 오직 안자와 증자뿐일 따름이다. 퇴계(退溪)·대산(大山) 이후로
듣고서 알아서 그 종지를 얻은 사람은 오직 선생이 거의 가깝다고 할 따름
인저!52)

---

52) 『四未軒集』 부록 권2 32-33장, 張相學所撰 「行狀」.

원숙한 학문으로 인(仁)의 경지에까지 나아갔고 일관되게 학문을 추구했으니, 퇴계(退溪)·대산(大山) 이후 가장 높은 학문적 경지에 이르렀다고 말할 수 있다고 했다.

사미헌이 세상을 떠나자 영남의 유림계에서는 큰 스승을 잃은 것이므로 아쉬워하는 사람이 많았다. 응와(凝窩) 이원조(李源祚)의 아들인 이기상(李驥相)은 사미헌을, '성인의 학문이 무너져 내린 쇠세(衰世)의 지주(砥柱)'라고 칭허(稱許)하였다.

> 문하엔 안정(安定)의 제자53) 많았고,
> 책상에는 주자의 책이 쌓여 있었네.
> 성인 멀어지고 경서 훼손된 날에,
> 우뚝이 지주(砥柱) 같았다네.54)

사미헌 장례 때 만사(挽詞)나 제문(祭文)을 지어 가지고 와서 애도를 표한 사람이 수천 명에 이르렀으니55), 그가 영남 유림 사회에서 얼마나 추앙을 받고 있었는지를 짐작할 수 있다. 그의 서거로 인한 영남 유림들의 상실감은 실로 필설로 형용하기 어려웠다. 사미헌을 위해서 복(服)을 입은 제자만도 농산(農山) 장승택(張升澤) 등 100여 명이 넘었다.

장례에 참석한 사람이 수천 명이었는데 모두가 눈물을 흘리면서 말하기를,

---

53) 안정(安定)의 제자 : 안정은 북송(北宋)의 학자 호원(胡瑗)의 호, 자는 익지(翼之). 벼슬은 천장각대제(天章閣待制)에 이르렀다. 그는 교육을 잘하여 법도와 제도가 갖추어졌다. 호주(湖州) 등지에서 제자 수백 명을 길렀다. 나중에 나라에서 국자감(國子監)을 중흥할 때 그의 교육제도를 채택하였고, 국자감으로 발탁되어와서 많은 제자들을 길렀다. 그의 제자는 사방에 퍼져 있었는데, 그들의 언행만 보아도 호원의 제자인 것을 알 수 있었다 한다. 만사의 이 구절의 뜻은, '사미헌이 호원(胡瑗)처럼 좋은 교육방법으로 훌륭한 제자를 많이 길렀음을 찬미한 것'이다.

54)『四未軒集』부록 권5 1장, 李驥相所作「輓章」. 門多安定弟, 案峙考亭書. 聖遠經殘日, 屹然砥柱如.

55)『四未軒集』부록 권2 24장, 張相學所撰「行狀」.

"우리 유도(儒道)의 운기(運氣)가 막혔습니다. 장석(丈席)이 비었습니다. 대들보가 부러지고 산이 무너졌습니다"라고 했다.

아아! 선생의 도덕과 문장은 사림에 전파되어 있고, 유고(遺稿)에 갖추어 실려 있으니, 비록 백세의 뒤에라도 공론(公論)이 그대로 있을 것이다. 감히 망령되이 입을 놀릴 수 없지만, 선생께서 세상에 계신 90년 동안에 하신 사업은 위대했고, 복력(福力)은 완비되었다. 유학이 이미 쇠퇴해진 운수를 당하여 여헌(旅軒) 선조의 남긴 법도를 계승하여 도산(陶山)의 정맥(正脈)을 거슬러 올라가서 천고에 서로 전해오는 도통(道統)을 다시 세상에 밝혔다. 지으신 『숙흥야매잠집설(夙興夜寐箴集說)』과 『가례보의(家禮補疑)』 등 약간 편은 모두 우리 유학의 지남(指南)이 될 것이고, 문하에서 길러낸 영재들은 모두 지금 세상의 현인군자이다.56)

사미헌은 여헌(旅軒)을 통하여 퇴계(退溪)의 정맥(正脈)을 승접(承接)하여 유학의 도통(道統)을 다시 밝혀 쇠퇴해진 유학을 다시 일으킨 공이 있다. 그가 세상을 떠나기 전에 이미 그 도덕과 문장이 유림에 널리 전파되어 있었고, 또 유고에 담겨 있으므로 후세에 영원히 전파될 수 있을 것이다.

사미헌(四未軒) 생존 당시 벌써 세상에서 계당(溪堂) 유주목(柳疇睦), 서산(西山) 김흥락(金興洛) 두 선생과 아울러 영남의 세 징사(徵士)라 일컬었고,57) 또 김흥락, 한주(寒洲) 이진상(李震相)과 아울러 영남 삼학자로 추앙받았다.58)

VI. 결론

사미헌은 가장 정상적인 방법으로 평생 위기지학(爲己之學)에 침잠하여 꾸준히 노력하여 큰 학문을 이룬 조선 말기의 대학자이다. 그는 이런

---

56) 『四未軒集』 부록 권5 33장, 李時鎔所作 「輓章」 小序.
57) 「사미헌의 생애와 학문사상」, 사미헌기념사업회.
58) 『四未軒集』 부록 권4 87장, 李垶鎭所撰 「遺蹟碑銘」.

명백하면서도 평이한 학문을 바탕으로 근 700명에 이르는 많은 제자를 길러냈다. 그의 학문의 목표는 참된 사람이 되는 것에 비중을 두었다.

주자(朱子)·퇴계(退溪)를 학문의 종주로 삼아 유학의 도통(道統)을 밝혔다. 그러나 주자·퇴계를 그대로 답습한 것이 아니고, 장기간의 깊은 사색을 통하여 자기화하였다. 그리고 도학(道學)이나 예학(禮學)하는 학자들로서 드물게 문학의 가치도 충분히 인정한 특징이 있었다.

제자들을 가르칠 때도 일방적인 강의에 의존하지 않았고, 제자가 모르는 것에 부닥쳤을 때 바로 묻지 말고, 스스로 궁리하고 토론하는 방식을 채택한 것은 상당히 진보된 교육형태라 할 수 있다. 그리고 겸허한 마음으로 남의 의견을 듣고 옳으면 받아들이는 개방된 사고를 갖고서 학문을 하였다. 이런 점이 그가 큰 학자로 성장할 수 있는 바탕이 되었다. 그의 학문은 신기한 것을 추구하지 않고 지극히 정상적이고 합리적인 것이었다. 그래서 그의 학문은 평이하고 순정(醇正)한 특징을 갖고 있었다.

그는 일생을 임하(林下)에서 학문연구와 제자양성에 전념했지만, 세상을 잊고 자기 한 몸만 깨끗하게 하려고 한 것이 아니었다. 국가에 무슨 일이 있으면 상소 등을 통해서 자신의 의견을 개신하였으니, 유림의 영수로서의 역할을 충실히 했다고 할 수 있다. 다만 창의(倡義)하는 일에 있어서는 섣불리 나서 화를 자초하지 말자는 신중론을 펼쳤다.

유학이 쇠퇴해지기 시작한 조선말기에 도통(道統)을 다시 밝혀 유학을 회복하고 선비들의 기운을 진작시킨 큰 공로가 있다. 정치에 나아가 조그마한 업적을 남긴 것과는 비교가 되지 않을 정도로 영향력이 컸다. 그가 남긴 많은 저서들은 후세에 두고두고 학자들에게 혜택을 끼칠 것이다.

주로 경북지방에서 학문활동을 했으면서도 그 영향이 경남지방에까지 미쳐 경남의 유림들 사이에서도 가장 추앙받는 인물이 된 것은 그의 덕행과 학문이 얼마나 높고 컸는지를 잘 증명한다.

한주(寒洲)와 동시대에 인근 고을에 살면서 성리학에 관한 학설은 서로 달랐지만, 끝까지 존경하고 제자들로 하여금 비난하지 못하도록 한 것은,

당대 영남 유학계에 두 산맥 같은 존재이면서 서로를 인정한 참된 유학자의 도량을 보여주는 것으로서 후세 학인(學人)들에게 좋은 귀감이 된다고 할 수 있다.

우리의 정체성(正體性)이 날로 상실되어 가는 요즈음에 사미헌이 일생 동안 온축한 순정(醇正)한 학문이, 우리의 정신세계를 살찌울 수 있도록 하는 데 적극적으로 활용되어야 하겠다.

허권수 許捲洙

1952년 경상남도 함안에서 출생하여, 國立慶尙大學校 師範大學 國語教育科를 졸업하고 韓國精神文化研究院 韓國學大學院 韓國學科 漢文學專攻으로 석사학위를, 成均館大學校 大學院 漢文學科에서 문학박사학위를 받았다. 1988년 國立慶尙大學校 人文大學 漢文學科를 설립하고 교수로 재직하여 천여 명의 제자를 양성하였으며, 2017년 2월 28일 정년퇴임을 하였다.

韓國漢文學史·韓國人物史·韓中文學交流史·경남지역의 南冥學 등을 집중 연구하여, 연구논문 103편을 발표하고 저역서 100여 권을 출간하였다. 특히 지역학 연구를 위해 1991년 校內에 南冥學研究所를 설립하고 '자료 수집 및 정리, 학술대회 개최, 학회지 간행, 지역유림과의 연대 강화' 등을 중심으로 운영하여 국내외의 명실상부한 대학 연구소로 성장하는데 크게 기여하였다.

許捲洙 全集 I-1
韓國漢文學의 展開와 向方

2017년 3월 3일 초판 1쇄 펴냄

저 자 허권수
발행인 김흥국
발행처 보고사

등록 1990년 12월 13일 제6-0429호
주소 경기도 파주시 회동길 337-15 보고사 2층
전화 031-955-9797(대표)
   02-922-5120~1(편집), 02-922-2246(영업)
팩스 02-922-6990
메일 kanapub3@naver.com / bogosabooks@naver.com
http://www.bogosabooks.co.kr

ISBN 979-11-5516-644-4
   979-11-5516-643-7 94810(세트)
ⓒ 허권수, 2017

정가 40,000원